本書的翻譯工作獲澳門基金會資助

Translated, with Annotations *by David R. Knechtges*

WEN XUAN
or Selections of Refined Literature

康達維譯注《文選》

賦　卷

上

京　都

賈晉華

白照傑　黃晨曦　**中譯**

余春麗　趙凌雲

上海古籍出版社

圖書在版編目(CIP)數據

康達維譯注《文選》.賦卷 /（美）康達維撰；賈
晉華等中譯. —上海：上海古籍出版社，2020.11
ISBN 978-7-5325-9783-3

Ⅰ.①康… Ⅱ.①康… ②賈… Ⅲ.①《文選》—古
典文學研究 Ⅳ.①I206.2

中國版本圖書館 CIP 數據核字(2020)第 213329 號

康達維譯注《文選》(賦卷)

(全三册)

［美］康達維　撰

賈晉華

白照傑　黃晨曦　中譯

余春麗　趙凌雲

上海古籍出版社出版發行

(上海瑞金二路 272 號　郵政編碼 200020)

(1) 網址：www.guji.com.cn

(2) E-mail：guji1@guji.com.cn

(3) 易文網網址：www.ewen.co

上海展强印刷有限公司印刷

開本 787×1092　1/16　印張 61.75　插頁 15　字數 1,103,000

2020 年 11 月第 1 版　2020 年 11 月第 1 次印刷

印數：1—1,300

ISBN 978-7-5325-9783-3

I·3523　定價：358.00 元

如有質量問題,請與承印公司聯繫

電話：021-66366565

中文版序

　　我研究《文選》已經超過半個世紀了。1963 年，我在華盛頓大學修讀衛德明（Hellmut Wilhelm）教授所講授的中國文學史課程時，撰寫了一篇關於揚雄賦的學期論文。我需要從《文選》中查看揚雄的《甘泉賦》文本，並決定將此賦譯成英文。1965 至 1966 年，我在哈佛大學攻讀研究生時，繼續在海陶瑋（James Robert Hightower）教授的指導下研究《文選》。海陶瑋教授在 1957 年發表過一篇關於《文選序》的重要論文。我於 1968 年在華盛頓大學完成博士論文。爲了撰寫此篇論文，我翻譯了收於《文選》中的揚雄的全部作品。

　　接下來我開始教學生涯，先在耶魯大學（1968—1971），然後去了威斯康星大學麥迪遜校區（1972—1973）和華盛頓大學（1973—2014）。我開始對《文選》全書展開認真的研究。在我所開授的研究生專題課中，我和學生們一起閱讀了《文選》的大量重要篇章。至 1970 年代後期，在馬瑞志（Richard B. Mather）教授的鼓勵下，我決定啓動《文選》的翻譯工程。1977 年，我從美國國家人文基金會（National Endowment for the Humanities）獲得一項研究基金，可以有三年時間暫離教職，專門從事此項翻譯工作。由於《文選》在中國文學傳統中的重要性，我不得不花費大量時間研究其在中國甚至日本的傳播歷史。我還必須利用從唐代至清代的數十種關於《文選》的中文注疏，數種日文《文選》的譯著，以及由奧地利漢學家贊克（Erwin von Zach）所撰的德文翻譯，這些譯著爲我理解文本的文字提供了最有用的幫助。

　　我計劃中的八冊本譯著，只有三冊已經出版。此三冊包括《文選》中的全部賦篇。這些賦篇十分深奧晦澀，必須細心研究文本的語言文字。爲了翻譯這些作品，我需要花費大量時間考察在長安、洛陽、成都和南京等城市進行的歷史和考古研究，由此，我對地理論文和考古發掘報告十分熟悉。許多賦篇還對禮儀展開各種記叙，因此爲了翻譯這些記叙，我還必須對禮儀文獻有徹底的掌握，特別是那些關於儀式和官服的文獻。爲了翻譯那些描繪宮殿建築特徵的段落，我必須盡力瞭解建築物和建築術語。最後，

《文選》中的許多賦包含植物、動物、魚類、礦石和星辰等名稱,因此我必須探索中國植物學、動物學、魚類學、地質學、天文學等,以確定這些名稱在西方的對應詞語。

在我的學術生涯中,我的翻譯工程曾被打斷數次。現在我已經退休了,可以將全部時間用於翻譯《文選》的詩歌部分。我原本以爲詩歌會遠比賦容易翻譯和注釋,但是我現在才發現,許多作品往往需要花費不少時辰甚至時日進行研究,才能對一首詩中的一句詩作出恰切的解釋。對於我來説,從細讀一首詩所獲得的新見解是令人愉悦甚至富於啓示意義的。

幾年前,當賈晉華教授前來與我商談將我的《文選》英文譯本譯成中文的設想時,我不能確定這是否可行。然而,現在我看到她和她的學生們完成如此高質量的譯著,特別是對注釋的翻譯尤爲突出。這的確不是一件容易的工作,我爲他們的成就而感到高興。

我謹對賈教授和上海古籍出版社的編輯們出版這麽一部高質量的譯著表示感謝。

康達維(David R. Knechtges)

2019 年 10 月 30 日

譯者序

　　《文選：精美文學的選集》(*Wen xuan，or Selections of Refined Literature*)三册的撰者康達維(David R. Knechtges)是美國人文及科學學院(American Academy of Arts and Sciences)院士、西雅圖華盛頓大學退休教授，被海内外學界譽爲"當代西方漢學之巨擘，辭賦研究之宗師"。[①] 康教授在中國古代辭賦、漢魏六朝文學和中國思想文化的研究、翻譯和學術交流諸方面，都取得了傑出的成就。除了華盛頓大學，康教授還曾執教於耶魯大學、威斯康星大學、哈佛大學及香港中文大學，爲漢學界培養了大量的人才，遍布北美和亞洲的高等教育學府。

　　當康教授在 1970 年代後期立志翻譯和注釋《文選》全書時，他已經因有關揚雄賦的精深研究和翻譯而聲名卓著，[②]故整個漢學界皆對這一宏大的新工程寄予厚望。而康教授確實不負衆望，在 1982 至 1996 年間先後完成和出版了計劃中的《文選》譯注八册的前三册，包括全部賦篇的翻譯和注釋工作。此三部著作每出一册皆好評如潮，被公認爲西方漢學最高成就的標志之一，並成爲中國古代文學、思想和文化研究者的必備參考書。伊維德(W. L. Idema)在第一册的書評中預言，康教授的翻譯工程將使他置身於 19 世紀以來最傑出的漢學家之列。[③] 柯睿(Paul W. Kroll)在第二册的書評中說："康達維已經不僅是這些文本的一般意義上的專家，事實上他已經成爲漢代和六朝詩歌的西方權威性領軍人物。"[④]柏夷(Stephen R. Bokenkamp)在第三册的書評中首先抱怨前兩册的裝訂不夠堅固，因爲他所擁有的此兩册書已經因經常翻閲而破損；然後給予三册書高度的評價："康達維的《文選》譯著是 20 世紀漢學最令人敬佩的學術成

---

① 參看蘇瑞隆，《異域知音：美國漢學家康達維教授的辭賦研究》，《湖北大學學報》，2011 年第 38 卷第 1 期，第 49—51 頁。

② David R. Knechtges，*The Han Rhapsody：A Study of the Fu of Yang Hsiung*（Cambridge：Cambridge University Press，1976）.

③ *T'oung Pao*，71.1 (1985)：139 - 42.

④ *Journal of the American Oriental Society* 109.3 (1989)：488 - 92.

就之一。他的翻譯明晰而精確，他的學術毫無瑕疵，他所提供的豐富信息具有最重要的意義。"⑤

《文選》賦卷譯注三册在學術研究、翻譯和注釋三方面皆爲東西方學界樹立了傑出楷模。雖然此三者相互關聯、不可分割地構成這一宏著的成就，但是爲了敘述的方便，本文還是分別展開評述。

首先，在有關《文選》的學術研究方面，康教授爲第一册所撰寫的《導論》十分重要，却似乎爲不少評者和讀者所忽略。《導論》原文長達 70 頁，含有 482 個縝密的注釋，譯成中文約五萬字，相當於半部小書。這一長篇宏論周詳深入地研究《文選》的編纂、文體分類、作家作品、版本演變和詮釋傳統，展示了作者爲接下來的譯注所構築的厚實學術根基。全文分爲五個小節。第一節題爲"中國早期文體理論和文體選集的濫觴"，考述從《詩經》至《文選》前的所有存佚文學選集，以及從曹丕至摯虞的文體理論，指出《文選》的編纂並非偶然，而是幾個世紀以來文體分類實踐的成果。第二節研究蕭統的生平和《文選》的編纂，其中考述可能的合作編纂者。第三節首先描述梁代的文學環境，主要討論蕭子顯、鍾嶸、裴子野和劉勰的文學理論；其後分析《文選序》所體現的蕭統的文學觀念，主要集中於考察其對選集文學和選録作品體類的界定。

第四節題爲"《文選》的内容"。首先列舉此書的文體分類，並與劉勰《文心雕龍》的文體分類進行比較。接着細緻入微地分析各體類的題材再分類和蕭統的選録標準，逐一評述入選於各體類的作家作品的内容、風格和成就。最後得出結論："《文選》並不如同標題的字面翻譯那樣，僅是'文學選集'，而是'精美文學的選集'或'典雅創作的精選範本'。也許正是典雅和精美的品質，還有某些選文的内容和歷史重要性，爲《文選》和蕭統贏得了中國文學史上受人尊崇的地位。"⑥這也正是康教授將其譯著題爲《文選：精美文學的選集》的原因。這一長達 30 頁和 160 多條注釋的小節，大致相當於一部獨具特色的文學簡史，而且可以説是力圖從蕭統的角度來觀察的文學簡史。而 160 多條注釋中，細細密密地給出中文、日文、英文、法文、德文的相關研究，重要者無一遺漏，具有極高的參考價值。

最後一節評述古今中外各種語言的《文選》研究和版本。首先系統全面地敘述傳統選學，從李善注本、五臣注本、日本的《文選集注》等古本、敦煌抄本、宋元明刻本注本到清代學者的校勘、訓詁、考據、語文學詮釋及文學評論等成果，皆逐一列舉分析。接

⑤ *The Journal of Asian Studies* 57.3（1998）：843-44.

⑥ David R. Knechtges, *Wen Xuan*, *or Selections of Refined Literature: Volume One*（Princeton：Princeton University Press，1982），52.

着叙述 20 世紀以來中國、日本和歐美的現代注釋、翻譯和研究,並客觀地評判各種著作的得失。其中對奧地利漢學家贊克近於全譯的德文本(約 90%)的評價最高,而康教授正是將其著作的第一册題獻於贊克。這一小節是 80 年代初對此前文選學傳統的最完整充分的深刻評述,不但爲讀者提供了極具價值的學術背景資料,也揭示了康教授的《文選》注譯能够達到新高峰的原因:正是由於他集古今中外文選學之大成,從前人學術的頂點開始攀登,從而得以獲得真正世界級的空前成就。如同康教授在《導論》的結尾謙虚地表述:"如果没有幾個世紀以來學者們所作的注解、筆記、訓詁和詮釋,這部譯著將不可能完成。"⑦

其次,在翻譯方面,《文選》賦卷的英譯完美地詮釋信達雅的標準。康教授的基本原則是忠實於原文的精確翻譯:"我儘可能地以科學和語文學的準確性考慮爲指導,甚至犧牲詩意。譬如,我從不譯植物'蘭'(thoroughwort)爲'蘭花'(orchid),即使多數翻譯家認同'蘭花'更具詩意。"⑧衆所周知,《文選》賦篇是中國傳統文學中最難解讀的部分,其内容"苞括宇宙、總攬人物",其文字奇譎富麗、深奥晦澀。儘管古往今來已經有大量的注疏翻譯著作,但是仍然有無數詞句未經準確地譯解,難解的字詞往往被跳過不論,或僅提供含糊其辭的近似譯解。康教授迎難而上,字字斟酌,句句推敲,無一靡遺地、高度精確地譯出全部賦篇的全部字詞。這一超越前人的成就主要來自於兩方面的辛苦工作。第一方面即前面所述,康教授全面吸收古今所有語言的《文選》學成果,其中尤以對清代學者散布於衆多著作中的訓詁成果的撷拾及對英、德、法、日譯著的採用最見功力。康教授指出:"清代學者對《文選》學的貢獻極其重大,他們的很多著作對任何一位想認真研究蕭統《文選》的人來説都必不可少。"⑨他在《導論》中列舉評析了 36 位清代學者有關《文選》的研究論著,並在自己的注譯中採用了這些著作中所有合適、恰當的説法。康教授精通多種語言的能力及其對相關譯著的吸收,無疑是他成功的另一重要因素。他説:

> 我無比尊重贊克的不朽功業,他幾乎將整部《文選》譯成德文。儘管他的著作没有注釋,但是我經常發現他的意譯在中國注家含糊不清或未作説明的地方很有用。我也很倚重最近的日文譯本,尤其是小尾郊一和花房英樹的七卷完整譯著,以及内田泉之助、網祐次及中島千秋的部分翻譯。我發現這些譯著便於找出中文注釋所引段落的確切位置,而且尤其有助於分析句法不是很明確的語句。

---

⑦ Knechtges, *Wen Xuan*, v. 1, p. 70.

⑧ Knechtges, *Wen Xuan*, v. 1, xiii.

⑨ Knechtges, *Wen Xuan*, v. 1, 58.

　　　　除了這些重要的參考工具，我還受到數位英語翻譯家的幫助和啓發，採用了他們的一些做法。⑩

　　康教授在另一方面的艱苦努力，是自我修養和構築與《文選》賦篇内容相當的百科全書式的中國文化知識體系。如同康教授指出，《文選》賦篇"是關於中國早期動植物、天文學、礦物學、建築學、地理學、政治、歷史、禮儀、醫學、服飾、兵器、交通、民俗學、音樂甚至哲學等信息的寶庫"。⑪ 爲了準確翻譯和解釋所有這些名物典故，康教授下苦功學習中國植物學、動物學、魚類學、地質學、天文學等，以確定賦所包含的植物、動物、魚類、礦石和星辰等名稱在西方的對應詞語；考察在長安、洛陽、成都和南京等城市進行的歷史和考古研究，以瞭解賦所描述的歷史、地理、都城的狀況；閱讀有關禮儀的大量文獻，以掌握賦所記叙的各種儀式興服；認識建築物和建築術語，以翻譯那些描繪宮殿建築特徵的段落，等等。Anne M. Birrell 爲第一册所撰寫的書評説："《文選》賦作者的博學和豐富辭藻與康教授的博學和豐富辭藻恰相匹配。"⑫然而，《文選》賦作者的博學和豐富辭藻是集作者群之功和本土語言文化的自然發展，而康教授的博學和豐富辭藻却是非母語學者的一己之力，是"板凳需坐十年冷"的潛心學習和研究的成就。這是不能不讓中國讀者肅然起敬的治學態度和傑出成就。

　　康教授在英文寫作方面有很高的造詣，文筆優美流暢，爐火純青。在追求高度精確的同時，康教授並未真正"犧牲詩意"，忽略可讀性和文學性。相反，"既精確又優美"是他在第一册的翻譯説明所立下的目標。由於具有押韻、對仗、排比、麗辭、虛構、誇張、描寫、抒情等特徵，賦在西方漢學界一直被視爲詩之一體，曾被譯爲各種與詩相關聯的名稱，包括韻文（rhyme-prose）、散文詩（prose poem）、詩體文（poetic essay）、激情詩或贊詞（rhapsody）等。⑬ 康教授正是將賦當成詩來翻譯，盡力傳達賦篇所藴含的詩味。在每一篇譯文中，他將未押韻的小部分譯爲成段的散文體，將押韻的大部分譯成分行的詩體，並注意保留詩行的節奏、韻律、氣勢和風格。爲了傳達原作的修辭手段，他設計了一些不影響原作意義的、獨立成行的連詞或過渡詞，以便突顯排比、對仗的整飭句式，使得譯文更充分體現原作的詩歌意味。

　　由於《文選》賦篇中大量使用雙聲疊韻的聯綿詞（原著譯爲"descriptive binome"，

⑩ Knechtges, *Wen Xuan*, v. 1, xi‐xii.

⑪ Knechtges, *Wen Xuan*, v. 1, xiii.

⑫ *Bulletin of the School of Oriental and African Studies* 47.2 (1984)：389‐90.

⑬ 康達維原來採用"rhapsody"的譯法，後來認爲這一名稱並未能傳達賦體的全部特徵，又找不到其他現成的英文詞可以用，故改爲直接用"fu"的音譯。見蔣文燕，《研窮省細微，精神入畫圖：漢學家康達維訪談録》，《國際漢學》，2010 年第 2 期，第 13—22 頁。

描寫性複音詞），康教授對此類詞語特別加以關注，在翻譯時下了很大的功夫，以傳達原詞的意義和聲韻。[14] 在第一册的翻譯説明中，他已經指出此類詞的語音比構形更重要："這些詞語的含義，經常代表雙聲或疊韻的'聲音—形象'，而不總是由用於書寫的文字構形來確定。此外，在不同的語境中，相同的描寫性複音詞的意義可以有所不同。"[15]在第二册的《導論》及一篇專論中，[16]康教授更爲深入集中地討論了此類詞的特性和翻譯問題。注疏家們往往用"高貌"、"亂貌"、"流水聲貌"一類詞語含糊地解釋聯綿詞，這顯然對精確理解無濟於事。康教授採用卜弼德（Peter A. Boodberg）的方法："用兩個英文單詞來表示複音詞……通過頭韻法或同義詞重複來傳達中文詞語的某些悦耳的諧音效果。"例如，用"toss and tumble"一類押頭韻的兩個同義詞來傳達雙聲的效果，用"pitching and rolling"一類押尾韻的兩個同義詞來傳達疊韻的效果。此外，康教授在確定聯綿詞的含義時，通常設法找到詞的表意成分，因爲："在大多數例子中，描寫性複音詞中至少有一個字爲意義提供綫索。我稱這個要素爲表意字。在注釋中，我對這些描寫性複音詞中至少敢於推斷的部分進行簡明分析。"例如，既是雙聲又是疊韻的聯綿詞"澹淡"，康教授釋爲"澹澹"，因爲《説文》將後者訓爲"水搖貌"。於是他將班固《西都賦》形容水上船行的"靡微風，澹淡浮"譯爲：

Wafted by the gentle breeze,　　　　　　　　　隨微風飄蕩，

Tossed and rocked, they sail across the water.[17]　　搖曳晃動，駛過水面。

此處用"toss"和"rock"兩個諧元音的同義詞譯"澹淡"，既準確地描繪出"水搖貌"，又在一定程度上傳達了疊韻的聲音效果。當然，聯綿詞的情況千變萬化，康教授總是充分運用文字學、音韻學、文獻學等知識，根據不同語境給出既準確又傳神的各種翻譯，並在注釋中展開詳細的語文學考證。

此外，《文選》賦篇還以大量鋪陳同義詞而著稱。爲了傳達這一特點，康教授動用了同樣大量的英文同義詞，以避免譯文呆板貧乏。[18] 他的英譯辭藻豐贍優美，與賦的

---

[14] 柯睿、馬銀琴、王慧、何新文等已注意此點。見 Kroll，"Review," *Journal of the American Oriental Society* 109.3 (1989)：488‐92；馬銀琴，《博學審問、取精用弘：美國漢學家康達維教授的辭賦翻譯與研究》，《福建師範大學學報》，2014 年第 1 期，第 113—120 頁；王慧、何新文，《康達維漢賦描寫性複音詞的英譯策略與方法論啓示》，《湖北大學學報》，2016 年第 2 期，第 147—153 頁。

[15] Knechtges，*Wen Xuan*，v. 1，xiii‐xiv.

[16] Knechtges，*Wen Xuan*，*or Selections of Refined Literature: Volume Two*（Princeton：Princeton University Press，1987），pp. 1‐13；Knechtges，"Problems of Translating Descriptive Binomes in the Fu," *Tamkang Review* 15.1‐4 (1984‐85)：329‐47.

[17] Knechtges，*Wen Xuan*，v. 1，p. 143.

[18] 柯睿已注意此點。見 Kroll，"Review," *Journal of the American Oriental Society* 109.3 (1989)：488‐92.

富麗辭藻正相匹敵。柏夷在書評中稱贊，康教授的翻譯和注釋爲漢學研究者提供了一部"古代漢語的英語辭典"："這不是一部僅供一次性閱讀的著作，任何一位涉及古代中國研究的學者和教師都會將其置於所偏愛的辭典之旁，並期待着每天向其諮詢。"⑲

最後，在注釋方面，《文選》賦卷譯注以考證詳實、詮釋精細而著稱。與翻譯的嚴謹學術態度和集大成的方法一樣，康教授利用了"所能找到的古代或現代、亞洲或西方的最權威學術研究"，⑳以及所掌握的百科全書式的知識體系，無一遺漏地對所有字詞、名物、典故、語源、音韻、典章、制度、禮儀、習俗等加以分析、考據、論證和詮釋，糾正和補充了此前各種注本的無數錯訛疏忽。《文選》賦卷譯注三册的注釋所達到的細緻微妙、精當準確、徹底全面的水平，在注疏史上罕有匹敵，代表了最高層次的學術研究和標準的國際學術規范。㉑

退休後的康教授目前正在完成《文選》譯注工程餘下的部分。他曾自謙爲"世界上翻譯最慢的一位譯者"，㉒然而正是這種長達半個多世紀的、不急於求成的不懈努力和嚴謹研究，成就了可以傳之名山的傑作。《文選》英文譯注三册久已成爲西方漢學界的必備參考書；中文版《文選》賦卷譯注面世後，相信會在治學態度、研究方法和學術研究各方面給予中國古代文學和文化研究者重大的啓示和深遠的影響。

翻譯過程中，康先生對一些細小的地方有所訂正，茲不一一注出。英文原書中的古今地名今多有所改易，考慮到古今地名並非都能一一对應的複雜性，不再另作改動，一依英文原書。同時，爲方便讀者使用，本書附有《文選》（上海古籍出版社，2019 年）原文，以方便讀者對照閱讀。因《文選》版本較爲複雜，本書擷入的《文選》文字一依原書，不作更易。

賈晉華

2019 年 12 月 15 日

---

⑲ *The Journal of Asian Studies* 57.3 (1998)：843.

⑳ Knechtges, *Wen Xuan*, v. 1, xi.

㉑ 原著將注釋與譯文相對應，左頁是注釋，右頁是譯文，按行數排序，十分方便讀者對照閱讀。出於排版等因素的考慮，中文版按照目前通行的方法，採用脚注的方式，但仍注明行數，以便讀者檢索和對照原著。

㉒ 康達維，《玫瑰還是美玉：中國中古文學翻譯中的一些問題》，李冰梅譯，收趙敏俐、佐藤利行，《中國中古文學研究》，北京：學苑出版社，2005 年，第 40 頁。

原　序

　　研究唐代已降中國文學的人，無不注意到除了先秦經典之外，幾乎所有對早期作家的引用和典故都可追溯到一部選集，這就是《文選》。《文選》實際上是每一位文人的核心讀本。甚至那些作品早於此集編纂的作者似乎也讀過相同的作品，這表明其選擇確實不僅僅是個人的獨特品味。我認爲可以公允地説，這裏所翻譯的作品以獨特的方式代表了早期的中國文學傳統。研究這一傳統及其在後代的表現形態，是不可能忽視它的内容的。但是，這是一部龐大得令人勞心勞力的選集，即使以中文標準來看，也是異乎尋常地難讀。在康達維這部全譯本出現之前，其内容只有隨意選擇的極少數片段被譯爲英文，並都是零碎的且質量參差不齊。

　　固然，這一不朽全集的近 90% 已由奥地利漢學家贊克翻譯成德語，此册書即對其特别致以紀念。贊克的翻譯於二三十年代在巴達維亞（Batavia）出版，但未引起注意。1958年，Ilse Martin Fang 將其編集爲兩大卷，收入哈佛燕京學社研究叢書。如同康達維教授在其《導論》中慷慨確認，贊克的翻譯代表近乎超凡的成就。但是，一些最重要的選文如班固的《兩都賦》和宋玉的《風賦》並未包括在内。更嚴重的是，贊克没有接觸到最好的文本和現代中日學術的寶貴貢獻。由於他是"爲學生"而非普遍的讀者而翻譯，贊克選擇的方法是時常添加信息和意譯，而非提供更需要的注釋。目前這本準確、易讀和注釋詳細的譯本完美地彌補了所有這些缺點，而且爲我們提供了精準清晰的譯文，並輔以無可挑剔的語文學考證。它代表了超過十五年的熱愛和盡心工作的結果。讀者只能不斷地感謝譯者、國家人文基金會的翻譯項目以及普林斯頓大學出版社的普林斯頓圖書館亞洲翻譯叢書的編輯，他們的想象和深邃智慧使這一著作的出版成爲可能。

馬瑞志（Richard B. Mather）

明尼阿波利斯

1981 年 7 月

目　録

上　册　京都之賦

第一卷

　京都上

第二卷

　京都上

第三卷

　京都中

第四卷

　京都中

中　册　　郊祀、耕藉、畋獵、紀行、遊覽、宮殿、江海之賦

下　　册　物色、鳥獸、志、哀傷、論文、音樂、情之賦

京　都

前　言

　　不可否認，翻譯諸如《文選》這樣既難且長的著作是一項大膽甚至是魯莽的工程。儘管我幾乎持續不斷地研究這一文本十五年有餘，但只是在過去的三年，我才開始系統地着手將整部著作譯成具有完整注釋的英譯本。我發現這一工作富於挑戰性，雖有時乏味，卻始終值得。仔細閱讀這一傑出文學作品的總集使我深入認識中國古代文化，這是非常寶貴的收穫。

　　首先，應當聲明，我不認爲我的著作主要是譯本。儘管我試圖把《文選》的選篇翻譯成優美易讀的英文，但是我不敢自詡創作了偉大的詩歌。有時我有意地直譯，因爲我覺得與其尋找不適合中文語境或不爲語文學根據所接受的對應英文，不如保留原文的意思。這一《文選》譯本既是參考書也是翻譯。注釋利用了我所能找到的古代或現代、亞洲或西方的最權威的學術研究。我緊緊跟隨中國的傳統注家，尤其是學識和對古典語言的精通遠超我自己的能力的清代考據家。因此，這裏很少可以看到全新的解釋。在有疑問的情況下，我通常爲讀者援引二手資料而非提出我自己的原創解釋。我發現僅是試圖解釋中國學者精深論述的過程，就是一項足夠困難的任務。我也相信，以簡潔全面的形式展示他們所包含的信息，就已經是重大的貢獻。

　　除了中國學者的論著，我還發現此前的《文選》譯本的巨大價值。我無比尊重贊克（1872—1942）的不朽功業，他幾乎將整部《文選》譯成德文。儘管他的著作沒有注釋，但是我經常發現他的意譯在中國注家含糊不清或未作説明的地方很有用。我也很倚重最近的日文譯本，尤其是小尾郊一和花房英樹的七卷完整譯著，以及內田泉之助、網祐次及中島千秋的部分翻譯。我發現這些譯著便於找出中文注釋所引段落的確切位置，而且尤其有助於分析句法不是很明確的語句。

　　除了這些重要的參考工具，我還受到數位英語翻譯家的幫助和啓發，採用了他們的一些做法。我要特別感謝我以前的老師海陶瑋，我試圖效仿其既精確又優美的散文和詩歌譯作。雖然我沒有達到霍克斯（David Hawkes）的能力和修養，但是我將其精湛的《楚辭》翻譯作爲優秀學術和優美英文的典範。我還必須承認薛愛華（Edward H. Schafer）的影響，他對語文學和科學準確性的堅持經常激發我深入挖掘文獻，以發現語詞的真正含義。最後，我要提及馬瑞志著作對我的啓發，當我試圖將六朝漢語譯成英文時，其《世說新語》譯著常在我的手邊。

對我的著作給予幫助的人很多，這裏無法提及所有人的名字。我的妻子張泰平在學術建議和精神支持上對我幫助最大，她對難懂語句的精湛解釋使我免於很多錯誤。我還要感謝我的研究助手 Alan Berkowitz，Eva Chung，Robert Joe Cutter 和 Felicia Hecker，他們在校勘、編纂書目及糾正衆多錯誤方面給予我許多幫助。我必須稱許 William G. Crowell 在南京大學圖書館發現的關於蕭統在何處編纂《文選》的研究信息。John Marney 和 J. T. Wixted 提供了很多有用的文體和書目的建議，Jack L. Dull 給予我有用的歷史方面的信息，Paul L-M Serruys 爲我提供語言問題方面的建議。我必須感謝華盛頓大學研究生院研究基金在我工作最需要幫助的時候所給予的資助。

此書的籌備工作得以完成，部分得益於國家人文基金會這一獨立聯邦機構所提供的翻譯項目基金。

（1982 年）

翻譯説明

　　此册的所有作品都是賦這一體裁的範例。賦曾被譯爲不同的名稱，包括韻文（rhyme-prose）、散文詩（prose poem）、詩體文（poetic essay）、激情詩或贊詞（rhapsody），後者爲我所採用。① 詩人們創作賦時，在其作品中融入淵博學識和豐富詞彙。這些篇章實際上是關於中國早期動植物、天文學、礦物學、建築學、地理學、政治、歷史、禮儀、醫學、服飾、兵器、交通、民俗學、音樂甚至哲學等信息的寶庫。注釋的目的之一是解釋各種專業術語，這些術語甚至連受過教育的中國讀者在没有注解的幫助下也無法理解。多數術語，尤其是植物、動物、礦物和魚的名字，我不提供擴展説明，而是指引讀者參考二手資料中的詳細討論。在無法確認植物、動物、礦物和魚類術語的情況下，我嘗試創造對應的英文。不管多稀奇，只有在超出我的認知和資源範圍的情況下，我才將術語羅馬音化。我儘可能地以科學和語文學的準確性考慮爲指導，甚至犧牲詩意。譬如，我從不譯植物"蘭"（thoroughwort）爲"蘭花"（orchid），即使多數翻譯家認同"蘭花"更具詩意。② 我對神話中的生物的名字稍作妥協，例如或多或少地遵循了"鳳凰"的標準翻譯，將"鳳"譯作"phoenix"而"鸞"譯作"simurgh"。但是其他大多數神話生物的名字，我選擇將之羅馬音化並在注解中説明。

---

① 有關將賦譯爲 rhapsody 的討論，參看 David R. Knechtges, *The Han Rhapsody: A Study of the Fu of Yang Hsiung*（*53 B.C.- A.D. 18*）(Cambridge: Cambridge University Press, 1976), pp. 12 - 14。其他一些學者也用 rhapsody 譯賦，包括 Edward H. Schafer, *The Vermilion Bird: T'ang Images of the South*（Berkeley and Los Angeles: University of California Press, 1967), pp. 121, 230, 252; James Robert Hightower, *The Poetry of T'ao Ch'ien*（Oxford: Oxford University Press, 1970), p. 259, n. 1; Derk Bodde, *Festivals in Classical China: New Rear and Other Annual Observances During the Han Dynasty 206 B.C.- A.D. 220*（Princeton: Princeton University Press, 1975), p. 22; William T. Graham, Jr., "Mi Heng's 'Rhapsody on a Parrot,'" *HJAS* 39（June 1979）: 39 - 54。早在 1919 年，阿瑟・威利（Arthur Waley）已經將賦譯爲 rhapsody，見其 *More Translations from the Chinese*（New York: Alfred A. Knopf, 1919), p. 17。

② 在此點上，我與兩位成就最大的翻譯家不同。阿瑟・威利解釋説，他喜歡用蘭花是因爲"'Thoroughwort'在音節上是笨拙的，而且對多數讀者來説並未傳達任何意思"（*The Nine Songs: A Study of Shamanism in Ancient China*［London: Allen and Unwin, 1955］, p. 17）。霍克斯贊同威利的做法："爲了方便，我跟隨一個長久以來的傳統譯法，雖然我知道這一譯法是錯誤的（按指的是將蘭譯成蘭花）。"（*Ch'u Tz'u: The Songs of the South*［1959; rpt. Boston: Beacon Press, 1962］, pp. vii - viii）

　　更難處理的一類術語是描寫性複音詞（descriptive binome，即中文所稱聯綿詞），甚至最好的中文注釋中對此類詞語也經常解釋得含糊或不準確。③ 這些詞語的含義，經常代表雙聲或疊韻的"聲音—形象"，而不總是由用於書寫的文字構形來確定。④ 此外，在不同的語境中，相同的描寫性複音詞意義可以有所不同。儘管對這類詞語進行詳細的語言分析是有價值的貢獻，⑤但除少數情況外，我未在我的注解中探討它們。多數情況下，尤其是那些不能完全理解的術語，我接受清代的《文選》權威和高本漢（Bernhard Karlgren）給出的解釋。⑥ 我經常將一個描寫性複音詞譯成兩個英文單詞，並不是因爲我相信複音詞的每個構詞成分都有精確的詞彙意義，而是爲了獲得更具韻律的英文句子，在可能的情況下通過雙聲或使用同義詞的重複來暗示漢語詞語的悦耳效果（在翻譯疊韻的複音詞時我沒有嘗試押韻）。

　　對於此書所譯的作品，我也沒有提供詳細的文學分析。相反，除了可以作多種解釋的段落外，我更喜歡讓詩歌爲自己説話。如果包括文學闡釋，將會使本已龐大的作品變成一部臃腫的巨著，而且我將很快出版有關這些賦文的延伸論述，因此不在這裏重複工作。⑦

　　雖然我一直追求一致並試圖遵循原文的順序，但是出於使英語語義明晰或語音和諧的考慮，在一些地方我只能給出接近漢語原文的翻譯。在缺乏主語會使整句難以理解的地方，我也毫不猶豫地提供默認的主語。與原文的其他細微偏差包括增加連詞或過渡詞，以使主句和從句之間的連接更加順暢。

　　在注釋中，我在所引用著作第一次出現時明確指出所用的版本。關於《論語》和《孟子》，我給出里雅各（James Legge）《中國經典》（*The Chinese Classics*）中的章節編號。關於《詩經》，我給出的是基於高本漢《詩經》（*The Book of Odes*）中的毛詩篇章編號。所有注釋中引用的翻譯，除非注明，都是我自己的。我一般不提供其他譯本的出處，因爲多數出自經典，讀者可以很容易地在標準翻譯中找到這些段落。現代之前中國著作的名稱，我在第一次出現時翻譯；現代中日著作名稱的英譯則可在參考書目中

---

③ 關於賦的描寫性語言的介紹，參看 Yves Hervouet, *Un Poète de cour sous les Han: Sseu-ma Siang-jou*, *Bibliothèque de l'Institut des Hautes Etudes Chinoises*, vol. 19 (Paris: Presses U niversitaires de France, 1964), pp. 337 – 59。

④ 參看 Paul L-M Serruys, "Philologie et linguistique dans les études sinologiques," MS 9 (1943): 181。

⑤ 吳德明在 *Le Chapitre 117 du Che ki*（參看《導論》注 478）中有包括關於司馬相如賦中所有複音詞的充分討論。然而，吳德明堅持對構成成分的準確翻譯，卻往往產生不能令人滿意的結果。參看《導論》注 479 的評語。

⑥ 我充分參考了高本漢的《詩經》和《尚書》注釋。

⑦ "History of the Fu, 3rd Century B.C. to A.D. 7th Century," *Chinese Literary History*, vol. 3, edited by Stephen Owen and David R. Knechtges (forthcoming).

找到。

　　對於此書的多數作品來説，文本的異文不是一個嚴重的問題。除了《後漢書》本和《文選》本存在顯著差異的《兩都賦》，我没有試圖囊括大量的校勘注釋。

　　關於漢語字詞發音及地名人名的確定，我利用了《辭海》和《國語詞典》。⑧ 與古代地名對應的今稱基於《辭海》，如果《辭海》中没有，就用諸橋轍次的《大漢和辭典》。⑨

---

⑧ 辭海編輯委員會編，《辭海》，2 册（1965；重印，香港：中華書局，1979）；中國大辭典編纂處編，《國語辭典》，4册（1937；重印，臺北：臺灣商務印書館，1965）。

⑨ 諸橋轍次，《大漢和辭典》（東京：大修館書店，1957—1960）。

導　論

中國早期文體理論和文體選集的濫觴

在宋代(960—1279)準備科舉考試的學生中流傳着這樣一句話："《文選》爛,秀才半。"①這一著名的諺謡直到現代中國仍然是俗語,説明作爲中國最重要、閲讀最爲廣泛的文集之一的《文選》對中國傳統士人階層有着深遠影響。《文選》曾經被稱作"中國選集"。② 它是中國現存最早的、按文體排列的文學總集,由世稱"昭明太子"的蕭統(501—531)編纂,包括 130 位作家的 761 篇文章和詩歌,作品年代涵蓋從周代晚期到梁代的歷史時期。它囊括了早期中國文學出自 37 種不同文體的優秀作品,保存了漢魏晉南北朝時期絶大部分最出色的賦(韻文)、詩(抒情詩)篇章,同時也包括銘文、碑文、悼文、騷、贊、頌、論説文、奏疏、書信、序、箴言、詔令等文體的代表佳作。它是現代之前有文化的中國人主要的文學知識來源之一,並且直到現在仍然是唐以前文學研究者的必備手册。

《文選》是幾個世紀以來文體選集試驗的成果。早在周代,中國的文人便已經開始從事文學名作的選編。傳統上認爲,孔子選擇 305 篇詩歌,構成中國第一部詩歌選集《詩經》。③

---

① 見陸游(1122—1210),《老學庵筆記》,《叢書集成》,卷 8 頁 71:"國初尚《文選》,當時文人專意此書,故草必稱王孫,梅必稱驛使,月必稱望舒,山水必稱清暉。至慶曆(1041—1048)後,惡其陳腐,諸作者始一洗之。方其盛時,士子至爲之語曰:'《文選》爛,秀才半。'"也可參看王應麟(1223—1296),《困學紀聞》,收翁元圻(1750—1825)編,《翁注困學紀聞》,《四部備要》,卷 17 頁 10b。

② 贊克的《文選》譯著題爲 *Die Chinesische Anthologie: Übersetzungen aus dem Wen hsüan*, ed. Ilse Martin Fang, Harvard-Yenching Institute Studies 18, 2 vols. (Cambridge:Harvard University Press, 1958)。海陶瑋稱《文選》爲"傑作之選"("The *Wen Hsüan* and Genre Theory," *HJAS* 20 [1957]:517; rpt. in *Studies in Chinese Literature*, ed. John L. Bishop, Harvard-Yenching Institute Studies 21 [Cambridge:Harvard University Press, 1965], p. 147)。

③ 將《詩經》的編纂歸屬於孔子最早出現在司馬遷(前 145—前 86)的《史記》中:"古者《詩》三千餘篇,及至孔子,去其重,取可施於禮義。"見《史記》(北京:中華書局,1959),卷 47 頁 1936。現今學界一致認爲,雖然孔子在將《詩》作爲儒家教育課程方面扮演了重要角色,但是這 305 首詩的本子很可能在他的時代之前便存在。有關孔子對《詩》的觀點的新近論述,見 Donald Holzman, "Confucius and Ancient Chinese Literary Criticism," in *Chinese Approaches to Literature from Confucius to Liang Ch'i-ch'ao*, ed. Adele Austin Rickett (Princeton:Princeton University Press, 1978), pp. 29 - 38。

在漢代，目録學家劉向（前 77—前 6）及其子劉歆（？　—23）在編訂宮廷所藏舊籍的過程中，也在某種程度上致力於文集的編纂，④將名目繁多、迥然不同的散亂文獻分類簡化爲條理清晰的集子。劉向甚至可能參與了《楚辭》這部中國南方詩歌的重要選集的編纂。⑤

可是，這些最初的文學選集僅僅限定於某種單一的文體，只有在漢代之後才出現包括多種文體的最早"總集"。按文體排序的總集没有在更早的時間出現，其原因之一是區分和界定文體類型的文論直到公元 3 世紀初才出現（也可以加上另一個文體理論產生的原因，即必須要有大量獨立的、各不相同的形式寫成的文學作品）。漢代哲學家王充（27—約 100）確實曾形成"五文"的結構，但是他所區分的範疇並不包括純文學文體。⑥

第一位提出純文學文體分類的是魏文帝曹丕（187—226）。他的論説文《論文》⑦是《典論》這部只有一小部分流傳至今的著作中的一章，文中建立文章"四科"的理論："夫文，本同而末異。蓋奏議宜雅，書論宜理，銘誄尚實，詩賦欲麗。"⑧學者們注

---

④ 在關於《荀子》和《戰國策》的報告中，劉向提到，他將《荀子》從 322 篇删減到 32 篇（見《荀子》，《四部備要》，卷 20 頁 20a）；關於《戰國策》，總共有八部不同的著作，都包含戰國的故事和話語，他將其删減爲一部 33 篇的文本（見《戰國策》，《四部備要》，目録頁 1b）。雖然《荀子》和《戰國策》這類作品從未被分類爲集，但關於它們是選集的一種類型的説法卻並非靠不住。除了荀卿的哲學作品，我要指出，《荀子》包含兩章詩體作品（這些章節叫作"成相"和"賦"）。科蘭普已經論證了《戰國策》基本上是一部叫作"説"的文體的集子。見 *Intrigues: Studies of the Chan-kuo Ts'e*（Ann Arbor：University of Michigan Press，1964）。

⑤ 《楚辭》的注釋者和編校者王逸（約 89—158）明確提到，他所編的《楚辭》以劉向彙編的一部十六卷的選集作爲底本。見洪興祖（1070—1135）編，《楚辭補注》（香港：中華書局，1963），卷 1 頁 38a。王逸的宣稱有一個重要問題，即如果劉向編輯了《楚辭》，爲什麼這部作品没有列入劉向自己的《七略》目録中？我主張《楚辭》没有列入《七略》或作爲其節略本的《漢書·藝文志》的原因是，劉向的七部分類體系並没有集部或者説文學選集的部分。《楚辭》詩人們的作品在詩歌部分（"詩賦略"）被分別單獨列出，確實没有地方將他們的作品列爲"總集"。見 Knechtges，*The Han Rhapsody*，p. 124，n. 18。在寫下這一關於早期選集的論述後，我發現李又安（Adele Austin Rickett）已經將《詩經》和《楚辭》都認定爲最早的中國選集。見"The Anthologist as Literary Critic in China，" *LEW* 19（1975）：147。

⑥ 見劉盼遂編，《論衡集解》（臺北：世界書局，1958），卷 20 頁 411。這五類爲：（1）經典（五經和六藝）；（2）"諸子傳書"；（3）"造論著説"；（4）"上書奏記"；（5）"文德之操"，或有實用功能的文學作品（見《論衡集解》，卷 28 頁 561）。有關這一令人費解的公式化表述之探討，見 Ronald C. Miao，"Literary Criticism at the End of the Eastern Han，" *LEW* 16（1972）：1021。

⑦ 收《文選》（臺北：正中書局，1971），卷 52 頁 6a—8a。此文已經被翻譯過，見 E. R. Hughes，*The Art of Letters: Lu Chi's "Wen Fu，" A.D. 302*（Princeton：Princeton University Press，1951），pp. 231 - 34，全本；Hightower，"The *Wen Hsüan* and Genre Theory，" pp. 513 - 14，節選；Vincent Yu-chung Shih 施友忠，*The Literary Mind and the Carving of Dragons*（New York：Columbia University Press，1959），pp. xxv - xxvi，節選；Miao，"Literary Criticism，" pp. 1020 - 28，全本；James J. Y. Liu（劉若愚），*Chinese Theories of Literature*（Chicago：University of Chicago Press，1975），pp. 12 - 13，121，節選；David Pollard，"*Ch'i* in Chinese Literature Theory，" in *Chinese Approaches to Literature from Confucius to Liang Ch'i-ch'ao*，ed. Rickett，pp. 48 - 50，節選；Donald Holzman，"Literary Criticism in China in the Early Third Century A. D.，" *AS* 28（1974）：128 - 31。

⑧ 《文選》，卷 52 頁 7b。

意到,相對於編製一個綜合性的文體目録,曹丕可能對爲文學創作構想出一套系統化的標準更有興趣。這種標準類似於 3 世紀那些長於"清議"的人物品鑒專家提出的"才性"類别。⑨　然而,無論動機如何,他的嘗試激發了接下來的幾代詩人和批評家在其方案的基礎上進行擴充。陸機(261—301)與曹丕十分相似,他在《文賦》中列舉十種文體並描述其特徵:⑩

> 詩緣情而綺靡,賦體物而瀏亮。碑披文以相質,誄纏綿而悽愴。銘博約而温潤,箴頓挫而清壯。頌優遊以彬蔚,論精微而朗暢。奏平徹以閑雅,説煒曄而譎誑。⑪

陸機將特定的文體與某些特性相聯繫,雖然其中的一些特性十分含糊,成爲中國學界的爭論對象,⑫但與曹丕主要關注確立四種一般的文學種類不同,⑬陸機似乎注意到多種多樣的文學類别,每種都有自己的顯著特徵。

　　與將文學作品劃分爲獨立類型的分類同時,一些學者收集各種作品並按文體編纂爲選集。最早的有確實文獻記載存在的文學總集,是與陸機同時代的摯虞(?—312)

---

⑨　海陶瑋持這一觀點,見其"The *Wen Hsüan* and Genre Theory," pp. 513 - 14。然而,關於漢末至魏"才性與名位"相匹配的盛行和初露頭角的文學及文體批評的關係,王瑶的分析最爲全面。見王瑶,《文體辨析與總集的成立》,收《中古文學思想》(1951;香港:中流出版社,1973 再版),頁 124—152。文體特性的建立可在其他建安和魏國的作家中看到。桓範(?—249)在他的政論文《世要論》中探討了贊、序、銘、誄的功用和特性,見《群書治要》,《叢書集成》,卷 47 頁 837—838。劉楨(?—217)在他的《處士國文甫碑》中説:"咸以爲誄所以昭行也,銘所以旌德也。"見歐陽詢(557—641)編,《藝文類聚》(北京:中華書局,1965),卷 37 頁 658。
⑩　見《文選》,卷 17 頁 1a—10a。此文已經被翻譯過,見 Georges Margouliès, *Le "Fou" dans le Wen siuan: étude et textes* (Paris: Paul Geuthner, 1926), pp. 82 - 97, 以及 *Anthologie raisonné de la littérature chinoise* (Paris: Payot, 1948), pp. 419 - 25; Chen Shih-hsiang (陳世驤), "Literature as Light Against Darkness," *National Peking University Semicentennial Papers no. 11* (Beiping: College of Arts, 1948), pp. 47 - 70;修訂本爲 *Essay on Literature* (Portland, M.: Anthoensen Press, 1953), pp. xix - xx;收入 *Anthology of Chinese Literature*, ed. Cyril Birch and Donald Keene (New York: Columbia University Press, 1965), pp. 204 - 14; Achilles Fang (方志彤), "Rhymeprose on Literature: The Wen-fu of Lu Chi (A.D. 261 - 303)," *HJAS* 14 (1951): 527 - 66; rpt. *Studies in Chinese Literature*, ed. Bishop, pp. 3 - 42; Hughes, *The Art of Letters*, pp. 94 - 108。
⑪　《文選》,卷 17 頁 4b。
⑫　謝榛(1495—1575)《四溟詩話》批評陸機使用"瀏亮"一詞形容賦,他聲稱這並不適用於漢賦,因爲賦應該用較深奥難解的語言。見《四溟詩話》(北京:人民文學出版社,1961),卷 1 頁 18,第 61 條。劉勰(465?—522?)在他的《文心雕龍》中抨擊陸機把"説"描述爲"譎誑":"自非譎敵,則唯忠與信。披肝膽以獻主,飛文敏以濟辭,此説之本也。而陸氏直稱説煒曄以譎誑,何哉?"見范文瀾注,《文心雕龍注》(1936;臺北:文光出版社,1973 再版),卷 4 頁 329。
⑬　他試圖建立的只有四種文學門類,很可能受到孔子明確指明其弟子的四種能力的觀念之影響(見《論語》,11/2),或受到漢代"四行"思想的影響——一個人理論上必須具有的四種道德品質,以便獲得官職的舉薦。見《漢書》(北京:中華書局,1962),卷 9 頁 287;Homer H. Dubs, trans., *The History of the Former Han Dynasty* (以下寫作 *HFHD*), 3 vols. (Baltimore: Waverly Press, 1938 - 1955), 2: 317, n. 7.5; Ch'ü T'ung-tsu (瞿同祖), *Han Social Structure*, ed. Jack Dull (Seattle: University of Washington Press, 1972), p. 381, n. 224.

編纂的《文章流別集》。⑭雖然此集本身没有流傳下來，但是我們仍然可以從保留下來的"論"中獲得關於其内容的足夠知識，這些評論包含於原書的各部分。⑮摯虞現存的評論涉及的文體包括頌、賦、詩、七、箴、誄和哀辭（或哀策）。摯虞甚至爲圖讖專門設立一節，這表明他將文學設想爲一切書寫形式，與文學評論家劉勰（465？—522？）看法相同。⑯幾乎摯虞的全部評論都展現了强烈的文學説教觀念。他熱情贊揚"美盛德之形容"⑰的頌爲"詩之美者也"。⑱他爲近世文學——例如賦——偏離正道的現實而扼腕嘆息。他譴責不少漢代作家錯誤地將其作品冠名爲"頌"，認爲將其歸入另一種文體更恰當。⑲他批評荀卿（前313？—前238？）和屈原之後的賦家（賈誼［前200—前168］除外）重"事行"輕"義正"，致使他們濫用"假象"、"逸辭"、"辯言"和"麗靡"。⑳摯虞厭惡那些重視語辭上的藝術效果勝過道德内容的説教性作品，作爲例證的是他對"七"這種

⑭《隋書·經籍志》認定摯虞是第一個編纂總集的人，見《隋書》（北京：中華書局，1973），卷35頁1089。然而，它在同一部分也列舉了名爲《善文》的五十卷的文集，由《左傳》的注者杜預（222—284）編纂；見《隋書》，卷35頁1098。除了保存在《史記》注（卷87頁2548）中的秦朝無名氏的兩行書信，對其内容我們一無所知。另一部大約同時期的文集是被歸屬於李充（323年在世）的《翰林》。在《晉書》作家傳記部分的引言中，它作爲一部曹氏家族和建安七子的"總其菁華"的作品而被提及；見《晉書》（北京：中華書局，1974），卷92頁2369。《隋書》（卷35頁1082）列舉了一部三卷本的《翰林論》，但又提到同一部作品的五十四卷本的梁代目録。我推測這部梁代的目録是《晉書》中提到的建安和魏文學的選集，另有關於文集中的作家和作品的評論。三卷本的著作很可能是單獨出版的評論。《翰林論》只有些許片段得以保存下來。其中最完整的輯本見許文雨《文論講疏》（南京：正中書局，1937），頁59—65。《翰林》可能並不是李充的作品，而是一個叫李軌（3世紀末）的學者的，見程弘，《〈翰林論〉作者質疑》，《文史》1（1964.10）：44。也可參看户田浩曉，《李充の翰林論について》，《大東文化》16（1937.7）：78—85；般津富彦，《李充の翰林論について》，收《内野博士還曆記念東洋學論集》（東京：漢魏文化研究會，1964），頁217—233。
⑮《晉書》的摯虞傳（卷51頁1427）提到他的題爲《流別集》的選集，並説它包含三十卷，每種文體都有論述。《隋書》（卷35頁1082）所引的一種梁代目録表明它是一部六十卷的書，另有兩卷"志"和兩卷"論"。《隋書》（卷35頁1081）將這部四十一卷的作品，與另一部單獨的題爲《文章流別志論》的兩卷本注釋和論文列在一起。我推測"志"可能與在《隋書·經籍志》（卷33頁991）的目録部分中列在摯虞名下的叫作《文章志》的四卷作品是相同的。在各種原始資料中出現的片段，表明它記録了作家的生平和作品目録的信息。見《三國志》（北京：中華書局，1962），卷19頁560，注釋3；《後漢書》（北京：中華書局，1963），卷37頁1260；劉義慶輯，《世説新語》（香港：中華書局，1974），卷4頁46；《文選》，李善（？—689）注，卷18頁1b，卷20頁19a，卷21頁21a，卷24頁26a，卷35頁20a，卷40頁15b，卷40頁17a，卷42頁1b，卷42頁9b，卷42頁13b，卷47頁6b。關於"論"的片段，最完整的輯本見許文雨，《文論講疏》，頁67—84。它們已經被艾倫（Joseph Roe Allen III）所翻譯，"Chih Yü's *Discussions of Different Types of Literature*," in *Two Studies in Chinese Literary Criticism*, by Joseph Roe Allen III and Timothy S. Phelan, *Parerga* no. 3, pp. 3‑36（Seattle：Institute for Comparative and Foreign Area Studies, 1976）。也可參看興膳宏，《摯虞文章流別志論考》，收《入矢教授小川教授退休記念中國文學語學論集》（東京：京都大學文學部中國語學中國文學研究室，1974），頁285—299。
⑯摯虞述圖讖云："圖讖之屬，雖非正文之制，然以取其縱横有義，反復成章。"這一段保存在虞世南（558—638）編，《北堂書鈔》（臺北：文海出版社，1966），卷100頁3a。《文心雕龍》第4章專論緯書，它們中的大部分是圖讖。
⑰這是《毛詩序》中的直接引文（《文選》，卷45頁21b）。
⑱見歐陽詢，《藝文類聚》，卷56頁1018。
⑲見李昉（925—996）等編，《太平御覽》（北京：中華書局，1963），卷588頁1a—b。
⑳見歐陽詢，《藝文類聚》，卷56頁1018。

賦的特殊分支的非難。

　　《七發》造於枚乘（？—前140），借吴楚以爲客主。先言出輿入輦、歷瘻之損，深宮、洞房、寒暑之疾，靡漫美色、宴安之毒，厚味暖服、淫躍之害。宜聽世之君子要言妙道，以疏神導體，蹻淹滯之累。既設此辭，以顯明去就之路，而後説以聲色逸遊之樂。其説不入，乃陳聖人辯士講論之娛，而霍然疾瘳。此固膏粱之常疾，以爲匡勸。雖有甚泰之辭，而不没其諷諭之義也。其流遂廣，其義遂變。率有辭人淫麗之尤矣。㉑

　　繼摯虞的選集之後出現了一批相似的選本，它們被列於《隋書·經籍志》之中。其中一些大部頭著作包括可能由謝混（？—412）編集的《集苑》，㉒由劉義慶（403—444）主編的《集林》（他還主編了《世説新語》），㉓以及孔逭（約活躍於480年）的《文苑》。㉔除了這些總集以外，還有很多單種文體的選集，如謝靈運（385—433）和崔浩（？—450）的《賦集》，㉕以及《詩集》和《七集》，這兩部都由謝靈運編選。㉖我們還可以查找到大量的碑、論、詔、奏書、書信、連珠、俳諧文和佛教文獻的集子。㉗

　　儘管這些4到5世紀的文集没有一部保存下來，但在梁代（502—556）它們爲人所熟知，並在國家圖書館甚至可能私人藏書中可方便獲得。㉘文集的編纂者們，比如《文選》，一定對早期選集的選録原則和組織體系稔熟於心。他們的選本的産生並非無中

㉑　見歐陽詢，《藝文類聚》，卷57頁1020；許文雨，《文論講疏》，頁76—77。文本之間有些小差別，我在這裏没有注明。關於"辭人淫麗"這一詞語，參看Knechtges, *The Han Rhapsody*, pp. 95 - 96。《七發》見《文選》卷34。

㉒　《隋書》（卷35頁1082）並未給出編纂者的姓名，但是《舊唐書》（北京：中華書局，1975）卷47頁2081和卷47頁2084注釋16列舉被認爲是謝混所編的六十卷《集苑》。這與《隋書》所引梁代目録中所列之六十卷著作相符合。

㉓　梁代目録（《隋書》卷35頁1082所引），以及《南史》（北京：中華書局，1975）卷13頁360中的劉義慶傳，表明這部書很龐大，有200卷。在初唐時期（見《隋書》卷35頁1082）已知它有181卷，在晚唐（見《舊唐書》，卷47頁2081）則有一個200卷的版本爲人所知。

㉔　根據12世紀的《中興館閣書目》，這一選集是一部涵蓋了漢及漢以後的十種文學文體的彙編，見王應麟編，《玉海》（浙江書局，1883年版），卷54頁6a。它一度有100卷（見《隋書》，卷35頁1082），但是到了12世紀（見《玉海》，卷54頁6a）只有9卷尚存。它似乎曾經是一部重要的選集。另一部名爲《文苑鈔》的三十卷本的書似乎受到它的啓發（見《隋書》，卷35頁1082）。

㉕　謝靈運的文集有92卷，崔浩的選本有86卷。見《隋書》，卷35頁1082—1083。

㉖　《詩集》（見《隋書》，卷35頁1084）是一部50卷的書，而"七"的選集則有10卷（見《隋書》，卷35頁1086）。

㉗　見《隋書》，卷35頁1086—1089。

㉘　《隋書》舉出在《經籍志》編纂的年代（656）尚存的總共107部2 213卷"總集"，並注明如果將亡佚的作品——大多數列在梁代的目録中——包括進去，則"總集"的總數將有249部5 224卷（見《隋書》，卷35頁1089）。《隋書》列舉了來自梁代的三部目録，每一部都是四卷：殷均（484—532）的《梁天監六年四部書目録》，劉遵（？—535）的《梁東宮四部目録》，以及劉峻（462—522）的《梁文德殿四部目録》（見《隋書》，卷33頁991）。至於這一時期的私人藏書目録，其中有些多達30 000卷，見劉汝霖，《魏晉南北朝時期的私家藏書》，《圖書館季刊》3（1961）：57 - 59；再版於《中國圖書史資料集》，劉家璧編，頁349—357（香港：龍門書店，1974）。

生有，而是反映了長達幾個世紀的文體分類實驗的成果。

蕭統的生平和《文選》的編纂

　　梁代是文學活動昌盛的時期，不僅體現在創作領域，也體現在相對較新的文學評論和學術研究領域。從其建立者蕭衍（464—549；卒後以武帝的諡號爲人所知）開始，蕭梁皇室始終保持着對文學各個方面的熱情專注。作家和學者們被邀請到蕭氏家族位於都城和各封地的宮廷中。很多由門閥士族作家所組成的文學集團和沙龍，通常由蕭氏家族的某一成員領導。㉙

　　梁代前期最重要的一個文學集團以蕭統爲中心。蕭統生於 501 年九月或十月，是蕭衍的長子。㉚ 他的生母是丁令光（485—525），在 498 年蕭衍任襄陽（今湖北襄陽）刺史期間被納爲妾。㉛ 在蕭統出生小半年後，蕭衍奪取政權成爲梁代皇帝。㉜ 蕭統和他的生母在蕭衍對齊政權發動政變時留在襄陽。京邑建康（今南京城南）一經平定，蕭衍登基爲帝，母子二人便奉召進京，賜居顯陽殿。㉝ 蕭衍在稱帝當年的十一月甲子吉日（502 年 12 月 24 日），立蕭統爲太子。㉞

　　作爲皇位繼承人，蕭統所受的教育得到細心的指導。從蕭統幼年開始，飽學之士便以導師、文書官、圖書管理員和編修者的身份被指派給他。直到五周歲時，蕭統依舊居於顯陽殿，其所有隨從都被委任到永福省。㉟ 他的正史傳記全都記載他是一個早慧的孩童。早在兩歲（虛歲三歲）的時候，他便開始受學儒家的《孝經》和《論語》。四歲（虛歲五歲）時就已經可以憑藉記憶背誦五經。八歲（虛歲九歲）時，他在壽安殿講《孝經》，對文本的解説已"盡通大義"。㊱ 儘管早慧的光輝事跡在正史的文人傳記中很常

㉙　關於梁代的沙龍，見森野繁夫，《梁初の文學集団》，《中國文學報》21（1966.10）：83‐108；森野繁夫，《梁の文學集団——太子綱の集団を中心として》，《日本中國學會報》，20（1968）：109‐124；John Marney, *Liang Chien-wen Ti*（Boston：Twayne，1976），pp. 60‐75。

㉚　見《梁書》（北京：中華書局，1975），卷 8 頁 165；《南史》，卷 53 頁 1307。這兩篇朝代史的傳記是關於蕭統生平信息的主要來源。此外還有兩篇年譜：周貞亮，《梁昭明太子年譜》，《文哲季刊》2.1（1931）：145‐178；胡宗楙，《昭明太子年譜》，收《夢選樓叢稿》（出版信息不詳，1932），此篇我未見到。學術性較少的生平描述，見謝康，《昭明太子評傳》，《小説月報》17，增刊（1922.7）；再版於《昭明太子和他的文選》，臺灣學生書局編輯部編，頁 1—20（臺北：臺灣學生書局，1971）。

㉛　見《梁書》，卷 7 頁 160；《南史》，卷 12 頁 339。

㉜　蕭衍登基的確切日期是 501 年 4 月 30 日，見《梁書》，卷 2 頁 33；《南史》，卷 6 頁 183。

㉝　見《梁書》，卷 7 頁 160；《南史》，卷 12 頁 339。

㉞　見《梁書》，卷 2 頁 38；《南史》，卷 6 頁 186。

㉟　見《梁書》，卷 8 頁 165；《南史》，卷 55 頁 1307—1308。至於每年指派給蕭統的官員名單，見何融，《文選編撰時期及編者考略》，《國文月刊》76（1949.2.10）：22‐25。

㊱　見《梁書》，卷 8 頁 165；《南史》，卷 53 頁 1308。

見,但這些記載也許是真的,至少没有與此相悖的證據。㊲

　　蕭統在 506 年 7 月 22 日五歲(虛歲六歲)時,正式在太子的府邸東宫定居。㊳ 在東宫的最初幾年,沈約(441—512)是其老師之一,他可能是當時宫廷中最受尊敬的詩人和學士。㊴ 蕭統最親近的指導教師是禮儀權威徐勉(466—535),皇帝指派他侍奉東宫,尤其是處理太子的事務,"太子禮之甚重,每事詢謀"。㊵ 在蕭統講《孝經》的時候,徐勉擔任執經。之後不久他被選爲太子的"極親賢",一項使他"妙盡時譽"的榮譽。㊶徐勉有廉潔和善行的美譽,他常常將一部分俸禄分發給窮困的親戚。㊷ 雖然原始資料對此並没有明確的記載,但蕭統自身的慈善活動受到老師榜樣的影響是可信的。

　　導師們爲學的熱情在年輕的太子身上不可能全無影響。這一時期蕭統開始發展追求學者風範方面的興趣,古籍珍本的收集便是讓他着迷的一項活動。他的弟弟蕭綱(503—551)這樣描述他藏書癖好的熱烈程度:

　　　　群玉名記,洛陽素簡(竹簡),西周東觀之遺文,刑名墨儒之旨要,莫不殫兹聞見,竭彼緗緗。總括奇異,徵求遺逸。命謁者之使,置籯金之賞。惠子五車,方兹無以比;文終所收,形此不能匹。㊸

在蕭統約十歲的時候,他的族弟蕭範(502—552)向他進獻古本《漢書》,這是蕭統最早

㊲ 關於早熟的文學才能這一慣常的傳統主題,見 Hans H. Frankel, "T'ang Literati: A Composite Biography," in *Confucian Personalities*, ed. Arthur F. Wright and Denis Twitchett, p. 81 (Stanford: Stanford University Press, 1962)。

㊳ 見《梁書》,卷 8 頁 165;《南史》,卷 53 頁 1308。

㊴ 沈約可能從 507 年前後到 510 年擔任這一職位。見《梁書》,卷 13 頁 235;《南史》,卷 57 頁 1412;何融,《文選》,頁 23。沈約和蕭衍曾是同伴,他們都屬於"八友",一個由竟陵王蕭子良(460—494)的門客組成的作家集團。蕭子良在鷄籠山(今南京西北)的西邸是衆多詩歌和學術活動的中心。在蕭子良的贊助下,一部龐大的上千卷的綱要《四部要略》得以編纂。見《南齊書》(北京:中華書局,1972),卷 40 頁 698;《梁書》,卷 1 頁 2;何融,《齊竟陵王西邸及其學士攷略》,《國文月刊》77(1949.3.10):22 - 25。我推測蕭衍指派沈約作爲其子的導師,既是因爲敬重沈約的學問,也是因爲之前與他的密切交往(見《梁書》,卷 13 頁 233;《南史》,卷 57 頁 1411)。沈約是參加蕭統在 504 年關於《孝經》的演講的兩位導師之一。見《梁書》,卷 25 頁 378;《南史》,卷 60 頁 1479。

㊵ 《梁書》,卷 25 頁 378;《南史》,卷 60 頁 1479。

㊶ 《梁書》,卷 25 頁 378;《南史》,卷 60 頁 1479。

㊷ 見《梁書》,卷 25 頁 383;《南史》,卷 60 頁 1483。當他被問及這一慣常做法時,徐勉回答:"人遺子孫以財,我遺之以清白。"

㊸ 《昭明太子集序》,《昭明太子集》,《四部備要》,3a—b。"群玉"是位於西北的傳說中的山名,被認爲是西王母的住處,見《穆天子傳》,《漢魏叢書》,卷 2 頁 4b。"東觀"是後漢時期最重要的圖書館,見 Hans Bielenstein, "Lo-yang in Late Han Times," *BMFEA* 48 (1976): 29 - 30。哲學家惠施(前 4 世紀)的五車書在《莊子》卷 33 中被提到,見郭慶藩(1844—1896)編,《莊子集釋》(臺北:世界書局,1967),卷 33 頁 476。"文終"是漢初大臣蕭何的謚號。當漢代的締造者劉邦(前 247—前 195)攻克秦的都城後,蕭何立即前往秦的檔案室,收集所有的文件和圖譜,然後將它們儲藏在一個安全的地方。見《史記》,卷 53 頁 2014;Burton Watson, trans., *Records of the Grand Historian of China*(以下簡稱 *Records*), 2 vols. (New York: Columbia University Press, 1961), 1: 125 - 26。

獲得的古籍之一。其書紙墨亦古，被認爲是班固的“真本”；並且它是用特殊的“龍舉”之體書寫，既不像隸書也不像篆體。㊹ 蕭統一收到寫本，就立即安排學士劉之遴（478—549）、張纘（499—549）、到溉（477—549）和陸襄（480—549）將它與現存《漢書》進行參校。隨後劉之遴提交了一篇報告，詳細列舉許多值得注意的異文。㊺ 經過大量的諸如此類的努力，東宮的藏書量擴大到約三萬卷。㊻

儘管蕭統年紀尚幼，但他似乎已經積極參與東宮的學術和文學活動。在515年（虛歲十五）行冠禮正式確認他成人之後，㊼他的父皇授權他全權負責一系列事務，包括審閱奏疏、平斷法獄、任用官員。㊽《梁書》的記載顯示，這一時期，東宮儼然成爲學士們重要的嚮往之地：

> 引納才學之士，賞愛無倦。恒自討論篇籍，或與學士商榷古今；閒則繼以文章著述，率以爲常。於時東宮有書幾三萬卷，名才並集，文學之盛，晉、宋以來未之有也。㊾

東宮也是佛教活動的中心。像他父親一樣，㊿蕭統是位虔誠的佛教徒，遍覽衆經。爲了更好地追求所好，他於東宮内别立慧義殿，用於招引名僧宣講布道，談論佛學。蕭統自己也參與討論，“自立二諦、法身義，並有新意”。(51)

他的佛學造詣，和他早年所受徐勉的親善教導一樣，促使蕭統逐漸顯現出强烈的仁愛之心。當他司掌斷獄之職時，他在執行刑罰上所表現的異常寬厚令人稱道。(52) 每當大雨大雪，他就派遣自己的心腹左右前往都城的里巷村莊，以米賑濟貧民。在寒冬臘月，他還用自己府庫中的絹帛製作襦袴，匿名分發給窮人。蕭統給死後無錢置辦體

㊹ 這一文本原先由蕭琛（478—529）在502年左右發現，那時他在宣城（今安徽省宣城縣）供職。他將這一文本呈獻給蕭範。見《梁書》，卷26頁397；《南史》，卷18頁506；Marney, *Liang Chien-wen Ti*, p. 71。

㊺ 見《梁書》，卷40頁573；《南史》，卷50頁1251。

㊻ 見《梁書》，卷8頁167；《南史》，卷53頁1310。這一數目以梁代的標準來看似乎很大了。文德殿藏書樓在505年總共有23 106卷書。見阮孝緒（479—536），《七録》，收《全梁文》，卷66頁13b，收嚴可均（1762—1843）纂，《全上古三代秦漢三國六朝文》（1815；再版，北京：中華書局，1959）。若干私人藏書也同樣數量可觀。沈約有20 000卷（見《梁書》，卷13頁242；《南史》，卷57頁1412），張纘同此（見《南史》，卷56頁1388）。蕭統的族兄蕭勱（約520年在世）有30 000卷的藏書（見《南史》，卷51頁1263）。由蕭綱擴充的東宮全部藏書，於552年侯景叛軍侵入宫殿後被付之一炬（見《南史》，卷80頁1999）。

㊼ 這一典禮在515年正月一日舉行。此時他十三歲（虛歲十五）。見《梁書》，卷8頁165；《南史》，卷53頁1308。

㊽ 見《梁書》，卷8頁167；《南史》，卷53頁1310。

㊾《梁書》，卷8頁167。《南史》（卷53頁1310）的措辭幾乎完全相同。

㊿ 關於蕭衍的佛教信仰，見森三樹三郎，《梁の武帝》（京都：平楽寺書店，1956），頁134—169。

(51) 見《梁書》，卷8頁166；《南史》，卷53頁1308。蕭統對“二諦”（“俗諦”和“真諦”）的討論見道宣（596—667）編，《廣弘明集》，《四部備要》，卷24頁2a—b。他對“法身”（“真”和“法”）的討論見《廣弘明集》，卷24頁8a—b。

(52) 見《南史》，卷53頁1308。

面葬禮的人提供棺槨。他的仁愛之心是如此堅定,以至於聽聞百姓賦役勤苦的消息也足以讓他斂容變色。[53] 他是如此强烈地憎惡强制勞役的觀念,有一次他甚至敢於上疏抗議父皇役使吳興地區(今浙江吳興縣)人民開鑿排水溝渠的詔令。[54]

可惜的是,這樣一位天賦異禀、寬厚仁慈的人卻未能安享壽歲。他於二十九歲过早薨逝,其原因是一次意外事故。531 年 4 月,蕭統與侍從到宮中後池出遊。太子乘小舟去池中採摘芙蓉。與他同行的一名宮女突然簸蕩船隻,蕭統便跌落水中。儘管侍從救出他,他還是受了重傷。[55] 爲了不讓父皇擔憂,他命令侍從們不要講述關於這次事故的任何內容,並叮囑他們僅僅報告他臥病在床("以寢疾聞")。[56] 當他的父皇發布敕令詢問太子的病情時,蕭統親自寫信回應。等到他情況惡化,左右侍從懇求他向皇帝通報,他卻再一次拒絕,並說:"云何令至尊知我如此惡!"最終他在五月七日病危,皇帝才立即收到通報。在皇帝到達東宮前,蕭統已然薨逝。[57]

蕭統於 531 年 6 月 21 日安葬,賜謚昭明太子。皇帝命詩人王筠(481—549)撰寫哀册。[58] 531 年 6 月 27 日,蕭綱繼任太子。[59] 根據慣常的做法,蕭統的正史傳記以其著作的相關信息作爲結束:

> 所著文集二十卷;又撰古今典誥文言,爲《正序》十卷;五言詩之善者,爲《文章英華》二十卷;《文選》三十卷。[60]

這些作品中唯一幸存的是《文選》。[61] 與人們期望的情況正相反,僅有上文所引《梁書》或《南史》的段落提及這部中國最著名的選集。人們只能推測《文選》編輯的方式、時間和編者等問題。[62]

所有那些提供《文選》編纂信息的出處都相對晚出。不管怎樣,它們都在一個問題

[53] 所有這些事跡都列舉在《梁書》(卷 8 頁 168)和《南史》(卷 53 頁 1310—1311)中。也可參看蕭綱的《序》,《昭明太子集》,頁 2b。

[54] 蕭統於 530 年三月或四月上疏,疏文見於《梁書》,卷 6 頁 168—169 和《南史》,卷 53 頁 1311。

[55] 《南史》(卷 53 頁 1311)提到他"動股",似乎是對他所遭受的傷害的委婉説法。我未能找到其確切含義。

[56] 《梁書》(卷 8 頁 169)只提到此事故的這一方面,並没有記述乘船事故,也許爲了避免提到任何可能有損蕭統名聲的事。

[57] 見《南史》,卷 53 頁 1311—1312。

[58] 這一哀册保留在《梁書》,卷 8 頁 169—171。

[59] 見《梁書》,卷 4 頁 104;《南史》,卷 8 頁 229。

[60] 《梁書》,卷 8 頁 171。也可參看《南史》,卷 53 頁 1312。

[61] 現存的五卷《昭明太子集》是於明代編輯的復原後的"選集",它包含若干歸屬錯誤的篇章。見紀昀(1724—1805)等編,《四庫全書總目》(臺北:藝文印書館,1969),卷 149 頁 37b—38b。

[62] 關於《文選》的編纂,見何融,《文選》,頁 22—28;孫克寬,《昭明文選導讀》,《書目季刊》1(1967):49-59;古田敬一,《文選編纂の人と時》,收《小尾博士退休記念中國文學論集》,小尾博士退休記念論文集編集委員會,頁 363—378(東京:第一學習社,1976);清水凱夫,《文選編纂の周边》,《立命館文學》377(1976):207-227。

上達成一致：蕭統並不是以一人之力彙編這部作品。第一批提及蕭統的合編者的有日本僧人空海（774—835），他在《文鏡秘府論》中援引一段未提及作者姓名的引文如下：“至如梁昭明太子蕭統與劉孝綽（481—539）等，撰集《文選》，自謂畢乎天地，懸諸日月。”⑥³另一個晚得多的出處，12 世紀的《中興館閣書目》，提到蕭統的合編者有何遜（？—518?）、劉孝綽等。⑥⁴

考慮到這樣一個大部頭集子在挑選、編訂、彙集材料方面的龐大工作量，蕭統在編纂文集時有助手的説法並不令人感到意外。劉孝綽的名字反復出現也不應感到意外，因爲他是蕭統最親近的朋友之一。他是著名的齊代詩人王融（469—493）的外甥，而王融是第一批在詩歌創作中實驗聲律論的人之一。⑥⁵ 507 年，劉孝綽出任安成王蕭秀（475—518）的記室，並跟隨其去地方赴任。回來後（約 510），他被兩次委派去太子處任職，兩次都擔任管記。⑥⁶ 一段時間以後，可能在 522 年左右，⑥⁷他重返東宮任太子的太師。⑥⁸

在這期間，蕭統開始對文學産生濃厚興趣，大量的閑暇時間都與學士們在一起度過，諸如劉孝綽、王筠、殷芸（471—529）、陸倕（470—526）和到洽（477—527）。⑥⁹ 所有這些人都定期去東宮任職。沈約親自舉薦王筠，他認爲王筠的詩歌當世無雙。⑦⁰ 陸倕是蕭衍最喜愛的詩人之一，蕭衍曾命他創作兩篇銘文，最後都被蕭統收入《文選》。⑦¹ 蕭統和他的五位詩友花費大量時間在宮苑中宴遊，主要是在玄圃。⑦² 當他漫步玄圃，一手執王筠衣袖，另一手撫劉孝綽肩膀時，他總會説道：“所謂左把浮丘袖，右拍洪崖肩。”⑦³

---

⑥³ 空海，《文鏡秘府論》（北京：人民文學出版社，1975），頁 163。

⑥⁴ 引自王應麟，《玉海》，卷 54 頁 8b。何遜是這一時期的著名詩人，但是很可能卒於《文選》編纂之前；見何融，《文選》，頁 26。我推測這裏提到他是因爲他的文學作品與劉孝綽的一起受人欣賞。在梁代，他們的作品常常以“何劉”並稱。見《梁書》，卷 49 頁 693。

⑥⁵ 見《梁書》，卷 49 頁 690。

⑥⁶ 見《梁書》，卷 33 頁 480。

⑥⁷ 見何融，《文選》，頁 24。

⑥⁸ 見《梁書》，卷 33 頁 480；《南史》，卷 39 頁 1011。

⑥⁹ 王筠傳在《梁書》，卷 33 頁 484—487；《南史》，卷 22 頁 609—611。殷芸傳在《梁書》，卷 41 頁 596；《南史》，卷 60 頁 1489。陸倕傳在《梁書》，卷 27 頁 401—403；《南史》，卷 48 頁 1192—1193。到洽傳在《梁書》，卷 27 頁 403—405；《南史》，卷 25 頁 680—681。

⑦⁰ 見《梁書》，卷 33 頁 484；《南史》，卷 22 頁 609。

⑦¹ 見《梁書》，卷 27 頁 402；《南史》，卷 48 頁 1193。《新刻漏銘》和《石闕銘》這兩篇文章，作於 507 年和 508 年，見卷 56。

⑦² 見《梁書》，卷 33 頁 480，卷 33 頁 485；《南史》，卷 39 頁 1011。《南史》，卷 22 頁 610 也提到他們在玄圃的郊遊，但是卻將殷芸換成了殷鈞（484—532）之名。

⑦³ 見《梁書》，卷 33 頁 485；《南史》，卷 22 頁 610。蕭統這裏引用自郭璞（276—324）的《遊仙詩》（《文選》，卷 21 頁 24b）。“浮丘”和“洪崖”是著名仙人的名字。

　　然而,受到獨享他人之上的青睞的是劉孝綽。蕭統通過種種方式表達了他對劉孝
綽的喜愛。比如,蕭統在新建的樂賢堂中爲著名學士繪製肖像畫時,讓畫工先畫劉孝
綽的肖像。[74] 他還委托劉孝綽編集自己的作品,這是一項蕭統的很多隨從陪侍都争相
請求的任務。[75] 蕭統對其他人的贊賞幾乎同樣熱烈。527 年,當曾經在 520 年代早期
爲太子供職的德高望重的明山賓(443—527)逝世後,[76]他發布了如下飽含贊頌之情的
教令:

　　　　明北兖、到長史遞相係凋落,傷怛悲惋,不能已已。去歲陸太常殂殁,今兹二
　　賢長謝。陸生資忠履貞,冰清玉潔,文該四始,[77]學遍九流,[78]高情勝氣,貞然直上。
　　明公儒學稽古,淳厚篤誠,立身行道,始終如一,儻值夫子,必升孔堂。[79] 到子風神
　　開爽,文義可觀,當官莅事,介然無私。皆海内之俊义,東序之秘寶。[80]

　　雖然劉孝綽是唯一一位作爲《文選》的編纂者之一而被特別提及的東宫學士,但是
假設其他人也同樣參與編纂並非不合常理。比如,何融在 1949 年寫成的關於《文選》
編纂的論文中,推測劉孝綽和王筠在其中起了最重要的作用,而他們可能受到殷芸、到
洽、明山賓以及與陸倕和劉孝綽同僚的張率(475—527)的幫助。[81] 關於編纂的時間,
我們所知並不確切。它必然晚於 516 年,因爲收錄在 54 卷的劉峻的《辯命論》可能寫
於這一時間。[82] 最有可能的編纂時間在普通(520—527)年間,因爲一般認爲蕭統的合
作編纂者們在這一時期供職於東宫。普通年間也是劉峻(卒於 522 年)、徐悱(卒於 524
年)和陸倕(卒於 526 年)這三位作品入選《文選》的作家逝世的時期。根據一則唐代的
資料,蕭統遵循的原則是只有不在世的作家的作品才能入選他的選集。[83] 因此,即使
編纂工作早在普通年間便已開始,但最終的版本可能直到 526 年以後才完成。

────────────

[74] 見《梁書》,卷 33 頁 480;《南史》,卷 39 頁 1011。
[75] 同上。劉孝綽爲這一編纂於 521 年的集子所作的序保留在《昭明太子集》,頁 4a—5b。
[76] 明山賓的傳記見於《梁書》,卷 27 頁 405—407;《南史》,卷 50 頁 1243—1244。
[77] "四始"指的是《詩經》的四個部分。
[78] "九流"是劉向在他的《七略》目録中確立的九個思想學派。
[79] 見《論語》,11/14。"升堂"的意思是他部分地掌握了孔子的學説。
[80] 《梁書》,卷 27 頁 404—405。
[81] 見何融,《文選》,頁 27。
[82] 何融(《文選》,頁 26)指出,劉峻在没能被選中參與開始於 516 年後的類書《遍略》的編纂之後,創作了他的
　　論文。見《南史》,卷 49 頁 1220,卷 72 頁 1782—1783。
[83] 晁公武(12 世紀)在他的目録《郡齋讀書志》(臺北:廣文書局,1966)卷 20 頁 1b 中,引用寶常(756—825)的
　　説法:"統著《文選》,以何遜在世,不録其文。蓋其人既往,而後其文克定,然則所録皆前人作也。"然而,寶常
　　的信息有一點是錯誤的,就是何遜是在 520 年前的某個時候逝世的。如果不管這一錯誤,寶常聲稱的蕭統
　　不收在世作家的作品,似乎與《文選》的總體内容是一致的,它的確排除了年輕的梁代詩人,比如得到蕭統欣
　　賞的王筠。

　　雖然人們非常確信《文選》是在東宮編纂的，但仍有一個傳統將它的編纂地放在襄陽（湖北），而不是都城。宋代王象之（約 1196 年進士）的地理學專著《興地紀勝》提到，在襄陽的一處古跡中人們可以看到一座叫作文選樓的建築，根據舊《圖經》，這裏是昭明太子編纂《文選》之地。這部《圖經》接着説，蕭統爲了編纂《文選》而在這裏召集了十名學士，包括劉孝威（約 496—549）、庾肩吾（約 487—551）、徐防、江伯操、孔敬通、惠子悅、徐陵（507—583）、王筠、孔爍和鮑至。這些人以"高齋學士"之名著稱於世。[84] 儘管這一很晚才出現的傳統很流行，但它卻缺乏歷史基礎。[85] 一些清代學者，以及博學的《文選》學泰斗高步瀛已經證明那些將蕭統與襄陽聯繫起來的材料出處是錯誤的。[86] 除了他出生後的最初幾個月，蕭統從未去過襄陽。此外，襄陽是雍州的治所，蕭統的皇弟蕭綱在 523 到 526 年間治理此州，[87]高齋學士著稱的士人圈子隸屬於蕭綱而非蕭統。《南史》提供了支持這一論點的證據：

　　　　（庾肩吾）在雍州被命與劉孝威、江伯搖、孔敬通、申子悅、徐防、徐摛（472—549）、王囿、孔鑠、鮑至等十人抄撰衆籍，豐其果饌，號高齋學士。[88]

儘管《南史》記述的十學士的名字與出自《圖經》的説法稍有不同，但是顯然二者都指的是同一群體。毫無疑問，他們確實與蕭綱有關聯，而蕭綱本人與他皇兄一樣，是位文學和學術的忠實信徒。[89]

---

[84] 王象之，《興地紀勝》（永和鎮：文海出版社，1962），卷 82 頁 9b。我未找到徐防、江伯操、孔敬通、惠子悅的生平信息。

[85] 楊宗時的《襄陽縣志》（出版信息不詳，1874）第 2 册，卷 2 頁 20a—23a 包含了有關這一傳統之歷史的詳細記述。"文選樓"的名稱並未被證實早於 12 世紀。在 1182 年 7 月，官員齊慶胄重建了舊樓臺，唐書法家李陽冰曾在此用篆書題寫"山南東道"（華山南的東巡視區）四個大字。顯然，由於相信襄陽曾是《文選》編纂地這一傳統，齊慶胄將這棟建築命名爲"文選樓"。陳琪的《文選樓記》是同時代的關於這一工程的記述。南宋淳祐（1241—1252）年間襄陽的行政長官程士元在街市中建了一棟新的文選樓。在明代，這一名稱變成"鐘鼓樓"。這一建築曾有匾額"昭明文選樓"，在嘉靖（1522—1566）初年調換成鎮南樓。魯鐸的《鎮南樓記》是對這些變遷所作的記録。然而，這棟建築繼續與蕭統聯繫在一起，在萬曆（1573—1620）初年，萬振孫在樓臺的北面題寫"昭明樓"幾個字。這棟建築毀於明末，但是緊接着在清初由官員趙兆麟重建，被命名爲"昭明臺"，趙氏同樣也寫了一篇《昭明臺記》。

[86] 見《襄陽縣志》，第 2 册，卷 2 頁 22b—23a，楊宗時和陳大文的注。至於高步瀛的評論，見《文選李注義疏》（1929 年完成；北平：直隸書局，1935；再版，臺北：廣文書局，1966），頁 1b。

[87] 見 Marney, *Liang Chien-wen Ti*, p. 28。

[88] 《南史》，卷 50 頁 1246。也可參看 Marney, *Liang Chien-wen Ti*, p. 65。

[89] 坐落於江蘇鎮江南城門外的招隱寺有一座增華閣，也聲稱是蕭統在其中編纂《文選》的建築。在《錦綉中華彩色珍本》（臺北：地球出版社，1975）頁 45—46 中有這一建築的照片。大量的方志提到蕭統在這一地區的山上漫遊，並在這裏學習。見樂史（930—1007），《太平寰宇記》（南京：金陵書局，1882），卷 89 頁 7b；脱因（元代）修、俞希魯（生卒年不詳）纂，《至順鎮江志》（1332；1919 再版，丹徒陳氏雕版），卷 9 頁 16a—b；高龍光（17 世紀）修、朱霖（18 世紀）修訂《重修鎮江府志》（1683；1750 重修），卷 20 頁 7b—8a；繆潛（生卒年不詳），《招隱山志》（1925 雕版），卷 2 頁 1b，卷 2 頁 4a—b，卷 3 頁 5a。《招隱山志》特別提到蕭統在增華閣編纂《文選》。

梁代的文學環境和蕭統的文學觀

　　齊梁時期(479—556)是中國文學史上最具創新精神的時期之一。這是一個十分關注文學創作技巧的時代，詩歌方面實驗賦的創作，散文方面精細地修飾對仗。詩律學者創始性地建立規則，將聲調和韻律用於詩歌創作。引領新變的倡導者是當時最優秀的詩人沈約、謝朓(464—499)和王融。他們的風格被稱作"永明體"，得名於齊代永明年號(483—493)，並在此時期盛行一時。永明體展現了對聲調平衡和韻律的精細入微的關注。關於他們的活動，最早和最客觀的記述來自歷史學家蕭子顯(489—537)，他也是一名傑出的詩人：

> 永明末，盛爲文章。吳興沈約、陳郡謝朓、琅邪王融以氣類相推轂。汝南周顒(？—485)善識聲韻。約等文皆用宮商，⑨以平上去入爲四聲，以此制韻，不可增減，世呼爲"永明體"。⑨

　　對詩律的精微細節的留意，延伸到對精美辭藻的關注，爲這些永明體詩人帶來了矯揉造作的名聲。《梁書》和《南史》都對這一特點作了評價：

> 齊永明中，文士王融、謝朓、沈約文章始用四聲，以爲新變，至是轉拘聲韻，彌尚麗靡，復踰於往時。⑨

　　永明詩人帶來的詩律和風格上的新變持續下來，到梁代早期仍然具有影響力。雖

---

⑨　在六朝後期和初唐關於格律的著作中，五聲音階(宮，商，角，徵，羽)的五個調與四聲相關聯。宮和商都是"平聲"字，標示平聲。徵是"上聲"字，羽作爲音符的名稱使用時讀"去聲"，角是"入聲"字，分別代表了"上""去""入"聲。見空海《文鏡秘府論》頁 13 所引元兢(675 年在世)的著作，而元兢的著作則可能以沈約的《詩格》爲基礎，見郭紹虞，《中國文學批評史》三册本(1947；再版，臺北：商務印書館，1970)，卷 1 頁 108。"用宮商"這一表達可能應理解爲"使用聲調體系"的意思(我將宮商理解爲代表整個五聲音階的舉隅法，見 Shih, *The Literary Mind*, p. 182, n. 1)。關於這一時期的詩律革新，見詹鍈，《四聲五音及其在漢魏六朝文學中之應用》，《中華文史論叢》3(1963.5)：163-192；郭紹虞，《再論永明聲説》，《中華文史論叢》4(1963.10)：157-182；夏承燾，《四聲繹説》，《中華文史論叢》5(1964)：223-230；Ferenc Tökei, "Textes prosodiques chinois au début du VIe siècle," *Mélanges de Sinologie offerts à Monsieur Paul Demiéville II*, Bibliothèque de l'Institut des Hautes Études Chinoises, vol. 20 (Paris：Presses Universitaries de France，1974)，pp. 297-312。關於《文鏡秘府論》的傑出研究，見 Richard Bodman, "Poetics and Prosody in Early Medieval China：A Study and Translation of Kukai's *Bunkyō Hifuron*"(Ph.D. Diss., Cornell, 1978)。

⑨　《南齊書》，卷 52 頁 898。同一段落稍有擴充的版本，見《南史》，卷 48 頁 1195。關於永明文學最細緻的研究，見網祐次，《中國中世文學研究——南齊永明時代を中心として》(東京：新樹社，1960)。

⑨　《梁書》，卷 49 頁 690；《南史》，卷 50 頁 1247。也可參看 Marney, *Liang Chien-wen Ti*, p. 82。

然蕭衍本人並不是四聲新風尚的追隨者，[33]但他也未禁止沈約及其仿效者實踐他們的藝術。永明詩歌標誌性的"麗靡"特質可能來源於被稱之爲"詠物詩"的許多精美別緻的描寫性篇章，它們占據了沈約、王融和謝朓這些詩人的文集。[34] 沈約的一首描寫衣領上的刺綉圖樣的短詩便是一個例證：

> 纖手製新奇，刺作可憐儀。紫絲飛鳳子，結縷坐花兒。
>
> 不聲如動吹，無風自移枝。麗色儻未歇，聊承雲鬢垂。[35]

實驗在梁代繼續進行，到了 530 年代，"麗靡"風格已經成爲宮體詩的支持者蕭綱的東宮風尚。[36] 一些革新者甚至爲那些被認爲在古典規範下無法解釋的變異提供理論依據。比如，蕭子顯在他的《南齊書·文學傳》的附論中論證，爲了避免平庸並激勵好作品創新，文學上的變革是有必要的：

> 習玩爲理，事久則瀆，在乎文章，彌患凡舊。若無新變，不能代雄。建安一體，《典論》短長互出；潘（潘岳，247—300）、陸齊名，機、岳之文永異。江左風味，盛道家之言，郭璞（276—324）舉其靈變，許詢（約 358 年在世）極其名理，仲文（殷仲文，？—407）玄氣，猶不盡除，謝混情新，得名未盛。顏（顏延之，384—456）、謝並起，乃各擅奇；休（惠休，464 年在世）、鮑（鮑照，412？—466）後出，咸亦標世。朱藍共妍，不相祖述。[37]

---

[33] 參《梁書》，卷 13 頁 243："（沈約）又撰《四聲譜》……高祖（蕭衍）雅不好焉。帝問周捨曰：'何謂四聲？'捨曰：'"天子聖哲"是也。'然帝竟不遵用。"也可參看空海，《文鏡秘府論》，頁 31—32，記有一通與不同的宮廷官員的相似對話。

[34] 關於"詠物"這一包含了描寫天象（日、月、天氣、四時以及諸如此類的事物）、動物、植物和人造物比如樂器、書寫用具和家庭用品的詩歌題材的含義，見網祐次，《中國中世文學研究》，頁 152—166。

[35] 《領邊綉》，見徐陵編，《玉臺新詠》（臺北：世界書局，1962），卷 5 頁 29。第四句的"花兒"一詞很成問題。我遵從内田泉之助將它翻譯爲"蜜蜂"，即便没有支持這一解釋的文本。它看起來的確是前一句中"蝴蝶"的合理對仗，並且與繼續描繪第三、四句中提到的生物的後兩句更加和諧一致。見《玉臺新詠》2 册（東京：明治書院，1975），册 1 頁 317。永明時期詩歌的其他翻譯樣本，見 Konishi Jin'ichi（小西甚一），"The Genesis of the Kokinshū Style," trans. Helen C. McCullough，*HJAS* 38 (1978)：76‑141。

[36] 一般認定的"宮體"這一形式的"創造者"是徐摛（472—551），即蕭綱的導師和最著名的宮體詩集《玉臺新詠》的編纂者徐陵的父親。見《梁書》，卷 30 頁 446—447；《南史》，卷 62 頁 1521。儘管"宮體"這一名稱直到 530 年代才使用，但這一形式本身早於劉宋就已經很好地建立起來了。見林文月，《南朝宮體詩研究》，《文史哲學報》15(1966.8)：407—417。根據林的説法（頁 419—433），宮體的主要特點是：不重典故；寫實主義和客觀性；精巧雅緻的風格，此風格最注重的是遣詞造句和巧妙使用詞語；爲娛樂而寫作；缺乏嚴肅性；其主題主要關注女性和愛情，但是也包括詠物詩和宮廷生活的作品。也可參看葉日光，《宮體詩形成之社會背景》，《中華學苑》10(1972.9)：111‑178；Ronald C. Miao, "Palace-Style Poetry: The Courtly Treatment of Glamor and Love," in *Studies in Chinese Poetry and Poetics*, ed. Ronald C. Miao, vol. 1, pp. 1‑42 (San Francisco: Chinese Materials Center, 1978)。

[37] 《南齊書》，卷 52 頁 908。這篇論説文已經被翻譯爲日文，見伊藤正文、一海知義，《漢魏六朝唐宋散文選》（東京：平凡社，1970），頁 225—226。也可參看部分譯文，John D. Frodsham, "The Origins of Chinese Nature Poetry," *AM*, n.s. 8 (1960)：70‑71。

　　雖然"新變"似乎已經成爲廣泛流傳的共同旨趣，但是一些重要的詩論家卻對那些他們認爲有害的"新體"特質表達了强烈的反對意見。鍾嶸（？—518）和他的《詩品》最早抨擊永明詩人的聲律理論。⑱　在他的《詩品序》的第三部分，他單獨將王融、沈約和謝朓挑出，將他們視作需要爲詩歌中過度的聲律限制負責的罪魁禍首：

> 王元長創其首，謝朓、沈約揚其波。三賢或貴公子孫，幼有文辯。於是士流景慕，務爲精密，襞積細微，專相陵架。故使文多拘忌，傷其真美。余謂文製，本須諷讀，不可蹇礙，但令清濁通流，口吻調利，斯爲足矣。至平上去入，則余病未能，蜂腰鶴膝，閭里已具。⑲

　　鍾嶸關於文學新潮流的保留意見得到裴子野（469—530）的支持。裴子野受人尊敬，篤好文物，是守舊學士團體的核心人物。劉之遴（478—549）是其中一員，在青銅器和古代寫本方面是獨占鰲頭的專家，並被描述爲"好屬文"，其作品"多學古體"。⑳　同一批資料以相似的措辭勾勒裴子野："子野爲文典而速，不尚麗靡之詞。其制作多法古，與今文體異。"㉑用"典"來形容裴子野的作品可能源於他對古典範式的擁護，强調

⑱　《詩品》成書的確切時間無從知曉。根據《南史》鍾嶸傳（卷 72 頁 1779），他遭到過沈約的冷遇，於是他等到 513 年沈約去世後才創作《詩品》，作爲對其詩歌理論的譴責。然而，最近的學者已經論證，對沈約的報復不是鍾嶸編著《詩品》的主要動機。見 Hellmut Wilhelm, "A Note on Chung Hung and His *Shih-p'in*," in *Wen-lin: Studies in the Chinese Humanities*, ed. Chow Tse-tsung 周策縱（Madison: University of Wisconsin Press, 1968），pp. 111 - 20；柴非凡，《鍾嶸詩品與沈約》，《中外文學》3（1975）: 58 - 65。《詩品》是梁代的作品毫無疑問，因爲鍾嶸用梁代官銜指稱許多詩人。然而，我們没辦法確定它是在梁代的何時編撰的。關於日期問題的簡要探討，見 Yeh Chia-ying（葉嘉瑩）and Jan W. Walls, "Theory, Standard and Practice of Criticizing Poetry in Chung Hung's *Shih-p'in*," in *Studies in Chinese Poetry*, ed. Miao, 1: 43 - 44。

⑲　見《詩品注》，陳延傑編注（1927；再版，臺北：開明書店，1964），頁 9。"蜂腰"和"鶴膝"是沈約所主張的作家應當避免的八種詩律錯誤中的兩種。見空海，《文鏡秘府論》，頁 184—189。這一段之前已經由陳受頤翻譯過，見 Ch'en Shou-yi, *Chinese Literature: A Historical Introduction*（New York: Ronald Press, 1961），pp. 228 - 29；E. Bruce Brooks, "A Geometry of the *Shŕ pĭn*," in *Wen-lin*, ed. Chow, p. 130；John Timothy Wixted, "The Literary Criticism of Yüan Hao-wen (1190 - 1257)"（Ph.D. diss., Oxford, 1976），pp. 471 - 72（包括鍾嶸的三段序和"上品"以及"中品"部分的譯文，頁 462—488）；高松亨明，《詩品詳解》（弘前：弘前大學文理學部内，1959），頁 86—87；高木正一，《鍾嶸詩品》（東京：東海大學出版會，1978），頁 121—123。關於《詩品》研究的額外參考，見 John Timothy Wixted, "The Nature of Evaluation in the *Shih-p'in*（Gradings of Poets）by Chung Hung（A. D. 469 - 518），" in *Theories of the Arts in China*（forthcoming），n. 1。

⑳　見《梁書》，卷 40 頁 574；《南史》，卷 50 頁 1251。其他被與裴子野聯繫在一起的人有：劉顯（481—548），他也是古代寫本的專家（見《梁書》，卷 40 頁 572—574；《南史》，卷 50 頁 1239—1241）；顧協（470—542），植物、動物和寫本的權威（見《梁書》，卷 30 頁 444—446；《南史》，卷 62 頁 1519—1520）；阮孝緒，隱逸的目錄學家（見《梁書》，卷 51 頁 739—742；《南史》，卷 76 頁 1893—1896）。

㉑　見《梁書》，卷 30 頁 443；《南史》，卷 33 頁 867。馬約翰亦翻譯過同一段落，見 Marney, *Liang Chien-wen Ti*, p. 88。

節制和質實内容遠重於形式。[102] 裴子野爲宋末以來許多作家對古典範式的明顯輕視而感到焦慮。在一篇名爲《雕蟲論》的論説文中，裴子野痛斥那些革新者沉迷於文學的表面質量而忽略道德性的内容。[103]

> 自是閭閻少年，貴游總角，[104]罔不擯落六藝，吟詠情性。[105] 學者以博依爲急務，謂章句爲專魯，[106]淫文破典，斐爾爲功。[107] 無被於管弦，非止乎禮義。[108] 深心主卉木，遠致極風雲。其興浮，[109]其志弱。巧而不要，隱而不深。[110]

從這段摘録中可以看出，裴子野是一位視革新者們的作品毫無價值的好古之人。然而，他的立場過於偏激，當時另有一些人雖然對“新體”的一些方面感到憂心忡忡，但並未完全與之決裂。這些曾被稱作“折衷派”的人，[111]努力地在古典範式和新變之間尋找平衡點。《文心雕龍》的作者劉勰是這一立場最有説服力的發言人。在書的最後一節，他陳述了立論的目的，並清楚地表明調和這兩種極端立場的願望：“同之與異，不屑古今；擘肌分理，唯務折衷。”[112]面對新變所出現的問題，劉勰表達了對衆多文學實驗者之傾向的反對意見。他意識到文學正從一種古已有之的純粹質樸的品質轉變爲極盡絢麗誇飾的風格，充滿“訛”與“新”：

> 從質及訛，彌近彌澹。何則？競今疏古，風末氣衰也。今才穎之士，刻意學文，多略漢篇，師範宋集，雖古今備閱，然近附而遠疏矣。
>
> 夫青生於藍，絳生於蒨；雖踰本色，不能復化。……故練青濯絳，必歸藍蒨；矯

---

[102] 見蕭綱在給湘東王蕭繹(508—554)的信中關於裴子野的風格的批評意見(《梁書》，卷 49 頁 691)：“裴氏乃是良史之才，了無篇什之美……裴亦質不宜慕。”其他譯文，見 Brooks, "Geometry," p. 123 和 Marney, *Liang Chien-wen Ti*, p. 81。

[103] 這一標題取自揚雄(前 53—18)《法言》，《四部備要》，卷 2 頁 1a 的一句話：“或問：‘吾子少而好賦？’曰：‘然，童子雕蟲篆刻。’俄而曰：‘壯夫不爲也。’”“雕蟲”這一表達後來就用作貶義詞，意思是“麗辭”。關於這篇論文，見林田慎之助，《裴子野雕蟲論考證──六朝における復古文學論の構造》，《日本中國學會報》20 (1968)：125 - 139；John Marney, "P'ei Tzu-yeh: a Minor Literary Critic of the Liang Dynasty," in *Selected Papers in Asian Studies*, vol. 1 (Albuquerque: Western Conference of the Association for Asian Studies, 1976), pp. 161 - 71。

[104] “總角”指“將頭髮攏齊成角形”，是《禮記》所規定的男孩和女孩在每天早晨所做的一種準備。見《禮記》，《四部備要》，卷 8 頁 15a。在這裏，此詞是“小孩”的借喻。

[105] 見《毛詩序》，《文選》，卷 45 頁 21b。

[106] 見《禮記》，卷 11 頁 2b。

[107] 見《論語》，5/21。

[108] 見《毛詩序》，《文選》，卷 45 頁 21b。

[109] 也可以將“興”(我譯爲“靈感”)解釋爲“富含寓意的特質”。

[110] 見李昉等編，《文苑英華》(北京：中華書局，1966)，卷 742 頁 1b。

[111] 見周勛初，《梁代文論三派述要》，《中華文史論叢》5(1964)：195 - 221，尤其是頁 198—200，頁 204—207。

[112] 《文心雕龍注》，卷 10 頁 727。

訛翻淺，還宗經誥。⑬

這段話説明劉勰並不反對文學新變本身。他用顏色作爲隱喻，青色與絳色比它們源出的顏色更優越，通過類比暗示了直接源出經典的文學作品可能比經典本身更優良。"然而，就像青雖勝於藍但必定出於藍，後來的文學同樣地源於經典，並與之擁有共同的基礎。他所反對的是以訛傳訛、青出於青而非出於藍，即有的作品没有從根本上體現經典價值，作家卻將它們作爲自己的榜樣。"⑭因此，新變只有扎根於經典之範才是無可非議的：

> 若夫鎔鑄經典之範，翔集子史之術，洞曉情變，曲昭文體，然後能孚甲新意，雕畫奇辭。昭體故意新而不亂，曉變故辭奇而不黷。若骨采未圓，風辭未練，⑮而跨略舊規，馳騖新作，雖獲巧意，危敗亦多。⑯

爲了解決新變中的問題，劉勰發展了"通變"的理論。⑰ 根據劉勰的觀點，文學的發展包括"有常"之體，共通的規則和習慣，以及"無方"的風格新變或不同的作家引入的"變數"。就劉勰而言，只要新變遵循定法，變文之數是不可避免並且值得追求的："變則其久，通則不乏。趨時必果，乘機無怯。望今制奇，參古定法。"⑱

雖然劉勰的觀點毫無疑問地爲當世人所熟知，但是我們卻很難確定它們對蕭統的

---

⑬ 《文心雕龍注》，卷 6 頁 520。有關這一段的其他譯文，見 Shih, *The Literary Mind*，p. 167；Donald A. Gibbs, "Literary Theory in the Wen-hsin Tiao-lung"（Ph.D. diss., University of Washington, 1970），p. 21。Gibbs 和 Shih（施友忠）都將"訛"翻譯爲"矯飾"（pretentiousness）。可是，"訛"的本意是"謬誤""錯誤"。在第 30 章"定勢"中，劉勰清楚地指出"訛"等同於句法上粗製濫造的，他認爲是"錯誤"的倒置："自近代辭人，率好詭巧，原其爲體，訛勢所變，厭黷舊式，故穿鑿取新，察其訛意，似難而實無他術也，反正而已。故文反正爲乏，辭反正爲奇。"（《文心雕龍注》，卷 6 頁 531）也可參看孫德謙（1869—1935），《六朝麗指》，收《中國歷代文論選》，郭紹虞編，2 册本，卷 1 頁 216—217（北京：中華書局，1963）。

⑭ Gibbs, "Literary Theory," p. 22.

⑮ 關於"風"這一概念的"説服力"含義，見 Donald A. Gibbs, "Notes on the Wind：The Term 'Feng' in Chinese Literary Criticism," in *Transition and Permanence: Chinese History and Culture*, ed., David C. Buxbaum and Frederick W. Mote, pp. 285 - 93（Hong Kong：Cathay Press, 1972）。

⑯ 《文心雕龍注》，卷 6 頁 514。

⑰ "通變"的翻譯是一個棘手的問題。Shih（施友忠）教授（*The Literary Mind*, p. 165）將它翻譯爲"對變化着的情況的靈活適應力"（flexible adaptability to varying situations），這在某些語境中是可以接受的，見 Ferenc Tökei, *Genre Theory in China in the 3rd - 6th Centuries*（Liu Hsieh's Theory on Poetic Genres）（Budapest：Akadémia kiadó, 1971），p. 155 的註釋。然而，其他人將它理解爲諸如"傳統和革新"（Gibbs, "Literary Theory," pp. 86 - 93）以及"普遍和變化"（Tökei, *Genre Theory*, pp. 135 - 54）之類的複合意。劉勰的"通變"概念很可能源自於《易經·大傳》，它使用"變"和"通"這組並列概念來描述變化作爲自然統一體的一部分是如何發生的："神農氏没，黃帝堯舜氏作。通其變，使民不倦。神而化之，使民宜之。易窮則變，變則通，通則久。"《周易》，《四部備要》，卷 8 頁 2b；Richard Wilhelm, trans., *The I Ching or Book of Changes*, trans. into English by Cary F. Baynes, Bollingen Series XIX（1950；1967；rpt. Princeton：Princeton University Press, 1969），pp. 331 - 32。

⑱ 《文心雕龍注》，卷 6 頁 521。

影響程度。我們確實知曉在 511 年到 517 年間的某個時候，劉勰以東宮通事舍人的身份供職於蕭統。可能至晚於 520 年仍在任上，甚至同時兼任其他職位。根據《梁書》記載，"昭明太子好文學，深愛接之。"[19]可惜的是，文獻絲毫没有提及劉勰與蕭統之間必然進行過的文學討論。這些文獻對於蕭統是否讀過《文心雕龍》也同樣三緘其口。雖然劉勰著論的時間仍在爭議中，[20]但合乎事實的最晚完成時間也要早於《文選》的編纂。並且我們可以合理地假定蕭統已經將其收入他龐大的東宮書房之中。

儘管確認《文心雕龍》與《文選》之間的直接影響尚有困難，但已經有部分學者致力於比較劉勰的系統化文論的諸多層面與蕭統的文學"理論"之間的關係。比如周勛初將蕭統列爲劉勰所在的"折衷派"的一員。[21] 周勛初指出，像劉勰一樣，蕭統試圖建立處在革新者與復古者之間的中間立場。爲了解釋文章風格中出現的問題，蕭統曾評論道：

> 夫文典則累野，麗亦傷浮。能麗而不浮，典而不野，文質彬彬，有君子之致。[22]
> 吾嘗欲爲之，但恨未遵耳。[23]

他所責備的"典"的文風很可能指的是裴子野及其仿效者。他所針砭的"麗"的文風所指則不太明確，但最有可能針對的是永明詩人。蕭統從未明確評論這一群體，但是卻有跡象表明他並不認同他們"浮淺"的格調。例如，在其他場合他盛贊陶潛（365—427），但卻評價陶潛的《閑情賦》爲"白璧微瑕"，這部作品記述了登徒子對一位美婦人毫不掩飾的描寫。[24] 更有甚者，在他自己的詩集中幾乎没有一首與其皇弟的宫體詩風格相近。[25] 事實上，蕭統是一位自我克制的青年，並因此享有美名，他總是戒除一切感

---

[19] 見《梁書》，卷 50 頁 710。《南史》卷 72 頁 1781 有一段類似的陳述。關於劉勰在此時期活動的論述，見 Donald A. Gibbs, "Liu Hsieh, Author of the *Wen-hsin tiao-lung*," *MS* 29 (1970 – 1971)：124 – 31。

[20] 《文心雕龍》可能至早完成於南齊末年（502 年以前），或至晚在 520 年劉勰與蕭統交往的時候。關於諸多可能性的總結，見 Gibbs, "Liu Hsieh," pp. 127 – 31。

[21] 周勛初，《梁代文論三派述要》，頁 204—209。

[22] 參《論語》，6/16。

[23] 《答湘東王求文集及詩苑英華》，《昭明太子集》，卷 3 頁 9a。關於這一段的另一種譯文，見 Brooks, "Geometry," p. 124。

[24] 《陶淵明集序》，《昭明太子集》，卷 4 頁 5b："白璧微瑕者惟在閑情一賦，揚雄所謂勸百而諷一者。"關於此賦的譯文，見 James Robert Hightower, "The *Fu* of T'ao Ch'ien," *HJAS* 17 (1954)：181 – 88；rpt. in *Studies in Chinese Literature*, ed. Bishop, pp. 54 – 64。

[25] 林文月（《南朝宫體詩研究》，頁 436）只確定了三首被認爲是蕭統所作的宫體詩：《三婦艷》，《昭明太子集》，卷 1 頁 2a；《林下作妓詩》，《昭明太子集》，卷 2 頁 3b；《擬古》，《昭明太子集》，卷 2 頁 1b。然而，《林下作妓詩》和《擬古》很可能都是蕭綱作的，見徐陵，《玉臺新詠》，卷 7 頁 46b 和卷 9 頁 63b，它們在此處被列爲蕭綱的詩作。之所以被錯誤地歸屬到蕭統名下，很可能是因爲在一些選集中，所給出的作者姓名僅僅爲"皇太子"，這被錯誤地臆斷爲蕭統而不是蕭綱。一個相似的實例，見 Marney, *Liang Chien-wen Ti*, p. 193，n. 4。蕭統現存的大部分詩歌以佛教爲主題。

官刺激（這也是那場事故令他如此窘迫局促的原因）。《梁書》和《南史》都記載，他有一次和一些宮廷學士泛舟東宮後池時，番禺侯稱"此中宜奏女樂"，蕭統不答，卻吟詠左思（約 250—約 305）《招隱詩》中的兩句："何必絲與竹，山水有清音。"⑯番禺侯羞愧難當，放棄了這個建議。原文接着説，蕭統在離開皇宮的二十餘年裏"不畜聲樂"。他對其父皇敕賜的一部"太樂女妓"沒有表現出絲毫興趣。⑰

　　我們從這些隻言片語中得到的啟發十分有限，必須轉而從《文選》及其序中探尋蕭統主要的文學觀念。序言幾乎完全用典雅的駢文寫成，其試圖定義的"文學"邊界具有深遠意義，尤其是對那些適合收入文集的文體的關注。在談到"文學"時，蕭統並没有將自己限制在單個術語中。如同我們可以推測，他使用了他的選集書名中的詞——"文"。然而，當蕭統使用它的時候，"文"並不總是"文學"的意義，而似乎經常意味着"文字"或"圖文"。序的開篇幾句追溯了"文"的由來，比起文學的起源，它更多涉及寫作和文化的起源。

　　　　式觀元始，眇覿玄風。冬穴夏巢之時，茹毛飲血之世，世質民淳，斯文未作。
　　　逮乎伏羲氏之王天下也，始畫八卦，造書契，以代結繩之政，由是文籍生焉。《易》
　　　曰："觀乎天文，以察時變；觀乎人文，以化成天下。"文之時義遠矣哉！⑱

儘管我們可能對"文"有不同的翻譯，⑲但很顯然，蕭統認爲的"文"是更廣泛的"圖文"的意義，不論它是記錄在木頭上的刻痕還是星象的"天文"。在這個層面上，他的"文"的概念與劉勰在《文心雕龍》第一節的闡述類似。⑳　儘管如此，蕭統在序中的大多數情況下強調的不是"文"的形而上的和宇宙論的意思，而是狹義的美文的意義。因此他指的是"騷人之文"和詩體中的"三言八字之文"。㉛ 此用法的"文"可以簡明地翻譯爲"文學作品"。然而，人們也可以將它理解爲六朝時代特定含義的"文"（韻文、詩歌），與之相對的是"筆"（平實之文、無韻之文及散文）。㉜

---

⑯ 見《文選》，卷 22 頁 3a。
⑰ 《梁書》，卷 8 頁 168；《南史》，卷 53 頁 1310。
⑱ 《文選》，頁 1a。
⑲ 例如，海陶瑋（"The Wen Hsüan and Genre Theory", p. 518）將最後一句的"文"翻譯爲"圖文"（pattern）；劉若愚（*Chinese Theories of Literat*ure, p. 26）譯爲"文學"（literature）。
⑳ 劉勰將"文"視爲宇宙的範式、文化、文字、文學和紋飾，它們都源自於"道"。見 Shih, *The Literary Mind*, pp. 8‑13; Gibbs, "Literary Theory," pp. 40‑55; Liu, *Chinese Theories of Literature*, pp. 21‑25。
㉛ 《文選》，《序》，頁 2a。
㉜ "文"和"筆"有若干定義。劉勰（《文心雕龍注》，卷 9 頁 655）定義"文"是有韻的作品，"筆"是無韻的作品。這裏並不清楚"韻"應當理解爲"押韻"的意思，還是更常用的"聲音悅耳"的含義。清代的駢文擁護者阮元（1764—1849）主張"韻"在梁代既指韻脚的使用，也指對聲調協調的留意，他聲稱後者是散文作品的特徵，詩歌亦是如此。因此阮元堅持認爲蕭統將他的篩選限定在"文"（有韻之文）的範圍內，而不是"筆"。見《揅經室集》，《四部叢刊·續集》，卷 3 頁 7b—10b。然而，阮元似乎忽略了這樣一個事實，被劉勰歸類爲"筆"的許多文體（如表、書、論）在《文選》中也有代表作。因此，文筆之分與《文選》相關似乎是不可靠的。

　　除“文”以外，蕭統還用其他實際上互爲同義詞的詞組爲收入集中的特定作品形式命名：篇章、篇翰、篇什、翰藻。所有這些表述都可以自由地翻譯爲“美文”，[⑬]接近於表達一種“純文學”的觀念。蕭統對將一些重要類别的作品排除在《文選》之外所作的説明，尤其明顯地表達了這種純文學觀念。比如，在解釋爲何將戰國和漢代著名辯士的演説排除在外時，蕭統宣稱這些“事”與“篇章”不同。同樣的，“記事之史”和“繫年之書”與“篇翰”相比，“亦已不同”。另一方面，通常見於史書中的一些文體如“贊”、“論”、“序”和“述”，則“事出於沈思，義歸乎翰藻”，即使出自史書，也應該選入“篇什”之中。[⑭]

　　可惜蕭統並未解釋“沈思”和“翰藻”的含義，他的這一闡述招來不少批評和詮釋。[⑮]不論這些詞語暗示了什麽樣的文學價值觀，我們可能一直誤解了蕭統的言論，假定他認爲那些被排除在《文選》以外的文體不值一提。比如，在談到辯士謀夫的雄辯術時，他更偏重他們的“美辭”和“金相玉振”。[⑯]因此，他顯然承認其美學價值。他所強調的是，至少在演説和史實叙述的層面，它們看起來以某種方式區别於（但並非必然低於）那些他稱爲“篇章”、“篇翰”和“篇什”的作品。郭紹虞指出，此三個詞組都是“指單篇的文學作品而言”。[⑰]另一個可能讓他決定不收入此類作品的原因是它們難以被摘選。這項原則明顯地左右了蕭統不考慮從經典中節録的決定，而對那些經典他都給予高度評價：“若夫姬公之籍，孔父之書，與日月俱懸，鬼神争奥，孝敬之準式，人倫之師友，豈可重以芟夷，加之剪截？”[⑱]我們一定還記得蕭統的主要目的是編纂一部文學“選集”，他的工作便是選擇那些最適合收入選集的作品。在這種情況下，至少對於經典，也許還有策辯之文和史書（如叙事散文），他覺得無法在不破壞作品完整性的同時節録它們。從某種意義上來説，《文選》並不體現《文心雕龍》那種大文學觀念——包羅所有的書寫類型，包括經典、緯書、史書及諸子。更確切地説，《文選》是一種較爲謹慎的構成，將自己限定爲“選集文學”，這意味着以篇什行世的詩歌和散文擁有它們自己的存

[⑬] 見 Hightower, "The *Wen Hsüan* and Genre Theory," p. 530。

[⑭] 《文選》，《序》，頁 2b—3a。

[⑮] 對蕭統篩選標準最強烈的一則批評來自民國早期學者章炳麟（1868—1936），他指出：“'沈思'孰若莊周、荀卿，'翰藻'孰若吕氏、淮南？”見《國故論衡》，收《章太炎先生所著書》（上海古書流通處，1924），卷中頁 40b。朱自清（1898—1948）試圖證明蕭統使用“事”和“義”這組術語用的是與劉勰同樣的含義，劉勰在他的“事類”章中解釋“古事舊辭”（事）的作用是闡明“理義”（義）。見《文心雕龍注》，卷 8 頁 614—615；Shih, *The Literary Mind*, pp. 202-3。朱自清亦聲稱“翰藻”這一詞語首先暗指了廣泛地徵引歷史上的事類和比類，這是《文選》中史述贊和史論的特點。見《文選序“事出於沈思、義歸乎翰藻”説》，收《文史論著》（香港：太平書局，1962），頁 88—101。

[⑯] 《文選》，《序》，頁 3a。

[⑰] 郭紹虞，《中國歷代文論選》，頁 294。亦可參看駱鴻凱，《文選學》（1937；再版，臺北：臺灣中華書局，1963），頁 15，“篇什”注。

[⑱] 《文選》，《序》，頁 2b。

在形式,從而獨立於較大部頭的作品之外。⑬

　　雖然作品的存在形式可能是蕭統在編選時的考慮因素,但是我並不想忽視審美標準對他的重要性。蕭統明確地將文學的藝術性作爲決定性因素,這使得他將哲學著作排除在外:"老莊之作,管孟之流,蓋以立意爲宗,不以能文爲本。"⑭此外,將史書中包含的贊論之類的文體區別出來的特性是它們的"翰藻"。蕭統也承認文學的一種重要功能是娛樂。比如,他將人們在不同文體中覓得的種種樂趣,與樂器和刺綉帶來的形形色色的享受相比較:"衆制鋒起,源流間出。譬陶匏異器,並爲入耳之娛;黼黻不同,俱爲悦目之玩。"⑭

　　像劉勰一樣,蕭統也承認隨着時代的變化,文學有着向更富於裝飾性和更複雜的方向發展的自然趨勢。爲了説明這一點,他用了簡易椎車發展爲大輅和積水成冰的譬喻:

　　　　若夫椎輪爲大輅之始,大輅寧有椎輪之質;增冰爲積水所成,積水曾微增冰之凛。何哉? 蓋踵其事而增華,變其本而加厲。物既有之,文亦宜然。⑭

蕭統在這段話中提到的變化和複雜化,指的是各種文學形式的發展。他在序中精心列舉了一些文體的名稱,但没有像劉勰那樣試圖將文體的起源追溯至經典。比如,劉勰在他重要的章節《宗經》中,對於收入《文心雕龍》的大部分通行文類的原型,作了如下一番斷言:

　　　　故論説辭序,則《易》統其首;詔策章奏,則《書》發其源;賦頌歌贊,則《詩》立其本;銘誄箴祝,則《禮》總其端;紀傳盟檄,則《春秋》爲根。⑭

---

⑬ 關於將"語"和"事"排除在外的標準,海陶瑋作了如下的觀察思考:"在史書和趣聞軼事文學中的故事和説語,由於篇幅過長且在別處容易獲得而被拒録。然而,序、贊以及諸如此類的短小且從其上下文中可拆分的文章,他確實又取自這些資料。"見 Hightower, *Topics in Chinese Literature: Outlines and Bibliographies* (1950; 1953; rpt. Cambridge: Harvard University Press, 1962), p. 46. 實際上,蕭統並未説不録這些作品是因爲它們"篇幅過長且在別處容易獲得"。被海陶瑋理解爲"篇幅過長"的是"繁博"(在他對《序》的譯文裏,他將其譯爲"極多";見 Hightower, "The *Wen Hsüan* and Genre Theory," p. 530),而我則將此解釋爲對説語質量(錯綜複雜和内容廣泛)的描述,而不是其數量。我同意小尾郊一的意譯,他捕捉到了這個術語的本義:"内容複雜、範圍廣泛。"見小尾郊一、花房英樹譯,《文選》,7 卷,收《全釈漢文大系》第 26—32(東京:集英社,1974—1976),卷 1 頁 53. 我也不確定"容易讀到"是否是不録演説的另一個原因。蕭統(《序》,頁 3a)的確提到這樣的作品在各種資料中都能見到:"事美一時,語流千載,概見墳籍,旁出子史。"然而,他在任何地方都没有明確地闡明正是因爲它們容易讀到才將它們排除在《文選》之外。這幾句的插入更像是對偉大的賢人、忠臣、戰略家和詭辯家們的"事"和"語"的普遍贊賞。

⑭ 《文選》,《序》,頁 2b。

⑭ 《文選》,《序》,頁 2a—b。

⑭ 《文選》,《序》,頁 1a。

⑭ 《文心雕龍注》,卷 1 頁 22。参 Shih, *The Literary Mind*, p. 20。

蕭統關於賦的討論最接近於爲文體樹立經典來源,他將賦追溯至《詩經》的"六義":"至於今之作者,異乎古昔,古詩之體,今則全取賦名。"[⑭]蕭統意指"古詩之體"典出於《詩》"義"中的"賦",即不使用譬喻語言的"鋪陳"技巧。[⑮] 儘管蕭統表示"賦"的文體與"賦"這一詩"義"有關已成爲共識,從而使其具備"古詩之體",但他也意識到一旦這種文體發展了區別於《詩》的後天屬性,便不再被稱作"詩",而是"賦"了。在這一層面上,他與劉勰的觀點完全一致,劉勰在他的"詮賦"一節中解釋了"賦"如何獲得"獨立":

> 賦也者,受命於詩人,拓宇於楚辭也。於是荀況禮智,宋玉風釣,爰錫名號,與詩畫境,六義附庸,蔚成大國。[⑯]

關於蕭統文學觀的這一番概述無疑過於細碎。如同我們所見,蕭統主要關注爲選集文學確定範疇,所以我們不能指望他以劉勰的方式發展出一套無所不包的文學理論。蕭統的觀點很可能是其殫精竭慮和條分縷析的成果,就像劉勰在他五十個章節的著作中所展現的那樣。但在沒有更多書面陳述的情況下,我們應當假定蕭統對理論的興趣不足,而更關注精心挑選文學傑作的實踐性工作,以及將這些傑作編輯成他的選集。

《文選》的內容

對於《文選》中的文體界定,《文選》序和現存蕭統的文學評論僅僅存在有限的關聯性。[⑰] 爲了對蕭統編選過程中所用的標準獲得更確切的了解,我們應當仔細閱讀《文選》本身。這部收錄 761 篇作品的龐大總集被劃分爲如下 37 種類別:

文　　　體	卷　號	篇　　數
1. 賦（Rhapsody）	1—19	55＋1[一]
2. 詩（Lyric Poetry）	19—31	443
3. 騷（Elegy）	32—33	17
4. 七（Sevens）	34—35	24

⑭ 《文選》,《序》,頁 1b。參班固,《兩都賦序》,《文選》,卷 1 頁 1b:"或曰:'賦者,古詩之流也。'"
⑮ 見鄭玄(127—200),《周禮注》,《四部叢刊》,卷 6 頁 13a。
⑯ 《文心雕龍注》,卷 2 頁 134。參 Shih, *The Literary Mind*, p. 46;Burton Watson, *Chinese Rhyme-Prose* (New York:Columbia University Press, 1971), p. 118。
⑰ 海陶瑋已經指出,《序》中所提到的 38 種文體名中,有 11 種並未收入《文選》。相似地,實際上收入選集的 37 種文體類別中的 10 種並未在《序》中提及。見"The *Wen Hsüan* and Genre Theory," p. 530。

文 體	卷 號	篇 數
5. 詔（Edict）	35	2
6. 册（Patent of Enfeoffment）	35	1
7. 令（Command）	36	1
8. 教（Instruction）	36	2
9. 策文（Examination Questions）	36	13
10. 表（Memorial）	37—38	19
11. 上書（Letter of Submission）	39	7
12. 啓（Communication）	39	3
13. 彈事（Accusation）	40	3
14. 箋（Memorandum）	40	3
15. 奏記（Note of Presentation）	40	1
16. 書（Letter）	41—43	24
17. 檄（Proclamation）	44	5
18. 對問（Response to Questions）	45	1
19. 設論（Hypothetical Discourse）	45	3
20. 辭[二]	45	2
21. 序（Preface）	45—46	9
22. 頌（Eulogy）	47	5
23. 贊（Encomium）	47	2
24. 符命（Mandate through Prophetic Signs）	48	3
25. 史論（Treatises from the Histories）	49—50	9
26. 史述贊（Evaluations and Judgments from the Histories）	49—50	9
27. 論（Treatise）	51—55	14
28. 連珠（Linked Pearls）	55	50
29. 箴（Admonition）	56	1
30. 銘（Inscription）	56	5
31. 誄（Dirge）	56—57	8
32. 哀（Lament）	57—58	3
33. 碑（Epitaph）	58—59	5

續　表

文　　　　　體	卷　號	篇　數
34. 墓誌（Grave Memoir）	59	1
35. 行狀（Conduct Description）	60	1
36. 吊文（Condolence）	60	2
37. 祭（Offering）	60	3

［一］左思的《三都賦序》計爲一篇獨立作品。
［二］蕭統在這裏使用的"辭"無法翻譯。收錄的一篇作品是頌，另一篇是賦。

由於許多更早的按文體分類的文學選集的散佚，蕭統分類系統的原創性問題已很難解答。饒宗頤教授聲稱蕭統的主要依據是劉勰和任昉（460—508）。[148] 饒宗頤所參考的任昉作品可能是《文章緣起》，它羅列了 85 種文學體裁的起源。可惜此書的今本被懷疑是僞作。[149] 因此，只剩下《文心雕龍》一書可以與《文選》作比對。[150]

劉勰制定了總計 34 種文體總類（這一數字不包括經書和緯書，他未將此二種作爲文體來討論）。這些文類的名稱與《文選》中的並不完全一致。如同下面表格所展示，蕭統只用了 18 種劉勰所使用的文體名稱。如果我們將"符命"和"策文"包括進去，雖然它們只不過是劉勰所用的"封禪"和"對"的異名，但互相對應的文類數量增加到 20種。剩餘的《文選》文體名稱中的大多數，可以通過置於劉勰的文體總類之下來統計。這些總類有不少子分類，如雜文、詔、奏和書。

《文心雕龍》的文類	《文選》的相應文類	《文心雕龍》的子文類
1. 騷	騷	
2. 詩	詩	
3. 樂府[一]		
4. 賦	賦	
5. 頌	頌	

[148] 饒宗頤，《論文選賦類區分情志之義答直方》，《文心雕龍研究專號》（香港：香港大學中文學會，1965），頁 88。
[149] 任昉的確編纂過一部一卷本的題爲《文章始》的著作，但是它在唐初已經失傳（見《隋書》，卷 35 頁 1081）。《文章緣起》被推測爲唐代張績（生卒年不詳）所著補編的有所改動的版本。見《四庫全書總目》，卷 195 頁 6b—8a。
[150] 駱鴻凱《文選學》第九章的大部分（頁 298—325）專門比較《文選》和《文心雕龍》。亦可參看郭紹虞，《〈文選〉的選錄標準和它與〈文心雕龍〉的關係》，《光明日報》（《文學遺產》第 387 期）1961 年 11 月 6 日，版 4；舒衷正，《〈文心雕龍〉與蕭選分體之比較研究》，臺灣《政治大學學報》8（1963）：259‑285。關於劉勰的文體觀念，見 Tökei, *Genre Theory*, pp. 105‑35；周弘然，《〈文心雕龍〉的文體論》，《大陸雜誌》53（1976）：22‑28。

《文心雕龍》的文類	《文選》的相應文類	《文心雕龍》的子文類
6.贊	贊	
7.祝		祭文
8.盟		
9.銘	銘	
10.箴	箴	
11.誄	誄	
12.碑	碑	
13.哀	哀	
14.吊	吊	
15.雜文		對問[二] 七 連珠
16.諧		
17.隱		
18.史傳		
19.諸子		
20.論	論	序
21.説		上書
22.詔	詔	令 教
23.策	册	
24.檄	檄	
25.移		
26.封禪	符命	
27.章		
28.表	表	
29.奏		上書 彈事
30.啓	啓	
31.議		

《文心雕龍》的文類	《文選》的相應文類	《文心雕龍》的子文類
32. 對	策文	
33. 書	書	
34. 記		箋 行狀 奏記

［一］《文選》將樂府作爲詩的子類。
［二］《文選》的"設論"相當於《文心雕龍》的"對問"。

雖然《文選》與《文心雕龍》的文體總類數量大致相當，但它所包含的是一種更狹隘的文學分類。它不僅將一些重要的創作類型如歷史、哲學和滑稽（諧）排除在外，而且它的一些文類看起來比劉勰書中的相應文類更不通用。比如，《文選》中的"對問"部分只有一篇文章《宋玉對楚王問》，這是發生在宋玉和楚襄王之間的對話。接下來是"設論"這一文類中的三篇文章，東方朔（前154—前93）的《答客難》，揚雄的《解嘲》和班固的《答賓戲》，它們也全都是作者與假想的提問者之間的對話。在《文心雕龍》裏，這三篇文章都被歸入一個標題之下，即"對問"。⑪ 確立"設論"這樣一種獨立於"對問"之外的文體，蕭統可能想要強調東方朔、揚雄和班固的文章的虛構性（所以用了"設"這個字），以此相對於據說記録了歷史事實的宋玉的文章。⑫

蕭統這種描繪精細差異的嗜好，使得他確立了一些被部分學者批評爲不合邏輯、畫蛇添足的文類。其中最顯而易見的是他稱爲"史論"和"史述贊"的兩種文類。前一組是由班固《漢書》、干寶（317年在世）《晉紀》、范曄（398—445）《後漢書》和沈約《宋書》中作爲某些部分結論的評論性文章組成的。所有這些文章都題作"論"，除了班固附在公孫弘（前200—前121）傳記之後的評價題作"贊"。而"史述贊"這一文類則限於班固和范曄爲他們史書的每一節所撰寫的押韻的評價。在目録所給出的標題的形式中，這些文章都題作"贊"，⑬與卷47中另一種獨立的總類使用了同一名稱！

蕭統將冠名"贊"的作品分入三種不同的文類中，雖然這看起來像是他對術語粗心大意，⑭但其實顯露出他對微妙差別的敏鋭洞察力，這是許多中國分類學家在陷入對

⑪ 見《文心雕龍注》，卷3頁254—255；Shih，*The Literary Mind*，p. 74。
⑫ 見 Hightower，"The *Wen Hsüan* and Genre Theory，" p. 532。海陶瑋（p. 527，n. 76）將"設論"譯爲"給定題目的論説文"。然而，我認爲"設"應當理解爲"假設"的意思。
⑬ 然而，在班固作品的原文中，"贊"這個詞從標題中略去。劉盼遂認爲這是文本錯誤；《文選篇題考誤》，《國學論叢》1（1928）；再版於陳新雄、于大成編，《昭明文選論文集》（臺北：木鐸出版社，1976），頁11。
⑭ 見章學誠（1738—1801）的評論，《文史通義》，《四部備要》，卷1頁26a—27a。

名稱的疑惑時無法做到的。卷 47 的"贊"更具有歌功頌德的性質，而不是判斷性的評價。其中一篇是爲東方朔的畫像所作的押韻贊詞，另一篇是一系列爲三國名臣所寫的押韻頌歌。[155] "史論"中班固的"贊"是一篇議論前漢武帝統治時期主要人物的散文，與其他一些篇章如范曄的《後漢書二十八將傳論》、《宦者傳論》、《逸民傳論》同屬一類。最後，"史述贊"裏的"贊"是贊頌或批評一段統治時期或歷史人物的短篇四言韻文。

　　另一種令《文選》評論家們尤爲頭疼的文類是"符命"，反映在卷 48 中司馬相如（前179—前 117）的《封禪文》、揚雄的《劇秦美新》和班固的《典引》。這三篇文章都是枚舉祥瑞和異兆的頌詞，吹捧在位帝王的德行和成就。因爲它們的主要功能是歌功頌德，所以章學誠聲稱它們本應當歸於"頌"。[156] 雖然我們對蕭統爲何使用"符命"這一詞語命名這種文體尚不清楚，[157]但他不是唯一一位將這些文章列入獨立文類的人。他的"符命"這一文類與《文心雕龍》的"封禪"部分是一致的，後者僅限於書寫祭祀活動及其與王朝合法性的關聯。《文選》裏的這三篇文章全是應皇帝要求所寫的，用以完成作爲凱旋儀式的封禪祭禮。可能由於它們的勸勉性特質，蕭統認爲它們並不適宜歸入頌文一類。不管怎樣，他的確承認它們與其他歌功頌德類文體的親緣關係，並直接將這一文類列於頌和贊之後。

　　實際上，蕭統似乎試圖按次序編排絕大部分文體以辨識文體的親緣關係。比如，舒衷正將三十七種文體分爲七組：[158]

1. 賦、詩、騷和七：有韻之文。

2. 詔、册、令、教、策文：統治者對其臣民的政令和教令。

3. 表、上書、啓、彈事、奏記、書、檄：下級對上級或同級之間的通信。

4. 對問、設論、辭和序。

5. 頌、贊、符命：頌詞。

6. 史論、史述贊、論、連珠。

7. 箴、命、誄、哀、碑、墓誌、行狀、吊文、祭：歌頌德行或爲死者哀傷的作品。

　　七組之中，第四組和第六組最難解釋。尤其第四組是一個模棱兩可的闡述，因爲在"辭"和"序"如何與對話文體"對問"、"設論"建立聯繫方面表述不清。舒衷正辯稱對

[155] 實際上，《晉書》裏面相同的文本題爲《三國名臣頌》，見《晉書》，卷 92 頁 2392—2398。

[156] 章學誠，《文史通義》，卷 1 頁 26a。

[157] 關於此點的評注，見 David R. Knechtges, "Uncovering the Sauce Jar: A Literary Interpretation of Yang Hsiung's 'Chü Ch'in mei Hsin,'" in *Ancient China: Studies in Early Civilization*, ed., David T. Roy and Tsuen-Hsuin Tsien, pp. 246 - 47（Hong Kong: Chinese University of Hong Kong Press, 1977）。

[158] 見舒衷正，《文心雕龍與蕭選分體之比較研究》，頁 270—271。海陶瑋制定了一套稍有不同的分組，見"The *Wen Hsüan* and Genre Theory," pp. 531 - 33。

話是辭賦的一種形式，所以它們與辭有關聯。可是，兩篇辭中只有一篇有資格稱作辭賦（陶潛的《歸去來》）；另一篇（漢武帝的《秋風辭》）是一首"楚歌"，通常被歸類於樂府或"雜歌"。⑮ 我相信在此處我們有實例證明，比起形式，蕭統更關注名稱（如兩個標題都出現"辭"）。

更缺乏依據的是序和同組其他三個成員的關係。在《文選·序》中，蕭統將序和辭歸爲一組，但卻没有解釋它們的關係。《文選》所收九篇序中，除了兩篇之外，要麽是單獨一首詩的序，要麽是詩集的序。⑯ 他可能認爲所有這些文體都與詩和賦有關，所以順次將它們編排在一起，以表明他們與"詩歌"體微乎其微的親緣關係。

有一種文體看起來與任何一種類別都不協調，這就是被稱作"連珠"的警句文體。舒衷正將它與"論"放在一起，理由是它與"論"善於分析的特性相似。⑯ 的確，一些關於連珠的早期記述强調它與"論"的親緣關係。傅玄（217—278）在一篇討論文體的起源和發展的文中，注意到蔡邕（133—192）的連珠與論的相似性。⑯ 沈約將連珠的起源追溯到揚雄，認爲他的文章是模仿《易經》的象論寫成的。⑯ 可是，《文選》中的連珠，即陸機的五十首《演連珠》（卷55）。它們都是爲統治者或大臣所寫的短小的規勸之言。從這一層面來看，連珠與在《文選》中緊隨其後的"箴"相類似。這樣，連珠似乎與兩組不同的文體有親緣關係，也許是這個原因使得劉勰將其列爲"雜文"體的一種。它與兩組中的任一組都符合的事實也暗示，我們不應將舒衷正的劃分視爲絕對，因爲將某些文體放在不止一個分組裏是有可能的。⑯ 不論我們採用何種方案，都應該清楚每一種文體都至少與一種其他文體有某種關聯，要麽恰好在它前面，要麽緊隨其後。

如果要確定《文選》首要强調的重點，我們可以毫無疑問地説是詩歌體類，即舒衷正所主張的第一組。這四類文體占據了六十卷文集中的三十五卷，⑯ 在這三十五卷中，十九卷屬於賦，十二卷屬於詩。賦和詩的重要性還體現在它們是被細分出子類別的僅有文體這一事實。賦有十五種子類，詩有二十三種，其中大多數代表特定的題材類型。

---

⑮ 荆軻（？—前227）和漢高祖的《楚歌》被置於"雜歌"類別之下（《文選》，卷28頁28b—29a）。劉勰將漢高祖的歌看作"樂府"，見《文心雕龍注》，卷2頁103。

⑯ 海陶瑋也作了相似的評論，見"The *Wen Hsüan* and Genre Theory," p. 528, n. 9。

⑯ 舒衷正，《文心雕龍與蕭選分體之比較研究》，頁271。

⑯ 引自歐陽詢，《藝文類聚》，卷57頁1035。

⑯ 引自歐陽詢，《藝文類聚》，卷57頁1039。我並不確知沈約"象論"的含義。"象"大概指的是《易經》的《象傳》。

⑯ 例如，海陶瑋所建立的略有不同的分組，主要是通過與"序"中提及的分類作對比而得出的，見"The *Wen Hsüan* and Genre Theory," p. 531。

⑯ 六十卷的本子當然不能代表蕭統的安排。他的《文選》是三十卷的。六十卷的本子是現在的標準版本，是由李善（？—689）確立的。

類　　型	篇　數
賦	
1　　京都（Metropolises and Capitals）	8
2　　郊祀（Sacrifices）	1
3　　耕藉（Plowing the Sacred Field）	1
4　　畋獵（Hunting）	5
5　　紀行（Recounting Travel）	3
6　　遊覽（Sightseeing）	3
7　　宮殿（Palaces and Halls）	2
8　　江海（Rivers and Seas）	2
9　　物色（Natural Phenomena）	4
10　　鳥獸（Birds and Animals）	5
11　　志（Aspirations and Feelings）	4
12　　哀傷（Sorrowful Laments）	7
13　　論文（Literature）	1
14　　音樂（Music）	6
15　　情（Passion）	4
詩	
1　　補亡詩（Supplying Lost Poems）	6
2　　述德（Recounting Virtue）	2
3　　勸勵（Exhortation and Encouragement）	2
4　　獻詩（Poems of Presentation）	3
5　　公讌（Lord's Feast）	14
6　　祖餞（Farewell Banquet）	8
7　　詠史（Recitations on History）	21
8　　百一（One of One Hundred）	1
9　　遊仙（Wandering in Transcendency）	8
10　　招隱（Seeking the Recluse）	3
11　　反招隱（Contra Seeking the Recluse）	1
12　　遊覽（Sightseeing）	23

續　表

	類　型	篇　數
	詩	
13	詠懷（Singing One's Feelings）	19
14	哀傷（Sorrowful Laments）	12
15	贈答（Presentation and Reply）	72
16	行旅（Travel）	36
17	軍戎（Military Campaigns）	5
18	郊廟（Suburban and Temple Sacrifices）	2
19	樂府（Folk Songs）	40
20	挽歌（Funeral Songs）	5
21	雜歌（Miscellaneous Songs）	4
22	雜詩（Miscellaneous Poems）	93
23	雜擬（Miscellaneous Imitations）	63

　　蕭統給予賦如此多的篇幅一點也不奇怪，因爲這是漢代最重要的詩體，並且直到蕭統的時代，它仍與詩一起繼續作爲主導性的文學形式。《文選》中的 55 篇賦是對數量龐大的作品中具有代表性的傑作的精選。選文的範圍幾乎囊括全部賦篇的範圍，包括諸如司馬相如的《上林賦》，揚雄的《甘泉賦》、《羽獵賦》和《長楊賦》（卷 7—8），班固的《兩都賦》（卷 1），張衡（78—139）的《西京賦》、《東京賦》（卷 2—3），左思的《三都賦》（卷 4—6）之類的作品。這些是《文選》中最長的作品，也被認爲是使用漢語創作的最難詩作。司馬相如的賦有時用幾乎無法翻譯的語言寫成，描繪狩獵園林以及漢代貴族和帝王的狩獵出行。它們是揚雄同樣主題的賦作的直接淵源。雖然揚雄和司馬相如都用他們的賦委婉隱微地提醒帝王，此類奢華鋪張的奇觀有失賢明君主的身份，但由於對稱頌帝王權威和美德的描繪占據了絕大部分篇幅，他們諷勸的意圖被掩蓋了。揚雄得出結論，認爲詞藻華麗的大賦强調華美語言的展現和過分誇飾的修辭，對道德的諷勸已經不起作用，於是他終止創作賦這種依靠間接批評和迂回曲折地表達道德寓意的作品。⑯ 班固認識到揚雄對於賦的批評，在他的《兩都賦》中將前漢都城長安的炫耀與後漢都城洛陽的適度相並列。班固試圖給予這種文體頌揚贊美的作用，並相信這一作用應當與《詩經》的詩歌原則協調一致。張衡必定是不滿意於班固對於這一主題的

---

⑯　見 Knechtges, *The Han Rhapsody*, pp. 31 - 32, 36 - 40, 42 - 43, 57 - 58。

處理,於是撰寫兩篇關於漢都城的更長篇的賦。在他對長安的評述中,張衡嘲笑前漢帝王耽於物質享受,尋求長生秘術的無用,以及迷戀年輕貌美的妃嬪。在他的洛陽賦中,張衡細緻講述東漢許多重要的宗教儀式,這些在班固的賦中要麼被省略,要麼只是偶然提及。左思的《三都賦》是《文選》中最長的賦,他試圖寫盡蜀、吳、魏三國都城的全部"本"和"實"。⑯ 每一個地區的主人公都巨細靡遺地詳述其京城的繁榮與優越,最後承認魏都是舉世無雙的城市。

　　蕭統之所以選入這些篇章,可能主要因爲它們即使在他所處的時代仍是經典,它們所包含的學識以及它們莊嚴雄偉的風格都備受推崇。值得贊揚的是,他並沒有將篩選僅僅限定在大作家的傑作中,於是我們在《文選》中看到由各種各樣的詩人創作的賦的盛宴。因爲賦常常自詡對其主題作出詳盡全面的描述,所以賦的部分可被認爲是有關多樣主題的、被鬆散地編聯在一起的類書。實際上許多題材跟後出的類書如《藝文類聚》並無二致。無論蕭統是否打算將選本做成類書,他實質上保存了解說某一論題或主題的典型樣本。例如,許多像"鳥獸"、"物色"和"音樂"之類的詠物篇章,都按照特徵屬性編目,並記錄全部相關知識。托名宋玉的《風賦》以統治者和普通百姓的兩種觀點描寫風。潘岳的《秋興賦》列舉各種由秋天聯想到的愁思。謝惠連(407 或 397—433)的《雪賦》和謝莊(421—466)的《月賦》以昔日著名詩人爲主人公,吟詠雪和月多種多樣的性質。有關鳥獸的詠物篇章包括:禰衡(173—198)有關一隻被捕獲的鸚鵡的故事(《鸚鵡賦》),張華(232—300)關於小鷦鷯的充滿道家靈感的詩篇,這種鳥有能力使自己避免被捕捉(《鷦鷯賦》),顏延之對一匹花斑白馬推崇備至的評價(《赭白馬賦》),以及鮑照描寫一群舞鶴的類似文章(《舞鶴賦》)。

　　儘管蕭統對音樂並不感興趣,但在"賦"這一部分中,音樂仍然是篇幅最大的題材之一。它包括王褒(前58年在世)和馬融(79—166)不時描繪得很誇張的簫和笛(卷17的《洞簫賦》和《長笛賦》),嵇康(223—262)關於中國古琴的贊美詩(卷18的《琴賦》),以及潘岳關於笙的迷人短篇(卷18的《笙賦》)。對音樂更全面的處理出現在傅毅(? —約90)的《舞賦》中,而成公綏(231—273)的《嘯賦》則是關於某一特定類型的道家呼吸吐納實踐的議論。

　　以更加宏大精美的風格寫成的是關於著名宮殿和場所的賦作,這也許更加符合它們的題材。揚雄的《甘泉賦》(卷7)是對一個位於長安北郊的重要祭祀場所的極盡誇

---

⑯ 在《三都賦序》中,左思批評早期的賦家們在作品中提及想象中的生物和奇異的事物,它們不可能存在於所述及的那個時代和地區。在他自己的作品中,他只將那些在可靠的來源中能被證實的東西列入。見《文選》,卷4頁12a—13b。

張而言過其實的描繪。王延壽（124？—148？）的《魯靈光殿賦》和何晏（190—249）的《景福殿賦》（卷 11）則由於對建築細節的注意而格外引人矚目。木華（約 290 年在世）的《海賦》和郭璞的《江賦》濃墨重彩地刻畫了巨大的水流，後者是一個不可思議的長江知識寶庫。

　　除了這些主要是静態描寫的篇章外，還有若干詳述旅途和遊覽的賦作。司馬相如和揚雄的賦記録皇帝在狩獵園林的遊歷；潘岳（247—300）的《藉田賦》（卷 7）叙寫爲皇帝提供粢盛的儀式性躬耕，而揚雄的《甘泉賦》則講述皇帝對一個祭祀場所的參拜。書中還有許多個人旅行的記叙，如鮑照遊覽一處廢墟的文章（卷 11 的《蕪城賦》），王粲（177—217）的一次登高遠望（卷 11 的《登樓賦》），以及班彪（3—54）及其女兒班昭（約 49—約 120）和潘岳經過歷史遺跡的旅途記録（卷 9—10 的《北征賦》、《東征賦》和《西征賦》）。有些紀行則是在虛構的仙境漫遊（卷 15 張衡的《思玄賦》），對夢境的精神遨遊（卷 14 班固的《通幽賦》），甚至是對一座神秀山峰的心領神會的攀登，如孫綽（330—365 年在世）的《遊天台山賦》（卷 11）所叙寫的。

　　名爲“哀傷”（卷 16）的題材下搜羅了各種篇章，如被君王冷落的宫女的怨訴（司馬相如的《長門賦》），對亡友的慟哭（向秀［221？—300？］的《思舊賦》，陸機的《嘆逝賦》和潘岳的《懷舊賦》），丈夫剛過世的女子的悲傷（潘岳的《寡婦賦》），以及與失意和别離相聯繫的諸多感受（江淹［444—505］的《恨賦》、《别賦》）。題名爲“情”的類别（卷 19）包括被認爲是托名宋玉所作的委婉的情色之賦（《高唐賦》、《神女賦》和《登徒子好色賦》），也包括曹植（192—232）關於洛水女神宓妃的著名詩篇（《洛神賦》）。

　　雖然絶大多數的賦都相當非個人化，但在稱作“志”的部分中（我們也可大致翻譯爲“志向和情懷”），詩人探索了那些直接源自其自身生活經歷的難題，並抒發了個人的志氣和感情。在這些篇章中，詩人在面對人生中異常混亂的階段時，將賦作爲解決這種困境的手段。入世和出世的抉擇這一難題，在幾乎全部此類賦作中被凸顯出來。例如，班固的《通幽賦》和張衡的《思玄賦》仔細考察逃離塵世的可能性，最終得出結論，即使面對不友善的命運和逆境，也最好堅持到底。另一方面，張衡的《歸田賦》和潘岳的《閑居賦》則讚美遠離朝廷喧囂、回歸田園生活的賞心樂事。

　　有些賦用詩體論説文的形式，詳盡闡述某一觀點，或鋪陳單個主題的一系列觀點。關於前者的一個好例證是賈誼（前 200？—前 168）的《鵩鳥賦》，儘管以此爲題，但它並不是一篇關於貓頭鷹的詠物文，而是一篇廣泛徵引《老子》、《莊子》（它們都闡明道家的共同觀點：生和死都是同一種變化過程的一部分，生無所依，死無所懼）的哲理論説文。陸機的《文賦》在理性思考方面與《鵩鳥賦》相似，探討了文學創作的方方面面。

　　儘管《文選》中的賦反映了廣泛的風格，但它確定無誤地强調堪稱漢代典範的辭藻華麗的大賦。在諸如司馬相如的《上林賦》、揚雄的《甘泉賦》、班固的《兩都賦》和張衡的《兩京賦》等作品中，詩人們廣泛運用事物目録、艱深生僻的詞彙、旁徵博引的連綿詞、誇張的修辭、平行結構和對偶句法，都是爲了試圖用精湛的措辭技藝讓讀者啞口無言。這種風格在漢代以後被繼續運用，《文選》中漢代以後的精選作品包括大量與漢代範本同樣富麗堂皇和苦心孤詣的篇章。儘管左思的《三都賦》試圖做到"實"，但卻飽含晦澀的典故和講究的措辭。最爲博雅和艱難的賦是郭璞的《江賦》，在詞彙的晦奧難解方面與司馬相如的《上林賦》難分伯仲。

　　與富麗堂皇、辭藻華麗的篇章相對立，《文選》也包括很多以更直截了當的方式寫成的賦篇，或至少在詞彙方面沒那麼困難。這些詩篇多半具有更個人化的、"抒情"的性質，如班彪的《北征賦》、班昭的《東征賦》、張衡的《歸田賦》、王粲的《登樓賦》，及潘岳的《秋興賦》。他們傾向於回避艱深的語言風格，而且他們允許自己使用的近乎唯一的修飾是典故，而且大多數典故都比較常見。

　　風格相似的還有部分詠物的篇章，特別是禰衡的《鸚鵡賦》、張華的《鷦鷯賦》、謝惠連的《雪賦》，及謝莊的《月賦》。只有在更富描寫性的段落和關於樂器的詠物作品中，我們才能看到複雜精美的漢代華麗風格。比如，王褒的《洞簫賦》和馬融的《長笛賦》的部分段落充滿晦澀難懂的描寫性連綿詞，我們很難對它們作出精確解釋。書中還有許多篇章雖然以相對平實的用語寫成，但卻把結構變得複雜。因此，禰衡的《鸚鵡賦》並不僅是一篇描繪鸚鵡的韻文，而且是"作者希望從自己的牢籠中解放出來，並被允許北還的寓言式托詞"。[168] 同樣，張華的《鷦鷯賦》是一則闡明"小而微"的好處的道家寓言。[169] 結構上最複雜的篇章之一是謝惠連的《雪賦》，用了三種（也可能是四種）觀點描繪雪。[170]

　　雖然賦篇部分占據了《文選》的很大一部分，但學者仍然批評它沒有選入一些被認爲意義重大的作品，認爲這些作品在選集中的遺漏反映了蕭統在判斷力上的重大瑕疵。例如，蘇軾（1036—1101）是最大聲批評蕭統的人之一，他抱怨蕭統沒有選入陶潛的《閑情賦》。蕭統稱此賦爲"白璧微瑕"，[171] 估計是因爲它具有情色的性質。蘇軾指出

[168] Graham，"Mi Heng's 'Rhapsody on a Parrot，'" p. 50.
[169] 關於將這篇文章解釋爲寓言但不能令人信服的嘗試，見中島千秋，《張華の鷦鷯の賦について》，《支那學研究》32(1966)：28 - 41。
[170] 見 Stephen Owen，"Hsieh Hui-lien's 'Snow Fu'：A Structural Study," JAOS 94 (1974)：14 - 23。
[171] 見注釋 124。

陶潛的賦並不比托名宋玉所作的賦更"好色"，蕭統卻選入後者。[⑫] 雖然托名宋玉所作的篇章的確透着情色的意味，但我們必須爲太子作出辯護：不管對這一主題的現代觀點怎樣，在蕭統的時代，宋玉被看作是賦這一形式的開創者之一，僅僅因爲這一理由，他的作品就足以選入《文選》。[⑬] 除此以外，像《高唐賦》甚至《登徒子好色賦》這樣的賦作有着顯而易見的教化功能（以説教性結尾的形式），一位品格高尚的評論家也許會考慮原諒詩篇中可能會有的任何"淫邪之處"。[⑭]

　　然而，蕭統在對賦的選擇中，並没有一視同仁地使用"歷史重要性"準則。比如，他没有選入任何一篇歸於先秦哲學家荀子名下的賦，這些關於禮、知、雲、蠶和箴的押韻謎語是詠物賦的原型。[⑮] 它們被保留在哲學著作中，而蕭統拒絕從哲學著作摘録的事實，也許可以解釋《文選》將它們排除在外的原因。可是，我們不能如此簡單地解釋其他具有歷史重要性的篇章被略而不收的原因。在我們可以援引的大量例證中，最值得注意的遺漏是早於班固《兩都賦》的兩篇關於城市的賦，[⑯] 一篇可能激發班彪創作《北征賦》靈感的遊記，[⑰] 以及至少一篇爲班固《通幽賦》和張衡《思玄賦》先例的作品。[⑱] 也許有人認爲蔡邕（133—192）的《述行賦》[⑲]（在一篇冗長而有趣的旅行見聞中摻入對宦官專權的諷刺性評論）與潘岳那篇不時令人感到冗長乏味的《西征賦》（占用賦這部分整整一卷的篇幅）完全能夠相提並論。雖然難以證明其文學價值，但作爲荀子之後

⑫　見《東坡先生志林》，《叢書集成》，卷 1 頁 2；《東坡題跋》，《叢書集成》，卷 2 頁 29。

⑬　近來學者達成一致意見，認爲僞宋玉賦是漢代或更晚時代的作品。見陸侃如，《宋玉》（上海：亞東圖書館，1929）；劉大白，《宋玉賦辨僞》，《小説月報》17 輯增刊（1927），頁 7；楊胤宗，《宋玉賦考》，《大陸雜誌》27（1963）：19 - 24，27.4（1963）：26 - 32；淺野通有，《宋玉の作品の真僞について》，《漢文學會會報》12（1961.4）：3 - 12；Lois Fusek, "The 'Kao-t'ang fu,'" *MS* 30（1972 - 1973）：392 - 425。

⑭　因此，劉逢禄（1776—1829）注意到將這篇文章列於"情"類之下會引起誤解，見他的《八代文苑叙録》，《劉禮部集》（承慶堂，1892），卷 9 頁 10b。王觀國（約 1140 年在世）甚至試圖論證陶潛的《閑情賦》是一篇政治寓言形式的"譎諫"，美人象徵難以接近的統治者，因此它不應受到來自蕭統的譴責，見《學林》，《叢書集成》，卷 7 頁 199—200。

⑮　它們可在《荀子》卷 18 頁 6b—10a 中找到。

⑯　歸屬於揚雄的《蜀都賦》是現存最早的京都賦，它可能是左思同名作品的楷模。然而，這篇作品見於宋代的選集《古文苑》，《岱南閣叢書》，卷 2 頁 6b—10b，而且它可能並不可靠。關於這一問題的討論，見 Knechtges, *The Han Rhapsody*, pp. 117 - 18。已知最早的關於長安和洛陽的賦是杜篤（？—78）的《論都賦》（《後漢書》，卷 80 上頁 2595—2609），班固的《兩都賦》也許是對它的回應。見何焯（1661—1722），《義門讀書記》，《四庫全書珍本二集》（臺北：商務印書館，1971），卷 45 頁 1b。

⑰　同樣見於《古文苑》（卷 2 頁 11a—15b）的劉歆《遂初賦》歷數其周遊著名遺跡的旅程，這些遺跡位於曾是周代封國晉國的地區。其中包含一些與班彪《北征賦》中的句子相似的文句（這些已被李善注意到，見《文選》，卷 9 頁 9a，卷 9 頁 10a）。

⑱　這篇作品是馮衍（約 24 年在世）的《顯士賦》（《後漢書》，卷 28 下頁 988—1001），它是一首長長的詩，講述部分在地上、部分在天上尋找與他的崇高理想相匹配的環境的旅程。在《遂志賦》的序中，陸機是第一個注意到馮衍的賦與班固和張衡那些作品之關聯的人。見《陸士衡集》，《四部備要》，卷 2 頁 1a。

⑲　全本見於《蔡中郎集·外集》，《四部備要》，頁 4b—8a。節録本被徵引於歐陽詢，《藝文類聚》，卷 27 頁 490 和《古文苑》，卷 3 頁 7a—b。

最早的詠物賦範本而具有歷史重要性的,是班固的《大雀賦》、《蟬賦》和《針縷賦》。⑱
另一位可能值得入選的女詩人是漢成帝的妃子班婕妤(前48?　—前6?)。⑱

　　在六朝的賦家之中,蕭統鍾情於陸機、潘岳、鮑照和江淹的作品。潘岳的八篇作品
是《文選》中篇幅最大的,入選如此之多的原因之一是,他創作的各種主題都恰好符合
蕭統的文類。然而,也許有人會對陸雲(262—303)、謝靈運和沈約這樣的作家完全没
有入選抱有疑問,他們用其他文體創作的作品確實出現於《文選》中。在山林和田園生
活的樂趣這一六朝很尋常的主題上,他們都寫有傑出的賦作。⑱

　　由於未選入這篇或那篇作品而挑剔選本編者的毛病,這當然很容易,那些某人所
喜歡的卻又被蕭統排除在《文選》之外的賦,足以草擬一份長長的名單。然而,一旦我
們考慮到大多數賦作有多麼冗長,我們就很快意識到,要想在一本文學總集中保留每
一篇"重要的"作品是不切實際的。因此,總的説來,《文選》提供了一份傑出賦作的優
秀選本。甚至之後的賦選如祝堯(1318年進士)的《古賦辯體》,都頗爲忠實地仿效
它。⑱　蕭統對賦的處理的最大不足之處不在於編選,而在於校訂。學者們尤其反對他
對於"序"的處理,這些序很多介紹文章的内容。比如,就宋玉的賦來説,蕭統爲其貼上
序的標籤的,實際上是詩篇正文的一部分。⑱　就其他情况而言,蕭統没能區分作者的
序及那些分明不是出自作者之手而是出自史書或者相似來源的引言。比如,介紹賈誼
《鵩鳥賦》的"序",實際上摘録自《漢書》的賈誼傳。⑱　同樣,揚雄《甘泉賦》、《羽獵賦》和

⑱　見歐陽詢,《藝文類聚》,卷92頁1596,卷97頁1679,卷65頁1169。它們已經被 Nancy Lee Swann 翻譯,
　　Pan Chao: Foremost Woman Scholar of China(New York:The Century Company,1932),pp. 101 - 12。
⑱　班婕妤最好的作品是《自悼賦》,是被帝王抛棄的宫中貴婦的哀歌中最早的一部典範之作。見《漢書》,卷97
　　下頁3985—3987。它已經被翻譯過,見 Albert Richard O'Hara, *The Position of Woman in Early China*
　　According to the Lieh Nü Chuan," *The Bibliographies of Chinese Women*"(1945;rev. Taibei:Mei Ya
　　Publications,1971),pp. 232 - 35;Burton Watson, trans., *Courtier and Commoner in Ancient China:*
　　Selections from the History of the Former Han by Pan Ku(New York:Columbia University Press,1974),
　　pp. 263 - 64。《古文苑》(卷2頁1b—3a)亦將《擣素賦》的作者歸屬於她,這也許並非真作。
⑱　陸雲的《逸民賦》及其續篇《逸民箴》被收於保存完好的陸雲文集中,見《陸士龍集》,《四部備要》,卷1頁
　　1a—3b。有關這一文集的研究,見植木久行,《六朝文人の別集の一形——陸雲集の書誌學的考察》,《日本
　　中國學會報》29(1977):76 - 90。謝靈運不朽的《山居賦》,被收録於其《宋書》傳記中,它也許太長而不能收
　　入《文選》中。見《宋書》(北京:中華書局,1974),卷67頁1754—1772;Francis A. Westbrook, "Landscape
　　Description in the Lyric Poetry and '*Fu* on Dwelling in the Mountains' of Shieh Ling-yun"(Ph. D. diss.,
　　Yale,1973),pp. 177 - 337。沈約曾寫過一篇作品描寫田園生活的愉快和悠閑的氣氛。見他的《郊居賦》,
　　《梁書》,卷13頁136—142。
⑱　這部作品可在《四庫全書珍本六集》(臺北:商務印書館,1975)中看到。祝堯的選集中唯一有意義的新增部
　　分是荀子的賦,歸屬於班婕妤的《自悼賦》和《擣素賦》,揚雄的《河東賦》,以及班昭的《野鵝賦》。
⑱　這些篇章全都以宋玉和楚王之間的對話開始,它提供了宋玉爲楚王所設置的題目作賦的背景。蘇軾認爲將
　　這一部分稱爲序"大可笑也",見《東坡先生志林》,卷5頁23。其他關於序的問題的評論,見王觀國,《學
　　林》,卷7頁195。
⑱　見《漢書》,卷48頁2226。《鵩鳥賦》也載於《史記》中(卷84頁2496—2500)。但是司馬遷提供的序言與《文
　　選》和《漢書》的措辭有些許不同。

《長楊賦》的序是從他的《漢書》本傳中抽出的。[186] 司馬相如《長門賦》代表了一個特殊的問題，文本中的年代錯誤導致整篇文章被懷疑爲僞作。[187] 這些失誤並不是大問題，除了一些被篡改的詩句，不會實質性地減損這些文章本身所代表的最高質量。[188]

純文學的"騷"和"七"中的篇章被放在不同的文體類別中，但實際上它們與賦部分的許多作品難以區分。如果我們將此兩類作品加入賦選中，那麼賦選的眼界看起來就更加寬廣。[189] "騷"包含了從《楚辭》中精選的重要作品，按照傳統，它們中的大多數歸於屈原的名下，包括著名的自憐詩篇《離騷》，巫詩《九歌》中的兩首，據稱描寫屈原流放時遊歷的《涉江》，太卜勸告屈原保持自己決心的《卜居》，及隱居的漁父譏諷屈原不肯妥協的《漁父》。被歸於屈原弟子宋玉名下的有《九辯》中的五章，這是一位憂鬱的藝術家的寫照，以及《招魂》，鋪張揚屬地描寫一系列爲"招回"重病者或亡者的流浪靈魂的場景。位於最末的作品是歸屬於漢代貴族劉安（前 179—前 122）的《招隱士》。[190] 這首詩列舉荒郊野外種種惡劣的自然環境，試圖勸誘一位隱居的王孫離開他的山中隱居之所。

---

[186] 雖然這些序取自揚雄的《漢書》傳記（卷 87 上下），但它們仍然是揚雄本人所寫的，因爲從揚雄傳記中摘錄的這部分實際上是揚雄的自序，班固一字不差地抄進《漢書》。《文選》注家張銑（8 世紀）認爲揚雄的《羽獵賦》有兩篇序，一篇是作者所寫，一篇是班固所寫，這一説法經常被引用，但這是誤導。見《六臣注文選》，《四部叢刊》，卷 8 頁 20a。然而應當指出的是，揚雄很可能並不是在他作賦的時候寫這些序的，而是在晚些時候他創作自序時所寫。在這個意義上，王芑孫（1755—1818）宣稱"西漢賦無序"仍然是站得住脚的。見《讀賦卮言》，收何沛雄編，《賦話六種》（香港：萬有圖書公司，1975），頁 15；簡宗梧，《司馬相如、揚雄及其賦之研究》（博士論文，臺灣政治大學，1977），頁 108。

[187] 這篇序顯然不是司馬相如所寫，因爲它提到漢武帝的謚號（"孝武皇帝"），司馬相如不可能知道，因爲他卒於武帝之前。這裏還有一個有關序言可靠性的問題。序言聲稱司馬相如寫這篇賦的目的，是爲了説服皇帝讓陳皇后重回她以前的受寵地位。序的最後一句提到皇后重新獲得皇帝的寵愛，這與記録在《漢書》（卷 97 上頁 3948）中的陳皇后傳記的細節不一致。詳情見顧炎武（1613—1682）在《日知録》中的論述，黃汝成集釋，《日知録集釋》（鄂官書處，1912），卷 19 頁 22b。關於賦本身的真僞問題，見許世瑛，《長門賦真僞辨》，《中德學誌》6（1944.6）：145－149 和《司馬相如與長門賦》，《學術季刊》6（1957.12）：39－47；Yves Hervouet, *Sseuma Siang-jou*, pp. 182－3；簡宗梧，《長門賦辨證》，《大陸雜誌》46（1973.2）：57－60 和《司馬相如、揚雄及其賦之研究》，頁 108—112。簡宗梧證明這裏的押韻呈現出談部、真部與侵部、冬部字的特殊合韻現象。這種合韻是司馬相如的家鄉蜀地的前漢詩人所特有的。因此，即使《長門賦》不是司馬相如寫的，其作者也必定深諳前漢蜀地的方言。亦可參看羅常培、周祖謨，《漢魏晉南北朝韻部演變研究》第一分册（北京：科學出版社，1958），頁 88。

[188] 主要的問題包括班固的《兩都賦》，它有兩句未見於這篇作品的《後漢書》版本，這似乎是不恰當的衍文。我們無法確定蕭統是否應當爲這些衍文負責，因爲它們可能是在之後的時代不知不覺混入文本的。見駱鴻凱，《文選學》，頁 35。

[189] 蕭統提出將"騷"作爲一種獨立的文學體裁，背離了劉歆的《七略》所確立的分類法，後者將屈原的詩作歸入賦的條目之下，見《漢書》，卷 30 頁 1747。毫無疑問，蕭統沿襲了劉勰的先例，劉勰也將"騷"作爲一種獨立的文體對待。

[190] 蕭統背離傳統，直接將這篇文章歸於劉安名下。王逸認爲它出自淮南小山（見《楚辭補注》，卷 20 頁 1a），但這是一個從未成功確認的名字。最近，饒宗頤建議"小山"是書名，類似於古代的書名，如被認爲是賢君伏羲、神農和黃帝所作的三部失傳著作的《三墳》，以及失傳的關於九州的地理學專著《九丘》。見《選堂賦話》，收何沛雄編，《賦話六種》，頁 88—89。

　　儘管屈原的一些重要詩篇没有被選入，[191]但是楚辭的確爲一些後來的重要賦作的文類原型提供了優秀的典範。《離騷》是"騷體賦"的雛形，[192]士人在其中抒發對未認識其價值的昏君的憤懣和怒火。班固的《通幽賦》、張衡的《思玄賦》一類賦作主要闡述這一主題。《招魂》是第一批"七"詩，即枚乘(? —前 140)《七發》的直接先例。"七"這一名稱指的是一位門客對患病太子陳述的七次勸誘，以唤起病榻上的太子的覺醒。枚乘的作品啓發了大量類似由七個部分組成的詩篇，它們全都被冠以"七"的篇名。[193] 這些篇章以冗長的、裝飾性的賦體風格寫成，通常使用同樣的誘惑物(如飲食、田獵、美色、音樂、庭園、宮殿)，即便對象因篇章不同而有所不同。《文選》中的其他兩篇"七"詩是曹植的《七啓》和張協(? —307)的《七命》，它們都向隱士提供一系列激勵獎賞，想要引誘其從荒野之外的隱居處回到朝廷任職。

　　除了"騷"和"七"，《文選》還有第三種文體"設論"(卷 45)與賦有近親關係。[194] 這些篇章有同樣的對話體框架、駢散相間的行文和大多數賦作中典型的旁徵博引的連綿詞。這一形式的原型是東方朔的《答客難》，篇中主人公辯説自從帝國締造以來，才學之士的價值便不再被重視和欣賞，因此對他來説，在帝國再次需要他的才學之前，最好最安全的方式便是隱退。揚雄(《解嘲》)和班固(《答賓戲》)都在他們對東方朔文章的仿作中作了相似的辯論。揚雄的作品試圖證明寫作晦奥難懂的哲學專著《太玄》的理由，儘管事實是這本書並未給他在朝廷中帶來升遷和賞識。班固的文章對所謂仕途失意進行相似的自我辯解。

　　至少就數量而言，《文選》中最大的文體類別是詩(抒情詩)。雖然這部 443 首詩歌的選集包含了幾種不同的詩歌形式，包括楚歌，[195]仿《詩經》的四言詩，[196]還有一些七言詩篇，[197]但大多數詩是五言形式的。五言詩歌最早出現在漢代，也許是從流行的民謠

---

[191] 《楚辭》注家洪興祖相當强烈地反對《文選》將剩下的五首《九歌》《天問》和《遠遊》排除在外。見《楚辭補注》，卷 7 頁 3b。

[192] 見 Hellmut Wilhelm, "The Scholar's Frustration: Notes on a Type of 'Fu,' " in *Chinese Thought and Institutions*, ed., John K. Fairbank (Chicago: University of Chicago Press, 1957), pp. 310 - 19。

[193] 見許世瑛，《枚乘七發與其模擬者》，《大陸雜誌》6(1953)：11 - 17。

[194] 中島千秋將它處理爲"賦"的子文體，見《賦の成立と展開》(松山：關宏成，1963)，頁 418—428。

[195] "楚歌"體類似於《楚辭》中的《九歌》。《文選》中此類作品的詩句由三拍子的前部分和三拍子的後部分組成，中間由虛詞"兮"隔開。這一形式的例子是卷 28 中荆軻和漢高祖即興而作的詩歌。見鈴木修次，《漢魏詩の研究》(東京：大修館，1967)，頁 1—71。"辭"類中武帝的《秋風辭》也是一首"楚歌"。

[196] 包括如下作品：束皙(264? —303?)的《補亡詩》(卷 19)，韋孟(前 225—?)的《諷諫詩》和張華的《勵志詩》(都在卷 19)，曹植的《上責躬詩》和《應詔詩》(卷 20)，王粲的《贈蔡子篤詩》、《贈士孫文始》和《贈文叔良》(卷 23)，潘岳的《關中詩》(卷 20)，嵇康的《贈秀才入軍》(卷 24)，陸機的《贈馮文羆遷斥丘令》(卷 24)，劉琨(271—318)的《答盧諶詩》和盧諶(284—350)的《贈劉琨》(都在卷 25)，曹操(155—220)的《短歌行》和《苦寒行》(卷 27)，陸機的《短歌行》(卷 28)。

[197] 例如曹丕的《燕歌行》(卷 27)和張衡的《四愁詩》(卷 29)。

和民歌中發展而來，⑲並最終成爲魏晉時期最主要的詩歌形式。蕭統將被認爲是李陵（？—前74）和蘇武（前143？—前60；作爲匈奴的囚徒在北海即今貝加爾湖生活了將近二十年）所作的詩，選爲這一形式的最早典範。鍾嶸認爲李陵"始著五言之目"，在這一方面，蕭統似乎贊同鍾嶸。⑲　然而，即便是在南北朝時期，李陵和蘇武詩的真僞也是備受争論的問題。⑳　蘇軾嚴詞批評蕭統在他的選集中選入"擬作"。㉑　雖然大多數現代學者接受蘇軾的看法，㉒但蕭統的觀點可能代表他那個時代學者的典型觀點。㉓　可能被認爲是班婕妤所作的《怨歌行》（卷27），情況也可能相同。㉔

　　雖然蕭統欣然接受李陵和蘇武的詩是真實不虛的，但他顯然對一組十九首的五言"古詩"持保留意見，他將其視爲無名氏之作。與其同時代的文集編纂者徐陵持不同意見，他認爲其中的八首詩是漢代早期的作家枚乘所作。㉕　劉勰有一個略微不同的觀點，指出"有些學者"稱"古詩"爲枚乘所作，卻没有給出他自己對此事的判斷。他接着説其中一篇（蕭統編排的第八首）已被認爲是後漢傅毅所作，於是總結説"古詩"來自兩漢時期，且含蓄地認爲並不是所有的作品都是枚乘所作。㉖　其實，當今學界大多數人認爲枚乘不可能創作這些詩篇中的任何一首，蕭統將它們歸於無名氏條目下的做法是正確的。㉗

　　⑲　關於五言詩的發展，見侯思孟（Donald Holzman）的出色研究，"Les Premiers Vers pentasyllabiques datés dans la poésie chinoise," *Mélanges de Sinologie offerts à Monsieur Paul Demiéville*，II，pp. 77‐115。

　　⑲　鍾嶸，《詩品注》，頁1。

　　⑳　詩人顔延之（384—456）在他的《庭誥》中堅稱李陵的詩篇是毫不相干的風格的大雜燴，不可能全部都是他寫的，必定是僞作，見李昉，《太平御覽》，卷586頁2640。劉勰記述了一些稍晚的學者質疑李陵詩的真實性，理由爲漢成帝統治期間（前32—前7）編纂出來的《七略》目録，並没有列入傑出詩人所寫的五言詩，見《文心雕龍注》，卷2頁66。

　　㉑　見蘇軾，《答劉沔都曹書》，收《蘇東坡集》（臺北：商務印書館，1967），《後集》9，卷14頁3。蘇軾相信李陵的詩是"齊梁間小兒所擬作"。

　　㉒　近來學者中拒絶接受蘇軾論點的一位是方祖燊，見《漢詩研究》（臺北：正中書局，1967），頁48—67。關於這個議題的全面透徹的論述，見馬雍，《蘇李詩製作時代考》（重慶：商務印書館，1944）；鈴木修次，《漢魏詩の研究》，頁322—340。

　　㉓　除了鍾嶸，我們還可以提到蕭子顯，他在關於四言、五言、七言詩發展的論述中，述及"少卿離辭"爲"五言才骨"，見《南齊書》，卷52頁908。徐陵似乎也認可李陵和蘇武詩中至少有一首是真的，因爲他的《玉臺新詠》（卷1頁4b—5a）選入一首歸於蘇武名下的五言詩。

　　㉔　劉勰將這篇作品與李陵的詩一起提及，作爲"見疑於後"的漢五言詩（《文心雕龍注》，卷2頁66）。鈴木（《漢魏詩の研究》，頁480）聲稱它不是班婕妤所寫，卻没有給出原因。然而方祖燊（《漢詩研究》，頁71—72）卻承認它是真作。

　　㉕　見徐陵，《玉臺新詠》，卷1頁4a—b，書中這些詩篇都題作"雜詩"而不是"古詩"。方祖燊作有一個關於出現在《文選》中的《玉臺新詠》詩篇的列表，見其《漢詩研究》，頁7。

　　㉖　《文心雕龍注》，卷2頁66。

　　㉗　關於這一問題的文獻數量龐大，較重要的研究包括：隋樹森編，《古詩十九首集釋》（北京：中華書局，1955），頁1—13；馬茂元，《古詩十九首探索》（北京：作家出版社，1957），頁5—9；Jean-Pierre Diény, *Les Dix-neuf poèmes anciens*，Bulletin de la Maison franco-japonais，n.s.，7（Paris：Presses Universitaires de France，1963）；葉嘉瑩，《談古詩十九首之時代問題》，《現代學苑》2（1965.7）：9‐12；鈴木修次，《漢魏詩の研究》，頁309—322。方祖燊（《漢詩研究》，頁5—32）試圖爲枚乘所作而進行論證。

　　雖然"古詩"出自無名氏之手，但它們不是民歌，而更像是出自文人手筆的詩作，這些文人熟知被稱作"樂府"的流行歌詩傳統。"樂府"一詞可以按字面意理解爲"音樂的府庫"，是負責爲國家典禮和宮廷娛樂而採集、編排及創作音樂和歌詞的政府官署名稱。⑳ 因而，有關典禮儀式的作品和民謠（仿照民謠而創作的詩篇也一樣）都使用樂府這一名稱。㉑《文選》中有三首無名氏之作的樂府歌謠（卷27），它們被想當然地認爲是出自漢代的。㉒ 然而，其中的第一首《飲馬長城窟行》，徐陵認爲是知名詩人蔡邕所作。㉓ 第二首《傷歌行》與徐陵認爲屬於魏明帝曹叡（204—239）的一首樂府詩幾乎完全相同。㉔

　　幸運的是，《文選》中的其他詩篇沒有嚴重的真僞方面的疑問。正如我們預期的那樣，選本鍾情於魏——梁時期，此時期五言詩在曹植、王粲和阮籍（210—263）這些詩人手中最終發展成熟。曹植是魏國建國者的第三子，總共有24首詩入選《文選》。除了兩首之外，其他皆用五言句式寫成，包括供宴會場合使用的應景詩（卷20的《公讌詩》），或對即將遠行的友人的告別（卷20的《送應氏》）；一些送給同伴和親人的《贈詩》（卷24），其中有些表達友人別離的憂傷或報國無門的失意；以及一些樂府詩（卷27），它們汲取了民謠的主題和創作技巧以描繪盛宴（《箜篌引》）、美人（《美女篇》）、勇武的戰士（《白馬篇》）或洛陽紈綺子弟無憂無慮的生活（《名都篇》）。在他的無題詩中（卷29的《雜詩》），我們可以看到一個詩歌的大雜燴，抒發了一位孤獨遊子的鄉愁，一位棄婦等待離家遠遊的丈夫歸來的悲傷，㉕以及一位忠臣和遠征軍中爲國獻身的僕夫的"慷慨言"。㉖

　　王粲是曹氏幕僚的一員，他的詩與曹植的很相似。兩人都寫過關於著名的三良的

⑳　關於樂府，見 Jean-Pierre Diény, *Aux Origines de la poésie classique en Chine*（Leiden：E. J. Brill，1968），pp. 81‐100；Michael Loewe，"The Office of Music，c. 114 to 7 B.C.，" *BSOAS* 36（1973）：340‐51；Hellmut Wilhelm，"The Bureau of Music of Western Han," in *Society and History: Essays in Honor of Karl August Wittfogel*, ed. G. L. Ulmen（The Hague：Mouton Publishers，1978），pp. 123‐35。

㉑　有關樂府的出色介紹，見 Hans H. Frankel，"Yüeh-fu Poetry," in *Studies in Chinese Literary Genres*, ed. Cyril Birch（Berkeley and Los Angeles：University of California Press，1974），pp. 69‐107。

㉒　依版本而不同，《文選》此部分有三首或四首詩篇。尤袤本有三篇：《飲馬長城窟行》、《傷歌行》及《長歌行》。五臣注本（見《六臣注文選》，卷27頁20b—21a）在這三首之上加了一首《君子行》。保存在日本九條家藏書中的古鈔本有三篇，但是在尤袤本中題爲"傷歌行"的詩被題作"長歌行"，見斯波六郎，《文選索引》4冊本（京都：京都大學人文科學研究所，1959），冊4頁15—16。

㉓　見徐陵，《玉臺新詠》，卷1頁6a—b。

㉔　見徐陵，《玉臺新詠》，卷2頁12a。曹叡的詩篇缺少《文選》版本的最後兩句。

㉕　見 David Roy，"The Theme of the Neglected Wife in the Poetry of Ts'ao Chih," *JAS* 19（1959）：25‐31。卷23中曹植的《七哀詩》有着同樣的主題，見 Ronald C. Miao，"The 'Ch'i ai shih' of the Late Han and Chin Periods（I），" *HJAS* 33（1973）：183。

㉖　見李直方，《慷慨以任氣説》，收《漢魏六朝詩論稿》（香港：李直方，1967），頁49—68。

詩歌，他們都爲他們的主公秦穆公（死於公元前 621 年）而殉葬。^⑳ 王粲的詩與曹植的一樣，抒發因戰争的蹂躪而不得不背井離鄉的士人的鄉愁（特别是卷 23 中他的兩首《七哀詩》）。王粲創作了一組五首的頌詩，歌頌他的庇護人曹操的勇武功勳；^⑳《公讌詩》（卷 23）也是如此，可能是爲曹操慶功而寫。^⑳

　　阮籍的詩包括他的 82 首《詠懷詩》中的 17 首。^⑳ 這一詩名由阮籍原創，同時也是《文選》詩類的一個子分類的名稱。這組詩歌並不是一時寫就的，而是在很長一段時間内寫成的詩篇合集。大多數篇章針對當時政治上層集團和社會精英的狂妄自大和道德墮落而有感而發，充滿苦悶和幽憤。然而，阮籍大部分關於社會和政治的見解都巧妙地隱藏在隱喻和隱語背後，以至於很困難，有時甚至不可能領悟到他所要諷喻的確切所指的時事。在他去世一個多世紀以後，顏延之評論道：“雖志在刺譏，而文多隱避。百代之下，難以情測。”^⑳阮籍詩歌的要旨有：轉瞬即逝的愛情（第 2、4）、生命（第 3、5）、財富、榮譽和名聲（第 5、11）；捲入政治的危險和愚蠢（第 6、9、14）；對時間飛逝的憂慮（第 10、13）；荒廢青春的悔恨（第 8）；宣誓直面逆境的決心（第 12）；孤獨和“深夜的痛楚”（第 1、13、15）；^⑳貴族的放縱舉止（第 16、17）。

　　除了這些題材，阮籍的一些詩篇（尤其是第 5、11 和 16）還涉及遊仙的主題。^⑳ 曹植這一題材的詩，享有盛譽，但奇怪的是蕭統並没有挑選任何一首曹植的遊仙詩到《文選》中去，儘管他爲此建立了一種文類。^⑳ “遊仙”部分包含兩位晉代詩人何劭（236？—301）和郭璞的詩歌。這些詩通常生動地描寫一位道士在天上神仙居所的神秘遊歷。他們也經常濃墨重彩地描畫煉丹術語，並時常提及呼吸吐納之法和長生不老

⑳ 見 K. P. K. Whitaker, "Some Notes on the Background and Date of Tsaur Jyr's Poem on the Three Good Courtiers," *BSOAS* 18 (1956)：303 - 11。

⑳ 對這些詩歌簡單明了的分析，見 Ronald C. Miao, "A Critical Study of the Life and Poetry of Wang Chung-hsüan" (Ph. D. Diss., University of California at Berkeley, 1969), pp. 149 - 62。

⑳ 這首詩是爲曹操舉辦的一場宴會所寫的唯一證據，出自唐代的注釋者張銑，見《六臣注文選》，卷 20 頁 15a。

⑳ 依照《文選》中的順序，這些詩包括編號 1, 2, 3, 12, 4, 13, 14, 5, 6, 9, 15, 16, 7, 8, 17, 10, 11。見 Donald Holzman, *Poetry and Politics: The Life and Works of Juan Chi A.D. 210 - 263* (Cambridge：Cambridge University Press, 1976), p. 303。

⑳ 出自《文選》卷 23 頁 2b。在某些出處中，這一陳述被認爲是李善的。至於這是顏延之所寫的證據，見 Holzman, *Poetry and Politics*, pp. 248 - 49, n. 2。

⑳ 這個詞語由 Holzman 創造，見 *Poetry and Politics*, p. 229。

⑳ “遊仙”通常被翻譯爲“漫遊的神仙”，這是一個有時候會出現的意思（見陸機的《凌霄賦》，出自歐陽詢，《藝文類聚》，卷 78 頁 1338），但是作爲一個詩歌的子文類的名稱，這個詞或許應當作爲動賓短語而譯作“遊歷仙界”。關於這一詞語的討論，見 Edward H. Schafer, *Pacing the Void: T'ang Approaches to the Stars* (Berkeley and Los Angeles：University of California Press, 1977), pp. 242 - 43。

⑳ 關於這些詩篇的研究見 Stephen S. Wang, "Tsaur Jyr's Poems of Mythical Excursion" (Master's thesis, University of California at Berkeley, 1963)；船津富彦，《曹植の遊仙詩論》，《東洋文學研究》13（1963）：49 - 65。

之藥。然而,在大多數這一類型的詩歌中,詩人只不過叙寫穿越空間尋求不朽的遊歷,以之作爲表達他渴望擺脱塵世紛擾的一種方式。郭璞創作的一組十四首的遊仙詩有七首選入《文選》中。像他們這樣的詩人,與其説主要叙寫有關"尋求不朽"的内容,不如説陳述對陳腐社會的不滿和從中逃離的渴望。㉓

　　就這一層面而言,遊仙詩與《文選》中緊隨其後的子文類"招隱"(卷 22)較相似。㉔這些詩大都表達將隱居生活當作與傳統的入世理想相對立的更好選擇。此外,許多詩篇將自然作爲喧囂的文明社會的避難所。這一主題在晉代詩歌中尤爲常見,這一時期大多數大詩人都創作過這一題材的作品。㉕

　　可是,蕭統僅從兩位詩人陸機和左思中選擇代表招隱主題的典範之作。陸機和左思與潘岳一起,位列蕭統那個時代最受欣賞的西晉詩人。㉖ 他們都是多才多藝的作家。左思最爲人所知的是他關於歷史主題的詩作(《詠史》),這八首詩在卷 21 中。左思在這些詩中通過歷史典故的精妙運用,批判他所在的社會。選自潘岳的詩作包括:哀悼亡妻的分爲三部分的著名詩歌(卷 23 的《悼亡詩》);爲遊覽石崇(249—300)的金谷園而作的應景詩(卷 20 的《金谷集作詩》);以及四首收於"行旅"部分的詩(《河陽縣作》和《在懷縣作》),講述人是一位被派遣到偏遠地區的官吏,遙遠的距離將他和他的家鄉分隔開,他站在高處極目遠眺,並表達出色地履行職責的願望。

　　如果蕭統的《文選》中所選篇數多少是有意的,那麼陸機便是他最喜愛的詩人之一。他的 52 首詩構成此集詩選部分最大的篇幅。除了《招隱詩》,他在"贈答"這一文類中還有大量詩篇。這些詩連同一些其他文類的詩篇(卷 26 的《赴洛》,《赴洛道中作》)中,占上風的主題是離别。主人公感到憂傷,如果不是因爲他必須與即將遠行的好友告别,就是因爲他自己漸行漸遠而感到思念家鄉和友人。㉗

　　陸機的大部分詩歌是對更早的詩歌的擬作,包括"雜擬"文類中的擬古詩十二首

㉓ 這一觀察最早由鍾嶸提出:"但遊仙之作,詞多慷慨,乖遠玄宗。其云:'奈何虎豹姿。'又云:'戢翼棲榛梗。'乃是坎壈詠懷,非列仙之趣也。"《詩品注》,頁 23。亦可參看 Hellmut Wilhelm, "Wanderungen des Geistes," *Eranos Jahrbuch 1964*, 33 (Zürich: Rhein-Verlag, 1965), pp. 177‒200; rpt. in *Heaven, Earth, and Man in the Book of Changes*, by Hellmut Wilhelm (Seattle: University of Washington Press, 1977), pp. 164‒89.

㉔ John D. Frodsham 將"招隱"譯爲"召喚隱士",而 Burton Watson 將其譯爲"邀請隱居",見 John D. Frodsham, *An Anthology of Chinese Verse: Han Wei Chin and the Northern and Southern Dynasties* (Oxford: Oxford University, Press, 1967), pp. 73, 91, 94; Burton Watson, *Chinese Lyricism: Shih Poetry from the Second to Twelfth Century* (New York: Columbia University Press, 1971), p. 75。然而,這個標題中"招"字的慣常解釋是"尋找"、"尋求",見《六臣注文選》,卷 22 頁 1a,劉良注。關於"招隱"主題,見劉翔飛,《論招隱詩》,《中外文學》7.12(1979):98‒113。

㉕ 詳述見鄧仕梁,《兩晉詩論》(香港:香港中文大學,1972),頁 112—116。

㉖ 鍾嶸將他們全部列入"上品",見《詩品注》,頁 15—17。

㉗ 見興膳宏,《故鄉喪失者の歌》,《潘岳陸機》(東京:筑摩書房,1973),頁 138—172。

（卷30）和十七首樂府中的相當一部分（卷28）。㉘ 實際上蕭統似乎給予擬詩相當高的評價。"雜擬"收錄總共63首詩，使它成爲詩類中篇幅最大的部分。此外，如同陸機那樣，許多樂府詩是對更早的樂府的擬作。因而，鮑照的十八首詩中包括：八首樂府（卷28），它們在鮑照的文集中都標記爲"代"（字面意爲"代替"、"之後"）；㉙三首"古詩"的擬作；一首模仿建安詩人劉楨（170？—217）風格的詩；以及一首模仿樂府主題的詩，這一題目陸機曾用過。㉚ 然而，蕭統並沒有將鮑照最著名的樂府組詩《擬行路難》十八首中的任何一首選爲典範之作。㉛ 他看來更喜歡鮑照關於軍旅主題的詩作，選入這些題材的詩作有：邊塞生活（《苦熱行》），年邁的戰士反思他年輕時的邊境戰役（《東武吟》和《出自薊北門行》），流浪的遊俠（《結客少年場行》），以及一位後半生投筆從戎的前文職官員（《擬古》第三首）。

　　"雜擬"中還有謝靈運題爲《擬魏太子鄴中集詩》的八首詩，以及江淹的《雜體詩》三十首。後一組詩包含模仿從漢到宋的各種詩人風格的詩篇（江淹的詩被選入《文選》的，除此之外還有兩首）。幾乎每一位在《文選》中有突出地位的詩人都被表現在江淹的擬作中。㉜ 謝靈運的詩篇模仿的是寫於曹丕當魏太子期間主持的慶賀宴會上的作品，每一首詩作都假托與會者中某人的口吻，包括著名的文學團體"建安七子"的成員。

　　然而，這些擬作只代表《文選》所收謝靈運共40首詩中的很少一部分。㉝ 他的大多數詩作都在"遊覽"和"行旅"的文類中（卷22和卷26），而且因爲他是那個時代最傑出的山水詩人，其作品被寄予厚望。幾乎全部詩作都是自然景物詩，詩中講述他攀登陡峭崎嶇的山峰，跋涉轟鳴喧囂的山澗，揚帆於微風吹拂的湖面，漫步穿過清冷的松林。謝靈運是齊梁時期最令人心慕手追的一位詩人，所以蕭統用如此多的篇幅展現他的詩歌便不那麼令人驚訝。㉞ 儘管如此，卻沒有跡象表明蕭統是謝靈運詩派的

㉘ 鄧仕梁發現陸機的樂府有兩種類型：一是那些使用"舊題"來表達個人情感的；二是那些"同他的擬古詩一樣"，作爲文學訓練的。見《兩晉詩論》，頁79。然而，鄧仕梁並未解釋怎樣區分"文學訓練"和"個人感情的表達"。

㉙ 見錢仲聯編，《鮑參軍集注》（北京：中華書局，1959），卷3—4。

㉚ 這些詩篇全都收錄在"雜擬"部分（卷31）。最後一首《代君子有所思》出現在鮑照作品集的樂府部分（見錢仲聯，《鮑參軍集注》，卷3頁75），題爲《代陸平原〈君子有所思行〉》。他的《擬古詩》八首中的三首收入他的集中（見卷6頁157—164）。《學劉公幹體》是擬劉楨詩的五首詩（見卷6頁169—172）中的第三首。

㉛ 見錢仲聯，《鮑參軍集注》，卷4頁102—114。徐陵的《玉臺新詠》選入這些詩中的四首（卷9頁60b）。整組詩的譯文見 Frodsham, *An Anthology of Chinese Verse*, pp. 142‑53。

㉜ 江淹模仿過卻不見於《文選》的僅有詩人是孫綽、許詢和僧人湯惠休（464年在世）。

㉝ 這一數字是謝靈運現存作品的半數。在《文選》所收的詩人中，只有陸機詩作的數量多過他。

㉞ 謝靈運是《詩品》中被授予"上品"的最新近詩人（見鍾嶸，《詩品注》，頁17）。蕭子顯提名謝靈運爲齊代發展的三種主要風格之一的開創者，見《南齊書》，卷52頁908。蕭綱在《與湘東王書》中抱怨同時代人偏好於模仿謝體，見《梁書》，卷49頁691；Marney, *Liang Chien-wen Ti*, pp. 80‑81。

領軍人物。[235]

然而，蕭統確實選入一批以謝靈運風格寫作山水詩的詩人的詩篇。《文選》中有十一首晉代“上品”詩人張協的詩歌，鍾嶸高度評價他的風格，並認爲與謝靈運的風格相似。[236] 張協的許多詩歌着重於自然的蕭肅甚至危機四伏的方面，看起來與謝靈運詩中偶爾出現的可怖山水有些相像。[237] 以山水詩人而著稱但只有少數詩篇存世者，包括謝混（？—412）和殷仲文（？—407）。[238] 在蕭統的時代，顔延之的名字經常與謝靈運相提並論，[239]在他的二十一首詩中，我們可以發現一些詩篇雖然並不被視作“純粹的山水詩”，但確實包含許多描繪自然景色的詩句。[240]

可是，在《文選》的山水詩編選中還存在值得注意的疏漏。比如，它並不包含鮑照的任何一首山水詩，而這是他詩歌創作的主要部分。[241] 就如同我們已經看到的那樣，《文選》中所反映的鮑照寫了更多關於戰場的詩，而不是有關“山和水”的詩。鍾嶸在列舉“五言之警策者”時，只提到鮑照的“戍邊”詩，[242]所以蕭統可能只不過是附和鍾嶸的評價。

更難以理解的是，給另一位偉大的自然詩人陶潛的篇幅出人意料的少。蕭統只選了陶潛的八首詩，對於屈原以後、李白杜甫之前最偉大的中國詩人來説，這個數字令人

---

[235] Brooks 作出這一權威論斷，但是卻没有提供證據，見“Geometry,” p. 124。

[236] 見鍾嶸，《詩品注》，頁 17；Brooks，“Geometry,” p. 139。

[237] 這對張協的《雜詩》來説尤其可信，詩中的主人公發現每當邂逅令人驚異和恐懼的山嶽景色時，他的性情多少會發生改變。關於謝詩的這一層面，見 Francis A. Westbrook，“Landscape Transformation in the Poetry of Hsieh Ling-yün,” *JAOS* 100 (1980)：237 - 54。

[238] 他們每人只有一首詩進入《文選》，殷仲文的《南州桓公九井作》和謝混的《遊西池》都在卷 22。雖然謝混和殷仲文殘存下來的作品很少，但他們被認爲是齊梁時期的重要詩人。沈約聲稱他們在擺脱道家“玄言”傳統的影響中扮演了重要角色：“仲文始革孫（綽）、許（詢）之風，叔源（謝混）大變太元之氣。”見《宋書》，卷 67 頁 1778；《文選》，卷 50 頁 14a。蕭子顯對他們的影響的估定有些過於小心謹慎：“仲文玄氣，尤不盡除；謝混情新，得名未盛。”見《南齊書》，卷 52 頁 908。關於這兩位詩人的論述，見小尾郊一，《中國文學に現われた自然と自然観》（東京：巖波書店，1962），頁 185—192；Frodsham，“The Origins of Chinese Nature Poetry,” pp. 82 - 84。

[239] 鍾嶸認爲謝靈運是“元嘉之雄”，顔延之“爲輔”，見《詩品注》，頁 4。沈約宣稱：“自潘岳、陸機之後，文士莫及也，江左稱顔、謝焉。”見《宋書》，卷 73 頁 1904。

[240] 在比較謝靈運和顔延之的“山水詩”之後，林文月稱顔延之的山水詩相對來説並不多，“純粹的山水詩可以説没有一首”。但又接着指出，他在《文選》卷 22 中的“遊覽”詩，“描寫山水的詩句在全篇之中竟然不到半數”。見《謝靈運及其詩》（臺北：臺灣大學文學院，1966），頁 96—98。

[241] 見 John D. Frodsham，“The Nature Poetry of Pao Chao,” *Orient / West* 9 (1964)：21 - 30；Heike Kotzenberg，*Der Dichter Pao Chao (＋466): Untersuchungen zu Leben und Werk* (Bonn：Rheinische Friedrich-Wilhelms-Universität，1970)，pp. 135 - 57。林文月，《鮑照與謝靈運的山水詩》，收《山水與古典》（臺北：純文學出版社，1976），頁 93—123。林文月（《謝靈運及其詩》，頁 94）估算鮑照的 194 首現存的詩中有將近三十首是山水詩。

[242] 見鍾嶸，《詩品注》，頁 10。

震驚地少。㉓　在這些詩中，兩首（《始作鎮軍參軍經曲阿作》和《辛丑歲七月赴假還江陵夜行塗口》，都在卷 26）都寫的是陶潛的常見主題，對入世爲官的反感並渴望盡快回歸"田園"。其他詩都摘録自一系列或一組詩中：《挽歌》三首的第三首（卷 28）；兩首《雜詩》，實際上是《飲酒二十首》的第五和第七首；《詠貧士詩》七首中的第一首；組詩《讀山海經》十三首的序詩；以及《擬古詩》九首的第七首。《雜詩》和《讀山海經》表達鄉村農夫兼士人的詩人在田園生活中的怡然自得，這一主題總是如此常見地與陶潛的詩歌聯繫在一起。然而，令人費解的是，蕭統爲何沒有選入他的更多田園詩，如《和郭主簿》以及描寫田園生活的詩歌傑作《歸園田居》五首。㉔

　　如果注意到蕭統是陶潛詩歌的狂熱擁躉，那麼《文選》中陶潛詩歌數量之少着實令人費解。他是第一位編纂陶潛作品的人，在爲這部集子作的序中，他毫不吝嗇地贊揚陶潛是一位當世無雙的作家："其文章不群，詞采精拔。跌蕩昭章，獨起衆類。抑揚爽朗，莫之與京。"㉕蕭統還爲這位詩人寫了一篇傳記，現在是陶潛文集的一部分。㉖

　　那麼，我們怎樣解釋蕭統忽視了他最尊崇的一位詩人呢？我能作出的唯一解釋是，在這一問題上蕭統追隨了同時代的看法，而不是他個人的偏好。陶潛曾經不被認爲是這一時期的主要詩人。鍾嶸將他置於"中品"，可能反映在齊梁時代陶潛的詩歌很少被熱情稱贊。㉗例如，蕭子顯和沈約在關於晉宋時期重要詩人的論述中都沒有提到陶潛。㉘另一位 6 世紀陶潛作品的編纂者陽休之（509—582）雖然欣賞陶潛的"奇絕異語"，卻也聲稱他"辭采未優"。㉙儘管蕭統對陶潛的詞采美言有加，但是這位隱逸詩人看似平常的措辭，缺乏辭藻，無法吸引偏好"麗靡"風格的齊梁人的注意。即使是保守的鍾嶸也感到陶

㉓ 我參考海陶瑋的判斷："即使是最短的和最具選擇力的中國著名詩人名單，也必定會有陶潛的一席之地，他是整個中國文學中真正偉大作家中的一員。按年代來説，他將是第二名，僅次於公元前 3 世紀的相當模糊的愛國詩人屈原，並且在 8 世紀的大師李白和杜甫之前。"見 *The Poetry of T'ao Ch'ien*, p. 1。

㉔ 這些見於《靖節先生集》，《四部備要》，卷 2 頁 13b—14a 和卷 2 頁 4a—5b。關於優秀的翻譯，見 Hightower, *The Poetry of T'ao Ch'ien*, pp. 79 - 82，50 - 56。

㉕ 《陶淵明集序》，《昭明太子集》，卷 4 頁 5b。

㉖ 見《靖節先生集》，"誄傳雜識"，頁 4a—b。

㉗ 對於所謂鍾嶸判斷"失誤"有各種解釋，包括陶潛原本被列於"上品"，但是經過文本的訛變最終被放在"中品"。見王叔岷，《論鍾嶸評陶淵明詩》，《學苑》2（1948）：68 - 69。關於這個問題的其他討論，見 Brooks, "Geometry," pp. 131 - 33；舒衷正，《詩品爲什麼置陶潛於中品》，臺灣《政治大學學報》31（1975.5）：1 - 12。我見過的關於這個問題更合理的一個評價是下面衛德明（"A Note on Chung Hung," p. 115）的簡潔評論："面對像這樣的定品以及它們隨後所激起的批評，明智的做法也許是去回想《四庫提要》的評論，即鍾嶸的評價是他那個時代所能達到的判斷力，那時的傳統絶大部分已經失傳了，這一時期的偏好與評價必然與後世形同陌路。《文心雕龍》完全沒有提到陶潛。"

㉘ 蕭子顯提到潘岳、陸機、郭璞、許詢、殷仲文、顔延之、謝靈運、湯惠休和鮑照，見《南齊書》，卷 52 頁 908。除了遺漏郭璞和加上孫綽，沈約的名單幾乎與之相同，見《宋書》，卷 67 頁 1778。

㉙ 見《靖節先生集》頁 2a 的陽休之《序録》。

潛"殆無長語"。㉚ 然而,他單單摘抄出陶潛《擬古詩》和《讀山海經》中的詩句作爲"風華清靡"風格的例證,人們通常並不將它們與一位"田家"詩人聯繫在一起。㉛ 這兩首詩都在《文選》所收詩之列,表明蕭統的編選遵循同時代的梁朝人所欣賞的修飾風格。

這種風格的一位主要代表是謝朓,《文選》選收他的二十一首詩,在齊梁詩人中僅次於江淹。謝朓是永明詩人的領軍人物之一,以詠物詩聞名於世,此類詩大多數作於他還是蕭子良西邸文學社團的一員時。㉜ 可是,蕭統沒有選這些詩篇中的任何一首,而主要收入謝朓任宣城太守期間的山水詩。㉝ 謝朓描繪的山水在很多方面都很像傑出前輩謝靈運的詩,也許因爲這種相似性,蕭統選入如此之多的小謝詩篇。㉞

我們知道蕭統坦言麗靡風格不合其口味,㉟所以我們可能並不指望《文選》包羅許多永明年間的詩歌。然而除了謝朓,"詩"的部分還有鍾嶸所厭惡的沈約的十三首詩。這些詩篇,就像謝朓的詩一樣,主要由山水詩組成。㊱ 其中只有兩首是詠物詩,也是集子中僅有的兩首詠物詩。㊲ 蕭統似乎處心積慮地想要排除永明詩歌中最誇飾最浮淺的樣本。例如,《文選》中沒有一首見於《玉臺新詠》中的艷情詩或宮體詩,㊳也沒有一首南朝樂府,此類詩是耽於感官、艷情的歌謠,其形成很可能受到宮體詩影響。㊴ 因

㉚ 見鍾嶸,《詩品注》,頁 25。

㉛ 見鍾嶸,《詩品注》,頁 25。

㉜ 見網祐次,《中國中世文學研究》,頁 557。關於謝朓的詠物詩,見李直方,《謝朓詩研究》,收《謝宣城詩注》(香港:李直方,1968),頁 21—31。

㉝ 見網祐次,《中國中世文學研究》,頁 536—546;小尾郊一,《中國文學に現われた自然と自然観》,頁 305—315。這些詩主要見於卷 26(贈答)、27(行旅)和 30(雜詩)。

㉞ 關於二謝詩歌的相似之處,見網祐次,《中國中世文學研究》,頁 357—366,頁 394—396;Francis A. Westbrook, "Hsieh T'iao and Fifth Century Landscape Poetry," in *Studies in Chinese Poetry and Politics*, ed. Ronald C. Miao, vol. 2, forthcoming. 我還可以指出,蕭統《文選》的合編者劉孝綽據説是謝朓詩歌的忠實崇拜者,"常以謝詩置几案間",見顏之推(531—591),《顏氏家訓》,收《漢魏叢書》,卷上頁 48b;Teng Ssu-yü(鄧嗣禹)trans., *Family Instructions for the Yen Clan*, Monographies du T'oung Pao, vol. 4 (Leiden:E. J. Brill, 1968), p. 107。

㉟ 以同樣的方式將謝朓的山水詩稱爲"麗靡",與將詠物詩或宮體詩稱爲"麗靡"相同,可能會引起誤解。例如,中國的批評家們稱謝朓的風格爲"清麗",一種遠遠沒有謝靈運那麼複雜精細的風格。見李直方,《謝朓詩研究》,頁 15—21。關於先唐文學的清麗概念,見網祐次全面徹底的論述,《中國中世文學研究》,頁 369—391。

㊱ 見卷 22(遊覽)和卷 27(行旅)的沈約的詩。

㊲ 見《應王中丞思遠詠月》和《詠湖中雁》,它們都在卷 30。雖然這些詩歌可以被歸類爲詠物,但至少後者也會被稱爲山水詩。見小尾郊一,《中國文學に現われた自然と自然観》,頁 505—506。

㊳ 關於《文選》和《玉臺新詠》選錄永明詩歌的簡單比較,見網祐次,《中國中世文學研究》,頁 154—155。亦可參看繆鉞,《文選與玉臺新詠》,收《詩詞散論》(上海:開明書店,1948),頁 45—48;再版於陳新雄、于大成編,《昭明文選論文集》,頁 47—50。

㊴ 關於這些詩篇的研究,見王運熙,《六朝樂府與民歌》(上海:上海文藝聯合出版社,1955);Marilyn Jane Evans, "Popular Songs of the Southern Dynasties:A Study in Chinese Poetic Style" (Ph. D. diss., Yale, 1966); Lenore Mayhew and William McNaughton, *A Gold Orchid: The Love Poems of Tzu Yeh* (Rutland:Tuttle, 1972); Frankel, "Yueh-fu," pp. 94‑96; Michael Workman, "Songs of the Four Seasons:Spring and Summer," in *K'uei Hsing: A Repository of Asian Literature*, ed. Friedrich Bischoff, Liu Wu-chi, et al., 1 vol. (Bloomington:Indiana University Press, 1974‑), 1:71‑79。關於南朝的歌謠對宮體詩的影響,見 Miao, "Palace-Style Poetry," pp. 12‑22。

此,也許有人會得出結論,認爲《文選》的詩集部分代表了一種折衷的編選原則,抵制極端"輕艷"的宮體風格,但並不完全否認所有新近的具有革新精神的格律詩。可惜的是,在現存蕭統的文學作品中,沒有關於詩歌格律的評論,所以我們並不知道他是否認同沈約的聲律論。他爲《文選》選入沈約的一些詩篇這一事實,也許暗示無論他關於聲調規則的觀點如何,他都没有像鍾嶸那樣排斥沈約的格律詩。

　　除了低估陶潛和選入高度存疑的李陵和蘇武的詩外,詩選並没有引發其他爭論。可是,對於散文文體部分,我們卻不能説同樣的話。多少個世紀以來,許多針對文集的批評都來自這一部分。大多數批評集中在一點,即一些學者認爲所遺漏的重要作品。⑳ 例如,"序"的部分漏掉王羲之(321—379 或 303—361)的《三月三日蘭亭詩序》,它是中國文學中最著名的寫景散文之一。㉑ 雖然出現各種針對王羲之序的缺漏的解釋,包括據説蕭統反對它的一些文體上的瑕疵,但最有可能的是這篇序的摹本在蕭統的時代並不容易得到。㉒

　　散文部分還因爲收入文學價值或真實性存疑的作品而備受批評。在後者的諸多

---

⑳ 陳仁子(約 1279 年在世)的《文選補遺》四十卷的主要目的是收集蕭統失收的散文。陳仁子的補遺收於《四庫全書》中,最近在《四庫全書珍本四集》(臺北：商務印書館,1977)中再版。趙文(約 1279 年在世)的序(頁 1b—2a)記述,陳仁子認爲《文選》散文文體選集部分有不足之處。

㉑ 此序是爲 353 年三月初三(4 月 22 日)在風景秀麗的浙江會稽地區的蘭亭中舉行的上巳節詩人集會而作。衆所周知,這篇序有許多不同的篇名。見桑世昌(13 世紀),《蘭亭考》,《叢書集成》,頁 1；Frodsham, "The Origins of Chinese Nature Poetry," p. 91, n. 59. 我引用的是《全晉文》中的篇名,收嚴可均,《全上古三代秦漢三國六朝文》,卷 26 頁 1609。全文見於歐陽詢,《藝文類聚》,卷 4 頁 71；《晉書》,卷 80 頁 2099。參看 Wilhelm Grube, *Geschichte der chinesischen Literatur* (Leipzig：Amelangs verlag, 1902), pp. 253 - 54；Georges Margouliès, *Le Kou-wen chinois* (Paris：Paul Geuthner, 1926), pp. 126 - 28；rpt. in Margouliès, *Anthologie*, pp. 397 - 98；Lin Yutang 林語堂, *The Importance of Understanding* (Cleveland：World Publishing Co., 1960), p. 98；Ch'u Chai and Winberg Chai, *A Treasury of Chinese Literature: A New Prose Anthology Including Fiction and Drama* (1965；rpt. New York：Thomas Y. Crowell, 1974), pp. 29 - 30；H. C. Chang, *Chinese Literature 2: Nature Poetry* (New York：Columbia University Press, 1977), pp. 8 - 10。這篇序更簡略的版本亦見於劉義慶《世説新語》的劉峻注(卷 5 頁 157)。見 Richard B. Mather, *Shihshuo Hsin-yü: A New Account of Tales of the World* (Minneapolis：University of Minnesota Press, 1976), pp. 321 - 22。

㉒ 王楙(1151—1213)引陳正敏(宋代)的《遯齋閒覽》,説明這篇序提到的"天朗氣清"更接近秋天的景象而不是春天,並發現表示樂器的"絲竹管弦"這個詞是難以讓人接受的重複冗餘。然而,王楙還引用其他相似用法的例子,聲稱蕭統並非有意不選這篇序,而是應更確切地説"搜羅之不及"。見《野客叢書》,《叢書集成》,卷 1 頁 3。的確,有證據表明序的原本只在王氏家族成員間流傳,直到它最終到達唐太宗(627—649 年在位)的手上,見桑世昌,《蘭亭考》,卷 3 頁 15—25。郭沫若(1892—1978)甚至認爲,根據比較現存序的書法字體和在王羲之族弟墓中發現的石刻銘文的字體,全本序是贗品,可能是唐太宗本人下令僞造的。見郭沫若,《由王謝墓誌的出土論到蘭亭序的真僞》,《文物》6(1965)：1 - 25,及《新疆新出土的晉人寫本三國志殘卷》,《文物》8(1972)：2 - 6。這些文章和其他討論序的真僞問題的文章被收入《蘭亭論辨》(北京：文物出版社,1973)。亦可參看陳焦桐,《蘭亭真僞的質疑》,《明報》8(1973.5)：22 - 25；《賺蘭亭始末》,《明報》8(1973.5)：26 - 29；徐復觀,《蘭亭爭論的檢討》,《明報》8(1973.8)：2 - 9,8(1973.9)：59 - 66。關於這一爭論的英文總結,見 Lothar Ledderose, *Mi Fu and the Classical Tradition of Chinese Calligraphy* (Princeton：Princeton University Press, 1979), pp. 20 - 22。

例證中，有人也許會舉出李陵的《答蘇武書》（卷 41），其真實性甚至比李陵、蘇武的詩還要低，[263]被認爲是孔安國（前 126—前 117 年在世）所作的《尚書序》（卷 45）同樣如此。[264] 存在同樣問題的還有被歸於孔子弟子卜商（前 507—前 420）名下的《毛詩序》。[265]然而，這些作品的歸屬在蕭統的時代被普遍接受，人們並不希望他的集子背離已經確立的傳統。

有些作品是寫給炙手可熱的人物的，主要内容是阿諛奉承的頌詞，敦促他們接受榮譽稱號或王位，這些作品被認爲不配被收入一部集文學之"精英"的傑出選集中。[266]這些篇章如阮籍的《爲鄭冲勸晉王箋》（卷 40）和任昉的《宣德皇后令》（卷 36），都力勸負有名望的篡權者接受榮譽和頭銜，期待着他們最終登基爲帝。[267] 我推測，反對這種作品的理由更多基於内容而不是風格，因爲它們都用典雅得體的散文寫成，而唯一的瑕疵可能是它們過於依賴典故。

蕭統看起來格外喜歡任昉的作品，他在《文選》中的十九篇文章占據了極大的篇幅。在齊梁時代，任昉因與沈約的散文創作旗鼓相當而聞名於世。[268] 劉宋一朝的散文家傅亮（374—426）在《文選》中有四篇散文（卷 36 的兩篇教和卷 38 的兩篇表）。像他一樣，任昉的大部分作品是受人委托之作。傅亮和任昉的表都是爲大臣或貴族要人立言之作品的創作標本，他們在《文選》中的作品本質上少有個人色彩。

我們須將注意力轉向漢魏晉時期的"表"，特別是"書"，去看一看足以與詩歌的抒情性相媲美的個人抒懷。諸葛亮（181—234）的《出師表》（卷 37）爲年輕的蜀君提出政治上和軍事上的建議，同時描述故主的托孤遺囑和在未來盡忠職守的誓言。曹植的兩篇表（卷 37）都是上奏其兄的繼位者曹叡的個人請願，一篇是請求得到任用，以允許他獻忠報國；另一篇則是請求放寬禁止"懿親"（如曹植的親兄弟和表兄弟）之間來往的詔令。最感人的一篇表是李密（224—287）的《陳情表》，表中細數報養年邁祖母的至孝，

---

[263] 蘇軾引用這一僞作的入選作爲蕭統陋識的例證，見《答劉沔都曹書》，《蘇東坡集》後集 9，卷 14 頁 3。亦可參看 K. P. K. Whitaker, "Some Notes on the Authorship of the Lii Ling /Su Wuu Letters," *BSOAS* 15 (1953)：113 - 37，566 - 87。

[264] 這篇古文《尚書》的序現在被斷定是名爲梅賾或梅頤的東晉（317—319）學者所造的贋品。有關這一文本複雜歷史的便於採用的總結，見 William Hung（洪業），"A Bibliographical Controversy at the T'ang Court A. D. 719," *HJAS* 20 (1957)：n. 5, pp. 99 - 104；關於孔安國，見 pp. 115 - 17。

[265] 卜商更爲人熟知的名字是子夏，而詩序的作者仍然不能確定。許多現代專家認爲它是公元 1 世紀的學者衛宏所作（見《後漢書》，卷 79 下頁 2575）。

[266] 歷史學家王鳴盛（1722—1797）指出此類没必要留存在《文選》中的大量作品，見《蛾術編》（北京：商務印書館，1958），卷 80 頁 1244。

[267] 任昉的文章，跟他的《百辟勸進今上箋》（卷 40）一樣，是寫給梁代的建立者蕭衍的，由於顯而易見的原因，蕭統不認爲他是篡位者。

[268] 他的名字與沈約的名字在俗語中成對出現："任筆沈詩。"見《南史》，卷 59 頁 1455；鍾嶸，《詩品注》，頁 29；Marney, *Liang Chien-wen Ti*, p. 85。

後者在李密的寡母改嫁後撫養其長大，這讓他必須婉拒任命。謝絕任用也是其他兩篇同時代的表的主題，即羊祜（221—278）的《讓開府表》（卷 37）和庾亮（289—340）的《讓中書令表》（卷 38）。

《文選》中的"書"抒發了諸多個人情緒。漢代的典範之作（卷 41）包括：司馬遷爲自己寧願遭受屈辱的宮刑也不願自裁的決定所作的雄辯自白，爲的是可以繼續寫作史書（《報任少卿書》）；楊惲（？—前 54）爲自己的隱逸生活所作的精彩辯護（《報孫會宗書》）；以及孔融（153—208）迫切請求曹操從孫策（175—200）手中解救他的朋友盛憲，因爲孫策想要殺死他（《論盛孝章書》）。卷 40 和卷 42 幾乎全是魏國作家的書信和表箋，他們不是皇族成員（魏文帝和曹植），就是與之有關的人（阮瑀［165?—212］、吳質［177—230］、繁欽［？—218］和應璩［190—252］）。這些尺素翰札大多都有些不拘禮節，討論愉快的遠足、遊戲、音樂、寶玉，特別是文學。[269] 卷 43 包括嵇康寫給山濤（205—283）的著名書信，在信中他蔑視那個時代的世俗禮法；以及一封被認爲是嵇康的弟子趙至（約 247—283）所寫的書信，[270] 他以幾近詩歌的語言描寫穿越中國北部和東北崎嶇地帶的旅行。與"表"的甄選不同，《文選》只有兩篇來自梁代的書信。第一篇是丘遲（464—508）寫給陳伯之（505 年在世）的典雅駢文書札，試圖說服他降梁。第二篇是劉峻寫給已故的劉沼（？—510?），劉沼在去世前曾寫信陳述他對劉峻關於命的論說文的異議（見卷 54，《辯命論》）。[271]

在"書"這一文類中有兩篇看起來不協調的作品：劉歆的《移書讓太常博士》，是一次關於古文經的辯護，並最終獲勝；孔稚珪（447—501）的《北山移文》是一篇寫給曾做過隱士的周顒（？—485）的駢文"宣言"，文中譴責他虛僞，違背自己的誓言，因爲周顒曾發誓永遠留在北山的隱居之地。嚴格意義上來說，這兩篇作品都是移文這一與"宣告聲明"密切相關的文體的典範之作。[272] 這些作品沒有按照慣常的年代順序放置，這一事實暗示《文選》原本可能包含一種"移文"的類別，後來以某種方式脫離了文本。[273]

與"書"和"表"有關的是"上書"（卷 39）。所有這些作品都是寫給皇帝或諸侯王的修辭誇張的論說文。它們與蕭統聲明排除在《文選》之外的勸說性遊說文十分相似。

---

[269] 有關文學信札，見 Miao，"Literary Criticism，" pp. 1028 - 32；Holzman，"Literary Criticism，" pp. 117 - 25。

[270] 這封信也被認爲是嵇康的另一個朋友呂安（？—262）所寫，見李善注《文選》，卷 43 頁 13b。

[271] 見《梁書》，卷 50 頁 707。海陶瑋（"The *Wen Hsüan* and Genre Theory，" p. 526，n. 67）錯誤地稱"信寫於後者死後"，顯然誤將劉峻的信當成丘遲寫給陳伯之的。

[272] 見《文心雕龍注》，卷 4 頁 377—379。

[273] 劉歆的作品在孔稚珪的文章之前，緊隨劉峻的《重答劉秣陵沼書》之後。蕭統嚴格按照年代順序編排每一種文類之下的作品，因此有人認爲劉歆的文章應該與漢代的書信放在一起。除此之外，劉歆和孔稚珪的作品被置於檄的部分之前，而且我們知道蕭統傾向於將相似的文體放在一起，那麼他原本就將移文立爲一種文體類別是完全有可能的。因此，駱鴻凱將移文列爲《文選》文體的一種，見其《文選學》，頁 24。

雖然這些篇章並沒有採用演説的結構,從而與《戰國策》中的遊説有所不同,但是除了一篇(江淹的《詣建平王上書》)之外,其他所有的文章都是秦漢間那些與戰國遊説之士極爲相似的辯士所寫。李斯(? —前208)的《上書秦始皇》實際上是請求皇帝不要驅逐來自其他國家的遊説諫言之"客"。㉔ 有四封書信是鄒陽(約前206—前129)和枚乘所寫,他們被稱爲是有縱横家遺風的漢代人,縱横家是對專攻修辭的戰國作家和思想家的一個並不嚴謹的稱呼。㉕ 他們的三篇作品是試圖勸説吳王劉濞(前195—前154年在位)放棄他的謀反計劃。然而這些篇章中最有名的是鄒陽寫給梁王劉武(前168—前144年在位)的典雅洗練的書信,他因遭人誣陷而身陷囹圄,故在信中爲自己辯護。這封用駢文的雛形寫成的書信很可能是江淹"上書"的模本,江淹那篇也是獄中書信,向他的主公劉景素(? —476)作一番相似的申訴。與鄒陽和枚乘的作品同時代的,有司馬相如措辭嚴肅的上書,是寫給皇帝的,告誡漢武帝狩獵中會發生的危險。

就像蕭統没有完全將勸説文逐出他的選集一樣,他也没有摒棄所有哲理論説文。雖然他没有選録先秦大家如孟子、莊子、荀子或韓非子的作品,但他確實給了"論"將近五卷的篇幅,包含討論道德哲學和政治哲學的各種闡述性論文。至少兩篇論——賈誼的《過秦論》(卷51)和魏文帝的《論文》,可以在通常被列爲"子學"類的作品中找到。㉖ 這裏展現的思想家主要被歸爲"儒家",㉗但至少有一篇論説文(嵇康的《養生論》)顯然要歸入道家。甚至還有兩篇文章用對話體的結構寫成,使人引發戰國遊説之文的聯想,一位文選學家即將其標記爲縱横家作品。㉘

許多"論"在内容上相似。例如,賈誼的《過秦論》、班彪的《王命論》、曹冏(243年在世)的《六代論》,以及陸機的《辯亡論》,都探究王朝興衰的原因並談及王朝合法性的基礎。李康(《運命論》)和劉峻(《辯命論》)的論説文都論證命運與機遇往往決定人們生存中的大事件。其他主題包括:證明長壽和永生的可能性(嵇康的《養生論》,卷53);博弈(圍棋)這類消遣的有害影響(韋昭《博弈論》,卷52);文學(魏文帝的《典論論

㉔ 見 Derk Bodde, *China's First Unifier: A Study of the Ch'in Dynasty as Seen in the Life of Li Ssu* (1938; rpt. Hong Kong: Hong Kong University Press, 1967), pp. 15 - 21, 59 - 61。

㉕ 見章群,《漢初的縱横家和辭賦家》,《香港浸會學院學報》2(1964.3):15 - 27。鄒陽被列於《七略》目録的縱横家之下,注意到這一層關係會很有趣,見《漢書》,卷30頁1739。

㉖ 清代歷史學家章學誠在這一點上對蕭統提出嚴厲的批評,見《文史通義》,卷1頁26a—b。賈誼的論説文出現在《新書》中,這是一部被認爲是賈誼所作的哲學文本,見《漢魏叢書》,卷1頁1a—7b。在梁代,賈誼的哲學作品被保存在一部叫作《賈子》的著作中(見《隋書》,卷34頁997)。蕭統可能是從《史記》(卷6頁278—282,卷48頁1962—1965,由褚少孫[公元前1世紀]補綴)或《漢書》(卷31頁1820—1825)中獲得《過秦論》的文本的。《隋書》將魏文帝的《典論》置於"子"部儒家類下。

㉗ 駱鴻凱將賈誼、班彪、魏文帝、韋昭(203—273)、陸機、李康(230年在世)和劉峻歸入儒家。見《文選學》,頁378。

㉘ 見《文選學》,頁380。

文》,卷 52);爲古代分封制度的辯護(陸機的《五等諸侯論》,卷 54);私人交誼的反復無常(劉峻的《廣絕交論》,卷 54)。

雖然這些論是闡述性的論說文,但其中大多數不同程度地依靠對仗結構,這是《文選》中散文作品的共性。比如,李康的《運命論》通篇使用對句,對仗的模式幾乎沒有中斷。

> 夫治亂,運也;
> 窮達,命也;
> 貴賤,時也。
> 故運之將隆,
> 必生聖明之君。
> 聖明之君,
> 必有忠賢之臣。
> 其所以相遇也,
> 不求而自合;
> 其所以相親也,
> 不介而自親。
> 唱之而必和,
> 謀之而必從。
> 道德玄同,
> 曲折合符。
> 得失不能疑其志,
> 讒構不能離其交。

(《文選》卷 53,頁 7a—b)

毫無疑問,這一散文類型在蕭統的時代被推崇備至,並且有人希望他的選集中會包含這一形式的模範樣本。有趣的是,駢文並没有局限在少數幾種文體中,而是遍布整個散文部分。最值得注意的實例有劉琨的《勸進表》(卷 37)、丘遲的《與陳伯之書》、孔稚珪的《北山移文》、顏延之的《祭屈原文》(卷 60)和謝朓的《拜中軍記室辭隋王箋》(卷 40)。我們甚至能在漢代早期的作品(鄒陽的《獄中上書自明》,卷 39)或史書的評價(沈約的《宋書·謝靈運傳論》,卷 50)中找到廣義的對偶結構。

然而,如果要確認《文選》中對偶形式似乎占主導地位的部分,那麼毫無疑問是最後五卷,此部分包含諸多哀悼文體如誄、哀、碑文、墓誌、吊文和祭文。大量的作品出自潘岳、顏延之和任昉之手筆,他們都位列最精通挽歌體的南朝大家之中。爲了向逝者表達敬意,這些篇章都用典雅,甚至誇飾的風格寫成。對音調和諧的考慮,至少在使用押韻和勻稱音步方面,在一些篇章中很重要。比如,潘岳的《哀永逝文》(卷57)爲憑吊已故的妻子而寫,使用了楚辭體。賈誼的《吊屈原文》(卷60)實際是一篇賦,[279]混合"歌"和"騷"的音步。任昉的《劉先生夫人墓誌》(卷59)是唯一的墓誌,全文用押韻的四言詩句寫成。

碑文、誄和祭文都有一篇散文化的序,緊隨其後的是寫給逝者的押韻悼文。這些序及一篇"行狀"(即任昉所作的一篇關於蕭子良的長篇訃告)記錄人物生平的細節,它們是這部集子中僅有的有關廣義的記叙文的範本。五篇碑文中,兩篇是蔡邕所作(《郭有道碑文》和《陳太丘碑文》,卷58),他可能是中國最受尊崇的石刻碑文作家。[280] 王巾(或中)(? —505)的《頭陀寺碑文》是一篇反常的作品,爲慶祝一座佛寺的落成而寫。整篇作品包括序蘊含佛教術語,與來自道家和儒家作品的詞語相抗衡,一位學者認爲它是"佛教駢文的典範"。[281]

八篇誄文中,有四篇是潘岳所作。他爲岳父楊肇(? —275)之死而寫的誄文(《楊荊州誄》,卷56),是爲他非常尊崇的人而作的一篇典雅感人的禮讚。同樣令人動容的篇章是潘岳爲他的好友詩人夏侯湛(243—291)所作的誄文(《夏侯常侍誄》,卷57)。其實,誄文的選擇似乎偏重於爲著名文人而作的悼詞。曹植的《王仲宣誄》(卷56)和顏延之的《陶徵士誄》(卷57)哀悼兩位有聲望的詩人之死,即王粲和陶潛。"祭文"中,顏延之備受稱讚的《祭屈原文》(卷60)也包括在內。這篇簡短的挽歌表面上是代汨羅江地區任職的官吏立言,但實際上如同賈誼的《吊屈原文》,也抒發作者個人的失意和憤慨。[282]

非死者哀歌的其他形式的"歌頌作品",出現在卷47的"頌"和"讚"中。此兩種文體之間的區別並不總是很清楚。比如,揚雄爲漢代大將趙充國(前137—前52)而寫的頌辭被放在"頌"這一文類中(《趙充國頌》),而夏侯湛的一篇關於漢朝才子東方朔的相似文章則被歸入"讚"的部分(《東方朔畫讚》),兩篇皆是爲畫像而作。[283] 相似地,陸機

[279] 在《史記》(卷84頁2492)和《漢書》(卷48頁2222)中它都被當作賦。

[280] 劉勰將蔡邕單獨列舉出來加以特別表揚,見《文心雕龍注》,卷3頁214;Shih, *The Literary Mind*,p. 67。

[281] 見 Richard Mather,"Wang Chin's 'Dhūta Temple Stele Inscription' As an Example of Buddhist Parallel Prose," *JAOS* 83 (1963):338-59。

[282] 顏延之恰好被流放到邊緣的南方(今廣西),途經傳統上認爲屈原自沉的遺址。見《宋書》,卷73頁1892。

[283] 成帝命令揚雄在趙充國的畫像旁作一篇頌,這幅畫像先前已畫於未央宮內,見《漢書》,卷69頁2994。

爲劉邦的三十一位政治和軍事參謀而寫的一系列押韻頌辭（《漢高祖功臣頌》），與袁宏（328—376）爲三國時期二十位英雄所作的四言贊歌（《三國名臣序贊》）幾乎一樣。甚至還有一些篇章用上表的方式，似乎是以稱贊爲手段向皇帝傳達道德性的寓意。[284] 有一篇文章同樣不易與其他頌辭相稱，即劉伶（卒於 265 年後）的《酒德頌》，是這位衆所周知的嗜酒如狂之人爲最喜愛的東西而作的一篇滑稽頌辭。

《文選》中還有其他與頌和贊相反的文體，意在責備而不是贊揚。例如，卷 40 有三篇"彈事"，它們都是彈劾信，詳述著名官員被指控的罪行。雖然有許多這一形式的早期範本，蕭統卻把文章選擇範圍限定在他自己那個時代。[285] 比這些更加貶損的譴責可以在戰爭中的"檄文"裏看到（卷 44），它們用措辭强烈的攻擊性語言直指敵軍首領。這些篇章中最出言不遜的一篇是陳琳的《爲袁紹檄豫州》，文中嚴厲地譴責曹操；陳琳的《檄吳將校部曲文》中對吳軍統帥孫權（182—252）的痛斥幾乎同樣言辭惡毒。

更加節制和嚴謹的是官方口吻的文章，皆以皇帝、皇后或貴族的名義而撰寫（卷 35—36）。其中只有兩篇歸屬於發布詔書的漢武帝，而大多數皆標明受命創作的作者。蕭統想必並没有給予這類文體高度的評價，因爲每一類只選入少數幾篇作品。因此，儘管有數量豐富的皇帝詔書可供挑選，但《文選》給出的僅有範本是前述漢武帝的兩篇詔書。主題的相似性可能影響一些其他相關文體的篇章選擇。例如，潘勖（165？—215）的《册魏公九錫文》和任昉的《宣德皇后令》皆敦促王朝的建立者們接受册封。傅亮的兩篇"教"（卷 36）都是政令，一篇命令翻修一座廟宇，另一篇敦促修復一座陵墓。

由皇帝頒行的文章在被稱作"策文"的文類中數量最多。這些文章包含一系列年輕"秀才"們需要作答的問題，答案被評判爲優良者可以獲得官方的任命。其中包括王融代表齊武帝設計的兩組策文，每五個問題一組；任昉代表梁武帝設計的一組三個問題。這些問題涵蓋如下的議題：農業、刑罰、貨幣改革、曆法改良、政府職司的廢止、人事的晉升、統一帝國的政治策略以及儒家教化的推行。這些文章用典雅的風格寫成，時常引經據典，毫無疑問可以測試候選人的學問。

莊嚴的風格同樣出現在三種互相聯繫並不緊密的文體中——連珠、箴和銘（卷 55—56），它們都共同擁有精練、簡明和告誡口吻的特質。雖然連珠部分有五十篇作品，但都是由一位作者創作。這就是陸機的《演連珠》，包含一系列簡短的格言，爲君主

---

[284] 王褒的《聖主得賢臣頌》勸告宣帝（前 73—前 49）在重要的職位上任用有才能的人。史岑（69？—148？）的《出師頌》表面上頌揚鄧騭（？—121）擊敗羌的"勝利"，實際上可能是僞裝的諷刺作品。見何焯，《義門讀書記》，卷 49 頁 26b—27a。

[285] 漢代著名的彈劾奏書中有一篇是孔光（前 65—5）對董賢的控告，見《漢書》，卷 93 頁 3739—3740。《文選》中的彈事有兩篇是任昉所作，第三篇是沈約所作。

及其大臣們規定治理原則。在《文選》中，同樣簡潔的風格只出現在"箴"中，張華的《女史箴》用皇后的"女史"作爲作品中的人物，警告宮中嬪妃尤其是皇后不要濫用她們的權力。[286] 蕭統選擇張華作品的原因有些令人費解，尤其是這一形式還有更多的漢代典範之作可供備選。[287]

　　銘的甄選則更全面一點，儘管並沒有選入多産的漢代銘文作家李尤（55？—135）的堪稱標本的作品。[288] 其中有兩篇是警世銘文。崔瑗的《座右銘》是一篇簡短的韻文，提出莫行放縱極端之事的忠告。張載（約290年在世）的《劍閣銘》被刻在由陝入川的道路上一處狹窄的深谷中，提醒那些想要叛亂的人，險峻的蜀道並非攻不可破，他們應當抑制住意欲謀反的念頭。[289] 其他銘文則較富頌揚性。班固的《封燕然山銘》是一篇歌頌大將軍竇憲（？—92）戰勝北匈奴的頌辭。[290] 短短五行的銘文用"楚辭體"的韻律寫成，前面有長篇序言，序言的一部分押韻。陸倕的兩篇作品慶祝一座新石闕（《石闕銘》）和一座新刻漏（《新刻漏銘》）的落成。[291] 跟班固的作品一樣，這兩篇銘文也都由長篇散文化序言引入正文。

　　除了作爲許多賦、銘和挽歌文體中導引正文的序以外，還有許多這樣的作品被選在"序"這一文類中（卷46—47）。有些篇章幾乎與"論"部分的論說文難以區分，這也許是劉勰在他的"論說"一章中探討序造成的。[292] 例如，陸機的《豪士賦序》闡述一位身居高位的大臣所表現出來的居功自傲和洋洋自得的愚蠢，他的權勢，甚至他的生命始終處在岌岌可危的境地。[293] 皇甫謐（215—282）的《三都賦序》是爲左思關於三國都城的賦所作的引言，實際上是一篇關於賦的本質和歷史的短論。杜預的《春秋左氏傳序》除了提供魯國編年史的文獻史，以及據說是左丘明（公元前6世紀）爲其作注之外，還

[286] 這篇作品的實際創作對象可能是賈后（？—300），她控制晉惠帝（291—306年在位）的朝政。見《晉書》，卷36頁1072；Anna Straughair, *Chang Hua: A Statesman-Poet of the Western Chin Dynasty*, Occasional Paper no. 15, Australian National University, Faculty of Asian Studies（Canberra：The Australian National University, 1973）, p. 45.

[287] 其中最著名的是胡廣（91—172）編纂的《百官箴》。這些作品包括揚雄的《十二州二十五官箴》，並附崔駰（？—92）及其子崔瑗（78—143）、劉騊駼（約106年在世）和胡廣自己的增補。見《後漢書》，卷44頁1511；《全漢文》，收嚴可均，《全上古三代秦漢三國六朝文》，卷54頁1a—9a；《全後漢文》，卷33頁7a，卷44頁8a—10a，卷45頁2a—4b，卷56頁7a—8a。劉勰將這些作品單獨拿出來加以特別表揚。見《文心雕龍注》，卷3頁194—95；Shih, *The Literary Mind*, p. 62.

[288] 李尤總共有八十五篇銘文存世，見《全後漢文》，卷50頁4a—13a。蕭統可能受到劉勰對這些作品的詆毀之辭的影響。見《文心雕龍注》，卷3頁194；Shih, *The Literary Mind*, p. 61.

[289] 張載在拜訪任蜀郡長官的父親的路途中寫下這篇作品，見《晉書》，卷55頁1516。

[290] 見《後漢書》，卷23頁814。

[291] 見《梁書》，卷27頁402。

[292] 見《文心雕龍注》，卷4頁326—327。

[293] 這篇作品是打算對齊王司馬冏（？—302）作警告而寫的。見《晉書》，卷54頁1473。

闡明五項原則，據稱孔子將它們運用在對歷史事件"褒貶"的解釋中。甚至《毛詩序》和《尚書序》，也被視爲合理解讀兩部最重要經典的基本原則的短篇專論。

石崇的《思歸引序》是一篇具有士人風度的短文，與那些頗爲嚴肅的作品具有顯著差別。這是一篇書寫退隱鄉村之樂的短篇抒情散文。在慶祝與友人在令人愉悦的自然環境中宴飲歌唱的賞心樂事方面，這篇序很像石崇在他的金谷別墅舉行的集會上作的序，蕭統未將那篇序收入《文選》。[294] 作爲書寫這一主題的序的樣本，蕭統選擇了顏延之和王融的兩篇作品（《三月三日曲水詩序》）。[295] 這些序用典雅的駢體寫成，與其説是關注景色之美和樂趣的純寫景散文，倒不如説是向舉行集會的皇帝歌功頌德的頌辭。與此相似的稱頌性文章是蕭統選入的最後一篇序——任昉的《王文憲集序》。這篇文章寫於任昉的贊助人王儉（452—489）死後，王儉曾是宋齊兩代最傑出的學士和官吏。實際上任昉對王儉的文學創作所言甚少，文章大部分篇幅被冗長的頌揚性傳記占據，詳述王儉作爲一名官員的成就。

影響蕭統選擇散文作品的原則，沒有他用於挑選賦和詩的原則那麼明顯。散文選比集子中的賦和詩這兩部分要繁雜得多，要找出一條可以應用於所有文章的統一標準實在是困難重重。我有這樣一種印象，蕭統打算提供儘可能多的體裁的樣本（當然，經書、史書和子書是例外），即使這意味着在某些情況下需要選入文學價值較低的作品。某些文體，如册、令、教、奏記，甚至墓誌和行狀，所有這些都僅有一篇代表作。它們比起占據散文部分最大篇幅的書、論和表要缺乏吸引力。就某些文體來説，比如册，是一種高度專業化的寫作體裁，所收文章數量甚少，蕭統顯然沒有大量高質量範本可供選擇。因此，對所謂"低劣"範本被選入，我們可以解釋其原因爲沒有更好的作品存在，或作品具有"歷史重要性"，即要麼是因爲它的內容，要麼是因爲它是特定文學體裁的最早樣本。

歷史重要性這一評判標準可用於解釋經典序言的入選，雖然它們是典雅的創作，但主要以其所包含的學術內容來評價。相似地，選入"不文"[296]之秦的李斯《上書秦始皇》的原因之一，可能是此文是這一文學類型的最早實例。然而，還有更多的情形是蕭統並沒有選擇最早或者甚至最引人注意的範本。如前面提到的那樣，箴這一文體中還

---

[294] 見劉義慶，《世說新語》，卷 4 頁 133，劉峻注；Hellmut Wilhelm, "Shih Ch'ung and His Chin-ku-yüan," *MS* 18 (1959)：326‐27；Mather, *Shih-shuo Hsin-yü*, pp. 264‐65。

[295] 顏延之的序爲宋文帝在 435 年舉辦的上巳節集會而作，見李善所引裴子野《宋略》，《文選》，卷 46 頁 5b。王融的序爲齊武帝在 491 年主持的一個類似集會所寫，見《南齊書》，卷 47 頁 821。

[296] 劉勰將秦視爲"不文"，見《文心雕龍注》，卷 2 頁 134。

有比張華的《女史箴》更傑出的典範。㉗ 比潘勖的《册魏公九錫文》早得多的是漢武帝頒布的册文。㉘ 揚雄的兩篇作品,《元后誄》㉙和《連珠》,㉚都比代表這些文體入選《文選》的作品時代要早。作爲替代宋和梁的教、令、彈事的典範,蕭統本可以選擇漢代那些能代表這些文體的、具有同等價值的作品。㉛

　　儘管我們無法指出蕭統決定所有篇章選擇的唯一評判標準,但我們可以肯定他對"藝術散文"的明顯强調。㉜ 這種强調顯而易見:選入如此多的涉及文學的序和書信,在散文部分插入與賦相關的文體,即騷、七和設論,最重要的是挑選大量押韻和對偶占主導地位的作品。 雖然精確界定構成駢體文的成分有些困難,㉝但中國學者已經將《文選》視爲駢體文的重要寶庫,後世駢體文選集的濫觴。㉞ 幾乎《文選》的整個散文部分都被包含在一部最重要的駢體文集——李兆洛(1769—1841)的《駢體文鈔》中。㉟ 著名的駢體文擁護者阮元認爲《文選》之體爲"多偶而少奇(非對偶結構)"。㊱

　　然而,我認爲蕭統未必深謀遠慮地計劃編纂一部駢體文集,因爲儘管在他的時代

㉗ 見注 287。

㉘ 這些包括册封齊王、燕王和廣陵王的特許狀。見《史記》,卷 60 頁 2111—2113;《漢書》,卷 63 頁 2749—2750,頁 2760—2761;譯文見 Watson, *Courtier and Commoner*, pp. 54 – 55, 65。

㉙ 這篇作品的一部分被《漢書》,卷 98 頁 4035 所引。《古文苑》(卷 9 頁 9b—11b)有一篇在某種程度上看起來像是全本的文本。歐陽詢《藝文類聚》(卷 15 頁 282)中也有一段長長的節錄。蕭統可能受劉勰的影響,因爲劉譴責這篇作品爲"煩穢"(見《文心雕龍注》,卷 3 頁 213)。

㉚ 根據劉勰的説法(《文心雕龍注》,卷 3 頁 254),揚雄是第一位用這種形式寫作的人。現存的揚雄"連珠"的殘篇保存在《全漢文》,卷 53 頁 10a。關於這一文體的發展,見廖蔚卿,《論連珠體的形成》,《幼獅學誌》15 (1978.12):15 – 59。

㉛ 有兩篇"教"是王尊(約公元前 50 年在世)所寫,見《漢書》,卷 76 頁 3228。有大量的令被認爲是曹操所作,見嚴可均編,《全三國文》,卷 2 頁 1a—卷 3 頁 6a。最早的一篇彈事的範本是王尊彈劾匡衡和張譚的書信(《漢書》,卷 76 頁 3231—3232)。

㉜ 我想到的是德語 Kunstprosa 的含義,尤其是用於中世紀歐洲的拉丁文散文。這種散文的特點是頻繁地使用排比和對偶,有規則的音步和偶爾的押韻。見 Ernst Robert Curtius, *European Literature and the Latin Middle Ages*, trans. Willard R. Trask (1953; rpt. New York: Harper & Row, 1963), pp. 75 – 76, 147 – 48。

㉝ 參 James Robert Hightower, "Some Characteristics of Parallel Prose," in *Studia Serica Bernhard Karlgren Dedicata*, ed. Soren Egerod and Else Glahn (Copenhagen: Ejnar Munksgaard, 1959), p. 60;再版於 *Studies in Chinese Literature*, ed. Bishop, p. 108, "由於這一專有名稱(駢體文)描述一種風格而不是一種文體,又由於麗藻的風格有許多等級,因而系統地闡述駢體文的恰當定義是很困難的。毫無疑問,不是所有在散文中的對仗都應得此名,對仗也不是駢體文的唯一特點"。

㉞ 見蔣伯潛,《文體論纂要》(1942;再版於臺北:正中書局,1959),頁 16—17;金秬香,《駢文概論》(上海:商務印書館,1934),頁 78—79。

㉟ 見《駢體文鈔》,《四部備要》。根據我的統計,除了 21 篇,其他所有《文選》的散文作品(不包括"騷")都收入李兆洛的選集中。然而,用李兆洛的駢體文集作爲駢體文構成的標準多少有些令人產生誤解,因爲李兆洛對駢體的觀念比有些人的多少要寬泛一些,見蔣伯潛,《文體論纂要》,頁 26。

㊱ 見阮元,《揅經室集》三集,卷 2 頁 4b。

“對”作爲一種文學手段已經得到很好的理解，[307]但將“駢體”這一概念應用於散文創作之體上則是很晚的提法。[308] 儘管如此，《文選》最終被視爲出類拔萃的駢體文選集這一事實，的確表明蕭統對這種高度誇飾、辭藻華麗的文體十分傾慕。有人甚至會辯稱，如同阮元，蕭統將經、史、子排除在此集之外的一個原因是，比起藝術散文它們很少使用“對”。[309] 這一闡釋也許可以部分地解答蕭統爲何在他的集子中給予賦如此多的篇幅，因爲這一文體十分依賴對句。這也同樣可以解答爲何陸機、潘岳、顏延之和任昉這些因在散文和詩歌中廣泛使用“對仗”而出名的作家，與那些“大詩人”如曹植、陶潛、鮑照和謝靈運擁有同等或更高的地位。

通過這些思考而能得到的最重要結論是，蕭統的文學價值觀念可能並不像最初看起來那樣面目模糊。換句話說，縱使我們不能以對偶爲藉口解釋每一篇作品入選的原因，但我們可以確定這本集子在“精美”或“典雅”的意義上，爲“文”構想了一個總體方向。對蕭統而言，“文”並不是任何一種書寫形式，而是一種獨特形態的創作。因而《文選》並不如同標題的字面翻譯那樣，僅是“文學選集”，而是“精美文學的選集”或“典雅創作的精選範本”。[310] 也許正是典雅和精美的品質，還有某些選文的內容和歷史重要性，爲《文選》和蕭統贏得了中國文學史上受人尊崇的地位。

《文選》的研究和版本

《文選》的研究幾乎在它編纂完成後便立即開始了。[311] 已知這部集子的最早注解是蕭統的族弟蕭該（6 世紀下半葉）所作。蕭該以精通《前漢書》爲世人所知。[312] 他的

---

[307] 劉勰有一章專門討論“對”，絕大多數的例證都是從賦中抽取出來的。見《文心雕龍注》，卷 7 頁 588—589；Shih, *The Literary Mind*, pp. 190‑94。其他較早討論對仗的是空海，他區分二十九種不同類型的對，見《文鏡秘府論》，頁 95—124。

[308] 雖然《隋書·經籍志》列舉幾乎每一種寫作類型的爲數衆多的集子，包括賦、詩、贊、碑、設論、詔和表，但是卻沒有駢體文選集的目錄。直到宋代，對駢體文作品分類的興趣才開始出現，如王銍（約 1126 年在世）的《四六話》和李劉（約 1225 年在世）的《四六標準》。見羅根澤，《中國文學批評史》（北京：中華書局，1961），卷 3 頁 258—259。

[309] 見阮元，《揅經室集》三集，卷 2 頁 4a。然而，有些中國學者已經發現經、子、史中對仗的例證。阮元在他的《文言説》中已經論證《易經》的“文言”是駢體文創作的原型。見《揅經室集》三集，卷 2 頁 1a—2b；James Liu, *Chinese Theories of Literature*, p. 104。金秬香討論了駢體在經書和先秦諸子中的使用，見《駢文概論》，頁 7—32。

[310] 參考阮元對書名的解釋：“昭明所選，名之曰文。蓋必文而後選也，非文則不選也。”見《揅經室集》三集，卷 2 頁 4a。

[311] 關於詳盡的《文選》研究史，見駱鴻凱，《文選學》，頁 42—123；邱燮友，《選學考》，《臺灣省立師範大學國文研究所集刊》3（1959）：329‑396；小尾郊一，《中國における文選の流伝と文選學》，《文選》1，頁 21—43。

[312] 見《隋書》，卷 75 頁 1715—1716。蕭該的《漢書音義》是關於《漢書》的重要注疏。它常被顏師古引用，其殘篇業已由臧庸（1767—1811）收集編進《拜經堂叢書》。

《文選音義》雖已散佚,但肯定是以語文學的注解爲主,即爲文本中的單個漢字作訓詁。[313] 然而,對“《文選》學”的主要推動來自隋代和唐初的揚州學者曹憲(605—649年在世)。曹憲是這一時期最博學的訓詁學家之一,唐太宗(627—649年在位)經常向他請教生僻字和疑難語句的意思。[314] 與蕭該一樣,曹憲爲《文選》作了語文學的注解,這一項工作在他那個時代影響極大。[315] 他的弟子中有一些學者如同其導師,成爲《文選》方面的專家。其中最傑出的是另一位揚州人李善(？—689)。[316] 李善曾是太子(可能是李弘,卒於675年)的侍從之一,在崇賢館任直學士。[317] 雖然李善被稱作是蹩腳的作家,但他對早期中國文學的精通達到驚人的程度,[318] 並善加利用,爲《文選》編纂了一部詳細的注釋。在這一過程中,他將原來三十卷的文本重新編排爲六十卷。在658年,他將這個本子上奏給唐高宗(650—683年在位)。[319]

對《文選》專家來説,李善注是目前爲止最重要、最有用的工具。它堪稱文獻學的精確嚴密典範,這體現在對疑難詞組的訓詁、引經據典以及對材料來源信息的説明等方面。根據幾則材料的記載,李善原初的注解僅僅只有逐句的引文,並不包含段落大意的任何解釋。據稱,他的兒子李邕(678—747)應父親的要求擴充注解,加入對大意的解釋。[320]《四庫全書總目》的編者對這一記述的真實性提出質疑,其理由是李善向皇

[313] 《隋書》(卷35頁1082)在蕭該的名下列有三卷本的《文選音義》。同樣的書名出現在《舊唐書》的書目章節中(卷47頁2077),是一部十卷本的著作。最後一次提到它是《新唐書》(北京:中華書局,1975),卷60頁1619,也把它列爲十卷本。蕭該作品的殘篇主要殘存在《文選集注》的引注中。見邱棨鐍,《文選集注所引文選鈔について》,收《小尾博士退休記念中國文學論集》,頁415。

[314] 見《舊唐書》,卷189上頁4946;《新唐書》,卷198頁5640。

[315] 《舊唐書》(卷189上頁4946)提到曹憲著作的名稱是《文選音義》,已經失傳。

[316] 其他弟子包括:還俗僧人許淹(7世紀),十卷本《文選音義》的作者(見《舊唐書》,卷47頁2077,卷189上頁4946;《新唐書》,卷60頁1619);公孫羅(7世紀),撰有題目相同的一部著作(見《舊唐書》,卷47頁2077,卷189上頁4947;《新唐書》,卷60頁1621);魏模(見《新唐書》,卷198頁5640)。公孫羅注主要由音訓組成,關於此著殘存在《文選鈔》和《音訣》中(保存在《文選集注》中)的部分,學者們有一些猜測。見周祖謨,《論文選音殘卷之作者及其反》,《輔仁學誌》8(1939):113-125;再版於《問學集》2冊本(北京:中華書局,1966),冊1頁177—191;邱棨鐍,《文選集注所引文選鈔について》,頁409—425;狩野充德,《文選集注所引音訣撰者についての一考察》,收《小尾博士退休記念中國文學論集》,頁427—457;森野繁夫、富永一登,《文選集注所引鈔について》,《日本中國學會報》29(1977):91-105。

[317] 見《舊唐書》,卷189上頁4946;《新唐書》,卷202頁5754。

[318] 參《新唐書》,卷202頁5754:“淹貫古今,不能屬辭,故人號‘書簏’。”然而,根據與他的《文選》注一起上呈的典雅奏表,蹩腳作家的名聲是與事實不符的。見駱鴻凱的評論,《文選學》,頁63。

[319] 這是李善將奏表和文本一起上呈的日期,見《文選》,頁4b。已知最早的李善注本子,是保存在敦煌卷子中(P.2528)的張衡《西京賦》的一部分手鈔本。鈔本最後的批注表明它抄於永隆年間的長安弘濟寺(680),僅僅在李善向高宗上奏注本的二十二年之後。見劉師培,《敦煌新出唐寫本提要》,《國粹學報》77(1911),《通論》,頁6a—11b;饒宗頤,《敦煌本文選斠證》,頁1,《新亞學報》3(1958):333-403。這些研究都再版於陳新雄、于大成編,《昭明文選論文集》,頁85—167。

[320] 見晁公武,《郡齋讀書志》,卷20頁1b;《新唐書》,卷202頁5754。

帝上奏他的注解時李邕還未出生。㉑　可是，高步瀛提出，向皇帝上奏的這個本子並不是定本，並且李善得到兒子的幫助修訂注解是有可能的。㉒　實際上，有跡象表明在李善的一生中，他的注解至少經歷了四次修訂，㉓因此李邕在後面幾個版本的籌備中起過作用也並非難以置信。

　　雖然李善没有作序陳述他的注解體例，但他確實在適當的地方將他對引注方法的議論嵌入注釋中。㉔　從這些議論中可以很清楚地知道，李善的首要關注點是通過引述其他文獻中的對應例句來説明特定字詞的意義。在大多數地方，李善通過引經據典來構成注釋，以便展現詞語的來源。㉕　在某些情況下，他又引證後出的文獻中類似的用法。㉖　李善還對早期的注疏家懷有無比的敬意，他們在一些篇章中的注解全都被他吸收進來。㉗　但是，李善並没有將自己局限於轉引他人的解釋中，他的注解中有很多都是原創的。例如，他樂於糾正謬誤的解釋，他的注解富含意譯和解釋性的議論，這與普遍被接受的文獻學觀念正好相反。㉘

　　與李善注同樣優秀的是唐代的一些學者，他們不滿意李善注的"繁釀"，以及顯然没能提供每一句"指趣"的充分解釋。㉙　在 718 年，工部侍郎吕延祚向玄宗上奏一份注疏，由五位學者的注解組成：吕向（活躍於 723 年）、吕延濟（生卒年不詳）、劉良（生卒年不詳）、張銑（生卒年不詳）和李周翰（生卒年不詳）。㉚　與這部被稱爲《五臣集注》的作品一同上奏的表中，吕延祚指責李善因將其注解限定在"歸然舊文"中而變得"陷於末學"和"攪心"。㉛　這樣的批評只可能直指李善注的第一個版本才立論有效，它被藏於皇家秘府。玄宗在回應吕延祚上表的"口敕"中説："朕近留心此書，比見注本唯只引事不説意義。"㉜與李善注不同，《五臣注》本（此後我將以此代指這一部書）保留了蕭統原來的三十卷版式。

㉑　見紀昀等編，《四庫全書總目》，卷 186 頁 2a—4a。

㉒　見高步瀛，《文選李注義疏》，《文選注表》，頁 2a—b。

㉓　見李匡乂（或李匡义）（9 世紀），《資暇集》，《叢書集成》，卷上頁 5。

㉔　關於李善注疏體例之研究，見駱鴻凱，《文選學》，頁 56—61；李維棻，《文選李注纂例》，《大陸雜誌》12（1956）：18－24；王禮卿，《選注釋例》，《幼獅學誌》7(1968)，頁 54。

㉕　見他對班固《兩都賦序》第一句的注解，《文選》，卷 1 頁 1b。

㉖　見《文選》，卷 1 頁 3b。

㉗　賦部分的許多注解包含早期學者的注，這是千真萬確的。關於這些注的名單，見駱鴻凱，《文選學》，頁 58—59。

㉘　見李維棻（頁 20—24）和王禮卿（頁 3—6，22—23，25—27，36—37，41—44)所引的例證。

㉙　見《新唐書》，卷 202 頁 5759。

㉚　除了吕向，我們對這些學士知之甚少。吕向是翰林院成員、集賢殿的校理。他是一位嫻熟的作家，玄宗非常欣賞他的作品。見《新唐書》，卷 202 頁 5758。

㉛　見《吕延祚進五臣集注文選表》，《六臣注文選》，頁 1b。

㉜　《上遣將軍高力士宣口敕》，《六臣注文選》，頁 2a。

雖然有些學者批評《五臣注》膚淺且充滿謬誤,㉝但至少到 11 或 12 世紀,它可能比李善注的使用和流傳更加廣泛。㉞　一份批准李善注印行的皇家敕文中說:"《五臣注文選》傳行已久,竊見李善《文選》,援引該贍,典故分明。若許雕印,必大段流布。"㉟除了李善和《五臣注》的本子,其他《文選》版本也在這一時期出現,它們大多保存在日本。其中最廣爲人知的是編著者佚名的《文選集注》。這部書原本有 120 卷,但只有約二十卷保存下來。㊱　它由若干唐代古注組成,包括陸善經(732 年在世)的注解。㊲

　　在唐代,《文選》成爲科舉考生學習的重要課本。㊳　年輕男子都希望能掌握它的内容,模仿它的風格,以便順利完成文學考試。杜甫(712—770)勉勵他的兒子宗武"熟精《文選》理"。㊴《文選》本身並不是科舉考試的課本,但是有證據表明它是學生準備考試的主要課本之一。大臣李德裕(787—849)對文學考試深惡痛絶,他曾告訴皇帝他的祖父在天寶(742—755)末年試圖參加這些考試,因爲"以仕進無他岐"。然而,他的祖父覺得這條入仕之路如此令人不快,以至於懲惡自己的子孫不要參加這些考試。此後,李德裕的家族便不在家中"置《文選》"。㊵　到了宋代,至少在 11 世紀後半葉科舉考試改革前,《文選》還繼續爲科舉考生所傳習。㊶　一些學者編纂節録自《文選》的選集,

㉝　見李匡乂的評論,《資暇集》,卷上頁 4—6;邱光庭(10 世紀),《兼明書》,《叢書集成》,卷 4 頁 35;蘇軾,《東坡先生志林》,《叢書集成》,卷 1 頁 2;洪邁(1123—1202),《容齋隨筆》,《四部叢刊》,卷 1 頁 6a—b。

㉞　現存最早的《五臣注》印本是陳八郎崇化書坊 1161 年的雕版,現在保存在臺灣的"中央"圖書館。見昌彼得,《臺灣公藏宋元本聯合書目》(臺北:"中央"圖書館,1955),頁 28。另一個僅存的《五臣注》本(未與李善注合印)是曾經保存在日本三條家族圖書館的一卷本鈔本,見饒宗頤,《日本古鈔本文選五臣注殘卷》,JOS 3 (1957):218–59。

㉟　見彭元瑞(1731—1803),《知聖道齋讀書跋》,《叢書集成》,卷 2 頁 26,他引用的北宋皇帝(未提到姓名)的這個詔令命令國子監印行李善注《文選》。北京圖書館藏有這一版本的兩個不完整的本子,估計它應該印行於 1023 到 1033 年間的某個時候。見程毅中、白化文,《略談李善注文選的尤刻本》,《文物》11(1976),頁 77—78。劉文興發現有幾頁來自看起來像是北宋本李善注《文選》的本子,見《北宋本李善注文選校記》,《國立北平圖書館館刊》5(1931):49–52;再版於陳新雄、于大成編,《昭明文選論文集》,頁 197—200。

㊱　見斯波六郎,《文選集注について》,《支那學》9(1938):17–55;《文選索引》,册 1 頁 84—105。

㊲　韋述(?—757)的《集賢記記》是中國僅有的提到陸善經《文選》注的書,見《玉海》,卷 54 頁 8b。關於《文選集注》中所引的其他唐代注本,見上文注 316。

㊳　見阮廷卓,《唐代文選之盛》,《大陸雜誌》22(1961.6):34。

㊴　《宗武生日》《杜工部詩集》(香港:中華書局,1972),卷 16 頁 657。我不確定"理"在這裏是什麽意思,它可以有"文理"的含義。

㊵　見《新唐書》,卷 44 頁 1169。同一段落由 Robert des Rotours 翻譯,Le Traité des examens, traduit de la Nouvelle Histoire des T'ang (Chap. 44, 45), Bibliothèque de l'Institut des Hautes Études Chinoises, vol. 2 (Paris: Librairie Orientaliste Ernest Leroux, 1932), p. 204。然而,Rotours 將"文選"翻譯爲"examens litteraires"(文學考試)的含義,一個偶爾會有的意思。不管怎樣,動詞"置"並不是 Rotours 翻譯的"se presenter"(參加考試)之義,顯然指的是在家中書房"放置"《文選》。因此,中華書局的標點本將"文選"作爲書名。

㊶　關於《文選》在宋代應試生中風靡的評論,見注 1。

主要用來幫助學生練習作賦。㉞

　　宋代的《文選》學並不特別顯著，最有用的材料可能出現在王觀國（1140 年在世）、㉞洪邁㉞和王應麟㉞這些學者的偶然評論中。宋末的陳仁子編纂《文選補遺》作爲散文部分的補充，他覺得這一部分還有瑕疵和不足。㉞　儘管如此，意義最重大的學術活動還是由出版商和學者完成，他們準備了這一文本的新刻本。在這一時期，出版商開始將李善和《五臣注》的注文合併爲一個版本，通常被稱作《六臣注文選》。已知最早的《六臣注》本是廣都（四川）裴氏的雕版印刷本，在 1106 到 1111 年間刊印。這一刻本將《五臣注》列於李善注之前。㉞　另一個稍晚一些的刻本於 1158 年印於明州（浙江），使用同一版式。㉞　這一刻本的其他版本將李善注放在《五臣注》的前面。它們中有所謂的贛州（江西）本，在紹興（1131—1162）年間刊印；㉞一個相似的刻本在南宋末年刊印。㉞

　　這些《六臣注》刻本有許多瑕疵，其中最嚴重的是它們屢次混淆李善和《五臣注》的注文，以致李善原來的注解難以辨認。所幸的是，有一個細心籌備的李善注刻本由學者尤袤（1127—1194）刊印。這一刻本於淳熙八年（1181）在貴池（安徽）印出。這個刻本本身在宋代被翻刻多次，已知最早的翻刻本藏於北京圖書館。㉞

　　在元代，《文選》被翻刻多次。其中最重要的是尤袤刻本的翻刻本，原本的雕版已經毀於戰火。張伯顏（生卒年不詳）新雕的刻版以宋代的本子爲基礎。這部書在延祐（1314—1320）年間刊行。㉞　陳仁子也製作《六臣注》的刻本，並增補注釋，於 1299 年在茶陵（湖南）刊刻。㉞　元代總體的學術質量並不高，所以我們最好不要期待這一時期有

㉞　這些選集中的許多都佚失了。現存者包括歸於蘇易簡（958—996）名下的《文選雙字類要》三卷和劉攽（1022—1088）的《文選類林》十八卷。關於這些作品的研究見駱鴻凱，《文選學》，頁 75；邱燮友，《選學考》，頁 372—374。

㉞　他的《學林》有對許多存疑段落的批注。見上文注 174。

㉞　見洪邁，《容齋隨筆》，卷 7 頁 3b，卷 14 頁 9a；《續筆》，卷 7 頁 10a—b；《四筆》，卷 11 頁 6a—b。

㉞　王應麟的《困學紀聞》有許多討論《文選》問題的條目。

㉞　見上文注 260。

㉞　見朱彝尊（1629—1709），《宋本六家注文選跋》，收《曝書亭集》，《四部叢刊》，卷 52 頁 5a。這個版本的南宋重印本藏於臺灣故宮博物院，見《故宮圖書文獻選萃》（臺北：故宮博物院，1971），頁 13、68。

㉞　詳盡的論述見斯波六郎，《文選索引》，冊 1 頁 40—44。

㉞　見斯波六郎，《文選索引》，冊 1 頁 51—58。

㉞　這是重印於《四部叢刊》的版本。見斯波六郎，《文選索引》，冊 1 頁 58—62。

㉞　見程毅中、白化文，《略談李善注文選的尤刻本》，頁 78。他們指出此本在 1192 年到大約 1205 年間至少重印了五次。北圖本在 1974 年由中華書局（北京和香港）再版。這一翻刻本在臺北由石門圖書有限公司（1976）再版。臺灣“中央”圖書館也藏有尤袤本的一件印本，但是沒有印次的信息，見《“國立中央圖書館”善本書目》（臺北：中華叢書委員會，1957—1958），頁 195。

㉞　見邱燮友，《選學考》，頁 333。

㉞　這一成果被稱作茶陵本，它的全名是《增補六臣注文選》。

什麼意義重大的《文選》研究成果。有一篇罕見的作品是方回(1227—1307)的《文選顏
鮑謝詩評》四卷,是關於顏延之、鮑照、謝靈運、謝惠連和謝朓的入選詩篇的評論性注
解。㉞ 方回討論每一首詩,經常鞭辟入裏,也會偶爾指明結構上的特點,如所謂的"句
眼"。㉟ 另一部詩歌研究是劉履(1317—1379)的《風雅翼》,是一部十四卷的著作,分爲
三個部分:八卷的"選詩補注",兩卷42首沒有入選《文選》的增補"古詩"("選詩補
遺"),以及四卷159首模仿《文選》詩體的古體詩和格律詩的選集("選詩續編")。劉履
的注遵循朱熹《詩經》注的方法,從賦比興體系的角度解釋詩句。㊱

　　《文選》學術研究的式微從元代開始,持續貫穿了有明一代的大部分時期。大多數
著作要麼是以前的評注的彙集,要麼是爲《文選》補遺的集子。前者最重要的典範之作
是張鳳翼(1527—1613)的《文選纂注》,這是一部十二卷本的著作,信手引用以前學者
的評注卻不給出處。㊲ 張鳳翼的著作有兩個補編:惲紹龍(1601年在世)的十二卷《文
選纂注評林》和陳仁錫(1581—1636)也是十二卷的《文選纂注續補》。㊳ 至少在《四庫
全書總目》的編者看來,稍好一些的著作是陳與郊(1589年在世)的《文選章句》,這是
一部二十卷的研究著作,試圖從李善注中刪汰竄入其中的五臣注。㊴ 一部篇幅更大的
著作是閔齊華(1628—1643年在世)編纂的三十卷《文選瀹注》,其中主要包含另一位
明代學者孫鑛的注。㊵

　　那些《文選》補編的作者,大多是不滿蕭統將大量文學作品排除在外的學者。規模
最大的補編是劉節(1520年在世)的《廣文選》。它原本是一部龐大的82卷的萃編,選
入了1796篇蕭統沒有編入選集的作品。因爲劉節的彙編包含了許多殘篇和訛誤文
本,有學者在重印時刪去274篇,另增補30篇,並將這部書的篇幅壓縮到60卷。㊱《四
庫》的編者批評它分類顛舛百出,以及不加批判地收錄歸屬可疑的作品。㊷ 據說同樣
的毛病在周應治(16世紀下半葉在世)續編劉節輯本《廣廣文選》中延續。㊸ 胡震亨(16
世紀下半葉在世)的《續文選》是一部較適中的彙編,它將範圍限定在北朝和隋代71位

㉞ 這個文本再版於《四庫全書珍本》(臺北:商務印書館,1975)。
㉟ 關於"詩眼"現象的研究,見 Craig Fisk, "The Verse Eye and the Self-animating Landscape in Chinese
　Poetry," *Tamkang Review* 8 (April 1977):123‐53。他在頁125—126討論方回。
㊱ 見《四庫全書總目》,卷188頁27a—29a。此書再版於《四庫全書珍本》(臺北:商務印書館,1975)。關於"賦
　比興",見本書蕭統的《文選序》,行29—36注。
㊲ 見《四庫全書總目》,卷191頁1b—2a。
㊳ 見邱燮友,《選學考》,頁341。
㊴ 見《四庫全書總目》,卷191頁2b。
㊵ 見《四庫全書總目》,卷191頁3a。
㊱ 此書在1537年由陳蕙的揚州書院刊印,見《"國立中央"圖書館善本書目》,頁205。
㊷ 見《四庫全書總目》,卷192頁9a—11a。
㊸ 見《四庫全書總目》,卷193頁6b—7a。

作家的文章中。[364] 湯紹祖（1602 年在世）用同樣的題目編選了一部篇幅更大的集子。他的三十二卷《續文選》理論上是一部從唐代到明代的文學作品彙編，但實際上只選了唐代和明代的作品，對於明代則明顯偏好後七子，他們是嘉靖（1522—1566）年間古文倡導者的領軍人物。[365]

　　因爲明代加入了"八股文"的寫作，《文選》對於準備科舉考試不再重要，[366]但是凌迪知（1571 年在世）還是編纂了一部二十七卷的《文選》字句輯錄，想必是用來供習作之用。他的《文選錦字》合併並增删了較早的劉放和蘇易簡輯本中的材料。[367] 明代學者對《文選》的詩部分格外感興趣。馮惟訥（1522—1566 年在世）、虞九章（生卒年不詳）、林兆珂（約 1600 年在世）和凌濛初（1580—1644）都編纂了詩歌評論的專著。[368] 這一時期還有一部《文選》賦的選本，[369]以及若干詩的補編。[370]

　　《文選》早期刻本的翻印仍在明代繼續。張伯顏的李善注《文選》可能是翻印最頻繁的版本。[371] 元本和宋本的《六臣注》也有若干翻印。袁褧（1530—1549 年在世）在 1534 年到 1549 年間，用十六年的時間製作宋代廣都本（藏於他的私家藏書樓中）的翻雕版。[372] 洪楩（1541—1551 年在世）在 1549 年刊印茶陵本的精校修訂本。[373] 然而，明代最重要的《文選》印本是毛晉（1599—1659）汲古閣本的李善注本。雖然毛氏的版本據稱以張伯顏本爲底本，但它似乎並非出自覆刻張伯顏本，而像是"翻張本"。[374] 這一刻本在清代被翻印多次，直到胡克家（見下文）於 19 世紀早期翻印尤袤本《文選》之前，一

---

[364] 見駱鴻凱，《文選學》，頁 84—86。這一選集在 1973 年由臺北商務印書館再版。

[365] 見《四庫全書總目》，卷 193 頁 17a—b。

[366] 見 Ching-i Tu（涂經詒），"The Chinese Examination Essay: Some Literary Consideration," *MS* 31 (1974—1975): 393‑406。

[367] 見《四庫全書總目》，卷 137 頁 28a。

[368] 馮惟訥和林兆珂都將他們的作品爲《選詩約注》。林兆珂在他的十二卷本的著作中，以年代順序編排詩歌，附以早期學者的少量縮簡版注釋，見《四庫全書總目》，卷 191 頁 2a。虞九章的七卷本研究著作題爲《文選詩集旁注》。凌濛初的七卷《合評選詩》包含了所有的《文選》詩作，附以許多學者的評注，尤其是鍾惺（？—1625）和譚元春（？—1631）的，見《四庫全書總目》，卷 193 頁 24a—b。

[369] 郭正域（約 1600 年在世）的《選賦》七卷。

[370] 它們包括楊慎（1488—1559）的《選詩外編》，一部《文選》遺漏詩作的九卷選本；唐堯官（生卒年不詳）的《選詩補逸》兩卷則是對楊慎著作的補編。見邱燮友，《選學考》，頁 380—381。

[371] 若干刻本和近似的刻本就是這樣做的。它們包括收於《靜嘉堂文庫》（見斯波六郎，《文選索引》，冊 1 頁 26—28）的"明刻張伯顏本李善注《文選》"，王諒 1522 年的雕版和朱純的雕版（見斯波六郎，《文選索引》，冊 1 頁 28）。其他的翻印本如唐藩 1487 年的雕版和晉藩的養德書院 1527 年版，在張伯顏原版的基礎上作了大量更改（見斯波六郎，《文選索引》，冊 1 頁 30—34）。

[372] 見斯波六郎，《文選索引》，冊 1 頁 44—48。

[373] 見斯波六郎，《文選索引》，冊 1 頁 66—69。

[374] 見斯波六郎，《文選索引》，冊 1 頁 35—37。這可能指的是唐藩和晉藩的翻印本。

直是最受推崇的《文選》版本。㊌ 它被收入《四庫全書》，㊍而晚至 19 世紀早期，著名的《文選》學家許巽行（生卒年不詳）還稱它爲“善本”。㊎

在明末清初，《文選》的學術研究質量相當優良。一些傑出的學者寫了包羅萬象的訓詁隨筆，並收入他們的“筆記”中。駱鴻凱估算楊慎的《丹鉛總錄》有 55 條關於《文選》的條目；方以智（1655 年在世）的《通雅》有 78 條；顧炎武的《日知錄》有 56 條。㊏《通雅》因其對動植物名物博古通今的討論而尤其有用，其中有許多都出現在《文選》賦中。㊐ 楊慎和顧炎武則特別善於解釋文獻中的疑難問題和難解字詞。㊑

細緻入微的文獻學在清代又一次成爲受人尊重的時興追求。在這一時期，許多學者努力求索，希望回歸漢代經學家的傳統。文字學、音韻學和文獻考證盛極一時。雖然經學和子學吸引了絕大多數學術上的注意力，但《文選》作爲一個特別的文學文本，也成爲精讀細研的對象。清代學者對《文選》學的貢獻極其重大，他們的很多著作對任何一位想認真研究蕭統《文選》的人來説都必不可少。

清代的《文選》學研究肇始於清初最受尊崇的文獻學者何焯（1661—1722）。他爲大量的文獻作了校勘記，其中之一便是《文選》。㊒ 儘管他以汲古閣本爲底本，但他力圖釐清竄入李善注中從而使其混雜失真的《五臣注》文字。何焯還寫了五卷關於許多文章和詩歌的詳細注解，這些注收入他的《義門讀書記》（卷 45—49）中。㊓ 他的短評提供了對於作家和作品的批評性評價，也提供了對存疑章節的解釋。何焯入木三分的評述在整個清代都廣受稱贊，他所做的工作激勵了其他人努力追趕他所達到的高學術水準。他的學生陳景雲（1670—1747）撰有一部六卷的評注，名爲《文選舉正》，以校勘記爲主，但這部書從未印行過。㊔

在 18 世紀，許多接受漢代經學訓練的學者開始將注意力轉向《文選》。余蕭客（1729—1777）是第一批經學家當中的一員，他是傑出的“漢學”家惠棟（1697—1758）的

㊌ 見斯波六郎，《文選索引》，册 1 頁 34—40 所討論的版本。

㊍ 見《四庫全書總目》，卷 186 頁 3a。

㊎ 見許巽行《文選筆記》（臺北：廣文書局，1966），頁 1a 中所引的《密齋隨録》。

㊏ 見駱鴻凱，《文選學》，頁 86。

㊐ 見《四庫全書珍本三集》（臺北：商務印書館，1972），卷 41—47。

㊑ 見顧炎武，《日知録》，卷 22。

㊒ 這些校勘記似乎並沒有單獨拿出來出版。它們在後來的著作中，如孫志祖的《文選考異》，余蕭客的《文選音義》以及胡克家的《文選考異》（見下文），被廣泛地徵引。還有另外兩名清初學者也寫了《文選》的校勘記：潘耒（1646—1708）和錢陸燦（生於 1612 年）。張之洞（1837—1909）在他的清代重要“文選學者”名單的開頭列舉了潘耒和錢陸燦，見范希曾編，《書目答問補正》（臺北：新興書局，1970），卷 5 頁 11b。

㊓ 葉樹藩（見下文）在 1772 年也出版了《何義門平點昭明文選李善注》，何焯的批注在每頁的頁眉用紅字印出。

㊔ 胡克家未在他的《考異》中徵引此書。

學生。余蕭客從他母親那裏接受《文選》的入門，其母讓他每夜誦讀《文選》。㉞ 余蕭客主要關注早期注疏傳統的復興，這一傳統强調要正確解釋"音義"。他的主要著作是八卷本《文選音義》，以蕭該所作的第一部《文選》注的名字命名。㉟ 雖然《四庫全書總目》中此書條目的作者批評余蕭客罅漏叢生，㊱但《文選音義》仍然被用作關於這部選集的同類語文學注解的範本。余蕭客晚年對他在這麽早的時候就發表注解感到後悔（《文選音義》印行的時候他才三十歲）。他另外編纂了一部《文選》研究著作，通常叫作《文選紀聞》。㊲ 關於這部著作的批評意見認爲，書中含有大量不着邊際的議論，其中許多甚至與《文選》無關。㊳

　　《文選音義》面世十年后，汪師韓（1707—?）編著了一本雖小卻重要的研究著作，名爲《文選理學權輿》。㊴ 這本書是大量論述"選理"或者説《文選》原理"的著作中的第一部。雖然汪師韓的書中包含一些文本注釋方面的内容（特別是卷3—4 和卷8），但它主要是一部關於這本選集的信息會要。它包含若干有用的一覽表：《文選》的作者及其作品（卷1）；李善注所引群書（卷2）；個別篇章的早期注解，它們也是李善注主體的一部分（卷2末尾）；還有無法解釋的詞語和段落（卷5）。有兩卷（卷6—7）爲引文，全部引自以前的學者，尤其是見於宋代學者筆記的那些評論。汪師韓原本計劃編著一部十卷本的研究專著，但是只完成八卷。孫志祖（1737—1801）在1799 年出版汪師韓的書，加上兩卷補編。㊵《文選理學權輿補》引用顏師古（581—645）、朱翌（1098—1167）和楊慎對許多段落所作的注解。

　　孫志祖是李善注的狂熱擁躉。他將其重要性與顏師古的《漢書》注相提並論，並嚴屬指責《五臣注》及以其爲底本的《文選》版本。孫志祖特別指出毛晉本李善注的錯誤，認爲它時常將實際上來自於《五臣注》的段落插入其中。爲仿效何焯，孫志祖發表了兩部四卷本的著作，題爲《文選李注補正》和《文選考異》，書中試圖還原李善注的原貌，並以唐初《文選》注疏家的方式爲其增補了文字訓詁。㊶ 大約在孫志祖的注釋筆記問世的同時，葉樹藩（生卒年不詳）印行了全本李善注《文選》。這部有時被稱作《文選補注》

㉞ 見江藩（1761—1831），《漢學師承記》（臺北：河洛圖書出版社，1974），頁159。
㉟ 這部書最初在1758 年由静勝堂出版。
㊱ 見《四庫全書總目》，卷191 頁4b—5a。作者稱贊余蕭客的經學，但宣稱"詞章非所擅長"。
㊲ 這部書的書名也叫《文選雜題》。見江藩，《漢學師承記》，頁162。
㊳ 見駱鴻凱，《文選學》，頁92。此著刊印於《碧琳瑯館叢書》中。
㊴ 序的日期爲1768 年。此著最初刊行於《讀畫齋叢書》中，最近重印於《選學叢書》（臺北：廣文書局，1966）中。
㊵ 這部書也能在《選學叢書》中找到。
㊶ 這兩部書都能在《選學叢書》中找到。

的書吸收何焯對汲古閣本所作的校訂,並加入葉樹藩自己的校勘記。㉟

　　這些校勘上的努力只達到中等的成就,因爲《五臣注》的文本已經使清初學者所能接觸到的李善注本產生嚴重的訛誤。最終在 1809 年,傑出的書籍校勘專家顧廣圻(1776—1835)和彭兆孫(1769—1821)得到尤袤本李善注《文選》的一個本子。㉝ 胡克家(1757—1816)委托他們以茶陵本和袁褧本參校此本以出版刊行。尤袤的文本與顧廣圻的十卷校勘記(被稱作《文選考異》)於 1809 年共同付梓,胡克家被冠名爲主要編纂者。㉞ 根據胡克家的説法,由於尤袤本據稱從未與《五臣注》相混,因而特別有價值。㉟ 但是,胡克家没有覺察到,即使是尤袤本也會偶爾摻入來自《五臣注》的内容。例如,饒宗頤已經指出尤袤本李善注有一些段落未見於敦煌寫本。他相信這些一定是從《五臣注》中竄入的。㊱ 斯波六郎也舉出許多尤袤本中《五臣注》竄文的例證。他懷疑用作胡克家本底本的尤本並不能回溯到"唐代的李善單注本",而以《六臣注》本爲依據,可能從中"抽出"李善的注。㊲ 然而,胡克家、尤袤本儘管没有想象中的那麼"完美",但仍不失爲最便於使用的全本李善注。㊳

　　另一位同時期的重要《文選》學者是張雲璈(1747—1829)。1797 年他開始寫作《文選》選段的注解,並於 1822 年出版筆記,謙虛地爲這部二十卷的著作取名爲《選學膠言》。㊴ 根據張雲璈的説法,其大多數關於《文選》的著作都是由"評文"組成的,他引用孫鑛、俞陽(生卒年不詳)、李光地(1642—1718),尤其是于光華(生卒年不詳)的著作作爲例證,㊵指出他們的功績不能與何焯以及更近的胡克家對尤袤本細緻的文獻校勘

㉟　這部書與《何義門平點昭明文選李善注》是同一部書,其序的日期爲 1772 年。
㉝　胡克家只説他們在吴地從某人手中獲得此本,見"重刻宋淳熙本文選序",《文選》,頁 1b。楊守敬(1839—1915)聲稱他們從著名的藏書家黄丕烈(1763—1825)處獲得,見《日本訪書志》(臺北:廣文書局,1967),卷 12 頁 8a。
㉞　所謂的"胡刻"本有許多翻刻本。最近的一個版本是我在翻譯中所引用的,潯陽萬本儀 1869 年再刻版之影印本(臺北:正中書局,1971)。同一版本的影印本亦刊印於日本(東京:中文出版社,1972)。掃葉山房本(上海,1919)以萬本爲祖本,自稱以最小心謹慎的態度保存胡刻原本(見斯波六郎,《文選索引》,册 1 頁 24—25)。藝文印書館在 1967 年重印 1809 年版的胡克家本。
㉟　見胡克家的《文選考異序》,頁 1b。
㊱　見饒宗頤,《敦煌本文選斠證》。
㊲　見斯波六郎,《文選索引》,册 1 頁 20—26。
㊳　斯波六郎稱儘管尤本可能是從《六臣注》中提取的李善注,但"作爲底本的六臣注本比現存的本子要好",因此我們可以説胡刻本"在現存的所有版本中,是最完善地保存李善注原貌的",見《文選索引》,册 1 頁 32。需要注意的是胡刻本並不是每一處都照搬尤袤本,見程毅中、白化文,《略談李善注文選的尤刻本》,頁 79—80。
㊴　"膠言"這一詞組來自左思《魏都賦》(《文選》,卷 6 頁 2b)中的一句,在賦中,魏的發言人批評蜀和吴的代表,指責他們"牽膠言"。張雲璈的著作刊印於《三影閣叢書》,並再版於《選學叢書》。
㊵　孫鑛的注保存在閔齊華的《文選瀹注》中(見上文)。俞陽的《俞氏評文選》只有手稿存在,並于光華的《文選集評》中刊行於世,這是一部十五卷本的早期學者注釋的簡編(首版於 1772 年付梓;修訂本再版於 1778 年)。李光地的《李氏評文選》已亡佚,但在葉樹藩的《文選補注》中有所徵引。

相提並論。張雲璈試圖在他的著作中吸收衆多學者的觀點，他經常用自己的解釋增補他們的觀點，有時還反駁他們的解釋。張雲璈對早期《文選》的學問有深刻廣泛的瞭解，他的著作還討論了衆多存疑的章節。

　　同等重要的著作是梁章鉅（1775—1849）的《文選旁證》，一部與張雲璈的著作類似的四十六卷評注。[40] 與張雲璈一樣，梁章鉅旁徵博引其他《文選》學術著作。例如，由於段玉裁（1735—1815，他也許是最彪炳史册的清代經學家）和《文選補注》的作者林茂春（生卒年不詳）的《文選》注現已佚失，《文選旁證》成爲徵引這些著作的主要材料來源。這部書還因爲其中有許多校勘記，以及對《六臣注》進行校訂而顯得重要。大經學家阮元是《文選》的推崇者，他在爲梁章鉅的研究著作所寫的序中表達對其校勘工作質量的欣賞。[402]

　　另外一位《文選》權威朱珔（1769—1850）也稱贊梁章鉅的工作，[403]他爲《文選》編纂一部重要的注解，即《文選集釋》二十四卷，試圖作出比汪師韓和孫志祖更全面的注解，因爲他認爲他們的著作很“空洞”。[404] 朱珔是詞源學的專家，曾爲《説文》作過注解。[405]他將許多關於字源學和通假字的學問應用到《文選》研究中，因此《文選集釋》是最有用的一本注解，其中對於疑難字和生僻字含義的論述可供查閱參考。就這一層面而言，此書與王念孫（1744—1832）的注相類似，王的《讀書雜志》有一部分專門爲《文選》的選段作訓詁。[406] 對於理解賦中難解詞語同樣有用的是王念孫爲張揖（227—232 年在世）的辭典《廣雅》所作的注解，李善在他的《文選》注中經常引用《廣雅》。[407]

　　清代學者對文字學和音韻學的專注推動了一批專門的《文選》語文學研究著作的編纂。《説文》專家薛傳均（1758—1829）在六卷本的論著《文選古字通疏證》中，試圖分析假借和異體字現象。薛傳均在完成這項工作前就離世了，於是呂錦文（1852 年進士）增補四卷，從而完成這部書。[408] 緊隨他們的研究之後的是一些類似的著作，這些著作試圖將早期訓詁和字書的原則應用到《文選》選文的語言文字中。1896 年，杜宗玉（生卒年不詳）出版四卷《文選通假字會》；程先甲（1871—1932）在 1901 年編纂一部多

---

[40]　首版於 1834 年付梓，1882 年由許應鑅再版，此再版在《選學叢書》中重印。

[402]　阮元也曾獲得過尤袤本的一件副本，他曾計劃出版。當胡克家的重印本現世後，阮元放棄了他的計劃。見《文選旁證序》，頁 1b。

[403]　見其《文選旁證序》。

[404]　這部著作於 1836 年完成，再版於 1875 年，《選學叢書》中有再版的影印本。

[405]　這便是《説文假借義證》，一部二十八卷的研究著作，在其去世後的 1893 年出版。

[406]　這些注解可在餘編中找到，見《讀書雜志》（臺北：世界書局，1963），餘編下，頁 16b—70b。

[407]　這部著作是《廣雅疏證》，在 1788 到 1796 年間編纂。《四部備要》中可以找到它。

[408]　他的著作在 1841 年出版。呂錦文的《文選古字通補訓》增加一卷《拾遺》，並在 1849 年完成。見邱燮友，《選學考》，頁 351—353。

達二十卷的著作《選雅》,書中將李善的注解編排進《爾雅》的詞條中。[409]

最重要的《文選》語文學注解是胡紹煐(1791—1860)的《文選箋證》。[410] 在這部三十二卷的龐大著作中,胡紹煐闡述將語文學的研究方法應用到《文選》中,指出《文選》專家們還未充分認識到諸如王念孫和段玉裁等人的語文學成就。在自序中,他清楚地聲明他的立場:

> 讀者必先識字,識字必先審音。音由文出,義由音定。而歲綿數千,音聲有楚夏,文字有異同。非探其元以悟其意,未易得其指歸。[411]

雖然《文選箋證》的校勘記和對典故的論述非常詳盡,但它的影響力來自它對詞語詳實的解釋。以前的注疏家們對這些詞語的解釋要麼不完善,要麼完全錯誤。胡紹煐的注解絕對是閱讀賦選的必備書。

在胡紹煐的著作之後出現的注解明顯要比它差。1884 年,許嘉德(生卒年不詳)印行其曾祖父許巽行的《文選筆記》。這部八卷本的研究著作約在 1800 年左右完成,但卻未發表。[412] 其大部分内容是校勘記和文本校訂,以許巽行推崇的汲古閣本爲底本。[413] 1892 年,朱銘(生卒年不詳)出版八卷本《文選拾遺》。[414] 朱銘節選了大量作品,收集其中存疑章節的解釋並提供自己的解釋。同時期一部格外有趣的研究著作是傅上瀛(生卒年不詳)的《文選珠船》,一部四卷本的論著,其中將《文選》的篩選機制與鍾嶸的《詩品》和劉勰的《文心雕龍》作比較。[415]

清代的一些學者繼續從《文選》中摘録選段,用以編成類書。它們包括杭世駿(1696—1773)的《文選課虚》;[416]石韞玉(1756—1837)的《文選編珠》;[417]以及何松(生卒年不詳)的《文選類雋》,這是一部包含早期類纂的十四卷本類書。[418] 還有一些人嘗試改變蕭統的目録和版式,其中最著名的是方廷珪(生卒年不詳)的《文選集成》。方廷珪改變文體的次序(例如他將"騷"放在"賦"前面)和分類體系(例如改"郊祀"爲"典禮"),並對李善注改易頗多,又對優秀的段落進行圈點。[419]

---

[409] 杜宗玉的著作在 1896 年由孝感學署出版。《選雅》刊印於《千一齋叢書》。
[410] 胡紹煐的序日期爲 1858 年,此著重印於《選學叢書》。
[411] 《文選箋證序》,頁 1a。
[412] 見駱鴻凱,《文選學》,頁 112。
[413] 此著重印於《選學叢書》中。
[414] 朱銘在 1858 年完成他的研究著作。見邱燮友,《選學考》,頁 366。
[415] 此著在 1892 年由典學樓出版,見邱燮友,《選學考》,頁 365。
[416] 此四卷本的著作原先是《杭大宗七種叢書》(1851)的一部分,其後由鴻寶齋重印。
[417] 這部小小的一卷本選集收於《碧琳琅館叢書》中。
[418] 在鴻寶齋本中可以找到它。
[419] 關於這部六十卷本著作的出色描述及其缺點,見駱鴻凱,《文選學》,頁 118。

　　有一些清初學者對《文選》的賦和詩部分用功甚夥。康熙年間，顧施楨（生卒年不詳）的《文選六臣彙注疏解》由鄭重出版，這是一部爲賦部分而作的十九卷注解。[20] 同時期類似的關於詩的研究著作是吳湛（生卒年不詳）的《選詩定論》。這部十八卷的著作包括：按年代順序對詩歌進行重新編次；對六朝詩歌起源的討論；詩歌的訓注；詩歌總論，尤其是六朝時期的詩歌。《四庫》編者描述他的詮釋"高而不切，繁而鮮要"。[21] 另一部稍短的著作是鍾駕鰲的《選詩偶箋》，這是一部對李善詩注的八卷本補編。鍾駕鰲的著作以彙集過去的注疏家的注文爲主，然而由於他是李善的信徒，他没有收入多少《五臣注》的解釋。[22]

　　清末最優秀的一位《文選》學者是李詳（1859—1931）。他於 1894 年發表《文選拾瀋》，一部兩卷本的論著，因其鉤稽辨別典故而特别有價值。[23] 李詳還撰有兩部篇幅不大的研究專著，探討《文選》對唐代詩人杜甫和韓愈的影響。[24]

　　到了 20 世紀，"《文選》學"不再爲中國學者所獨占。許多日本學者，甚至一些西方漢學家研究這部集子的傑出著作開始噴湧而出。隨着《文選》古鈔本在敦煌和日本的發現，一些最重要的進展接踵而來。羅振玉（1866—1940）在 1917 年發表四篇保存在敦煌文書中的《文選》鈔本殘篇，[25]其中有張衡《西京賦》的大部分（P. 2528），東方朔《答客難》和揚雄《解嘲》的一部分（P. 2527），一個早期三十卷本子中的第 25 卷（P. 2525），及任昉的《王文憲集序》（P. 2542）。[26] 羅振玉還盡心盡力地呼籲人們關注保存在日本的一部稱爲《文選集注》的 120 卷本殘篇。[27] 稍後不久，斯波六郎發表了第一篇關於《文選集注》殘篇（京都帝國大學文學部 1934 年到 1941 年的影印本）的詳細報告。[28] 隨後，斯波六郎和饒宗頤的研究比對這些殘篇和《文選》印本，揭示即使是尤袤本也因竄入《五臣注》本而有訛誤。[29]

　　整個 20 世紀 50 年代和 60 年代，最重要的文獻研究在發現舊鈔本殘篇的日本完

[20] 見駱鴻凱，《文選學》，頁 117。

[21] 《四庫全書總目》，卷 191 頁 4a。

[22] 見駱鴻凱，《文選學》，頁 120。

[23] 見駱鴻凱，《文選學》，頁 114。

[24] 見李詳，《杜詩證選》，《國粹學報》64（1910），"文篇"，頁 1a—4b；65（1910），"文篇"，頁 1a—3b；66（1910），"文篇"，頁 1a—3b；《韓詩證選》，《國粹學報》53（1909），"文篇"，頁 7a—9b；54（1909），"文篇"，頁 6a—7b；56（1909），"文篇"，頁 3a—6b；57（1909），"文篇"，頁 1a—2b。

[25] 見《鳴沙石室古籍叢殘》，收《羅雪堂先生全集》（臺北：文華出版社，1968—1973），三編第 8 册，頁 3075—3141。

[26] 見羅振玉，《敦煌本文選跋》，收《羅雪堂先生全集》，初編第 1 册，頁 341—342。

[27] 羅振玉影印了十六卷。見他的《文選集注殘卷》，《嘉草軒叢書》，1918。

[28] 見斯波六郎，《文選集注について》。題爲《旧鈔本文選集注殘卷》的重印本出現在《京都帝國大學文學部景印旧鈔本》（京都：京都帝國大學文學部，1934—1941）的 3—9 册中。

[29] 見上文注 319。

成。神田喜一郎於 1965 年編輯影印在永青文庫發現的敦煌《文選》注鈔本。[430] 目前爲止最具價值的版本研究是斯波六郎的調查，作爲其《文選索引》的導論出版。[431] 他詳細討論《文選集注》和一個被稱爲"九條本"的三十卷本日本古鈔本，其中的一些部分早在 1099 年便已印行。[432]

近年來製作出版的最重要《文選》研究工具書是斯波六郎主編的《文選索引》，1959 年由京都大學人文科學研究所出版。這部四卷本索引的編纂用了九年時間才完成，在京都大學人文科學研究所哲學和文學研討班的支持下，由廣島大學中國文學研討班實施完成。這部索引以掃葉山房翻印的胡克家本爲底本。雖然原版《文選索引》早已絕版，但正中書局的再版則較容易獲得，這個再版附有掃葉山房本的直接"先祖"的重印本，即萬本儀 1869 年所刊的胡克家本。[433]

在中國，尤其是五四文學運動以後，《文選》不再像它曾經在民國時代以前那樣被廣泛學習。儘管如此，還有一小部分學者繼續研究這部在某些人眼中晦奧難解的文學選集，並寫出高質量的研究著作。[434] 第一位激起青年學生對這部選集的學術興趣的人是黃侃(1886—1935)，其最爲人所熟知的可能是對《文心雕龍》的研究。黃侃曾教授大學生《文選》，並在他私人複印本的邊欄寫下大量批注。然而，他去世前並未發表任何關於《文選》的研究。最終在 1977 年，他的女兒黃念容使得其父親的批注爲世人所知。[435] 黃侃最親近的一位學生是駱鴻凱(1892—1955)，他在 30 年代成爲中國《文選》研究的領軍人物。他發表了一系列文章，探討《文選》研究的各個方面，並試圖強調現代《文選》學術研究和現代以前的"文選學"傳統之間的連續性。[436] 駱鴻凱的主要著作《文選學》在 1937 年發表，對此門學問進行細緻入微的介紹。[437] 他的書列有專章介紹《文選》的纂集、蕭統選擇的義例、從隋到清的《文選》學術源流、對選集中所包含文體的分析、作者以及與某些篇章有關的真僞問題的研究、關於蕭統所選各種作品的評論概要，

---

[430] 《敦煌本文選注》(東京：永青文庫，1965)。亦可參看岡村繁，《細川家永青文庫藏敦煌本文選注について》，《集刊東洋學》14(1965)：1－26；《敦煌本文選注校釋》，《東北大學教養部紀要》4(1966.2)：194－249。

[431] 《文選諸本の研究》，《文選索引》，冊 1 頁 3—105。斯波六郎在 1944 年出版了一部似乎是類似的版本研究著作，但我未能查閱到，見《文選の版本について》，《帝國學士院紀事》3(1944.3)：53－108。

[432] 見《旧鈔文選集注》，《文選索引》，冊 1 頁 84—105；《九條本文選解説》，《文選索引》，補編，冊 4 頁 5—17。

[433] 《文選索引》，2 冊本(臺北：正中書局，1971)。亦可參看上文注 394。

[434] 臺灣也許是例外。臺灣詩人連橫(1878—1936)在 1924 年的寫作中說到作家林文訪告訴他："我們學作詩的臺灣人必須讀《文選》，我將《文選》視爲漢魏晉宋齊時代最好的文學。"見《臺灣詩薈》兩卷本(1924；再版於臺北：臺北市文獻委員會，1977)，卷 1 頁 49。感謝同僚王靖獻提供這份資料。

[435] 黃侃，《文選黃氏學》(臺北：文史哲出版社，1977)。

[436] 《文選學自序》，《國學叢編》1(1931.7)；《讀選導言》，《學術世界》1(1935.12)：32－50；《選學源流》，《制言》8—10(1936.1－2)；《文選指瑕》，《制言》11(1936.2)；《選學書著録》，《制言》11(1936.2)。

[437] 《文選學》初版由中華書局在上海刊行。臺灣中華書局於 1957 年和 1963 年再版。

並有王闓運（1833—1916）、譚獻（1832—1901）和李兆洛的“詩話”體評論。第九章“讀選導言”則爲將來的《文選》學者提供如何正確地研究這部選集的意見和信息，其中提到能使人更好地理解文本的十方面能力：訓詁、聲韻、名物、句讀、文律、史實、地理、文體、文史、玄學和内典（道教和佛教）。在同一章中，駱鴻凱還在很大程度上借鑒《文心雕龍》來對比劉勰的文體觀，以及用蕭統的理論體系對某些作家作出評價。最後一章包含一個一覽表，表中列出那些有用的、可能會在正史中找到的《文選》篇章，以及對修辭手法的討論。附編部分包括對“論”的文體分析，附帶評論《文選》中的每一篇“論”文，散文寫作和陸機《文賦》的按語，以及一份全面的《文選》學研究書目。雖然駱鴻凱的書主要由來自其他學者的冗長引文組成，很少提供原創性的解釋，但它仍不失爲一個有關《文選》知識的豐富寶庫，很多知識在其他地方難以找到。

另一部同時期的重要著作是高步瀛（1873—1940）的《文選李注義疏》。雖然這部書 1929 年便完成了，但是直到 1937 年才付梓出版。高步瀛對前八卷進行詳細的注解和研究。[38] 他將清代《文選》權威學者的大部分注解，連同他自己所作的大量解釋，都吸收進他的注疏中。對於選集的這部分來説，這是目前爲止所編纂的最有用的文本。遺憾的是，没有人試圖爲《文選》剩下的部分作相似的注疏。

20 到 30 年代還出版了一些有用的中文著作。丁福保的《文選類詁》與程先甲的《選雅》類似，是一部與短語有關的語文學研究專著。[39] 周貞亮發表於 1931 年的蕭統年譜是重要的傳記資料。胡宗楙於下一年出版了類似的研究著作。[40] 哈佛燕京學社於 1935 年出版了《文選》的索引，這部書對李善注所引詞條的索引，比汪師韓《文選理學權輿》的條目列表還要詳細得多。[41]

20 世紀初，西方漢學家關於《文選》的著作主要限於翻譯。例如，亞瑟·威利（Arthur Waley）並不從事《文選》研究，但他從 20 世紀 20 年代便開始出版賦部分的翻譯。[42] 實際上，在這一時期，似乎主要是賦吸引西方學者的關注。何可思（Eduard Erkes）在 1926 到 1928 年間出版宋玉《風賦》和《神女賦》的翻譯並帶有注解。[43] 同一時

---

[38]　此著在北京由直隸書局出版，已經在《選學叢書》中再版。

[39]　此著在 1925 年由丁福保在上海的醫學書局出版發行。

[40]　見上文注 30。

[41]　即洪業等編，《文選注引書引得》，哈佛燕京學社漢學引得叢刊 26（北平：哈佛燕京學社，1935）。此著以《四部叢刊》本的《六臣注文選》爲底本，1966 年由成文（臺北）再版。

[42]　Waley，*The Temple and Other Poems*（New York：Alfred A. Knopf，1923），包含司馬相如《子虛賦》的節選（頁 41—43）和宋玉《高唐賦》的全譯（頁 65—72）。他的 *A Hundred and Seventy Chinese Poems*（New York：Alfred A. Knopf，1919）有宋玉的《風賦》（頁 41—42）和《登徒子好色賦》前半段（頁 43—44）的譯文。

[43]　見 Eduard Erkes，"The Feng-fu (Song of the Wind) by Sung Yü," *AM* 3 (1926)：526 - 33；"Shen-nü fu. The Song of the Goddess by Sung Yüh," *TP* 25 (1927 - 1928)：387 - 402。

間，在巴黎工作的俄國流亡學者馬古禮(Georges Margouliès)將一整本書的篇幅專用於"《文選》中的賦"的譯文。㊹ 令人遺憾的是，何可思和馬古禮的譯本都充斥着錯誤，這一事實被奧地利漢學家贊克指出，他曾定居在荷屬東印度的巴達維亞(即今雅加達)。㊺ 贊克 1901 到 1919 年間供職於奥匈帝國領事館，在這期間他大部分時間都在中國工作。㊻ 他對中文和滿文、藏文一樣頗有造詣。雖然 1897 年他在萊頓短期師從於施古德(Gustav Schlegel)，但是像威利一樣，贊克似乎是自學成才的。他的第一部主要出版物在中國首發，是對翟理斯《中英詞典》的修訂。在 1909 年，他提交了這一著作的一部分，作爲他在維也納大學的畢業論文。㊼

1919 年奥匈帝國解體以後，贊克爲荷蘭在東印度的領事機構工作，直到 1924 年，他辭去工作，以便全心全意地投入學術生涯。贊克主要投身於中國文學的翻譯，直到 1942 年他死於被日本炸沉的輪船上。他翻譯了杜甫、韓愈和李白幾乎全部的詩歌，在他罹難時，他仍在爲《文選》的全譯本操勞。㊽ 贊克里程碑式的《文選》譯本，從 1926 年翻譯的王延壽《魯靈光殿賦》開始，幾乎相當於整部總集的百分之九十。㊾ 贊克暴躁的性格和刻薄批評其他漢學家著作的癖好，使他難以在著名的漢學期刊發表文章。㊿ 幾乎他的所有譯文都是在巴達維亞不知名的刊物上發表的。其《文選》譯文主要刊登在《德意志衛報》(*Deutsche Wacht*)上，這是供荷屬東印度的德語社區閱讀的月刊。(51) 當 1933 年《德意志衛報》不再供他發表後，贊克在一套被他稱作《漢學文集》(*Sinologische*

㊹ 見 Margouliès, *Le "Fou" dans le Wen-siuan*。這本小册子包含班固《兩都賦》、陸機《文賦》和江淹《别賦》的全譯。馬古禮在他的導論(頁 2)中表明，他計劃做"這個集子中相當多的賦的翻譯及所有賦的詳細研究"，但這部作品並未完成。

㊺ 見 Zach, "Zu G. Margouliès Übersetzung des Liang-tu-fu des Pan Ku," *TP* 25 (1928): 354－59; "Zu G. Margouliès Übersetzung des Pieh-fu," *TP* 25 (1928): 359－60; "Zu G. Margouliès Übersetzung des Wen-fu," *TP* 25 (1928): 360－64。他對何可思譯文的評論見於 *Deutsche Wacht* 13 (1927): 41; *Deutsche Wacht* 14 (1928): 44。

㊻ 關於贊克職業經歷的信息，見 Arthur von Rosthorn, "Erwin Ritter v. Zach," *Almanach der Akademie der Wissenschaften in Wien für das Jahr 1943* (Jg. 93), pp. 195－98; Alfred Forke, "Erwin Ritter von Zach in memoriam," *ZDMG* 97 (1943): 1－15; Alfred Hoffman, "Dr. Erwin Ritter von Zach (1872－1942) in memoriam: Verzeichnis seiner Veröffentlichungen," *OE* 10 (1963): 1－60。

㊼ 見 Zach, *Lexicographische Beiträge*, 4 vols. (Peking, 1902－1906)。

㊽ 關於贊克的杜甫、韓愈和李白的譯文的詳細名單，見 Hoffman, "Dr. Erwin Ritter von Zach," pp. 16－17, 20－22。

㊾ "Das Lu-ling-kwang-tien-fu des Wang Wen-k'ao (Wen Hsüan C. XI 13－21)," *AM* 3 (1926): 467－76.

㊿ 贊克和伯希和在 1920 年代末有過特别不愉快的論戰。伯希和最後怒髮衝冠，將贊克逐出《通報》，並用了這樣的話："There will be no more question of Mister E. von Zach in *T'oung Pao*."見"Monsieur E. von Zach," *TP* 26 (1929): 378。

(51) 關於贊克在 *Deutsche Wacht* 和另外一份叫作 *De Chineesche Revue* 的巴達維亞雜誌中的譯文名單，見 Hoffman, "Dr. Erwin Ritter von Zach," pp. 18－19。

Beiträge）的叢書中自費發表他的譯文。⑫　1958 年，哈佛燕京學社將它們在《中國選集》（*Die Chinesische Anthologie*）中再版以後，這些譯文才容易讀到。⑬

　　贊克將自己視爲一位不在他所稱的"理論性的廢話"上浪費時間的"嚴謹"學者。⑭他的風格曾被認爲是"平實的和考據精當的"，⑮估計贊克會將這種評論視爲一種恭維，因爲他有意將他的譯文作爲學生使用的直譯本。在他 1935 年版的《文選譯本》（*Übersetzungen aus dem Wen Hsüan*）的前言中，贊克毫不含糊地陳述他提供這些譯文的目的：

> 　　這些譯文並不打算供公衆使用，而僅僅是爲學生準備的。研習漢學的學生應當將它們與文本對讀，以這種方法他會在幾周內取得較大進展，而不是借助錯誤連篇的詞彙書和語法書花一整年時間閱讀。省事這一目的對我來説是起到決定性作用的，因而也影響翻譯的特點，較傾向於字面翻譯和符合意義，而不是行文流暢和形式精美。⑯

　　雖然贊克如此警告，但這位堅持不懈的翻譯家也有能力呈現詩意的譯文。例如，他翻譯的司馬相如描寫上林苑河流的譯文，與威利的任何一篇賦的譯文一樣典雅且充滿豐富多彩的語言。⑰　雖說贊克想要"字面直譯"和"符合意義"，但他的譯文並不總是達到語言考據上的精準。例如，他經常用羅馬字母拼寫動植物的名稱，而不是試圖鑒別它們。他似乎也沒有善加利用清代語文學家們精彩卓絶的意見，而對《五臣注》解釋的亦步亦趨似乎常常使他滿足。比如，左思《吳都賦》第 33 句是："安可以儷王公而著風烈。"贊克採用張銑的意譯（"言蜀都豈可以偶王公之德而著其風烈"），將它譯爲"它如何可以與王公相配並稱贊其大名"。⑱　如果贊克查考任何一位重要的清代《文選》專家的注，他就會發現《五臣注》的文本有訛誤。"儷"字被張銑訓爲"偶"（相配），但原義

⑫　見 *Übersetzungen aus dem Wen Hsüan Sinologische Beiträge 2*（Batavia，1935）；"Aus dem Wen Hsüan，" *Sinologische Beiträge 3*（Batavia，1936）：133－47。

⑬　見注 2。

⑭　見"Das Lu-ling-kwang-tien-fu，" p. 469。

⑮　見 Hoffman，"Dr. Erwin Ritter von Zach，" p. 2。

⑯　見 *Sinologische Beiträge 2*，"Vorwort."。

⑰　見 *Die Chinesische Anthologie*，1：109。這一詩歌體的譯文首次發表在對阿瑟·威利的 *The Temple and Other Poems* 的書評中，作爲對威利聲稱的司馬相如豐富的語言是無法翻譯的回應，見 *Deutsche Wacht* 13（1927）：33；Hoffman，"Dr. Erwin Ritter von Zach，" pp. 2－3。（譯者按：此處原著引了一段贊克的德文譯文，由於康達維認爲此段如譯成英文或中文會失去其詩味，故略去未譯。）

⑱　*Die Chinesische Anthologie*，1：57.

應是"麗"(依附);"著"(使知道)應改爲"奢"(擴大)。⑲　因此這句的理解應該大不相同:"(它)如何能成爲王公依存,以闡揚教化功業之地?"特別是贊克對賦的翻譯,非常散文化,在某些情況下,他寧願轉寫爲字面的意譯。例如,司馬相如《長門賦》中原文爲:"五色炫以相曜兮,爛耀耀而成光。"贊克將其縮減爲單行句:"令人眼花繚亂的光澤和色彩。"⑳

贊克的著作整體上非常出色,從而抵消他的譯文可能會有的任何瑕疵。他顯然是在嚴苛的不利條件下工作。他很少有參考材料,我推測如果他能接觸到一部好一點的漢學叢書,他的許多"錯誤"將會得到改正。不過他的譯文大部分是正確的。贊克在中文方面有着令人驚愕的學問。如果西方的漢學家們的資源與贊克所能獲得的差不多同樣少,很少有人可以做得像他這麼好。

近年來,幾乎所有的《文選》譯本都是日文的。這當然包括岡田正之(1864—1927)和佐久節的舊"漢文"版,但是從嚴格的詞義來看,這部作品實在不能稱爲譯本。㉑　第一批現代日語的譯本出現在 20 世紀 60 年代。1963 年,斯波六郎和花房英樹出版詩歌部分的篇章選集。㉒　同一年,網祐次和内田泉之助的詩歌部分的全譯問世。㉓　1969 年,網祐次出版一本小册子,精選賦、詩和散文的部分篇章。㉔　爲了補全網祐次和内田泉之助的詩歌卷,著名的賦學專家中島千秋開始着手翻譯賦的部分。截至本書寫作,他已經出版了第一册,包括對前五卷帶有詳細注解的翻譯。㉕　然而,最令人印象深刻的作品是小尾郊一和花房英樹的全譯本。㉖　所有這些著作的質量都非常高。翻譯家們對他們研究了長達數十年之久的文本的語言非常熟悉。《新釈漢文大系》和《全釈漢文大系》這些系列中的書最吸引人的特點,除了使用現代日語翻譯外,它們還包含帶有"返點"的原文,一種提供"振假名"的"訓讀文本",以及全面廣博的注釋。這些注往往非常有用,儘管在小尾和花房的著作中,它們常常只不過是《五臣注》中的訓詁和意譯的日文翻譯而已。這些著作也因編纂者沒有利用清代《文選》學者的校訂意見而稍有

㉝　見胡克家,《文選考異》,卷 1 頁 28a;孫志祖,《文選考異》,卷 1 頁 10b;張雲璈,《選學膠言》,卷 4 頁 14a;梁章鉅,《文選旁證》,卷 6 頁 17a;胡紹煐,《文選箋證》,卷 6 頁 2a。

㊱　*Die Chinesische Anthologie*,1:235.

㊶　見《文選》,《國訳漢文大成》三卷(東京:國民文庫刊行會,1923)。這些書將中文原文譯成更具古典風格的日文,保留許多原來的漢語措辭,因此有人對將其稱爲翻譯持有疑慮。

㊷　《文選》,收《世界文學大系》70(東京:筑摩書房,1963)。

㊸　《文選:詩篇》兩卷,《新釈漢文大系》14—15(東京:明治書院,1963—1964)。

㊹　《文選》(東京:明德出版社,1969)。

㊺　《文選:賦篇》,《新釈漢文大系》79(東京:明治書院,1977)。

㊻　《文選》七卷,《全釈漢文大系》26—32(東京:集英社,1974—1976)。這部書的内容包括:卷 1—2,《文章編》(小尾郊一);卷 3—4,《詩編》(花房英樹);卷 5—6,《文章編》(小尾郊一)。

遺憾。

　　雖然《文選》研究在學校的課程中不再占據中心地位，但中國的學者仍繼續着"文選學"的傳統。饒宗頤做了最好的文本考證，他最近剛從香港中文大學退休。[467] 李維棻和王禮卿對李善注的體例做了重要的研究。[468] 王禮卿還發表了前三卷的詳細注解。[469] 近期的一篇用清代《文選》訓詁學傳統撰寫的作品，是李鎏研究《文選》中通假字的長文。[470] 另一位獻身《文選》研究的臺灣學者是邱燮友，他關於"選學"的目錄學考察是對駱鴻凱著作的重要補充。[471]

　　在"文化大革命"以前，中國學者也發表了一些關於注疏的出色研究，其中最有用的是祝廉先對他認爲是錯誤的李善和五臣的注解所作的校訂，[472]雖然有些校勘意見已經被清代學者提出（他並未注明），但還有很多是原創的。另一個類似的工作是吳小如對枚乘《七發》的李善注的補注。[473] 最近北京的中華書局出版已知最早的尤袤本《文選》，並在《文物》上刊登對這一文本的介紹。[474]

　　近期關於《文選》的西語著作並不像中文和日文那樣豐富全面，最突出的特例是海陶瑋關於蕭統序所作的精闢翻譯和分析。[475] 海陶瑋是第一位爲《文選》作品做有注釋的西文譯文的人。[476] 他將典雅的譯文與嚴格的語文學結合，是文學研究的典範。另一位學者馬瑞志在翻譯上與海陶瑋同樣嚴格，他翻譯了《文選》中最難的兩篇文章，[477]這兩篇譯文都以語文學中的音韻學知識爲基礎並作了詳盡的注釋。吳德明（Yves Hervouet）對《史記》司馬相如傳（裏面包含司馬相如選入《文選》的大部分篇章）作了更嚴謹的翻譯，[478]其優點在於對司馬相如賦中難解的語言和專有名詞進行了詳實的解

⑯ 見《日本古鈔本文選五臣注殘卷》，*JOS* 3 (1957)：218－259；《敦煌本文選斠證》，第一部分，《新亞學報》3 (1958)：333－403；第二部分，《新亞學報》3.2(1958)：305－332。

⑱ 見上文注 324。

⑲ 王禮卿，《選賦考證》，《幼獅學誌》6(1967)：1－62。

⑳ 李鎏，《昭明文選通假文字考》，《臺灣師範大學國文研究所集刊》7(1973.6)：1－382。

㉑ 邱燮友，《選學考》，《臺灣省立師範大學國文研究所集刊》3(1959)：329－396。

㉒ 祝廉先，《文選六臣注訂譌》，《文史》1(1962)：177－217。

㉓ 吳小如，《枚乘〈七發〉李善注訂補》，《文史》2(1963.4)：129－137。

㉔ 見程毅中、白化文，《略談李善注文選的尤刻本》，《文物》11(1976)：77－81。

㉕ 見 Hightower, "The *Wen Hsüan* and Genre Theory," 512－33；rpt. in *Studies in Chinese Literature*, pp. 142－63。

㉖ 它們中的張衡《歸田賦》和陶潛的《歸去來兮辭》原先被收入海陶瑋的"The *Fu* of T'ao Ch'ien," pp. 214－16，220－24（rpt. in Studies in Chinese Literature, pp. 90－92, 96－100，亦可參看 The Poetry of T'ao Ch'ien, pp. 268－70）。海陶瑋翻譯的另一篇賦是賈誼的《鵩鳥賦》，見"Chia Yi's 'Owl Fu'," *AM* n.s. 7 (December 1959)：125－30。

㉗ Mather, "The Mystical Ascent of the T'ient-t'ai Mountains：Sun Ch'o's *Yu-t'ien-t'ai-shan Fu*," *MS* 20 (1961)：226－45；"Wang Chin's 'Dhūta Temple Stele Inscription' As an Example of Buddhist Parallel Prose," pp. 338－59.

㉘ *Le Chapitre 117 du Che ki（Biographie de Sseu-ma Siangjou）*.

釋。儘管此著對某些表達的解釋不太可靠,[479]但仍可用作那些在《文選》中頻繁出現的詞語的出色訓釋。

傅樂山(J. D. Frodsham)和華茲生(Burton Watson)這兩位翻譯家將《文選》中相當多篇章翻譯成英文,並收錄於選本中,以供大衆讀者閲讀。傅樂山和他的合著者程曦翻譯了不少詩歌。[480] 可是他們的著作只有經常缺乏文本參考的寥寥幾個注釋。華茲生的《中國抒情詩》(*Chinese Lyricism*)翻譯了《文選》中最著名的詩,可讀性很高,但大多數没有注釋。[481] 他的《中國韻文》(*Chinese Rhyme-Prose*)的主體由《文選》賦篇的譯文組成。[482] 雖然傅樂山和華茲生將大量《文選》作品譯成相當流利的英文,但他們的譯作常常略過困難的地方,僅提供含糊其辭的近似翻譯,也絲毫没有透露出利用清代《文選》注疏的跡象。因此,現在還有空間去做一部完整的、注釋精良的譯本,以完成海陶瑋、馬瑞志和吳德明爲所選擇的篇章所做的還不夠充分的工作。本書的注釋,在很多情況下超出原文和譯文本身的長度,這在很大程度上要歸功於整個《文選》傳統。如果没有幾個世紀以來學者們所作的注解、筆記、訓詁和詮釋,這部譯著將不可能完成。

(1982 年)

---

[479] 見 James Robert Hightower,"Ein Standardwerk über einen Han-Klassiker," *OLZ* 73 (March-April 1978): 117 – 24。康達維的書評見 *Chinese Literature: Essays*,*Articles*,*Reviews* 1 (January 1979): 104 – 6。

[480] Frodsham,*An Anthology of Chinese Verse: Han Wei Chin and the Northern and Southern Dynasties*.

[481] Watson,*Chinese Lyricism: Shih Poetry from the Second to the Twelfth Century*.

[482] Watson,*Chinese Rhyme-Prose: Poems in the Fu Form from the Han and Six Dynasties Periods* (New York: Columbia University Press,1971)。

文選序

梁昭明太子

【解題】

　　李善未爲蕭統的《序》撰寫注釋。現存最早的注是《五臣注》的釋義，高步瀛在《文選李注義疏》中爲此所作的補注，顯然出自曾釗(? —1854)。另外還有一些注釋，見北京大學中國文學史教研室編，《魏晉南北朝文學史參考資料》二冊(北京：中華書局，1962)，第 2 冊，頁 563—575；王力，《古代漢語》三冊(北京：中華書局，1962—1964)，第 2 冊，頁 1090—1100。白話翻譯見趙聰編，《古文觀止新編》(香港：友聯出版社，1960)，頁 587—588。西文翻譯見 Georges Margouliès, Le "Fou" dans le Wen-siuan, pp. 22‑30；Basil Alexeiev, La Littérature chinoise, Six conférences au Collège de France et au Musée Guimet, Annales du Musée Guimet, Bibliothèque de Vulgarisation, 52 (Paris：Paul Geuthner，1937)，pp. 31‑33；Hightower, "The Wen Hsüan and Genre Theory," pp. 518‑30；rpt. in Studies in Chinese Literature, ed. Bishop，pp. 148‑60。

讓我們觀看原始文明的起源，
遙遠地考察上古的風俗：
人類處在冬住窟夏居巢的時期，
民衆生活在茹毛飲血的年代。①
5　世風質樸，民情淳厚，

式觀元始，眇覿玄風。冬穴夏巢之時，茹毛飲血之世，世質民淳，斯文未作。逮乎伏羲氏之王天下也，始畫八卦，造書契，以代結繩之政，由是文籍生焉。《易》

---

① 行 3—4：我譯成"鮮肉"(raw meat)的詞語，按照字面是"皮毛和羽毛"。蕭統指的是《禮記》(卷 7 頁 3a—b)中描述的原始時期："昔者先王，未有宮室，冬則居營窟，夏則居橧巢。未有火化，食草木之實、鳥獸之肉，飲其血，茹其毛。"

文字還未發明。②

至伏羲氏治理天下的時候，

他開始畫八卦，

造文字，

10　以此代替結繩治事的方法，

文獻記載由此而産生。③

《易經》説："觀察天文，

用來確知四季的變化；

觀察人文，

15　用來教化改變世界。"④

文章的歷史意義實在深遠廣大！⑤

椎車是大輅的原型，⑥

但大輅豈有椎車的質樸？

厚厚冰層由積水凝結而成，

20　但積水卻没有厚冰的寒冷。

爲何如此？

大概是因爲承繼這一過程而增加華飾，

改變基本狀態而增加强度。

曰："觀乎天文，以察時變；觀乎人文，以化成天下。"文之時義遠矣哉！若夫椎輪爲大輅之始，大輅寧有椎輪之質；增冰爲積水所成，積水曾微增冰之凛。何哉？蓋踵其事而增華，變其本而加厲；物既有之，文亦宜然。隨時變改，難可詳悉。嘗試論之曰：《詩序》云："詩有六義焉：一曰風，二曰賦，三曰比，四曰興，五曰雅，六曰頌。"至於今之作者，異乎古昔，古詩之體，今則全取賦名。荀、宋表之於前，賈、馬繼之於末。自兹以降，源流寔繁。述邑居則有"憑虛"、"亡是"之作，戒畋遊則有《長楊》《羽獵》之制。若其紀一事，詠一物，風雲草木之興，魚蟲禽獸之流，推而廣之，不可勝載矣！

---

② 行6："斯文"一詞最先出現在歸屬於孔子的《論語》中。相較"文章"，它被更多地用於"文化"的意義："文王既没，文不在兹乎？天之將喪斯文也，後死者不得與於斯文也。"(9/5)"斯文"作爲"書寫"或"文字"的意義已經出現在陸機的《文賦》(《文選》卷17頁2b)中。在隨後的幾行中，蕭統用了"文"的多重含義，根據上下文可以指"文化"、"文明"、"文章"、"圖案"或"文學"。

③ 行7—11：這幾行是托言孔安國作的《尚書》序的前幾行的精確引用(《文選》卷45頁22b)。八卦是三行結構的圖形，是《易經》的重要符號。雖然它們不是嚴格意義上的文字，但是一些專家曾徒勞無益地試圖表明它們是中國書面語言的最早例子。關於這一傳統的總結，見李孝定，《中國文字的原始與演變》，*BIHP* 45 (1974)：345–347。《周易·大傳》是伏羲發明八卦的經典出處。見《周易》卷8頁2a。它還提到(卷8頁3a)"後聖"如何用"書契"取代"結繩之政"。

④ 行12—15：這幾行引自《周易》第22卦賁卦的《彖傳》，卷3頁2b。

⑤ 行16："時義"的表述見《周易》(卷2頁6b、7b，卷4頁3b，卷5頁2b，卷6頁2b)，作爲在特定境况下時間的規範意義的陳述。見 Hellmut Wilhelm, *Heaven, Earth, and Man in the Book of Changes* (Seattle：University of Washington Press, 1977)，p. 22。蕭統更多地用這一短語强調文學和書寫的歷史重要性。

⑥ 行17："椎輪"大概即"椎車"(也寫作"推車")，一種簡單的無輻車輪的車。見陳奇猷校注，《韓非子集釋》(臺北：世界書局，1963重印)，卷18頁985—986；郭沫若，《鹽鐵論讀本》(北京：科學出版社，1957)，卷7頁15。"椎"的確切含義尚有爭議，可能可以採用"未加工"的意思，見《漢書》卷40頁2054注5引應劭對"椎"的注解。
"大輅"是"玉輅"的同義詞，即皇帝使用的精心雕刻和裝飾的車輛。見《西都賦》第397行。

既然事物都像這樣，

25　文學也應如此。

但是因爲它隨着時代而變化，

難以詳細描述。

爲了嘗試討論它，我説：

《毛詩序》稱：

30　"《詩經》有六義：

其一稱爲風，

其二稱爲賦，

其三稱爲比，

其四稱爲興，

35　其五稱爲雅，

其六稱爲頌。"[7]

我們來看現在的作者，

跟古代大不相同。

那種古老的《詩經》體式，

---

[7] 行 29—36：這幾行引自《毛詩序》（《文選》卷45頁21a），也被稱爲《毛序》。它被歸於卜商（前507—前420），亦即子夏；也有把它歸於公元1世紀的學者衛宏（見《後漢書》卷79下頁2575）。《詩經》"六義"之名無法精確翻譯。同樣的名稱也出現在《周禮》卷6頁13a，它們被列爲盲人歌者所要學習的六種詩歌技巧（六詩）。我們不知道蕭統是如何理解這個術語的。《毛詩序》本身僅解釋其中的三個術語（風、雅、頌）。它和鄭玄（127—200）對六個術語的解釋不同，鄭玄把每一義都作爲在政治場合傳達道德觀念的不同方法的名稱。根據鄭玄，"風，言聖賢治道之遺化也。賦之言鋪，直鋪陳今之政教善惡。比，今之失，不敢斥言，取比類以言之。興，見今之美，嫌於媚諛，取善事以喻勸之。雅，正也，言今之正者，以爲後世法。頌之言誦也，容也，誦今之德，廣以美之"（《周禮》卷6頁13a—b）。儘管我關於六義的翻譯基於鄭玄的定義，但是有可能蕭統對它們的理解大不相同。尤其是賦比興，在蕭統的時代開始被普遍運用於詩歌而不是受限於《詩經》。例如，鍾嶸（《詩品注》，頁4）和劉勰（《文心雕龍注》卷8頁601—602；Shih, *The Literary Mind*, pp. 195‐98）都將比和興解釋成詩歌修辭手法的名稱，表示類似於"比擬"或者"隱喻"（比）以及"想象"（興）。對鍾嶸來説，"賦"是一種直接描述對象的技巧，而劉勰則和鄭玄一樣，認爲"賦"等同於"呈現"（《文心雕龍注》卷2頁134；Shih, *The Literary Mind*, p. 45），賦因此可以被解釋爲"叙述"或者"闡述"。在《文選》的前十九卷，它也是文體的名稱（"賦"或者"有韻散文"）。關於賦、比、興的更多詳細討論，見朱自清（1898—1948）《詩言志辨》（1947；北京：古籍出版社，1956年重印），頁45—97；胡念貽，《詩經中的賦比興》，《文學遺産增刊》1（1955）：1‐21；I. S. Lisevich, "Iz istorii literaturnoj mylai v drevnom kitaeje（tri kategorii）", *Narodii Azii i Afnki*, no. 4（1962）：157‐65。探討"興"的原始含義的嘗試，見 William McNaughton, "The Composite Image: *Shy Jing* Poetics," *JAOS* 83（1963）：92‐106；Shih-hsiang Chen, "The Shih-ching- Its Generic Significance in Chinese Literary History and Poetics," *BIHP*, 39（January 1969）：371‐413；rpt. in *Studies in Chinese Literary Genres*, ed. Birch, pp. 8‐41.

需要注意的是，風雅頌同時也是《詩經》中的部分，被用於這一意義的時候，它們可以分別被理解爲"曲謡"、"雅詞"、"頌詞"。關於"風"意義的出色討論，見 Gibbs, "Notes on the Wind." 有關六義的更多討論，見中島千秋，《賦の成立と展開》，頁31—41；Liu, *Chinese Theories of Literature*, pp. 64, 108‐10.

40　而今僅採用"賦"之名稱。

　　　荀、宋率先設置榜樣，⑧

　　　賈、馬隨後承續發揚。⑨

　　　從此以後，

　　　各種子類型真正繁榮。⑩

45　叙述城市園囿的，有憑虛公子和亡是公；⑪

　　　勸戒狩獵出遊的，有《長楊賦》和《羽獵賦》。⑫

　　　至於講述一事，

　　　歌詠一物，

　　　受風、雲、草、木激發的詩篇，⑬

50　狀魚、蟲、鳥、獸的作品，

　　　此名單可以擴展延伸，

　　　永遠難以完整記述。

　　　又有楚人屈原，⑭　　　　　　　　　　又楚人屈原，含忠履潔。君匪從

　　　心懷忠貞，志行純潔。　　　　　　　流，臣進逆耳，深思遠慮，遂放湘

55　但國君不從善如流，⑮　　　　　　　南。耿介之意既傷，壹鬱之懷靡

　　　作爲臣下進獻逆耳忠言，⑯　　　　愬。臨淵有懷沙之志，吟澤有憔

　　　儘管他深謀遠慮，⑰　　　　　　　悴之容。騷人之文，自兹而作。

　　　卻被放逐湘水之南。　　　　　　　詩者，蓋志之所之也，情動於中

---

⑧ 行 41：“荀”即荀卿（前 312—前 235），先秦著名的哲學家。《荀子》第 18《賦篇》包含五篇名爲《禮》《知》《雲》《蠶》和《箴》的韻文，以及一篇題爲《佹詩》的文章。四篇歸屬於宋玉的賦收於《文選》第 13 和 19 卷，第 33 卷還有兩篇《騷》詩歸屬於他。

⑨ 行 42：賈誼的《鵬鳥賦》在卷 13。“馬”即司馬相如，《文選》中收其三篇賦：《子虛賦》（卷 7）、《上林賦》（卷 8）和《長門賦》（卷 16）。

⑩ 行 44：我將“源流”（來源和支流）意譯爲“各種子類型”。

⑪ 行 45：憑虛公子是張衡《兩京賦》（卷 2 和卷 3）中的主人公之一。亡是公是司馬相如《上林賦》中三位虛構的辯論家之一。

⑫ 行 46：《長楊賦》（卷 9）和《羽獵賦》（卷 8）由揚雄所創作，目的爲勸誡帝王田獵的揮霍鋪張。

⑬ 行 49：“興”字可能使用近似於“六義”中“興”的意義。該詞字面意思是“喚起”、“觸動”、“激起”。蕭統指引發與特定對象或主體相關的多樣情感和象徵特點的賦，卷 12—14 包含有關這些主題的賦篇。

⑭ 行 53：屈原的作品見卷 32 和卷 33。

⑮ 行 55：參見《左傳》昭公十三年：“齊桓公從善如流。”當然，賦文指未能聽從屈原意見的楚王。

⑯ 行 56：《孔子家語》（《四部叢刊》）卷 4 頁 1b 將下面的話歸之於孔子：“良藥苦於口而利於病，忠言逆於耳而利於行。”也見於《説苑》，《漢魏叢書》，卷 9 頁 18b；《史記》，卷 55 頁 2037。

⑰ 行 57：同樣的句子見於賈誼的《過秦論》（《文選》卷 51 頁 5a）和東方朔的《非有先生論》（《文選》卷 51 頁 8a，《漢書》卷 65 頁 2871）。

忠正節操遭到傷害，⑱

60　悲怨之情無處申訴，⑲

　　面對江水，他決心"懷抱沙石"；⑳

　　行吟澤畔，他面帶憔悴神色。㉑

　　騷人的作品

　　從此興起。㉒

65　詩歌是心志的産物，㉓

　　當感情在内心激蕩，就形成語言。

　　在《關雎》和《麟趾》中，

　　正始之道出現；㉔

　　在桑間和濮上裏，

70　亡國之音顯露。㉕

　　由此《風》《雅》之道可以清楚顯現。㉖

　　自從炎漢中葉以來，㉗

　　詩歌發展逐漸變化。

　　退居太傅有《在鄒》之作，㉘

而形於言。《關雎》《麟趾》，正始
之道著；桑間濮上，亡國之音表。
故《風》《雅》之道，粲然可觀。自
炎漢中葉，厥塗漸異。退傅有
"在鄒"之作，降將著"河梁"之
篇；四言五言，區以別矣。又少
則三字，多則九言，各體互興，分
鑣並驅。頌者，所以游揚德業，
褒讚成功。吉甫有"穆若"之談，
季子有"至矣"之歎。舒布爲詩，
既言如彼；總成爲頌，又亦若此。
次則箴興於補闕，戒出於弼匡。
論則析理精微，銘則序事清潤。
美終則誄發，圖像則讚興。又詔
誥教令之流，表奏牋記之列，書
誓符檄之品，弔祭悲哀之作，答

---

⑱　行 59："耿介"一詞出現在屈原的《離騷》（《文選》卷 32 頁 2b）中，意爲"光明偉大"。宋玉《九辯》中的一句也使用它，意爲"堅定的決心"："我獨自下定決心，不跟隨他們"（《楚辭補注》卷 8 頁 10a）。

⑲　行 60：蕭統可能暗指賈誼的《吊屈原賦》（《文選》卷 60 頁 15a）："獨壹鬱其誰語？"

⑳　行 61："懷抱沙石"（"懷沙"），既指屈原懷抱石塊自投汨羅的自殺行爲，也指《楚辭》的同名詩篇。見《楚辭補注》卷 4 頁 18b—22b；《史記》卷 84 頁 2486—2490；Hawkes, *Ch'u Tz'u*, pp. 70 - 72。

㉑　行 62：這幾行引自歸屬於屈原的《漁父》（《文選》卷 33 頁 7a；《史記》卷 84 頁 2486；《楚辭補注》卷 7 頁 1b；Hawkes, p. 90）："屈原既放，遊於江潭。行吟澤畔，顏色憔悴。"

㉒　行 63：騷作見卷 32 和 33。

㉓　行 65：參見《毛詩序》（《文選》卷 45 頁 21a）："詩者，志之所之也……情動於中而形於言。"

㉔　行 67—68：《關雎》和《麟趾》，分別是毛詩第 1 和 11 首，是《詩經·周南》的第一和最後一首。《毛詩序》（《文選》卷 45 頁 22a）説它們："《關雎》《麟趾》之化，王者之風，故繫之周公。"在别處，《毛詩序》説"二南"展示《周南》《召南》爲"正始（糾正開端）之音"（《文選》卷 45 頁 22a）。

㉕　行 69—70：濮水之上的桑間（位於今河南省延津和滑縣地區），在《禮記》（卷 11 頁 7b）中被指爲聽到亡國之音的地方。這種情況下的"亡國之音"是"淫"。周代最後的統治者邀其樂師延作"靡靡之樂"。後來，當殷爲周所敗，師延自投濮水。幾個世紀之後，師涓經過這個地方並且聽到琴音。他寫下曲調並於師曠在場的時候彈奏給晉平公（前 557—前 532）聽，在他結束之前，師曠讓他停止，稱這是"亡國之音"。見《史記》卷 24 頁 1235；Edouard Chavannes, trans., *Les Mémoires historiques de Sema Ts'ien*（以下引作 *Mh*）6 vols. (1895 - 1905；rpt. Paris：Adrien Maisonneuve, 1969)，3：288 - 89。

㉖　行 71：蕭統大概並不打算用"風"和"雅"特指《毛詩》全集。《關雎》和《麟趾》在"風"的部分，但是桑間的音樂與《詩經》没有關係。似乎蕭統將前者理解爲和朝代創建相關的規範詩歌，後者則與衰落有關。

㉗　行 72：根據漢代流行的五行理論，每一個朝代由五行之一支配，漢代以"火"德統治。

㉘　行 74："退居"指韋孟，曾爲楚元王傅，歷輔其子夷王及其孫吳王，"戊荒淫不遵道，孟作詩風諫，後遂去位"（《漢書》卷 73 頁 3101）。當他退居"鄒"地的家鄉時，他寫了一首四言形式的詩《在鄒》，收於《漢書·韋孟傳》（卷 73 頁 3105—3106），但不見於《文選》。《文選》卷 19 收有他的《諷諫詩》。

75　投降將軍有"河梁"篇什。㉙

　　四言和五言的形式，

　　開始被分類。

　　又有少則三字，

　　多則九字的詩歌。㉚

80　各種詩體一齊出現，

　　像分鑣並馳的馬車。

　　"頌"用來歌功頌德，

　　贊美功績。㉛

　　吉甫宣稱："穆若清風！"㉜

85　季札感嘆："至矣！"㉝

　　詩歌精緻，如彼所稱，㉞

　　頌體總述，似此所言。

　　"箴"興起於彌補過失，

　　"戒"來自於幫助糾正。㉟

客指事之制，三言八字之文，篇辭引序，碑碣誌狀，衆制鋒起，源流間出。譬陶匏異器，並爲入耳之娛；黼黻不同，俱爲悦目之玩。作者之致，蓋云備矣！余監撫餘閑，居多暇日，歷觀文囿，泛覽辭林，未嘗不心遊目想，移晷忘倦。自姬漢以來，眇焉悠邈，時更七代，數逾千祀。詞人才子，則名溢於縹囊；飛文染翰，則卷盈乎緗帙。自非略其蕪穢，集其清英，蓋欲兼功，太半難矣！若夫姬公之籍，孔父之書，與日月俱懸，鬼神爭奧，孝敬之准式，人倫之師友，豈可重以芟夷，加之剪

㉙　行 75："降將"指在戰爭中被匈奴打敗後投降的李陵。卷 29 包括三篇歸屬於他的五言詩，都是寄給他的朋友蘇武的。第三首詩以這句開頭："携手上河梁，遊子暮何之？"

㉚　行 78—79：呂向引任昉《文章緣起》關於三字詩起源於夏侯湛，九言詩由高貴鄉公曹髦(241—260)創造的説法，見《六臣注文選・序》，頁 2a；《文章緣起》，《叢書集成》，頁 1—2。這些作家的幸存作品沒有包含這些詩體格式的範例。一些漢代的禮儀歌辭有三言句(見《漢書》卷 22 頁 1048—1070)。

㉛　行 83：參見《毛詩序》(《文選》卷 45 頁 21b)："頌者，美盛德之形容，以其成功告於神明者也。"

㉜　行 84：吉甫指的是尹吉甫，毛詩第 260 首之作者，他作詩贊美宣王(約前 827—前 782 年在位)及去齊國築城的大臣仲山甫。最後一行寫道："吉甫作誦，穆如清風。"但此詩不收於《頌》，而是收在《大雅》。

㉝　行 85：季札是吳王壽夢最小的兒子，分封於延陵(今江蘇武進縣)。在出使幾個重要邦國的途中，他訪問魯國，並觀看周樂的表演。音樂由《詩經》的篇章組成，在聽完《頌》後，他驚呼："至矣！"參見《左傳》襄公二十九年。

㉞　行 86：不確定先行詞"彼"、"此"指什麼。"彼"大概指《詩經》中的《頌》，"此"可能指後期的頌，也有可能對象是詩和頌二者。"彼"指李陵和韋孟的詩，"此"可能指《詩經》的頌。最後，如海陶瑋教授指出("Wen Hsuan and Genre Theory," p. 522, n. 50)，先行詞可能指和季札(彼)及吉甫(此)有關的作品。吉甫撰寫一首詩，而季札觀看一組詩，總括稱爲"頌"。

㉟　行 88—89："箴"就"告誡"的意義而言是"針"字意思的延伸。劉勰(《文心雕龍注》卷 3 頁 194)，運用針石的類比，解釋它的功能是"攻疾防患"。《文選》只收有一篇範文，即張華的《女史箴》(卷 56)，文中皇后的女史警告包括皇后在内的宫廷女性，不要太自滿於其權力和影響，因爲這些可能隨時失去。
　　"戒"在《文選》中沒有代表。劉勰在其《詔策》篇中簡單討論了"戒"(《文心雕龍注》卷 4 頁 360；Shih, *The Literary Mind*, p. 115)。《藝文類聚》(卷 23 頁 413—425)就這一形式提供大量的例子，絕大多數涵蓋父親對孩子的規戒。

90　"論"則分析推理,精當細微;㊱
　　"銘"則叙述事情,清晰温潤。㊲
　　當贊美逝者時,"誄"就産生;㊳
　　當繪畫肖像時,"贊"就形成。㊴
　　又有"詔"、"誥"、"教"、"令",㊵
95　"表"、"奏"、"箋"、"記",㊶
　　"書"、"誓"、"符"、"檄",㊷

截? 老莊之作,管孟之流,蓋以
立意爲宗,不以能文爲本,今之
所撰,又以略諸。

㊱ 行90:"論"是一種解釋性的文章,《文選》有十三篇例文(卷51—55)。多數文章處理道德和政治哲學的
　　問題。賈誼、班彪、曹冏和陸機的論都探索國家興衰的原因。李康和劉峻的兩篇論探討命運和時機在决
　　定成功或失敗時扮演的角色。還有討論延長生命(嵇康),對閑暇消遣過度感興趣的有害方面(韋曜),文
　　學(魏文帝),古代的分封制(陸機)及友誼的無常(劉峻)。兩篇論(東方朔和王褒的那些論)以對話的形式
　　寫作。在這種情況下,"論"可以更合適地理解爲"辯"。關於《文選》中的"論",見駱鴻凱,《文選學》,頁
　　377—442。
㊲ 行91:"銘"是刻在各種物體上的一種簡短的押韻頌詞或者勸誡詩。卷56包含5篇例文。見《導論》中的
　　討論。
㊳ 行92:"誄"寫於著名人物死後,以卷56—57中的八篇範文爲代表。它們皆以四言韻文寫作,並有一段散文
　　引言。其中有三篇是爲著名的詩人(王粲、夏侯湛和陶潛)而作。潘岳的兩篇誄文爲其親屬(《楊荆州誄》),爲
　　其岳父(《楊仲武誄》,爲其妻子的侄子)而寫。謝希逸的誄文是哀悼宋孝武宣貴妃的死亡。
㊴ 行93:"贊"可以同時指見於朝代史每卷卷末的關鍵評價(見第165行)和一種贊美傑出歷史人物的頌詞。
　　爲肖像而作的"贊"是後來的類別。夏侯湛的《東方朔畫贊》(卷47)是一個例子。但是,這種體式幾乎無法
　　與"頌"區分開來。見《導論》中的討論。
㊵ 行94:"詔"是皇帝向他的臣民頒布的詔書。卷35包含漢武帝的兩篇"詔"。
　　"誥"在《文選》中没有代表,它似乎和"詔"關係密切。劉勰(《文心雕龍注》卷4頁358)定義"詔"爲"告","誥"即
　　"向各位官員宣告",他還提到在古代"誥"是爲了發布政令。"誥"的典型範例是《尚書》中諸如《大誥》、《洛誥》
　　的章節。這種體式很少出現在後來的文學中,張衡的《東巡誥》保存於《藝文類聚》(卷39頁701)中。
　　劉勰(《文心雕龍注》卷4頁360)定義"教"爲"效"。《文選》(卷36)有兩篇傅亮以劉裕(356—422)(宋武帝)
　　的名義創作的"教",作於他登皇帝位之前。
　　《文選》中唯一的"令"由任昉以齊宣德皇后的名義(卷36)創作,文中勸蕭衍接受梁公的頭銜。
㊶ 行95:《文選》有十九篇"表"(卷37—38)。表面上,"表"的目的是"提出請求"(陳請),或者另一種含義"表
　　達個人的感受"(陳情),見《文心雕龍注》卷5頁406。有關《文選》中的"表",見《導論》。
　　《文選》中没有"奏"的範例。"奏"在漢代是"表"的常見術語。劉勰(《文心雕龍注》卷5頁421)說它用於"陳
　　政事,獻典儀,上急變,劾愆謬","奏"的一個重要功能是作爲彈劾的信件。卷40包含了"彈事"類目下以
　　"奏"開頭的篇章(如《彈奏曹景宗》)。
　　卷40可找出九篇"箋"。它們都是由官員寫給上級的,没有給統治的皇帝的。
　　《文選》中没有"記"。卷40阮籍的《詣蔣公》,蕭統可能理解爲奏記。這是一封寫給太尉蔣濟(?—249)的短
　　信。據劉勰(《文心雕龍注》卷5頁456),"奏記"用於行政部門,向州郡長官的報告稱爲"奏箋"。
㊷ 行96:卷41—43包含24篇"書"。它們寫於同級之間或者下級向上級寫的書信。見《導論》。
　　《文選》没有"誓"的示例。劉勰(《文心雕龍注》卷4頁377)指"誓"爲"檄"文的前身。《尚書》包含六篇"誓",
　　五篇是戰争之前對軍隊的激昂演說。
　　劉勰(《文心雕龍注》卷5頁458)指"符"是寫在符上的文字,用於發送命令:"符者,孚也。徵召防僞,事資中
　　孚;三代玉瑞,漢世金竹,末代從省,易以書翰矣。"既然《文選》没有"符"的文例,蕭統可能有意用它來代表卷
　　48中有三篇範例的"符命",見《導論》。
　　"檄"嚴格來說是一種"戰争布告",但它和"移"關係密切。卷44包含五篇檄文,其中三篇是戰争布告。另外
　　兩篇(司馬相如)和軍事行動無關,劃爲"移"更合適。

　　　　"吊"、"祭"、"哀"、"文"，㊸

　　　　"答客"、"指事"類作品，㊹

　　　　"三言"、"八字"類文辭，㊺

100　"篇"、"辭"、"引"、"序"，㊻

　　　　"碑"、"碣"、"誌"、"狀"。㊼

㊸ 行 97：卷 60 包含兩篇"吊"：賈誼的《吊屈原文》和陸機的《吊魏武文》。前一篇是賦（見《史記》卷 84 頁 2492 和《漢書》卷 48 頁 2222），實際上對屈原提出輕微的批評。陸機的吊文作於讀完曹操的最後一個命令後，始於散文對話，最後以長韻致敬曹操，主要用六言寫成。這篇作品也可能含有一些對曹操的貶抑。

同卷還有三篇"祭"，都是寫給死者的靈魂的。理論上，"祭"是爲紀念死者的祭奠儀式而寫的。謝惠連的《祭古塚文》祭奠兩位無名氏的靈魂，他們的遺骸被發現於一座無人照看的墳墓。顏延之的《祭屈原文》，表面上是以一位駐守在屈原自沉遺址附近的官員的口吻書寫，實際上是顏對致使自己流放的誹謗者的憤怒和怨恨的個人表達。第三篇"祭"是王僧達（423—458）的《祭顏光禄文》，推崇最近去世的詩人顏延之。

我遵循海陶瑋（"The *Wen Hsüan* and Genre Theory," p. 256）將"悲"譯爲"悲歌"。《文選》沒有這種體式的範例。《文章緣起》（頁 16）將《悲溫舒文》歸於蔡邕。但是蔡邕現存作品並沒有這一篇名，因而不太可能確定"悲"的性質，如果它真的可以看作文體名稱的話。

卷 57—58 中有三篇"哀"，都是哀悼女性的死亡。潘岳的《悼亡詩》哀悼已故的妻子。顏延之的《宋文皇帝元皇后哀策文》和謝朓的《齊敬皇后哀策文》在標題中用了"哀策文"的文字，是爲皇帝配偶的死亡而寫的。

㊹ 行 98：《文選》中沒有出現"答客"和"指事"的用語。蕭統可能考慮以置於"設論"類目的東方朔《答客難》之後的篇章爲模型。還有名爲"對問"的對話目録，僅包含一篇像賦的宋玉和楚王之間的對話（《對楚王問》卷 45）。

"指事"的含義不確定。呂延濟（《六臣注文選·序》，頁 2b）引揚雄《解嘲》（卷 45），大概是因爲它對歷史典故的廣泛運用。但是此篇是對東方朔《答客難》的模仿，置於"設論"類目下。"指事"（字面意爲"指向事實"）這一術語出現在齊梁時期的文學批評中，有時是"提出一個觀點"的意義（譬如，劉勰説隱語是"譎譬以指事"，見《文心雕龍注》卷 3 頁 271）或"引用事實"（如"魏武稱作敕戒，當指事而語，勿得依違"，見《文心雕龍注》卷 4 頁 360）。在一些用法上，"引用事實"似乎特別指向使用歷史典故。鍾嶸（《詩品注》頁 22）和蕭子顯（《南齊書》卷 52 頁 908）都提及應璩，《文選》（卷 21）有其勸諷詩《百一詩》，他是一位使用古語和引用典故的作家。但是我懷疑，蕭統在這裏指的是詩的體式，因爲他已經在前面序的部分討論了詩。故而，我並不確定"指事"指的是《文選》中的哪種文體，如果《文選》中有的話。

㊺ 行 99：呂延濟（《六臣注文選·序》頁 2b）主張"三言"體以"辭"（卷 45）類目下的漢武帝《秋風辭》爲代表，"八字"體以魏文帝的樂府爲代表（卷 27）。曾昭（高步瀛引，頁 6a）説緯書中發現的"三言八字"體是"離合體"的範例。此體通過拆分或組合文字各部分的方式構成謎語。見王運熙，《離合詩考》，《國文月刊》79（1949），頁 26—30。

㊻ 行 100：不確定這裏"篇"指什麼。哲學文本的篇章稱爲"篇"，但由於《文選》排除此類作品，很可能蕭統意指"樂府"，諸如卷 27 曹植的《美女篇》《白馬篇》和《名都篇》。

"辭"，見《導論》。

"引"用在這裏至少有兩種意思。它意爲"短詩"或"歌"，且經常作爲樂府標題的一部分出現。《文選》（卷 27）有曹植的《箜篌引》。"引"還意味着"序"。劉勰（《文心雕龍注》卷 4 頁 326）把它和"序"或者"前言"並提。由於蕭統也以"引"對"序"，我暫時把它翻譯成"序"。

卷 45—46 有 9 篇"序"的例文，其中三篇是經典的序（《詩經》《尚書》《春秋左氏傳》），其他是單首詩序或者文學作品集的序。

㊼ 行 101："碑"和"碣"指的是多數刻在墓碑上的刻石碑文。兩者之間的主要區別是石碑的形狀。碑是方的，碣是圓的（見《後漢書》卷 23 頁 817，注 4）。《文選》中有 5 篇碑文（卷 58—59），其中 4 篇是墓碑。王巾的《頭陀寺碑文》則爲紀念寺廟的建造而寫。

"誌"大約指卷 59 中的墓誌。其中一個例子是任昉的《劉先生夫人墓誌》，這是稱頌逝者的四言韻文。

"狀"指行爲的描述（行狀），是一種長篇散體的逝者事略。《文選》中唯一的例子是任昉《齊竟陵文宣王行狀》（卷 60），記述的是蕭子良的事略。

諸多形式如矛鋒突起，

各種子類型到處湧現。

譬如黏土和葫蘆製成不同樂器，

105　但都能愉悅耳朵；

黼和黻的圖案不同，⑱

但都能愉悅眼睛。

無論作家想要傳達什麼，

其文章體式業已齊備。

110　在監國撫軍之餘，⑲

我花費很多閑暇時間

遍閱文獻的園地，

廣覽文學的叢林，

總是心爲之沉迷，眼爲之不移，⑳

115　時間流逝，我忘記疲勞。

自周、漢以來，

年代久遠，

歷經七朝變換，㉑

時間超過千年。

120　詞人才子之名，流溢青色書囊，

揮毫而就之文，充滿黃色書套。㉒

如若不去除雜草，

收集精中之華，

儘管努力加倍，

125　難於閱讀過半。

---

⑱　行 106："黼"的圖案通常描述爲黑白相間的斧狀紋飾。"黻"爲藍黑相間且類似於兩個背對背的"己"的圖案。這些常見圖飾的討論，見原田淑人，《漢六朝の服飾》(1937；修訂版，東京：東洋文庫，1967)，頁 49—55。

⑲　行 110：參《左傳》閔公二年："君行則守，有守則從，從曰撫軍，守曰監國。"因此，"監撫"一詞不過是指太子的活動和責任。

⑳　行 114：王力（《古代漢語》册 3 頁 1301—1302）引用此行，作爲倒裝的例子，將心遊目想解釋爲心想目遊。儘管王力聲稱倒裝出於對聲調平衡的關注，但我未能在這一聯中發現任何重要的音調格式。

㉑　行 118：七朝包括周、漢、魏、晉、宋、齊、梁。

㉒　行 120—121：發明四部分類法的荀勗(? —289)，把他的書放入繫有黃色書套的青色書囊。見《隋書》，卷 32 頁 906。

周公的書籍，

孔子的著作，㊼

如日月高懸，

與鬼神比妙。

130 作爲孝順恭敬的準則，

人倫關係的導師，

它們不能被去除割刈，

裁除或修剪。

老、莊的文章，

135 管、孟的著作，㊼

以立意爲宗旨，

不以技巧爲根本。

我現在的編集也略去它們。

至於賢人的美好辭句，　　　　　　　若賢人之美辭，忠臣之抗直，謀

140 忠臣的耿直言論，　　　　　　　　夫之話，辨士之端，冰釋泉涌，金

謀士的話語，　　　　　　　　　　相玉振。所謂坐狙丘，議稷下，

辯者的雄辭，㊼　　　　　　　　　　仲連之却秦軍，食其之下齊國，

帶着冰釋的力量，如泉水奔湧，㊼　留侯之發八難，曲逆之吐六奇，

金質、玉聲。㊼　　　　　　　　　　蓋乃事美一時，語流千載。概見

145 正如坐於狙丘，　　　　　　　　　墳籍，旁出子史，若斯之流，又亦

議於稷下，㊼　　　　　　　　　　繁博，雖傳之簡牘，而事異篇章，

㊼ 行 126—127：這幾行指經典。

㊼ 行 134—135：蕭統以《老子》、《莊子》、《管子》和《孟子》作爲諸子類的代表，包括大多數周漢時期的重要哲學著作。

㊼ 行 142：這一行暗指《韓詩外傳》（《漢魏叢書》，卷 7 頁 3a—b）的公開評論："君子避三端：避文士之筆端，避武士之鋒端，避辯士之舌端。"見 James Robert Hightower, trans., *Han Shih Wai Chuan: Han Ying's Illustrations of the Didactic Application of the Classic of Songs*（Cambridge：Harvard University Press, 1952），p. 227。

㊼ 行 143：我把"冰釋"看爲辯士和謀士解決複雜問題之能力的比喻，指問題的解決像冰一樣融化。

㊼ 行 144：參見《毛詩》第 238 首第 5 章："金玉其相。"又見《孟子》五下之 1："金聲玉振。"

㊼ 行 145—146：參見《魯連子》，李善《文選》卷 42 頁 14a 所引的現已失佚的作品："齊之辯者田巴，辯於狙丘，議於稷下，毀五帝，罪三王，訾五伯，離堅白同異，一日而服千人。"稷下位於今山東臨淄北，是從中國各地而來的學者和哲人參與的重要學宮所在地。見錢穆《先秦諸子繫年》（1935，重印，香港：香港大學出版社，1956），冊 1，頁 231—235。狙丘所在地未知。

魯仲連迫使秦軍退兵，㊾

酈食其赢得齊國降服，㊿

留侯提出八難，㊽

150　曲逆講述六奇，㊼

其事跡稱美當時，

其言辭流傳千載，

大多見於典籍，

還出現於諸子史書。

155　此類作品同樣複雜廣泛，

即使傳寫於竹簡木牘，

情況卻與文學作品不同。

我也不收入目前這部文集。

至於記事的史書，

160　以及編年的作品，

其最初功用是褒貶是非，

記録和區分異同，

與文學作品相比

它們有所不同。

165　至於"贊"、"論"的繁複辭藻，㊻

今之所集，亦所不取。至於記事之史，繋年之書，所以褒貶是非，紀别異同，方之篇翰，亦已不同。若其讚論之綜緝辭采，序述之錯比文華，事出於沈思，義歸乎翰藻，故與夫篇什，雜而集之。遠自周室，迄於聖代，都爲三十卷，名曰《文選》云耳。凡次文之體，各以彙聚。詩賦體既不一，又以類分；類分之中，各以時代相次。

㊾ 行 147：魯仲連(前 305—前 245)是先秦時期最傑出的政治家和軍事戰略家。魏派遣將軍辛垣衍規勸趙國承認秦王爲帝，魯仲連在趙國的宮廷發表了一通雄辯，譴責這個計劃，使得圍困趙國都城邯鄲的秦軍被迫撤離。見《戰國策》卷 20 頁 7b—10a；James I. Crump, trans., *Chan-Kuo Ts'e* (Oxford: Oxford University Press, 1970), pp. 342 – 47。

㊿ 行 148：酈食其是漢代建立者劉邦的謀士，説服齊王田廣加入反抗項羽的漢軍，其後劉邦占領齊國的七十多座城市。參見《史記》卷 97 頁 2695—2696；*Records*，1：272 - 74。

㊽ 行 149：留侯指張良(？ —前 187)，劉邦最機智的謀士之一。當酈食其建議劉邦在其原來的封地重建六國後代時，張良提出"八難"。見《史記》卷 55 頁 3040—3041；*Records*，1：140 - 43。

㊼ 行 150：曲逆侯指陳平(？ —前 178)，劉邦的主要軍事顧問之一。司馬遷(《史記》卷 56 頁 2058)説陳平在處理困難的軍事情況時六出奇謀。

㊻ 行 165："贊"指的是史傳每篇末尾包含的史家的評論。《文選》史論部分(卷 49 頁 1a—3b)包含班固的《公孫弘傳贊》。"贊"不可與第 93 行主要是頌詞而非批評性評價的"贊"混淆。
這裏的"論"更有可能指的是卷 49—50 的"史述贊"。史書中的論、贊提出對某一事件(司馬炎建立西晉當中的政變)、某一時期(西晉)、某一類人(如太監和隱士)、某一特定人物(如謝靈運)的批評性評價。

"序"、"述"的錯雜文采，⑭

其事是深刻構思的產物，

其義屬優雅文采的領域。⑮

因此，我將它們與詩歌作品一起編集。

170 遠自周朝，

下至聖代，

總共三十卷，

題爲《文選》。

總體而言，這些作品的編排體例

175 按文體歸集。

因爲詩和賦不一致，

我進一步劃分類別。

每類之中，

作品以時代先後爲序。

---

⑭ 行 166："序"是自傳的後記，經常作爲史書的結束章。"述"的意義有一個特殊問題。作爲專業术語，它指的是包含於史家後記中的批判性押韻評論。這一做法的始作俑者是司馬遷，其《太史公自序》是《史記》的最後一卷。其中關於《史記》的每一卷，司馬遷都對事件、人物或制度作出批評性的評語。在這些或讚美或貶斥的評語的結尾，他都插入一個短語"作（卷名）（編號）"。班固《漢書》的後記包含同樣類型的評語，並且押韻，除了改"作"爲"述"外，每個評語結尾的公式化短語與司馬遷所用的相同。顏師古提出，班固出於謙虛，不敢使用"作"這一爲聖人作品而保留的術語，見《漢書》卷 100 下頁 4236 注 7。在之後的時期，"述"被理解成追述而不是傳述的意義。作爲名詞，它成了自傳後序中押韻的評語。因此，摯虞的《文章流別集》明顯有一種叫作"述"的類目，劉勰評論爲該詞的誤用（見《文心雕龍注》卷 2 頁 158；Shih, *The Literary Mind*, p. 53）。蕭統爲這一體類命名"史述贊"，其意義並不完全明確。我們可以將"述"看成是名詞（"史書中的述和贊"），或看成是動詞（"述史書中的贊"或"史書中所述之贊"）。在目錄中，蕭統將班固的《高祖紀》評語，列爲"《漢書》述高祖紀贊"。但是，在卷 50（頁 18a），標題是《述高紀第一》，出自班固評語的結束語（"述高紀第一"），很難將其解釋爲標題。或許蕭統將班固的公式化短語誤解爲標題，將"述"理解成"陳述（我的意見）"。因此，蕭統所理解的標題可能可以解釋爲"爲《高祖紀》所述的贊"。但是在序言中，蕭統明確將"述"作爲名詞。因此，我譯其爲"評述"。

⑮ 行 167—168：王力（《古代漢語》，冊 2 頁 1100）指出這幾行是互文，"事"和"義"可以相互轉換。因此，"事"和"義"都是"出於沈思"和"歸乎翰藻"。關於中國文學中的互文現象，見 Hans H. Frankel, *The Flowering Plum and the Palace Lady: Interpretations of Chinese Poetry* (New Haven: Yale University Press, 1976), pp. 165 - 67。關於朱自清對這一段的演繹，見《導論》，注 135。

第一卷

京 都 上

兩 都 賦

班孟堅

【解題】

　　《文選》原書三十卷,賦的部分占十卷。蕭統以十干命名各卷,始於甲終於癸。當李善將《文選》重新編排爲六十卷時,他用數字取代十干,重新標記各卷,但仍保留蕭統的十干名稱,因此還是可以看出原本的分卷。這樣一來,蕭統的甲卷正好對應李善注本中的第一卷和第二卷。

　　第一類主題包括該總集的前六卷,所有作品都和中國著名的都城有關。

　　《兩都賦》主要描述漢代的兩座都城:西漢(前 206—25)的都城長安,即西都;東漢(25—220)的都城洛陽,即東都。《後漢書·班固傳》(卷 40 上頁 1335—卷 40 下頁 1373)亦載録此賦(缺序)。《後漢書》基於較早的史書,有些成書於東漢。見 Hans Bielenstein, "The Restoration of the Han Dynasty," *BMFEA* 26（1954）：9 - 20。傳世《後漢書》還包含三十篇司馬彪(240—306)撰寫的"志"。此書有唐章懷太子李賢(651—684)的重要注解。《文選》和《後漢書》載録的《兩都賦》文本存在較大的差異。

　　我在此處僅指出最重要的異文。例如,我沒有列出拼寫方面的細小差異,大部分差異見於《後漢書》和《文選》之間。在《文選》不同版本具有差異的情況下,我採用以下標注:YM(尤袤刻李善注本,胡克家重印);*Six Comm*.(《六臣注文選》,《四部叢刊》重印本);*Five Comm*.(保存在《四部叢刊》六臣注本中的五臣注)。

　　此賦被譯成西方語言的唯一完整譯文爲 Georges Margouliès, *Le "Fou" dans le Wen-siuan*, pp. 31 - 74,見贊克的修正建議,"Zu G. Margouliès Übersetzung des Liang-tu-fu des Pan Ku," pp. 354 - 59。帶有釋義和注解的部分翻譯可見 E. R Hughes, *Two Chinese Poets:*

Vignettes of Han Life and Thought（Princeton：Princeton University Press，1960，pp. 25 - 34，48 - 59）。關於此書，見陳世驤的評論，*JAOS* 82（1962）：249 - 56。Kenneth Ho（何沛雄）撰有一篇博士論文（我尚未見到），部分内容涉及《兩都賦》，見"A Study of the Fu on Hunts and Capitals in the Han Dynasties，206 - 220 A. D."（Ph.D. diss，Oxford，1968）。亦可參見他的《班固〈西都賦〉與漢代長安》，《大陸雜誌》34(1967)：205 - 213。

　　孟堅是班固的字。蕭統在每篇都用作者的字來標示。

　　此序的另一篇譯文見 Watson，*Chinese Rhyme-Prose*，pp. 111 - 12。

序

　　有人説：“賦是古詩的一種類別。”①昔日成、康二王逝去之時，“頌”的音樂就停止。② 王者的恩澤竭盡之時，《詩經》便不再興盛。③ 大漢王朝建立之初，天子日復一日，沒有閑暇。④ 直至武帝和宣帝時代，他們終於推重禮官，考核文章。⑤ 在宮内他們設置金馬

或曰：賦者，古詩之流也。昔成康没而頌聲寢，王澤竭而詩不作。大漢初定，日不暇給。至於武宣之世，乃崇禮官，考文章，内設金馬、石渠之署，外興樂府協

---

① 這句話的字面意思是説：“賦是古詩的支流。”“流”可以表示“流衍”或“發展”，但也有支持“流”釋爲“類別”、“品類”、“文類”含義的，如《漢書·藝文志》中的哲學流派有儒家者流（《漢書》卷 30 頁 1748）。《漢書·叙傳》中的“九流以別”（卷 100 下頁 4244），班固用的正是“流”的這種“品類”、“類別”之意。在摯虞的文選《文章流別集》（按文體分類的文學總集）的標題中，“流”作爲“文類”的意思顯而易見。參見本書《導論》。“古詩”指《詩經》。在《周禮》這一聲稱記述周代政治制度的著作中（成書不早於戰國），賦是大師教給瞽矇的“六詩”（六種詩歌技巧）之一（《周禮》卷 6 頁 13a）。《毛詩序》也認爲“賦”是“六義”（六種法則）之一（見《文選》卷 45 頁 21a）。班固可能基於其中一種或兩種説法將賦這一文學樣式與《詩經》傳統相關聯。嚴格來講，《周禮》和《毛詩序》中“賦”的概念並非“文類”，而是一種修辭手段，或涉及直接陳述的誦詩技巧，參看蕭統《文選序》（行 29—36 注）。
② 周成王（前 1104—前 1068 年在位）和周康王（前 1067—前 1042 年在位）統治於周朝早期的輝煌時代。班固這裏大概是指《周頌》，《詩經》中包含大量頌揚周朝祖先的詩篇部分。班固顯然相信這些詩篇創作於成康之際。對這些詩篇的清晰論述，可參見 C. H. Wang（王靖獻），"The Countenance of the Chou：*Shih Ching* 266 - 296，" *Journal of the Institute of Chinese Studies of the Chinese University of Hong Kong* 7 (1964)：425 - 49。
③ “詩不作”也可解釋成《詩》不再被創作。但李善將“作”解讀爲“興”的含義（卷 1 頁 1b），即“興起”、“興盛”。
④ 在《漢書》卷 1 下頁 88 中，班固也用同樣的詞語形容漢朝的建立者高祖（前 274—前 195），這一表述暗指漢高祖爲鞏固政權的問題而困擾，以至於沒有時間處理文化事務。
⑤ 公元前 124 年，漢武帝（前 140—前 87 年在位）頒布一道詔令，部分内容如下：“其令禮官勸學，講議洽聞，舉遺舉禮，以爲天下先。”見《史記》卷 121 頁 3118—3119；《漢書》卷 6 頁 173，卷 88 頁 3593；*Records*，2：369；*HFHD*，2 - 54。公元前 51 年，漢宣帝（前 73—前 49 年在位）下令召集諸儒開始討論五經的文本。這些討論在石渠閣（見下注釋6）舉行。其結果增設《易》、《尚書》、《春秋穀梁傳》博士。見《漢書》卷 8 頁 272；*HFHD*，2：260 - 61。西漢統治者中，武帝和宣帝是文學的最狂熱支持者，他們爲有成就的文學家提供朝廷的官職，其職務包括創作歌頌大漢帝國强大昌盛的作品。
　　“文章”一詞在漢代已普遍使用，大約相當於現代漢語中的“文學”。見羅根澤，《中國文學批評史》卷 1 頁 84—86。

門和石渠閣官署，⑥在宮外則重新恢復樂府和協律
都尉的職能。⑦ 所有這些都是爲了重温被遺忘的，
恢復已斷絶的，爲我們的偉大功業增添光彩。⑧ 因
此，普通百姓喜悦愉快，吉祥的徵兆尤其豐富。
《白麟》《赤雁》《芝房》和《寶鼎》之歌出現於郊廟
祭祀。⑨ 神雀、五鳳、甘露和黄龍的祥瑞被用作
年號。⑩

　　因此，憑藉文學才能隨從服侍皇帝的大臣們，
如司馬相如、虞丘壽王、東方朔、枚皋、王褒和劉
向，日日夜夜議論思考，每天每月進獻辭賦。而公
卿大臣如御史大夫倪寬、太常孔臧、太中大夫董仲
舒、宗正劉德和太子太傅蕭望之，也不時創作辭

律之事，以興廢繼絶，潤色鴻業。
是以衆庶悦豫，福應尤盛，《白
麟》《赤鴈》《芝房》《寶鼎》之歌，
薦於郊廟。神雀、五鳳、甘露、黄
龍之瑞，以爲年紀。

故言語侍從之臣，若司馬相如、
虞丘壽王、東方朔、枚皋、王褒、
劉向之屬，朝夕論思，日月獻納；
而公卿大臣，御史大夫倪寬、太
常孔臧、太中大夫董仲舒、宗正

---

⑥ 金馬門是未央宫的一道宫門，士大夫在此等待皇帝召見，因立於門前的大宛馬青銅像而得名。公元 6 世紀
　的長安地理志《三輔黄圖》對此門有所描述，見畢沅(1730—1797)校本(1784，臺北：成文出版社，1970 年重
　印)，卷 3 頁 53；亦見於《史記》卷 126 頁 3205。
　石渠閣是西漢丞相蕭何(？—前 193)所建造的宫中藏書之處，在未央殿北。見《漢書》卷 36 頁 1929 注 8；
　《三輔黄圖》卷 3 頁 97。公元前 51 年初，有關經典的討論在此舉行，見 HFHD，2：271 - 74。
⑦ 樂府是負責採集音樂、編製樂曲以備朝廷慶典之用的音樂機構。儘管有資料顯示樂府爲漢武帝所設，
　但 Hellmut Wilhelm 列舉的證據卻表明早在漢代初期就已經出現這一機構，見 "The Bureau of
　Music of Western Han"。漢武帝設立協律都尉一職主管朝廷的音樂整理和創作，由其寵妃李夫人的
　哥哥同時也是著名音樂家的李延年(活躍於公元前 120 年前後)擔任。李延年爲許多郊祀樂歌配樂，
　見《漢書》卷 22 頁 1045。其傳見《漢書》卷 97 下頁 3951—3956；Watson，Courtier and Commoner，
　pp. 247 - 51。
⑧ 《論語》20/1："興滅國，繼絶世。"又 14/9："東里子産潤色之。"
⑨ 《白麟》之歌作於公元前 122 年，爲紀念漢武帝在雍地祭祀時捕獲白麟(white unicorn)而作。見《漢書》卷 6
　頁 174。《漢書》卷 22 頁 1068 載録此詩。譯見 Mh，3：626 - 27，no. XVII。
　《赤雁歌》在《漢書》卷 6 頁 206 中又作 "朱雁(vermilion goose)之歌"。《漢書》卷 22 頁 1069 載録此詩。
　Chavannes，Mh，3：628，no. XVIII 譯此詩。
　《芝房》之歌因公元前 109 年甘泉宫内室長出靈芝(mushroom)而作。見《漢書》卷 6 頁 193。《漢書》卷 22 頁
　1065 載録此詩。Chavannes，Mh，3：624，no. XIII 譯此詩。
　《寶鼎》之歌作於公元前 113 年發現寶鼎之後。見《漢書》卷 6 頁 184。《漢書》卷 22 頁 1063 載録此詩。
　Chavannes，Mh，3：624，no. XIV 譯此詩。
⑩ 神雀(或神爵)(sacred birds)、五鳳(five phoenixes)、甘露、黄龍(yellow dragon)都是漢宣帝統治期間出現的
　祥瑞徵應，均被用作年號：神雀(前 61—前 58)、五鳳(前 57—前 54)、甘露(前 53—前 50)、黄龍(前 49)。見
　《漢書》卷 8 頁 260(HFHD，2：239 - 40)；卷 8 頁 264(HFHD，2：247)；卷 8 頁 268(HFHD，2：254)；
　HFHD，2：261。

賦。⑪ 有時是爲了抒發臣子的感情並表達委婉的批評勸説，其他時候是爲了宣揚主上的仁德並展示至上的忠誠孝順。他們文風温和，贊美宣揚，其作品爲後人所知。這些作品僅次於《雅》和《頌》。⑫ 所以，孝成皇帝時代人們編輯和著録這些作品，進獻給皇帝的篇章超過一千。⑬ 自此之後，大漢的文章光輝燦爛，與夏商周三代的文風相同。⑭

　　況且，道有衰落興盛之分，學有粗疏精細之別。那些適應時勢建立功德的君主，無論時代遠近，都不會改變他們的準則。所以皋陶歌頌舜帝，奚斯贊美魯公。⑮ 二者皆爲孔子採集，置於《詩經》和《尚書》，

劉德、太子太傅蕭望之等，時時間作。或以抒下情而通諷諭，或以宣上德而盡忠孝，雍容揄揚，著於後嗣，抑亦雅頌之亞也。故孝成之世，論而録之，蓋奏御者千有餘篇，而後大漢之文章，炳焉與三代同風。

且夫道有夷隆，學有麤密，因時而建德者，不以遠近易則。故皋陶歌虞，奚斯頌魯，同見采於孔氏，列于《詩》《書》，其義一也。

---

⑪ 虞丘壽王（前156?—前110）是武帝朝的著名官員。《漢書》卷64上頁2794—2798有傳，記其姓爲"吾丘"。《漢書·藝文志》記其賦十五篇，今皆不傳（卷30頁1747）。

枚皋（生於公元前153年）爲辯士兼詩人枚乘之子。他是武帝朝最多產的詩人之一（見《漢書》卷51頁2366）。《漢書·藝文志》記其賦百二十篇（卷30頁1748），皆已失佚。

劉向（前77—前6）以編輯者和目録學家而聞名。《漢書·藝文志》記其賦三十三篇（卷30頁1748），保存下來的只有三篇賦的殘文和《楚辭》中一首名爲《九嘆》的詩。

倪寬（?—前102）是武帝統治時期的官員。從公元前110年到公元前102年去世，他一直擔任御史大夫（見《史記》卷121頁3125和《漢書》卷58頁2628—2633）。《藝文志》載其賦兩篇，無一幸存（《漢書》卷30頁1748）。

孔臧（前201?—前123）是孔叢之子。公元前171年嗣叢爲蓼侯。公元前126年遷御史大夫，去世之時任太常（見《漢書》卷88頁3592）。《藝文志》將二十篇賦列於其名下（卷30頁1747）。有可能是公元4世紀作品的《孔叢子》（《四部備要》，卷7頁1a—2b），最後部分包含四篇賦的正文，皆真僞未知。見Hervouet, *Sseu-ma Siang-jou*, pp. 169‑70。

董仲舒（前179?—前93）是《春秋繁露》的作者，這是一部將五行原理應用到帝王統治的政治哲學著作。在被貶爲中大夫之前，董曾短暫地擔任江都國國相（《漢書》卷56頁2523）。《藝文志》未著録董仲舒的任何詩歌作品。《藝文類聚》卷30頁540將一篇題爲《士不遇賦》的作品歸於其名下，見Hightower, "The *Fu* of T'ao Ch'ien," pp. 200‑203。

劉德（?—前57）是劉向的父親，公元前78年任宗正（《漢書》卷18頁697）。《藝文志》載其賦九篇，無一幸存。

蕭望之（前106—前47）大約於公元前56年被任命爲太子太傅。《藝文志》載其賦四篇，今皆不傳（卷30頁1749）。關於《漢書》卷78頁3271—3292蕭望之傳記的翻譯，見Watson, *Courtier and Commoner*, pp. 198‑221。

⑫ 《雅》是《詩經》的一大組成部分，包含許多贊美中國早期文化英雄的詩篇。

⑬ 成帝（前32—前7年在位）統治期間，劉向和劉歆負責編輯、著録皇家藏書。他們名爲《詩賦略》的詩歌目録列出1005篇賦。這一目録的删節版成爲《漢書·藝文志》的一個組成部分（卷30頁1747—1756）。

⑭ "三代"即夏、殷、周。

⑮ 《書經》，又稱《尚書》。《皋陶謨》篇記録一首歸於大臣皋陶的詩，贊美他的統治者舜。見《尚書》，《四部備要》，卷2頁11a—b；Bernhard Karlgren, trans., "The Book of Documents," *BMFEA* 22（1950）：12。

奚斯是一位魯國貴族的名字，一些漢代學者認爲他是《毛詩》第300首的作者。見揚雄《法言》卷1頁4a和薛漢（活躍於25—60年）《韓詩章句》，李善（卷1頁3a）和李賢（《後漢書》卷35頁1204注8）引。這首詩被解釋爲歌頌魯僖公（前659—前627年在位）興建名爲閟宫的廟。但是在《毛詩注》裏，奚斯被稱作此廟的建造者，見《毛詩注疏》，《十三經注疏》，卷20之2頁15b。關於對奚斯不同解釋的更加全面的探討，見朱珔《文選集釋》卷1頁1b。

兩種情況所包含的道理是相同的。⑯ 檢驗上古如彼，考察漢室似此。⑰

　　儘管此事微不足道，⑱但先臣過去的典範和國家流傳下來的美政，是不可忘記的。我謙卑地看到海內太平，朝廷無事，京師在修建宮室，疏浚城池，築起苑囿，以完善制度。西京故老，都心懷怨恨，希望帝王眷念關注，盛贊長安原來的制度，並且堅持洛陽是鄙陋之地的看法。因此，我創作了《兩都賦》，以便詳盡介紹使長安群衆感到眼花繚亂的事物，並藉助當今的模式制度反駁他們。其辭如下：

稽之上古則如彼，考之漢室又如此。

斯事雖細，然先臣之舊式，國家之遺美，不可闕也。臣竊見海內清平，朝廷無事，京師脩宮室，浚城隍，起苑囿，以備制度。西土耆老，咸懷怨思，冀上之眷顧，而盛稱長安舊制，有陋雒邑之議。故臣作《兩都賦》，以極衆人之所眩曜，折以今之法度。其詞曰：

西　都　賦

1

　　有一位西都賓客問東都主人："我聽説大漢最初制定計劃和調查，曾有意在河、洛地區建都，⑲但僅僅很短時間他們便中止，並没有定居那裏。於是，他們西遷建設上都。您聽説過此事的緣由，目睹過它的建築風格嗎？"主人説："没有。我希望您

　　　　表露蓄積的懷舊心緒，

　　　　抒發隱秘的思古之情，

　　　　增加我對皇王之道的了解，⑳

有西都賓問於東都主人曰："蓋聞皇漢之初經營也，嘗有意乎都河洛矣。輟而弗康，寔用西遷，作我上都。主人聞其故而觀其制乎？"主人曰："未也。願賓攄懷舊之蓄念，發思古之幽情。博我以皇道，弘我以漢京。"賓曰："唯唯。漢之西都，在於雍州，寔

---

⑯ 班固在這裏表達漢代的一種普遍觀點，即孔子是《詩經》和《書經》的編纂者。對這些觀點的總結，見 Richard Wilhelm, *Confucius and Confucianism*, trans. George H. Danton and Annina Periam Danton (New York: Harcourt Brace Jovanovich, 1931), pp. 99–120。

⑰ 先行詞"彼"指皋陶和夒斯所作的頌詩；先行詞"此"很可能指所列舉的那些憑藉文學才能獲得高官的漢代官員。

⑱ 細小之事指辭賦的創作。

⑲ 行3：河、洛指東都洛陽所在的黄河、洛水之間的區域。洛水的源頭在冢嶺山（今陝西洛南縣西），向東北流經1 700里進入漢代的鞏縣（今河南滎陽縣西），於此處流入黄河。見《漢書》卷28上頁1549。公元前202年，漢代的建立者劉邦（前206—前195年在位）在洛陽建立都城。見《史記》卷8頁380，*Records*，1：106；《漢書》卷1頁54，*HFHD*，1：103。同年稍後，在婁敬的建議下，劉邦決定遷都長安。見《史記》卷8頁381，*Records*，1：108；《漢書》卷1頁58，*HFHD*，1：108。

⑳ 行8：李周翰（卷1頁4b）將"皇道"釋爲"皇王之道"。就"皇王"的意義而言，同樣的表述出現在蔡邕（133—192）《釋誨》中："皇道惟融，帝猷不顯。"（《後漢書》卷60下頁1984）

拓展我對漢代都城的認識。"

10　西都賓客說:"好的。
　　西漢的都城位於雍州,㉑
　　名曰長安,
　　東面依靠函谷關和二崤爲險阻,㉒
　　以太華山和終南山爲標誌。㉓
15　西面毗鄰褒斜谷和隴首山,㉔
　　爲黃河、涇水、渭水所環繞。㉕
　　有繁茂生長的花果,㉖
　　是九州最富庶的地方。
　　有防禦抵抗的屏障,
20　是帝國最安全的避難之所。㉗

曰長安。左據函谷、二崤之阻,表以太華、終南之山。右界褒斜、隴首之險,帶以洪河、涇、渭之川。衆流之隈,汧涌其西。華實之毛,則九州之上腴焉;防禦之阻,則天地之陝區焉。是故橫被六合,三成帝畿。周以龍興,秦以虎視。及至大漢受命而都之也,仰悟東井之精,俯協《河圖》之靈。奉春建策,留侯演成。天人合應,以發皇明。乃眷西顧,寔惟作京。於是睎秦嶺,睋

㉑ 行 11:相傳遠古時代中國被分爲九州,雍州是其中之一。九州的名字有不同記載。雍州是最西北的一個州,大致相當於現在的陝西、甘肅和青海。

㉒ 行 13:函谷關是保衛西都的重要戰略關口之一。漢初這一關口也被稱爲舊函谷關,位於弘農(今河南靈寶縣南)。公元前 115 年,漢武帝在新安建立新的函谷關(舊關口東 270 里)。見 *HFHD*,2:73。
二崤是一座山峰的兩座丘陵(傳說西崤是夏朝皇帝皋墓地所在;東崤是周文王躲避風雨之處。見《左傳》僖公三十二年)。它位於今河南省永寧縣北 60 里。

㉓ 行 14:太華山,秦嶺山脉的一座山峰(今陝西省華陰縣南),是被稱爲西嶽的著名聖山。
終南是秦嶺山脉主峰的名字,也稱爲終南山脉。

㉔ 行 15:褒斜是秦嶺山脉中貫穿四川和陝西的重要山谷大道的名字。南口曰褒,北口曰斜。譚宗義討論了穿越這一艱險地形的地區的道路建造,見其《漢代國内陸路交通考》(香港:新亞研究所,1967),頁 1—15。
隴首(隴頭,隴是甘肅地區的別稱)是長安西北部隴山山脉最高山峰的名字,範圍從今陝西省隴縣延伸到清水縣。此山也被稱爲隴阪、隴坻。辛氏的《辛氏三秦記》是一部來歷不明的唐以前著作,書中說:"其阪九回,不知高幾許,欲上者七日乃越。高處可容百餘家,清水四注下。"(《後漢書》志第 23 引,頁 3518 注 7)

㉕ 行 16:涇河從甘肅中部流出,流入長安東部的渭河(今陝西高陵縣)。渭河的源頭在今甘肅省渭源縣附近,向東流經長安進入陝西。它在潼關向東流入黃河。
所有版本的《文選》都在十六行之後插入額外的兩行:"衆流之隈,汧湧其西。"從《後漢書》開始缺這幾行,李善對它們也沒有注釋。它們可能是從五臣注中插入李善本的。見胡克家,《文選考異》卷 1 頁 1b;孫志祖,《文選考異》卷 1 頁 1b;梁章鉅,《文選旁證》卷 1 頁 5b;胡紹煐,《文選箋證》,卷 1 頁 1b—2a。

㉖ 行 17:"繁茂生長"是對中國字"毛"的嘗試翻譯,此字通常指"髮",但也可指植物。注家以不同的方式解釋此字。范寧(339—401)援引其從弟范邵注"毛"爲"凡地之所生謂之毛",見《春秋穀梁傳注疏》,《十三經注疏》,卷 19 頁 3b。杜預(222—284)簡單釋爲"草",見《左傳注疏》,《十三經注疏》,卷 3 頁 6a。鄭衆(前 5—83)明確地將"毛"等同於"桑麻"(mulberry and hemp),見《周禮》卷 4 頁 3b。"髮"也被用於指生長,就像《莊子》第一章提到的不毛之國的名字——"窮髮",見《莊子》卷 1 頁 8;《列子》(臺北:世界書局,1967),卷 5 頁 54;李延壽(629),《北史》(北京:中華書局,1974),卷 98 頁 3277。儘管"毛"和"髮"明確表示植物的生長,但不清楚指的是哪種植物。張銑(卷 1 頁 5b)釋"毛"爲"草木蕃滋如毛之生於皮也"。如果張的解釋是正確的,我猜測"毛"指覆有柔軟細毛(毛狀體)的植物。

㉗ 行 20:《後漢書》作"天下之奧區",《文選》作"天地之陝區"。

因此，它的恩惠遍及六個方位，㉘

三次成爲帝王的京城所在。㉙

從這裏周朝飛升似龍，

秦代雄視如虎，㉚

25　及至大漢受天命而建立都城：

仰視上天，感受到東井的精氣；㉛

俯察大地，發現與河圖符應相合的處所。㉜

奉春君制定計劃，

留侯實施完成。㉝

30　天人互相感應，㉞

從而使帝王的洞察力更加敏銳。

於是環顧四周，我們的創建者凝視西方，㉟

確定以此作爲都城。

在此處可以眺望秦嶺，㊱

北阜。挾灃瀍，據龍首。圖皇基於億載，度宏規而大起。肇自高而終平，世增飾以崇麗。歷十二之延祚，故窮泰而極侈。

㉘ 行 21："橫被"一詞與"光被"（見《尚書》卷 1 頁 1a）和"廣被"同源，見皮錫瑞（1850—1908），《今文尚書考證》（師伏堂，木版，1987），卷 1 頁 5a—6a。皮氏證明所有三個異體詞的基本含義是"充滿"。高本漢釋爲"完全覆蓋"，見"Glosses on the Book of Documents," *BMFEA* 20（1948）：46，♯1209。

㉙ 行 22：長安地區在西周王朝（鎬京）、秦（咸陽）和西漢（長安）時期作爲都城。"帝畿"類似於《周禮》（卷 8 頁 27b）中的"王畿"一詞。根據這一理想方案，千里之方的王畿被想象位於中央，其他八個地區從它輻射出來，形成同心矩形。

㉚ 行 24：參《周易》卷 3 頁 8b，第 27 卦，六四："虎視眈眈。"這一表述顯然指秦國利用該地區擴張領土。

㉛ 行 26："井"或"東井"是雙子座的中文名字。有幾條漢代記載稱，當劉邦打敗秦國軍隊後進入秦國的都城，五星（木星、火星、土星、金星和水星）"聚於東井"（《史記》卷 27 頁 1349；*Mh*，3：407；《史記》卷 89 頁 2581；*Records*，1：183；《漢書》卷 1 頁 22；*HFHD*，1：56）。這一天文現象被理解成上天確認劉邦統治的合法性。儘管班固繫此聚合於公元前 207 年十一二月，但 Homer H. Dubs 表明它不可能發生於公元前 205 年五月前，見"The Conjunction of May 205 B.C.," *JAOS* 55（1935）：310-13；*HFHD*，1：151-53。《後漢書》作"痞"，《文選》作"悟"。

㉜ 行 27：河圖是寫有《易經》八卦或一系列排列成圖案的黑白點以象徵數字和五行表的圖。漢代尤其是東漢對這些用作驗證王朝合法性的占卜文本有濃厚的興趣。見 Michael Saso, "What is the *Ho-t'u*?" *History of Religions* 17（February-May 1978）：399-416（esp. pp. 404-11）；Jack L. Dull, "A Historical Introduction to the Apocryphal（Ch'an-wei）Texts of the Han Dynasty,"（Ph.D. diss., University of Washington，1966），pp. 166, 228-29。李賢（《後漢書》卷 40 上頁 1337 注 7）描述漢代建立者劉邦（又叫劉季）的獨特身體特徵："帝劉季，日角戴勝，斗匈龍股，長七尺八寸（現代制度 172.28 釐米）。昌光出軫，五星聚井，期之興，天授圖，地出道。"張守節注《史記》援引相同的關於劉邦的《河圖》段落（卷 8 頁 343），孫毅歸之於《河圖握矩記》，見《古微書》，《叢書集成》，頁 4a。

㉝ 行 28—29：奉春君是劉敬（原姓婁）的封号。劉邦原本在洛陽建立首都，但是劉敬勸説長安是更好的戰略位置。他的建議得到留侯張良（? —前 189）的支持。見行 3 注，及《史記》卷 55 頁 2043—2044，卷 99 頁 2715—2717；*Records*，285-87。

㉞ 行 30："天"指五星聚於東井的符應以及《河圖》的出現，"人"指給予劉邦建議的劉敬和張良。

㉟ 行 32：參見《毛詩》第 214 首第 1 章："乃眷西顧，此惟與宅。"

㊱ 行 34：秦嶺是終南山的別稱。

35　遙視北阜，㊲

　　被灃、灞二水擁抱，㊳

　　並憑靠龍首之山。㊴

　　他們規劃一份可以流傳億年的基業，

　　啊！多么宏大的規模和雄偉的建築！㊵

40　始於高祖，終於平帝，㊶

　　代代增飾，崇高美麗。

　　歷經十二世長久相承，

　　因此他們窮奢而極侈。㊷

2

　　他們建築金城長達萬雉，㊸　　　　　　　"建金城而萬雉，呀周池而成淵。

45　疏浚護城之河形成深淵。　　　　　　　　披三條之廣路，立十二之通門。

　　整理三條大道暢通寬闊，　　　　　　　　內則街衢洞達，閭閻且千。九市

㊲　行 35：不確定北阜是一個特殊地名還是簡單地指長安北面的山。李賢（《後漢書》卷 40 上頁 1337 注 10）將它等同於一座很高的山，在他的時代能夠看到三原縣（今陝西中部三原縣）。

㊳　行 36：灃（也寫作酆）水流經名爲上林苑的皇家狩獵園。它的源頭出自陝西秦嶺山中，注入長安西邊的渭水。見《漢書》卷 28 上頁 1547。灞水的源頭同樣在秦嶺（今陝西省藍田縣，藍田東南）。它流入長安東邊的渭水。見《漢書》卷 28 上頁 1544。

㊴　行 37：龍首山從渭水延伸 60 多里經過長安到長安南邊的樊水。最高點（渭水附近）有二十丈（46.2 m）高。至樊水附近逐漸趨於和緩，大概有五到六丈（約 12 m）高。見酈道元（？—526）《水經注》，《國學基本叢書》，冊 3 卷 19 頁 101。據說漢初丞相蕭何（？—前 193）夷平這些山丘的一部分而修建未央宮。見《三輔黃圖》卷 2 頁 38。

㊵　行 39：李善注讀"度"爲發語詞"慶"，王念孫（《讀書雜志》餘編下，頁 16b—17a）令人信服地證明這一讀法是正確的。

㊶　行 40：高祖（前 206—前 195 年在位）是漢代的第一位皇帝。班固認爲平帝（1—5 年在位）是西漢最後一位合法的統治者。

㊷　行 43：《後漢書》作"奢"，《文選》作"泰"。可能是范曄爲避其父名諱改"泰"作"奢"。見高步瀛卷 1 頁 18a。

㊸　行 44：班固借用張良向高祖提倡立長安爲都城的談話中的一句話"此所謂金城千里"（《史記》卷 55 頁 2044）。這一句不應該作字面理解。它是關於實際上由夯土建造的長安城牆不可破的表述。城牆的尺寸用中國古代度量衡雉來確定。雉的數字各有不同。鄭玄（《周禮》卷 12 頁 17b）說一雉是牆高一丈（2.31 米）長三丈（6.93 米）。杜預（《左傳注疏》卷 2 頁 16b）提到相同的數字。孔穎達（574—648）援引許慎《五經異義》、《大戴禮記》、《韓詩疏》之類的原始資料，都說雉高一丈長四丈。見《毛詩注疏》卷 11 之 1 頁 3b。最後，何休（129—182）提出長約 200 尺（20 丈或 46.2 米）的數字。見《公羊傳注疏》，《十三經注疏》卷 26 頁 11b。萬雉不管怎樣都是誇張的手法。《三輔黃圖》（卷 1 頁 28）對牆的周長給出 65 里（27 027 米）的數字。最近的漢長安遺址考古學家估算周長是 60.31 里（25 100 米）。見王仲殊，《漢長安城考古工作的初步收穫》，《考古通訊》17（1957）：103。Stephen James Hotaling 比較古今數字（取決於如何測量東牆），給出以下尺寸：64.33 里（26 750 米）或 63.07 里（26 288 米）。見"The City Walls of Han Ch'ang-an," TP 64（1978）：1-46。城牆的不可攻破在《藝文類聚》（卷 63 頁 1137）所引已失佚的漢代著作《關中記》中有描述："城今赤如火，堅如石。父老所傳，蓋鑿龍首山土爲城。"
六臣注本作"之萬"，尤袤作"而萬"，《文選》作"其萬"。

設立十二通門進進出出。㊹

内裏,城市被街衢穿過,

門户近千。

50　他們在九個市場建立集市,㊺

貨物按類分別,店鋪分開排列。

没有空間讓人回頭,

抑或是讓車馬回旋。

行人擠滿市區,溢出城郊,

55　到處流入成百上千的店鋪。

紅塵四處彌漫,

煙霧混雜雲靄。

於是,人們既繁且富,㊻

歡樂愉快無窮無盡。

60　京城的男男女女,

殊異於五方之地。㊼

玩樂之人可比公侯,

商女服飾更勝姬姜。㊽

鄉里的豪强之士,

65　遊俠之首領,㊾

氣節可匹敵平原君和孟嘗君,

開場,貨別隧分。人不得顧,車不得旋。闐城溢郭,旁流百廛。紅塵四合,煙雲相連。於是既庶且富,娛樂無疆。都人士女,殊異乎五方。遊士擬於公侯,列肆侈於姬姜。鄉曲豪舉,遊俠之雄。節慕原、嘗,名亞春、陵。連交合衆,騁騖乎其中。若乃觀其四郊,浮遊近縣,則南望杜霸,北眺五陵。名都對郭,邑居相承。英俊之域,紱冕所興。冠蓋如雲,七相五公。與乎州郡之豪傑,五都之貨殖。三選七遷,充奉陵邑。蓋以强幹弱枝,隆上都而觀萬國也。

㊹ 行46—47:長安的四面墻各有三道門。此門的設置和《周禮·考工記》(卷12頁15b)規定的一樣。見 Joseph Needham, *Science and Civilization in China*, vol. 4, pt. 3, *Civil Engineering and Nautics* (Cambridge: Cambridge University Press, 1970), p. 89; Paul Wheatley, *The Pivot of the Four Quarters* (Chicago: Aldine, 1971), p. 411。每道門出來有三條十二駕馬車寬(22 米)的大道。見《三輔黄圖》卷1頁33—34。中間的大道,叫作馳道,爲皇帝而保留,而左邊的大道則用作入城通行,右邊的大道出城通行,見王仲殊,頁104—108。

㊺ 行50:根據《三輔黄圖》(卷2頁35),長安有九市,每市266步(13.59公頃)。有六市在道西,三市在道東。

㊻ 行58:參見《論語》13/9:"子適衛,冉有僕。子曰:'庶矣哉!'冉有曰:'既庶矣,又何加焉?'曰:'富之。'"

㊼ 行61:五方大概指中國本土和本土之外的所謂"戎夷"地區。見《周禮》(卷4頁10b):"中國戎夷,五方之民,皆有性也,不可推移。"

㊽ 行63:姬是周統治家族的氏族名稱,姜是齊國統治家族的氏族名稱。

㊾ 行65:在中國有大量關於遊俠的文獻,見陶聖希,《辯士與遊俠》(上海:商務印書館,1931);宮崎市定,《遊俠について》,《歷史と地理》34(1934),頁40—59;勞幹,《論漢代的遊俠》,《文史哲學報》1(1950.6):237-252;增淵龍夫,《漢代にわける民間秩序的構造と任俠的習俗》,《一橋論叢》26(1951.11):97-139;James J. Y. Liu, *The Chinese Knight-Errant* (Chicago: University of Chicago Press, 1967); Ch'ü T'ung-tsu, *Han Social Structure*, pp. 185-95。

名望相媲美春申君和信陵君。(50)
加入團體，集合徒衆，
奔走馳騁於其中。
如果凝視周圍四郊，
漫遊附近縣城，
則南可望杜霸，
北可眺五陵，(51)
名都與長安城郭相對，(52)
村落住宅彼此相連。
它是英雄俊傑之所在，
官服禮冠之所興，(53)
冠蓋如雲一般厚，(54)
七相、五公，(55)
連同州郡的豪傑，(56)

---

(50) 行 66—67：趙國的平原君(趙勝)、齊國的孟嘗君(田文)、楚國的春申君(黃歇)和魏國的信陵君(魏無忌)是公元前 3 世紀的貴公子，贊助大量門客，其中包括一些學士和遊俠。見《史記》，卷 75—78；Erich Haenisch, "Gestalten aus der Zeit der chinesischen Hegemoniekampfe; Übersetzungen aus Sze-ma Ts'ien's Historischen Denkwürdigkeiten," *Abhandlungen für die Kunde des Morgenlandes* 34 (1962): 1-49; Yang Hsien-yi and Gladys Yang, trans., *Records of the Historian* (Hong Kong: The Commercial Press, 1974), pp. 76-88, 118-32; William Dolby and John Scott, trans., *War Lords* (Edinburgh: Southside, 1974), pp. 69-128。

(51) 行 72—73：杜陵，宣帝陵寢所在(長安南五十里)；霸指定霸陵，文帝陵寢建造之地(長安西南七十里)。"五陵"指：長陵(高祖)，長安北三十五里；安陵(惠帝)，長安北三十五里；陽陵(景帝)，長安東北四十五里；茂陵(武帝)，長安西北八十里；平陵(昭帝)，長安西北七十里。

(52) 行 74：名城是指都城附近高官和豪傑居住的地方。見卷 11 第 79 行注、第 82 行注。

(53) 行 77：《後漢書》作"黻"，《文選》作"紱"。

(54) 行 78："冠蓋"一詞是"高官"的轉喻。

(55) 行 79：在漢代，把豪族遷往陵邑作爲一種監督其活動以及確保其不在家鄉地區劃出勢力範圍，是很普遍的方式。見 Ch'u T'ung-tsu, *Han Social Structure*, pp. 196-99。李賢(《後漢書》卷 40 上頁 1339 注 1)列出舉家遷往陵邑的七相五公。相包括韋賢(前 71—前 67 年在位)、魏相(前 67—前 57 年在位)、車千秋(前 89—前 77 年在位)、黃霸(前 55—前 51 年在位)、王商(前 29—前 25 年在位)、平當(前 5—前 4 年在位)、王嘉(前 4—前 2 年在位)。陵邑丞相的數量不止七個，這裏可以給李賢的名單添加來自陵邑的公爵田蚡(前 135—前 131 年在位)和韋玄成(前 42—前 35)。李賢提及田蚡(前 140—前 139 年任太尉)、張安世(前 67—前 62 年任大司馬)、朱博(前 6—前 5 年任大司空)、平晏(5 年任大司徒)和韋賞(前 2 年任大司馬)。李善(卷 1 頁 6b)提供一份不同的名單：張湯(前 120 年任御史大夫)、杜周(前 98—前 97 年任御史大夫)、蕭望之(前 57 年任御史大夫)、馮奉世(前 46 年任右將軍)和史丹(前 28—前 14 年任右將軍和左將軍)。這兩份名單的區別可能是由於對公爵構成的不同理解。盛行的西漢慣例似乎包括丞相(前 1 年之後的大司徒)、太尉(前 119 年之後的大司馬)和御史大夫(前 8 年之後的大司空)。没有證據表明右將軍和左將軍曾經是三公之一。見朱珔，卷 1 頁 7b—8a。

(56) 行 80："豪傑"一詞，"本意是才能卓著的人"，變爲"意指令人敬畏且能下令使他人服從的人"。見 Ch'u T'ung-tsu, *Han Social Structure*, pp. 197-98。

五都的富商，[57]

選此三等，遷往七處，[58]

陵邑指定供奉，

以加强樹幹，削弱枝條，[59]

85　壯大上都，示於萬邦。

3

帝畿之内，	"封畿之内，厥土千里。迄躒諸
有土地千里，[60]	夏，兼其所有。其陽則崇山隱
在中國至高，[61]	天，幽林穹谷。陸海珍藏，藍田
提供其治下所有土地，	美玉。商、洛緣其隈，鄠、杜濱其
90　往南則：崇山遮天，[62]	足。源泉灌注，陂池交屬。竹林
密林深谷，	果園，芳草甘木。郊野之富，號
陸海珍寶，[63]	爲近蜀。其陰則冠以九嵕，陪以

---

[57] 行81："五都"指主要的郡都：洛陽（河南）、宛（南陽）、臨淄（齊）、成都（蜀），加上邯鄲（趙國的都城）。見《漢書》卷24下頁1180及 *HFHD*，3：494。

[58] 行82：有三等人被選中遷往陵邑：(1) 2 000 石以上的官員；(2) 富人；(3) 豪傑并兼。見《漢書》卷28下頁1642及 Ch'u T'ung-tsu, *Han Social Structure*, pp. 197-99。公元前40年，漢元帝廢除遷人至陵邑的慣例（見《漢書》卷9頁292；*HFHD*，2：237-238），因此陵邑的數量僅限於七座，分別屬於漢元帝之前的各位皇帝。

[59] 行84：劉敬在他的發言中建議將豪傑之家遷往都城地區，聲稱這是一種"强本弱枝之術"（見《史記》卷99頁2720；《漢書》卷43頁212；*Records*，1：290；Ch'u T'ung-tsu, *Han Social Structure*, pp. 410-11）。《漢書·地理志》指遷豪傑之家到陵邑的政策爲"蓋以彊弱支，非獨爲奉山園也"（卷28下頁1642）。

[60] 行86—87："封畿"似乎大致相當於"王畿"和"帝畿"（見第22行）。"封畿之内"的表述出現在最早載於《史記》（卷10頁431）的漢文帝的法令中。相同的法令在《漢書》版本中作"封圻"（《漢書》卷4頁129；*HFHD*，1：263），顔師古在其對這一段的注解中釋"圻"同"畿"。沙畹釋"封畿"爲"帝國的封地疆域"（*Mh*，2：482）。德效騫似乎跟從沙畹（*HFHD*，1.263）。華茲生不是很精確地簡單表達爲"我們的疆域之内"（*Records*，1.360）。小尾郊一（《文選》，卷1頁70）將"封"等同於"邦"，並且釋"畿"爲"境界"。他譯"封畿"爲"皇帝直接控制之下的領土"。作爲類比，他引《毛詩》第303首"邦畿千里"（小尾郊一誤"邦畿"爲"封畿"）。中島千秋（《文選》，卷1頁31）釋"封"爲"土地"，"畿"爲"地域"。在有關這一術語的闡釋中，似乎没有注家注意到《漢書·刑法志》中明確將"封"和"畿"作爲據説是基於井田制的周代軍税制度單位的一段話："地方一里爲井，井十爲通，通十爲成，成方十里；成十爲終，終十爲同，同方百里；同十爲封，封十爲畿，畿方千里。"（《漢書》卷23頁1081）"封畿"一詞很可能是複合詞，指整個方千里的領土被帝國疆域包圍。這一經典理想在《漢書·刑法志》中有重複："天子畿方千里。"（《漢書》卷23頁1082）

[61] 行88："諸夏"指京畿以外的諸侯國。通過引申，它有時候簡單地指"國家"。見 *Mh*，3：522, n.1。《六臣注》作"卓犖"，尤袤本作"迄躒"，《後漢書》則作"逴犖"。

[62] 行90：長安以南的山爲秦嶺。

[63] 行92：宫廷智者東方朔在和武帝的對話中提到長安地區爲"陸海"："漢興，去三河之地，止霸産以西，都涇渭之南，此所謂天下陸海之地"（《漢書》卷65頁2849；參見 Watson, *Courtier and Commoner*, p. 85）。《漢書·地理志》也提及同樣的地方爲"陸海"："有鄠、杜竹林，南山檀柘，號稱陸海。"（《漢書》卷28下頁1642）顔師古注此語"言其地高陸而饒物産，如海之無所不出，故雲陸海"（《漢書》卷28下頁1643，注7）。

藍田美玉。⑥④

商、洛依傍山脉彎曲，⑥⑤

95　鄠、杜居處山脚，⑥⑥

源泉灌溉，

和堤防池塘交錯。

竹林果園，

芳草香木，

100　郊野之富，

人們名其‘近蜀’。⑥⑦

往北則：以九嵕爲冠，⑥⑧

連接甘泉山，⑥⑨

此處有靈宮聳立山中；⑦⑩

105　秦漢最爲壯觀的景色，⑦①

王褒和揚雄都曾頌贊，⑦②

正保存於此處。

山下有鄭、白灌溉的沃田，⑦③

甘泉，乃有靈宮起乎其中。秦漢之所極觀，淵雲之所頌歎，於是乎存焉。下有鄭白之沃，衣食之源。提封五萬，疆場綺分。溝塍刻鏤，原隰龍鱗。決渠降雨，荷插成雲。五穀垂穎，桑麻鋪棻。東郊則有通溝大漕，潰渭洞河。汎舟山東，控引淮湖，與海通波。西郊則有上囿禁苑，林麓藪澤，陂池連乎蜀漢。繚以周墻，四百餘里。離宮別館，三十六所。神池靈沼，往往而在。其中乃有九真之麟，大宛之馬。黃支之犀，條支之鳥。踰崑崙，越巨海。殊方異類，至于三萬里。

---

⑥④　行 93：長安南藍田附近的山在漢代是重要的玉石產地。見《漢書》卷 28 上頁 1543；Berthold Laufer, *Jade: A Study in Chinese Archaeology and Religion* (1912；rpt. New York：Dover，1974)，p. 24.

⑥⑤　行 94：商和上洛是大致位於長安和洛陽之間中途的弘農郡的兩個縣。見《漢書》卷 28 上頁 1549。

⑥⑥　行 95：鄠和杜陽是位於長安西京師地區右扶風郡的兩個縣，見《漢書》卷 28 上頁 1547。在西漢都城被分成三個行政區域稱爲三輔。它們包括右扶風、京兆尹和左馮翊。鄠和杜陽坐落於秦嶺山脚。

⑥⑦　行 101：蜀是西南郡的名稱，大致相當於現在的四川。它是自然資源特別豐富的一個地區。《文選》卷 4 左思《蜀都賦》即描述這一地區。

⑥⑧　行 102：九嵕是左馮翊西部的山（見《漢書》卷 28 上頁 1545）。它不到 1 400 米高，是今陝西禮泉縣附近區域引人注目的岬角。

⑥⑨　行 103：甘泉是漢代雲陽縣（今陝西淳化縣西北）西北八十里一座山的名字。公元前 220 年秦始皇在此處建造大甘泉宮（見《漢書》卷 6 頁 24；*Mh*，2：139），武帝擴建以容納跟隨他至此處祭祀的侍從。此山距長安三百公里，但據説從長安的城墻上可以看到它（見《三輔黃圖》卷 2 頁 43）。

⑦⑩　行 104：靈宮包括甘泉山附近爲祭祀和求仙而建的宮殿和建築。這些建築包括甘泉宮、益壽館、延壽館和通天臺。這一行可作兩行，我這裏從《後漢書》的斷句。

⑦①　行 105：極觀可以意指“最壯觀的景色”或者“終極觀景之樓”。

⑦②　行 106：王褒（活躍於公元前 58 年）創作《甘泉賦》，部分保存於《藝文類聚》（卷 62 頁 1114—1115）。揚雄在《文選》卷 7 的《甘泉賦》中對甘泉宮作了詳細的描述。

⑦③　行 108：鄭渠由鄭國爲秦國修建，從中山（今陝西涇陽縣）西涇水延伸東注至洛河，全長三百餘里。見《史記》卷 29 頁 1408；*Mh*，3：524；Records，2：71；《漢書》卷 29 頁 1678；Needham, vol. 4, pt. 3：285 - 87。白渠由一位名爲白公的工程師修建於公元前 93 年，位於鄭渠附近，從谷口（今陝西乾縣西北）涇水延伸兩百公里至櫟陽（今陝西臨潼縣西北）注入渭水。見《漢書》卷 29 頁 1685；Needham, vol. 4, pt. 3：286；Cho-yun Hsu（許倬雲），*Han Agriculture: The Formation of Early Chinese Agiarian Economy* (206 B.C.- A.D. 220)，ed. Jack L. Dull（Seattle：University of Washington Press，1980），pp. 263 - 64。

那是衣食之源。(74)
全部面積共計五萬，(75)
田界似絲織的方格，(76)
溝塍被侵蝕刻鏤，(77)
高原沼澤分布各處，如同龍鱗。
疏浚溝渠以降雨，
肩負鐵鍬以成雲。(78)
五穀垂下禾穗，(79)
桑麻遍布茂盛。(80)
東郊有運河水道，
决渭水，開黄河，(81)
可以泛舟山東，(82)
通過控引淮水及附近湖泊，(83)
將水和海浪混合。
西郊有上林禁苑，
山林沼澤，(84)
傾斜逶迤至於蜀、漢。(85)
環繞此苑的圍墻，

(74) 行 109：這一行讓人想起關於白渠的一首流行歌曲中的一行："鄭國在前，白渠起後……且溉且糞，長我禾黍。衣食京師，億萬之口。"(《漢書》卷 29 頁 1685)

(75) 行 110："提封"(也寫作隄封)一詞有不同的解釋，但最適合此背景的解釋是"全部境内的區域"。見《漢書》卷 23 頁 1082、卷 65 頁 2847；***HFHD***，3：396－97，n. 9.3。

(76) 行 111：參見《毛詩》第 219 首第 4 章："疆埸有瓜。"

(77) 行 112：關於"塍"字，"稻田間的壟溝"，見《説文解字詁林》，丁福保(1874—1952)，12 册(臺北：商務印書館，1959)卷 13 下頁 6105b—6106b(以下簡稱《説文》)。

(78) 行 114—115：這兩行和《白渠歌》中的兩行相似："舉臿爲雲，决渠爲雨。"(《漢書》卷 29 頁 1685)

(79) 行 116：五穀包括稷、黍、豆、稻和麥。見《周禮》卷 8 頁 26 鄭玄注。

(80) 行 117：或者："桑麻散發香氣。"見朱珔，卷 1 頁 7a。
《後漢書》作"敷"，《文選》作"鋪"。

(81) 行 119：《漢書》卷 29 頁 1678 所用之"潰"指金隄的衝决，注解爲"水平衝决"。公元前 129 年，一條三百里長的水渠由長安沿着南山挖至黄河，以便於糧食的運輸，以及爲此地區的農民提供灌溉。見《史記》卷 29 頁 1409—1410；***Mh***，3：526－7；Records，2：73；《漢書》卷 6 頁 165；***HFHD***，2：43；Needham，vol. 4，pt. 3：273。

(82) 行 120："山東"指華山以東的地區。

(83) 行 121：不完全清楚班固這裏所指的是什麼運河系統。李賢(《後漢書》卷 40 上頁 1340 注 8)指連接淮河和黄河的鴻溝，見 Needham，vol. 4，pt. 3：260－70。

(84) 行 123—124：這裏明顯指的是位於長安西的上林苑。此苑在《文選》卷 8 司馬相如的《上林賦》中被極致地描述。

(85) 行 125：蜀漢地區指的是漢代的蜀郡和漢中郡，大致相當於現在的陝西和四川西部。

延伸四百餘里。⑧⑥

離宮別館，

共計三十六所。

130 神池靈沼，⑧⑦

到處都是。

苑中有來自九真的麒麟，⑧⑧

來自大宛的駿馬，⑧⑨

來自黃支的犀牛，⑨⑩

135 來自條支的鴕鳥。⑨⑪

----

⑧⑥ 行 127：《三輔黃圖》（卷 4 頁 65）對上林的尺寸給出矛盾的信息。它先是説其"方圓三百里"。接着，它援引《漢宮殿疏》，一本不能確定的唐前作品（高步瀛卷 1 頁 20b 表明它可能是《漢宮闕疏》和《漢宮閣疏》的異題）給出的尺寸是"方三百四十里"。這一引文同於衛宏（活躍於 25—27 年）《漢舊儀》提出的此苑大小爲"方三百公里"。李善（卷 1 頁 8b）援引《三輔故事》，一部我們只知道是晉代編纂的作品（李善也引其爲《三輔舊事》），給出的數字和班固相同。這個四百里的數字必然是指周長。薛愛華注"如果此墻是一個完美的圓，它的直徑將略微超過 125 里。但是此苑的長度肯定超過寬度，也許它是一個不規則的長方形，東西長約超過 100 里，南北超過 50 里深"，見"Hunting Parks and Animal Enclosures in Ancient China," *Journal of the Economic and Social History of the Orient* 11 (1968)：327。

⑧⑦ 行 130：尚不清楚"神池"是否應該理解爲專有名詞。《（辛氏）三秦記》（《三輔黃圖》卷 4 頁 7 引）提到，長安西南的昆明池，建於公元前 120 年，用於海戰練習，池中有一個神池（*HFHD*, 2：63, n. 15.10）。此池名爲"靈沼"。同張衡《西京賦》（《文選》卷 2 頁 16b）一樣，揚雄在其《羽獵賦》（《文選》卷 8 頁 18b）中提到"昆明靈沼"。我猜測《（辛氏）三秦記》中説的流入藍田地區的白鹿原的這個水池，僅僅只是昆明池（實際上是湖）的一部分，班固用"神池靈沼"一語提喻整個昆明池。

⑧⑧ 行 132：九真是漢朝位於現在越南清化的一個郡。公元前 61 年，九真國向漢宣帝進獻"奇獸"，被不同地解釋爲"白象"（white elephant），"駒形，麟色，牛角"，或"麒麟"（unicorn）。見《漢書》卷 8 頁 259；*HFHD*, 2：240。薛愛華認爲它是"一頭異類犀牛"（"Hunting Parks in China," p. 330）。

⑧⑨ 行 133：大宛是中亞國名，通常被確認爲費爾幹納。但是，蒲立本主張大宛指的是索格底亞那的吐火羅人，見 Farghana. E. G. Pulleyblank, "Chinese and Indo Europeans," *JRAS* 1 - 4 (1966)：22 - 26。公元前 101 年，將軍李廣利在四年戰爭後打敗大宛。他回來後，向漢武帝進獻"大宛汗血馬"（blood-sweating horses of Dayuan）。見《漢書》卷 6 頁 202；*HFHD*, 2：102；《史記》卷 123 頁 3160；*Records*, 2.266；《漢書》卷 96 上頁 3894；*HFHD*, 2：132 - 5。Arthur Waley, "The Heavenly Horses of Ferghana," *Histoiy Today* 5 (1955)：95 - 103；A.F.P. Hulsewé, *China in Central Asia* (Leiden：E. J. Brill, 1979), pp. 132 - 34, n. 332。

⑨⑩ 行 134：對黃支國的辨認不太確定，但多數學者認爲它大概是印度坎奇（今康契普臘姆）。見 Gabriel Ferrand, "Le K'ouen-louen et les anciens navigations interocéaniques dans les mers du Sud," *JA* 13 (1919)：452 - 56；藤田豐八，《東西交涉史の研究‧南海篇》（1930；修訂版，東京：荻原星文館，1943），頁 124—130。最近的評論，見蘇繼傾，《黃支國在南海何處》，《南洋學報》7(1951.12)：1 - 5。來自黃支國的犀牛於公元 2 年獻給漢平帝，見《漢書》卷 12 頁 352；*HFHD*, 3：71。

⑨⑪ 行 135：關於"條支"已經提出各種不同的辨析。Frederic Hirfh, *China and the Roman Orient* (Shanghai：Kelly and Walsh, 1885), pp. 144 - 52 確認它是卡爾迪亞王國。白鳥庫吉，《西域史研究》，收《白鳥庫吉全集》（東京：巖波書店，1969），7：205 - 236，以及"The Geography of the Western Regions Studied on the Basis of Ta-ch'in Accounts," *MTB* 15 (1956)：146 - 60，認爲它是幼發拉底河下游的 Mesena-Kharacene。藤田豐八主張條支是伊朗南部的法爾斯（波西斯）。見藤田豐八，《東西交涉史の研究‧南海篇》，頁 211—215。宮崎市定，《マジマ史研究》，5 冊（京都：東洋史研究會，1957），1：151 - 184 認爲它是叙利亞一個擬音爲"Seleucia"的地方。條支以鴕鳥而著稱，見《史記》卷 123 頁 3163；*Records*, 2：268；《漢書》卷 96 上頁 3888；Hulsewé, *China in Central Asia*, p. 113。

穿越崑崙，(92)
橫渡大海，
異域的奇特物種，
來自三萬里。

4

至於宮室殿堂，體制取象於天地，(93)
經緯順應於陰陽。(94)
置於坤靈的正位，(95)

“其宮室也，體象乎天地，經緯乎陰陽。據坤靈之正位，倣太紫之圓方。樹中天之華闕，豐冠山之

---

(92) 行 136：崑崙山在漢代具有近乎神話的意義，從秦嶺延伸，橫穿今西藏北部，直到帕米爾。

(93) 行 140：這一行和接下來的幾行反映中國建築的宇宙觀。其中的城市和建築被完美地建造成宇宙的縮影。班固描述成模仿天地的宮殿，大概指的就是被稱爲明堂的宇屋。據《大戴禮記》記載，其爲“上圓下方”（《漢魏叢書》卷 8 頁 19b），意味着太室的屋頂是圓錐形的，與天（通常被認爲是圓的）相一致；地基是方形的，與地（通常被認爲是方的）相一致。見王國維（1877—1927），《明堂廟寢通考》，《王觀堂先生全集·觀堂集林》（臺北：文化出版公司，1968）卷 3 頁 10—26；J. Hefter, trans., “Ming-t’ang-miao-ch’in-t’ung-k’ao- Ausschluss uber die Halle der lichten Kraft, ming-t’ang, liber den Ahnentempel miao, sowie uber die Wohnpalaste (Wohngebaude), ch’in,” *OZ* (1931): 17 - 35, 70 - 86; W. E. Soothill, *The Hall of Light: A Study of Early Chinese Kingship* (London. Lutteryworthy, 1951); Henri Maspero, “Le Ming-Tang et la crise religieuse chinoise avant les Han,” *MCB* 9 (1948 - 1951): 1 - 71。有關明堂的建築研究，見盧毓駿，《中國建築史與營造法》（臺北：中國文化學院建築及都市計劃學會，1971），頁 109—142；葉大松，《中國建築史》（臺北：信明出版社，1973），頁 223—233、444—446。

除了這一陳述，長安宮的確切宇宙設計鮮爲人知。比如，没有跡象表明，它們有經典的明堂圓頂。未央宮最可能具有的是四坡屋頂而不是圓頂，見葉大松，頁 400。同樣，城市的形狀也很難和任何精確的宇宙平面圖聯繫起來。Paul Wheatley 指出長安城的形狀是不規則的，“表述爲方形不切實際。此設想的結果引出其後的推測，即此城市被置於大熊座和小熊座組成的空間圖案中，皇宮占據當時的北極星的位置，也就是 4339 鹿豹座”。見 *The Pivot of the Four Quarters*, p. 442。《三輔黄圖》（第 28 行）也記載一段不知日期的言論：城南爲南斗形，城北爲北斗形。因爲這個原因，長安被叫作“斗城”。Hotaling (“The City Walls of Han Ch’ang-an”, p. 39) 聲稱北城墻和南城墻與北斗和南斗的形狀相似。

(94) 行 141：“經”指南北方向，“緯”指東西方向，見《大戴禮記》卷 13 頁 8a；《吕氏春秋》，《四部備要》，卷 13 頁 3a 高誘注；《淮南子》，《四部備要》，卷 4 頁 2a；Needham, 3: 541, note d。根據陰陽五行理論，這一行顯然和方位或者宮殿布局有關。見 Cheng Te-k’un（鄭德坤），“Yin-yang, Wu-hsing, and Han Art,” *HJAS* 20 (1957): 162 - 86。其意義可以是風水學，並且指向陰陽的平衡。建築在其軸向布局上也同樣要求順應陰陽平衡。比如，出自漢代的《易經》緯書《易緯乾鑿度》，將陰和西南關聯，將陽和西北關聯。見《武英殿聚珍版叢書》，上卷頁 4a。

(95) 行 142：“坤”在《易經》中是地卦的名稱。“坤靈”具有一定的風水味道，可能指此地的形勢結構，爲大地的神靈力量所青睞。

模仿太、紫的圓和方。(96)
豎立華麗的雙闕直插入天，(97)
建造奢華的赤殿高聳山頂。
用最稀異的材料，最巧妙的技藝，(98)
架起形如飛龍的虹梁，(99)
對齊棼橑以設置屋檐，(100)
肩負長短高飛的棟梁。
雕玉石底座以承接殿柱，
裁黃金璧形而裝飾瓦璫。(101)
煥發五彩燦爛的温潤色澤，
光輝像閃爍火焰明亮耀眼。
於是左邊是臺階，右邊是平階。(102)

朱堂。因瓌材而究奇，抗應龍之虹梁。列棼橑以布翼，荷棟桴而高驤。雕玉瑱以居楹，裁金璧以飾璫。發五色之渥彩，光爓朗以景彰。於是左墄右平，重軒三階。閨房周通，門闥洞開。列鍾虡於中庭，立金人於端闈。仍增崖而衡閾，臨峻路而啓扉。徇以離宮別寢，承以崇臺閒館。煥若列宿，紫宮是環。清涼宣溫，神仙長年。金華玉堂，白虎麒麟。區宇若茲，不可殫論。增盤崔

---

(96) 行 143：紫微(或紫微垣)是被中國人描述爲環繞天極的十五顆星組成的屏藩的名字。李約瑟將它翻譯爲“Purple Forbidden Enclosure”(3.259)。薛愛華(*Pacing the Void*, p. 47)給出更文藝的名字“Purple Tenuity”。八星組成其東藩：天龍座 ι、θ、η、ξ、φ，仙王座 χ、γ，仙后座 21。其西藩包括：天龍座 α、χ、λ，大熊座 d2106 和鹿豹座 43、9、IH^1。見 Gustave Schlegel, *Uianographie chinoise*, 2 vols. (1875; rpt Taibei Chengwen, 1967), 1: 508–10。它被稱爲天帝的宮殿，理論上漢代皇帝的宮殿是它的複製品。

太微(太微宮垣)常被確認爲由主要位於獅子座和處女座的十顆星組成的星宿，見《晉書》卷 11 頁 291—292，及《史記》卷 27 頁 1298 注 4，張守節注。但是，這一星宿的形狀不是方形的。太微有時也被描述爲同一天區的十二星組成的方形圖象，見《史記》卷 27 頁 1299 司馬遷的討論，及《春秋》的緯書《春秋合誠圖》(《緯書集成》卷 4 下頁 6—7)，特別是後者將其描述成方形。Schafer 釋太微爲 Grand Tenuity，見 *Pacing the Void*, p. 52。

漢代的一位作家在太微、紫微和明堂之間建立對應關係。劉向《別録》的一段話説：“明堂之制：內有太室，象紫宮；南出明堂，象太微。”(《後漢書》卷 40 上頁 1342 引，見 Maspero, “Le Ming-t'ang,” p. 26)

(97) 行 144：公元前 199 年，蕭何建造未央宮，這是長安最重要的宮殿。在宮殿的前面，他豎立兩座大闕，一座叫作東闕，另一座叫作北闕。見《史記》卷 8 頁 385；*Mh*, 2: 391; Records, 1.110。《漢書》將相同的事件紀爲公元前 200 年，見《漢書》卷 1 下頁 64；*HFHD*, 1: 118。闕有一個大門可以控制入城。

(98) 行 146：《後漢書》作“瑰”，《文選》作“瓌”。

(99) 行 147：梁似乎被雕刻成彎曲的弧形。

(100) 行 148：“棼”，《説文》(卷 6 上頁 2662b)注解爲“複屋之棟”。“複屋”，常稱爲“重屋”，是一種有兩層屋頂的兩層閣樓建築，每層各一間。這種結構的檁條叫作“棼”，椽子叫作“橑”。“棼”幾乎總是和“橑”結合而被提及(見《説文》卷 6 上頁 2503b 段玉裁注)。這種建築風格被稱爲“重檐”風格。1972 年在内蒙古和林格爾漢墓發現的壁畫拓本，清楚地展示這種“複屋”形式。見《漢唐壁畫》(北京：外文出版社，1974)圖 35 以及羅哲文《和林格爾漢墓壁畫所見的一些古建築》，《文物》(1974.1)：34，此建築被描述爲“複屋建築”。

(101) 行 151：“璫”指的是椽子頂端的裝飾物。它們通常是玉做的，雖然瓦璫在朝鮮的漢代樂浪郡遺址中已被發現。見鮑鼎、劉敦楨、梁思成，《漢代的建築式樣與裝飾》，《中國營造學社彙刊》，5(1934)：頁 11。

(102) 行 154：“墄”在左邊(意味東方)用以限制步行交通，與之平行的右邊(西)是由裝飾的磚塊構成的“平”。它被用作馬車進出宮殿的坡道。見《後漢書》卷 40 上頁 1343，摯虞《決疑要注》引，以及 *HFHD*, 3: 368, n. 1.2。

重廊和三階，(103)
側門和各房遍通，
外門内闥相對而開。(104)
豎鍾架在庭院中，
立銅人於正門外。(105)
順着懸崖插入門檻，
俯瞰陡路整理門口。(106)
未央宫爲離宫别殿所環繞，(107)
與高台閑館相簇擁。
它們像星宿一樣璀璨，
環繞紫宫。(108)

嵬，登降炤爛。殊形詭制，每各
異觀。乘茵步輦，惟所息宴。

---

(103) 行 155："重廊"是有多重解釋的"重軒"的近義詞。李賢(《後漢書》卷 40 上頁 1343，注 4)和李善(卷 1 頁 9b)援引王逸注《招魂》(《楚辭補注》卷 9 頁 341)，釋"軒"爲"樓板"(字面意思閣樓的木板)，諸橋(no. 38187)釋爲"欄干"和"扶手"。這一解釋和吕延濟(卷 1 頁 12a)釋"重軒"爲"重欄干"重合。小尾郊一(《文選》，卷 1 頁 74)引申這一解釋，暗示欄干沿着樓梯的兩邊。但是，不清楚"樓板"確切指什麽，抑或它是如何意指"欄干"和"扶手"的。"樓板"之意的一條綫索是收於慧琳(737—820)《一切經音義》(丁福保排版，1926，卷 28 頁 4a)的對"軒"的注釋："軒，謂檻正板也。遮擋風日。"朱季海，《楚辭解故》(1963；重印，香港：中華書局，1973)頁 179，推測慧琳的注釋比王逸的注更完整，因爲王注忽略"樓板"的屏障之意。從這裏以及其他證據(《漢書》卷 82 頁 3376，"漢元帝自臨軒檻上")，"重軒"指閣樓的一部分而不是樓梯欄干似無疑問。姚鼐(1732—1815)把它看成特指兩層屋頂建築的衆多詞語之一(例如，"重檐"、"重橑"、"重棟"、"重棼")。按照姚鼐所説，"軒板"與"屋笮"那些放在椽上瓦下的格架相同。見孫詒讓(1848—1948)，《周禮正義》，《四部備要》，卷 83 頁 12b。這一解釋與猜測"軒"由"設於大廳前，比高高在上的主檐提供更有效遮擋"的遮篷或者帳篷演變而來的 Alexander Soper 一致。見 Laurence Sickman and Alexander Soper，*The Art and Architectwe of China* (Harmondsworth：Penguin，1956)，p. 223。從遮篷來看，它可能已經發展成木板製作的固定門廊或者陽台。"重軒"大概是對雙層閣樓的重廊的稱呼。郭璞因而釋"重坐"一詞與"重軒"相同。見《史記》卷 117 頁 3026 注 2，及《漢書》卷 57 上頁 2557 釋"重坐"爲"增室"的顔師古注。關於漢代"重軒"的圖片，見鮑鼎，圖 6，A、B。

何沛雄曾提出"重軒"指"重門"(見其《班固西都賦與漢代長安》，頁 213 注 16)。但他只是沿用經常缺乏語文學研究的五臣注；如果他能列舉"軒"在漢代意指"門"的例子或其他注疏，就會更可信。

"三階"是指未央宫正殿東邊的東、中和西階。其布局也許反映《周禮》提及的理想化的"九階"布局(其中三道位於南面，剩下的六道均匀分布在東、西、北面)。

(104) 行 157：作爲"相對而開"意義的"洞"示例見《漢書》卷 93 頁 3733("重殿洞門")和《漢書》卷 98 頁 4023("洞門高廊閣道，連屬彌望")。顔師古(《漢書》卷 93 頁 3733 注 9)注"洞門"爲"門門相當"。

(105) 行 158—159：公元前 221 年，秦始皇收集國家的所有兵器然後將它們熔鑄成鍾架和十二個金人。見《史記》卷 6 頁 239；*Mh*，2：134。據《三輔黄圖》(《史記》卷 6 頁 240 注 6 引)所載，漢代的這些金人位於永樂宫(見下面第 167 行注)而非未央宫的前面。

(106) 行 160—161：未央宫是通過平整龍首山而建造的，見上面第 37 行注。

(107) 行 162：《後漢書》作"殿"，《文選》作"宫"。

(108) 行 164—165："紫宫"是紫微垣的另一名稱(見上面第 143 行注)。其中心是所有星星圍繞旋轉的天極，見《史記》卷 27 頁 1289；*Mh*，3：339 - 40。

清涼、宣室、温室、(109)
神仙、長年、(110)
金華、玉堂、(111)
白虎、麒麟，(112)
像這樣的處所，
數之不盡。
重疊盤曲，崔嵬屹立。(113)
高低上下，光輝富麗，
形態有别，構造奇異。
各自顯現不同的外觀。
乘坐茵車或步輦，
它們確實是休息卧眠之處。

5

後宫則有掖庭、椒房，(114)
皇后和妃嬪的宫室：
合歡、增成、
安處、常寧、
茝若、椒風、

"後宫則有掖庭椒房，后妃之室。合歡增城，安處常寧。茝若椒風，披香發越。蘭林蕙草，鴛鸞飛翔之列。昭陽特盛，隆乎孝成。屋不呈材，牆不露形。裛以

(109) 行 166：這些都是未央宫的前殿。清涼殿，又叫延清殿，主要是夏季的住所，通過冬天儲存於地下的冰塊保持清涼。温室殿，是清涼殿的冬季配套。它鋪着厚厚的喀什米爾地毯，塗着提供一定熱量的椒泥漆。關於所有這些殿，見《三輔黄圖》卷 3 頁 48。宣室殿是最大的前殿。儘管"宣"有時候理解成"大"的意思（見《説文》卷 7 下頁 3214b 段玉裁注），但它更可能意味着"宣言"，因爲朝廷在這裏宣讀公告。見《漢書》卷 23 頁 1102 及注 2 如淳的注。關於前殿的示意圖，見葉大松，頁 423。

(110) 行 167：神仙殿並非未央宫的一部分，而是屬於永樂宫（見下面第 225 行注釋）。見《三輔黄圖・補編》頁 115。長年殿是未央宫的一部分，見《三輔黄圖》卷 3 頁 49。

(111) 行 168：金華殿是漢成帝（前 32—前 7 年在位）受學《尚書》和《論語》的地方。見《漢書》卷 100 上頁 2a 及《三輔黄圖》卷 3 頁 49。玉堂殿位於未央宫的西面，見《三輔黄圖》卷 3 頁 48。

(112) 行 169：白虎是西方的守護神，所以白虎殿大概位於未央宫的西面，見葉大松，頁 402。關於麒麟殿，我們僅知道是未央宫的宫殿之一，見《三輔黄圖》卷 3 頁 49。

(113) 行 172：《後漢書》作"嶚嶪峨"，《文選》作"盤崔嵬"。

(114) 行 178："後宫"一詞是女人住所的通稱，包括婕妤（或倢伃）以下品級使用的掖庭，以及皇后居住的椒房。《三輔黄圖》（卷 3 頁 50）把掖庭和椒房看作實際宫殿的名稱，中華書局版《後漢書》（卷 40 上頁 1341）出現的四次"掖庭"也是如此。我在《漢書》（卷 8 頁 236、卷 65 頁 2854、卷 85 頁 3464、卷 99 上頁 4051）找到的，似乎無一用作專有名詞。但是，椒房在特定情况下作爲宫殿的名稱更合理。顔師古（《漢書》卷 66 頁 2885 注 8）釋"椒房"爲皇后居住的宫殿的名稱。"椒"（pepper）指一種椒泥混合物，塗抹於墻上以保持房間的温暖並提供怡人的芳香。

披香、發越、

蘭林、蕙草、

185 鴛鸞、飛翔。⑮

昭陽宮格外華麗，⑯

是成帝時最榮盛的宮殿。

屋宇不露其梁材，

墻壁未現其原形。

190 棟梁錦綉纏繞，

墻壁扎彩裝飾，

隨侯的明月⑰

錯落其中，

金環鑲以璧玉，⑱

195 好似金錢排列成行。

翠羽和火齊珠，⑲

流光溢彩，

懸黎和垂棘寶石，⑳

以及夜光之璧，都在此處。㉑

200 於是有赤黑地面，鍍金門限，㉒

白玉階沿，紅石庭院。

藻繡，絡以綸連。隨侯明月，錯落其間。金釭銜璧，是爲列錢。翡翠火齊，流耀含英。懸黎垂棘，夜光在焉。於是玄墀釦砌，玉階彤庭。硨磲綵緻，琳珉青熒。珊瑚碧樹，周阿而生。紅羅颯纚，綺組繽紛。精曜華燭，俯仰如神。後宮之號，十有四位。窈窕繁華，更盛迭貴。處乎斯列者，蓋以百數。

---

⑮ 行 180—185：後宮包括總共十四處住所，這裏提到其中的十三處。完整的列表，見葉大松，頁 402—403。我跟從《三輔黃圖》(卷 3 頁 50)將《文選》的"鴛鸞"(Mandarin Duck/Simurgh)改作"鴛鴦"(Mandarin Duck)。

⑯ 行 186：最華麗的女性住所是漢成帝的寵妃趙昭儀居住的昭陽殿，見《漢書》卷 97 下頁 3989 及 Watson, *Courtier and Commoner*, p. 266。

⑰ 行 192：隨侯是一位貴族，爲周氏族的後裔。他遇到一條受傷的蛇，用藥物治好蛇的傷口。後來，蛇向他呈上一顆大珠以報答他的善良。此珠在黑暗中發光，以明月珠而著稱。關於這個故事，見《淮南子》卷 6 頁 3b；Mather, *A New Account of Tales of the World*, p. 42, n. 3。

⑱ 行 194："釭"字面意爲"輪轂"。在昭明殿，墻壁覆有形似腰帶的露出的橫向木條，稱爲"壁帶"。這些壁帶鑲有形似輪轂的金環。見《漢書》卷 97 下頁 3989 顏師古注(注 4)。

⑲ 行 196：壁帶用"明珠、翠羽"裝飾，見《漢書》卷 97 下頁 3989。"火齊"是一種雲母製成的物質，"色如紫金，有光耀"，見《梁書》卷 54 頁 797。Berthold Laufer 在其光學透鏡研究中詳細討論它，顯示它可能和被稱爲"火珠"的燃燒的晶體不同，見"Optical Lenses," *TP* 16 (1915)：188‑205。

⑳ 行 198："懸黎"是戰國時期梁國擁有的珍貴寶石，見《戰國策》卷 5 頁 3a。"垂棘"據說位於古代晉國(見《左傳注疏》卷 26 頁 10a 杜預注)，産寶石(見《左傳》僖公二年)。

㉑ 行 199："夜光"一詞是任何發光寶石的總稱，其中一些確實在黑暗中發光。

㉒ 行 200：殿上之地被稱爲"墀"。它被塗上紅色的顏料，有"丹"(見《文選》卷 2 頁 6a、卷 6 頁 11a)或"赤"多種說法。班固這裏用"玄"字，見《說文》卷 4 下頁 1678b—1680b。

"切"("砌")的解釋爲"門限"，見《漢書》卷 87 下頁 3989 注 2，顏師古注。門限鍍銅和金。

硪碱彩石，紋理緻密，[123]

琳珉美玉，青翠晶瑩。[124]

珊瑚和緑石英之樹，[125]

205　種植於庭院四周轉角之處。

紅衣美人，長袖飄拂，

綺羅衣帶，紛紛纏繞。[126]

光芒純粹，華麗閃耀，

俯仰舉止，猶如女神。

210　後宫名號，

其數十四。[127]

窈窕端莊，繁麗如花，

更迭輝煌，相次貴寵，

位列諸等名號者，

215　大致數以百計。

6

宫廷和朝堂的左右，　　　　　　　　　　　　　　“左右庭中，朝堂百寮之位。蕭

---

[123]　行 202：硪石被描述爲“白者如冰，半有赤色”，見《漢書》卷 57 上頁 2537 注 10，張揖注（227—232）。它可能是紅色的，見 Bernard E. Read and C. Pak, *Chinese Materia Medica: A Compendium of Minerals and Stones* (1928；1936；rpt. Taibei；Southern Materials Center, 1977)，p. 24，♯37b。此石的主要來源是雁門（今陝西北），見《史記》卷 17 頁 3005。
　　碱，説是一種似硪的石頭（李善，卷 1 頁 11a）。我找不到其他參考資料。我譯的“斧石”純粹是一種幻想的翻譯。

[124]　行 203：琳石最早在《尚書·禹貢》（卷 3 頁 5a）中作爲一種雍州的特産被提及。學者普遍同意它是玉的一種。見 Hervouet, *Le Chapitre* 117 *du Che ki*, p. 18, n. 11。
　　珉是大理石或瑪瑙的一種，見張鴻釗，《石雅》，《中國地質調查回憶録》，册 2（1921；再版，北京：中國地質調查，1927），頁 165。

[125]　行 204：這些樹很可能指的是據説漢武帝放在宫殿庭院裏的人造樹。《漢武帝故事》，一部被誤歸屬於班固的後世（六朝？）作品，有提到它們。這些玉樹有珊瑚樹枝、碧石製成的葉子、珍珠和玉石製成的花朵、果實，見《藝文類聚》卷 83 頁 1428；“Histoire anecdotique et fabuleuse de l'Empereur Wou des Han,” *Lectures chinoises* 1（1945）：67。碧，經常被歸類爲玉（見《淮南子》卷 4 頁 2b，高誘注；《山海經》，《四部備要》，卷 2 頁 9b，郭璞注），可能是被稱爲緑石英的韭菜緑的石英，見 Schafer, *The Vermilion Bird*, p. 159。

[126]　行 207：關於中國的綺羅，見 Harada, *Kan Rikucho no fukushoku*, pp. 25-26, and pl. IV-2, V-1。

[127]　行 211：此處指的是西漢妃嬪的十四個等級，其中最高的等級被認爲是昭儀，與丞相之職位及貴族王子的等級相當。每位妃嬪的等級相當於官僚機構的相應職位和等級。見《漢書》卷 97 上頁 3935，及鎌田重雄，《秦漢政治制度の研究》（東京：日本學術振興會，1967），頁 541—575。

是朝廷官員的位置。⑫

蕭、曹、魏、邴，⑫

出謀獻策於堂上。

220　大臣輔佐獲授天命，漢代延續統治，

衆官協助施行統治，完善道德教化。

他們傳布大漢的和樂平易，⑬

拔除亡秦的毒刺，

因此允許長安的百姓高揚和諧樂聲，

225　創作《畫一》之歌。⑬

其功德可以昭告於祖宗，

恩惠能夠廣施於平民。

又有天禄和石渠之閣，⑬

文獻書籍的貯藏之府。

230　於是下令元老勤勉於教誨，⑬

名儒、太師、太傅，

講授討論六經，⑬

考察比較文本異同。

又有承明廬和金馬門，⑬

235　乃寫作構思之庭。

曹魏邴，謀謨乎其上。佐命則垂
統，輔翼則成化。流大漢之愷
悌，盪亡秦之毒螫。故令斯人揚
樂和之聲，作畫一之歌。功德著
乎祖宗，膏澤洽乎黎庶。又有天
禄、石渠，典籍之府。命夫惇誨
故老，名儒師傅。講論乎《六
蓺》，稽合乎同異。又有承明金
馬，著作之庭。大雅宏達，於兹
爲群。元元本本，殫見洽聞。啓
發篇章，校理秘文。周以鉤陳之
位，衞以嚴更之署。總禮官之甲
科，群百郡之廉孝。虎賁贅衣，
闒尹閽寺。陛戟百重，各有典
司。周廬千列，徼道綺錯。輦路
經營，脩除飛閣。自未央而連桂
宮，北彌明光而亘長樂。凌隥道
而超西墉，掍建章而連外屬。設
璧門之鳳闕，上觚稜而棲金爵。

---

⑫　行216—217：姚鼐（高步瀛卷1頁38a引）指出，班固提及“朝堂”明顯地與時代不合，因爲在西漢，重要的事務是在庭中討論的，東漢時官員才在朝堂討論。見 Wang Yii-ch'uan（王毓銓），"An Outline of the Central Government of the Former Han Dynasty," *HJAS* 12（1949）：173-78。

⑫　行218：蕭何和曹參在高祖時曾任國相（蕭：前206—前193，曹：前192—前190）；魏相和邴吉在宣帝時任國相（魏：前67—前57，邴：前57—前55）。

⑬　行222：關於“愷悌”一詞，見 Bernhard Karlgren, *Glosses on the Book of Odes*（Stockholm：Museum of Far Eastern Antiquities, 1964），p. 193，♯265。此處該詞指漢代的仁政。

⑬　行225：國相曹參死後，平民唱如下歌曲（見《史記》卷54頁2031）："蕭何爲法，較若畫一。曹參代之，守而勿失。載其清静，人而寧一。"

⑬　行228：天禄閣由蕭何建造，用以存放國家藏書和爲學者研究文本提供空間。天禄是一種具有鹿的特徵的獨角獸的名字。見《漢書》卷96上頁3889，注2；《後漢書》卷8頁352，注2；《三輔黃圖》卷6頁97；葉大松，頁557；Sickman and Soper, p. 28。關於石渠閣，見班固《序》，注10。

⑬　行230：《後漢書》作"諄"，《文選》作"惇"。

⑬　行232：六經由《詩》《書》《禮》《樂》《易》和《春秋》組成。公元前51年，漢宣帝在石渠閣召集經學的重要權威學者，討論文本的異同（《漢書》卷73頁3112；*HFHD*, 2：272）。

⑬　行234：承明同時被記敍爲未央宮的殿名（見《漢書》卷10頁316；*HFHD*, 2：396；《三輔黃圖》卷2頁38、卷3頁50）和位於石渠閣外的廬名（《漢書》卷64上頁2790注4，張晏注）。我猜測此建築的原有名稱是承明殿，廬隸屬於它或者位於附近。無論如何，學者正是在這裏和金馬門等待皇帝的召喚（揚雄同此，見《漢書》卷87上頁3522），並且準備作文。

大雅博學之人，⑬⑥

來到這裏聚集。

追本溯源，

廣見博聞，⑬⑦

240 闡發篇章，

校刊藏書。⑬⑧

他們被鈎陳之位所包圍，⑬⑨

爲嚴更之署所守護。⑭⑩

聚集禮官的甲科舉子，⑭⑪

245 會合州郡的廉孝之士。⑭⑫

虎賁和贅衣，⑭⑬

閽尹、閽人、寺人，⑭⑭

御座前的百重戟兵，

每人都各有專職。⑭⑮

内則別風之嶕嶢，眇麗巧而聳擢。張千門而立萬户，順陰陽以開闔。爾乃正殿崔嵬，層構厥高，臨乎未央。經駘盪而出馺娑，洞枌橑以與天梁。上反宇以蓋戴，激日景而納光。

---

⑬⑥ 行 236：大雅通常指《詩經》的第三部分。李善（《文選》卷 1 頁 15a）因此解釋大雅爲能夠寫作像《雅》一樣詩歌的有才華詩人。然而，大雅也可以指具有"高雅正直"品格的人，譬如班固評價河間獻王劉德："夫唯大雅，卓爾不群，河間獻王近之矣。"（《漢書》卷 53 頁 2436）

⑬⑦ 行 239：《後漢書》作"周"，《文選》作"殫"。

⑬⑧ 行 241："祕文"既可以指"神秘的、深奧的作品"，也可以簡單指"祕籍"。李善援引《孝經鈎命決》，明顯採用"祕籍"意義之"祕文"："丘掇祕文。"（《文選》卷 1 頁 15b）這些文書很可能是被稱作讖緯的文書，包含很多深奧的、近乎謎語的段落，往往與經典相關，見 Dull, "Historical Introduction"對這些文書的綜合討論。但是，將"祕文"理解成漢代關於"祕籍"的常用術語"祕書"，也是有可能的（參班固《答賓戲》，《文選》卷 45 頁 17a）。參與校刊的事實表明，"祕文"應該被解釋爲包含在皇家秘籍中的作品。

⑬⑨ 行 242："鈎陳"是位於紫宮之内的六星組合。它對應北極 δ、ε、ζ、6B，皮亞齊 viʰ 21（鹿豹座 46？），仙王座 323B，見 Needham, 3：261, note g。除了作爲後宮對應天體的功能，它還負責軍隊護衛。班固對這一天文術語的使用，純粹是一種隱喻皇宮護衛的方式。

⑭⑩ 行 243：嚴更之署是一種負責巡視皇宮的更夫之職。更夫於五更的每一更打鼓，晚上 7 點到早上 5 點每兩小時實行一次，見《顏氏家訓》卷下頁 30b 及 Teng, Family Instructions, p. 180。

⑭⑪ 行 244：禮官在這裏指的是太常，其職責除了參與皇家典禮和禮儀，還負責掌管官吏筆試。所用的制度被稱爲射策，將問題書之於策，然後應試者拈取題目。見《漢書》卷 78 頁 3272，注 4，顏師古注。漢平帝統治時期（1—5），每年甲科四十人、乙科二十人、丙科四十人成功入選官員，見《漢書》卷 88 頁 3596。中甲科者任命爲郎中，見《漢書》卷 78 頁 3272、卷 81 頁 3331、卷 81 頁 3365、卷 84 頁 3411、卷 86 頁 3481、卷 86 頁 3488。

⑭⑫ 行 245：可以入選中央政府官員的另一個方法是舉孝廉。這種推舉多在州郡的等級，常得到皇宮郎官的任命。見 Ch'ii T'ung-tsu, Han Social Structure, p. 205, n. 94。

⑭⑬ 行 246："虎賁"和"贅衣"並非漢代的官職，而是可能存在於周朝。它們在《尚書·立政篇》被一起提到（卷 10 頁 11a）。"虎賁"作爲皇家護衛在《周禮》（卷 8 頁 4b—5a）中有提及。"贅衣"則鮮爲人知，但人們認爲這一職位可能和《周禮》中提到的節服氏類似，他們負責皇帝祭祀和朝衆時所穿的禮冠和禮服（《周禮》卷 8 頁 5b）。見 Sven Broman, "Studies on the Chou Li," BMFEA 33 (1961)：40-4。

⑭⑭ 行 247：這些官職無一是漢代的官職用語。"閽尹"在見於《呂氏春秋》（卷 11 頁 1b）和《禮記》（卷 5 頁 25b）的周代晚期（？）著作《月令》中有提及。"閽人"和"寺人"都在《周禮》（卷 1 頁 7b—8a）中提及。

⑭⑮ 行 249：《後漢書》作"攷"，《文選》作"典"。

250　周圍的廬舍站成千列，⑭⑥

巡行的道路有如錯綺。⑭⑦

寬闊的輦路循環往復，⑭⑧

修長的連廊閣道高飛。⑭⑨

從未央宮連到桂宮，

255　向北延伸到明光宮，抵達長樂宮，⑮⓪

穿過斜廊，越過西牆。

合併建章宮，連通城外。⑮①

這裏設有璧門之鳳闕，

其檐角棲息着一隻銅鳳。⑮②

------

⑭⑥　行 250："廬"爲守夜提供住處，見《漢書》卷 64 上頁 2790，注 4，張晏注。

⑭⑦　行 251：都城由中尉管理之下的護衛巡察。見《漢書》卷 19 上頁 733。

⑭⑧　行 252：連接宮殿的是木製走廊的網絡，通常架高，允許皇帝及隨從自在遊城而不被注意。這一走廊被稱爲
　　　"輦路"或"輦道"（見司馬相如《上林賦》，《文選》卷 8 頁 6a），是皇帝的人力車（輦）經過的"閣道"。

⑭⑨　行 253：朱珔（卷 1 頁 15a）已經表明"除"（《後漢書》文本作"涂"）字並不如李善（卷 1 頁 13a）所釋指宮殿的
　　　樓梯，而是一種木板長廊。
　　　"飛閣"是連接未央宮和建章宮的架空閣道的別名，位於城西牆外。見《三輔黃圖》卷 2 頁 40："以城中爲小，
　　　乃於（未央）宮西跨城池作飛閣，通建章宮，構輦道以上下。"有關這種閣道的大致形態的說明，見葉大松，頁
　　　376，插圖 7—15A。
　　　《後漢書》作"涂"，尤袤和六臣注本作"除"，五臣注本作"塗"。

⑮⓪　行 254—255：桂宮位於未央宮北，由武帝建於公元前 101 年（見《三輔黃圖》卷 2 頁 42），其周圍超過十里（大約 5 公
　　　里）。穿過大道通往城牆北入口的是建於公元前 101 年的明光殿（見《漢書》卷 6 頁 202）。長安東南部是劉邦於公
　　　元前 200 年用舊的秦宮建造的長樂宮（見《史記》卷 8 頁 385，《漢書》卷 1 下頁 22a）。它是高祖的住所。在之後的
　　　時間成爲皇后的宮殿。見《三輔黃圖》卷 2 頁 36—37。連接所有這些建築的是成網的架空閣道和馬車通道。
　　　《後漢書》作"組"，《文選》作"亙"。

⑮①　行 256—257：長安最大的宮殿是建章宮。它建於公元前 104 年，西城牆章城外。建章的意思不是很明確。
　　　"章"（"圖案"、"華麗"、"法規"）或許來源於宮殿鄰近的章城門。詳細的描述，見《史記》卷 28 頁 1402；*Mh*，
　　　3；514；*Records*，2；66。"隧道"似乎是另一種架空閣道。我懷疑它可能有一道覆蓋屋頂的斜坡。
　　　《後漢書》作"混"，《文選》作"掍"。

⑮②　行 258—259：有關"璧門"十分混亂。《史記》（卷 28 頁 1402）和《漢書》（卷 25 下頁 1245）在其對建章宮幾乎
　　　完全相同的描述中，將它和玉堂定位於宮殿南。但是，《三輔黃圖》提到兩次璧門，第一次作爲建章宮正南門
　　　的別名（稱爲閶闔），第二次作爲通往南邊大殿曰玉堂的宏偉正門（見《三輔黃圖》卷 2 頁 40—41）。《三輔
　　　黃圖》有可能指的是同一地方的同一座門。班固認爲指鳳闕，這就使得問題更複雜，因爲所有原始資料都認
　　　定鳳闕是建章宮的正東門（見《史記》卷 28 頁 1402，《漢書》卷 25 下頁 1245，《三輔黃圖》卷 2 頁 40—41）。這
　　　一入口大門因樓塔頂部有一尊鳳鳥形狀的青銅像而得名。如果班固指的是這一著名建築，他說的"璧門之
　　　鳳闕"似乎很奇怪。因爲這個理由，高步瀛（卷 1 頁 43a）提出"之"當作"與"。儘管在小品詞詞典中可以找
　　　到"之"和"與"的等式，例如楊樹達《詞詮》（上海：商務，1928）卷 5 頁 4—5，但是這種用法常見於漢代或者班
　　　固作品的證據很少。因此，我認爲，與其認爲是一種特殊用法，不如提出這裏提到的鳳闕並非專有名詞，而
　　　僅是指頂部有青銅鳳鳥圖像的普通入口大門的名字。璧門有此類裝飾物之一，可能是一種風標。據《三輔
　　　黃圖》卷 2 頁 41："鑄銅鳳高五尺（1.155 米），飾黃金樓屋上，下有轉樞，向風若翔。"（又見 Needham，vol. 3；
　　　479，在其風標部分討論這一段文字）帶有鳳凰裝飾的闕門在漢代非常普遍，並不限於都城地區，一塊來自四
　　　川的墓磚顯示中間帶有鳳凰裝飾的雙闕，見聞宥，《四川漢代畫像選集》（上海：群聯，1955），圖 80。
　　　"觚稜"或"柧棱"意爲屋脊，見王觀國，《學林》，《叢書集成》，卷 5 頁 148；《説文》，卷 6 上頁 2619a—2620a。

260 裏面有別風闕，高高聳立，⑮

　　精美，巧妙，上凌。⑭

　　安裝千門，建造萬户，⑮

　　根據晦明而開啓關閉。⑯

　　於是正殿峻峭，層層矗立，

265 其高俯瞰未央宫殿。⑰

　　穿過駘盪，出自馺娑，⑱

　　進入枍詣，抵達天梁。⑲

　　其飛檐有覆蓋的遮篷，⑳

　　攔截日照，捕捉光亮。

7

270 神明臺巍然獨立，㉑　　　　　　　"神明鬱其特起，遂偃蹇而上躋。

　　於是彎曲向上，升到高處。　　軼雲雨於太半，虹霓迴帶於棼

　　超越半空的雲雨，　　　　　　楣。雖輕迅與儦狡，猶愕眙而不

　　它的棟梁虹霓縈繞。　　　　　能階。攀井幹而未半，目眴轉而

　　即使輕快靈敏者，　　　　　　意迷。舍櫺檻而卻倚，若顛墜而

---

⑮ 行 260：別風闕位於建章宫的東門。頂部是一對大約 2.3 米高的鳳鳥銅像，表面上用來確定風向（但是，Needham, vol. 3：478－79 對這種類似風標的奇妙裝置的功用表示懷疑）。不同的原始資料描述此闕的高度分别爲二十五丈（57.75 米）、五十五丈（115.5 米）、七十五丈又五尺（174.405 米）。葉大松（頁 408）主張實際高度接近十三丈（30 米）。因此闕上聳到如此高度，它又被稱爲"嶕嶢闕"。但是，它最常見的名字是鳳闕。見《三輔黄圖》卷 2 頁 40—41。
尤袤刊本和《後漢書》有"之"，六臣注本缺。

⑭ 行 261：小尾（《文選》，卷 1 頁 79）和中島（《文選》，卷 1 頁 41）都把"眇麗"當作前一行的部分。我遵從《後漢書》的斷句。

⑮ 行 262：建章宫的千門萬户在《史記》卷 28 頁 1402 和《漢書》卷 25 下頁 1245 中也有提及。

⑯ 行 263：據劉良（卷 1 頁 15a），門户陽開而陰閉。

⑰ 行 264—265：按照《史記》（卷 28 頁 1402）和《漢書》（卷 25 下頁 1245），建章宫的主殿要高於未央宫的主殿。

⑱ 行 266：駘盪殿，以其春天的大量植物而出名，坐落於馺娑殿的前面。之所以這樣命名，是因爲據説需要騎一整天的馬，才能從一座殿的末尾到達另一座殿。見《三輔黄圖》卷 3 頁 53。

⑲ 行 267：枍詣殿以建造此殿棟梁的木材而命名，見《三輔黄圖》卷 3 頁 53 和高步瀛卷 1 頁 43b—44a。天梁殿，位於枍詣殿的後面，之所以這樣命名，是因爲它的梁似乎上升到天空的最高層，見《三輔黄圖》卷 3 頁 53。

⑳ 行 268：飛檐是屋頂延伸出來的向上彎曲的檐。這段文字成爲證明中國古代拱形屋頂存在的證據。見葉大松，頁 53—54。

㉑ 行 270：神明殿位於建章宫的西面。據説它有五十丈（115.5 米）高。其名字"神明"來自神明居住在其頂端的信仰。此臺有九室，每室住一百名道士。見《漢書》卷 25 下頁 1245 注 8。

275　也驚愕恐懼，無法攀登。[162]

登井幹樓未及一半，[163]

視綫模糊，心意迷亂，

放開欄杆，後退尋求支撐，

雖然看似將要下墜，又接住自己。

280　心神恍惚迷失方向，

循着回路下到低處。

畏懼登高望遠，

就下到低處周遊徘徊。

走上複道，盤旋紆回，

285　又是幽深黑暗，不見太陽。

若推開閣樓之門而向上眺望，

仿佛放眼於天外，

失去依托，一切空虛渺茫。[164]

前爲中庭，後爲太液，[165]

290　覽滄海之浩蕩。[166]

波浪衝擊碣石，[167]

擊打神山，響聲轟轟，

其上漂浮瀛洲和方壺島，

蓬萊則屹立中央。[168]

復稽。魂悅悅以失度，巡迴塗而下低。既懲懼於登望，降周流以傍徨。步甬道以縈紆，又杳窱而不見陽。排飛闥而上出，若遊目於天表，似無依而洋洋。前唐中而後太液，覽滄海之湯湯。揚波濤於碣石，激神岳之嶈嶈。濫瀛洲與方壺，蓬萊起乎中央。於是靈草冬榮，神木叢生。巖峻崷崪，金石崢嶸。抗仙掌以承露，擢雙立之金莖。軼埃堨之混濁，鮮顥氣之清英。騁文成之丕誕，馳五利之所刑。庶松喬之群類，時遊從乎斯庭。實列仙之攸館，非吾人之所寧。

---

[162] 行 275：《後漢書》作"敢"，《文選》作"能"。

[163] 行 276：井幹樓面對神明殿，同樣也是五十丈高。它由一系列井幹形狀的桁架建造而成。見葉大松，頁 412—413、568 注 5 及 414 圖 8‑7。

[164] 行 288：《後漢書》作"久"，《文選》作"而"。

[165] 行 289：這些是建章宮建築群内的兩座人工湖的名字。高步瀛（卷 1 頁 46a）接受朱珔（卷 1 頁 17a）和胡紹煐（卷 1 頁 15a—b）的解釋，唐中不是一座池，而是指建章宮西面的中庭（參《史記》卷 28 頁 1402）。"唐中"可能是《毛詩》第 142 首第 2 章"中唐"的倒裝。但是，因爲它接近中庭而有一座如此命名的湖是可能的。《三輔黃圖》（卷 4 頁 74）提到中庭池，周長二十里（約十公里）。太液池坐落於建章宮北。它的修建是爲了象徵北海，中間是仙島瀛洲、蓬萊、方丈和壺梁的翻版。見《史記》卷 28 頁 1402、《漢書》卷 25 下頁 1245、《三輔黃圖》卷 4 頁 72—74。

[166] 行 290：《後漢書》作"攬"，《文選》作"覽"。

[167] 行 291："碣石"似乎是一座人造山的名字，模仿東海岸著名的碣石山（旅行者經常在那裏乘船去仙島）而建。

[168] 行 293—294：這些是東海神仙居住的三座仙島的名字。方壺可能是方丈和壺梁的縮寫（見第 289 行注），或者它可能是方丈的別名，見《列子》卷 5 頁 52。

295　於是有靈草冬日盛開，

　　　神樹茂密叢生。

　　　險峻陡峭，尖鋭高峻，⑯

　　　黃金和寶石之山崎嶇。

　　　高舉仙掌承接甘露，⑰

300　一對銅柱屹立突出。

　　　超越塵埃的渾濁，⑰

　　　爲潔白空氣的清新精華所振奮。

　　　武帝放任文成的浮華誇誕，⑰

　　　陶醉於五利的奇妙方術。⑰

305　希望松、王之輩，⑰

　　　經常和他遊於此庭。

　　　它確實是群仙居住之地，

　　　決非我們人類安逸之處。

8

於是展示宏大的場景，節日的遊樂，　　　　"爾乃盛娛游之壯觀，奮泰武乎

310　皇帝在上林喚醒尚武的熱情，⑰　　　　上囿。因兹以威戎夸狄，耀威靈

　　　藉此示威於戎狄，⑯　　　　　　　　而講武事。命荆州使起鳥，詔梁

---

⑯ 行 297：《後漢書》作"崔崒"，《文選》作"嶕嶧"。

⑰ 行 299：毗鄰神明臺的是舉着用來收集甘露的大盤子的仙人銅像。甘露被作爲藥水飲用，以延長生命。這些雕像據説有二十丈(46.2 米)高。見《漢書》卷 25 上頁 1220，注 1，顏師古引《三輔故事》；《史記》卷 28 頁 1388；《三輔黃圖》卷 3 頁 54；葉大松，頁 411、420，圖 8 - 8。

⑰ 行 301：《後漢書》作"壔"，《文選》作"碣"。

⑰ 行 303：文成指的是神仙術士李少翁，以其方術和長生的承諾使漢武帝印象深刻。他被任命爲文成將軍。他最終被揭發爲騙子而於公元前 118 年被處決。見《史記》卷 28 頁 1387—1388；*Records*，2：41 - 42；《漢書》卷 25 上頁 1219—1220。

⑰ 行 304：五利是另一位神仙術士欒大的稱號。公元前 113 年，他對漢武帝產生巨大的影響。他被稱爲五利將軍。第二年他被處死。見《史記》卷 28 頁 1389—1391、1395；*Records*，2：45 - 48，54；*Mh*，3：477 - 481，493；《漢書》卷 25 上頁 1224、1231。

⑰ 行 305：這一行指的是著名的仙人赤松子和王子喬。赤松子據説生活於神農（前 2737—前 2697 年在位）時期。他有服食水晶的能力。他的多數時間都在崑崙山度過，在那裏他住在西王母的石室。他又被稱爲雨師。王子喬，又叫王晉，是周靈王（前 571—前 545 年在位）的太子。他吹笙並且能夠模仿鳳凰的鳴叫。他從一位道士處學會遊仙。見歸屬於劉向的《列仙傳》，《叢書集成》，卷上頁 1、23—24。

⑰ 行 310：《後漢書》作"大"，《文選》作"泰"（"太"）。參見上面第 43 行的校勘。

⑯ 行 311："戎"是西方非中國人的通稱。"狄"指的是北方的"夷蠻"部落。

顯耀威風,練習武事。⑰

他命荆州百姓逐鳥,⑱

令梁野人民驅獸。⑲

315　多毛獸群充滿林苑,

飛翔禽鳥翳蓋上天。

翅膀相接,足趾相連,

它們匯集於禁林而群聚,

水衡、虞人,⑱

320　管理營表。⑱

別類分組,

各個部曲,自有指揮。⑱

鳥獸網羅,繩索相連,

籠罩山脉,包圍平原。

325　士卒排列於四周,

像星星一樣布置,像雲彩一樣展開。

於是天子

備乘輿駕,⑱

率領群臣,

野而驅獸。毛群内闐,飛羽上覆。接翼側足,集禁林而屯聚。水衡虞人,修其營表。種別群分,部曲有署。罘網連紘,籠山絡野。列卒周匝,星羅雲布。於是乘鑾輿,備法駕,帥群臣。披飛廉,入苑門。遂繞酆鄗,歷上蘭。六師發逐,百獸駭殫。震震爚爚,雷奔電激。草木塗地,山淵反覆。蹂躪其十二三,乃拗怒而少息。爾乃期門佽飛,列刃鑽鍭,要趹追蹤。鳥驚觸絲,獸駭值鋒。機不虛掎,弦不再控。矢不單殺,中必疊雙。颮颮紛紛,矰繳相纏。風毛雨血,灑野蔽天。平原赤,勇士厲,猨狖失木,豺狼懾竄。爾乃移師趨險,並蹈潛穢。窮虎奔突,狂兕觸蹶。許

---

⑰ 行312:注意《後漢書》版没有"靈"或"武"。關於"講武"一詞,見《禮記》卷5頁24b及Bodde, Festivals, p. 352,n. 8。
《後漢書》作"耀威而講事",《文選》作"耀威靈而講武事"。

⑱ 行313:荆州是指現在的湖南、湖北、四川東南、貴州東北、廣西、廣東地區,更明確地説是江漢流域。荆州本地人據説擅長捕鳥(李賢,《後漢書》卷40上頁1349,注2)。

⑲ 行314:梁是四川的古名。梁人以獵人而著稱(李賢,《後漢書》卷40上頁1349,注2)。

⑱ 行319:水衡掌管上林苑。
虞人並非漢代的官職名稱,而是一個古老的周代行政術語,指掌管"山澤"的官員,見《周禮》卷7頁15b。

⑱ 行320:營(字面意思"軍營")是軍隊單元的名稱(見《一切經音義》卷17頁13,注"營"爲"部")。"表"字面意爲"標誌",指軍隊單元在苑中分派的不同"駐地"和"隊列",見《周禮》卷7頁15b。
《後漢書》作"理",《文選》作"修"。可能原文是"治",爲避唐高宗名諱而被改作"理"或"修"(高步瀛卷1頁48a)。

⑱ 行322:漢代的軍隊被分爲五部,每部由校尉帶領。部下有曲,由軍侯率領。見《漢書》卷54頁2442,注1顏師古注。

⑱ 行328:此處文本當作"乘輿"(《後漢書》),而不是"乘鑾輿"(《文選》),見高步瀛卷1頁48b。"乘輿"一詞字面意爲"統治者的馬車"。在漢代它最常用作皇帝的轉喻。蔡邕的《獨斷》記錄此詞在漢代是如何構想出來的:"天子至尊,不敢泄瀆言之,故托於乘輿也,天子以天下爲家,不以京師宮室爲常處,當乘輿以天下,故謂之車駕。"見《蔡中郎集·外集》,卷4頁2b。
"法駕"由三十六駕宫廷侍者擔任參乘(馬車中的第三人)的屬車組成,奉車郎充當御者。皇帝乘坐的馬車由六匹馬拉着。見《獨斷》卷4頁25b;《後漢書》,志第29頁3649;《漢書》卷4頁110,注16;HFHD, 1:230。

330 打開飛廉門，[184]

進入上林苑。

繞過酆、鎬，[185]

經過上蘭之觀。[186]

當六師發起追擊，[187]

335 百獸驚逸恐慌。[188]

轟聲隆隆，發光閃爍，

速疾如雷，擊似閃電。

草木散落地面，

山淵傾覆搖晃。

340 被踐踏者，十之二三，

他們控制狂熱，稍事休息。[189]

然後期門、佽飛，[190]

舉起兵刃，拉開雕弓，[191]

阻擊走獸，追蹤足跡。[192]

345 鳥驚飛而自投羅網，

獸逃竄而誤觸刀鋒。

弓弩從不虛發，[193]

弓弦決不二控。

羽箭也不單殺，[194]

350 一發必定雙中。

少施巧，秦成力折。掎僄狡，扼猛噬。脫角挫脰，徒搏獨殺。挾師豹，拖熊螭。曳犀犛，頓象羆。超洞壑，越峻崖。蹶嶄巖，鉅石隤。松栢仆，叢林摧。草木無餘，禽獸殄夷。

---

[184] 行 330：“飛廉”，位於上林苑，武帝建於公元前 109 年。飛廉是一種具有吸引風氣能力的神鳥。“身似鹿，頭似雀，有角，蛇尾，文似豹。”（《三輔黃圖》卷 5 頁 92）武帝在飛廉門的頂端放置一尊飛廉的青銅像。

[185] 行 332：“酆”，鄠縣東（位於杜陵鎮），是周文王都城所在。“鎬”，位於上林苑，是周武王所用的都城。

[186] 行 333：“上蘭”是上林苑的一座觀，見《三輔黃圖》卷 4 頁 66。
《後漢書》作“胄”，《文選》作“逐”。

[187] 行 334：按照《周禮》（卷 7 頁 1b）規定的經典理想，皇家軍隊由六師組成，各自 12 500 人（共計 75 000）。“六師”這一術語因此意指“整支軍隊”。

[188] 行 335：我遵從胡紹煐（卷 1 頁 17a—b）的意見，“殫”應作“憚”。

[189] 行 341：《後漢書》作“躁”，《文選》作“趮”。

[190] 行 342：“期門”一名創造於公元前 138 年武帝出巡上林苑時，見《漢書》卷 65 頁 2847，及 Watson, *Courtier and Commoner*, p. 83。“佽飛”是武帝（於公元前 104 年）給皇家弓箭手取的名字，見《漢書》卷 19 上頁 731。

[191] 行 343：六臣注本作“攢”，《後漢書》、尤袤本作“鑽”。

[192] 行 344：“要”在《孟子》五上之 8 用於同樣的意義。

[193] 行 347：《後漢書》作“虗”，《文選》作“虛”。

[194] 行 349：《後漢書》作“無”，《文選》作“不”。

空中飛着紛紛弋箭，

箭尾的絲繩互相絞纏。⑲

羽毛飄飛，鮮血如雨，

灑落曠野，遮蔽天空。

355　平原染成赤色，⑲

勇士如此凶猛。

猿猴落下樹林，⑲

犲狼恐懼逃竄。

然後移師直奔險地，⑲

360　並入幽林深棘。

困虎慌奔亂突，

狂兕怒觸猛踢。⑲

許少施展巧技，

秦成發揮神力。⑳

365　將狡獪者拖住，

把凶猛者生擒。

扳掉角，擰斷頸。

徒手搏擊，使巨獸斃命。㉑

挾着獅豹，

---

⑲　行 352："矰"是繫有長絲繩（稱爲"繳"）的短箭。"繳"用來取回鳥獸。

⑲　行 355：高步瀛（卷 1 頁 50b）將"赤"理解爲赤裸的意思。

⑲　行 357："狖"通常和"猨"（gibbon）一起提及（見《楚辭補注》卷 1 頁 9b，卷 12 頁 2a；《淮南子》卷 9 頁 15a）。《廣雅》（見《廣雅疏證》卷 10 下頁 35b）把"狖"和"蜼"等同，《爾雅》（見赫懿行［1757—1825］，《爾雅疏證》，《四部備要》，中之六頁 10b，以下簡稱《爾雅》）確認爲一種"長尾而仰鼻"的動物。郭璞説它似獼猴（gibbon）而大，尾長數尺。伊博思將"狖"確認爲長鼻猴（proboscis monkey），見 Chinese Materia Medica. Animal Drugs（1931；rpt. Taibei：Southern Materials Center，1977），♯402。

⑲　行 359：五臣注本作"赴"，尤袤本、《後漢書》作"趨"。

⑲　行 362：關於"兕"爲"野牛"（gaur）的考證，見 Carl Whiting Bishop，"Rhinoceros and Wild Ox in Ancient China," *China Journal* 18（1933）：322 - 30。

⑳　行 363—364：無論李善（卷 1 頁 16b）還是李賢（《後漢書》卷 40 上頁 1350，注 101）都知道許少和秦成的身份。高步瀛（卷 1 頁 51b）援引錢大昕（1728—1804），提出許少可能和《漢書·古今人表》（卷 29 頁 931）列出的許幼是同一人。這種等同是有可能的，因爲少和幼都意味年少。胡紹煐（卷 1 頁 19a—b）提出秦成和《史記》卷 69 頁 2406 提到的荆成（實際給出的名字爲成荆）是同一人。高步瀛（卷 1 頁 51b）不採用這一提議，而是引枚乘《七發》（《文選》卷 34 頁 6a）提到的一位名爲秦缺的武士。高步瀛認爲，古人的名和字往往具有互補的意義，秦成和秦缺應可以互補。

㉑　行 368：關於"徒搏"，見徐中舒，《古代狩獵圖象考》，收《慶祝蔡元培先生六十五歲論文集》，2 卷（北平：中央研究院歷史語言研究所 1933—1935），卷 2 頁 607—608。

370　拖着熊螭，㉒

　　　拽着犀犛，㉓

　　　捉住象羆，㉔

　　　跨過深壑，㉕

　　　越過峻嶺。

375　巉巖倒塌，㉖

　　　巨石坍崩；㉗

　　　壓倒松柏，

　　　摧毀叢林。

　　　草木不存，

380　禽獸殺盡。

9

於是天子登上屬玉之館，㉘　　　　　　　　"於是天子乃登屬玉之館，歷長

經歷長楊之榭。㉙　　　　　　　　　　　　楊之樹。覽山川之體勢，觀三軍

觀覽山川之形勝，　　　　　　　　　　　　之殺獲。原野蕭條，目極四裔。

視察三軍之收穫。㉑　　　　　　　　　　　禽相鎮壓，獸相枕藉。然後收禽

385　原野蕭條，一片空虛。　　　　　　　　會衆，論功賜胙。陳輕騎以行

　　　極目四望，　　　　　　　　　　　　　炰，騰酒車以斟酌。割鮮野食，

　　　只見鳥體遍地堆積，　　　　　　　　　舉烽命醨。饗賜畢，勞逸齊。大

㉒ 行 370：李善（卷 1 頁 16b）引《尚書》注，釋"螭"爲"猛獸"。同一個字，寫作"離"，出現在司馬遷援引的"牧誓"（見《史記》卷 4 頁 123）中。見 Karlgren, "Glosses on the Book of Documents," p. 230，♯1518。關於"螭"的這一解釋，我意譯爲"monster"，應該和"螭"作爲魔鬼（見《西都賦》，第 509 行注）和"螭龍"（見《南都賦》，第 88 行注釋）的名字相區別。對此詞不同含義的更清晰的討論，見朱珔，卷 1 頁 19a—b。

㉓ 行 371：《後漢書》作"頓"，《文選》作"曳"。

㉔ 行 372：《後漢書》作"曳豪"，《文選》作"頓象"。

㉕ 行 373：《後漢書》作"迴"，《文選》作"洞"。

㉖ 行 375：《後漢書》作"巉"，尤袤本作"嶄"，五臣注本作"石斬"。

㉗ 行 376：六臣注本作"巨石頹"，《後漢書》、尤袤本作"鉅石隤"。

㉘ 行 381："屬玉"是觀名，並非班固提到的"館"。它位於右扶風郡，因頂部飾有白鷺的圖案而得名。李奇（約活躍於 200 年）說"屬玉"的讀法是"鸑鷟"。用於此發音的文字也是白鷺的名字。顏師古說"屬"讀作"zhu"，似乎是更可信的讀法。我懷疑"屬玉"是"鸀鳿"（*Egretta alba modesta*）的變形。見《漢書》卷 8 頁 270，注 2。

㉙ 行 382：長楊宮是上林苑最大的宮殿之一，漢代的皇帝從坐落於這裏的樹觀看狩獵。見《三輔黃圖》卷 1 頁 24 及卷 5 頁 82。

㉑ 行 384：據《周禮》（卷 7 頁 1b）大國的軍隊由三軍組成，各自由 12 500 人組成。"三軍"一詞和"六師"（見 334 行）一樣，用來代表整支軍隊。

獸軀互相枕藉。

然後收集獵物,會合衆人,

390 評論功績,賞賜祭肉。

陳列輕騎,分送烤肉,

派出酒車,奔馳供酒。

切割鮮肉,進食野外;

點燃烽火,授令飲盡。㉑

395 饗賜完畢,

勞逸相諧。

天子輿車發出鸞鈴之聲,㉒

悠閑緩慢地巡行苑中。

會集豫章觀,㉓

400 俯視昆明池。

左爲牽牛,右是織女。

恰似銀河,無邊無際。㉔

茂林蔭翳,

芳草披堤。㉕

405 蘭草白芷,焕發豔色,

輝煌燦爛,

如同舒展錦綉,

路鳴鑾,容與徘徊。集乎豫章之宇,臨乎昆明之池。左牽牛而右織女,似雲漢之無涯。茂樹蔭蔚,芳草被隄。蘭茝發色,曄曄猗猗。若摛錦布繡,爛燿乎其陂。鳥則玄鶴白鷺,黃鵠鵁鶄。鵷鶵鵁鶄,鳧鷖鴻雁。朝發河海,夕宿江漢。沈浮往來,雲集霧散。於是後宮乘輚輅,登龍舟,張鳳蓋,建華旗。祛黼帷,鏡清流。靡微風,澹淡浮。櫂女謳,鼓吹震。聲激越,謍屬天。鳥群翔,魚窺淵。招白鷳,下雙鵠。揄文竿,出比目。撫鴻罿,御繒繳。方舟並鶩,俛仰極樂。遂乃風舉雲搖,浮遊溥覽。前乘秦嶺,後越九嵏。東薄河華,西涉岐雍。宮館所歷,百有餘區,行所朝夕,儲不改供。禮上下而接山川,究休祐之所用。采遊童

㉑ 行394:《後漢書》作"燧",《文選》作"烽"。

㉒ 行397:"大路(或輅)"和《周禮》(卷6頁48a)提到的"玉路"一樣。關於"玉路"的圖解,見聶崇義(9世紀中期)編纂、部分可能出自漢代的《三禮圖》,通志堂木版,序言日期爲1676年,卷9頁4a—b。
"鑾"或"鸞"是狀如鸞鳥(simurgh birds)的銅鈴。此類銅鈴所繫之處,原始資料所述並不一致,一些認爲繫於軛架上。見《大戴禮記》卷3頁9a;《周禮》卷8頁18b鄭玄注;賈公彦《周禮正義》(《周禮注疏》,《十三經注疏》),卷32頁16b)引《韓詩內傳》。其他注家則説鑾鈴繫於繮繩,見鄭玄注《毛詩》第173首(《毛詩注疏》卷10頁18a);鄭玄注《毛詩》第127首(《毛詩注疏》卷6之3頁8a)和《毛詩》第302首(《毛詩注疏》卷20之3頁10a)。

㉓ 行399:"豫章"是位於昆明池邊的一座觀的名稱,又叫昆明觀。見《三輔黃圖》卷4頁70—71,卷5頁92。

㉔ 行400—402:昆明池的東岸和西岸是神話中的戀人牽牛和織女的石像。他們被描繪成占據雲漢——在西方被稱爲"Milk River"的明亮天河兩邊的星座(Altai 和 Vega)。他們一年只被允許見一面,在七月初七一群喜鵲搭橋,以便他們過河。見 F. Solger, "Astronomische Anmerkungen zu chinesischen Märchen," *Mitteilungen der deutschen Gesellschaß für Natur-und Völkerkunde Ostasiens* 17 (1922):168-94;范寧,《牛郎織女故事的演變》,《文學遺産增刊》1(1955):421-433;Edward H. Schafer, "The Sky River," *JAOS* 94 (1974):401-7。
《後漢書》作"崖",《文選》作"涯"。

㉕ 行404:《後漢書》作"堤",《文選》作"隄"。

照耀池畔。

飛鳥有玄鶴白鷺，[216]

410 黄鵠鸕鶴，[217]

鶬鴰鴇鶂。[218]

鳧鷖鴻雁，[219]

早發於河海，

暮宿於江漢。

415 在水上浮游，在空中往還；

像雲一樣集中，似霧一般消散。

於是後宮妃嬪乘卧車，[220]

登龍船。[221]

鳳蓋高舉，[222]

420 彩旗招展。

張開帷幕，

照影清流；

船隨微風，

之謹謡，第從臣之嘉頌。于斯之時，都都相望，邑邑相屬。國藉十世之基，家承百年之業。士食舊德之名氏，農服先疇之畎畝。商循族世之所鬻，工用高曾之規矩。粲乎隱隱，各得其所。若臣者，徒觀迹於舊墟，聞之乎故老。十分而未得其一端，故不能徧舉也。"

---

[216] 行 409：關於"白鷺"（white egrct），見 Bernard Read, *Chinese Materia Medica. Avian Drugs*（1932；rpt. Taibei：Southern Materials Center，1977），pp. 21‑22，♯262。
《後漢書》缺省"鳥則"。

[217] 行 410："鴐"，又稱"鴐頭"（《爾雅》下之五頁 10b），是通常被稱爲魚鴐（*Phalacrocorax pelagicus*）的鸕鷥，見 Read, *Avian Drugs*, p. 25，♯265B。
"鶴"是東方的白鶴（*Ciconia ciconia boyciana*, eastern white stork），見 Read, *Avian Drugs*, p. 7，♯246。

[218] 行 411："鶬鴰"又稱"麋鴰"（《爾雅》下之五頁 3b），是東方的灰鶴（*Megalornis grus Lilfordi*, eastern gray crane）。見 Read, *Avian Drugs*, p. 8，♯247。
"鴇"是東方的鴇（*Otis dybowski*, eastern bustard）。見 Read, *Avian Drugs*, p. 5，♯255。
"鶂"又叫"鷁"，是一種類似白鷺的水生鳥類。見《説文》卷 4 上頁 1627b—1628b。爲了避免和上面的"白鷺"（egret）重複，我將其表述爲"鷺鷥"（heron）。

[219] 行 412："鳧"可能是綠頭鴨（*Anas Platyrhyncha platyrhyncha*），見 Reed, *Avian Drugs*, p. 18，♯257。

[220] 行 417：李善（卷 1 頁 18a）援引已失佚的張揖（活躍於 227—232 年）《埤蒼》，釋"軷"爲"卧車"。它可能是車廂由竹條或者木條製成的"棧"的修改版。見《説文》卷 6 下頁 2568a—2569a，以及 Bernhard Karlgren, "Glosses on the Siao Ya Odes," *BMFEA* 16（1944）：44，♯439。窗簾可能挂在木板條上以給乘客隱私。見朱琦，卷 1 頁 20b—21a。

[221] 行 418：高誘（活躍於 205—212 年）釋"龍舟"爲一種雕刻龍圖案的大船。見《淮南子》卷 8 頁 9b。這種龍舟用於帝王出遊，可能和中國南方五月初五（端午）龍舟比賽所用的刻成龍形的舟不同；龍舟比賽爲紀念屈原自殺。見聞一多，《神話與詩》（北京：中華書局，1956），頁 136—138。

[222] 行 419："鳳蓋"是漢代皇室服飾的常見附屬物。見桓譚（約前 43—28），《新論》，嚴可均《全後漢文》卷 15 頁 3b；Timoteus Pokora, trans., *Hsin-lun（New Treatise）and Other Writings by Huan T'an*（*43 B.C.- 28 A.D.*）, Michigan Papers on Chinese Studies, no. 20（Ann Arbor：Center for Chinese Studies, University of Michigan,1975），p. 120。

逍遥飄浮。

425　船女歌唱，

　　　鼓吹相伴；

　　　聲音激越，

　　　響徹雲天；

　　　鳥群翱翔於空中，

430　遊魚潛窺於深淵。㉓

　　　美人們拉開白閑之弓，㉔

　　　射下對對天鵝。

　　　舉起有花紋的釣竿，㉕

　　　鈎住比目之魚。㉖

435　撒下大網，㉗

　　　控制飛繳。㉘

　　　雙舟並進出發；

　　　瞬間極度歡樂。

　　　於是風起雲搖，

440　隨意遨遊遍覽。㉙

　　　南登秦嶺峰，

　　　北越九峻山，

　　　東臨黃河太華，

㉓　行 430：音樂的力量强大到影響鳥和魚。

㉔　行 431：《文選》作"白鷳"，《後漢書》作"白閑"。李善(卷 1 頁 18a)引 6 世紀的作品《西京雜記》(《漢魏叢書》卷 40 上頁 1351，注 19)，白鷳用作銀雉(silver pheasant)的名字。李賢(《後漢書》卷 40 上頁 1351，注 19)類比黃閑(見《文選》卷 4 頁 8a 和卷 9 頁 11b)，釋白鷳爲一種弩。由於接下來幾句先寫所用工具(文竿)，然後寫被捕之物，與之相對仗，李賢的解釋似乎更爲可信。

㉕　行 433："文竿"以翠羽爲裝飾(李善卷 1 頁 18a—b)。五臣注本作"投"，《後漢書》、六臣注和尤袤本作"揄"。

㉖　行 434："比目"(pair-eyed fish)指的是鰈，一種像鰨(sole)的比目魚。此魚被描述爲共用其單眼的成雙成對的魚。見《爾雅》下之五頁 9a；《韓詩外傳》卷 5 頁 12a(Hightower, trans., p. 183)。這種解釋可能是試圖説明鰨魚的一種現象，即成熟的鰨的一隻眼睛會轉移到頭的另一側，與另一隻眼睛靠在一起。有關比目的進一步資料，見 Bernard Read, *Chinese Materia Medica: Fish Drugs* (1939; rpt. Taibei: Southern Materials Center, 1977), pp. 84 - 85，♯177。

㉗　行 435："罿"是一種戰車上張開的捕鳥的巨網，見《爾雅》下之二頁 3a。《後漢書》作"幢"，《文選》作"罿"。

㉘　行 436：《後漢書》和六臣注本作"矰"，尤袤本作"繒"。

㉙　行 440：《後漢書》作"普"，《文選》作"溥"。

西過岐山雍縣。㉚

445 所經宮館，

百有餘所。

天子所訪，或朝或暮，㉛

供儲豐厚，從未匱乏。

敬禮天地，祭祀山川，

450 竭盡求福所需用品。

採集各地的歡樂童謠，

品評侍臣之優美頌詞。

當此之時都都相望，

邑邑相連。

455 藩國奠十世之基。

世家承百年之業，

士人享祖輩之名位，㉜

農夫耕先人之土地，

商人經營世代銷售的貨物，

460 匠人使用祖宗遺留的工具。㉝

繁榮興盛，

各得其宜。

像我這樣的人，見到的只是舊墟的陳跡，聽到的只是

故老的叙事，十分未得其一，因此不能對您遍舉細節。”

東 都 賦

1

東都的主人喘氣嘆息道㉞：“風俗習慣影響人的　　　東都主人喟然而歎曰：“痛乎風

㉚　行444：岐是漢代右扶風郡美陽縣（今鳳陽西北）內的一座山名。

㉛　行447：“行所”大概相當於“行在所”，用於表示皇帝的所在，尤其當他遊獵的時候。見 *HFHD*，2：70，n. 17.7.

㉜　行457：參見《周易》卷1頁12b（六三）。

㉝　行460：士、農、商、工是漢代的四種平民階層，見 Ch'ü T'ung-tsu, *Han Social Structrue*, pp. 101-22.
　六臣注本作“脩”，尤袤本作“循”，《後漢書》作“修”。

㉞　行1：“喟然嘆”在《論語》中出現兩次（9/11 和 11/24）。
　《後漢書》省略“東都”。

方式多麼悲哀啊？您確實是一位秦人！㉝ 您矜伐誇耀宮殿，依仗河山以爲安全。㉞ 您真的了解昭襄王並且知道秦始皇，㉟但是關於我大漢的言論行爲，㊳您洞察到什麼呢？大漢創建之時，一人以布衣之士奮起登上皇位，㊴經過數年創立了可以流傳萬代的基業。㊵這大概是六經不會探討、前代聖賢也未曾論及的吧。㊶當此之時，通過攻擊暴政，㊷他順應天意。通過討伐叛逆，他順應民心。㊸因此，婁敬估計形勢提出建議，㊹蕭侯權衡危急獻上建設計劃。㊺難道真是因爲時代如此繁榮，他才發現那是一處安逸之地

俗之移人也！子實秦人，矜夸館室，保界河山，信識昭襄而知始皇矣，烏睹大漢之云爲乎？夫大漢之開元也，奮布衣以登皇位，由數朞而創萬代，蓋六籍所不能談，前聖靡得言焉。當此之時，功有橫而當天，討有逆而順民。故婁敬度勢而獻其説，蕭公權宜而拓其制。時豈泰而安之哉？計不得以已也。吾子曾不是睹，

㉝ 行 3：長安是秦國古時領土的一部分。稱客人爲“秦地之人”，是打算將他與那個國家的富庶甚至有可能是暴政聯繫起來。

㉞ 行 5：王念孫已證明“界”和“保”都是“恃”（依仗）的意思。見《讀書雜志》餘編上，頁 5a—b。

㉟ 行 6：秦昭襄王（公元前 306—前 251 年在位）針對東面和南面的強國發動一系列成功的戰役，逐步擴大秦國的領土。公元前 255 年，秦國的軍隊打敗西周並奪得九鼎這一政權的象徵。見《史記》卷 5 頁 218 和 *Mh*，2：94。秦國的第一位皇帝（始皇）（前 246—前 210 年在位）於公元前 221 年統一中國，取得皇帝的稱號。他在離長安不遠的咸陽建立他的都城。對其生平的詳細記述見《史記》卷 6 頁 223—264，*Mh*，2：100‑193。

㊳ 行 7：將“云爲”釋爲“言行”，見孔穎達（574—648），《周易注疏》，《十三經注疏》卷 8 頁 23b。俞樾（1821—1907）將“云”解釋爲“有”，見《群經平議》，王先謙（1842—1918）輯，《皇清經解續編》（南菁書院刻印，1888）卷 2 頁 19a。如按照俞的解釋，“云爲”可以簡單釋爲“行爲”或者“行動”。
尤袤作“烏睹”，《六臣注》作“烏覩”，《後漢書》作“惡睹”。

㊴ 行 9：漢代的建立者劉邦在一次談話中稱自己爲“布衣”（穿樸素衣服的平民），“提三尺劍取天下”。見《史記》卷 8 頁 391；Records，1：116；《漢書》卷 1 下頁 79；HFHD，1：142。
《文選》“位”，《後漢書》作“極”。

㊵ 行 10：從最初反抗秦朝到最終獲得王位，劉邦花了 5 年時間。
《文選》“代”，《後漢書》作“世”。“代”的讀法可能在唐代提出，爲了避唐太宗的名諱（見高步瀛卷 1 頁 59b）。

㊶ 行 11：劉邦的功績是如此偉大，在經典或古代聖賢的言論中，沒有什麼可以與之並提。

㊷ 行 13—14：這幾行含有幾種異文。五臣注本“攻”（攻擊）作“功”（功績），“討”（討伐）作“計”（謀劃）。我跟從五臣注本。見孫志祖，《文選考異》卷 1 頁 3b—4a。
另一個問題由詞語“有橫”、“有逆”引出，我將其釋爲類似於“有罪”、“有道”（字面意思是“有殘酷行爲”和“有謀反”）的複合詞。張銑給出不同的解釋（卷 1 頁 26a），他將“橫”和“逆”注釋爲“不順從”（不順）。他將這一行解讀爲：“言當時攻討雖橫逆，而順天人也。”根據張銑，這幾行應該翻譯爲：“攻打秦國是叛逆的，但是它是對天意的響應。討伐秦國是違背的，但是它遵從人民的願望。”這一解釋沒有成功地描述“有”（字面上看這一行可以解讀爲“攻打是叛逆的，討伐是不順從的”），我不能接受這一解釋。李善（《後漢書》卷 40 下頁 1360 注釋 3）指出當劉邦迫使秦王朝的統治者子嬰投降的時候，五大行星匯聚於東井，以此回應上天（見《西都賦》第 26 行）。與此同時，秦朝的百姓向他進獻牛和酒，表明他攻克秦朝是受百姓歡迎的。

㊸ 行 14：《文選》“民”，《後漢書》作“人”。因爲某種理由，這里未避唐太宗名諱。參見卷 1 頁 41。

㊹ 行 15：關於婁敬，見《西都賦》第 28—29 行注釋以及《西京賦》第 75 行注釋。

㊺ 行 16：劉邦的丞相蕭何負責監督建造未央宮。蕭何修建了一座比皇帝預期規模大很多的宮殿。當劉邦責怪時，蕭何回答說如此雄壯美麗的結構對於鞏固其政權是有必要的。見《史記》卷 8 頁 285—286；Records，1：111；《漢書》卷 1 下頁 64；HFHD，1：118。
“拓其制”一語譯爲“獻上他的修建計劃”，也可以解釋爲“擴展都城的布局”。我將“拓”解讀爲“獻上”的意思，注意與“獻”（前面一行的“進獻”）對應。

嗎？不是的，策略不得不如此罷了。尊敬的先生，您
非但認識不到這一點，反而炫耀後來繼承者的次要
成就，不是太愚昧嗎？現在我要告訴您建武㉔的治世
和永平㉔年間之事件。爲了改變您的錯誤觀念，我們
應該考察太清之道。㉔

顧曜後嗣之末造，不亦暗乎？今
將語子以建武之治，永平之事。
監于太清，以變子之惑志。

2

往昔，王莽密謀叛亂，㉔
大漢帝位在統治中期空缺，
天人實行誅罰，
整個帝國起義夷滅他。

30　這一禍亂時期，
活着的人幾乎毀滅，
死去的靈魂消失殆盡。㉔
溝壑没有完整的尸體，㉔
外城没有剩下的屋室。

35　平原田野堆滿人肉，
河流山谷流遍人血，㉔
秦王項羽之災，㉔
甚至不及它一半嚴重。

"往者王莽作逆，漢祚中缺。天
人致誅，六合相滅。于時之亂，
生人幾亡，鬼神泯絶。壑無完
柩，郭罔遺室。原野厭人之肉，
川谷流人之血。秦項之災，猶不
克半，書契以來，未之或紀。故
下人號而上訴，上帝懷而降監。
乃致命乎聖皇。於是聖皇乃握
乾符，闡坤珍。披皇圖，稽帝文。
赫然發憤，應若興雲。霆擊昆
陽，憑怒雷震。遂超大河，跨北
嶽。立號高邑，建都河洛。紹百
王之荒屯，因造化之盪滌。體元

㉔ 行 22：建武（25—26）是東漢第一位皇帝漢光武帝統治期間的年號。

㉔ 行 23：永平（58—75）是東漢第二位皇帝漢明帝統治期間的年號。

㉔ 行 24：太清意味着政府樸素無爲的時代。見《淮南子》卷 8 頁 1a。

㉔ 行 26：王莽（前 43—23）是出自顯赫家族的漢代官員（王太皇太后是他的姑姑）。公元 6 年 2 月平帝死後，王
莽立一位兩歲的男孩爲皇太子，並任命自己爲攝政王，代理皇帝。三年後，公元 9 年 1 月 10 日，王莽篡奪皇
位成爲新朝的第一位皇帝。這一篡奪行爲被班固視爲無異於叛國。王莽的詳細生平見 Hans O. H.
Stange, "Die Monographic uber Wang Mang (Ts'ien-Han-shu Kap. 99)," *Abhandlungen fur die Kunde des
Morgenlandes* 23 (1938): 1-336; Clyde B. Sargent, *Wang Mang. A Translation of the Official Account of
His Rise to Power as Given in the History of the Former Han Dynasty* (Shanghai: Graphic Art Book
Company, 1947); and *HFHD*, 3: 88-474.

㉔ 行 32："神"指死去祖先的靈魂。他們消失是因爲没有人祭祀他們。

㉔ 行 33："柩"（棺材）字也可以意爲"尸體"。見《禮記》卷 1 頁 28b。起義反抗王莽的赤眉軍曾洗劫帝王陵寢。
見《漢書》卷 99 下頁 4193；*HFHD*，3：470；《後漢書》卷 11 頁 483。

㉔ 行 35—36：參見揚雄《法言》卷 11 頁 2b—3a："秦將白起不仁，奚用爲也。長平之戰，四十萬人死，蚩尤之
亂，不過於此矣。原野厭人之肉，川谷流人之血，將不仁，奚用爲！"

㉔ 行 37：項羽（前 233—前 202）是楚國南部地區的軍事領袖，公元前 209 年參加反抗秦王朝的起兵，取得初步
成功後，最終爲劉邦所敗。見《史記》卷 7 頁 295—339；*Records*，1：37-74。

自從文字發明以來，

40　未曾記載過這樣的事情。

因此，普通百姓嚎哭，向上訴苦，㉔

天帝滿懷悲憫，向下凝視，㉕

賦予聖皇天命。㉖

於是聖皇抓住上天降下的符命，

45　顯示大地呈現的珍祥，

披覽皇圖，

考察帝文。㉗

他莊嚴地發泄憤怒，㉘

人民回應，如雲湧現。

50　他以閃電的力量擊戰昆陽，㉙

以滿腔怒火雷震世界。

然後橫渡黃河，㉚

跨過北嶽，㉛

在高邑宣布帝號，㉜

55　在河洛建立都城。㉝

他繼承歷代君王的荒廢艱難，

立制，繼天而作。系唐統，接漢緒。茂育群生，恢復疆宇。勳兼乎在昔，事勤乎三五。豈特方軌並跡，紛綸后辟，治近古之所務，蹈一聖之險易云爾哉？且夫建武之元，天地革命。四海之内，更造夫婦，肇有父子。君臣初建，人倫寔始。斯乃伏犧氏之所以基皇德也。分州土，立市朝，作舟輿，造器械，斯乃軒轅氏之所以開帝功也。龔行天罰，應天順人，斯乃湯武之所以昭王業也。遷都改邑，有殷宗中興之則焉；即土之中，有周成隆平之制焉。不階尺土一人之柄，同符乎高祖。克己復禮，以奉終始，允恭乎孝文。憲章稽古，封岱勒成，儀炳乎世宗。案《六經》而校

㉔　行 41：《文選》“人”，《後漢書》作“民”。

㉕　行 42：參見《毛詩》第 305 首第 4 章：“天監在下，有命既集。”

㉖　行 43：“聖皇”指東漢的第一位皇帝光武帝。

㉗　行 44—47：光武帝廣泛使用讖緯來證明他的王位繼承權。“乾符”可能指赤伏符，光武帝的追隨者將其解讀爲一種標誌，即他獲得皇帝寶座是正確的。見《後漢書》卷 1 上頁 21—22；Dull, “Historical Introduction,” pp. 194 - 95。光武帝還大量使用河圖和洛書圖讖之文，見 Dull, “Historical Introduction,” p. 228。帝文（或帝王的標誌）可能指據稱天帝發出的預言。

㉘　行 48：參見《毛詩》第 241 首第 5 章：“王赫斯怒。”
　　《文選》“然”，《後漢書》作“爾”。

㉙　行 50：更始元年(23)，由王邑和王尋率領的王莽軍隊在昆陽（葉縣，今河南）困住光武的軍隊。光武帝以三千勇士從該城西面的河突襲敵軍主力，王莽的軍隊被擊潰。然後開始打雷、刮風、下雨，數千人溺水而死。見《後漢書》卷 1 上頁 5—9；班固，《東觀漢記》，《四部備要》，3a—b；Bielenstein, “The Restoration of the Han Dynasty,” pp. 74 - 81。
　　《文選》“擊”，《後漢書》作“發”。

㉚　行 52：光武帝宣布自己爲帝之前，受命於更始帝去平定黃河以北地區。見《東觀漢記》卷 1 頁 4a，及《後漢書》卷 1 上頁 10。

㉛　行 53：“北嶽”即神聖的恒山，位於河北。

㉜　行 54：當光武帝正式宣布打算接受天命，他在曾經是周武帝都城的鎬地築一座祭壇，其後將鎬的名稱改爲高邑。高邑位於今河北省柏鄉縣北部。

㉝　行 55：關於“河洛”，見《西都賦》第 3 行注釋。

依靠改革者來洗滌清除。㉝

體法元氣，創立制度，㉝

繼承天命，開始行動。㉝

60　繼承堯的遺産，㉝

延續漢的世系。

繁衍養育一切生靈，

擴大復歸我們的領土。

他的功勛媲美往昔君王，

65　他的事跡超過三皇五帝。㉝

他僅是追蹤各種不同的君王，與之並駕齊驅，

僅僅施行近世所嘗試過的事務，㉝

蹈襲個別聖君的時險時易之路嗎？㉝

況且建武初年，㉝

70　天地變革授命。㉝

德，眇古昔而論功，仁聖之事既該，而帝王之道備矣。

㉝ 行 57：我譯爲"改革者"的"造化"一詞，是指宇宙的生成力量，也有爲"天"、"道"、"地"的不同解釋。見高誘（205—212）對《淮南子》卷 1 頁 3a、卷 6 頁 2a、卷 7 頁 8b 及卷 8 頁 1b 的評論。該詞有時候被翻譯成"創造者"，但這種翻譯可能有所誤解，因爲古代中國没有無中生有的創造觀念。這一點見 Frederick W Mote，"The Cosmological Gulf Between China and the West," in *Transition and Permanence-Chinese History and Culture*, ed. David C. Buxbaum and frederick W. Mote（Hong Kong：Cathay Press，1972），pp. 7 - 8。這一行的含義是光武帝依靠宇宙力量消除王莽的遺毒。

㉝ 行 58："元"是源於春秋的思想流派的核心。它最基本的意義僅意指統治者執政的第一年。後來，這一術語獲得某種抽象的意義。例如，董仲舒認爲"元"是萬物之源和統治者行爲的最終依據。當一位統治者開創新的統治，他的制度必須成爲元力的正確體現。因此，杜預在其《左傳》隱公元年注中説道："凡人君即位，欲其體元以居正。"見《左傳注疏》卷 2 頁 5a。對"元"這一概念的精妙討論，見徐復觀《兩漢思想史》（1975，再版，臺北：臺灣學生書局，1976），頁 351—359。

㉝ 行 59：參見《穀梁傳·宣公十五年》："爲天下主者，天也。繼天者，君也。"

㉝ 行 60："唐"是聖皇堯封地的名字。漢代的建立者劉邦被認爲是堯的後代。見《漢書》卷 1 中頁 81，*HFHD*，1：149。

㉝ 行 65："三五"指被稱爲"三皇五帝"的傳奇統治者，但各種文本關於構成這些並稱的名字並不一致。《白虎通義》，一部由經學家於公元 79 年舉行的宮廷討論的結集，傳統上歸屬於班固，列伏羲（傳統繫年前 2853—前 2838）、神農（傳統繫年前 2838—前 2698）以及燧人或者祝融爲三皇。列黃帝（傳統繫年前 2674—前 2575）、顓頊（傳統繫年前 2490—前 2413）、帝嚳（傳統繫年前 2412—前 2343）、帝堯（傳統繫年前 2447—前 2307）、帝舜（傳統繫年前 2233—前 2184）爲五帝。見《白虎通德論》，《漢魏叢書》，卷上頁 9a—b. Tjan Tjoe Som, trans., *Po Hu T'ung, the Comprehensive Discussions in the White Tiger Hall*, 2 vols. (Leiden：E. J. Brill, 1949 - 1952), 1：233 - 34。更加詳細的探討見顧頡剛和楊向奎，《三皇考》，《燕京文學》，（北平，1936）；Bernhard Karlgren, "Legends and Cults in Ancient China," *BMFEA* 18 (1946)：206 - 34 及"Some Sacrifices in Chou China," *BMFEA* 40 (1968)：8 - 10。

㉝ 行 67：《文選》"治"，《後漢書》作"理"。

㉝ 行 68："險易"是"治亂"的隱喻（李善）。

㉝ 行 69：建武元年(25)是漢光武帝統治的開始。

㉝ 行 70：參見《周易》卷 5 頁 9b(第 49 卦革卦)："天地革而四時成，湯武革命，順乎天而應乎人。"

四海之内，㉘

重建夫妻關係，

然後現在才有父子之別，

得以建立君臣之位，

75　人倫關係的體制從此開始。㉔

正是如此伏羲奠定其偉大德業。㉕

他劃分州土，

建立市集，

創作舟車，㉖

80　製造器械。

正是如此軒轅發展其帝王功績。㉗

他虔誠地執行上天的懲罰，㉘

適應天意，順從人心。㉙

正是如此商湯周武展示其王室成就。

85　遷移國都，改變城邑，㉚

是殷祖先獲中興的楷模。㉛

前往國家的中心，

㉘ 行71：“四海”是“天下”、“帝國”的衆多中文表述之一。

㉔ 行75：班固似乎是基於《易經》的一段話概述倫理系統的發展：“有天地，然後有萬物。有萬物，然後有男女。有男女，然後有夫婦。有夫婦，然後有父子。有父子，然後有君臣。有君臣然後有上下。”（《周易》卷9頁6a）

㉕ 行76：伏羲傳統上被認爲是中華文明的創始者，給早期人類的混沌存在帶來秩序。《易經》中稱其爲包犧，將其歸屬爲八卦的發明者。見《周易》卷8頁2a，Wilhelm-Baynes, *I Ching*, p. 328。他作爲教化者的角色在《白虎通義》中也有强調：“古之時，未有三綱六紀，民人但知其母，不知其父……飢即求食，飽即棄餘，茹毛飲血，而衣皮革。於是伏羲仰則觀象於天，附則察法於地，因夫婦，正五行，始定人道。畫八卦以治下。”又見 *Mh*, 1：3–9。

㉖ 行79：《文選》“興”，《後漢書》作“車”。

㉗ 行81：軒轅是黄帝居住的山名。司馬遷認爲軒轅是黄帝個人的名字。見《史記》卷1頁1，及 *Mh*，1：26。《漢書•地理志》將製作舟車和劃分政區歸功於他（卷28上頁1523）。《易經大傳》包含最早的早期聖王之貢獻的傳統記述，將市集的發明歸功於神農。在同一部分，它指出黄帝、堯、舜是舟船和各種器具的最早製作者。見《周易》卷8頁2b，Wilhelm-Baynes, *I Ching*, pp. 331–34。

㉘ 行82：參見《尚書》卷6頁6b：“今予惟恭行天之罰。”對“恭行”不同解釋的討論，見 Karlgren, "Glosses on the Book of Documents," p. 170，♯1401。

㉙ 行83：《文選》“人”，《後漢書》作“民”。

㉚ 行84—85：見上面第70行注釋。

㉛ 行86：殷的祖先是將商的都城遷到安陽（漢代資料中被稱爲殷）的盤庚。董作賓將這一事件定於公元前1384年，見《殷曆譜》（李莊：中央研究院，歷史語言研究所，1945出版），卷4頁8b—9a。《史記》將盤庚遷都認爲復興：“帝盤庚之時，殷已都河北，盤庚渡河南，復居成湯之故居……行湯之政，然後百姓由寧，殷道復興。”（卷3頁102；*Mh*，1：194）

是周成王致太平的措施。⑱

不依靠一尺之地和一人之權，⑱

90　他完全可以與高祖相匹。⑲

克制自己恢復禮制，⑱

照顧生者和死者，

確實比孝文帝更加恭敬。⑱

維持舊時法規，考察古代禮儀，

95　封禪泰山，鐫刻成就，⑰

禮儀比世宗更加光輝。⑱

以六經爲參考，他考察德行，

細察往昔，討論功德，⑲

仁德聖事達到成備，

100　帝王之道臻於完美。

3

至於永平之際，　　　　　　　　　　　　　“至乎永平之際，重熙而累洽。

倍加輝煌，更爲豐盛，　　　　　　　　　　盛三雍之上儀，脩袞龍之法服。

---

⑱　行87—88：周成王（公元前1104—前1068年在位）遵照他父親武王的意願，在洛邑建立一座新的城市。這座城市實際上包括兩部分：王城和成周。王城位於今洛陽西邊澗河的東岸。成周即今洛陽東，瀍河的東邊。見 Kwang-chih Chang, *The Archaeology of Ancient China* (1963；rev. New Haven：Yale University Press, 1968), p. 272. 監督這一工程完成的周公，在《尚書》中有屬於他的一段話，裏面他敦促成帝來這座城市做上天的繼承者，並且“自服於土中”（卷8頁13b）。洛陽被認爲是一個適合做都城的地方，因爲它曾占據地理中心。

⑱　行89：這一行強調光武帝所謂的卑微出身。他在九歲的時候成爲孤兒，之後由他的叔叔劉良撫養。當他參加反抗王莽的起義時，他所能騎的就是一頭牛。見《後漢書》卷1上頁1—3。事實上，光武並非來自平凡的背景，他是西漢景帝的後代，甚至擁有較高的社會地位，見 Bielenstein, “The Restoration of the Han Dynasty,” pp. 96 - 101.

⑲　行90：見《後漢書》卷24頁830的類似比較。

⑱　行91：這句話直接引自《論語》。

⑱　行93：文帝（公元前163—前157年在位）尤以其節制、節儉的理念著稱。關於其生平的詳細描述見 *HFHD*, 1：214 - 275.

⑰　行95：岱是舉行封禪的神聖泰山的別稱。公元56年，光武帝在山東巡視。他之後在泰山舉行封禪大典，作爲他接受天命的一種宣告。見《後漢書》卷1下頁82，及 Edouard Chavannes, *Le T'ai Chan: Essai de monographic d'un culte chinois* (1910；rpt. Taibei：Chengwen, 1970), pp. 308 - 14，對置於泰山紀念儀式的石刻碑文的翻譯。

⑱　行96：世宗是漢武帝的另一個帝號。他是第一位在泰山舉行封禪大典的皇帝。

⑲　行98：《文選》“眇”，《後漢書》作“妙”。

皇帝在三雍宮隆重舉行最高儀式，⑳

修復盤龍圖案的標準禮服。㉑

105　展示宏大的優雅，㉒

列舉光輝的美德，㉓

尊榮世祖的廟宇，㉔

端正賜予的音樂。㉕

神人確實和諧，㉖

110　群臣位次被嚴格遵守。㉗

然後天子車駕出動，㉘

鋪鴻藻，信景鑠。揚世廟，正雅樂。人神之和允洽，群臣之序既肅。乃動大輅，遵皇衢。省方巡狩，躬覽萬國之有無。考聲教之所被，散皇明以燭幽。然後增周舊，脩洛邑。扇巍巍，顯翼翼。光漢京于諸夏，總八方而爲之極。於是皇城之内，宮室光明，闕庭神麗。奢不可踰，儉不能

㉚ 行 103：三雍是指明堂、靈台和辟雍。雍的原始意義似乎是壕溝或者水池，見 Bernhard Karlgren, "Glosses on the Ta Ya and Sung Odes," *BMFEA* 18（1946）：55－56，♯854。因爲"三雍"中只有一個水池，雍在這裏理解成此意很值得懷疑。這個字出現在《漢書·劉德傳》中，河間獻王拜訪朝廷並回答"三雍"的問題。應劭説"雍"的意思是"和諧"，並補充説這意味着"天地君臣人民皆和"（《漢書》卷 53 頁 2411）。因此，"三雍"可能意味着"三座和諧的宮殿"或者"三宮和谐"。卜德译"雍"爲"圍場"，"三雍"爲"三道圍場"（*Festivals*, p. 368）。在位的第二年（59 年），明帝造訪"三雍宮"。見《後漢書》卷 2 頁 102。

㉛ 行 104：鄭衆將"袞"釋爲"團龍（圖案）的禮服"。見《周禮》卷 5 頁 40b 及《三禮圖》卷 1 頁 3a（附插圖）。

㉜ 行 105：當漢明帝在三雍宮完成典禮時，他頒布一項列舉其各種儀式表演的法令。"鋪宏藻"指的就是這項法令。見《後漢書》卷 2 頁 100。《文選》"敷洪"，《後漢書》作"鋪鴻"。

㉝ 行 106：他贊美後來光武帝的行爲。

㉞ 行 107：世祖是光武帝的廟號。見《後漢書》卷 2 頁 95。

㉟ 行 108：《後漢書》文本作"予樂"，《文選》作"雅樂"。高步瀛表示"予樂"是正確的寫法（卷 1 頁 66b）。明帝於其在位的第三年（60 年）將宮廷音樂由"大樂"改爲"予樂"，見《東觀漢記》卷 2 頁 2b 及《後漢書》卷 2 頁 106。"予樂"的意義並不完全明確。蔡邕釋"予樂"爲漢樂的四品之一。它用於郊廟祭祀、皇陵隊列和宮廷宴會。見《後漢書》志第 5 頁 3131。改名"予樂"的建議來自將一部《尚書》的緯書作爲權威的曹充，見《後漢書》卷 35 頁 1201。翻譯此部緯書的杜敬軻，將"予"釋爲"帝國的"，因爲"予"在《尚書》中經常被統治者用以自稱，而《尚書》就是作爲曹充所引緯書的基礎文本。杜敬軻提出"大予樂"意指"盛大的帝國音樂"（"Historical Introduction," pp. 266－69）。但是，這一解釋是有疑問的，因爲"予"從未出現形容詞意義"皇室的"或者"帝國的"。"予"作爲帝王的"我"，不能引申爲"帝國的"。"予"更常見的意義是"賜予"、"授予"。杜敬軻拒絕這種意義，認爲"不可能將這種音樂的名字理解爲盛大的賜予音樂，因爲它由漢代的統治者創作，而不是上天的賜予"（頁 268）。但杜敬軻確實同意它可能指"盛大的賜予"，因爲漢代統治者通過演奏，將音樂賜予傾聽者（頁 268—269）。基於那部《尚書》緯書的文字，我傾向於解釋"予樂"爲"賜予的音樂"或者"音樂的賜予"。這一段的意思是："他們創作名爲賜予的音樂，將高雅輸送給民衆。"有可能因爲音樂和"賜予高雅"有關，所以被稱爲"盛大的賜予樂"。清代學者宋翔鳳（1776—1860）同樣提出，"予"是"疋"或"胥"的假借。按照《説文》，"疋"是"雅"的古字。但是，它的古代發音和"胥"幾乎相同。《周禮》（卷 6 頁 10a—11a）指兩個被稱爲"大胥"、"小胥"的職官。因爲"雅"的古字是"疋"，可以想象《詩經》"雅"的部分寫作《大雅》和《小雅》，也作"大疋"和"小疋"。職官"大胥"、"小胥"負責訓練舞蹈，因此如果"雅"、"疋"、"胥"相等是正確的，《大雅》和《小雅》可能和舞蹈有關。"疋"的意思是"足"或者"步調"。因此，大疋（雅）和小疋（雅）可能指"大的步調""小的步調"。"大胥"和"小胥"可能指"大的領步人"和"小的領步人"（舞蹈教練）。當曹充建議用"予"作爲帝國音樂的名稱，他有可能用"雅"字的古代字形的發音來説明"予"和"雅"同音。這樣一來，"予樂"具有多種含義，其基本意義可能指"賜予之樂"。與此關聯，它也可能指"雅樂"。關於宋翔鳳的詳細解釋，見《過庭録》（1853，重印，北京：富晉書社，1930），卷 15 頁 1b—2a。

㊱ 行 109："神"指明帝的已故前任光武帝。

㊲ 行 110：如果遵從《後漢書》，將"君"寫爲"群"，這一行可譯爲："天子和大臣之間的禮儀秩序被嚴格遵守。"

㊳ 行 111："大輅"，見蕭統《序》第 17 行。參見下面第 146 行。

沿着皇家大道馳行，

巡視四方，㉙

親自觀覽各諸侯國的禮俗狀況，㉚

115　考察其聲威教化的普及程度，

散播帝王的神明，照亮黑暗的地區。

然後擴展周王的舊制，

整修洛陽，

加强它的巍峨雄偉。㉛

120　讓京洛的規模秩序光彩燦爛，㉜

使漢都照耀整個帝國，

統領八方，成爲中樞。

於是皇城之內㉝

宮室輝煌明亮。

125　城闕皇庭，神奇壯麗。

豪奢而不過分，

儉約而不失禮。

皇城之外，利用平原建立園林，

利用流動的泉水築成池塘。㉞

130　種植蘋藻以掩藏魚類，

促長豐草以養育動物。

體制同於梁鄹，㉟

佟。外則因原野以作苑，填流泉而爲沼。發蘋藻以潛魚，豐圃草以毓獸。制同乎梁鄹，誼合乎靈囿。若乃順時節而蒐狩，簡車徒以講武。則必臨之以《王制》，考之以《風》《雅》。歷《騶虞》，覽《駟鐵》。嘉《車攻》，采《吉日》。禮官整儀，乘輿乃出。於是發鯨魚，鏗華鐘。登玉輅，乘時龍。鳳蓋棽麗，蘇鑾玲瓏。天官景從，寢威盛容。山靈護野，屬御方神。雨師汎灑，風伯清塵。千乘雷起，萬騎紛紜。元戎竟野，戈鋋彗雲。羽旄掃霓，旌旗拂天。焱焱炎炎，揚光飛文。吐熖生風，歘野歕山。日月爲之奪明，丘陵爲之搖震。遂集乎中囿，陳師按屯。駢部曲，列校隊。勒三軍，誓將帥。然後舉烽伐鼓，申令三驅。轄車霆激，驍騎電騖。由基發射，范氏施御。弦

㉙　行 113：在其統治的第二年（公元 59 年 12 月），明帝巡視長安，在高祖廟舉行祭祀，也在十一座皇陵觀看典禮。見《後漢書》卷 2 頁 104 及《東觀漢記》卷 2 頁 2a。
　　“省方”一語暗指《易經》（卷 2 頁 11a）：“先王以省方觀民設教。”按照《禮記》（卷 4 頁 5a），皇帝必須每五年巡視一次。但是，在漢代皇帝並沒有遵循任何特定的時間表。

㉚　行 114：“萬國之有無”可能指不同國家的本地特產（見李周翰卷 1 頁 30）。李善（卷 1 頁 23a）解釋這一行指不同國家的“習俗的好惡是不同的”。
　　尤袤本作“躬”，六臣注本和《後漢書》作“窮”。

㉛　行 119：《後漢書》作“翩翩巍巍”，《文選》作“扃巍巍”。

㉜　行 120：《後漢書》作“顯顯翼翼”，《文選》作“顯翼翼”。

㉝　行 123：《後漢書》和六臣注本作“是以”，尤袤本作“於是”。

㉞　行 129：《後漢書》和五臣注本作“順”，尤袤本和六臣注本作“填”。

㉟　行 132：根據魯學對《詩經》的注釋（見高步瀛卷 1 頁 68a 校勘），“梁鄹”（也寫作“梁騶”）是古代天子狩獵之地。歸屬於賈誼的《新書》（《漢魏叢書》，卷 6 頁 2a）釋“梁”爲“天子之囿”。但是，班固很可能遵循魯學的注釋。

適當合於靈囿。㉞

如果順應時節而舉行狩獵之禮，㉞

135 檢閱戰車步卒以實踐演習，㉞

皇帝必定按照《王制》指揮他們，㉞

依循《風》《雅》考核他們。㉞

審閱《騶虞》，㉞

瀏覽《駟鐵》，㉞

140 贊美《車攻》，㉞

選擇《吉日》。㉞

禮官整飭威儀，

天子侍從然後退場。

於是他們舉起鯨魚之杵，㉞

145 撞擊華飾之鐘。

皇帝登上玉雕之車，㉞

不瞑禽，彎不詭遇。飛者未及
翔，走者未及去。指顧倏忽，獲
車已實。樂不極盤，殺不盡物。
馬踠餘足，士怒未深。

㉞ 行133："靈囿"在《毛詩》第242首第2章有提及。此囿屬於周文王。據《孟子》(一下之2)，儘管此囿方圓有七里，但是人們不認爲它太大，因爲文王與他們分享物產。這裏寓意東漢皇帝在管理這座狩獵園囿上和周文王一樣適當。

㉞ 行134：據《左傳》隱公五年，"搜"是春獵，"狩"是冬獵。杜預注"搜"爲"索"，取不孕者，"狩"爲"圍守"，見《左傳注疏》卷3頁21a。又據《穀梁傳·桓公四年》，"搜"是秋獵，"狩"是冬獵，與孔穎達引自《白虎通義》(現在版本的《白虎通義》沒有這段文字)的一段話相合。參見《左傳注疏》卷3頁21a。

㉞ 行135：參見《漢書》卷23頁1082："連帥比年簡車，卒正三年簡徒，群牧五載大簡車徒。"

㉞ 行136：《王制》是《周禮》的一章，其中的一部分規定狩獵應遵循的正確禮儀："天子諸侯無事，則歲三田。一爲乾豆，二爲賓客，三爲充君之庖。"

㉞ 行137：下面引用的《詩經》篇章都和狩獵有關。《騶虞》(《毛詩》第25首)和《駟驖》(《毛詩》第127首)出自"風"的部分；《車攻》(《毛詩》第179首)和《吉日》(《毛詩》第180首)在《小雅》。

㉞ 行138：胡紹煐(卷1頁25a)將"歷"解爲"視"。《毛詩序》評論這首詩"搜田以時，仁如騶虞也"，見《毛詩注疏》卷1之5頁13b。按照毛注，騶虞爲"義獸也。白虎黑文，不食生物，有至信之德則應之"(《毛詩注疏》卷1之5頁14b)。

㉞ 行139：《毛詩序》評論這首詩："美襄公(秦國的統治者，前777—前766)也，始命有田狩之事，園囿之樂焉。"(《毛詩注疏》卷6之3頁6a)
《後漢書》作"四鐵"，《文選》作"駟鐵"。

㉞ 行140：《毛詩序》評論這首詩："宣王復文、武之境土，修車馬，備器械，復會諸侯於東都，因田獵而選車徒焉。"(《毛詩注疏》卷10之3頁1a)

㉞ 行141：《毛詩序》評論這首詩："美宣王也，能慎微接下，無不自盡以奉其上焉。"(《毛詩注疏》卷10之3頁7b)

㉞ 行144：李善(卷1頁23b—22a)援引薛綜(？—243)注張衡《西京賦》(《文選》卷2)，解釋云："海中有大魚曰鯨，海邊又有獸名蒲牢。蒲牢素畏鯨，鯨魚擊蒲牢，輒大鳴。凡鐘欲令聲大者，故作蒲牢於上，所以撞之者，爲鯨魚(whale)。"
"發"具有"起"的意義，見《廣雅疏證》卷1下頁14b。

㉞ 行146："玉輅"，見《西都賦》第397行注釋。

駕馭時節之龍，㉃

鳳凰傘蓋華茂地懸垂，㉈

和鈴和鑾鈴叮咚鳴響。㉉

150　朝臣像影子一樣跟從，㉚

展示宏壯的威容。㉑

山嶽之神保護田野，

四方之神護送車駕。

雨師遍灑道路，

155　風伯清除塵埃。㉒

千乘兵車轟聲如雷，

上萬騎兵紛紛疾行。

巨型戰車遍布田野，

長戈短矛拂去雲彩。

160　飾有羽毛和牛尾的旗幟掃走霓虹，

旌旗飄拂天空。㉓

㉃　行 147：理論上每個季節有不同顏色的坐騎。據《呂氏春秋》，皇帝春季騎"青龍"（green dragon）（卷 1 頁 1b、卷 2 頁 1b、卷 3 頁 1b），夏季"赤色黑尾馬"（卷 4 頁 1b、卷 5 頁 1b、卷 6 頁 1b），秋季"白馬黑鬃"（卷 7 頁 1b、卷 8 頁 1a、卷 9 頁 1a），冬季"清灰黑馬"（卷 10 頁 1b、卷 11 頁 1a、卷 12 頁 1b）。據《周禮》，八尺以上的馬稱爲"龍"（dragon），見《周禮》卷 8 頁 23b。

㉈　行 148："棽儷"是一個連綿詞，意爲"茂盛稠密"。"棽儷"的寫法出現於《説文》，釋爲"繁盛批覆貌"，見《説文》卷 6 上頁 2660a，段玉裁注釋和校訂。《後漢書》作"颯纚"，胡紹煐（卷 1 頁 26a）將其等同於《西都賦》（第 206 行）中意爲"拖尾向下"的"颯纚"。若從《後漢書》，此行傳遞一個有着懸垂長穗的馬車華蓋的形象，與"棽儷"的意思相同。

㉉　行 149："鑾鈴"，見《西都賦》第 397 行注。"龢"借用爲"和"。根據《大戴禮記》（卷 3 頁 9a），"和鈴"繫於馬車橫木，見《周禮》卷 8 頁 18b 鄭玄注，《毛詩》第 173 首毛注（《毛詩注疏》卷 19 之 1 頁 8a）；原田淑人、駒井和愛，《支那古器図考》，2 冊（東京：東方文化學院，1937），2：33 - 34，pl. 22。鸞鈴及和鈴用來指揮行列的步伐，見《周禮》卷 8 頁 18b，《荀子》卷 12 頁 8b。

㉚　行 150：我釋"天官"（字面意爲天上的官員）爲"朝臣"。李善（卷 1 頁 24a）和李賢（《後漢書》卷 40 下頁 1366，注 9）引《獨斷》，"百官小吏曰天官"。但是，《獨斷》現存的文本（卷 4 頁 1b），代替"天官"的是"天家"。因此，可能李善和李賢誤引《獨斷》。"天官"的另一處使用在《史記·天官書》的標題中。司馬貞（8 世紀後期）釋"天官"如下："星座有尊卑，若之官曹列位，故曰天官。"（《史記》卷 27 頁 1289）班固可能用此詞作爲朝臣的暗喻，同樣，帝國建置的其他方面也用天文術語形容。也有可能"天官"指"天神"（見胡紹煐卷 1 頁 26b）。

㉑　行 151：《文選》"寴"當作"祲"。這是《後漢書》的寫法，胡紹煐（卷 1 頁 27a）表示左思的《魏都賦》（《文選》卷 6 頁 17b）引用這段文字作"祲"，李善引班固（卷 6 頁 18b）寫作"祲"。此字字面意爲"盛"。

㉒　行 154—155："雨師"等同於畢或畢宿。人們認爲，當月亮接近畢，就會下雨（見《毛詩》第 232 首）。風伯被認爲箕宿或人馬座 γ、δ、ε、ρ。因爲他掌管箕，所以能產生風。見應劭，《風俗通義》，《漢魏叢書》卷 8 頁 4a—b。

㉓　行 161：《周禮》（卷 6 頁 54a—b）區分前進隊伍中的九種旗幟。"旌"用於遊車，由五種不同顏色的羽毛製成。"旗"繪以熊、虎的圖案。

如火如焰，

帶着閃耀的光芒，旗幟飄揚蒼穹，

噴吐光焰，産生長風，

165　占領平野，進入山嶽。㉔

日月因之而失去光輝。

丘陵因之而震動顫抖。

接着聚集在苑囿之中，

陳列軍隊，安置主人。

170　部曲相並，

校隊成列，㉕

統領三軍，㉖

向將帥誓師。

然後高舉烽火，擊響戰鼓，

175　發令開始三面圍獵。㉗

輕車迅速，有如迅雷，㉘

勇猛騎士，疾馳如電。

養由基射箭，㉙

㉔　行 165：《後漢書》作“吹野燎山”，《文選》作“欽野歚山”。

㉕　行 171：“Squdron”（校隊）只是“隊”的一個籠統翻譯，由 100 或者 200 人組成，見《左傳注疏》卷 31 頁 4a 杜預注及《淮南子》卷 12 頁 3a 高誘注。“校”，我翻譯爲“brigade”（旅），是一個軍事單位（見《漢書》卷 55 頁 2476，注 7 顏師古注）由 500 人組成（見《史記》卷 111 頁 2927，注 6 司馬貞注）。

㉖　行 172：“三軍”一詞，同“六師”（參見《西都賦》，第 334 行注）的表述一樣，意指“整支軍隊”。《周禮》（卷 7 頁 1b）大國的軍隊由三軍組成。該詞作爲整體最終被用作軍隊的轉喻。

㉗　行 175：“三驅”有兩種基本的解釋。一是《易經》（卷 1 頁 14b，第 8 卦，九五）中提到的，爲鄭玄（見《左傳注疏》卷 6 頁 5b—6a）、王弼（226—249）以及孔穎達（《周易注疏》卷 2 頁 13a）所重複，釋爲一種三面圍獵，其中助獵者從三面驅逐獵物，剩下一面打開，允許一些動物逃跑。有人認爲這種做法是統治者仁愛不願意消滅一切的象徵。見王先謙（1842—1918）所引宋祁（998—1061）注，《漢書補注》（臺北：藝文印書館，1956）卷 87 上頁 24b。第二種解釋將“三驅”等同於“三田”，每次田獵以特定目的在不同季節舉行（按照這個方案，没有夏獵）：（1）爲祭祀的器皿提供乾肉；（2）招待賓客；（3）填滿統治者的庖厨。見《禮記》卷 4 頁 6b；《穀梁傳·桓公四年》；《毛詩注疏》卷 10 之 3 頁 6a；《漢書》卷 27 上頁 1319 注顏師古注及卷 87 上頁 3542 注 18。因爲“驅”的意思是“驅動”或“追逐”，“三驅”的恰當含義顯然必定是“三面圍獵”。但是，因爲等同於“三田”的解釋十分普遍，班固自己可能意識到此詞的這一含義。又見卷 1 第 136 行注。

㉘　行 176：尤袤本作“輀”，《後漢書》和六臣注本作“輕”。《後漢書》作“發”，《文選》作“激”。

㉙　行 178：養由基（《後漢書》作“游基”）是楚國的著名弓箭手。見《戰國策》卷 2 頁 3b；Crump, *Chan-Kuo Ts'e*, p. 33。

范成克駕車。㉚

180　弓箭不向頭部射擊，㉛

戰車不做迂回攔截。㉜

飛鳥沒有時間飛離，

走獸沒有時間逃走。

一指一瞥之間，

185　車上已裝滿獵物。

他們享受歡樂，但不過度，㉝

他們獵殺，但未毀滅所見一切。

駿馬尚有餘力扒着地面，

士卒的激情還未耗盡。㉞

4

190　先鋒返回原路，　　　　　　　　　　　　“先驅復路，屬車案節。於是薦

隨行的車子放慢步調。　　　　　　　　三犧，效五牲。禮神祇，懷百靈。

於是皇帝進獻三犧，㉟　　　　　　　　覲明堂，臨辟雍。揚緝熙，宣皇

供奉五牲。㊱　　　　　　　　　　　　風。登靈臺，考休徵。俯仰乎乾

拜祭天神地祇，　　　　　　　　　　　坤，參象乎聖躬。目中夏而布

195　吸引百神降臨。㊲　　　　　　　　　德，瞰四裔而抗稜。西盪河源，

㉚　行179：李賢（《後漢書》卷40下頁1366，注12）確認范氏爲趙國的御人。李善（卷1頁24b）援
引題爲《括地圖》的地理學讖緯專著，提到范氏爲大禹的專用御者。在其《文選注》（卷56頁9b）
的別處，李善引用歸於張華《博物志》（此段文字不見現存《博物志》文本），給出大禹御者的全名
爲范成克。

㉛　行180：獵人向面對面的動物射擊，被認爲是違犯田獵禮儀的。見《廣雅疏證》卷9上頁16a。
《後漢書》作“失”，《文選》作“睼”。

㉜　行181：《孟子》三下之1提到用戰車“迂回攔截”獵物是不當行爲。

㉝　行186：《後漢書》作“般”，《文選》作“盤”。

㉞　行189：《後漢書》作“泄”，《文選》作“渫”。

㉟　行192：“三犧”動物爲：鵝（goose）、鴨（duck）和野鷄（pheasant）。見《左傳注疏》卷51頁10a杜預注。

㊱　行193：“五牲”定義各有不同，諸如：麋（elaphure）、鹿（deer）、麂（muntjac）、狼（wolf）、兔（rabbit）（《左
傳注疏》卷51頁10a杜預注）；麞（muntjac）、鹿（deer）、熊（bear）、狼（wolf）、野豕（wild boar）（《左傳注
疏》卷51頁10a服虔注）；牛（ox）、羊（sheep）、豕（pig）、犬（dog）、鷄（chicken）（《左傳注疏》卷45頁21b
杜預注）。

㊲　行195：參見《毛詩》第273首：“懷柔百神。”“百”不是一個精確的數字，而僅僅意指“很多”或者“全部”。

他在明堂接見諸侯，⑱
造訪辟雍。⑲
散發無限光明，
宣揚宏大教化。
200 他登上靈臺，⑳
考察祥瑞。
仰觀於乾，俯察於坤，
將圖像與其聖躬匹配。㉑
凝視中國，施行德政，
205 遙望四夷，展示威望。
西蕩黃河之源㉒
東搖大海之濱，
向北撼動幽崖，㉓
朝南照燿朱垠，㉔

東澹海漘。北動幽崖，南燿朱垠。殊方別區，界絕而不鄰。自孝武之所不征，孝宣之所未臣。莫不陸讋水慄，奔走而來賓。遂綏哀牢，開永昌。春王三朝，會同漢京。是日也，天子受四海之圖籍，膺萬國之貢珍。内撫諸夏，外綏百蠻。爾乃盛禮興樂，供帳置乎雲龍之庭。陳百寮而贊群后，究皇儀而展帝容。於是庭實千品，旨酒萬鍾。列金罍，班玉觴。嘉珍御，太牢饗。爾乃食舉《雍》徹，太師奏樂。陳金石，布絲竹。鐘鼓鏗鍧，管絃燁

⑱ 行196：漢光武帝於公元56年在距離洛陽正南門二里(0.8米)處修建明堂。見《後漢書》卷1下頁84。應劭《漢官儀》説無水之塹環繞建築(李賢引，《後漢書》卷1下頁84，注1)。明帝於其在位的第二年(59年3月20日)在明堂進行一次祭祀光武帝的祖先祭祀。見《後漢書》卷2頁100；參《祭祀志》提到此次爲祭祀五皇(見下面第5—6行注《明堂詩》)，附帶光武帝(《後漢書》志第8頁3181)。關於明堂的詳細記載，見葉大松，頁451—452以及Bielenstein，"Lo-Yang in Later Han Times," pp. 65 - 66。
《後漢書》作"御"，《文選》作"觀"。

⑲ 行197：辟雍是位於明堂東一里(0.4公里)處的禮堂的名字。它建造於公元56年。名字來源於它被長得像稱爲"璧"的中國玉一樣的護城河所包圍的事實。這一結構理論上在周代已經存在，東漢試圖建造一座有意效仿古人。到達此堂要經過位於護城河南、北、東、西邊的四座橋當中的一座。在其在位的第二年(59年)，明帝在此建行大射禮(見《後漢書》卷2頁102及志第4頁3108；Bodde，Festivals，pp. 364 - 68)和養老禮(見附於此篇末尾的班固《辟雍詩》)。更多關於此堂的信息，見葉大松，頁452—453和Bielenstein，"Lo-yang," pp. 66 - 68。

⑳ 行200：靈臺隨着明堂和辟雍一起建造，位於明堂略南，據説也有古代的模型。靈臺充當皇家的天文臺，於此可以觀察諸如星、月、日、風、氣以及晷之類的事物(見《後漢書》志第25頁3571)。詳細的記載，見葉大松，頁453—55以及Bielenstein，"Lo-Yang," pp. 61 - 65。

㉑ 行202—203：乾和坤是天和地的術語。天和地顯示圖象，充當人類行爲和活動模式的觀念，可以追溯至《易經·繫辭》。關於早期中國思想這一重要特徵的出色討論，見Hellmut Wilhelm，"The Interplay of Image and Concept," *Eranos Jahrbuch 1967*，vol. 36 (Zurich: Rhein-Verlag, 1968), pp. 31 - 57; rpt. in *Heaven, Earth, and Man in the Book of Changes*, by Hellmut Wilhelm (Seattle: University of Washington Press, 1977), pp. 190 - 221。

㉒ 行206：河的源頭被認爲在崑崙山(李賢《後漢書》卷40下頁1367，注16)。高步瀛還列舉一些早期資料提到的可能來源(卷1頁76a—b)。

㉓ 行208：幽崖可能指遙遠的北方幽都，似乎被認爲是世界最西北端的入口，見《淮南子》卷4頁4b。

㉔ 行209："朱垠"和揚雄《甘泉賦》中提到的"丹厓"(《文選》卷7頁9a)相同："南燿丹厓。""朱"經常象徵南方，我懷疑"朱垠"意味着世界的南方界限。
尤袤本作"燿"，六臣注本作"曜"，《後漢書》作"趡"。

210　各種殊方異域，

　　邊境隔絶遥遠。

　　武帝不能征服的土地，[345]

　　宣帝無法臣服之民族，[346]

　　無不戰戰兢兢，跋山涉水，

215　競相奔走，前來朝謁。

　　接着，他安撫哀牢，[347]

　　設置永昌。

　　春日，在‘王之三朝’，[348]

　　他們會集於漢都。[349]

220　在此日天子接受四海的圖籍，

　　接受萬國進貢的珍寶。

　　向内安撫諸侯，

　　朝外綏靖蠻族。[350]

　　繼而他允許盛行禮儀，大興音樂。

225　器具布置於雲龍門的庭院，[351]

　　官員們被安排引導聚集的諸侯，

　　皇帝完全遵守帝王禮儀，盡顯君主容止。

　　於是，宮廷充滿千種貢品，

煜。抗五聲，極六律。歌九功，舞八佾。《韶》《武》備，泰古畢。四夷間奏，德廣所及。《傑》《休》《兜離》，罔不具集。萬樂備，百禮暨。皇歡浹，群臣醉。降烟煜，調元氣。然後撞鐘告罷，百寮遂退。

---

[345] 行 212：《後漢書》作“所不能征”，《文選》作“之所不征”。

[346] 行 213：《後漢書》作“所不能臣”，《文選》作“所未臣”。

[347] 行 216：哀牢是非中國部落的名字，生活在中國南方邊界地區附近的湄公河，可能是泰族人。哀牢國王於公元 51 年臣服中國。公元 69 年，一位哀牢的王子也臣服了。明帝將哀牢王國劃分爲兩個新的州，附屬於有六個州的益州郡，稱爲永昌。見《東觀漢記》卷 2 頁 3a；《後漢書》卷 2 頁 114、卷 86 頁 2849；Bielenstein, "The Restoration of the Han Dynasty," *BMFEA* 39 (1967)：77。

[348] 行 218：此處班固模仿《春秋》注的形式，當政的第一年寫作“春，王正月”。“三朝”指每年於春季歲首正月一日舉行的朝見。皇帝於此時在正殿舉行朝宴。出席宴會的是官員、諸侯王以及非中國王國的使者。“朝見時進獻禮物，作爲回報皇帝給予獎賞。參與者數以千計，俯伏於皇帝面前，以示效忠。然後伴隨着音樂娱樂，他們開始吃喝玩樂。”(Bodde, *Festivals*, p. 139) 卜德提出意指“三始”，在 *Festivals*, pp. 139–45 中詳細介紹此典禮。

[349] 行 219：班固用《周禮》中的兩個詞來指代都城的集會。不定期的訪問稱爲“會”；大規模訪問（聚集大量的人）稱爲“同”（《周禮》卷 5 頁 13a）。

[350] 行 223：《後漢書》作“接”，《文選》作“綏”。

[351] 行 225：“供帳”，也寫作“供張”（見《漢書》卷 10 頁 305、卷 71 頁 3040、卷 76 頁 3228；*HFHD*，2：379，n. 3.5)，字面意爲“提供帳篷”。這裏用來指宴會或郊遊中帳篷及其他器具的布置。在某些語境，比如班固的運用當中，“供帳”用作名詞，意爲“器具”。“雲龍”是德陽殿東門的名字，北宮的主要朝堂之一。見《文選》卷 3 頁 9b 薛綜注，及 Bielenstein, "Lo-yang," p. 35。

萬鍾美酒。

230　布置金罍，

分派玉杯。

美味進用，㉜

太牢犒賞。㉝

然後進餐時奏樂，清理食器時奏《雍》歌，㉞

235　太師陳獻音樂。㉟

安排金石，㊱

布置絲竹。㊲

鐘鼓之聲鏗鏘轟鳴，㊳

管弦之樂熱烈奔放，

240　五聲高亢，㊴

六律極致，㊵

歌唱九功之音，㊶

表演八佾之舞。㊷

㉜　行 232："珍"大約指《禮記》（卷 8 頁 23b—24b）提到的"八珍"：淳熬、淳母、炮豚、炮牂、搗珍、漬、熬、肝膋。見 Kwang-chih Chang，ed.，*Food in Chinese Culture*（New Haven：Yale University Press，1977），p. 34。

㉝　行 233："太牢"由三種祭祀的動物組成：牛（bull）、羊（sheep）和猪（pig）。

㉞　行 234："食舉"也是漢代所用的一種宴會音樂的名稱。見郭茂倩（12 世紀），《樂府詩集》（北京：文學古籍刊行社，1955），卷 13 頁 1b—2a。
　　《雍》是《毛詩》第 286 首的題名。《論語》3/2 及《周禮》卷 6 頁 9a 鄭玄注，提及此篇演唱於清理器皿。《禮記》卷 15 頁 9a 提到《雍》是客人離去時演奏的篇章。關於解讀此行的問題的詳細討論，見朱珔，《文選集釋》卷 2 頁 4b。

㉟　行 235：太師是《周禮》中提到的負責音樂的首席官員。見《周禮》卷 6 頁 11a—14a。

㊱　行 236："金"指的是諸如鐘、鑼之類的金屬樂器；"石"指石磬。

㊲　行 237："絲"是琴之類樂器的借喻，其弦用絲製成；"竹"指特定管樂器，譬如簫。

㊳　行 238：《後漢書》作"鎗"，《文選》作"鏉"。

㊴　行 240："五聲"是中國五聲音階的五個音調：宮、商、角、徵、羽。

㊵　行 241："六律"指十二律中用以連接五聲音階的六鐘音律。"六律"即所謂的陽律，按照音高的升序由黃鐘、太簇、姑洗、蕤賓、夷則和無夷組成。關於這些術語的討論，見 Needham，*Science and Civilization*，4：pt. 1：165 ff.，以及 James Hart，"The Discussion of the Wu-yi Bells in the *Kuo-yu*，" MS 29（1970 - 1971）：391 - 418。

㊶　行 242："九功"指《尚書·虞書·大禹謨》中的一段話，當中大禹列舉九種善政必需的事物："火、水、金、木、土、穀，惟修；正德、利用、厚生，惟和；九功惟叙，九叙惟歌。"（《尚書》卷 2 頁 2a；參見《左傳》文公七年）

㊷　行 243："八佾"舞有八列舞者，每列八位舞者，每位舞者持一根雉羽。見《穀梁傳·隱公五年》（《穀梁注疏》卷 2 頁 4a—b 范寧注）和《論語》3/1。

韶、武完美上演，㊌

245　上古之樂全部演繹。

四夷之音相繼獻上，

皆是皇朝恩德延及之處。

傑、末、兜、離之舞，㊍

無不具集。

250　萬樂齊備，

百禮完成。

皇帝的歡樂向下瀰漫，

群臣盡興而醉。

導致上天降下生成力量，㊎

255　使元氣和諧。

然後撞鐘宣告結束，

朝臣隨即退下。

5

於是聖皇看到萬方充滿歡樂愉悦，㊏　　　　　　"於是聖上覩萬方之歡娛，又沐

長期沐浴於其恩澤之下，㊐　　　　　　　　浴於膏澤，懼其佚心之將萌，而

㊌ 行 244："韶"（"韶續之舞"）是歸屬於聖王舜的舞曲。稱爲"韶"是强調舜對堯功業的繼承。見《史記》卷 24
頁 1197；*Mh*，3；255；《漢書》卷 22 頁 1038；《禮記》卷 11 頁 13a 鄭玄注。"武"（武舞）歸屬於周武王，又稱
"大武"，是由六部分組成的舞曲，每一部分代表一個武王攻克殷紂王的場景。《禮記》（卷 11 頁 20b—22b）
簡要概述舞蹈的結構。《詩經·周頌》的六首詩曾被解釋爲屬於這一戰争舞蹈。見王國維(1877—1927)《周
大武樂章考》，《王觀堂先生全集》，卷 1 頁 86—90；Henri Maspero, *La Chine antique* (1927; rpt. Paris:
Presses Universitaires de France, 1965), pp. 214 - 15; C. H. Wang, "The Countenance of the Chou,"
pp. 432 - 35。
五臣注本作"舞"，尤袤本、六臣注本、《後漢書》作"武"。

㊍ 行 246—248：四夷之樂指東、南、西、北方的非中原部落獻給朝廷的音樂。不同的文本對音樂的名稱有争
議。見《周禮》卷 6 頁 21b 鄭玄注；《毛詩》第 208 首毛注（《毛詩注疏》卷 13 之 2 頁 2b）；《孝經鈎命決》（李善
卷 1 頁 26a 引）。班固給出的列表同意《樂元表》所述(此著已佚，《白虎通義》卷上頁 22a 援引)，但是《禮記
注疏》（《十三經注疏》卷 31 頁 8b)中，孔穎達對同一作品的引用卻和列表有很大不同，以西方爲禁，北方爲
昧（或昧)，南方爲兜，東方爲離。
《後漢書》作"佅"，《文選》作"傑"。

㊎ 行 254：李賢（《後漢書》卷 40 下頁 1376，注 1)引蔡邕語，釋"煙熅"（又作"洇緼"或"氤氳"）爲"陰陽和一相扶
貌"。這一術語的通用意義是"天地的生成力量"。參《周易》卷 8 頁 5b。它也與接下來一行的"元氣"一詞
同義。

㊏ 行 258：《後漢書》作"親"，《文選》作"覩"。

㊐ 行 259：我從《後漢書》作"久"，《文選》作"又"。

260 擔心由此萌生奢侈的趨勢，

導致忽視東方的勞作。[368]

於是申明古老的制度，

下達明確的法令，

命令官吏，

265 頒布法令措施，

宣揚節儉，

教導太素。

擯除後宮的美麗裝飾，[369]

減少皇家服飾器用的數量。

270 貶抑工匠商人過度營業，[370]

鼓勵農桑勞務興盛發展。[371]

於是下令海内百姓棄末事，返本根，[372]

背僞飾，歸純真。[373]

女子致力於紡織，

275 男人努力於耕耘。

器具採用陶瓷葫蘆，[374]

衣服崇尚顏色樸素。

鄙視精細美好的衣服而不穿用，

鄙薄奇異華麗的裝飾而不以爲貴。

280 棄金於山，

沉珠於淵。[375]

怠於東作也，乃申舊章，下明詔。命有司，班憲度。昭節儉，示太素。去後宮之麗飾，損乘輿之服御。抑工商之淫業，興農桑之盛務。遂令海内棄末而反本，背僞而歸真。女脩織紝，男務耕耘。器用陶匏，服尚素玄。恥纖靡而不服，賤奇麗而弗珍。捐金於山，沈珠於淵。於是百姓滌瑕盪穢，而鏡至清。形神寂漠，耳目弗營。嗜欲之源滅，廉恥之心生。莫不優游而自得，玉潤而金聲。是以四海之内，學校如林，庠序盈門。獻酬交錯，俎豆莘莘。下舞上歌，蹈德詠仁。登降飫宴之禮既畢，因相與嗟歎玄德，謹言弘説。咸含和而吐氣，頌曰：盛哉乎斯世！

---

[368] 行 261：“東作”指“農業”。在中國相關思想中，東方代表春天。如此，因爲耕種始於春天，農業可以被稱爲“東作”。見《尚書》卷 1 頁 1b。明帝在其在位的第三年(60 年)頒布一項法令敦促他的官員特別致力於監督農業和蠶事。見《後漢書》卷 2 頁 105。

[369] 行 268：“後宮”指皇后和妃嬪的住所。

[370] 行 270：《後漢書》作“除”，《文選》作“抑”。

[371] 行 271：《後漢書》作“上”，《文選》作“盛”。

[372] 行 272：“末”通常指工商業。“本”指農業。見《漢書》卷 24 上頁 1128，注 4，顏師古注。

[373] 行 273：“僞”大概指奢侈鋪張的執念。“真”大概關注樸素適度。

[374] 行 276：參《禮記》卷 8 頁 5a 及卷 8 頁 10b—11a。

[375] 行 280—281：《莊子》(卷 12 頁 183)和歸屬於陸賈(前 228—前 140?)的《新語》(《漢魏叢書》，卷上頁 5b)包含相同的言論。

於是百姓滌除自身的瑕疵污穢，㊱

鑒戒上天之完美清净。㊲

形神保持虚静，

285　耳目不爲所亂。

嗜欲的源頭滅除，

廉耻之心意産生。㊳

無不悠然自得，

如玉之潤，如金之聲。㊴

290　因此四海之内學校如林，

庠序盈門。㊵

進獻酬答，往來交錯，㊶

盛肉俎豆，供應充足。

下列起舞，上座謳歌，㊷

295　舞蹈表現美德，歌詠稱贊仁行。

升降之禮和坐立之宴完畢，㊸

共同贊嘆皇帝的深遠之德。

優美辭語，宏大言論，

皆飽含中和，吐納元氣。

300　頌揚説：‘當今時代何其偉大啊！’

㊱　行 282：李善（卷 1 頁 27a）和李賢（《後漢書》卷 40 下頁 1369，注 4）都援引現已不存的《揚雄集》作爲這一説法的來源。

㊲　行 283：參見《淮南子》卷 2 頁 4a：“鏡太清者，視大明。”相同的説法也見於《管子》，《國學基本叢書》，卷 2 頁 67。

㊳　行 287：《後漢書》作“正”，《文選》作“耻”。
“廉”和“耻”是《管子》卷 1 頁 2 中提到的“四維”中的兩個。

㊴　行 289：玉用於象徵君子的美德。譬如，《周禮》（卷 20 頁 16b）中歸屬孔子的如下話語：“君子比德於玉焉，溫潤而澤仁也。”《孟子》五下之一同時使用玉和金（比喻有道德的言論）代表道德品格：“孔子之謂集大成。集大成也者，金聲而玉振之也。”

㊵　行 290—291：“學”是州國官學，“校”建於縣道侯國，“庠”在鄉，“序”在里。見《後漢書》卷 12 頁 355 及 HFHD，3：76。

㊶　行 292：參見《毛詩》第 292 首第 3 章。

㊷　行 294：據《周禮》（卷 8 頁 2a），歌者立於廳的前部。

㊸　行 296：“飫”可指“吃飽”或者“站着參加宴會”。後者的運用，見《國語》，《四部備要》，卷 2 頁 7a。李善（卷 1 頁 28a）引薛漢《韓詩章句》釋“宴”爲脱屨而坐的宴會。因涉及“禮”，我譯“飫”和“宴”爲“立坐之宴”。另一種解釋由劉向（卷 1 頁 37a）提出：“下跪而上坐”謂之“飫”，“宴”指“食飽”。

6

現在，爲長安辯護者只知誦讀虞夏之《書》，㉞

歌詠殷周之《詩》，㉟

研究伏羲、文王之《易》，㊱

討論孔子之《春秋》，㊲

305　卻很少有人精通古今之清濁，

或徹底了解漢代美德的淵源。

您僅僅熟悉古老的經典，㊳

卻又盲目馳騁於'末流'。㊴

'溫故知新'已難，㊵

310　而'知德者鮮矣'。㊶

況且，居於與西戎相鄰的偏僻之地，㊷

各個方向都爲陡峭關隘所阻塞，

維持防禦抵抗，㊸

怎能比得上居住國家中央，

315　平整、平坦，開放、通達，

萬方聚集如同輻輳？

秦嶺和九嵕，

涇水和渭水，

它們怎麼比得上四瀆五嶽，㊹

320　圍繞的黃河，奔騰的洛水，

"今論者但知誦虞夏之《書》，詠殷周之《詩》。講義文之《易》，論孔氏之《春秋》。罕能精古今之清濁，究漢德之所由。唯子頗識舊典，又徒馳騁乎末流。溫故知新已難，而知德者鮮矣！且夫僻界西戎，險阻四塞，脩其防禦。孰與處乎土中，平夷洞達，萬方輻湊？秦嶺九嵕，涇渭之川。曷若四瀆五嶽，帶河泝洛，圖書之淵？建章甘泉，館御列仙。孰與靈臺明堂，統和天人？太液昆明，鳥獸之囿。曷若辟雍海流，道德之富？游俠踰侈，犯義侵禮。孰與同履法度，翼翼濟濟也？子徒習秦阿房之造天，而不知京洛之有制也；識函谷之可關，而不知王者之無外也。"

㉞　行 301：《尚書》的兩部分歸於舜（《虞書》）和大禹（《夏書》）的時期。

㉟　行 302：除了周代頌詩，《詩經》還有一部分被稱爲商頌的，傳統上被認爲是殷王朝的詩歌。現代學者普遍認爲它們是周代後期作品。

㊱　行 303：《易經》被歸於據傳發明八卦的伏羲和按現存次序整理八卦、創作卦辭的周文王。

㊲　行 304：孔子被認爲是題爲《春秋》的魯國編年史的編纂者。

㊳　行 307："舊典"指的是西漢的慣例和制度。

㊴　行 308："末流"（參《漢書》卷 92 頁 3699）指西都客人所強調的鋪張奢侈。

㊵　行 309：此乃引自《論語》2/11。

㊶　行 310：此乃引自《論語》15/4。

㊷　行 311：秦國在長安的領土位於西戎蠻夷之地的邊界，見《史記》卷 5 頁 202 和 *Mh*，2：62。

㊸　行 313：參見《西都賦》第 19 行。

㊹　行 319："四瀆"是中國四條主要的河流：揚子江、黃河、淮水和濟水。

"五嶽"是五座聖山：山東東嶽泰山，湖南南嶽霍山或衡山，陝西西嶽華山，河北北嶽恒山，河南中嶽嵩山。

這些圖和書的起源？㉟

建章和甘泉，

接待、管轄神仙，

怎比得上靈臺和明堂，

325　統一、和諧天人？

太液和昆明，

鳥獸之苑囿，

怎比得上辟雍環流似海，

充滿道德之富？㊱

330　遊俠和過度奢侈，㊲

侵害規矩，違犯禮儀，

怎比得上一致遵從法度，

恭敬的態度，莊嚴的舉止？

您只知道秦之阿房宮直衝天空，㊳

335　卻不識得京洛符合既定體制。㊴

您只承認函谷可作防禦關隘，

卻未認識真正的帝王不設外部邊界。”㊵

主人的話還沒説完，西都賓客就大驚失色。他後退下階，憂悉沮喪，㊵拱手告辭。主人説：“請您回到席位。我現在要教您五首詩。”當賓客結束學習，稱讚説：“這些詩篇確實優美啊！其義理比揚雄　　　　　　主人之辭未終，西都賓矍然失容。逡巡降階，悚然意下，捧手欲辭。主人曰：“復位，今將授子以五篇之詩。”賓既卒業，乃稱曰：“美哉

㉟　行 321：這些是據説出於黄河、洛水的數字圖案資料。洛書由烏龜呈獻大禹。關於河圖，見《西都賦》第 27 行注釋。

㊱　行 328—329：李善（卷 1 頁 29a）引《三輔黄圖》（這段文字不見於現行文本），述辟雍四面環水象徵四海。《白虎通義》（卷上頁 58a）提到辟雍的功能之一是“宣揚道德教化”，水象徵“教化流行”，並指出辟雍之“辟”意爲“匯集”，因此辟雍指匯集天下之道德。

㊲　行 330：李賢（《後漢書》卷 40 下頁 1370，注 7）注，“逾侈”指《西都賦》第 63 行提到的豪奢商女。

㊳　行 334：阿房宮由秦始皇建於上林苑渭水南。從東到西是五十步（69.3 米），由北至南是五十丈（115.5 米）。它通過一系列的高廊連接秦國的都城咸陽。此宮極大，據説可坐 1 000 人、容納五丈高（11.55 米）的旌旗。見《史記》卷 6 頁 256；*Mh*，2：174 - 75；《三輔黄圖》卷 1 頁 25—26。“房”的發音“bang”基於張守節的注音，見《史記》卷 6 頁 256 注 3。

㊴　行 335：“制”指的是洛陽的建設實施控制和標準。

㊵　行 337：參見《公羊傳》僖公二十四年。此處的觀念是，真正的王者不需要躲藏於防禦關隘之後，而是通過道德教化就可以獲得民衆的順從。

㊵　行 341：尤袤作“悚”，六臣本作“揀”，《後漢書》作“慄”。

所述更正確,其内容比司馬相如所寫更真實。主
人不僅致力於學問,而且幸運地生活於這一輝
煌時代。小子愚魯簡率,[402]不知自我節制。現在
我已經聽聞正道,請求終生誦讀這些詩篇。"[403]其
詩曰:

乎斯詩! 義正乎楊雄,事實乎相
如。匪唯主人之好學,蓋乃遭遇
乎斯時也。小子狂簡,不知所
裁。既聞正道,請終身而誦之。"
其詩曰:

明堂詩

啊! 光輝的明堂,[404]
明堂極其明亮。[405]
聖皇的祖先祭祀,[406]
肅穆輝煌。[407]
5　上帝宴享,
五位皆處於合宜的次序。[408]
誰可媲美?
世祖光武。[409]

明堂詩

於昭明堂,
明堂孔陽。
聖皇宗祀,
穆穆煌煌。
上帝宴饗,
五位時序。
誰其配之,
世祖光武。

---

[402] 行 351:參見《論語》5/22:"吾黨之小子狂簡,斐然成章,不知所以裁之。"

[403] 行 351:尤袤和《後漢書》作"詩",六臣注作"辭"。

[404] 行 1:參《毛詩》第 235 首第 1 章:"文王在上,於昭於天。"

[405] 行 2:參《毛詩》第 154 首第 3 章:"我朱孔陽。"

[406] 行 3:"聖皇"指漢明帝,他於公元 59 年 3 月 20 日在明堂舉行祖先祭祀(宗祀),祭祀光武帝,配享五帝(見下
第 5—6 行)。見《後漢書》卷 2 頁 100、志第 8 頁 3181。常被引證的"宗祀"一詞(或"祭祀")(見於《孝經注
疏》,《十三經注疏》卷 5 頁 2a)爲周公舉行的祭祀:"宗祀文王於明堂,以配上帝。"參見《史記》卷 28 頁 1357
和《漢書》卷 25 上頁 1193。"宗"字也可以被釋爲"尊"或"尊者",見顏師古注《漢書》卷 25 上頁 1194 注 3 和
Homer H. Dubs, "The Archaic Royal Jou Religion," *TP* 46 (1958):222, n. 1b。

[407] 行 4:參見《毛詩》第 249 首第 2 章:"穆穆皇皇,宜君宜王。"

[408] 行 5—6:"五位"指的是五個方位的"五帝"(他們和上面行 65 注提到的五位君主並不相同)。公元前 205 年,
高祖開始對他們進行祭祀(見《史記》卷 28 頁 1378,*Mh*, 3:449, *Records*, 2:31)。李善(卷 1 頁 29a)和李
賢(《後漢書》卷 40 下頁 1371)都引"河圖"文字確認五帝如下:蒼帝,靈威仰,東方司木之神;赤帝,赤熛怒,
南方司火之神;黃帝,含樞紐,中央司土之神;白帝,白招短,西方司金之神;黑帝,葉光紀,北方司水之神。又
見於《廣雅疏證》卷 9 上頁 4b。這一行似乎源自揚雄《河東賦》中的一行文字:"靈祇既鄉,五位時叙。"(《漢
書》卷 87 下頁 3538"鄉"作"饗"。)"五帝"的每一位都占據寺廟中的一個方位,對應其所控制的方位。
常被引用的"時序"一詞見於《尚書》(卷 1 頁 5a、卷 8 頁 3b)。孔安國注將"時"作爲"是"的同義詞(見卷 8 頁
3b 注)。可能班固沿襲這種闡釋。其他解釋則從"及時序列"的意義解讀"時序"或如同高本漢所建議,解讀
成意義爲"有序"的連綿詞,見"Glosses on the Book of Documents," pp. 73-74, #1249。
我不確定第 5 行的"上帝"應該被理解成單數還是複數。多數爲單數(上帝)。但是,有支持在此文本中理解
爲複數的祭祀五帝。見顏師古注《漢書》卷 25 下頁 1194,釋"上帝"爲太微五帝;又見 Dubs, "The
Archaic Royal Jou Religion," p. 222, n. 1d。

[409] 行 7—8:公元 59 年 3 月 20 日,漢明帝在明堂祭祀五帝,以光武帝配享,見《東觀漢記》卷 2 頁 1b;《後漢書》
志第 8 頁 3181,"配"是已故祖先的神靈,其作用是向五帝或者被崇拜的任何一個或多個神靈介紹崇拜者。

普天之下,率土之濱,⑩　　　　　　　普天率土,

10　各適其職,前來納貢。⑪　　　　　　各以其職。

富足豐滿,光明延續,⑫　　　　　　　猗歟緝熙,

必定獲得無數福佑!⑬　　　　　　　允懷多福。

辟雍詩　　　　　　　　　　　　　　辟雍詩

此處辟雍環流,　　　　　　　　　　乃流辟雍,

辟雍水浪拍擊。⑭　　　　　　　　　辟雍湯湯。

聖皇蒞臨,⑮　　　　　　　　　　　聖皇莅止,

編舟成橋。⑯　　　　　　　　　　　造舟爲梁。

5　白頭國老,⑰　　　　　　　　　　幡幡國老,

敬如父兄。⑱　　　　　　　　　　　乃父乃兄。

威儀美好,⑲　　　　　　　　　　　抑抑威儀,

孝悌燦爛。　　　　　　　　　　　　孝友光明。

啊! 輝煌的太上者,⑳　　　　　　　於赫太上,

---

⑩ 行 9：參《毛詩》第 205 首第 2 章："普天之下,莫非王土。率土之濱,莫非王臣。"

⑪ 行 10：參《孝經注疏》卷 5 頁 2a："四海之内,各以其職來祭。猗歟緝熙,允懷多福。"

⑫ 行 11：參《毛詩》第 301 首第 1 章："猗歟那歟!"(Bernhard Karlgren, trans., *The Book of Odes* [Stockholm：Museum of Far Eastern Antiquities, 1950], p. 261)及《毛詩》第 268 首："緝熙敬止"(Karlgren, *The Book of Odes*, p. 240)。

⑬ 行 12：參《毛詩》第 236 首第 3 章："自求多福。"
《後漢書》作"與",《文選》作"歟"。

⑭ 行 2：我對"湯湯"進行相當自由的翻譯,孔安國釋爲"流貌"(《尚書》卷 1 頁 3b)。又見 Karlgren, "Glosses on the Siao Ya Odes," p. 132, ♯655,釋"湯湯"爲"多的"。

⑮ 行 3：參《毛詩》第 178 首第 1 章："方叔蒞止。"

⑯ 行 4：參《毛詩》第 236 首第 5 章："造舟爲梁。"

⑰ 行 5："國老"指"三老","五更"是爲他們在辟雍舉行的一種特殊典禮。這一典禮,被稱爲"養老",由明帝於公元 29 年的第十個月(11 月 28 日)執行。爲了向那些以"德行"著稱的年老官員表示敬意,皇帝邀請他的大臣們參加宴會。他們被賜予特殊的冠袍並取名"老"或"更"。皇帝自己爲這些尊敬的客人切肉敬酒。對這一慶典更加詳細的述說,見《後漢書》志第 4 頁 3108(這一慶典在書中被誤放於第三個月),以及 Bodde, *Festivals*, pp. 361－80。

⑱ 行 6：李善(卷 1 頁 30a)和李賢(《後漢書》卷 40 下頁 1371 注 2)引失佚的《孝經援神契》中的一段話説："天子尊事三老,兄事五更。"
《後漢書》作"迺",《漢書》作"乃"。

⑲ 行 7：這是出現在《毛詩》第 220 首第 3 章、第 249 首第 3 章及第 256 首第 1 章的倒裝句："威儀抑抑。"Karlgren, "Glosses on the Ta Ya and Sung Odes," p. 75, ♯895,釋"抑抑"爲"審慎的、克制的、端莊的"。我保留"威"、"威嚴的"之意,"抑抑"從毛注,釋爲"美好"。
五臣注本作"皇",尤袤本、六臣注本和《後漢書》作"威"。

⑳ 行 9：參《毛詩》第 301 首第 2 章："於赫湯孫!""太上"指皇帝。

顯示大漢之道。(421)	示我漢行。
宏偉教化，如同神明，	洪化惟神，
我們永遠觀看其成就。(422)	永觀厥成。

靈臺詩	靈臺詩
營造靈臺，(423)	乃經靈臺，
靈臺高聳。	靈臺既崇。
皇帝小心地適時攀登，	帝勤時登，
以考察祥瑞的預兆。(424)	爰考休徵。
三光宣發其光輝精華，(425)	三光宣精，
五行安排於秩序之列。(426)	五行布序。
祥風柔和吹拂，(427)	習習祥風，
甘雨舒緩降落。(428)	祁祁甘雨。
百穀茂盛豐饒，(429)	百穀蓁蓁，
衆草鬱鬱葱葱。(430)	庶草蕃廡。
屢屢出現豐年，(431)	屢惟豐年，
無盡宏偉歡樂。(432)	於皇樂胥。

(421) 行 10：參《毛詩》第 161 首第 1 章："示我周行。"

(422) 行 12：這是對《毛詩》第 280 首的準確引用。

(423) 行 1：參《毛詩》第 242 首第 1 章："經始靈臺，經之營之。"
《後漢書》作"迺"，《文選》作"乃"。

(424) 行 4：參見《東都賦》，行 201。

(425) 行 5："三光"即日、月、星。

(426) 行 6："五行"即中國相關思想中的"五行"。它們由水、火、金、木、土組成。對與"五行"相關的重要理論的精彩總結，見 Joseph Needham，*Science and Civilization in China*，Volume 2，*History of Scientific Thought* (Cambridge：Cambridge University Press，1956)，pp. 232－65。

(427) 行 7：參《毛詩》第 35 首第 1 章："習習谷風。"Bernhard Karlgren，"Glosses on the Kuo Feng Odes，" *BMFEA* 14 (1942)：119，♯94，釋"習習"爲"重複的陣風"。我跟隨毛注(《毛詩注疏》卷 2 之 2 頁 10b)，釋"習習"爲"微風和煦貌"。

(428) 行 8：參《毛詩》第 212 首第 3 章："興雨祁祁。"Karlgren，"Glosses on the Kuo Feng Odes，" pp. 98－99，♯39，提出"祁祁"意爲"充足"或者"大量"。我跟隨毛注(《毛詩注疏》卷 14 之 1 頁 16b)，釋爲"舒緩貌"。

(429) 行 9：《後漢書》作"溱溱"，《文選》作"蓁蓁"。

(430) 行 10：這一行逐字引自《尚書》(卷 7 頁 5a)。
《後漢書》作"庶卉蕃蕪"，《文選》作"庶草蕃廡"。

(431) 行 11：參《毛詩》第 294 首："屢豐年。"

(432) 行 12：參《毛詩》第 296 首："於皇時周。"及《毛詩》第 215 首第 1—2 章："君子樂胥"(Karlgren，*The Book of Odes*，p. 168)。

寶鼎詩

山嶽提供貢品，河川呈現珍寶。㊸

吐射金光，呼出浮雲。

寶鼎出現，色彩繽紛。

煥發光輝，飾滿龍紋。

5　薦呈祖廟，奉獻聖神。㊴

輝煌靈德，綿延億年。㊵

白雉詩

開啓靈篇，披覽瑞圖。㊶

擒獲白雉，進獻素鳥。㊷

張開白羽，奮發玉尾。㊸

容貌朗潔，純粹之精。

5　象徵皇德，同周成王。㊹

皇統永延，膺受天佑。

寶鼎詩

嶽脩貢兮川效珍，

吐金景兮歊浮雲。

寶鼎見兮色紛縕，

煥其炳兮被龍文。

登祖廟兮享聖神，

昭靈德兮彌億年。

白雉詩

啓靈篇兮披瑞圖，

獲白雉兮效素烏。嘉祥阜兮集皇都。

發皓羽兮奮翹英，

容絜朗兮於純精。

彰皇德兮侔周成，

永延長兮膺天慶。

㊸ 行1：永平六年（63年），一座寶鼎被發現於王雒山。它被展示於太廟。見《東觀漢記》卷2頁109和《後漢書》卷2頁109。

永平十一年（68年），黃金發現於灊湖（今安徽省合肥市），被進獻皇帝。見《後漢書》卷3頁152。

㊴ 行5：祖廟指用於祭祀光武帝的寺廟。

㊵ 行6："靈德"指光武帝。

㊶ 行1："靈篇"和"瑞圖"大概是指讖緯之書，尤其是關於"河圖"和"洛書"的著作，在預兆出現時作爲參考。

㊷ 行2：李賢（《後漢書》卷40下頁1373）援引佚失的《固集》（班固文集），此詩名爲《白雉素鳥歌》。白雉（white pheasant）的出現在永平十一年提到（《後漢書》卷2頁114）。素鳥（ecru crow）則未在明帝統治期間提及。公元85年的章帝告示中提及白鳥（《後漢書》卷3頁152）。班固此時已經完成他的賦作，我懷疑這一事件和他的詩有關。他大概是指現存後漢史書中未曾提及的明帝統治時期的某一事件。

㊸ 行3：《文選》增加《後漢書》缺少的額外一行。它顯然不屬於這首和《寶鼎詩》一樣的六行詩。見王念孫，《讀書雜志》餘編下，頁19a—b。

㊹ 行5：周成王統治期間，越裳的統治者向周公進獻白雉。這件禮物被認爲是對周公賢明的稱頌。見《韓詩外傳》卷5頁7a—b(Hightower, trans., *Han Shih Wai Chuan*, p. 172)。

第二卷

京 都 上

西 京 賦

張平子　　　薛綜 注

【解題】

《文選》包含此賦的唯一完整版本,此前已由贊克譯出,見 *Übersetzungen aus dem Wen Hsüan*, 2: 1-6; *Aus dem Wen Hsuan*, *China* 9 (1934-1935), 24-64 (也包括《東京賦》); rpt.in *Die Chinesische Anthologie*, 1: 1-18. Hughes, *Two Chinese Poets*, pp. 35-47,包含部分翻譯和釋義。

平子是張衡的字。

薛綜(約 243),字敬文,爲《二京賦》撰寫詳細的注釋。梁代皇室藏書目録(《隋書》卷 35 頁 1083 引)著録此注本爲兩卷,至公元 8 世紀仍然作爲一部獨立的著作存在(《舊唐書》卷 47 頁 2077)。《三國志·薛綜傳》(卷 53 頁 1254)提到他撰寫《二京解》,這可能是其注本的原名。李善大量參考這一注本,並且將其中很大部分納入到《文選》本的《西京賦》和《東京賦》中。在多數段落中,薛綜的注出現在前,隨後是李善的補充解釋。

1

有一位憑虛公子,其心思熱衷於奢侈,其外表傲慢自大。① 他素來好習古事,研究舊的史官,因此對

有憑虛公子者,心奓體忲雅好博古,學乎舊史氏,是以多識前代

---

① 行 2:除了在複合詞"奓溢"中使用的以外,薛綜(卷 2 頁 1b)並没有解釋生僻的"奓"字。五臣注本作"侈",李善(卷 2 頁 1b)引李登(3 世紀)編撰的辭書《聲類》,表明"奓"是"侈"的異體字。但是,《説文》(卷 10 下頁 4600a—b)説"奓"是同樣有"奢侈"之意的"奢"的籀文形式。
"忲"或許應該寫作"泰"。薛綜(卷 2 頁 1b)將其釋爲"驕泰"。他接着補充説"忲"可能是"忲習"之"忲"。

前代的事情非常熟悉。他對安處先生説：“如果一個人在陽的季節，他會覺得舒暢；②如果在陰的季節，他就會抑鬱，這與上天有密切關係。如果一個人處於肥沃的土地，他就安閑逸樂；如果處於貧瘠的土地，③他就必須辛苦勞碌，這與大地有關係。如果一個人抑鬱感傷，他就少有快樂；如果一個人辛苦勞碌，他就會吝於施捨，很少有人會違背這一原則。小人物一定會受這些因素影響，大人物也同樣感受到它們的影響。因此，帝王順應天地時節，以延伸其道德影響，而普通百姓接受天子教化，以形成習俗。道德影響和習俗的基礎因地域不同而變異。如何檢驗它呢？秦依靠雍州而强盛，④周遷往豫州而變得衰落；⑤高祖在西邊建都而驕泰，光武在東邊定都而儉樸。一個政府的興衰，總是取決於這些因素。但是先生您恐怕没見過西京的盛况吧？請讓我爲您陳列如下：

漢室的第一座都城，

30　在渭水岸邊。⑥

秦居於其北，

此地稱爲咸陽。⑦

左邊有崤山、函谷雙重險隘，⑧

桃林要塞，⑨

之載。言於安處先生曰：“夫人在陽時則舒，在陰時則慘，此牽乎天者也。處沃土則逸，處瘠土則勞，此繫乎地者也。慘則鄙於驕，勞則褊於惠，能違之者寡矣。小必有之，大亦宜然。故帝者因天地以致化，兆人承上教以成俗。化俗之本，有與推移。何以覈諸？秦據雍而彊，周即豫而弱。高祖都西而泰，光武處東而約。政之興衰，恒由此作。先生獨不見西京之事歟？請爲吾子陳之：

“漢氏初都，在渭之涘。秦里其朔，寔爲咸陽。左有崤函重險，桃林之塞。綴以二華，巨靈贔屭，高掌遠蹠，以流河曲，厥跡猶存。右有隴坻之隘，隔閡華戎。岐梁汧雍，陳寶鳴雞在焉。於前

---

② 行 7：薛綜（卷 2 頁 1b）釋陽時爲春夏，陰時爲秋冬。

③ 行 11：參見《國語》卷 5 頁 8a—b：“昔聖王之處民也，擇瘠土而處之……沃土之民不材，逸也；瘠土之民莫不嚮義，勞也。”

④ 行 22：“雍”，見《西都賦》第 11 行注釋。

⑤ 行 23：“豫”，是與今河南省大致對應的領土的古代名字。東都洛陽位於那裏。在《尚書·禹貢》（卷 3 頁 4a）中，它的土壤被描述成“柔軟”，低地的土壤肥沃，有些地方瘦瘠。其田地僅被評爲中上。

⑥ 行 30：參見《毛詩》第 236 首第 4 章。

⑦ 行 32：公元前 350 年，秦在咸陽建立它的都城（見《史記》卷 5 頁 203；Mh，2.65）。這個名字的字面意思是“全陽”，因爲這座城市位於渭水北和九嵕南（“陽”意爲“水北，山南”）。據張守節注引（《史記》卷 5 頁 203 注釋 4）李泰（7 世紀）《括地志》，咸陽在西漢的名字又叫渭城。它的位置在今陝西咸陽城東北二十里。見《漢書》卷 28 上頁 1546。

⑧ 行 33：關於“崤”和“函”，見《西都賦》第 13 行注釋。

⑨ 行 34：桃林塞（參見《左傳》文公十三年），在長安東 400 里，是自靈寶縣以西延伸至潼關縣（河南以東至陝西以西）的潼關的古代稱謂，見李吉甫（9 世紀），《元和郡縣圖志》，《叢書集成》，卷 2 頁 32，卷 6 頁 169。

35　連接着兩座華山。[10]

　　巨靈在此處行使强力，[11]

　　抬高手臂，伸長腿脚，

　　從而使彎曲的黃河流通，

　　他的印跡至今仍然存在。

40　右邊有隴坻的險隘要衝，[12]

　　阻絶華夏與蠻夷之地。

　　岐、梁、汧、雍諸山，[13]

　　陳寶鳴鷄，正在此處。[14]

　　前方南面有終南和太一，[15]

45　盤曲向上，高聳雄壯，

　　崎嶇不平，陡峭險峻，

　　山脊與嶓塚相連如鏈。[16]

　　它們懷抱杜陵，口含鄠縣，

　　吸入灃水，吐出鎬池。[17]

則終南太一，隆崛崔崒，隱轔鬱律。連岡乎嶓冢，抱杜含鄠，欱灃吐鎬，爰有藍田珍玉，是之自出。於後則高陵平原，據渭踞涇。澶漫靡迤，作鎮於近。其遠則九嵕甘泉，涸陰沍寒。日北至而含凍，此焉清暑。爾乃廣衍沃野，厥田上上，寔惟地之奥區神皐。

---

[10]　行 35：二華指華陰以南的太華山和位於陝西華縣東南的少華山。這兩座山相距 80 里。見《山海經》卷 2 頁 1b—2a。

[11]　行 36：薛綜(卷 2 頁 2b)援引一個關於兩座華山如何形成的古老故事。起初，華山是一座山，阻擋河水，使之不得不圍繞着它彎曲河道。河神用他的手劈開山頂，用他的脚踢離山基。這座山被分成兩部分，從而允許河水筆直流過。他的手印可見於華山山頂，而他的脚印則可以在首陽山下看到。同一故事的稍爲不同版本見《太平御覽》卷 39 頁 4b。巨靈是河神的別稱，見《漢書》卷 87 上頁 3537 注釋 15。

[12]　行 40：關於隴坻，見《西都賦》第 15 行注釋。

[13]　行 42：岐山位於美陽縣(今陝西武功縣西北)西北處。見《漢書》卷 28 上頁 1547。梁山在岐山的北面。它位於好時縣(今陝西乾縣東)附近，見《漢書》卷 28 上頁 1547。汧(或岍)山，也稱爲吳山，位於乾縣(今陝西隴縣南)。它是流入渭水的千河的源頭。見《漢書》卷 28 上頁 1547。雍山，位於雍縣(今陝西鳳陽縣南)，是雍水的源頭。見《水經注》卷 18 頁 2a—b。

[14]　行 43：陳寶，又稱天寶，是一種超自然生物，最早由秦文公於公元前 747 年在陳倉(今陝西寶鷄縣)發現。此物似石頭，具有雄雉之頭(《漢書》卷 25 上頁 1195；《史記》卷 28 頁 1359 版文本作“雄鷄”)。在其後的時代，此物頻頻出現。每次出現，它發出的光輝就像流星一樣。它總是自東而來，落在祭壇之上，發出的巨大噪音使得野鷄在夜晚啼叫。見《史記》卷 5 頁 179、180 注釋 4，卷 28 頁 1359；*Mh*，2：17；《漢書》卷 25 上頁 1195；*Records*，2：18；劉向收於《漢書》卷 25 下頁 1258—1259 的表；Wolfram Eberhard，*Lokalkulturen im alten China*，Part 1，*DieLokalkulturen des Nordens und Western*，*TP*，vol. 37，supplement (Leiden：E. J Brill，1942)，pp. 98 - 99。艾博華相信此物爲隕石，而陳寶祭祀是隕石崇拜的一部分。

[15]　行 44：太一山是終南山脈的最高峰，位於武功縣(今陝西武功縣)，有時也被用作終南山的別名(見《西都賦》第 14 行注釋)。見《漢書》卷 28 上頁 1547。

[16]　行 47：嶓塚是一座古代的山，《漢書》(卷 28 下頁 1610)定其位置在西縣(今甘肅天水縣)。

[17]　行 49：關於灃水，見《西都賦》第 36 行注釋。滈(或鎬)水在終南山有其源頭，流入潏水，然后反過來流入位於昆明池北面的鎬池。見《三輔黃圖》卷 4 頁 71—72。

50　還有藍田，⑱

　　寶玉之源。

　　後方北面有高山和平原，

　　倚靠渭水，依偎涇川，⑲

　　寬廣平坦，逶迤連綿，

55　形成都城周圍的屏障。

　　遠處則有九嵕和甘泉，⑳

　　冰凍黑暗，幽陰寒冷。

　　即使太陽到達北方，仍然爲冰冷所籠罩，㉑

　　因此此處正好避暑消夏。

60　還有遼闊的高原、肥沃的平原，

　　其土地爲最上等，

　　確實是地上最神秘的地區，最神聖的邊陲。㉒

從前，天帝對秦穆公感到滿意，邀請他到天庭，用鈞天廣樂款待他。㉓ 天帝情歡酒酣，於是降下金書天詔，並賞賜他位於鶉首之下的這塊土地。㉔ 彼時，聯合起來的強國達六個，但很快四海爲西秦所統一。㉕ 這難道不令人驚奇？

"昔者大帝説秦繆公而覲之，饗以鈞天廣樂。帝有醉焉，乃爲金策。錫用此土，而翦諸鶉首。是時也，並爲彊國者有六，然而四海同宅，西秦豈不詭哉？

2

當我們的高祖皇帝初入關中，五緯相互和諧，因

"自我高祖之始入也，五緯相汁，

---

⑱ 行 50：見《西都賦》第 93 行注釋。

⑲ 行 53：見《西都賦》第 16 行注釋。

⑳ 行 56：見《西都賦》第 102—103 行注釋。

㉑ 行 57—58：參見《左傳》昭公四年，張衡借來描述甘泉山附近的凉爽氣候。"太陽到達北端"指夏至，甘泉宮被西漢的皇帝用作避暑勝地。

㉒ 行 62：由於高海拔，雍州（參見《西都賦》第 11 行注釋）被認爲是神明的隱藏處。在秦代和漢代，祭祀各方神靈的祠堂建於該地區。見《史記》卷 28 頁 1359；《漢書》卷 25 上頁 1195；*Mh*，3：421；*Records*，2：18。

㉓ 行 63—66：這幾行指秦繆（也作"穆"）公（前 659—前 621 年在位）昏迷七天的故事。在此期間他夢到他在天帝的宮殿過得非常快樂，和百神遊玩，聆聽鈞天廣樂。見《列子》卷 3 頁 32，張湛（生於 320 年）注；《史記》卷 43 頁 1786，卷 105 頁 2786—2787；*Mh*，5：25 – 29。鈞天居於所謂的九天的中央，是天庭的所在地，見《吕氏春秋》卷 13 頁 1a。

㉔ 行 66—68：李善（卷 2 頁 4a）引《列仙傳》（不在今本當中）"贊"曰："秦繆公受金策，祚世之業。"似乎没有其他任何記録提到天帝授予秦穆公金策。"鶉首"與井宿（雙子座七星）、鬼宿（巨蟹座四星）相聯繫，其分野對應秦地（大致包括陝西和甘肅、四川的部分）。見《漢書》卷 28 下頁 1641。

㉕ 行 69：這些國家包括參與反抗秦國的韓、魏、燕、趙、齊、楚六個國家。這一時期（前 403—前 221）被稱爲戰國時期。

而排列於東井。㉖ 當婁敬扔掉輗車,他對皇帝的主張提出正確的批評。㉗ 上天開啟高祖之心,人臣教導他謀劃。㉘ 等到皇帝做出裁決的時候,也考慮到天地之神,從而確定將長安建立爲帝京是對的。㉙

難道他不想對天衢恭敬關注?㉚
難道他不渴望回到枌榆?㉛
天命不變,㉜

85　誰敢改變它?
於是,度量直徑和圓周,
計算長度和寬度;
築起城牆和護城河,
修建外部圍垣。

90　採取八方都城的不同格局,
從未考慮遵循往日的舊法。㉝
然後察看秦的體制,㉞
超越周的規模。
認爲百堵太過狹窄擁擠,㉟

以旅于東井。婁敬委輅,幹非其議。天啓其心,人甚之謀。及帝圖時,意亦有慮乎神祇。宜其可定以爲天邑。

"豈伊不虔思于天衢?豈伊不懷歸于枌榆?天命不滔,疇敢以渝!於是量徑輪,考廣袤。經城洫,營郭郛。取殊裁於八都,豈啓度於往舊?乃覽秦制,跨周法。狹百堵之側陋,增九筵之迫脅。正紫宮於未央,表嶢闕於閶闔。疏龍首以抗殿,狀巍峩以岌嶪。亘雄虹之長梁,結棼橑以相接。蔕倒茄於藻井,披紅葩之狎獵。飾華榱與璧璫,流景曜之韡曄。雕楹玉舄,繡栭雲楣。三階重軒,鏤檻文槶。右平左城,青

㉖ 行72—74:"五緯"即五大行星:歲星,即木星;太白,即金星;辰星,即水星;熒火,即火星;鎮星,即土星。這些行星名字的英文翻譯已由薛愛華設計,見 *Pacing the Void*, p. 212。關於"東井",見《西都賦》第26行注釋。

㉗ 行75:當婁敬(劉敬)帶着在長安建立都城的建議去見劉邦的時候,他還是一位戍卒(見班固《西都賦》,第28—29行)。他解下車輗,穿着羊皮,去見皇帝。見《史記》卷99頁2715—2717;*Records*,1:285。關於"輅"一詞,見《漢書》卷43頁2119,蘇林注。

㉘ 行76:李善(卷2頁4b)引薛漢《韓詩章句》釋"幹"爲"正"。

㉙ 行80:王念孫提出"意亦"類似於更爲常見的結構"抑亦"。見《讀書雜志》,餘編下頁20a。儘管王念孫爲這一解釋舉令人印象深刻的證據,我未從之,因爲用英語表達這一詞組的修辭力量幾乎是不可能的。

㉚ 行82:"天衢"指洛陽。

㉛ 行83:枌榆是距豐地十五里一座村莊的名字,爲劉邦出生之地。當他第一次開始反抗秦國的時候,劉邦向位於此地的土地神祭祀祈禱,見《漢書》卷25上頁1210注釋2,晉灼注。

㉜ 行84:這一詞在《左傳》昭公二十七年和哀公十七年中出現兩次。

㉝ 行91:尤袤本作"啓",比之六臣注本作"稽"更難詮釋。

㉞ 行92:"度"在這裏可能是關於尺寸的規定。

㉟ 行94:"堵"同時明確牆的高度和長度。取決於作爲規模的"版","堵"在古代的文本中給出三種不同的長度,所有的文本都同意,1堵由5版構成。"版"的寬度似乎是標準的兩尺。因此,所有文本明確指出1堵的高度是10尺或者1丈。《毛詩》毛注第181首(《毛詩注疏》卷11之1頁3b)、高誘注《淮南子》(卷1頁15a),以及杜預注《左傳》(《左傳注疏》卷2頁1ab)明確指其爲1丈長的牆。《毛詩》韓注第181首,許慎《五經異義》,《大戴禮記》(孔穎達《左傳注疏》卷2頁16b全引)提到8尺爲堵。最後,鄭玄給出的數字是6尺1堵(見《毛詩注疏》卷11之1頁3b)。

95　增擴過於局促的九筵。㊱

在未央宮中復建紫微宮，㊲

設立高聳的闕以標記閶闔門。㊳

鑿開龍首山而建起殿宇，㊳

形狀雄偉高大，高聳陡峭向上。

100　橫架起雄虹般的長梁，㊵

聚結棟橑，相互承接。㊶

蓮花莖葉倒垂於藻井，㊷

紅花披拂，朵朵相綴。

裝飾彩橑與璧璫，㊸

105　陽光流動，閃耀明亮。

雕刻楹柱，璧玉基石，

彩綉斗拱，雲紋屋梁。

三層閣樓，雙重遊廊，

雕鏤欄杆，彩繪緣飾。

110　右側坡道，左側階梯。㊹

青藍雕門，朱紅地面。㊺

瑣丹墀。刊層平堂，設切厓陳。
坻崿鱗眗，棧齴巉嶮。襄岸夷
塗，脩路陵險。重門襲固，姦宄
是防。仰福帝居，陽曜陰藏。洪
鐘萬鈞，猛虡趪趪。負筍業而餘
怒，乃奮翅而騰驤。

㊱ 行 95：九筵在《周禮》中規定爲明堂的東西長度（卷 13 頁 16b）。1 筵是 9 尺。盧毓駿計算這一尺寸是 2.16 米。見《中國建築史與營造法》，頁 117。

㊲ 行 96：關於紫微宮，見《西都賦》第 143 行。李善（卷 2 頁 5a）引《三秦記》，紫微是未央宮的別名。但是，要點是它被想象成天上紫微星宮的翻版。

㊳ 行 97：閶闔是紫微宮的正門。"這一宏偉的門可以在牧夫座的北面發現，朝向小熊座 β（帝星）和北極；左樞是橙色的天龍座 l（Ed Asich），右樞是淺黄色的天龍座 α（Thuban；Schafer, *Pacing the Void*, p. 47）。"閶闔的確切含義不確定，各種解説見《史記》卷 25 頁 1248；*Mh*，3：312；《淮南子》卷 4 頁 4b。
關大概指位於未央宮北側和東側的玄武闕和蒼龍闕。

㊳ 行 98：關於鏟平龍首山以建造未央宮，見《西都賦》第 37 行。

㊵ 行 100：彩虹分雌雄。雄的彩虹被稱爲"虹"，雌的被稱爲"蜺"。見《藝文類聚》卷 2 頁 38 引蔡邕《月令章句》。雄虹是陽氣的產物，雌蜺則由陰氣產生。

㊶ 行 101：關於"枌"、"橑"，見《西都賦》第 148 行。

㊷ 行 102：藻井是被稱爲天井的天花板的別名。薛綜（卷 2 頁 5b）釋曰："當棟中交木方爲之，如井榦也。" Soper, *The Art and Architectwe of China*, p. 204，認爲指"平的、格子的天花板，有着圓形的凹面或在每一塊鑲板繪畫，並飾以盛開的蓮花"。《風俗通義》（現存文本缺，但李善卷 2 頁 5b，《藝文類聚》卷 62 頁 1122 有引）中有一段話説天井是對東井的仿制。上面刻菱作爲防火的護符。"藻"嚴格來説指馬尾（Hippuris vulgaris），它還是意爲"裝飾"或者"設計"的通用語。見《尚書》卷 9 頁 2a，孔安國注。藻井的插圖見曾昭燏、蔣寶庚、黎忠義編《沂南古畫像石墓發掘報告》（上海：文化部文物管理局，1956），頁 55—56，圖 29、33、64、72 和 73。

㊸ 行 104：關於"橑"字，見《廣雅疏證》卷 7 上頁 3a。

㊹ 行 110：參見《西都賦》第 154 行。

㊺ 行 111：門邊緣的雕刻被漆成藍色，這一設計仿效連鎖環。見《漢書》卷 98 頁 4026 注釋 4。

削平丘陵，鏟去高地，

設置門檻，正在崖邊。㊻

層層臺階，聳如峭壁，㊼

115　陡峭險峻，高峻崎嶇。

高岸平道，

長路危峻。

雙重宮門堅固，

防禦行竊作亂。

120　仰視如同天帝之宮，

白天閃耀，夜晚消失。

洪鐘巨大，萬鈞之重，

猛獸支架，屹立不動。

背負重梁，尚有餘怒，

125　張開翅膀，勢將騰飛。㊽

3

朝堂殿朝向正東，㊾

溫調殿延伸向北。㊿

西面有玉臺，㔕

連接昆德殿，㘸

130　全部高峻崢嶸，

無法感受全貌。

“朝堂承東，溫調延北。西有玉
臺，聯以昆德。嵯峨嶵嶫，罔識
所則。若夫長年神僊，宣室玉
堂。麒麟朱鳥，龍興含章。譬衆
星之環極，叛赫戲以煇煌。正殿
路寢，用朝群辟。大夏耽耽，九

㊻　行 113：關於“切”字具有“門檻”之意，見《西都賦》，第 200 行注釋。

㊼　行 114：這些台階被砌在龍首山的斜坡上。因此，張衡用通常形容山峰的詞語來描繪它們。

㊽　行 122—125：1 鈞等於 30 斤(7.32 公斤)。這幾行描述懸挂石磬和鐘等樂器的木架。立柱叫作“虡”，木架頂端的橫梁叫作“筍”。此外，大的板叫作“業”，與橫梁相聯結。見《毛詩》第 242 首的毛注(《毛詩注疏》卷 16 之 5 頁 6a)；Karlgren, “Glosses on the Ta Ya and Sung Odes,” p. 54，♯852；鄭玄注《周禮》卷 12 頁 8a。各種動物雕刻在木架上以象徵凶猛和力量，見《周禮》卷 12 頁 9a—b。關於鐘架示意圖，見《三禮圖》卷 2 頁 2a—3b。薛綜(卷 2 頁 6b)釋爲：“當筍下爲兩飛獸以背負，又以板置上，名爲業。騰，超也。驤，馳也。言獸負此筍業已重，乃有餘力奮其兩翼，如將超馳者矣。”

㊾　行 126：參見《西都賦》第 216—217 行。

㊿　行 127：溫調殿是暖宮的另一稱呼。見《西都賦》第 166 行。

㔕　行 128：我還没有發現對此臺的正確辨析。

㘸　行 129：昆德殿位於未央宮主殿的西邊。見《三輔黃圖》卷 3 頁 48。

至於長年殿、神仙殿，
宣室殿、玉堂殿，(53)
麒麟殿、朱鳥殿，
龍興殿、含章殿，(54)
恍如群星環繞北辰，(55)
熠熠生輝，絢麗輝煌。
路寢正殿，(56)
用以接見各位諸侯。(57)
大厦深邃，
九門洞開。(58)
珍貴的樹木種於庭院，
芳香的植物猶如堆積。
高門巍然聳立，(59)
十二金人，坐成一列。(60)
宮内則有常侍和謁者，(61)

户開闢。嘉木樹庭，芳草如積。高門有閌，列坐金狄。内有常侍謁者，奉命當御。蘭臺金馬，遞宿迭居。次有天禄石渠，校文之處。重以虎威章溝，嚴更之署。徼道外周，千廬内附。衛尉八屯，警夜巡晝。植鎩懸猷，用戒不虞。

---

(53) 行 132—133：參見《西都賦》第 166—168 行。

(54) 行 134—135：這些都是主殿南面的宮室。見《三輔黄圖》卷 5 頁 95。

(55) 行 136：古代中國的天文學家相信所有的恒星都圍繞北極星旋轉。北極星曾由五顆星担任：小熊座 γ(太子)、小熊座 β(帝星)、小熊座 a3233(庶子)和 b3162(正妃或后宫)、鹿豹座 4339(天樞或紐星)。見 Needham，3：260 - 1。

(56) 行 138：據《禮記》(卷 9 頁 1b)，路寢是周代的主殿："朝，辨色始入，君日出而視之，退適路寢聽政，使人視大夫。大夫退，然後適小寢，釋服。"又見鄭玄注《周禮》(卷 8 頁 6b)；葉大松，頁 233—237。

(57) 行 139："群辟"指上朝謁見的王、侯、公、卿、大夫、士(薛綜卷 2 頁 6b—7a)。

(58) 行 140—141："大夏"(也寫作"大厦")意指"大的建築"，參見《文選》卷 7 頁 4b，卷 9 頁 4a。薛綜(卷 2 頁 7a)釋"夏"爲屋頂的四道斜坡；《三輔舊事》提到"大夏"是永樂宫的一座殿。見《後漢書》卷 72 頁 2326，注釋 5，及引此書而題爲《三輔三代舊事》的李善(卷 2 頁 7a)。既然張衡正在描繪永樂宫，我相信他不打算將大夏作爲一個專有名詞。
據鄭玄(見《禮記》卷 9 頁 1a)所説，路寢與明堂相似。基於這一可能是錯誤的類比(見高步瀛卷 2 頁 18b；葉大松，頁 233—235)，九户應該指明堂的九室(但是《大戴禮記》卷 8 頁 10b 説九室各有 4 户)。可能張衡立足於一種特定的漢代建築，設想路寢模仿有九室的明堂。也可能九户在這裏僅是以隱喻或者理想化的方式指稱九室。

(59) 行 144：這一行與《毛詩》第 237 首第 7 章相似。張衡可能運用漢代的韓詩版本。"閌"，可與"伉"互换，注爲"高貌"(見《毛詩注疏》卷 16 之 2 頁 20a)。我將"有"作爲附着於描述性詞"閌"的前綴。見周法高，《中國古代語法：構詞編》，"中研院"歷史語言研究所專刊之 39(臺北："中研院"歷史語言研究所，1962)，頁 215—221。

(60) 行 145：北狄的銅鑄人像，見《西都賦》第 158—159 行注釋。

(61) 行 146：西漢的中常侍是禁宫中皇帝的近侍。見《漢書》卷 19 上頁 739。在東漢它成爲一個僅由太監擔任的有權勢的職位。見 Ch'u T'ung-tsu，*Han Social Structure*，p. 234。
謁者負責接待宫廷的來訪者的相關儀式。見《漢書》卷 19 上頁 727。

奉命充當僕人。⑥

在蘭台和金馬門，⑥

輪流當值居住。

150 接着有天禄、石渠，⑭

校勘書籍的處所。

加之虎威、章溝，⑮

嚴格夜巡的部門。⑯

巡邏的道路環繞宮外，⑰

155 千所警衛廬房附屬宮內。⑱

衛尉的八營衛兵，

夜晚警戒，白天巡視。⑲

植立戈矛，懸挂盾牌，

小心謹慎，以防意外。

4

160 後宮包括昭陽殿、飛翔殿、

增成殿、合歡殿、

蘭林殿、披香殿、

鳳凰殿、鴛鸞殿。⑳

聚集華麗美人，全都端莊內斂，

"後宮則昭陽飛翔，增成合驩。

蘭林披香，鳳皇鴛鸞。群窈窕之

華麗，嗟內顧之所觀。故其館室

次舍，采飾纖縟。裛以藻繡，文

以朱緑。翡翠火齊，絡以美玉。

---

⑥ 行 147："當御"一詞最早出現在《左傳》襄公二十六年，一位調者在話語中聲稱"當御"。蔡邕釋"御"爲"進"（呈上）。它用於有關向皇帝呈獻衣服、飲食，以及妃嬪侍寢。見《獨斷》卷 4 頁 3b。這裏我粗略地將"當御"譯爲"擔任近侍"來覆蓋它的多種功能。

⑥ 行 148：蘭臺，是保管檔案和書籍的地方。見《漢書》卷 19 上頁 725。我不確定蘭應該被釋爲蘭草還是木蘭。我暫且將它解釋成木蘭，因爲它似乎是建造平臺的合適木材。
金馬門見《兩都賦序》注 6。

⑭ 行 150：關於石渠閣和天禄閣，見《兩都賦序》注 6 和第 227 行。

⑮ 行 152：薛綜(卷 2 頁 7a)説不知道虎威和章溝的意思。《三輔黃圖》(卷 6 頁 98)可能基於這段話，説虎威和章溝是官署的名字。

⑯ 行 153：參見《西都賦》第 243 行。

⑰ 行 154：參見《西都賦》第 251 行。

⑱ 行 155：參見《西都賦》第 250 行。

⑲ 行 156—157：顏師古注曰："衛尉有八屯，衛候司馬主衛士徼巡宿衛。每面各二司馬。"(《漢書》卷 9 頁 286 注釋10)

⑳ 行 160—163：參見《西都賦》第 180—186 行。鳳凰殿，位於主殿的東面。建造於鳳凰降落上林苑之後。見《漢書》卷 25 下頁 1252。

165 哦！向内看，多麼壯觀的景象！
　　館閣居室，值班沐浴之房舍，[71]
　　彩飾華麗精細。
　　橫梁纏繞着繁複的彩綉，[72]
　　飾以朱紅翠綠。
170 翡翠羽，火齊珠，[73]
　　串之美玉。
　　懸黎在夜晚流瀉光輝，[74]
　　連綴隨侯珠作爲明燭。[75]
　　金梯玉階，
175 彤庭光輝閃耀。
　　珊瑚林碧，
　　瑤珉磷彬，明亮輝煌。[76]
　　奇珍異寶，羅列成行，
　　一齊閃耀如崑崙山。
180 雖然格局並不宏大，
　　但是奢侈華麗超過最尊貴的住所。[77]
　　勾陳宮外：[78]
　　架空的閣道長而曲折。
　　連接長樂宮和明光殿，[79]
185 往北一直通向桂宮。[80]
　　魯班、王爾的能工巧匠，[81]

流懸黎之夜光，綴隨珠以爲燭。金釭玉階，彤庭煇煇。珊瑚琳碧，瑤珉璘彬。珍物羅生，煥若崑崙。雖厥裁之不廣，侈靡踰乎至尊。於是鉤陳之外，閣道穹隆。屬長樂與明光，徑北通乎桂宮。命般爾之巧匠，盡變態乎其中。後宮不移，樂不徙懸。門衛供帳，官以物辨。恣意所幸，下輦成燕。窮年忘歸，猶弗能徧。瑰異日新，殫所未見。惟帝王之神麗，懼尊卑之不殊。雖斯宇之既坦，心猶憑而未攄。思比象於紫微，恨阿房之不可廬。覦往昔之遺館，獲林光於秦餘。處甘泉之爽塏，乃隆崇而弘敷。既新作於迎風，增露寒與儲胥。託喬基於山岡，直墆霓以高居。通天訬以竦峙，徑百常而莖擢。上辮華以交紛，下刻陗其若削。翔鶤仰而不逮，況青鳥與黄雀。伏櫺檻而頫聽，聞雷霆之相激。

---

[71] 行166：張衡從《周禮》(卷1頁26b)借用兩個詞。按鄭玄(《周禮》卷1頁27a)，次是官員宿衛所在，舍爲其休沐之處。

[72] 行168：參見《西都賦》第190行。

[73] 行170：參見《西都賦》第195行注釋。

[74] 行172：參見《西都賦》第198行注釋。

[75] 行173：參見《西都賦》第192行注釋。

[76] 行176—177：參見《西都賦》第203行注釋。

[77] 行181：最尊貴的住所是皇帝的。

[78] 行182：參見《西都賦》第242行注釋。

[79] 行184：參見《西都賦》第254—255行注釋。

[80] 行185：參見《西都賦》第254行注釋。

[81] 行186："班"可能指魯般或者公輸般。一些資料認爲他們是同一個人的不同名字，另一些文本則將他們當作不同的人。不管哪個是正確的辨析，其中一個名字指周代的木工大師。圍繞着這兩個名字的知識的實用總結，見高步瀛卷2頁22a—b。"爾"是王爾，另一位偉大的工匠。見《淮南子》卷8頁2a；《漢書》卷87上頁3530注釋7。

在此用盡各種才能。

後宮女子無須離開宮室，

樂師不必移動樂器支架，⑧

190 到處都是門衛和器具，

官員逐件備辦物品供應。

天子盡可隨意遊幸，

剛下車輦，宴飲即成。

縱使終年忘歸，

195 仍然不能窮盡周遍。

每天有新的奇觀異景呈現，

見所未見的事物仍是取之不盡。

這就是帝王的神聖高貴，

但仍唯恐尊卑不加分別。

200 儘管這些殿宇如此寬敞，

內心仍充滿未滿足的欲望。

他想仿效紫微天宮，⑧

遺憾阿房宮不宜居住。⑧

他尋覓昔日遺留的宮館，

205 發現秦代殘存的林光宮。⑧

占據甘泉的光明頂，

因其高聳巍峨，廣闊寬敞。

新築起迎風館，

又增建露寒、儲胥二館。⑧

210 高大的殿基坐落於山峰，

---

⑧ 行 188—189：皇帝的後宮有那麼多女人，無論他到哪裏都可以享用。同樣，大量供應的樂器隨處可見。

⑧ 行 202：參見《西都賦》第 143 行注釋。

⑧ 行 203：參見《西都賦》第 334 行注釋。

⑧ 行 205：林光宮由秦二世胡亥所造(約公元前 207 年)。據《三輔黃圖》卷 2 頁 43 所引《關輔記》，它是甘泉宮的另一個名字(又見《漢書》卷 25 下頁 1263 注釋 7)。建元時期(前 140—前 135)，漢武帝在更大的規模上重建舊甘泉宮(見《三輔黃圖》卷 2 頁 43)。

⑧ 行 206—209：杜預(《左傳注疏》卷 42 頁 12b)釋"爽塏"爲"明亮乾燥"。孔穎達(《左傳注疏》卷 42 頁 12b)補充"塏"的意思是"高地"，因此它也表示"乾燥"。我採用"光明頂"作爲對這一詞語的意譯。
公元前 109 年，漢武帝對甘泉宮進行增建。迎風、露寒、儲胥都是這一時期在甘泉宮建造的宮室名字。見《三輔黃圖》卷 2 頁 44。對"儲胥"一詞含義的解釋，見《漢書》卷 87 下頁 3558 注釋 7。

蠹立着如同垂直的彩虹。

通天臺挺拔而起，遠至天邊。

高達百常，獨自竦峙，⑧⑦

其上華彩斑斕和紛紜交錯，⑧⑧

215 其下陡峭險峻如同刀削。

盤旋的鵾鷄，仰首上飛，難飛過塔尖，⑧⑨

青鳥與黃雀，又能成功幾分？

憑倚窗欄，低頭俯聽，

可以聽到不斷激蕩的雷鳴。

5

220 當柏梁臺被燒毀，⑨⑩

越地的巫祝獻上閉火之方。

修建建章之宮，

用以鎮服火殃。

所要建造的規模，

225 全面兩倍於未央。⑨①

“柏梁既災，越巫陳方。建章是
經，用厭火祥。營宇之制，事兼
未央。圜闕竦以造天，若雙碣之
相望。鳳騫翥於甍標，咸遡風而
欲翔。閶闔之内，別風嶕嶢。何
工巧之瑰瑋，交綺豁以疏寮。干

---

⑧⑦ 行 212—213：漢武帝爲了招引神仙去甘泉宫，於公元前 109 年建造通天臺。它是一座異常高的建築。《漢舊儀》（薛綜卷 2 頁 9a 所引）説它有三十丈（129.3 米）高。張衡的百常之數（1 常＝1 丈 6 尺）明顯誇張。關於此臺，見《三輔黃圖》卷 5 頁 81，葉大松，頁 417—419。

⑧⑧ 行 214：劉良給予這行的解釋（卷 2 頁 11a）是以“辨華”爲“文采”，我對此有些猶豫。這一解釋和薛綜（卷 2 頁 9a）注“辨華”爲“廣而大”有所不同。李善（卷 2 頁 9a）没有解釋該詞，只是説“辨”作“斑”或“蓜”（高步瀛，卷 2 頁 24b，不相信這一音注出自李善）。胡紹煐（卷 2 頁 11a）注意到《海賦》（《文選》卷 12 頁 3b）有李善釋爲“分散”的“蓜華”一詞，他因此推斷“蓜華”並不用於“辨紋”或者“華麗”的意思。

⑧⑨ 行 216：鵾指一種大的家禽（《爾雅》下之七頁 9a），也被叫作鵾鷄（見《説文》卷 4 上頁 1605b—1606a）。伊博思稱之爲四川鷄（Szechuan fowl），見 *Avian Drugs*，p. 29，♯268。但是，在這一段中鵾指一種被稱爲鸊鷄（昆）的傳説中的鳥。它也被不一同地描述成“鳳皇別名”（高誘《淮南子》卷 6 頁 6a）或“似鶴（crane），黃白色”（顏師古，《漢書》卷 57 上頁 2567，注釋 4，引張揖語）。薛愛華推測它可能是鸛（stork）的一種，見 Edward H. Schafer, "Professor Schafer Would Say," *JAS* 37 (1978)：800。由於此鳥似乎是半神話的，我暫時把它翻譯成“大鳥”。

⑨⑩ 行 220：柏梁臺由漢武帝建於公元前 115 年春（《漢書》卷 6 頁 182；*HFHD*，2：72）。它位於長安城“北闕内”。見《三輔黃圖》卷 5 頁 80。此臺於公元前 104 年 1 月 15 日被燒毀，漢武帝和群臣商議這場火預示何種徵兆。勇之，一位來自南粤（或越）國的方士，告訴他按照粤的習俗，火災後重建時，必須建造比原先更大的新建築物，以抵禦邪惡的影響。漢武帝於是下令在城墻外建造建章宫。（見《西都賦》第 256—257 行）見《史記》卷 28 頁 1402；*Mh*，3：513-14；*Records*，2：66；《漢書》卷 6 頁 199；*HFHD*，2：98；《漢書》卷 25 下頁 1244—1245。

⑨① 行 225：參見《西都賦》第 264—265 行注釋。

圓闕高聳而起,直入雲天,[92]

猶如兩座石碣相對而望。[93]

鳳凰在檐脊上振動雙翅,[94]

好似想要迎風飛翔。

230　閶闔門内,[95]

別風宫闕高高聳立,[96]

多麼非凡的工藝!

提花絲綺織在一起形成格子窗户。[97]

直衝雲霄,觸摸上面的蒼穹,

235　其形狀聳立而上,至於遠方。

神明臺崛起而特立,[98]

井幹樓增高達百層。[99]

架遊梁於浮柱之上,

結重重支架以承托它們。

240　修建層層台階,向上攀登,

邊緣相接北斗,穩步高升。

衝破中宸的塵埃,[100]

收集澄澈的重陽,[101]

觀賞彩虹的拱形長脊,

245　察看雲師居住的地方。[102]

雲霧而上達,狀亭亭以苕苕。神明崛其特起,井幹疊而百增。跱遊極於浮柱,結重欒以相承。累層構而遂隮,望北辰而高興。消雾埃於中宸,集重陽之清澂。瞰宛虹之長鬐,察雲師之所憑。上飛闥而仰眺,正睹瑤光與玉繩。將乍往而未半,怵悼慄而慫兢。非都盧之輕趫,孰能超而究升?駁娑駘盪,燾寮桔桀。枌㮰承光,睒瞗庨豁。欂櫨重茨,鍔鍔列列。反宇業業,飛檐轗轗。流景内照,引曜日月。天梁之宫,寔開高闈。旗不脫扃,結駟方蘄。轈輻輕鷐,容於一扉。長廊廣廡,途閣雲蔓。閒庭詭異,門千户萬。重闈幽闥,轉相踰延。望窈窱以徑廷,眇不知其所返。既乃珍臺蹇產以極壯,磴道邐倚以正東。似閬風之遐坂,横西洫

---

[92]　行226:"圓闕",有時候被等同於所謂的鳳凰闕(見《西都賦》第260行注釋),實際上似乎是一座位於東門北面的獨立建築。見《太平寰宇記》卷25頁24a,及《三輔黃圖》卷2頁40,皆引《三輔舊記》。該闕和鳳凰闕是成對的。實際上,像"鳳凰闕"、"圓闕"可能在這裏不是專有名詞,而是位於東門的雙闕。

[93]　行227:"碣"用於"碣石"一詞中,《西都賦》(見第291行注釋)中有提到。雙闕被描述成巨大的直衝上天的石山。

[94]　行228:"鳳闕",見《西都賦》第258—259行注釋。

[95]　行230:閶闔是建章宫正南門的名字,見《三輔黃圖》卷2頁40。

[96]　行231:張衡顯然已經混淆涮別風闕(見《西都賦》第260行)——東門鳳闕之別稱的位置。也許他心裏想的是璧門鳳闕(見《西都賦》第258—259行注釋)。

[97]　行233:這一行描繪成縱橫交錯圖案的絲綺狀的鏤窗。見葉大松,頁552,圖8-57(b)。

[98]　行236:參見《西都賦》第270行注釋。

[99]　行237:參見《西都賦》第276行注釋。

[100]　行242:中宸指"天地之交宇"(薛綜卷2頁10a)。

[101]　行243:"重陽"即"積陽爲天,天有九重"(見《楚辭補注》卷5頁6b)。

[102]　行245:雲師有時候等同於被稱爲豐隆的神,但豐隆也被認爲是雷神。對豐隆矛盾身份的整理嘗試,見王念孫,《廣雅疏證》卷9頁7b—8a。

飛闥之上,可以仰望,
直接看見瑤光與玉繩。[103]
剛要向前,未到一半,
就開始恐懼而戰慄。
倘非都盧的敏捷攀爬者,
誰能超升或登上極頂?[104]
馺娑殿、駘蕩殿,[105]
高峻而挺直;[106]
枍詣殿、承光殿,[107]
寬闊而洞開。
重梁疊棟,
陡然而懸,高處排列。
其翹頂雄偉莊嚴,[108]
其飛檐高高飛起。
閃動的光影照耀殿内,
接引日月的光輝。
天梁宫殿,[109]
大門洞開。
旌旗無須解扣而偃,[110]

而絶金墉。城尉不弛柝,而内外潛通。前開唐中,彌望廣潒。顧臨太液,滄池漭沆。漸臺立於中央,赫昈昈以弘敞。清淵洋洋,神山峩峩。列瀛洲與方丈,夾蓬萊而駢羅。上林岑以壘嵬,下嶄巖以嵒齬。長風激於別隯,起洪濤而揚波。浸石菌於重涯,濯靈芝以朱柯。海若游於玄渚,鯨魚失流而蹉跎。於是采少君之端信,庶欒大之貞固。立脩莖之仙掌,承雲表之清露。屑瓊蕊以朝飧,必性命之可度。美往昔之松喬,要羨門乎天路。想升龍於鼎湖,豈時俗之足慕?若歷世而長存,何遽營乎陵墓?

---

[103] 行 247:瑤光也被稱爲摇光,玉繩也被稱爲玉衡,分别是大熊座 η(Alkaid)和 ε(Alioth)。

[104] 行 250—251:都盧是夫甘都盧的縮略形式,是位於漢代合浦郡南(在今廣東)的一個國家的名字。藤田豐八稱它是 Pugandhara,即古代緬甸城市蒲甘(太公附近)的音譯。見《東西交涉史之研究·南海篇》,頁 117—120。但是,這一認定可能是錯的,因爲蒲甘王國直到很久以後才存在。因此,蘇繼庼試圖表明夫甘都盧正是驃國(今卑謬附近)。見《黄支國在南海何處》,頁 4。不論鑒定是否正確,都盧是緬甸專門爬竿的雜技演員,似乎是明確的。見《漢書》卷 28 下頁 1671,注釋 2;台静農,《兩漢樂舞考》,《文史哲學報》1(1950):280;趙邦彦,《漢畫所見遊戲考》,《慶祝蔡元培先生六十五歲論文集》(北平:中央研究院,歷史語言研究所,1933—1935),頁 525—538(尤其頁 526—530);Eberhard, *Lokalkulturen im alten China*, pp. 205-6。"都盧"一詞可能本身的意思是爬竿者。在《國語》(卷 10 頁 20b)中有人發現"侏儒扶盧"一語。韋昭釋扶爲"緣",盧爲"矛戟之柲,緣之以爲戲"。可能在"扶盧"和"都盧"之間有些混淆。對漢代爬竿的圖解,見曾昭燏等編,《沂南古畫像石墓發掘報告》,圖 84。頁 35 的簡短討論同樣有幫助。

[105] 行 252:參見《西都賦》第 266 行注釋。

[106] 行 253:我遵從胡紹煐(卷 2 頁 13b—14a)對罕見連綿詞"橆奡"、"桔桀"的詳細説明。

[107] 行 254:見《西都賦》第 267 行注釋。薛綜(卷 2 頁 10b)認爲承光是一座臺的名字。但是,由於它和殿的名字一起提到,可能也是殿名。見《高步瀛》卷 2 頁 28b。

[108] 行 258:參見《西都賦》第 268 行注釋。

[109] 行 262:參見《西都賦》第 267 行注釋。

[110] 行 264:門太高,以至於馬車不用拆去固定於馬車頂部的旌旗,就可以進入宫殿,見朱珔,卷 2 頁 13a—b。

265　駟馬可以並轡齊行。⑪

　　　敲擊輪輻使之疾馳，⑫

　　　輕鬆通過單葉門扉。⑬

　　　長廊，廣廡，

　　　連通的閣道像雲般延伸。

270　帶有圍墻的庭院，奇異多變，

　　　千門萬户。⑭

　　　門户重重，入口幽深，

　　　連續回環曲折。

　　　看來如此幽深，不斷繞轉，

275　使人迷惑而不知所返。

　　　於是珍臺盤曲而上，極其雄偉，⑮

　　　閣道蜿蜒曲折，直指正東。

　　　有如閬風的長長斜坡，⑯

　　　橫跨西池，穿過金墻。⑰

280　城門校尉從不廢更，

　　　城内城外仍可秘密通過。⑱

　　　前面開掘唐中池，⑲

　　　極目遠望，區域廣闊。

　　　回看太液池，⑳

285　池水青蒼，廣闊無邊。

----

⑪　行265：薛綜（卷2頁11a）釋“斬”爲“馬銜”。但是，朱珔（卷2頁13b）表明“斬”是“靳”的假借，是令人信服的。我懷疑它是“輓具”的提喻。

⑫　行266：御者在輪輻上敲擊以指示馬加速（薛綜卷2頁11a）。

⑬　行267：門太寬以至於一韁四馬可以通過單葉門扉。

⑭　行271：參見《西都賦》第262行注釋。

⑮　行276：陸翔（卷2頁14a）說珍臺是城東一座臺子的名字。但是，在揚雄的《甘泉宫賦》（《文選》卷7頁7b）中，珍臺被用於指皇帝蒞臨甘泉宫而奢華修建的珍臺。

⑯　行278：閬風是崑崙山的最高峰。

⑰　行279：金墻指長安的西墻。在中國人的思維中，金象徵西方。

⑱　行280—281：“更”用於發聲示警。有那麽多迷宫般的通道，儘管警衛們警覺，但是偷偷進出宫殿還是可能的。

⑲　行282：參見《西都賦》第289行注釋。

⑳　行284：參見《西都賦》第289行注釋。人們需要轉向北方才能看到太液池。

漸臺屹立於中央，⑫

赤色閃耀而敞亮。

清淵洶湧而洋洋，⑫

三神山巍峨屹立。

290　瀛洲與方丈並列，⑫

蓬萊插入其中間。

頂部參差而險峻，

底部高低而不齊。

長風激蕩着水中洲島，

295　掀起巨大的波濤。

浸没池邊的石菌仙草，⑫

洗滌靈芝的紅色莖苗。

海神在幽深的水中嬉遊，⑫

鯨魚被衝上岸而劇烈扭動。⑫

300　於是皇帝採納少君的“絕對真理”，

寄希望於欒大的堅貞忠誠。⑫

立起高柱，擎舉仙盤，

承接雲表降下的甘露。⑫

研碎玉屑，充當朝餐，⑫

---

⑫　行 286：漸臺自太液池中升起，高二十餘丈。它和建章宮建於同時。見《史記》卷 28 頁 1402；*Mh*，3：514；*Records*，2：66；《漢書》卷 25 下頁 1245；《三輔黃圖》卷 5 頁 80—81。

⑫　行 288：《三輔舊事》(李善注 2 頁 11b 引)説清淵是建章宮北面的一座湖。由於張衡提到它的神山，我懷疑它是太液池的另一個名字。

⑫　行 290：參見《西都賦》第 289 行注釋，293—294 行注釋。

⑫　行 296：“石菌”(stone mushrooms)和下一行的“靈芝”(magic fungus)都作爲長生不老的藥而食用。

⑫　行 298：海若是海神。見《楚辭補注》卷 5 頁 10a，及《莊子》卷 17 頁 248。

⑫　行 299：此“鯨”(whale)可能指位於清淵北的三丈長的鯨魚雕像。見《三輔黃圖》卷 4 頁 72。

⑫　行 300—301：李少君是公元前 130 年獲得漢武帝喜愛的方士，曾經是深澤侯的門客，掌握各種神奇之術。他説服漢武帝開始祭天，目的在於從灶神獲得丹砂中煉出黄金的秘密。在他的建議下，漢武帝派遣考察隊前往東海尋找蓬萊仙人。《史記》卷 28 頁 1385；*Mh*，3：463 - 66；*Records*，2：38 - 39。
　　欒大，見《西都賦》第 304 行注釋。
　　何焯注意到這幾行的反諷，張衡顯然諷刺武帝癡迷煉丹和追求長生的徒勞嘗試。見《義門讀書記》，卷 45 頁 7a。

⑫　行 302—303：“高柱”指承放收集甘露的盤子的柱子。見《西都賦》第 299 行注釋。

⑫　行 304：瓊是一種紅色的石頭，大概等同於後來所説的瑪瑙。英文經常翻譯爲“agate”。見章鴻釗，《石雅》，頁 34—35。我依從薛愛華譯瑪瑙爲“carnelian”。見 *The Golden Peaches of Samarkand* (Berkeley and Los Angeles：University of California Press，1963)，pp. 228 - 29。

305 確信生命可以延長。

贊美往昔的赤松子和王喬，⑬

在天路上尋找羨門。⑬

期望在鼎湖乘龍，⑬

此俗世有何值得羨慕？

310 但是，倘若可以世代長生不死，

又爲何如此匆忙地營建陵墓？⑬

6

請看城郭的規劃：　　　　　　　　　"徒觀其城郭之制，則旁開三門，

每一面開有三門，　　　　　　　　參塗夷庭。方軌十二，街衢相

三條大路平坦直伸。　　　　　　　經。廛里端直，甍宇齊平。北闕

315 十二輛車並進齊行，　　　　　　甲第，當道直啓。程巧致功，期

街道交會四處相通。⑬　　　　　　不陁陊。木衣綈錦，土被朱紫。

城區住宅端正整齊，⑬　　　　　　武庫禁兵，設在蘭錡。匪石匪

屋脊檐宇高低齊平。　　　　　　　董，疇能宅此？爾乃廓開九市，

北闕的高等宅第，⑬　　　　　　　通闤帶闠。旗亭五重，俯察百

320 開門直接面對大街。　　　　　　隧。周制大胥，今也惟尉。璝貨

選擇巧匠，盡使其功，　　　　　　方至，鳥集鱗萃。鬻者兼贏，求

期望住宅永不倒塌傾覆。　　　　　者不匱。爾乃商賈百族，裨販夫

---

⑬ 行306：參見《西都賦》第305行注釋。

⑬ 行307：羨門或羨門高通常被解釋爲一位神仙的名字。見《史記》卷6頁251；*Mh*，2-165；《史記》卷28頁1367—1368；*Mh*，3；432，436；*Records*，2.24-25。拉克伯里宣稱羨門實際上是"shaman"一詞的中國的音譯。見 *Western Origin of the Early Chinese Civilization*（London：Asher & Co.，1894），p. 209。此説被Chavannes（*Mh*，2；165，n. 1）所反駁，但近來李約瑟接受此説。見 *Science and Civilization in China*，2.133-34。

⑬ 行308：鼎湖是位於藍田的一座宮殿的名字（見《史記》卷25頁1389，注1），因傳説和黃帝有關的鼎湖（位於荊山腳下今河南閺鄉縣正南）而得名。一位方士告訴武帝，黃帝在荊山下鑄銅鼎，一條龍出現並帶他上天。武帝爲這個故事感動不已，評論説："嗟乎！誠得如黃帝，吾視去妻子如脱屣耳。"見《史記》卷28頁1394；*Mh*，3；488-89；*Records*，2；52；《漢書》卷25上頁1227—1228。

⑬ 行311：公元前139年，武帝將自己的墓建在茂陵。見《漢書》卷6頁158；*HFHD*，2；31。張衡指出，武帝試圖避免死亡，卻同時竭力爲死亡作準備，兩者之間明顯矛盾。

⑬ 行313—316：參見《西都賦》第46—47行注釋。

⑬ 行317：張衡從《周禮》（卷4頁1a）中借用兩詞來表示長安的居民區域：廛和里。漢代長安的居民區被稱爲里。據《三輔黃圖》（卷2頁36），計有160里。

⑬ 行319：甲第是授予貴族、皇帝寵臣的宅第。那些北闕附近的尤其享有聲望。見《漢書》卷41頁2079。

梁木穿上錦繡，

地面繪以朱紫。

325　武庫中的皇家兵器，

放置於兵架。

除了石顯、董賢，⑬

誰能住在那裏。

於是他們大開九處集市，⑬

330　城牆環通，城門環繞。

從五重樓上的旗亭，⑬

官員俯察成列的無數店鋪。

周代管理市場之官稱爲大胥，

如今通稱爲丞尉。⑭

335　珍奇的貨物從四方而至，

如同禽鳥魚類匯集。

賣者加倍贏利，

買者從不稀缺。

然後行售商人、常駐賈者和普通百姓，

340　男女小販，售價低廉，⑭

叫賣好貨，摻雜劣質，

繚亂鄉下人的眼睛。

何必費力辛勤勞作？

婦。鬻良雜苦，蚩眩邊鄙。何必
昬於作勞，邪贏優而足恃。彼肆
人之男女，麗美奢乎許史。若夫
翁伯濁質，張里之家。擊鍾鼎
食，連騎相過。東京公侯，壯何
能加？都邑游俠，張趙之倫。齊
志無忌，擬跡田文。輕死重氣，
結黨連群。寔蕃有徒，其從如
雲。茂陵之原，陽陵之朱。趫悍
虓豁，如虎如貙。睚眥蠆芥，屍
僵路隅。丞相欲以贖子罪，陽石
汙而公孫誅。若其五縣遊麗，辯
論之士。街談巷議，彈射臧否。
剖析毫釐，擘肌分理。所好生毛
羽，所惡成創痏。郊甸之內，鄉
邑殷賑。五都貨殖，既遷既引。
商旅聯槅，隱隱展展。冠帶交
錯，方轅接軫。封畿千里，統以
京尹。

---

⑬　行 327：石指石顯(前 74—前 49 年在世)，一位元帝時期升到具有巨大影響地位的太監。因爲元帝不斷生
病，石顯被委託管理多數朝廷事務。見《漢書》卷 93 頁 3726—3730，Ch'u T'ung-tsu, *Han Social Structure*,
pp. 430 - 37。
董指董賢(活躍於前 5—前 1)，是哀帝的寵臣。這位英俊年輕的男人成爲皇帝的孌童，並最終獲取大司馬的
高位。有一次皇帝甚至提議讓皇位給董賢，只是在中常侍王閎勸諫之後，皇帝才停止。見《漢書》卷 93 頁
3733—40；*HFHD*, 3: 8 - 10；Ch'u T'ung-tsu, *Han Social Structure*, p. 448, n. 241。又見下面第 800—802
行注釋。
⑬　行 329：參見《西都賦》第 50 行注釋。
⑬　行 331：旗亭是市樓的名字，官員在這裏檢查市場中的銷售和交易的情況。這些五層建築因挂於其上的旗
幟而獲得此名稱。見《三輔黃圖》卷 2 頁 35 引《廟記》。
⑭　行 333—334：根據《周禮》(卷 4 頁 12b—21a)，這裏提到的周代官職是"司市"，管理與市場活動有關的各種
部門。每二十家店鋪就有一位叫作胥師的監察官(卷 3 頁 5a)，負責巡查市場上的交易(卷 4 頁 17b—18a)。
漢代這一職責由三輔都尉擔任。見《三輔黃圖》卷 2 頁 35。
⑭　行 339—340：此處張衡用作市場上賣家和買家的詞全部來自《周禮》(卷 4 頁 13b)。"商"是帶着貨物去市
場的賣家，"賈"是常駐賣家。"百族"是來到午市的平民，販夫和販婦是在夜市擺放貨物的男女賣家。

欺詐謀利豐厚充足。

345　那些商販的兒女們，

華服更勝於許、史。⑭

至於翁伯、濁、質，

張里之族，⑭

鳴鐘列鼎而食，⑭

350　一隊隊騎手經過，

東都的王侯公爵，

富貴無法超出他們！

都市中的遊俠，⑭

張禁、趙放之流，⑭

355　抱負可比無忌，

行爲模仿田文。⑭

輕死重義，

結黨連群；

廣有徒衆，⑭

360　隨從如雲。⑭

有茂陵的原涉，⑭

---

⑭　行346：許和史是西漢最著名的兩個后戚家族。宣帝和成帝都有出自許氏家族的妻子。見《漢書》卷 97 上頁 3964，卷 97 下頁 3973；Watson, *Courtier and Commoner*, pp. 257‑61。史良娣是漢宣帝的祖母，見《漢書》卷 97 上頁 3961。

⑭　行347—348：翁伯以販脂而獲取財富，濁氏販賣乾脯，質氏清理修復劍，張里以馬醫而出名。見《漢書》卷 91 頁 3694。

⑭　行349：參見《左傳》襄公三十年，極其喜歡飲酒的鄭大夫伯有，修建一間地下室以供飲酒，並且通宵鳴鐘。"鳴鐘"指宴會時演奏的音樂，"列鼎"指昂貴菜餚的享用。

⑭　行353：此段的其他翻譯，見 James J. Y Liu, *The Chinese Knighterrant*, pp. 56‑57。

⑭　行354：張指張回，箭的製造者，又叫張禁。趙是趙放，販酒者。他們都是長安的遊俠，都被京兆尹王尊所殺。見《漢書》卷 92 頁 3706；Ch'ü T'ung-tsu, *Han Social Structure*, pp. 195, 442；Watson, *Courtier and Commoner*, p. 231。在權力的巔峰，他們豢養很多刺客作爲家臣。

⑭　行355—356：參見《西都賦》第 66—67 行注釋。

⑭　行359：直接引自《尚書》卷 4 頁 2b—3a。

⑭　行360：直接引自《毛詩》第 104 首第 1 章。

⑭　行361：原是原涉，生活於西漢末的遊俠。見《漢書》卷 92 頁 3714—3719；Ch'u T'ung-tsu, *Han Social Structure*, pp. 449‑54；Watson, *Courtier and Commoner*, pp. 240‑46。

陽陵的朱安世，⑮

矯勇威猛，

如虎如貔。

365　若怒目圓睜，如鯁在喉，⑯

路旁即有死尸仆倒。

丞相本想贖回兒子的罪過，

結果陽石公主聲名狼藉，公孫父子雙雙被誅。⑯

又有五陵的遊說之士，⑯

370　都是論辯的大師，

街談巷議，

批評褒貶，

剖辯事物細到毫釐，⑯

分析問題精入肌理。⑯

375　所愛者生出毛羽，⑰

所惡者渾身留創。

京都的郊野之内，⑯

鄉鎮殷實富足。⑯

五大都市的商販，⑯

380　彼此輸出運進。

商旅往來，車輛並接，

---

⑮　行362：朱是朱安世，來自陽陵陵邑的遊俠。公元前92年，丞相公孫賀的兒子公孫敬聲由於違法行爲被捕入獄。爲贖其子之罪，公孫賀許諾逮捕遊俠朱安世。當朱安世被捕後，他爲了報復，攻擊公孫敬聲的各種不當行爲，包括與陽石公主私通。公孫賀和他的兒子被捕，都死在監獄中。見《漢書》卷66頁2878；Ch'u T'ung-tsu, *Han Social Structure*, pp. 424-25。

⑯　行365：見《漢書》卷92頁3718提到原涉："外温仁謙遜，而内隱好殺。睚眥於塵中，觸死者甚多。"

⑯　行368：見上面第362行注釋。

⑯　行369：五陵即長陵、安陵、陽陵、茂陵、平陵五座陵邑。見《西都賦》第72—73行注釋。

⑯　行373：張衡用了兩個計量的詞語，我大致翻譯爲毫米和釐米。釐在一體系中由10毫（或豪）組成。見《漢書》卷21上頁957注釋10。10釐等於1分，10分等於1寸（中文1"寸"＝23.10毫米）。複合詞"毫釐"意味着非常細小的物品或事情。

⑯　行374：理也作"脈"（玉上的），我更喜歡保留果肉和肌理的比喻。

⑰　行375："生毛羽"意味着"飛揚"（見薛綜卷2頁14b）的能力，是對成名士人的讚美。

⑯　行377："郊"和"甸"指從都城輻射出去的兩道地帶，薛綜説（卷2頁14b）五十里爲郊，百里爲甸。這一解釋與杜子春（公元前1世紀後期）注《周禮》（卷4頁1b）相似。此外，杜用"遠郊"代替"甸"。

⑯　行378：鄉邑是縣下面的行政單位鄉的行政中心。鄉由十亭組成，亭又分爲十里。見《漢書》卷19上頁742；*HFHD*, 1：27-28, n. 1。

⑯　行379：參見《西都賦》第81行注釋。

轟轟碾過。

人頭攢動，⑯

車輛相接。

385　京都所轄千里之地，⑯

統由京兆尹管理。⑯

7

地方郡國的離宮別館，⑯　　　　　　　　　　"郡國宮館，百四十五。右極盩

多至一百四十五處。⑯　　　　　　　　　　厔，并卷酆鄠。左暨河華，遂至

右邊伸至盩厔，⑯　　　　　　　　　　　　虢土。上林禁苑，跨谷彌阜。東

390　聯接豐縣鄠縣。⑯　　　　　　　　　　至鼎湖，邪界細柳。掩長楊而聯

左邊達到河華，⑯　　　　　　　　　　　　五柞，繞黃山而款牛首。繚垣縣

延伸東虢疆土。⑯　　　　　　　　　　　　聯，四百餘里。植物斯生，動物

放養禽獸的上林禁苑，　　　　　　　　　　斯止。眾鳥翩翻，群獸騷駭。散

跨越深谷遍布高阜。　　　　　　　　　　　似驚波，聚以京峙。伯益不能

395　東邊到達鼎湖，⑰　　　　　　　　　　名，隸首不能紀。林麓之饒，于

細柳在西北劃出斜界。⑰　　　　　　　　　何不有？木則樅栝椶柟，梓棫楩

掩藏長楊宮，聯接五柞館，⑰　　　　　　　楓。嘉卉灌叢，蔚若鄧林。鬱蓊

---

⑯　行 383：冠帶是官吏的轉喻。

⑯　行 385：參見《西都賦》第 86—87 行注釋。

⑯　行 386：京兆尹是漢武帝於公元前 104 年設置的負責治理京畿地區的官吏名稱。見《漢書》卷 19 上頁 736。

⑯　行 387：郡是漢代行政體系中最重要的劃分。到西漢末，共有八十三郡。一郡之長，稱爲太守，直接對中央政府負責。國是分封給王室成員治理的地區。西漢末有二十國。見 Michael Loewe, *Everyday Life in Early Imperial China: During the Han period 202B.C.- A.D. 220*（New York：Harper & Row, 1968）, pp. 34 - 36。

⑯　行 388：《三輔黃圖》（李善卷 2 頁 15a 引）提到秦時長安附近有殿觀百四十五所。我在現存的《三輔黃圖》版本中未找到這一引文。

⑯　行 389：此行和接下來的一行描述上林苑的區域。盩厔，漢代長安西的縣名（今周至縣東），是長楊宮所在之地。見《漢書》卷 28 上頁 1547。

⑯　行 390：見上面的第 48—49 行。

⑯　行 391：見《西都賦》第 14 行注釋。

⑯　行 392：虢，以西周分封的虢國命名，是右扶風郡的一部分（今寶雞縣東）。見《漢書》卷 28 上頁 1547。

⑰　行 395：這裏提到的鼎湖，其確切位置不確定。薛綜（卷 2 頁 15a）說它位於華陰東。藍田附近也有個鼎湖，是王宮的所在地（見《史記》卷 28 頁 1389，注 1）。藍田所在地似乎更接近上林苑。見 Hervouet, *Sseu-ma Siangjou*, p. 227 中的地圖。

⑰　行 396：郭璞（《史記》卷 117 頁 3038 注 8 引）認爲細柳是位於昆明池南面的一座觀。薛綜（卷 2 頁 17b）只說它坐落於長安西北。因此用了"斜界"一詞。

⑰　行 397：關於長楊宮，見《西都賦》第 382 行注釋。五柞宮（也被稱爲離宮），位於盩厔附近，因種植於此的五棵柞樹而得名。見《三輔黃圖》卷 3 頁 61。

環繞黃山,止於牛首。⑬

圍城繚繞連綿,

400 四百餘里。

植物在這裏生長,

動物在這裏息居。

衆鳥上下翻飛,

群獸四處奔走。

405 散去時似驚起波浪,

聚集時如海中高丘。

伯益叫不出它們的名字,⑭

隸首算不清它們的數目。⑮

山林的豐饒,

410 何所不有?

樹木有冷杉、檜柏、棕櫚、楠木,⑯

楸樹、白桵、果榆、楓樹。⑰

蔓莚,櫹爽欐慘。吐葩颺榮,布葉垂陰。草則蔵莎菅蒯,薇蕨荔芤。王芻茵臺,戎葵懷羊。苹蓱蓬茸,彌皋被岡。篠簜敷衍,編町成篁。山谷原隰,泱漭無疆。廼有昆明靈沼,黑水玄阯。周以金堤,樹以柳杞。豫章珍館,揭焉中峙。牽牛立其左,織女處其右。日月於是乎出入,象扶桑與濛汜。其中則有黿鼉巨鼈,鱣鯉鱮鮦。鮪鯢鱨鯋,脩額短項。大口折鼻,詭類殊種。鳥則鸛鵝鴇鶂,駕鵝鴻鶤。上春候來,季秋就溫。南翔衡陽,北棲鴈門。奮隼歸鳧,沸卉軿訇。衆形殊聲,

---

⑬ 行 398：黃山是位於漢代槐里縣(今陝西興平東南)一座宮殿的名字。見《三輔黃圖》卷 3 頁 58,《漢書》卷 28 上頁 1546。

牛首是上林苑西頭一座池子的名字。見《史記》卷 117 頁 3037,注 6。它也被確認爲鄠縣西南二十三里的一座山名。見《元和郡縣圖志》卷 2 頁 27。

⑭ 行 407：伯益是舜帝時的丞相,陪伴大禹去北海,並幫助他辨認旅途中遇到的動物。見《列子》卷 5 頁 54。

⑮ 行 408：失佚的《世本》是古代中國貴族家族和達官顯貴的記載,其中記隸首爲皇帝發明數學計算。見《史記》卷 26 頁 1256,注 2。

⑯ 行 411：《爾雅》(下之二頁 16b)說樅“松葉柏身”。郭璞(《爾雅》下之二頁 16b)補充其木材用於寺廟的梁。我能發現的唯一現代鑒定是在《植物學大辭典》,二册合一(1918;重印,香港：文廣書局,1971),頁 1321,其中記爲日本冷杉(Abies firma, Japanese fir 或 Momi fir)。

栝是檜柏(Juniperus chinensis, Chinese juniper)。見陸文郁,《詩草木今釋》(天津：天津人民出版社, 1957),頁 38,第 45 條。

椶,也被稱爲栟櫚,即棕櫚(Chamaerops excelsa, windmill palm)。見朱琦,卷 3 頁 1a;Frederick Porter Smith, Chinese Materia Medica: Vegetable Kingdom, rev. G. A. Stuart (1911; rpt. Taibei: Ku T'ing Book House, 1969), p. 102。

枏是楠木(Phoebe 或 Persea),見 Smith-Stuart, pp. 313-14;陸文郁,頁 73,第 81 條。

⑰ 行 412：梓是楸樹(catalpa tree)(梓樹或楸樹)(Catalpa ovata 或 Catalpa bungei)。見陸文郁,頁 30,第 37 條;Smith-Stuart, pp. 99-100。

桵,也被稱爲白桵,大概是柘(cudrania)的品種。陸文郁(頁 118,第 127 條)認爲它是柘樹(Cudrania tricuspidata)。見《爾雅》,下之二頁 13b—14a;朱琦,卷 3 頁 1b。

梗的辨認更加不確定。郭璞(《史記》卷 117 頁 3008 引)說是紫柳(Salix purpurea, purple willow)或烏柳(Salix cheilophilia)的杞,見《植物學大辭典》,頁 460;陸文郁,頁 51,第 58 條。但更可能的鑒定是黃葉大果榆(yellow-leaf Ulmus macrocarpa)(蕪荑)(stinking elm)(注意顏師古說梗是黃梗樹,《漢書》卷 57 上頁 2538,注 27)。見 Smith-Stuart, p. 244。

關於楓(Liquidambar formosana),見 Smith-Stuart, p. 244。

嘉木灌叢，　　　　　　　　　　　不可勝論。

茂如鄧林。⑰⑧

415　葱蘢繁茂，

鬱鬱森森。

吐葩揚花，

布葉垂蔭。

草則有酢漿、莎草、芒草、蒯草，⑰⑨

420　豌豆、蕨草、馬藺、鳶尾，⑱⓪

王芻、茴、臺，⑱①

---

⑰⑧　行 414：鄧林由偉大的夸父的拐杖變成。夸父試圖追逐太陽，口渴喝乾黃河和渭水，但沒有減輕口渴，就向北去喝大湖的水，但在到達之前渴死。他所扔掉的拐杖，變成被稱爲鄧林的茂密樹林。見《山海經》卷 8 頁 2b；《淮南子》卷 4 頁 9b；Marcel Granet, *Danses et legendes de la Chine ancienne*, 2 vols. (1926；rpt Paris：Presses Universitaires de France，1959)，1：361-66。

⑰⑨　行 419：《爾雅》(下之一頁 11a 和頁 31b)將葴認定爲兩種不同的植物，即馬藍和寒漿。馬藍是靛藍（*Indigofera tinctorial*, indigo）。見 Smith-Stuart, pp. 217-19。基於郭璞的辨認(見《爾雅》下之一頁 11a 及《史記》卷 117 頁 3006，注 21)，寒漿應該指酸漿（*Oxalis cornuculata*, wood sorrel）。見 Smith-Stuart, p. 297。如同朱琦(卷 3 頁 1b—2a)所觀察，不能確定這裏意指的是哪種植物，因此我有意選擇酢漿草。

莎是用於製作席子和雨衣的莎草(sedge)，是一種莎草科植物，最有可能是香附莎草（*Cyperus rotundus*, nutgrass）。見 Smith-Stuart, pp. 141-42；Bernard Read, *Chinese Medicinal Plants from the Pen Ts'ao Kang Mu A.D. 1596* (1936；rpt Taiber Southern Materials Center, 1977)，pp. 235-36，♯724。

菅即芒（*Miscanthus sinensis*, eulalia），見陸文郁，頁 78，第 86 條。

這段文字的唐代手抄本作"蕨"(見《導論》，注 319)，所有的印刷本作"蒯"。前圖出現在《廣雅》(卷 10 上頁 3a)，與用於製作繩索的、像燈芯草的藺同義。這一描述確實和伊博思（*Medicinal Plants*, p. 236，♯725)確認爲藨草羊鬍子草(羊鬍子草)的蒯草（*Scirpus Eriophorum*, wool grass）吻合。參見《爾雅》下之一頁 11b—12a。

⑱⓪　行 420：薇是一種野豌豆（*Vicia*）屬的豆科植物。它包括至少三種植物：窄葉野豌豆（*Vicia angustifolia Benth*.)、箭筈豌豆（*v. sativa*, common vetch）和大葉野豌豆（*v. pseudoorbus Fisch et Mey*)。見石聲漢，《齊民要術今譯》4 卷第 1 卷(北京：科學出版社，1957—1958)，頁 788—789。

荔是荔挺的簡稱。顏之推(《顏氏家訓》下頁 18b—19a)討論荔挺和它的同義詞。鄧嗣禹（*Family Instructions*, pp. 156-57)指出馬薤、馬藺、蠡實都是同義詞，指馬藺（*Iris ensata*, Chinese iris 或 *Iris Pallasi*)。見 Smith-Stuart, pp. 220-21。

芫和荔非常相似，張衡可能用這一名字和荔對應。《爾雅》(下之一頁 36a)將它與郭璞未能辨認的一種植物東蠡等同。郝懿行(下之一頁 36a)收集證據表明荔和芫是相似的植物。因此，我用"鳶尾"(iris)一詞來翻譯它們。

⑱①　行 421：王芻，又叫菉(見《爾雅》下之一頁 2b)，即用於製作黃色染料的藎草(藎草屬）（*Arthraxon ciliaris*, arthraxon）。見陸文郁，頁 33—34，第 41 條。

茴，以貝母(見《爾雅》下之一頁 14b)更爲人熟知，是川貝的一種，一種球莖用於醫藥的百合(liliaceous)科植物。Smith-Stuart (pp. 178-79)認定爲川貝母（*Fritillaria roylei*)，陸文郁(頁 33，第 40 條)稱之爲浙貝母（*Fritillaria thunbergi*)。

臺，與夫須同義(見《爾雅》下之一頁 14a)，有時候和莎(莎草)(nutgrass)混淆，但更可能是皺果臺草（*Carex dispalata*)。見陸文郁，頁 96，第 106 條。

戎葵、懷羊。⑱

蓬茸叢生，

遍布高丘，覆蓋山崗。

425　大小翠竹，蔓延分布，

連成竹田，匯成林篁。

山谷原野，

莽莽無疆。

又有神圣的昆明池，

430　黑水和玄趾祠。⑱

金堤圍繞四周，⑱

堤旁栽種垂柳和紫杞，⑱

奇麗的豫章臺館，⑱

峙立池中，高高揚起。

435　牽牛立在左側，

織女占據右邊。⑱

日月出沒於這裏，

就像扶桑和蒙汜。⑱

---

⑱ 行 422：戎葵，又稱蔏或蜀葵。見《爾雅》（下之一頁 25b—26a），是一種常見的蜀葵（*Althaea rosea*，hollyhock）。見 Smith-Stuart，p. 33。

《爾雅》（下之一頁 7b）將懷羊等同於蘪，一種郭璞無法辨認的植物。後來的評論家們試圖說明這一名稱，但不能讓人信服。朱琦卷 3 頁 3a—b 和胡紹煐（卷 2 頁 22b—23a）將懷羊和《大戴禮記》（卷 7 頁 7a）中提到的懷氏等同起來。他們解釋懷是槐（槐樹，日本寶塔樹）（*Sophora japonica*，the Japanese pagoda tree）的異體字。既然張衡此處列舉植物而不是樹木，我認爲這種看法是正確的。

⑱ 行 430：《楚辭·天問》提到兩處神秘的地方稱爲黑水和玄趾。王逸（《楚辭補注》卷 3 頁 9a）說玄趾是西邊一座山的名字，指出黑水是從崑崙山流出的一條河。洪興祖（《楚辭補注》卷 3 頁 9a）引張衡此行，認爲昆明池取象於黑水和玄趾。位於中國南方的昆明池有黑水祠，長安外的皇家池沼是對其的複製（見《漢書》卷 28 上頁 1601）。有可能中國北方的這一對池沼以某種方式複建黑水祠。

⑱ 行 431：金堤實際上由石頭建成（薛綜卷 2 頁 16b）。"金"字僅僅隱喻暗示堤岸堅固。

⑱ 行 432："杞"指烏柳（*Salix cheilophilia*）或者杞柳（紫柳）（*Salix purpurea*，purple willow）。見陸文郁，頁 51，第 58 條；《植物學大辭典》，頁 460。

柳是楊柳（垂柳）。見陸文郁，頁 59，第 66 條。

⑱ 行 433：見《西都賦》第 399 行注釋。

⑱ 行 435—436：見《西都賦》第 400—402 行注釋。

⑱ 行 438：扶桑（或榑桑，見《淮南子》卷 4 頁 9b），又稱爲扶木（或榑木，見《山海經》卷 4 頁 7b），是位於世界極東盡頭的暘谷（或湯谷）之上的太陽樹。根據《山海經》中保存的描述，十個太陽沐浴在扶桑樹上。九個太陽在較低的樹枝，而一個在頂部休息（卷 9 頁 3a—b）。一旦一個太陽到達樹枝，另一個則離開。每個太陽都負載在三足烏上（卷 14 頁 5a—b）。

蒙汜，也被稱爲蒙谷（見《淮南子》卷 3 頁 10b），是太陽在一天結束之後下沉之處。見《天問》，《楚辭補注》卷 3 頁 3b。

其内則有黿鼉巨鱉，⑱

440　鱣鯉鰷鮦，⑲

鮪鯢鱨鯋，⑲

長額短頸，

大口曲鼻，

最奇異獨特的物種。

445　鳥則有鷸鴽鵠鴇，⑲

駕鵞鴻鴠。⑲

---

⑱　行 439：黿（*Pelocheylys bibro*ni）即花背黿，大鱉（giant softshelled turtle）。見 Bernard E. Read，*Chinese Materia Medica: Turtle and Shellfish Drugs*（1937；rpt. Taibei：Southern Materials Center，1977），p. 30，♯213。
鼉（*Alligator sinensis*）即揚子鰐（Chinese alligator），見 Bernard E. Read，*Chinese Materia Medica: Dragon and Snake Drugs*（1934；rpt. Taibei：Southern Materials Center，1977），pp. 20 - 22，♯105。
鱉即中華鱉（*Amyda*［Trionyx］*sinensis*），較小的黿（soft-shelled turtle）。見 Read，*Turtle and Shellfish Drugs*，p. 22，♯208。我將鱉翻譯爲 trionyx 以便與黿區別。

⑲　行 440："鱣"（*Acipenser sinensis*）即中華鱘（Chinese sturgeon），見《爾雅》下之四頁 1a；陸璣（公元 3 世紀），《毛詩草木鳥獸蟲魚疏》，《叢書集成》，卷下頁 52；圖解見岡元鳳，《毛詩品物圖考》（1785 年前言；重印，臺南：臺南新世紀出版社，1975），卷 7 頁 2a。
"鯉"（*Cyprinus carpio*）是鯉魚，普通的鯉科（carp）。見 Read，*Fish Drugs*，p. 5，♯128。
"鰷"是鰱的別名。見陸璣，《毛詩草木鳥獸蟲魚疏》卷下頁 53，及《廣雅》卷 10 下頁 13b。Read（*Fish Drugs*，pp. 10 - 11，♯129）認爲兩個名稱都指白鰱（silver carp）或中國白魚（*Hypophythalmichthys molitrix*，Chinese whitefish）。
郭璞（《爾雅》下之四頁 1b）將鮦和鱧（也寫作鱺）等同，伊博思（*Fish Drugs*，pp. 56 - 58，♯162）確定爲烏鱧（*Ophiocephalus argus*，serpenthead 或 snakehead mullet）。但是陸璣（《毛詩草木鳥獸蟲魚疏》卷下頁 54）説鱧是鯇，即草魚或中國草魚（*Ctenopharyngodon idellus*）。見 Read，*Fish Drugs*，p. 14，♯132。由於張衡後面提到烏鱧（行 647），所以此處"ide"解釋爲草魚最合適。

⑲　行 441："鮪"是白鱘（中華鱘或吻鱘）（*Psephurus gladius*，Chinese paddlefish 或 beaked sturgeon），見 Read，*Fish Drugs*，p. 68，♯168。
"鯢"是大鯢（*Cryptobranchus japonicus*，giant salamander），見 Read，*Fish Drugs*，p. 76，♯173。
"鱨"在毛注（《毛詩注疏》卷 9 之 4 頁 8a）中注釋爲"揚"。陸璣（《毛詩草木鳥獸蟲魚疏》卷下頁 54）説它是其時的黄頰魚（yellow-jaw fish），形容它身形厚而長，正黄色的骨，在中國東南部被稱爲黄鱨魚，即三綫擬鱨或金鯰魚（*Pseudo-bagrus aurantiacus*，golden catfish）。見 Read，*Fish Drugs*，p. 77，♯174。
《爾雅》（下之四頁 2a）將"鯋"和"鮀"等同。郭璞説它是一種吹沙小魚。此魚體圓而有斑點。毛詩第 170 首的注釋（《毛詩注疏》卷 9 之 4 頁 8a）也將它等同於"鮀"。陸璣（《毛詩草木鳥獸蟲魚疏》卷下頁 55）説"鯋"乃"吹沙"，此魚狹而小，常張口吹沙。伊博思確認其爲蝦虎魚（黄鰭刺蝦虎魚）（*Acanthogobius flavianus*，goby），見 *Fish Drugs*，p. 46，♯152；岡元鳳，卷 7 頁 4a。

⑲　行 445："鷸鴽"是白胸翡翠（翠鳥）（*Halcyon smyrnensis*，turquoise kingfisher），見 Read，*Avian Drugs*，p. 8，♯247。
"鵠"是"麋鵠"的省略，又叫"蒼鵠"（見《爾雅》下之五頁 3a），是東方灰鶴（*Megalornisgrus lilfordi*，Eastern gray crane）。見 Read，*Avian Drugs*，p. 8，♯247。
"鴇"是大鴇普通亞種（*Otis dybowskii*，Eastern bustard），見 Read，*Avian Drugs*，p. 15，♯255。

⑲　行 446：胡紹煐（卷 2 頁 25b—26a）認爲"駕鵞"同"駒鵞"，是野生鵝（*Anser fabalis serrirotris*，wild goose）的東北方言。見《方言校箋及通檢》（北京：科學出版社，1956），卷 8 頁 53 第 11 條，以及 Read，*Avian Drugs*，p. 13，♯253。
"鴻"指的是較大的野鵝物種，見 Read，*Avian Drugs*，p. 13，♯253。

開春來拜訪，

深秋去往温暖之地。

南飛至於衡陽，⑲

450　北翔巢於雁門。⑲

敏捷的鷹隼，歸飛的野鴨，

拍動翅膀，喧鬧不休，

不同種類，多樣聲音，

無法完全述盡。

8

455　然後初冬來臨，陰氣始生，

寒風蕭瑟酷烈；⑲

雨雪紛紛揚揚，

冰霜寒冷凄厲；

草木枯萎凋零，

460　正是鷹犬搏擊之季。⑲

於是整設天羅，

張布地網；⑲

震動河山，

搖撼林莽。

465　衆鳥驚慌，

群獸奔跑。

匿伏草中，隱藏樹下，

尋找洞穴，躲避起來。

彼處驚起，此處群集，

470　四散飛走，竄亂紛紛。

“於是孟冬作陰，寒風肅殺。雨雪飄飄，冰霜慘烈。百卉具零，剛蟲搏摯。爾乃振天維，衍地絡。蕩川瀆，籤林薄。鳥畢駭，獸咸作。草伏木棲，寓居穴託。起彼集此，霍繹紛泊。在彼靈囿之中，前後無有垠鍔。虞人掌焉，爲之營域。焚萊平場，柞木翦棘。結罝百里，远杜蹊塞。麀鹿麌麌，駢田偪仄。天子乃駕彫軫，六駿駁。戴翠帽，倚金較。璿弁玉纓，遺光儵爚。建玄弋，樹招搖。棲鳴鳶，曳雲梢。弧旌枉矢，虹旃蜺旄。華蓋承辰，天畢前驅。千乘雷動，萬騎龍趨。屬車之簰，載獫獢獢。匪唯翫

⑲　行449：衡陽字面意思爲衡山的南面（在今湖南南嶽縣）。其所在地是衡山南面山脊，即著名的回雁峰。見高步瀛卷2頁49b。

⑲　行450：雁門是一座山的名字，位於今陝西代縣西北部。《山海經》（卷11頁1b）將它作爲大雁起飛的地方。

⑲　行455—456：薛綜（卷2頁17b）備注：“寒氣急殺於萬物，孟冬十月，陰氣始盛，萬物凋落也。”我在這裏用現在時態，以顯示張衡對西漢狩獵叙述的動態特點。

⑲　行460：薛綜（卷2頁17b）説“剛蟲”是諸如蒼鷹（goshawks）、獵犬（hounds）之類的獵物。

⑲　行461—462：張衡此處用誇張的手法比較天羅和地網的大小。

在美好的上林苑中，[199]

前後聚集，沒有邊際。

虞人掌管，

爲天子闢出田獵的區域。

475 焚燒荒草，平整場地，

砍削雜樹，斬除荊棘。

百里之內，不下羅網，

封閉大路，堵塞小徑。

母鹿雄鹿密集，[200]

480 擁擠聚合在一起。[201]

天子駕起雕繪華美的車乘，

六匹駿馬毛色青白相雜。

頭上撐立翠羽美飾的傘蓋，

身體憑倚黃金裝點的車箱。

485 美玉裝飾的馬冠皮帶，

光輝閃爍晶瑩。

車上樹立玄弋旗，

升起招搖旗，[202]

附着鳴鳶旗。[203]

490 其後展開雲旗。[204]

還有弧星旗、枉矢旗，[205]

雄虹旗、雌霓旗。

好，乃有祕書。小説九百，本自虞初。從容之求，寔俟寔儲。於是蚩尤秉鉞，奮鬣被般。禁禦不若，以知神姦。螭魅魍魎，莫能逢旃。陳虎旅於飛廉，正壘壁乎上蘭。結部曲，整行伍。燎京薪，駴雷鼓。縱獵徒，赴長莽。迾卒清候，武士赫怒。緹衣韎韐，睢盱拔扈。光炎燭天庭，囂聲震海浦。河渭爲之波盪，吳嶽爲之陁堵。百禽㥘遽，驂瞿奔觸。喪精亡魂，失歸忘趨。投輪關輻，不邀自遇。飛罕瀟箭，流鏑攙撠。矢不虛舍，鋋不苟躍。當足見蹍，值輪被轢。僵禽斃獸，爛若礨礫。但觀置羅之所羂結，竿殳之所揘畢。叉蔟之所攙捔，徒搏之所撞拏。白日未及移其晷，已獮其什七八。若夫游鷮高翬，絕阬踰斥。鼲兔聯猭，陵巒超壑。比諸東郭，莫之能獲。乃有迅羽輕足，尋景追括。鳥不

---

[199] 行 471：參見《東都賦》第 133 行注釋。

[200] 行 479：這一行直接引自《毛詩》第 180 首第 2 章。

[201] 行 480：高步瀛（卷 2 頁 51b）表示"駍田"是一個押韻的連綿詞，意爲"擁擠和聚集在一起"。

[202] 行 487—488："玄弋"是一顆星星的名字（牧夫座 λ）。有時被描繪成額外的北斗星手柄。見胡紹煐卷 2 頁 27a—b。它也被稱爲盾和天鋒。招搖是一顆星星，有時也被想象成北斗星的一部分。它的另一名字是矛。見《史記》卷 27 頁 1294；*Mh*，3：343。薛綜（卷 2 頁 18a）指出玄弋是北斗星的第八顆星，並説它主胡兵，並將招搖指認爲北斗星的第九顆星。這些星星的圖案被畫在旗幟上。《周禮》（卷 1 頁 16b）特別提到畫有招搖的旌旗應該占據隊旗的最高位置，以"堅勁軍之威怒"。

[203] 行 489：鳴鳶是畫有鷗的旌旗。根據《周禮》（卷 1 頁 16a），它被用於隊伍前行遇到灰塵時。

[204] 行 490：顏師古（《漢書》卷 87 上頁 3537 注釋 6 引）將"梢"釋爲"旓"，旌旗的一種。雲梢被製成雲的形狀。

[205] 行 491："弧"是和"矢"搭配的星座名，位於天狼的下方。"弧"對應大犬座 χ、ε、σ、δ，164Bode，天舟座 o、π，天箭座 o²，大犬座 η。見 Schlegel，*Uranographie* 1：434。這一行引自《周禮》（卷 11 頁 20a）"弧旌枉矢，以象弧也"。鄭玄（《周禮》卷 11 頁 20a）説枉矢是旌旗上畫有弧的妖星或彗星。

傘蓋承托北辰，[206]

天畢作爲先鋒。[207]

495　千車飛馳如雷滾動，

萬騎奔騰似龍疾行。

侍從副車之上，[208]

載着長鼻和短鼻獵犬。[209]

但是並非只有玩好之物，

500　還攜帶着隱秘之書，[210]

小說之言，九百餘篇，

這些最早源自虞初。[211]

尋求閑暇從容，

隨時準備侍應。

505　蚩尤手執斧鉞，[212]

鬚髮奮張，身披虎皮。

禁防抵禦不祥之物，

警示人們鬼怪奸行。[213]

暇舉，獸不得發。青骹摯於鞲下，韓盧噬於緤末。及其猛毅髬髵，隅目高匡。威懾兕虎，莫之敢伉。迺使中黃之士，育獲之儔，朱鬂鬢鬜，植髮如竿。袒裼戟手，奎蹏盤桓。鼻赤象，圈巨狿。搏狒猬，批窳㺄。揩㭘落，突棘藩。梗林爲之靡拉，樸叢爲之摧殘。輕銳僄狡趫捷之徒，赴洞穴，探封狐。陵重巘，獵昆駼。杪木末，攓獮猴。超殊榛，捇飛鼺。

---

[206] 行 493：華蓋是仙后座的七顆星。它被想象成蔭蔽天帝的寶座。薛愛華對"辰"的翻譯是"計時圖"，這裏指北辰，北極星的另一個名字。它對應的是帝位。見 *Pacing the Void*，p. 5。

[207] 行 494：畢是畢星團，是雨神的另一個名字。

[208] 行 497：副車是隊列中的最後戰車，用豹子的尾巴做裝飾。見薛綜卷 2 頁 18b。

[209] 行 498：參見《毛詩》第 127 首第 3 章。

[210] 行 500：中島（《文選》，1：114）和小尾（《文選》，1：146）都將"祕書"解釋爲"宮廷圖書館的書"。但是，接下來幾行的"小說"類，表明"祕書"指的是隱秘的著作。

[211] 行 501—502：小說集現已不存。《漢書·藝文志》（《漢書》卷 30 頁 1744）將其列在《虞初周說》的第 943 篇。虞初是洛陽人（見《史記》卷 28 頁 1402），是武帝時衆多方士之一。根據應劭（《漢書》卷 30 頁 1744 注釋 3 引），這些小說基於《周書》。薛綜（卷 2 頁 18b）稱這些小說是關於醫術、巫術的安撫技巧。王瑤指出漢代方士和小說發展之間的密切關係。見《小說與方術》，《中古文學史論集》（上海：古典文學出版社，1956），頁 85—110。有關早期小說的出色討論，見 Hellmut Wilhelm，"Notes on Chou Fiction，" in *Transition and Permanence*，pp. 251 - 68。

[212] 行 505：第 505—510 行已經被 Derk Bodde，*Festivals*，p. 124 翻譯。
蚩尤原本以與黃帝對抗的勇士而著名，最終在激烈的涿鹿之戰中被黃帝殺死。後來他被稱爲武器的發明者。張衡可能指的是隊伍中有一個人扮演蚩尤。關於研究蚩尤的文章目錄，見 Bodde，*Festivals*，p. 102，n. 140。

[213] 行 507—508：這幾行是《左傳》宣公三年王孫滿對楚子說話的改述："昔夏……鑄鼎象物，百物而爲之備，使民知神奸。故民入川澤山林，不逢不若。"

魑魅魍魎，㉔

510　無法作祟。㉕

虎旅禁軍排列於飛廉館外，㉖

營壘整飭嚴待於上蘭宮前。㉗

集合部隊，

整頓行伍。㉘

515　點燃高大的柴堆，

擊起雷鳴般獵鼓。㉙

釋放獵者，

奔赴草莽。

禁兵戒守道路，

520　武士迸發怒氣。

身穿丹黃的戎裝，圍着紅色的蔽膝，

㉔ 行509：“魑魅”（或“襧袾”，見《山海經》卷12頁2b，郝懿行注）同時是連綿詞和兩種生物的名稱。例如，“魅”，被《後漢書》列爲被驅除的惡魔之一。見《後漢書志》卷5頁3128。“袾”在《山海經》（卷12頁2b—3a）中被描述成“人身，黑首，從目”（參見《大招》，《楚辭補注》卷10頁2b）。“魅”在《説文》（卷9上頁4063a—4064b）中寫作“彪”，釋爲“老精物”。鄭玄（《周禮》卷6頁57b引）釋爲“百物之神”。他之後引用寫作“螭彪”的《左傳》宣公三年，確認“彪”同“魅”。“魑”（寫作“離”）出現在《説文》（卷14下頁6546a—6547a），定義爲“有動物形態的山林精怪”。這一解釋爲杜預在其《左傳》注（《左傳注疏》卷21頁16a）中所重複。此外，杜預將“魑魅”作爲一個連綿詞：“魑魅，山林異氣所生，爲人害者。”（《左傳注疏》卷20頁19b）這一解釋與薛綜的注（卷3頁26a）“山澤之神”類似。更深入的探討見山田勝美，《魑魅罔兩考》，《日本中國學會報》3（1952）：53-63；Bodde, *Festivals*, p. 102；William G. Boltz, “Philological Footnotes to the Han New Year Rites,” *JAOS* 99 (July-September 1979)：432。

“罔兩”（也作“罔閬”或“蝄蜽”）可能和《周禮》提到的惡魔“方良”相同（卷8頁6a和鄭玄注），是巫所驅逐的精怪。薛綜（卷3頁26a）簡單地稱之爲“水澤之神”。《國語》（卷5頁7a）引孔子語“木石之怪”來解釋“罔兩”。也見《史記》卷47頁1912；*Mh*，5：311；《孔子家語》卷4頁11a；《説苑》卷18頁13b。《説文》（卷13上頁6019a）引用《國語》的同一段話，並加之以下説明：“山川之精物也。淮南王（所引可能是《淮南子》，但這一段話在現存文本中未見）説：‘蝄蜽，狀如三歲小兒，赤黑色，赤目，長耳，美髮。’”其他資料（見Bodde, *Festivals*, p. 104, n. 95）稱“蝄蜽”是傳説中的統治者顓頊的兒子，居住在中國西部的若水，稱爲魍魎鬼。又見山田勝美，《魑魅罔兩考》，《日本中國學會報》：56-60；Boltz, “Philological Footnotes,” pp. 432-33。

㉕ 行510：卜德（*Festivals*, p. 124, n. 151）釋“斾”爲“行列”。但是，它只是一個與“之”同義的小品詞。見左松超，《左傳虛字集釋》（臺北：臺灣商務印書館，1969），頁144—145，推測它可能是“之”和“焉”的綜合。見“A Probable Fusion-word：*wuh* ＝毋 *wu* ＋之 *jy*,” *BSOAS* 14 (1952)：139-40。

㉖ 行511：飛廉館，見《西都賦》第330行注釋。這一行引用《周禮》（卷8頁4b—5a），提到兩個官職的名稱：虎賁氏和旅賁氏。前者是皇帝的護衛，後者是携帶長矛和盾牌、在皇帝車乘前後奔走的人。

㉗ 行512：上蘭，見《西都賦》第333行注。壘壁是十二星陣的名字（摩羯座 κ、ε、γ、δ，寶瓶座 ι、σ、λ、φ 和雙魚座的四顆小星），主管軍隊和軍事營地。見 Schlegel, 1：290-91。園囿的城牆被認爲是這一星座的副本。

㉘ 行514：杜預在他的《左傳》隱公十一年注中，解釋二十五人爲行（《左傳注疏》卷4頁24a）。根據《禮記》（卷7頁1b）五人爲伍。

㉙ 行516：關於“駴”（疾雷擊鼓）的解釋，見《周禮》卷7頁18b，鄭玄注。

雙目炯炯，凶猛前進。⑳

光焰照亮天庭，

喧囂震撼海浦。

525　河渭爲之搖動，

吳嶽爲之崩潰。㉑

鳥獸驚慌失措，

匆匆四竄奔突。

個個喪魂落魄，

530　不知何去何從。

紛紛投撞於車輪之下，

不必圍截而自觸。

飛網緊緊陷住它們，

流鏑猛烈擊中它們。

535　箭不虛發，

矛不空投。

碰到脚下就被踐踏，

觸到車輪即遭碾壓。

落禽死獸，

540　散亂如碎石之堆。

只見羅網之所絆縛，

竿杖之所擊撲，

叉矛之所剌取，

徒手之所搏打；

545　太陽未及移動光影，

已殺傷禽獸十之七八。

至於上翔野鷄奮翅高飛，

橫絕山谷，越過沼澤。

狡猾兔子騰空奔跳，

⑳　行522：跋扈意謂凶猛險惡，見 Karlgren, "Glosses on the Ta Ya and Sung Odes," p. 44，♯832。

㉑　行526：這兩座山坐落於西漢的汧邑（隴縣的西南）。見《漢書》卷28上頁1547；《史記》卷28頁1371；*Mh.* 3：441-42, *Records*, 2：28。

550 登上山嶺,跨越溝壑。

可比善跑的東郭,㉒

簡直無法獵獲。

奮疾的飛鷹,輕快的獵犬,

可以逐日影,追箭括。

555 飛鳥不及起飛,

走獸未得逃。

青腿飛鷹執鳥於臂套之下,㉓

韓盧快犬噬兔於牽索之端。㉔

一旦猛獸鬇毛豎立、

560 銳眼射出怒火,

可威懾虎兕

無人敢當。

於是派出中黃的勇士,㉕

夏育、烏獲之輩,㉖

565 紅帶束額,扎成髮髻,㉗

頭髮筆直如竿,

裸胸揮拳如戟,㉘

跨步圍繞獵物。

㉒ 行 551:《戰國策》兩次(卷 10 頁 7a 和卷 11 頁 6a)提到,狡猾的兔子東郭逡,跑得特別快,無人能捉住它。

㉓ 行 557:老鷹如此神速,幾乎它們一離開臂套就抓住鳥類。

㉔ 行 558:《戰國策》(卷 10 頁 7a 和卷 11 頁 6a)中提及"韓盧",爲一隻格外健步如飛的狗。

㉕ 行 563:中黃是位置不明的一個國家的名字。中黃伯在《尸子》中作爲一位勇士被提及,他説:"余左執太行之猶而右搏彫虎。"

㉖ 行 564:《史記》卷 79 頁 2408 注 6 援引蕭該(公元 6 世紀後半葉)的《漢書音義》説:"或云夏育,衛人,力舉千鈞。"高誘(《史記》卷 79 頁 2424 注 4 引)曰"育爲申繻所殺"。夏育可能和被稱爲賁育的勇士是同一個人。但是,很多注家將賁育釋爲兩位勇士的名字,孟賁和夏育。見《文選》卷 8 頁 18b 和卷 19 頁 5a(李善);《史記》卷 117 頁 3054 注釋 3(張守節);《漢書》卷 57 下頁 2590 注釋 2 和卷 87 上頁 3545 注釋 15(顏師古)。賁育在《戰國策》中出現兩次。見卷 5 頁 4b(寫作奔育)及卷 27 頁 7b。在後面的段落中,他和另一人名成荊並稱。夏育和孟賁是同一個人的證據是不成立的,儘管司馬貞(《史記》卷 79 頁 2424 注 2)聲稱夏育就是賁育。烏獲是早期文本中經常提到的一位著名大力士。見 Herrlee G. Creel, *Shen Pu-hai: A Chinese Philosopher of the Fourth Century B.C.* (Chicago: University of Chicago Press, 1974), pp. 317-20。

㉗ 行 565:"鬌"是頂髻的一種,類似於露髻。頭髮混合麻綫綁成一小叢。見李善(卷 2 頁 21a)引服虔(約 125—195)《通俗文》。頭上不戴帽子或者頭巾,因此稱爲"露髻"。
"髽"原本指婦女在喪禮中梳的髮髻(見《禮記》卷 19 頁 1a)。鄭玄(見《禮儀注疏》,《十三經注疏》,卷 36 頁 13b)説因爲去除了"纚","髽"和"髻"不同,並將此與其所在時代的"大紒"相比。"鬌"和"髽"代指同一種髮髻似乎很明顯。我猜測張衡用作連綿詞。

㉘ 行 567:見《左傳》哀公二十六年。

手牽赤象長鼻，

570 圈住巨大之猚，㊆

抓住狒狒刺猬，㊇

猛擊窫窳獅子。㊈

撞亂叢生的枳林，㊉

觸破荆棘的籬障。

575 多刺的梗木爲之毀壞，㊋

叢生的樹林爲之摧殘。

輕捷勇猛矯健之士，

深入洞穴，

探捉大狐，

580 登上重巘，㊌

獵取昆驒，㊍

爬上樹梢，㊎

捉拿獅猻，㊏

躍上大榛，㊐

585 掠撲飛鼠。

㊆ 行 570：這種動物可能和蝄蜽一樣。見下第 707—712 行注釋。

㊇ 行 571：薛綜(卷 2 頁 21a)說"狒""如人，披髮，迅走，食人"。它可能和《爾雅》(下之六頁 9a)提到的狒狒是同一種動物。郭璞注："梟羊也。"伊博思(*Animal Drugs*，♯404)說這種動物是莫平葉猴(金絲猴)。
"猬"(或"彙")在《爾雅》(下之六頁 9a)中被定義爲毛刺，即刺猬(*Erinaceus dealbatus*，hedgehog)。見 Read，*Animal Drugs*，♯399。

㊈ 行 572："窫"是"窫窳"的縮寫。《爾雅》(下之六頁 7a)說它"類貙，虎爪，食人，迅走"。"貙似狸(wildcat)"(《爾雅》下之六頁 8b)，"窫窳"也被認爲是一種神獸。《山海經》中有關於它的各種不同描述，其中一段文字(卷 3 頁 6a)形容爲"狀如牛，而赤身、人面、馬足，其音如嬰兒，食人"；其他地方又説成具有"龍頭"(卷 10 頁 3b)及"蛇身人面"(卷 11 頁 4b)。
"狻"即"狻猊"，獅子的別名，見《爾雅》下之六頁 7a，郭璞注。

㊉ 行 573："枳"指野橙(枸橘)(hardy-orange，*Poncirus trifoliata*)，一種經常用作樹籬的中國中部的多棘帶刺灌木。見《中國高等植物圖鑒》，中國科學院植物研究所編，5 卷，(北京：科學出版社，1972—1976)，卷 2 頁 555。

㊋ 行 575：關於"梗"(thorns)，見《方言校箋及通檢》，卷 3 頁 20 第 11 條。

㊌ 行 580：郭璞釋"重巘"(見《爾雅》中之七頁 3b)爲"山脈結構像堆積起來的巘；巘是雙層鍋爐"，"上大下小"(《爾雅》下之七頁 1b)。

㊍ 行 581：《爾雅》(下之七頁 1b)解釋"騊駼"是一種"枝蹄趼，善升巘"的動物。郭璞注曰："騊駼亦似馬而牛蹄。"

㊎ 行 582：薛綜(卷 2 頁 21a)說"杪"似"表"，大概與"標"同義。但是，胡紹煐(卷 2 頁 34b)主張"杪"應該作"抄"。

㊏ 行 583：獮猻是桑獮猴(*Macacus Sancti-Johannis*)。見 Read，*Animal Drugs*，♯400B。

㊐ 行 584：榛是榛子(榛實或榛果)(*Corylus heterophylla*，hazelnut 或 filbert)，見陸文郁，頁 24，第 29 條。

9

此時後宮的受寵者，
昭儀之類的女性，㉓⑨
跟在隊列的後面。
效仿賈氏，觀獵如皋，㉔⓪

590　享受《北風》詩的同車之樂。㉔①
在出遊狩獵中消遣娛樂，㉔②
啊，何等快樂！㉔③
於是所有的鳥獸被殲滅，
觀看到窮盡的展現，

595　慢慢退卻，巡視道旁，
聚集於長楊宮。㉔④
允許士卒休息，㉔⑤
陳列車馬。㉔⑥
集中獵物，舉起死獸，

600　清查計算數目。
立起肉架，擺布死物，
分賞所獲禽獸。
宰割鮮肉，在野外舉行宴會，
犒勞辛苦，賞賜有功。

605　五軍六師的將士，㉔⑦
排成千列百行。
從酒車中倒烈酒，

"是時後宮嬖人昭儀之倫，常亞
於乘輿。慕賈氏之如皋，樂《北
風》之同車。盤于游畋，其樂只
且。於是鳥獸殫，目觀窮。遷延
邪睨，集乎長楊之宮。息行夫，
展車馬。收禽舉胾，數課衆寡。
置互擺牲，頒賜獲鹵。割鮮野
饗，犒勤賞功。五軍六師，千列
百重。酒車酌醴，方駕授饗。升
觴舉燧，既醽鳴鐘。膳夫馳騎，
察貳廉空。炙魚鱻，清酤畝。皇
恩溥，洪德施。徒御悅，士忘罷。
巾車命駕，迴斾右移。相羊乎五
柞之館，旋憩乎昆明之池。登豫
章，簡矰紅。蒲且發，弋高鴻。
挂白鵠，聯飛龍。礛不特綃，往
必加雙。於是命舟牧，爲水嬉。
浮鷁首，翳雲芝。垂翟葆，建羽
旗。齊栧女，縱櫂歌。發引和，
校鳴葭。奏淮南，度《陽阿》。感
河馮，懷湘娥。驚蝄蜽，憚蛟蛇。
然後釣魴鱮，纚鰋鮋。摭紫貝，

㉓⑨ 行 587：見《西都賦》第 211 行注釋。
㉔⓪ 行 589：這一行暗指《左傳》昭公二十八年中的故事："昔賈大夫惡，娶妻而美，三年不言不笑，御以如皋，射雉獲之，其妻始笑而言。"
㉔① 行 590：這一行指《毛詩》第 41 首《北風》第 3 章，一位女子對情人說："惠而好我，携手同車。"
㉔② 行 591：此語出自《尚書》（卷 9 頁 10a）："文王不敢盤於遊田。"
㉔③ 行 592：此行直接引自《毛詩》第 67 首第 2 章。
㉔④ 行 596：見《西都賦》第 382 行注釋。
㉔⑤ 行 597：行夫是《周禮》（卷 10 頁 26a）提到的一種官職，負責傳遞信息，尤其是未用禮節傳送的信息。"息行夫"僅是說讓士卒休息（張銑，卷 2 頁 28a）。
㉔⑥ 行 598：此語直接引自《左傳》成公十六年。
㉔⑦ 行 605："五軍"相當於漢代軍事術語"五營"。見《西都賦》第 320 行注釋。

從雙騎車駕中奉上熟肉。

高舉酒杯，燃起烽火，

610 對天乾杯，擊鼓鳴鐘。

皇室膳夫騎馬奔跑，⑱

巡視檢查菜餚足缺。

烤肉豐盛，

清酒盈多。

615 皇恩普及，

洪德遍施；

侍從車夫歡悅，

士卒忘記疲勞。

掌車之官命令起駕出發，⑲

620 掉轉旌旗，向右移行。

於五柞宮館稍停片刻，

在昆明池邊略事休息。

登臨豫章高臺，

選擇紅絲之箭。⑳

625 蒲且發弓，㉑

射中高飛鴻鵠。

挂住天鵝，

刺穿飛鳧，㉒

石簇不獨中，㉓

630 飛去必成雙。

於是命掌船之官，㉔

搏耆龜。搤水豹，羁潛牛。澤虞是濫，何有春秋？摘漻澥，搜川瀆。布九罭，設罜麗。操昆䱅，殄水族。蓮藕拔，蜃蛤剝。逞欲畋斂，效獲麏麚。擽蓼浡浪，乾池滌藪。上無逸飛，下無遺走。攫胎拾卵，蚳蝝盡取。取樂今日，遑恤我後？既定且寧，焉知傾陁？

---

⑱　行 611：膳夫是《周禮》（卷 1 頁 29a—31a）中爲皇帝掌管準備所有飲食的官職。

⑲　行 619：巾車是《周禮》中的官職（見卷 5 頁 9b，卷 6 頁 48a）。

⑳　行 624：薛綜（正確的文本在高步瀛卷 2 頁 68a）解釋："射矢，長八寸，其絲名矰。"

㉑　行 625：《列子》（卷 5 頁 58—59）提到蒲且子，他特別擅長用拴着絲繩的箭射鳥。"弱弓纖繳，乘風振之，連雙鶬於青雲之際。"又見《淮南子》卷 6 頁 2a。

㉒　行 628：這種鳥可能是鶩，《廣雅》將其等同於野鴨（鳧）（wild duck）。見《廣雅疏證》卷 10 下頁 24b。

㉓　行 629：碏（䃜）是拴在絲繩箭上的鋒利的石箭鏃。見《戰國策》卷 17 頁 2b，指由礛䃜射擊的一種黃色的鋭利石製箭頭。見《史記》卷 40 頁 1732 注釋 13；*Mh*，4：406；徐中舒，《古代狩獵圖像考》，頁 606—607。

㉔　行 631：關於"舟牧"，見《禮記》卷 5 頁 7a。

準備水上遊戲。㉟

鶂首之船浮於水上，㉟

雲氣芝草的傘蓋遮住陽光。㉟

635　船上垂懸雉尾做成的流蘇，㉟

飄揚鳥羽裝飾的旌旗。

使划船的女子動作整齊，

縱情唱出船歌。

一人引唱，眾人應和，

640　吹起胡笳，節奏鮮明。㉟

奏起《淮南》之曲，㉟

唱起《陽阿》之歌。㉟

感動河伯馮夷，㉟

觸發湘娥之情。㉟

645　魍魎爲之吃驚，

蛟蛇爲之心恐。㉟

㉟　行632：參見桓譚《新論》卷15頁10b(Pokora, *Hsin-lun*, p. 187)。

㉟　行633："鶂首"是一種在船頭畫有鶂鳥(heron)的船。見《淮南子》卷8頁9b，高誘注。圖像的表面目的是避開惡魔(薛綜，卷2頁23a)。

㉟　行634："雲芝"(cloud-mushroom)是畫有芝草及雲氣的遮陽傘。見薛綜，卷2頁23a。

㉟　行635：關於"羽葆"(plume tassels)，見曾昭燏等，頁35—36。

㉟　行640："校"具有"生動的"含義，見鄭玄注《周禮》卷12頁13b。
　　"笳"(亦作"茄"或"葭")是一種"原始的雙簧管"，由卷起的蘆葦葉製成，也稱爲"胡笳"，因爲它據稱是老子訪問西戎而發現的。見《宋書》卷19頁558；Martin Gimm, *Das Tiieh-fu tsa-lu des Tuan An-chieh*, Asiatische Forschungen, vol. 19 (Wiesbaden: Otto Harrassowitz, 1966), p. 154, n. 5。

㉟　行641：淮南樂是西漢末期樂府的一部分，由四位鼓員負責演奏音樂。它是"古兵法武樂"，用於"朝賀置酒"，見《漢書》卷22頁1073。

㉟　行642："陽阿"曲得名於古代一位著名的表演者(《淮南子》卷2頁12b，高誘注)，也寫作"揚荷"，是用作舞蹈音樂的楚歌名稱(見《楚辭補注》卷9頁11a，王逸注)。

㉟　行643：河馮更普遍地被稱爲馮夷(《山海經》卷12頁3b稱其名爲冰夷)，高誘(《淮南子》卷11頁10a)説他是河伯，在吃了八塊石頭之後成了河神。他被描述成人面並且騎着兩條龍的人(《山海經》卷12頁3b)。又見Karlgren, "Legends and Cults," pp. 19-20, 325-26。

㉟　行644：湘娥是湘江的女神。原本是單一的女神，到了漢代一些相關資料表明有兩位湘江女神，即娥皇和女英，是堯的女兒與其繼承者舜結婚。見《漢書》卷29頁878—879和劉向《列女傳》，《四部叢刊》，卷1頁1b—2b；O'Hara, *The Position of Woman in Early China*, p. 16。《楚辭》中的兩首頌詩獻給她們當中的一位或者全部(《楚辭補注》卷2頁5a—11a，Hawkes, *Ch'u Tziu*, pp. 37-39)。見David Hawkes, "The Quest of the Goddess," *AM* 13 (1967): 71-94；Edward H Schafer, *The Divine Woman: Dragon Ladies and Rain Maidens in T'ang Literature*(Berkeley and Los Angeles: University of California Press, 1973), pp. 38-42, 57-69, 93-103, 137-45。薛愛華釋"娥"爲"仙女"，但它實際意爲"beauty"。見《方言校箋及通檢》，卷1頁2第3條。

㉟　行646："蛟"是鱷魚(crocodile)的名字。見Read, *Dragon and Snake Drugs*, pp. 18-19, #104。

然後又垂釣魴鱧，㉕

網收鰋魶，㉖

拾取紫貝，

650　捕捉老龜，

扼殺水豹，㉗

捆絆水牛。㉘

園林之官打濕漁網，㉙

豈顧春秋時節！

655　探查溝渠，

搜索河流水道。

布置九罭細網，㉚

張設篩羅。

除去魚蝦之卵，

660　滅絕水中族類。

拔取荷枝蓮藕，

剝開蛤蜊蚌殼，㉛

漁獵盡情獵獲，

捕捉幼小麋鹿。

㉕ 行 647：“魴”是“鯿魚”（鯉魚科）（*Parabramis bramula*，bream）。見《爾雅》下之四頁 5a 以及 Read，*Fish Drugs*，p. 41，♯148。“鱧”（snakehead mullet），見上面第 440 行注。

㉖ 行 648：“鰋”，也被稱爲鮎魚、鱋或者白魚，是翹嘴鮊（銀魚科）（*Culter brevicauda*，culter）。見《爾雅》下之四頁 1b 以及 Read，*Fish Drugs*，p. 20，♯136。
“魶”和郭璞解釋爲“白條”的“鮂”同義（《爾雅》下之四頁 2a—b）。這種魚，也叫“餐魚”，或稱“鰲”（*Cultriculus kneri*，keeled culter），又叫條魚（*Hemiculter leucisculus*，hemiculter）。見 Read，*Fish Drugs*，p. 51，♯157。

㉗ 行 651：我不確定水豹（water leopards）是什麼。中島稱它們爲海豹（seals）（《文選》，1：124）。

㉘ 行 652：“潛牛”（diving ox）可能與“沈牛”（plunging ox）相同，是一種水牛（water buffalo）。它也可能是滅絕了的海牛。見 Read，*Animal Drugs*，♯356 and Hervouet，*Le Chapitre 117 du Che ki*，p. 87，n. 5。

㉙ 行 653：澤虞掌管國澤之政令（《周禮》卷 4 頁 36b—37a）。這一官職在漢代並不存在，張衡很少用《周禮》的術語來指代負責狩獵園囿的人。
這一行引用《國語》（卷 4 頁 10a）。魏釗將“濫”翻譯成“濕”，“爲了捉魚打濕池塘中的漁網”。

㉚ 行 657：參見《毛詩》第 159 首。《爾雅》（中之二頁 2b）說綆罟也被稱作九罭，是一種漁網。郭璞說是稱作“百囊罟”的東西。孔穎達（《毛詩注疏》卷 8 之 3 頁 6b）引孫炎（3 世紀），解釋九罭是指魚進入網的九個囊袋。

㉛ 行 662：“蜃”是一種大的蛤蜊（clam）的統稱。“蛤”可以指文蛤（clam）、蛤蜊（trough shell）或者魁蛤（arc shell）。見 Read，*Turtle and Shellfish Drugs*，pp. 56 - 57（♯224，♯225），pp. 60 - 61（♯228），pp. 62 - 63（♯229）。

665　探查搜索，翻檢尋找，

排空池沼，滌蕩沼澤。

上無飛禽，

下無走獸。

奪胎滅卵，

670　蟻幼盡取。

只取樂於今日，

哪有閑暇擔憂未來？[272]

既然天下已經平定安寧，

如何得知它會傾危崩頹？

10

675　當大駕幸臨平樂宮，[273]

張設甲乙帷帳，皇帝披蓋翠羽之被。[274]

聚集珍寶玩好之物，

混合稀奇美麗和奢侈華靡。

下臨開闊的廣場，擁有開闊的視野，

680　欣賞角力鬥藝的奇妙。[275]

烏獲舉鼎，[276]

都盧爬竿。[277]

衝過狹窄之處，如飛燕點水，

胸膛猛插銳利的刀鋒。[278]

“大駕幸乎平樂，張甲乙而襲翠被。攢珍寶之玩好，紛瑰麗以奓靡。臨迴望之廣場，程角觝之妙戲。烏獲扛鼎，都盧尋橦。衝狹鷙濯，胸突銛鋒。跳丸劍之揮霍，走索上而相逢。華嶽峩峩，岡巒參差。神木靈草，朱實離離。總會僊倡，戲豹舞羆。白虎鼓瑟，蒼龍吹篪。女娥坐而長歌，聲清暢而蜲蛇。洪涯立而指

---

[272]　行 672：這一行引自《毛詩》第 35 首第 3 章。

[273]　行 675：平樂位於上林苑。公元前 105 年，漢武帝在這裏籌辦各種包括娛樂活動在内的競爭性遊戲（見下面第 680 行）。見《漢書》卷 6 頁 198，*HFHD*，2：9，129 - 31。

[274]　行 676：這一行引自班固在《漢書·西域傳》末尾的評價（卷 96 下頁 3928）：“興造甲乙之帳……天子……襲翠被。”

[275]　行 680：關於“角觝”，見《漢書》卷 6 頁 194 注釋 1（文穎和顔師古）；*HFHD*，2：129 - 31；Granet, *Danses et legendes*，1：355 - 56。包括射箭、駕車及可能具有禮儀性質的鬥牛比賽。

[276]　行 681：關於“烏獲”，見上面第 564 行注釋。

[277]　行 682：“都盧爬竿”，見上面第 250 行注釋。

[278]　行 683—684：這幾行指的是薛綜（卷 2 頁 24b）所描述的表演：“卷簟席，以矛插其中，伎兒以身投，從中過。……以盤水置前，坐其後，踴身張手跳前，以足偶節逾水，復卻坐，如燕之浴也。”“衝狹”中的“衝”字意義不是那麼確定。同樣的表演在張湛的《列子注》（卷 8 頁 94）中被稱爲“投狹”。我不知道“狹”在這裏應該是什麼意思。“狹”可能有誤，在這一詞語中可能指把自己扔到狹小之處。可能是“鋏”的誤字。

685 彈丸擊劍，輕捷回旋，[279]

踩行繩索，狹路相逢。[280]

巍峨華嶽，[281]

峰巒參差。

神木、仙草，

690 朱紅果實，纍纍垂挂。

召集精靈表演團，

使猛豹嬉戲，棕熊舞蹈。[282]

白虎鼓瑟，[283]

青龍吹笛。[284]

695 娥皇女英，落座長歌，[285]

歌聲清暢，婉轉回響。

洪崖站立指揮表演，[286]

披着輕盈修長的羽衣。

在歌曲終止之前，[287]

700 雲朵升起，雪花飛揚。

開始似乎輕盈飄落，

麾，被毛羽之襂纚。度曲未終，雲起雪飛。初若飄飄，後遂霏霏。複陸重閣，轉石成雷。礔礰激而增響，磅礚象乎天威。巨獸百尋，是爲曼延。神山崔巍，欻從背見。熊虎升而挐攫，猨狖超而高援。怪獸陸梁，大雀踆踆。白象行孕，垂鼻轔囷。海鱗變而成龍，狀蜿蜿以蝹蝹。含利颬颬，化爲仙車。驪駕四鹿，芝蓋九葩。蟾蜍與龜，水人弄蛇。奇幻儵忽，易貌分形。吞刀吐火，雲霧杳冥。畫地成川，流渭通涇。東海黃公，赤刀粵祝。冀厭白虎，卒不能救。挾邪作蠱，於是不售。爾乃建戲車，樹脩旃。倛僮程材，上下翩翻。突倒投而

---

[279] 行 685：跳丸擊劍的技藝似乎已經從東羅馬（大秦）進入中國。魚豢（3 世紀）在《魏略》中明確提到來自這一地區的令人驚奇的表演：“大秦國俗多奇幻，口中出火，自縛自解，跳十二丸。”（李賢《後漢書》卷 88 頁 2920 引）跳丸作爲一種貢品，從外國諸如緬甸邊境的帕提亞和撣來到中國，見 Yingshih Yu（余英時），*Trade and Expansion in Han China*（Berkeley and Los Angeles：University of California Press，1967），pp. 196-97。漢代壁畫突出描繪這種活動。有關擊劍跳丸的出色圖片，見曾昭燏等編，圖 82（及討論，頁 34），及《漢唐壁畫》，圖 25。又見趙邦彥《漢畫所見遊戲考》，頁 533—535；台靜農，《兩漢樂舞考》，頁 280。“跳丸”一詞字面意爲“使球跳躍”，可能暗示脚的使用（曾昭燏圖 82 啓示這種可能）。張銑（卷 2 頁 31b）釋“丸”爲“鈴”，但是漢代的壁畫清楚顯示跳丸所用的是球。

[280] 行 686：蔡質（公元 178 年）《漢官典職儀式選用》有漢代對於走索的描述：“以兩大絲繩繫兩柱間，相去數丈，兩倡女對舞，行於繩上，對面道逢，切肩不傾，又躡局出身，藏形於斗中。”見《後漢書》志第 5 頁 3130，注 4；《藝文類聚》卷 41 頁 737；Bodde，*Festivals*，pp. 152-53；台靜農，《兩漢樂舞考》，頁 277。關於漢代走索的圖示，見曾昭燏等，圖 91。

[281] 行 687：華嶽是陝西華陰附近著名的西嶽。作爲表演的一部分，製作華山的複製品並且在車上遊街，模型山上有樹木和植物（劉向卷 2 頁 31a）。

[282] 行 692：漢壁畫的相似表演，見曾昭燏等，圖 94。有一個人打扮成豹，一名小孩緊緊抓住他。

[283] 行 693：瑟是一種有着多達五十根弦的大箏。白虎是西方的守護神。

[284] 行 694：青龍是東方的守護神。篪是一種“短的（約 30 釐米）、中等強度的橫笛……有五個指孔”（Gimm，*Das Yüeh-fu tsalu*，p. 127）。

[285] 行 695：這些是扮演湘江神女娥皇和女英的歌者，見上面第 644 行注釋。

[286] 行 697：關於“洪崖”，幾乎没有可知的。薛綜（卷 2 頁 25a）説他是三皇時期的樂工。

[287] 行 699：“度曲”一詞，在這裏可能指一首接一首的連續曲調。見《漢書》卷 9 頁 299，*HFHD*，2：337，n. 13.8。

後來開始濃密紛飛。

從複道到重樓，

用轉石生成雷。

705　霹靂迅激，回響連連，

雷霆轟鳴，如同天怒。[288]

巨獸長達百尋，

稱爲曼延。

神山高大險峻，

710　忽然從其背上出現。

熊虎登山，相互搏鬥，

猿猴騰躍，攀至高處。[289]

怪獸瘋狂地來回跳躍，[290]

大雀傲慢地昂首闊步。[291]

715　白象表演（佛陀）的受孕，

跟綵，譬隙絕而復聯。百馬同
轡，騁足並馳。撞末之伎，態不
可彌。彎弓射乎西羌，又顧發乎
鮮卑。

---

[288] 行 700—706：張衡此處介紹代表音樂結束的雲、雪、雷的人工製造。

[289] 行 707—712："曼延"，也寫作"漫衍"（《漢書》卷 96 下頁 3928）、"漫延"（顏師古引用的《西都賦》段落，《漢書》卷 96 下頁 3929 注釋 9）、"蔓延"（《漢書》卷 6 頁 194，注），德效騫譯爲"延伸出來"（HFHD，2：129），卜德譯爲"遊行"（Festivals，p. 159，n. 5）。但是有證據表明，曼延是一種大神獸的名字，李賢特別指出"曼延者，獸名也"（《後漢書》卷 5 頁 206）。這一混淆源於"魚龍曼延"詞句的模糊，卜德譯爲"魚和龍的隊伍"（Festivals，p. 159）。卜德接着提到張衡的"大獸八百尺，形成遊行"（Festivals，p. 160）。但是，原文字面説的是，"巨獸百尋，是爲曼延"。唐代的注家張銑（卷 2 頁 32a）解釋爲"作大獸，名爲曼延之戲"。因此，和卜德解釋"巨獸"爲複數相反，張銑認爲"曼延"戲是模仿神獸曼延的表演。因此，將"曼延"解釋爲"遊行"，是值得懷疑的。"曼延"，寫作"蔓蜒"，出現在司馬相如的《子虛賦》（《文選》卷 7 頁 20a；《史記》卷 117 頁 3004；《漢書》卷 57 上頁 2536），作爲一種神獸的名字。郭璞（《史記》卷 117 頁 3008，注 40）解釋爲一種長達一百尋的大獸。這一描述和張衡所説的"曼延"恰好吻合。我猜測原來的曼延遊行與魚龍遊行幾乎或完全没有關係。例如，《漢書·西域傳》（《漢書》卷 96 下頁 3928）提到"漫衍魚龍"，而不是"魚龍蔓延"。在這種情況下，"曼延"不能解釋爲遊行。此外，關於"魚龍"和"曼延"的幾個現代標點的版本，用停頓標記（頓點）明確分開"曼延"和"魚龍"。見曾昭燏等，頁 37；諸橋轍次，《大漢和辭典》，no. 18164 ... 3⊜和 5（曾昭燏等同樣將"曼延"解釋成獸的名稱，並指出儘管沂南墓室壁畫有魚龍遊行，但它們没有"曼延"）。曼延遊行顯然存在於唐代，如張銑描述同時期的表演如下："作大獸，名爲曼延之戲，令負神山於背，致熊猨狖之屬，皆相搏持山上。"曼延之戲必須包括大量的表演者：曼延戲服内的舞者（如果和原型一樣長，可能有幾百人）和神山所負的扮演老虎、熊、猿、猴的表演者。我認爲這一動物稱爲"曼延"的理由是它驚人的長度：它是"加長"和"伸展"的獸。關於曼延的其他討論，見王國維，《宋元戲曲考》，《王觀堂先生全集》冊 14，頁 5983；Eduard Erkes, "Das chinesische Theater vor der T'ang-zeit von Wang Kuo-wei," AM 10 (1934)：238 - 39；劉光儀，《秦漢時代的百技雜戲》，《大陸雜誌》22(1961)：191。

[290] 行 713：這些獸類都是穿着動物服裝的人。

[291] 行 714：大雀是鴕鳥的中文名，但這裏可能指孔雀（peacock）。沂南的壁畫之一，顯示一個人打扮成孔雀，見曾昭燏等，圖 95。雀（孔雀）字也指來自西方的大鳥。對中國鴕鳥（ostrich）的探討，見 Berthold Laufer, Ostrich-shell Cups of Mesopotamia and the Ostrich in Ancient and Modern Times，Anthropology Leaflet 23 (Chicago：Field Museum of Natural History，1926)，pp. 29 - 33。

鼻子下垂，彎曲起伏。⑳

大魚變成長龍，⑳

形狀曲曲婉婉。

含利張口，⑳

720　化作仙人的車騎。

駕起四匹仙鹿，

携帶九葩靈芝車蓋。⑳

蟾蜍和烏龜出現，⑳

水鄉之人善於玩蛇。⑳

725　神奇的術士，比眼睛更迅速，

改換相貌，分化形體。

吞刀，吐火，

雲霧冥冥，場地變暗；⑳

---

⑳ 行 715—716：此行曾有各種解釋，但它顯然指的是佛陀受孕的神奇故事。在誕生於人間之前，佛轉變爲白象，進入其母親的子宮。此故事在東漢時期已經譯爲漢典，其版本之一見於《修行本起經》（*Cārya nidā sutra*），竺大利和康孟祥（2 世紀後期）翻譯。見《大正新修大藏經》（東京：大正一切經刊行會，1924—1935），第 184 册，卷 3 頁 463。故事文本如下：
菩薩降身品第二
於是能仁菩薩，化乘白象，來就母胎。用四月八日，夫人沐浴。塗香着新衣畢，小如安身。夢見空中有乘白象，光明悉照天下。彈琴鼓樂，弦歌之聲。散花燒香，來詣我上。忽然不現。夫人驚寤。王即問曰：何故驚動？夫人言：向於夢中，見乘白象者。空中飛來，彈琴鼓樂。散花燒香，來在我上。忽不復現，是以驚覺。王意恐懼心爲不樂。便召相師隨若耶，占其所夢。相師言：此夢者，是王福慶。聖神降胎，故有是夢。生子處家，當爲轉輪飛行皇帝。出家學道，當得作佛。

⑳ 行 717：這幾行描述的游行稱爲“魚龍”（fish-dragon）。據顏師古（《漢書》卷 96 下頁 3919 注釋 9），“魚龍”是一種被稱爲“舍利”（或含利）的獸。蔡質的《漢官典職儀式選用》（《後漢書》志第 5 頁 3131 引用）詳細描述這一儀式：“舍利獸從西方來，戲於庭極，乃畢，入殿前，激水化爲比目魚，跳躍漱水，作霧障日。畢，化成黃龍，長八丈，出水遨戲於庭，炫耀日光。”參見卜德（*Festivals*，p. 152）對同一段的翻譯，和我相當不同。舍利獸在下面（第 719 行）以“含利”的名稱被提及，卜德（*Festivals*，pp. 154 - 55）猜測它是一個非漢語的音譯，可能是印度名字。他顯然不知道藤田豐八已經提出“舍利”是“湛離”的另一形式。藤田確認湛離爲希利（位於伊拉瓦迪的王國，後來被稱爲悉利），指出舍利是打扮成魚龍的悉利表演者，見《東西交涉史的研究·南海篇》，頁 123—124。沂南墓室壁畫似乎是魚龍舞者的證明，見曾昭燏等，圖 92、93。

⑳ 行 719：“含利”是“舍利”的另一形式（見第 717 行）。卜德（*Festivals*，p. 155）認爲它可能是外來語的轉寫，是舍利的中國化形式。薛綜（卷 2 頁 25b）説野獸稱爲“含利”，是因爲它吐金。“金”可能指西方，此獸從那而來。

⑳ 行 722：“九葩”是車蓋的各種裝飾。

⑳ 行 723：薛綜（卷 2 頁 25b）注釋説，蟾蜍（toad）和烏龜（tortoise）在隊伍的最前面行進和跳舞。卜德（*Festivals*，p. 161）把它們看成精靈車駕的駕駛者。

⑳ 行 724：薛綜（卷 2 頁 25b）提到“水人”來自東南部落，被稱爲俚兒，他們能夠控制和玩蛇。

⑳ 行 728：方士能夠興雲作霧。

畫地成河，⑳

730 像渭水一樣流動，像涇河一樣奔騰。

黃公來自東海，㉚

手持赤刀和粵咒，㉛

希望制伏白虎，

但最終不能自救。

735 那些心懷邪惡、玩弄巫術之人，

自此之後不能行售他們的物品。㉜

於是他們集合表演之車，㉝

在車上樹起高高的旗杆。

童子施展技藝，

740 上下起落翻轉。

突然倒頭直下，用腳跟抓住自己，

看似被割斷，又重新連接。

百馬同轡，

並排馳騁，盡其腳力之可能。㉞

745 至於在杆頭上的表演，

無數姿態，沒有盡頭。

弓箭手張弓射向西羌，

㉙ 行729：《西京雜記》(卷3頁1a—b)記載，淮南王(劉安)宮廷中的方士能夠畫地成河。《武帝故事》(《藝文類聚》卷41頁737引)提到方士爲娛樂外國來訪者而表演技藝。這些方士製造"與實物沒有什麼不同的雲、雨、雷、閃電；畫地成河，集石成山；變化和轉換比眼睛快"。見"Histoire anecdotique et fabuleuses de l'Empereur Wou des Han," p. 78。

㉚ 行731：《西京雜記》(卷3頁1a)中提到東海黃公："有東海人黃公，少時爲術，能制蛇禦虎，佩赤金刀，以絳繒束髮，立興雲霧，坐成山河。及衰老，氣力羸憊，飲酒過度，不能復行其術。秦末，有白虎見於東海，黃公乃以赤刀往厭之。術既不行，遂爲虎所殺。"

㉛ 行732：粵(越)指的是中國南部非漢族部落的名字，他們包括位於南至越南和廣東、北至浙江和江西的部落。

㉜ 行735—736：高步瀛(卷2頁78b)準確地指出這幾行和黃公有關，其意在於對西漢時期當道的江湖騙子進行諷刺。

㉝ 行737：戲車是一種可能畫於沂南壁畫中的精心製作的運輸工具，見曾昭燏等，圖98。它顯示一座巨大的三龍拉的戰車，大到足以載一位駕馭者、四位音樂家，以及一根豎立的長竿。竿子的中間是一面大鼓，還有許多幡、羽毛裝飾的流蘇，及其他裝飾品。竿子的頂部是一個小的平臺，上有童子或者侏儒表演倒立。

㉞ 行743—744：按照薛綜(卷2頁26b)和呂向(卷2頁33a)，他們的爬竿滑稽動作似乎是製造百馬同轡並馳的錯覺。

又回視射中鮮卑。㉟

11

於是當各式娛樂結束，
750　天子心中完全陶醉。
　　正當歡樂達到頂峰，
　　悵然情緒集於其心。
　　對期門暗中警戒，㊌
　　他便裝出遊，屈尊同衆。
755　從尊貴之位屈就卑賤，
　　他隱藏其印璽和印綬。
　　漫步於里巷，
　　遍覽於郊野。
　　猶如神龍夭矯變化，
760　顯示君主如此高貴！㊍
　　經過後宮，㊎
　　來到歡館；
　　抛棄衰色，
　　親近美好。
765　依偎於堂中的狹小坐席，
　　飛雀型酒杯來回無數。㊏
　　稀罕的舞蹈更替呈獻，
　　才藝高妙者極盡其技。

"於是衆變盡，心醒醉。盤樂極，
悵懷萃。陰戒期門，微行要屈。
降尊就卑，懷璽藏紱。便旋閭
閻，周觀郊遂。若神龍之變化，
章后皇之爲貴。然後歷掖庭，適
驪館。捐衰色，從嬿婉。促中堂
之陿坐，羽觴行而無筭。祕舞更
奏，妙材騁伎。妖蠱豔夫夏姬，
美聲暢於虞氏。始徐進而羸形，
似不任乎羅綺。嚼清商而却轉，
增嬋娟以此豸。紛縱體而迅赴，
若驚鶴之群罷。振朱屣於盤樏，
奮長袖之颯纚。要紹修態，麗服
颺菁。眇薎流眄，一顧傾城。展
季桑門，誰能不營？列爵十四，
競媚取榮。盛衰無常，唯愛所
丁。衛后興於鬢髮，飛燕寵於體
輕。爾乃逞志究欲，窮身極娛。
鑒戒《唐》詩，他人是媮。自君作
故，何禮之拘？增昭儀於婕妤，

㉟　行 747—748：西羌是定居中國西部邊境地區（主要是甘肅，但是有時候擴大到四川和雲南）的藏族人。鮮卑是阿爾泰人，定居現在的滿洲里南部。漢朝定期開展軍事行動，以控制這些部落。見 Yü, *Trade*, pp. 51-56。根據薛綜（卷 2 頁 26b），羌和鮮卑的人像綁在旗杆上，弓箭手用箭射他們。

㊌　行 753：期門，見《西都賦》第 342 行。這一行和接下來的一行可能和漢武帝相關。在統治初期，他微服出行都城外的上林苑和其他地方。在八月或者九月，他和皇宮的侍從、武騎、常侍以及待詔的隴西、北地能騎射的良家子弟在高門會合，"期門"的名字即來源於此。（《漢書》卷 65 頁 2846；也可參見 Watson, *Courtier and Commoner*, p. 83.）

㊍　行 760：我懷疑張衡此處是諷刺。

㊎　行 761：見《西都賦》第 178 行注釋。

㊏　行 766：《楚辭·招魂》（《楚辭補注》卷 9 頁 10b）中提到"羽觴"。王逸釋"羽"爲"翠鳥（kingfisher）的羽毛"。洪興祖（《楚辭補注》卷 9 頁 10b）釋爲在杯上綴羽，以加快飲用（即象徵飛行）。

其妖媚迷人更勝夏姬，㉛

770　美妙的歌聲超過虞氏。㉜

初時緩緩向前身形纖細，

仿佛禁不起輕薄的羅衣。

口吐清商，突而回旋，㉝

拱背更顯其美好迷人。

775　紛紛放鬆身體而加快節拍，

宛如驚起的群鶴匆匆歸集。㉝

她們的紅色鞋履在杯盤中旋舞，㉞

她們揮動長長的衣袖上下翻飛。

優美高雅的體態，㉟

780　她們的麗服煥彩，

她們的美目流盼，

一顧可以傾城。㊱

即使展季與僧人，

誰能不爲之迷惑？㊲

賢既公而又侯。許趙氏以無上，

思致董於有虞。王閎争於坐側，

漢載安而不渝。

㉛ 行 769：夏姬是早期中國歷史上一位臭名昭著的墮落女性。她是陳國大夫夏徵舒（公元前 598 年在位）的母親，結了七次婚，甚至在年老時還勾引男人。見《左傳》成公二年；《史記》，卷 36 頁 1579；Mh，4：175 - 76；《列女傳》，卷 7 頁 16a—17a；O'Hara, Position of Woman, pp. 201 - 4。

㉜ 行 770：劉歆《七略》（李善卷 2 頁 27a 引）説漢代初期最好的歌者是魯國的虞氏，其歌聲震動梁上的灰塵。

㉝ 行 773：薛綜（卷 2 頁 27a）將"清商"簡單地翻譯爲"鄭曲"。"商"是五音中的第二音。"清商"是樂師涓演奏的特别悲涼的古琴曲調。見陳奇猷校注，《韓非子集釋》，卷 3 頁 171。

㉝ 行 776：王念孫（《讀書雜志》餘編下頁 21b）顯示"罷"應該理解爲"回"的意思。鶴被訓練跳舞。見卷 14 鮑照《舞鶴賦》。

㉞ 行 777：《宋書·樂志》（卷 19 頁 550）提到一種名爲"杯盤舞"的舞蹈，表演者在地上放置七個盤子和不定數目的杯子，在其周圍跳舞。見曾昭燏等編，圖 83。見小西狩，《七盤舞に關する諸説について》，《日本中國學會報》14（1962）：79 - 92。

㉟ 行 779：薛綜（卷 2 頁 27b）將"修"釋爲"爲"。"修態"曾用在《招魂》（《楚辭補注》卷 9 頁 8a）中。王逸（《楚辭補注》卷 9 頁 8a）注"修"爲"長"。"修"還有"優美的"或"有教養的"之意（參見 Hawkes, Ch'u Tz'u, p. 106, L. 67，釋"修"爲"優雅的舉止"）。我的翻譯"優美的體態"遵循這一解釋。

㊱ 行 782：這一行暗指音樂家李延年創作的一首歌（《漢書》卷 97 上頁 3951）："北方有佳人，絕世而獨立。一顧傾人城，再顧傾人國。"

㊲ 行 783—784：展季即展獲，更多地被稱爲柳下惠，他的字之一是季，生活於公元前 7 世紀末期，以其正直和高尚的品德而特别出名。《毛詩》第 200 首（《毛詩注疏》卷 12 之 3 頁 20b）的毛注，以及很可能基於毛注的《孔子家語》（卷 2 頁 21b—22a），間接述及一個故事：柳下惠同意一位無家可歸的婦人整晚坐在他的膝上，而没有産生任何關於其名聲的誹謗。對這一段文字的解釋，見段玉裁（1735—1815），《毛詩故訓傳》，《皇清經解》册 160，卷 618 頁 11a—11b。這個故事被描繪成山東武梁祠中的一幅壁畫。見容庚，《漢武梁祠畫像録》（北平：考古學社，1936）辛 2，頁 25。

桑門是梵文 śramana 的早期漢語翻譯，這是佛教第一次在中國文學中被提及。見 Erich Zürcher, The Buddhist Conquest of China, 2 vols. (Leiden：E. J. Brill, 1959), 1：29。又見 Arthur F. Wright, Buddhism in Chinese History (Stanford：Stanford University Press, 1959), p. 21。

785 後宮分爲十四等，

　　　人人利用魅力以求寵幸。

　　　盛衰没有不變的規律，

　　　她們只靠自己的妙計。

　　　衛皇后的隆盛是由於烏黑頭髮，⑱

790 趙飛燕的得寵是因爲輕盈體態。⑲

　　　於是放縱欲望，追求心願，

　　　終其一生，盡情歡樂。

　　　他從《唐風》得到警戒：

　　　'他人將會享受它們'。⑳

795 當君主創造一個先例，

　　　爲什麼要受禮法拘束？

　　　加封昭儀於婕妤，㉑

　　　董賢封公又封侯。㉒

　　　漢成帝許諾趙氏不會有人高於其上，㉓

800 漢哀帝考慮把董賢提升至舜的地位。

　　　王閎在皇帝手肘旁諍諫，

　　　漢室穩定，不必改變。㉔

---

⑱ 行 789：衛皇后，又稱衛子夫，本是歌者，漢武帝在公元前 128 年封其爲皇后。見《漢書》卷 97 上頁 3949。《漢武帝故事》（李善卷 2 頁 27b 引）提到漢武帝最初是因爲她的美麗頭髮而被吸引。見 "Histoire anecdotique," p. 43。

⑲ 行 790：飛燕即趙飛燕，本是舞者，漢成帝選爲妃嬪，最終封爲皇后。她的妹妹封爲昭儀。見《漢書》卷 97 中頁 3988—3989；Watson, *Courtier and Commoner*, pp. 265 - 77。

⑳ 行 793—794：這幾行引用《毛詩》第 115 首，《詩經·唐風》中的一首詩。《毛詩序》（《毛詩注疏》卷 6 之 1 頁 6a）説這首詩的旨意是批評"有鐘鼓不能以自樂"的晉昭公（侯）。另一種解釋（可能是韓、齊、魯學派）聲稱這首詩是批評"不能及時以自娛樂"（薛綜卷 2 頁 28a 引）的晉僖公（前 840—前 823）。這首詩包含這麼幾行："子有衣裳，弗曳弗婁。子有車馬，弗馳弗驅。宛其死矣，他人是愉。"

㉑ 行 797：漢元帝創立昭儀的頭銜，作爲妃嬪的最高等級。見《漢書》卷 97 上頁 3935，卷 97 下頁 4000。這一等級高於之前的最高等級婕妤。

㉒ 行 798：參見上面第 327 行注釋。

㉓ 行 799：漢成帝曾經許諾趙婕妤："天下無出趙氏上者。"（《漢書》卷 97 下頁 3993）

㉔ 行 800—802：哀帝有一天在過度飲酒後，未經考慮地提議讓位於董賢，如同堯放棄王位給舜。王閎嚴厲勸告他："天下乃高皇帝天下，非陛下之有也！陛下承宗廟，當傳子孫於亡窮。統業至重，天子亡戲言。"（《漢書》卷 93 頁 3738）

12

高祖創立帝業，

後代延續世系，繼承基業。

805　可謂一勞而永逸，

他們無爲而治。

沉溺享樂，這是他們所追求的，

爲什麼要擔憂關心？㉟

許多年歲逝去，㊱

810　超過二百年。㊲

但是，由於土地肥沃，平原豐饒，

各種産物供應充足。

山勢險要，四周堅固，

衿帶環繞，易於固守。

815　得到這片領土的就强盛，

依靠它的就長久。

當河流長遠，水就不容易枯竭；

當樹木根深，就不容易腐朽。

因此，奢侈炫耀肆無忌憚，

820　氣味變得濃烈，並且日益强盛。

鄙陋之士如我，生於漢立三百年之後，

但是我被告知的事情前所未聞。

一切模糊不清，仿佛做夢。

連一個角落都未能細細觀察。

825　此次遷洛，如何與殷人屢次遷都相比？

前期八遷，後期五徙，

居住於相，耿地被洪水衝毀，

"高祖創業，繼體承基。暫勞永逸，無爲而治。耽樂是從，何慮何思？多歷年所，二百餘耆。徒以地沃野豐，百物殷阜。巖險周固，衿帶易守。得之者强，據之者久。流長則難竭，柢深則難朽。故奢泰肆情，馨烈彌茂。鄙生生乎三百之外，傳聞於未聞之者。曾髣髴其若夢，未一隅之能睹。此何與於殷人屢遷，前八而後五？居相圮耿，不常厥土。盤庚作誥，帥人以苦。方今聖上同天，號於帝皇，掩四海而爲家，富有之業，莫我大也。徒恨不能以靡麗爲國華，獨儉嗇以齷齪，忘《蟋蟀》之謂何？豈欲之而不能，將能之而不欲歟？蒙竊惑焉，願聞所以辯之之説也。"

㉟　行807—808：這幾行基於《尚書》(卷9頁9b)的部分和《毛詩》第256首中的段落（見 Karlgren, "Glosses on the Ta Ya and Sung Odes," p. 101, ♯949），及《周易》卷8頁3b。

㊱　行809：參見《尚書》卷10頁2a："故殷禮陟配天，多歷年所。"這一行逐字引用《尚書》，但是我爲了讓英文和接下來同樣有"年"的一行更加流暢，改變用詞。對這裏運用的"所"字的解釋，見 Karlgren, "Glosses on the Book of Documents," p. 120, ♯1872。

㊲　行810：這一數字指高祖到王莽時期(214年)。

從未長久地占據同一土地。

盤庚作文誥：

830　率領人民，使他們飽嘗痛苦。㉘

當今聖上與天同等，稱爲帝皇，㉙

囊括四海，以爲家邦。

富有的基業，沒有比我們更大的，㉚

我只恨奢侈華麗不能成爲國家的光榮。

835　卻僅是吹毛求疵地節儉，忽略《蟋蟀》一詩

　　所言。㉛

難道是我們想要而不能？

還是我們能夠而不想要？

我愚昧無知，迷惑不解，

希望聽到如何解釋的話語。"

㉘ 行825—830：這幾行指殷代統治者實行的多次都城遷移。根據《史記》（卷3頁93；*Mh*，1：176），在殷代的建立者湯定都亳之前，有過八次遷都。確認所有這些都城的名字涉及一定數量的猜測。見高步瀛，卷2頁85a—86a。《史記》還記載，在湯宣布建立王朝之後，直到盤庚時期，殷都搬遷不止五次。湯從南亳遷到西亳，中丁遷到隞，河亶甲占據相，祖乙遷到耿（或邢），盤庚在西亳建立殷的都城。見《史記》卷3頁100，*Mh*，1：190；屈萬里，《史記殷本紀及其他紀中所載殷商時代的史事》《文史哲學報》14(1965)：105-109。在盤庚將都城遷到西亳之前，他對人民說了一段很長的講話，其中聲明爲什麼搬遷是必要的原因。《尚書·盤庚》篇據稱是這次講話的記錄。"從未長久地占據同一土地"一行引自《盤庚》篇中相似的句子（卷5頁1b）。人民不願意離開他們的家園，盤庚不得不勸誘他們跟隨他。這就是"率領人民，使他們飽嘗痛苦"的出處。

㉙ 行831：《尚書·刑德放》說："帝者，天號也……天有五帝以立名……皇者，煌煌也。"這一行說明漢代皇帝的天之本性，其皇帝的頭銜來自德可配皇天的觀念。

㉚ 行833：參《周易》卷7頁4a。

㉛ 行835：此行用《毛詩》第114首《蟋蟀》(cricket)，詩中有如下幾句："蟋蟀在堂，歲聿其莫。今我不樂，日月其除。"

第三卷

京 都 中

東 京 賦

張平子　　　薛綜　注

【解題】

　　這篇賦先前已經被贊克翻譯過，見 Zach, *Übersetzungen aus dem Wen Hsüan*, pp. 6-12；rpt. *Die Chinesische Anthologie*，1：19-37。休斯也意譯本篇的部分內容，見 Hughes, *Two Chinese Poets*，pp. 60-81。

1

　　就在此時，安處先生看起來好像不能言語，①一時間有些不知所措。② 然後他釋然笑曰：③"你就是人們所說的那種只獲得膚淺知識和學問的人，視道聽途説，卻蔑視直觀所見。只要一個人有胸臆而無心智，④就無法用禮儀進行約束。這必然導致你貶低現在而頌揚古代。雖然由余是西戎的一個卑賤臣

安處先生於是似不能言，憮然有間，乃莞爾而笑曰："若客所謂，末學膚受，貴耳而賤目者也！苟有胸而無心，不能節之以禮，宜其陋今而榮古矣！由余以西戎孤臣，而悝繆公於宮室，如之何

---

① 行1：參《論語》，10/1："孔子於鄉黨……似不能言者。"
② 行2：參《孟子》，三上之5："夷子憮然，爲間。"
③ 行3：參《論語》，17/4："夫子莞爾而笑，曰……"
④ 行6："胸"是"情感、激情、欲望之所在"；"心"是"人內心深處指導性的理智力量，能夠控制那些難以駕馭的情感"，見 Hughes, *Two Chinese Poets*，p. 173。

子,但他尚且嘲諷秦穆公的宮室。⑤ 爲什麼你這樣一個不斷温故知新、⑥細心考察是非的人,卻誤解到這種地步?

　　姬周王室的最後幾任君王,

15　不能治理他們的國度。

　　因而政事充滿不公,

　　肇始於那些親近君王的人,

　　最後以金虎而告終結。⑦

　　嬴氏如虎添翼,⑧

20　將西部的城邑收入囊中。

　　此時,七雄並立,競争激烈,⑨

　　力炫奢華以超過他國。

　　楚國首先修建章華臺,⑩

　　緊接着趙國築造叢臺。⑪

25　秦王嬴政憑藉利嘴長爪,⑫

　　最終獨霸戰場。

　　他專注於獨享榮華富貴,

　　使這世上没有人能夠超過他。

其以温故知新,研覈是非,近於此惑?

"周姬之末,不能厥政,政用多僻。始於宫鄰,卒於金虎。嬴氏搏翼,擇肉西邑。是時也,七雄並争,競相高以奢麗。楚築章華於前,趙建叢臺於後。秦政利觜長距,終得擅場,思專其侈,以莫己若。迺構阿房,起甘泉,結雲閣,冠南山。征税盡,人力殫。然後收以太半之賦,威以參夷之刑。其遇民也,若薙氏之芟草,既蕴崇之,又行火焉! 傈傈黔首,豈徒蹠高天,蹐厚地而已哉? 乃救死於其頸! 歐以就役,唯力是視,百姓弗能忍,是用息肩於大漢而欣戴高祖。

---

⑤ 行9—10:《史記》(卷5頁192;Mh,2:41)提到由余的故事。他的家族源自晉國,但是後來避逃到西戎。由余作爲西戎使臣出使秦國,當秦穆公試圖向他炫耀自己奢華的宮室和殿堂時,由余通過述説西戎宫殿之樸素而斥責秦穆公。此則故事同樣見於《韓非子》(卷3頁186—187);《吕氏春秋》(卷24頁1b);《韓詩外傳》(卷9頁11b—12a);Hightower, tans., pp. 312-13。

⑥ 行11:參《論語》,2/11。

⑦ 行17—18:這裏"金虎"的確切含義可作多種解釋。金是西方的象徵,白虎是西方的守護靈獸。因此,"金虎"可以解釋爲秦國這個西方的諸侯國成功地推翻周王室的統治。金虎也可用爲"小人在位"(見李善注中所引應劭《漢官儀》,卷3頁2a和卷24頁15b)和即將發生的叛亂的徵兆,見李善(卷3頁2a)和徐岳(漢),《數術記遺》,《學津討源》,卷1頁1a所引《石氏星經》。因而朱珔(卷4頁1a—b)和胡紹煐(卷3頁1b)並未將"金虎"視爲秦的特稱,而僅僅指稱爲周王室的叛臣。

⑧ 行19:嬴是秦國統治集團的宗族姓氏。儘管文本中寫爲"搏"(擊打)字,但薛綜的注釋(卷3頁2a)將其解釋爲"着"(附着),並認爲此字讀如"附"(附加)。

⑨ 行21:它們包括秦及韓、魏、燕、趙、齊、楚六國。見《西京賦》,行69注。

⑩ 行23:章華臺由楚靈王(前540—前529年在位)在乾谿(今湖北省監利縣)建造,見《左傳》昭公七年;《史記》卷10頁705;Mh,4:360。酈道元指出其位於離湖(距華容縣七十五里,今湖北省監利縣)之畔。他稱其"臺高十丈(23.1米),基廣十五丈(34.65米)"。見《水經注》册5,卷28頁47。

⑪ 行24:叢臺由趙武靈王(前325—前299年在位)在趙都邯鄲内建造。見《漢書》,卷3頁96,注釋3。

⑫ 行25:秦政就是嬴政,是秦始皇的名字。

爲此，他興建阿房宫，

30　起造甘泉宫。

其繼任者建造起高聳的雲閣，[13]

爲南山加冕。

所有的國庫稅收都花費於此，

舉國的人力都被耗盡。

35　然後徵收過半的賦稅，[14]

用極刑威脅人民。[15]

對待人民，

就像除草官刈草那樣，[16]

把它們堆積起來，

40　再放火燒掉。

難道這些擔驚受怕的黑髮平民[17]

只能向高天彎腰弓背，

在厚地上小心行走？

如此這般，才能從必定的死亡中保命。

45　秦驅使人民做苦役，

勞力是他們唯一之關心。

人民再也不能忍受，

於是在大漢王朝休養生息，

欣然擁戴高祖爲君王。

---

⑬　行 31：秦二世胡亥（前 209—前 208 年在位）修建雲閣，並企圖使其比得上終南山（南山）的高度。見《三輔黃圖》，卷 1 頁 27。

⑭　行 35：伍被在對淮南王的演說中講到："作阿房之宫，收太半之賦。"（《史記》，卷 118 頁 3090，*Records*，2：381）韋昭解釋"太半之賦"爲人民收入的三分之二，見《史記》，卷 7 頁 332。

⑮　行 36：張衡特地提到被稱爲"參夷"的刑罰，是牽連到"三族"的死刑，見《漢書》，卷 23 頁 1096。根據張晏（公元三世紀）的説法，"三族"包括父母、兄弟、妻子和子女。如淳（198—265 年在世）聲稱三族指父族、母族和妻族。見《史記》，卷 5 頁 180 注釋 5；*Mh*，2：18。

⑯　行 38：薙氏（刈草官）是《周禮》中的職官，掌管山中和自然保護區中的刈草工作。見《周禮》，卷 19 頁 8a。

⑰　行 41：秦帝國在公元前 221 年建立後，用"黑頭土臉"（即"黔首"）這個詞來指稱平民百姓。見《史記》，卷 6 頁 239；*Mh*，2：133，n. 2 中討論它各種可能的含義。

2

50　高祖與符命之書相配，接受圖讖，⑱

　　順應天命，行使上天的責罰，

　　舉起朱紅色的旗幟，建立大漢名號。⑲

　　所討伐的必將滅亡，

　　所保護的必得平安。⑳

55　在垓下蕩平項羽的軍隊，㉑

　　在軹道俘獲子嬰。㉒

　　沿用秦的宮室，

　　依靠秦的倉庫和武庫。

　　至於依照古制建設洛陽，

60　我們的君王還無暇顧及。

　　因此，一位來自西方的工匠建造宮殿。㉓

　　他的眼光習慣於阿房宮，

　　其設計和模型遠遠超過法則，

　　尺度和規模皆不恰當。

65　儘管高祖將此一減再減，

　　但它還是超過周代的殿堂。

"高祖膺籙受圖，順天行誅，杖朱旗而建大號。所推必亡，所存必固。掃項軍於垓下，絷子嬰於軹塗。因秦宮室，據其府庫。作洛之制，我則未暇。是以西匠營宮，目翫阿房。規摹踰溢，不度不臧。損之又損之，然尚過於周堂。觀者狹而謂之陋，帝已譏其泰而弗康。且高既受命建家，造我區夏矣。文又躬自菲薄，治致升平之德。武有大啓土宇，紀禪肅然之功。宣重威以撫和，戎狄呼韓來享。咸用紀宗存主，饗祀不輟，銘勳彝器，歷世彌光。今捨純懿而論爽德，以《春秋》所諱而爲美談，宜無嫌於往初，故蔽善而揚惡，祇吾子之不知言也。

---

⑱　行 50：薛綜（卷 3 頁 3a）認爲"簿册"或"預言圖"（籙）即"五勝之籙"，據稱它基於五行理論，論證高祖政權合法性的正當理由。根據這一理論，周因火德而獲得統治權，被主水的秦取代，秦又轉而被主土的漢擊敗。這一理論在漢代被普遍接受。見《漢書》，卷 21 上頁 973。

　　"圖"指的是一些預言文本，有意地描述一位具有劉邦的特徵的人，預言他將會奪取權力成爲帝王。比如《春秋》的緯書《演孔圖》（《藝文類聚》，卷 12 頁 226 所引），是一部後漢的作品，它包含一則預言，未來皇帝的姓氏由卯、金、刀三字組成（即"劉"）。不論是籙還是圖，都是事後追溯性的創作，並非與劉邦同時代。然而，它們在張衡的時代尚存，並且得到相當程度的認同。可是張衡卻很懷疑這些材料的真實性，尤其是在他晚年。見 Dull, "Historical Introduction," pp. 369‑71。

⑲　行 52：當高祖取得沛公名號時，他在隨從子弟中舉赤旗爲號。見《史記》，卷 8 頁 350；*Record*，1：82；《漢書》，卷 1 頁 10，*HFHD*，1：41。

⑳　行 53—54：這幾行是《仲虺之誥》中一個四言句式的擴充。該篇是不可靠的所謂古文《尚書》（卷 4 頁 3b）中的一章。

㉑　行 55：垓下是項羽最終被劉邦擊敗的地方。見《史記》，卷 7 頁 333—336；*Record*，1：70‑73。

㉒　行 56：子嬰（？—前 206）是秦二世之兄扶蘇（？—前 210）的子嗣。秦二世被弒之後，他號稱秦王。後來，他乘坐白馬拉的素色馬車，以繩索自縛脖頸，在通往軹的道路上向劉邦投降。見《史記》，卷 8 頁 362；*Record*，1：89；《漢書》，卷 1 上頁 22；*HFHD*，1：56。

　　軹，也叫軹道，當時一個軍政區的名稱，位於長安城東十三里（《漢書》，卷 1 上頁 23 引蘇林）。

㉓　行 61："西匠"指的是（秦代?）建築師陽城延，張衡將把長安宮殿建造成如此奢華的規模歸罪於他。見《史記》，卷 19 頁 981—982；《漢書》，卷 16 頁 619。

看到的人認爲它狹小粗陋，

皇帝自己卻嘲諷宮殿太奢華而令人不安。

而且自從高祖接受天命建立王朝，

70　他便締造華夏帝國。㉔

文帝也親身力行節儉，

治理功績，四海升平。

武帝開疆拓土，㉕

在蕭然山的祭典中記録其豐功偉績。㉖

75　宣帝以威嚴之德安撫戎狄，㉗

於是呼韓前來進獻貢品。

所有這些功勳使其尊名得到記録，靈位得以

保存，㉘

祭祀供奉從不中斷。

他們的功績鐫刻在宗廟禮器上

80　歷經世代，越來越光明耀眼。

如今閣下忽略他們的大德，議論他們的瑕疵，

《春秋》所忌諱的事情在你口中卻變成溢美之詞。㉙

你的是非觀念並不譴責往昔，

故意掩蓋良善而吹噓惡行。㉚

必以肆奢爲賢，則是黃帝合宮，有虞總期，固不如夏癸之瑤臺，殷辛之瓊室也。湯武誰革而用師哉？盍亦覽東京之事以自寤乎？

㉔ 行 70：張衡在這裏用了一個來自《尚書》(卷 8 頁 1b)的措辭：“用肇造我區夏。”“區夏”意指華夏“帝國”。

㉕ 行 73：參《毛詩》，第 300 首第 2 章：“大啓爾宇。”

㉖ 行 74：公元前 110 年漢武帝在一座叫作蕭然(坐落於泰山脚下)的山上舉行“禪”的祭典，將在位期間的豐功偉績昭告天下。見《史記》，卷 28 頁 1398；Mh，3；501；Records，2；59；《漢書》，卷 6 頁 191；HFHD，2；88。

㉗ 行 75：公元前 52 年匈奴單于(“汙”或“王”)呼韓邪應邀向漢廷派遣一支朝貢使團，作爲立匈奴爲藩屬國的回敬。第二年呼韓邪本人甚至親自拜謁漢廷。見《漢書》，卷 8 頁 270—271；HFHD，2；256 - 59。

㉘ 行 77：薛綜(卷 3 頁 4b)認爲“宗”指的是文帝的廟號(太宗)。李周翰(卷 3 頁 5b)認爲“宗”指稱以上提到的全部四位皇帝。它至少指代三位廟號爲宗的皇帝：太宗(文帝)、世宗(武帝)和中宗(宣帝)。“宗”在字面上的意思是“德高望重的人”，在這裏解釋爲“德高望重的祖先”。
“主”即“木主”，是先祖死後立於宗廟中的木製牌位。見 Mh，1；165，n.1。

㉙ 行 82：根據《春秋公羊傳》(隱公十年和文公十五年)，史官將“大惡”視爲禁忌，因而只記録“小惡”。因此，西京的發言人由於稱頌長安舖張浪費的“大惡”而遭受指責。

㉚ 行 83—84：這兩句可作多種解釋。薛綜(卷 3 頁 5a)將“宜”解釋爲“義”(“正義”)，並認爲這一句應作這樣的理解：“今公子之義，不嫌於蔽國之善，揚國之惡。”在呂向(卷 3 頁 6a)的“五臣注”文本中，“往初”被“故舊”替代，且下一句開頭的“故”字被刪除，這樣看起來“宜”可以被理解爲“應當”。因此，他的注解與薛綜的完全不同：“先生以爲公子之名稱西京之盛，宜不嫌於故舊，理當陳飾美事，以成其言。”薛綜和呂向兩人注解的主要差別在於前者將“嫌”解釋爲“厭惡”，“反對”，而後者則解釋爲“懷疑”。我採納薛綜的意見，他假定西京的主建者雖然因爲過度建設受到前漢皇帝們的責難，但是這種責難只是一種毫無批評效力的評價。因此憑虛公子“並無對往昔譴責”。我使用尤袤的版本，在第二句中保留“故”字，並將其解釋爲“故意”，“處心積慮”，而不是“因此”。參中島千秋，《文選》，卷 1 頁 139。

85　這正表明閣下不明白話語的真正含義！㉛

　　如果你堅持認爲無節制的鋪張是合適的行爲，

　　那麼黃帝的合宮，

　　虞舜的總期堂，㉜

　　當然比不上夏癸的瑤臺，

90　殷辛的瓊室。㉝

　　若像你説的那樣，湯和武又爲何應天命而興師
　　　革命？㉞

　　你爲什麼不省察東都的事典而喚醒自己、認清
　　　事實呢？

3

　　而且，如果天子順應正道，

　　其治權將擴展到四海之外。㉟　　　　　　　“且天子有道，守在海外。守位

95　以仁慈鞏固地位，㊱　　　　　　　　　　以仁，不恃隘害。苟民志之不

　　而非依賴戰略要塞。　　　　　　　　　　　諒，何云巖險與襟帶？秦負阻於

　　如果民衆的忠誠不是真的，　　　　　　　　二關，卒開項而受沛。彼偏據而

　　何以言談陡峭的隘路或“襟帶”呢？㊲　　　　規小，豈如宅中而圖大。昔先王

　　　　　　　　　　　　　　　　　　　　　　之經邑也，掩觀九隩，靡地不營。

㉛ 行 85：參《論語》，20/3：“不知言無以知人也。”這裏引用《論語》典故的意圖是，西京的講演者被長安所受到的過高讚美所騙，於是他就無法弄清那些關於前漢都城的言辭背後的“真意”。

㉜ 行 87—88：薛綜（卷 3 頁 5b）認爲“合宮”和“總期”（“總章”這一名稱更爲人所熟知）分別是黃帝和舜的“明堂”。它們都結構簡單，用茅草蓋頂。見 Soothill, *The Hall of Light*, pp. 80-81；高步瀛，卷 3 頁 11b。

㉝ 行 89—90：夏癸就是夏桀，夏朝的最後一任君主。他因瑤臺一類奢華宮室建築而爲人所知。殷辛就是紂辛，殷代的最後一任君主。瓊室在他的名下建造而成。見李善（卷 3 頁 5b）所引古本《竹書紀年》。

㉞ 行 91：湯即成湯，殷商王朝的建立者。武即武王，周朝的建立者。參《周易》卷 5 頁 9b：“湯武革命，順乎天而應乎人。”朱琦（卷 4 頁 2b）和胡紹煐（卷 3 頁 4a）都提出“誰”應該被解釋爲“何”。雖然我在英譯中採用他們的解釋，但我還是對該句的字面意思存有疑問：“湯和武，誰應該在改變（天命）中使用軍隊？”張衡的意思是，如果鋪張浪費和耀武揚威可以被容忍，那麼湯和武就沒有理由各自推翻上一任作惡的夏和商君主。

㉟ 行 93—94：我譯爲“正道”的詞是“道”，它常被譯爲“道路”。這裏它的意思是政府的恰當管理。如果一位君主治理得當，他的影響將擴展到“四海之內”的“夷狄”之國。見《淮南子》，卷 20 頁 14a。

㊱ 行 95：參《周易》，卷 8 頁 1b：“何以守位？曰仁。”薛綜（見高步瀛，卷 3 頁 12a—b 的相關文本）將“仁”解作“人”。《易經》一些版本的文段提及此句，也將“仁”解作“人”。見王應麟，《困學紀聞》，卷 1 頁 32b。

㊲ 行 98：參《西京賦》，行 814。

秦依靠兩處關口防禦,㊳

100 最終卻對項羽敞開,讓沛公進入。

仰仗偏遠的位置,秦的目光有限;

如何比得上居帝國中央制宏圖大計?㊴

過去,先王規劃城市時,㊵

徹底檢視九州,

105 無一處選址未經勘測。㊶

土圭測量影子,㊷

既不太短也不太長。

尋找到風雨交匯之處,㊸

然後建設王城。㊹

110 審視曲度、方位和地形:㊺

城市面向洛河,背靠黃河,

左爲伊水,右爲瀍水。㊻

在西邊受到九阿保護,

由東邊進入須經過旋門。㊼

土圭測景,不縮不盈。總風雨之所交,然後以建王城。審曲面勢,沴洛背河,左伊右瀍。西阻九阿,東門于旋。盟津達其後,太谷通其前。迴行道乎伊闕,邪徑捷乎轘轅。大室作鎮,揭以熊耳。底柱輟流,鐔以大岯。溫液湯泉,黑丹石緇。王鮪岫居,能黿三趾。宓妃攸館,神用挺紀。龍圖授羲,龜書畀姒。召伯相宅,卜惟洛食。周公初基,其繩則直。萇弘魏舒,是廓是極。經途九軌,城隅九雉。度堂以筵,度室以几。京邑翼翼,四方所視。

㊳ 行99:"二關"是秦"南關"武關(位於今陝西商南縣西北)和函谷關(見《西都賦》,行13注)。劉邦(沛公)在武關擊敗秦軍。見《史記》,卷8頁361;*Records*,1:89;《漢書》,卷1上頁21;*HFHD*,1:54。劉邦經過武關進秦都後,項羽的軍隊猛攻函谷關並進入秦都。見《史記》,卷8頁364;*Records*,1:91;《漢書》,卷1上頁24;*HFHD*,1:60。

㊴ 行102:"中"指的是洛陽,它被認爲是占據帝國的地理中心位置。

㊵ 行103:"先王"即周成王,他在洛陽建都。

㊶ 行105:薛綜(卷3頁6a)在對《尚書》"洛誥"章(卷9頁1b)的一段引述中,提到周公在選擇洛地作爲都城之前,占卜了許多地點。

㊷ 行106:土圭是一塊圭表投影的模板,用來測量日影。見 Henri Maspero, "Les Instruments astronomiques des chinois au temps des Han," *MCB* 6 (1938-1939):222; Laufer, *Jade*, p. 112; Needham, 3:286-87。

㊸ 行108:根據《周禮》(卷3頁13b—14a),土圭用於估算地中。"日至之景,尺有五寸,謂之地中。天地之所合也,四時之所交也,風雨之所會也,陰陽之所和也。然則百物阜安,乃建王國焉。"(卷3頁14b)

㊹ 行109:王城,在漢代叫作河南,曾是周公所營建的洛陽雙子城中的一座。它位於今洛陽市西,澗河東岸。見 Chang(張光直),*Archaeology*, p. 272。

㊺ 行110:這一句基於《周禮》的一個段落(卷11頁1a),規定工匠如何查辨器皿。此處這一詞組指的是地形輪廓。

㊻ 行112:伊水發源於漢盧氏縣(位於今河南省)以東的熊耳山(見行120注)。它向東北450里流入洛水。見《漢書》,卷28上頁1549。瀍水發源於漢成城縣晉亭(今河南新安縣)以北。它向東南流,在洛陽以東注入洛水。見《漢書》,卷28上頁1555;《水經注》册3,卷15頁62。

㊼ 行113—114:郭璞(李善,卷3頁6b所引)言距新安十里有"九坂"的地區。酈道元(《水經注》册3,卷15頁50)提到九曲城(位於今河南宜陽縣西)南的一個地方,綿延十里,"有坂九曲"。見朱琦,卷4頁2b—3a。薛綜(卷3頁6b)將"旋"確認爲旋門,位於成皋縣(今河南滎陽縣氾水鎮)西南十里。酈道元(《水經注》册1,卷5頁79)說旋門是成皋西的大坡。攀登它,可以直接向東行進成皋。見朱琦,卷4頁3a。

115　孟津延伸到北部後方，⑭

太谷連接南部前方。⑭

蜿蜒之路成爲往伊闕的通道，⑤

傾斜的小道提供去轘轅的捷徑。⑤

大室形成一道扶壁；⑤

120　熊耳是其地標。⑤

砥柱中止水流；⑭

大伾像劍柄一樣突出。⑤

此處有温暖的水流和沸騰的泉水，⑭

黑色的朱砂和烏黑發亮的石頭。⑤

---

⑭　行115：盟津（或孟津）的舊址，是周武王在對殷的軍隊發起成功的進攻前，向部下演講的地方，位於洛陽以北（今河南孟縣東北），是通向都城的主幹道的交匯點。見《漢書》，卷28上頁1534，注釋5；朱琦，卷4頁3a—b。

⑭　行116：太谷，也叫通谷，位於洛陽以南，潁陽縣（今河南許昌）西北二十五里。見《元和郡縣圖志》，卷5頁146。

⑤　行117：伊闕是一座橫臥洛陽西南五十里的山，據説形成於禹疏浚伊水河道的時候。據傳他使河流向兩座面對面的山之間改道，這兩座山就像雙子瞭望塔樓（闕）一樣，因此命名爲伊闕。見《水經注》册3，卷15頁61；《淮南子》，卷19頁2a，高誘注；朱琦，卷4頁3b—4a。

⑤　行118：轘轅是一座位於緱氏縣（今河南偃師縣東南）東南四十六里的山。它被稱作“轘轅”，是因爲這座山有十二道蜿蜒的斜坡。見《元和郡縣圖志》，卷5頁141；朱琦，卷4頁4a—b。

⑤　行119：大室（或太室）是神聖的中嶽嵩山的別稱。它坐落於今河南登封縣北。見《漢書》，卷28上頁1560；朱琦，卷4頁4b。

⑤　行120：熊耳至少可指稱洛陽地區的三座山（見朱琦，卷4頁4b—5b）。這裏最有可能指的是坐落於漢代盧氏縣東的那座山（見上文行112注）。見《漢書》，卷28上頁1549。

⑭　行121：底柱（或砥柱），也叫三門，是一座位於今河南三門峽市附近的山。根據傳説，禹治水時，挖掘一條水道穿過這座山，讓河水流過。於是河水環覆這座山的大部分，留下一部分像柱子一樣伸出水面。見《水經注》册1，卷4頁71；朱琦，卷4頁5b—6a。

⑤　行122：大伾（伓或邳）是一座山，河水流經其山脚。它坐落於成皋縣地區（見上文行113—114注）。見《水經注》册1，卷5頁79；《尚書注疏》，卷6頁25b；《漢書》，卷28上頁1535，注釋6；朱琦，卷4頁6a—b。

⑭　行123：這一句指的是温泉，如同在梁縣（也叫汝州；位於今河南臨汝縣東）和廣成苑（位於梁縣西四十里）所見。見《水經注》册4，卷21頁5。

⑤　行124：《孝經》的一部緯書（李善，卷3頁7a和郭璞，《山海經》，卷16頁3b所引）將“黑丹”視爲一種吉祥的石頭：“德至於山陵，則出黑丹。”《山海經》（卷2頁10a）提到一種叫作石涅的石頭，郭璞將其鑒別爲礬石，一種硫酸鋁頁巖。吴任臣（1628？—1689？）微引一部被簡明地稱爲《本草》的藥草書（參下文所引李時珍的著作），説明張衡提到的黑丹與石涅同義。見《山海經廣注》，《四庫全書珍本三集》（臺北：商務印書館，1972），卷2頁15a—b。實際上，石涅至少可稱呼三種物質：石墨、煤和硫酸鋁頁巖。見Read and Pak, p. 37, ♯57.c; p. 43, ♯70; p. 71, ♯131;李時珍（1518—1593），《本草綱目》（北京：人民衛生出版社，1975），卷9頁571。

烏石很可能是一種生産礦物染料的巖石。張衡稱之爲石緇，可能是緇石的倒裝（見胡紹煐，卷3頁5b—6a）。這一詞組出現在《水經注》册3，卷16頁70中。

125　洞穴中居住着巨大的白鱏，[58]

　　　和三條腿的鱉。[59]

　　　這是宓妃的居所，[60]

　　　神靈在此揭示朝代的延續，[61]

　　　龍圖在此被授予伏義，[62]

130　龜書被賜予姒氏。[63]

　　　召伯檢視選址：

　　　卜辭説洛爲吉兆。[64]

　　　周公最初建立基業時，[65]

　　　'他的墨繩是筆直的。'[66]

135　萇弘和魏舒，[67]

　　　制訂計劃，並付諸實現。

　　　南北街道是九軌的標準規格，

　　　城墻拐角爲九雉。

---

[58] 行 125：陸璣，《毛詩草木鳥獸蟲魚疏》，卷下頁 53 提到，河南鞏縣東北有一個洞穴，根據傳統解釋，它與江湖相通。"鮪（Chinese paddlefish）從此穴而來，北入河西（山西，甘肅和鄂爾多斯），上龍門，入漆沮，故張衡賦云：'王鮪岫居。'謂此穴也。"高誘（《淮南子》，卷 13 頁 15a）提到關於鮪魚的相同的傳説，其在仲春二月過龍門湍流，就變成龍。在這一傳説稍晚的版本中，鮪魚被鯉魚（carp）所替代。龍門指的是山西河津和陝西韓城之間的一座山。酈道元（《水經注》冊 1，卷 5 頁 78）提到鞏穴有江心洲，叫作鮪渚。據説這個洞穴在地下與淮浦縣（今江蘇漣水縣西）相連。

[59] 行 126：《山海經》（卷 5 頁 19b）説大苦山南有河叫狂水，向西南流注於伊水。其中有"三足龜"（three-legged tultles）。

[60] 行 127：宓妃通常被認爲是洛水的女神。至少在一個出處中她被叫作伊雒神女，見《楚辭補注》，卷 16 頁 21b。在《離騷》（《楚辭補注》，卷 1 頁 34b）中，屈原爲了追求她而進行徒勞的嘗試。她是《文選》卷 19 曹植《洛神賦》的主題。稍晚的文獻出處聲稱她是伏義的女兒，溺死在洛水中，見《史記》，卷 117 頁 3040，注釋 1 如淳的注解。

[61] 行 128：九座寶鼎據説由大禹所鑄造，在武王克商後被武王遷移到雒邑（見《左傳》桓公二年）。它們在周代成爲王權的象徵。成王將鼎遷到郟鄏（今洛陽西）並做了占卜。卜辭預示本朝將歷經三十世代，七百餘年。見《左傳》宣公三年。因此，洛陽是"神用挺紀"之地。

[62] 行 129："龍圖"即"河圖"。見《西都賦》，行 27。

[63] 行 130："龜書"即"洛書"。見《東都賦》，行 27 注。姒是禹的姓氏。

[64] 行 131—132：這兩行暗指周成王營建雒邑。他派召公去"相宅"（《尚書》，卷 8 頁 11b，卷 9 頁 1a），然後周公占卜地址是否合宜，"唯洛食"（《尚書》，卷 9 頁 1b）。關於"洛食"這個詞組，已有許多不同的解釋，見 Karlgren, "Glosses on the Book of Documents," p. 75, ♯1749。

[65] 行 133：這一行直接引自《尚書》，卷 8 頁 1a。

[66] 行 134：這一行引自《毛詩》，第 237 首。墨繩的使用暗示周公在營建城市時，採納中庸節制的規範。

[67] 行 135：萇弘，也叫萇叔，是周代大夫。在敬王十年（前 510），他和文公劉卷提議成周城修築防禦工事。見《國語》，卷 3 頁 20a。
魏舒是晉國大夫。他和韓不信於公元前 510 年在都城召集諸侯會盟，目的是下令成周築防。見《左傳》昭公三十二年。

他們用蒲席丈量廳堂，
140 用凳子測量居室。⑱
都城協調有序，
是四方聚焦的對象。⑲

4

起初，漢朝並未定都於此，
故宗室世系在中途中斷。
145 狡猾的巨君等待時機，⑳
恣意妄爲地玩弄神器。㉑
歷經三個六年，㉒
在天位上偷安。
當此之時平民百姓
150 不敢有二心，
可畏的權勢實在太強大！
世祖被激怒，㉓
於是像龍一樣飛出白水，㉔
如鳳凰一樣翺翔於參墟。㉕

"漢初弗之宅，故宗緒中圮。巨
猾間釁，竊弄神器。歷載三六，
偷安天位。于時蒸民，罔敢或
貳。其取威也重矣！我世祖忿
之，乃龍飛白水，鳳翔參墟。授
鉞四七，共工是除。欃槍旬始，
群凶靡餘。區宇乂寧，思和求
中。睿哲玄覽，都兹洛宫。曰止
曰時，昭明有融。既光厥武，仁
洽道豐。登岱勒封，與黄比崇。

"逮至顯宗，六合殷昌。乃新崇
德，遂作德陽。啓南端之特闈，

---

⑱ 行 137—140：這幾行包含《周禮》中約定的街道和建築尺寸的參考信息。南北向街道假定爲九輛馬車之標準寬度（卷 13 頁 15b），城墻角則是九雉（卷 13 頁 17b，見《西都賦》，行 44 注）。明堂宮室的大小以筵丈量，房間的大小以几度量。筵長九尺，几爲七尺（《周禮》，卷 3 頁 16b—17a）。

⑲ 行 141—142：參《毛詩》，第 305 首第 5 章："商邑翼翼，四方之極。"

⑳ 行 145：王莽字巨君，關於他見《東都賦》，行 26。王莽利用缺少合法的男性皇位繼承人的理由，自立爲皇帝。

㉑ 行 146："神器"一詞首見於《老子》第 29 章："天下神器，不可爲也。"在漢代，表示"神聖禮器"意義的神器是皇權的象徵，借以比喻皇位。比如，劉德（? —前 57）曰："神器，璽也。"李奇（約 200 年在世）定義爲"帝王賞罰之柄也"（見《漢書》，卷 100 上頁 4209，注釋 9）。

㉒ 行 147：王莽在位期從公元 6 年持續到 23 年。

㉓ 行 152："世祖"即光武。

㉔ 行 153：光武帝是南陽郡蔡陽縣人（見《後漢書》，卷 1 上頁 1）。白水區是蔡陽的一部分。見 Bielenstein，"Restoration," pt. 1, p. 96, n. 3.
"飛龍"是取自《易經》第一卦的爻象九五："飛龍在天，利見大人。"《象傳》評述曰："飛龍在天，大人造也。"因此，飛龍是出來拯救世界的大人的象徵。龍也是君主或智慧德行符合統治資格者的象徵。

㉕ 行 154：參宿，即獵户座 ζ, ε, δ, α（參宿四）, γ, χ, β（參宿七），是與古代魏國相配的星宿（見《漢書》，卷 28 下頁 1646）。墟宿，即寶瓶座 β 和小馬座 α 與齊國（山東）相配。然而，薛綜（卷 3 頁 8b）説參宿和墟宿對應於"河北"地區。薛綜指的是光武擊敗巫卜王郎，王郎自立爲帝並在黄河以北的邯鄲營建都城。高步瀛（卷 3 頁 22a）聲稱參和墟是晉國在星相學上的"分野"，邯鄲屬於晉。然而，我不知道墟怎會指稱西至晉國的領土。因此，我暫且建議"墟"不是星宿，而是用爲"廢墟"（參中島千秋，《文選》，卷 1 頁 147）。

155　他授予四七戰斧，[76]
　　叛者共工便被除掉。[77]
　　'欃槍'和旬始，[78]
　　其惡毒蕩然無存。
　　國家治理得當，獲得安寧，
160　百姓渴望和諧，尋求正中之位。[79]
　　睿智英明的君主深觀細察，[80]
　　決定將洛宮作爲都城。
　　他停留在這裏不再前進時，[81]
　　'其燦爛的光輝將長久地持續下去'。[82]
165　在勇武成就的照耀下，[83]
　　他的仁德得以廣播，他的道得以興盛。
　　他登上泰山刻寫祭祀之功績，[84]
　　地位變得如同黄帝一樣崇高。[85]

立應門之將將。昭仁惠於崇賢，抗義聲於金商。飛雲龍於春路，屯神虎於秋方。建象魏之兩觀，旌《六典》之舊章。其内則含德章臺，天祿宣明。温飭迎春，壽安永寧。飛閣神行，莫我能形。濯龍芳林，九谷八溪。芙蓉覆水，秋蘭被涯。渚戲躍魚，淵游龜蠵。永安離宮，脩竹冬青。陰池幽流，玄泉洌清。鴨鷗秋棲，鶻鵃春鳴。鳲鳩麗黄，關關嚶嚶。於南則前殿靈臺，龢驩安福。諓門曲榭，邪阻城洫。奇樹珍果，鉤盾所職。西登少華，亭

---

[76]　行155："四七戰斧"指的是二十八將，他們是光武最親近的支持者。數字二十八有意與二十八星宿相配。見《後漢書》，卷22頁787。明帝有每一位將軍的圖像，畫於南宮雲臺(見《後漢書》，卷22頁789—790)。

[77]　行156：共工有時候被視爲官職頭銜，有時候作爲上古帝王的名字，其統治在黄帝之前。見Karlgren，"Legends and Cults," pp. 218-19。在漢代，共工通常被描述爲與顓頊争奪權力的反叛者。見Karlgren，"Legends and Cults," pp. 227-29; Eberhard, *Lokalkulturen im alten China*, pp. 258-59。"梟雄"共工在這裏指的是王莽。

[78]　行157："欃槍"(見Schafer, *Pacing the Void*, p. 110)，是中國衆多的彗星名稱之一。見《爾雅》，中之四頁14a。
　　"旬始"(見Hawkes, *Ch'u Tz'u*, p. 84, L. 49)是一顆出現在北斗(大熊星座)附近的彗星名。"狀如雄鷄。其怒，青黑。"(《史記》，卷27頁1336; *Mh*, 3：392)彗星被視爲妖祥，這裏代表王莽已被消滅的罪惡統治。

[79]　行160：薛綜(卷3頁8b)言"和"是陰陽調和。

[80]　行161："玄覽"(深刻地細查)一詞借用自《老子》第10章。

[81]　行163：這一行逐字徵引自《毛詩》，第237首。薛綜(卷3頁8b)將"曰"解釋爲"辭"，"時"解釋爲"是"(這)。他的注釋很可能基於鄭玄的解釋(見《毛詩注疏》，卷16之2頁16b)。因此，薛綜轉述爲"當止居是洛邑"。高本漢將"時"解釋爲"跱"(停下)，見"Glosses on the Ta Ya and Sung Odes," p. 22, ♯791。司禮義(Paul L-M Serruys)批評這一注解，並提議譯"曰"爲其動詞義"説"："它(即卜辭)説：停下！它説：是時候了！"見"The Function and Meaning of *Yün* 云 in *Shih Ching*," *MS* 29 (1970—1971)：302。即使有人承認司禮義對《毛詩》詩句的解釋看起來是有道理的，它也顯然不適用於張衡的文本，因爲這裏没有提到占卜。因此，我在此處贊同高本漢。

[82]　行164：關於"融"(長久地持續)的含義，見Karlgren，"Glosses on the Ta Ya and Sung Odes," p. 70, ♯885。參《毛詩》，第247首第3章。

[83]　行165：這裏光武的謚號是一個雙關語，字面上的意思是"光耀勇武"的皇帝。薛綜(卷3頁9a)注意到"武"實際上有"止戈"的意思，意味著武的概念可能在於使用武器主要是爲了克定禍亂，帶來秩序。

[84]　行167：參《東都賦》，行95。

[85]　行168：根據傳説，黄帝在泰山舉行封祭。見《史記》，卷28頁1361; *Mh*, 3：424; *Records*, 2.19。

到了明帝時代，[86]

170　帝國處處富裕昌盛。

　　於是他們修復崇德殿，

　　興建德陽殿，[87]

　　醒目的城門南端門被開啓，[88]

　　建立迎賓門，宏偉莊重。[89]

175　皇帝在崇賢門昭顯仁德，

　　在金商門宣布正義的言辭。[90]

　　在春路上飛架雲龍，[91]

　　在西面安置神虎，[92]

　　修建兩座象觀之塔樓，

180　以昭顯六典的古老條文。[93]

　　在正門内有：含德、章臺、

　　天禄、宣明、

　　温飭、迎春、

　　壽安、永寧諸宮殿。[94]

185　皇帝穿過飛揚的閣樓，行動如神靈；

候修勑。九龍之内，寔曰嘉德。
西南其户，匪雕匪刻。我后好
約，乃宴斯息。

---

[86] 行169：顯宗即明帝。

[87] 行171—172：《洛陽記》《後漢書》，卷60下頁2000，注釋1所引）説崇德殿位於南宮。可是，薛綜（卷3頁9a）説它離陽殿有五十步（69.3 米），而德陽殿是北宮最大的殿。儘管薛綜的陳述的準確性有問題，但畢漢思已舉出很好的證據顯示，它很有可能就位於北宮宮殿群。見“Lo-yang in Later Han Times,” p. 110，n. 158。德陽殿的建造始於公元60年，完成於65年。見《後漢書》，卷2頁107、111；Bodde, *Festivals*, pp. 153‑54；Bielenstein, “Lo-yang,” p. 35；葉大松，頁431。

[88] 行173：關於端門，“南邊最重要的内門，直通（南）宮中主要的觀見殿”，見 Bielenstein, “Lo-yang,” p. 23。

[89] 行174：參《毛詩》，第237首第7章：“乃立應門，應門將將。”薛綜（卷3頁9a）注，“應門”就是中門。

[90] 行175—176：崇賢是一座位於北宮東側的門。薛綜（卷3頁9a）説東方配木，木順次與“春”和“仁”聯繫在一起。
　　金商門在西邊，有類似的五行關聯。金和商（我意譯爲“弦”，實際上它是五聲音階的第二個音）都代表西方、秋天和義。見《漢書》，卷21上頁958。

[91] 行177：雲龍門是德陽殿的東門。見 Bielenstein, “Lo-yang,” p. 35。
　　“春路”與五時相配，是“東方道也”。龍是東方的守護神。見 Bielenstein, “Lo-yang,” p. 41。

[92] 行178：神虎在崇德殿西。見 Bielenstein, “Lo-yang,” p. 35。虎是西方的守護神。

[93] 行179—180：張衡從《周禮》中借用詞語以形容雙子塔樓，行政管制從此處垂視（卷1頁16b）。“六典”是所謂的政府典章：治典、教典、禮典、政典、刑典、事典（卷1頁10a）。

[94] 行181—184：這裏我轉換爲現在時態，因爲張衡此時似乎不再聯繫過去的歷史，而描繪的是他所居住的洛陽。
　　含德、天禄、温飭、迎春和永寧都是北宮的宮殿。章臺殿是一座北宮的觀見殿；宣明殿是北宮重要的藏書室；壽安殿靠近德陽殿。見 Bielenstein, “Lo-yang,” pp. 36‑37。

我們的君王從不向人顯現自己。

在濯龍、芳林、

九谷、八溪,⑨⑤

荷花覆蓋水面,⑨⑥

190 秋天的澤蘭布滿堤岸。

魚兒環繞湖中小島跳動遊戲;

黿鱉在池中嬉鬧。

永安離宮裏,⑨⑦

修長竹子冬天常青,

195 地下水池暗自流動,

泉水幽深,清新涼爽。

秋天烏鴉棲息,⑨⑧

春天綠鳩咕咕鳴叫。⑨⑨

鶚鳥和黃鸝

200 關關嚶嚶地啼叫。⑩⑩

在南邊有前殿和靈臺,⑩⑩

緱驪殿和安福殿。⑩⑫

---

⑨⑤ 行 187—188:濯龍是北宮東部的一座水池。北宮還有一座皇帝宴遊的大花園。芳林是另一座花園,我們對其知之甚少。九谷和八溪是養魚池。見 Bielenstein, "Lo-yang," pp. 37 - 38。

⑨⑥ 行 189:芙蓉一詞可以用於兩種不同的植物:蓮(*Nelumbo nucifera*,East Indian lotus)和叫作木芙蓉(*Hibiscus mutabilis*,cotton rose)的樹。由於這裏是水生植物,我們可以確定它是荷花(lotus)。

⑨⑦ 行 193:永安是一座位於北宮東北的宮殿。見 Bielenstein, "Lo-yang," pp. 46 - 47。

⑨⑧ 行 197:鸊鶹,也叫鷱,是烏鴉(*Corvus macrorynchus*,jungle crow)的傳統名稱。見《爾雅》,下之五頁 6b;Read, *Avian Drugs*, p. 70,♯302。

⑨⑨ 行 198:鶌鳩,也叫鶻鳩,即綠鳩(*Treron permagna*,Loochoo green pigeon)。見《爾雅》,下之五頁 1b;Read, *Avian Drugs*, p. 72,♯305。

⑩⑩ 行 199—200:雎鳩,也叫王鳩,即鶚鳥(*Pandion haliaetus*,osprey)。見《爾雅》,下之五頁 2b;Read, *Avian Drugs*, p. 84,♯313。

麗黃(或鸝黃),也叫倉庚,即黑枕黃鸝(*Oriolus chinensis indicus*,black-naped orio)。見《爾雅》,下之五頁 14a;Read, *Avian Drugs*, p. 67,♯299。

關關(我譯爲 gwa gwa)是鶚鳥(osprey)的叫聲。

嚶嚶(我譯爲 yee yee)是黃鸝(oriole)的叫聲。

⑩⑩ 行 201:前殿,也叫正殿,是南宮的主要覲見殿。見 Bielenstein, "Lo-yang," pp. 24 - 25。

關於靈臺,見《東都賦》,行 200。

⑩⑫ 行 202:緱驪殿和安福殿位於南宮,在德陽殿以南。見 Bielenstein, "Lo-yang," p. 25(安福),p. 27(緱驪)。

諜門的蜿蜒樓臺,[103]

斜倚着城墙下的護城河。

205　異常的樹木,珍奇的水果,

是鈎盾的本職工作。[104]

如果有人登上西面的少華,[105]

他會看見崗亭候館修繕完整、整備良好。[106]

九龍門以内的地帶,

210　稱爲嘉德殿。[107]

西面和南面的門,[108]

既不雕飾也不鑿刻。

我們的君王專注於節儉,

來到這裏放鬆休憩。

5

215　在東邊有洪池及其原生態的保護區。[109]　　　　　　　"於東則洪池清藥,淥水澹澹。

綠色的水蕩漾翻滾,　　　　　　　　　　　　　　　　内阜川禽,外豐葭芡。獻鼈蜃與

内部盛産水生生物,　　　　　　　　　　　　　　　　龜魚,供蝸蠯與菱芡。其西則有

外圍的蘆葦和荻茁壯生長。[110]　　　　　　　　　　　平樂都場,示遠之觀。龍雀蟠

---

[103] 行203：薛綜(卷3頁10b)說諜門是冰室的大門。李周翰(卷3頁12a)說:"諜門,門名。宮室相接謂之諜。" Timoteus Pokora, "A Mobile Freezer in China in B. C. 99," *Acta Orientalia Hungarica* 31 (1977)：330,没有將諜門譯爲專有名詞,而是將這個詞組譯爲"側門"。酈道元(《水經注》册3,卷16頁78)提到南宫有諜臺,接着引用《東京賦》這一段,說諜門即宣陽門,有冰室(用於貯藏冰塊)位於門内。沈括(1031? —1095?)提出"諜"僅僅是"别"的意思,因爲它與"曲榭"對仗就不應該讀作專有名詞。見胡道静,《夢溪筆談校正》(上海：上海出版公司,1956),卷3頁123—125。然而,朱珔(卷4頁11b—12a)和段玉裁(見《説文》,卷3上頁1036b)都將它作爲一個專有名詞。我贊同他們,譯爲"别門"。

[104] 行206：鈎盾是掌管宫中園林的官職,是一個由宦官擔任的六百石的職位。見《後漢書》,志第26頁3595。

[105] 行207：少華是西園中的"山"的名稱(薛綜,卷3頁10b)。

[106] 行208：關於漢代"亭"(驛站)的討論,見陳槃,《漢晉遺簡識小七種》,2卷本(臺北："中央研究院"歷史語言研究所,1975),卷1頁42b—44b。

[107] 行209—210：九龍原本是周代的殿名。門上有三隻銅柱。每一隻柱子上有三條龍互相盤繞。這扇門也叫九龍門(薛綜,卷3頁10b)。它是嘉德殿的入口,見 Bielenstein, "Lo-yang," p. 25。

[108] 行211：這一行逐字引自《毛詩》,第189首第2章。

[109] 行215：洪池(或鴻池)位於洛陽東三十里處。見 Bielenstein, "Lo-yang," pp. 16, 80-81。關於"藥"(自然保護區)的解釋,見《漢書》,卷8頁249,注釋5；*HFHD*, 2：222, n. 9.3。蘇林和應劭將"藥"解釋爲限制民衆進入的"禁苑"之意。服虔和服瓚稱"藥"是一種置於池中的捕鳥籠,用來捕捉並裝納鳥。我贊同德效騫將其譯爲"保護區"。

[110] 行218：葭即蘆葦(*Phragmites communix*, marsh grass)。見陸文郁,頁15,第20條。
芡即荻(*Miscanthus sacchariflorus*)。見陸文郁,頁35—36,第43條。

皇家貢品有軟殼鱉、蛤蜊、龜和魚；

220　獻祭祭品有螺、蚌蛤、菱角和芡。⑪

在西邊有平樂觀上的聚會場地，

可以從遠處觀望。⑫

龍雀盤繞着它，⑬

天馬高傲地躍起，⑭

225　一切都獨特異常，奇詭古怪，

光輝燦爛，鮮明耀眼。

雖然豐盛，但並不奢侈；

雖然節儉，但並不簡陋。

樣式都按照帝王的標準，

230　舉動皆遵守現成的典型。⑮

人們可以在此觀看帝國典禮，

根據禮法進行，完成儀式細節。

'籌劃實施，不需催促，

不到一天就完成。'⑯

235　他還説：'建造者辛勞，

居住者快樂。'⑰

蜿，天馬半漢。瑰異譎詭，燦爛炳煥。奢未及侈，儉而不陋。規遵王度，動中得趣。於是觀禮，禮舉儀具。經始勿亟，成之不日。猶謂爲之者勞，居之者逸。慕唐虞之茅茨，思夏后之卑室。乃營三宮，布教頒常。複廟重屋，八達九房。規天矩地，授時順鄉。造舟清池，惟水泱泱。左制辟雍，右立靈臺。因進距衰，表賢簡能。馮相觀祲，祈禳禳災。於是孟春元日，群后旁戾。百僚師師，于斯胥泊。藩國奉聘，要荒來質。具惟帝臣，獻琛執贄。當覲乎殿下者，蓋數萬以二。爾乃九賓重，臚人列。崇牙張，鏞鼓設。郎將司階，虎戟交鍛。龍輅充庭，雲旗拂霓。夏正

---

⑪ 行219—220：參《周禮》，卷1頁37a："春獻鱉蜃，秋獻龜魚，祭祀共蠯蠃。"

薛綜(卷3頁11a)將"蝸"解釋爲"螺"(snail)。

杜子春(《周禮》，卷1頁37a所引)將"蜌"(亦寫作"蠯")解釋爲"蜂"(蚌)(mussel)。參《爾雅》，下之四頁6b—7a。

菱即菱角，學名爲 *Trapa natans* 或 *Trapa bispinosa*(中國的水生菱角或水蕨藜)(Chinese water chestnut 或 water caltrop)。見 Smith-Stuart, pp. 440–41；《植物學大辭典》，頁558。

芡是 *Euryale ferox* (fox nut)。見 Smith-Stuart, pp. 169–70。

⑫ 行221—222：平樂觀位於洛陽西門外。62年，明帝將飛廉、銅馬像移到這個地方來。見葉大松，頁433；Bielenstein, "Lo-yang," p. 61.

都場的"都"意謂"聚集"、"集合"，"爲大場於上以作樂"(薛綜，卷3頁11a)。

⑬ 行223："龍雀"即飛廉。見《西都賦》，行330。

⑭ 行224："天馬"即銅馬。"半漢"這個詞所知並不明確。張雲璈(卷3頁6b)將其作爲"半霄漢"。朱珔(卷4頁12b)提出這是"泮渙"(自由放縱，無拘無束)的訛誤。我實在不確定它的意思，將它意譯爲"高傲地躍起"。

⑮ 行230："得趣"即禮制規定的行爲。

⑯ 行233—234：參《毛詩》，第242首第1章："經始靈臺，經之營之。庶民攻之，不日成之。經始勿亟。"

⑰ 行235—236：被認爲是賈誼所作的《新書》(卷7頁7a)有一則軼事，關於一位被狄王派往楚國的使節。楚王試圖用章華臺讓使節留下深刻的印象，問使節他的國家是否也有同樣的建築。使節回答説，他的國家十分貧窮，不可能建造這麼一座臺，他的國王的迎賓臺只有三尺高："茆茨弗翦，采椽弗刮。且翟王猶以作之者大苦，居之者大佚。"

他仿效唐和虞的茅草屋頂，⑱

贊賞夏后卑微的宮室。⑲

於是營造三座用於儀式的建築，⑳

240　以傳播禮教，頒布準則。

一座有兩層樓，雙重屋頂，㉑

八扇窗户和九個房間。㉒

圓似天，方似地，㉓

皇帝在這裏根據四時方位，頒授時節政令。㉔

245　在清澈的水池上修建舟橋，㉕

‘其水又深又廣。’㉖

在左邊建造辟雍；

在右邊樹立靈臺。

在這裏録用人才，淘汰無能者，

250　表彰賢人，選拔有才者。㉗

馮相監視不祥之氣，㉘

祈求福氣，祓除災禍。

三朝，庭燎晳晳。撞洪鍾，伐靈鼓，旁震八鄙，軒磕隱訇。若疾霆轉雷而激迅風也。是時稱警蹕已下雕輦於東廂。冠通天，佩玉璽，紆皇組，要干將。負斧扆，次席紛純，左右玉几而南面以聽矣。然後百辟乃入，司儀辨等，尊卑以班，璧羔皮帛之贄既奠，天子乃以三揖之禮禮之。穆穆焉，皇皇焉，濟濟焉，將將焉，信天下之壯觀也。

---

⑱ 行 237：參《韓非子》，卷 19 頁 1041：“堯之王天下也，茅茨不翦，采椽不斲。”李善(卷 3 頁 11b)引《墨了》中的一段，此段今本《墨子》未收，而收在《史記》(卷 120 頁 3290)中：“墨者亦尚堯舜道，言其德行曰：‘堂高三尺，土階三等，茅茨不翦，采椽不刮。’”(關於引用同一段文字的另一文本，見高步瀛，卷 3 頁 34a)。唐即堯，虞即舜。
這裏的“茅”很可能是“白茅”(*Imperata arundinacea*，即絨草，floss grass)，通常用於爲房子蓋頂。見 Smith-Stuart, p. 216。由於“茨”的意思是“積”(用茅草蓋頂)(見《毛詩注疏》，卷 14 之 1 頁 11b，鄭玄注)，我就將“茅茨”簡要地譯爲“茅草屋頂”。

⑲ 行 238：參《論語》，8/21：“卑宮室而盡力乎溝洫。”夏后即禹。

⑳ 行 239：“三宮”是明堂、靈臺和辟雍。

㉑ 行 241：“復廟”這一術語與“重屋”同義，只是一個表示“兩層樓的建築”的通用詞語，見鄭玄，《禮記》，卷 9 頁 20b；《周禮》，卷 12 頁 16b；《西都賦》，行 155。

㉒ 行 242：關於明堂的八牖和九室，見《西京賦》，行 140—141。

㉓ 行 243：參《西都賦》，行 140。

㉔ 行 244：“授時”是君主的一項重要責任。《尚書》(卷 1 頁 1b)提到堯命令羲與和“曆象日月星辰，敬授人時”。帝王有義務做準確的天文觀測，從而使曆法得以校準。以曆法的形式，“時”可以授予人民。
在明堂中進行的主要儀式之一，是巡視與特定的方位和季節相配的房間。因此，君主在春季要穿過東邊的房間。

㉕ 行 245：參《東都賦》，《辟雍詩》，行 4。

㉖ 行 246：這一行引自《毛詩》，第 213 首第 1 章。

㉗ 行 250：在辟雍中舉行的典禮之一是大射禮，根據傳統，它是用於政府部門選拔候選人的一種方式。見 Soothill, *The Hall of Light*, pp. 129-30。

㉘ 行 251：這一行指的是靈臺，天文和氣候現象的監測都在上面完成。馮相是《周禮》(卷 6 頁 24b)中提到的官職名，其主要職責與天文和曆法觀測有關。見 Needham, 3：189-90。

於是在孟春的第一天，⑫

諸侯從四面八方而來。

255　'所有官吏熙熙攘攘，'⑬

一個接一個進入朝廷。

邊疆屬國的國王皆來朝見，⑬

要服和荒服也送來人質。⑬

所有人都是皇帝的臣子，

260　獻上珍寶，携帶禮物。

那些在覲見殿之下致意者，

分成兩列，多達幾萬人。

接着九賓一個接一個進入，⑬

臚人引導到指定位置。⑬

265　鋸齒狀的懸鐘木架裝配在一起，⑬

鐘和鼓設列起來。⑬

郎將守衛臺階，⑬

虎賁侍衛持交叉之戟站立。

龍一樣的馬和車停滿朝廷，

270　雲旗輕拂彩虹。

在夏正的三朝，⑬

---

⑫ 行 253：Bodde, *Festivals*, pp. 142-43 中有行 253—320 的譯文。

⑬ 行 255：這一行直接徵引自《尚書》(卷 2 頁 6b)。關於其解釋，參看 Karlgren, "Glosses on the Book of Documents," pp. 110-11，♯1305。

⑬ 行 257：根據《周禮》(卷 8 頁 28a)中展現的理想化方案，"藩服"是離宗主國領土最遠的獨立國家的地域。

⑬ 行 258："要服"和"荒服"是用於《禹貢》(《尚書》，卷 3 頁 8a)中的術語，指離宗主國領土最遠的兩個地區。漢代的中國經常要求其他國家的君主將子嗣送到中國作人質，以保證條約的條款得到服從。見 Yü, *Trade and Expansion*, pp. 38-39，43-44。

⑬ 行 263："九賓"指的是將朝觀者分等的九種類型。見《周禮》，卷 10 頁 20a。高祖七年(前 201)的儀軌包括以下約定："大行設九賓"(《漢書》，卷 43 頁 2127)。韋昭解釋道："九賓則《周禮》九儀也。謂公、侯、伯、子、男、孤、卿、大夫、士也。"(《漢書》，卷 43 頁 3128，注釋 8)

⑬ 行 264："臚人"指稱爲大鴻臚的漢代官職，負責禮遇來自外國的朝觀者。見《漢書》，卷 19 上頁 730。

⑬ 行 265："崇牙"(字面上爲"崇高的牙齒")是某種鋸齒狀的木板，組成鐘架的一部分。見《西京賦》，行 123—125；《毛詩》，第 280 首。

⑬ 行 266：參《毛詩》，第 301 首第 3 章。

⑬ 行 267：郎將是虎賁中郎將的簡稱，指導監督皇帝的侍衛。見《漢書》，卷 43 頁 2127。

⑬ 行 271："夏正"是公元前 104 年以後所使用的曆法名稱。"正"或稱"元日"，被確定爲天文學的寅月(三月)首日。關於"三朝"，見《東都賦》，行 218 注。

庭院的火炬熊熊燃燒，十分明亮，⑬

撞擊大鐘，

敲打靈鼓。⑭

275　聲響在四面八方回蕩，

叮噹碰撞，轟隆作響，

像迅疾的閃電，像翻滾的雷，

或像刮起風暴的烈風。

此時傳令官鳴響警報，清理道路，

280　皇帝已經從東翼的雕飾輦車上下來。

戴上通天冠，⑭

腰帶繫上玉璽。

組綬懸垂，⑭

干將劍挂在腰間，⑭

285　背靠畫着斧子的屏風，⑭

坐在綉邊的竹席上，⑭

玉製的扶手在其左右，⑭

朝南聆聽。

然後諸侯進入：

290　司儀按照等級將他們分開，⑭

---

⑬　行 272：參《毛詩》，第 182 首。

⑭　行 274：《周禮》（卷 6 頁 4b）提到靈鼓，鄭玄（卷 6 頁 5a）將其解釋爲有“六面”的鼓。《三禮圖》（卷 7 頁 3a）有“靈鼓”的圖示，由看上去像是呈六角形編排的六隻小鼓組成。

⑭　行 281：“通天冠”是皇帝的正式頭飾。見《後漢書》，志第 30 頁 3665—3666；原田淑人，《漢六朝の服飾》，頁 105—106，插圖版 XI-2 和 III-1；Alide Eberhard and Wolfram Eberhard, *Die Mode der Han- und Chou-Zeit*（Antwerp: DeSikkel, 1946）, pp. 52-53；張末元，《漢朝服裝圖樣資料》（香港：太平書局，1963），頁 61，第 10 號；《三禮圖》，卷 3 頁 5a。

⑭　行 283：組（或綬）是用不同顏色的綫編結而成的，並從腰帶上懸垂下來。皇帝的組以黃色爲主色，包括紅、黃、淺綠和紫色的綫。見《後漢書》，志第 30 頁 3673。

⑭　行 284：干將劍以吳國著名的鑄劍師命名。他製造兩把劍。雄劍叫作干將，雌劍爲莫邪。參《吳都賦》，行 481 注。

⑭　行 285：關於“斧扆”，見《禮記》，卷 14 頁 18a，鄭玄注。它得名於畫在上面的斧形裝飾。

⑭　行 286：根據鄭衆的說法（《周禮》，卷 5 頁 32a），這種席子是用桃枝製成。“紛（或讀作幽）純”這個詞字面上的意思是“有刺綉的邊緣”（見《周禮》，卷 5 頁 32a，鄭衆注）。

⑭　行 287：這一行逐字引自《周禮》，卷 5 頁 32a。

⑭　行 290：司儀是《周禮》（卷 10 頁 20a—25b）上的一種官職，負責指導接待朝覲者時所需要的儀式。

依地位高低列出班次。⑭

鋪陳玉璧、羊羔、獸皮、絲帛的禮品，⑭

然後天子以三揖之禮迎接。⑮

多麼莊重！

295　多麼威嚴！

多麼沉着！

多麼優雅！⑮

真是帝國最偉大的奇觀！

6

然後他准許公侯卿士進入，⑮　　　　　　“乃羨公侯卿士，登自東除，訪萬

300　從東邊的樓梯登上。　　　　　　　　機，詢朝政，勤恤民隱，而除其

他向大臣徵求意見以處理萬機，　　　　告。人或不得其所，若己納之於

詢問他們對於治國的建議。　　　　　　隍。荷天下之重任，匪怠皇以寧

他竭力做到關心人民困苦，　　　　　　静。發京倉，散禁財。資皇寮，

消除他們的艱辛。⑮　　　　　　　　　逮輿臺。命膳夫以大饗，饗餽浹

305　如果有人未找到合適住所，⑭　　　　乎家陪。春醴惟醇，燔炙芬芬。

恍如皇帝自己把他扔進水溝。　　　　　君臣歡康，具醉熏熏。千品萬

他承擔天下的重責，　　　　　　　　　官，已事而竣。勤屢省，懋乾乾。

不因和平安寧而閑散停滯。⑮　　　　　清風協於玄德，淳化通於自然。

他開啓巨大的糧倉，　　　　　　　　　憲先靈而齊軌，必三思以顧愆。

---

⑭　行291：這一行指的是對《周禮》(卷10頁21a)中約定的實踐，將謁見者安置在祭拜場所中與他的等級相配的特定階位。公爵占據較高的地位；侯爵伯爵，中等；子爵男爵，下等。

⑭　行292：這一行提到的禮品名單似乎是以《周禮》(卷5頁16a—b)爲基礎的。卜德指出禮物實際上包括大雁和雉鷄。見 *Festivals*，p. 143，n. 24。

⑮　行293：“三揖”之禮源自《周禮》(卷10頁20b)。皇帝向平民行“土揖”，伸出雙手並稍稍降低。他向妻族成員行“時揖”，平舉雙手向他們鞠躬。第三揖“天揖”，向他自己的族人行禮。在這一儀式中，他向上舉起雙手，象徵上位。

⑮　行294—297：每一個詞分別用於描述皇帝、諸侯、大夫和士。見《禮記》，卷1頁26a。

⑮　行299：“羨”這個字，本義是“稱贊”，用在這裏是少見的“准許進入”“邀請進入”的意思。薛綜(卷3頁14a)將其訓爲“延”(迎接)。我推測“羨”(* dzian)是“延”(* dian)的通假字，見《周禮》，卷12頁2b，鄭玄注，“羨”被認爲“猶延”。

⑮　行303—304：參《國語》，卷1頁3a有幾乎相同的陳述。

⑭　行305：參《孟子》，五下之1。

⑮　行308：參《毛詩》，第305首第4章。

310 分發宮廷庫房中的財物。

　　賞賜給高官，

　　下至走卒僕役。⑮

　　他命令膳夫準備盛大的筵席，

　　屠宰的和生鮮的肉品甚至送到屬臣家中。⑯

315 春天之酒醇厚，

　　炙烤的肉美味芳香。⑰

　　君主和臣民都興高采烈，

　　衆人皆醉，一片和悦。

　　上千品階的上萬官員，

320 完成公事便退下。

　　皇帝力求經常反省自己，

　　努力變得嚴肅而審慎。⑱

　　純正教化，與天德一致，⑲

　　淳厚影響，與自然相通。⑳

325 將先靈作爲榜樣，試圖跟隨他們的道路，㉑

　　行必三思，總是警惕錯誤。

　　從邊遠的地方請來有德之人，

　　聽取直言批評。

招有道於側陋，開敢諫之直言。

聘丘園之耿絜，旅束帛之戔戔。

上下通情，式宴且盤。

---

⑮ 行 312：“興”(屬下衆人)和“臺”(助手)是《左傳》昭公七年中提到的十級的等級體系中的兩個低等級。

⑯ 行 314：家陪(我推測這是“陪家”的倒裝，張衡可能需要用“陪”與前一句押韻)指的是“陪臣”(下屬的臣子)，見《論語》，16/2。薛綜(卷 3 頁 14b)説他們是“公卿大夫之家”。

⑰ 行 316：這一行全句徵引自《毛詩》，第 248 首第 5 章。

⑱ 行 322：參《易經》，第 1 卦九三(《周易》，卷 1 頁 1a)：“君子終日乾乾。”

⑲ 行 323：我將“玄德”譯爲“像宇宙一樣的大德”，而直譯則更偏向於“造詣深厚的德行”或“神秘的德行”。雖然它被認爲是道家術語(參《老子》，第 10、51 章)，但也出現在“儒家”的《尚書》(卷 1 頁 5a)中。“玄”這個詞是漢代重要的哲學術語，原本是道家術語(見《老子》，第 1 章)，到了前漢流通到儒家思想中，並被儒家思想家揚雄採納，用於其重要著作《太玄經》中。揚雄在使用“玄”時，基本上與“天”和“道”同義；它不僅是生成宇宙的物質的名字，也是爲混沌帶來秩序的控制原理和道德規範的根源。張衡是《太玄經》的擁躉，爲這部著作寫了注解(已佚)和論説文(見《全後漢文》，卷 55 頁 9a)。他還寫了一篇長長的賦，題爲《思玄賦》，收於《文選》卷 15。在這篇賦中，張衡似乎將“玄”構想爲一種規範力量，在與“天”的協調中起作用，或遍及“天”而起作用。然而，因爲它是道德規範的根源，所以在這段文本中將“玄”譯爲“神秘”也許並不合適。“深刻”不能傳達宇宙秩序的意思。因此，我概括地將“玄”譯爲“宇宙”。在其他地方，我視文本而將它譯爲“黑”、“深刻”，尤其是道家的意義“神秘”。

⑳ 行 324：我不確定張衡這裏的“自然”是什麼意思。薛綜(卷 3 頁 15a)説“自然”的意思是“神明”，大概指的是超驗的自然。然而，“自然”是一個如此難以表述的術語，我發覺洞察張衡在這裏的確切意思是不可能的。

㉑ 行 325：“先靈”是像堯舜那樣的先聖的神靈(薛綜，卷 3 頁 15a)。

從山丘和園林邀來正直廉潔的人，

330　陳列一疊疊成束的絲帛。㊣

君臣情感相通，

飲宴歡樂。㊣

7

皇帝將在近郊舉行祀天儀式，㊣

爲酬報地功而獻祭，㊣

335　向上天祈福時，㊣

他只思考表達虔誠的方式。

儀式莊嚴肅穆，圓滿完成；

禮節崇高威重，禮數悉數遵守。

然後以至上精誠獻祭，

340　供奉禋祀。㊣

可以説他真是上天之子！㊣

接着，他準備標準禮服，

扶正腰帶和頭冠，㊣

滿戴橫簪、栓繩、額帶、冠覆，㊣

“及將祀天郊，報地功，祈福乎上玄，思所以爲虔。肅肅之儀盡，穆穆之禮殫。然後以獻精誠，奉禋祀，曰：‘允矣，天子者也。’乃整法服，正冕帶。珩紞紘綖，玉笄綦會。火龍黼黻，藻繂鼞屬。結飛雲之袷輅，樹翠羽之高蓋。建辰旒之太常，紛焱悠以容裔。六玄虬之弈弈，齊騰驤而沛艾。龍輈華軛，金鍐鏤錫。方釳左纛，鈎膺玉瓖。鑾聲噦噦，和鈴鉠鉠。重輪貳轄，疏轂飛軨。羽

㊣　行329—330：“丘園”象徵隱士退隱。這一行典出《易經》（第22卦，六五；《周易》，卷3頁3a）：“賁於丘園，束帛戔戔。”束帛指有吸引力的賞賜，君主提供給回應邀請的隱士。此處的基本思路是，皇帝的治理如此好，甚至通常蔑視政府的隱士也被吸引，從退隱中出來，到政府中供職。

㊣　行332：參《毛詩》，第171首第1章：“嘉賓式燕以樂。”

㊣　行333：對天的“郊”祀在城市的南郊舉行，雖然理論上在冬至舉行，但在全年的許多時候似乎都會舉行。在後漢，這一祭祀最常在春季的第一個月舉行。見Bodde, *Festivals*, pp. 213 - 14。

㊣　行334：“地功”意指年成。

㊣　行335：“上玄”是天的別稱。“玄”是天的顏色。見《周易》，卷1頁7b。

㊣　行340：禋祀有多種解釋，但是與這裏相關的意思是“潔祀”或“精意以享”。見《説文》，卷1上頁44b；《國語》，卷1頁12b；Karlgren, “Glosses on the Siao Ya Odes,” pp. 144 - 45，♯690。注意前一句提到“獻精誠”。

㊣　行341：參《毛詩》，第179首第8章。

㊣　行343：薛綜（卷3頁16a）説冕指的是“平天冠”。這種冠冕由明帝在59年推行，有七寸寬，一尺兩寸長。頂部是方形的板，黑色（玄）。十二串珠玉串成的穗（旒）從上面懸垂而下。見《後漢書》，志第30頁3663；原田淑人，《漢六朝の服飾》，頁65—78；Eberhard and Eberhard, *Die Mode*, pp. 46 - 48。圖示見《三禮圖》，卷1頁3a；張末元，頁47。

㊣　行344：這一行以《左傳》桓公二年爲基礎。杜預釋“珩”（或“衡”）爲“維持冠者”。它是一種橫簪，通常是玉製的，橫穿以佩戴在頭上。見Laufer, *Jade*, pp. 200 - 1；《周禮》，卷2頁36a，鄭玄注；吳大澂（1835—1902），《古玉圖攷》（上海：同文書局，1889），頁86—90。“紞”是附於垂在冠帽兩側的“瑱”（耳塞）上的繩子。“紘”是冠帽上垂下的帶子，繫於笄的左側，另一端從頷部下方穿過，繫於笄的右側。圖示見《三禮圖》，卷3頁3b。“綖”是長方形的板，做成冠的頂部，以黑布包裹。關於這四種名稱，見《左傳注疏》，卷5頁11b—12a。

345 以及玉笄和鈕飾帶。⑫

　　禮袍綉着火焰、龍、戰斧和回紋，⑬

　　穿上華麗的玉套和垂飾串成的寬腰帶。⑭

　　飛雲般的護衛馬車隊前後相連，⑮

　　翠鳥彩羽裝飾的華蓋高高舉起，

350 紋章圖案和流蘇配飾的太常旗升起，⑯

　　就像飛舞的火花在風中飄動。

　　六匹雲虬駕車，高大魁梧；⑰

　　並排騰躍，昂首搖動。

　　龍形的車轅，色彩繽紛的軶環，⑱

355 金色的頭綴，鏤刻的額飾，⑲

蓋威蕤，葩瑤曲莖。順時服而設
副，咸龍旃而繁纓。立戈迤戛，
農輿輅木。屬車九九，乘軒並
轂。斑弩重旃，朱旄青屋。奉引
既畢，先輅乃發。

---

⑫ 行 345：《周禮》（卷 8 頁 10a）最早提及玉笄。根據賈公彥（627—656 年在世）的説法，有兩種笄。第一種男女皆戴，用來維持髮髻在適當的位置上。第二種只有男子戴，用來將冠帽繫在頭髮上的髮飾。見《儀禮注疏》，卷 35 頁 11a—b；原田淑人，《漢六朝的服飾》，頁 124—125；吳大澂，《古玉圖攷》，頁 102。
　　“綦”是一種扁圓的玉製鈕飾或釘飾，縫在冠的前端。見吳大澂，《古玉圖攷》，頁 108；Laufer, *Jade*, pp. 249 - 50。
　　“會”（或“鬠”）是冠的“匯聚”或“接縫”。一串十二個玉綦，用來做“會”上的裝飾。見《周禮》，卷 8 頁 10b。
⑬ 行 346：參《左傳》桓公二年。從明帝統治初期開始，後漢皇帝使用畫有十二個象徵性圖案的禮服。這些圖案據稱最初爲傳説中的帝王舜所使用。張衡此處提到其中的四個圖案。“火”紋是火焰的圖畫，或是篆書的“火”字。“龍”是畫在禮服上的巨龍圖形。關於黼黻紋，見蕭統的《序》，行 106 注。關於這些圖案的詳細論述，見原田淑人，《漢六朝の服飾》，頁 31—64；王宇清，《冕服服章之研究》（臺北：中華叢書編審委員會，1965），頁 38—87。
⑭ 行 347：“藻縪”，也叫“繅”，是挂在腰帶上裝玉（絕大多數情況是圭）的套子。它由恰好是玉的尺寸的板框製成。框由皮革包裹住。兩頭都有封蓋包住玉。然後用繩子縛牢封蓋。見《儀禮注疏》，卷 26 下頁 15b；《左傳注疏》，卷 5 頁 12b—13a；《三禮圖》，卷 10 頁 6a—b。“藻”是用在漢代服飾上的十二個象徵性圖案的一種。它是花卉圖案，由花卉形狀的曲綫組成。然而，不能確定“藻”在此處是否應當理解爲此意，因爲它可能僅僅是“繅”（玉器套）的通假字。
　　“鞶”是繫有“厲”（挂飾）的大腰帶。見《左傳注疏》，卷 5 頁 13b。
⑮ 行 348：薛綜（卷 3 頁 16a—b）將“袯輅”釋爲“次車”（從屬車，如護衛車），有一個翠羽製成的華蓋。它在後世被稱作羽蓋車。
⑯ 行 350：“太常”是畫有日月星（所謂的“三辰”）圖案的旗幟。皇家的太常旗有十二串珠穗。見《周禮》，卷 6 頁 48a、54a—b；《儀禮注疏》，卷 27 頁 11b；《三禮圖》，卷 9 頁 1a。
⑰ 行 352：參《毛詩》，第 179 首第 4 章：“四牡奕奕。”關於“奕奕”（結實魁梧），見 Karlgren, "Glosses on the Siao Ya Odes," p. 55, ♯466。
⑱ 行 354：“輈”（車轅）是套馬的曲軸。見阮元，《考工記車制圖解》，《昭代叢書》，卷 3 頁 17a—23a；戴震（1724—1777），《考工記圖》，《皇清經解》，卷 563 頁 22a；原田淑人、駒井和愛，《支那古器圖攷》，第 2 冊頁 19。
　　“軬”（軶環）是裝在穿上繮繩的軶上的環。見《爾雅》，中之二頁 6b。
⑲ 行 355：蔡邕在他的《獨斷》（卷 4 頁 26a；《後漢書》，志第 29 頁 3645，注釋 9 亦徵引）中將“鍚”（或作“鐊”）解釋爲置於馬鬃前端的長寬各五寸（《四部備要》本作四寸）的裝飾物。
　　“鏤鍚”（鏤刻的額飾）是戴在馬前額的金屬飾物。見《周禮》，卷 6 頁 48a，鄭玄注；《毛詩》，第 261 首第 2 章；原田淑人、駒井和愛，《支那古器圖攷》，冊 2 頁 41—42。

眼罩和左纛飄帶，⑱

吊鈎、胸鎧和玉鈕胸帶。⑱

鸞鈴叮叮作響，⑱

軾鈴噹噹有聲。⑱

360 馬車上有雙重車輪和車轄，⑱

雕琢的輪轂，擺動的擋板。⑱

精美奢華的羽飾華蓋，⑱

繫在曲莖上的花形爪飾。⑱

整列護衛車隊，與季節性禮服相配；⑱

365 每一輛車都有龍旗，每一匹馬都有肚帶和頷韁。⑱

這裏有直立的戈，傾斜的長矛，⑱

---

⑱ 行 356：蔡邕（《獨斷》，卷 4 頁 26a）說"方釳"（或作"防釳"）是置於"鍐"（見行 355）之後的數寸寬的鐵片，上面有三個孔，雉尾被插入其中。薛綜（卷 3 頁 16b）說轅的兩側都放置羽毛，以防止馬相互碰撞。我猜想它們形成一種屏障。
蔡邕（《獨斷》，卷 4 頁 26a）將"左纛"解釋爲牦牛尾飄帶，繫在左邊外側的馬（騑）軛上。薛綜（卷 3 頁 16b）注釋說牦牛尾用作眼罩，以阻擋馬的側邊視界。

⑱ 行 357："鈎膺"一詞出現在《毛詩》，第 178 首第 1 章。高本漢（The Book of Odes，p. 122）將其譯爲"有鈎的胸鎧"。
薛綜（卷 3 頁 16b）訓"玉瓖"爲"帶玦以玉飾也"。因爲假設它接近於"胸鎧"，我暫且將它譯爲胸帶。

⑱ 行 358：這一行逐字徵引自《毛詩》，第 182 首第 2 章。

⑱ 行 359：這一行逐字徵引自《毛詩》，第 283 首第 1 章。

⑱ 行 360：根據《獨斷》（《後漢書》，志第 29 頁 3645，注釋 3 所引）："轂外復有一轂抱轄，其外乃復設轄，抱銅置其中。"

⑱ 行 361："軫"是紅色的油綢布製成的擋板，有八寸寬，長度足以觸及地面。其左邊畫有青龍（東方的守護神），右邊畫有白虎（西方的守護神），繫於車軸的末端。見《獨斷》，卷 4 頁 26a—b（《後漢書》，志第 29 頁 3653，注釋 1 亦徵引）。

⑱ 行 362："葳蕤"一詞通常描繪植物，這裏表示華蓋上密集的流蘇和爲數衆多的羽飾。

⑱ 行 363："瑵"（或作"蚤"、"爪"）是花卉形狀的裝飾，繫在華蓋傘骨（弓或橑）的末梢。其骨架是彎的，所以叫"曲莖"。見原田淑人、駒井和愛，《支那古器図攷》，册 2 圖版 XX，圖 3—4，以及頁 30 的論述。

⑱ 行 364：皇帝的儀仗採用"五時副車"。包括被漆成與"五時"逐一配色的車：青配春，紅配夏，黃配"第五時"（7 月 22 日前後），白配秋，黑配冬。在後漢，這些車由可以坐在裏面的"安車"和需要站立的"立車"組成。臧榮緒（415—488）在其已散佚的《晉書》（李善，卷 7 頁 13a 所引）中解釋每個季節顏色都配有安車和立車。因此，春季有"青安車"和"青立車"。亦可參看《後漢書》，志第 29 頁 3645；《獨斷》，卷 4 頁 25b。

⑱ 行 365："繁"（或作"樊"、"鞶"）是用在馬身上的寬大帶子的術語。我暫且將它譯爲"肚帶"。見《周禮》，卷 6 頁 48a，鄭玄注。
鄭衆（《周禮》，卷 6 頁 48a—b）將"纓"解釋爲"當胸"（胸帶）。鄭玄（卷 6 頁 48b）說它在其時是"靷"（馬領韁繩）。"繁"和"纓"都用五色毛織物（罽）裝飾。見《後漢書》，志第 29 頁 3644，注釋 3。

⑱ 行 366：薛綜（卷 3 頁 17a；亦可參看《後漢書》，志第 29 頁 3646，注釋 1）說這是一種叫作"戈路"（戈車，見高步瀛，卷 3 頁 51b 的相關文段）的車。戈和夏（長矛）被置於車上。

質木無文的耕車，⑲

多達八十一輛車的行列，⑫

滿載的馬車並駕齊驅。⑬

370　層層旗幟在弩筐上飛動，⑭

朱紅色的牦牛尾在翠藍華蓋上飄舞。

一旦行軍領隊最終就位，⑮

最前列的馬車就要出發。

8

有鸞旗的大車，有皮套的雙輪車，⑯

375　有帛幡和紅旗的廂車，⑰

雲罕，九斿，⑱

還有戟，都紛繁混雜，參差行進。⑲

"鸞旗皮軒，通帛精斾。雲罕九
斿，闟戟鏐鍏。髳髦被繡，虎
夫戴鶡。駙承華之蒲梢，飛流蘇之
騷殺。總輕武於後陳，奏嚴鼓之

———————————

⑲　行 367：這種車是"耕車"，用於藉田的禮儀性耕犁，有三個華蓋，也叫作"芝車"。它載有犁的把手和犁鏵，皇帝用它們耕藉田。見《後漢書》，志第 29 頁 3646；Bodde, *Festivals*, pp. 224 - 25。此車没有裝飾物，所以用"木"這個詞。

⑫　行 368：跟隨在皇帝儀仗後面的扈從有八十一輛車。見《後漢書》，志第 29 頁 3649。

⑬　行 369："軒"是有藩蓋的車。薛綜（卷 3 頁 17a）説有藩蓋的車分三行占據隊伍的後方。

⑭　行 370："珵"是繫在車厢横檔（筐）上的皮篋。弩、盔甲和其他隨身物品被放在裏面。見《説文》，卷 1 上頁 208a—210a。

⑮　行 372："奉引"這個詞字面上意爲"在前引導"。在後漢的"大駕"中，由位高的大臣來"奉引"。見《後漢書》，志第 29 頁 3648。

⑯　行 374："鸞旗"畫有鸞的圖案，一種類似鳳凰的鳥。羽毛被編織在一起，並被繫在旗杆的一端，旗幟在馬車上飄揚。見《獨斷》，卷 4 頁 26b；《後漢書》，志第 29 頁 3649。
　　"皮軒"（獸皮覆蓋的馬車）有多種解釋。郭璞（《史記》，卷 117 頁 3033，注釋 4 所引）稱爲"革車"，並補充説可能是軍隊在前面時，車上載的虎皮（《禮記》，卷 1 頁 16a）。胡廣（91—172）説車罩或軒是用皮革製成的。
　　這句和下一句描寫用於皇帝儀仗先頭部隊的車的類型。《後漢書·輿服志》（志第 29 頁 3649）將它們列爲"乘輿大駕"（見《西都賦》，行 328）的一部分："前驅則有九斿雲罕，鳳皇闟戟，皮軒鸞旗。"

⑰　行 375："通帛"是"旜"旗的别名（《周禮》，卷 6 頁 54a）。它被塗得通紅，所以叫"通帛"。
　　"斾"（古漢語讀作 b'wad）字是"茷"（古漢語讀作 b'wad）的通假字。"綪茷"（紅色的旗）一詞出現在《左傳》定公四年（《左傳注疏》，卷 54 頁 17b）中。

⑱　行 376："雲罕"車與司馬相如《上林賦》（《文選》，卷 8 頁 14b）所用可能是同一個詞。張揖和文穎都將"罕"解釋爲畢宿。見《史記》，卷 117 頁 3042，注釋 4。薛綜（卷 3 頁 17b）將其確認爲旌旗的名稱。司馬貞拒絶接受這一解釋，引用一部題爲《中朝鹵簿圖》的文本，明確地説明"雲罕"是交通工具（《史記》，卷 117 頁 3042，注釋 4）。可以想象這種車載有代表畢宿的旗幟。
　　"斿"很可能指的是《周禮》（卷 6 頁 54b）的"斿車"。鄭玄（卷 6 頁 55a）説它是"木路"（木車）。"斿"也是一種旌旗的名稱（薛綜，卷 3 頁 17b）。這車被如此稱呼，有可能是因爲飄着一面旗幟（見《東都賦》，行 161）。徐廣（352—425）説隊列中有九輛這樣的車。見《後漢書》，志第 29 頁 3649，注釋 1。

⑲　行 377：司馬貞（《史記》，卷 68 頁 2236，注釋 16 所引）説"闟"亦作"鈒"。《説文》（卷 14 上頁 6319b）將"鈒"定義爲"戟"。

蓬髮旄頭的護衛穿着刺繡，[200]

如虎的騎兵頭戴交喙鳥羽的冠帽。[201]

380 牽引護衛車隊的是來自承華監的蒲梢戰馬，[202]

彩色的流蘇在微風中飄揚擺動。[203]

在隊列後面集合輕型戰車，[204]

擊響警戒鼓，發出雷鳴般的敲擊聲。[205]

戰士穿着盔甲，揮舞深紅色的飄帶，[206]

385 身負黃金鑼，手舉黃斧鉞，齊步進軍。[207]

清理道路，布置隊列，

如同群星組成的陣列穿越天空。

肅穆莊嚴，得體平穩，

隆隆轆轆作響，噹噹唧唧出聲。

390 後面的護衛還沒離開哨塔城門，[208]

先頭部隊已經轉向城郊。

皇帝贊美夏后完美優雅，

對神明畢恭畢敬。[209]

嘈嚾。戎士介而揚揮，戴金鉦而建黃鉞。清道案列，天行星陳。肅肅習習，隱隱轔轔。殿未出乎城闕，旆已反乎郊畛。盛夏后之致美，爰敬恭於明神。爾乃孤竹之管，雲和之瑟。雷鼓𩊒𩊒，六變既畢。冠華秉翟，列舞八佾。元祀惟稱，群望咸秩。颺棲燎之炎煬，致高煙乎太一。神歆馨而顧德，祚靈主以元吉。然後宗上帝於明堂，推光武以作配。辯方位而正則，五精帥而來摧。尊赤氏之朱光，四靈懋而允懷。於是春秋改節，四時迭代。蒸蒸之心，感物曾思。躬追養於廟祧，奉蒸嘗與禴祠。物牲辯省，設其

---

[200] 行378:"髶"的意思是"亂髮"(《説文》，卷9上頁4002a)。"髳"(或"旄")是"旄頭"的縮寫。應劭(《漢書》，卷65頁2862，注釋33)說其時此詞與"羽林"護衛同義。"髮正上向而長衣繡衣，在乘輿車前。"在《漢官儀》(《後漢書》，卷1下頁79所引)中，應劭指的是"旄頭"護衛的亂髮。關於"旄頭"的圖樣，見張末元，《漢朝服裝》，頁101，圖101。

[201] 行379:"鶡"是多種皇家護衛穿戴的"鶡冠"頭飾，包括虎賁護衛。這種冠飾有兩片交喙鳥(Loxia sp., crossbil)的羽毛，一片在左，一片在右。見《後漢書》，志第30頁3670;原田淑人，《漢六朝の服飾》，頁112—113;Eberhard and Eberhard, *Die Mode*, p. 62.

[202] 行380:"駙"是拴在"副車"上的馬，此處實際上用為動詞義:"牽引副車。"
承華是皇家馬厩的名稱。見《後漢書》，卷6頁272。
"蒲梢"是來自西域的種馬之名。見《漢書》，卷96下頁3928。

[203] 行381:參《後漢書》，志第29頁3653:"駙馬，左右赤珥流蘇。"薛綜(卷3頁18a)說流蘇是用五彩紗縠製成。

[204] 行382:"後陳"指的是"北軍五營"，包括以下統帥:(1)長水校尉,(2)步兵校尉,(3)射聲校尉,(4)胡騎校尉,(5)越騎校尉。見《後漢書》，志第27頁3611—3612。
"輕武"即"輕車"或戰車，有朱紅色的輪子，但是沒有華蓋(巾)。見《後漢書》，志第29頁3650。

[205] 行383:"嚴鼓"用於奏響前進號令。見《漢書》，卷82頁3377，注釋4。

[206] 行384:"揮"(古音*xiwar)與"徽"(音xmiwər)同，是繫在肩上的深紅色飾帶(薛綜，卷3頁18a)。

[207] 行385:在皇帝隊伍的尾端是持金色鑼和黃色斧的人。見《後漢書》，志第29頁3648。

[208] 行390:關於"殿"的"後軍"義，見《論語》，6/15。

[209] 行392—393:見《論語》，5/28:"禹，吾無間然矣。菲飲食而致孝乎鬼神，惡衣服而致美乎黻冕。"
亦可參考《毛詩》，第258首第6章:"敬恭明神。"
夏后即大禹。

然後孤竹之笛吹響，

395　雲和之瑟弦緊，⑳

雷鼓轟響深沉，㉑

六變樂章已經完成。㉒

頭戴華冠，手持雉羽，㉓

排列緊密的舞者表演八佾之舞。㉔

400　頭等祭祀一旦適時禮畢，㉕

山嶽的系列儀式便全部安排妥當。㉖

接着火焰從燃燒的柴堆中揚起，

將長煙送入太一。㉗

神靈享受香火，感知德行，

405　以大吉降福神聖的君王。

然後他在明堂崇奉天帝，㉘

爲光武帝成爲陪祀而感到光榮。

方位已經辨別，獻祭法則已經確定，㉙

五精之神應允而來。

410　尊崇赤君的鮮紅光輝，⑳

楅衡。毛炰豚胎，亦有和羹。滌濯静嘉，禮儀孔明。萬舞奕奕，鍾鼓喤喤。靈祖皇考，來顧來饗。神具醉止，降福穰穰。

---

⑳　行 394—395："孤竹"可以僅僅意爲"竹特生者"（見《周禮》，卷 6 頁 6a，鄭衆注）。它還是國名，據傳存在於殷代。在漢代它被認爲是令支縣（今河北遷安縣西）的一部分。見《漢書》，卷 28 下頁 1625。《周禮》（卷 6 頁 4b）提及"孤竹之管"和"雲和之瑟"，鄭衆說雲和是地名；鄭玄說它是山的名字（卷 6 頁 5b）。

㉑　行 396：《周禮》（卷 3 頁 35b，卷 6 頁 4b）提到"靁鼓"，是八邊形儀式用鼓。

㉒　行 397："六變"是六種音樂類型，每一種對環境都有不同的作用，以至於影響某些物種和神靈（如"一變而致羽物及川澤之示"）。見《周禮》，卷 6 頁 3b—4a。

㉓　行 398：華冠是音樂家在天地、五郊和明堂的獻祭儀式中所戴的"建華"頭飾。見《後漢書》，志第 30 頁 3668；原田淑人，《漢六朝の服飾》，頁 83—84；Eberhard and Eberhard, *Die Mode*，p. 65；張末元，《漢朝服裝》，頁 51 第 7 條。

㉔　行 399：關於八佾之舞，見《東都賦》，行 243。

㉕　行 400：關於"元祀"（首要的祭祀、大祀）這個詞，見《尚書》，卷 9 頁 2a。

㉖　行 401：《尚書》（卷 1 頁 6b）提及望祭，是對山川的獻祭。近似的描述在《漢書》（卷 25 上頁 1191）和《史記》（卷 28 頁 1355）中重現。"群望"一詞出現在《左傳》昭公十三年中，杜預解釋爲星辰山川（《左傳注疏》，卷 46 頁 9a）。薛綜（卷 3 頁 18b）說是對"群嶽衆神"的獻祭。

㉗　行 403：太一（或泰一）是漢代崇拜的最重要神靈之一。武帝於公元前 124 年開始將太一作爲最受尊崇的天神來祭祀（見《史記》，卷 28 頁 1386；《漢書》，卷 25 上頁 1218）。太一也叫"曜魄寶"，在漢代被認爲居住在天極星（北極星）的中宮，見《史記》，卷 27 頁 1289；*Mh*, 3：339；《漢書》，卷 26 頁 1274。太一星被認爲是"天龍座 42 或 184"，見 Needham, 3：260。關於太一的詳細論述，見錢寶琮，《太一考》，收《三皇考》，《燕京學報》專號之八（北平，1936），頁 225—254。

㉘　行 406：參《東都賦》，《明堂詩》，行 7—8 注。

㉙　行 408：五帝各自占據堂中固定位置，與所支配的方位相對應。見《東都賦》，《明堂詩》，行 5—6 注。

⑳　行 410：漢由紅色之力支配，因此赤帝居於尤其顯要的位置。

四靈心滿意足,得到真正的撫慰。㉑

於是年歲從春變爲秋,

四季相繼交替,

皇帝滿懷孝敬之心,㉒

415　受時令產物的感應,牢記祖先的祭祀。㉓

親自在廟堂中供養食物,

呈上冬秋夏春的祭品。㉔

獻祭用的犧牲徹底檢查,㉕

然後獸角裝上楅衡,㉖

420　燎燒並炙烤乳豬的肩胛。㉗

還有調好味的湯羹。㉘

器皿都清洗得乾净無垢;㉙

典禮儀式輝煌燦爛。㉚

萬舞華美動人!㉛

425　鐘和鼓發出和諧的回響。㉜

神聖的先人和逝去的祖宗

前來觀看,前來享用。

㉑　行411:"四靈"是五帝中剩餘的四名成員。

㉒　行414:關於"烝烝"的"孝"義,見 Karlgren, "Glosses on the Book of Documents," p. 70, ♯1245。

㉓　行415:參考《禮記》(卷 4 頁 9b)中提到的物產與季節的相配:"庶人春薦韭,夏薦麥,秋薦黍,冬薦稻。韭以卵,麥以魚,黍以豚,稻以雁。"James Legge, trans., *The Li ki, or Collection of Treatises on the Rules of Propriety or Ceremonial Usages*, in *The Sacred Books of the East*, ed. F. Max Müller, vols. 27 and 28 (Oxford: Oxford University Press, 1885), 28: 226.

㉔　行417:《爾雅》(中之四頁 15a)列舉四種季節性獻祭如下:"春祭曰祠,夏祭曰礿(禴),秋祭曰嘗,冬祭曰烝。"郭璞注:"祠之言食,(礿之言)新菜可汋,(嘗之言)嘗新穀,(烝之言)進品物也。"《公羊傳》(桓公八年),《毛詩》第 166 首毛注(見《毛詩注疏》,卷 9 之 3 頁 8b)和《周禮》(卷 12 頁 5a)都有同樣的列舉。《禮記》(卷 4 頁 2b 和卷 4 頁 8b)以不同的方式列舉它們:"春曰礿,夏曰禘,秋曰嘗,冬曰烝。"

㉕　行418:關於"辯"的"徧"(全面,徹底)義,見 Karlgren, "Glosses on the Book of Documents," p. 82, ♯1258。

㉖　行419:薛綜(卷 3 頁 19b)解釋道,"楅衡"是置於獻祭動物角端的橫木,用以防止戳到觀眾。見《周禮》,卷 3 頁 35a;《毛詩》,第 300 首第 4 章;Karlgren, "Glosses on the Ta Ya and Sung Odes," p. 180, ♯165。

㉗　行420:"毛炰"這個詞字面上的意思是"燗去其毛而炮之"。見《周禮》,卷 3 頁 35b,鄭玄注。

㉘　行421:參《毛詩》,第 302 首第 2 章。

㉙　行422:"静嘉"這個詞組徵引自《毛詩》,第 247 首第 3 章。

㉚　行423:參《毛詩》,第 209 首第 2 章:"祀事孔明。"

㉛　行424:參《毛詩》,第 301 首第 3 章:"萬舞有奕。"關於萬舞,見 Arthur Waley, *The Book of Songs* (1937; rpt. New York: Grove Press, 1960), pp. 338-40; Eberhard, *Lokalkulturen*, pp. 286-87。

㉜　行425:參《毛詩》,第 274 首第 3 章。

當衆神已飲至滿意，[233]

袖們降下豐厚的福祉。[234]

9

430　當農祥在黎明完全歸位，

土壤肥沃的脉絡開始活躍，[235]

皇帝乘坐鸞車，駕馭蒼龍，[236]

鋒利的犁鑱放置在披甲護衛和車夫之間。[237]

他親自在天田中推三次犁，[238]

435　照管天帝的千畝之地。[239]

由於此地爲大郊祀提供黍稷，[240]

他必須常思勤懇盡力。

老百姓受到勸勉去田地勞作，

都勤奮努力地除草鋤地。

440　當春日變得温暖，[241]

"及至農祥晨正，土膏脉起。乘
鑾輅而駕蒼龍，介馭間以剡耜。
躬三推於天田，修帝籍之千畝。
供禘郊之粢盛，必致思乎勤己。
兆民勸於疆埸，感懋力以耘耔。
春日載陽，合射辟雍。設業設
虡，宮懸金鏞。鼖鼓路鼗，樹羽
幢幢。於是備物，物有其容。伯
夷起而相儀，后夔坐而爲工。張
大侯，制五正。設三乏，厞司旌。
并夾既設，儲乎廣庭。於是皇輿

---

[233] 行 428：參《毛詩》，第 209 首第 5 章。

[234] 行 429：參《毛詩》，第 274 首第 4 章。

[235] 行 430—431：農祥，房宿（天蝎座 π，ρ，δ，β）的別名，預示着農事活動的開始。《國語》（卷 1 頁 6b—7a）很可能是張衡的資料來源，説道："農祥晨正……土乃脉發……土膏其動。"薛綜（卷 3 頁 20a）解釋"晨正"爲"晨時正中"，訓釋爲正月的第一天。然而，韋昭（《國語》，卷 1 頁 6b）説這個詞指的是"立春之日"（約公曆 2 月 5日）的早晨，這時候房宿居於"午"（南）的中央。"脉"（脉是脈的俗字）指地之"脉"，據説陰陽之氣在地中循環流動。

[236] 行 432：《禮記·月令》（卷 5 頁 2a）和《呂氏春秋》（卷 1 頁 1b）明確記載，皇帝在孟春的禮儀職責之一是乘鸞輅駕蒼龍。車以軛上的鸞鈴命名。見《西都賦》，行 398。"蒼龍"代表東方和春季，根據鄭玄的説法（《禮記》，卷 5 頁 2a），它是一匹八尺高的馬。

[237] 行 433：根據《禮記》（卷 5 頁 3a；參《呂氏春秋》，卷 1 頁 2b），在御駕上，皇帝坐在左邊，車夫坐在中間，車上隨從（"保介"，披甲護衛）居於右邊。當皇帝前去耕犁藉田時，犁被置於車夫和隨從之間。見 Bodde，*Festivals*，p. 225，n. 14。剡（*diam）很可能就是《毛詩》第 212 首第 1 章中的覃（*diɛm，鋭利）。亦可參看《爾雅》，中之一頁 40a。

[238] 行 434：耕藉田的儀式要求皇帝推犁三次（三推）。見《禮記》，卷 5 頁 3a；《呂氏春秋》，卷 1 頁 2b。明帝在公元 61 年舉行此次儀式。見《後漢書》，卷 2 頁 107；Bodde，*Festivals*，pp. 238 - 39。"天田"即處女座 σ 和 τ（Schlegel，*Uranographie*，1：89），是掌控聖田的星群。此詞在這裏比喻聖田。

[239] 行 435："帝籍"（或帝藉）指的是"天帝的藉田"（見《禮記》，卷 5 頁 3a，鄭玄注；《呂氏春秋》，卷 1 頁 2b，高誘注；Bodde，*Festivals*，p. 225，n. 15）。此田供應的穀物用於獻祭上帝，因此被視爲"帝藉"。關於聖田千畝，見《國語》，卷 1 頁 6b。

[240] 行 436：薛綜（卷 3 頁 20b）言"禘"或"大祭祀"是在南郊舉行的祭天儀式。其他原始資料（見朱珔，卷 4 頁6b）説它是爲祖先準備的。參《國語》，卷 5 頁 8b。

[241] 行 440：這一行完全引自《毛詩》，第 154 首第 2 章。

人們聚集在辟雍行射禮。㉒

設立十字大版，樹起柱子，㉓

四角架上挂着金色鈴鐺。㉔

在鼗鼓、路和鼛上，㉕

445　筆直的羽毛在微風中飄動。㉖

於是他們準備儀式用品，㉗

每件物品都有合適的儀容。㉘

伯夷起身指導典禮，㉙

后夔就坐指揮音樂。㉚

450　他們鋪展開大侯，㉛

設置五正之布，㉜

立起三座帷幕

遮蔽掌旗之人。㉝

夙駕，輦於東階，以須消啓明。掃朝霞，登天光於扶桑。天子乃撫玉輅，時乘六龍。發鯨魚，鏗華鍾。大丙弭節，風后陪乘。攝提運衡，徐至於射宮。禮事展，樂物具。《王夏》闋，《騶虞》奏。決拾既次，彤弓斯彀。達餘萌於暮春，昭誠心以遠喻。進明德而崇業，滌饕餮之貪慾。仁風衍而外流，誼方激而遄騖。日月會於龍狵，恤民事之勞疚。因休力以息勤，致歡忻於春酒。執鑾刀以袒割，奉觴豆於國叟。降至尊以

㉒　行441：參《東都賦》，行197注。射禮是皇帝和他的王公們參加的"大射禮"。這一典禮可在(陰曆)三月或九月舉行(見 Bodde, *Festivals*, p. 366)。張衡在這裏描述的是三月的典禮。

㉓　行442：這一行全句引自《毛詩》第 280 首。參《西京賦》，行 122—125 注。

㉔　行443：這一行指的是四角架(宮懸)。這是一種樂器支架，像宮室的四面牆一樣。樂器(鐘或磬)懸於架子上，其使用專門留給皇帝。見《周禮》，卷 6 頁 11a。

㉕　行444："鼗鼓"是八尺長的大鼓。見《周禮》，卷 3 頁 36a；《三禮圖》，卷 7 頁 3b。"路鼓"是有"四面"的鼓。見《周禮》，卷 6 頁 5a—b；《三禮圖》，卷 7 頁 3b。"鼜鼓"是"兩面"的小鼓。見《周禮》，卷 6 頁 5a—b；《三禮圖》，卷 7 頁 2b。

㉖　行445：羽毛被用作架子的裝飾。參《毛詩》，第 280 首。

㉗　行446："儀式用品"是用於大射禮的器物服飾。

㉘　行447：參《左傳》昭公九年："事有其物，物有其容。"

㉙　行448：《尚書》(卷 1 頁 9a)提到伯夷是舜的大臣，掌管三禮(有關天地人的禮儀)。亦可參看 Karlgren, "Lengends and Cults," pp. 257 - 58。

㉚　行449：夔是舜的大臣，掌管音樂。見《尚書》，卷 1 頁 9b；《左傳》，昭公二十八年；Karlgren, "Legends and Cults," p. 258; Eberhard, *Lokalkulturen*, pp. 330 - 31。

㉛　行450："大侯"是"君"所使用的箭靶。見《毛詩》第 220 首毛注(《毛詩注疏》，卷 14 之 3 頁 3b)。鄭玄(《毛詩注疏》，卷 14 之 3 頁 3b)將大侯與《周禮》(卷 7 頁 28b)中提及的所謂"三侯"等同起來。鄭衆(《周禮》，卷 7 頁 29a)解釋道，這些靶子被稱爲熊、虎和豹。然而，聶崇義(《三禮圖》，卷 6 頁 3a)稱大侯與三侯在"用皮"方面有別(大概熊、虎、豹皮的圖案用作靶心)。侯置於射箭人九十"狸步"處(一"狸步"爲六尺)。見《儀禮注疏》，卷 16 頁 2b。鄭玄(《周禮》，卷 12 頁 11a)說"侯中"也叫"鵠"，有一"狸步"見方。由於"鵠"居這一區域的三分之一處，侯的總大小有"一丈八尺"(4.158 米!)。

㉜　行451："正"的使用可能與《毛詩》第 106 首第 2 章同義："終日射侯，不出正兮。""五正"之侯有布畫以五個同心的方格，每個顔色都不同。中心的方格是朱色，其他方格從最靠近中心開始，爲白、蒼、黃、玄。見《周禮》，卷 12 頁 12a；《三禮圖》，卷 6 頁 4a。

㉝　行452—453："乏"是皮革製成的帷幕，置於靶北十步和靶西十步處。靶子的記分員站在它們後面以保護自己不受箭矢傷害，他們通過搖旗發出命中的信息。見《周禮》，卷 6 頁 54a，卷 7 頁 31b、29a；《儀禮注疏》，卷 16 頁 3b。

箭鉗準備妥當，㉔

455　集聚在大庭之中。

於是皇帝的車輦在清晨出駕，

停至東邊的台階。㉕

等待啓明星消失，㉖

朝霞消散，

460　天光登上扶桑樹。㉗

於是天子登上玉車，㉘

由清一色與季節相配的六龍拉動。㉙

他們舉起鯨魚，㉚

撞擊刻銘之鐘。㉛

465　大丙放緩速度。㉜

風后爲馬車護航。㉝

攝提環繞玉衡時，㉞

馬車緩緩向射宮行進。㉟

儀式典禮開始進行，

470　樂器都充分準備好。

《王夏》結束，㊱

訓恭，送迎拜乎三壽。敬慎威
儀，示民不偷我有嘉賓，其樂愉
愉。聲教布濩，盈溢天區。

㉔　行 454：箭矢是用"并夾"拔出靶子的。見《周禮》，卷 7 頁 32a。

㉕　行 457：《説文》（卷 14 上頁 6461b—6462a）將"輦"解釋爲"卻車抵堂"。

㉖　行 458：參《毛詩》，第 203 首第 5 章："東有啓明。""啓明"是早晨天上所能看到的金星的別稱。見 Schlegel，*Uranographie*，1：633 - 34。

㉗　行 460：關於扶桑，見《西京賦》，行 438。

㉘　行 461："撫"的字面意思是"觸摸"或"敲打"。在這裏和其他地方，它似乎被用爲"乘上"馬車（見《文選》，卷 3 頁 23b）或船（見《文選》，卷 4 頁 8b）的意思。我猜測"撫"的意思是"抓住"馬車（登車的時候以穩住車）。見《禮記》，卷 1 頁 16a。

㉙　行 462：參《周易》，卷 1 頁 2a（第一卦，象辭）和《東都賦》，行 147 注。在春季，皇帝使用"蒼龍"坐騎。

㉚　行 463：參《東都賦》，行 144。

㉛　行 464：參《東都賦》，行 145。

㉜　行 465：高誘（《淮南子》，卷 6 頁 6a）解釋"大丙"是充當太一的御車人。

㉝　行 466：風后是黄帝的一位大臣。見《史記》，卷 1 頁 6；*Mh*，1：32。此處根據既定的禮儀，他象徵在皇帝的車駕旁奔走的大臣。

㉞　行 467："攝提"由兩組三星系統構成，左攝提（牧夫座 ξ，ο，π）和右攝提（牧夫座 χ，τ，ν）。位於他們中間的是大角，即牧夫座 α（大角星）。見 Schlegel，*Uranographie*，1：499 - 502。
　　"玉衡"，即大熊星座 ε，是中國的北斗第五星。見 Schlegel，*Uranographie*，1：503。薛綜（卷 3 頁 22a）説"攝提"和"玉衡"是馬車上的圖案。

㉟　行 468："射宮"是舉行大射禮的辟雍。

㊱　行 471："王夏"在大射禮上演奏，作爲列隊行進和退場樂曲。見《周禮》，卷 6 頁 6b。

《騶虞》奏響。�267

扳指和護臂在手,�268

雕飾之弓張開待射。

475 擊中箭靶,喚起暮春餘下幼苗的生長,

展現皇帝的誠心,傳遞到帝國的遠方。�269

他晉升有高尚德行的人,將這一事業奉爲

　　神聖;�270

他蕩滌貪婪之人飢渴的欲望。�271

仁愛的感染力傳開流布國外,

480 禮儀之道大興,奔向遠方。�272

當日月與龍尾連接時,�273

皇帝同情民衆的辛勞苦難。

因此讓他們暫停勞作,停止勞累,�274

在春酒中獲得歡欣振奮。�275

485 他緊握鸞刀,袒臂切肉,�276

�267 行 472:"騶虞"用作射箭時的伴奏。見《周禮》,卷 6 頁 6b。

�268 行 473:"決"(扳指)用象骨製成,戴在右手拇指上,以鉤住弓弦。護臂穿戴在左臂上。這一行逐字徵引《毛詩》,第 179 首第 5 章。

�269 行 475—476:張衡所提到的大射禮的功用,亦見於《白虎通義》(卷上頁 54a):"天子所以親射何? 助陽氣,達萬物也。"

�270 行 477:《禮記》(卷 20 頁 9a)解釋道,大射禮的規則影響卿大夫和士人,使他們全神貫注於調控("節")其行爲的各個方面。通過這種方式,"德行立,則無暴亂之禍……故曰射者所以觀盛德也"。"業"在這一情況下指射禮。

�271 行 478:"饕餮"一詞原本是經常繪於早期青銅器上的怪獸名,後來獲得"貪婪者"的意義。"饕"字被解釋爲"貪財","餮"爲"貪食"。見《左傳注疏》,卷 20 頁 19b,杜預注。

�272 行 479—480:《禮記》(卷 20 頁 12a)明確說明"射者,仁之道也",亦"明君臣之義也"。

�273 行 481:龍狵(龍尾)是稱爲尾宿(天蝎座的九顆星)的星宿。在(陰曆)十月,日月被認爲與"龍狵"連在一起。見《禮記》,卷 5 頁 22a;《國語》,卷 18 頁 3b—4a。因此這是十月的另一種說法。Bodde, Festivals, p. 371 翻譯第 481—486 行。

�274 行 482—483:根據《月令》(《禮記》,卷 5 頁 24b;參考《吕氏春秋》,卷 10 頁 2b),在孟冬的第一個月(陰曆十月),皇帝獎賞"勞農以休息之"。

�275 行 484:春酒在春天製作,直到冬天才成熟並被消耗掉。卜德相信此行指的是鄉飲酒禮,是京城的宴會在地方上的對應物。可是,既然張衡描述的是都城中的活動,將這一典禮視爲在外省舉行,看起來一點也不合適。見 Festivals, pp. 362, 371。

�276 行 485:參《毛詩》,第 210 首第 5 章:"執其鸞刀。""鸞刀"(或"鑾刀")上繫有鸞鈴。見《毛詩注疏》,卷 13 之 2 頁 20b。
《禮記》(卷 11 頁 22b—23a)描述"食三老"禮(見《東都賦》,《辟雍詩》,行 5):"天子袒而割牲。"在公元 59 年,明帝舉行同樣的典禮。見《後漢書》,卷 2 頁 102;Bodde, Festivals, pp. 366 - 67。皇帝在切碎獻祭的動物時袒臂是常見的習俗。見 Bodde, Festivals, p. 364, n. 6;Edward H. Schafer, "Ritual Exposure in Ancient China," HJAS 14 (1951): 144 - 48。

接着向國老奉上酒杯和豆器。㉗

從崇高的位置下來教導恭順，㉘

迎接和送別時，向三壽鞠躬。㉙

他非常注意舉止，㉚

490　示範人民不要玩忽懈怠。

我們有嘉賓，㉛

他們多麼高興愉快！

他的聲威教化廣泛傳播，

充滿整個帝國。

10

495　一旦皇帝的文德得以昭示，㉜

其勇武品質便可展露。㉝

在三個農忙季的間歇期，㉞

他的威嚴輻射中原。㉟

年歲到了仲冬，

500　在西園舉行大檢閱。㊱

林務官負責安排，㊲

在指定的日子之前爲活動做準備。

將獵物驅趕到一起，

“文德既昭，武節是宣。三農之
隙，曜威中原。歲惟仲冬，大閲
西園。虞人掌焉，先期戒事。悉
率百禽，鳩諸靈囿。獸之所同，
是謂告備。乃御小戎，撫輕軒。
中畋四牡，既佶且閑。戈矛若
林，牙旗繽紛。迄上林，結徒營。
次和樹表，司鐸授鉦。坐作進
退，節以軍聲。三令五申，示戮

㉗　行 486：觴盛酒，豆裝肉。

㉘　行 487：“至尊”在漢代是“皇帝”的別稱之一。這一行更加字面化的譯法應當爲：“至尊謙遜地教人恭順。”

㉙　行 488：在“養老”禮中，皇帝親自接待並告別三老和五更。見 Bodde, *Festivals*, pp. 368–69。

㉚　行 489：這一行逐字徵引《毛詩》，第 256 首第 2 章。

㉛　行 490—91：這兩行引自《毛詩》第 161 首。關於各種解釋的論述，見 Karlgren, "Glosses on the Siao Ya Odes," p. 25, ♯400。

㉜　行 495：“文德”指的是各種典禮的舉行，如郊祀，養老，大射禮和耕藉田。

㉝　行 496：“武節”這一表述有若干種意思。李善（卷 3 頁 23a）引用漢武帝詔令中的一句（見《漢書》，卷 6 頁 189；*HFHD*，2：84），其中的“武節”意爲“軍事符節”。可是，既然張衡的文句中“節”與“德”對仗，它更可能是“節操”（正直，品質）的意思。參司馬相如，《封禪文》（《文選》，卷 48 頁 2b）。

㉞　行 497：“三農”之季節即春夏秋。冬（“藏”，間歇期）被視爲是“講武”（進行軍事演習）的季節。見《禮記》，卷 5 頁 24b。

㉟　行 498：參《西都賦》，行 312。

㊱　行 499—500：根據《周禮》（卷 7 頁 15b），“中冬（十一月）教大閲”。Bodde, *Festivals*, pp. 349–59，有關於這一禮儀的更全面的論述。“西園”，也叫“上林”，位於洛陽以西。見 Bielenstein, "Lo-yang," p. 78。

㊲　行 501：參《西都賦》，行 319 注。

使其集合在靈囿中。[288]

505　這裏是動物聚集的地方，[289]

他們宣布一切都準備妥當。

接着乘上小戰車，

登上輕便的馬車。[290]

選擇適合打獵的四匹牡馬，

510　它們强壯而又訓練有素。[291]

戈和矛像茂密樹叢一樣林立，

牙旗在風中飄揚。[292]

到達上林苑後，

衆人停下並準備營房。

515　校準正門，安插界標，[293]

司鐸的官員分配銅鑼。[294]

或坐或站，或進或退，

行動以軍歌作爲節律。[295]

斬牲。陳師鞠旅，教達禁成。火
列具舉，武士星敷。鵝鸛魚麗，
箕張翼舒。軌塵掩迒，匪疾匪
徐。馭不詭遇，射不翦毛。升獻
六禽，時膳四膏。馬足未極，輿
徒不勞。成禮三驅，解罘放麟。
不窮樂以訓儉，不殫物以昭仁。
慕天乙之弛罟，因教祝以懷民。
儀姬伯之渭陽，失熊羆而獲人。
澤浸昆蟲，威振八寓。好樂無
荒，允文允武。薄狩于敖，既璅
璅焉。岐陽之蒐，又何足數。

---

[288]　行 504：參《東都賦》，行 133 注。

[289]　行 505：參《毛詩》，第 180 首第 2 章："獸之所同，麀鹿麌麌。"

[290]　行 507—508：參《毛詩》，第 128 首第 1 章；小尾郊一（《文選》卷 1，頁 196）和中島千秋（《文選》卷 1，頁 171）
都將"御"和"撫"解釋爲"乘る"（乘）。然而，他們沒有解釋這些詞如何獲得這一含義。雖然"御"似乎最經常
指"駕馭"（見《東都賦》，行 179），但是它也可用作"騎""乘"的意思。在《文選》中，"乃御"這一表述出現四
次。在這些出現的情況中有三次，"御"最好理解爲"乘"（見《文選》，卷 3 頁 23b；卷 7 頁 12b；卷 16 頁 7a）。
第四個例子（卷 34 頁 21a）與"憑欄"有關。"御"的基本義之一是"控制"，像"撫"（參考上文行 461 注）一樣，
它可能意爲在乘車前"穩住馬車"。

[291]　行 510：參《毛詩》，第 177 首第 5 章。

[292]　行 512：薛綜（卷 3 頁 23b—24a）引用《兵書》説，"牙旗"是將軍的旌旗。旗杆以象牙裝飾，因此叫作"牙旗"。
一些學者徵引的文本將"牙旗"與"太常旗"聯繫起來（見《後漢書》，卷 74 上頁 2381，李賢注；《三國志》，卷 62
頁 1414），根據鄭玄的説法《周禮》，卷 6 頁 55b），它們被放置在"旌門"上。"牙"這個詞也可能與"牙門"這
一詞組有關聯，它很可能是更爲人所熟悉的"衙門"的原型。"牙門"最早的意思是放置牙旗的門。已有人表
明"牙"可能曾有"齒狀"的意思，以指示旗幟的鋸齒狀外觀。更多論述見胡紹煐，卷 3 頁 23a—b；Robert des
Rotours，*Traité des fonctionnaires et Traité de l'armée*，traduits de la Nouvelle histoire des T'ang（Chap.
XLVI-L），Bibliothèque de l'Institut des Hautes Etudes Chinoises，vol. 6. 2 vols.（1947－1948；rpt. San
Francisco：Chinese Materials Center，Inc.，1974），2：540，n. 1。

[293]　行 515："和"是軍營的正門。見《周禮》，卷 7 頁 17a。"表"（界標），由左右兩邊的旗幟作爲標識，是軍營的外
部邊界綫。見《周禮》，卷 7 頁 15a。

[294]　行 516：叫作"鐸"的大鈴，以及鑼（鉦），被用於軍隊檢閱中，作爲行進信號，並爲行軍者標記時間。見《周
禮》，卷 7 頁 13a。

[295]　行 518：檢閲以鈴、鼓、鉞和鑼演奏的打擊樂作爲伴奏。

三申五令，㉖

520　通過宰殺犧牲來示範極刑。㉗

召集部隊，訓誓軍旅；㉘

教令得到傳達，禁令得以發布。

密集成列的火炬被舉起，㉙

武士像星星一樣散布。

525　他們以鵝鸛的隊形，魚的縱列，㉚

像箕宿一樣伸展，像翼宿一樣張開。㉛

車轍上的塵土掩蓋車跡，

步伐既不太快也不太慢。㉜

車夫不做違背禮法的截獲，㉝

530　射擊時不弄傷皮毛。

呈獻六禽作爲祭品，㉞

按照季節供應四膏。㉟

馬蹄奔跑從不精疲力竭，

㉖　行 519：李善（卷 3 頁 24a）引用《尹文子》（這一段未見於今本《尹文子》）說：“將戰，有司讀誥誓，三令五申之。既畢，然後即敵。”“三令五申”這一詞組簡單來說，意爲“重複向軍隊下達命令”。

㉗　行 520：這一行指的是《周禮》（卷 7 頁 16a）中所提及的習俗，在大閱期間宰殺動物，作爲對抗命士兵的警告。

㉘　行 521：參《毛詩》，第 178 首第 3 章。這一行指的是在投入戰鬥前向軍隊發表的訓誓。指揮官發布“誓”和“誥”激勵他的士兵們展現巨大的勇氣和絕對的服從。

㉙　行 523：參《毛詩》，第 78 首第 1 章；Karlgren, "Glosses on the Kuo Feng Odes," p. 172, ♯214。

㉚　行 525：“鵝”（goose），“鸛”（white stork）和“魚麗”（成列的魚）（fish-file）都是軍隊隊形的名稱。見《左傳》，昭公二十年、桓公五年。

㉛　行 526：“箕”和“翼”是分別與射手座 γ, δ, ε 以及巨爵座和長蛇座的二十二顆星相應的星宿。見 Schlegel, *Uranographie*，1；161-68，466-69。

㉜　行 527—528：這裏的意思是馬車以適度的節奏移動，因此不會揚起任何灰塵。《穀梁傳》（昭公八年）說狩獵儀式要求“車軌塵，馬候蹄”。范甯（《穀梁傳注疏》，卷 17 頁 7b）注曰：“塵不出軌，馬候蹄，發足相應，遲疾相投。”

㉝　行 529：參《東都賦》，行 181 注。

㉞　行 531：“六禽”爲雁（goose）、鶉（quail）、鷃（Eastern quail）、雉（pheasant）、鳩（dove）、鴿（pigeon）。見《周禮》，卷 1 頁 31a—b，鄭玄注。

㉟　行 532：根據《禮記》（卷 8 頁 20a）和《周禮》（卷 1 頁 32a），某些肉被認爲適合於特定季節。在每個季節，適宜的肉被不同的“膏”油炸。春季，羔羊肉和乳豬用“膏香”（膏薌）炸製，鄭衆解釋爲“牛脂”（《周禮》，卷 1 頁 32a）。在夏季，乾雉（腒）和乾魚（鱐）用“膏臊”烹飪，它被解釋爲“豕膏”（鄭衆，《周禮》，卷 1 頁 32a），又被解釋爲有臊味的“犬膏”（鄭玄，《禮記》，卷 8 頁 20b；杜子春，《周禮》，卷 1 頁 32b）。在秋季，牛犢肉（犢）和幼鹿肉（麛）用“膏腥”製作，被認爲是“豕膏”（鄭衆，《周禮》，卷 1 頁 32a；杜子春，《周禮》，卷 1 頁 32b），或者是腥味的“鷄膏”（鄭玄，《禮記》，卷 8 頁 20b）。在冬季，新鮮魚肉（鮮）和禽肉（羽，即雁）用“膏羶”（膻味的羊油）炸製。

御車之人從不耗盡氣力。㉖

535　皇帝完成儀式,下令從三面驅趕獵物,㉚

解開羅網並釋放大鹿。㉛

不過度放縱,以此教人節制;

不宰殺殆盡,用來展現仁慈。

仰慕天乙解網,

540　通過教令和祈禱贏得人民的效忠。㉝

仿效姬伯在渭水之北,

失去熊,卻尋獲一人。㉚

恩典澤及成群的昆蟲;

威力震動世界八方。

545　喜好享樂,卻從不過度,㉛

他是真正的文成武德。㉜

他們在敖狩獵,㉝

是多麼的不起眼和微不足道!

岐陽的春獵,㉞

550　又怎值得一提?

㉖　行 533—534:張衡在這裏强調的是,與對中庸的關心一致,皇帝不允許馬匹和車夫使自己精疲力竭。

㉚　行 535:參《東都賦》,行 175 注。

㉛　行 536:關於"麟"的"巨鹿"義,見 Hervouet, *Le Chapitre 117 du Che ki*, pp. 12 - 13, n. 4。

㉝　行 539—540:"天乙"是殷代的建立者成湯的名字。這一行提及的故事見於若干原始資料。成湯曾見一張網横置原野上,網的四面全都是封閉的。由於這一習俗違背"三驅"的規則,成湯抬高三面,只留一面封鎖。然後他作祝祝曰:"欲左者左,欲右者右,欲高者高,欲下者下。吾取其犯命者。"當這個區域的君王們聽聞他的行爲,他們議論道:"湯之德及禽獸矣。"見《吕氏春秋》,卷 10 頁 9b—10a;《史記》,卷 3 頁 95;*Mh*, 1:180;賈誼,《新書》,卷 7 頁 5b—6a;劉向,《新序》,《漢魏叢書》,卷 5 頁 2a—b。

㉚　行 541—542:伯姬即周文王,也叫西伯。這兩行提到文王如何第一次見到他的謀士呂尚(也叫呂望或太公)的傳説。有一次,當西伯外出狩獵時,他做了一次占卜。卜辭説:"所獲非龍非彲,非虎非羆;所獲霸王之輔。"在他的狩獵之行途中,他在渭水北岸遇見呂尚。西伯非常高興遇見呂尚,並邀請他回到宮廷擔任導師。見《史記》,卷 32 頁 1477—1478;*Mh*, 4:35 - 36。關於這個故事的其他版本的引文,見 Sarah Allan, "The Identities of Taigong Wang in Zhou and Han Literature," *MS* 30 (1972 - 1973):83 - 86。

㉛　行 545:參《毛詩》,第 114 首第 2 章。

㉜　行 546:參《毛詩》,第 299 首第 4 章。

㉝　行 547:參《毛詩》,第 179 首第 3 章:"建旐設旄,搏獸於敖。"敖是鄭國的一個地方,周宣王曾去那裏狩獵。東漢期間,在滎陽縣有一個地方叫作敖亭(今河南陰河縣),劉昭確定其爲宣王狩獵的場所。見《後漢書》,志第 19 頁 3392,注釋 24。

㉞　行 549:周成王曾在岐陽(位於今陝西美陽縣西北)進行春獵。見《左傳》,昭公四年。

11

於是在年終有大儺，㉟

擊潰驅除成群的妖魔。㉗

方相氏緊握戰斧；㉗

女巫男覡揮舞苕帚。㉘

555　上萬的善童幼子，

穿戴紅色頭巾和黑色袍子，㉙

手持弧形桃枝和荊棘箭矢，㉚

沒有固定的靶子，向四處射擊。

那飛散的小石頭像雨一樣傾瀉，㉑

560　甚至連重疾也要束手就死。㉒

"爾乃卒歲大儺，毆除群厲。方相秉鉞，巫覡操茢。侲子萬童，丹首玄製。桃弧棘矢，所發無臬。飛礫雨散，剛癉必斃。煌火馳而星流，逐赤疫於四裔。然後凌天池，絕飛梁。捎魑魅，斮獝狂。斬蜲蛇，腦方良。囚耕父於清冷，溺女魃於神潢。殘夔魖與罔像，殪野仲而殲游光。八靈為之震慴，況魁蠚與畢方。度朔作

㉟　行551：這一部分描述大儺，是在年末舉行的儀式，以驅趕所有的惡靈、疫病，以及其他在一年中積聚下來的有害力量。關於漢代這一儀式的精彩論述，見 Bodde, *Festivals*, pp. 75 - 138. 卜德（pp. 84 - 85）翻譯行551—584。行581—583 還有華茲生的譯本，*Chinese Rhyme-Prose*, pp. 5 - 6。

㉗　行552：尤袤本作"厲"（惡魔）。六臣注本作"癘"（瘟疫）。張銑（卷3頁30a）將"癘"解釋爲"疫癘鬼"。由於大儺不僅僅包括驅除瘟疫，我採納尤袤的文本。

㉗　行553：關於方相，或者説驅魔師，見 Bodde, *Festivals*, pp. 77 - 84；Boltz, "Philological Footnotes," p. 431。

㉘　行554：《國語》（卷18頁1a）解釋"巫"（女巫）和"覡"（男巫）之間的不同。"如是則明神降之。在男曰覡，在女曰巫。"亦可參看 Schafer, "Ritual Exposure," pp. 152 - 60。
　　"茢"，也叫"苕"（《周禮》，卷8頁17a，鄭玄注）、"萑苕"（《禮記》，卷3頁5b，鄭玄注）、"茭"（《禮記》，卷9頁11b），即荻（Miscanthus sacchariflorus）。見陸文郁，頁35—36，第36條。它被做成掃帚，用來掃除惡靈。通常較少被接受的界定是杜預（《左傳注疏》，卷39頁3a）給出的，他説這種掃帚是用"黍穰"（秸秆）做成的。

㉙　行555—556："侲"（*tian）的基本義是"善"（*dian, "好"）。"侲子"就是"善童幼子"（見《後漢書》，卷10上頁425和志第5頁3128，注釋3所引的薛綜注）。一百二十名十到十二歲之間的童子被宦官衙署黃門選出。他們穿戴着紅色的頭巾和黑色的袍子。除了用弧形桃枝和荊棘箭矢被除妖邪（見行557注），他們還齊聲合唱，吟唱咒語用來驅除惡魔。見《後漢書》，志第5頁3127；Bodde, *Festivals*, pp. 81 - 82。
　　高步瀛（卷3頁79b）論證"萬"的意思是"大"（參《廣雅疏證》，卷1上頁1b）。中島千秋（《文選》，第一卷頁174）顯然接受這一注解，將"萬"譯爲"大群"。然而，我猜測張衡在這裏採用誇張的修辭，"萬"應當被理解爲通用的"無數"之意。

㉚　行557："桃弧"和"棘矢"被用來袚除邪惡。見《左傳》，昭公四年和昭公十二年；《獨斷》，卷4頁11b；HFHD, 3：541 - 42；Bodde, *Festivals*, pp. 131 - 37。

㉑　行559：蔡邕的《獨斷》（卷4頁11b—12a）説："從百隸及童兒，而時儺以索宮中毆疫鬼也。桃弧棘矢土皷，皷且射之，以赤丸五穀播灑之。"亦可參看《後漢書》，志第5頁3128，注釋3所引《漢舊儀》；Bodde, *Festivals*, p. 84, n. 36. 卜德將最後一行誤譯爲"他們散開並撒下紅色彈丸和五穀"。"播灑"只有"撒播"和"灑（撒）"的意思。

㉒　行560："剛癉"（嚴重的疾病）這個詞組似乎是引自王莽的著名護身符"剛卯"。見《漢書》，卷99中頁4109—4110，注釋7；HFHD, 3：537 - 38；Bodde, *Festivals*, pp. 304 - 5。

熊熊燃燒的火炬疾速前進，像彗星一樣劃過，㉓

將紅色瘟疫驅逐到四方邊境。㉔

　然後他們穿越天池，㉕

　橫渡飛梁。㉖

565　棒打魖魅，㉗

　斬擊猗狂，㉘

　梟首蜲蛇，㉙

　砸破方良的頭顱，㉚

　於清泠之淵囚禁耕父，㉛

570　在神潢溺斃女魃，㉜

梗，守以鬱壘。神荼副焉，對操索葦。目察區陬，司執遺鬼。京室密清，罔有不韙。

㉓　行561：大儺儀式中有執火炬者的行進隊伍，他們從一隊向另外一隊傳遞火炬，直到火炬最終被投擲進洛水。儀式開始，由黃門長官領隊的童子團隊，表演方相舞和十二獸舞（帶着面具打扮成動物的舞步），"讙呼，周徧前後省三過，持炬火，送疫出端門；門外騶騎傳炬出宮，司馬闕門門外五營騎士傳火，棄雒水中。"見《後漢書》，志第5頁3128；Bodde, *Festivals*, p. 82。

㉔　行562："四裔"是這個世界在四個方向上所能到達的最遠距離。將疫鬼驅趕到邊境是"處決"的委婉説辭。見 *HFHD*, 3：287, n.9.1。

㉕　行563：在《莊子》（卷1頁2）中提到"天池"，是稱爲"南冥"的一片廣闊水體的別名。可是我猜測，在這裏它指的是叫作天淵的星宿。見 Schlegel, *Uranographie*, 1：78。

㉖　行564：在揚雄的《甘泉賦》（《文選》，卷7頁5b）中，"飛梁"是"浮道之橋"（見《漢書》，卷87上頁3528，注釋14晉灼注），靠近"倒景"，是大約四千里高的天空中的一片區域（見《漢書》，卷57下頁2599，注釋5）。呂向（卷7頁7b）説"飛梁"就是"閣道"，是神靈用來登天的高架通道。見 Schlegel, *Uranographie*, 1：327，將其定爲仙后座的六顆星。我對張衡此處指實際建築物（參 Bodde, *Festivals*, p. 84, n. 37，他另有想法）表示懷疑，而是考慮將天池和飛梁看成代表驅趕妖魔所能到達的最遠距離。李善（卷3頁26a）釋"絕"爲"直渡"，然而李賢所引的另一個《東京賦》注解（《後漢書》，志第5頁3129，注釋6）解釋在三隊人馬"護衛"惡鬼到雒水後，他們"仍上天池，絕其橋梁，使不復度還"。採納這一注解，我們就可以翻譯爲："他們切斷飛梁。"

㉗　行565：關於魖魅，見《西京賦》，行509注。

㉘　行566："猗狂"在不同的地方被認爲是"惡鬼"（《漢書》，卷87上頁3523，注釋6，孟康注），"無頭鬼"（《後漢書》，志第5頁3129，注釋4，所引《埤蒼》），"惡戾之鬼"（薛綜，卷3頁26a）。亦可參看 Bodde, *Festivals*, p. 102；Granet, *Danses et légendes*, 1：313；Boltz, "Philological Footnotes," p. 432。

㉙　行567：《莊子》（卷19頁287）中提到"蜲蛇"，是生活在沼澤中的精怪："其大如轂，其長如轅，紫衣而朱冠。其爲物也，惡聞雷車之聲，則捧其首而立。見之者殆乎霸。"另一段類似的描述見於《山海經》（卷18頁5a）。卜德（*Festivals*, pp. 102 - 3）將"蜲蛇"譯作"委之蛇"，然而這個詞實際上是疊韻詞（*iwar-*dia），意思是"彎曲的""波浪形的"，"蛇"並不是其含義的一部分。見 Hervouet, *Le Chapitre 117 du Che ki*, p. 58, n. 5；Granet, *Danses et légendes*, 1：317 - 18；Boltz, "Philological Footnotes," p. 432。

㉚　行568：關於"方良"，見《西京賦》，行509注。

㉛　行569："耕父"是古代中國的旱鬼之一。見《後漢書》，志第5頁2129，注釋4；《文選》，卷4頁2b，李善注。《山海經》（卷5頁34b）説它生活在豐山（今洛陽東北），"常遊清泠之淵，出入有光"。清泠位於南陽的西鄂附近（郭璞，《山海經》，卷5頁34b）。見 Granet, *Danses et légendes*, 1：314 - 15；Bodde, *Festivals*, pp. 104 - 5。

㉜　行570：女魃是女旱鬼，也稱爲旱魃，在《山海經》（卷17頁4b—5b）中被描述爲居住於不句山。她的父親是黃帝，當蚩尤與黃帝打仗時，她被送下地面止雨。"魃不得復上，所居不雨。"見 Schafer, "Ritual Exposure," pp. 162 - 69；Granet, *Danses et légendes*, 1：315 - 17；Bodde, *Festivals*, pp. 105 - 6。神潢的位置未知。

擊潰夔、魖和罔像，③③

宰殺野仲，殲滅游光。③④

如此，八方神靈都膽戰心驚，不寒而慄；③⑤

更何況是魃、蜮和畢方！③⑥

575 在度朔山上製作木像：

鬱壘是守衛，

神荼協助他。③⑦

---

③③ 行 571：“夔”是“木石之怪”，在《國語》（卷 5 頁 7a）中被提到。它通常被描述爲獨脚（見《莊子》，卷 17 頁 261）。韋昭（《國語》，卷 5 頁 7a；《史記》，卷 47 頁 1912，《史記集解》中部分引用）說：“夔一足，越人謂之山繅（音騷，或作操）。富陽（今山東肥城縣南）有之。人面猴身能言。或云獨足。”《山海經》（卷 14 頁 6b）關於它有很不相同的描述：“狀如牛，蒼身而無角，一足。出入水則必風雨。其光如日月，其聲如雷。”薛綜（卷 2 頁 26b）結合兩段的部分描述，並加上未說明來源的細節。“木石之怪，如龍有角，鱗甲光如日月。見則其邑大旱。”它作爲旱鬼的角色特徵，很可能與張衡的文句最爲相關。見 Bodde, *Festivals*, pp. 106‐7；John Wm. Schiffeler, *The Legendary Creatures of the Shan Hai Ching* (Taibei: Hwa Kang Press, 1978), p. 47.
“魖”與“夔”一起出現在揚雄的《甘泉賦》（《文選》，卷 7 頁 2a）中。《說文》（卷 5 頁 2327b—2328b）也將“夔”釋爲“魖”的同義詞。因此，夔魖可能被理解爲連綿詞。然而，“魖”也獨立出現過。《說文》（卷 9 上頁 4061b）有“魖”的單獨一個詞條，說它是“耗鬼”，即貧困之鬼（因此有“虛”這個組成部分）。沒有更多關於它的信息。見 Bodde, *Festivals*, p. 107.
“罔像”和“魍魎”（參《西京賦》，行 509 注）之間有些混淆不清。“罔像”在若干出處（《國語》，卷 5 頁 7a；《莊子》，卷 19 頁 287；《淮南子》，卷 13 頁 20b）中被定義爲“水怪”。韋昭注解《國語》這段時說：“罔象食人，一名沐腫（文本經校正後從《後漢書》[志第 5 頁 3129，注釋 4]寫作“沐”）。”
③④ 行 572：薛綜（卷 3 頁 26b）說“野仲”和“游光”是“惡鬼也。兄弟八人，常在人間作怪害”。他們也是瘟疫之惡魔。見 Bodde, *Festivals*, pp. 108‐9, 307.
③⑤ 行 573：“八靈”指的是整個宇宙的神。見 Bodde, *Festivals*, p. 85, n. 40.
③⑥ 行 574：《說文》（卷 9 上頁 4064b—4065b）將“魃”解釋爲“鬼服”和“小兒鬼”。“小兒鬼”很可能是以嚇唬小孩爲樂的小妖怪。見《獨斷》，卷 4 頁 11b。“鬼服”的意思並不完全清楚。在“魃”字下，《說文》提到鄭交甫的故事（見《南都賦》，行 29 注）。他在漢水岸邊見到兩位仙女，作爲離別禮物，她們贈予他腰佩，告別之後這些腰佩消失。因此，看不見的鬼神服裝也許被稱作“魃服”。然而，卜德（*Festivals*, p. 109）表示“魃”稱呼給死尸穿的衣服”。
蜮（或魊）在《左傳》莊公十八年中作爲“災”而被提到。《說文》（卷 13 上頁 6015a—6018b）說它是“短狐也。似鼈三足。以氣躲害人”。這一解釋與杜預在他的《左傳》注中給出的相似：“蜮，短狐也。蓋以含沙射人爲災。”見《左傳注疏》，卷 9 頁 14b。劉向也提到蜮射人的習性，稱蜮是越地的妖物：“在水旁，能射人（顏師古注：“以氣射人也”）。射人有處，甚者至死。南方謂之短弧。”（《漢書》，卷 27 下之上頁 1463）“蜮”的南方名稱“短弧”（* twan g'wo）與《說文》和杜預提到的“短狐”（* twan g'wo）同音。卜德（*Festivals*, p. 110）表示“短狐”是“短弧”在抄寫過程中產生的錯誤。艾博華稱“蜮射人”是嘗試解釋瘴氣，見 *The Local Cultures of South and East China*, trans. Alide Eberhard (Leiden: E. J. Brill, 1968), pp. 194‐95.
“畢方”的解釋視情況而定（見 Bodde, *Festivals*, p. 111）。最適合這一語境的解釋在《山海經》（卷 2 頁 21a—b）中：“有鳥焉（章莪山），其狀如鶴，一足，赤文，青質而白喙，名曰畢方。其鳴，自叫也。見則其邑有訛火。”
③⑦ 行 575—577：“度朔”是東海中的山名。一棵巨大的桃樹生長在上面。在它的東北面，有一扇門，神靈穿梭其中。這扇門由兩位神鬱壘（亦作“雷”或“儡”）和神荼守衛，他們用葦草繩索捕捉邪惡的妖魔，並將它們喂虎。作爲大儺儀式的一部分，桃木做成的鬱壘和神荼像被用來抵禦惡靈。見《論衡集解》，卷 16 頁 329—330，卷 22 頁 451—452；《獨斷》，卷 4 頁 12a；《風俗通義》，卷 8 頁 5a；《戰國策》，卷 10 頁 3b，韋昭注；《後漢書》，志第 5 頁 3129，注釋 7；Bodde, *Festivals*, pp. 127‐38.

面對面站立,拿着葦草繩索。㉃

目光凝視裂縫,

580 他們負責捉拿任何苟延殘喘的鬼魂。

都城的房屋安静又潔净;

不再有不祥的力量遺留。

12

於是陰陽交互和諧,㉃ 　　　　　　　　　　"於是陰陽交和,庶物時育。卜

所有的物種都在合適的季節生長。　　征考祥,終然允淑。乘輿巡乎岱

585 占卜巡行,研究吉兆,㉃　　　　　　嶽,勸稼穡於原陸。同衡律而壹

所有方面都大吉大利。㉃　　　　　　軌量,齊急舒於寒燠。省幽明以

皇帝乘車巡視泰山,㉃　　　　　　　黜陟,乃反旆而迴復。望先帝之

力勸農民在平原土地上勞動。　　　　舊墟,慨長思而懷古! 俟閶風而

統一度量衡和音度,平均車輪軌距和容積　　西遏,致恭祀乎高祖。既春游以

　　計量,㉃　　　　　　　　　　　發生,啓諸蟄於潛户。度秋豫以

590 以季節性的冷熱來平衡緊張和怠惰。㉃　收成,觀豐年之多稌。嘉田畯之

檢查官員善惡賢愚以決定降職和升遷,㉃　匪懈,行致賚于九扈。左瞰暘

然後掉轉旗幟回朝。㉃　　　　　　　谷,右睨玄圃。眇天末以遠期,

凝望先帝們的舊廢墟,㉃　　　　　　規萬世而大摹且歸來以釋勞,膺

沉思良久,喟然嘆息,思量過去。　　　多福以安愆。總集瑞命,備致嘉

㉃ 行578:或者"他們面對妖魔,手執葦草繩索"。

㉃ 行583:有害的力量一旦被驅散,陰陽便達致和諧。

㉃ 行585:參《左傳》,襄公十三年:"先王卜征五年,而歲習其祥。"

㉃ 行586:參《毛詩》,第50首第2章:"卜云其吉,終然允臧。"

㉃ 行587:關於"岱嶽",見《東都賦》,行95注。

㉃ 行589:張衡在這裏很可能是理想主義的説辭。同樣的功績被歸於舜,在《尚書》(卷1頁6a)中記述他的泰山祭祀之行。

㉃ 行590:《尚書》"洪範"章(卷7頁5a)逐一列舉人類行爲和天氣之間的一系列相互關係:"曰豫,恒燠若;曰急,恒寒若。"*Karlgren*,*The Book of Documents*,p. 33。

㉃ 行591:張衡又一次使用《尚書》(卷1頁10a)的理想主義的語言:"三考黜陟幽明。"

㉃ 行592:"反旆"是"掉轉馬車"的轉喻。

㉃ 行593:"舊墟"指的是長安。公元59年,明帝在巡查途中拜訪長安,並在高祖廟舉行祭祀。見《東都賦》,行113注。

595 他期待閶風，於是西行，⑱
　　在那裏爲高祖舉行虔敬的祭祀。
　　春遊讓生命萌發，⑲
　　擾動隱秘地洞中的冬眠昆蟲，㉚
　　於秋季豫行以採集收成，㉛

600 觀看豐產之年的充足稻米。㉜
　　贊揚田間視察員的勤奮，㉝
　　獎賞農政九扈。㉞
　　向左遠望暘谷，㉟
　　向右面對玄圃。㊱

605 凝視遙遠的天際，設想長遠未來，㊲
　　希望創造萬世仿效的宏圖大法。
　　他暫且回到都城，從辛勞中得以休息，
　　既已收到許多祝福，便寧靜安逸下來。
　　搜集所有關於他的符命，

610 招引大量吉兆。
　　將林氏的騶虞關進馬厩，㊳

祥。圈林氏之騶虞，擾澤馬與騰黃。鳴女牀之鸞鳥，舞丹穴之鳳皇。植華平於春圃，豐朱草於中唐。惠風廣被，澤洎幽荒。北燮丁令，南諧越裳。西包大秦，東過樂浪。重舌之人九譯，僉稽首而來王。

---

⑱　行 595：“閶”這個字表示“閶闔”（見《西京賦》，行 97 注）。“閶闔風”即西風以及與仲秋相對應的兌卦。見《淮南子》，卷 3 頁 4b；John S. Major, "Notes on the Nomenclature of Winds and Directions in the Early Han," *TP* 65（1979）：66–80。

⑲　行 597：泰山之行理論上在春季的第二個月進行（《尚書》，卷 1 頁 6a），此月在《爾雅》（中之四頁 2a）中被定義爲“發生”的季節。

㉚　行 598：根據《禮記》（卷 5 頁 5b）和《呂氏春秋》（卷 2 頁 2a），在春季的第二個月，“蟄蟲咸動，啓（開）戶始出”。

㉛　行 599：《爾雅》（中之四頁 2a）將秋天定義爲“收成”。秋季的巡行叫作“豫”（漫步）。見《孟子》，一下之 4。我没有翻譯“度”，字面上的意思是“度量”。

㉜　行 600：參《毛詩》，第 279 首：“豐年多黍多稌。”

㉝　行 601：參《毛詩》，第 211 首第 2 章：“田畯至喜。”

㉞　行 602：“九扈”掌管與農事相關的各種活動，這些職能列舉於杜預的《左傳》昭公十七年注中（《左傳注疏》，卷 48 頁 8a）。對這些術語的確切含義的理解尚有瑕疵。

㉟　行 603：“暘谷”（亦寫作“湯”）是東方的山谷，太陽被認爲是從這裏升起的。它在《尚書》（卷 1 頁 1b）中被提及，是義和被送去居住並“寅賓出日”的地方。亦可參看《淮南子》，卷 3 頁 9b，卷 4 頁 9b；Granet, *Danses et légendes*，2：437。“左”在這裏是東的意思。

㊱　行 604：“玄圃”更爲通常的稱呼是“懸圃”，是崑崙山一座山峰的名稱。見《淮南子》，卷 4 頁 2b。崑崙山占據帝國極西之地。

㊲　行 605：皇帝期望他的巡行會將他帶到帝國遙遠的地區去，令他的道德感化力在那裏被人感知。

㊳　行 611：林氏（或者是一個國家，或者是一座山）的騶虞（或作“騶吾”）是神話中的獸類，《山海經》（卷 12 頁 3a）描述如下：“（林氏）有珍獸，大若虎，五采畢具。尾長於身，名曰騶吾。乘之日行千里。”參 Schiffeler, *Legendary Creatures*, p. 22。

馴化澤馬和騰黄，㊒

令女牀的鸞鳥鳴叫，㊓

讓丹穴的鳳凰舞動。㊔

615 在春之園圃中種植和平之花，㊕

在庭院中繁衍朱紅的芳草。㊖

和善的感化力廣泛傳播，

恩澤延伸到最陰暗的荒野。

在北方平息丁令，㊗

620 在南方安撫越裳。㊘

向西包容大秦，

向東越過樂浪。㊙

那些通曉多種語言的譯者，其言辭被轉譯

九次，㊚

全都屈首前來答謝我們的君王。

13

625 因此當我們談論遷移首都，改換京城時，

是在追隨盤庚的足跡。㊛

"是以論其遷邑易京，則同規乎
殷盤。改奢即儉，則合美乎《斯

㊒ 行612："澤馬"在一部名叫《陰嬉讖》的緯書(李善，卷3頁28a所引)中被提到："聖人爲政，澤出馬。"我推測"澤馬"亦傳達作爲聖主自身德行之象徵的"德行之馬"的意思。
"騰黄"(Prancing Yellow)是珍奇之馬的名稱，《山海經》(卷12頁1b)稱作"吉量"："有文馬，縞身朱鬣，目若黄金，名曰吉量。乘之壽千歲。"李善(卷3頁28a)所引《瑞應圖》說："騰黄，神馬，一名吉光。"
㊓ 行613：《山海經》(卷2頁10a)提到作爲鸞鳥發祥地的女牀山。當鸞鳥出現的時候，天下安寧。女牀山位於華陰西六百里。
㊔ 行614：《山海經》(卷1頁9a)描述居住在丹穴的鳳皇(phoenix)："有鳥焉，其狀如鷄(異文作"鶴")，五采而文，名曰鳳皇。首文曰德，翼文曰義，背文曰禮，膺文曰仁，腹文曰信。是鳥也，飲食自然，自歌自舞，見則天下安寧。"
㊕ 行615："華平"是"瑞木也。天下平，其華則平。有不平處，其華則向其方傾"(薛綜，卷3頁28b)。
㊖ 行616："朱草"(vermilion herb)在葛洪(約280—約340)的《抱朴子》中有描述："朱草狀似小棗(small jujube plants)，栽長三四尺，枝葉皆赤，莖如珊瑚(coral)。"見《抱朴子·内篇》，《四部備要》，卷4頁7b。
㊗ 行619：丁令(亦作"零"或"靈")是通古斯部族的名稱，他們居住在貝加爾湖以南地區，正好在葉尼塞河的一邊。見 Otto Maenchen-Helfen, "The Ting-ling," *HJAS* 4 (1939)：77-86。
㊘ 行620："越裳"(或"嘗")並不是漢人，他們居住在越南北部地區。
㊙ 行622："樂浪"是漢人的屬地，即現在的北朝鮮。
㊚ 行623：夷狄語言的翻譯家被叫作"舌人"或"重舌人"。"九譯"這個詞用來強調外國訪客來自如此遙遠的地方，他們的説話不得不從一種語言翻譯到另外一種，直到它們譯到一種可被中國的翻譯家所理解的語言。
㊛ 行626：參《東都賦》，行86注。

從奢侈變成簡樸，

便配得上《斯干》中贊頌的美德。㊈

登高封天，下臨禪地，

630　與軒轅黃帝的功績不相上下。㊉

行無爲之爲，㊊

做無事之事，

然後皇帝永保民眾和平安康。

奉行節制儉省，

635　以簡單樸素爲榮，

回想孔子的‘克己’，㊌

遵循老子的‘常足’。㊍

他不允許自己被周圍的事物分心，㊎

其目光不再注視引起欲望的事物。

640　鄙棄犀角和象牙，

貶低珍珠和玉石。

任黃金埋藏山裏，

擲玉石於溝壑中。㊏

翠羽不再裁剪成配飾，

645　龜殼不再穿孔。

所重視的是賢才，㊐

所寶貴的是穀物。

人民拋棄末節，回到本質；㊑

他們心懷忠誠，胸懷坦率。

干》。登封降禪，則齊德乎黃軒。爲無爲，事無事，永有民以孔安。遵節儉，尚素樸。思仲尼之克己，履老氏之常足。將使心不亂其所在，目不見其可欲。賤犀象，簡珠玉。藏金於山，抵璧於谷。翡翠不裂，瑇瑁不蔟。所貴惟賢，所寶惟穀。民去末而反本，咸懷忠而抱愨。于斯之時，海內同悅，曰：‘吁！漢帝之德，侯其褘而！’蓋蓂莢爲難蒔也，故曠世而不覿。惟我后能殖之，以至和平，方將數諸朝階。然則道胡不懷，化胡不柔？聲與風翔，澤從雲游。萬物我賴，亦又何求？德寓天覆，輝烈光燭。狹三王之趑趄，軼五帝之長驅。踵二皇之遐武，誰謂駕遲而不能屬？東京之懿未罄，值余有犬馬之疾，不能究其精詳。故粗爲賓言其梗槩如此。

㊈　行 628：“斯干”（《毛詩》，第 189 首）被解釋爲贊頌周宣王的節制和儉省。見《漢書》，卷 36 頁 1955，劉向的評論。

㊉　行 630：“黃軒”指的是軒轅黃帝，相傳曾在泰山舉行封的祭祀，在位於泰山腳下的梁父山舉行禪的祭祀。見上文行 168 注。

㊊　行 631：這一行複述《老子》第 63 章所信奉的理念，治理得最好的統治者，最少治理：“爲無爲，事無事。”

㊌　行 636：參《論語》，12/1。

㊍　行 637：參《老子》，第 46 章：“知足之足，常足矣。”

㊎　行 638：參《老子》，第 3 章：“不見可欲，使民心不亂。”

㊏　行 642—643：參《東都賦》，行 280—281。

㊐　行 646：參《尚書》，卷 7 頁 7a：“所寶惟賢。”

㊑　行 648：參《東都賦》，行 272 注。

650　就在此時

整個帝國都同喜同樂，説道：

'啊，漢帝的美德，

是多麼的美好！'

蓂莢難以生長，㊟

655　因此，從遙遠的時代開始就沒有人見過。

只有我們的君主用達致和諧之美德來培育，

現在將要在朝廷的台階上細數它的葉子。㊟

如果是這樣，他的大道怎會不被人懷念？㊟

他的感化力怎會不令人折服？

660　他的聲望與風一同翱翔，

他的善行與雲同遊。

萬物都依賴他，

除此之外，還有什麼別的所求？

他的美德像上天的華蓋一樣包裹天下，

665　明亮光輝，投射燦爛的光芒。

蔑視三王的微小狹隘，㊟

向遠超五帝長驅邁進。㊟

跟隨二皇遙遠的足跡，㊟

誰能説他的馬車前進緩慢，難以趕上他們？

670　東京的懿美尚未能説盡，

正趕上我病如犬馬，㊟

難以繼續探討細節。

因此，我將呈現其梗概如下。

㊟　行 654："蓂莢"（calendar plant）是珍稀的吉祥植物，據稱存在於堯的時代。從每月的第一天開始，每天綻開一片葉子，直到滿月（第十五天），在這之後它每天落一片葉子，直到月末没有葉子留下爲止。見薛綜，卷 3 頁 29b；《宋書》，卷 29 頁 862；HFHD，3：151, n. 7.11。

㊟　行 657：蓂莢理論上用來區分三十天的大月和二十九天的小月。在大月的月末，植株上没有葉子留下。在小月的月末，還有一片葉子留存。見薛綜，卷 3 頁 30a。

㊟　行 658：這裏的"道"指的是東漢統治者强調的節制和簡樸。

㊟　行 666："三王"指夏商周三代的建立者。

㊟　行 667：關於"五帝"，見《東都賦》，行 65 注。

㊟　行 668：二皇是伏羲和神農。

㊟　行 671："犬馬之疾"是謙辭，意味不能勝任或配不上差事。參《孔叢子》，卷 5 頁 6b："臣有犬馬之疾，不任國事。"

14

　　如果有人漫無目的地遊蕩，忘記回去，[385]

675　迷失心緒，忘卻諸事，[386]

　　或者毫無節制地玩樂，

　　他將遭受可悲的結局。

　　那幾乎可以毀掉一個國家的言論，[387]

　　我從未學過。[388]

680　而且，即便是有提壺之學識的人，

　　也會緊緊地保護禮器而不出借。[389]

　　繼承世襲的帝業，他又怎敢輕率對待天賜的

　　　帝位？[390]

　　看看這兩位奠基者吧！

　　他們的成就需要巨大的努力。

685　總是處在危急中，感到憂心忡忡，

　　如同騎着一匹疾馳的馬而沒有轡頭操縱。

　　白龍化身爲魚，

　　遭難於豫且之手。[391]

　　即使是無所畏懼的强大君主，

690　也常擔心提防一夫之難。[392]

　　他整天不能離開輜重之車，[393]

"若乃流遁忘反，放心不覺，樂而無節，後離其戚，一言幾於喪國，我未之學也。且夫挈缾之智，守不假器。況纂帝業，而輕天位。瞻仰二祖，厥庸孔肆。常翹翹以危懼，若乘奔而無轡。白龍魚服，見困豫且。雖萬乘之無懼，猶怵惕於一夫。終日不離其輜重，獨微行其焉如？夫君人者，黈纊塞耳，車中不内顧。珮以制容，鑾以節塗。行不變玉，駕不亂步。却走馬以糞車，何惜騕褭與飛兔。方其用財取物，常畏生類之殄也。賦政任役，常畏人力之盡也。取之以道，用之以時。山無檫枿，畋不麛胎。草木蕃廡，鳥獸阜滋。民忘其勞，樂輸其財。百姓同於饒衍，上下共其雍熙。洪恩素蓄，民心固結。執

---

[385] 行 674："流遁"（字面意思是"遊蕩並躲藏"）指的是不受控制的放縱玩樂。參《淮南子》，卷 8 頁 8b："凡亂之所由生者，皆在流遁。"

[386] 行 675：參《孟子》，六上之 11："仁，人心也；義，人路也。舍其路而弗由，放其心而不知求。"

[387] 行 678：參《論語》，13/15；薛綜（卷 3 頁 30b）稱這一行用來批評公子的陳述（《西京賦》，行 670—671）："取樂今日，皇恤我後？"

[388] 行 679：參《論語》，15/1："軍旅之事，未之學也。"

[389] 行 680—681：參《左傳》，昭公七年："雖有挈缾之知，守不假器。"

[390] 行 682：這一行暗指《西京賦》行 800—802 中所述之事，即哀帝隨口説出讓位於董賢的建議。

[391] 行 687—688：這一行的典故出自保存在《説苑》（卷 9 頁 18a—b）中的故事。吳王想要與民同飲，伍子胥用一則白龍化身爲魚的寓言勸阻他。一位名叫豫且的漁夫射中龍的眼睛，於是龍向天帝抱怨，天帝赦免豫且的全部罪責，並説人射魚只是出於天性而已。這則故事以下面的寓意作結："白龍不化，豫且不射。今棄萬乘之位，而從布衣之士飲酒。臣恐其有豫且之患矣。"這則故事顯然適用於《西京賦》行 754—755 中提到的武帝微服出行。

[392] 行 689—690：這兩行暗指强有力的君主受到看似微不足道之人的威脅的事例。一則故事是秦始皇巡視中國東部時，張良計劃伏擊他，卻只擊中護衛隊的馬車。秦始皇大怒，派出一支搜尋隊去抓張良，但没能找到他。見《史記》，卷 55 頁 2034；*Records*，1：134-35。在另一則故事中，一位叫貫高的人在柏人縣埋伏，等待暗殺劉邦。劉邦死裏逃生，僅僅是因爲他懼怕這個地名，它與"迫於人"諧音。見《史記》，卷 8 頁 386；*Records*，1：111。

[393] 行 691：參《老子》，第 26 章："聖人終日行，不離輜重。""輜重"隱喻沉重的負擔或責任。

獨自微服私行，又能去哪裏？㉞

皇帝用黃色垂飾塞住耳朵，㉟

在車中也不轉頭。㊱

695 腰間吊墜約束他的儀態；

鸞鈴控制他在路上的節奏。

行走的時候，玉石的叮噹聲不會改變；

騎馬的時候，馬的步伐從來不亂。㊲

卸卻駿馬於糞田之車，㊳

700 爲何還要在意騕褭和飛兔？㊴

正當他要使用或拿取資源時，

總是害怕毀滅生靈。

或當他將要頒布政令和催備徭役時，㊵

總是害怕耗盡人民的精力。㊶

705 以合適的方式取物，

在合適的時間使用它們。

山裏没有被砍伐掉的新梢，

狩獵時，不殺小鹿和幼胎。

草和樹苗壯茂盛，

710 鳥和獸大量繁殖。

人民忘記辛苦，

樂於貢賦。

平民分享財富和盈餘物資，

上下都和樂安逸。

715 巨大的恩賜已積攢多時，

誼顧主，夫懷貞節。忿姦慝之干命，怨皇統之見替，玄謀設而陰行，合二九而成讟。登聖皇於天階，章漢祚之有秩。若此，故王業可樂焉。

㉞　行 692：參《西京賦》，行 754。

㉟　行 693："黈纊"是黃絲中編入小球，並繫在頭飾上，懸垂於耳朵上，名義上堵塞君王的聽覺，這樣的話他就聽不見流言蜚語。見《漢書》，卷 65 頁 2867，注釋 11。

㊱　行 694：參《論語》，10／19。

㊲　行 695—698：參《禮記》，卷 9 頁 10a："君子在車，則聞鸞和之聲。行則鳴佩玉。"鸞鈴爲馬車設定節奏，玉珮是有教養者的禮服的一部分。

㊳　行 699：參《老子》，第 46 章："天下有道，卻走馬以糞。"

㊴　行 700：騕褭和飛兔都是名駒，可以日行萬里。見《呂氏春秋》，卷 19 頁 1a。

㊵　行 703：關於"賦政"這個短語，見《毛詩》，第 260 首第 3 章。

㊶　行 704：參《尚書》，卷 7 頁 5a。

民心已牢固地捆縛在一起。

他們奉行禮儀，珍愛君主，

每個人都信奉榮譽和正直。

怒恨奸人干犯天命，

720　因皇位相傳遭到破壞而忿恨不已。[402]

陰謀得以部署並秘密實行，

篡位者經營陰謀詭計十八年。

他們將英明的君主抬上皇帝的寶座，[403]

以昭示漢室受到保佑，統治持續不斷。[404]

725　只有這樣，皇家的功業才會使人快樂。

15

尊貴的閣下，您現在不斷地剝削人民以攫取眼　　　　　“今公子苟好勤民以媮樂，忘民
　前的歡樂，　　　　　　　　　　　　　　　　怨之爲仇也；好殫物以窮寵，忽

已經忘記民衆的怨憤可以轉變成仇恨。　　　　　下叛而生憂也。夫水所以載舟，

喜歡刮盡資源以窮極驕奢，　　　　　　　　　　亦所以覆舟。堅冰作於履霜，尋

卻忽視來自下層的起義會製造苦痛。　　　　　　木起於蘗栽。昧旦不顯，後世猶

730　水可載舟，　　　　　　　　　　　　　　　怠。況初制於甚泰，服者焉能改

亦能覆舟。[405]　　　　　　　　　　　　　　　裁？故相如壯上林之觀，楊雄騁

堅冰形成於踩在腳下的霜，[406]　　　　　　　《羽獵》之辭。雖系以隤牆填壍，

千里之樹起於幼苗。[407]　　　　　　　　　　亂以收置解罘。卒無補於風規，

儘管一個人在拂曉時分異常顯赫，　　　　　　　祇以昭其愆尤。臣濟蕩以陵君，

735　其子孫後代仍有可能怠惰。[408]　　　　　　忘經國之長基。故函谷擊柝於

更何況當服飾初縫製時就過於龐大奢華，　　　　東，西朝顛覆而莫持。凡人心是

穿戴者又怎會改動或裁小它們？　　　　　　　　所學，體安所習。鮑肆不知其

────────────

[402] 行 719—720：這兩行指的是王莽“篡權”。

[403] 行 723：“聖皇”即光武帝。

[404] 行 724：參《毛詩》，第 302 首第 1 章：“嗟嗟烈祖，有秩斯祜。”

[405] 行 730—731：參《荀子》，卷 5 頁 3a：“君者，舟也。庶人者，水也。水則載舟，水則覆舟。”

[406] 行 732：參《周易》（卷 1 頁 5b，第 2 卦），初六：“履霜，堅冰至。”

[407] 行 733：“尋木”是《山海經》（卷 8 頁 3b）中提到的傳說中的巨樹。

[408] 行 734—735：這兩行一字不差地引自《左傳》昭公三年中所引用的一段銘文。

因此,司馬相如在《上林賦》中頌揚宏偉的奇觀,
揚雄在《羽獵賦》中展現淋漓的雄辯之辭。[409]

740　雖然結尾有他拆墙以填護城河,
收場部分有他釋放野雉和兔子,收緊羅網和
　　陷阱,
但最終,隱含的勸諫並未帶來改善,
只昭顯過錯和罪責。
臣下變得越來越奢侈,試圖超過君主,

745　忘記建立已久的治國基礎。
因此,他們在東方的函谷關擊起響板,
西邊的朝廷卻因無人支持而被推翻。[410]
普通人的心智認爲所學的就是對的,
身體對熟悉的事物感到舒服。

750　魚乾鋪子裏的人不會注意到惡臭,
因爲已經習慣於先入爲主。[411]
《咸池》之樂不同於蛂咬,[412]
但大多數聽衆不能分辨其差異而感到困惑。
他們當中不困惑的,

755　恐怕只有子野吧?"[413]

崽,酖其所以先入。《咸池》不齊
度於蛂咬,而衆聽或疑。能不惑
者,其唯子野乎?"

---

[409] 行738—739:在司馬相如《上林賦》的結尾,皇帝被想象成"隳墙填塹"(《文選》,卷8頁13b)。揚雄以主人公君王"放雉兔,收置罘"(《文選》,卷8頁24b)作爲《羽獵賦》的結束。

[410] 行746—747:薛綜(卷3頁33b)説這兩行指的是推翻王莽。"王莽之兵猶擊柝(以鳴響警報)守函谷關,而三輔(京畿地區)兵已自入長安宫。"然而,王念孫(《讀書雜志》,餘編下頁33a)論證,被"顚覆"的"西朝"是被王莽篡奪的西漢政體。王念孫注解道,如果這兩行指的是針對王莽的政變,那麼它們便與上句的"濟侈"和"陵君"不合。王念孫補充道:"且平子(張衡)不當稱亡新爲西朝也(因爲它不是合法政府)。"

[411] 行750—751:參《孔子家語》,卷4頁8b:"故曰:'與善人居,如入芝蘭之室,久而不聞其香。與不善人居,如入鮑魚之肆,久而不聞其臭。'"

[412] 行752:"咸池"被認爲是堯或黃帝的樂曲。關於引文出處,見高步瀛,卷3頁98a—b。根據一則原始材料(見《史記》,卷24頁1199,注釋9),黃帝創作它,而堯修訂它。這首樂曲有時被指是表現"完美"或"圓滿"的古樂。見《史記》,卷24頁1197;*Mh*,3:255。
"蛂咬"(蛙鳴)這個詞暗指淫樂。見揚雄,《法言》,卷2頁1b。

[413] 行755:子野是晉國著名的音樂大師曠的字。薛綜(卷3頁34a)解釋,曠是唯一能區分合乎體統的音樂和淫蕩音樂的人,提及他是隱喻安處先生正確地理解鋪張浪費、"不依禮度"的西京和儉省、克制、奉行禮儀舉止的東京之間的區別。

16

客人陶醉於大道理中，
滿足於雅緻的原則。
受到美德的鼓舞，卻被勸誡嚇壞，
喜悦和恐懼交錯挣扎。⑭

760　他的頭腦一片空白，就好像酗酒一樣，
清晨精疲力竭，直到黃昏還是疲憊不堪，
喪失生氣和靈魂。
他已經忘記爲什麼要那樣説，
也找不到自吹自擂的原因。

765　過了好一會兒，他説："我是多麼的庸俗！
習慣謬見，已經無可挽回地迷失。
幸運的是，我已從您這裏找到方向。
我以前聽聞的那些事情，
全都華而不實。⑮

770　您説的那些，
是真實的、基於事實根據的。⑯
我這個庸俗的人缺乏學識，
從今以後，
我所知道的大漢的馨香美德

775　全都包含在您的這番演講中。
我常常遺憾三墳和五典被毁，⑰
或是回望過去，卻不能瞻仰炎帝和帝魁的美善。⑱

客既醉於大道，飽於文義。勸德畏戒，喜懼交争。罔然若醒，朝罷夕倦，奪氣褫魄之爲者，忘其所以爲談，失其所以爲夸。良久乃言曰："鄙哉予乎！習非而遂迷也，幸見指南於吾子。若僕所聞，華而不實；先生之言，信而有徵。鄙夫寡識，而今而後，乃知大漢之德馨，咸在於此。昔常恨《三墳》《五典》既泯。仰不睹炎帝帝魁之美，得聞先生之餘論。則大庭氏何以尚兹？走雖不敏，庶斯達矣。"

⑭　行759：大概是説他因爲聽到如此的教導而高興，卻擔心是否能夠實行它們。

⑮　行769：參《左傳》，文公五年。客人所知道的長安是膚淺的，並不基於實質性内容的。

⑯　行771：這一行一字不差地引自《左傳》，昭公八年。

⑰　行776："三墳"和"五典"指據稱是三皇（根據僞孔安國，《尚書》，《序》，1a，他們是伏羲、神農和黃帝）和五帝（少昊，顓頊，高辛，堯和舜，見《尚書》，《序》，1a）所創作的文本。"墳"的確切意思尚不清楚。因缺少適用的英文對應詞，我將其意譯爲"聖典"。孔穎達（見《左傳注疏》，卷45頁37a）引用張衡將"三墳"定義爲"三禮"，它們指的是天、地、人之禮（見《尚書》，卷1頁9a）。

⑱　行777：炎帝是傳説中的君主，被他的兄弟黃帝所推翻。然而，在漢代，他常常被等同於神農。見 Karlgren，"Legends and Cults," pp. 212，221－22，230，234，277－78。
薛綜（卷3頁34b）説"帝魁"是"神農名"。亦可參看王符（約106—167），《潛夫論》，《漢魏叢書》，卷8頁17b；皇甫謐（215—282），《帝王世紀》，《史記》，卷1頁4，張守節注所引，寫作"魁隗氏"。在其他地方，帝魁是作爲黃帝的玄孫而被提到（見《史記》，卷61頁2121，注釋1），孔子獲得他的3330篇"書"，並編選爲100篇《尚書》。這一認同與李善（卷3頁34b）所引宋衷（後漢）《春秋》注持一致意見。

現在我聽聞您詳盡細緻的闡述，

大庭氏的統治如何能夠超過？⑲

780　雖然您卑微的僕人愚蠢無知，⑳

我希望已經領悟到您的言辭。”

⑲ 行779：薛綜(卷3頁35a)説“大庭”是古國的名稱。鄭玄(《禮記》,卷5頁9b)認爲大庭氏指的是炎帝。《莊子》(卷10頁162)中提及,是一位遠在伏羲和神農之前的在位君王。亦可參看《左傳》,昭公十八年。

⑳ 行780：“走”是“我”的謙辭(源自“吏走”,即跑腿的人或僕從)。參《文選》,卷41頁7b。

第四卷

京 都 中

南 都 賦

張平子

【解題】

　　這篇賦描寫坐落於洛陽以南七百里的南陽郡(見《後漢書》,志第 22 頁 3476)。南陽是後漢的建立者光武帝(見《後漢書》,卷 1 上頁 1)和張衡(卷 59 頁 1896)的祖籍所在地。很可能因爲與後漢皇室的關係,此郡被視爲"南都"。李周翰(卷 4 頁 1a)提出此賦的撰寫是爲批評桓帝(147—167 年在位)廢除"南都"的計劃。由於張衡卒於 139 年,他顯然不可能知道桓帝的計劃。何沛雄指出此賦的著者歸屬有問題,見其《漢代畋獵賦、京都賦的道德説教功能研究》,《東方研究》14(1976.7):173,注 5("A Study of the Didactic Function of Han *Fu* on Hunts and on Capitals," *JOS* 14 (July 1976):173, n.5)。然而,他並未提供此説的證據,我也未見到有其他專家質疑此賦著者的可信性。孫文青(《張衡年譜》,頁 57)將此賦的寫作年代嘗試定於 110 年左右,在《西京賦》和《東京賦》的創作之後。贊克有此賦的譯文,收 *Übersetzungen aus dem Wen Hsüan*, pp. 12‐14; rpt. in *Die Chinesische Anthologie*, 1:38‐44。

1

這座安樂的都城如此光輝燦爛,
既美麗又安寧!
毗鄰京都的南面,①

於顯樂都,既麗且康!陪京之南,居漢之陽。割周楚之豐壤,跨荆豫而爲疆。體爽塏以閑敞,

---

① 行 3:京都指洛陽,在南陽以北七百里。

坐落於漢水的北面,②

5　將周和楚的豐饒疆域一分爲二,
　　跨越荆和豫,此處構成其疆界。③
　　地勢明亮高揚,寬廣而開闊,④
　　壯麗景色如此充盈,難以描繪。
　　至於其領域的狀況:
10　武關是其西邊的關隘;⑤
　　桐柏是其東邊的界標。⑥
　　改變滄浪的流向以成爲護城河,⑦
　　開闢方城作爲城墻。⑧
　　湯谷在它後面沸騰,⑨
15　消水濯洗它的前胸。⑩
　　它將淮水推向東邊,將湍水拉向西邊;⑪
　　這些河流從三個方向匯合。⑫

紛郁郁其難詳。爾其地勢,則武關關其西,桐柏揭其東。流滄浪而爲隍,廓方城而爲墉。湯谷涌其後,消水盪其胸。推淮引湍,三方是通。其寶利珍怪,則金彩玉璞,隨珠夜光。銅錫鉛鍇,赭垩流黃。緑碧紫英,青腹丹粟。太一餘糧,中黃穀玉。松子神陂,赤靈解角。耕父揚光於清泠之淵,游女弄珠於漢皋之曲。其山則崆嶸嵑崿,嵣崺嶜剌。岞崿崟嵬,嶔巇屹嶂。幽谷嶜岑,夏含霜雪。或岩嶙而纚連,或豁爾而中絕。鞠巍巍其隱天,俯而觀

---

② 行4:根據劉昭所引《南都賦》注(見《後漢書》,志第23頁3516),漢水發源於隴西郡(治所在狄道,今甘肅臨洮縣以南),先向東後向南流動,"歷南陽界",在沔口(今武漢以西)入長江。

③ 行5—6:南陽地處荆州地區,荆州既是古老的周代行政區域(見《尚書》,卷3頁3b;《爾雅》,中之五頁1b;《漢書》,卷28上頁1529),又是漢代的刺史治所(相當於湖北和湖南,以及河南、貴州、廣西和廣東的一部分)。見《漢書》,卷28上頁1563。關於豫,見《西京賦》,行23注。疆指的是南陽郡東部和南部的邊界,荆位於南邊,豫位於東邊。

④ 行7:參《西京賦》,行206。

⑤ 行10:武關,亦稱"武闕",是一座坐落於析縣(今河南西峽縣)以東170里的山,隸屬於南陽郡。見《後漢書》,志第22頁3479,注34。

⑥ 行11:桐柏是平氏縣(今桐柏縣西)東南部的一座山,爲淮河的發源地。見《漢書》,卷28上頁1564;《後漢書》,志第22頁3476。

⑦ 行12:《尚書》(卷3頁6b)稱當漢水向東而流,它就成爲滄浪之水。這條河流的確切身份是中國的注疏家們衆多討論的對象。根據唐代魏王李泰的《括地志》(《史記》,卷2頁72注釋14,張守節正義所引),滄浪水位於武當縣(今湖北均縣以北),此縣爲南陽郡的一部分(見《後漢書》,志第22頁3466)。也許這條滄浪水才是張衡所指。

⑧ 行13:此行指楚國在方城山上所修建的城墻,作爲其北面的防禦屏障。方城山位於南陽以北,恰好在葉縣(今河南葉縣以南)之南。見《史記》,卷32頁1490,注9;《漢書》,卷28上頁1564;《後漢書》,志第22頁3476—3477。

⑨ 行14:李善(卷4頁1b)引盛弘之(五世紀)的《荆州記》,曰:"南陽郡城北有紫山,紫山東有一水,無所會通,冬夏常溫,因名湯谷。"

⑩ 行15:消水流經南陽南部。它發源於酈縣(今内鄉縣東北)西北,接着向南流入漢水。見《漢書》,卷28上頁1564;《水經注》册5,卷30頁83。

⑪ 行16:湍水發源於南陽西北的翼望山,流經穰縣(今河南鄧縣附近),接着流入南陽南部的消水。見《山海經》,卷5頁33a—b;《水經注》册5,卷29頁58—59。淮水發源於南陽東南的桐柏山,從這裏被"推"向東邊。見《漢書》,卷28上頁1564。

⑫ 行17:"三方"指東、西、南。

寶貴財富和稀罕奇物有閃閃發光的黃金，未經

　　雕琢的璞玉，

隨的珍珠，夜明珠，⑬

20　銅，錫，鉛，鐵，⑭

赤色的黏土，白色的黏土，硫磺，⑮

葱綠玉髓，紫水晶，⑯

藍銅礦，朱砂顆粒，⑰

太一之餘糧，⑱

25　褐鐵礦和玉珏。⑲

在松子神陂上⑳

赤色的精靈蛻換犄角。

耕父從清泠池中投射光芒，㉑

嬉遊的神女在漢皋角落戲珠。㉒

30　群山峻峭崩裂，陡絕傾斜，

厚重巨大，赫然聳出，

乎雲霓。若夫天封大狐，列仙之陂。上平衍而曠蕩，下蒙籠而崎嶇。坂坻巇嶮而成甗，豁壑錯繆而盤紆。芝房菌蠢生其限，玉膏滺溢流其隈。崑崙無以㕒，閬風不能踰。

---

⑬ 行 19：見《西都賦》，行 192 注和行 199 注。

⑭ 行 20："鍚"是九江（今安徽中部）地區對"鐵"的稱呼。見《説文》，卷 14 上頁 6247a—b。

⑮ 行 21：流黃很可能與"硫磺"同義。見 Read and Pak, *Chinese Materia Medica: A Compendium of Minerals and Stones*, pp. 70 - 71, ♯128。

⑯ 行 22：關於葱綠玉髓，見《西都賦》，行 204 注。
　　"紫英"最有可能指的是紫石英。見 Read and Pak, p. 26, ♯41。

⑰ 行 23："青䨼"很可能是藍銅礦的一種。《山海經》中有提及此物（卷 1 頁 3b；未經校正的本子寫作"䨼"）。郭璞（《山海經》，卷 1 頁 3b）將它歸類爲"黝"，《説文》訓"黝"爲"青黑色"。見章鴻釗，《石雅》，頁 351—352。
　　"丹粟"指細小的穀物狀丹砂色（見郭璞，《山海經》，卷 1 頁 5a）碎片；丹砂是形容朱紅色的詞。見 Edward H. Schafer, "The Early History of Lead Pigments and Cosmetics in China," *TP* 44 (1956)：421。

⑱ 行 24：太一餘糧是用赤鐵礦製成的物質（見章鴻釗，《石雅》，頁 269；Read and Pak, p. 48, ♯80）。根據葛洪的説法（《抱朴子》，卷 11 頁 1a），服食此物可令人飛行長生。

⑲ 行 25："中黄"是"石中黄子"的縮寫。它是褐鐵礦的一種（見 Read and Pak, p. 49, ♯81）。根據葛洪的説法（《抱朴子·內篇》，卷 11 頁 3a），一塊大石頭被砸開，一種赤黄色類似於鷄胚的物質便流出來。如果大量吞服，它會延長人的壽命一千年。
　　"瑴"是"珏"的異體字形，意謂"二玉相合"。見《説文》，卷 1 上頁 206b—207a；章鴻釗，《石雅》，頁 132。

⑳ 行 26：根據習鑿齒（？—383）所撰有關襄陽地區（湖北北部）的史書《襄陽耆舊記》所載，神陂坐落於蔡陽縣（今湖北棗陽縣西南）的邊緣。松子亭矗立其上，可能是供奉仙人赤松子的。見《後漢書》，志第 22 頁 3479，注釋 27；李善，卷 4 頁 2a—b。
　　李善（卷 4 頁 2b）説"赤靈"就是赤龍，但未指出赤龍蛻角的故事。

㉑ 行 28：關於耕父，見《東京賦》，行 569 注。

㉒ 行 29：游女是漢水的兩位神女，鄭國的交甫沿着漢水的岸邊漫遊時遇到她們。根據這個故事的一個版本（李善於卷 4 頁 2b 所引），她們的腰帶上佩戴着兩顆珍珠，大如鷄蛋；她們將珍珠呈獻給他，但是轉眼間神女和珍珠都消失。見《列仙傳》，卷上頁 19—21。
　　根據酈道元的説法（《水經注》册 5，卷 28 頁 39），漢皋是萬山（今襄陽縣西北）的別名。

崎嶇不平,崇高巍峨,

危峰尖鋭,嶙峋鋒利。

山谷幽深,陡直險峻,

35　即使夏季,霜雪籠罩。

時而延綿不絶,聚集聯結,

時而豁然開朗,從中斷開。

群峰高聳,遮蔽天空;

從上俯視,可見雲虹。

40　至於天封和大狐,㉓

是群仙的隱居之處,

山頂寬廣平坦,四處延伸;

山底覆蓋稠密的植被,崎嶇險峻。

峭壁和斜坡急遽傾斜,形成"甗"的狀貌;

45　溪谷和溝壑前後交錯,盤旋纏繞。

菌菇之屋呈螺旋狀盤桓,生長於幽深之處。㉔

玉膏大量外滲,從隅角流出。㉕

崑崙未有如此壯麗之物,

閬風永遠無法超勝。

2

50　其樹木包括檉樹,松樹,樱桃,水松,㉖　　　　其木則檉松楔樱,櫻柏杻橿。楓

㉓ 行 40:天封無法確鑒。"大狐"(又寫作"大胡"和"太狐")是一座坐落於南陽南十里的山。見李善(卷 4 頁 3a)所引《南陽圖經》。天封和大狐可能是同一座山的異名。見胡紹煐,卷 4 頁 2a—b。

㉔ 行 46:"芝房"指長成房屋形狀的菌類(李善,卷 4 頁 3a)。

㉕ 行 47:"玉膏"很可能不是真正的玉石(見章鴻釗,《石雅》,頁 120)。雖然它確切的身份還未知(Read and Pak, p. 18,♯30,將其列於玉髓之下),但此物被作爲延長壽命的藥物服用。見郭璞,《山海經》,卷 2 頁 14a。

㉖ 行 50:檉,亦稱河柳,即檉柳(*Tamarix chinensis*,tamarix)。見《爾雅》,下之二頁 6a;陸文郁,頁 116,第 124 條。
楔,亦稱荊桃,是樱桃(*Prunus pseudocerasus*,Chinese cherry)的古稱。見《爾雅》,下之二頁 9b;Smith-Stuart, p. 358。
我無法鑒定"樱",郭璞(《山海經》,卷 2 頁 11b)將其描述爲"似松,有刺,細理"。它可能是水松(*Glyptostrobus pensilis*)。見《辭海》,頁 2527。

蔓荆,柏樹,香椿,青剛櫟,㉗
楓樹,枏樹,漆樹,枹櫟,㉘
帝女之桑,㉙
椰樹和棕櫚,㉚

55　梅樹,柘樹,遼椴,黃檀,㉛
交錯的根部,上衝的樹幹,
垂下的樹枝緊緊地牽扯在一起,
綠葉伸展,繁榮茂盛,
鮮花懸挂,濃密沉重。

60　黑雲聚攏,投射層層之陰影;
東風吹起,徒增悲傷之呻吟。
樹木矗立成簇成叢,
一片昏黑朦朧,陰沉暗淡。
立於谷底,濃稠茂密,

65　極盡繽紛壯麗,刺破天穹。

枏櫨櫪,帝女之桑。楈枒栟櫚,椶柘檍檀。結根竦本,垂條蟬媛。布緑葉之萋萋,敷華藥之蓑蓑。玄雲合而重陰,谷風起而增哀。攢立叢駢,青冥肝瞑。杳藹蓊鬱於谷底,森莘莘而刺天。虎豹黃熊游其下,毂玃猱狖戲其巔。鸑鷟鵾鶄翔其上,騰猨飛鸓棲其間。其竹則籦籠𥱼𥱻,篠簳筼簹。緣延坻阪,澶漫陸離。阿那蓊茸,風靡雲披。爾其川瀆,則湮澧藻濊,發源巖穴。潛廬洞出,没滑澎濔。布濩漫汗,潆沉洋溢。總括趨欲,箭馳風疾。流湍投濈,砏汃輣軋。長輸遠逝,

---

㉗ 行51：櫽可能是蔓荆(*Vitex trifolia*)的異稱,在中國的植物分類學中有時被歸類爲樹木。見朱琦,卷5頁5b和Smith-Stuart, p. 457。

柏即側柏(*Biota orientalis*, Oriental arborvitae)。見陸文郁,頁16—17,第22條。

《爾雅》(下之二頁2b)謂杻即檍。但是張衡在第55行提到檍,因此他必定認爲杻和檍是不同的樹。《説文》(卷6上頁2398b—2399a)將檍寫作㭘,並説它是梓(catalpa)屬植物。陸文郁(頁65—66,第74條)將杻和檍都鑒定爲遼椴(*Tilia manschurica*, Manchurian linden)。一些學者(見《説文》,卷6上頁2402b—2403a)聲稱杻是杶,即香椿(*Cedrela sinensis*, fragrant cedar)的古文形式。見Smith-Stuart, p. 100。即便杻和檍可能是同一種樹的不同名稱,我也將杻翻譯爲"香椿",以避免在第55行重複。

檍是用來製造戰車的。《山海經》(卷2頁3a)將其與杻一起述及。《植物學大辭典》(頁1429)將其鑒定爲青剛櫟(*Quercus glauca*, sweet oak)。

㉘ 行52：劉逵(約295年在世)將枏解釋爲香木(《文選》,卷5頁8a)。關於它没有更多的信息。

櫨很可能是黃櫨(*Rhus cotinus*, Hungarian fustic)(見《植物學大辭典》,頁1149),或者野漆(*Rhus succedanea*),漆樹(sumac)的一個品種(見Smith-Stuart, p. 377)。見《史記》,卷117頁3030,注13,郭璞的注。

櫪與櫟(*Quercus serrata*, serrated oak)相同。見朱琦,卷5頁6b—7a和Smith-Stuart, p. 366。

㉙ 行53：《山海經》(卷5頁38b)提及這一神話中的樹,生長在位於南陽地區的宣山上。"其葉大尺餘,赤理黃華青柎。"

㉚ 行54：楈枒也寫作胥邪和胥餘,即椰樹(*Cocos nucifera*, coconut)。見Smith-Stuart, p. 121。

栟櫚即棕櫚(*Chamaerops excelsa*, windmill palm)。見Smith-Stuart, p. 102。

㉛ 行55：楳是梅(*Prunus mume*, black plum)的別名。見《説文》,卷6上頁2396a—2397a;陸文郁,頁11,第15條。

柘即柘樹(*Cudrania tricuspidata*, silkworm thorn)。見陸文郁,頁118,第127條。

關於檍,見行51注。

檀即黃檀(*Dalbergia hupeana*)。見Smith-Stuart, p. 143。

虎、豹和棕熊在樹下嬉耍，

黃鼠狼、白眉猿、長臂猿和大猩猩在樹冠上

　　遊戲。㉜

大鵬和鳳凰翱翔其上，㉝

跳躍的猿和飛行的鼠棲息其間。㉞

70　這裏的竹有鐘籠、筀和篾，㉟

篠、簳和筇筡。㊱

沿着水岸和坡地散布，

漫延甚廣，參差不齊，

它們柔軟輕盈，葱翠又茂密，

75　在風中起伏飄動，似浮雲掠過。

這裏的河流水道有滍、澧、灙、潕，㊲

從山坡上的洞穴流出，

滲淚減汨。其水蟲則有蠑蚖鳴
蛇，潛龍伏螭。鱏鱣鰅鰬，鼊黿
鮫鰡。巨蟒函珠，駮瑕委蛇。

㉜　行 67：郭璞（《文選》卷 8 頁 8b 所引）解釋毅爲“似狃而大，要以後黃，一名黃要，食獼猴”。我大致翻譯爲
“狃”（weasel）。
　　這裏不確定是否要把玃猱當作一個連綿詞還是兩種不同的動物的名稱。司馬貞（《史記》卷 117 頁 3032，注
釋2）似乎將它當作一個連綿詞。《爾雅》（下之六頁 9b）將它們歸於同一個條目下。郭璞（《爾雅》，下之六頁
9b）言玃“似獼猴（macaque）而大，色蒼黑”。伊博思（Animal Drugs，♯400A）説它是“大猩猩（large ape）或
白眉猿（hooluck）的一種……它很可能就是大長臂猿（Hylobates，W）”。猱，也叫猶，已被鑒定爲白掌長臂
猿（Hylobates entelloides，gibbon）（見 Read，Animal Drugs，♯401）。
　　張載（約 304 年卒）在他對《吳都賦》的注（《文選》，卷 4 頁 4a）中説狿就是猨。猨即黑掌長臂猿（Hylobates
agilis，gibbon）。見 Read，Animal Drugs，♯401A。我概述地譯爲“猩猩”。

㉝　行 68：根據郭璞（《山海經》，卷 1 頁 11a）的説法，鶇鷚是鳳（phoenix）的一個品種。

㉞　行 69：鸓（亦寫作蠝）是“鼯鼠”或稱飛鼠的別稱。見《爾雅》，下之五頁 13a；高步瀛，卷 2 頁 65a—b。

㉟　行 70：這一部分提到的大部分竹子的名稱在戴凱之《竹譜》中有描述，這是一部 5 世紀的關於竹的使用的著
作。這個文本現存只有殘篇（在《叢書集成》中再版），英譯見 Michael J. Hagerty，“Tai K'ai-chih's Chu-
p'u：A Fifth Century Monograph of Bamboos Written in Rhyme with Commentary，” HJAS 11（1948）：
372–440。《竹譜》（頁 2；Hagerty，pp. 386–87）將鐘籠鑒定爲一種生長在崑崙山上的竹子，黃帝派伶倫去
將它們砍爲竹管，用來使十二音律的管樂器發音。
　　《竹譜》（李善，卷 4 頁 4a 所引）言筀（或斤）竹“皮白如霜，大者宜爲篙”。
　　根據《尚書》孔安國注（卷 11 頁 7b）的説法，篾是桃枝竹（peach branch bamboo）。根據戴凱之（《竹譜》，頁
4；Hagerty，pp. 395–96）的説法，桃枝竹有紅色的表皮，可以編織成席子。

㊱　行 71：篠（亦寫作筱）是箭竹（arrow bamboo）屬的一種矮竹。見《説文》，卷 5 上頁 1919b—1920a；《爾雅》，
下之一頁 30b—31a。箭竹即日本青籬竹（Arundinaria japonica）（Hagerty，p. 412）。
　　李善（卷 4，頁 4a）解釋簳爲“小竹”。它也是箭竹竿的用詞。見《山海經》，卷 5 頁 18a，郭璞注。
　　《竹譜》（頁 8；Hagerty，pp. 422–23）提到叫作筑笮的竹子。“生於漢陽，時獻以爲骼馬策。”《説文》（卷 5 上
頁 1967b—1968a）將笮（*d'wâ）解釋爲筡（twia）。因此筑笮和筇筡可以互換。

㊲　行 76：滍水發源於地處南陽的魯陽縣的堯山（今河南魯山縣西吳大嶺），流入汝水。見《水經注》冊 5，卷 31
頁 80。
　　澧水發源於雉衡山（鹿鳴山，位於河南方城縣西北），向東流入汝水。見《説文》，卷 11 上頁 4877a—4878a。
　　灙（亦寫作灡）水發源於位於南陽西的比陽（亦寫作沘陽，今河南泌陽縣）。見《水經注》冊 5，卷 29 頁 61。
　　潕水發源於襄鄉縣（今湖北南漳縣東北）東北的陽中山。見《水經注》冊 5，卷 28 頁 42。

從地下洞窟噴湧而出。

水流衝擊奔騰，迅疾激烈，

80　流布漫延，遼闊無垠，

浩瀚寬廣，滿溢泛濫，

奔流前行，匯集一處，

快如箭矢，迅捷如風。

翻滾的湍流猛然衝進漩渦，

85　波濤轟鳴，衝擊碰撞。

從遠方裹挾而來，又泄向千里之外，

湧流清澈，翻捲迅疾。

這裏的水中生物有啖蛇的陸龜和鳴叫的爬行

　　動物，㊳

潛龍和隱伏的螭，㊴

90　鱘魚，斑魚，鱅魚，㊵

水生龜，短吻鰐，鰐魚，大型陸龜，㊶

巨蚌口含珍珠，

大蝦蜿蜒蠕動。

3

這裏的水庫和湖泊有鉗盧和玉池，㊷　　　　　　　　　於其陂澤，則有鉗盧玉池，赭陽

㊳ 行88：只知道蠡龜是吃蛇的陸生龜。見《抱朴子》，卷 17 頁 5b 和 Read，*Turtle and Shellfish Drugs*，p. 21，♯206。
　　根據《山海經》（卷 5 頁 4b）的説法，"鳴蛇"（singing reptile）在鮮山（位於今河南嵩縣）被發現，類似蛇，有四隻腳，發出的聲音像磬。

㊴ 行89：螭（*tya*）是無角龍（hornless dragon）的名稱。見《廣雅疏證》，卷 10 下頁 17b。遵循薛愛華（*Vermilion Bird*，pp. 217–21）所採取的習慣用法，我使用漢語名稱（使用改良過的古漢語音標）來指稱它和蛟（見下文行 231）。

㊵ 行90：鯛是有斑紋的魚的名稱，漢代的朝鮮殖民地樂浪呈獻過一次（《説文》，卷 11 下頁 5239a—b），可能與在朝鮮列國之濱的海中發現的班魚是一樣的（見《後漢書》，卷 85 頁 2818；《三國志》，卷 30 頁 849）。
　　鱅是大頭魚或歐鮊（*Aristichthys nobilis*，bleak）。見 Read，*Fish Drugs*，pp. 11–12，♯130。

㊶ 行91：鮫即鯊魚（shark），然而它可能與蛟（鰐魚）（crocodile）是一樣的。見 Read，*Dragon and Snake Drugs*，pp. 18–20，♯104。

㊷ 行94：鉗盧是漢元帝（前 48—前 33 年在位）在位期間南陽太守邵信臣修建的水庫，位於穰縣（今河南鄧縣東南）南六十里。見《水經注》冊 5，卷 29 頁 58，卷 31 頁 88；《元和郡縣圖志》，卷 21 頁 585；《太平寰宇記》，卷 142 頁 5b。
　　玉池可能曾是另一座位於宛地（今南陽市）的水庫或者湖泊。見李善，卷 4 頁 5a 和《後漢書》，志第 22 頁 3477，注釋 1。

95　赭陽和東陂。㊸

匯集河水,池水無波而渾濁,

水面廣闊,極目無邊。

這裏的植物包括鹿藿,油莎草,香附,水燭,㊹

茭白,香蒲,金茅,蘆葦,㊺

100　馬尾草,水葵,水栗,芡實。㊻

蓮花朵朵,

在陣陣微風中旖旎綻放,

香氣四溢,芬芳撒播。

禽鳥有鴛鴦,天鵝,鷗鳥,㊼

105　大鴇,野雁,㊽

鴨,鷿鷈,㊾

青綠翠鳥,巨禽,鸕鷀。㊿

它們和諧地嚶嚶啼叫,

東陂。貯水渟洿,亘望無涯。其草則蘦苧蘋莞,蔣蒲兼葭。藻茆菱芡,芙蓉含華。從風發榮,斐披芬葩。其鳥則有鴛鴦鵠鷺,鴻鵠鴐鵝。鴛鴦鸊鷉,鶄鶴鵁鸕。嚶嚶和鳴,澹淡隨波。其水則開竇灑流,浸彼稻田。溝澮脉連,隄塍相輞。朝雲不興,而潢潦獨臻。決溨則暵,爲溉爲陸。冬稌夏穜,隨時代熟。其原野則有桑漆麻苧,菽麥稷黍。百穀蕃廡,翼翼與與。若其園圃,則有蓼蕺蘘荷,諸蔗薑蟠,葁蒚芋瓜。乃有櫻梅山柿,侯桃梨栗。椶棗若

㊸ 行95：赭陽(亦寫作堵陽)曾是在赭水——發源於棘陽縣(今河南新野縣東北)北部山區——供源的水庫上修建的大壩,南陽的一個縣曾名爲赭陽(位於今河南方城縣東)。赭水向南流動,並分爲兩座湖泊,東陂和西陂。見《水經注》冊5,卷31頁88。

㊹ 行98：蘦,也叫鹿藿,是一種野生豆科植物,可確定爲鹿藿(*Rhynchosia volubilis*)。見《説文》,卷1下頁325b—326a;《廣雅疏證》,卷10上頁54b—55a;Smith-Stuart,p.378。
苧即三稜草(見《史記》,卷117頁2025,注釋28),莎草(sedge)的一個品種,學名爲 *Cyperus serotinus* (Smith-Stuart,pp.141-42)或者 *Scirpus maritimus* (《植物學大辭典》,頁808)。我稱之爲"油莎草"(chufa)。
《説文》(卷1下頁335a)將蘋解釋爲青蘋;張揖(《漢書》,卷57頁2535,注釋18)訓爲"似莎(nutgrass)而大"。莞即水葱(*Scirpus Tabernaemontani*),水燭(bulrush)的一個品種。見陸文郁,頁104,第115條。

㊺ 行99：蔣即蔣草,也叫菰或茭白(*Zizania aquatica*)。其苞芽,長得像竹筍,可作蔬菜食用,俗稱爲印第安稻或水竹。見 Smith-Stuart,pp.210-11。
蒲指的是香蒲(*Typha latifolia*,common cattail)。見陸文郁,頁45—46,第53條。
兼葭以一種植物蘆葦(*Phragmites communis*,marshgrass)的名稱出現,但是兼和葭分開來也是植物名。兼是荻(*Mischanthus sacchariflorus*),也可能是芒草(金茅)(*M. sinensis*,eulalia),葭則是蘆葦(*Phragmites communis*)。見陸文郁,頁35,第43條。

㊻ 行100：茆,也叫蓴,水葵或蓴菜,即蓴菜(*Brasenia schreberi*,water mallow)。見陸文郁,頁125,第132條。

㊼ 行104：鷺是海鷗(*Larus canus major*),即東方海鷗(Eastern common gull)。見 Read,*Avian Drugs*,p.23,♯263。

㊽ 行105：鴻可以意爲"野鵝"(wild goose),但是這裏它很可能只是"巨大"的意思。

㊾ 行106：《説文》(卷4上頁1621a—b)列舉名爲鸊䴋(*kiat-ngiat)的鴨,它與這一行的鸊鷉(*kiat-ngiek)可能是一樣的。注意《五臣注》的本子將 nie 鸊讀作 e。
鸊鷉學名爲 *Podiceps fluviatilis phillipensis*,即中華小鸊鷉(Chinese little grebe)。見 Read,*Avian Drugs*,p.19,♯258。

㊿ 行107：鸕即鸕鷀(*Phalacrocorax carbo sinensis*),即中華鸕鷀(Chinese cormorant)。見 Read,*Avian Drugs*,pp.24-25,♯265。

隨着波浪上下顛簸。

110 至於河流他們開闢溝渠，兩分水流，㊿

用來滋潤那些稻田。㊼

灌溉渠和引水道似血脉聯通，

堤壩和田埂緊緊地纏繞。㊽

即使朝雲不升，

115 雨水池也能獨自注滿。

開閘放水，水渠慢慢排乾，

在這裏留下濕潤的田地，在那裏留下乾燥的小

　塊陸地。㊾

冬天的稻米，夏天的穀物，㊿

應節而熟。

120 在原野上有桑樹，漆樹，大麻，苧麻，㊉

大豆，小麥，黍米和糯米。㊌

所有種類，生長繁茂，

豐厚富饒，整齊有序。㊍

至於園圃，其中有水蓼，魚腥草，蘘荷，㊎

留，穰橙鄧橘。其香草則有薜荔蕙若，薇蕪蓀葍。晻曖蓊蔚，含芬吐芳。若其廚膳，則有華薌重秬，滍皋香秔。歸鴈鳴鵽，黃稻鱻魚，以爲芍藥。酸甜滋味，百種千名。春卵夏筍，秋韭冬菁。蘇菹紫薑，拂徹羶腥。酒則九醖甘醴，十旬兼清。醪敷徑寸，浮蟻若萍。其甘不爽，醉而不酲。

㊿ 行110：胡紹煐（卷4頁10a）表示竇(ᵎd'ug)與瀆(ᵎd'uk)是一樣的，即"溝渠"。
關於灑的"分開"意，見《漢書》，卷57下頁2585，顏師古的注和 Hervouet, *Le Chapitre 117 du Che ki*, p. 164, n. 4.

㊼ 行111：這一行是《毛詩》，第229首第3章的精確引文。

㊽ 行113：關於塍，是高起的小路（田埂），充當田地之間的堤壩，見《西都賦》，行112注。

㊾ 行116—117：這幾行很可能與生產實踐有關：給一部分土地注滿水使稻穀生長，讓其餘的保持乾燥用以種植旱地作物如小麥。因此，接下來的一行提到"冬稌"和"夏稻"。

㊿ 行118：稌即水稻的變種糯米（*Oryza sativa*, *var. glutinosa*, glutinous rice）。見陸文郁，頁68—69，第77條。
段玉裁（見《說文》，卷7上頁3153b）言稻是穛的異體字。許慎將其定義爲"早取穀也"。

㊉ 行120：漆即漆樹（*Rhus vernicifera*, lacquer tree）。見 Smith-Stuart, pp. 377-78。
紵，俗稱苧麻更爲人所知，即苧麻（*Boehmeria nivea*, grass cloth plant, kudzu vine）（麻類作物，葛藤）。見 Smith-Stuart, pp. 70-71。

㊌ 行121：菽是大豆（*Glycine max*）（或黑豆）（black soybean）。見陸文郁，頁85，第95條。

㊍ 行123：參《毛詩》，第209首第1章："我黍與與，我稷翼翼。"

㊎ 行124：蓼很可能是水蓼，也叫虞蓼或澤蓼，水蓼（*Polygonum hydropiper*, water pepper）。見《爾雅》，下之一頁12b 和陸文郁，頁124，第131條。
《廣雅》（卷10上頁1b）將蕺與菹、魚腥草（*Houttuynia cordata*, cordate houttuynia）等同。見 Smith-Stuart, p. 208。
蘘荷學名爲 *Zingiber mioga* (mioga ginger)。見 Smith-Stuart, pp. 464-65。

125　甘蔗,薑,百合,⑥

　　蒜蒚,芋和瓜。⑥

　　又有櫻桃,梅子,柿子,⑥

　　木蘭,梨子,栗子,⑥

　　豆柿,石榴,⑥

130　穰縣的苦橙,鄧縣的柑橘。⑥

　　這裏的芳草有薜荔、草木樨和杜若,⑥

　　亮蛇床、菖蒲和獼猴桃。⑥

⑥　行 125：藷蔗,也叫諸蔗或都蔗,即甘蔗(*Saccharum officinarum*)。見 Berthold Laufer, *Sino-Iranica*;
*Chinese Contributions to the History of Civilization in Ancient Iran with Special Reference to the History of
Cultivated Plants and Products* (1919; rpt. Taibei：Ch'eng-wen, 1967), pp. 376 - 77;石聲漢,《齊民要術今
釋》,頁 742 - 744。
雖然李善(卷 4 頁 6a)所引《字書》將"蟠"訓爲大蒜(*Allium sativum*, garlic),但它實際上是百合蒜,百合的
一個品種,百合的球狀根經常與蒜相混淆。見朱琰,卷 5 頁 16a。
⑥　行 126：蒜蒚,也叫大薺(*Thlaspi arvense*, pennycress),即遏藍菜。見《廣雅疏證》,卷 10 上頁 6a;朱琰,卷 5
頁 18a;Smith-Stuart, p. 432。
⑥　行 127：雖然梅原本是滇楠(*Phoebe nanmu*)(楠木的一種)的名稱(見陸文郁,頁 73—74,第 81 條),但這裏
的梅應當是一種結果實的樹,梅樹(*Prunus mume*)(亦稱中華烏梅)(Chinese black plum)。見 Smith-
Stuart, pp. 355 - 56。
山柿是柿子(persimmon)的一個品種,可能是烏柿(*Diospyros cathayensis*)。見《中國高等植物圖鑒》,卷 3
頁 302。
⑥　行 128：曹毗(4 世紀中葉)在他的左思《魏都賦》注(《文選》,卷 4 頁 6a 所引)中,將侯桃與山桃(*Prunus
davidiana*)等同。見《中國高等植物圖鑒》,卷 2 頁 304。侯桃可能應當讀作"猴桃",是木蘭(*Magnolia
conspicua*)的別稱。見朱琰,卷 5 頁 16a。
梨即 *Pyrus sinensis* (Chinese pear)(亦稱中華梨)。見 Smith-Stuart, pp. 364 - 65。
栗即 *Castanea vulgaris* (chestnut)(亦稱栗子)。見 Smith-Stuart, pp. 97 - 98。
⑥　行 129：樗棗很可能與《爾雅》(下之二頁 10a—b)中的羊棗是一樣的,即豆柿(*Diospyrus lotus*, date plum)。
見《説文》,卷 6 上頁 2370b—2371a;《廣雅疏證》,卷 10 上頁 58a;朱琰,卷 5 頁 16a—b;Smith-Stuart, p. 153。
若留(亦寫作楉榴),亦稱石榴(*Punica granatum*, pomegranate),見《廣雅疏證》,卷 10 上頁 58b; *Laufer*,
Sino-Iranica, pp. 276 - 87。
⑥　行 130：穰和鄧都是南陽的縣(位於今河南鄧縣附近)。見《漢書》,卷 28 上頁 1564;《後漢書》,志第 22
頁 3476。
橙即酸橙(*Citrus aurantium*, coolie orange),也稱作甜橙(*Citrus sinensis*)。見 Smith-Stuart, p. 111;《中
國高等植物圖鑒》,卷 2 頁 559。
⑥　行 131：薜荔學名爲 *Ficus pumila* (creeping fig)。見 Smith-Stuart, p. 175。
這裏的蕙很可能指的是草木樨(*Melilotus arvensis*, sweet clover)。見《廣雅疏證》,卷 10 上頁 11b;Smith-Stuart, p.
262。這一植物名有時會與羅勒(*Ocimum basilicum*, sweet basil)相混淆,也可以指稱廣藿香(*Pogostemon cablin*)和
藿香(*Agastache rugosa*)。見 Li Hui-Lin (李惠林), trans., *Nan-fang ts'ao-mu chuang: A Fourth Century Flora of
Southeast Asia*(Hong Kong：Chinese University of Hong Kong Press, 1979), pp.75 - 77。
若即杜若(*Pollia japonica*)。見 Smith-Stuart, p. 338。
⑥　行 132：薇蕪是蘼蕪的別名,是亮蛇床屬(*Selinum*)的一個品種。見 Smith-Stuart, pp. 402 - 3。
蓀可能是溪蓀,即菖蒲(*Acorus calamus*, sweet flag)。見唐慎微(1082 年在世)編,《正類本草》,《四部叢刊》
本,卷 6 頁 6b。
萇即萇楚,指的是獼猴桃屬(*Actinidia*)的一個變種。這可能是羊桃,即中華獼猴桃(*Actinidia chinensis*)。
見朱琰,卷 5 頁 17a;Smith-Stuart, pp. 14 - 15。

隱於林暗，葳蕤生長，

包含芳芬，散發甜美味道。

135 至於厨膳食物，則有慢熟的華黍米，⑱

潣水泥沼中的香米。⑲

歸行的大雁，啼叫的松鷄，⑳

黄稻和小魚㉑

用來製作"芍藥之和"。㉒

140 甜酸之味，

有上百個種類，上千個名稱：

春天的蒜，夏天的竹筍，

秋天的韭葱，冬天的蕓薹；㉓

紫蘇，吳茱萸，紫薑，㉔

145 袪腥去羶。

酒則有九醞的甘甜酒漿，㉕

---

⑱ 行135：華黍是南陽地區一座無法確認的村莊名。
　　秬即黍米（*Panicum miliaceum*，panicled millet）。見陸文郁，頁44—45，第52條。
　　重的確切含義不清楚。它可能意爲"慢熟"，就像在《毛詩》，第154首第7章中那樣。見 Karlgren, "Glosses on the Kuo Feng Odes," p. 236，♯375。

⑲ 行136：秈即稻（*Oryza sativa L.*，Annamese upland rice）。見《廣雅疏證》，卷10上頁32a—b；陸文郁，頁68—69，第77條。
　　至於潣，見上文行76。

⑳ 行137：鷄即鷄鳩，也叫寇雉，突厥雀或沙鷄，即毛腿沙鷄（*Syrrhaptes paradoxus*，Pallas' sand grouse）。見《説文》，卷4上頁1617b；《爾雅》，下之五頁11a；Read, *Avian Drugs*, p. 49，♯282。

㉑ 行138：我不確定"黄稻"是什麽意思。在晉灼漢書注（《漢書》，卷57上頁2544，注釋6所引用的同一段文本中寫作"香稻"。

㉒ 行139：芍藥的學名是 *Paeonia albiflora*（peony）（Smith-Stuart, p. 300）。根據顏師古（《漢書》，卷57上頁2544，注釋6所引）的説法，芍藥的根與澤蘭、肉桂和"五味"混合在一起作爲食物添加劑。由於這個原因，芍藥經常被定義爲"五味之和"。

㉓ 行143：這裏的韭是韭葱（*Allium odorum*，leek）。見陸文郁，頁89，第99條。
　　我推測菁是蔓菁或蕪菁，即蕓薹（*Brassica rapa*，rapa turnip）。見朱琦，卷5頁18a；Smith-Stuart, p. 74。

㉔ 行144："蘇"，也叫桂荏，即紫蘇（*Perilla ocimoides*）或紅紫蘇（*Perilla frutescens*, var. *Crispa*，beefsteak plant）。見《爾雅》，下之一頁12b；Smith-Stuart, p. 313。
　　"椒"，也叫食茱萸，歸類爲胡椒屬植物吳茱萸（*Evodia officinalis*）（Schafer, in K. C. Chang, *Food in Chinese Culture*, p. 110）或樗葉花椒（*Xanthoxylum ailanthoides*）（《植物學大辭典》，頁1266）。
　　"紫薑"（purple ginger）指的是薑的紫色根。見《漢書》，卷57上頁2555，注19。

㉕ 行146：九醞是一種米酒，南陽尤因其聞名遐邇。其製作方法在曹操的一封奏折中有描述，他引用郭芝給他的秘方。見《全三國文》，收入嚴可均，卷1頁6b。
　　"醴"這個字指的是一種比"酒"要清淡、稀釋的酒。《説文》（卷14下頁6659b—6660a）説它"一宿熟也"。見 Ying-shih Yü, in K. C. Chang, *Food in Chinese Culture*, p. 68。

十旬釀熟的精純清酒，⑯

未經過濾的酒漿覆蓋着厚達英寸許的雜質，⑰

裏面的"浮蟻"像浮萍一樣。⑱

150　酒中滋味無損味覺，⑲

可暢飲而不醉人。

4

到了召集宗族成員

參加夏春冬秋祭祀的時候，

他們邀請遠方的朋友，

155　嘉賓也恭迎而至。

鞠着躬、謙讓着登上廳堂，⑳

在香氣撲鼻的房間裏舉辦宴會。㉑

珍貴的食物稀罕如同紅寶石，㉒

裝滿圓盤和方碟。

160　器皿雕紋複雜，精緻盤旋，㉓

像金銀一樣反光閃耀。

令人着迷的嫵媚侍女

戴着鮮艷明亮的頭巾和披肩。㉔

及其糺宗綏族，檜祠蒸嘗。以速遠朋，嘉賓是將。揖讓而升，宴于蘭堂。珍羞琅玕，充溢圓方。琢珛狎獵，金銀琳琅。侍者蠱媚，巾幗鮮明。被服雜錯，履躡華英。儇才齊敏，受爵傳觴。獻酬既交，率禮無違。彈琴撫篴，流風徘徊。清角發徵，聽者增哀。客賦醉言歸，主稱露未晞。接歡宴於日夜，終愷樂之令儀。於是暮春之禊，元巳之辰，方軌齊軫，被于陽瀨。朱帷連網，曜

---

⑯ 行147："十旬"是一種要用一百天(十個十天)來釀造成熟的酒(李善，卷4頁6a)。

⑰ 行148：醪是一種有沉澱物的酒。見《說文》，卷14下頁6660a。在這裏它很可能意爲"未過濾的酒"。浮在頂部的沉澱物有一英寸厚。

⑱ 行149："浮蟻"是漂浮在酒中的黑色微粒的名稱。見 Schafer, in K. C. Chang, *Food in Chinese Culture*, p. 120。
　萍即浮萍(*Lemna minor*, duckweed)。見 Smith-Stuart, pp. 234-35。

⑲ 行150：參《老子》第12章："五味令人口爽。"

⑳ 行156："揖讓而升"的表達見《論語》，3/7。

㉑ 行157："香氣撲鼻的房間"是對蘭堂的意譯，此詞出現在一首漢代郊祀歌(《漢書》，卷22頁1066)中，是接納神靈的房間名。蘭草(*Eupatorium chinense*, thoroughwort)的香味被認爲可以吸引神靈，因而被使用。

㉒ 行158：琅玕(亦寫作瑯玕)是一種近乎神話般的珍貴礦石(通常叫作"珠")，據說發現於崑崙山中。見《爾雅》，中之五頁8a。章鴻釗(《石雅》，頁26—34)將其鑒定爲"巴拉斯琍"。這一詞語在這裏用來比喻宴會上提供的罕見佳餚。

㉓ 行160：胡紹煐(卷4頁12b)將狎獵(*g'ap-liap)等同於捷獵(*dz'iap-liap)。捷獵在《文選》中的其他地方用於描述橫梁和托架複雜的排列形式(卷11頁17b)，以及洞簫錯綜複雜的排列狀態(卷17頁12a)。這裏的狎獵似乎是描述上面提到過的盤碟上錯綜複雜的花紋。

㉔ 行163：幗(亦寫作褠)很可能是《說文》(卷5下頁2341b—2342a)中的褠，即"臂衣"(披肩?)。

穿着各種各樣的衣裳，

165　步履迷人，款款生花。

這些機敏的英才活潑詼諧，[85]

遞杯傳盞。

祝酒乾杯互相往來，[86]

遵守祭祀禮儀，決不失控。

170　音樂家們彈琴奏笛，[87]

動人的旋律在空中縈繞徘徊。

清脆的"角"調轉爲"徵"調，[88]

聽者被倍增的悲傷所打動。

賓客吟唱："醉言歸家！"[89]

175　主人則稱："露水尚未乾。"[90]

他們接着歡宴，通宵達旦，

最終以美好的風度結束，仍然興高采烈。[91]

然後在暮春之月的祓禊節日，[92]

當上巳之晨，

180　馬車在雙車道中並排行駛，

去南岸參加净化儀式。

車上朱幔以大繩相連，[93]

照耀曠野，映射白雲。

男男女女盛裝打扮，

185　在延綿不斷的隊列中齊步前進。

野映雲。男女姣服，駱驛繽紛。致飾程蠱，便紹便娟。微眺流睇，蛾眉連卷。於是齊僮唱兮列趙女。坐南歌兮起鄭舞。白鶴飛兮繭曳緒。脩袖繚繞而滿庭，羅襪躡蹀而容與。翩緜緜其若絶，眩將墜而復舉。翹遥遷延，蹴躡蹁躚。結《九秋》之增傷，怨《西荆》之折盤。彈箏吹笙，更爲新聲。《寡婦》悲吟，《鵾雞》哀鳴。坐者悽欷，蕩魂傷精。

---

⑧ 行166：關於齊的"疾"義，見《爾雅》，上之一頁38a。

⑧ 行168：參《毛詩》，第209首第3章："獻醻交錯。"

⑧ 行170：籟是一種有三個(見《禮記》，卷9頁21b，鄭玄注)或六個(見《毛詩注疏》，卷2之3頁3b，毛注)指孔的長豎笛。

⑧ 行172："清角"是一種演奏快速高亢的曲調或調式。見李善(卷4頁7b)所引高誘注。徵則與憂鬱的曲調有關。

⑧ 行174：參《毛詩》，第298首第2章："鼓咽咽，醉言歸。"

⑨ 行175：參《毛詩》，第174首第1章："湛湛露斯，匪陽不晞。厭厭夜飲，不醉無歸。"

⑨ 行177：參《毛詩》，第221首第1章："王在在鎬，豈樂飲酒。"以及《毛詩》，第174首第4章："豈弟君子，莫不令儀。"

⑨ 行178：這幾行描述"禊"，在三月的第一個巳日舉行。從魏代開始，這一節日每次都在三月的第三天進行。在節日的白天，官員們在河裏進行被禊驅邪，以洗清身體的"垢疾"。關於漢代儀式的詳細討論，見 Bodde, *Festivals*, pp. 273 - 88。

⑨ 行182：尤袤本寫作"網"，是"綱"(繩索)的訛誤。見胡紹煐，卷4頁13a。

美人精心裝扮,展現迷人魅力,

優雅和嫵媚,

悄悄側目,顧盼流轉,

蛾眉秀如遠山之拱。⑭

190　接着來自齊地的少年開始歌唱,

來自趙地的少女整頓列隊。

坐着吟唱《南歌》,⑮

起立表演鄭舞。

他們就像滑翔的白鶴,

195　解絲的蠶繭。⑯

長袖回旋,飄拂滿堂,

足着絲履,踩行碎步,步態舒緩輕盈。

盤旋飛舞,長久連續,猶如停在半空;

令人眼花繚亂,將墜之際,復又升躍而起。

200　一邊輕盈跳躍,一邊後退,

舞步旋轉而行。

《九秋》哀歌不斷增益的悲楚令人傷心,⑰

《西荆》曲折回轉,喚起優思之情。⑱

彈箏吹笙,⑲

---

⑭　行189:蛾眉這一詞組一般翻譯爲"蛾狀的眉毛",原意爲"好看的眉毛"。"蛾"最好理解爲"娥","美好"。比如,王逸訓蛾眉爲"好貌"(見《楚辭補注》,卷1頁12a)。將蛾眉作爲"蠶蛾眉"的解釋見於顏師古的《漢書》注(卷87上頁3518)。

⑮　行192:《呂氏春秋》(卷6頁5a—b)提到塗山氏之女在禹面前表演的"南音"。這一音樂被周公召公用於他們的"風"樂,據説這是《詩經》中稱爲"南"的部分的由來。

⑯　行194—195:胡紹煐(卷4頁13a)認爲"白鶴"指的是舞者,而"蠶曳緒"則描繪"南歌"。中島(《文選》,第1卷頁203)言後者指的是"音樂纖巧延續的特質"。

⑰　行202:"九秋"這個詞組字面上意爲"九旬之秋"(即秋季的九十天)。李善(卷4頁8a—b)認爲與題爲"歷九秋妾薄相行"的古樂府有關。張衡可能暗指一首特定的歌曲,或僅僅指的是"秋季",因爲它與憂鬱沉思的關聯。
　　"結"這個字不是很明確。基於與其對仗的"怨"字,即"抱怨",我推斷它是鬱結的意思。

⑱　行203:李善(卷4頁8b)言"西荆"是楚地的舞名。折盤(翻轉回旋)的詞語也可理解爲七盤,可能是使用七個盤子的舞名。見《西京賦》,行777。

⑲　行204:箏(日本箏)是一種十二弦的琴,傳説是秦大將軍蒙恬(?—前209)發明的。然而,經過校訂的《説文》(卷5上頁1983a—b)説它只有五根弦,段玉裁説指的是"古箏",蒙恬將其改造成十二弦琴。
　　笙是一種口琴,是卷18潘岳的一篇賦的主題。

205 奏起一首首新製樂曲。⑩

　　寡婦悲傷地嗚咽,

　　巨禽淒惻地尖叫。⑩

　　聽者發出喑啞的嘆息,

　　靈魂受到震動,精神受到創傷。

5

210 接着一群武士開始野外的追逐,　　　　於是群士放逐,馳乎沙場。騄驪

　　在沙地上飛馳而過。　　　　　　　　齊鑣,黃間機張。足逸驚颷,鏃

　　乘上騄和驪,齊轡並駕,⑩　　　　　析毫芒。俯貫魴鱮,仰落雙鶬。

　　黃弩扳機扣動,⑩　　　　　　　　　魚不及竄,鳥不暇翔。爾乃撫輕

　　馬蹄快過旋風,　　　　　　　　　　舟兮浮清池,亂北渚兮揭南涯。

215 箭頭射破最細小的尖芒。　　　　　　汰瀺灂兮船容裔,陽侯澆兮掩梟

　　向下一瞥,便刺穿魴魚和鱮魚;　　　鷺。追水豹兮鞭蝄蜽,憚夔龍兮

　　向上仰望,便擊落一雙白鶴。　　　　怖蛟螭。於是日將逮昏,樂者未

　　魚沒有機會躲藏,　　　　　　　　　荒。收騄命駕,分背迴塘。車雷

　　鳥沒有時間飛走。　　　　　　　　　震而風厲,馬鹿超而龍驤。夕暮

220 然後他們登上小艇,　　　　　　　　言歸,其樂難忘。此乃游觀之

　　在清澈的池塘上漂流。　　　　　　　好,耳目之娛。未睹其美者,焉

　　穿過北邊的水洲,　　　　　　　　　足稱舉。

　　在南邊的河岸休憩。⑩

　　波浪飛濺,

225 船平緩地劃過水面。

---

⑩ 行 205:新聲這一特定措辭在漢時一般用爲"鄭衛之音"的同義詞,儒家的道德家們經常譴責它爲"淫"和
"侈"。見 Diény, *Aux Origines de la poésie classique en Chine*, pp. 21‑40。這個詞的常見語義在這裏的語
境中看起來並不合適,因爲張衡大體上未談論音樂,而是音樂作品。因此,我推測新聲在這裏的意思是由筝
和笙的樂師輪流演奏的"新的樂曲"。

⑩ 行 206—207:雖然李善(卷 4 頁 8b)將"寡婦"和"鵾鷄"鑒定爲曲子的名稱,但胡紹煐(卷 4 頁 13b)認爲這幾
行描寫音樂對聆聽的人和動物所產生的情緒效果,這一意見很可能才是正確的。

⑩ 行 212:騄耳和騄驪是傳說中屬於周穆王的八匹駿馬中的兩匹。見《廣雅疏證》,卷 10 下頁 43a。

⑩ 行 213:黃間(或肩),也叫大黃,是塗成黃色的角狀弩箭。見《史記》,卷 109 頁 2873,注釋 2 和《漢書》,卷 54
頁 2445,注釋 4。

⑩ 行 223:"揭"字的"休息"意,見王念孫,《讀書雜志》,餘編下,頁 23a—b。

波濤之神攪動着滾滾浪潮，⑩

吞没鴨和鷗。

追獵水豹，⑩

鞭打蜩蜽，⑩

230 夔龍受到驚嚇，⑩

蛟和螭感到恐慌。⑩

接着太陽將落，

而狂歡者卻没有失控。⑩

慶典結束，驅使馬車，

235 轉身背對曲折盤桓的水壩，走向他們各自

　　的路。⑪

馬車雷鳴般隆隆駛過，像風一樣猛烈；

馬像鹿一樣竄起，像龍一樣騰躍。

暮色降臨，回到家裏，

但歡樂難忘。

240 因爲這些是觀光遊覽的樂趣，

眼睛和耳朵的愉悦。

若有人未注意如此美好的事物，

又怎能充分地描述它們？

6

南陽確實是漢的舊都。⑫　　　　　　　　夫南陽者，真所謂漢之舊都者

245 在遥遠的時代，劉氏先祖認爲龍肉是珍饈，　也。遠世則劉后甘厥龍醢，視魯

---

⑩ 行 226：波濤之神指的是陽侯，他淹死後成爲波濤之神。見《戰國策》，卷 27 頁 3a；《淮南子》，卷 6 頁 1b。關於"澆"，即攪動浪潮，見《楚辭補注》，卷 16 頁 7b。

⑩ 行 228：關於"水豹"，見《西京賦》，行 651 注。

⑩ 行 229：參《西京賦》，行 509 注。

⑩ 行 230：見《東京賦》，行 571 注。

⑩ 行 231：蛟是鱷魚（見《西京賦》，行 646 注）的一個名稱，但是這裏最好將它理解爲一種有鱗有角的龍的名稱。見《廣雅疏證》，卷 10 下頁 17b。像螭（見上文行 89 注）一樣，我用中文名（使用改良的古漢語音標）指稱它。

⑩ 行 233：參《毛詩》，第 114 首。

⑪ 行 235：小尾（《文選》，卷 1 頁 236）和中島（《文選》，卷 1 頁 204）把回塘解釋爲"沿着水壩回去"。然而，在别處的"回塘"（見《文選》，卷 25 頁 23a 和卷 58 頁 8b）明顯意爲"曲折的水壩"。

⑫ 行 244：張衡在這裏指的是，前漢和後漢的建立者據説都源自於移居在南陽地區的祖先。

遷至魯縣，建立居所。⑬
爲了繼續向古代君王盡孝，
他在堯山上修建唐祠。⑭
劉氏根基在夏代得到鞏固，
250 三代之後，宗族開始興盛。⑮
沒有這一有德之士的宏大遠見，
誰還能夠計劃在此定居？
最近，考侯回想起先祖的往事，⑯
既不能安居也不能安心。⑰
255 他鄙夷長沙令人不愉快，
橫渡長江和湘江，動身北行。
當朱光照亮白水時，⑱
第九代後裔升上高度榮耀。⑲
發現這座城市神聖威嚴，
260 他的天賜本心受到啓示，於是理解祖先的意圖。
這裏的居室有鄉間別墅和年久的宅邸，⑳
高聳屹立，又陡又高；
皇家的住處壯觀華麗，

縣而來遷。奉先帝而追孝，立唐祀乎堯山。固靈根於夏葉，終三代而始著。非純德之宏圖，孰能揆而處旃！近則考侯思故，匪居匪寧。穢長沙之無樂，歷江湘而北征。曜朱光於白水，會九世而飛榮。察茲邦之神偉，啓天心而寤靈。於其宮室，則有園廬舊宅，隆崇崔嵬。御房穆以華麗，連閣煥其相徽。聖皇之所逍遙，靈祇之所保綏。章陵鬱以青葱，清廟肅以微微。皇祖歆而降福，彌萬祀而無衰。帝王臧其擅美，詠南音以顧懷。且其君子，弘懿明叡，允恭温良。容止可則，出言有章。進退屈伸，與時抑揚。方今天地之睢剌，帝亂其政，豺虎肆虐，真人革命之秋也。

---

⑬ 行 245—246：劉后即劉累，是堯的後裔。他曾從豢龍氏的一員那裏學過怎樣馴養龍。在爲夏代君王孔甲（傳統上斷代爲前 1857—前 1827）效勞時，他照料的一隻母龍死去。他秘密地用龍屍做肉醬，並用它設宴款待君王夏后。夏后非常喜歡，要求劉累弄來更多的龍肉。劉累嚇壞了，逃到魯縣，在漢代時是魯陽縣（今河南魯山縣），位於南陽郡境內。見《左傳》，昭公二十九年；《水經注》册 5，卷 31 頁 80；《史記》，卷 2 頁 86，*Mh*，1：168。

⑭ 行 247—248：劉累遷到魯縣後，在一座他命名爲堯山（坐落於太和川和太和城的東北）的山上爲先祖堯（唐）修建一座祠堂。見《水經注》册 5，卷 31 頁 80。

⑮ 行 250：劉累所屬的宗族在夏、商、周（"三代"）有不同的名稱。根據劉累在公元前 6 世紀的後裔范宣子的説法，其先祖在夏代叫作御龍，在商代叫作豕韋，在周代叫作唐和杜。見《左傳》，襄公二十四年。傑出的范氏宗族在公元前 7 世紀定居秦國，據說漢代的建立者劉邦就是這一系的後裔。見《漢書》，卷 1 頁 81；*HFHD*，1：147。

⑯ 行 253：春陵（今湖南寧遠縣西北）考侯劉仁是光武帝的族兄劉敞的父親。他覺得春陵地區太"下濕"，充滿"毒氣"，於是向皇帝請願將封地遷到南陽。在公元前 45 年，他被賜予南陽郡的白水封地，據說這裏是劉家先祖的故里。見《後漢書》，卷 14 頁 560；《東觀漢記》，卷 1 頁 1a；Bielenstein，"Restoration," pp. 96 - 97。

⑰ 行 254：參《毛詩》，第 250 首第 1 章："篤公劉，匪居匪康。"

⑱ 行 257："朱光"即在漢起支配作用的火德的政治力量。

⑲ 行 258：光武帝可以説是劉邦的第九代後裔。見《東觀漢記》，卷 1 頁 1a。

⑳ 行 261：光武舊宅位於蔡陽縣東南（今湖北北部的棗陽縣）。見《後漢書》，卷 1 上頁 35。

相互交叉的長廊閃亮美麗。

265 這是讓帝王自由舒適地信步漫遊的地方，

受到天地神靈的保護和庇佑。

章陵周圍的氣氛濃密青翠，[121]

神聖的廟宇莊嚴靜寂。[122]

偉大的祖先對祭品感到滿意，降下福祚：

270 "汝輩將延續萬年，永不衰落。"

我們的帝王，珍愛此地獨有的優點，[123]

詠唱南方的旋律以紀念往昔。[124]

而且此地的君子

皆弘大美善，聰明而有遠見，

275 真正恭敬有禮，溫和親切。

一切舉止都堪稱楷模，

他們談吐文雅。[125]

不論是晉升還是隱退，積極還是無爲，

都跟隨時代的盛衰消長。

280 當天下動亂不安，

高祖理政安邦。

當豺虎肆虐蹂躪，

---

[121] 行 267：章陵是光武帝給予舂陵的新名字，這是劉仁在公元前 45 年所遷封地的所在（當劉仁在此處獲得侯爵身份後，舂陵的名稱就給了白水）。《東觀漢記》（卷 1 頁 6b）聲稱這一名字的改變發生在公元 27 年，而《後漢書》（卷 1 下頁 47）將時間定爲公元 30 年。也可看《後漢書》，志第 22 頁 3476 和 Bielenstein, "Restoration," P. 96，n. 4。
風水術士蘇伯阿曾查看舂陵的郊區，説道："氣佳哉！鬱鬱葱葱然。"見《後漢書》，卷 1 下頁 86。

[122] 行 268：這座廟是修建在章陵的先祖宗廟。

[123] 行 271："帝王"即光武帝。

[124] 行 272：李善（卷 4 頁 10b）引用《左傳》成公七年和九年中鍾儀的故事，他是楚國的音樂家，在晉國被扣押爲囚徒。俘虜他的人給他一張琴，他便開始用它演奏"南音"。張銑（卷 4 頁 13a）聲稱光武帝像鍾儀那樣，難以忘記他的故鄉。然而，許慶宗（高步瀛，卷 1 頁 15a 所引）提出反對意見，認爲這個典故指的是《呂氏春秋》（卷 6 頁 5a—b）中提到的禹對南土的巡省，在塗山（九江附近）之南遇見一位女子，作了一首歌，這首歌被認爲是所謂的"南音"的由來。可是朱珔（卷 5 頁 19a）堅稱禹的"南音"是一個非常含糊不清的引證，由於南陽曾經是楚的領土，《左傳》的典故更恰當。我推測這裏並未打算作具有主題的引經據典，其要點在於"南音"喚起劉氏宗族在南方發源的記憶。

[125] 行 277：參《毛詩》，第 225 首第 1 章："其容不改，出言有章。"

真人應天命而中興。⑫⑥

7

於是便有足智多謀的文臣和勇敢無畏的武將，

285　都能捉住不法之徒，逮捕殘暴之人，

鎮壓要塞，擊退頑抗，

打破閂住的城門，摧毀攔路的關隘，

把咸陽踐踏在地。

高祖奪取南陽的道路，⑫⑦

290　光武選出最好的人才。⑫⑧

於是憑藉戰略通道而拒敵東西，⑫⑨

漢的美德武威可得永續。

既然他們擊退危險，享受和平，

便考慮到民衆，隨即遷都。⑬⑩

295　有周公召公品質的人們，⑬①

爾其則有謀臣武將，皆能攫戾執猛，破堅摧剛。排揵陷扃，蹵蹹咸陽。高祖階其塗，光武攬其英。是以關門反距，漢德久長。及其去危乘安，視人用遷。周召之儔，據鼎足焉，以庀王職。縉紳之倫，經綸訓典，賦納以言。是以朝無闕政，風烈昭宣也。於是乎鯢齒眉壽，鮐背之叟，皤皤然被黃髮者，喟然相與歌曰："望翠華兮葳蕤，建太常兮裶裶。駟飛龍兮騝騝，振和鸞兮京師。總

---

⑫⑥　行 280—283：有關"方今"的所指是中國的注疏家們長期討論的問題。李善（卷 4 頁 10b）聲稱"方"指的是"過去（向）"高祖推翻秦朝，"今"則是更"新近"的光武時期，取代失德的王莽。劉良（卷 4 頁 13b）將"方今"解釋爲"向時"（像以前的時代），他將其看作是罪惡的秦和王莽的統治時期。葉樹藩（見《何義門評點昭明文選李善注》卷 4 頁 7a）引用朱超之，堅稱這一段應當指的是一個單獨的時期，即成帝時代，這一時期充滿不祥的事件和外戚對朝廷的控制。

"帝"和"亂"的意義也是個問題。李善（卷 4 頁 10b）認爲"帝"指的是高祖，"亂"應當理解爲"理"、"實現秩序"。然而，孫鑛（葉樹藩所引，卷 4 頁 7a）將"帝"解釋爲"上帝"，至上神。依據這一解釋，這一行可以譯作"上帝爲他的國家帶來秩序"。朱琦（卷 5 頁 19a）接受孫鑛對於"帝"的解釋，但卻堅持將"亂"理解爲"治"，含義是"迫使"，以及這一行與《詩》和《書》中將惡行歸咎於天的段落相似（參《詩》第 191 首第 9 章"昊天不平"和《尚書》卷 9 頁 5b〔見 Karlgren, "Glosses on the Book of Documents," pp. 95-96, ♯1800〕），因此朱琦認爲整個段落指的是王莽時期的騷亂。將此所指確定爲一個單一時期，不論是秦、成帝或王莽，其主要障礙在於，下文 289—290 行明確指出高祖和光武爲帝國帶來秩序的功績。也許張衡在心中並沒有具體的主題指向，只不過在這裏陳述一位偉大領袖（"真人"）的一般情況，像光武和高祖那樣能夠推翻暴政（"豺虎"），恢復王朝秩序。

⑫⑦　行 289：公元前 207 年，劉邦攻占南陽郡，並贏得其行政長官——劉邦將其封爲侯爵——的效忠。見《史記》，卷 8 頁 359—360, *Records*, 1：87-88；《漢書》，卷 1 上頁 19—20, *HFHD*, 1：52-54。從這裏，他可以輕鬆地向咸陽前進。

⑫⑧　行 290：光武的幾位親近顧問如鄧禹和吳漢來自南陽。見《後漢書》，卷 16 頁 599 和卷 18 頁 675。

⑫⑨　行 291：參杜篤《論都賦》（《後漢書》，卷 80 上頁 2598）："是時山東翕然狐疑，意聖朝之西都，懼關門之反拒也。"李善（卷 4 頁 11a）解釋"反距"這一詞組意爲"居西而距東，居東而距西"。呂向（卷 4 頁 14a）說這一行指的是占據西都的高祖和定都洛陽的光武。不管怎麼說，要點在於，就戰略上的考慮來説，作爲前漢和後漢都城的選址，長安和洛陽要比南陽更獲偏愛。

⑬⑩　行 294：這一行令人聯想到《書經》《尚書》卷 5 頁 4a）"盤庚"篇的一行："（先王）視民利用遷。"參 Karlgren, "Glosses on the Book of Documents," pp. 192-93, ♯1449。張衡在這裏顯然暗指光武在洛陽建都。

⑬①　行 295：周和召即周公和召公，他們輔佐周代早期的君主成王，此處代指幫助光武恢復王朝的明智大臣。

依靠三公鼎立之位，⑬

輔助君主管理國家，

縉紳之官員，⑬

整理教令和法規，

300　用典雅的言辭向君王進言。⑭

　　因此，朝廷治理，沒有不當，

　　風尚功業得以昭宣，遍及帝國。

　　於是童齒濃眉的長者，⑬

　　駝背的老人，⑬

305　長着枯髪的白頭人，

　　深深嘆息，一起歌唱：

　　"看那翠鳥羽毛裝飾的旌旗華美絢麗，

　　太常旗幟高舉，綿長寬廣，

　　飛龍的隊列勇敢無畏地疾馳，

310　銜鐵和鸞鈴發出回聲，響徹京師！

　　皇帝的車列多達萬輛，緩慢而從容地行進，

　　願它旅途順暢，返回故土！"⑬

　　難道這些言辭没有表達希望天子巡視南方的願

　　　望嗎？

　　於是，我創作以下的頌詞：

315　"偉大的祖先曾留居此地，⑬

萬乘兮徘徊，按平路兮來歸。"豈
不思天子南巡之辭者哉！遂作
頌曰：皇祖止焉，光武起焉。據
彼河洛，統四海焉。本枝百世，
位天子焉。永世克孝，懷桑梓
焉。真人南巡，覩舊里焉。

---

⑬　行296："鼎足"是"三公"的象徵，他們像三足鼎的柱足一樣支持皇帝。見《漢書》，卷93頁3739，"夫三公，鼎足之輔也"。

⑬　行298：縉紳，即"官員"，字面意思是"插（搢）笏於紳"。見《史記》，卷28頁1359；《漢書》，卷25上頁1195，Mh，3：421，n. 3。

⑭　行300：我擅自處理這一來自《尚書》（卷2頁9b）的棘手詞組。見 Karlgren，"Glosses on the Book of Documents," p. 130，♯1328；中島千秋，《賦的成立與展開》，頁16—17。高本漢把"敷（賦）"理解爲"廣泛全面"之意，但是"賦"的"陳述"意，見《尚書》，卷1頁7a，偽孔安國注。

⑬　行303：關於鯢齒，即"老人的童齒"，見 Karlgren，"Glosses on the Ta Ya and Sung Odes," p. 184，♯1176。關於"眉壽"，見《毛詩》，第154首第6章。傳統的解釋（字面上爲"眉毛長壽"）是指老人長有濃眉。然而，眉的意思僅僅是"老"。見《方言校箋及通檢》，卷1頁6第18條。可是，我推測張衡可能使用的是傳統的含義。也可參看 Karlgren，"Glosses on the Kuo Feng Odes," p. 236，♯374。

⑬　行304：關於"鮨背"，即"河豚背"（駝背），見 Karlgren，"Glosses on the Ta Ya and Sung Odes," p. 70，♯864。

⑬　行312："故土"在這裏指的是南陽。

⑬　行315："皇祖"是高祖。

　　　　光武在此開始事業。

　　　　將河洛作爲根據地，

　　　　統一帝國。

　　　　他的‘百世根枝’⑬

320　　將登上帝王寶座。

　　　　統治者定將永遠孝順，

　　　　總是回想故園之桑梓。

　　　　君王南巡，

　　　　再訪舊日村莊。”⑭

---

⑬ 行 319：參《毛詩》，第 235 首第 2 章：“文王子孫，本支百世。”

⑭ 行 321—324：“永世克孝”句逐字徵引自《毛詩》，第 286 首第 1 章，此句是各種注解的對象，高本漢的 “Glosses on the Ta Ya and Sung Odes,” p. 159，♯1108 已作總結，主要的問題是如何理解“克孝”。雖然高本漢認爲它“顯然是被動語態”（“你們應受虔誠的崇敬”），但是鄭玄提供的注解（《毛詩注疏》，卷 19 之 3 頁 19b）也許與《南都賦》此句更相稱：“能以孝行爲子孫法度，使長見行也。”因而，張衡也許是力勸在位的皇帝在南陽的祖廟供奉犧牲以繼續奉行孝道。酈道元（《水經注》，冊 5，卷 27 頁 42）引用 323—334 行，與光武帝在公元 28 年遠征秦豐期間拜訪“舊邑”之事相聯繫。見《後漢書》，卷 1 上頁 37；卷 17 頁 657—658（按《東觀漢記》，卷 1 頁 6b 記載這一事件的年份爲公元 27 年）。張銑（卷 4 頁 15a）也許支持酈道元，假定“克孝”的主語是光武帝，他通過拜訪祖先在南陽的故土來樹立孝順的典範。因此，張衡可能引用光武的孝敬行爲作爲後世皇帝的——包括他自己的——榜樣，用以仿效。張銑聲稱張衡用光武對孝的獻身精神這一例證，敦促桓帝巡視南陽。然而，張衡不可能向這位皇帝建言，因爲桓帝 147 年才登基，張衡已過世八年。最後一行清楚地暗示對皇帝巡視南陽的規勸，但不可能確定這個規勸所指是誰。所有漢代皇帝，從朝代的最開始到張衡的時代，都至少“南巡”過一次。光武出行過三次，在 28 年、35 年和 43 年（見《後漢書》，卷 1 上頁 36，卷 1 下頁 57，卷 1 下頁 70），明帝在 67 年巡視南陽（見《後漢書》，卷 2 頁 113），章帝在 84 年和 87 年南巡（見《後漢書》，卷 3 頁 147，卷 3 頁 157），安帝在 125 年出行南陽的途中崩殂（見《後漢書》，卷 4 頁 241）。因此，張衡可能僅是歌頌所有後漢皇帝對孝行的獻身精神。

三 都 賦

序

左太冲　　劉淵林　注

【解題】

這篇序是最重要的早期賦評之一。左思以此序特別地批評漢賦家作品中誇張、言過其實和缺乏逼真性的特點。這篇賦已有全譯，見 Zach，"Aus dem Wen Hsüan," pp. 133 - 47；rpt. in *Die Chinesische Anthologie*，1：44 - 92。關於這篇序的譯文，見 Watson，*Chinese Rhyme-Prose*，pp. 115 - 17；也見於 John Marney，"Cities in Chinese Literature," *Michigan Academician*，10 (Fall 1977)：225 - 38。

太冲是左思的字。

《三都賦》有許多注解。《隋書》(卷 35 頁 1083)列舉張載(? —304?)、衛權(? —291?)和劉逵(約活躍於 295 年)的三卷本注，以及綦毋邃(公元 4 世紀)的三卷本注。《晉書》左思傳(卷 92 頁 2376)提到張載爲《魏都賦》撰寫注解，劉逵爲有關蜀和吳的賦彙編注解，並引用衛權《略解》的序，贊揚張載和劉逵的注爲"其山川土域，草木鳥獸，奇怪珍異，僉皆研精所由，紛散其義矣"。以此爲據，李善在《魏都賦》中所引用的劉淵林(劉逵)注很有可能實際上是張載所作(見高步瀛，卷 6 頁 2a)。我同樣懷疑《蜀都賦》和《吳都賦》中所謂的劉淵林注可能包含其他注解。例如，《文選》卷 4 頁 21a 第 8 行的注在李賢的《後漢書》注(卷 18 頁 694)中被認爲是張載的。《左思別傳》中還提到一個傳統，稱實際上是左思自己撰寫注解，爲的是增加其作品的影響力。這一論斷已被證明是錯誤的。見《世説新語》，卷 4 頁 60；Mather，*Shih-shuo Hsin-yü*，pp. 127 - 28；吳士鑒(1873—1933)，《晉書斠注》(臺北：二十五史編刊館，1956)，頁 10a—b。

"《詩經》有六個原則，第二個叫作'賦'。"①揚雄曾説："詩人的賦華麗但卻保持規範。"②班固曾説：

蓋詩有六義焉，其二曰賦。楊雄曰："詩人之賦麗以則。"班固曰：

---

① 左思在這裏的引述來自《詩序》。見《文選》，卷 45 頁 21b。
② 見揚雄，《法言》，卷 2 頁 1b。

"賦是古詩的一種體裁。"③先王採集詩歌是爲了觀察當地的風俗。④ 當我們讀到"蓋草和萹蓄青葱而茂盛地成長"時，我們就知道在衛國的淇水岸邊生長什麼；⑤當我們讀到"他在木板房裏"時，我們便知道在秦的平原之上，西戎所使用的住宅類型。⑥ 因此，人們可以很輕易地了解四面八方的風俗。然而，當相如創作《上林賦》時，他引用了"在夏天成熟的盧橘"；⑦當揚雄創作《甘泉賦》時，他描繪了"青葱的玉樹"；⑧班固在《西都賦》中談論捕捉"比目魚"；⑨張衡在《西京賦》中講述遊玩的海若。⑩ 這類例證並不止於我所引用者。這些作家設想出珍品和奇物，用以潤飾他們的文章。如果我們考察他們提及的水果和樹木，會發現它們並不生長在那樣的土地上；如果我們檢視超自然的生物，會發現它們並非來自指定的場所。就修辭來説，創造華麗的辭藻很容易，但是就意涵而言，他們的作品卻空洞且缺乏真實性。再者，一件玉製的酒器雖然珍貴，但没有底部就没用了；過度的冗辭雖然華麗，但没有真實性便不能用作指導性原則。可是，不曾有評論家願意攻訐它們的矯揉造作，大多數作者支持它們成爲典範。⑪ 如果這種根

"賦者，古詩之流也。"先王采焉，以觀土風。見"緑竹猗猗"，則知衛地淇澳之產；見"在其版屋"，則知秦野西戎之宅。故能居然而辨八方。然相如賦《上林》而引"盧橘夏熟"，楊雄賦《甘泉》而陳"玉樹青葱"，班固賦《西都》而歎以出比目，張衡賦《西京》而述以遊海若。假稱珍怪，以爲潤色，若斯之類，匪啻于兹。考之果木，則生非其壤；校之神物，則出非其所。於辭則易爲藻飾，於義則虛而無徵。且夫玉卮無當，雖寶非用；侈言無驗，雖麗非經。而論者莫不詆訐其研精，作者大氐舉爲憲章。積習生常，有自來矣。

---

③ 見《兩都賦》，《序》。

④ 左思這裏指的是據説繼承自周代統治者的實踐活動，向帝國的許多地區派出使者收集民歌，以了解人民的情緒和感受。見陳槃，《詩三百篇之採集與删定問題》，《學術季刊》3(1954)：14-21；Diény, *Aux Origines de la poésie classique en Chine*, pp. 5-16。

⑤ 這句典出《毛詩》，第 55 首（《淇奧》），《詩經·衛風》的第一首。也見於《魏都賦》113 行。這裏難以確定"見"，即"閱讀"的主語是什麼。我推測主語是閱讀由君王採集的詩歌的人。然而，主語也可以是後來的君王，他們通過採集詩歌了解其國度的產物和風俗。

⑥ 《毛詩》，第 128 首，《秦風》的第三首《小戎》，描寫西北平原地區的鄉村住宅。

⑦ 司馬相如的《上林賦》列舉很多種類的水果，其中之一便是"盧橘"(black kumquat)（見《文選》，卷 8 頁 7a），一種南方的水果，並不是長安地區的土生水果。

⑧ 參《文選》，卷 7 頁 5a。雖然這些樹是人造的（見《漢書》，卷 87 上頁 3527，顏師古注），但是左思認爲揚雄描繪的是生長在甘泉宮中的自然的"玉樹"。

⑨ 見《西都賦》行 434 注釋。"比目"魚("paired-eye" fish)是東海裏的鹹水物種（見《爾雅》，中之五頁 9a），因此被斷言不可能在長安的皇宮水池中捕捉到。

⑩ 見《西京賦》行 298 注釋。張衡讓海怪海若在宮裏的湖中游水。

⑪ 原文讀作"莫不詆訐"。高步瀛（卷 4 頁 2a）已將其校正爲"莫敢詆訐"以與下一句的意思對仗。

深蒂固的習慣變成規範，一定有其原因。

　　當我第一次考慮模仿《二京》創作《三都》的時候，⑫我爲山川城鎮查閱地圖，爲鳥獸草木核查地名辭典。每一首流行的民謠、歌曲和每一支舞蹈都與當地風俗相一致，所有傑出的人物都基於舊時傳統。我爲何這樣做？用詩歌表達自己的人應當唱出其真情實感。⑬登高能作賦⑭的人應當頌揚其所見。贊頌某事物首先要考慮其真正的本質，對某事跡致以敬意應以事實爲根據。没有真相和事實，讀者還會相信什麼呢？而且，根據土地的性質確定貢税，已在《禹貢》中得到具體説明。⑮"辨別事物並將它們置於合適的地方"，⑯是《周易》謹慎考慮的事情。現在，我僅舉例一隅，編排形式及其概况，全都遵照古時的措辭。

余既思摹《二京》而賦《三都》，其山川城邑則稽之地圖，其鳥獸草木則驗之方志。風謠歌舞，各附其俗；魁梧長者，莫非其舊。何則？發言爲詩者，詠其所志也；升高能賦者，頌其所見也。美物者貴依其本，讚事者宜本其實。匪本匪實，覽者奚信？且夫任土作貢，《虞書》所著；辯物居方，《周易》所慎。聊舉其一隅，攝其體統，歸諸詁訓焉。

---

⑫ 張衡的《西京賦》和《東京賦》。
⑬ 見《毛詩序》，《文選》卷 45 頁 21b。
⑭ 這一表達首次出現在《毛詩》，第 50 首(見《毛詩注疏》，卷 3 之 1 頁 16b)的毛注中，很可能原先指的是官員在宮臺上吟詠。後來，特指詩人攀登高地如高樓和山峰，於其上創作一篇描寫所見並表達所想的作品。見中島千秋，《賦の成立と展開》，頁 79—94。
⑮ 這裏指的是《尚書》中的《禹貢》。這篇作品聲稱列舉出産自古代中國九個地區的貨物和産品。
⑯ 見《周易》，卷 6 頁 11b—12a。

蜀 都 賦

左太冲　　劉淵林　注

【解題】

　　這篇賦描寫蜀地及其都城成都。起初,蜀是秦和漢的行政區域,大體上相當於現在的四川中部地區。在 221 年,劉備(161—223)建立蜀漢王朝,定都成都,領土由相當於現在的四川、雲南、貴州和部分陝西地區所構成。蜀漢政權在 263 年被魏擊敗。左思所描述的這一地區原先由非漢族群居住,在漢初以前便在漢人的控制下逐漸遷入此地。這是一個高山和丘陵滿布的區域,左思對此進行細緻入微的描寫。蜀地資源豐富,尤其是銅和鐵。在漢代,帝國的一些最富裕的家族都居住在蜀地。它還是傑出作家的故鄉,尤以司馬相如、王褒和揚雄最令人矚目。成都雖然位於隱蔽落後的地區,但從早期開始便是中國的大城市之一。它因其錦綉而聞名於世,成都的市場是從印度、南亞和中亞帶來香料和食物的商人進行貿易的中心。

　　瞿蛻園編《漢魏六朝賦選》(北京:中華書局,1964)頁 141—161 有對於這篇作品的有用注釋。

1

曾有位來自西方蜀地的公子	有西蜀公子者,言於東吳王孫,
對來自東方吳地的王孫説:	曰:"蓋聞天以日月爲綱,地以四
"我曾聽説天將日月作爲其法度,	海爲紀。九土星分,萬國錯跱。
地將四海之内的土地作爲準則。①	崤函有帝皇之宅,河洛爲王者之
5　在以星辰分界的九州之中,	里。吾子豈亦曾聞蜀都之事歟?
萬國占據不同的地區。②	請爲左右揚摧而陳之。夫蜀都
崤函曾有帝王的宅邸,③	者,蓋兆基於上世,開國於中古。

---

① 行 3—4:參《越絶書》,《四部備要》本,卷 3 頁 1b:范蠡(公元前 5 世紀)對越王勾踐(? —前 465 年)説:"臣聞之,天貴持盈。持盈者言不失陰陽日月星辰之綱紀。"也可參看 Needham, 2:554 - 56。

② 行 5—6:這幾行涉及古代中國的思想,即每個區域都在特定天體的支配之下。因此,《周禮》(卷 6 頁 45a—b)説,帝國的占星家"以星土辨九州之地,所封封域,皆有分星,以觀妖祥"。也可參看 Needham, 3:190。

③ 行 7:崤函在前漢都城長安地區,見《西都賦》,行 13 注釋。

河洛用作君主的居所。④

閣下您是否聽説過蜀都的事情?

10　請允許我爲您作一番總結陳述。

關於蜀都其起源可追溯到上古時代,⑤

作爲國家,建立於中古。⑥

靈關敞立,爲主城門;⑦

玉壘圍之,像屋檐般遮蓋。⑧

15　兩條江水的雙流環繞之下,⑨

都城高聳,背靠峨眉的層層屏障。⑩

這是所有陸路和水路的交匯點,

來自六方,於此匯聚。⑪

這是豐盛的草木苗壯成長的地方,

20　是帝國最昌盛繁榮的地區。

廓靈關以爲門,包玉壘而爲宇。

帶二江之雙流,抗峨眉之重阻。

水陸所湊,兼六合而交會焉;豐蔚所盛,茂八區而菴藹焉。於前則跨躡犍牂,枕轎交趾。經途所亘,五千餘里。山阜相屬,含谿懷谷。岡巒紏紛,觸石吐雲。鬱葐蒀以翠微,崛巍巍以峩峩。干青霄而秀出,舒丹氣而爲霞。龍池濔瀑潰其隈,漏江伏流潰其阿。泊若湯谷之揚濤,沛若濛汜之涌波。

---

④ 行8:東漢都城洛陽位於黃河和洛水地區。見《西都賦》,行3注釋。

⑤ 行11:馬約翰的譯文("Cities," p. 230)爲:"徵兆在最早的時代便被建立。"但是,這裏的"兆"的意思不是"徵兆"而是"開始"。見《左傳注疏》,卷57頁4a,杜預注。根據被認爲是揚雄所作的《蜀王本紀》(李善所引,卷4頁14b),古蜀王有蠶叢,柏濩,魚鳧,蒲澤及開明。從蠶叢到開明的時代橫跨34 000年。也可參看 *Mh*, 2:72, n. 2。

⑥ 行12:這一行特指秦惠文王(前337—前310年在位)於公元前329年征服蜀地。見《史記》,卷5頁200(*Mh*, 2:72);馬培棠,《巴蜀歸秦考》,《禹貢》2(1934.9):2-6;鍾鳳年,《論秦舉巴蜀之年代》,《禹貢》4(1935.10):9-11;Hervouet, *Sseu-ma Siang-jou*, pp. 73-74。

⑦ 行13:靈關(也叫靈山或蒙山)是成都西南方的一座陡峭的山峰,通常認爲它坐落於後漢漢嘉縣(今四川雅安縣北)南。見《後漢書》,志第23頁3515;朱琦,卷6頁1b—2b。此外還有另一座靈山,屬於叫作靈關道的地區,遠至大渡河南岸以南,靠近越巂河下游。見 Hervouet, *Sseu-ma Siang-jou*, pp. 94-95, n. 2。
雖然"廓"被訓爲動詞(見呂延濟,卷4頁18a)"開",但是瞿蜕園(頁142注3)將其解釋爲"空"或"大"。

⑧ 行14:玉壘是一座成都西北的山,漢代時在綿虒縣(今四川汶川縣西)內。見《漢書》,卷28上頁1598;朱琦,卷6頁2b—3a。

⑨ 行15:李冰(公元前4世紀)時任蜀太守,將岷江分爲兩條支流,環繞成都市郊。這些水道曾用於船運,多餘的水用於灌溉。見《史記》,卷29頁1407;*Mh*, 4:523;《漢書》,卷29頁1679。這兩條支流從這座城市的西北開始,於這座城市又再次與長江合流。見《水經注》冊6,卷33頁3;朱琦,卷6頁3a—4a。

⑩ 行16:峨眉山(今四川峨眉縣東南)是一座位於成都南1000里的大山。見《水經注》,冊6,卷36頁38。

⑪ 行17—18:中島千秋(《文選》,卷1頁217)所引用的《淮南子》(卷5頁17b)將"六合"解釋爲"十二季"(即孟春與孟秋,仲春與仲秋,季春與季秋,孟夏與孟冬,仲夏與仲冬,季夏與季冬)的互補相配(合)。爲了解釋"交會",他引用《周禮》(卷3頁14b)的段落,指的是"四時之所交,風雨之所會"的"地中"(夏至的日影有1.5尺)。因此,他將第二句解釋爲全年的季節完美均衡,因而這個地區受益於四季的雨和風。儘管我並不完全否定中島的注釋,但我發現將"六合"解釋爲更尋常的意思"六個方向"會更簡明一些,這句僅僅是説成都位於交通中心。"交"和"會"實際上是同義詞,分別爲意"接連"和"匯合",而不是馬約翰("Cities," p. 230)解釋的"貿易集會"。"八區"用以表示"帝國"。

向南邊它橫跨犍和牂;[12]

倚靠交趾。[13]

道路綿延穿過蜀地,

長達五千多里。

25 山峰纏繞相連,

擁抱溝壑,懷揣山谷。

山峰和山脊緊湊地聚集;

煙霞觸碰巖石,噴薄爲雲。

籠罩着濃密青翠的霧氣,

30 陡峭雄偉地向上聳立,

巍峨高聳,直逼雲霄,

釋放出朱紅的霧氣,恰似玫瑰雲霞。[14]

龍池潺潺起泡,汩汩流過斜坡;[15]

漏江在地下流動,從山麓湧出。[16]

35 水流奔騰如湯谷的洶湧浪潮,

迅捷流動似蒙氾的泡沫波濤。[17]

2

邛竹布滿山峰,[18]

桂樹臨崖俯視。

"於是乎邛竹緣嶺,菌桂臨崖。

旁挺龍目,側生荔枝。布綠葉之

---

[12] 行21:犍即犍爲,是前漢的一個大的行政區,大致相當於今四川中部以南、貴州西北部和雲南東北部。見《漢書》,卷28上頁1599。

牂即牂柯,是前漢的另一個大的行政區,相當於今貴州大部,廣西西部和雲南東部。見《漢書》,卷28上頁1602。

[13] 行22:交趾是漢武帝建立的十三刺史部之一,占據今廣東、廣西大部和越南北部。見《漢書》,卷28下頁1629。

[14] 行32:李善(卷4頁15a)引《河圖》説從崑崙山流出的赤水之流蒸發成爲玫瑰色的雲霞。

[15] 行33:龍池,也叫靈池和瀘津,是一座周長四十七里的湖,坐落於朱提郡南(靠近今雲南昭通縣)。見《後漢書》,志第23頁3515;《水經注》,册6,卷36頁41;朱珔,卷6頁4a—b。

[16] 行34:漏江是一條位於蜀漢的建寧郡的河流,流經地下數里。朱珔(卷6頁4b)確定它是《水經注》(册6,卷37頁61—62)中提到的葉榆水(今雲南西洱河)。

[17] 行35—36:關於湯谷和蒙氾,見《西京賦》,行438注。

[18] 行37:邛崍山的邛竹因爲可以製作手杖而格外有價值。見《水經注》,册6,卷37頁61;Berthold Laufer, *Sino-Iranica*, pp. 535–37;Hagerty, "Tai K'ai-chih's Chu-p'u," pp. 403–5。

龍眼從旁吐枝發芽，⑲

40　荔枝在山側生長。

綠葉伸展，纖弱而柔軟；

紅果纍纍，充足而茂密。

即使隆冬侵襲，也從不枯萎，

常常光彩耀人，鮮艷奪目。

45　孔雀和翠鳥結群翱翔，⑳

犀牛和大象狂奔疾馳。

白雉在早晨打鳴，㉑

猩猩在夜晚啼叫。㉒

金馬像電光一樣馳騁，没有留下影子；

50　碧鷄一閃而過，呈現光輝之態。㉓

火井於隱秘之泉中深藏火焰，㉔

高高飛翔的火花竄上天際四垂。

萋萋，結朱實之離離。迎隆冬而不凋，常曄曄以狥狥。孔翠群翔，犀象競馳。白雉朝雊，猩猩夜啼。金馬騁光而絶景，碧鷄儵忽而曜儀。火井沈熒於幽泉，高爓飛煽於天垂。其間則有虎珀丹青，江珠瑕英。金沙銀礫，符采彪炳，暉麗灼爍。

---

⑲ 行 38—39：菌桂是肉桂（*Cinnamonmum cassia*）的一種，合浦（今廣東合浦縣東北部）和交趾特別以此聞名。見被認爲是嵇含（304 年在世）所作的《南方草木狀》，《廣漢魏叢書》，卷下頁 2a—b；Li Hui-Lin（李惠林），*Nan-fang ts'ao-mu chuang*，p. 83。關於這部著作，見 Ma Tailoi（馬泰來），"The Authorship of the *Nan-fang ts'ao-mu chuang*," TP 64 (1978)：218 - 52。

龍目是龍眼（*Nephelium longana* 或 *Euphoria longana*，longan）的別名，和荔枝（litchi）生長在朱提郡的南廣縣（今四川南溪縣南）、僰道縣（今四川宜賓西南的安邊場），沿着長江向東最遠到江州（靠近今重慶）。見李善（卷 4 頁 15b）所引《南裔志》（這可能是後漢楊孚的《南裔異物志》的代名）；石聲漢，《齊民要術今釋》，頁 762—764；Li Hui-Lin，pp. 113，122 - 23。

⑳ 行 45：永昌郡的南涪縣（未能確認）尤以孔雀聞名，它們總是在二月飛來此地，並逗留一個多月。見常璩（4 世紀），《華陽國志》，《四部備要》，卷 4 頁 12a。

㉑ 行 47：永昌還因白雉而聞名（劉逵，卷 4 頁 15b）。

㉒ 行 48：猩猩即婆羅洲猩猩（*Pongo pygmaeus*，orangutan）。見 Read，Animal Drugs，♯403。永昌也因這些傳説中被形容爲"能言"的野獸聞名。它們的血被用於染朱罽。見《華陽國志》，卷 4 頁 11b。薛愛華認爲猩猩亦指猿（gibbon），見 *Golden Peaches of Samarkand*，p. 209。

㉓ 行 49—50：金馬和碧鷄是在益州（四川南部）地區發現的神物。漢宣帝派王褒去將它們帶回都城。可是，王褒因病卒於途中。見《漢書》，卷 25 下頁 1250，卷 64 下頁 2830。《漢書·地理志》（卷 28 上頁 1600）説金馬和碧鷄是在青蛉縣（今雲南大姚縣附近）的禺同山發現的。亦可參看《水經注》，册 6，卷 37 頁 59，記録被認爲是王褒所作的《碧鷄頌》。

㉔ 行 51："火井"是獲得天然氣的鹽井。根據唐蒙（約 190 年在世）《博物記》的記載，在臨邛縣（今四川邛崍縣）南一百里的地方有許多這種井。見《後漢書》，志第 23 頁 3509，注釋 3。

《左思別傳》（劉峻，《世説新語》注，卷 4 頁 60 所引）引用這幾句的一個早期稿本："金馬電發於高岡，碧鷄振翼而雲披。鬼彈飛丸以電燉，火井騰光以赫曦。"（瘴氣被認爲是由棲息於永昌地區的看不見的"鬼彈"所發射的彈丸引起的。見《水經注》，册 6，卷 36 頁 42；Eberhard，*The Local Cultures of South and East China*，pp. 195 - 96）

這個地區內有琥珀，朱砂，石青，[25]

江珠，紅玉，[26]

55　金色的沙，銀色的碎石。[27]

紋路和顏色耀眼璀璨，[28]

閃閃發光如太陽般絢爛。

3

向北邊它背靠華容，[29]　　　　　　　　　　　"於後則却背華容，北指崑崙。

北指崑崙。　　　　　　　　　　　　　　　緣以劍閣，阻以石門。流漢湯

60　被劍閣團團包圍，[30]　　　　　　　　　湯，驚浪雷奔。望之天迴，即之

受到石門的庇護。[31]　　　　　　　　　　雲昏。水物殊品，鱗介異族。或

漢水奔流湧動，浩浩蕩蕩，　　　　　　　藏蛟螭，或隱碧玉。嘉魚出於丙

驚濤駭浪迅疾如雷。　　　　　　　　　　穴，良木攢於襃谷。其樹則有木

遠望感到天旋地轉，　　　　　　　　　　蘭梫桂，杞櫹椅桐，樱梓楩樅。

65　近观似乎雲霧籠罩。[32]　　　　　　　梗柟幽藹於谷底，松柏蓊鬱於山

水産族屬，多種多樣；　　　　　　　　　峰。擢脩幹，竦長條。扇飛雲，

有鱗的和有殼的生物，各屬不同物種。　　拂輕霄。羲和假道於峻歧，陽烏

---

[25]　行 53：永昌的博南縣（今雲南永平縣東）曾是重要的琥珀產區。見《華陽國志》，卷 4 頁 12a 和《後漢書》，卷 86 頁 2550，注釋 7。劉逵（卷 4 頁 16a）提到祥牁的白曹山出產朱砂（丹）、石青（青）和孔雀石（曾青和空青）。關於琥珀，見 Laufer, *Sino-Iranica*, pp. 521 - 23。

[26]　行 54：參揚雄，《蜀都賦》，《古文苑》，卷 2 頁 7a。李善（卷 4 頁 16a）徵引的《博物志》稱"江珠"是琥珀的一種。可是，由於左思已經在上一句提到琥珀，那麼"江珠"一定是另一種物質。朱琦（卷 6 頁 6a—b）推測它是在博南的光珠穴發現的"光珠"。見《華陽國志》，卷 4 頁 12a；《後漢書》，志第 23 頁 3514，注釋 5。就這一層關係來說，我們應當注意李賢《後漢書》注（卷 86 頁 2850，注釋 6）徵引《博物志》，稱"光珠"為"江珠"。亦可參看梁章鉅，卷 6 頁 4b—5a。

[27]　行 55：《華陽國志》（卷 4 頁 12a）提到博南的蘭滄水中發現的"金沙"，可水洗後熔煉爲黃金。

[28]　行 56：劉逵（卷 4 頁 16a）將"符采"解釋爲"玉之橫文"。李善（卷 42 頁 11a）引王逸《正部論》，用有顏色的紋路來解釋"符"："赤如雞冠，黃如蒸栗，白如豬肪，黑如純漆，玉之符也。"朱琦（卷 6 頁 7a）將《禮記》（卷 20 頁 17a）的"孚尹"一詞（鄭玄訓爲"玉采色也"）與"符"作了比較。

[29]　行 58：華容是漢代的一個縣（今湖北監利縣西北），一些資料記載它是巨大的雲夢澤的北端起點。見《漢書》，卷 28 上頁 1568；Hervouet, *Sseu-ma Siang-jou*, p. 248。然而更有可能的是，左思指的是江油縣（今四川江油縣）北邊的華容水（也叫馬閣水）。見高步瀛，卷 4 頁 56b—57a。

[30]　行 60：劍閣，也叫劍門，是四川北部的一條山脉，其名稱得自於兩座主要的山峰大劍門（今四川劍閣縣北）和小劍門（大劍門東三十里），皆陡峭直落如劍。見《水經注》，冊 4，卷 20 頁 9。"閣"實際上指的是建在懸崖上的木板路。

[31]　行 61：石門是江油縣東劍閣附近的一座亂石錯立的山嶽。這座山有兩座面對面的石壁，形成巨大的像門一樣的結構，所以得名"石門"。見《水經注》，冊 5，卷 27 頁 27；高步瀛，卷 4 頁 56b。

[32]　行 62—65：在漢城縣（今陝西安康縣西北）南的漢水中有一片巨大的急流，由於規模巨大而被稱爲"鯨灘"。左思在這幾句中描述的很可能就是這片急流。見《水經注》，冊 5，卷 27 頁 32。

有些地方潜行蛟和螭，㉝

其他地方掩藏着碧玉。

70　肥美的魚兒從丙穴出來，㉞

優質的木材在褒谷擁簇。㉟

這裏的樹木有木蘭，木桂，㊱

紫柳，梓樹，山桐子，泡桐，㊲

棕櫚，椰樹，櫻桃樹和白樅。

75　楠木和蕪荑旺盛地生在谷底，

松樹和柏樹茂密地長於山峰。

高大的樹幹向上挺拔，

頎長的枝條向高處伸延。

扇動着飛舞的雲霧，

80　輕拂着蒼天。

羲和沿着最高的枝頭借道而過，

太陽鳥遇到高處的樹椏也不得不折返。㊳

棲息翱翔的巢居禽鳥，

數量是鄧林的兩倍。㊴

85　奇特的野獸在洞穴中安家，

珍稀的禽鳥夜晚於此棲宿。

黑熊和棕熊在南坡咆哮，

迴翼乎高標。巢居栖翔，聿兼鄧林。穴宅奇獸，窠宿異禽。熊羆咆其陽，鵾鶚鴿其陰。猨狖騰希而競捷，虎豹長嘯而永吟。

㉝ 行 68：參《南都賦》，行 89 注，行 231 注。

㉞ 行 70：褒水中的丙穴位於沔陽縣（今陝西勉縣東）北。根據酈道元（《水經注》，册 5，卷 27 頁 26—27）的説法，穴中有魚，三月而出，十月而入，並解釋丙穴得名於面朝南面（丙）的事實。穴中所出的嘉魚（字面解釋爲"肥美的魚"）或紅點鮭魚（char），也稱丙穴魚（Bing Cavern fish）。見 Read, *Fish Drugs*, pp. 34 - 35，♯144。我從字面上翻譯嘉魚，以保持與下文的對仗。

㉟ 行 71：關於褒谷，見《西都賦》，行 15 注。

㊱ 行 72："椺桂"是木桂（*Cinnamomum cassia*, cinnamon）的別名。見《爾雅》，下之二頁 5a；Smith-Stuart, p. 108。

㊲ 行 73："樆"很可能是楸（*Catalpa bungee*, catalpa）的異文。見朱琦，卷 6 頁 9a。"椅"即山桐子（*Idesia polycarpa*, idesia）。見陸文郁，頁 28—29，第 35 條。

㊳ 行 81—82：羲和是爲太陽駕車的人。見《楚辭補注》，卷 1 頁 21a；《廣雅疏證》，卷 9 上頁 8a。在這裏它代指太陽。太陽上居住着三足鳥，據説它具有"太陽的精華"（陽精）。見 Schafer, *Pacing the Void*, pp. 164 - 65；Eberhard, *The Local Cultures of South and East China*, pp. 427 - 30。
何焯（《文選旁證》，卷 6 頁 6a 所引）表示"高標"是四川高望山的古稱。這一解釋可能基於蕭士贇對李白《蜀道難》中"高標"的注解，見王琦（1696—1774）編，《李太白全集》（香港：中華書局，1972），卷 3 頁 4b。高步瀛（卷 4 頁 60a）摒棄這一解釋，並表明"高標"指的是樹木之"高者耳"。

㊴ 行 84：關於鄧林，見《西京賦》，行 414 注。

雕和鶚敏捷地掠過北面。⑩

猿和猴在林間空地跳躍競速，

90　虎和豹大聲長嘯。⑪

4

在東邊它向左最遠延伸到巴地，⑫　　　　　"於東則左緜巴中，百濮所充。

這是百濮部落遍布的地區。⑬　　　　　　外負銅梁於宕渠，内函要害於膏

外緣負載着宕渠的銅梁山，⑭　　　　　　腴。其中則有巴菽巴戟，靈壽桃

腹地裏挾着肥沃的戰略要地。　　　　　　枝。樊以蒩圃，濱以鹽池。蚳蝝

95　這裏有巴豆，遠志，⑮　　　　　　　　山棲，黿鼉水處。潛龍蟠於沮

靈壽，桃枝。⑯　　　　　　　　　　　　澤，應鳴鼓而興雨。丹沙赩熾出

田地被成行的魚腥草圍住，⑰　　　　　　其坂，蜜房郁毓被其阜。山圖采

河岸上鹽池星羅棋布。　　　　　　　　　而得道，赤斧服而不朽。若乃剛

金鷄棲息於山上，⑱　　　　　　　　　　悍生其方，風謠尚其武。奮之則

100　巨黿在河中築巢。　　　　　　　　　賨旅，鈑之則渝舞。鋭氣剽於中

潛龍盤繞臥於沼澤，　　　　　　　　　　葉，蹻容世於樂府。

---

⑩　行 88：“鵰”這一名稱是“雕”（eagle）的通用術語。見 Read, *Avian Drugs*, p. 83, ♯312。鶚即鶚鳥
　　（osprey）。見 Read, *Avian Drugs*, p. 84, ♯313。

⑪　行 90：我意譯原文以便傳達出“長”和“永”的意思，實際上是修飾“嘯”（發聲、吹口哨、吼叫）和“吟”（大聲喊
　　叫）的副詞。它們都暗含着以拖長和增加音量的方式發出聲音的意思，我發現用符合英語習慣的方式表達
　　這個意思是不可能的，“大聲長嘯”（loud and long）只是一種籠統近似的解釋。

⑫　行 91：“左緜”是綿州（今四川綿陽地區）的別名。見胡紹煐，卷 5 頁 7a。然而，基於下文 113 行的分析（“右
　　挾岷山”），“左緜”應當譯爲“向左延伸”的意思。見高步瀛卷 4 頁 61a 所引朱銘。
　　“巴”指的是四川的巴東郡（今閬中城西北）和巴西郡（今奉節城東）。

⑬　行 92：“百濮”是爲數衆多的西南邊疆部落的通稱。

⑭　行 93：銅梁是一座山的名字，位於巴東郡（今四川合川縣南）。見《後漢書》，志第 23 頁 3507，劉昭注；高步
　　瀛，卷 4 頁 61b。
　　宕渠是巴西郡的一個縣（也是一座山，今四川渠縣東），是著名的鐵器産地。見《後漢書》，志第 23 頁 3507。
　　我不清楚爲什麼左思認爲銅梁在宕渠，它們遠隔上百英里。

⑮　行 95：巴菽，也叫巴豆（*Croton tiglium*, croton）。見 Smith-Stuart, pp. 132 - 33。
　　巴戟，或巴戟天，即遠志（*Polygala reinii*, milkwort）。見 Smith-Stuart, p. 338。

⑯　行 96：靈壽（Divine longevity），也叫椐，即莢蒾屬蝴蝶戲珠花（*Viburnum tomentosum*），用來製作手杖。見
　　《漢書》，卷 81 頁 3361，注釋 8；陸文郁，頁 117，第 125 條。
　　關於“桃枝竹”（peach branch bamboo），見《南都賦》行 70。

⑰　行 97：蒩是蕺（魚腥草）（houttuynia）的別名。見《古今注》，卷下頁 3b；《南都賦》行 124 注。

⑱　行 99：朱琦（卷 6 頁 10b—11a）認爲蚳蝝即鷩鶋，也就是紅腹錦鷄（*Chrysolophus pictus*, goldenpheasant）。
　　見 Read, *Avian Drugs*, pp. 40 - 41, ♯271。

響應轟鳴的鼓聲,降下甘霖。[49]

火紅的朱砂來自山坡,

蜂巢滲出濃厚汁液,覆蓋小土山。

105　山圖採集它們,得以參道;

赤斧服食它們,終致不朽。[50]

至於强壯剽悍的戰士生於此,

民歌讚頌他們的英勇。

戰鬥中我們有他們的賓旅,[51]

110　娛樂時則有渝水之舞。[52]

這是中世最機敏勇敢的精神,[53]

生機勃勃的舞蹈在樂府中世代保存。

5

在西邊它向右懷抱岷山,[54]　　　　　　　"於西則右挾岷山,涌瀆發川。

從中噴出浩大的水路,流出巨大的河川。　陪以白狼,夷歌成章。坰野草

115　與之毗連的是白狼之地,[55]　　　　　昧,林麓黝僚。交讓所植,蹲鴟

其部族之歌已成爲優雅的篇章。　　　　所伏。百藥灌叢,寒卉冬馥。異

---

[49] 行 102:《華陽國志》(卷 1 頁 9a)提到一座位於巴郡魚復縣(今奉節縣東)的沼澤,有精怪居住(有些資料稱之爲龍,見《後漢書》,志第 23 頁 3507,劉昭注)。如果有人在它旁邊擊鼓,將會開始下雨。

[50] 行 105—106:山圖和赤斧都是神仙的名字。山圖,隴西本地人,跟隨一位道人去名山採集藥草。赤斧是土生巴人,是煉丹的專家。見《列仙傳》,卷下頁 44、53;《後漢書》,卷 86 頁 2854。《華陽國志》(卷 1 頁 10b)提到宕渠縣出産山圖收集的石蜜。

[51] 行 109:賨是居住在巴地的半漢化部族,以剽悍的戰士和幫助高祖攻占秦都而著稱。見《華陽國志》,卷 1 頁 3a;《水經注》,册 5,卷 28 頁 57。

[52] 行 110:渝舞原先由居住在渝水(今南江以及渠江下游)邊上的獠部落表演。當高祖看見他們表演時,就讓自己的樂師們學習此舞。渝舞也叫巴渝舞,最終成爲樂府曲目的一部分。見《史記》,卷 117 頁 3039,注釋 6;Hervouet, *Sseu-ma Siang-jou*, pp. 276–77;《後漢書》,卷 86 頁 2842;Wilhelm, "Yüeh-fu," p. 124。獠和賨可能是同一部族的不同名稱。郭璞(《史記》,卷 117 頁 3039,注釋 6)提到獠的勇敢以及他們如何幫助高祖擊敗秦。《晉書》(卷 22 頁 693)提到巴渝舞和賨。

[53] 行 111:"中葉"指的是漢高祖統治時期,他曾與"賨"結盟。

[54] 行 113:岷山山脈,高達 3 000 米以上,坐落於成都西北,是流經成都地區的岷水的發源地。

[55] 行 115:白狼是一支藏緬語族的部落,靠近漢嘉縣(今四川雅安縣北)邊境而居。在後漢明帝統治時期,漢人刺史朱輔贏得他們的效忠。他向皇帝上呈三章白狼歌,歌曲讚頌漢朝皇帝的仁善魅力,承認漢族的宗主權。見《後漢書》,卷 86 頁 2854—2855。這些歌由原白狼語的抄本和漢語譯文組成,因此引起藏緬語語言學家的興趣。見董作賓,《漢白狼王歌詩校考》,《邊疆月刊》(1937);再版於《平廬文存》(臺北:藝文印書館,1963),卷 5 頁 7—14;王靜如,《東漢西南夷白狼慕漢歌詩本語譯證》,《西夏研究》,史語所單刊甲種之八,三卷本(北平:國立中央研究院歷史語言研究所,1932),輯 1,頁 15—53;W. South Coblin, "A New Study of the Pai-lang Songs," *Tsing Hua Journal of Chinese Studies*, n. 9. 12 (December 1979):179–216。

在鄉村青草生長濃密厚重，
森林密布的山脚漆黑陰沉。
這裏是種植交讓樹的地方，⑤⑥
120 地下生長着大芋。⑤⑦
各種藥草稠密成叢，
在冬季抵禦寒冷，芬芳馥郁，
奇珍異草數量龐大——
又有什麼不能在這個地區生長？
125 這個地區内有孔雀石，紫藤，⑤⑧
石青和芒硝。⑤⑨
有些地方木蘭密布，⑥⓪
別的地方丹椒成列。⑥①
亮蛇床覆蓋山丘，
130 黃連遍布生長澤蘭的濕地。⑥②
紅花由紫色裝飾，
枝葉生長得青翠而茂密。⑥③
盛放的花朵懸垂綴滿花梗，
飄落的花瓣隨風飛散。
135 神農辨認品嘗它們，⑥④

類棻夥，于何不育？其中則有青珠黃環，碧砮芒消。或豐綠荑，或蕃丹椒。麋蕪布濩於中阿，風連莚蔓於蘭皋。紅葩紫飾，柯葉漸苞。敷藥葳蕤，落英飄颻。神農是嘗，盧跗是料。芳追氣邪，味蠲癘痾。

---

⑤⑥ 行 119：交讓可能是楠木的別名，據稱經常成對生長，當一棵樹枯萎的時候，另一棵便會生長。大概它們每年以這種方式交替，因此名爲"交讓"。見傳爲任昉所作的《述異記》，《廣漢魏叢書》，卷上頁 18a；方以智，《通雅》，卷 43 頁 16b—17a。

⑤⑦ 行 120：蹲鴟（蹲伏的猫頭鷹）是大芋（*Colocasia antiquorum*）的別名（可能是蜀地方言）。見 Read, *Chinese Medicinal Plants*, p. 231, ♯710。根據《華陽國志》（《漢書》，卷 91 頁 3690，注釋 4 所引，不在今本中），生長在汶山郡都安縣的芋頭長得像"蹲鴟"。亦可參看朱琦，卷 6 頁 11b—12a。

⑤⑧ 行 125：關於青珠（孔雀石，maladchite），見 Read and Pak, pp. 18-19，♯32。
黃環即紫藤（*Wistaria chinensis*）。見 Read, Chinese Medicinal Plants, p. 128, ♯418a。

⑤⑨ 行 126：朱琦（卷 6 頁 12a）提出碧砮是碧石青的變種，即石青製成的材料。見 Read and Pak, p. 50, ♯86b。
關於芒硝（硝石，saltpeter），見 Read and Pak, p. 67, ♯125。

⑥⓪ 行 127：綠荑很可能是辛夷（木蘭，magnolia）的別名。見高步瀛，卷 4 頁 67b。

⑥① 行 128：關於蜀椒（椒，*Xanthoxylum piperitum*），見《後漢書》，志第 23 頁 3509，注釋 5；《藝文類聚》，卷 89 頁 1535。

⑥② 行 130：我跟從瞿蜕園（頁 148，注釋 17）的意見，將風連確定爲黃連（*Coptis teeta*，gold thread）或雲南黃連。見 Smith-Stuart, pp. 125-26。

⑥③ 行 132：關於"苞"指"茂盛"，見 Karlgren, "Glosses on the Kuo Feng Odes," pp. 231-32，♯365。

⑥④ 行 135：神農是傳說中的藥草專家。見《淮南子》，卷 19 頁 1a。

盧和俞烹製它們。⑥

其芳香驅散污穢之氣，

其滋味治愈瘟疫和頭痛。⑥

6

在邊界之内有高原和沼澤，

140 堤壩和低地，

伸展延綿，遠至目力所及。

這片土地被地下的潛水和沫水滋養，⑥

爲綿水和雒水所灌溉。⑥

排水溝和水渠四處散布，如同動脉和静脉，⑥

145 土地和田野交接點綴，恰似絲製方巾。

黍稷油光閃亮，⑦

稻米豐盛繁茂。⑦

人們稱泄水道爲‘通雲之門’，⑦

"其封域之内，則有原隰墳衍，通望彌博。演以潛沫，浸以縣雒。溝洫脉散，疆里綺錯。黍稷油油，粳稻莫莫。指渠口以爲雲門，灑滮池而爲陸澤。雖星畢之滂沱，尚未齊其膏液。

---

⑥ 行 136：著名的醫生扁鵲居住在盧國，因此有時被稱作盧醫。見《史記》，卷 105 頁 2785，注釋 1。揚雄（《法言》，卷 10 頁 1b）也提到"扁鵲，盧人也，而醫多盧"。扁鵲這個名字本身被用於不止一位醫生身上：一位是傳説中黄帝時代的醫者；一位叫秦越人，生活在公元前 5 世紀；可能還有一位生活在公元前 4 世紀。見 R. F. Bridgman, "La Médecine dans la Chine antique, d'après les biographies de Pien-ts'io et de Chouen-yu Yi (Chapitre 105 des Mémoires historiques de Sseu-ma Ts'ien)," *MCB* 10 (1952–1955)：103。
俞跗（亦寫作臾跗，俞拊，俞樹）也是黄帝時代的醫生。見《史記》，卷 105 頁 2788；《漢書》，卷 30 頁 1778，注釋 4。

⑥ 行 138：毫無疑問，左思徵引的是《周禮》（卷 2 頁 2a）的段落："四時皆有癘疾，春時有痟首疾。"劉逵（卷 4 頁 18b）直接將"痟"解釋爲"頭病"，但卻錯誤地引用《漢書》司馬相如傳（卷 57 下頁 2589），以爲述及的是同一種疾病。傳記中説司馬相如"常有消渴病"，即糖尿病。見 Hervouet, *Sseu-ma Siang-jou*, p. 55。亦可參看胡紹煐，卷 5 頁 9a。

⑥ 行 142：爲了確定潛水的確切位置，學者做了許多嘗試。酈道元（《水經注》册 5，卷 29 頁 57）提到潛水形成漢水的一條地下支流。劉逵（卷 4 頁 19a）説位於晉壽（見胡克家，《文選考異》，卷 1 頁 24a 的校正文本）縣（今四川昭化縣東南）的潛水流入一個巨大的洞穴，在山底下向西南流去。見高步瀛，卷 4 頁 69a—71a。
沫（關於它的讀音見高步瀛，卷 4 頁 69a）水（今大渡河）是一條流經蒙山（見上文行 13 注）的地下河流。見《水經注》册 6，卷 35 頁 43。

⑥ 行 143：綿水，發源於綿竹縣（四川北部）的紫巖山，在新都縣（今成都東北）北與雒水交匯。這些河流爲這一區域提供灌溉。見《漢書》，卷 28 上頁 1597；《水經注》册 6，卷 33 頁 8—9；《華陽國志》，卷 3 頁 4b。

⑥ 行 144：根據劉逵（卷 4 頁 19a）的説法，寬和深爲四尺的水道爲"溝"，一倍於此的是"洫"。參《周禮》，卷 12 頁 18b。

⑦ 行 146：參見被認爲是箕子所作的《麥秀之詩》（《史記》，卷 38 頁 1621；*Mh*，4：231）："禾黍油油。"

⑦ 行 147：參《毛詩》，第 2 首第 2 章："維葉莫莫。"

⑦ 行 148：左思將李冰修建的都江堰（見《華陽國志》，卷 3 頁 4a）比作雲開雨落，以充沛的降水浸潤大地。

水排入流水池，形成旱地的水源。⑦

150 即便是畢宿的瓢潑大雨，⑦

　　也不能與其豐富的水液相比。

7

　　於是此處城鎮和村落繁榮昌盛，

　　夾峙江河，傍靠群山，

　　屋頂和橫梁面面相對，

155 桑樹和梓樹連綿成列。⑦

　　每家都有鹽泉水井，

　　每户都有橘柚果園。

　　果園中有紅蘋果和枇杷，⑦

　　苦橙、柿子、豆柿、山梨。⑦

160 山桃匀稱地排列成簇，⑦

　　李樹整齊成列地成長。

　　所有果實都破莢而出，⑦

　　各種顏色同樣光輝燦爛。

　　朱紅的櫻桃在春天成熟，

165 白色的蘋果在夏季結果。⑧

　　然後，大火星退落，⑧

"爾乃邑居隱賑，夾江傍山。棟宇相望，桑梓接連。家有鹽泉之井，户有橘柚之園。其園則有林檎枇杷，橙柿樗椑。楬桃函列，梅李羅生。百果甲宅，異色同榮。朱櫻春熟，素柰夏成。若乃大火流，涼風屬。白露凝，微霜結。紫梨津潤，榐栗罅發。蒲陶亂潰，若榴競裂。甘至自零，芬芬酷烈。其園則有蒟蒻茱萸，瓜疇芋區。甘蔗辛薑，陽藍陰敷。日往菲薇，月來扶疎。任土所麗，衆獻而儲。

---

⑦ 行149：澎池既可作爲一條河流的名字，也可以作"流水之池"的意思解。見 Karlgren, "Glosses on the Siao Ya Odes," p. 162, ♯740。

⑦ 行150：關於畢宿，見《東都賦》，行154—155 注。參《毛詩》，第 232 首第 3 章："月離於畢，俾滂沱矣。"

⑦ 行155：關於桑梓作爲家園的借喻，見《南都賦》行 322。

⑦ 行158：林檎即蘋果（*Pyrus malus*, red apple）。見 Smith-Stuart, p. 364。
　枇杷（*Eriobotrya japonica*, loquat）。見 Smith-Stuart, pp. 164 – 65。

⑦ 行159：橙即苦橙（*Citrus aurantium*, coolie orange）。見 Smith-Stuart, p. 111。
　柿即柿子（*Diospyrus kaki*, persimmon）。見 Smith-Stuart, pp. 152 – 53。
　椑是山梨（*Pyrus calleryana*, wild pear）的別名。見《史記》，卷 117 頁 3029，注釋 4；《廣雅疏證》，卷 10 上頁 61b—62a；陸文郁，頁 75，第 83 條。

⑦ 行160：楬桃是山桃的別名，在現代指的是李屬山桃（*Prunus davidiana*）。見《爾雅》，下之二頁 9b；《中國高等植物圖鑒》，卷 2 頁 304。我給這種果樹一個自己的譯名"山桃"（mountain peach）。

⑦ 行162：參《周易》，卷 4 頁 11b："百果草木皆甲坼。"

⑧ 行165：郭義恭（公元 5 世紀）的《廣志》説有三種柰（蘋果，*Pyrus malus*, apple）：青、白、紅。見徐堅（659—729）等編，《初學記》（臺北：新興書局，1965），卷 28 頁 3a。

⑧ 行166："大火"即心宿二（天蝎座 α 星），在秋季落下。見《毛詩》，第 154 首第 1 章。

冷風刮得猛烈,

白露凝結,

薄霜形成。

170 紫梨滋潤多汁,

榛子和栗子裂開成熟。

葡萄飽滿脹裂,

石榴競相開放。

完全成熟後,便自行跌落,

175 甜美的芳香强烈而濃郁。

菜園中有魔芋和辣椒,⑧

瓜田和芋壇。

甘蔗和辛薑

得到太陽的温暖和陰凉的籠罩。

180 日復一日,生長得更加茂盛濃密;

月復一月,枝條延伸得更加寬廣。

所有長在這個地區土壤中的産物⑧

都大量供獻和囤儲。

8

肥沃的濕地中有成束的茭白,成叢的香蒲,

185 緑色的菱角,紅色的蓮花,

水草與之相雜,

蘋蒿與之相混。⑧

"其沃瀛則有攢蔣叢蒲,緑菱紅蓮。雜以蘊藻,糅以蘋蘩。總莖枙枙,裹葉萋萋。蕡實時味,王公羞焉。其中則有鴻儔鵠侶,鴛

---

⑧ 行176:劉逵(卷4頁20a)將蒟蒻解釋爲兩種植物的名稱,蒟醬(見下文行257注)和蒻頭(*Amorphophallus knojak*, elephant foot,魔芋,見 Read,*Medicinal Plants*, pp. 229‐30,♯706)。可是,蒟蒻也是蒻頭的別名(見《證類本草》,卷11頁50b—51a)。因此在這裏,蒟蒻很可能指的僅是一種植物,即魔芋。
茱萸在這裏指的是被稱爲食朱萸或辣子的著名四川花椒(椿葉花椒,*Xanthoxylum ailanthoides*)。見 Smith-Stuart, p. 462。

⑧ 行182:參《周易》,卷3頁11b:"百穀草木麗乎土。"任土是"任土作貢"(根據土地[的産出]制定貢賦)的省略。

⑧ 行186—187:這兩行很可能是左思從《左傳》隱公三年中改編的。杜預(《左傳注疏》,卷2頁6b)說蘊藻是水藻(*Hippuris vulgaris*, horsetail)的別名。見陸文郁,頁9—10,第13條。
蘋即蘋草(*Marsilia quadrifolia*, pepperwort)。見陸文郁,頁9,第12條。
蘩也叫白蒿,是蒿(artemisia)的一種,被定義爲不同的名稱,白蒿(*Artemisia Stelleriana*)(Read,*Medicinal Plants*, p. 2, ♯8),大籽蒿(*A. Sieversiana*)(陸文郁,頁7,第9條),或(*A. Stelleriana vesiculosa*)(Smith-Stuart, p. 52)。

成簇莖秆直立，茂盛而擁擠，⑧⑤
成團的葉子厚厚聚集。⑧⑥

190　熟透的果實需當季品嘗，⑧⑦
被上貢給王公們。
池塘中有成雙的大雁，成對的天鵝，
白鷺和鵜鶘。⑧⑧
早晨的野鴨在拂曉到來，

195　遷徙的大雁口含蘆葦而飛。⑧⑨
樹葉落下時，它們向南飛；
冰雪融化時，它們向北行。
在雲中飛翔，在水上夜宿，
在清澈的水渠邊引吭高歌。

200　池塘的深處有白色的大黿向鱉喊叫，⑨⓪
黑色的水獺奉上獻祭。⑨①
鱘鰉，白鱘，魬魚，鯿魚，
鮎魚，黑魚，鰕虎魚，黃鱔。
具有勻整排列的鱗片，展現各不相同的顏色，

205　就像是織錦之紋，錯綜複雜。⑨②
在波濤上嬉戲，在淺灘中遊玩，
即使處在中流裏，也忘卻彼此。⑨③

鷺鵜鶘。晨鳧旦至，候鴈銜蘆。
木落南翔，冰泮北徂。雲飛水
宿，嘄吭清渠。其深則有白黿命
鱉，玄獺上祭。鱣鮪鱒魴，鮷鱧
魦鱨。差鱗次色，錦質報章。躍
濤戲瀨，中流相忘。

---

⑧⑤ 行 188：關於枇枇指“茂盛豐滿”，見 Karlgren, “Glosses on the Ta Ya and Sung Odes,” p. 68，#180。
⑧⑥ 行 189：參《毛詩》，第 6 首第 3 章：“其葉萋萋。”
⑧⑦ 行 190：參《毛詩》，第 6 首第 2 章：“有蕡其實。”
⑧⑧ 行 193：鸑鷺（白鷺）（egret）這個名稱很可能是《毛詩》，第 278 首第 1 章的訛誤，在那裏振鷺意爲“一群白鷺”。見 Karlgren, “Glosses on the Ta Ya and Sung Odes,” pp. 154-55，#1095；朱琦，卷 6 頁 16b—17a。鵜鶘即塘鵝（pelican）。見 Read, *Avian Drugs*, pp. 10-11，#251。
⑧⑨ 行 195：劉逵（卷 4 頁 20b）提到大雁（geese）口含蘆葦以抵禦獵人的箭矢。亦可參看《淮南子》，卷 19 頁 8a；張雲璈，卷 4 頁 7b—8a。
⑨⓪ 行 200：這一行的典故出自古代中國的一個普遍觀念，即公黿（軟殼巨龜，giant soft-shell turtle）配母鱉。參《東都賦》，行 126 注。因此，“黿鳴而鱉應”。見張衡，《應閒》，《後漢書》，卷 59 頁 1904。
⑨① 行 201：水獺（otters）“祭魚”是屬於仲春的一個活動（見《禮記》，卷 5 頁 2a），魚升至冰面，水獺便捉住它們並置於岸上，仿佛在準備獻祭。見高誘，《呂氏春秋》，卷 1 頁 1b。
⑨② 行 205：關於報章指“交織在一起的花紋”，見 Karlgren, “Glosses on the Siao Ya Odes,” p. 123，#632。參《毛詩》，第 203 首第 6 章：“不成報章。”
⑨③ 行 207：參《莊子集釋》，卷 14 頁 231：“泉涸，魚相與處於陸，相呴以濕，相濡以沫，不若相忘於江湖。”

9

於是金屬堡壘和石頭城門⑨

包圍環繞中心區域。

210　既雄偉又崇高，

真正的完美都城。⑨

他們築造十八座通行的大門，⑨

設計雙車道寬的廣闊大道，

在明亮的高處修建新的宮殿，

215　架設客棧，與承明廬一樣，⑨

將長長的通道與陽城相連，

使樓觀和露台飛入雲霄。

開闢高高的長廊用來俯視群山，

開設綺麗的窗戶用來遠望江水。

220　其内則有議政之殿堂和封邑之廳室，

武義門和虎威門，

宣化之門戶，

崇禮之入口。⑨

裝飾華麗的瞭望雙臺高聳入雲，⑨

225　兩重門敞開，一扇挨着一扇。⑩

金色的鋪環交相輝映，⑩

"於是乎金城石郭，兼市中區。既麗且崇，實號成都。闢二九之通門，畫方軌之廣塗。營新宮於爽塏，擬承明而起廬。結陽城之延閣，飛觀榭乎雲中。開高軒以臨山，列綺窗而瞰江。内則議殿爵堂，武義虎威。宣化之闥，崇禮之闈。華闕雙邈，重門洞開。金鋪交映，玉題相暉。外則軌躅八達，里闬對出。比屋連甍，千廡萬室。亦有甲第，當衢向術。壇宇顯敞，高門納駟。庭扣鍾磬，堂撫琴瑟。匪葛匪姜，疇能是恤。

---

⑨　行 208：參《西都賦》，行 44 注。

⑨　行 211：《太平寰宇記》(卷 72 頁 9a)説太王(即亶父，周文王的祖父)穿過梁山，定居在岐山(今陝西岐山縣東北)脚下。"一年成邑，二年成都。因名之曰'成都'。"揚雄在《蜀王本紀》(《太平御覽》，卷 888 頁 3a；《太平寰宇記》，卷 72 頁 9a)中説原先蜀的統治者居住在廣都(今四川華陽縣縣東南)，後來遷到成都。秦惠文王派張儀和司馬錯伐蜀(見上文行 12)，"因築成都而縣之"。(見下文行 212)

⑨　行 212：參揚雄，《蜀都賦》(《古文苑》，卷 4 頁 5b)："其都門二九。"成都城墻由張儀和蜀地長官張若始建於公元前 313 年。城墻周長十二里，高七丈(16.17 米)。見《華陽國志》，卷 3 頁 3a。漢武帝於公元前 115 年下令建造十八座城門(劉逵，卷 4 頁 21a)。

⑨　行 215：承明是漢代長安城中侍衛所住的客棧名。見《西都賦》，行 216，陽城是成都南面最東邊的城門。見《太平寰宇記》，卷 72 頁 13a。這些"延閣"可能是檔案館。見胡紹煐，卷 5 頁 12b。

⑨　行 221—223：這些都是宮門的名稱。

⑨　行 224：瞿蜕園(頁 153，注 14)説"邈"應當理解爲"高聳"。然而，中島千秋(《文選》，卷 1 頁 232)的"遠望"更接近字面意思。

⑩　行 225：參《西京賦》，行 118。

⑩　行 226：雖然劉逵(卷 4 頁 21b)説"金鋪"是黄金製成的，但是更可能是銅製成的。見《漢書》，卷 11 頁 344；*HFHD*，3：37。

玉製的尖飾熠熠奪目。[102]

其外則有車轍和小道向各方延伸，

守衛的城門相對而出，

230　屋頂連着屋頂、屋檐挨着屋檐，

有千條走廊、萬間屋室。

還有高級宅邸，

鄰接通衢，面向大街。

廳室寬敞明亮，

235　四馬之車穿其高門而過。

在庭院中擊奏鐘磬，

在廳堂中彈撥琴瑟。

要不是有諸葛，要不是有姜維，

誰能安樂地居於此地?[103]

10

240　接着我們去到少城，[104]

在西邊與蜀都毗連。

集市商店的中心，

上萬商人的淵藪，[105]

"亞以少城，接乎其西。市廛所
會，萬商之淵。列隧百重，羅肆
巨千。賄貨山積，纖麗星繁。都
人士女，袨服靚粧。賈貿墆鬻，

---

[102] 行 227：應劭(《漢書》，卷 87 上頁 3531，注釋 2)將"題"解釋爲裝在椽木尾端的玉飾。趙岐(108—201)在《孟子》(七下之 34)的一則注中將"榱題"解釋爲"屋霤"，即排雨槽。焦循(1763—1820)補充道："榱之抵檐處爲榱題，其下覆以瓦，雨自此下溜，故爲霤，亦爲楠。楠取於滴也，今尚以瓦頭爲滴水。自瓦言之爲霤，自椽言之爲榱題。近在一所，故趙氏以屋霤釋榱題也。"見《孟子正義》，《四部備要》，卷 29 頁 10b—11a。"題"定是玉製的尖飾，與"瑞"類似(見《西都賦》，行 151 注)。

[103] 行 238—239：著名的軍事戰略家諸葛亮(181—234)和他的忠實助手姜維(卒於 263 年)，作爲劉備軍的指揮官駐軍在蜀地。見《三國志》，卷 35 頁 911—937，卷 44 頁 1061—1069。何焯和張雲璈(皆爲《文選膠言》，卷 4 頁 8b—9a 所引)指出在這一時期，無論是諸葛亮還是姜維都沒有時間建設宅邸，因此張雲璈主張這一句應當理解爲不像那些"高門"中的人，這兩位蜀地的英雄人物關心的是"王室"。胡紹煐(卷 5 頁 12b—13a)注意到此句與張衡《西京賦》行 327("匪石匪董，疇能宅此?")的對仗關係，並試圖在《方言》訓釋的基礎上建立"恤"(呂延濟，卷 4 頁 27b 訓爲"居")和"居"之間的對等關係。《方言》說"慰"是"恤"的同義詞，在東南的方言中表示"居"(《方言校箋及通檢》，卷 3 頁 21 第 16 條)。胡紹煐主張"恤"的本義是"安"，滿足(見《漢書》，卷 73 頁 3113)。高步瀛(卷 4 頁 81b)也將"恤"釋爲"安"，並表示"上二句(行 236—237)言蜀都豪富之侈，下二句張葛、姜之功。謂蜀之豪富，享有鐘磬琴瑟之樂者，則以葛與姜能安之也"。

[104] 行 240：在成都縣西南約三分之一英里處便是少城(也叫小城)，由張儀建造，作爲這一地區的商業中心。見《元和郡縣圖志》，卷 31 頁 864；《太平寰宇記》，卷 72 頁 12b。

[105] 行 243：或"各種商貨的集中地"(瞿蛻園，頁 154，注釋 3)。

商鋪列隊而立，有百層之縱深，

245 上千攤位相互緊鄰，錯落有致。

商品和貨物堆聚如山，

精美漂亮的工藝品積若繁星。

都城的男人和女人們[106]

都穿着盛裝，濃妝艷抹。[107]

250 商賈叫賣交易，囤積售貨，

前後討價，左右還價。

奇貨獨特而不尋常，

比八方的任何東西都罕見。

至於布料，出自木棉花；[108]

255 至於澱粉，則有砂糖椰子。[109]

邛杖之節在大夏的城池享有聲譽，[110]

蔞葉醬之風味在番禺的村莊聞名遐邇。[111]

推車和馬車堵塞道路，

舛錯縱橫。異物崛詭，奇於八方。布有橦華，麨有桄榔。邛杖傳節於大夏之邑，蒟醬流味於番禺之鄉。輶軒雜沓，冠帶混并。累轂疊跡，叛衍相傾。喧譁鼎沸，則唱聒宇宙；蹱塵張天，則埃壒曜靈。闤闠之裏，伎巧之家。百室離房，機杼相和。貝錦斐成，濯色江波。黃潤比筒，籯金所過。

---

[106] 行 248：參《西都賦》，行 60。

[107] 行 249：毫無疑問，"靚妝"與司馬相如《上林賦》（《文選》，卷 8 頁 13a）中的"靚莊"是相同的。郭璞（《史記》，卷 117 頁 3040，注釋 4）解釋爲"粉白黛黑"，即化妝品。然而，"靚"的字面意思是漂亮或艷麗，在這一結構中應當釋爲"修飾妝容"，即化妝。

[108] 行 254：橦生長於永昌地區，橦花據説可以編織成布。見《華陽國志》，卷 4 頁 11b。方以智（《通雅》，卷 37 頁 23b）確定爲木棉（*Bombax malabaricum*，cotton tree），但是朱琦（卷 6 頁 18a）主張由於是木棉的果實而非花朵可用於織布，所以橦不可能是木棉。胡紹煐（卷 5 頁 13a—b）引用《廣志》（見《藝文類聚》，卷 88 頁 1527；《後漢書》，卷 86 頁 2850，注釋 4），認爲橦指的是一種生長在剽國（緬甸）的白梧桐，花有白絨毛，可以編織成布。這種樹不大可能是著名的梧桐（*Firmiana simplex*）。儘管描述並不完全與木棉相吻合，但是我在這裏還是沿用這種説法。

[109] 行 255：桃榔，即砂糖椰子（*Arenga pinnata* 或 *Arenga sacchariferca*，sugar palm），是重要的西米（棕櫚澱粉）原料。劉逵（卷 4 頁 22a）説它生長在興古（四川南部和雲南）。見《中國高等植物圖鑒》，卷 5 頁 353；Schafer，*The Vermilion Bird*，pp. 175 - 76；Smith-Stuart，pp. 389 - 90；Li Hui-Lin，pp. 90 - 92。

[110] 行 256：張騫（？—前114）在公元前 139 年帶領一隊外交使團出使西域，報告其在大夏（巴克特里亞）見到"邛竹杖、蜀布"（見《漢書》，卷 61 頁 2689；Hulsewé，*China in Central Asia*，p. 211）。據説大夏商人是在身毒（印度，關於這一讀音 Yuandu，見《史記》，卷 116 頁 2996，司馬貞；它又讀作 Qiandu，見《史記》，卷 123 頁 3165，司馬貞）購買的這些產品。亦可參看《史記》，卷 116 頁 2995，卷 123 頁 3166（*Records*，2：269，293 - 94）；《漢書》，卷 95 頁 3841。關於邛竹，見上文行 37 注。關於邛竹凸起的竹節，見 Hagerty，"Tai K'ai-chih's Chu-p'u，" p. 403。

[111] 行 257：當唐蒙擔任使者出使南越王國的首都番禺（靠近今廣州市）時，吃到蔞葉（*Piper betel* 或 *Chavica betel*，betel pepper）的葉子製成的"蔞葉醬"（蒟醬或枸醬）。這個東西有些令人回味。根據唐蒙的説法，蜀是蒟醬的唯一原料產地，它被走私到夜郎（貴州西部和北部，雲南東北和四川南部的部分地區）的集市中，並從那裏被運往番禺。見《史記》，卷 116 頁 2994；*Records*，2：291 - 92；《漢書》，卷 95 頁 3839；Smith-Stuart，pp. 102 - 3；Schafer，*Golden Peaches*，p. 151；Hervouet，*Sseu-ma Siang-jou*，pp. 80 - 81，n. 4；于景讓，《胡椒澄茄蓽茇蒟醬（下）》，《大陸雜誌》17（1958.10）：20 - 24。李惠林（頁 46—54）摒棄蒟醬作爲蔞葉的看法，並舉出證據證明它原先指的是黑胡椒（*Piper nigrum*，black pepper）。

冠帶擠滿街道。⑫

260　輪轂聚集在一起，車轍前後相疊，

四散蔓延，互相推搡擠出車道。

喧囂聲仿佛沸騰之鼎，

發出震耳欲聾的轟鳴，撼動蒼穹。

噪聲和塵土瀰漫天空，

265　遮蔽明亮的太陽。

在集市的門墻內，

是匠人們的家。

數不清的房子中，各自獨立的房間裏，

織工的紡錘一起發出和諧悦耳的碰擊聲。

270　貝紋織錦雅緻成型，⑬

它的色彩在江水的波浪中洗濯。⑭

黄色的光澤在筒中排列成行，

比一筐筐的金子還要值錢。⑮

11

在衆多最興旺富裕的人中，

275　卓氏和鄭氏齊名。⑯

"侈侈隆富，卓鄭埒名。公擅山

川，貨殖私庭。藏鏹巨萬，鈲摡

---

⑫　行 259：關於"冠帶"作爲"官員"的借喻，見《西京賦》，行 383 注。

⑬　行 270：這一行以《毛詩》，第 200 首第 1 章爲基礎："萋兮斐兮，成是貝錦。"雖然 Karlgren（"Glosses on the Siao Ya Odes," p. 616，♯616）主張"成"在毛詩此句並不是動詞，但是左思顯然將其用作動詞，意爲"成型"。鄭玄（《毛詩注疏》，卷 12 之 3 頁 20a）説"貝錦"（shell-brocade）是"文如餘泉（有黄色紋路的白貝）餘蚳（有白色紋路的黄貝）之貝文也"。

⑭　行 271：成都的織錦製品是如此重要，以至於派駐"錦官"到這座城市中（見《水經注》册 6，卷 33 頁 4）。李善（卷 4 頁 22b）所引譙周（199—270）《益州志》説："成都織錦既成，濯於江水。其文分明，勝於初成。他水濯之，不如江水也。"《華陽國志》（卷 3 頁 6b—7a）描述錦江上的習俗，錦江是流經成都平原的岷水的支流。《太平寰宇記》（卷 72 頁 10a）説在華陽縣有濯錦江。這條河也叫蜀江，用於濯洗織錦。

⑮　行 272—273：蜀地出産一種尤爲纖細的布料，叫作"黄潤"，被置於筒中，因此也叫"筒中細布"。揚雄的《蜀都賦》（《古文苑》，卷 4 頁 8a）説它："筒中黄潤，一端數金。"

⑯　行 275：卓氏和程氏是蜀地極其富有的家族。臨邛卓氏的大量財産賺自鑄鐵及與滇（雲南中部）人和蜀人的貿易，其最著名的家族成員是司馬相如的岳父卓王孫。卓王孫擁有八百奴僕，舉辦的遊覽堪與貴族媲美。程氏家族的程鄭靠冶鐵和與蜀地本地人的貿易積累巨額財富。見《史記》，卷 129 頁 3277—3278；《漢書》，卷 91 頁 3690；*Records*，2：495 - 96；C. Martin Wilbur, *Slavery in China During the Former Han Dynasty*, Anthropological Series, vol. 34（Chicago：Field Museum of Natural History, 1943），pp. 259 - 60；Nancy Lee Swann, *Food and Money in Ancient China*（Princeton：Princeton University Press, 1950），pp. 452 - 53，461；Hervouet, *Sseu-ma Siang-jou*, pp. 38 - 39。

公然立樁標界，聲稱擁有所有的山嶽河流，

爲其家族賺得財富。

積聚數以百萬貫的錢幣，⑰

木工和裁縫不停地供應商品。⑱

280　更有甚者，由財富而帶來的權勢，

令他們在此邊境之城被人畏懼、受人尊重。⑲

三蜀的大人物們，⑳

經常來來往往，

在都城中結交關係，

285　形成集團，鞏固派系。

侃侃而談，嬉笑會話，

緊握手腕，拍手鼓掌。

出門時，一列列騎馬之人跟隨其後；

歸來時，上百輛馬車陪同他們。

290　至於他們的古老習俗：

冬去春來之時，㉑

選一良辰吉日，㉒

在高堂舉行宴會

以款待嘉賓。㉓

295　銅罐置於席子的中間，㉔

肉糜和水果擺在所有人的旁邊。

杯中有清澈的酒水，

魚鱠有細小的'紫鱗'。㉕

兼呈。亦以財雄，翕習邊城。三蜀之豪，時來時往。養交都邑，結儔附黨。劇談戲論，扼腕抵掌。出則連騎，歸從百兩。若其舊俗，終冬始春。吉日良辰，置酒高堂，以御嘉賓。金罍中坐，肴槅四陳。觴以清醥，鮮以紫鱗。羽爵執競，絲竹乃發。巴姬彈弦，漢女擊節。起西音於促柱，歌江上之飄鷗。紆長袖而屢舞，翩躚躚以裔裔。合樽促席，引滿相罰。樂飲今夕，一醉累月。

---

⑰　行 278：孟康（《漢書》，卷 24 下頁 1150，注釋 8）確定"緡"爲"錢貫"。

⑱　行 279：左思在這裏用兩個蜀方言詞，鏃"裁木爲器"和捆"裂帛爲衣"。見《方言校箋及通檢》，卷 2 頁 15 第 26 條。

⑲　行 280—281：參《漢書》，卷 100 上頁 4197—4198："當孝惠、高后時，（班壹）以財雄邊。"這裏的"邊城"指的是臨邛，即卓王孫和程鄭的家鄉。

⑳　行 282："三蜀"包括蜀郡、廣漢和犍爲。

㉑　行 291：揚雄《蜀都賦》（《古文苑》，卷 4 頁 9b）談到同一個早春節日："尔乃其俗，迎春送臘。"

㉒　行 292：這一行取自《楚辭·九歌》的第一首（《楚辭補注》，卷 2 頁 2a）。

㉓　行 294：參《毛詩》，第 180 首第 4 章："殪此大兕，以御賓客。"

㉔　行 295：參《毛詩》，第 3 首第 2 章："我姑酌彼金罍。"

㉕　行 298："紫鱗"是魚的借喻。

羽翼酒爵競相舉起祝酒時，[126]

300　弦樂和管樂便開始奏響。

巴地來的美人彈奏琴瑟，

漢地來的少女擊打節拍。[127]

以快速的‘西音’作爲開始，[128]

清晰嘹亮地歌唱《江上》。[129]

305　舒其長袖，一遍遍起舞，

翩躚地翻轉，優雅地流動。[130]

他們合聚酒杯，在席子上相互靠近，[131]

舉起倒滿的杯子喝罰酒。

今夜他們快樂地飲酒，[132]

310　月復一月，除了喝醉什麼也不做。[133]

12

至於王孫那樣的人，[134]　　　　　　　　　　　“若夫王孫之屬，邵公之倫。從

---

[126] 行 299：我不確定怎麼翻譯“執競”（“頑強的、堅強的”，或“令人敬畏的、堅強的”），它首次出現在《毛詩》，第 274 首第 1 章，用來形容周武王（見 Karlgren, "Glosses on the Ta Ya and Sung Odes," p. 150，♯1084）。瞿蜕園（頁 156，注釋 20）解釋爲“捧杯爭相歡飲”。我的譯文是對瞿蜕園注解的一種近似翻譯。

[127] 行 302：“漢”可以譯爲“蜀漢”或者“漢中”。在任一種情形下，“漢”都明確地指代蜀地的一個區域。

[128] 行 303：“西音”很可能是《宋書》“樂志”（卷 19 頁 548）中提到的“四方之歌”中的一種。根據保存在《呂氏春秋》（卷 6 頁 5b—6a）中的一則故事，周昭王（前 1041—前 1021 年在位）涉漢水時，掉入河中，侍從辛餘靡幫助昭王渡過北岸，周公以西翟之地的封地獎賞他。當他居住在西河時，他便開始思念舊鄉，並創作“西音”（《呂氏春秋》説此歌原先是殷商的整甲所作，而辛餘靡“繼是音”）。關於同一故事的其他版本，見《史記》，卷 4 頁 135，注釋 1；卷 32 頁 1490，注釋 5。

[129] 行 304：我不能確認《江上》是一首什麼歌。

[130] 行 305—306：參《毛詩》，第 220 首第 3 章：“屢舞僊僊。”
疊詞“裔裔”僅訓爲“舞貌”（呂向，卷 4 頁 29b）。吳德明（*Le Chapitre 117 du Che ki*, p. 46, n. 18）聲稱，如同出現在司馬相如的《子虛賦》，這個詞與“裔”作爲“衣服的下擺”和“遠”的意思有些關係。然而，他的譯文“裙擺擺至天邊”並不適用於左思的用法。王先謙（《漢書補注》，卷 57 上頁 16b）説“裔裔”是“流行貌”（亦可參看《漢書》，卷 22 頁 1053，注釋 9）。基於這一注解，《兩漢文學史參考資料》（北京：中華書局，1962）的編者將司馬相如此段意譯爲“魚貫相連，絡繹不絶地向前行進”（頁 38，注釋 94）。“裔裔”有“前後相連地流動”的意思，或者作爲跳舞之貌“優雅地流動”，是有可能的。亦可參看 James Robert Hightower, "Ein Standerdwerk über einen Han-Klassiker," pp. 122 - 23 的評注。

[131] 行 307：參淳于髡（前 385？—前 305）對齊威王的一番談話（《史記》，卷 126 頁 3199）：“合尊促座。”

[132] 行 309：參《毛詩》，第 217 首第 3 章：“樂酒今夕。”

[133] 行 310：參《毛詩》，第 196 首第 2 章：“壹醉日富。”關於這一句，見 Karlgren, "Glosses on the Sian Ya Odes," p. 104，♯585。

[134] 行 311：王孫即卓王孫。

郤公的同儕，[135]

當他們在城郊追逐打獵時，

萬人空巷。[136]

315　他們並駕騎上戰馬，

所有人都用軛套上他們的白眸駿馬，[137]

黑色的和棕黃色的在不同的隊伍，[138]

四匹爲一栓套，成串成團。[139]

向西他們穿越金隄；[140]

320　向東他們橫渡玉津。[141]

他們在月初分別，允諾在月末相聚：

這並不只是一天或者一旬的旅程。

他們踏着堅實的脚步穿過濃密的林下灌木，

跋涉狩獵越過遼闊空曠的空地。[142]

325　鷹隼和獵犬飛掠而出，

仔細地設置羅網和陷阱。

多毛的獸群四處逃竄，

有羽的鳥群受驚飛散。

突然，在轉瞬之間，

330　都被林中灌木叢裏的羅網捕獲。

他們宰殺馬鹿和麋鹿，

割下牦牛和水鹿的尾巴，

禽于外，巷無居人。並乘驥子，
俱服魚文。玄黃異校，結駟繽
紛。西踰金隄，東越玉津。朔別
期晦，匪日匪旬。蹴蹻蒙籠，涉
躑寥廓。鷹犬倏眒，罻羅絡幕。
毛群陸離，羽族紛泊。翕響揮
霍，中網林薄。屠麖麋，翦旄塵。
帶文蛇，跨彫虎。志未騁，時欲
晚。追輕翼，赴絕遠。出彭門之
闕，馳九折之坂。經三峽之崢
嶸，躡五屼之蹇滻。戟食鐵之
獸，射噬毒之鹿。晶貙氓於蔞
草，彈言鳥於森木。拔象齒，戾
犀角。鳥鎩翮，獸廢足。

---

[135] 行312：我們只知道郤公是蜀地一位富有且有勢力的人。見劉逵（卷4頁24a）所引的揚雄《蜀都賦》和《藝文類聚》（卷61頁1096）。

[136] 行314：參《毛詩》，第77首第1章。

[137] 行316：劉逵（卷4頁24a）稱"服"是"箭服"的意思，並引《毛詩》，第167首第5章出現的"魚服"（用一種類似於野豬的動物"魚"所製成的箭袋）。然而，高步瀛（卷4頁87a—b）指出，"服"與前一行的"乘"（"騎上"）對文，應當被理解爲動詞"楅"的意思，並指出"魚文"很可能就是"魚目"，所謂"馬目中白"（見《爾雅》，下之七頁4a，釋獸）。

[138] 行317："校"字面上的意思是"栅欄"，但是在這裏最好理解爲"隊列"。關於這個詞，見 HFHD，2：412，n. 14.4；Bodde, Festivals, p. 383。

[139] 行318：參《招魂》（《楚辭補注》，卷9頁14a）："青驪結駟兮齊千乘。"

[140] 行319：金隄是岷水上著名的都江堰的古稱，由李冰在都安縣（今四川灌縣東）西修建。見《水經注》册6，卷33頁2—3。

[141] 行320：璧玉津是長江上的一處淺灘，位於唐代玉津縣（今四川犍爲縣北）東北三十里處。見《華陽國志》，卷3頁6b；《太平寰宇記》，卷74頁12a。

[142] 行324：關於"躑"ge，《五臣注》本讀作"獵"（打獵）。我贊同高步瀛（卷4頁88a），認可這一讀音。

將有斑點的蛇製成腰帶，

騎坐有條紋的老虎。

335 他們的欲望尚未得到滿足，

時間卻已將近黃昏。

追獵羽翼輕捷的鳥，

直到人跡罕至的遠方。

走出彭門的瞭望塔，⑬

340 疾馳於九折的山坡，⑭

經過崎嶇陡峭的三峽，⑮

攀登曲折盤繞的五㞚。⑯

刺穿食鐵的野獸，⑰

射殺吞毒的鹿，⑱

345 在濃密的草地上擊倒貙人，⑲

在茂盛的樹林中射獵言鳥。⑳

拔出象牙，

扭斷犀角。㉑

鳥兒被剪除翅膀，

350 野獸被砍下腿腳。

---

⑬ 行 339：彭門位於都安縣，由兩座山像瞭望塔一樣面對面組成。見《水經注》冊 6，卷 33 頁 1。

⑭ 行 340：九折是邛崍山脉的一座山峰，位於嚴道縣(靠近今四川滎經縣)境內。見《水經注》冊 6，卷 33 頁 2；《後漢書》，志第 23 頁 3515。

⑮ 行 341：三峽是四川東部著名的長江峽谷，包括瞿塘峽、巫峽和西陵峽。

⑯ 行 342：五㞚是位於犍爲郡南安縣(靠近今樂山)南的一座山。見劉逵，卷 4 頁 24b。

⑰ 行 343："食鐵之獸"是貘(馬來貘)，據説以銅、鐵、竹和骨頭爲食。見《爾雅》，下之六頁 3b；Read, *Animal Drugs*，♯353。劉逵(卷 4 頁 25a)説它來自於建寧郡地區。

⑱ 行 344：哀牢地區的雲南縣(今雲南祥雲縣南)以食毒草的雙頭鹿而聞名。見《後漢書》，卷 86 頁 2849；《華陽國志》，卷 4 頁 12a。

⑲ 行 345：段玉裁(胡紹煐卷 5 頁 14b 所引)主張"皛"應當理解爲"明顯"的意思。然而，正確的讀音應當爲"拍"。見高步瀛，卷 4 頁 91a。
貙氓，也叫貙人，據説是原始巴人廩君的後裔部族，稱作貙氓是因爲認爲他們是已經化爲人形的虎。見《太平御覽》，卷 888 頁 2a，引自《博物志》。

⑳ 行 346："言鳥"即鸚鵡(parrots)。

㉑ 行 348：我將"戾"理解爲"捩"(折斷)。

13

狩獵已令人疲憊,他們一起歸來。⑬

接下來去到滇池,⑬

聚集在江洲。⑭

爲了考驗船夫的技術,

355　將輕舟沿着岸邊列成一排。

拜訪河中仙女,⑮

與神仙一同遨遊。

網捕翠鳥,

釣起鮊魚和鰷魚。

360　令高飛的天鵝落下,

令潛藏的龍出現。

吹奏洞簫,⑯

歡唱船歌,

喚醒鱘魚,

365　打動波濤之神。⑰

"殆而竭來相與,第如滇池,集于江洲。試水客,艤輕舟。娉江斐,與神遊。罟翡翠,釣鰋鮋。下高鵠,出潛蚪。吹洞簫,發櫂謳。感鱏魚,動陽侯。騰波沸涌,珠貝氾浮。若雲漢含星,而光耀洪流。將饗獠者,張帝幕,會平原。酌清酤,割芳鮮。飲御醼,賓旅旋。車馬雷駭,轟轟闐闐。若風流雨散,漫乎數百里間。

---

⑬ 行 351:瞿蛻園(頁 158,注釋 1)提出"殆"(*d'əg)通"逮"(*d'əd),表示"及"的意思。孫志祖在司馬相如《子虛賦》(《文選》,卷 7 頁 22a)中相似句的基礎上,指出"殆"應當理解爲"怠"(疲倦)。見《文選李注補正》,卷 1 頁 16b。

"竭來"這一詞組特別難解。劉逵(卷 4 頁 25a)解釋"竭"(*k'iat)爲"去"(離開)。然而,方以智和張雲璈(都爲《文選膠言》,卷 4 頁 11b 所引)試圖將"竭"與"忽"(*χmwət,突然)等同起來。如同高步瀛(卷 4 頁 92a—b)所指出,這一解釋在音韻學上站不住脚。"竭來"最早出現在司馬相如的《大人賦》(《史記》,卷 117 頁 3062)中。吳德明(*Le Chapitre 117 du Che ki*,p. 201)譯爲"歸去又歸來"。儘管這一字面上的翻譯看起來對司馬相如的文段行得通,卻難以適用於所有出現的情況,包括左思此句。張相已經注意到"竭來"的五種不同用法。見《詩詞曲語辭匯釋》(1932;重印,臺北:中華書局,1970),頁 460—464。在張相所引的諸多例證中,"竭"的確切意義似乎弱化,主要意思由"來"承擔。在左思此句的上下文中,指的是獵人們從捕獵中歸來,所強調的顯然是"來"。因此,我不再試圖在我的譯文中表達"竭"字。

關於此行的句讀還有不同意見,中島千秋(《文選》,卷 1 頁 237)將"相與"作爲下一行的一部分,而瞿蛻園(頁 158)卻將其附於此行後。瞿蛻園的句讀更可取,因爲它讓 352 成爲四言句式,以與行 353 對稱。

⑬ 行 352:關於"第"(而且,然後),見《史記》,卷 117 頁 3001,注釋 7(文穎);Hervouet, *Le Chapitre 117 du Che ki*,p. 6,n. 2。

滇池(今雲南晉寧鎮東)曾是晉寧郡内的一個縣。它有一個周長二百里的巨大湖泊(又叫昆明和滇池)。因爲它的入口寬且深,下游淺且窄,所以被稱作滇池(顛倒的池塘)。見《華陽國志》,卷 4 頁 8b;《水經注》册 6,卷 36 頁 46。

⑭ 行 353:江洲(今重慶)曾是巴郡的行政中心。見《水經注》册 6,卷 33 頁 10。

⑮ 行 356:關於"江斐",見《南都賦》行 29 注。

⑯ 行 362:洞簫原先是排簫的名稱,通常被形容爲"無底"(見《漢書》,卷 9 頁 299,注釋 3),意思是不用蠟封住管底。在現代的用法中,洞簫指的是豎直的長笛。見卷 17 王褒《洞簫賦》。

⑰ 行 365:關於波濤之神(陽侯),見《南都賦》,行 226 注。

浪潮奔騰，泡沫沸涌；

貝殼翻滾浮動。⑱

就像雲漢包含星星，⑲

在洪流中發光閃耀。

370　爲了準備盛宴款待獵人，

他們搭起小帳篷，

在平原上集合。

斟酌清酒，

切開新宰殺的肉。⑯

375　酒足飯飽之後，

賓客們啓程回家。

雷聲一樣的車馬喧囂聲

隆隆翻滾，咯咯作響，

如同風暴或大雨，

380　散布到千里之外。

14

此類事物讓居住在此的人們安逸快樂，

使看到聽到的人們激動興奮。

爲何只有三川才是當世的宮廷和集市？⑯

如今那些超絶出衆的罕見奇特之物，

385　最非同尋常和奇怪的東西，

有些關係到超自然的奇跡，

其他則涉及人的理性。⑯

在遙遠的過去岷山的精氣

“斯蓋宅土之所安樂，觀聽之所踴躍也。焉獨三川，爲世朝市？若乃卓犖奇譎，倜儻罔已。一經神怪，一緯人理。遠則岷山之精，上爲井絡。天帝運期而會昌，景福肵饗而興作。碧出萇弘之血，鳥生杜宇之魄。妄變化而非常，羌見偉於疇昔。近則江漢

---

⑱ 行367：珠貝是有紅色紋路的素色貝殼。見 Read，*Turtle and Shellfish Drugs*，p. 67。

⑲ 行368："雲漢"是銀河的中文名稱。

⑯ 行374："鮮"被解釋爲"剛剛宰殺的"或"鮮肉"。見劉逵，卷 4 頁 25b。

⑯ 行383：三川指的是河、洛、伊所匯合的洛陽。據傳張儀曾説過關於這一地區的話："臣聞爭名者於朝，爭利者於市。今三川，周室天下之朝市也。"見《戰國策》，卷 3 頁 9b。

⑯ 行386—387：這兩句的字面意思是説："有些人用神怪編織經紗，其他人用理編織緯紗。"

飛升爲井絡。⑯

390　天帝在這片土地上支配循環，聚集吉慶；
　　　偉大的祈福廣泛散播，來自和散發八方。⑯
　　　碧玉出自萇弘的鮮血，⑯
　　　鳥生於杜宇的靈魂。⑯
　　　令人費解的變化和異常，

395　哦，它們在昔時是如何廣受稱贊！
　　　在剛剛逝去的時代江漢讓它的靈氣放出光彩，⑯
　　　每一代都產生屬於它的天才。⑯
　　　於是有文采斐然如相如者，⑯
　　　思想高潔如君平者。⑰

400　王褒天資閃爍光耀，
　　　揚雄珍視文雅，超拔眾人。
　　　深邃的思想閃耀道德的火花，⑰

炳靈，世載其英。蔚若相如，曒若君平。王褒韡曄而秀發，楊雄含章而挺生。幽思絢《道德》，摛藻挾天庭。考四海而爲儁，當中葉而擅名。是故遊談者以爲譽，造作者以爲程也。至乎臨谷爲塞，因山爲障。峻岨塍埒長城，豁險吞若巨防。一人守隘，萬夫莫向。公孫躍馬而稱帝，劉宗下輦而自王。由此言之，天下孰尚？故雖兼諸夏之富有，猶未若兹都之無量也。”

---

⑯　行388—389：緯書《河圖括地象》說："岷山之精，上爲井絡。"見《華陽國志》，卷 3 頁 1a；《水經注》册 6，卷 33 頁 2。蜀地所屬的秦國領土是井星"分野"的一部分。見《漢書》，卷 28 下頁 1641。

⑯　行390—391：我不是很確定如何翻譯"運期"。中島千秋（《文選》，卷 1 頁 241—242）釋爲"運勢回ってくる"（時運循環往復），卻譯爲"周期を回らして"（周而復始）。小尾郊一（《文選》，卷 1 頁 258）將其譯爲"四季を操って"（支配四季）。這裏的意思似乎是天帝"操控時間"，因而最順暢的周期循環得以在蜀地盛行。
　　雙聲詞"肸蠁（饗）"（˚xiət-xiang）有各種各樣的解釋。最早出現於司馬相如的"上林賦"（行 147），顏師古（《漢書》，卷 57 上頁 2555，注釋 7）釋爲"盛作"。李善（卷 8 頁 5a）引司馬彪（？—306）訓"肸"爲"過"，意思是"芬芳之過若蠁之布寫也"。"蠁"或"土蛹"（cultivated scarab larva）據稱是一種"知聲"（見《廣雅疏證》，卷 10 下頁 16b）的昆蟲。因此，王先謙（《漢書補注》，卷 57 上頁 29b）引《說文》關於"肸"的訓釋，認爲"肸"意爲"聲響四布也"。於是他主張"肸蠁"的意思源出於蠁"其應（聲）最捷"的觀念，"以喻靈感通微之義"。王先謙稱當形容香味時，"肸蠁"意味着"香氣四達，而入人心"。在左思此句中，王先謙釋爲"天帝建福，默相歆應"（在天帝和蜀人之間）。然而，"肸蠁"有可能僅僅只是同義複合詞，因爲如果有人採納王筠（1784—1854）對《說文》"肸"這一詞條的句讀（《說文》，卷 3 上頁 953b），"肸"則意爲"蠁"，互訓爲"布"。因此，胡紹煐（卷 10 頁 12a—b）論證這個詞與作爲一種昆蟲名的"蠁"毫無關係，僅僅只是"振動四布"的意思。吳德明（Le Chapitre 117 du Che ki，p. 83，n. 19）也引用胡紹煐的注解，還附帶補充"蠁"字傳達"描述聲音"（une image sonore）之義。可是，尚處於爭論中的這句話與香味有關，將"肸饗"翻譯爲"聲音彌散而充滿空中"（comme le son emplit l'air en se propageant）則是對這個詞附會過度。

⑯　行392：萇弘（公元前 5 世紀）卒於蜀，蜀人藏其血，三年變成碧玉。見《莊子集釋》，卷 26 頁 397。

⑯　行393：《蜀記》中（可能是後漢李膺《益州記》的一個章節），提到古蜀的英雄杜宇，亦稱望帝，人們相信他死後化爲杜鵑。見《文選》，卷 4 頁 26a，劉逵注；張雲璈，卷 4 頁 11a—b。

⑯　行396：江漢是蜀地的別名，江水和漢水流經此地。我將"炳靈"譯爲動賓結構。"靈"指的是蜀地因盛產才子而贏得贊許的精神源泉。

⑯　行397：呂向（卷 4 頁 33b）將"載"解釋爲"生"，瞿蛻園（頁 160，注釋 10）則解釋爲更常用的意思"記載"。

⑯　行398：司馬相如因其華麗深奧的措辭而聞名。

⑰　行399：君平（約公元前 34 年在世）即漢代的道家學者莊遵（也叫嚴遵，以避明帝之諱），在成都集市靠卜筮算命爲生，每天賺取足夠維持生計所需的錢財後，便停業講授《老子》。見《漢書》，卷 72 頁 3056—3057。

⑰　行402：瞿蛻園（頁 160，注釋 15）對這句的理解多少有些不同："他們玄妙的思維可與《道德經》前後輝映。"

華麗的辭藻使朝廷目眩。⑫

縱使與整個帝國相比較，他們依然傑出卓絶，

405　在漢代中葉博得殊名。

因此，遊説者贊頌他們，⑬

創作者以他們爲楷模。

現在將山谷變爲邊境要塞，

以群山用作防禦簾幕，

410　陡峭的屏障讓長城看似田間地界，

深邃的隘路能吞下關山巨防。⑭

一夫當關，

萬夫莫開。

公孫述策馬躍進，自稱爲帝；⑮

415　劉宗走下馬車，自立爲王。⑯

從這一觀點來説，⑰

天下有哪座城市可以超過它？⑱

即便是中原所有的財富

也無法與這座都城無窮富足相配。”

---

⑫ 行 403：司馬相如、王褒和揚雄都因文學技藝而受到朝廷的任命。我譯的“皇家朝廷”字面上是“天庭”，恰當地説應稱之爲天帝的朝廷，皇帝的朝廷被認爲是它的複製品。
關於“㷮”（yan，亦讀作 shan，“照耀”），見《漢書》，卷 22 頁 1039，注 11。

⑬ 行 406：“遊談”這個詞組很可能與“遊説”同義。因此，蘇秦稱自己爲“遊談之士”。見《戰國策》，卷 19 頁 1a；《史記》，卷 69 頁 2244。

⑭ 行 410—411：劉逵（卷 4 頁 26b—27a）將“塍”和“埒”理解爲“河塞”（河堤）（用作田間的分隔地界）。胡紹煐（卷 5 頁 15b）主張，既然這一行與下一行對仗，“埒”應當解釋爲“等”（等同）的意思，而“塍”應當釋爲“界”。如果採用胡紹煐的解釋，我便不能確定“塍”的確切含義。我採納劉良（卷 4 頁 33b）的意譯：“言此峻阻，視長城同畦隔也。言此豁險，若兩都關山巨防皆可吞納也。”

⑮ 行 414：公孫述（卒於公元 36 年）在王莽統治期間任蜀郡長官。王莽被推翻時，他自立爲蜀王。不久後，他篡取帝號。見《後漢書》，卷 13 頁 533—535。

⑯ 行 415：“劉宗”即劉備。他是前漢景帝（前 156—前 141 年在位）的後裔，因此稱宗。劉備在公元 221 年建立蜀漢王國。

⑰ 行 416：“觀點”顯然指的是成都的戰略位置。

⑱ 行 417：“諸夏”在這裏指的是中原地區。參《西都賦》，行 88 注。

第五卷

京 都 下

吴 都 賦

左太冲　　劉淵林　注

【解題】

　　此賦描寫吳國及其都城建業（今南京）。建業是 212 年孫權（185—252）爲秦故城秣陵所命的新名，孫權本人即居住於此（見《三國志》，卷 47 頁 1118）。229 年，孫權於吳國称帝，將首都從武昌（今湖北鄂城）遷至建業。見《三國志》，卷 47 頁 1135 及方志彤翻譯的 *The Chronicle of the Three Kingdoms*（220‑265），2 vols.（Cambridge：Harvard University Press，1952‑1965），1：295，307。313 年，爲避晉明帝的名諱，建業更名建康（見《晉書》，卷 5 頁 127）。按照傳統觀點，建業一带即吳王夫差（前 495—前 473 年在位）的冶城和越王勾踐的越城所在（見《太平寰宇記》，卷 90 頁 19b—20a）。左思經常援引與這兩位著名君王的名字相關聯的事件。孫權建立的吳國占據長江中下游區域，並向中國的南部和東南部拓展，遠至今天的越南。因此，左思此賦述及這一自然資源豐饒、風景優美、富有歷史遺跡的地區的風土和物產。有關南北朝時期建業的簡明描述，見宫川尚志，《六朝史研究：政治・社會篇》（東京：平樂寺書店，1956），頁 524—536。關於吳國的創建，見 Émile Gaspardone，"La Chasse du roi de Wou，" *Mélanges publiés par l'Institut des Hautes Études Chinoises*，no. 2（Paris：Presses Universitaires de France，1960），pp. 69‑75。

　　儘管此賦的注解被歸屬於劉逵（字淵林），但其中可能也包含張載及其他人的注釋。見《三都賦序》解題。爲方便之故，我稱此注釋爲劉逵所作。

1

東吳王孫譏嘲地大笑，稱："繪製天上之星宿圖譜，以辨識天之紋理，① 測估其下之物產土地，以辨析地之紋理。②

古代帝王，③

檢閱八方極遠之處的大業，

統一六方，固國强邦，④

而後飛騰而起，降臨在遥遠的國度。

10　在鳥文簡册和篆文卷子中，

在玉版銘文和石刻記録上，

何曾聽聞巡遊館舍或行宫

出現在梁地的岷山？⑤

然而閣下，您却談論蜀都之富饒，

15　禹同之所擁有。⑥

贊揚這一區域，

譽美森林湖澤。

吹嘘巴漢的藩屏，

視其爲重險之最。⑦

20　誇耀芋田之豐饒，

東吳王孫戁然而咍，曰："夫上圖景宿，辨於天文者也。下料物土，析於地理者也。

"古先帝代，曾覽八紘之洪緒。一六合而光宅，翔集遝宇。鳥策篆素，玉牒石記。烏聞梁岷有陟方之館、行宫之基歟？而吾子言蜀都之富，禹同之有。瑋其區域，美其林藪。矜巴漢之阻，則以爲襲險之右。徇蹲鴟之沃，則以爲世濟陽九。齷齪而筭，顧亦曲士之所歎也。旁魄而論都，抑非大人之壯觀也。何則？土壤不足以攝生，山川不足以周衛。公孫國之而破，諸葛家之而滅。兹乃喪亂之丘墟，顛覆之軌轍。安可以儷王公而著風烈也？翫其磧礫而不窺玉淵者，未知驪龍

---

① 行3："天文"（意爲天之紋理）也是中文表述"天文學"的詞語。

② 行5："地理"（意爲地之紋理）也表示"地理學"的意思。

③ 行6：《五臣注》本以"代"替"世"，以避唐太宗李世民的名諱。見高步瀛，卷5頁2b。帝王者可能指舜和禹，其巡視時遊經吳地。見《史記》，卷1頁44，卷2頁83。參《淮南子》，卷4頁3b："九州外有八澤，方千里。八澤之外有八紘，亦方千里。"

④ 行8：劉逵（卷5頁1b）釋"光宅"爲"並有天下而一家也"。"光"可能是"廣"的借用（見 Karlgren, "Glosses on the Ta Ya and Song Odes," p. 76, ♯899）。我懷疑此詞類似於"光有"和"奄有"的表述方式，兩詞意指"廣有"（注意《文選》卷38頁14b和卷40頁22a，"光宅"和"奄有"對偶）。我並不確定"宅"的確切涵義，但懷疑其含有"定居"或"安頓"的意思（見 Karlgren, "Glosses on the Book of Documents," p. 287, ♯1635）。因此，《尚書序》（歸屬於孔子）中稱帝堯"光宅天下"。

⑤ 行12—13：梁即梁州，是蜀的古代名稱。岷是蜀地的大山脈。參《蜀都賦》，行113注。有關"陟方"的多種解釋，見 Karlgren, "Glosses on the Book of Documents," pp. 105 - 6, ♯1294。在這裏，此語應當被理解爲"上路"（前往巡狩）。見《尚書》，卷1頁10a，托名孔安國的注。我將之寬鬆地譯爲"巡遊"（touring）。"行宫"是"行在"的另一個名字。見《西都賦》，行447注。

⑥ 行15：參《蜀都賦》，行49—50注。

⑦ 行19：參《蜀都賦》，行16。"右"（字面意思爲"右側"）有"最尊榮的"、"較好的"、"至上的"隱含意義。見高步瀛，卷5頁4a；《史記》，卷11頁429（韋昭注）；HFHD, 2：123, n. 1; 257, n. 2。

稱其足以救渡陽九厄災之周期。⑧

如此繁瑣細碎的舉例

確實只有鄉曲末學纔會稱奇。⑨

如此以偏概全，⑩

25　非大人之高見。⑪

爲什麽？

蜀的土地不足以維持生命，

其山嶽及河流不足以提供牢固的防衛。

公孫將之建爲國家，卻被擊敗，⑫

30　諸葛將之建爲家園，卻被毀滅。⑬

它僅僅是死亡和動亂的廢墟，

顛覆車駕的轍痕，

如何能成爲王公依存以闡揚教化功業之地？⑭

見慣多巖石的淺灘而從未見過玉池的人

35　永遠不會知曉驪龍藏身何處。⑮

熟稔窮鄉僻壤而從未見過上等邦國的人

永遠不會知曉大人所居住的地方。⑯

之所蟠也。習其獘邑而不覩上邦者，未知英雄之所蹟也。

2

您難道没有聽説過大吳之華美？　　　　"子獨未聞大吳之巨麗乎？且有

---

⑧　行 21："陽九"指劉歆所設計的與三統系統相聯繫的厄運周期。每一個由 4 617 年構成的時期（元），都有確定數目的災年，與陰（洪水）和陽（乾旱）的交替相應。在每一元最開始的 106 年後，有九年乾旱，被稱爲"陽九"。再過 374 年，又有九年洪水，被稱爲"陰九"。這一過程還會再持續還七個階段。每一元中，總共有 4 560 個"常規年"，和 57 個"災年"。見《漢書》，卷 21 上頁 984。

⑨　行 23："顧"字應當被讀爲"固"（當然之意）。見胡克家，《文選考異》，卷 1 頁 27b。

⑩　行 24："都"字當爲衍文。見胡克家，《文選考異》，卷 1 頁 27b。"旁魄"是"包羅萬象"的意思，見 Karlgren，"Glossed on Boo of Documents," pp. 61 - 62，♯1234。

⑪　行 25：大人是具有敏鋭洞察力的人。

⑫　行 29：參《蜀都賦》，行 414 注。作爲君王的公孫述的統治是短命的。他爲光武軍的主帥吳漢所擊敗。見《後漢書》，卷 13 頁 543。

⑬　行 30：參《蜀都賦》，行 238—239 注。蜀爲吳所進攻時，諸葛亮逝世。見《三國志》，卷 33 頁 897，卷 35 頁 925；Fang, *The Chronicle of the Three Kingdoms*，1：435，455 - 56。

⑭　行 33：賦文此處有訛誤。"儷"應讀爲"麗"（歸附的意思），而"著"應讀爲"奢"（張揚或擴張的意思）。見胡克家，《文選考異》，卷 1 頁 28a；孫志祖，《文選考異》，卷 1 頁 10b；張雲璈，卷 4 頁 14a；梁章鉅，卷 6 頁 17a；胡紹煐，卷 6 頁 2a。

⑮　行 35：驪龍是黑色的龍，居於"九重之淵"的底部，擁有一顆價值千金的寶珠。見《莊子集釋》，卷 32 頁 459。

⑯　行 37："蹠"當理解爲居住的意思。見王念孫，《讀書雜志》，餘編下頁 24a—b。

且説吳國之建立:

40　始於太伯,⑰
　　爲延陵所鞏固。⑱
　　彰顯端服禮帽,⑲
　　倡揚高風亮節,⑳
　　太伯樹至德,創偉業;

45　然而世人卻没有機會贊之頌之。㉑
　　季札讓王位,樹道德風氣,
　　捨棄王國易如丟棄舊履。
　　如果將吾都與整個天下相比,㉒
　　那就忽視了其餘諸國的忌恨。㉓

50　故吳國之領土:㉔
　　向上與星斗分野相應,㉕
　　而拓領土,定邊界時,
　　可以占據高位,兼併鄰邦。

吳之開國也,造自太伯,宣於延陵。蓋端委之所彰,高節之所興。建至德以剏洪業,世無得而顯稱。由克讓以立風俗,輕脱躧於千乘。若率土而論都,則非列國之所觖望也。故其經略,上當星紀。拓土畫疆,卓犖兼并。包括干越,跨蹑蠻荆。婺女寄其曜,翼軫寓其精。指衡岳以鎮野,目龍川而帶坰。

---

⑰ 行 40:太伯是周太王的長子(見《蜀都賦》,行 211)。周太王將少子季歷(文王的父親)命爲繼承人後,太伯及其兄弟仲雍便南逃至荆族和蠻族的土地上。在這裏,太伯使用句吳這一名字,獲得荆蠻之人千餘家的效忠。後來,他獲得吳太伯的名號。見《史記》,卷 31 頁 1445;*Mh*,4:1-2。

⑱ 行 41:延陵是吳王壽夢第四子季札的封地(參考蕭統《序》,行 85 注)。季札的父親想將他命爲王位繼承人,但他卻將王位推讓給兄長。而後(前 554 年),季札展開去往魯、齊、鄭、魏和晉等北方國家的外交出使活動。

⑲ 行 42:"端委"一詞有多種解釋(見高步瀛,卷 5 頁 8b—9a),但最可能指玄端禮服和委貌禮帽(見《國語》,卷 15 頁 3b,韋昭注;《穀梁傳注疏》,卷 7 頁 7a,范寧注)。玄端(黑色而削直的意思)是一種朝堂禮服,因棱角分明而得名。標準形式的玄端,袖子和身體的尺寸相等(二尺二寸長),袖子寬(袪)一尺二寸。見《周禮》,卷 5 頁 42b,鄭玄注;《三禮圖》,卷 1 頁 6b。委貌(曲形外貌的意思)禮帽除了是用黑色絲綢製成而非鹿皮外,與皮弁一模一樣,七寸長四寸高,製成類似覆碗的形狀。見《後漢書》,志第 30 頁 3665;Harada, *Kan Rikuchō no fushoku*, pp. 80-82。《左傳》哀公七年提到"太伯端委以治周禮"。

⑳ 行 43:當季札退讓吳國繼承人時,他引述曹國子臧的例子,後者拒絕繼任曹宣公的任命,因"能守節"而被贊頌。見《左傳》,襄公十四年;《史記》,卷 31 頁 1450;*Mh*,4:6。

㉑ 行 44—45:參《論語》,8/11:"太伯其可謂至德也已矣。三以天下讓,民無得而稱焉。"

㉒ 行 48:有關"率土"(字面意爲"沿着大地"),見《毛詩》,第 205 首第 2 章;Karlgren, "Glosses on the Siao Ya Odes," p. 126,♯642。

㉓ 行 49:"觖望"(字面意爲"忌妒與怨恨"),見《史記》,卷 93 頁 2638,注 2;《漢書》,卷 34 頁 1891,注 2。此行似乎是説吳國没有其他國家出現的繼承人爭奪問題。

㉔ 行 50:我的翻譯是"經略"的一個寬鬆的近似意,其字面意思爲"劃定邊界"。見《左傳注疏》,卷 44 頁 3b,孔穎達注。

㉕ 行 51:星紀是木星區位(Jupiter Station)的名稱,與斗宿、牛宿的位置相應(見《西都賦》,行 140 注和行 401 注)。見《爾雅》,中之四頁 11a 及 Schlegel, *Uranographie*, 1:493。這些星宿的"分野"覆蓋吳越地區。見《晉書》,卷 11 頁 310。

包括于越，㉖

55　跨越荆蠻。

此處有婺女星投射之燦爛光芒，

翼星和軫星蘊含之精髓華光。㉗

吴人指衡山爲其大荒壁壘，㉘

瞻龍川爲其繞野綬帶。㉙

3

60　吴地之山嶽和湖澤：山峰高聳險峻，巍峨而
　　　荒蕪，

籠罩於煙霧之中，濃密而幽深。

水流寬廣，散布廣闊，

河道盈滿，流溢而出。

有些地方湧出溪流，送出水道；㉚

65　其他地方吞併江水，收納漢水。㉛

陡峭巖石堆壘疊壓，

泛濫激流猛衝競進。

山嶽陡然延展，穿越區域，

河流灌溉半個帝國。

"爾其山澤，則嵬嶷嶢屼，嶙冥鬱
岪。潰渱泮汗，滇洦森漫。或涌
川而開瀆，或吞江而納漢。魂魂
巍巍，�澎沆沆。礚碨乎數州之
間，灌注乎天下之半。百川派
別，歸海而會。控清引濁，混濤
并瀨。潰薄沸騰，寂寥長邁。潯
焉洶洶，隱焉礚礚。出乎大荒之
中，行乎東極之外。經扶桑之中
林，包湯谷之濴沛。潮波汩起，
迴復萬里。歊霧漨浡，雲蒸昏

㉖　行54：尤袤本讀爲"干越"，而不是"于越"。王念孫（《讀書雜志》，4之14頁9b—10b）徵引材料支持干越的
　　讀法。然而，朱琦（卷7頁2a—b）徵引若干早期文本，其中明確存有"于越"一詞，此即我所遵從的釋讀。顏
　　師古（《漢書》，卷91頁3681，注19）將"于"解作發語詞。"干"被認爲是吴的另一種稱謂。

㉗　行56—57：婺女，即天鷹座（Aquarii）ε^z、μ、3、4號星，是覆蓋越國的"分野"星宿。見《漢書》，卷28下頁
　　1669。翼和軫是分別屬於巨爵座（Crater）和烏鴉座（Corvus）的星體，係楚國的"分野"星宿。見《漢書》，卷
　　28下頁1665。吴國常常控制越和楚，故可以説受到這些星宿光芒的照耀。

㉘　行58：衡山（見《東都賦》，行319注）也被稱爲南嶽，被視爲南方的"山鎮"。見《周禮》，卷8頁25a。

㉙　行59：龍川是南海郡（廣東東北部）一個縣的名稱。據傳説，一條龍挖開洞，地下泉水便從洞中流淌而出。
　　見《漢書》，卷28下頁1628，注3。

㉚　行64："川"主要指武林河，從錢塘郡武林山（今杭州西部的靈隱山和天竺山）流出。見《漢書》，卷28上頁
　　1591。"瀆"最可能指九江，曾有各種解説（見Legge, *The Shoo-king*, pp. 113-14；*Mh*, 1：12, n. 4），這裏
　　明顯是指位於漢潯陽郡（接近今湖北廣濟和黃梅）南面的九條河流。它們東流進入長江。見《漢書》，卷28
　　上頁1568—1569。

㉛　行65："江"在這裏不是長江，而是"三江"，《尚書・禹貢》中有提及。當禹將它們疏導入大海時，震澤便形
　　成。見《尚書》，卷3頁3a。此一巨湖被認爲是漢代吴郡的具區"澤"（今江蘇南部）。見《漢書》，卷28上頁
　　159。"澤"指著名的江蘇太湖。根據《禹貢》（《尚書》，卷3頁6b）記載，漢江"又東，爲滄浪之水"。見《南都
　　賦》，行438注。

70　數百溪流，分歧成河川，
　　復又匯聚，奔流歸海。
　　引來清澈的川流，拉攏渾濁的河水，
　　波濤相融，激流互擁。
　　噴流湧蕩，沸騰洶湧，

75　繼而，寂然地流向遠方。
　　隨着急進的震蕩，水浪轟響咆哮；
　　伴着雷鳴般的喧囂，碰撞衝擊。
　　水流從遼闊的荒野而來，
　　遊於東方邊際之外，

80　穿越扶桑中央之林，[32]
　　圍繞暘谷的膨大海灣。
　　潮水波濤迅速湧起，
　　回轉翻騰萬里。
　　霧氣升騰，濃厚而稠密，

85　凝結成雲，垂下黑暗和昏昧。
　　海灣深邃而清澈，開敞而回旋，
　　浩瀚廣闊，漲滿溢流。
　　無人可以測度其深，
　　無人可以測量其廣。

90　平静安詳，一片廣闊無垠的區域，
　　它掌管所有潮流，統領全部水域。
　　罕見物類集合於此，
　　披鱗帶甲的生物亦匯聚於此。

4

　　還有巨獸吞噬舟船，

95　長鯨噴出波浪，[33]

昧。泓澄奫瀁，頒溶沆瀁。莫測
其深，莫究其廣。澶湉漠而無
涯，惣有流而爲長。瓌異之所叢
育，鱗甲之所集往。

"於是乎長鯨吞航，修鯢吐浪。
躍龍騰蛇，鮫鯔琵琶。王鮪鯦

---

[32] 行 80：有關扶桑，見《西京賦》，行 438 注。
[33] 行 94—95：我未指明鯨魚的性别，雄性的鯨魚被稱爲鯨，而雌性者被稱爲鯢。見《古今注》，《四部備要》，卷
　　2 頁 6b—7a。

嬉戲之龍，跳躍之蛇，

鯊魚、灰色的鯔魚、琵琶魚，㉞

白鱘、河豚，㉟

鮒魚、鱝鯌，㊱

100　烏賊魚、擁劍蟹，㊲

烏龜、鯖魚、鱷魚，㊳

均沉浸在水下。㊴

有生物鱗如疊鎖，殼帶刻紋，㊵

奇異物種混合交雜一處，

105　時而逆流而行，繼又順流而動，

呼吸喘息，載沉載浮。

鳥類有巨禽、白鷺，

天藍色的翠鳥、天鵝、鸐鵝、鴻雁。

鶢居在此避風，㊶

110　遷移的大雁抵達江水。

鮐，鮬鱋鱝鯌。烏賊擁劍，鼀鼊
鯖鱷。涵泳乎其中。葺鱗鏤甲，
詭類舛錯。泝洄順流，唼喋沈
浮。鳥則鷗鶃鶄鴟，鵁鶄鷺鴻。
鶢鶋避風，候鴈造江。鸂鶒鵁
鶄，鶄鶴鸍鴿。鸛鷗鵁鸕，氾濫
乎其上。湛淡羽儀，隨波參差。
理翮整翰，容與自翫。彫啄蔓
藻，刷盪漪瀾。魚鳥聱耴，萬物
蠢生。芒芒黿黿，慌罔奄欻，神
化翕忽，函幽育明。窮性極形，
盈虛自然。蚌蛤珠胎，與月虧
全。巨鼇贔屓，首冠靈山。大鵬
繽翻，翼若垂天。振盪汪流，雷
抃重淵。殷動宇宙，胡可勝原！

㉞　行97：廣東沿海河浦地區的鯊魚因皮而具有價值，其皮被用來纏縛刀劍手柄。見《異物志》，《文選》，卷5頁4b徵引。劉逵（卷5頁4b）稱鯔魚形似鯢，有七英尺長，被發現於吳的會稽和臨海地區（今浙江臨海縣）。伊博思（*Fish Drugs*，p. 19，♯135）將之認定爲"鯔魚"（gray mullet）。"琵琶魚"（lute fish）被描寫成一種沒有鱗片且形似琵琶的魚（劉逵，卷5頁4b）。

㉟　行98：鯸鮐，亦稱爲鮭（或鯸），是河豚（globefish）的古名。見《廣雅疏證》，卷10下頁12b及Read，*Fish Drugs*，pp. 79-82，♯175。

㊱　行99：鮬（也寫作印）是一種約三英尺長的魚，其身形似方形印璽。見劉逵，卷5頁4b。鮒在現代中文裏指胭脂魚（*Echenis naucrates*，suckerfish），是一種將自身附着在鯊魚身上的魚。見《辭海》，冊2，頁3899。儘管"鱋"仿佛是名稱的一部分，但"鮬鱋"這樣的表述不見於他處。鱝鯌是一種鯊魚，口鼻上有一塊斧狀骨，很可能就是槌頭雙髻鯊（hammerhead）。見Read，*Fish Drugs*，p. 88，♯179。

㊲　行100：烏賊（cuttlefish）腹內有黑色的液體，用來製墨。見Read，*Fish Drugs*，pp. 89-90，♯180。擁劍是一種約兩尺寬的螃蟹（crab），鉗子非常巨大，形如劍刃，因此被稱爲"擁劍"（防護之劍的意思）。見劉逵，卷5頁4b。伊博思（*Turtle and Shelfish Drugs*，p. 33，♯214）推測可能是挖沙蟹（*Ocyode ceratophthalma*，burrowing sand crab）。

㊳　行101：鼀鼊是蟕蠵（亞洲蟕蠵，Asiatic loggerhead turtle）的另一個名稱。見Read，*Turtle and Shelfish Drugs*，pp. 14-16，♯201。鯖可能指青花魚（*Scomberomorus hiphonius*，spotted mackerel）。見Bernard E. Read，*Common Food Fishes of Shanghai*（1939；rpt. Taibei：Southern Materials Center，1977），p. 34，♯22。

㊴　行102："涵"是楚地方言詞語，意爲"沉浸"。見《方言校箋及通檢》，卷10頁62第12條。

㊵　行103：關於"葺鱗"（連鎖的鱗甲）的表述，見《楚辭補注》，卷4頁31b。

㊶　行109：鶢居（也寫作爰居）也被稱爲雜縣，是一種巨大的（八尺高）形似鳳凰（phoenix）的海鳥。見《莊子集釋》，卷18頁274及《廣雅疏證》，卷10下頁32a—b。薛愛華（*Vermilion Bird*，p. 38）權且將之認定爲軍艦鳥（frigate bird）。《國語》（卷4頁5b—7b）的一則故事講述，一隻鶢居在魯東門外停留三天，以躲避海上的颱風。

冠鳧、水鷄，⑫

黄池鷗、鶴、秃鶖、蒼鶴，⑬

白鸛、鷗鳥、灰色鷺鷥、鸊鷉，⑭

漂浮於水面之上。

115 禽鳥伸展覆蓋毛羽之身軀，⑮

隨波上下浮動。

用嘴整理翅膀，梳理毛羽，

怡然自樂，

時而將蔓長的藻草啄成碎段，⑯

120 時而在波浪漣漪中沐浴自身。

魚鳥充斥水域，喧鬧震耳，⑰

萬物蠕動，勃發生機。

周圍空氣朦朧昏暗，

模糊不清，迅速變換。

125 神奇變化，瞬息萬千，

包藏幽暗，孕育光明。⑱

衆生物窮盡本性，完善形態，

跟隨自然週期而盈虛變化。

---

⑫ 行 111：鸂鶒，即冠鳧（*Anas fuligula*，tufted duck）。見 Read，*Avian Drugs*，pp. 20‐21，♯260。鸊鷉，亦被稱爲章渠，被描述爲類似鴨子但足部像鷄的鳥。見《史記》，卷 117 頁 3023，注 47。顏師古（《漢書》，卷 57 上頁 2553，注 49）稱其就是其時的"水鷄"（aquatic chicken）。我尚無法辨識這種生物，因此借用顏師古的"水鷄"作爲臨時性的翻譯。

⑬ 行 112：鶴（squacco heron）及鶴（crane）指兩種鳥。見孫志祖，《文選李注補正》，卷 1 頁 17a。鶖，即秃鶖（*Leptophtilus javanicus*，adjutant）。見 Read，*Avian Drugs*，p. 9，♯249。鶴，即蒼鶴，東方灰鶴（Eastern grey crane）。見《西京賦》，行 445 注。

⑭ 行 113：鸛即白鸛（white stork）。見 Read，*Avian Drugs*，p. 7，♯246。我在前文將"鸛"表述爲"鷺"（heron）（見《西都賦》，行 411），在這裏我將之譯爲"灰色鷺鷥"（gray egret），與以上提及的多種鷺（herons）和鷺鷥（egrets）區別出來。

⑮ 行 115：劉逵將"湛淡"注解爲"迅疾"。但胡紹煐（卷 6 頁 5b）爭辯説，此詞類似"澹然"，即"晃動搖擺"（任由波浪）的意思。"羽儀"出現於《易經》（卷 5 頁 15b）中，表述"羽飾的儀范"或"羽毛飾品"中的任一種意思。然而，我懷疑此處最好理解爲"覆蓋毛羽的身體"。

⑯ 行 119：吕延濟（卷 5 頁 7b）將"彫"釋爲"傷"。見《廣雅疏證》，卷 4 上頁 2a。我已將"彫啄"意譯爲"啄成碎段"。

⑰ 行 121：李善（卷 5 頁 5b）將"聲耴"注釋爲"衆聲"。吕向（卷 5 頁 8a）注解稱魚應該是安静的，因此此行有"文體瑕疵"。胡紹煐（卷 6 頁 6a）引證據表明"聲耴"是對魚和鳥動作的描寫。然而，高步瀛（卷 5 頁 20b—21a）注意到在司馬相如《上林賦》中的魚（行 86）製造出"讙聲"。

⑱ 行 126："幽"指魚。"明"指行 129 中提及的蚌珠。

蚌之珠胎

130 隨月期而完滿虧缺。⑭

巨龜以巨大的力量

將靈山負在頭上。⑩

大鵬鳥奮力飛翔，

兩翼似乎跨越天際。⑪

135 它們激蕩汪洋，

衝撞層層深淵。⑫

震撼整個宇宙。

如此生物，怎可爲筆墨所盡述？⑬

5

海島與小嶼連綿延伸，

140 河中洲渚向上高隆。

遠望之，顯得遙遠而隔絕，

回眺之，似乎隱藏於黑暗。

珍寶怪異依附，

稀見奇物充滿。

145 斷絕路徑，

唯有風雲能夠與之相通。

巨桃彎曲扭轉矗立，⑭

丹桂生長茂密成叢。⑮

"島嶼緜邈，洲渚馮隆。曠瞻迢遞，迴眺冥蒙。珍怪麗，奇隙充。徑路絶，風雲通。洪桃屈盤，丹桂灌叢。瓊枝抗莖而敷藥，珊瑚幽茂而玲瓏。增岡重阻，列真之宇。玉堂對霤，石室相距。藹藹翠幄，嫋嫋素女。江斐於是往來，海童於是宴語。斯實神妙之響象，嗟難得而觀縷！

---

⑭ 行129—130：《呂氏春秋》(卷9頁9a)提到一則中國上古信仰，認爲蚌是按照月亮的周期來生產珍珠的。當月亮盈滿時，蚌珠也是"實"的。當月亮虛虧時，蚌珠也是"虛"的。

⑩ 行131—132：《列子》(卷5頁53)提到，渤海灣以東有五座島山，天帝命令禹彊安置十五隻巨龜，以它們的頭支撐這些山峰。

⑪ 行133—134："大鵬"(great roc)是一種巨大的鳥，生活在北海。"其翼若垂天之雲。"見《莊子》，卷1頁2。

⑫ 行136：胡紹煐(卷6頁6a—b)主張應該將"雷"解釋爲"礌(或礧)"，撞擊的意思。我遵從他的意見。

⑬ 行138：李周翰(卷5頁8a)釋"胡可勝原"爲"何可勝説其本源之所由也"。然而，胡紹煐(卷6頁6b)主張"原"應該被解釋爲"度"(度量)的意思。

⑭ 行147：劉逵(卷5頁6a)引用《水經》中的一段話，其中提到東海度索山。此山上生長着一株大桃樹，"屈盤三千里"。這一段話不見於今本《水經》。

⑮ 行148：丹桂是開紅花的木樨屬桂樹(*Osmanthus fragrans*，cassia tree 或 sweet olive 甜橄欖)。見 Smith-Stuart，p. 296。

紅玉髓樹主幹挺拔、花枝怒放，[56]

150 珊瑚枝杈繁盛於幽暗中，潔净而清澈。[57]

在層疊的山崗和重重的堡壘之中，

是仙人的國度。

玉石廳堂屋檐相對，

石質房舍緊緊連接。

155 蔚藍帷幕昏暗朦朧，

素女輕盈而優雅。[58]

江妃來往於此，[59]

海神歡宴相聚。

真乃神妙奇觀，[60]

160 啊，其奥秘难以盡述！

6

再看土地輪廓廣闊無邊，[61]　　　　　　　　　　　"爾乃地勢块圠，卉木跃蔓。遭

植物和樹木高大蔓延。　　　　　　　　　　　　　藪爲圃，值林爲苑。異莩藍蕳，

偶遇的灌木叢，已變成園圃；　　　　　　　　　　夏曄冬蒨。方志所辨，中州所

碰到的小樹林，已化爲園林。　　　　　　　　　　羨。草則藿蒳豆蔲，薑彙非一。

165 奇花綻放，[62]　　　　　　　　　　　　　　　　江蘺之屬，海苔之類。綸組紫

夏季裏光耀奪目，冬季裏青葱翠緑。　　　　　　　絳，食葛香茅。石帆水松，東風

地方志中清晰著録之事物，　　　　　　　　　　　扶留。布濩皋澤，蟬聯陵丘。夤

中原诸地所豔羡的物類。[63]　　　　　　　　　　緣山嶽之岊，羃歷江海之流。扡

---

[56] 行 149：這些珊瑚和樹的紅玉髓爲東海仙人所食用。

[57] 行 150：有關"玲瓏"（潔净而清澈的意思），見 Edward H. Schafer，*Tu Wan's Stone Catalogue of Cloudy Forest*（Berkeley and Los Angeles：University of California Press，1961），p. 39。

[58] 行 156：素女是一位女神，爲伏羲演奏五十弦琴。見《史記》，卷 28 頁 1396；*Records*，2：55。

[59] 行 157：有關江妃，見《南都賦》，行 29 注。

[60] 行 159：高步瀛（卷 5 頁 226）將"響像"解釋爲類似於"想象"。這一表達方式出現在王延壽的《魯靈光殿賦》中（《文選》，卷 11 頁 19a），李善將之釋爲"依稀"。

[61] 行 161：李善（卷 5 頁 6b）將"块圠"注解爲"莽沕也，高下不平貌也"。然而，在其他地方，同樣的表述也以"無邊無涯"的意思出現。見《文選》，卷 7 頁 4b；卷 11 頁 15b；卷 13 頁 18b。

[62] 行 165："藍"字應讀作"莩"（音 fu）。見梁章鉅，卷 6 頁 20a，引段玉裁。連綿詞"莩蕳"是"對花朵盛開的描寫"。見胡紹煐，卷 6 頁 7b。

[63] 行 168：中州可能指"中央的大陸"（即整個中國），也可能指我所翻譯的中原地區。

植物包括藿香、蒳子、豆蔻，⑥⁴

170　薑類多樣，非止一種；

薜蕪一屬，⑥⁵

海藻一類；⑥⁶

昆布、水藻、紫菜、蒨草，⑥⁷

葛根、香草；⑥⁸

175　石帆、水松，⑥⁹

粗紫菀屬植物、蔓葉藤。⑦⁰

它們遍布沼澤和湖泊，

蔓延爬過山陵及土丘，

蜿蜒向上攀援山嶽的隅石，

180　覆蓋江河及大海的水域。

白蒂，銜朱蕤。鬱兮莁茂，曄兮菲菲。光色炫晃，芬馥肸蠁。職貢納其包匭，《離騷》詠其宿莽。木則楓枰櫲樟，栟櫚枸根。綿杬杶櫨，文欀楨橿。平仲桾櫋，松梓古度。楠榴之木，相思之樹。宗生高岡，族茂幽阜。擢本千尋，垂蔭萬畝。攢柯挐莖，重葩殗葉。輪囷蚪蟠，坮壏鱗接。榮色雜糅，綢繆縟繡。宵露霑霮，旭日晻昮。與風飂颭，颷瀏颼飂。鳴條律暢，飛音響亮。蓋象

---

⑥⁴ 行 169：藿即藿香，在中國南方指廣藿香(*Pogostemon cablin*，Benth；Blanco)。見 Li Hui-lin, *Nan-fang*, pp. 75 - 76。蒳可能是被稱爲蒳子或山檳榔的植物。石聲漢(《齊民要術今釋》，頁 167—168)暫且將之認定爲山檳榔(*Pinanga baviensis*，Becc)。

有關豆蔻(*Amomun cardamomun*，Siam cardamon)，見 Smith-Stuart, p. 36 and Li Hui-lin, *Nan-fang*, pp. 767 - 68。

⑥⁵ 行 171："江蘺"是薜蕪(selinum)的另一個名稱。見《證類本草》，卷 7 頁 7a。其亦被認定爲藻類紅藻門江蘺(*Gracilaria confervoides*)。見《植物學大詞典》，頁 378。

⑥⁶ 行 172：沈德威(活躍於 560 年前後)的《南越志》(《初學記》，卷 27 頁 31a 徵引)將海苔認作海藻(*Sargassum siliquastrum*)，即一類水藻(alga)。見 Smith-Stuart, pp. 23 - 24。

⑥⁷ 行 173："綸"可能是指昆布，更常見的稱謂是"昆布"，即海藻海帶(*Laminaria japonica*，sweet tangle)。見朱琦，卷 7 頁 7b 和《植物學大詞典》，頁 539。

"組"是另一種類似綸的海藻的名字。見《爾雅》，下之一頁 36a。

"紫"，指紫菜(*Porphyra coccinea*，purple laver)。見 Smith-Stuart, p. 347。

"絳"是蒨(*Rubia cordifolia*，madder)的另一個名稱，其被用來製造緋紅(絳)色染料。見《爾雅》，下之一頁 4b；Smith-Stuart, pp. 381 - 82。

⑥⁸ 行 174：食葛很可能指葛根(kudzu vine)，可以食用。見朱琦，卷 7 頁 7b—8a。

香茅在零陵(今湖南和廣西的一部分)地區享有盛名(見《晉書》，卷 15 頁 457)，其可能與《左傳》僖公四年和《尚書》(卷 3 頁 4a)中提到的"菁茅"相同。杜預(《左傳注疏》，卷 12 頁 11b)稱其被用來縮酒。朱琦(卷 7 頁 8a)提到幾種可能的辨識結果，包括茅香(*Androgogon Schoenathus*，geranium grass)和白茅香(*Hierochloe borealis*，vanilla grass)。見 Smith-Stuart, pp. 40, 207。香茅也可以指類蒿植物鼠曲草(*Gnaphalium multiceps*，見 Smith-Stuart，p. 197)，但這是一種北方植物，在這裏可能不合適。我任意地選擇將香茅翻譯爲"香草"(vanilla grass)。

⑥⁹ 行 175：劉逵(卷 5 頁 7a)將"石帆"(stone sail)描述爲一種生長在海島巖石上的植物，沒有葉子，約一英尺高。伊博思(*Chinese Medicinal Plants*，p. 283，♯856)鑒定爲 *Antipathe, sp*。

水松(water pine)是一種類似於松樹的海藻，既可能是 *Glyptostrobus heterophyllus*(Smith-Stuart, p. 196)，也可能是 *Codium tomentosum*(Read, *Chinese Medicinal Plants*, p. 283，♯859)。亦見 Li Hui-lin, *Nan-fang*, pp. 95 - 96。

⑦⁰ 行 176：有關東風(*Aster scaber*，Thunb.)，見石聲漢《齊民要術今釋》，頁 816。

扶留是蔞葉(*Piper betle*，betel)或蓽菝(*Piper longum*，long pepper)的藤。見石聲漢，《齊民要術今釋》，頁 772—773 和 Li Huilin, *Nan-fang*, p. 113。

白色花莖於微風中搖曳，

枝頭挂滿朱紅色的花朵。

啊，勃發的生機何其絢爛！

啊，芳甜的美貌何其華麗！

185 它們閃耀的光輝令人目眩，

它們芬芳的香氣濃厚溢散。

作爲貢品，它們被裝在包裹及盒子中呈獻；⑦

《離騷》詠唱這些常緑植物。⑦

樹木包括楓樹、枏樹、山胡椒、樟樹，⑦

190 棕櫚、枸桹，⑭

木棉、杬樹、香椿樹、漆樹，⑦

烏木、椰樹、女楨、灰橡樹，⑦

　　　　　　　　　　　琴筑并奏，笙竽俱唱。

---

⑦ 行187：此句引用《禹貢》（《尚書》，卷3頁4a）的段落，提及"香茅"（見上文行174注）被"匭匣"，作爲貢品呈送。"包匭"有很多解釋（我釋爲"裝在包裹和盒子中"）。見 Karlgren，"Glosses on the Book of Documents," pp. 151-52，♯1368。

⑦ 行188：宿莽（也讀作 sumu），是屈原在《離騷》（《楚辭補注》，卷1頁5b）中提及的一種常青植物的名字。《爾雅》（下之一頁38a）將之等同於一種叫作"卷施"（也可能讀爲 juanyi）的植物。這種植物即使"心"被摘除，也不會死掉。《南越志》（《藝文類聚》，卷81頁1399所徵引）稱寧鄉縣（在今湖南東北部）盛産卷施。其確切定種不詳，我概略譯爲"常青植物"。

⑦ 行189：有關"枏"，見《南都賦》，行52。
　　"豫章"一詞已作多種解釋。溫活人（生卒年不詳；《史記》，卷117頁3008，注32所徵引）將之視作兩種樹的名字，即"豫"（Lindera sericea，siky spicebush 山胡椒）和"章"（camphor tree 樟樹）。然而，李賢（《後漢書》，卷49頁1637，注3徵引）稱豫章是一種樹，即樟樹。基於其與"楓枏"相對偶，可能左思延續將豫和章看作兩種樹的傳統觀念。因此，我將豫章翻譯爲"山胡椒"（spicebush）和"樟樹"（camphor）。

⑭ 行190：枸桹可能就是被稱爲"都句"的樹，形似楓樹（windmill palm），能長出可供咀嚼的澱粉類物質。石聲漢（《齊民要術今釋》，頁833）認爲它可能是一種西米。但我將這一定義保留給行192的"欀"。

⑦ 行191：有關"棉"（Gossypium herbaceum，cotton tree），見石聲漢，《齊民要術今釋》，頁822—826。
　　《爾雅》（下之二頁27b）列出"杬"，被辨認爲"魚毒"。將"魚毒"和"毒魚"（亦被稱爲芫花，Daphne genkwa，fish poison）等同起來是冒險的。不管怎樣，毒魚是一種草本植物，不是樹。劉逵（卷5頁8a）將杬描述爲一種長有厚皮的巨大樹木。樹皮被剝落、乾燥，接着放在油中煎炸，可用來爲水果保鮮。見朱琇，卷7頁9a。
　　杶（亦寫作椿），是一般被稱爲香椿（Cedrela sinensis，fragrant cedar）的樹。見 Smith-Stuart，p. 100 及 Li Hui-lin，Nan-fang，p. 96。

⑦ 行192：文是烏木（Maba ebenus，ebony wood）的別名。見《古今注》，卷3頁1b；Smith-Stuart，p. 253。
　　欀被描述爲交趾的一種樹。它含有一種物質，當與水混合時，形成製作糕點用的澱粉。此樹已經被認定爲西米（sago）。見石聲漢，《齊民要術今釋》，頁826。李時珍（《本草綱目》，卷31頁1839）認爲與上文提及的都句（行190）是同一種樹。方以智（《通雅》，卷44頁6b—7b）指出包括欀（sago）、枸桹和欀在內的中國南方多種樹木皆易混淆。儘管這一辨識可能不夠嚴謹正確（見朱琇，卷7頁9b—10a），但我還是將欀譯爲椰子。
　　"楨"，很可能指女楨（Ligustrum lucidum，wax tree）。見《山海經》，卷4頁9a，郭璞的注；Smith-Stuart，p. 236-37。

　　銀杏、軟棗，⑦⑦

　　松樹、梓樹、無花果樹，⑦⑧

195　楠瘤之樹，⑦⑨

　　相思樹，⑧⑩

　　叢生的樹木於高峰峻嶺上生長，

　　多樣的樹種於偏僻小山上繁茂。

　　樹幹伸展長達千尋，

200　投射下萬畝樹影。

　　樹枝纏繞，樹幹盤旋，

　　繁花層層，綠葉重疊，

　　樹木扭曲盤繞，

　　交錯相疊，仿佛串連的魚鱗。

205　這是華麗色彩的多種混合，

　　似塊麗刺綉斑斕交織。

　　夜露降下，濃厚陰沉；

　　即使在晨光之中，一切仍昏暗模糊。

　　樹枝在風中起伏搖曳，

210　悲痛嘆息，呻吟嗚咽。

　　枝葉的鳴唱如管樂般圓潤洪亮——

　　高揚的旋律清晰而悠揚，

　　如琴筑合奏，⑧⑩

---

⑦⑦　行 193：方以智（《通雅》，卷 43 頁 24b）將"平仲"認作銀杏（*Salisburia adiantifolia*，ginko）。見 Smith-Stuart，pp. 390‑91。"君遷"，是椑棗（date plum）的另一個名稱。見 Smith-Stuart，p. 153。

⑦⑧　行 194：古度，即更常被稱爲無花果（*Ficus carica*，fig）的樹。見石聲漢，《齊民要術今釋》，頁 839。

⑦⑨　行 195：方以智（《通雅》，卷 43 頁 18b—19a）稱，楠榴不是丹若（pomegranate），而是他稱爲"鬭斑櫻木"（speckled burled tree）的一種樹。"櫻"字當理解爲"瘦"（burr）的意思。同樣，"榴"可能意味着"瘤"（burl）。據說楠榴以其樹瘤而有價值，其樹瘤可被用來製作枕頭。見《三國志》，卷 53 頁 1246，及《藝文類聚》，卷 70 頁 1218 中有關製作"楠榴枕"的材料。楠榴有可能指骰柏楠，即楠木的根，被用來製作器皿。見 Smith-Stuart，p. 314。

⑧⑩　行 196：相思也被稱爲紅豆（*Abrus precatorius*，Indian licorice 或 paternoster pea），是一種灌木，因可製成念珠的紅色種子而聞名。紅豆種子被作爲愛情的象徵，因此被稱爲"相思豆"（love-sickness seeds）。見 Smith-Stuart，pp. 1‑2；Schafer，*The Vermilion Bird*，pp. 169‑70。

⑧⑩　行 213：筑在這裏可能指十三弦琴。見 Gimm，*Das Yüeh-fu tsa lu*，p. 128，n. 10。

似笙竽共鳴。⑧

7

215　樹上有猿人悲淒哀嚎，⑧

　　　玃子大嘯悠長，⑧

　　　毛臀葉猴、鼺鼠、長鼻猴⑧

　　　跳躍飛縱。

　　　競相接握懸垂的藤條，⑧

220　比賽蕩向遠處的樹枝。

　　　忽受驚動，亂如喧鬧

　　　如野鷄般四散開去。

　　　樹下有狒狒、麔狼，⑧

　　　猰貐、野貓、大象，⑧

225　群虎，⑧

　　　犀牛和野牛群。

　　　其爪如鈎，尖牙似鋸，

"其上則猨父哀吟，玃子長嘯。
狖鼯猓然，騰趠飛超。爭接縣
垂，競游遠枝。驚透沸亂，牢落
翬散。其下則有枭羊麔狼，猰貐
貙象。烏菟之族，犀兕之黨。鉤
爪鋸牙，自成鋒穎。精若燿星，
聲若震霆。名載於山經，形鏤於
夏鼎。其竹則籦籠𥯦篠，桂箭射
筒。柚梧有篁，篻簩有叢。苞筍
抽節，往往縈結。綠葉翠莖，冒
霜停雪。橚矗森萃，蓊茸蕭瑟。
檀欒嬋蜎，玉潤碧鮮。梢雲無以
踰，嶰谷弗能連。鸑鷟食其實，

⑧　行 214：笙是中國排簫（Chinese mouthorgan 或 syrinx）。見卷 18 潘岳的《笙賦》。竽是一種器形更大的笙。見 Gimm, *Das Yüeh-fu tsa lu*, p. 127, n. 3。

⑧　行 215：《吴越春秋》《四部備要》本，卷 9 頁 6a）提到一位女劍客的故事，她在去朝見越王的路上遇到袁姓老人，老人向她發起決鬥挑戰，但發現自己不是她的對手，便化爲一隻白猿（white gibbon）。又見《藝文類聚》，卷 95 頁 1652，及 Werner Eichhorn, trans., *Heldensagen aus dem Unteren Yangtse-Tal（Wu-Yüeh ch'un-sh'iu）, Abhandlungen für die Kunde des Morgenlandes 38*（Mainz: Deutsche Morgenländische Gesellschaft, 1969), pp. 126 - 27。有關《吴越春秋》的文本，見 David Johnson, "The Wu Tzu-hsü Pien-wen and Its Sources: Part Ⅰ," *HJAS* 40 (1980): 152 - 56。

⑧　行 216：參《蜀都賦》，行 90。玃子可能是與獄法山（不明）"山玃"相同的動物，類狗，有一張人臉，喜歡嘲笑人。見《山海經》，卷 3 頁 6b。

⑧　行 217：有關狖（monkey），見《西都賦》，行 357 注。這裏我稱其爲"毛臀葉猴"（douc）。鼯是鼺鼠，一種飛行松鼠（flying squirrel）。猓然，即長鼻猴（*Semnopithecus larvatus*, the proboscis monkey）。見 Read, *Animal Drugs*, ♯402。

⑧　行 219：我遵從尤袤的文本，文句爲："騰趠飛超，爭接縣垂。"《五臣注》本爲："騰趠飛超，爭縣接垂。"

⑧　行 223：枭羊是狒狒（*Rhinopithecus roxellanae*, the moupin langur）的另一個名稱。見 Read, *Animal Drugs*, ♯404。劉逵（卷 5 頁 9a）徵引《異物志》，將麔狼描述成一種與麔（elaphure）大小類似的動物，"角前向，有枝下出反向上"。

⑧　行 224：有關"猰貐"，見《西京賦》，行 572 注。貙（也寫作貚），是貙獌的簡稱，一種類似山貓（wildcat）的動物。見《爾雅》，下之六頁 6a。

⑧　行 225：烏菟是"虎"的楚國方言詞語。見《左傳》，宣公四年；《方言校箋及通檢》，卷 8 頁 51 第 1 條；Jerry Norman and Mei Tsu-lin, "The Austroasiatics in Ancient South China: Some Lexical Evidence," *MS* 32 (1976): 287 - 88。

自然成爲鋒銳的武器。

眼睛亮似星,

230　聲似雷轟鳴。

名稱記於《山經》之中,

形貌刻在夏鼎之上。[90]

竹子包括箐篔、林筡、[91]

桂、箭、射筒,[92]

235　濃密樹林中的由梧,

稠深雜林裏的篥和笶。[93]

冬筍抽節[94]

互相盤繞,到處生長。

碧葉藍莖

240　被寒霜遮蔽,爲冰雪覆蓋。

竹子茂密高大,隱秘叢生,

豐饒繁茂,在風中沙沙響鳴。

柔軟而美麗,迷人而優雅,[95]

圓潤清澈,猶如碧玉。

245　梢雲無超越其林之志,[96]

鵁鶄擾其間。其果則丹橘餘甘,荔枝之林。檳榔無柯,椰葉無陰。龍眼橄欖,棎榴禦霜。結根比景之陰,列挺衡山之陽。素華斐,丹秀芳。臨青壁,系紫房。鷓鴣南翥而中留,孔雀綷羽以翱翔。山雞歸飛而來棲,翡翠列巢以重行。

---

[90]　行232：夏鼎(見《左傳》,宣公三年)尤其以其刻紋而著稱,據推測夏鼎上當有如早期青銅器上發現的動物紋一樣的紋飾。

[91]　行233：有關行233—236的英文翻譯,見Hagerty, "*Tai K'ai-chih's Chu-p'u*," p. 397。劉逵(卷5頁9b)徵引《異物志》,稱:"箐篔,生水邊,長數丈,圍一尺五六寸,一節相去六七尺,或相去一丈,廬陵界(今江西吉安縣南部)有之。始興(今桂林)以南,又多小桂(今廣東連縣)夷人績以爲布葛。"同一文獻(劉逵,卷5頁9b)稱,袁姓老人與越國女劍客比門時使用的就是林筡竹(見上文行215注)。

[92]　行234：《異物志》(見劉逵所引,卷5頁9b)稱,桂竹生長在桂陽縣(小桂的漢代名稱,見行233注),最大者圍兩尺,高四到五尺。
有關箭竹(arrow bamboo),見《南都賦》,行71注。
射筒(blowpipe bamboo)是一種細長的竹子,箭可以被插入其中。見Hagerty, "*Tai K'ai-chih's Chu-p'u*," p. 395。

[93]　行235—236：《異物志》(賈逵引,卷5頁9b)稱由梧竹生長在交趾和九真。篥(lance bamboo)被交趾人用來做矛。笶是竹子的一種毒素,也用來做武器。見Hagerty, "*Tai K'ai-chih's Chu-p'u*," pp. 400‐1。

[94]　行237：苞筍,是冬筍(winter bamboo shoot)的名稱之一。在一次對交趾的遠征中,漢將軍馬援(前14—49年)在荔浦縣(坐落於廣西壯族自治區中東部)發現它們,宣稱其味道超越春、夏季節的竹筍。見《東觀漢記》,卷12頁2b;石聲漢,《齊民要術今釋》,頁786。

[95]　行243：朱起鳳將"檀欒"等同於"蟬蜎"(見《文選》,卷18頁29a)和"便娟"(見《楚辭補注》,卷13頁2a),三者都是對竹子的美麗優雅的描寫。見《辭通》(1934;重印,臺北:開明書店,1965),卷7頁671。

[96]　行245：梢雲(也寫作稍或捎)出現在《史記》(卷27頁1337;*Mh*, 3：394)和《漢書》(卷26頁1297)的天文章節中,是一種雲的名字,人們可以從這種雲的外觀和顏色來預測軍事戰爭的爆發。然而,李善(卷5頁10a)說這是一座出產竹子的山的名字。儘管地理位置無法確定,但上下文語境使李善的解釋更爲可能。

嶰谷無媲美之心。⑰

巨鳥吃其種子，

鳳凰馴養於此。⑱

水果包括丹橘，櫻桃李，⑲

250　荔枝果林，

沒有樹枝的檳榔，⑩

沒有陰影的椰子葉，⑪

龍眼和橄欖，⑫

能夠抵禦冰霜的梨子和山石榴。⑬

255　它們扎根在比景之北，⑭

矗立於衡山之南。⑮

白花美麗，

紅花芬芳，

俯臨碧崖，

260　垂挂紫果。

飛向南方的鷓鴣，在此間逗留；⑯

羽毛斑斕的孔雀，翱翔而過。

---

⑰ 行 246：崑崙山嶰谷以竹聞名，其竹子據説被用來製造黄鐘之管。見《漢書》，卷 21 上頁 959。

⑱ 行 247—248：鷃鷟和鸑鷟（見《南都賦》，行 68）都是鳳凰的種類。我此處將它們譯爲"鳳"（phoenix）和"凰"（simurgh）。左思可能暗指降落在皇帝東園裏，食用竹實的鳳凰。見《韓詩外傳》，卷 8 頁 5b（Hightower, trans., p. 261）。

⑲ 行 249：餘甘是梵文 amalaka（anmole 菴摩勒，Phyllanthus emblica，emblic myrobalan）的中國名稱。見 Laufer, Sino-Iranica, p. 378；石聲漢，《齊民要術今釋》，頁 769；Li Hui-Lin, Nan-fang, p.130。

⑩ 行 251：檳榔的拉丁文是 Areca catechu（areca palm 或 betel palm）。早期材料將其描繪爲"無枝"（見《藝文類聚》，卷 87 頁 1495 引《廣志》）。有關描述見 Smith-Stuart, pp. 46-47；石聲漢，《齊民要術今釋》，頁 755—758；Li Hui-Lin, Nan-fang, pp. 111-13。

⑪ 行 252：椰子（見《南都賦》，行 54）像檳榔一樣，也被描述爲"無枝"（見《藝文類聚》，卷 87 頁 1491，引《廣志》）。因此，它投射無影。見石聲漢，《齊民要術今釋》，頁 752—755；Li Hui-Lin, Nan-fang, pp. 115-17。

⑫ 行 253：中國橄欖（Chinese olive）是 Canarium album 或 C. pimela。Laufer 推測此名起源於安南語。見 Sino-Iranica, pp. 417-18；石聲漢，《齊民要術今釋》，頁 760—762；Li Hui-Lin, Nan-fang, pp. 120-22。

⑬ 行 254：楪是一種水果，"實似梨，冬熟，味酸"（《異物志》，見劉逵所引，卷 5 頁 10b）。榴是一種樹，也以"劉休"（見《爾雅》，下之二頁 111b）之名而爲人所知。石聲漢（《齊民要術今釋》，頁 745）將之辨認爲山石榴，即 Rosa laevigata（Cherokee rose）。

⑭ 行 255：比景：是日南郡（今越南）的一個縣。見《後漢書》，志第 23 頁 3532。

⑮ 行 256：參上文行 58 注。

⑯ 行 261：鷓鴣的英文是 francolin（partridge, Francolinus pitadeanus）。見 Read, Avian Drugs, p. 43, ♯274。

飛往歸途的山鷄，來此棲息；⑩

翠鳥於此築巢，緊密成行。⑩

8

265　珍貴的寶石貢品則有翡翠和碧玉之山，⑩

銅和鐵的崖壁，⑪

寶物如火齊一樣珍貴，⑪

如駭鷄犀角一樣稀有。⑫

赤色的辰砂，光亮的珍珠，

270　金華，銀礦，⑬

紫貝，硫磺，

淡綠色的軟玉和白玉。

豐富地匯集，密集地聚攏，

以混雜的形式嵌入黑暗的幽深處。

275　明亮光輝的石頭，隱藏仍閃閃發光，

深埋於山谷。

因爲它們綿長的河岸從不乾涸，

因爲它們林木披上油亮濃艷的色彩。⑭

於此，隋侯將鄙薄自己的夜光珠，⑮

"其琛賂則琨瑤之阜，銅鍇之垠。火齊之寶，駭鷄之珍。頹丹明璣，金華銀樸。紫貝流黄，縹碧素玉。隱賑崴裏，雜插幽屛。精曜潛穎，哲哆山谷。碕岸爲之不枯，林木爲之潤黷。隋侯於是鄙其夜光，宋王於是陋其結綠。其荒陬譎詭，則有龍穴内蒸，雲雨所儲。陵鯉若獸，浮石若桴。雙則比目，片則王餘。窮陸飲木，極沈水居。泉室潛織而卷綃，淵客慷慨而泣珠。開北户以向日，齊南冥於幽都。"

---

⑩　行 263：山鷄是鷩鶪(golden pheasant)的另一個名字。見《蜀都賦》，行 99 注。

⑩　行 264：據説交趾地區的翠鳥(kingfisher)首先在高處築一個巢，等幼鳥孵化後，再於低一些的某個地方築第二個巢，以防翠鳥幼崽墜落時受傷。等幼鳥長出羽毛，它們會建造更低的第三個鳥巢。見《交趾異物志》，《藝文類聚》，卷 92 頁 1609 徵引。

⑩　行 265：瑤、琨之石是《禹貢》(《尚書》，卷 3 頁 3a)中列出的揚州(在吳地)貢物的組成部分。它們被描述爲"美玉"。我稍自由地將之稱爲"翡翠"(jade)和"碧玉"(jasper)。

⑩　行 266：有關鍇(鐵)，見《廣雅疏證》，卷 8 上頁 11a—b。

⑪　行 267：參《西都賦》，行 195 注。

⑫　行 268：駭鷄，指駭鷄犀(也叫作鷄駭，scarecock rhinoceros horn)，是價值極高的物品。見《戰國策》，卷 14 頁 8b；《抱朴子》，卷 17 頁 15a；Read, *Animal Drugs*，＃355。它被命名爲"駭鷄"(scarecock)，是因爲據説鷄害怕它明亮耀眼的目光。

⑬　行 270：金華是一種出産於朱崖(海南島)的金子。薛愛華將之描繪爲"一種呈枝葉狀的結晶金，如今稱爲'樹突狀金'(dendritic gold)"；*Shore of Pearls* (Berkeley and Los Angeles：University of California Press, 1970)，p.36。

⑭　行 277—278：參《淮南子》，卷 16 頁 1b—2a："故玉在山而草木潤，淵生珠而岸不枯。"

⑮　行 279：關於隋侯的"夜明"珠，見《西都賦》，行 192 注。

280　宋王將輕賤自己的結綠玉。⑯

　　　蠻荒邊地的罕見奇觀則有龍穴——蒸汽從中

　　　　升起——

　　　雨和雲貯藏在那裏；⑰

　　　陵鯉似獸，⑱

　　　浮石如筏；⑲

285　魚兒，成雙的是比目；

　　　單面的化爲王餘。⑳

　　　在最遙遠的地區，人們飲用樹汁；㉑

　　　在最深的淵底，人們在水中居住。

　　　水宮之中，鮫人秘密地織綃和捲絲；

290　深淵之客發出悲嘆之聲，泣下珠淚。㉒

　　　其門户北開向太陽，

　　　因此南冥與幽都相類。㉓

----

⑯　行280：宋的結綠玉在説客范雎（公元前3世紀）的一封信中被提及。見《戰國策》，卷5頁3a，及《史記》，卷79頁2405。我找不到有關這個名字的任何解釋。

⑰　行281—282：龍穴是一座地下洞穴，位於湘東郡新平縣（湖南，衡陽縣東）。在乾旱的時候，這一地區的人們用水沾潤這座洞穴，而後“作爲回應”，洞穴會降下傾盆大雨。見劉逵，卷5頁11b；《水經注》，册6，卷38頁83。

⑱　行283：陵鯉被描述爲一種類似水獺（otter）的四足生物，但有鯉魚（carp）一樣的鱗片，喜食螞蟻。見劉逵，卷5頁11b。伊博思（Dragon and Snake Drugs，pp. 22 - 23，♯106）將之認定爲穿山甲（Manis dalmanni，pangolin）。

⑲　行284：浮石（floating stones）是一種輕石，劉逵稱其浮於南海水中（卷5頁11b）。見 Read and Pak，p. 44，♯73。

⑳　行285—286：王餘（king's leftovers）據説是君王吃剩的殘魚，扔入水後所化的一種魚。據想它可能是比目魚（pair-eye）的一面（見《西都賦》，行434注）。見劉逵，卷5頁11b；張華，《博物志》，《四部備要》本，卷3頁4b；Read（Fish Drugs，p. 52，♯158）將之認定爲蠹魚（silverfish）或銀魚（ice fish）。

㉑　行287：左思這裏最像是在暗指朱崖，據説那裏没有水。作爲替代品，那座島上的人們飲用樹中汁液。見 Schafer, Shore of Pearls，p. 44。吕向（卷5頁15b）釋窮陸爲“高陸”。然而，窮的基本意思是“極其”。因此，窮陸可被更好地理解爲“陸地的極遠邊界”。

㉒　行288—290：早期文獻指的是生活在水中的“鮫人”（shark people）。當從水中出來時，他們作爲客人寄宿在人類的房子裏，並在那裏出售他們居住在海裏時做好的絲綢。當他們與主人告别時，會泣下珠淚，裝滿整個碟子。見劉逵，卷5頁11b；《博物志》，卷9頁2a；Schafer, The Vermilion Bird，pp. 220 - 21。

㉓　行291—292：漢代有一個南方的郡叫作日南，後來成爲廣南的安南省。因爲那裏的人們將房屋面北建造，以面向太陽的方向，所以也以“北户”之地而爲人所知。在這麼靠南的地方（北回歸綫以南），一年中很多時間太陽都在北方。見《史記》，卷6頁329；Mh，2：136. N. 2；《水經注》，册6，卷36頁30—31。有關幽都，見《南都賦》，行208注。南冥在這裏指世界最南邊的界綫。劉逵（卷5頁11b）注：“日南人北户，猶日北人南户也。”因此，南冥與北方的幽都相類。

9

都城周圍的鄉野田間小路和稻田小徑星羅
　　棋布，

土地肥沃、收穫倍增。

295　高原和沼澤多種多樣，

窪地和高地各不相同。

大象犁地，鳥類耕耘，[124]

起源於此地。

穀物抽芽，大米吐穗，

300　發現於此地。

熬煮海水製作食鹽，

從山中提取銅礦製作錢幣。[125]

一年兩熟的水稻，供國家征稅；[126]

八生鹽產的絲錦，成地方貢品。[127]

305　僅憑藉觀察郊野之内和郊野之外，

國都的主導脉絡，

被視爲霸王的基礎，[128]

建立朝代的基石。

外郭將其完全包圍，

310　城隅連接處有雙重城墙，

通衢大門，二八之數，

"其四野，則畛畷無數，膏腴兼
倍。原隰殊品，窊隆異等。象耕
鳥耘，此之自與。稻秀菰穗，於
是乎在。煮海爲鹽，採山鑄錢。
國税再熟之稻，鄉貢八蠶之綿。
徒觀其郊隧之内奥，都邑之綱
紀。霸王之所根柢，開國之所基
趾。郛郭周匝，重城結隅。通門
二八，水道陸衢。所以經始，用
累千祀。憲紫宫以營室，廓廣庭
之漫漫。寒暑隔閡於邃宇，虹蜺
回帶於雲館。所以跨跱焕炳萬
里也。造姑蘇之高臺，臨四遠而
特建，帶朝夕之濬池，佩長洲之
茂苑。窺東山之府，則壞寳溢
目；觀海陵之倉，則紅粟流衍。

---

⑫ 行297：根據傳説，舜被埋葬在蒼梧時，大象爲他耕作；禹被埋葬在會稽時，鳥爲他耕耘。見劉逵引《越絶書》
（卷5頁12a），及《四部備要》本，卷8頁1a（與劉逵的徵引本不同）。同樣的傳説也爲王充（《論衡集解》，卷4
頁82—83）所討論。又可見 Eberhard, *The Local Cultures of South and East China*, p. 265。

⑫ 行301—302：吳地尤其以它的鹽産和銅産而著名。劉濞（前195—前154年在位），是漢初的吳王，他徵召
逃亡者來吳，讓他們以豫章（首府在南昌縣，今江西南昌市）銅山出産的銅礦築造錢幣。這些逃亡者也被僱
備來熬煮海水提取食鹽。見《史記》，卷106頁2823；*Records*，1：466。

⑫ 行303：左思可能指交趾地區，那裏生産一年收穫兩次的水稻。《水經注》（册6，卷36頁57）稱，其中包括一
種白色的穀物，七月播種，十月收穫；一種紅色的穀物，十二月播種，四月收穫。又見石聲漢，《齊民要術今
釋》，頁725。

⑫ 行304：這一行是在説中國東南部培育的多化性蠶。《永嘉記》細緻地描述永嘉（今浙江温州）八生蠶
（octavoltine silkworm），從三月到十月産生八次孵化。見石聲漢，《齊民要術今釋》，頁258。

⑫ 行307：在周代，吳國被强大的國君所統治，其中之一是夫差，他主持召開與其他邦國諸侯王的一次會盟，試
圖成爲中原邦國的霸主。見《史記》，卷31頁1472；*Mh*，4：30。

水道以及旱路大街。⑫⑨

如斯設計和建造，⑬⓪

吳王室延續千年。

315 吳宮仿紫宮模型而建，⑬①

開放庭院，廣闊而寬敞。

嚴寒和酷夏被隔於内室之外，

虹和霓纏繞雲館。⑬②

如斯屹然矗立，

320 其耀眼的光輝照耀萬里。

築造姑蘇高臺，⑬③

瞭望各方遠景，卓絶隆起。

爲深深的朝夕池所圍繞，

爲茂盛的長洲苑所環繞。

325 如窺看東山的藏室，

雙眼將被珍寶充盈。

如察看海陵穀倉，

將發現紅穀滿溢。⑬④

————————

⑫⑨ 行 309—312：這一段吳國都城的描述看上去來自《越絶書》（卷 2 頁 1a—b）對吳的計量：“吳大城周四十七里，二百一十步，二尺（19 834 米）。陸門八，其二有樓。水門八。南面十里，四十二步，五尺（4 218.5 米）。西面七里，百一十二步，三尺（3 067.2 米）。北面八里，二百二十六步，三尺（3 641.1 米）。東面十一里，七十九步，一尺（4 683.8 米）。闔閭（公元前 514—前 496 年執政）所造也。吳郭周六十八里，六十步（28 357.6 米）。吳小城周十二里（4 989.6 米）。”

⑬⓪ 行 313：參《毛詩》，第 242 首第 1 章。

⑬① 行 315：參《西都賦》，行 243 注和行 164—165 注。

⑬② 行 318：參《西都賦》，行 273。“雲館”不見於其他地方，可能不是一個實際的名稱，而更應理解爲“雲中的館舍”。

⑬③ 行 321：姑蘇（也叫作姑胥）臺在吳郡（今蘇州）西南三十五里的一個地方，吳王闔閭於公元前 504 年建之於姑蘇山山頂。此臺後來爲吳王夫差擴大和改建，最終爲公元前 473 年越國進攻吳國的戰火所毁滅。見《藝文類聚》引《吳地記》，卷 62 頁 1119；《越絶書》，卷 12 頁 1b；《太平寰宇記》，卷 91 頁 6b。

⑬④ 行 323—328：這一行以枚乘的《上書重諫吳王》（《文選》，卷 39 頁 18b 和《漢書》，卷 51 頁 2363）中的一段爲基礎。《太平寰宇記》（卷 91 頁 8b）稱，朝夕是吳郡一座湖的名字，其隨着大海的潮汐“朝夕”升降。長洲苑是一座古老的狩獵場的名字，吳王闔閭曾用其賽狗（見《吳越春秋》，卷 4 頁 12b）。長洲苑位於太湖北岸的姑蘇山南面。見梁章鉅，卷 7 頁 4a—b，張雲璈，卷 4 頁 18b—19a，及朱珔，卷 7 頁 16a—b 的討論。東山只能被認定爲吳國一間藏室的名字（見《漢書》，卷 51 頁 2363，注 5）。海陵郡（今江蘇泰縣東）是吳王劉濞使用的巨大穀倉的所在地。見《漢書》，卷 51 頁 2363，注 6。紅粟（red millet）是被貯存時間過長而腐敗變紅的穀物。見《漢書》，卷 64 下頁 2832。李時珍（《本草綱目》，卷 25 頁 1533）將之定爲陳廩米（brown rice）。

10

他們在武昌建立寢廟，[135]

330　在建業建造離宮，[136]

擴大闔閭以往的建設，

採納夫差留下的模式。

建起裝飾華麗的神龍殿，[137]

輔以交錯相合的屋檐和欄杆。[138]

335　抬高臨海殿使之高聳威儀，[139]

裝飾赤烏殿使之燦爛輝煌。[140]

這些建築東西寬廣，

南北陡峭高聳。

格子窗上遮陽篷彼此相對，[141]

340　相互連接的走廊經過彼此連通。

門和闈如此奇特，

以致專門設計特別名稱。

左邊叫作彎碕，

"起寢廟於武昌，作離宮於建業。闔閭閭之所營，采夫差之遺法。抗神龍之華殿，施榮楯而捷獵。崇臨海之崔巍，飾赤烏之韡曄。東西膠葛，南北崢嶸。房櫳對櫺，連閣相經。閭閭譎詭，異出奇名。左稱彎碕，右號臨硎。彫欒鏤楶，青瑣丹楹。圖以雲氣，畫以仙靈。雖茲宅之夸麗，曾未足以少寧。思比屋於傾宮，畢結瑤而搆瓊。高闈有閌，洞門方軌。朱闕雙立，馳道如砥。樹以青槐，亘以綠水。玄蔭眈眈，清流亹亹。列寺七里，俠棟陽路。屯營櫛比，解署棊布。橫塘查

———————

[135] 行 329：公元 221 年，孫權在武昌建都（見《三國志》，吳主傳第 2 頁 1121）。這一行估計是講孫權在武昌的一座宗廟建築。然而，《宋書》（卷 16 頁 444 及卷 33 頁 950）稱，孫權從來沒有建立"七廟"。他所建立的唯一一座宗廟，是爲其父所建，"遠在長沙"，但沒有在那裏舉行過祭祀。張雲璈（卷 4 頁 19b）因此爭論稱，左思所述武昌宗廟似無文獻基礎。在吳國首都創建的第一所宗廟是爲孫權而立的太祖廟，係其子孫亮（252—257 年在位）於建業所建。見《三國志》，卷 48 頁 1152；《宋書》，卷 16 頁 444。"寢"是宗廟後邊的部分，而"廟"是前邊的部分，儀式在這裏舉行。見《禮記》，卷 5 頁 5b，及蔡邕，《獨斷》，卷 4 頁 20a—b。我在英譯中將二者翻譯爲同一個詞"temple"（廟宇）。

[136] 行 330：在公元 211 年，孫權將其居所遷至秣陵，並將秣陵重命名爲建業。在 229 年，他宣告稱帝時，將國都從武昌遷至建業。

[137] 行 333：神龍殿是太初宮的主殿堂，公元 247 年使用武昌舊宮殿的木材和磚瓦改造而成。見《三國志》，卷 47 頁 1146—1147，及《太平御覽》，卷 75 頁 6a—b。

[138] 行 334：中島千秋（《文選》，卷 1，頁 277）將"榮楯"解釋爲"雕欄"。然而，高步瀛（卷 5 頁 46a）將"榮"釋爲"飛檐"（屋檐突出的部分）。《越絕書》（卷 12 頁 1a）提到相同的詞（注意《四部備要》本以"策"代"榮"，明顯是一處錯誤），並稱榮楯被鑲嵌上白玉璧和黃金。越王勾踐的一位謀士建議將之獻給吳，説明它是輕便之物。儘管我在翻譯榮楯爲"屋檐和欄杆"時繼承高步瀛的説法，但中島千秋的解釋也同樣有道理。

[139] 行 335：臨海是太初宮裏的一所殿堂。見許嵩（唐代），《建康實錄》，收《四庫全書珍本》（臺北：商務印書館，1975），卷 2 頁 22a。

[140] 行 336：赤烏是昭明宮中的一所殿堂，也被指認爲顯明宮（以避晉帝司馬昭的名諱），建造於 267 年（見《三國志》，卷 48 頁 1167）。"赤烏"（red crow）是一個吉兆，當它出現時，赤烏殿便被建造起來。見《太平御覽》，卷 175 頁 7a。

[141] 行 339：有關房櫳（即格子窗），見《漢書》，卷 97 下頁 3987。《説文》（卷 6 上頁 2506a—b）稱"櫺"（也寫作梘）是一種簾幕。李善（卷 5 頁 13a）補充稱門窗的廡（遮蔽？）也叫作櫺。我猜測櫺是一種遮陽篷。

右邊叫作臨硎。⑭

345　帶有刻畫的托架，刻有雕飾的梁木，⑭

綠色的門雕，朱紅的大柱，⑭

繪上雲氣，

畫有仙人和神靈。

儘管這些房舍宏偉壯麗，

350　仍不足以成爲提供片刻休息之所。

爲了將建築與傾宮相媲美，⑮

將玉石和瑪瑙嵌入露臺和房舍。⑯

高高的門道向上聳起，⑰

穿過一扇接一扇的門，車駕從一邊跑到另一邊。

355　朱紅色的瞭望臺成雙而立，

帝國馳道如磨刀石般平整。⑱

在種滿槐樹

和清溪環繞的地方，

黑色的陰影厚重而濃密地籠罩，

360　清澈的水流緩慢而輕柔地湧動。

七里的官署全部排列成行，⑲

沿着南邊的路，棟梁彼此相夾。

軍營排列如同梳齒，⑳

下，邑屋隆夸。長干延屬，飛甍
舛互。

---

⑭ 行 343—344：李善（卷 5 頁 13a）説，彎碕（彎曲的堤岸的意思）和臨硎（面臨磨石的意思）建造於昭明宫的東邊。這兩扇大門可能得名自吳國最後一代統治者孫皓（242—284 年在位）所建立的兩所觀景臺。見胡紹煐，卷 6 頁 18a。

⑭ 行 345：有關欒（即托架）和㮰（即梁木），見 Else Glahn, "Some Chou and Han Architectural Terms," *BMFEA* 50 (1978)：108。

⑭ 行 346：參《西京賦》，行 111 注。

⑮ 行 351：傾（頃）宫據説是夏朝的末代君主桀所造。見《竹書紀年》，《四部備要》本，卷上頁 9b。高誘（《淮南子》卷 4 頁 2b 和《呂氏春秋》卷 23 頁 6）稱這座宫殿占據一頃（一百畝）之地。

⑯ 行 352：像夏桀和殷紂，他們建造玉臺和玉門。見《東京賦》，行 89—90 注。爲了表達清晰，我在這裏加入"露臺和房舍"這些詞。

⑰ 行 353：參《西京賦》，行 144。

⑱ 行 356：參《毛詩》第 204 首第 1 章："周道如砥。"

⑲ 行 361：《風俗通義》（李善所引，卷 5 頁 14a；此段不見於今本中）稱："今尚書、御史、謁者所止皆曰寺。"

⑳ 行 363：參《毛詩》第 291 首第 5 章："其比如櫛。"

公廨和衙署分布猶如棋子。⑮

365　在横塘和查下，⑮

城市的房屋繁多而雄偉。

長干的居所伸展長遠，⑮

房舍的飛檐一一相連。

11

宅所屬於尊貴的氏族，崇高的貴胄，⑮

370　大人，當權之人，⑮

虞和魏的後代，⑯

顧和陸的子孫。⑯

青年才俊延續傳統，⑯

成熟而有經驗的人世代湧現。⑯

375　歡騰的馬蹄足跡相疊，⑯

紅色的車輪車轍相累。

隨着軍備陣列回歸家園，

安放好武器架和弓箭架。

“其居則高門鼎貴，魁岸豪傑。虞魏之昆，顧陸之裔。歧嶷繼體，老成弈世。躍馬疊跡，朱輪累轍。陳兵而歸，蘭錡内設。冠蓋雲蔭，閭閻闐噎。其鄰則有任俠之靡，輕訬之客。締交翩翩，儐從弈弈。出躡珠履，動以千百。里讌巷飲，飛觴舉白。翹關扛鼎，拚射壺博。鄱陽暴謔，中酒而作。於是樂只衎而歡飲無

---

⑮　行364：劉逵（卷5頁13b）將解（或廨）解釋爲官方文書的收藏室，署是醫生和巫師的居所。然而我推測，左思是以“官府建築”的一般意思來使用這些詞彙。

⑮　行365：横塘是一座堤壩，建造於揚子江邊，淮河以南，接近陶家島的地方。查下是横塘以西，查浦（今南京清凉山南）之内的一片居住區。見劉逵，卷5頁13b。

⑮　行367：長干是建業南五里，位於山間谷地中的一片居住區的名稱。其包括大長干（越城東）和小長干（越城西）。見劉逵，卷5頁13b。

⑮　行369：劉逵（卷5頁14a）稱鼎在鼎貴的表述中意爲“始”，因此指“乃祖乃父以來皆貴”的人。然而，在《漢書》（卷64下頁2836）的一段話中，鼎貴被用來表達“欲貴”的意思。最終，張銑（卷5頁19a）稱鼎貴意爲“鼎食者”（如富貴之人）。從這裏的語境來看，鼎貴應該指“在他們全盛期的貴族”（參考《漢書》，卷48頁2233，注6，及高步瀛，卷5頁50b），我因此翻譯爲“崇高的貴族”。

⑮　行370：顔師古（《漢書》，卷45頁2177，注6）將魁岸解釋爲：“魁，‘大’也。岸者，‘有廉棱’，如崖岸之形。”但王念孫（《廣雅疏證》，卷6上頁24b）爭論，顔師古對“岸”的解釋是錯誤的，並指出魁岸和魁梧是同一個詞，意爲“壯大”。

⑮　行371：虞既可能指虞歆（字文綉），也可能指他的兒子虞翻（164—233）。魏可能是魏朗（字叔英）或他的兒子魏周榮。他們顯然都是會稽地區傑出的人才。陳琳在其《檄吳將校部曲》（《文選》，卷44頁17a—b）中提到他們。又見何焯，《義門讀書記》，卷49頁20a。

⑮　行372：顧指顧雍（168—243）家族，他曾供職爲孫權的丞相。陸是陸遜（183—245），他也是孫權的丞相之一。見《三國志》，卷58頁1343—1354。顧和陸的家族在吳國極具影響力。

⑮　行373：有關歧嶷的“知識淵博”的意思，見《毛詩》第245首第4章，及Karlgren, "Glosses on the Ta Ya and Sung Odes," pp. 62-63, ♯870。我多少有些隨意地翻譯爲“青年才俊”，沿承張銑的解釋（卷5頁19a）。

⑮　行374：參《毛詩》第255首第7章：“雖無老成人，尚有典刑。”

⑯　行375：“躍馬”暗指“富貴”的騎手。見劉逵，卷5頁14a。

冠蓋似雲幕般聚集，⑯¹

380　城門被阻擋和堵塞，⑯²

鄰居之中有最值得信賴的俠客，⑯³

快速敏捷的家臣。

匆匆奔走締結聯盟，⑯⁴

所有扈從均富麗奢華。⑯⁵

385　外出行走穿着珠履，⑯⁶

以千百人的團體行動。

在里巷中飲宴相聚，

提起飛觴，舉起空杯，⑯⁷

能夠舉起城門，扛起重鼎；⑯⁸

390　鬥拳射箭，比賽投壺和博弈。⑯⁹

鄱陽人的酷烈戲謔，⑰

在飲酒中途發作。⑰¹

匱，都輦殷而四奧來暨。水浮陸行，方舟結駟。唱櫂轉轂，昧旦永日。

---

⑯¹ 行 379：參《西都賦》，行 78 注。

⑯² 行 380：這些門的字面意思是"防衛大門和入口"。參《西都賦》，行 49。

⑯³ 行 381：任俠這一表述中的"任"字有多種解釋。一些注者將它解釋爲一個動詞，意爲"相與信爲任"（見《史記》，卷 100 頁 2730，注 1，孟康和如淳；《漢書》，卷 37 頁 1975，注 1，應劭）。因此，任俠可能被用來表達"值得信賴的俠客"的意思。然而，顏師古（《漢書》，卷 37 頁 1975—1976，注 1）稱"任"暗含着"任使其氣力"。因此，他似乎認爲"任"爲"任縱"之意。根據顏師古的解釋，任俠可被解釋爲"任意訴諸暴力的武士"的意思。這個翻譯在英文表述中不太方便，因此，雖然顏師古的解釋同樣有道理，我還是接受"值得信賴的俠客"的翻譯。

⑯⁴ 行 383：有關"締交"，見《史記》，卷 6 頁 279。

⑯⁵ 行 384：李善（卷 5 頁 14b）將"奕奕"解釋爲"輕靡之貌"，此解釋在這裏看上去不恰當。胡紹煐（卷 6 頁 19b）援引《廣雅》（《廣雅疏證》，卷 6 上頁 12b），稱其指"儐從之盛也"。又見呂向（卷 5 頁 20a）。

⑯⁶ 行 385：在楚國貴族春申君（卒於公元前 237 年）的侍臣中，最高等級的侍臣穿着鑲嵌珍珠的鞋子。《史記》，卷 78 頁 2395。

⑯⁷ 行 388：有關"舉白"中的"白"，有若干種解釋。顏師古（《漢書》，卷 100 上頁 4201，注 2）提到兩種解釋：（1）當飲完一整杯酒後，飲酒者舉起自己的酒杯，展示他們是否已經將酒喝乾（白）；（2）白是一種罰酒用的爵的名稱。假如一個人沒有喝乾酒杯，作爲懲罰，他必須飲白（白色的？）爵中的酒（參《說苑》，卷 11 頁 8a）。因此這裏的重點似乎是在說飲者喝盡酒的快速，因此我將舉白解釋爲"舉起空杯"的意思。

⑯⁸ 行 389：參《西京賦》，行 681。"翹"應該被理解爲"招"（舉起）的意思。某些版本的《列子》（卷 8 頁 94）有關孔子能"舉關鍵"的軼事中寫爲"招"的地方，在《顏氏家訓》（卷下頁 8a）裏被讀爲"翹"。見高步瀛，卷 5 頁 52。

⑯⁹ 行 390：有關"抃"（或卞，搏擊的意思），見《漢書》，卷 11 頁 345，注 3（HFHD，3：39）及卷 70 頁 3007，注 2。投壺是中國傳統的例行遊戲，需要將箭投進壺中。見 Gosta Montell, "T'ou Hu- The Ancient Chinese Pitch-pot Game," Ethnos 5 (1940)：70－83；Richard C. Rudolph, "The Antiquity of t'ou hu," Antiquity 24 (1950)：175－78。"博"可解爲"博弈"，或指六博之戲。見楊聯陞，"A Note on the So-called TLV Mirrors and the Game Liu-po 六博," HJAS 19 (1945－1947)：202－6，及 "An Additional Note on the Ancient Game of Liu-po," HJAS 15 (1952)：124－39。

⑰ 行 391：鄱陽（今江西鄱陽）是孫權在公元 210 年設置的一個郡。這個區域的人們以"俗性暴急"著稱。見劉逵，卷 5 頁 14b。

⑰¹ 行 392：有關中酒（即"飲酒中途"的意思），見顧炎武，《日知錄》，卷 27 頁 35b，及胡紹煐，卷 6 頁 20b—21b。

於是他們快樂愉悦，

歡慶和宴飲無所缺乏。

395　都城如此繁榮，⑰

人們從四方來此致敬。⑱

順水路航行，陸路行進，

把船隻捆綁在一起，把四馬套而爲一。

划船的時候唱歌，車輪轉動不停，

400　持續整日，從黎明到黄昏。

12

他們開放市場，允許遠近而來的人們進入；⑭　　　　　　　"開市朝而並納，横闌闠而流溢。

擁擠的人群阻塞城門，如泛濫的河水一般。　　　　　　混品物而同廛，并都鄙而爲一。

商販梳理自己的貨物，共享同一塊空地；　　　　　　　士女佇眙，商賈駢坒。紵衣絺

城市居民和郊野之人在這裏匯聚，混而爲一。　　　　　服，雜沓傫萃。輕輿按轡以經

405　士人和貴婦到處徘徊審視貨物，　　　　　　　　　　隧，樓船舉飄而過肆。果布輻湊

坐賈和行商肩並肩擁擠在一起。　　　　　　　　　　　而常然，致遠流離與珂珧。緜賄

穿着麻衣和葛衣，　　　　　　　　　　　　　　　　　紛紜，器用萬端。金鎰磊砢，珠

混雜擁擠，彼此簇擁。　　　　　　　　　　　　　　　琲闌干。桃笙象簟，韜於筒中；

輕馬車在寬鬆的繮繩下，穿過市場的街道；　　　　　　蕉葛升越，弱於羅紈。儴偄繇

410　樓船張開帆，經過水濱的貨攤。⑮　　　　　　　　　獠，交貿相競。誃譁喤呷，芬葩

水果和布料聚集，持續供給不斷，　　　　　　　　　　蔭映。揮袖風飄而紅塵晝昏，流

遠方進口的貨物有鷄心螺和玻璃。⑯　　　　　　　　　汗霡霂而中逵泥濘。

---

⑰　行 395：根據李善（卷 5 頁 14b）所言，因爲"輦"是帝王所乘，故京都被稱爲輦。

⑱　行 396：我增加"表達敬意"四字來明確拜訪的隱含目的，來訪者最可能是蠻、夷部族。

⑭　行 401：司馬貞（《史記》，卷 75 頁 2362，注 2）稱市場上成行的攤位有如朝列，因此稱爲"市朝"。然而，其他注解者將市朝解釋爲"市和朝"。因此，《周禮》（卷 5 頁 15b）詳述宫殿應該"面朝後市"。無論確切解釋爲何，其基本意思爲"集市"這一點是清楚的。"納"的意思不清楚，可能是拿到市場上的貨物（見李周翰，卷 5 頁 20b）。《六臣注》本將尤袤本的"並"（一同的意思）讀爲"普"（普遍的意思）。

⑮　行 410：樓船是一種帶有五個艙面的高船。漢代樓船是包遵彭的專著《漢代樓船考》（臺北：中華叢書編審委員會，1967）的研究主題。

⑯　行 412：有關流離，見 Schafer, *Golden Peaches*, pp. 235-37。劉逵（卷 5 頁 15a）説"玭"（cone shell，鷄心螺）是入海的老雕所化。"珂"也是一種玭。見 Read and Pak, p. 70，♯233。

還有出自蠻族的商品極爲充裕，⑰

有種類各樣的器具；

415 黄金碎片積累成堆，⑱

珠串攤開陳列展示。⑲

桃竹席子和象牙，⑳

被裝在筒子裏。

蕉布和麻匹㉑

420 比薄紗和絲綢還要柔軟。

熙熙攘攘之中，㉒

買賣貿易，競争激烈。

叫喊聲掀起巨大的喧鬧，

四下穿梭，在陰影間投下身影。

425 揮動衣袖，便引來微風，

紅色的灰塵日夜懸浮在空中。

揮汗似霧雨，

中央街道變成淤地泥淖。

---

⑰ 行 413：劉逵（卷 5 頁 15a）將緤解釋爲蠻族使用的一種貨物的名稱。然而，朱珔（卷 7 頁 16b—17a）認爲，緤應該被理解爲“收集”的意思。緤也有可能是“褺”（混雜多樣的意思）的借用。見《說文》，卷 8 上頁 3735a，朱駿聲的注解。

⑱ 行 415：我翻譯爲黄金“碎片”的詞，實際上是重量單位“鎰”，它被解釋爲 20 或 24 兩（tael，在漢度量中，一兩＝15.25 g）。見高步瀛，卷 5 頁 55b，及楊聯陞，*Money and Credit in Chia: A Short History*（Cambridge：Harvard University Press，1952），p. 41。

⑲ 行 416：琲是一種含有十到五百顆珠子的珠串。見高步瀛，卷 5 頁 56a。

⑳ 行 417：劉逵（卷 5 頁 15a）説，“笙”是“簟”（席子的意思）字的吳地用詞。

㉑ 行 419：蕉葛是用蕉莖烹煮成柔軟的綫做成的“蕉布”。見《藝文類聚》，卷 87 頁 1499，及石聲漢，《齊民要術今釋》，頁 770—771。段玉裁（爲朱珔，卷 7 頁 17a—b 徵引）建議將“升”改爲“竹”。他繼而主張這一行包含四種植物的名字，蕉（banana）、葛（kudzu）、竹（bamboo）和越（他將其認定爲“糸越”的古字，即苧麻）。見陳彭年（961—1017）等編纂，王瓊珊編校，《重校宋本廣韻》（臺北：廣文書局，1960），頁 458。然而，胡紹煐（卷 6 頁 22a—b）證明段玉裁改“笙”爲“竹”的證據不足（主要建立在司馬貞在《史記》卷 2 頁 60 注 12 中的注解，其中一併提及竹與葛、蕉和麻）。“升越”一詞也出現在王符《潛夫論》中（卷 3 頁 7a；參《後漢書》，卷 49 頁 1635）。李賢在對《潛夫論》此段的注解（《後漢書》，卷 49 頁 1636，注 3）中，引述盛弘之（公元 5 世紀）的《荆州記》，稱秭歸縣（湖北西部）的婦女織布“數十升”。胡紹煐因此總結道，“升越”是越布以升（1 升＝199.687 釐米）來衡量。胡紹煐進一步稱，“數十升”布可能極佳，因此説其“弱於羅紈”。

㉒ 行 421：胡紹煐（卷 6 頁 22a）稱，“儵嘉”（“儵”的正確寫法應是“儵”），見朱珔，卷 7 頁 18a—b 描述繁亂而匆忙的活動，並認爲“泉摻”大體表述相同的意思。

13

富中的農民，[183]

430　商人中的精英，

善抓時機，能銳眼獲利，

積累起百萬財富。

如果較量屬地，

他們能兼併邊地，占領村莊。

435　如想炫耀自己的奢華生活，

他們便穿上寶珠鑲嵌的衣服，享用罕見的佳餚。

武士們敏捷靈活，凶猛無畏，

居住在這裏相鄰的廬舍中。

他們如慶忌一樣敏捷，[184]

440　如專諸一樣勇敢。[185]

戴峨冠，去國歷練，

持寶劍，行天涯。

身披鯊魚皮鎧甲，

揮舞屬鏤寶劍。[186]

445　甚至藉助百姓儲藏長矛，[187]

在村莊中存放盾牌。[188]

每一家都有自己的鶴膝長矛，[189]

每一戶都有自己的犀牛皮盾牌，[190]

"富中之甿，貨殖之選。乘時射利，財豐巨萬。競其區宇，則并疆兼巷；矜其宴居，則珠服玉饌。趫材悍壯，此焉比廬。捷若慶忌，勇若專諸。危冠而出，竦劍而趨。扈帶鮫函，扶揄屬鏤。藏鏦於人，去戱自閭。家有鶴膝，户有犀渠。軍容蓄用，器械兼儲。吳鈎越棘，純鈎湛盧。戎車盈於石城，戈船掩乎江湖。

---

[183] 行429：《越絕書》（卷8頁4a）提及富中，將之視爲勾踐建立"義田"（爲窮人提供食物的田地？）的地方。這一地區的土地特別肥沃，所以被稱爲富中。

[184] 行439：慶忌是吳王僚（前526—前515年在位）的兒子。闔閭篡位時，試圖殺死慶忌，騎馬追捕他，但沒能抓到。慶忌甚至能夠躲避弓手的箭。見《吕氏春秋》，卷1頁5a。

[185] 行440：專諸是吳國人，用一柄藏在魚腹中的短劍刺殺王僚。見《史記》，卷86頁2516—2518；Burton Watson, trans., *Records of Historian: Chapters from the Shihchi of Ssu-ma Ch'ien* (New York: Columbia University Press, 1969), pp. 46-48；《吳越春秋》，卷3頁5a—6b；Eichhorn, *Heldensagen*, pp. 25-27。

[186] 行444：屬鏤是伍子胥（？—前484年）自刎所用之劍的名字。見《左傳》，哀公十一年，及《史記》，卷66頁2180。贊克（1：65）將"扶揄"處理爲劍的名字，但扶揄在這裏用爲動詞，意爲"拔出"或"揮舞"。

[187] 行445："鏦"是吳地稱呼矛的詞。見《方言校箋及通檢》，卷9頁55第3條。

[188] 行446：有關"去"的"儲藏"意，見高步瀛，卷5頁58b。

[189] 行447：鶴膝是一種長矛，長柄，頭端寬，末端窄，猶如鶴腿。見《方言校箋及通檢》，卷9頁58第21條。

[190] 行448：韋昭（《國語》，卷19頁7a）稱犀渠是盾牌，但高誘（《淮南子》，卷13頁5a—b）稱其爲一種盔甲的名字。我尚無法判定哪一種認識是正確的，此處遵從劉逵（卷5頁16a）的看法，譯爲"犀牛皮盾牌"。

軍事裝備被聚集以備不時之需，⑲

450 武器和軍械被儲存起來。

有吳鈎和越戟，⑲

純鈎劍和湛盧劍。⑲

戰車充盈石頭鄔，⑲

戈船覆蓋河流和湖泊。⑲

14

455 露水逝去，白霜來臨，⑲

日月荏苒。⑲

草木枯萎死亡，

鳥獸長得油亮豐腴。

統治者審視鷹隼，

460 訓誡邊疆駐軍，

陳列絲甲，⑲

升起肥姑旗幟。⑲

命令將帥拿起鐸鈴，

將在具區苑囿中開始圍獵。⑳

"露往霜來，日月其除。草木節解，鳥獸脂膚。觀鷹隼，誡征夫。坐組甲，建祀姑。命官帥而擁鐸，將校獵乎具區。烏瀦狼胳，夫南西屠。儋耳黑齒之酋，金鄰象郡之渠。驫駥騳驫，軼雪警捷，先驅前塗。俞騎騁路，指南司方。出車檻檻，被練鏘鏘。吳王乃巾玉輅，軺驌驦。旂魚須，常重光。攝烏號，佩干將。羽旄

<hr>

⑲ 行449：劉逵（卷5頁16a）徵引歸屬於元帥田穰苴（前6世紀）所作的兵書《司馬法》，其中用"軍容"一詞表達"軍隊儀態"的意思。然而，正如劉逵所注，"軍容"在這裏似乎含有更爲明確的武器方面的意義。

⑲ 行451：吳鈎是某人爲吳王闔閭所造的一對類似劍的鈎子，此人殺死自己的兩個兒子，並將他們的血塗抹在鈎上。見《吳越春秋》，卷4頁2a—b（Eichhorn, *Heldensagen*, pp. 32‐33）。

⑲ 行452：純鈎和湛盧是越王勾踐的五柄寶劍中兩柄的名字。見《吳越春秋》，卷11頁1b。

⑲ 行453：石頭鄔，211年建造於楚國故金陵城（今南京清涼山）的舊址上，充當吳國的主要兵工廠之一。見《三國志》，卷47頁1118；《元和郡縣志》，卷25頁655；《太平寰宇記》，卷90頁18b—19a。

⑲ 行454：戈船是一種武裝船。見《漢書》，卷6頁187，注2。

⑲ 行455：以下有關吳國狩獵的記錄已爲 Gaspardone 翻譯，見"La Chasse," pp. 8‐95。

⑲ 行456：這一句完全引用《毛詩》，第114首第1章。

⑲ 行461：孔穎達（《左傳注疏》，卷19下頁7b）稱，當戰鬥將要開始，盔甲會"坐"（陳列的意思）在地上。杜預將"組甲"解釋爲刷上漆，貌似絲織物的盔甲。然而，賈逵（30—101）稱這種盔甲實際上就是絲綢所製。馬融則宣稱只有內襯是用絲製作的。見《左傳注疏》，卷29頁10b。

⑲ 行462："肥"應該讀爲"祀"。見高步瀛，卷5頁59b—60a。"肥姑"（或肥胡）是《國語》（卷19頁7a）中提到的一種旗幟，我不知道它爲何被稱爲肥姑（"胖婦人"的意思？）。

⑳ 行464：有關校獵一詞，見 Bodde, *Festivals*, pp. 383‐84。"具區"是吳地一座苑囿的名字，已被認定等同於震澤（見上文行65注）。

465　烏滸、狼腨，⑳

　　夫南、西屠，⑳

　　儋耳及黑齒的首領，⑳

　　金鄰和象郡的領袖，⑳

　　急速飛馳，快捷如風，⑳

470　以令人震驚的速度迅猛奔衝，

　　策馬在前清空道路。

　　俞兒騎手在路上飛奔而過，⑳

　　指南車指引方向。⑳

　　車駕出發，轆轆響隆，⑳

475　身着絲甲的兵士莊嚴威武地行進。⑳

　　於是吳王給玉車覆上車衣，

揚莪，雄戟耀芒。貝冑象弭，織
文鳥章。六軍袀服，四騏龍驤。

---

⑳　行465：烏滸（或烏浦）是生活在交州和廣州的大山中的南方部族的名字，據說有食人的活動。見《異物志》（劉逵引，卷5頁17a）及 Gaspardone, "La Chasse," pp. 96-99。
　　狼腨也被稱爲徐狼，是所謂裸國的部族，位於象林（今越南）西部。他們有用鼻子鑒別黃金品質的能力。見《異物志》（爲《藝文類聚》，卷83頁1424所徵引）；《水經注》，卷36之6頁55；Gaspardone, "La Chasse," pp. 104-6。

⑳　行466：有關夫南（或扶南）——柬埔寨的古名，見 Paul Pelliot, "Le Founan," BEFED 3 (1903)：248-303。西屠是"南海"（在今越南中南海岸）的一個國家，那裏的人們將自己的牙齒染黑。見劉逵，卷5頁17a，及 Gaspardone, "La Chasse," pp. 103-4。

⑳　行467：儋耳是居住在朱崖（海南島）的一個部族，因"鏤其耳匡"而知名。見 Gaspardone, "La Chasse," pp. 99-102。
　　黑齒是東亞和南亞多種塗黑自己牙齒的人群的總稱。見 Gaspardone, "La Chasse," pp. 102-3。

⑳　行468：金鄰是"去夫南二千餘里"的國家，出產白銀，居民喜好獵殺大象。見劉逵，卷5頁17a，及 Gaspardone, "La Chasse," pp. 107-8。象郡是秦漢的行政區域，在左思的時代可能已被林邑（稍晚作爲占婆而知名）兼併。見 Gaspardone, "La Chasse," p. 104, n. 3。

⑳　行469：朱珔（卷7頁19a）將"駤"等同於"狋"，"喬"等同於"獢"，兩者皆被注解爲"飛走之貌"（《禮記》，卷7頁9a，鄭玄）。

⑳　行472：俞騎指《管子》（册2，第51頁110）中提到的小精怪俞兒，被描述爲一種一尺長的生物，具有人的全部特徵，能夠跑得像馬一樣快。

⑳　行473：指南車是隊伍的引領車駕。《晉書》（卷25頁755）描述如下："駕四馬，其下制如樓，三級，四角金龍銜羽葆，刻木爲仙人。衣羽衣，立車上，車雖回運而手常南指。"有關更多細節討論，見 A. C. Moule, "The Chinese South-pointing Carriage," TP 23 (1924)：83-98；Masuki Hashimoto, "Origin of the Compass," MTB 1 (1926)：69-92；Li Shu-hua, "Origin de la boussole," Isis 45 (1954)：78-94, 175-96；Needham, 4：pt. LL, pp. 286-303。

⑳　行474：參《毛詩》第73首第1章："大車檻檻。"

⑳　行475：此"被練"是覆蓋絲綢的軟皮外衣。見《左傳注疏》，卷29頁10b。高步瀛（卷5頁64a）舉證表明"鏘鏘"是"蹌蹌"的借用，意爲"容貌舒揚"（參《禮記》，卷1頁26a，鄭玄）。

駕馭一對灰色的駿馬。⑩

大旗有魚須長柄，⑪

旗上繪有日月成雙。⑫

480　手握一柄烏號弓，⑬

佩戴一把干將劍。⑭

裝飾物在彩条長旗上揮舞，

雄鷄戟的尖端閃耀光亮。⑮

頭盔縛着貝殼，弓以象牙爲尾，⑯

485　旗幟上綉着鳥形圖案。⑰

六部軍隊都穿着黑色軍服，⑱

四匹烏黑的戰馬騰躍如龍。

15

張網布滿周邊，⑲　　　　　　　　　　　　"峭格周施，罿罻普張。罼罘璅

鳥網在各地鋪張。　　　　　　　　　　　　結，罝蹏連綱。陒以九疑，禦以

490　拖網連結如鏈，　　　　　　　　　　　沅湘。輶軒蓼擾，轂騎煒煌。祖

---

⑩　行 477：軺是一個名詞，意爲"需要站乘的小戰車"（見《後漢書》，卷 9 頁 355，服虔注），但它在這裏起到動詞
　　的作用。呂向（卷 5 頁 24a）稱其意爲"兩馬駕車"。我遵從呂向的看法，將軺解釋爲"駕馭一對（馬）"。驌驦
　　（也寫作肅爽）是一種罕見的馬的名字，據說存在於周代（見《左傳》，定公三年），其色如"霜紈"（見《左傳注
　　疏》，卷 54 頁 9a）。我稱其爲"灰色的駿馬"。

⑪　行 478：魚須是一種旗幟，有以巨魚（鯨魚？）的須製成的長柄。見郭璞，《史記》，卷 117 頁 3009；《漢書》，卷
　　57 上頁 2538，注 2；Hervouet, *Le Chapitre 117 du Che ki*, p. 31, n. 3.

⑫　行 479：太常旗（見《東京賦》，行 350）是吳國領袖所使用的旗幟，飾有太陽和月亮的圖案（即"一雙天體"）。

⑬　行 480：烏號是拓樹（*Cudrania triloba*, silkthorn tree）的名字之一，據說被用來造弓。當烏鴉試圖從這種
　　樹的樹枝上飛起時，樹枝會彎曲復又崩起，以至烏鴉害怕而飛起號叫。這種柔韌的樹枝於是被砍斷做成弓。
　　根據另一個解釋，這一名稱不是"烏鴉號叫"的意思，而是"悲泣"之意（見 *Records*, 2：52）。相傳黃帝在荆
　　山築好大鼎後，便騎龍飛去。他的侍從奪來一張弓並試圖將龍射下來，但没有射中。這張弓於是被稱爲"烏
　　號"。見高誘《淮南子》注，卷 1 頁 4b。亦可參考 *Mh*, 3：489, n. 2 and Hervouet, *Le Chapitre 117 du Che
　　ki*, p. 32, n. 6.

⑭　行 481：干將劍與吳國歷史間有特殊的關聯。《吳越春秋》（卷 4 頁 1b—2a）講述名爲干將的鑄劍師的故事，
　　此人爲吳王闔閭鑄造一柄雄劍和一柄雌劍。雄劍名爲干將，此名最終被用來稱呼任何一種鋒鋭兵器。見王
　　念孫，《廣雅疏證》，卷 8 上頁 27b。

⑮　行 483：雄戟是一種帶有尖鋭的距的戟，其距形似公鷄（雄）的距，我因此稱其爲"雄鷄戟"。見《史記》，卷
　　117 頁 3009，注 4，及高步瀛，卷 5 頁 66a。

⑯　行 484：參《毛詩》，第 300 首第 5 章及第 167 首第 5 章。

⑰　行 485：參《毛詩》，第 177 首第 4 章。

⑱　行 486：這兩個字應讀作"袀服"（黑色制服的意思）。見高步瀛，卷 5 頁 56a—b。

⑲　行 488：峭格在《莊子》（寫作"削格"）中被作爲繫縛上網的架子的名字被提及。見《莊子集釋》，卷 1 頁
　　163—164，及郭嵩燾（1818—1891）的注。

鹿和兔網索索相扣。
利用九疑山阻止逃跑，⑳
依靠沅江和湘江封鎖入口。㉑
輕車狂野地四處猛衝，
495　騎射手快速地一閃而過。
一支軍隊，赤着胳膊，徒手攻戰，㉒
高高跳躍，投擲圓石，㉓
如猿長臂，雙重肋骨，㉔
瘋狂奔突，英勇無畏。
500　像鷹一樣瞪視，像鶚一樣警惕，
你追我趕，不相上下。㉕
一時散開，一時聚合，
共同在廣闊的平原上奔跑跳躍。
軍旅帶着小盾和大盾，長槍和長矛
505　暘夷盔甲，勃盧長矛。㉖
扛着長戟和短劍，
怒髮衝冠，馳騁而去。
敏捷而快速，緊密聯合行動，
嘴咬口銜，一絲聲音也没有。

裼徒搏，拔距投石之部。猿臂骿脅，狂趡獷猤。鷹瞵鶚視，趁趯跇玃。若離若合者，相與騰躍乎莽罝之野。干鹵殳鋋，暘夷勃盧之旅。長殳短兵，直髮馳騁。儴佻坅並，銜枚無聲。悠悠施旌者，相與聊浪乎昧莫之坰。鉦鼓疊山，火烈熛林。飛爓浮煙，載霞載陰。菈擖雷硠，崩巒弛岑。鳥不擇木，獸不擇音。

---

⑳ 行492：九疑山，據說舜被埋葬在那裏，位於古代零陵地區（今湖南寧遠縣東南）。這座山有九條溪流，全部一模一樣，故名九疑（即"九個不確定"的意思）。見《山海經》，卷18頁5b，《史記》，卷1頁44。阹是如山坡或谷地等能阻止動物逃跑的陸地隔斷。見《史記》，卷117頁3034，注8。在這裏用爲動詞，意爲"阻止"（逃跑）。

㉑ 行493：沅江流向東北，自貴州起，經湖南西部流入洞庭湖。湘江源自廣西壯族自治區，流向東北，經湖南省進入洞庭湖。"禦"既可以指阻塞狩獵園出入口的障礙物，也可以指用來養鳥的圈墻。見《東京賦》，行215注。

㉒ 行496：參《毛詩》第78首第1章："袒裼暴虎。"

㉓ 行497：拔距似乎可與超距（跳高的意思）互用，經常與"投石"訓練配對。見《史記》，卷73頁2341；《新序》，卷5頁16a；《韓詩外傳》，卷10頁8a(Hightower, trans., p. 332)。但顏師古（《漢書》，卷70頁3007，注1）將拔距解釋爲一種徒手搏鬥，其中坐着的比賽者胳膊相交，並試圖將對方從其位置上"拔取"。然而，它在左思此句中指獵手追逐動物，顏師古的解釋似不合適。見王念孫的討論，《讀書雜志》，4之12頁12a—17a。

㉔ 行498：著名的漢將軍李廣就是"猨臂"。見《史記》，卷109頁2872，及《漢書》，卷54頁2446。有關骿肋（雙重肋骨的意思），見《史記》，卷68頁2235和《左傳》，僖公二十四年。

㉕ 行501：有關參譚（"在緊緊的追逐中"的意思），見胡紹煐，卷6頁26b。

㉖ 行505：劉逵（卷5頁18b）徵引《越絕書》，稱暘夷是一種盔甲的名稱，勃盧是一種長矛的名稱。然而，今本《越絕書》（卷8頁1b）將二者讀作"賜夷"和"物盧"，這可能是不對的。高步瀛（卷5頁69b）推測"暘夷"指"陽夷"，即《後漢書》（卷35頁2807）提到的九"夷"之一，而"勃盧"與"卜盧"相同，是《逸周書》（參《漢魏叢書》，卷7頁8a，將卜盧讀作"十盧"）中提到的一個族群。

510 隨着旗幟飄動，㉗

　　在昏暗和荒蕪的邊境之上行進自如。

　　鐘鼓之聲在山中回蕩，

　　激烈的火焰在森林裏燃燒。

　　飛濺的火星和漂浮的煙霧

515 使天空時而變紅，時而變暗。

　　隨着猛烈的喧囂和雷霆般的轟鳴，

　　他們摧塌山峰，夷平小丘。

　　鳥無暇選擇樹木，㉘

　　獸無暇選擇避難所。㉙

16

520 他們威嚇白虎和黑虎，㉚

　　捆縛麋和鹿，

　　騎乘六駁，㉛

　　追捕飛生鳥，㉜

　　用圓石彈擊飛鸞和海鷹，㉝

525 用羽箭射向猿和猱。

　　白色的野鷄墜下，

　　黑色的山蛇雕落地。㉞

　　他們爬上險峻的絕頂，

"虙麗麌，頯麋麎。驀六駁，追飛生。彈鸞鷄，射猨狿。白雉落，黑鳩零。陵絕嶕嶣，聿越巉險。蹠蹻竹柏，玁狳杞柟。封豨蘺，神螭掩。剛鏃潤，霜刃染。於是弭節頓轡，齊鑣駐蹕。徘徊倘佯，寓目幽蔚。覽將帥之拳勇，與士卒之抑揚。羽族以觜距爲刀鈹，毛群以齒角爲矛鋏，皆體

㉗ 行 510：參《毛詩》第 179 首第 7 章。

㉘ 行 518：參《左傳》，哀公十一年。

㉙ 行 519：參《左傳》，文公十七年。杜預將"音"解作"陰"（蔭蔽的意思）的代用詞。然而，服虔稱當鹿找到豐美的草時，它們會旋律優美地呼喚其他鹿。但當死亡關頭窘迫難當時，它們"不暇復擇善音"。見《左傳注疏》，卷 20 頁 9a。儘管更多的作者繼承服虔的詮釋（見張雲璈，卷 4 頁 20a—b 和胡紹煐，卷 6 頁 28a—b），但我發現在此語境中杜預的解釋更爲合適。

㉚ 行 520："虙"是白虎，"麗"是黑虎。見《爾雅》，下之六頁 3b。

㉛ 行 522："駁"被描述爲形似馬的獨角獸（one-horned animal），有白色的身體和黑色的尾巴，以及老虎的爪牙，食虎豹。見《爾雅》，下之七頁 1a；《山海經》，卷 2 頁 27b，卷 8 頁 4b；Read, *Animal Drugs*，♯351b；Schieffeler, *Legendary Creatures*, p. 34.

㉜ 行 523：飛生是飛生鳥（飛天松鼠，flying squirrel）的縮寫。見 Read, *Avian Drugs*, p. 57. ♯289。

㉝ 行 524：鷄應該讀爲鷙（見高步瀛，卷 5 頁 71a），可能是羌鷙（*Haliaetus pelagicus*, Kamchatkan sea eagle）。見 Read, *Avian Drugs*, p. 83, ♯312。

㉞ 行 527：鳩即山蛇雕（*Spilornis cheela cheela*, serpent eagle）。見 Read, *Avian Drugs*, p. 90, ♯317。

攀登峻峭的懸崖，

530　踐踏竹子和柏樹，

在柳條和楠木間猛衝。

巨豬咆哮，[235]

神螭躲避。[236]

鋼製的箭頭倒鈎爲血液所潤濕，

535　霜冷的鋒刃染上血色。

然後，他們放慢步伐，放鬆繮繩，

一點點地前進，停下君王的車駕。

徘徊逡巡，緩緩漫步，

君王將其目光投向萌陰茂盛之處，

540　觀察軍士的力量和勇氣，[237]

及軍隊的行進節奏。

披着羽毛的物種以喙和爪作爲鋒刃和刀劍，

長着毛髮的獸群以尖牙和犄角作爲長矛和

　　寶劍。

均以附屬肢體應對各種危急，

545　當被捕抓擒獲，受損受傷，

碰撞和衝擊，斷裂自己的肌肉和骨頭。

銳鋒遭毀，尖芒被磨，無一幸免，

全部被征服、打敗、摧毀、殺戮。

雖然有石林崎嶇陡峭，[238]

550　但每一位武士都願意赤手空拳，將之碾碎。

雖然有巨大的九頭毒蛇，[239]

但所有人都想抬起脚將它踩入地下。

著而應卒。所以挂挍而爲創痏，

衝踤而斷筋骨。莫不䖢鋭挫芒，

拉捽摧藏。雖有石林之崒崿，請

攘臂而麾之；雖有雄虺之九首，

將抗足而跐之。

---

[235]　行 532：“巨豬”（giant swine，封豨或封豕）是一隻神話野獸，被射手后羿所殺。見《楚辭補注》，卷 3 頁 12a；
《山海經》，卷 18 頁 4b；《淮南子》，卷 19 頁 11a；Granet, *Danses et légendes*, pp. 378 - 80。

[236]　行 533：神螭可能指魑魅（見《西京賦》，行 509 注）。

[237]　行 540：參《毛詩》，第 198 首第 6 章。

[238]　行 549：劉逵（卷 5 頁 19b）稱，石林暗指《天問》（《楚辭補注》，卷 3 頁 8a），其中提到“石林”棲息着能言的野
獸。劉逵推測石林一定是中國南方的一個地區。然而，高步瀛（卷 5 頁 73b—74a）反對將這個名字釋爲地
理名稱，而建議解釋爲“山林之深險”。

[239]　行 551：《招魂》（《楚辭補注》，卷 9 頁 3a）明確提到“雄虺九首”（nine-headed serpent），作爲中國南方的一種
怪獸。又見《天問》（《楚辭補注》，卷 3 頁 8b）。

17

他們傾覆巢居，

剖開地下洞穴。

555　向上掠過，抓住鸑雉；⑳

向下掠過，踐踏豺和貘。㉑

劫掠黑熊和棕熊的巢穴，

搶劫老虎和豹子的獸洞。

猩猩尖叫被捉，

560　葉猴發笑被捶打至死。

他們屠殺巴蛇，㉒

剖露象骨。

肢解鵬鳥的翅膀，

其翅膀曾飛越廣闊的沼澤。

565　敏捷的飛鳥和狡猾的野獸，

騷動慌亂，躊躇困惑，

在羅網中扭動，精疲力竭。㉓

忘記如何眨眼和凝目，

進退不得其所。

570　那些被剝奪靈魂和被摧毀精神的動物，

自己跌倒墜落，

弓弦響動的同時，已被羽箭射中。

撲倒的和仰臥的形體，

累積成山，

575　混雜糾纏、雜然疊累。

他們翻覆沼澤和灌木叢，

剽掠溝壑和山洞。

"顛覆巢居，剖破窟宅。仰攀鸑鷟，俯蹴豺貘。刉剗熊羆之室，剽掠虎豹之落。猩猩啼而就禽，禺禺笑而被格。屠巴蛇，出象骼。斬鵬翼，掩廣澤。輕禽狡獸，周章夷猶。狼跋乎紾中，忘其所以睒睗，失其所以去就。魂褫氣懾而自踼跋者，應弦飲羽，形僨景僵者，累積而增益，雜襲錯繆。傾藪薄，倒岬岫。巖穴無豜豵，翳薈無鷹鷒。思假道於豐隆，披重霄而高狩。籠烏兔於日月，窮飛走之栖宿。

---

⑳ 行 555：郭璞（《史記》，卷 117 頁 3013，注 3）稱鸑鷟是一種"似鳳"的鳥。許慎（爲李善，卷 5 頁 20 所徵引）稱其爲"鸑雉"。顏師古（《漢書》，卷 57 上頁 2543，注 3）也作出相同的判定。

㉑ 行 556："貘"即 *Tapirus indicus*（Malayan tapire）。見 Read, *Animal Drugs*，♯353。

㉒ 行 561：《山海經》（卷 10 頁 4b）提到巴蛇，吞吃一頭大象，三年後吐出骨頭。又見《楚辭補注》，卷 3 頁 9a，及 Schiffeler, *Legendary Creatures*, p. 97。

㉓ 行 567：胡紹煐（卷 6 頁 30b）將狼跋等同於狼狽，將之解釋爲精疲力竭。

在崎嶇的山谷中，無一哺乳猪仔幸存；㉔

在濃密的樹林裏，無一幼鹿或雛鳥幸免。㉕

580 他們現在考慮借用豐隆的道路，㉖

撥開雲層，在高空狩獵，

在那裏可以囚獲日月中的烏鴉和兔子，㉗

窮盡飛禽走獸的棲息地和庇護所。

18

峽谷和溪澗歸於寧静，

585 大山脊梁和林木小丘已光秃赤裸。

羅網滿布，

捕獲量巨大。

君王回轉其車駕，瀏覽風景，㉘

觀看三江中的捕魚活動。㉙

590 在彭蠡湖上泛舟，㉚

各類船隻匯聚爲一支船隊。

大船尾尾相連，

巨艦首首相接。㉛

飛雲和蓋海，㉜

"嶰澗閴，岡岵童。罾罘滿，效獲衆。迴靶乎行邪，睨觀魚乎三江。汎舟航於彭蠡，渾萬艘而既同。弘舸連舳，巨檻接艫。飛雲蓋海，制非常模。疊華樓而島跱，時髣髴於方壺。比翼首而有裕，邁餘皇於往初。張組幃，構流蘇。開軒幌，鏡水區。槁工檝師，選自閩禺。習御長風，狎翫靈胥。責千里於寸陰，聊先期而須臾。

㉔ 行578：有關豜，既可以表示"一歲大的猪"，也可以表示"一窩三隻猪仔"，見Karlgren，"Glosses on the Kuo Feng Odes，" p. 106，♯62。豣（又寫作肩）是"三歲大的猪"。見《廣雅疏證》，卷10下頁41a—b。我將這些名稱寬鬆地翻譯爲"乳猪"(suckling)和"小猪"(shoat)。

㉕ 行579：麛是鹿的幼崽的名字。見《廣雅疏證》，卷10下頁36b。鷇是雉雞(pheasant chick)（幼崽，poult）。見《爾雅》，下之五頁16b。

㉖ 行580：有關豐隆，見《西京賦》，行245注。在這裏，豐隆是"雲"的轉喻。

㉗ 行582：有關居住在太陽中的烏鴉(crow)，見《蜀都賦》，行81—82注。根據傳説，月亮中住着一隻兔子，它將時間都用在搗製仙藥上。見Edward Schafer，"A Trip to the Moon，" JAQS 96 (1976)：34-5。

㉘ 行588：我將靶（即繮繩）解爲"車駕"的提喻。尤袤本錯誤地將"邪"插入在"行"後面。見高步瀛，卷5頁77b。中島千秋（《文選》，卷1頁291）和小尾郊一（《文選》，卷1頁296）所給出的標點是錯的。"行睨"這一表述出現在揚雄的《河東賦》中。顏師古（《漢書》，卷87上頁3539，注8）將"行"解釋爲"且"，即暫時、短暫的意思。

㉙ 行589：三江是《禹貢》（《尚書》，卷3頁3a）中提到的在震澤附近流入大海的三條河流（見前文行65注）。已有許多人嘗試判定這些河流的身份，此處最可能指松、婁、東三河。見Legge，*The Shoo King*，3：109，及 *Mh*，1：119，n. 2。

㉚ 行590：彭蠡是江西北部鄱陽湖的古稱。

㉛ 行592—593：有關"舳（船尾）艫（船首）"，見 *HFHD*，2：95，n. 29.3。

㉜ 行594：飛雲和蓋海是歷史記載中吴地艦船的名字（劉逵，卷5頁20b）。

595 構造非凡，

　　裝飾華麗的塔樓層疊而上，似島上的山峰，[253]

　　有時仿佛如方壺洲島。[254]

　　大大超過鷁首，[255]

　　遠遠超越舊時的艅艎。[256]

600 它們被裝上絲製的帷幕，

　　全部串以彩色的流蘇。

　　打開窗子簾幕時，

　　倒影映照在水面上。

　　划船者和舵手，

605 選自閩和禺，[257]

　　受過訓練駕馭遠風，

　　熟練地應對靈胥。[258]

　　試圖在瞬間跨越千里，

　　在約定時間前綽綽有餘地抵達。

19

610 船歌唱響，

　　排簫演奏。[259]

　　浩瀚的水流開始咆哮，

　　島嶼上的鳥兒頓時受驚。

　　繩索和石彈末梢被鬆開，[260]

　　"櫂謳唱，簫籟鳴。洪流響，渚禽驚。弋磻放，稽鷁鸊。虞機發，留鵾鶄。鉤餌縱橫，網罟接緒。術兼詹公，巧傾任父。筌䰡鱧，鼊鱣鯋。罩兩魪，罿鰝鰕。乘鷽

---

[253] 行596：吳國將軍賀齊（卒於227年）的戰艦被描述爲"雕刻丹鏤……望之若山"。見《三國志》，卷60頁1380。

[254] 行597：有關方壺，見《西都賦》，行293注。

[255] 行598：參《西京賦》，行633注。

[256] 行599：艅艎是一艘著名的吳國戰艦的名字，在公元前525年吳楚之間的一次戰鬥中被使用。見《左傳》，召公十七年。

[257] 行605：閩是越地一個古國的名稱，相當於今天的福建。禺是番禺（見《蜀都賦》，行257注）。

[258] 行607：靈胥是伍員，作爲伍子胥更爲知名。他被逼以溺斃於揚子江口的方式自殺。根據傳說，伍子胥死後成爲江神，當船人穿過揚子江時，需要撫慰他。見《越絕書》，卷14頁2b—3a，及劉逵，卷5頁21a—b。

[259] 行611：儘管李善（卷5頁21）徵引《説文》（卷5上頁1977a—b），將籟作爲"三孔籥"的判定，但籟也可以指一種簫。見《廣雅疏證》，卷8下頁5a。因爲籟和簫被搭配在一起，所以我推測左思意在以籟代簫。

[260] 行614：參《西京賦》，行629。

615 中止鷫鴨的飛翔。[261]

　　弩機飛鏢射出，[262]

　　射中黃池鷺的翅膀。

　　鈎子和誘餌到處懸蕩，[263]

　　網圍間繩索與繩索相接。

620 他們的技術可與詹何媲美，[264]

　　他們的技巧比任父更高。[265]

　　他們困捕鮪魚，[266]

　　網捉金絲鯰魚和蝦虎魚，[267]

　　提起一籃籃的成雙比目魚，[268]

625 以龍蝦和大蝦填滿漁網。[269]

　　王蟹、巨龜、短吻鱷，[270]

　　均爲一網所獲。

　　沉在水下的魚虎和潛在水中的鹿魚[271]

　　被抓住並牢牢束縛。

黿鼉，同罛共羅。沈虎潛鹿，罷鱻儵束。黴鯨輩中於群犗，攙搶暴出而相屬。雖復臨河而釣鯉，無異射鮒於井谷。結輕舟而競逐，迎潮水而振綸。想萍實之復形，訪靈夔於鮫人。精衛銜石而遇繳，文鰩夜飛而觸綸。北山亡其翔翼，西海失其遊鱗。

---

[261] 行615：鷫鴨，被廣泛地認定爲一種鳳凰（見《楚辭補注》，卷15頁11b）、一種"俊鳥"（magnificent bird）（《楚辭補注》，卷16頁29a）、西方的一種"似鳳"之鳥（張揖，《漢書》，卷57上頁2567，注8），以及一種"水鳥"（aquatic bird）（宋衷，《史記》，卷117頁3037）。這個名稱顯然被用來指類似的虛構之鳥，因此我直接用拼音的形式。

[262] 行616：虞機是"弩"的一個名稱。虞是管理狩獵的林務官員。機是弩的扳機裝置。見高步瀛，卷5頁81a。

[263] 行618：我遵從《六臣》本，將尤袤本的"鉺"（鈎子的意思）讀爲"餌"（誘餌的意思）。見高步瀛，卷5頁82a。

[264] 行620：詹何是《列子》（卷5頁58—59）中提到的楚國漁人的名字，使用一根絲綫做成的釣綫，一根竹竿，一粒剖開的穀物，便可以抓住巨大的足以"盈車"的魚。

[265] 行621：任父或任公子，是《莊子》（卷26頁399）中提到的來自會稽的漁人，給巨大的魚綫上裝五十頭閹牛的餌。經過一年時間，他釣到一條巨大的魚，足夠"制河已東，蒼梧已北"的所有人食用。

[266] 行622：鮙鱺是"鮪"（beaked sturgeon）的蜀語方言詞彙。見《漢書》，卷57上頁2551，注38；Read, *Fish Drugs*, pp. 67-8，♯168。

[267] 行623：鱨應被讀爲繩，是一種漁網。見孫志祖，《文選考異》，卷1頁12b。參《西京賦》，行648。

[268] 行624：鮬是比目魚（flounder）的另一個名字。見 Read, *Fish Drugs*, p.84，♯177。之所以稱爲"兩"，是因爲它被認爲是由成對游泳的一隻眼睛的魚組成。

[269] 行625：《爾雅》（下之四頁3a）稱鱛是"大蝦"（large shrimp）。Read（*Fish Drugs*, p.105，♯189）將之認定爲龍蝦（crayfish）。

[270] 行626：劉逵（卷5頁22a）稱鱟是似蟹的生物，有12到5到6寸長的足，皆在腹下。雌者總是將雄者背負在背上，因此名爲"乘鱟"。Read（*Turtle and Shellfish Drugs*, pp. 37-8，♯215）將之認定爲帝王蟹（king crab）。

[271] 行628：沈虎（diving tiger fish）可能是魚虎或刺魨（porcupine fish），劉逵（卷5頁22a）稱其有類似老虎的身體，根據一些記載，可以化爲老虎。見 Read, *Fish Drugs*, pp. 100-1，♯185。
《太平御覽》（卷939頁2a）引《臨海異物志》，將"鹿魚"（deer fish）描述爲兩尺長，帶有類似鹿角的犄角的東西。我尚不能確定其身份。

630　一群巨鯨

　　咬住閹牛魚餌，㉒

　　彗星突然出現，一顆緊隨一顆。㉓

　　即使是在河岸上垂釣鯉魚，

　　也與從水井裏捕撈金魚没有不同。㉔

635　輕盈的小船快速聚集，水面比賽航行；

　　漁人等待潮水，將網綸投擲而出。

　　想象浮萍果實再現，㉕

　　在鮫人之間搜尋夔。㉖

　　精衛口中銜石，被繩索箭擊中；㉗

640　飛魚在夜間飛行，被網綸勾住。㉘

　　北山不再擁有高飛的翅膀，㉙

　　西海已經失去游泳的鱗片。㉚

20

前額帶有刺青的武士，㉛　　　　　　　　　　"雕題之士，鏤身之卒。比飾虬

身體帶有紋身的兵卒，　　　　　　　　　　龍，蛟螭與對。簡其華質，則虮

㉒　行 631：參上文行 621。

㉓　行 632：左思顯然引用《淮南子》（卷 3 頁 2a）所述，當一隻鯨魚死亡時，會出現一顆彗星（它的眼睛所化？）。

㉔　行 634：參《周易》（卷 5 頁 8b），第 48 卦，九二。

㉕　行 637：這一行暗指保存在《孔子家語》（卷 2 頁 9b—10a）中的一個故事。楚昭王（前 515—前 489 年在位）穿過揚子江時，發現一個圓而赤、大如斗的東西。他抵達魯國後，問孔子那是什麼。孔子告訴他，其物爲"萍實"（duckweed fruit），將它切開吃掉被認爲是吉祥好運。然而，只有真正的霸主才能得到它。

㉖　行 638：夔在這裏指生活在東海中的一種怪獸，貌似公牛，有蔚藍色的身體，没有角，只有一足。當它進出水面時，總是伴有一場暴風雨。它發出日月般明亮的光芒，聲音仿似雷鳴，黄帝用它的皮做了一面鼓。見《山海經》，卷 16 頁 6b，及 Schiffeler, *Legendary Creatures*, p. 47. 有關"鮫人"（shark people），見上文行 288—290 注。

㉗　行 639：精衛鳥被描述爲"狀如烏，文首，白喙，赤足"。它是舜的女兒女娃的化形，女娃溺死於東海之中。此鳥試圖以銜來西山的枝葉和石頭去填平東海的方式，爲自己的死復仇。見《山海經》，卷 3 頁 16b；Hightower, *The Poetry of T'ao Ch'ien*, p. 242.

㉘　行 640：《山海經》（卷 2 頁 15b）稱文鰩"狀如鯉魚，魚身而鳥翼，蒼文而白首，赤喙。常行西海，游於東海，以夜飛。其音如鸞鷄（simurgh）"。伊博思（*Fish Drugs*, pp. 99 - 100, ♯184）將之認定爲飛魚（flying fish）。又見 Schiffeler, *Legendary Creatures*, p. 98.

㉙　行 641：北山肯定指發鳩山，那裏是精衛鳥的家。《山海經》（卷 3 頁 16b）將這座山放在北山經中。

㉚　行 642：這一行指行 640 的"文鰩"（striped carp）。

㉛　行 643：雕題（紋身於前額）來自位於鬱水（廣西壯族自治區東部）南部的一個國家。見《水經注》，册 6，卷 36 頁 57。然而，左思在這裏可能不是用"雕題"指某個具體的國家，因爲紋身是很多南越族群共有的一種實踐。見高步瀛，卷 5 頁 84b—85a。

645 華麗裝飾如同虹龍，

可與蛟螭比類。

檢視其華美的質地，

如同絲質的錦緞一樣美麗。㉘

考量其無畏的勇氣，

650 凶猛如鷹，殘忍如狼。

一起對抗水下的危險，

尋找珍貴的奇異之物，

觸摸玟瑁，

捕捉蠵龜。

655 在深淵漩涡中打開巨蚌，㉘

在波浪漣漪中漂洗明珠。㉘

收集帝國所有最偉大的奇異之物，

所尋之物最後無一未被發現。

因爲他們，溝壑和溪谷被剝奪一空；

660 因爲他們，川流及河瀆被耗盡生機。

他們嘲笑澹臺中詭計，㉘

進入大海去尋找珍寶。

在後面的船上載着漢水的仙女，㉘

以此跟從晉國的賈大夫。㉘

665 突然被水流衝走，被波浪拍打，

他們扶風而上，任風呼嘯咆哮。

船隻破浪而出，攀登到急流之上；

費錦繢。料其虓勇，則鵰悍狼戾。相與眛潛險，搜瓌奇。摸蟕蠵，捫猵獺。剖巨蚌於回淵，濯明月於漣漪。畢天下之至異，訖無索而不臻。谿壑爲之一罄，川瀆爲之中貧。哂澹臺之見謀，聊襲海而徇珍。載漢女於後舟，追晉賈而同塵。泝乘流以砰宕，翼颷風之飀飀。直衝濤而上瀨，常沛沛以悠悠。汔可休而凱歸，揖天吳與陽侯。

㉘　行 648：胡紹煐（卷 6 頁 33a）將“凱”讀作“懿”（漂亮的意思），將“費”讀作“斐”（美麗的意思）。我已簡明地將“凱費”譯爲“美麗”。

㉘　行 655：劉逵（卷 5 頁 23a，引《列仙傳》）提到會稽朱仲從“回淵”取得三四寸大的珍珠。

㉘　行 656：有關漣漪（泛起褶皺的水波），見 Karlgren, "Glosses on the Kou Feng Odes," p. 198，＃278。

㉘　行 661：澹臺滅明（前 512—?）是孔子的一位門徒，以子羽之名更廣爲人知。保存在幾種較晚資料（見《博物志》，卷 8 頁 2b 和《水經注》，册 1，卷 5 頁 82）的一個故事稱，一次他帶着價值千金的玉璧渡河，河神想得到這塊玉，派了兩條鱷魚去阻礙船隻渡河。子羽拔出寶劍，殺死鱷魚。當抵達對岸時，他將玉器拋入水中，但河神將玉璧還回來。他又兩次扔玉璧入水，河神又兩次還回，子羽於是將玉打碎離去。左思引用這個故事，旨在説明帶有紋身的泳者不像子羽，不會上當丢棄他們的寶物。

㉘　行 663：有關漢女，見《南都賦》，行 29 注。在這裏她們可能代指宮女，她們要陪伴君王出行。

㉘　行 664：晉賈是賈大夫，有關他可見《西京賦》，行 589 注。左思在這裏的意思是，像賈大夫一樣，吳王在他的旅行中帶着最喜歡的妃子。

更快而平穩，駛向遠方。

然後可以休息並快樂地返回家園，

670　向天吳和陽侯作揖道別。㊈

21

他們指向包山會合，㊈

在洞庭聚集停留。㊉

在桂林苑中計算戰果，

在落星樓裏饗宴軍卒。㊊

675　酒水流淌猶如淮泗，

肉食堆積仿佛山丘。㊋

從快速的輕車上端起淥酃酒，㊌

從兩側被套住的馬車呈上罕見佳餚。

當飲酒開始時，柴堆被點起；

680　當酒杯喝乾時，鼓發出連續低沉的聲音。

獵手們忘記了疲憊，

每個人都心懷喜悅。

當君王駕臨館娃宮時，㊍

一隊女樂者正奏樂表演。

"指包山而爲期，集洞庭而淹留。數軍實乎桂林之苑，饗戎旅乎落星之樓。置酒若淮泗，積肴若山丘。飛輕軒而酌淥酃，方雙轙而賦珍羞。飲烽起，醽鼓震。士遺倦，衆懷欣。幸乎館娃之宮，張女樂而娛群臣。羅金石與絲竹，若鈞天之下陳。登東歌，操南音。胤《陽阿》，詠《韎》《任》。荊豔楚舞，吳愉越吟。翕習容裔，靡靡愔愔。

㊈ 行 670：天吳亦被稱爲水伯，被描述爲有八種長有人臉的頭的生物。他有八隻脚和八條尾巴，皆青黃色。見《山海經》，卷 9 頁 2a，& Schiffeler, *Legendary Creatures*, p. 130。有關陽侯，見《南都賦》，行 226 注。

㊈ 行 671：包（也寫作苞）山是太湖（洞庭湖下面）上的一座山的名字。這座山下有一個地下洞穴，名爲洞庭穴，其向北延伸到琅邪郡東武縣（今山東諸城縣）。見《山海經》，卷 13 頁 3b，郭璞的注；《水經注》，册 5，卷 29 頁 53。

㊉ 行 672：洞庭在這裏指太湖，而不是湖南洞庭湖。

㊊ 行 673—674：桂林苑位於上元（今南京）宋縣以東四十里，落星山（上元東北三十五里）南面。落星樓是公元 232 年在桂林苑中建造的三層建築物。見《太平御覽》，卷 176 頁 7b，及《太平寰宇記》，卷 90 頁 14b。軍實一詞出現在《左傳》的一段文字（隱公五年），在一次狩獵返回途中，統治者"數軍實"，一位朝臣勸誡他。這個詞彙可能多少比我譯的"戰鬥果實"要廣泛一些，因爲杜預（《左傳注疏》，卷 2 頁 22b）將之解釋爲"車、徒、器、械，獵則有所獲"。

㊋ 行 675—676：《左傳》昭公十二年徵引晉侯在宴會中唱的兩句歌謠："有酒如淮，有肉如砥。"

㊌ 行 677：淥是淥的誤寫。見梁章鉅，卷 7 頁 6b。淥和酃都是吳地出産的名酒。盛弘之的《荊州記》（爲《文選》，卷 35 頁 14a 所徵引）稱："淥水出豫章康樂縣（今江西萬載縣）。其間烏程鄉有酒官取水爲酒，酒極甘美。與湘東酃酒沽酒年常獻之，世稱淥酃酒。"又見《水經注》，册 6，卷 39 頁 97。《荊州記》也稱酃縣（今湖南衡陽縣）有一座湖，其水被用來釀造一種特別的甜酒。見《後漢書》，志第 22 頁 3485，劉昭的注。張載的《酃酒賦》也贊美這種酒的極好品質。見《藝文類聚》，卷 72 頁 1249—1250。

㊍ 行 683："館娃（館舍美女的意思）宮"是吳王夫差修建在硯石山（今蘇州西靈巖山）上的離宮。見《太平寰宇記》，卷 91 頁 7a。

685　鐘鈴、編鐘、箏、簫逐一陳列，

　　　仿佛是'鈞天'之樂在地上的表演。㉕

　　　呈現《東歌》，㉖

　　　演奏'南音'，㉗

　　　表演《陽阿》，㉘

690　吟唱靺、任之歌。㉙

　　　荆的歌曲，楚的舞蹈，

　　　吴的曲子，越的歌謡，㉚

　　　演奏文雅而緩慢，寧靜而從容，

　　　精緻而微妙，悦耳而甜美。

22

695　在此類表演中高音二重輪唱之聲突然響起，㉛

　　　鐘鼓的鏗鏘和嘩啷開始奏出。

　　　音樂發出高亢的聲音，大山都傾斜崩潰。㉜

　　　其轉調難以描述。

　　　一切都與民歌和習俗相應，

700　完美地吻合音節曲調。

　　　當她們演奏歡樂之樂時，

　　　樹木和石頭呈現出鮮亮的色調。

　　　當她們表達悲傷時，

"若此者，與夫唱和之隆響，動鍾鼓之鏗耽。有殷坻頹於前，曲度難勝。皆與謡俗汁協，律吕相應。其奏樂也，則木石潤色；其吐哀也，則淒風暴興。或超《延露》而《駕辯》，或踰《緑水》而《采菱》。軍馬弮髦而仰秣，淵魚竦鱗而上升。醋湑半，八音并。歡情留，良辰征。魯陽揮戈而高

㉕　行 686：有關"鈞天"（和諧的天堂的意思）之樂，見《西京賦》，行 63—66 注。

㉖　行 687：劉逵（卷 5 頁 24a）徵引《晏子春秋》稱夏朝的末代君主桀創作《東歌》。然而，今本《晏子春秋》沒有包含這一段材料。孫星衍（1753—1818）宣稱此是從卷 1 第 1 節（《四部備要》，卷 1 頁 4b）中佚出的，其中提及幾種以往邪惡君王創作的音樂。見附於《四庫備要》本（卷上頁 6b）的《晏子春秋音義》。

㉗　行 688：有關南音，見《南都賦》，行 272 注。

㉘　行 689：參《西京賦》，行 642 注。

㉙　行 690：靺和任據説是向周王獻樂的"四夷"中的兩個。鄭玄（《周禮》，卷 6 頁 21b 引）將靺認定爲一個東夷部族（參《東都賦》，行 248 注，寫爲㑸），將任認定爲一個南方族群。

㉚　行 691—692：《初學記》，卷 15 頁 13a 引蕭繹（508—554）的《纂要》，謂楚歌稱"豔"，吴歌稱"歈"。

㉛　行 695：我遵從王念孫（《讀書雜志》，餘編下頁 26a—b）所提供的讀法，他認爲由於行 695—698 的句法，應將"與夫"修改爲"與"，並將行 697 中的"於前"去掉。我的"二重輪唱"是"唱和"的意譯，"唱和"更爲確切的意思是"（一個人）領唱，（合唱隊）應和"。

㉜　行 697：參揚雄《答賓戲》（《文選》，卷 45 頁 11a）。顏師古（《漢書》，卷 87 下頁 3574，注 18）稱坻（也寫作岻）是巴蜀之人用來表述大山坡面摧塌的一種説法。見高步瀛，卷 5 頁 89b。

一陣凄冷的風便突然捲起。

705 現在她們超越了《延露》和《駕辯》，㊷

接着她們超過了《綠水》和《采菱》。㊸

戰馬停步，從牧草中抬頭仰望；

深池中的魚抖動鱗片，浮上來傾聽。㊹

當飲醉狂歡正酣時，㊺

710 八種樂聲一同合鳴。㊻

快樂可留下，

但良辰飛逝。

魯陽曾經舉戈揮舞，

使明亮的太陽回到純净的天空。㊼

715 現在參加宴會的人把正在西下的太陽轉回

　　天中，

他們精純的忠誠與古人相匹。㊽

麾，迴曜靈於太清。將轉西日而再中，齊既往之精誠。

23

古時候，夏王在這片土地上召集諸侯，

從萬國而來的諸侯王佩戴玉器、穿着絲綢。㊾

"昔者夏后氏朝群臣於兹土，而執玉帛者以萬國。蓋亦先土之

㊷ 行705：《大招》（《楚辭》，卷10頁5a）提到《駕辯》，將之視作伏羲所作的一支曲子。王逸（同前）接着稱，伏羲是在發明箏的時候創作《駕辯》。《延露》（也寫作延路），作爲邊塞歌曲出現在《淮南子》（卷18頁17b）中。

㊸ 行706：《綠水》是一首古代舞曲。見《淮南子》，卷2頁12b。《采菱》是《招魂》（《楚辭補注》，卷9頁11a）和《淮南子》（卷18頁17b）中提及的一首古老的楚歌。

㊹ 行707—708：參《淮南子》，卷16頁1b："瓠巴鼓瑟而淫魚出聽，伯牙鼓琴而駟馬仰秣。"又見《韓詩外傳》，卷6頁7b(Hightower, trans., p. 204)。

㊺ 行709：湑的一般意思是"縮酒"。但劉逵（卷5頁25a）將湑釋爲"樂也"。我不清楚湑怎樣衍生出樂的意思，或許它應該被視作小品詞"胥"（一起，全部的意思）來進行分析，與"樂"一同出現在《毛詩》第251首中。見Karlgren, "Glosses on the Siao Ya Odes," pp. 94-6, ♯564。

㊻ 行710：八音是樂器的八種類別。按照《周禮》（卷6頁12a）中概述的模式，包括以金（鐘）、石（磬）、土（壎）、革（鼓）、絲（琴）、木（柷和敔）、匏（笙）、竹（簫）所製作的樂器。

㊼ 行713—714：何焯建議將"揮"（揮舞的意思）改爲"援"（抓住的意思），因爲同一行中有"麾"（揮舞的意思），意思重複。見胡克家，《文選考異》，卷1頁38a。魯陽公一次與韓國對戰，太陽即將落下時，他抓起並揮舞自己的戈，太陽於是又回到天頂。我譯的"純净的天空"是"太清"（字面意爲崇高的純净）的近似意，是天庭的一個名稱（劉逵，卷5頁25a）。根據《抱朴子》（卷15頁7a）而言，天空的這一區域有四十里高。

㊽ 行716：我翻譯爲"精純的忠誠"的是"精誠"一詞，指正直的人的專注和熾烈的感情，有能力如魯陽公那樣去影響自然力。

㊾ 行717—718：夏的君王是禹，被認爲是夏朝的建立者。《左傳》（哀公七年）提到他曾於塗山上召集諸侯集會。根據一些材料，塗山位於吳地（杜預將之定位在壽春郡[今安徽壽縣]東北，見《左傳注疏》，卷58頁8a。《越絕書》，卷8頁5b，將之定位在距離會稽郡五十里的地方）。在集會上，有人"執玉帛"。

這裏是先王舉辦盛大集會的場所，

720　爲帝國四方提供規矩標準。

在春秋時期，

吳成爲盟國首領。

闔閭運用其令人畏懼的力量，

夫差展現全部的軍事威勢。

725　在國內，夫差執行伍員的策略；[311]

在外務中，闔閭自如地使用孫子的聰明謀略。[312]

他們在柏舉戰勝了強有力的楚國，[313]

迫使強大的越國避難會稽山中。[314]

他們在商和魯之間挖掘一條運河，[315]

730　在黃池爭奪霸權。[316]

僅僅因爲我們的湖泊和河流地勢險峻，

我們的自然物産豐饒充足，

人們便難以言説繞霤堅固，[317]

所高會，而四方之所軌則。春秋之際，要盟之主。闔閭信其威，夫差窮其武。內果伍員之謀，外騁孫子之奇。勝彊楚於柏舉，棲勁越於會稽。闕溝乎商魯，爭長於黃池。徒以江湖嶮陂，物産殷充。繞霤未足言其固，鄭白未足語其豐。士有陷堅之鋭，俗有節概之風。睚眦則挺劍，喑嗚則彎弓。擁之者龍騰，據之者虎視。麾城若振槁，搴旗若顧指。雖帶甲一朝，而元功遠致。雖累葉百疊，而富彊相繼。樂湑衍其方域，列仙集其土地。桂父練形而易色，赤須蟬蜕而附麗。

---

⑪　行 725：伍員即伍子胥（見上文行 607 注）。伍子胥是楚國人，逃至吳國，在那裏他計劃向楚平王（前 528—前 516 年在位）復仇，後者殺害他的父親和兄長。在吳國，他充當吳王闔閭的親近顧問，獻出很多計策，使吳國在公元前 511—前 504 年爆發的一系列戰鬥裏戰勝楚國。見《史記》，卷 66 頁 2171—2178；Fritze Jäger, trans., Yoong-on Tai, ed., "Die Biographie des Wu Tzu-hsü," *OE* 7（1960）：1 - 16；Richard C. Rudolph, "The Shih chi Biography of Wu Tzu- hsü," *OE* 9（1962）：105 - 20；Yang and Yang, *Records*, pp. 36 - 46；Watson, *Records of the Historian*, pp. 16 - 29；Johnson, "Wu Tzu-hsü *Pien-wen*," pp. 119 - 43.

⑫　行 726：孫子即武，被認爲是《孫子》這部軍事戰略專著的作者，曾充任吳王闔閭的謀臣。見《史記》，卷 65 頁 2161—2162；Samuel B. Griffith, *Sun Tzu: The Art of War*（London：Oxfords University Press, 1963）；Yang and Yang, *Records*, pp. 28 - 9.

⑬　行 727：《左傳》定公四年提及柏舉，將之作爲公元前 506 年吳國大勝楚國的地點。《水經注》（册 6，卷 35 頁 33）將之定位在舉水以南的舉州附近，舉水在今湖北麻城附近注入揚子江。《元和郡縣圖志》（卷 27 頁 722）將之定位在麻城東南八十里處的龜頭山（今龜峰）。

⑭　行 728：公元前 496 年，越王勾踐在檇李之戰中打敗吳國，吳王闔閭在那裏被殺死。三年後，闔閭的兒子夫差包圍勾踐軍隊，並迫使其避難會稽山，以此方式爲父親之死復仇。見《國語》，卷 20 頁 1a；《左傳》，哀公元年；《史記》，卷 41 頁 1740；*Mh*, 4：420 - 21；Yang and Yang, *Records*, pp. 47 - 8.

⑮　行 729："商（宋國）魯"之間的運河北連沂水（在魯國），西接濟水（在宋國）。見《國語》，卷 19 頁 5b，及《吳越春秋》，卷 5 頁 8b.

⑯　行 730：公元前 482 年的黃池之會，魯、單、晉、吳的統治者都出席。吳王夫差試圖將自己命爲表面上爲護衛周皇室而組成的聯盟的首領。見《國語》，卷 19 頁 5b；《左傳》，哀公十三年；《史記》，卷 31 頁 1473；*Mh*, 4：30。黃池也被稱作黃亭或黃溝，位於封丘郡（今河南封丘縣）以南七里處。見《元和郡縣圖志》，卷 7 頁 192.

⑰　行 733：繞霤（纏繞突出物的意思）是一條路的名字，始自藍田，南過嶢關和武關。見《漢書》，卷 99 中頁 4116；*HFHD*, 3：298, n. 12.5；《太平寰宇記》，卷 141 頁 10a—b.

或提及鄭和白富足。㉜

735　我們的勇士有猛攻堅固要塞的氣概，

他們傳承榮譽和勇武風氣。

皺眉睜目，他們揮舞自己的寶劍；

怒氣爆泄，他們拉彎自己的弓弩。

擁有這片領土的人可以像翱翔的龍一樣漫遊

　　天下，

740　倚仗它的人可以像睥睨的老虎一樣在這片土地

　　上闊步。㉚

他可以以摧枯之勢輕易地攫取城市的控制權，

或者快如彈指之間，便搶奪敵軍的旗幟。

即使他穿上甲胄僅有一天，

其輝煌的成就也可以延展廣遠。

745　即使經過多年積累和百倍繁衍，

他的財富和權力也會不斷增長。

快樂的君子們已享有這塊領土，㉟

仙人們已經聚集在這片大地上。

桂父在這裏修煉身體，變換色彩，㉞

750　赤須蛻去塵世的皮囊，將自身附着於土地。㉟

24

如果中原邦國想要與它相比，　　　　　　　"中夏比焉，畢世而罕見，丹青圖

在畢生中會很難見到這樣的奇跡。　　　　　其珍瑋，貴其寶利也。舜禹游

㉜　行734：鄭和白是長安地區兩條運河的名字，見《西都賦》，行108注。

㉚　行740：參《西都賦》，行24。

㉟　行747：胡紹煐（卷6頁36a—b)徵引《毛詩》第215首（"君子樂胥"）來證明"湑"應該被讀爲"胥"，"樂胥"即"君子喜其方域"。

㉞　行749：桂父是象林人，他將桂樹的葉子與烏龜的腦子混合服食，肌膚如少年一般，不斷地變換顏色，時而變爲黑色、白色或紅色。見《列仙傳》，卷上頁26。

㉟　行750：赤須是豐（今陝西鄠縣）人，曾充當秦穆公的"主漁吏"，是預測自然災害方面的專家，吸引一大批門徒。他服食松實、天門冬及石脂，直到牙齒更生，墜落的頭髮開始重新生長，最終離開北中國去到"吳山"。見《列仙傳》，卷下頁35。

畫師用紅色和綠色描繪罕見的奇景，㉓
是因爲尊重其價值和禆益。

755　舜和禹在這裏漫遊，
即使到死仍忘記回家。
他們的精神本體停留在山阿之上，㉔
因爲欣賞其獨特的魅力。
如果一個人試圖去區分多種人群，㉕

760　評價上萬種習俗，
他將發現一些邦國富饒而充裕，明亮而廣闊，
而其他邦國則低窪而狹小，偏窄而拘束。
至於這座都城所包圍的廣闊空間：
東南傾倒神州，吳國已成爲天下的寶箱。㉖

765　它的統治者遵循南斗而行動，㉗
同時兼收兩儀的豐饒恩澤。㉘
若以此考量，
論及西蜀與東吳的比較，
二者各自能力的巨大差異

770　猶如以荆棘林中一隻螢火蟲的光亮
相較於千里之樹上的燭龍。㉙

焉,沒齒而忘歸,精靈留其山阿,翫其奇麗也。剖判庶士,商搉萬俗。國有鬱軮而顯敞,邦有湫陁而踧踖。伊兹都之函弘,傾神州而韞櫝。仰南斗以斟酌,兼二儀之優渥。繇此而揆之,西蜀之於東吳,小大之相絶也,亦猶棘林螢燿,而與夫樠木龍燭也。否泰之相背也,亦猶帝之懸解,而與桎梏疏屬也。庸可共世而論巨細,同年而議豐确乎? 暨其幽遐獨邃,寥廓閑奧。耳目之所不該,足趾之所不蹈。倜儻之極異,譎詭之殊事,藏理於終古,而未寤於前覺也。若吾子之所傳,孟浪之遺言,略舉其梗概,而未得其要妙也。"

㉓ 行753：丹青字面意爲"丹砂和銅鹽染料"，是"彩色畫"的中文用詞。見 Schafer, "The Early History of Lead Pigments," p. 432。

㉔ 行757：舜被埋葬在九疑山上的蒼梧（見前文行492注）。見《山海經》，卷18頁5b。禹被埋葬在會稽山。見《吳越春秋》，卷6頁4a，及高步瀛（卷5頁94b）所徵引的參考材料。

㉕ 行759：此材料在這裏既可以讀爲"庶士"，即"很多官員"的意思（參《毛詩》，第57首第4章），也可以讀爲"庶土"，即"很多地區"的意思（參《尚書》，卷3頁7b）。我已遵從孫志祖（《文選考異》，卷1頁12a）的意見，他讀爲"庶士"，因爲"士"與下一行的"俗"的對仗關係又見於行735—736中。我將"庶士"意譯爲"多種人群"。

㉖ 行764：赤縣神州是中國的另一個名稱。見《史記》，卷74頁2344。劉逵（卷5頁26b）徵引《天問》（《楚辭補注》，卷3頁2b，卷3頁6a），提到共工的傳說。共工用頭撞倒一根天柱，引起大地向東南傾斜。於是，吳占據着神州的這個區域，帝國所有的自然珍寶已流向那裏。

㉗ 行765：南斗由人馬座(Sagittarius)的六顆星組成，被認爲是天廟，因爲它被想象成朝堂的星空對應物，在那裏可敬的官員被給予回報。李善（卷5頁26b）徵引一部《春秋》緯書，稱南斗"爲吳（的分野?）"。然而，我推測左思可能暗指南斗作爲一種"測量工具"的功能。見 Schlegel, *Uranographie*. 1: 174。

㉘ 行766："兩儀"是天和地在《易經》中的專門術語。見《周易》，卷7頁9b。

㉙ 行771：有關尋木，見《東京賦》，行733。《山海經》（卷17頁7a）將燭龍(Torch Dragon)描述爲一種人面蛇神的精靈。它閉上眼睛，則爲黑暗，睜開眼睛，光明復還。又見《山海經》，卷8頁1a，及 Schiffeler, *Legendary Creatures*, p. 126。

二者不同的滯後與繁榮的對比，㉚

猶如‘從天帝繩索中釋放出來’，㉛

與被‘捆綁束縛在疏屬山上’的區別。㉜

775　一個人如何可以將大和小同日而語，

或將富足與匱乏相互權衡？

其隱秘的遠方，隔絕的秘蔽之處，

空曠的荒野，靜寂的幽深之所。

眼未所見和耳未所聞之地，

780　脚未踏足之處，

最不尋常的特殊事物，

多種多樣的詭異奇特現象，

均保持着遠古以來的内在原則，㉝

即使有預知能力的聖人也未知曉。

785　我在這裏詳細叙述的㉞

僅僅是含糊散亂的語詞。㉟

我大略提供了一個概括性的框架，

尚未獲得這一主題的精華或微妙。”

㉚　行 772：否和泰是《易經》卦象（分別爲 12 和 11）的名稱。

㉛　行 773：這一行暗指《莊子》（卷 4 頁 60）中的一段話，描述人不再憂慮生死時所獲得的絕對自由境界：“安時而處順，哀樂不能入也，古者謂是帝之懸解。”這一典故隱喻吳的無拘束環境，與蜀相對，在下一行中蜀被對比爲“桎梏疏屬”。

㉜　行 774：《山海經》（卷 11 頁 1a）提到貳負和危的一個故事，他們殺死窫窳（見《西都賦》，行 572 注），於是被天帝懲罰，束縛在疏屬山上。見 Eberhard, *The Local Cultures of South and East China*, pp. 84 - 5; Schiffeler, *Legendary Creatures*, p. 133。疏屬山被認定爲龍泉郡（今陝西綏德縣）的雕陰山。見《元和郡縣圖志》，册 4，卷 10 頁 2。

㉝　行 783：有關“理”（内在原則的意思），見 Richard B. Mather, “The Controversy over Conformity and Naturalness During the Six Dynasties,” *History of Religions*, 9 （November-February 1969 - 1970）: 167 - 70。

㉞　行 785：我遵從王念孫（《讀書雜志》，餘編下頁 26b）的意見，將“吾子”校改爲“吾”。

㉟　行 786：參《莊子》，卷 2 頁 47：“夫子以爲孟浪之言，而我以爲妙道之行也。”

第六卷

京　都　下

魏　都　賦

左太冲　　張夢陽　注

【解題】

在這篇賦中，左思描寫魏國及其首都鄴城（位於今河北臨漳縣西南的鄴鎮和三臺村一帶）。此城爲齊桓公始建。公元前 195 年，鄴被立爲魏郡的治所。後漢末期，鄴被袁紹（？—202）及其子袁尚（？—207）設爲總部，二人控制中國東北大部地區（見《三國志》，卷 6 頁 191—203）。204 年，曹操從袁尚手中奪取鄴城（見《三國志》，卷 1 頁 25）。從 210 到 220 年曹操去世，鄴一直是曹氏的首要駐地。220 年，曹操的兒子曹丕登基成爲魏國皇帝，沿襲漢朝故都洛陽，但仍將鄴城命名爲北都，以標誌其重要性（見《三國志》，卷 2 頁 77，注 3；《太平寰宇記》，卷 55 頁 7a）。在整個魏晉時期，鄴一直是重要城市。直至 229 年，曹氏家族的神位都被安置於鄴城的祖廟（見《三國志》，卷 3 頁 96）。鄴城因建於 210 年的三座巨臺而聞名。中央的臺是銅雀臺，曹植年輕時曾以此爲題作賦（見《三國志》，卷 19 頁 557）。鄴城本身被陸翽（4 世紀？）記述於《鄴中記》，此書原有兩卷，但僅有片段留存。有關鄴城在六朝時期的簡明描述，見官川尚志，《六朝史研究》，頁 537—546。

胡克家（《文選考異》，卷 1 頁 39a）注意到茶陵本在“左太冲”之後有“劉淵林注”的文字。此注極可能是張載所作（見《三都賦序》），因此我標明“張孟陽注”，以替換“劉淵林注”。

1

魏國先生表情溫和，揚眉舉目，宣告：“你們交益　　魏國先生有睟其容，乃盱衡而誥

文士何其怪異！① 大概而言，語音有楚夏之別，源於地方風情不同；②性情有殘酷溫和之分，是習俗差異。③ 儘管這些習俗變得根深蒂固，但並非與生俱來。從前市南宜僚耍球，化解兩國間怨恨。④ 吾欲爲閣下重溫嘉言德音，以化解兩位先生的辯論之爭。

　　當泰極始裂，混沌初開，⑤
　　造化伊始。
　　體質包含日和夜，
20　原理囊括清和濁。⑥
　　物體流動，成爲江海；
　　物體凝結，成爲山嶽。
　　星宿分四野，⑦
　　荒涼的邊境包圍帝國的角落。
25　崎嶇的丘崗和幽深的淵潭，
　　分開蠻族，隔斷夷族，
　　正是險峻山丘中的裂縫。
　　蠻族的聚落和夷族的村落，
　　依靠翻譯和嚮導來交流，
30　正如鳥和獸族類。

曰："异乎交益之士，蓋音有楚夏者，土風之乖也；情有險易者，習俗之殊也。雖則生常，固非自得之謂也。昔市南宜僚弄丸，而兩家之難解。聊爲吾子復覼德音，以釋二客競于辯囿者也。

"夫泰極剖判，造化權輿。體兼晝夜，理包清濁。流而爲江海，結而爲山嶽。列宿分其野，荒裔帶其隅。巖岡潭淵，限蠻隔夷，峻危之竅也。蠻陬夷落，譯導而通，鳥獸之氓也。正位居體者，以中夏爲喉，不以邊垂爲襟也。長世字甿者，以道德爲藩，不以襲險爲屏也。而子大夫之賢者，尚弗曾庶翼等威，附麗皇極。思稟正朔，樂率貢職。而徒務於詭隨匪人，宴安於絶域。榮其文身，驕其險棘。繆默語之常倫，牽膠言而踰侈。飾華離以矜然，

---

① 行 4：交指交州，後漢時稱中國東南部和越南（見《後漢書》，志第 23 頁 3530—3533）。益指益州，後漢時稱中國西南地區，基本上與今四川和雲南相應（見《後漢書》，志第 23 頁 3506—3516）。"交益之士"分別指吳和蜀的主人公。
② 行 5：此處的夏指南陽和穎川（今河南禹縣）地區，傳統上被認爲是古代夏朝的領土。見《史記》，卷 129 頁 3267、3269。
③ 行 6："險易"通常意指"危險和安適"（參《周易》，卷 7 頁 2b）。然而，左思似乎用的是"險"的"殘酷"之意（參下文行 45）。
④ 行 11—12：熊宜僚是楚國一位無畏的武士，居住於楚市之南，他也是嫻熟的雜要者。白公勝認爲鄭國對其父之死負有責任，請求楚國子西侵襲鄭國。子西假裝同意，但從未派遣軍隊。白公勝於是密謀殺死子西，並派遣使者去遊説宜僚加入自己的密謀。宜僚拿起雜要球，將它們拋在空中，對使者一聲不吭。當使者以寶劍恐嚇他時，宜僚一無所動繼續耍球。没有宜僚的輔助，白公勝的計策無法付諸實施。見《莊子集釋》，卷 24 頁 368 注。
⑤ 行 17：泰極是最根本的起源，所有事物都源出於此。它是陰和陽的根源，泰極初開，便生陰陽。參《周易》，卷 7 頁 9b。
⑥ 行 20：見《列子》，卷 1 頁 2："清輕者上爲天，濁重者下爲地。"
⑦ 行 23："分野"是"星野"，即與中國不同地區相應的天空的區域劃分。

居天子之位者，⑧

視中原爲其咽喉重地，

而不將邊疆看成衣襟要處。⑨

養育民衆世代者，

35　以道德作爲固國之本，

不以層層要塞爲護國之墙。⑩

但你們這些賢士，竟然從未

致力輔助倡導禮儀，⑪

依附翼戴皇極，⑫

40　希企稟受曆法，⑬

欣悦地遵循進貢義務。

卻一味去盲目跟從錯誤的人，⑭

偏安一隅，

誇耀土著紋身習俗，⑮

45　贊美殘忍和激烈性情。⑯

違反指導静默和言談的規矩，⑰

引用浮誇詭辯之詞。

虛言美化荒蕪之地，⑱

假倔彊而攘臂。非醇粹之方壯，謀踳駁於王義。執愈尋麈淆於中逵，造沐猴於棘刺。劍閣雖嶮，憑之者蹶，非所以深根固蔕也。洞庭雖濬，負之者北，非所以愛人治國也。彼桑榆之末光，踰長庚之初輝。況河冀之爽塏，與江介之淟湎。故將語子以神州之略，赤縣之畿。魏都之卓犖，六合之樞機。

---

⑧ 行 31：我大概意譯這一《易經》短語（卷 1 頁 7a），其字面意思爲："精確地安置自身，占據基本要素"（參 Wilhelm/Baynes, *I Ching*, p. 395）。

⑨ 行 32—33："喉"和"襟"是"重要的戰略地域"的隱喻。此處意指，吴和蜀這樣的邊地不如魏這樣的中心區域重要。

⑩ 行 36：參《吴都賦》，行 19。

⑪ 行 38："等威"指與不同社會身份等級相應的禮儀。參《左傳》，宣公十二年："貴有常尊，賤有等威。"

⑫ 行 39：參《尚書》，卷 7 頁 2b；"五曰建用皇極。"皇極是"中道"的隱喻。

⑬ 行 40：不"稟正朔"（正朔的字面意思爲"第一個月的第一天"），暗示蜀和吴的主人公未能服從"中國"（即魏）的君主。承認中國君主權的外國領主會來參加新年朝見，以"稟正朔"。見 *HFHD*, 2：257, n. 22.3。

⑭ 行 42：匪人是蠻夷部族。參《周易》卷 1 頁 14b（第 8 卦，六三）："比之匪人。""詭隨"這一表述是從《毛詩》第 253 首借用而來，其在那裏意爲"狡猾和奉承"（見 Karlgren, "Glosses on the Ta Ya and Sung Odes," p. 85, ♯916）。左思將之作爲動詞使用，可能取用毛注（《毛詩注疏》，卷 17 之 4 頁 11a）所給出的意思："詭人之善，隨人之惡。"我的"盲目地跟從"是意譯。

⑮ 行 44：參《吴都賦》，行 634—670。

⑯ 行 45：參蔡邕《樊陵碑》（李善，卷 6 頁 2 徵引；參《藝文類聚》，卷 6 頁 118，及《蔡中郎集·外集》，卷 1 頁 4b）："進路孔夷，人情險棘。"

⑰ 行 46：參《周易》，卷 7 頁 6a："君子之道……或此物而默，或彼物而語。"

⑱ 行 48：有關"華離"（注意"華"字不尋常的讀音，kua）這個詞，字面意爲"粗糙的和隔離的"，見《周禮》，卷 8 頁 30b，鄭玄的注。

依賴固執之見,靠赤手空拳戰鬥。⑲

50　拒絕純潔善良於其始壯,

　　企圖混淆擾亂王者之道。

　　這比通衢上尋找浮萍,⑳

　　或用棘刺雕製猴子高明多少?㉑

　　劍閣雖然陡峭,㉒

55　那些依賴它的人已經跌倒,

　　這並非'深植根脉、堅固莖幹'之道。㉓

　　洞庭雖然深邃,㉔

　　仰賴它的人已被打敗,

　　這並非'熱愛人民、治理國家'之道。㉕

60　桑榆之末光㉖

　　超過長庚之初芒。㉗

　　河和冀寬敞明亮的峰巒

　　非江地周邊的低窪濕地可媲美!㉘

　　因此,我將向你講述神州的疆域,

65　赤縣的領土,㉙

　　卓越的魏都,

　　六方的樞軸。

---

⑲ 行 49：參《吳都賦》,行 549—550。

⑳ 行 52：這一句暗指《天問》(《楚辭補注》,卷 3 頁 8b)中的文字,其指"靡萍(duckweed)九衢"。然而,左思繼承王逸(同上),他解釋此句稱:"萍草生於水上。"

㉑ 行 53：這一行徵引一位魏人宣稱可以用一根棘刺的尖端雕刻一隻猴子的典故。燕王欽佩其出名的技術,待之以極高的尊重。最終,此人被揭發是一名騙子。見《韓非子》,卷 11 頁 626—627。

㉒ 行 54：參《蜀都賦》,行 60 注。

㉓ 行 56：參《老子》,第 59 章。

㉔ 行 57：參《吳都賦》,行 671 注。

㉕ 行 59：參《老子》,第 10 章。

㉖ 行 60："桑樹和榆樹"是"落日"的轉喻(從太陽落在桑樹和榆樹之上的觀點而來)。見《漢書》,卷 85 頁 3457。

㉗ 行 61：根據《毛詩》第 203 首的毛注(《毛詩注疏》,卷 13 之 1 頁 12b),"長庚"是作爲黃昏星(Hesperus)的金星的名字。

㉘ 行 62—63：參《左傳》,召公三年:"景公欲更晏子之宅。曰:'子之宅近市,湫隘囂塵,不可以居,請更諸爽塏者。'"河是黃河區域。冀是冀州,是後漢稱呼中國東北部地區的名稱,鄴城位於其間。見《後漢書》,志第 20 頁 3431—3437。

㉙ 行 64—65：參《吳都賦》,行 764。

2

當漢室遭遇陽九厄運，[30]

法網朝綱斷裂，

70　佞臣閹黨禍亂宮闈，[31]

兵圍紫微宮。[32]

和諧有序的都城建築，[33]

深邃玲瓏的帝王殿宇，

仿佛着火的鳥巢，浴火的田野，

75　化爲煙霧和灰燼。

於是，荆棘和藤刺蔓延庭院，

在帝宇之內肆虐橫生，

向八方蔓延，

矛和箭四零八落，

80　將國家變成巨大的戰場。

麋鹿占據牆內的宅院，[34]

伊洛變成植被蔓延的田野，[35]

殽函化作野草地，[36]

臨菑荒蕪不毛，[37]

85　鄢郢被削爲丘墟。[38]

此時對於魏正是建國的時刻，

形成和建設的初始。

"于時運距陽九，漢網絶維。姦回内贔，兵纏紫微。翼翼京室，眈眈帝宇，巢焚原燎，變爲煨燼，故荆棘旅庭也。殷殷寰內，繩繩八區，鋒鏑縱橫，化爲戰場，故麋鹿寓城也。伊洛榛曠，崤函荒蕪。臨菑牢落，鄢郢丘墟。而是有魏開國之日，締構之初。萬邑譬焉，亦獨犫麋之與子都。培塿之與方壺也。且魏地者，畢昴之所應，虞夏之餘人。先王之桑梓，列聖之遺塵。考之四隈，則八埏之中；測之寒暑，則霜露所均。卜偃前識而賞其隆，吳札聽歌而美其風。雖則衰世，而盛德形於管絃；雖踰千祀，而懷舊蘊於遐年。

㉚　行 68：參《吳都賦》，行 21 注。

㉛　行 70："奸回"這一表達（字面意思爲"奸惡和道德敗壞"，參《尚書》，卷 6 頁 4b）指統治後漢晚期朝廷的太監。有關"内贔"（"内部肆虐"的意思），見 Karlgren, "Glosses on the Ta Ya and Sung Odes," p.99, ♯943。

㉜　行 71：有關"紫微"，見《西都賦》，行 143 注。其在這裏代表洛陽皇宮，於 189 年爲董卓（？ —192）的軍隊攻陷。洛陽遭受如此巨大的損傷，以至於都城必須移至長安。見《後漢書》，卷 8 頁 358；卷 9 頁 369；卷 72 頁 2322—2327。

㉝　行 72：《東京賦》，行 141—142 注。

㉞　行 81：參《史記》，卷 118 頁 3085；《漢書》，卷 45 頁 2168；伍被對淮南王説："臣聞子胥諫吳王，吳王不用，乃曰：'臣今見麋鹿游於姑蘇之臺也。'"

㉟　行 82：伊洛指洛陽地區，見《西都賦》，行 3 注，及《東京賦》，行 112 注。

㊱　行 83：關於殽函，指長安地區，見《西都賦》，行 13 注。

㊲　行 84：臨菑（今山東臨淄北部）是齊國古都。

㊳　行 85：鄢郢也被稱爲都，是楚國從公元前 504 年到公元前 278 年的都城，位於今湖北宜城縣附近。見《史記》，卷 40 頁 1716；*Mh*，4：337, n.1。

萬國與其相較

猶如嫫嫫與子都相比，㊴

90 抑或小山與方壺相較。㊵

此外魏的土地是與畢和昴相應的地點，㊶

居住着虞和夏的後人。㊷

它是諸位先王的故鄉，

可以發現聖人的遺跡。

95 考察它在四隅之內的地位，

大魏位於帝國的中心。

探查暑熱和寒冷的交替，㊸

發現霧氣和露水恰當均衡。

卜偃在預言中贊賞它的偉大，㊹

100 季札聆聽它的歌謠後贊美其風俗。㊺

即使時逢末世，

其美德也爲簫和琴所傳播，

即使一千年以後，

優良遺風依舊代代傳承。

3

105 大魏領土的界綫向旁延伸至秦和齊，㊻　　　　　　　　　　　　　　“爾其疆域，則旁極齊秦，結湊冀

㊴ 行 89：嫫嫫是一位醜陋的人，被描繪爲長着“椎顙廣頟”。見《呂氏春秋》，卷 14 頁 17b。子都是一位英俊的
青年，他最早在《毛詩》第 84 首中被提及。

㊵ 行 90：關於“方壺”，見《西都賦》，行 293 注。

㊶ 行 91：劉逵（卷 6 頁 5b）微引鄭玄的《詩譜》，稱畢和昴是魏的“分野”。然而，今本《詩譜》（見《毛詩注疏》，卷
5 之 3 頁 1a)中沒有此段記載。《漢書·地理志》（卷 28 下頁 1646）將觜觽（獵户座的三顆星）和參（獵户座的
七顆星）定爲魏的分野。《史記》（卷 27 頁 1330）和《漢書》（卷 26 頁 1288）明確指出畢和昴是冀州的分野，而
魏正屬於這一區域。

㊷ 行 92：根據鄭玄的《詩譜》（《毛詩注疏》，卷 5 之 3 頁 1a)來看，魏是舜（虞）和大禹（夏）的都城。

㊸ 行 97：根據《周禮》（卷 3 頁 13b—14a)，土圭被用來度量影子的長度，以測出“地中”所在。冷熱均衡和諧的
地方被推測爲地中的確切所在，適合作爲都城。

㊹ 行 99：畢萬是魏國的創立者，最初得到封地時，便向卜偃求教，後者建議“魏”是“大名”。見《左傳》，閔公元
年；《史記》，卷 44 頁 1835；*Mh*，4：133。魏這個字的意思是“大”。

㊺ 行 100：吳國季札評價在訪問魯時聽到“魏曲”，稱：“美哉，渢渢乎，大而寬，儉而易，行以德輔，此則盟主也。”
見《左傳》，襄公二十九年；《史記》，卷 31 頁 1452；*Mh*，4：10。

㊻ 行 105：齊在東邊，秦在西邊。

冀和道爲其中心腹地。[47]

前擁殷和衛,[48]

北跨燕和趙。[49]

山川和森林幽暗濃密,

110　江河和沼澤扭轉盤繞。

恒和碣高峻陡峭,聳入蔚藍的天空;[50]

河和汾洶湧澎湃,匯入無邊無際的水流;[51]

向南可見淇的海岸,[52]

蓋草和萹蓄美麗茂盛。

115　向北俯視漳和滏,[53]

冬天和夏天水流冷熱交替。[54]

神奇的鼓在遠峰隆隆作響,[55]

神聖的聲音一遍遍震驚四方。

溫暖的泉水汩汩湧動,自生波浪,[56]

120　華貴的精華淨化穢褻,延年益壽。

道。開胸殷衛,跨躡燕趙。山林幽峽,川澤迴繚。恒碣礨砢於青霄,河汾浩汗而皓溔。南瞻淇澳,則綠竹純茂;北臨漳滏,則冬夏異沼。神鉦迢遞於高巒,靈響時驚於四表。溫泉毖涌而自浪,華清蕩邪而難老。墨井鹽池,玄滋素液。厥田惟中,厥壤惟白。原隰畇畇,墳衍斥斥。或嵬罍而複陸,或魋朗而拓落。乾坤交泰而絪縕,嘉祥徽顯而豫作。是以兆朕振古,萌柢疇昔。藏氣讖緯,閟象竹帛。迴時世而淵默,應期運而光赫。暨聖武之龍飛,肇受命而光宅。

---

⑰　行 106：冀在這裏可能指古冀國,杜預(見《左傳注疏》,卷 12 頁 6b)認定爲位於平陽郡皮氏縣(在今山西河津縣西部)的冀亭。道是一個古代王國的名字,杜預(見《左傳注疏》,卷 12 頁 22a)定在陽安(有關確切的讀法,參見《後漢書》,志第 20 頁 3424)縣(今河南确山縣)。又見《漢書》,卷 28 上頁 1562,注 2,及《元和郡縣圖志》,卷 9 頁 267。

⑱　行 107：根據《漢書·地理志》(卷 28 下頁 1647),原本的殷都位於漢代河內郡(治所在懷縣,今河南武陟縣西南),其在周代被分爲三個邦國,即邶、庸、衛。衛的都城是朝歌(今河南淇縣)。

⑲　行 108：燕是統治與河北北部和遼寧西部相應的地域的周代邦國,首都爲薊(今北京)。趙是公元前 403 年晉被分裂爲三個部分時形成的國家之一,其領土相當於今陝西中部、陝西東北部,及河北西南部,都城是晉陽(今太原)。

⑩　行 111：北嶽恒山是位於今河北曲陽縣西北的大山。碣指碣石山,位於今河北昌黎縣西北。

⑪　行 112：汾河從山西中部流過,源頭在寧武縣管涔山中,至萬榮縣西匯入黃河。

⑫　行 113：淇河曾是黃河的一條支流,向南流淌,在黎陽縣(今河南浚縣東南)匯入黃河。見《漢書》,卷 28 上頁 1554。後漢末年,曹操建造一條水壩,迫使這條河向東北流入白溝(今衛河)。見《水經注》,册 2,卷 9 頁 71。一些資料將"澳"認定爲一條匯入淇河的河流的名稱(見 Karlgren, "Glosses on the Kuo Feng Odes," p. 142, ♯149)。見《後漢書》,志第 19 頁 3397,注 20。澳也有海岸或河灣的意思。

⑬　行 115：漳河由兩條分支組成,即清漳和濁漳,其源頭在山西東南部的山裏。二者於武安縣(今河北武安縣)南交匯,向南流入渭河。滏河源頭在石鼓山中,是漳河的一條支流。見《水經注》,册 2,卷 10 頁 87—90。

⑭　行 116：張載(卷 6 頁 6a)稱這些河流既有冷水,也有熱水。張銑(卷 6 頁 8a)宣稱,漳河的水是冷的,而滏河的水是暖的。

⑮　行 117：此行指一面神奇的石鼓,據推測發現於滏河的源頭石鼓山。見《太平寰宇記》,卷 56 頁 12a—b。

⑯　行 119：左思在這裏指易陽縣(今河北永年縣西北)的藥用溫泉。見《後漢書》,志第 20 頁 3437。

墨水井和鹽池⑤

流出黑色和白色的液體。

田地處於中等，

土壤呈白色。

125　高原和沼澤均勻分配，⑧

土堤和低地寬闊廣大。

地勢一時尖利陡峭，層疊梯進，

一時開闊明亮，遼闊寬廣。

乾坤於此交接，和諧相融，⑤

130　祥瑞顯，露吉兆。⑥

此等徵兆自古有之，

萌芽扎根於往昔。

王氣存於箴言經緯中，

符象秘刻於竹帛上。

135　在長時期裏，保持低調沉默，

時運扭轉時，便發揚昌盛生輝。

至聖武飛龍於天，⑥

受天命而統領天下。⑥

4

於是初臨此地，

140　他占卜土地的質量。

謀及龜筮和蓍草，

“爰初自臻，言占其良。謀龜謀筮，亦既允臧。修其郛郭，繕其城隍。經始之制，牢籠百王。畫

---

⑤　行 121：張載（《文選》，卷 6 頁 6b）稱鄴以西的高陵（今臨漳縣以東）和伯陽（今安陽西北）地區有八丈深的“石墨”井。石墨可能就是黑鉛，也可能是煤或油。見 T. H. Tsien, *Written on Bamboo and Silk: The Beginnings of Chinese Books and Inscriptions* (Chicago: University of Chicago Press, 1962), pp. 171–72. 鄴城有一處冰井臺（見下文行 266 注），被用來儲存石墨。見 Pokora, "A Mobile Freezer," pp. 331–32. 鄴城地區最著名的鹽池位於河東郡解縣（今山西運城縣）和安邑（今山西聞喜西南）。見《漢書》，卷 28 上頁 1550；《水經注》，冊 2，卷 6 頁 16；《晉書》，卷 14 頁 417。

⑧　行 125：參《毛詩》第 210 首第 1 章：“畇畇原隰。”

⑤　行 129：參《周易》卷 2 頁 1a：“天地交泰。”泰是第十一卦的名字。鑒於此詞譯成英文可能顯得笨拙，我未加以翻譯。

⑥　行 130：“徵”應被讀爲“微”。見胡紹煐，卷 7 頁 5a。參《周易》，卷 8 頁 6b：“（秉持《易》）微顯闡幽。”

⑥　行 137：“聖武”是曹操，魏國的建立者。

⑥　行 138：參《吳都賦》，行 80 注。

皆顯吉利。

修内牆，築外牆，

修繕護城河及壕溝。

145　開基所用的設計，

融合百王的制度。

複製豫和雍的居所，⑥

模仿八方都城。

效法陶唐的茅草屋頂，⑥

150　勘察夏禹的儉約宫殿。⑥

古公創建的都城，⑥

有高門矗立在前。⑥

宣王中興，

築房百堵。⑥

155　大魏建都者融合聖賢制度，⑥

兼顧華麗和淳樸。

權衡奢侈與節儉的利弊，慎取折中；

因時制宜，決定建築的規模。

遵循《易》爻，

160　以大壯爲模式。⑦

察看荀卿的言辭，⑦

接受蕭何的建議。⑦

雍豫之居，寫八都之宇。鑒茅茨於陶唐，察卑宫於夏禹。古公草創，而高門有閌；宣王中興，而築室百堵。兼聖哲之軌，并文質之狀。商豐約而折中，准當年而爲量。思重爻，摹《大壯》。覽荀卿，采蕭相。儔拱木於林衡，授全模於梓匠。遐邇悦豫而子來，工徒擬議而騁巧。闡鈎繩之筌緒，承二分之正要。揆日晷，考星耀。建社稷，作清廟。築曾宫以迴匝，比岡隒而無陂。造文昌之廣殿，極棟宇之弘規。對若崇山崛起以崔嵬，髣若玄雲舒蜺以高垂。

---

⑥　行 147：豫和雍分别指洛陽和長安。見《西京賦》，行 23，及《西都賦》，行 11。

⑥　行 149：陶唐即堯。參《東京賦》，行 237 注。

⑥　行 150：參《論語》，8/21。

⑥　行 151：參《毛詩》第 237 首，贊美“古公”亶父，他創建周的都城。

⑥　行 152：參《西京賦》，行 144 注。

⑥　行 153—154：根據《毛詩序》(見《毛詩注疏》，卷 11 之 2 頁 2a)所述，《毛詩》第 189 首描述周康王建造一座宫殿。這首詩(行 2)含有此句：“百堵皆作。”有關堵，見《西京賦》，行 94 注。

⑥　行 155：我加入“建都者”(曹操)以表明主題開始轉爲魏。

⑦　行 160：參《周易》卷 8 頁 3a：“上古穴居而野處，後世聖人易之以宫室，上棟下宇以待風雨，蓋取諸大壯。”卦 34 大壯䷡，上部的爻被想象爲房子的棟梁，兩條中斷的綫被認作斜坡屋頂。見 Wilhelm/Baynes, *I Ching*, p. 355。

⑦　行 161：參《荀子》，卷 6 頁 4a：“爲之宫室臺榭，使足以避燥濕、養德、辨輕重而已，不求其外。”

⑦　行 162：蕭相就是蕭何，他在前漢初期建造長樂宫。見《西都賦》，行 37 注，《東都賦》，行 16。

森林之官提供巨大的樹木，⑦③

傳授梓匠優秀的方案。

165　遠近之人來此愉悅慶祝，仿若孩童；⑦④

工匠們斟酌商議，陳列技藝。

闡明方矩和準繩的測量技術，

根據二分的精確方向。⑦⑤

通過測量太陽的影子⑦⑥

170　和察看天星，⑦⑦

立起社稷壇

建造神聖的廟堂。⑦⑧

在周圍建造層層宮殿環繞，

仿佛直立不傾的山巒和懸崖。

175　建造起文昌大殿，⑦⑨

規模恢宏空前。

氣勢雄壯猶如巍峨山巒，

昂然而聳立，

盤旋如玄雲密布，

180　又似高懸彩虹舒展而下。

5

世間最罕有之材料，⑧⓪　　　　　　　　“瓌材巨世，堷塓參差。枌橑複

大小各異，錯綜疊蓋，　　　　　　　　結，欒櫨疊施。丹梁虹申以並

---

⑦③　行 163：森林之官（林衡）是《周禮》（卷 4 頁 36a）中提到的一種官職，擁有執掌林業管理和監督木材砍伐的
　　職權。

⑦④　行 165：參《毛詩》，第 242 首第 1 章：“庶民子來。”關於“子來”的另一個解釋（我的“來此，仿若孩童”），見
　　Karlgren, “Glosses on the Ta Ya and Sung Odes,” pp. 52 - 3，♯850。

⑦⑤　行 168：“二分”是春秋分，其意謂建築地址的東西方位依據春秋分時的日影測量而擬定。見《周禮》，卷 3 頁
　　13a—15a。

⑦⑥　行 169：參《毛詩》，第 50 首第 1 章：“揆之以日。”

⑦⑦　行 170：根據《周禮》（卷 12 頁 15b）記載，建造者參酌北極星的位置來判定“晨昏”（例如東西）。

⑦⑧　行 171—172：根據《周禮》（卷 5 頁 19b）中詳述的經典模式，社稷壇在右側，祖廟在左側。

⑦⑨　行 175：文昌殿是北宮的主殿，那裏是舉辦正式朝會的地方。見《水經注》，冊 2，卷 10 頁 88，及《南齊書》，卷
　　9 頁 148。

⑧⓪　行 181：參《西都賦》，行 146。

檩條與房椽重重咬合,(81)
承重的木材和支架層層安裝。
朱紅楝梁如彩虹延伸,綿延不絶;
緋紅主梁如森林鋪展,處處分叉。(82)
華麗的天花板密密排列,蓮花花蒂懸挂,
燦爛重瓣朝下綻放。(83)
龍首水平安置,雨水從中湧出,(84)
有時仿佛流淌之水潭。(85)
衆多欄杆排列嚴整,(86)
光輝映射在中央屋檐。(87)
頂部塗成烏黑色,(88)
臺階和扶手垂直陡峭。(89)
庭院深深,平坦如磨刀石,
鐘和鐘架密集陳列。
即使有風,最微細的塵埃亦不能吹入;
即使下雨,最小的雨滴亦不曾進來。
北闕高大壯觀,(90)
南面正門與之相望。
雙門高聳如一對碣石,
車駕通過可並駕齊驅。
西面建延秋門,
東面開長春門。(91)

亘,朱桷森布而支離。綺井列疏以懸蔕,華蓮重葩而倒披。齊龍首而涌霤,時梗概於滮池。旅楹閑列,暉鑒挟振。榱題黮䨴,階隋嶙峋。長庭砥平,鍾簴夾陳。風無纖埃,雨無微津。巖巖北闕,南端逌遵。竦峭雙碣,方駕比輪。西闢延秋,東啓長春。用覲群后,觀享頤賓。左則中朝有赩,聽政作寢。匪樸匪斲,去泰去甚。木無彫鎪,土無綈錦。玄化所甄,國風所禀。

---

(81) 行 183:參《西都賦》,行 148。
(82) 行 186:桷是榱的另一個名稱,意爲横梁,明確來講爲方形梁木。見《爾雅》,中之一頁 4b—5a。我將之翻譯爲主梁(girder),以避免和上文的楝梁(beam)重複。
(83) 行 187—188:參《西京賦》,行 102 注。
(84) 行 189:房頂的每個角落都有一個龍形的噴水口,雨水通過它們被導流到地上(吕延濟,卷 6 頁 11a)。
(85) 行 190:有關"滮池"這一詞語,參《毛詩》,第 229 首第 3 章。
(86) 行 191:參《毛詩》,第 305 首第 6 章:"旅楹有閑。"
(87) 行 192:有關"柍桭"(中間的屋檐),見《漢書》,卷 87 上頁 3527,注 11,及王念孫,《讀書雜志》,4 之 13 頁 27b—28a。
(88) 行 193:有關榱題(頂部的意思),見《蜀都賦》,行 227 注。
(89) 行 194:有關楯(遊廊扶手的意思),見《史記》,卷 117 頁 3027,注 6。
(90) 行 199:文昌殿的北闕據説直接面對鄴城的正門。
(91) 行 203—204:根據張載(卷 6 頁 8b),延秋門和長春門位於正門之外。

205　帝王於此接見諸侯，

　　　‘觀其頤養’，而後宴請嘉賓。⑨

　　　左邊是内廷，紅光生煇，⑨

　　　聽政殿是聽政的地方。⑨

　　　既不樸素，亦不奢華，

210　避免過度，避免極端。⑨

　　　木頭没有雕刻或鏤刻，

　　　墙壁没有繭綢或織錦。⑨

　　　這些都遵循深廣的教化，⑨

　　　爲國家風俗所肯定。⑨

6

215　在前面有宣明和顯陽，⑨　　　　　　　　　　“於前則宣明顯陽，順德崇禮。

　　　順德和崇禮。　　　　　　　　　　　　　　重闉洞出，鏘鏘濟濟。珍樹猗

　　　門道雙重，扇扇相扣，　　　　　　　　　　猗，奇卉萋萋。惠風如薰，甘露

　　　行進間的官員們優雅泰然。⑩　　　　　　　如醴。禁臺省中，連閣對廊。直

　　　稀有樹木生長繁盛，⑩　　　　　　　　　　事所縣，典刑所藏。藹藹列侍，

220　奇特植物萌發茂密。　　　　　　　　　　　金蜩齊光。詰朝陪幄，納言有

　　　温和微風好似香薰，⑩　　　　　　　　　　章。亞以柱後，執法内侍。符節

　　　甘甜露水仿佛甜酒。⑩　　　　　　　　　　謁者，典璽儲史。膳夫有官，藥

---

⑨　行206：參《周易》，卷3頁8a：“觀頤，觀其所養也……天地養萬物。聖人養賢以及萬民。”

⑨　行207：“左”在這裏意爲“東”。左思在這裏顯然暗指漢代官僚制度，在此制度裏中朝由大司馬，左、右、前、
　　　後將軍，侍中，常侍，散騎和諸吏構成。見《漢書》，卷77頁3253。

⑨　行208：聽政殿在文昌殿的東部。

⑨　行210：參《老子》，第29章：“聖人去甚、去奢、去泰。”

⑨　行212：我與贊克(1：78)推測，“土”指“墙壁”。見《西京賦》，行323。

⑨　行213：玄化，指聖統治者的教化。

⑨　行214：儘管《國風》經常指《詩經》的一部分，但此處有更廣泛的意思，即“國家的風俗”。

⑨　行215：“前”在這裏指“南”。張載(卷6頁9a)稱：“聽政殿前聽政門，聽政門前升賢門。升賢門左崇禮門，崇
　　　禮門右順德門。三門並南向。升賢門前宣明門，宣明門前顯陽門，顯陽門前有司馬門。”

⑩　行218：參《東京賦》，行294—299注。

⑩　行219：參《毛詩》，第55首第1章（關於“猗猗”一詞）。

⑩　行221：文字上應當讀“蕙”（即“草木犀”）爲“惠”（“温和的”意思）。見高步瀛，卷6頁27b。

⑩　行222：“甘露”降下是和平時期的信號。

禁臺和内殿，[104]

門房交接，遊廊相對，

225　官員們履行職責之處，

法規和律文存放之地。

侍從官員衆多，

金蟬帽同顯光澤，[105]

破曉時站立在皇帝帷幔之側，

230　奏報君王，辭令文雅。[106]

戴柱後冠者，接着進來，[107]

執法者在裏面等候。[108]

符和節的官員、謁者，[109]

管理印璽，照應諸臣。[110]

235　皇家總管有官署，[111]

大内杏林有醫司。

因此美酒佳餚應合時節，

疾病防治始於開端。

在後面有椒房、鶴堂、瑪瑙室，[112]

240　永巷和壺術，[113]

梓樹和木蘭，

剂有司。肴醳順時，膡理則治。於後則椒鶴文石，永巷壺術。楸梓木蘭，次舍甲乙。西南其户，成之匪日。丹青焕炳，特有温室。儀形宇宙，歷像賢聖。圖以百瑞，綷以藻詠。芒芒終古，此焉則鏡。有虞作繪，兹亦等兢。

---

[104] 行 223：根據蔡邕所述(《獨斷》，卷 4 頁 3a)，“省中”一詞被用來代替“禁中”，以免觸犯元帝皇后父親的名諱。顏師古(《漢書》，卷 7 頁 218，注 9)稱，“省”(讀爲 xing?)意爲“察也，言如此中皆當察視，不可妄也”。我意譯爲“内部宮殿(inner palace)”。

[105] 行 228：宮殿侍者所戴的軍帽，繫有黃金、紫貂皮及蟬等裝飾，也被稱爲“惠文冠”。傳説(見《後漢書》，志第 30 頁 3668)稱其因趙惠文王而得名。然而，《晉書》(卷 25 頁 767)稱“惠”當爲“蟪”，即蟬。見 Harada, *Kan Rikuchō no fukushoku*, pp. 109 - 11；Eberhard, *Die Mode*, pp. 59 - 61；張末元，《漢朝服裝》，頁 69。

[106] 行 230：參《南都賦》，行 300。

[107] 行 231：柱後冠爲司法官員和御史所戴，鐵器所製。見《獨斷》，卷 4 頁 29a；《後漢書》，志第 30 頁 3667；《晉書》，卷 25 頁 768；Harada, *Kan Rikuchō no fukushoku*, p. 109；Eberhard, *Die Mode*, pp. 54 - 5；張末元，《漢朝服裝》，頁 69。

[108] 行 232：“執法”可能指司法官員和御史。執法是王莽賦予御史的名號。見《後漢書》，卷 26 頁 893。

[109] 行 233：“符節”是符節令所屬官員，負責管理官府印璽和圖章。見《後漢書》，志第 26 頁 3599。

[110] 行 234：“典璽”指“符節”官員的工作。謁者負責接待來朝堂的官員。

[111] 行 235：參《西京賦》，行 611 注。

[112] 行 239：“後”指“北”，皇帝妃嬪的宮殿坐落在那裏。有關“椒房”，見《西都賦》，行 178 注。“鶴”指鳴鶴堂，連同文石、楸梓、木蘭坊組成後宮。見張載，卷 6 頁 10a。

[113] 行 240：“永巷”(即長長的巷子)是后妃坊的另一個名字。見《毛詩注疏》，卷 12 之 3 頁 19b，王肅的注。“壺”的意思是“宮殿中的遊廊”。見《爾雅》，中之一頁 8b。

宮防和值舍分級甲乙。⑭

宮舍之門向西或向南，⑮

於一日内修建而成。⑯

245　丹青華美奪目，⑰

存於專門建立的温室中。

呈現天地宇宙，

描繪古時聖賢。

畫有數百祥符，

250　飾以典雅頌歌。

過去的黑暗和昏昧

以史爲鏡，清楚呈現。

儘管虞製有此類繪畫，⑱

這些與其卓越相匹敵。

7

255　在右側有菜園和環形的池塘，⑲

低窪的園地和高高的殿堂。⑳

沙洲蘭草，生長繁茂，

石上清流，汨汨冒泡。

細枝懸挂果實，

260　嫩葉播撒芬芳。

龜奔走，魚跳躍，

"右則疎圃曲池，下晼高堂。蘭渚莓莓，石瀨湯湯。弱荄係實，輕葉振芳。奔龜躍魚，有瞭吕梁。馳道周屈於果下，延閣胤宇以經營。飛陛方輦而徑西，三臺列峙以峥嵘。亢陽臺於陰基，擬華山之削成。上累棟而重霤，下

---

⑭ 行 242：參《西京賦》，行 166 注。

⑮ 行 243：參《毛詩》，第 189 首第 2 章。

⑯ 行 244：參《毛詩》，第 242 首第 1 章。

⑰ 行 245：後宮建築群裏，東西二坊之間是温室，其墙壁繪有傑出人物的畫像和頌詞。見張載，卷 6 頁 10a。

⑱ 行 253：《尚書》（卷 2 頁 8b—9a）包含一段被視爲舜（虞）的講話，其中舜稱："予欲觀古人之象。"他接着例舉表現在宗廟器皿和朝廷法服上各不相同的所有圖案，這應是魏國主人所指的虞的"作繪"。

⑲ 行 255："右"就是"西"。文昌宫西側是銅爵園，其中有一魚池。見張載，卷 8 頁 10b。《五臣注》本讀"蔬"（蔬菜的意思）爲"疏"（開放的意思）。

⑳ 行 256：《説文》（卷 30 下頁 6196a—b）將"晼"定義爲三十畝大小的園地。然而，王逸在其對《離騷》（《楚辭補注》，卷 1 頁 8b）的注中，將晼解釋爲十二畝大小；高步瀛（卷 6 頁 31）推測這是對"三十"的誤讀。在左思此句中，我簡單地譯爲"園地"。

仿佛從呂梁瀑布上俯視之景。⑫

馳道在果樹下迂回盤繞，⑫

連結的走廊與毗鄰的屋頂縱橫交錯。

265 高聳的階梯寬達兩輛馬車，徑直向西；

三座高臺並峙而立，崎嶇而巍峨。⑫

幽暗的地基上建起高臺，⑫

仿佛華山的陡峭山崖。⑫

上面是層疊的脊梁和雙重的落水管，

270 下面的冰室寒冷幽暗。

回環的遊廊高聳入雲，

紅色的庭院俯視旋風呼嘯。⑫

這些多層建築高大陡峭，

潔净的塵埃在它們之間漂浮。

275 高揚着頭的雲雀在屋檐上走動，⑫

有力的翅膀仿佛雕刻在藍天。

雷暴烏雲只及半樓之下，

耀眼太陽光罩絲綢花窗。

帝王演練步態，上下樓梯，

280 穿上春服，在四周漫步從容。

從這裏，八方遠極可齊收於寸目，

僅一個早上，萬物便可等量齊觀。

冰室而洿冥。周軒中天，丹墀臨
焱。增搆崣峨，清塵影影。雲雀
跼蠑而矯首，壯翼摛鏤於青霄。
雷雨窈冥而未半，曒日籠光於綺
寮。習步頓以升降，御春服而逍
遥。八極可圍於寸眸，萬物可齊
於一朝。

---

⑫ 行 261—262：呂梁是《莊子》(卷 19 頁 288)中提及的一道巨大瀑布的名字，落水甚急，以至於"黿鼉魚鱉"不
能在其中游泳。

⑫ 行 263：果下是一種馬的名字，被作爲漢樂浪郡的供物上繳(見《後漢書》，卷 85 頁 2818)。但是，我推測果
下在這裏只是簡單表述"果樹下面"的意思。

⑫ 行 266：此臺指銅雀園中的三臺。中間的銅雀臺有十丈(24.1 米)高，101 間房屋。西邊的金虎臺九丈(21.69
米)高，有 109 間房屋。北邊的冰井臺是八丈(19.28 米)高的建築，擁有 145 間房屋。此臺有一間冰室，冰和
石墨儲存其中。見《水經注》，册 2，卷 10 頁 88；陸翽，《鄴中記》，《叢書集成》，頁 2—3；Pokora, "A Mobile
Freezer," pp. 331-32.

⑫ 行 267：尤袤和《五臣注》本將"陽"讀爲"高"。"高"似乎是李善原本的讀法。見胡紹煐，卷 7 頁 6a。

⑫ 行 268：參《山海經》，卷 2 頁 1b："太華之山，削而成四方。"

⑫ 行 272：參《西京賦》，行 175。

⑫ 行 275："雲雀"(Cloud birds) 是安置在屋頂上的鳳鳥形狀的雕塑。

8

長長的林蔭道，帶有穹頂的通衢，⑫⁸

寬廣的巡視之路相互交錯。

285　日晷和滴漏嚴格地報唱時辰，

日夜之間界綫分明。

隨附着它們的是蘭和錡的架子，

帝國軍隊在此站崗守候。⑫⁹

禁衛抗禦邪惡侵犯，

290　勾陣之内安全無憂。⑬⁰

還有高墻和深壕，

以護城環繞，以池水圍護。

四邊大門高聳雄偉，

屹立的殿宇，層層疊疊。

295　倚靠太清，在混沌中形成；⑬¹

超越塵世，擁有自己的初始。⑬²

屋頂聳立朦朧遼遠，

塔樓基座高聳巍峨。

可與焦原相匹敵，⑬³

300　身體强壯敏捷者，誰能登頂而不心驚？

像山崗峰巒一樣永遠堅固，

不爲世間歲月所折服。

陽靈的耀眼之光，止於其上，⑬⁴

"長塗牟首，豪徽互經。晷漏蕭唱，明宵有程。附以蘭錡，宿以禁兵。司衞閑邪，鉤陳罔驚。於是崇墉濬洫，嬰堞帶涘。四門軦軦，隆厦重起。憑太清以混成，越埃壒而資始。巍巍標危，亭亭峻趾。臨焦原而不悒，誰勁捷而無懲？與岡岑而永固，非有期乎世祀。陽靈停曜於其表，陰祇濛霧於其裏。菀以玄武，陪以幽林。繚垣開囿，觀宇相臨。碩果灌叢，圍木竦尋。篁篠懷風，蒲陶結陰。回淵漼，積水深。蒹葭贊，菫荺森。丹藕凌波而的皪，綠芰泛濤而浸潭。羽翮頡頏，鱗介浮沈。栖者擇木，雛者擇音。若咆渤澥與姑餘，常鳴鶴而在陰。表清籥，勒《虞箴》。思國郵，忘從禽。樵蘇往而無忌，即鹿縱而匪禁。

---

⑫⁸ 行283：根據顏師古（見《漢書》，卷68頁2943，注43）所述，牟首是上林苑中的一座池塘。顏師古注意到劉逵（原文如此）將牟首解作蓋有屋室的閣道，他推測左思和劉逵可能誤解《漢書》所述在牟首有被覆蓋的閣道（卷68頁2940）。很明顯左思没有將牟首解釋爲宮殿名稱。胡紹煐（卷7頁6b—7a）建議，"牟"當意爲"冒"，即"覆蓋"的意思，"閣道穹隆如冒，故云牟首"。我沿用他的解讀，將牟首解釋爲"帶有穹頂的通衢"。

⑫⁹ 行287—288：參《西京賦》，行325—326。注意"禁兵"的不同用法（可指"帝國武器"和"帝國軍隊"）。

⑬⁰ 行290：有關"勾陣"（在這裏指聯合的地方），見《西都賦》，行242注，《西京賦》，行182注。

⑬¹ 行295：參《老子》，第25章："有物混成，先天地生。"

⑬² 行296：參《周易》，卷1頁1b："大哉乾元！萬物資始。"

⑬³ 行299：已佚的先秦思想著作《尸子》（見《文選》，卷6頁12a，卷15頁3a）指出焦原是位於莒國的一塊巨大漂礫，八尺寬，五十步長，位於百仞深淵之上，無人膽敢接近此巖石；最終一位來自其他國家的參訪者走到它上面，"却行齊踵"。五臣注本讀爲"況"（比較的意思），尤袤本讀爲"悒"（膽戰心驚的意思）。尤袤的讀法是正確的，因爲其與下一行的"懲"（膽怯的意思）相應。

⑬⁴ 行303："陽靈"是太陽，這些建築如此高大，太陽仿佛止步在其尖頂附近。

陰靈的迷濛雲霧，暗布其内。⑬

305 玄武是其園區，⑯

毗鄰濃密的樹林。

圍以墻垣，闢出苑囿，

樓觀鱗次對望。

豐碩的水果長於叢簇之間，

310 巨大的樹木高達千尋。

篁竹和篠竹懷抱着風，⑬

葡萄藤投射下厚重的陰影。

回漩的池塘深邃，⑱

積留的池水厚重。

315 黃金茅和沼澤草旺盛繁茂，⑬

蘿藦和香蒲濃密地聚攏爲叢。⑭

紅色蓮花凌波水面，明亮閃耀；

緑色菱角泛浮湧浪，浸泡濕透。

鳥類高飛滑翔，

320 魚類和龜類游泳潛水。

飛禽擇木而栖，⑭

鳴雉選地而歇。⑭

尖叫聲如同渤澥和姑餘禽鳥，⑭

時常宣鳴，仿佛陰影中的仙鶴。⑭

---

⑬ 行 304："陰神"是雨和雲。

⑯ 行 305：玄武苑位於鄴城以西。據張載所説（卷 6 頁 12a），苑中有"魚梁、釣臺、竹園、蒲陶諸果"。

⑬ 行 311：有關"篁竹"（thicket bamboo），見 Hagerty, 'Tai K'ai-chih," pp. 389 - 90。有關"篠竹"（dwarf bamboo），見《南都賦》，行 71 注。

⑬ 行 313：參《毛詩》，第 197 首第 4 章："有洌者淵。"

⑬ 行 315：有關贊的"旺盛繁茂"的意思，見胡紹煐，卷 7 頁 7b—8a。

⑭ 行 316：蘆被廣泛地認爲是蘿藦（*Metaplexis japonica* Thunb.）科（見陸文郁，頁 40，第 47 條）和蘿藦蒿 *Metaplexis Stautonii*（Smith-Stuart, p. 264）。蓊是香蒲（*Typha latifolia*，cattail）的多種名字之一。見陸文郁，頁 45—46，第 53 條。

⑭ 行 321：見《吳都賦》，行 518。

⑭ 行 322：見《吳都賦》，行 519。

⑭ 行 323：渤澥是渤海或東海的另一個名稱。見《初學記》，卷 6 頁 5b；《漢書》，卷 57 上頁 2546，注 10。姑餘是吳地姑蘇山的另一個名字。見《太平寰宇記》，卷 91 頁 6b 和《吳都賦》，行 321 注。

⑭ 行 324：參《周易》，卷 6 頁 8a（第 61 卦，九二）。

325 標記原始的苑囿，⑭

銘刻'林務官的告誡'。⑯

帝王只考慮國家事務，

忘卻捕獵活動。

樵夫前去砍柴砍草，無有顧忌，⑰

330 人們獵鹿，沒有禁制。

9

肥沃豐饒的是村野，⑭

巨大廣闊的是一歲田地。⑭

甜苣苦菜茁壯成長，⑯

芒種穀物繁榮茂盛。⑯

335 西門首先灌溉這一區域，⑯

史起接着澆灌它。⑯

排水溝渠共計十二座，⑭

源頭相同，但出水口不同。

水流如雲層一樣匯聚，

340 流瀉而出仿如傾盆大雨。

"膴膴坰野，奕奕菑畝。甘荼伊蠚，芒種斯阜。西門溉其前，史起灌其後。磴流十二，同源異口。畜爲屯雲，泄爲行雨。水澍粳稌，陸蒔稷黍。黝黝桑柘，油油麻紵。均田畫疇，蕃廬錯列。薑芋充茂，桃李蔭翳。家安其所，而服美自悅。邑屋相望，而隔踰奕世。"

---

⑭　行 325：有關清籞，見《東京賦》，行 215 注。

⑯　行 326：《虞箴》（見《左傳》，襄公四年）據稱是周的記事官辛甲所寫，是一篇反對帝王對田獵過度欲求的告誡。

⑰　行 329：這一行引用《孟子》一下之 2，其中孟子描述周文王的園林，在那裏"樵蘇"可以自由進入。

⑭　行 331：有關膴膴（《毛詩》第 237 首第 3 章的《韓詩》版本）的"肥沃豐饒"的意思，見 Karlgren, "Glosses on the Siao Ya Odes," p. 102, ♯580。

⑭　行 332：菑畝（一歲田地）的這一表述出現在《毛詩》第 178 首第 1 章。《爾雅》（中之五頁 12a）將"菑"解釋爲"隙田（耕作）一歲"。

⑯　行 333：荼即苣苦菜（*Sonchus arvensis*, sow thistle）。見陸文郁，頁 22—23，第 27 條。它亦被稱爲苦菜（bitter vegetable），通常是苦的，但在有些土地上據稱嘗起來是甜的。參《毛詩》，第 237 首第 3 章："菫（Crowfoot）荼如飴。"

⑯　行 334："芒種（bearded grains）"是小麥和稻米。見《周禮》，卷 4 頁 4a，鄭玄的注。

⑯　行 335：西門豹是魏文侯（前 424—前 387 年在位）時期的鄴令。他將漳河改道，建起一條用以灌溉鄴地的運河。見《史記》，卷 29 頁 1408；*Records*, 2：71。

⑯　行 336：史起是魏襄王（前 334—前 319 年執政）時期的鄴令。像西門豹一樣，他也使漳河改道，爲鄴地建造灌溉運河。見《漢書》，卷 29 頁 1677。我推測在西門豹和史起的活動之間可能存在一些混淆，因爲《漢書》對史起功績的描述在語言上幾乎與《史記》對西門豹工作的描述完全相同。

⑭　行 337：這一行指天井堰，坐落在鄴城西南。漳河被築堤攔水，因此向東流去，在一個二十里長的區域裏，有十二條排水溝渠以每隔三百步的距離分隔排列。

水田結出糯米和梗米；

旱田種上黍稷和黃米。

暗淡黝黑的是桑樹和柘樹，

光澤發亮的是麻和野葛藤。

345　均匀的田地被清楚劃分，⑮

布以成排的籬笆和棚屋。

生薑和芋頭充裕茂盛，

桃李投下濃重的蔭影。

每一户人家都安居樂業，

350　穿上美麗的衣服，令自己喜悅。

雖然村莊中的房子彼此相望，

但人們卻世代隔絕，不相往來。⑯

10

在城裏街道和大路匯合如車輪輻條，

朱紅色的瞭望樓與城隅相接。⑰

355　石橋和飛拱，

在漳渠之上引導而出。⑱

疏浚渠道，清理路畔，

種植成排綠槐樹以蔭蔽街道。

渠水如同滄浪進行洗濯，⑲

360　林蔭大道勝過遮蔽的長廊。

忙忙碌碌的是達官貴人，⑳

“内則街衝輻輳，朱闕結隅。石
杠飛梁，出控漳渠。疏通溝以濱
路，羅青槐以蔭塗。比滄浪而可
濯，方步櫩而有踰。習習冠蓋，
莘莘蒸徒。斑白不提，行旅讓
衢。設官分職，營處署居。夾之
以府寺，班之以里閭。其府寺則
位副三事，官踰六卿。奉常之
號，大理之名。厦屋一揆，華屏

---

⑮ 行 345：均田（均等的田地的意思）一詞，可能指漢代短暫施行的限定每人可擁有三十頃土地的制度。見《漢書》，卷 24 上頁 1142—1143，卷 86 頁 3496。然而，我猜測，左思將此詞用於“同等大小的田地”或“均匀的田地”的普遍意思。

⑯ 行 349—352：參《老子》，第 80 章：“甘其食，美其服，安其居，樂其俗。鄰國相望，雞犬之聲相聞，民至老死不相往來。”

⑰ 行 354：張載（卷 6 頁 14a［有關正確讀法，見胡克家，《文選考異》，卷 1 頁 44b］）稱鄴城所有的街道都有正向東、西、南、北城門的朱闕和黑闕。

⑱ 行 355—356：左思在這裏指上文行 337 提及的天井堰的另一個名字。張載（卷 6 頁 14a）稱其始於鄴城以西十里處，向東流入城中，穿過宮殿建築群。在宮殿建築群以東形成“南北二溝”，沿着道路向東流去。這些是運來城外之水的“石竇”，“石橋”據説跨越石竇之上。

⑲ 行 359：參《漁父》（《楚辭補注》，卷 7 頁 2b）：“滄浪之水清兮，可以濯吾纓。”

⑳ 行 361：參《西都賦》，行 78 注。

熙熙攘攘的是普羅大眾。

白髮者不負重擔，⑯

行人們退讓道路。

365　在這裏建立官署，分配職責，⑯

每一位官員盡忠職守。

官府和總署遍布城內，

夾雜在里閭屋墻之間。

在這些衙署和部門裏是與三事的長官相等的

官職，⑯

370　數量比六卿還多的部門。⑯

有奉常的名號，

大理的名頭。⑯

巨大的建築物，建造規格一致，

帶有華麗的墙壁和等高的屋檐，

375　莊嚴肅穆的階梯，

兩道門鎖的雙重大門。

官員們像師尹一樣等候於此，⑯

輔佐王朝，作棟梁之柱。

城市分區包括長壽和吉陽，⑯

380　永平和思忠。⑱

也有妃嬪的分區

位於宮殿的東部。

門中進出的是達官貴人，

齊榮。蕭蕭階闥，重門再扃。師
尹爰止，毗代作楨。其閭閻則長
壽吉陽，永平思忠。亦有戚里，
寔宮之東。閈出長者，巷苞諸
公。都護之堂，殿居綺窗。興騎
朝猥，蹀敘其中。營客館以周
坊，餼賓侶之所集。瑋豐樓之閈
閎，起建安而首立。茸牆冪室，
房廡雜襲。剞劂罔掇，匠斲積
習。廣成之傳無以疇，棄街之邸
不能及。

---

⑯　行363：參《禮記》，卷4頁17b：“斑白者不提挈。”

⑯　行365：此行逐字引用《周禮》，卷3頁1a。

⑯　行369：三事（參《毛詩》，第194首第2章）指三公，即周代三種最高官職（見《尚書》，卷11頁1b）。後漢時期，三公由太尉、司徒、司空組成。根據張載（卷6頁14b）所述，魏時相國和御史大夫位“同”三公。

⑯　行370：六卿據説是周代的六個重要官僚部門（見《尚書》，卷11頁2a—b）。在魏國，有國之九卿，地位在三公之下。有關名單，見張載，卷6頁15a。

⑯　行371—372：奉常和大理的名號在建安時期爲曹操所採用，以替代漢官太常和廷尉。見張載，卷6頁14b，及《三國志》，卷1頁49，注4。

⑯　行377：“師尹”是《毛詩》第191首中提到的一位周代大臣的名字。

⑯　行379：這一行字面意思是“至於分區的大門和入口”。參《西都賦》，行49。長壽和吉陽區位於宮殿建築群的東面。見張載，卷6頁15a。

⑱　行380：永平和思忠區的所在不詳。

巷道之内充滿華族貴冑。⑯

385 在都護宮殿中,⑰

他們居住在裝飾着窗櫺的殿堂裏。

每天清早大量馬車和騎手⑰

聚集其間。

在城區四處建起賓客館舍,

390 修飾來賓聚集之地。

美化豪華塔樓的門戶,⑫

這些初建於建安初期。

以茅草覆墙,以泥塗室,

房間和陽臺交錯重合。

395 雕刻刀具從不停止雕鑿,

雕刻工匠長久地訓練技藝。

廣成館無法與它們相較,⑬

藁街的居所不能與它們相比。⑭

11

商人營業,熟知一日三市;⑮　　　　　　　　"廓三市而開廛,籍平逵而九達。

400 平坦大街店鋪林立,向各個方向延伸。　　　班列肆以兼羅,設闤闠以襟帶。

貨肆布置緊密,陳列有序,　　　　　　　　濟有無之常偏,距日中而畢會。

設置墙壁和大門,仿佛'衣襟和束帶'。　　　抗旗亭之嵽嵲,侈所觌之博大。

調節供需之間的波動起伏,　　　　　　　　百隧轂擊,連軫萬貫。憑軾捶

正午時分,匯聚在市場上。　　　　　　　　馬,袖幕紛半。壹八方而混同,

---

⑯ 行384:《五臣注》本將"苞"(充滿的意思)讀爲"包"(包含的意思)。

⑰ 行385:張載(卷6頁15a)稱"都護"指曹淵,然而並無名爲曹淵的都護的記載。可能張載意指的是夏侯淵
(見《三國志》,卷9頁220—222)或曹洪(見《三國志》,卷9頁277—278)。有關此問題的討論,見孫志祖,
《文選李注補正》,卷1頁20b。

⑰ 行387:此句也可被表達爲:"大量的車駕和騎手去往朝廷。"

⑫ 行391:參《左傳》,襄公三十一年。

⑬ 行397:廣成館是秦國的一座客舍,藺相如曾留居於此。見《史記》,卷81頁2440。

⑭ 行398:漢長安的"藁街邸"是爲"蠻夷"準備的客棧。見《漢書》,卷70頁3015。藁可能是藁本
(*Nothosmyrnium sinense*)。

⑮ 行399:根據《周禮》(卷4頁13b)中概述的理想化組織制度,一天中有"三市":"大市"(中午)、朝市和夕市。

405 豎起高聳巍峨的棋亭，[176]

　　誇張宣揚即將上市貨物之富麗。

　　數百商鋪行列中，馬車輪軸相互撞擊。[177]

　　萬乘之衆跟隨，魚貫而列。

　　屈身橫木之上，鞭打坐騎，

410 市場顧客聚袖如帳，匆匆來去。[178]

　　從八方聚集而來，混合成群體。

　　是高雅和絢麗的最極致展現！

　　隨着契約公平締結，售賣完成；[179]

　　鏟幣與刀幣交換，不計其數。[180]

415 材料爲工匠所製作，

　　貨物爲商人所流通。[181]

　　凡是奇貨，[182]

　　店鋪不會囤積。

　　器具是日常使用的和長期需求的，

420 不喜奢華無用，更偏愛耐久性。

　　不售賣非法的貨物，也不要價過高，

　　處處彰顯温和良善的舉止習俗。[183]

　　白藏倉庫，[184]

　　財富無盡。

425 與大内的富有相等，[185]

極風采之異觀。質劑平而交易，刀布貿而無筭。財以工化，賄以商通。難得之貨，此則弗容。器周用而長務，物背窳而就攻。不鬻邪而豫賈，著馴風之醇醲。白藏之藏，富有無隄。同賑大内，控引世資，實嫁積塺，琛幣充牣。關石之所和鈞，財賦之所厎慎。燕弧盈庫而委勁，冀馬填廏而駔駿。

---

[176] 行 405：參《西京賦》，行 331 注。

[177] 行 407：參《戰國策》，卷 8 頁 8b：“臨淄之途車轂擊，人肩摩。”

[178] 行 410：參《戰國策》，卷 8 頁 8b：“臨淄之途……連袵成帷，舉袂成幕，揮汗成雨。”

[179] 行 413：質劑契約寫在板子上，接着被分爲兩半，每一位當事人持有一半。見《周禮》，卷 4 頁 13a。

[180] 行 414：有關鏟幣和刀幣，見 Lien-sheng Yang, *Money and Credit in China*, pp. 14-16。

[181] 行 415—416：參《周禮》，卷 1 頁 13b：“五曰百工，飭化八材。六曰商賈，阜通貨賄。”

[182] 行 417：參《老子》，第 3 章。

[183] 行 422：尤袤本將《五臣注》本的“馴致”讀爲“馴風”。五臣注本的讀法是正確的，因爲李善（卷 6 頁 16b）徵引《易經》（卷 1 頁 6a）中的段落，其中含有“馴致”一詞，字面意思是“馴服地實施影響”。醇醲字面意爲“純粹而濃厚的酒”，是“温良和善”的象徵。

[184] 行 423：根據張載（卷 6 頁 16b）所言，白藏庫有 174 間房屋，位於鄴城西側城墻之下。據《爾雅》（中之四頁 1b）稱，白藏是“秋”的比喻詞。這間倉庫位於西側，因此被命名爲“白藏”（西方是秋季的方向，白是秋季的顏色）。

[185] 行 425：大内是前漢長安的主要倉庫。見《史記》，卷 11 頁 447；《漢書》，卷 64 上，頁 2778。

引世上所有的財富匯聚。

寶衣堆積,形成巨大的丘堆,⑱

庫中填滿珍貴寶石和上好絲綢。

這是稅收之石被均衡調整之地,⑱

430 是商品和稅收被仔細審查之所。⑱

武器庫裝滿燕弓,靈活而強硬,⑱

馬厩中聚集驥馬,強健優良。

12

待到強勁的敵人捲入戰鬥,

天下不再和平時,

435 聖武出現,⑲

散發出宏偉莊嚴的魅力。⑲

盔鎧和甲胄雙層厚重,⑲

長旌和旗幟在旗杆上飄動。

蛤殼弓從盒子裏取出,⑲

440 矛和長槍上鮮明的縷穗飄揚。⑲

穿上三層鎧甲,⑲

繫上粗糙素樸的紅縷,⑲

拉開弓,瞄準目標射擊,

“至乎勃敵糾紛,庶土罔寧。聖
武興言,將曜威靈。介冑重襲,
旌旗躍莖。弓珧解檠,矛鋋飄
英。三屬之甲,縵胡之纓。控絃
簡發,妙擬更羸。齊被練而銛
戈,襲偏裻以讚列。畢出征而中
律,執奇正以四伐。碩畫精通,
目無匪制。推鋒積紀,鋥氣彌
銳。三接三捷,既晝亦月。剋翦
方命,吞滅咆然。雲撤叛換,席
卷虔劉。祲威八紘,荒阻率由。

---

⑱ 行 427:“寶嵰”是南蠻部族的一種朝貢物品。李善(卷 6 頁 17a)徵引《風俗通》中一段已經亡佚的材料,稱有
一個部族製造此種布匹,長達八丈。

⑱ 行 429:參《尚書》,卷 3 頁 10a 和《國語》,卷 3 頁 11b—12a:“關石和鈞,王府則有。”有關另一種解釋,見
Legge, *The Shoo King*,3: 160。

⑱ 行 430:參《尚書》卷 3 頁 7b:“庶土交正,厎慎財賦。”

⑱ 行 431:祝廉先(《文選六臣注訂訛》,頁 181—182)建議從“委曲”(彎曲的意思)的詞義中解釋“委”,他注意
到燕地種植很多用來造弓的桑樹和柘樹。“委勁”的弓契合對烏號弓的描述(見《吳都賦》,行 480 注)。

⑲ 行 435:參《毛詩》,第 207 首第 3 章:“興言出宿。”

⑲ 行 436:參《西都賦》,行 312。

⑲ 行 437:我不能完全確定這幾句所暗指的對象是曹操還是曹操的軍隊。

⑲ 行 439:《爾雅》(中之二頁 12b)將“珧”定義爲一種由巨大的蛤殼所製造的弓。

⑲ 行 440:參《毛詩》,第 79 首第 1 章。

⑲ 行 441:三層(三屬)甲胄指覆蓋在身體上部、臀部和腿部的一整套盔甲。見《漢書》,卷 23 頁 1087,注 17。

⑲ 行 442:參《莊子》,第 30 頁 442:“吾王所見劍士皆蓬頭,突鬢,垂冠,曼胡之纓,短後之衣。”

精妙的技藝可媲美更嬴。⑲⑦

445 軍隊一致穿着絲綢盔甲，手提尖銳長戈，⑲⑧

披上雙色長袍，立定排列成行。⑲⑨

出發去遠征，衆人嚴守軍紀，

奇策和正謀並用，向各個方向征伐。⑳

宏大的戰略，通通明曉，

450 眼睛所視無它，唯有規制。⑳①

使用長矛數十年後，

勇猛的精神更爲銳利。

三戰三勝，⑳②

日月戰鬥不停。

455 斬除無視軍令之徒，⑳③

吞滅咆哮不服之臣，⑳④

撥雲般掃除跂扈之輩，

捲席般俘獲殺掠之人。

聖武在八紘之上展示其威勢，⑳⑤

460 荒凉的邊地服從他的命令。

魏軍在海島上洗滌兵器，

在河中沙州上刷洗馬匹。

應鳴鼓而收兵，⑳⑥

洗兵海島，刷馬江洲。振旅輷輷，反斾悠悠。凱歸同飲，疏爵普疇。朝無刓印，國無費留。

---

⑲⑦　行 444：參《戰國策》，卷 17 頁 5，其中提及更嬴（誤寫爲“更赢”，見高步瀛，卷 6 頁 51a）。更嬴是一位弓箭手，可以用沒有箭的弓射落飛鳥，可能與《列子》（卷 5 頁 62）中提到的弓箭手甘蠅是同一個人。

⑲⑧　行 445：參《吳都賦》，行 475 注。

⑲⑨　行 446：這種衣服每一邊的顏色不同。見《國語》，卷 7 頁 10b，韋昭注，及《左傳》，閔公二年。

⑳　行 448：有關“奇”（用來出奇制勝）和“正”（用來進攻敵軍），見《孫子》，《四部備要》本，卷 5 頁 2b—3b。又見 Griffith, *Sun Tzu*, p. 91。

⑳①　行 450：張載（卷 6 頁 17b—18a）徵引《莊子》（卷 3 頁 56）中有關庖丁的軼事，描述成爲解剖牛的專家的過程：“始臣之解牛之時，所見無非牛者。三年之後，未嘗見全牛也。方今之時，臣以神遇而不以目視。”大概曹操的軍士也被如此優良地訓練過，仿佛庖丁一樣，注意力專門集中在“制”上。

⑳②　行 453：參《毛詩》，第 167 首第 4 章：“一月三捷。”

⑳③　行 455：參《尚書》，卷 1 頁 3b：“方命圮族。”

⑳④　行 456：參《毛詩》，第 255 首第 3 章：“咨女殷商，女炰烋於中國。”那些“炰烋”的人是自負的自誇之人。

⑳⑤　行 459：參《東都賦》，行 151 注，及《吳都賦》，行 7。

⑳⑥　行 463：左思此句從《毛詩》第 178 首第 3 章借用，根據毛注“振旅”一詞表示“收回軍隊”的意思。見《毛詩注疏》，卷 10 之 2 頁 11b，及 Karlgren, "Glosses on Siao Ya Odes," pp. 53–4，♯462。李善（卷 6 頁 18b）將“輷輷”解釋爲“衆車聲也”。然而，它明顯與《毛詩》第 178 首第 3 章的“闐闐”是相同的詞彙，所描述的是宣布撤退的鼓聲播動。

反轉的旗幟在風中飛揚。㉗

465　歡騰地歸來，參與勝利宴會，

爵位被賜予，封地被分配。

朝中没有'不捨予人之印璽'；㉘

國家裏没有'滯留不賞之功禄'。㉙

13

死亡和破壞止息時，人們可以放鬆下來，

470　武士們卸甲歸田放牧。㉚

從長斧上取下手柄，將鋒刃插入鞘中；㉛

從虹旗上移下旗幟，將它們捲起。

建國者參考《洪範》，㉜

考察規範的法律，

475　觀察恒常持久的事物，㉝

而後進行變革。㉞

在上，聖武拱手而'掌管符契'；㉟

在下，人們'遵循中道'，催促自己勤勉工作。㊱

修大道者受到高度尊敬，

480　蠅營獲利者遭到蔑視。

"喪亂既弭而能宴，武人歸獸而去戰。蕭斧戢柯以柙刃，虹旆攝麾以就卷。斟《洪範》，酌典憲。觀所恒，通其變。上垂拱而司契，下緣督而自勸。道來斯貴，利往則賤。囹圄寂寥，京庚流衍。於時東鯷即序，西傾順軌。荆南懷憓，朔北思韙。絲絲迥塗，驟山驟水。禓負賮贄，重譯貢篚。髽首之豪，鐻耳之傑。服其荒服，斂衽魏闕。置酒文昌，高張宿設。其夜未遽，庭燎晣

㉗ 行 464：參《毛詩》，第 179 首第 7 章："悠悠斾旌。""反斾"是"返回的車駕"的轉喻。

㉘ 行 467：此句用項羽的典故，他捨不得獎勵一位值得稱賞的人，長時間地撫弄授職印璽，以致印璽的邊角都被磨損。見《史記》，卷 92 頁 2612；*Records*，1：211。

㉙ 行 468："費留"(經費滯留或花費延遲)這一詞彙出現在《孫子》(卷 12 頁 9a)中，指没有利用軍事的有利條件："夫戰勝攻取，而不修其功者，凶命。曰'費留。'"在這一句裏，"無費留"意爲報酬被立即贈予應得的官員。

㉚ 行 470：《尚書》(卷 6 頁 1a)僞孔安國注將"歸獸"釋爲"歸馬牛於華山桃林之牧地……"然而，顔師古已發現，因爲"獸"指野生動物，其不能返回牧場，所以此字當讀爲"嘼"(馴養的動物)。見《匡謬正俗》，《叢書集成》本，卷 2 頁 12—15，及朱珔，卷 8 頁 9a。胡紹煐(卷 7 頁 13a)根據《史記》(卷 4 頁 126)的記述，建議"獸"應該被理解爲"狩"(狩獵)。鑒於魏國的狩獵在後面的文句中得到描述，我更傾向於遵從顔師古的解釋。

㉛ 行 471：有關作爲"長斧"的蕭斧，見胡紹煐，卷 7 頁 13a。

㉜ 行 473：《洪範》是《尚書》中的一篇，據説概述政府的謀策。

㉝ 行 475：參《周易》，卷 4 頁 2b："觀其所恒，而天地萬物之情可見矣。"

㉞ 行 476：參《周易》，卷 8 頁 2b；《導論》，注 117。

㉟ 行 477：參《老子》，第 79 章："是以聖人執左契，而不責於人。有德司契，無德司徹。""司契"意爲信任人們，給予他們的比從他們那裏索取的多。

㊱ 行 478：參《莊子》，第 3 頁 55："緣督以爲經。"

監獄荒蕪空曠，
高倉糧食堆積。㉗

接着東鯷依附聽命，㉘
西傾遵從典範。㉙

485　南方部族感念恩德，
北方部族欽佩良善。

他們長途跋涉，千里迢迢，
常常翻越大山，穿越河流，
背上負載着貨物和貢品，

490　通過多方翻譯，上交貢品籃篹。

蠻族酋長，頭上帶有飾物，
部落領袖，耳朵上串有金屬耳環，
穿着邊疆地區的異服，
肅斂衣袖，在朝堂上敬拜。㉛

495　他們被宴請於文昌殿，
樂器預先擺好，高懸於殿内。㉛

夜未闌珊，㉜
庭院火把明亮閃耀。㉝
成群成夥的客人，

500　既有華夏之人也有外族之裔。

高聳的是帽子和冠冕，
堆疊的是編成辮子的頭髮。
清澈的酒如濟水一般通透，
渾濁的酒如黃河一般混沌。

晰。有客祁祁，載華載裔。岌岌
冠縰，纍纍辮髮。清酤如濟，濁
醪如河。凍醴流澌，温酎躍波。
豐肴衍衍，行庖皤皤。愔愔嘔
讌，酣湑無譁。

㉗　行 482：參《毛詩》，第 211 首第 4 章：“曾孫之庾，如坻如京。”
㉘　行 483：東鯷是一個非華夏族群，有二十多“國”，地處“會稽海外”（日本？），漢時向朝廷遞交貢物。見《漢書》，卷 28 下頁 1669。參《尚書》，卷 3 頁 5a：“西戎即序。”
㉙　行 484：《尚書·禹貢》（卷 3 頁 4b）提及西傾部族，位於同名之山所在的區域。顏師古（《漢書》，卷 28 上頁 1532）將此山確定在臨洮郡（今甘肅岷縣）西南。
㉚　行 494：“斂憺”意指莊嚴的、尊重的舉止。有關憺（袖子的意思），見《廣雅疏證》，卷 7 下頁 21a。
㉛　行 496：“高張”指使用諸如鐘、磬等懸挂在架子上的樂器。見《漢書》，卷 22 頁 1046，及 Mh，3：695，n. 3。
㉜　行 497：參《毛詩》，第 182 首第 1 章。
㉝　行 498：參《毛詩》，第 182 首第 2 章。

505　冷酒流淌仿若融化的冰，

　　　暖酒起泡仿若躍動的波濤。

　　　豐富的肉食供給充沛，㉔

　　　衆多厨師在厨房中奔走忙碌。

　　　宴會氣氛輕鬆和諧，

510　即使酒醉微醺，也不會喧鬧。㉕

14

他們演奏《廣樂》，㉖

獻上《九成》。㉗

音樂以《韶》和《夏》開篇，㉘

包括《五英》和《六莖》。㉙

515　喧鬧之聲響起，㉚

被以爲是霹靂雷聲。

天空的穹頂被顛動，

大地的隱蔽之處被震驚。

啊，它就像是天帝自己的音樂，

520　這些歌曲曾爲二嬴所聆聽！㉛

金、石、絲、竹的恒常曲調，

匏、土、革、木的恒久樂曲，㉜

盾牌、斧子、羽毛、牦牛尾的華麗之美，㉝

"延廣樂，奏九成。冠《韶》《夏》，冒《六莖》。儜響起，疑震霆。天宇駭，地廬驚。億若大帝之所興作，二嬴之所曾聆。金石絲竹之恒韻，匏土革木之常調。干戚羽旄之飾好，清謳微吟之要妙。世業之所日用，耳目之所聞覺。雜糅紛錯，兼該泛博。鞻鞻所掌之音，《韎》《眛》《任》《禁》之曲。以娛四夷之君，以睦八荒之俗。

㉔　行 507：以李善注爲基礎，此文本當以"衍衍"代"衍衍"。見高步瀛，卷 6 頁 56b。

㉕　行 510：參《吳都賦》，行 709 注。

㉖　行 511：參《西京賦》，行 63—66 注。

㉗　行 512：《九成》是《尚書》（卷 2 頁 10b）中提到的一支九節舞曲。

㉘　行 513：有關《韶》，見《東都賦》，行 244。《夏》（"宏壯之舞"）據説是夏朝的建國者禹所創作的。見《史記》，卷 14 頁 1197；*Mh*，3：255；《漢書》，卷 22 頁 1038。

㉙　行 514：有關此句的正確版本，見高步瀛，卷 6 頁 58b。《五英》和《六莖》是舞曲，被認爲是分別是顓頊和帝嚳所作。見《漢書》，卷 22 頁 1038。

㉚　行 515：五臣注本將尤袤本的"曹"（群體的意思）讀爲"嘈"（吵鬧的意思）。尤袤的讀法似乎很難理解，因此我遵循五臣注本。

㉛　行 519—520："二嬴"指秦穆公和趙簡子，兩者的王族皆源自嬴氏宗族。如同秦穆公（見《西京賦》，行 63—66 注），趙簡子做夢親赴天帝宮闕，在那裏傾聽天堂音樂演奏。見《史記》，卷 43 頁 1786；*Mh*，5：26－7。

㉜　行 521—522：這兩行指製作樂器的八種材料。參《吳都賦》，行 710 注。

㉝　行 523：《禮記》（卷 19 頁 6b）和《周禮》（卷 6 頁 7b）提到這四種舞蹈。干、戚之舞是"武"舞，羽、旄之舞是"文"舞。

　　低吟淺唱的精妙絶倫，

525　這些事物每日使用，世代繼承，

　　是眼之常見，耳之常聞：

　　多樣搭配，錯雜糅合，

　　組合展示，綜合演繹。

　　鞮鞻所掌管的音樂，[234]

530　靺、昧、任、禁的歌曲，[235]

　　用來娛樂四夷的君主，

　　用來馴化八荒的風俗。

15

結束夏季狩獵，結束冬季狩獵，[236]

君王接着展開春季巡行，開始秋季漫遊。[237]

535　藉田典禮按照禮儀舉行，[238]

大閲按照儀節舉辦。[239]

準備符合法度的車駕，[240]

演習騰躍駕馭，[241]

文武相彰的禮儀盛況[242]

540　超越對梁騶狩獵的所有記載。[243]

在森林中不會砍倒新芽，[244]

在沼澤中不會斬斷樹苗。

“既苗既狩，爰遊爰豫。藉田以禮動，大閲以義舉。備法駕，理秋御。顯文武之壯觀，邁梁騶之所著。林不槎枿，澤不伐夭。斧斤以時，罾罟以道。德連木理，仁挺芝草。皓獸爲之育藪，丹魚爲之生沼。喬雲翔龍，澤馬丁阜。山圖其石，川形其寶。莫黑匪烏，三趾而來儀。莫赤匪狐，九尾而自擾。嘉穎離合以莘莘，

---

[234]　行529：鞮鞻掌管“四夷之樂”。見《周禮》，卷6頁21b。

[235]　行530：參《東都賦》，行246—248注。

[236]　行533：《左傳》隱公五年將苗列爲“夏季狩獵”，而《公羊傳》桓公四年則認爲其是“春季狩獵”。郭璞在《爾雅》（中之四頁17b）的注解中，亦認爲苗是夏季狩獵，稱爲“苗”是因爲計劃來爲幼苗祛除危害。然而，鄭玄（《左傳注疏》，卷3頁21b引）認爲“苗”意謂“擇取不孕任者，若治苗去不秀實者”。就“狩”（冬季狩獵）而論（見《東都賦》，行134注），注者們明顯只是在猜測其中意涵，其意在漢代不詳。

[237]　行534：參《孟子》，一下之4，及《東京賦》，行599注。

[238]　行535：參《東京賦》，行434—435注。

[239]　行536：參《東京賦》，行499—500注。

[240]　行537：參《西都賦》，行328注。

[241]　行538：李善（卷6頁21a）徵引《莊子》中今已亡佚的一段文字（參《淮南子》，卷12頁12a—b），稱一位馭者學習秋駕（騰躍駕馭）的技術，故事中的馬匹被教導“秋”（騰躍）。見《漢書》，卷22頁1048，顏師古的注。

[242]　行539：這一句的字面意思是“他們展示出文和武的奇觀”。

[243]　行540：參《東都賦》，行132注。

[244]　行541：參《東京賦》，行707。

斧子和短柄斧應季而用，㉕

圍網和羅網因地而設。

545 帝王的美德令樹木纏繞其枝杈，

仁善令芝草從地上綻放而出。㉖

因爲他，白色的野獸被養育於苑囿中，㉗

因爲他，深紅色的魚生長在池塘裏。㉘

飛騰之龍從彩色的雲中躍出，㉙

550 沼澤之馬漫步走過小山坡。㉚

大山之石顯露圖象祥瑞，

江河湧現珍貴的寶物。

‘沒有任何東西比烏鴉還黑’，㉛

三足烏在這裏現身。㉜

555 ‘沒有任何東西比狐狸還紅’，㉝

九尾獸在這裏自我馴化。㉞

嘉穀密密開合，生長繁茂，㉟

甘泉湧動流淌，充盈不絕。㊱

它們預示祥兆，交錯實現，㊲

560 瑞應確鑿地出現在所接觸的每一事物上。

這些是閃耀神靈的回應，㊳

醴泉涌流而浩浩。顯禎祥以曲成，固觸物而兼造。蓋亦明靈之所酬酢，休徵之所偉兆。旼旼率土，遷善罔匱。沐浴福應，宅心醇粹。餘糧栖畝而弗收，頌聲載路而洋溢。河洛開奧，符命用出。翩翩黃鳥，銜書來訊。人謀所尊，鬼謀所秩。劉宗委馭，異其神器。闢玉策於金縢，案圖錄於石室。考歷數之所在，察五德之所莅。量寸旬，涓吉日。陟中壇，即帝位。改正朔，易服色。繼絕世，脩廢職。徽幟以變，器械以革。顯仁翌明，藏用玄默。菲言厚行，陶化染學。讎校篆籀，篇章畢覿。優賢著於揚歷，匪孽形於親戚。

㉕ 行543：參《毛詩》，第154首第3章：“（在七月）取彼斧斨。”

㉖ 行545—546：公元220年曹丕圖謀皇位時，這些吉兆在遞交給他的詔册中提及。見《三國志》，卷2頁74，注，及《宋書》，卷29頁853。

㉗ 行547：“皓獸”指公元220年見到的白鹿（white deer）和白麋（white elaphures）。見《宋書》，卷28頁804。

㉘ 行548：參《宋書》，卷29頁860。

㉙ 行549：張載（卷6頁21a）將喬雲（彩雲）解釋爲紅外而藍内。此處的龍可能是公元220年見到的“黃龍”。見《宋書》，卷28頁797。

㉚ 行550：參《東京賦》，行612注。

㉛ 行553：此行準確引用《毛詩》第41首第3章的詩句。參 Arthur Waley, *The Book of Songs*, p. 38。

㉜ 行554：三足烏（three-footed crow）的徵兆，被認爲是對統治者仁慈和孝順的“回應”（見《宋書》，卷29頁841），在公元220年被看到（見張載，卷6頁21b）。有關“來儀”（到來並現身），見 Karlgren, "Glosses on the Book of Documents," pp. 142–43，♯1346。

㉝ 行555：這一句是對《毛詩》第41首第3章的逐字引用。

㉞ 行556：“九尾狐（nine-tailed fox）”在公元220年被看到。見《宋書》，卷28頁803。

㉟ 行557：有關發現於公元220年的“嘉穎”，見《宋書》，卷29頁827。

㊱ 行558：“醴泉”是出現在220年曹丕就任時的另一項吉兆。見《宋書》卷29頁866。

㊲ 行559：參《周易》，卷7頁3a：“曲成萬物而不遺。”

㊳ 行561：參《周易》，卷7頁7b：“是故可與酬酢，可與祐神矣。”

　　　吉兆跡象的宏偉顯現。

　　　整個帝國，和諧歡樂，

　　　走向仁善，無所缺乏。

565　沐浴在幸福的恩賜之中，

　　　將思想寄托於莊嚴和純潔。

　　　過剩的糧食聚集在未收割的田野，

　　　在路上，贊頌的歌聲充溢人們的耳朵。㉕⑨

　　　河圖洛書揭示預言奧秘，㉖⓪

570　天命的預言符號因此顯現。

　　　翅膀輕拍振顫，一隻黃色的鳥兒，

　　　喙中含信，帶來消息。㉖①

　　　這些是人的智慧所尊崇的事物，

　　　是鬼神協商所規定的事情。㉖②

575　劉姓宗室放下繮繩，

　　　拋棄神聖的器皿。㉖③

　　　魏帝審視金縢盒裏的玉質書册，㉖④

　　　查看石室中的圖錄。㉖⑤

　　　研究天文歷數存在何處，㉖⑥

580　考察五行的所在。㉖⑦

――――――――――

㉕⑨ 行 568：此句基於《毛詩》第 245 首第 3 章，但需將"載路"解釋爲"充滿道路"而非"接着變得響亮"，後者很難
　　與"洋溢"相對應。參見 Karlgren，"Glosses on the Ta Ya and Sung Odes," p. 40，♯824。

㉖⓪ 行 569：左思在這裏暗指"河圖"（見《西都賦》，行 27 注）和"洛書"（見《東都賦》，行 321 注），二者是預言性文
　　獻，據說其中包含支持權力覬覦者提出的王位要求的宣言。

㉖① 行 571—572：《宋書》（卷 27 頁 779）稱，當漢代最後一位統治者遜位於魏時，一隻黃鳥（yellow bird）口銜一
　　封緋紅色書信，飛落於尚書臺。這一統治時期的年號因此改爲"黃初"（黃色初始）。梁章鉅（卷 9 頁 1a）建
　　議讀"訊"爲"誶"。誶的選擇，出於與上文的"出"押韻所需。

㉖② 行 573—574：參《周易》，卷 8 頁 9b："人謀，鬼謀，百姓與能。"在這裏，"人謀"指"頌聲"，"鬼謀"指吉兆。

㉖③ 行 576："神器"是王位。

㉖④ 行 577：我添加"魏帝"（曹丕）一詞來標明主語的變化。"金縢"是一個金屬裝飾的盒子，據稱周公放進自己
　　所寫的一篇祈願文，希望獻上自己的生命以替代重病的侄子成王。見《尚書》，卷 7 頁 7b—10a。"金縢"在
　　這裏是檔藏室的隱喻。

㉖⑤ 行 578："石室（石頭房間）"一詞是"檔案室"或"圖使館"的一種表述。見《史記》，卷 130 頁 3119。"圖錄"是
　　保存在政府檔案室中的預兆和徵兆的記錄。

㉖⑥ 行 579：有關歷數（天文演替），見《尚書》，卷 2 頁 3b 及《論語》，第 20 篇第 1 章。參 James Legge, trans.,
　　Confucian Analects，*The Great Learning*，*and The Doctrine of Mean*，*in The Chinese Classics*，vol. 1
　　(1861；rpt. Taibei：Wenxing shudian, 1963)，p. 350 及 Arthur Waley, trans., *The Analects of Confucius*
　　(London：Allen and Unwin, 1938)，p. 252。

㉖⑦ 行 580：五德在這裏指五行，支配朝代交替。參《東都賦·靈臺詩》，行 6 注。

評估每個時辰，

選擇一個吉利的日子，

走上中央祭壇，⑱

登上帝位。

585　改換曆法，⑲

改變禮服的顏色，

恢復斷絕的王朝，

復原棄用的官職。

旗幟因此改變，

590　器皿和武器由此變換。

顯示仁善，散發光芒魅力；

隱藏功用，默言兼聽。⑳

輕言談而重行動，

以道德感化影響人們，以學識感染人們。

595　校讎古時的手跡，㉑

文字篇章，盡覽無遺。

揀選官員，任賢能爲用，㉒

對待親戚，一視同仁。㉓

16

樹根和樹幹的分枝，㉔

600　是帝國皇室的圍籬和屏風。

"本枝別幹，蕃屏皇家。勇若任
城，才若東阿。抗旍則威嚇秋

---

⑱　行 583：爲了曹丕的登基儀禮，一座壇被建立在繁陽（今河南内黃縣東北）。見《三國志》，卷 2 頁 62。

⑲　行 585：參上文行 40 注。

⑳　行 591—592：參《周易》，卷 7 頁 4a："顯仁藏用。"

㉑　行 595：這一行的字面意思爲："他校對圖章和籀文（手跡）。"

㉒　行 597：這一行的字面意思是："對在揀選和考核中表現傑出的人物慷慨大方。"這一句基於今文《尚書》（見《三國志》，卷 1 頁 360，裴松之的注及 Karlgren, "Glosses on the Book of Documents," p. 207，♯1457）中的一句。揚歷可意爲"選拔那些已經接受考核者"，"選拔和考核"，"對行爲提起注意"，我意釋爲"揀選官員"。

㉓　行 598：這一句的字面意思是："不會低劣地對待親戚。"呂向（卷 6 頁 30）釋"孽"爲"私"（私人的），似乎將此句理解爲曹丕沒有對親戚表現出偏袒。然而，李善（卷 6 頁 22b）徵引《漢書》中的一段話（卷 49 頁 2296），其中規定對待貴族的適當方法："今陛下不孽諸侯。"應劭（卷 49 頁 2297，注 14）注稱："（此意味）接之以禮，不以庶孽畜之。""孽"的本意是"妾室的兒子"，而作爲一個動詞，延申意可指"低賤地對待"或"虐待"。

㉔　行 599："本枝"指曹丕的各種親戚。參《東都賦》，行 319。

如任城一樣勇敢，㉕

像東阿一樣聰慧。㉖

當前者扛起旗幟，威嚴風度比秋霜更爲鋒銳。

當後者揮動毛筆，優美文辭如同春花般湧現。

605　擁有上等智慧和傑出才能之人，

支持帝王家族的天命。

宰相兼有八愷和八元的才華，㉗

將軍勇猛如光武的二十八將。㉘

儘管他們偉岸非常，莊嚴顯赫，㉙

610　卻默默地努力，静静地勃發。㉚

故人們看到，泰階秩序井然，㉛

帝國家族歸於一統。

朝代的氣數長短有固定的限定，

上天的庇佑注定終結。㉜

615　因此魏交付其世襲產業，遜讓王位，㉝

向萬國莊嚴告別。

作爲君王，他的仁慈是偉大的；㉞

作爲統治者，他的品德是謙遜的。

遜讓帝王之位

620　成爲諸侯，是至高無私之舉。

霜，摛翰則華縱春葩。英喆雄豪，佐命帝室。相兼二八，將猛四七。赫赫震震，開務有謐。故令斯民覩泰階之平，可比屋而爲一。筭祀有紀，天禄有終。傳業禪祚，高謝萬邦。皇恩綽矣，帝德沖矣。讓其天下，臣至公矣。榮操行之獨得，超百王之庸庸。追亘卷領與結繩，睠留重華而比蹤。尊盧赫胥，羲農有熊。雖自以爲道，洪化以爲隆。世篤玄同，奚遽不能與之踵武而齊其風？是故料其建國，析其法度。諮其考室，議其舉厝。復之而無斁，申之而有裕。非疏糲之士所能精，非鄙俚之言所能具。

㉕　行 601：任城指曹丕的大兒子曹彰（？—223），222 年授任城王，219 年在率領針對烏桓反叛的軍事遠征中名聲卓著。《魏書》《三國志》，卷 19 頁 555）本傳稱他“膂力過人，手格猛獸，不避險阻”。

㉖　行 602：東阿指曹丕的弟弟曹植，229 年授東阿王。見《三國志》，卷 19 頁 569。

㉗　行 607：八愷是古代帝王顓頊的八位有才幹的兒子，八元是帝嚳的八位有才幹的兒子。見《左傳》，文公十八年；《史記》，卷 1 頁 35；*Mh*, 1; 76-77; Karlgren, "Legends and Cults," pp. 255-56。

㉘　行 608：“四七”指光武帝所尊敬的二十八位將領。見《東都賦》，行 155，及第 50 篇，范曄的《後漢書二十八將傳論》。

㉙　行 609：參《毛詩》，第 191 首第 1 章：“赫赫師尹。”

㉚　行 610：這一句暗指《周易》，卷 7 頁 8b：“《易》開物（之實質）成務。”

㉛　行 611：泰階（英譯爲 Grand Stairway，或譯爲 Grand Hierarchy 更好）是三臺的另一個名稱，是一個對應於小熊星座（ι,π,λ,μ,ε,ζ Ursae Minoris）的六星星座。泰階由三階組成，每一階都象徵一個政治和社會階層。見《晉書》，卷 11 頁 293。一部名爲《黃帝泰階六符經》的著作稱其每一階都由兩顆星組成，“上階”代表君王，“中階”代表諸侯貴族和卿士大夫，“下階”則爲平民百姓。“三階平則陰陽和，風雨時，社稷神祇咸獲其宜，天下大安。”見《後漢書》，卷 65 頁 2851，注 4。

㉜　行 614：參《尚書》，卷 2 頁 4a：“天禄永終。”

㉝　行 615：這幾行指 265 年司馬家族的政變，其時司馬炎（236—290）迫使魏國末代君主曹奂退位。

㉞　行 617：行 617—630 指魏國末代君主。《五臣注》讀“情”（情感）爲“恩”（恩典）。

表現非凡能力，因而顯赫著名，[285]

遠超百王的平庸無爲。

試圖效仿�領和結繩，[286]

着迷於重華的範例，延續他的足跡。[287]

625　至於尊盧，赫胥，

伏羲，神農，有熊，[288]

儘管魏王認可其大道宏偉、教化崇高，

世人亦傾慕其深遠和諧，[289]

有什麼能阻止他跟隨古賢的腳步，

630　或與古賢的道德影響力相媲美？

因此，如果我們探索魏國之建立，

分析其法律和措施，

考察其建築構造，

思考其民衆行動，

635　我們可以重複自我，永不倦怠，[290]

可以詳盡述說，並留下充裕的話題。

如此一切，超越粗鄙學者的視野，

非鄙俚的言辭所能表述。

17

至於源自其山河的卓越不凡的物類，　　　　　　　“至於山川之倬詭，物産之魁殊。

---

[285]　行 621：參司馬相如的《哀秦二世賦》，《史記》，卷 117 頁 3055：“嗚呼，哀哉，操行之不得兮！”

[286]　行 623：“72領”是樸素朝服的一部分，據說爲遠古君王所穿。見《淮南子》，卷 13 頁 1a。注意這種領子的名稱在不同文獻中有所不同。參《晏子春秋》卷 2 頁 6a；《荀子》，卷 20 頁 12b；《韓詩外傳》，卷 3 頁 1a（Hightower, trans., p. 75）。有關書寫被發明前使用的“結繩”，見蕭統的《序》，行 10 注。

[287]　行 624：重華是舜的另一稱謂，他禪位於禹。

[288]　行 625—626：《莊子》，卷 10 頁 162：“昔者（有君王）容成氏、大庭氏、伯皇氏、中央氏、栗陸氏、驪畜氏、軒轅氏、赫胥氏、尊盧氏、祝融氏、伏戲氏、神農氏。當是時也，民結繩而用之（記事）。”有熊即黃帝。

[289]　行 627—628：緊接“化”的“以爲”應該刪去。見何焯，《義門讀書記》，卷 45 頁 15b；孫志祖，《文選考異》，卷 1 頁 14b；胡紹煐，卷 7 頁 16a—b。作爲“玄同”（深遠和諧）的一種解釋，李善（卷 6 頁 23a—b）徵引《老子》第 56 章：“知者不言……是謂玄同。”在《老子》的這一段落裏，玄同指思想的起源，人在其時尚未被欲望和感官所影響。然而，左思似乎將玄同作爲一個類似於“大同”的政治術語來使用，而大同指和平美好的統治的上古理想國時期。見呂延濟（卷 6 頁 32a）。此句的主題難以判斷。我將“魏王”作爲主語時遵從呂延濟的釋義。贊克（1：87）將“我”（魏的發言人）作爲主語。

[290]　行 635：見《毛詩》，第 266 首：“在此無斁。”

640 物産中罕見稀有的事物，

有些名稱奇異，已被提及，

有些材質奇特，可被徵引。

它們是維持生命的永遠珍貴的事物，

真實美麗，永不變遷。

645 河流和山川中有鴛鴦河，交谷，㉑

虎澗，龍山，㉒

掘鯉沼澤，㉓

蓋節峽谷。㉔

精衛的翅膀拍打振顫，㉕

650 將枝條填入口中，強求復仇。

常山和平干，㉖

鉅鹿及河間，㉗

仙人不止一位，

時常出現在這些地方。

655 昌容保持面色純然，㉘

或名奇而見稱，或實異而可書。

生生之所常厚，洵美之所不渝。

其中則有鴛鴦交谷，虎澗龍山。

掘鯉之淀，蓋節之淵。㴱㴱精

衛，銜木償怨。常山平干，鉅鹿

河間。列真非一，往往出焉。昌

容練色，犢配眉連。玄俗無影，

木羽偶仙。琴高沈水而不濡，時

乘赤鯉而周旋。師門使火以驗

術，故將去而林燔。易陽壯容，

衛之稚質。邯鄲躧步，趙之鳴

瑟。真定之梨，故安之栗。醇酎

中山，流湎千日。淇洹之筍，信

都之棗。雍丘之粱，清流之稻。

錦繡襄邑，羅綺朝歌。緜纊房

子，縑總清河。若此之屬，繁富

㉑ 行 645：鴛鴦水是獲得多種稱呼的渭、澧、或百泉的河流的另一個名字。其源頭在龍崗縣（今河北邢臺市）東南。見《太平寰宇記》，卷 59 頁 6b；朱琦，卷 8 頁 10b—11a。根據張載（卷 6 頁 24a）所述，交谷位於鄴的南邊。

㉒ 行 646：虎澗亦被稱爲七虎澗，位於中牟縣（今河南湯陰縣）西。見《水經注》，冊 4，卷 22 頁 36，冊 4，卷 22 頁 43；朱琦，卷 8 頁 11a。龍山指沙縣（今河南涉縣西北）的一座山。見《後漢書》，志第 20 頁 3433，注 13；張載，卷 6 頁 24a；朱琦，卷 8 頁 11a。

㉓ 行 647：掘鯉淀在鄚縣（今河北任丘北部，鄚州鎮）西二十里處。見《太平寰宇記》，卷 66 頁 9a，及朱琦，卷 8 頁 11a。

㉔ 行 648：蓋節淵位於鬲縣（今山東德州市東南）之北。見張載，卷 6 頁 24a。朱琦（卷 8 頁 11b）建議，"蓋節"（*kâd-tsiet）就是更爲知名的地點"鬲津"（*klek-*tsiēn），後者是一條源頭在鬲縣附近的河流。見《漢書》，卷 28 上頁 1569。

㉕ 行 649：參《吳都賦》，行 639。

㉖ 行 651：常山是一個漢郡，治所位於元氏縣（今河北元氏縣東北）。見《漢書》，卷 28 上頁 1575—1576。公元 37 年常山成爲一個王國（見《後漢書》，志第 20 頁 3433）。平干是公元前 91 年賜予廣平國的一個名字，其治所在廣平縣（今河北雞澤縣東）。見《漢書》，卷 28 下頁 1631。

㉗ 行 652：漢郡鉅鹿的治所位於鉅鹿縣（今河北鉅鹿縣）。見《漢書》卷 28 上頁 1575。河間是建立於公元前 178 年的漢王國的名稱，治所位於樂城（今河南獻縣東南）。見《漢書》卷 28 下頁 1634。

㉘ 行 655：昌容（極美的面容）是常山的修道者，被不同地指認爲男人或女人。儘管他（她）在超過兩百年的時間裏總被看到，但膚色卻仍像二十歲的樣子。見《列仙傳》，卷下頁 42—43；Lionel Giles, *A Gallery of Chinese Immortals* (London：Murray, 1948), p. 23.

犢子娶眉連爲妻。㊿

玄俗立而無影，㊿

木羽隨仙人而去。㊿

琴高深入河水卻滴水不沾，㊿

660　總是騎着一條紅色鯉魚漫遊。

師門控制火焰，藉此驗證技藝，㊿

因此當他將要離開世界時，一座森林被焚爲

　　灰燼。

此處有易陽的華貴美人，㊿

衛國的年輕女郎，㊿

665　邯鄲的輕快舞者，㊿

趙地的善唱琴手，

真定的梨子，㊿

故安的栗子，㊿

中山的醇酒

夥够。非可單究，是以抑而未

罄也。

㊿　行656：犢子（牛犢大師）是鄴地人，服用松果（pine cones）和茯苓（tukahoe），數百年後變成仙人，最終與一位"眉連"的女孩相戀，花費多數時間積攢桃子（peaches）和李子（plums）。見《列仙傳》，卷下頁37—38；Lionel Giles, *A Gallery of Chinese Immortals*, p. 22‑3。

㊿　行657：玄俗是河間人，以在市間賣藥營生。他即使站在太陽下，也不會投下陰影。見《列仙傳》，卷下頁62。

㊿　行658：木羽是鉅鹿人，他的母親在夢中被告知將生下一位名爲木羽、且將成仙的兒子。在兒子出生時，她記起預言，取名木羽。木羽十五歲時，一輛馬車抵達他家，載他離去。見《列仙傳》，卷下頁61—62；Lionel Giles, *A Gallery of Chinese Immortals*, p. 29‑30。

㊿　行659：琴高是一位琴師，在兩百多年的時間裏時常出現於冀州地區。一日，他與弟子們訂下河邊之會，一座祠堂在那裏建立起來。在指定的日期，琴高乘着一條赤色鯉魚現身。見《列仙傳》，卷上頁22。

㊿　行661：師門是嘯父的一位弟子，和師傅一樣，他知曉如何控制火焰，作爲龍師侍奉於夏國統治者孔甲。孔甲由於不滿意他的工作，將其殺死並埋葬於荒野中。過了一段時間，這位君王遇到一場暴風雨，並引發一場火災，結果整座山的樹"皆焚"。見《列仙傳》，卷上頁12。

㊿　行663：這一句可能基於《梁王兔園賦》（見《古文苑》，卷1頁15a）中很相似的一句話，此賦歸屬於枚乘。易陽（今河北永年縣西）是漢代趙國的一個縣。見《漢書》，卷28下頁1631。趙地歷來因美女而著名。

㊿　行664：參《淮南子》，卷19頁7b。衛是一個古老的周朝邦國，其都城在朝歌（見上文行107）。

㊿　行665：《史記》（卷129頁3263）提及這些舞者，但與中山聯繫在一起。

㊿　行667：真定是漢代一個王國的名稱，治所在真定縣（今河北正定縣南）。見《漢書》，卷28下頁1631—1632。有關真定梨，見《藝文類聚》，卷86頁1473—1474。

㊿　行668：故安（今河北易縣東南）是漢代涿郡的一個縣（見《漢書》，卷28上頁1577）。魏初，涿郡被賜予范陽之名（見《太平寰宇記》，卷70頁1b），以其甘甜的栗子（chestnuts）而馳名。見陸璣，《毛詩草木鳥獸蟲魚疏》，卷上頁33。

670　令人沉醉千日，⑨

　　　淇苑的竹筍，⑩

　　　信都的棗子，⑪

　　　雍丘的粟，⑫

　　　清流的稻米。⑬

675　出自襄邑的錦緞刺綉，⑭

　　　出自朝歌的紗和緞子，⑮

　　　出自房子的棉布，⑯

　　　出自清河的上佳絲綢。⑰

　　　這類事物

680　在這裏豐富充裕，數量巨大。

　　　無法一一列述，

　　　因此我必須限制自己，不嘗試描述全部。

18

　　　當我將事物配對，將各種辭藻混合，　　　　　　　　　"蓋比物以錯辭，述清都之閑麗。

　　　講述這座純潔城市的偉大美麗，　　　　　　　　　　雖選言以簡章，徒九復而遺旨。

685　儘管謹慎地選擇語言，揀選詩句，　　　　　　　　　覽《大易》與《春秋》，判殊隱而一

　　　仍然只是一遍遍地自我重複，失卻要點。　　　　　　致。末上林之隤牆，本前脩以作

　　　閱讀偉大的《易》和《春秋》，　　　　　　　　　　　系。其軍容弗犯，信其果毅。糾

---

⑨ 行 669—670：有關酎（兩重發酵的酒），見 *HFHD*，1：305，n. 1.6。張載（卷 6 頁 25a）記錄一個關於中山酒
　的故事，其酒甚爲强勁，以至於一位喝了酒的人被誤以爲死亡並被埋葬。三年後他的墳墓被打開，其人從千
　日的醉眠中醒來。又見《博物志》，卷 5 頁 3a。

⑩ 行 671：有關淇河，見上文行 113。洹可能指河南北部的洹河（接近今安陽），或可能意指"苑囿"（這樣的話，
　洹應該被讀爲 yuan）。見朱琦，卷 8 頁 12b。

⑪ 行 672：信都是一個漢郡和漢王國的名字，其治所位於信都（今河北冀縣）。見《漢書》，卷 28 下頁 1633。後
　漢時期，信都屬於安平國（見《後漢書》，志第 20 頁 3435）。

⑫ 行 673：雍丘（今河南杞縣）是漢陳留郡的一個縣。見《漢書》，卷 28 上頁 1558。

⑬ 行 674：張載（卷 6 頁 25a）將清流認定爲鄴西邊的一個區域。

⑭ 行 675：襄邑（今河南睢縣）是漢陳留郡的一個縣。見《漢書》，卷 28 上頁 1558。《陳留記》爲李善所徵引（卷
　41 頁 38 下），其中提到多種設計圖案被綉在出自襄邑的衣服上。

⑮ 行 676：有關朝歌，見上文行 107 注。

⑯ 行 677：房子（今河北高邑縣西南）是漢常山郡的一個縣。見《漢書》，卷 28 上頁 1576。有關房子棉，見王應
　麟，《困學紀聞》，卷 20 頁 1b。

⑰ 行 678：清河是一個漢郡，治所位於青陽縣（今河北清河縣東南）。見《漢書》，卷 28 上頁 1577。有關清河的
　上好絲綢，見《太平寰宇記》，卷 58 頁 10b，及《藝文類聚》，卷 85 頁 1460。

會發現它們分別探究隱蔽和顯著,卻具有共同
　目的。

因此我輕賤推倒墻壁的上林苑,

690　以古賢爲原型,我寫下後序:⑱

他的威儀不可侵犯,⑲

展示出堅毅和勇敢。

統合中國,綏靖戎族,

以支持王室。

695　偉大功績可與管敬的成就相比,⑳

所擁有的樂鐘拆分自主公的編鐘。㉑

因此,魏絳的賢仁

爲他贏得偉大的聲譽。

安靜地居住在狹窄的巷子,㉒

700　房子在近處,但思想卻在遠方。㉓

富於仁慈,珍愛禮義,㉔

不捲入競爭之中。㉕

統治者在他的小屋前鞠躬,

因爲他,一位諸侯停止攻伐。㉖

華綏戎,以戴公室。元勳配管敬
之績,歌鍾析邦君之肆。則魏絳
之賢有令聞也。閑居隘巷,室邇
心遐。富仁寵義,職競弗羅。千
乘爲之軾廬,諸侯爲之止戈。則
干木之德自解紛也。貴非吾尊,
重士踰山。親御監門,嘯嘯同
軒。搦秦起趙,威振八蕃。則信
陵之名若蘭芬也。英辯榮枯,能
濟其厄。位加將相,窒隙之策。
四海齊鋒,一口所敵,張儀、張禄
亦足云也。

---

⑱ 行 687—690:左思在這裏借用司馬遷附在《史記》(卷 117 頁 3073)中有關司馬相如的篇章裏的評注:"《春秋》推見至隱,《易》本隱之以顯……所以言雖外殊,其合德一也。相如雖多虛詞濫說,然其要歸引之節儉。"司馬相如在其《上林賦》(《文選》,卷 8 頁 13b)的結尾處,描述稱帝王將獵苑"隤墻填塹",以使得百姓可以使用它。看來,魏國的主人(左思?)發現這個結尾與司馬相如大篇幅描述的林苑揮霍不一致。

⑲ 行 691:行 691—698 指魏絳,晉悼公(前 572—前 558 年在位)的一位謀士,出於對他安撫戎狄的感激,悼公送給他一隊女樂和一組歌鐘。見《國語》,卷 13 頁 6b—7a;《史記》,卷 39 頁 1682,卷 44 頁 1836;*Mh*,4:329;5:135 - 36。

⑳ 行 695:敬是著名的齊國丞相管仲的謐號。

㉑ 行 696:悼公贈予魏絳的一套歌鐘,是獲贈於鄭伯的兩套中的一套。

㉒ 行 699:行 699—706 贊頌段干木,他是晉國人,曾出遊魏國,但拒絕當官。魏文侯非常欽佩段干木,每次經過他的房子時,都從自己的車軾上鞠躬。見《呂氏春秋》,卷 21 頁 4b—5a;《史記》,卷 44 頁 1839;*Mh*,5:141 - 43。

㉓ 行 700:參《毛詩》,第 89 首第 1 章。

㉔ 行 701:參《呂氏春秋》,卷 21 頁 4b:"段干木富乎義。"

㉕ 行 702:這一句基於《左傳》襄公八年所徵引的一首"逸周詩":"兆云詢多,職競弗羅。"有關此句,見 Bernhard Karlgren, "Glosses on the Tso Chuan," *BMFEA* 41 (1969):♯483; Serruys, "The Function and Meaning of Yün," pp. 325 - 26。Karlgren(高本漢)和 Serruys(司禮義)皆將"羅"理解爲"圈套"(trap)。然而,如同杜預的注(《左傳注疏》,卷 30 頁 15a),"羅網"的意象更多地表達無法解決的糾紛的涵義。在左思此句中,"羅"是一個動詞,可能是"使陷入"、"使糾纏"、"使捲入"的意思。

㉖ 行 704:秦國將攻打魏國時,秦國統治者被提醒魏國對賢人段干木的禮遇,秦國因爲害怕與擁有如此才識之士的君主之國作戰,撤回自己的軍隊。見《呂氏春秋》,卷 21 頁 5a。

705 因此具有干木美德的人

　　靠自己的力量解除糾紛。㉗

　　不炫耀顯貴的地位，㉘

　　他對士人的尊重超過高山。

　　親自爲守門人駕車，

710 禮讓謙遜地分享車駕。

　　他擊退秦，援助趙，㉙

　　威力顫動八方邊境。

　　因此信陵的名望

　　如同香澤蘭一樣甜美。

715 他們的雄辯可以令枯木生花，㉚

　　可以避免災難。

　　官至將軍和丞相，

　　憑藉補漏之策略，㉛

　　即使世間邦國一同操戈，

720 他們憑片言隻語退敵。㉜

　　因此張儀和張禄

　　很值得在此提及。

19

依我之見庸和蜀分享鸐哥和雀鳥的窠巢，㉝　　　　　"摧惟庸蜀與鴝鵒同窠，句吳與

㉗　行 706：參《老子》，第 56 章。

㉘　行 707：行 707—714 是對魏無忌的頌詞，他被封爲信陵君，待所有士人以禮，不論他們的財富和地位。有一次，他准許夷門的看守侯嬴坐在他車駕的榮譽座位上，並自己操握韁繩。見《史記》，卷 77 頁 2377—2385；Yang and Yang，*Records*，pp. 118 - 27；Dolby and Scott，*Warlords*，pp. 102 - 15。

㉙　行 711：公元前 257 年，秦國進攻趙國，圍困邯鄲城。無忌採用侯嬴提供的計劃，從而迫使秦國撤回軍隊。見《史記》，卷 44 頁 1862，卷 77 頁 2379—2382；*Mh*，5：193。

㉚　行 715：行 715—722 涉及説客張儀和范雎（化名張禄）。見《史記》，卷 70 頁 2279—2305；Yang and Yang，*Records*，pp. 94 - 117。

㉛　行 718：參揚雄的《解嘲》，《文選》，卷 45 頁 9a。

㉜　行 720：左思在這裏指范雎和張儀爲秦籌劃的睿智策略，憑此策略秦才能打敗聯合對抗它的國家。

㉝　行 723：庸（位於今湖北竹山東部）是周時的一個古王國。《尚書》（卷 6 頁 6a）將庸和蜀列入武王統領軍事力量伐殷時所領導的"八蠻"中。又見《史記》，卷 4 頁 122；*Mh*，1：229 - 30。鸐指鴝鵒，中國八哥（*Aethipsar cristatellus cristatellus*，Chinese crested mynah）。見 Read，*Avian Drugs*，p. 65，♯296。劉歆（《漢書》，卷 27 中之下頁 1414）將鸐（mynah）指爲"夷狄穴藏之禽"。

句吳分享青蛙和蟾蜍的地穴。㉞

725　他們一方面將自己看作禽鳥，

另一方面將自身視爲魚鼈。㉟

高山和小丘層巒疊嶂，陡峭而尖鋭；

泉水和河流匯聚一起，擁堵而瘀滯。㊱

悶熱而潮濕的土地被濕透浸透，全是黏泥

軟泥。㊲

730　森林和沼澤被石頭填滿，被草覆蓋。㊳

遙遠的大山洞噴湧出雲般水汽，

太陽和月亮因此被永久地隱藏。

居住的土地灼燒酷熱，

邊境地區爲瘧疾所侵擾。

735　帶有毒刺的植物，

蜇人有毒的動物。

漢代重犯居住於此，被視爲戰魔而流放，㊳

秦的幸存者，被作爲餘孽而驅逐。㊵

他們外貌矮小而令人厭惡，㊶

740　身體虛弱無力。

巷子裏没有長首，㊷

村莊中鮮有長者老人。

電電同穴。一自以爲禽鳥，一自以爲魚鼈。山阜猥積而踦嶇，泉流逬集而映咽。隰壤瀸漏而沮洳，林藪石留而蕪穢。窮岫泄雲，日月恒翳。宅土燇暑，封疆障癘。蔡莽螫刺，昆蟲毒噬。漢罪流禦，秦餘徙帋。宵貌蔇陋，稟質漣脆。巷無枎首，里罕耆耋。或魋髻而左言，或鏤膚而鑽髮。或明發而耀歌，或浮泳而卒歲。風俗以肈果爲嫭，人物以戕害爲藝。威儀所不攝，憲章所不綴。由重山之束阨，因長川之裾勢。距遠關以閡闉，時高標而陞制。薄戍緜幂，無異蛛蝥之網；弱卒瑣甲，無異螳蜋之衛。與先世而常然，雖信險而勤絶。撲既往之前迹，即將來之後轍。成都迄已傾覆，建鄴則亦顛沛。顧非累卵於疊棊，焉至觀形而懷怛！

㉞　行724：關於句吳，見《吳都賦》，行40。郭璞（《爾雅》，中之四頁6b）將電解釋爲耿電。他稱其"似青蛙（frog），大腹。一名'土鴨（earth-duck）'。"又見 Bernard E. Read, *Chinese Materia Medica: Insect Drugs* (1941; rpt. Taibei: Southern Materials Center, 1977), pp. 157–58, ＃80。

㉟　行725—726：參《淮南子》，卷6頁7b："一自以爲馬，一自以爲牛。"

㊱　行727—728：行727指蜀，行728指吳。

㊲　行729：參《毛詩》，第108首第1章。這一行指吳。

㊳　行730：這一行指蜀。參《戰國策》，卷26頁1a："成皋，石留之地也。"胡紹煐（卷7頁19a）建議將留理解爲瘤（鼓脹）。

㊳　行737：參《左傳》，文公十八年："流四凶族……以禦魑魅。"

㊵　行738：蜀地的卓氏家族發源自趙，當趙爲秦征服時，卓氏被捉爲俘虜，接着被要求定居於林瓊地區。就像卓氏一樣，蜀地的程氏也是在秦征服之後才定居於蜀的。見《史記》，卷129頁3277—3278；*Records*, 2：439；《蜀都賦》，行274注。

㊶　行739：我多少有些將宵貌（字面意爲他們類似的外貌）意譯爲"外貌"。有關宵（相類似的意思）的相似使用，見《漢書》，卷23頁1079。

㊷　行741：揚雄的《方言》（卷2頁10第2）釋"枎首"爲"長首"。張載（卷6頁28a）注稱："交益之人率皆弱陋。故曰：'無枎首也。'"在中國的面相學中，長長的頭是長壽的標誌。

有些梳着錘子狀的頭髻，言辭拙笨；

有些在皮膚上紋身、剪斷頭髮。

745　有些在黎明時起來跳舞歌唱，㊌

有些全年游泳潛水。

習俗上將短見和魯莽視作美德，

將謀害和殺戮視作技藝。

他們缺乏恰當的禮儀引導，㊍

750　不受法則和規條影響。

依仗重山間拘束的隘路，

依靠長河戰略上的地勢。

蹲伏在遥遠的屏障後面，觀察時機；㊎

坐在高聳的棲息處，維持統治。㊏

755　貧乏的衛戍布防稀薄

無異於一張蛛網。

衰弱軍卒的易碎盔甲

無異於螳臂擋車。㊐

長久以來一直如此，

760　儘管地勢確實險要，卻被毁滅。

如果考察過往的蹤跡，

就可觀看未來之路。

成都已經傾倒，

建業也已傾覆。

765　鑒於這不是纍卵之危，㊑

權假日以餘榮，比朝華而菴藹。

覽《麥秀》與《黍離》，可作謡於吳會。”

㊌　行 745：嬥（＊d'iəg），可能應該被讀爲“跳”（＊t'iəg），“跳舞”的意思。見朱珔，卷 8 頁 14a。

㊍　行 749：參《毛詩》，第 247 首第 4 章。

㊎　行 753：闚闞字面意爲從縫隙中窺視，暗指善於把握機會，此處可能指問鼎王位的野心。參《左傳》，桓公二年。

㊏　行 754：高步瀛（卷 6 頁 86a）建議讀“時”爲“跱”（“占據”的意思）。

㊐　行 758：據稱螳螂站在路上的車轍裏，前肢抬起，準備挑戰前來的車駕。見《莊子》，卷 4 頁 76；Read, *Insect Drugs*，p. 47，♯14。

㊑　行 765：李善（卷 6 頁 29a）和張守節（《史記》，卷 79 頁 2403）徵引一則《説苑》故事，述晉靈公巨大的九層臺消耗掉國家的很多資源，荀息向靈公自誇可以令九顆鷄蛋穩定於一疊棋子之上。當荀息成功地表演這一技藝時，晉公道：“危哉！”荀息回答道：“是不危，復有危於此者。”荀息接着解釋九層之臺的建造如何更爲危險，因爲它將人們從實用的工作中轉移開，浪費國家資源，並會吸引鄰國進攻。此則故事在今本《説苑》中已不存在。

爲什麼要在被恐懼支配前先認清形勢？⑨

珍惜光陰，爭分奪秒，

因爲你會像晨花般朝開夕落。⑩

閲讀《麥秀》和《黍離》，⑪

770 因爲它們將構成吳會的民謡！"⑫

20

魏國先生的言論還没有結束，　　　　　　　　先生之言未卒，吴蜀二客，瞷焉

來自吴和蜀的兩位客人擔憂地對視，⑬　　　相顧，瞵焉失所。有靦瞢容，神

沮喪中不知所在。　　　　　　　　　　　　悚形茹。弛氣離坐，愧墨而謝。

面露慚愧和窘迫，　　　　　　　　　　　　曰："僕黨清狂，怵迫闉濮。習蓼

775 精神轉爲頹靡，形貌變得憔悴。　　　　　蟲之忘辛，翫進退之惟谷。非常

喪失生氣，離開座位，　　　　　　　　　　寐而無覺，不覩皇輿之軌躅。過

二人均臉紅而發黑，道歉地説：⑭　　　　　以仉剽之單慧，歷執古之醇聽。

"我們頭腦簡單，⑮　　　　　　　　　　　兼重性以眩繆，僮辰光而罔定。

被闉和濮誘惑驅使。⑯　　　　　　　　　　先生玄識，深頌靡測。得聞上德

780 像蓼麻蟲一樣，忘卻苦味，⑰　　　　　　之至盛，匪同憂於有聖。抑若春

習慣於進退兩難的事實。⑱　　　　　　　　霆發響，而驚蟄飛競。潛龍浮

---

⑨　行766：李善（卷6頁29a）注："其危懼易見，不俟觀形也。"

⑩　行768："朝華"（morning flower）即木堇（Hibiscus syriacus，shrubby althea），有花朵，早上開放，黄昏凋落。見 Smith-Stuart, pp. 206－7。

⑪　行769：箕子的《麥秀之詩》（見《蜀都賦》，行146注）據説是爲殷墟所作的一首哀歌，他在殷墟中看到傾坍的建築物和正在生長的"禾黍"（Millet Song）。見《史記》卷38頁1620；Mh，4：230。《黍離》，《毛詩》第65首，據稱是爲已經淪爲丘墟的故周都城所作的一首哀歌。見《毛詩注疏》，卷4之1頁3a。

⑫　行770：吴會是一個合稱，指吴地和會稽郡。見朱珔，卷8頁14b—15a 和高步瀛，卷6頁87b—88b 中的長論。張銑（卷6頁39b）評稱，提及吴會"舉一足以明蜀矣"（即評論適用於蜀）。上一行所引的詩篇爲吴國的挽歌提供模式，魏國的人物以此預言吴將遭受如同殷周的命運。

⑬　行772：李善將張載的懾（被驚嚇）讀爲瞷（看視）。見高步瀛，卷6頁88b—89a。

⑭　行777："靦瞢"（黝黑的臉）暗指陰沉的樣子。見《左傳》，哀公十二年。

⑮　行778：蘇林（《漢書》，卷63頁2769，注12）將"清狂"（純粹的瘋狂）作爲"此人不狂似狂者"的情況。他接着進一步説明這種情況類似"白癡"。我意譯爲"頭腦簡單（simpleton）"。

⑯　行779：有關闉，見《吴都賦》，行605注。有關濮，見《蜀都賦》，行92。王念孫（《讀書雜志》，4之9頁11b—12a）徵引《管子》（册2，卷13頁63）來説明"怵迫"（字面意爲"被慫恿和強迫"）的意思："是以君子不怵乎好，不迫乎惡。"這裏的含意是來自蜀和吴的客人們通過對"蠻夷"之道的長篇揭示，反映出狹隘的天下視野。

⑰　行780：參東方朔的《七諫》（《楚辭補注》，卷13頁9b）："蓼蟲（smartweed bug）不知徙乎葵菜（mallow）。"其觀點是蓼麻蟲變得習慣於蓼麻（smartweed）的苦味。

⑱　行781：參《毛詩》，第257首第9章："進退維谷。"

儘管並非總在沉睡，但並不清醒，㉟

從未將目光落在帝國車駕的軌轍上。

想法輕率、智慧貧乏的我們㊱

785 有機會接受您'執古'的精純教誨。㊲

我們將錯誤堆積，錯謬重疊，

無視您星辰般的光輝，思想擾亂不安。㊳

先生，您的深奧理解

是如此淵博廣大，深不可測。㊴

790 現在我們已經了解上德的至高光輝，㊵

有別於聖人的憂慮。㊶

您的言論仿佛春雷的回響之聲

喚醒蟄伏的昆蟲，開始不斷飛翔，㊷

或如同隱藏的龍在陽光中向天空飛去，

795 其光輝從上照亮下面幽暗的池塘。

然而，就像星星對風或雨各有偏愛，㊸

人也有不同的偏好。

景，而幽泉高鏡。雖星有風雨之好，人有異同之性。庶覿蔀家與剝廬，非蘇世而居正。且夫寒谷豐黍，吹律暖之也。昏情爽曙，箴規顯之也。雖明珠兼寸，尺璧有盈。曜車二六，三傾五城，未若申錫典章之爲遠也。亮曰：日不雙麗，世不兩帝。天經地緯，理有大歸。安得齊給守其小辯也哉！"

㉟ 行 782：參《毛詩》，第 70 首第 2 章："尚寐無覺。"

㊱ 行 784：張載（卷 6 頁 30a）將過解釋爲"猶誤（'犯錯'）也"。然而，張銑（卷 6 頁 40b）則釋爲"以前"。遵從張載，這一句被解讀爲："我們已經以輕率和微少的智慧犯下錯誤。"我的翻譯遵從張銑的詮釋，較爲直接的字面的翻譯應是："在過去，以我們的輕率和弱智。"

㊲ 行 785：參《老子》，第 14 章："執古之道。"

㊳ 行 787：李善（卷 6 頁 30a）將價解釋爲背，即"轉過背去"、"不理會"的意思。但是，張銑（卷 6 頁 39b）卻解釋爲相反的意思，"視也"。我在這裏遵從李善，因爲在前一句的語境中，來自蜀和吳的人物似乎強調與來自魏國先生爭論的嘗試是愚蠢的，而魏國先生的陳述明顯地更優越。

㊴ 行 788—789：參《老子》，第 15 章："古之善爲士者，微妙玄通，深不可識。夫惟不可識，故強爲之頌。"呂向（卷 6 頁 14a）將頌視作"頌美"的意思。然而，從《老子》將頌用作"容"（容貌、描述的意思）的同義詞的角度來看，頌在左思這行詩句中可能不是表述頌美的意思。因爲《老子》中"描述"的意思難以適應於此，胡紹煐（卷 7 頁 23b）將頌釋爲"寬"（寬大、廣闊的意思）。參《漢書》，卷 99 下頁 4102，注 3；類似用法見 *HFHD*，3：266，n. 3.1。在翻譯中，我遵從胡紹煐的釋義。

㊵ 行 790：參《老子》，第 38 章："上德無爲而無不爲。"

㊶ 行 791：這一行暗指《易經·繫辭》（卷 7 頁 4a）中的一段："鼓萬物而不與聖人同憂。"注意，李周翰（卷 6 頁 41b）將此句釋爲相對的意思："夫聖人憂，今先生見我吳蜀之危。喻以上皇之盛德，使go危就安。豈非同聖人之憂乎？"然而，李善的解釋卻與《易經》的基本觀點相左，其強調聖人因爲對世間有意識關注，而缺乏"上德"的宇宙智慧。上德因自覺與自然流轉相和諧而運作（即"爲無爲"）。來自魏的人物的教諭因此類似於"自然"無爲，基於與宇宙相和諧的"上德"。

㊷ 行 792—793：參《呂氏春秋》，卷 21 頁 1a："春始雷，則蟄蟲動。"

㊸ 行 796：參《尚書》，卷 7 頁 6a："庶人惟星。星有好風，星有好雨。"

幸好我們已見過遮蔽的家户和毁壞的居所，㊳

這些事物不屬於喚醒世界、居止端正的人。

800 再者，寒冷的山谷黍米豐茂

是因爲鄒衍演奏管樂温暖它們。㊴

我們昏暗的思想現在可以看得光明清澈，

是因爲您的勸導教訓啓迪。

儘管一顆幾寸大小的明珠，

805 或一尺長的玉璧，

可以照亮十二輛車駕，㊲

或十五座城池，㊲

也無法與您反複陳述的典籍和範例之深遠影響

相比。㊲

此説是正確的：‘太陽不可能配對，

810 世上不可能有兩位帝王。’㊲

天是經，地是緯，

根據有序的原則，‘天命有大歸’。㊴

我們如何能滔滔爲微小論點辯護？”㊲

㊳ 行 798：這一句暗指《易經》中的兩段卦辭，蔀家(第 55 卦，初六；《周易》，卷 6 頁 2a)代表“幽隱”。剥盧(第 23 卦，上九；《周易》卷 3 頁 4a)代表困苦不幸的地方。

㊴ 行 800—801：李善(卷 6 頁 31a)徵引劉向《別録》(一部漢代帝國圖書館藏目録)中的一段話，述鄒衍(前 350—前 270)的故事：“鄒衍在燕，有谷地美，而寒不生五穀。鄒子居之，吹律而温至，黍生。今名黍谷。”

㊲ 行 806：《史記》(卷 46 頁 1891；Mh，5：250)提及一顆直徑一寸的明珠，可以照亮前後十二乘車駕。又見《韓詩外傳》，卷 10 頁 4b(Hightower, trans., pp. 324-25)。

㊲ 行 807：趙惠王從楚得到“和氏璧”，秦昭王提供十五座城池與之交換。見《史記》，卷 81 頁 2439。

㊲ 行 808：參《毛詩》，第 302 首第 1 章：“有秩斯祜，申錫無疆。”

㊲ 行 809—810：參《禮記》，卷 15 頁 14b：“天無二日，土無二王。”

㊴ 行 812：參《左傳》，昭公二十五年。

㊲ 行 813：這即是説，宇宙被恒定的原則所管理，因此即使有臨時的背離現象出現(如蜀和吳的例子)，最終有序原則將導致事物恢復到恰當的狀態(换言之，蜀和吳的人物將認同魏的優勢)。

Translated, with Annotations *by David R. Knechtges*

WEN XUAN
or Selections of Refined Literature

康達維譯注《文選》

賦　卷

中

郊祀　耕藉　畋獵　紀行
遊覽　宮殿　江海

[美] 康達維　撰

賈晉華

白照傑　黃晨曦　**中譯**

佘春麗　趙凌雲

上海古籍出版社

前　言

　　這一册的籌備花費了大量的時間和精力。我得到許多人的幫助，但在這裏我不可能提及他們所有人的名字。正如第一册一樣，對我幫助最多的人是張泰平，她幫助爲文本作注解，書寫漢字，解釋疑難段落。Stephen Allee，Alan Berkowitz，Stuart Aque 三位研究助理同樣給予我得力的幫助。我特别感激 Aque 先生幫助畫地圖。其他通過各種方式協助我的還有同事鮑則嶽（William G. Boltz），Roy Andrew Miller 和羅傑瑞（Jerry Norman）。感謝浦安迪（Andrew Plaks）爲改善譯文而提出的大量建議。在第一册的前言，我忘記感謝孫康宜和周明之，他們確定了《文選》1525 年的版本（明嘉靖四年晉藩養德書院刊本），這一版本的序言爲書套護封增光。我還對 Miriam Brokaw 表示感激，她最近從普林斯頓大學出版社退休，曾出色地監督第一册的出版。

　　我特别感謝國家人文基金會、華盛頓大學研究生院研究基金和中國研究計劃，他們爲《文選》的翻譯項目提供了資金支持。

（1987 年）

導　論

　　本册繼續《文選》賦篇的翻譯,卷七至卷十二的篇章包含中國文學傳統中最著名的賦篇。其中最知名的是司馬相如的《子虛賦》和《上林賦》,他是公認的辭藻華麗之賦的創始者,以語言技巧炫耀瑰麗修飾。司馬相如的賦因其一長串的動物、植物、魚類和礦物名稱而聞名遐邇。對其中許多名稱,即使是最博學的注疏家,常常也只能含糊辨認。司馬相如的言辭非常豐富,尤其是雙聲和疊韻的修飾詞。

　　在言辭之力上可與司馬相如匹敵的是揚雄,他的兩篇賦《羽獵賦》和《長楊賦》也是關於畋獵的。揚雄最傑出的作品是《甘泉賦》,此賦描述皇家儀仗隊前往漢代的一座行宮,向至上神"太一"的祭祀即在此舉行。儘管揚雄的賦展示出嫻熟的語言技巧,但他更加關注賦篇的内容,尤其注重用賦來傳達道德信息。因此,在每一篇附於賦的引言中,揚雄解釋作品的首要目的是轉化思想("風")。在揚雄的事例中,他試圖轉化的是皇帝的想法,對於鋪張浪費和炫耀張揚的皇帝,揚雄認爲不配爲"人君"。

　　司馬相如和揚雄的影響在這一册收録的許多賦作家中顯而易見。同樣辭藻華麗的風格見於王延壽的《魯靈光殿賦》和何晏的《景福殿賦》,二者都因精心描寫的建築細節而著稱。在所有賦中語言最爲繁複的是木華的《海賦》和郭璞的《江賦》,後者由中國歷史上最博學的注疏家所作,充滿數不勝數的生僻詞。

　　在後漢王朝,一些賦作家開始不再爲皇帝而是爲他們自己創作,並且他們的寫作風格較爲簡樸。其中一種重要的子題材是紀行賦,有三篇收入《文選》。第一篇是班彪的《北征賦》,描述詩人從長安到長城附近的西北邊疆地區的行程。緊接着班彪作品的是其女班昭(曹大家)所作的《東征賦》。這篇賦直接模仿班彪的作品,描述作者在即將赴任首個職位的兒子的陪伴下穿越河南中部的旅程。所有紀行詩篇中最恢宏的是潘岳的《西征賦》,巨細靡遺地叙述從洛陽到長安的行程。這篇賦富含細節描寫,充滿對歷史人物和遺跡的評論。

　　拜訪風景名勝或歷史遺址也是《文選》中其他賦的創作緣由。其中最著名的是王粲的《登樓賦》，爲中國所有學齡兒童所熟知。從一座俯瞰湖北的沮水和漳水的樓台高處，王粲期盼地望向北方的家鄉，他已經離開家鄉十餘年。孫綽的《遊天台山賦》詳細記述一次略爲不同的遊覽，即對浙江天台山的一次想象中的神秘攀登。這篇作品以佛教和道教思想觀念的交融而著稱。較爲平凡世俗的是鮑照的《蕪城賦》，描繪曾經輝煌的廣陵城（今揚州）已然荒廢傾頹。此作品是中國文學中衆多廢墟詩作的第一篇。

對譯者來説，最爲棘手的是辭藻華麗的賦作。這些韻文之所以棘手，首先是因爲它們豐富的語言，尤其是押頭韻或尾韻的描寫性複音詞。在現代漢語中，這些複音詞通常被稱作聯綿字。① 在早期，它們被稱爲“雙聲”或“疊韻”。② 儘管描寫性複音詞在早期詩歌中就很常見，尤其在《詩經》和《楚辭》中，賦作家們仍然很樂於盡其所能地使用此類詞語，用字越冷僻越好。與早期的詩人不同，他們毫不猶豫地將八個、十個甚至一打描寫性複音詞串連在一起。

要想理解此類詞，人們自然而然得查閲注釋，但注疏家們卻一致地給出對於現代讀者來説令人費解的含糊解釋。他們解説一個詞是“高貌”（形容高度），“亂貌”（形容無序），或者如果他們確實想要精確，便説“流水聲貌”（形容流水的聲音）。考慮到如此狀況，一些學者聲稱這樣的詞語讓賦不可能被翻譯。在 1920 年代，關於翻譯司馬相如，威利説了如下的話：

> 我不認爲任何讀過相如詩篇的人會責備我嘗試翻譯它們。如此閃耀的語言洪流此前從未在這世上任何作家的筆頭傾瀉出來。在他旁邊，尤弗伊斯（Euphues）看起來羞澀膽怯，阿普列烏斯（Apuleius）顯得淡然無味。他舞文弄墨就像海豚與海洋嬉戲一樣。如此雄文難以形容，更無法翻譯。③

雖然威利博士十分貼切地描述了司馬相如的風格特徵，但我認爲他表示相如賦無法翻譯這一點是錯的。實際上，在威利作出聲明前，司馬相如最困難的作品《上林賦》已經有三篇用西方語言翻譯的譯文，一篇是贊克用德文翻譯的，一篇是華茲生用英文翻譯

---

① 已知最早使用“聯綿字”這一術語的是南宋後期的學者張有（1054—1124 之後卒）所作的《復古編》，《四部叢刊》本，卷下頁 1a。然而，我們並不清楚他是如何理解這一術語的。押頭韻或尾韻的複音詞的其他名稱有“連語”（異文爲“謰語”或“聯語”）或“駢語”。見甘大昕，《雙聲疊韻聯綿字研究》，《國文月刊》50（1946. 12）：1。

② “雙聲”和“疊韻”的術語在六朝晚期得以流行。《南史》的謝莊（421—466）傳記録了一則軼事，王玄謨問謝莊雙聲和疊韻是什麼意思。他回道，“玄護”（* giwen-guo）是雙聲，“磽碻”（* k'iao-ngao）是疊韻。（謝莊在這裏委婉地暗指 451 年王玄謨和垣護之在磽碻慘敗於北魏之事，見《宋書》，卷 5 頁 99。）劉勰在《文心雕龍》（卷 7 頁 552—553）中也用了這組術語。

③ 見 *The Temple*，pp. 43–44。

的,還有一篇是吳德明用法文翻譯的。④ 雖然贊克沒有對描寫性複音詞做特別研究,但他意識到試圖翻譯它們所存在的問題。在解釋爲什麼截至 1920 年代,賦在西方漢學中仍然是被忽視的文體時,他評述道:

> 被忽視的原因在於,這種文學形式常常採用罕見的,甚至已棄用或極少使用的字,或片語的疊用形式。這種形式是否出自當時通行的用法,是否有其方言根源,是否最終被視爲一種藝術,對此我不敢妄斷。但有一點是毋庸置疑的,即對它們的翻譯極爲困難,特別是考慮到一些中國注家對此根本沒有注釋,或者注釋極不清楚。通常注家只滿足於作一種籠統的改寫,例如"相視貌",而無更詳盡的說明(如凝視、怒視、默視、驚視或其他),只能由讀者根據上下文的意思來推斷。許多複音詞,其含義可由它們在後面作品中的使用情況演繹出來。但是有相當數量的詞,僅出現過一次,就我們目前所知便有兩種解釋。究其原因,顯然是中國人自己沒有完全明白其意義,因而無法推薦其進一步使用。⑤

與贊克一樣,華茲生也意識到描寫性複音詞對翻譯者造成的困難:

> 雖然這類詞在其他形式的詩文中很普通,但在賦中卻特別多,它們幫助營造賦所具有的音樂和歡樂的氣氛。注家時常無法給我們什麼幫助,也許因爲他們自己也困惑不解,因此只能提供諸如"貌"或"急流貌"這樣的模糊釋義。同時,人們也疑惑,漢代人是否很容易就讀懂如此數量衆多的修飾詞,對於今天的讀者來說當然很難做到這一點。讀一篇漢賦簡直像讀一種"胡言亂語的詩篇"(Jabberwocky)。大多數情況下,那些帶有"氵"、"木"、"風"、"石"偏旁的漢字,爲讀者提供足夠的線索理解其意義,並進而領會描寫的大致輪廓。但是,儘管如此,如果不參照注解,讀者很難準確地說出文章到底在說些什麼。在翻譯之中,所有這些令人眼花繚亂、模棱兩可的措詞都消失;那些難以捉摸、富有音樂感的複音詞必須被簡化爲清晰明白的形容詞和副詞。⑥

雖然贊克和華茲生都責備注疏家們的解釋含糊其辭,但他們都沒有盡其所能獲得更精確的理解。第一位着手這項工作的西方學者是吳德明教授,他在 1964 年的司馬相如研究中專門用了二十二頁的一章來談論司馬相如的"描寫性詞彙"。⑦ 吳德明注

---

④ 見《子虛賦》和《上林賦》的解題。

⑤ "Das Lu-Ling-Kwang-Tien-Fu des Wang Wen-k'ao," *AM* 3 (1926): 467 – 68.

⑥ *Early Chinese Literature* (New York: Columbia University Press, 1962), p. 272.

⑦ *Un Poète de cour* (漢朝宮廷詩人), pp. 337 – 59.

釋詳實的《史記》司馬相如傳記譯文出版於 1972 年，其中詳細分析了每一個出現在司馬賦中的描寫性複音詞。[8] 根據吳德明的説法，這些詞是一種"聲音示意"，其中某些發聲聽起來"像是比劃或模仿，主要描述動作，但也描述聲音、氣味、味覺、觸感，或'伴隨着顏色、數量、程度、悲傷、幸福等詞語一起出現'。"[9] 吳德明尤其強調這些詞的"主觀印象"性："由產生在耳中的直接印象使人聯想到行爲、情景或感覺。"[10] 由於其主觀印象的本質，這些被吳德明命名的"印象詞"（impressifs）非常含混不清且難以精確界定。

考慮到"印象詞"如此隱晦而又不精確，人們如何確定其含義呢？根據吳德明的説法，在大多數情況下找到一個給予"印象詞"以"一致性"的"符號性本源"是可能的。換句話説就是，複音詞有通常的含義，由字形的構造成分所決定。這裏有各種可能的組合：

> 在大多數情況下，有可能找到一個代表意義的詞根，此詞根提供了該詞彙的一致性。換句話説，複音詞的意義大多由構成該詞的字形的意義來決定，字與字之間有不同的組合形式："有時，兩個字中只有一個字代表了整個詞的意義，另一個字只是語音的附加物。最常見的是，兩個字各自有其特別的意義，並且彼此間存在或多或少的分歧，但是作爲整體的詞的含義只有一個。翻譯時很難找到一個詞或詞組完全符合原字的整體意義（包括區別特徵的細微差別）。人們能够確定這個詞的意義，但將其填入句子中相應的位置，却又不能令人滿意。因爲這種詞的兩個音節或部分或全部地存在同音關係，它們的語音動作所發揮的作用依然存在。但是這後一種作用是不可譯的，並且只能把音質的一種活動以非常不確切的方法表現出來。即使將其聲音模擬出來，無論如何也不會有明確的含義，因爲在法語的語音系統中，其作用是難以發現的。[11]

因此，吳德明發現在司馬相如的例子中，有的"印象詞"由幾乎同義的語素構成（例如，昭晰，* tjah-tjad，兩個語素的意思都是"明"）；有的"印象詞"只有一個表意成分（例如，磊砢，* lwei-la，看起來只有第一個字與"堆積"的意思相關）；有的組成"純粹表音"詞語的字與通常的含義沒有顯而易見的關聯（例如，勃窣，* bhwet-swet，"跛的"）。

---

[8] *Le Chapitre 117 du Che-ki*（*Biographie de Sseu-ma Sian-jou*）（《史記》卷 117《司馬相如傳》）.

[9] *Un Poète de cour*，p. 346.單引號的部分出自 Lucien Lévy-Bruhl，*Les Fonctions mentales dans les sociétés inferieures*（低級社會中的智力機能）（Paris：Alcan，1912），p. 183。

[10] *Un Poète de cour*，p. 348.

[11] *Un Poète de cour*，p. 349 - 50.

　　吳德明對具體用詞的研究,體現在其爲司馬相如傳記的譯文所作的注釋中,這是西方語言關於描寫性複音詞所作的最爲詳盡的分析,並且對中國的注疏家們有時牽强附會的解釋提供了有效的糾正。儘管他嚴謹周全,但是吳德明的結論對翻譯者來説特别使人泄氣:

　　　　同樣,在翻譯中,那些詞彙只保留給人深刻印象的意義,同時當這種意義被另一種語言明確表達後,便牢固化和具體化。這些給人深刻印象的意義,我們必須靠這種方法理解,但這種方法又拉遠了和這些意義的距離。嚴格地説,這些詞彙給人的深刻印象是無法確切翻譯的。……顯然,由於語法和語言學的限制,在組合成的描述譯文中,無法以一種與它們固有的涵義相吻合的方法來翻譯這些複音詞。⑫

吳德明在這裏似乎是説,由於我們不可能真正理解這種類型的許多詞的精確含義,我們不妨設計出一種基於構詞成分的含義的翻譯,即便這些字的含義與複音詞的明顯含義只有輕微的關聯。正如海陶瑋在其爲吳德明譯文所作的書評中正確地指出,吳德明的許多構想"只不過是權宜之計,是翻譯者的慣例"。⑬ 通過實行這一實踐,吳德明製造出許多巧妙的,但是在語言學上站不住脚的解釋。舉一例來説,海陶瑋教授引用吳德明對於"裔裔"(* rjat-rjat)的解釋,司馬相如兩次使用此詞。第一處在《子虛賦》中,描述馬車和御者狩獵而歸的動作:

　　　　纚乎淫淫,
　　　　般乎裔裔。

吳德明的譯文是:

　　　　像一條流淌的水流一樣,他們以緊密的行列走去,
　　　　在遠處沿着地平綫的邊緣散開。⑭

吳德明批評中國的注疏家們將"裔裔"這一詞組視作"只是形容戰士的行軍"。他主張"裔裔"的意思必定來源於"裔"字,這個字的意思是"衣服的邊",也有"邊緣"和"邊遠"的意思。因此,"裔裔"是"一個形容戰士分散開來遠至地平綫極限的印象詞"。⑮ "裔裔"第二次出現在下面所列《上林賦》的句子中,在此處,吳德明將"裔裔"近似地理解爲

---

⑫ *Un Poète de cour*, p. 350.

⑬ 見"Ein Standardwerk über einen Han-Klassiker"(一部標準的漢文典籍), p. 122。

⑭ *Le Chapitre 117 du Che-ki*, p. 46.

⑮ *Le Chapitre 117 du Che-ki*, p. 122, n, 18.

隱喻"衣服的邊"：

淫淫裔裔，	像水流，像裙子的邊裔，
緣陵流澤。	它們環繞那些山陵，流入沼澤。

海陶瑋教授正確地提出對這一注釋的質疑，即"裔"的"衣服的邊"的含義與複音詞"裔裔"的含義究竟有多少相關性。同一個"裔裔"的其他用法清楚地證明吳德明所翻譯的"遠方的地平綫"或者"禮服的褶邊"真是謬以千里：

左思《蜀都賦》：

紆長袖而屢舞，	舒其長袖，一遍遍起舞，
翩躚躚而裔裔。	翩躚地翻轉，優雅地流動。[16]

孫綽《遊天台山賦》：

覿翔鸞之裔裔。	觀看飛騰的鸞鳳優雅滑翔。[17]

宋玉《神女賦》：

步裔裔兮曜殿堂。[18]	她步行優美，照耀殿堂。

正如海陶瑋所注意到的，這些詩句中沒有一處的意思是"衣服的邊"，"甚或是委婉的引申義"也沒有。[19]

　　從上述例證中應當可以清楚地看出，用於書寫"裔裔"一詞的漢字字形與其含義沒有可見的聯繫。其含義隨上下文而定，注疏家們有各種各樣的訓釋，如"行貌"（形容行進的樣子），"飛貌"（形容飛翔的樣子），"舞貌"（形容跳舞的樣子）。毋庸置疑，他們知道"裔"的本義是"邊"，但是他們都沒有選擇援引這一構成成分的通常含義來解釋這個詞。

　　用於書寫"裔裔"（或者 *rjat-rjat 更恰當）一詞的漢字可能只有表音的意義，與這個詞的本義無關。[20] 因此，人們必須小心謹慎地通過剖解構詞成分來尋求複音詞的意

---

[16] 《文選》，卷 4 頁 23b；《蜀都賦》，行 305—306。

[17] 《文選》，卷 11 頁 7a；《遊天台山賦》，行 53。

[18] 《文選》，卷 19 頁 7b。

[19] "Ein Standardwerk über einen Han-Klassiker", p. 122.

[20] 朱起鳳（《辭通》，頁 174）將"裔裔"等同於"祁祁"（*gjiei-gjiei），他聲稱當"裔"讀作第一聲時，其讀音與"祁"相似。我不知道朱起鳳的主張基於什麼樣的權威引文。"祁祁"這個詞通常形容行動緩慢，這一含義恰好適用於上文所引的"裔裔"的用法。

義。在喬治·肯尼迪寫作著名的《蝴蝶公案》及對《詩經》的疑問之前很久,[21]中國的學者就已經在談論某些雙音節詞語的不可分割性。例如,郭璞批評先前的一位注疏家錯誤地割裂複音詞來確定含義。[22] 在較近時期,高步瀛不甚贊同地指出王先謙偏愛剖解複音詞:"凡連綿字,上下一義,不可分釋。王氏解此等字,往往上下二字各求其義,再求連貫,失其旨矣。"[23]

當然也有很多描寫性複音詞,其中一個甚至兩個字的含義與詞的常用意義相關聯。然而,甚至此類型的詞組也有大量異文存在,這至少告誡人們要仔細斟酌後才能確定構詞要素的確切語義。對於前漢時期來說,這一警告尤其要銘記,因這一時期沒有一個標準方式來書寫賦家所使用的許多新詞。例如,《史記》和《漢書》版本的司馬相如賦含有大量同一詞語的異文。下列異文都出自《上林賦》:

《史記》	《漢書》
滂濞	彭湃
渾浮	渾弗
蜿蟺	宛潬
湛湛	沈沈
玓瓅	的皪
潏汩	宓汩

儘管這樣的異體形式可能僅僅是好心的抄書者的改正,但是其中有許多異文存在可歸因於這一事實:在司馬相如的時代,這些詞的書寫形式還沒有固定下來。[24]須知,貫穿整個前漢時代,吟誦才是呈現賦的首要媒介。因此,當謄抄他們的文本時,賦作家們會關注這些詞的發音。假借字的大量使用不僅讓現代讀者迷惑,即便是古代讀者顯然也被難住。6 世紀的文學批評家劉勰恰如其分地描述這個問題:

且多賦京苑,假借形聲,是以前漢小學,率多瑋字,非獨制異,乃共曉難也。⋯⋯及魏代綴藻,則字有常檢,追觀漢作,翻成阻奧。故陳思稱揚馬之作,趣

㉑ 見 Li Tien-yi,ed. *Selected Works of George A. Kennedy*(New Haven:Far Eastern Publications,Yale University,1964),pp. 274‑322,"The Butterfly Case (Part I)," and pp. 463‑76,"A Note on Ode 220."

㉒ 見《爾雅》,中之一頁 17a。

㉓ 見《文選李注義疏》,卷 8 頁 8b。

㉔ 有關異文的完整列表,見簡宗梧,《漢賦源流與價值之商榷》(臺北:文史哲出版社,1980),頁 62—71。關於這些詞的性質和功能,簡教授的討論極其富於啓發性,頁 45—94。

幽旨深，讀者非師傳不能析其辭，非博學不能綜其理，豈直才懸，抑亦字隱。㉕

　　儘管劉勰有節制的評論進一步證實了威利、華兹生和吳德明所説的這些“矯揉造作的詞”難以理解，但是我仍要愚拙地建議人們嘗試用英語中的等義詞，儘可能接近地表述這些中文原創詞的功能和含義。爲了理解一個詞的含義，必須查詢最早的注釋。然而，僅僅將注釋所説的内容譯成英文還不夠，因爲在很多情況下，注釋者並不解釋詞語的精確含義，而是寧可解釋詞語在特殊語境中的隱含意味。例如，枚乘的《七發》有下列句子，描寫一位生病太子的狀況：

　　　　紛屯澹淡。㉖

李善將此四字句解釋爲“憒惷煩悶之貌”（形容頭暈昏沉、煩惱焦慮的樣子）。此句的譯者們試圖多少吸收一些李善的解釋到他們的譯文中：

　　　　贊克：你的理智被奪走，你已沉淪……㉗
　　　　約翰·司考特：你面色蒼白，擔驚受怕。㉘
　　　　傅漢思：你自己無精打采，無欲無求。㉙

押韻的複音詞“紛屯”（*pjen-trjwen）再無他證。李善顯然從“紛”得到“憒”的意思，前者是複音詞中的常見組成成分，用來形容混亂的狀態（參看“紛綸”和“紛紜”）。確定“屯”是否有任何表意的含義則更加困難。㉚ 英文的近似對應詞是 dazed and dizzy（頭暈目眩）或 wimbly-wambly（蹣跚踉蹌；unsteady，dizzy 顫抖，眩暈）。㉛

　　雙聲疊韻詞“澹淡”（*dam-dam）是更常見的詞。顯然它等同於“澹澹”，《説文》將後者訓爲“水摇貌”（形容水摇動的樣子）。㉜ 枚乘在《七發》的其他地方也用了“澹淡”來形容奔流的波浪拍擊深壑的堤岸：㉝

㉕《文心雕龍注》，卷 8 頁 642。參 Un Poète de cour，p. 351：“看來，這常常是抄寫者自己好意對字形所作的改動：這些改動大多數見於《史記》而不見於《漢書》。這些變體也可能並非全部都是爲了用於特定的上下文而作的改動，不能從意義上得到解釋，而只是在漢代還没有固定下來的一種不確定的寫法。”

㉖《文選》，卷 34 頁 1b。

㉗ Die Chinesische Anthologie 2：607。

㉘ Love and Protest，Chinese Poems from the Sixth Century B.C. to the Seventeenth Century A.D.（New York：Harper & Row，1972），p. 36。

㉙ The Flowering Plum and the Palace Lady，p. 187。

㉚ 可能“屯”的意思是“糊塗”。參看“芚”（遲鈍，糊塗），收《莊子集釋》，卷 2 頁 48：“聖人愚芚。”

㉛ 見 Nils Thun，Reduplicative Words in English，A Study of Formations of the Types Ticktick，Hurly-burly，and Shilly-shally（Upsala：Carl Bloms Boktrycheri，1963），p. 82。

㉜ 見《説文》，卷 11 上頁 4980b—4981a。

㉝《文選》，卷 34 頁 3b。

湍流遡波，	洶湧的水流，旋轉的波浪，
又澹淡之。	又顛簸翻滾着它。

其他例子有司馬相如的《上林賦》，形容鳥隨水流飄游：[34]

群浮乎其上，	成群地在水面游泳，
泛淫泛濫，	自由漂浮，隨意漫遊，
隨風澹淡。	隨風搖曳翻滾。

班固的《西都賦》，形容水上的船：

靡微風，	船隨微風，
澹淡浮。	逍遙飄浮。[35]

張衡的《南都賦》，形容水鳥在水面顛簸：

澹淡隨波。	隨着波浪上下顛簸。[36]

張衡的《東京賦》：

淥水澹澹。	綠色的水蕩漾翻滾。[37]

參看潘岳的《金谷集作詩》：

綠池泛淡淡。[38]	綠色的水塘充盈翻騰的波浪。

儘管在每一段中，英文都有所變化，但在每個例子中"澹淡"都形容搖動的狀態。因此，《七發》中第一個"澹淡"與其他用法没什麼不同，翻譯應當相照應。在這一語境中較合適的近似翻譯應是"顫抖戰慄"或"哆哆嗦嗦"（nitherty-notherty，都是顫抖，來自nither 的"顫抖哆嗦"義）。[39]

　　在解釋描寫性複音詞時，人們必須特別注意注疏家給出的聲訓，因爲聲訓經常爲詞義提供重要綫索。它還能幫助人們區分用同樣的字書而寫成的不同複音詞。一個

---

[34]《文選》，卷 8 頁 4a。

[35]《文選》，卷 1 頁 18a；《西都賦》，行 423—424。

[36]《文選》，卷 4 頁 5b；《南都賦》，行 109。

[37]《文選》，卷 3 頁 10b；《東京賦》，行 216。

[38]《文選》，卷 20 頁 34a。

[39] 見 Nils Thun, *Reduplicative Words in English*, p. 81。

恰當的例子是宋玉《高唐賦》中的一段。這幾句描寫匯流在巫山周圍的衆多河川的洶湧水流：⑩

濞洶洶其無聲，	除洶湧水流的咆哮外沒有聲響，
潰淡淡而並入。	匯於一處，沉靜豐沛，並流而去。

另一則譯文將這幾句翻譯得截然不同：

奔流的咆哮震耳欲聾，	
洪流攪動並奔向源頭。⑪	

譯者没能注意到李善關於"淡淡"二字的訓詁。李善告訴我們發音應當是"以冉"（普通話發音 yanyan，古漢語發音 *rjam-rjam），在此處語境中描寫河水"安流平滿貌"。

　　對破譯文字的偏好，而不是辨識文字背後的詞語，會導致荒唐可笑的譯文出現。例如，有譯者將枚乘《七發》中的一句譯成這樣：⑫

虹洞兮蒼天。	彩虹躍上藍天。⑬

這一句描寫湧潮的水流與藍天交融的景象，與彩虹無關。李善看到字時當然知道彩虹，但他只是將"虹洞"（*guang-duang）解釋爲"相連貌"。顯然"鴻洞"或"鴻絧"與它是同一個詞，描寫事物交融連接的樣子。《淮南子》用它來形容浩瀚的水域：⑭

靡濫振蕩，	水流向前漫延溢出，攪動震蕩，
與天地鴻洞。	與天和地融爲一體。

揚雄用它來描寫隊列中的一長列馬車：

鴻絧緁攡。	混合雜陳，前後銜接。⑮

王褒甚至用"鴻洞"來描寫洞簫的聲音在風中回響：

⑩《文選》，卷 19 頁 3a。

⑪ Fusek, "The 'Kao-t'ang Fu,'" p. 415.

⑫《文選》，卷 34 頁 10a。

⑬ Scott, *Love and Protest*, p. 44.

⑭《淮南子》，卷 1 頁 10b。

⑮《羽獵賦》，行 77（《文選》，卷 8 頁 19a）。

風鴻洞而不絕。　　　　　　　好似持續的風吹拂不歇。[46]

　　上面所引的一些譯文中，我用兩個英文單詞來表示複音詞。我用這種翻譯方法並非因爲我認爲每個單詞與複音詞中的漢字是一對一的對等關係，而是因爲我可以通過頭韻法或同義詞重複來傳達中文詞語的某些悦耳的諧音效果。第一個建議用這種方式翻譯複音詞的學者是卜弼德(Peter A. Boodberg)，他甚至在必要處自創新的英文單詞。[47] 在確定複音詞的含義時，我通常設法找到詞的表意成分。在大多數例子中，描寫性複音詞中至少有一個字爲意義提供綫索。我稱這個要素爲表意字。在注釋中，我對這些描寫性複音詞中至少敢於推斷的部分進行簡明分析。有一些複音詞，我没有提供注釋，主要是因爲這個詞没有什麽值得説的。

　　由於這些複音詞的聽覺效果很重要，我注出它們在早期漢語中的讀音，所使用的音標系統以李方桂教授的爲依據。[48] 我使用這一系統是因爲其簡明易懂(它不像其他系統那樣需要那麽多附加符號)，也因爲最全面地研究漢至六朝音韻學的學者都使用它。至於漢代的音標，我很大程度上仰賴柯蔚南(W. South Coblin)關於東漢聲訓的仔細研究。[49] 關於魏晉的韻母，我的構擬以丁邦新的音韻學研究爲基礎。[50] 關於漢代韻部的確定，我查閱了周祖謨和羅常培所編纂的韻表。[51]

(1987 年)

---

[46] 《洞簫賦》，《文選》，卷 17 頁 12b。

[47] "Cedules from a Berkeley Workshop in Asiatic Philology," *Tsing Hua Journal of Chinese Studies* 7.2 (1969)：3 - 4.

[48] 見李方桂，《上古音研究》，《清華學報》9.1(1971)：1 - 60。英譯本爲 Gilbert L. Mattos，"Studies on Archaic Chinese," *MS* 31 (1974 - 75)：219 - 87。我使用的是李方桂系統的簡化版，去除了所有附加符號，並用 e 來取代 *schwä*。

[49] 見 W. South Coblin，*A Handhook of Eastern Han Sound Glosses* (Hong Kong：The Chinese University Press，1983)。

[50] 丁邦新，《魏晉音韻研究》，《"中央研究院"歷史語言研究所專刊之六十五》(臺北："中央研究院"，1975)。

[51] 羅常培、周祖謨，《漢魏晉南北朝韻部演變研究》(北京：科學出版社，1958)。

第七卷

郊　祀

甘　泉　賦

揚子雲

【解題】

　　此賦爲揚雄（字子雲）所作，描述帝王前往位於長安西北三百里的甘泉宮（今陝西淳化縣北的武帝村）的行程（參考《西京賦》，行 103 注）。甘泉宮是祭祀天神太一之地（參考《東京賦》，行 403 注）。《甘泉賦》也收於《漢書》，卷 87 上頁 3522—3534。此賦之前的譯文有：Erwin von Zach，“Yang Hsiung's Poetische Beschreibung des Himmelsopfers im Lustschloss（Kanchuan fu），” *Sinica* 2（1972）：190 - 93；rpt. *Die Chinesische Anthologie*，1：93 - 98；Elma E.Kopetsky，“Two Fu on Sacrifices by Yang Hsiung，” *Journal of Oriental Studies* 10（1972）：110 - 14；Franklin M.Doeringer，“Yang Hsiung and His Formulation of a Classicism，” Ph.D. dissertation, Columbia University, 1971, pp. 242 - 52；Knechtges, *The Han Rhapsody*, pp. 46 - 51；小尾郊一，《文選》，1：366 - 381。本譯文是修訂版，原稿見 David R. Knechtges, trans., *The Han shu Biography of Yang Xiong*（53 *B.C.- A.D.18*）, Occasional Paper No.14, Center for Asian Studies, Arizona State University（Tempe：Center for Asian Studies，1982）, pp. 17 - 24，77 - 95。

甘泉宮區域地圖

　　孝成帝在位時，①朝廷有位賓客舉薦我的文章有司馬相如之風。② 皇上將要在甘泉的太一祠和汾陰的后土祠舉行祭祀，③以求皇嗣。④ 皇上召我在承明殿候命。⑤ 正月，⑥我伴隨皇帝到甘泉宮。回來後，我獻《甘泉賦》以諷諭（皇帝）。⑦ 賦如下：

孝成帝時，客有薦雄文似相如者，上方郊祀甘泉泰畤、汾陰后土，以求繼嗣，召雄待詔承明之庭。正月，從上甘泉還，奏《甘泉賦》以風。其辭曰：

---

① 成帝在位時間是公元前 32 至公元前 7 年。本文最初並不包含此序。《文選》的編選者從揚雄的《自傳後記》中找出來插入，此序保存在《漢書・揚雄傳》中（見《漢書》，卷 87 上頁 3522）。

② 這位賓客可能指楊莊，與揚雄一樣來自蜀地。成帝聽楊莊誦讀揚雄的四篇文章，認爲跟蜀地的大作家司馬相如的風格很像，因此召見揚雄。見揚雄《答劉歆書》，《古文源》，卷 5 頁 5b；David R. Knechtges, "The Liu Hsin / Yang Hsiung Correspondence on the Fang yen," *MS* 33 (1977)：315 - 16。

③ 泰畤是祭祀太一之地。公元前 113 年，武帝於甘泉山腳下設此壇。見《史記》，卷 28 頁 1394；《漢書》，卷 6 頁 185，卷 25 上頁 1230；*Mh*，3：490 - 91；*Records*，2：53。汾陰（今山西萬榮縣西南四十公里處有古祭祀坑）是祭祀后土神的地方。后土最初是男性神祇，可能到西漢時成爲女性神祇。見 *Mh*，3：474 - 75，n. 3 和《漢書》，卷 22 頁 1054。

④ 公元前 31 年，成帝聽從丞相匡衡和御史大夫張譚的建議，取消在甘泉山和汾陰的祭祀，將其移至京郊。公元前 16 年，因無後嗣，他請求太后發布懿旨恢復對甘泉和汾陰的祭祀。見《漢書》，卷 10 頁 304、323，卷 25 頁 1253—1259；*HFHD*，2：406；Michael Loewe, "K'uang Heng and the Reform of Religious Practices (31B.C.)," *AM* 17.1 (1971)：1 - 27；rpt. in Michael Loewe, *Crisis and Conflict in Han China 104 BC to AD 9* (London：George Allen & Unwin, 1974)，pp. 154 - 92。

⑤ 關於"承明殿"，見《西京賦》，行 234 注。

⑥ 這可能是公元前 11 年的第一個月（即二月或三月）。見 Knechtges, *The Han Rhapsody*, pp. 113 - 16。

⑦ 我將"風"譯爲"to sway"，是讀第四聲的動詞。如同揚雄和其他西漢賦，"風"是以委婉的方式表達批評和建議，通常是針對皇帝的委婉道德譴責。揚雄在第 108—110 行警告皇帝奢侈的危險。關於"風"一詞，見 Gibbs, "Notes on the Wind."

1

他是漢代的第十世君主，⑧將祭祀上天，⑨建立太一神祠，⑩祈求天神福佑，⑪尊崇明號，⑫同符契於三皇，與五帝積福相當，⑬關切後嗣，⑭望天神慷慨賜福，廣大其道，開創新功。因此，皇帝命令百官選吉日，合良辰。

當星星陳列，天開始運行：⑮

2

他召喚招搖和太陰，⑯

15　下令鈎陳掌管軍隊，⑰

將堪輿分配到軍壘，⑱

棒擊旱魔，鞭打飛狂。⑲

八神奔馳，前導並清道：⑳

惟漢十世，將郊上玄，定泰畤，雍神休，尊明號，同符三皇，録功五帝，郵胤錫羨，拓迹開統。於是乃命群僚，歷吉日，協靈辰，星陳而天行。

詔招搖與太陰兮，伏鈎陳使當兵。屬堪輿以壁壘兮，捎夔魖而抶獝狂。八神奔而警蹕兮，振殷轔而軍裝。蚩尤之倫帶干將而秉玉戚兮，飛蒙茸而走陸梁。齊

---

⑧ 行1：其時在成帝治下。

⑨ 行2：上玄是天的別名。見《東京賦》，行323注。

⑩ 行3：鑒於成帝恢復甘泉的泰畤，揚雄用"定"字（高步瀛，卷7頁5b）。

⑪ 行4：這句話應爲"雍神休"。我採用顏師古注（《漢書》，卷87上頁3523，注1），讀爲"擁"（聚集）而非"雍"。

⑫ 行5："明號"可能指所祭祀之神靈的名字（例如太一和后土）。見王先謙，《漢書補注》，卷87上頁9a。

⑬ 行6—7：見《東京賦》，行65注。

⑭ 行8：此處我採納王先謙（《漢書補注》，卷87上頁9a）的説法。按照應劭（《漢書》，卷87上頁3523，注2）的解讀，此句應爲："他憂慮後嗣，求（神靈）賜他多子多孫。"

⑮ 行13：顏師古（《漢書》，卷87上頁3523，注2）認爲此句描述出行隊伍如"星陳天行"。

⑯ 行14：關於"招搖"，見《西京賦》，行487—488注。"太陰"（The Grand Yin）是太歲（the counter Jupiter）的別名。也稱作"青龍"和"天一"，被認爲是天神中最受尊崇的一位。對這個名字的詳細討論，見 Knechtges, *The Han shu Biography of Yang Xiong*, pp. 79 - 81, n.87.

⑰ 行15：關於"鈎陳"，見《西京賦》，行242注。

⑱ 行16："堪輿"的字面意義是"（天之）容器和（地之）車"，是漢代風水的常見術語。見 Needham, volume 2：359 - 60。但是，孟康（《漢書》，卷87上頁3523，注6）説，在揚雄的時代，"堪輿"指"創造設計居所的書册"的神靈。鑒於前面兩句包括有星神的名字，"堪輿"也應該是神靈的名字，可能是掌管營防建造的風水之神。

⑲ 行17：揚雄顯然將兩位神祇的名字"夔"、"魖"（我譯爲"旱魔"，Demon Drought）合在一起組成聯綿詞。見《東京賦》，行571注。"獝狂"（我譯爲"飛狂"，Flying Frenzy）是邪惡的無頭神，我們對他知之不多。見 Bodde, *Festivals*, p. 102.

⑳ 行18：顏師古（《漢書》，卷87上頁3524，注7）説，八神是前面句子提到的八位神靈（他顯然將"堪輿"和"夔魖"俱拆分成兩個名字）。但是，其他注家認爲，"夔魖"和"獝狂"實際上被驅除，不能包括在八神中。因此，八神更可能指八方的神靈（見《漢書》，卷6頁192）。見王念孫，《讀書雜志》，4之13頁26a。

蜂擁而入，身穿戰衣，㉑

20　蚩尤般的壯士，佩戴干將利劍，手持玉斧，㉒

　　紛亂飛奔，跑跳跌撞，㉓

　　聚集組合，紛亂糾結，㉔

　　迅疾如颺風，輕捷如雲，狂亂猛衝；㉕

　　按品級安排，成行列隊，錯雜如魚鱗，

25　雜亂參差，如魚跳躍，似鳥滑行；㉖

　　明亮炫目，如煙霧聚集閉攏，㉗

　　分散燦爛，形成精妙的陣列。㉘

總總以撙撙，其相膠轕兮，森駭雲迅，奮以方攘。駢羅列布，鱗以雜沓兮，柴虒參差，魚頡而鳥䀼。翕赫召霍，霧集而蒙合兮，半散昭爛，粲以成章。

3

於是皇帝登上鸞車，上覆華芝傘蓋，㉙

於是乘輿迺登夫鳳皇兮而翳華

㉑ 行 19：李善（卷 7 頁 2a）釋“振”爲“奮起”（見 Karlgren, "Glosses on the Ta Ya and Sung Odes," p. 150, ♯ 1083）。但是，劉向（卷 7 頁 3a）釋爲“很多”。鑒於所有注家（見《漢書》，卷 87 上頁 3524，注 7 和李善，卷 7 頁 2b）將疊韻聯綿詞“殷轔”釋爲“車衆多貌”，劉向的解釋很有説服力。此詞表意部分可能是“殷”，我懷疑跟“殷軫”有關，後者也用來描述行列中衆多的行軍者和士兵（見《淮南子》，卷 15 頁 4b；《漢書》，卷 87 上頁 3544）。這個詞可能是擬聲詞，注意《文選》，卷 3 頁 18a 的疊字“隱隱轔轔”，其中“轔轔”爲“車駕的聲音”。

㉒ 行 20：蚩尤，見《西京賦》，行 505 注。
關於干將劍，見《東京賦》，行 284 注和《吳都賦》，行 481 注。干將最初可能指任何刀刃鋒利的武器。見胡紹煐，卷 9 頁 11a—12a。根據張晏（《漢書》，卷 87 上頁 3524，注 8），斧柄鑲嵌玉石。

㉓ 行 21：疊韻聯綿詞“蒙茸”，也寫作“蒙戎”（見《毛詩》第 37 首第 3 章），本意爲茂密、蓬亂貌（Karlgren, "Glosses on the Kuo Feng Odes," p. 123, ♯105）。揚雄在此處以之描述混亂的行動，因此我譯爲“hurry-scurry”。
雙聲聯綿詞“陸梁”的形旁對其含義並没能提供任何明確指引。像“蒙茸”一樣，它描述了混亂的動作。晉灼（見《漢書》，卷 87 上頁 3524，注 8）釋其爲跳躍貌。我懷疑表意部分應爲“陸”，當其作“踛”時，意爲“跳躍”。見郭璞《江賦》，行 203（《文選》，卷 12 頁 17a）。

㉔ 行 22：注家對雙聲聯綿詞“膠葛”（也寫作“膠輵”、“膠轕”和“轇轕”）的解釋差别很大。在很多文本中，該詞表達了複雜、迷惑之意，見《楚辭補注》，卷 5 頁 7a；《史記》，卷 117 頁 3060；《漢書》，卷 87 上頁 3546。顏師古（見《漢書》，卷 57 上頁 2569，注 2 和卷 87 上頁 3524，注 9）將它跟“膠加”和“交加”聯繫起來，兩者都帶有“複雜、精妙、糾結”的意思。一些注家也認爲該詞帶有狂放、不加節制的行動之意。見《廣雅疏證》，卷 6 上頁 30b；胡紹煐，卷 6 頁 17a—b。我懷疑表意部分是“膠”，可能跟“糾”（交結）有關係。因此，我譯爲“紛亂糾結”（twined and tangled）。

㉕ 行 23：晉灼（見《漢書》，卷 87 上頁 3524，注 9）以另一個意爲“四散”的描述性聯綿詞解釋疊韻聯綿詞“方攘”，該詞的組成單字“方”可能傳達“在每一個方向”的意思。我對“攘”的意思不太確定，它出現在例如“佇攘”（見《楚辭補注》，卷 8 頁 5b）和“枉攘”（見《楚辭補注》，卷 14 頁 7b）這樣的聯綿詞裏，帶有“無秩序”之意，我譯成“狂亂”（helter-skelter），只是大致意譯。“奮”解作“猛衝”，見《毛詩》第 26 首第 5 章。

㉖ 行 25：同義聯綿詞“傂虒”，我譯爲“雜亂”（higgledy-piggledy）；“參差”，我譯爲“diversely disposed”，都帶有“不平坦”之意。見《漢書》，卷 87 上頁 3524，注 10。

㉗ 行 26：“蒙”是“霁”（霧氣）的異體字。見胡紹煐，卷 8 頁 1b；張雲璈，卷 5 頁 5b。

㉘ 行 27：疊韻聯綿詞“半散”爲同義合成詞，其字面意思是“分開、散開”。見王先謙，《漢書補注》，卷 57 上頁 10b。

㉙ 行 28：“華芝”是精美的蘑菇狀蓋子，稱華蓋。王莽所用的華蓋有九層，共八十一英尺高。見《漢書》，卷 99 下頁 4169；HFHD, 3：413-14。參《西京賦》，行 493 注（其中稱其爲“華蓋”）。車駕裝飾着似鳳凰的小型畫像。見顏師古，《漢書》，卷 87 上頁 3524，注 1。

　　四隻蒼螭,六條素虬:③

30　捲繞展開,葳蕤茂盛,③

　　魚貫而出,華麗裝飾,③

　　突然在黑暗中集合,

　　又迅速面向光明。③

　　升騰清霄,越過浮景,③

35　獵鷹和烏龜裝飾的旗幡隨風飄動,何其高揚!

　　綴滿亮片的牛尾旗飛出,如電光閃過,

　　與翠蓋和青鸞旗幟混成一片。③

　　萬名騎手駐扎中營,

　　千乘玉飾的車駕並列,

40　隆隆轟轟,回聲重疊,③

　　輕捷超於迅雷,勝過疾風,

　　他登上高原的頂峰,③

　　穿過蜿蜒河水的晶瑩清徹,

芝,駟蒼螭兮六素虬,蠖略蕤綏,
灕虖襂纚。帥爾陰閟,霅然陽
開,騰清霄而軼浮景兮,夫何旟
旐郅偈之旖旎也! 流星旄以電
爥兮,咸翠蓋而鸞旗。敦萬騎於
中營兮,方玉車之千乘。聲駍隱
以陸離兮,輕先疾雷而馺遺風。
凌高衍之嵱嵷兮,超紆譎之清
澄。登椽欒而羾天門兮,馳閶闔
而入凌兢。

────────────

③　行 29:這些龍實際上是馬。

③　行 30:疊韻聯綿詞“蠖略”見司馬相如《大人賦》(見《史記》,卷 117 頁 3057;《漢書》,卷 57 下頁 2593),描述
了龍的動作。吳德明(見 *Le Chapitre 117 du Che-ki*,p. 188, n. 1)認爲其主要意思來自“蠖”,即 looper
caterpillar。但是,沒有注家提到“蠶”跟該字的含義有關,因此我將之譯爲“捲繞展開”(coiling and
uncoiling)。
　　疊韻聯綿詞“蕤綏”,我譯爲“lush and luxuriant”,可能等同於“葳蕤”及其異體字,描述茂盛的植物,爲車上垂
掛的流蘇飾品,在此句中可能指龍駒的飾品。見王先謙,《漢書補注》,卷 87 上頁 11a。

③　行 31:各注家對雙聲聯綿詞“襂纚”的意思未達成一致意見。顏師古(見《漢書》,卷 87 上頁 3525,注 3)説描
述車駕的裝飾;李善(卷 7 頁 3a)認爲描述的是從龍身下垂的翅膀的樣貌;王先謙(見《漢書補注》,卷 87 上頁
10a)認爲與“襂櫪”同(見《漢書》,卷 57 下頁 2597,注 3,張揖的注疏),描述密密麻麻的行進者。鑒於此處沒
有該詞的明確對應例子,我無法確定這些解釋中哪一個(如果有的話)是對的。我譯爲“華麗裝飾”(floridly
festooned),是我的想象創造。

③　行 32—33:我採用胡紹煐(卷 8 頁 2a)説,以“帥爾”爲“率然”意。胡紹煐也指出,“霅然”是霎(迅速)的異體
字,見《説文》(卷 4 上頁 1500a—b)。

③　行 34:“浮景”是天的至高處的發光體。見行 86 注。

③　行 37:“翠蓋”由翠鳥(kingfisher)的羽毛製成。見《後漢書》,志第 29 頁 3645,注 7。鸞旗由編結來的羽毛
和黏附於棍子側面的皮毛製成。見蔡邕,《獨斷》,卷 4 頁 26b。

③　行 40:根據王念孫(見《廣雅疏證》,卷 6 上頁 23b—24a),雙聲聯綿詞“陸離”有兩個基本意思:描述不規則
的外表(參差);描述長度。在一些文本裏,“陸離”描述晃蕩的玉墜兒(《楚辭補注》,卷 2 頁 13a)、長劍(見
《楚辭補注》,卷 4 頁 7b)或懸垂的長髮(見《楚辭補注》,卷 9 頁 11a)。在其他文本中,它描述動物或人的四
散分離(見《楚辭補注》,卷 1 頁 23a;《文選》,卷 4 頁 4a、24b,卷 8 頁 8b、9b)。王念孫認爲在這句話中,“陸
離”描述的是車駕不規則的聲響。結合上下文,我將之譯爲“回聲重疊”(echoing and re-echoing)。

③　行 42:胡紹煐(卷 8 頁 2a—b)注意到疊韻聯綿詞“嵱嵷”和“踴竦”(跳躍,上升)在語音,以及可能在語義上
存在的相似性。因此,我將之譯爲“頂峰”(lofty height)。

登上橡欒山，來到天門，[38]

45　馳過閶闔，進入令人顫栗的凌兢。[39]

4

此時尚未到達甘泉，

他凝視通天臺連綿不絕的華彩：[40]

基座隱於影中，寒冷徹骨；

臺頂宏偉錯綜，精妙相接。

50　挺直高聳，到達天穹：

啊，高度無法完全測量！

平原廣闊無邊，[41]

辛夷遍生樹林灌木；[42]

成簇的並閭和芰菇，[43]

55　肆意擴散無限度。[44]

山峰和崗巒傲然高聳！[45]

深深溝塹，形成峽谷。

疏離的宮院遍布，映照彼此；

封巒石關曲折交織，無盡延伸。[46]

是時未臻夫甘泉也，迺望通天之繹繹。下陰潛以慘廩兮，上洪紛而相錯。直嶢嶢以造天兮，厥高慶而不可乎彌度。平原唐其壇曼兮，列新雉於林薄。攢并閭與芰菇兮，紛被麗其亡鄂。崇丘陵之駊騀兮，深溝嶔巖而爲谷。迣離宮般以相爛兮，封巒石關施靡乎延屬。

---

[38]　行44："橡欒"是位於甘泉南的一座山。見服虔，《漢書》，卷 87 上頁 3524，注 10。

[39]　行45：關於閶闔，見《西京賦》，行 97 注；Major, "Notes on the Nomenclature of Winds," pp. 69‑75。

[40]　行47：關於"通天臺"，見《西京賦》，行 212—213 注。李善（卷 7 頁 4a）引用薛漢的《韓詩章句》，以"繹繹"爲"盛貌"。但是，同樣的疊字在別處用以描述持續的光亮："星隕如雨，長一二丈，繹繹未至地滅。"（《漢書》，卷 27 下頁 1510）因此，我將揚雄此句之"繹繹"釋爲"連綿不絕的華彩"。

[41]　行52：我採納王念孫（見《讀書雜志》，4 之 13 頁 26b—27a）的説法，認爲"唐"具描述性，意爲"寬廣"。疊韻聯綿詞"澶曼"，也寫作"壇漫"，有寬闊、開闊之地的意思。見高步瀛，卷 7 頁 12b—13a；Hervouet, *Le Chapitrè* 117 *du Che-ki*, p. 22, n. 2。

[42]　行53："新雉"可能是辛夷的別名（*Paeonia lactiflora*, tree peony）。見朱琰，卷 9 頁 3a。

[43]　行54："芰菇"可能是薄荷（mint）的異體字。見《本草綱目》，卷 14 頁 917。

[44]　行55：疊韻聯綿詞"被麗"是"披離"（擴散）的異體字。見王先謙，《漢書補注》，卷 57 上頁 12a。

[45]　行56：《説文》（卷 10 上頁 4318a—b）釋疊韻聯綿詞"駊騀"爲"馬搖頭也"。揚雄可能描述的是恍如傲然奔騰的馬一樣的山。因此，我譯爲"傲然"（proud hauteur）。

[46]　行59："封巒"和"石關"是位於宮殿東北石門山上的兩座觀。見《三輔黃圖》，卷 5 頁 94，作"石觀"而非"石關"。胡紹煐（卷 8 頁 3a—b）認爲，石關和石觀是觀的不同部分的名稱。
疊韻聯綿詞"施靡"是"迤靡"的異體字，也寫作"陁靡"，顏師古（見《漢書》，卷 87 上頁 3526，注 7）釋爲事物一一相接貌。同樣的詞出現在司馬相如的《大人賦》（行 73）中，描述雲夢之南無限延伸的平原。我大致譯爲"曲折交織"（wind and weave）。

5

60　於是大厦如雲譎波詭，
　　險峻巍峨，形成臺觀。⑰

　　高高舉首仰望，

　　眼睛模糊失明，看不見任何事物。

　　向前則視野完整流暢，巨大寬闊，⑱

65　指東向西，漫漫無際。

　　一切都昏暈眼花，

　　靈魂茫然駭異，困惑迷亂。

　　他倚靠車駕護欄遠眺，⑲

　　突然風景一覽無垠，沒有限制。

70　翡翠色的玉樹發出綠光，⑳

　　青碧色的馬和犀牛閃爍光芒。㉑

　　勇敢無畏的金人捧着鐘架，

　　參差不平，錯雜如龍鱗，㉒

　　放出光輝如火炬照耀，

於是大厦雲譎波詭，摧嶉而成
觀。仰撟首以高視兮，目冥眴而
亡見。正瀏濫以弘惝兮，指東西
之漫漫。徒徊徊以徨徨兮，魂眇
眇而昏亂。據軨軒而周流兮，忽
塊圠而亡垠。翠玉樹之青葱兮，
璧馬犀之瞵瑞。金人仡仡其承
鍾虡兮，嵌巖巖其龍鱗。揚光曜
之燎燭兮，垂景炎之炘炘。配帝
居之縣圃兮，象泰壹之威神。洪
臺崛其獨出兮，橅北極之嶟嶟。
列宿迺施於上榮兮，日月繵經於
欀榱。雷鬱律於巖突兮，電儵忽
於牆藩。鬼魅不能自逮兮，半長
途而下顛。歷倒景而絕飛梁兮，

---

⑰ 行61：或按照顏師古（《漢書》，卷87上頁3526，注1）的説法：“摧嶉而成觀。”
孟康（見《漢書》，卷87上頁3527，注1）將“摧嶉”釋爲“材木崇積貌”；王先謙（見《漢書補注》，卷87上頁12a—b）認爲與“崔夅”相同。

⑱ 行64：雙聲聯綿詞“瀏濫”可能是“流覽”的異體字，意爲“四處凝視”、“全景”。我認爲它描述了視野的“完整流暢”。

⑲ 行68：韋昭（李善，卷7頁5a引）釋“軨”爲欄杆，“軒”則爲門廊或陽臺。顏師古（見《漢書》，卷87上頁3527，注5）將“軨軒”釋爲覆蓋馬車的楯。“軨”顯然同“櫺”。見《説文》，卷14上頁6421a—6422a。“櫺軒”在一些文獻中是陽臺的格欄。見《文選》，卷24頁2a，卷29頁16a。但是，揚雄在別處提到“軨軒”，顯然指的是車駕：“式軨軒旗旗以示之。”（《劇秦美新》，《文選》，卷48頁11a）鑒於皇帝可能在此時仍然在車駕之内，我將“軨軒”譯爲“車駕護欄”（grilled chariot）。

⑳ 行70：關於“玉樹”，見《西京賦》，行204注。張雲璈（頁56b—57a）指出，翠並非指“綠色”，而可能是蜀地方言，意爲“閃耀”。

㉑ 行71：《漢書》作“璧”（牆壁），《文選》作“璧”（美玉）。儘管這兩種寫法都能説通（見高步瀛，卷7頁15a—16a），但我採納朱琦（卷9頁4a）的意見，認爲“璧”跟前一句的“翠”對應，應該被理解爲“碧”（青色或青）。顏師古（見《漢書》，卷87上頁3527，注6）以“馬”爲“馬腦”，“犀”爲犀牛（rhinoceros）角，裝飾牆壁用。
疊韻聯綿詞“瞵瑞”描述寶石的光芒。其異體字，可見朱起鳳，《辭通》，頁497。

㉒ 行72—73：銅（或金？）人是公元前120年中國從匈奴俘獲的十尺高的塑像，可能爲佛教塑像。見 Shiratori Kurakichi, "On the Territory of the Hsiung-nu Prince Hsiu-t'u Wang and His Metal Statues for Heaven Worship," *MTB* 5 (1930): 1 - 77 (esp.25 - 71); Homer H. Dubs, "The 'Golden Man' of Former Han Times," *TP* 33 (1937): 1 - 14, 191 - 92; James R. Ware, "Once More the 'Golden Man,'" *TP* 34 (1938): 174 - 78. 根據此處的描述，我懷疑此像穿盔甲，跟秦始皇陵附近發現的兵馬俑相似。見 Albert E. Dien, trans., "Excavation of the Ch'in Dynasty Pit Containing Pottery Figures of Warriors and Horses at Ling-t'ung, Shensi Province," *Chinese Studies in Archeology*, 1.1 (1979): 32 - 36.

拖曳明亮火焰。(53)
所有這些適合天神居所的懸圃,
象徵太一的偉大神靈。(54)
洪臺拔地而出,衝天峭立,
直達北極的超越高度。(55)
星宿現在橫過頂部,(56)
日月經過中檐,(57)
雷聲在裂隙和峭壁間呼號,(58)
閃電在墻垣中疾馳飛奔。
甚至妖魔鬼怪不能到達頂端,
爬過一半長途,就再次跌落。
經過倒景,渡過飛梁,(59)
飄過塵霧,掃過天宫。(60)
欃槍在左,玄冥在右,(61)

浮蠛蠓而撇天。左欃槍而右玄冥兮,前熛闕而後應門。蔭西海與幽都兮,涌醴汩以生川。蛟龍連蜷於東厓兮,白虎敦圉乎崑崙。

(53) 行 74—75：吕延濟(卷 7 頁 6b—7a)認爲這兩句描述太陽照耀下的宫殿建築令人眩目的光華。但是,文中顯然説到火炬。我採納高步瀛(卷 7 頁 16b)的説法,認爲這兩句話描述的是銅像。

(54) 行 76—77：關於"懸圃",見《東京賦》,行 604 注。它位於天帝居所的入口。見 Major,"Notes on the Nomenclature of Winds," p. 70。太一居紫宫,一些文獻認爲"太一"爲天帝的别稱。見《史記》,卷 27 頁 1290,注 3。王先謙(《漢書補注》,卷 87 上頁 13a)認爲這兩句描述的是銅像。但是,正如高步瀛(卷 7 頁 16b—17a)所説,這兩句更可能描寫甘泉宫,後者可被視爲天宫在地上的複製品。

(55) 行 79：北極是由五顆星構成的星座,其中的第五顆星(4339 Camelopardalis)是漢代的極星。見 Needham, volume 3：261。

(56) 行 80："榮"(頂)是向上伸出的屋翼。見《漢書》,卷 87 上頁 3527,注 11。

(57) 行 81：桭是房頂的檐。王念孫(《讀書雜志》,4 之 13 頁 27b—28b)提出應將"柍"訂正爲"央"(中心),認爲木字旁是加上去的,爲了跟桭相類,並提出,"柍桭"意爲"到房檐的一半"。

(58) 行 82：在漢代,宫殿的一部分納入山體。因此,宫殿的後部確實處於"懸崖和裂隙"中。見《上林賦》,行 178。
疊韻聯綿詞"鬱律",我譯爲"呼號"(rumbles and roars),或爲雷聲的擬聲詞。見顔師古,卷 87 上頁 3528,注 12;Hervouet, *Le Chapitre 117 du Che-ki*, p. 196, n. 1。

(59) 行 86："倒景"是天空至高之地,在太陽和月亮之上的發光體(離地 4 000 里)。因爲太陽和月亮的光綫向上反射於其上,故被稱爲倒景區。見《漢書》,卷 25 中頁 1261,注 3 和卷 57 下頁 2599。關於"飛梁",見《東京賦》,行 564 注。

(60) 行 87：我採納胡紹煐(卷 8 頁 5b)的看法,視"蠛蠓"爲"蔑蒙"(murky mist),指天空最高處聚集的細塵和霧氣。見《後漢書》,卷 59 頁 1935,注 16。

(61) 行 88："欃槍"爲彗星名。見《東京賦》,行 157 注;Michael Loewe, "The Han View of Comets," *BMFEA* 52 (1980)：10。玄冥爲北方的守護神。見 Karlgern, "Legends and Cults," pp. 222, 239, 243 - 44, 246。這一句與司馬相如《大人賦》的其中一句類似:"左玄冥而右黔雷兮。"(《史記》,卷 117 頁 3058;《漢書》,卷 57 下頁 2595)。不清楚揚雄此處是否指玄冥的一座塑像,在宫殿西側(在漢代的方位裏,右是西方),或者他在繼續描述宫殿之高聳,進而直達神靈在天上的常居之所。

　　　　燻闕在前，應門在後，⑥²

90　遮蔽西海和幽都，⑥³

　　　醴泉於此噴湧而出形成溪流。

　　　蛟龍蜷曲於東阿，

　　　白虎威武守衛崑崙山。⑥⁴

6

　　於高光殿眺望周流，⑥⁵

95　他在清净的西廂悠閑徘徊。⑥⁶　　　　　　覽樛流於高光兮，溶方皇於西

　　　前殿巍然高聳，⑥⁷　　　　　　　　　　清。前殿崔巍兮，和氏玲瓏。炕

　　　卞和之玉閃爍耀眼，⑥⁸　　　　　　　　浮柱之飛榱兮，神莫莫而扶傾。

　　　浮柱的飛檐峭立，　　　　　　　　　　閌閬閬其寥廓兮，似紫宮之崢

　　　恍似神靈奮力扶舉而免於頹傾。⑥⁹　　　嶸。駢交錯而曼衍兮，嶈嶵隗乎

100　向上高聳，缺裂廣大，⑦⁰　　　　　　　其相嬰。乘雲閣而上下兮，紛蒙

　　　　　　　　　　　　　　　　　　　　　　籠以棍成。曳紅采之流離兮，颺

---

⑥² 行 89：晉灼（《漢書》，卷 87 上頁 3528，注 1）注意到"燻闕"爲紅色，也許因此而坐落在甘泉宮院之南（紅色代表南方）。晉灼也提到南方之帝名赤熛怒（見《東京賦》，《靈光殿詩》，行 5—6）。也可能此闕是南方之帝天上居所的複製品。

⑥³ 行 90：幽都，見《東京賦》，行 208 注。見劉歆《甘泉宮賦》（《藝文類聚》，卷 62 頁 1113）："背共工之幽都。"此強調甘泉宮位於都城之北。

⑥⁴ 行 92—93：龍必爲青龍（the Azure Dragon），東方的守護獸。白虎（the White Tiger）是西方（崑崙山所在地）的守護獸。見《淮南子》，卷 3 頁 3a—b。顏師古（《漢書》，卷 87 上頁 3528，注 3）説，甘泉宮有它們的像，但没有具體指出是畫像還是塑像。李善（卷 7 頁 5b）引一部緯書説，青龍和白虎分別占據太一左右兩邊的位置。因此存在一種可能性，即它們是跟所祭祀的太一有關的塑像或畫像。

⑥⁵ 行 94："高光"是甘泉宮的一個宮殿。見《三輔黄圖》，卷 2 頁 44。
　　疊韻聯綿詞"樛流"，顏師古（見《漢書》，卷 87 上頁 3528，注 4）釋爲"彎曲"，相當於"周流"。見胡紹煐，卷 8 頁 6a。

⑥⁶ 行 95：《三輔黄圖》（卷 2 頁 44—45）提到建在甘泉宮西廂的彷徨觀。但是，此處的"方皇"（徘徊逗留）肯定是動詞，不會是建築物的名字。"西清"並非一個名詞，而是指西廂的清净之地。見《漢書》，卷 87 上頁 3528，注 4。見《上林賦》，行 184。

⑥⁷ 行 96："前殿"指宮殿的主殿。

⑥⁸ 行 97：建築的墻壁上有固定在裸露墻板上的金盤，盤上鑲滿玉石和珍珠。見《漢書》，卷 97 下頁 3987。"和氏璧"是美玉的常用稱呼。見 Hervouet，*Un Poète de cour*，p. 321。孟康和顏師古（《漢書》，卷 87 上頁 3529，注 5）説"瓏玲"（尤袤本作"玲瓏"）是玉的叮噹聲。但是，胡紹煐（卷 8 頁 6a—b）引用文獻指出，該詞用於描述玉的光澤。

⑥⁹ 行 99：顏師古（《漢書》，卷 87 上頁 3529，注 6）將"莫莫"寫作"閻莫"（黑暗）。李善（卷 7 頁 6a）沿襲《毛詩》第 209 首第 3 章的注疏，將"莫莫"釋爲"清静"。但是，"莫莫"也可能同"慔慔"，《爾雅》（上之三頁 5b）將後者釋爲"勉也"。因此，我將之譯爲"奮力舉起"（mighty heaves）。

⑦⁰ 行 100："閌閬"作"空洞"、"裂口"、"空際"講，見胡紹煐，卷 8 頁 6b。

猶如紫微宮般高峻深邃。⑦

行行相接，其建築伸展蔓延，

長窄高聳，交纏一起，⑦

登上凌雲高閣，上升下降，

105　纏結紛繁密集，猶如自混沌中生成。⑦

拖着紅彩連綿，⑦

吹送漫漫青霧，

承繼琁室和傾宮。⑦

他登高望遠，

110　充滿敬畏，如臨深淵。⑦

翠氣之宛延。襲琁室與傾宮兮，

若登高眇遠，亡國肅乎臨淵。

7

回懸的颶風鼓蕩戾氣，

桂樹椒樹散亂，唐棣白楊聚攏：⑦

香氣刺激強烈，向上升騰，

拍擊梁柱，摩擦屋檐。

回猋肆其砀駭兮，掍桂椒而鬱杉
楊。香芬茀以穹隆兮，擊薄櫨而
將榮。薾咇胇以棍批兮，聲駍隱
而歷鍾。排玉戶而颺金鋪兮，發

---

⑦　行 101：關於“紫宮”，見《西京賦》，行 164—165 注。
　　疊韻聯綿詞“崢嶸”描述極深（見《楚辭補注》，卷 5 頁 11a，《漢書》，卷 57 下頁 2598）或高峻（見《文選》，卷 1 頁 14b，卷 4 頁 24b，卷 6 頁 10b）。很難判定此處的“崢嶸”爲何意，它可能描述宮殿如深壑般空蕩，或建築結構的懸崖般高峻。我糅合這兩種意思試譯爲“高峻深邃”（precipitous profundity）。

⑦　行 103：坤蒼（李善，卷 7 頁 6a 引）將“嶖”釋爲“山的連綿不斷貌”，我懷疑它是“嶞”的異體字。《毛詩》第 296 首中的“嶞”描述長而窄的山形。見《爾雅》，下之七頁 3b。
　　疊韻聯綿詞“嶵隗”，也寫作“嵬嵬”，應爲“崔巍”的異體字。見朱起鳳，《辭通》，頁 228—229。我譯爲“高聳”（tall and towering）。

⑦　行 105：服虔（李善，卷 7 頁 6a 引）將“蒙籠”釋爲“膠葛”（見上面行 22 注）。但是，我懷疑它是“蒙龍”的異體字，最常用於描述植被的密集（見《漢書》，卷 49 頁 2296；《文選》，卷 4 頁 3a；卷 4 頁 24b）。此處“蒙籠”帶有“密密遮擋”的感覺。根據劉良（卷 7 頁 8b），建築雜於山間，如同自然形成的一樣。

⑦　行 106：雙聲聯綿詞“流離”可能是“陸離”（見上面行 40 注）的異體字，此處描述宮殿散發出的紅彩連綿。

⑦　行 108：“琁室”據説由夏朝的末代君主桀建造。“傾宮”據説是商朝的末代君主紂所造，見《吳都賦》，行 351 注。見《晏子春秋》，卷 2 頁 7b（其中“琁”寫作“璿”）；《呂氏春秋》，卷 23 頁 6b（其中説兩座建築都是桀所造）；李善，卷 3 頁 5b 所引《竹書紀年》的古文本。這句話是對成帝巧妙的警告：與夏商的例子一樣，他對奢侈富麗的生活方式的沉溺可能遭致王朝覆滅。

⑦　行 109—110：這兩句中，特別是提及“臨淵”之處，暗示皇帝應該格外注意其享樂主義行徑遭致的巨大危險。《文選》中出現的“亡國”兩字，是依據應劭的注疏添改的。見胡紹煐，卷 8 頁 6b—7a。

⑦　行 112：儘管“杉楊”可以是樹名（aspen 或 Chinese poplar，山楊或楊樹），但因爲需跟桂椒（cinnamon and pepper）對仗，杉楊必須是兩種不同的樹。杉，也叫“夫杉”，是常棣的別名，有多種不同名稱，如 *Populus tremula*（European aspen），*Amelanchier asiatica*（Asian shadbush）or *Populus cathayana*（Chinese poplar）。見陸文郁，頁 94，第 105 條；石聲漢，《齊民要術今釋》，頁 837；Smith-Stuart，p. 347。

115 聲響迅速回應,呼然轟鳴,[78]

　　穿鐘而過,樂聲回蕩;

　　吹開玉戶,搖動金鋪,[79]

　　催發蘭、蕙、川穹。[80]

　　簾幕鼓脹湧動,震顫動盪;[81]

120 一切逐漸變得昏黑,陷入深深靜默。

　　陰陽、清濁、蕭穆和歡樂彼此相應,[82]

　　就如夔和伯牙調弄琴弦。[83]

　　魯般和倕拋棄斧鑿,

　　王爾扔下鉤繩。[84]

125 即使對征僑和偓佺來説,[85]

　　也恍如夢中的模糊景象。

蘭蕙與蒡蕪。惟弸彋其拂汩兮,稍暗暗而靚深。陰陽清濁穆羽相和兮,若夔牙之調琴。般倕棄其剞劂兮,王爾投其鉤繩。雖方征僑與偓佺兮,猶彷彿其若夢。

8

於是,事變物化,目眩耳鳴。其後天子平静站立於珍臺、閑館、雕梁、玉柱之中,這些全部呈現皺折捲

於是事變物化,目眩耳回,蓋天子穆然,珍臺閒館,琁題玉英,蜵

---

[78] 行115:我採納顏師古(《漢書》,卷87上頁3530)的説法,釋"菶"(香)爲"響"(聲響)。也可見胡紹煐,卷8頁7a。揚雄描述風吹過鐘的聲響。疊韻聯綿詞"呋胿"的確切意思不清楚,高步瀛(卷7頁22b)認爲它描述迅速的動作。因此,我譯爲"迅速回應"(rapidly reverberating)。《漢書》作"根"(樹幹),《文選》作"批"(衝擊)。高步瀛(卷7頁22b)認爲,"根"應爲"报",也有"衝擊"之意。

[79] 行117:金鋪,也稱鋪首,是大型青銅器,通常作龜或蛇形。見《漢書》,卷11頁344。

[80] 行118:蒡蕪是 Conioselinum univattatum (hemlock parsley)。見 Smith-Stuart, pp. 123 - 24。

[81] 行119:我沿襲胡紹煐(卷8頁7b—8a)之説,將疊韻聯綿詞"弸彋"譯爲"鼓脹湧動"(bulging and billowing)。
疊韻聯綿詞"拂汩"缺乏旁證。李善(卷7頁7a)認爲它描述了煩亂貌,因此,我譯爲"震顫動盪"(shaking and shuddering)。

[82] 行121:中國的十二韻律分成陰和陽兩部分。見 Hart, "The Discussion of the *Wu-yi* Bells," pp. 397 - 401。王念孫(見《讀書雜志》,4之13頁28a—28b)引用王引之(1766—1834)的話,指出穆(莊嚴、偉大),也寫作"繆",是《淮南子》(卷3頁12b)所使用的一個術語,指插入普通的五音階以得到七音階的所謂的"變聲"之一。也可見《讀書雜志》,9之3頁25b—27b;《晉書》,卷16頁476。爲與穆相對應,我自由地將五音階之一的"羽"譯爲"快樂"(注意,《白虎通義》卷上頁38a説"羽者,紆也")。王引之也建議"和"應被理解爲"唱和"(一人唱眾人和)之"和"。濁、清應分別指低音與高音。所有這些精微的術語只不過是用來描述風的音樂效果。

[83] 行122:關於樂師夔,見《東京賦》,行449注。伯牙是著名的琴師,見《呂氏春秋》,卷14頁4a。

[84] 行123—124:關於魯般和王爾,見《西京賦》,行186注。倕是堯帝手下的工師,見 Karlgren, "Legends and Cults," pp. 256 - 57。

[85] 行125:"征僑"可能跟"征柏僑"是同一人,司馬相如《大人賦》提到後者(見《史記》,卷117頁3058;《漢書》,卷57下頁2595)。我們對他確實一無所知,我猜想揚雄認爲他是神靈。偓佺是仙人,《列仙傳》中有其傳記(卷上頁5)。這句話是説,即使目睹衆多奇跡的著名神靈,也會爲甘泉宮的華麗宏偉所目炫神迷。

曲、渦狀盤旋的紋樣。[86] 這是澄清其思、純潔其神、聚集其力、專注其想的方式，[87]以此感動天地，得到三神的保佑。[88] 在此，他徵求夥伴，尋找伴侶，如皋伊一般的人，[89]無可匹敵的榜樣，最高的才華。他們懷抱《甘棠》的仁愛之心，[90]擁護東征的意圖，[91]一起在陽靈之宮齋戒：[92]

　　他展開薜荔爲席，

　　折下瓊枝爲香，

　　吮吸青雲的流動霧氣，[93]

　　暢飲若木花瓣上的露水。[94]

145　他們爲祭祀神仙的儀式集合在庭院，

　　登上殿堂頌揚土地神。

　　天子高舉耀眼的長燕尾旗幡，

　　展示華蓋的奢侈華麗，[95]

　　攀援北斗，俯瞰大地，[96]

150　流盼目光看見三危之山。[97]

蝸蜎蠖濩之中。惟夫所以澄心清魂，儲精垂恩，感動天地，逆釐三神者；迺搜述索偶皋伊之徒，冠倫魁能，函甘棠之惠，挾東征之意，相與齊乎陽靈之宮。

摩薜荔而爲席兮，折瓊枝以爲芳。吸清雲之流瑕兮，飲若木之露英。集乎禮神之囿，登乎頌祇之堂。建光燿之長旍兮，昭華覆之威威。攀琁璣而下視兮，行遊目乎三危。陳衆車於東阬兮，肆玉軑而下馳。漂龍淵而還九垠兮，窺地底而上回。風淒淒而扶轄兮，鸞鳳紛其銜蕤。梁弱水之濎濙兮，蹠不周之逶蛇。想西王

---

[86] 行130：“蝸蜎”，我譯爲“皺折捲曲”（crinkled and curled）；“蠖濩”，我譯爲“渦狀盤旋”（scrolled and scalloped），均爲疊韻聯綿詞，描述建築物上裝飾性雕刻的盤旋紋樣。見胡紹煐，卷 8 頁 8b—9a，他認爲“蠖濩”是“蠖略”的異體字（見行 30 注）。

[87] 行132：我從《漢書》作“思”（思想），《文選》則作“恩”。

[88] 行134：不清楚“三神”的確切身份。李善(卷 7 頁 7b)認爲是天、地、人。但是，高步瀛(卷 7 頁 25a)指出人並不是神。他認爲“三神”指“三一”（天一，地一，太一），據説每三年會祭祀他們一次。見《史記》，卷 28 頁 1386。

[89] 行136：“皋”是“皋繇”，爲堯帝掌管刑法的賢相。見 Karlgren，“Legends and Cults，”p. 257。伊尹是商代的創始人湯的相。見 Karlgren，“Legends and Cults，”pp. 328‑29。

[90] 行138：《甘棠》是《毛詩》第 16 首的詩題。根據毛氏的解讀(見《毛詩注疏》卷 1 之 4 頁 8a)，這首詩讚美武王的忠臣召公奭的美德。此處“甘棠”指代召公。

[91] 行139：“東征”暗指周公領導的軍事行動，以鎮壓武王的兩個弟弟和被推翻的殷王的兒子所發動的叛亂。《毛詩》第 157 首第 1 章有如下句子：“周公東征。”此處“東征”指代周公。

[92] 行140：“陽靈”可能並非某一個地方的名字，皇帝祭天的聖祠都可如此稱呼。顏師古(見《漢書》，卷 87 上頁 3531，注 7)讀“齊”爲 qi，意思是“集合”。李善(卷 7 頁 7b)讀爲 zhai（通常寫作“齋”），意思是“清潔自己”。

[93] 行143：我採納胡紹煐的意見(卷 8 頁 9a)，將“清雲”改爲“青雲”，李善注亦如此。

[94] 行144：“若”是一種神樹的名字，有時被描述成有十顆太陽棲息其上。從其花瓣散發的光芒照亮下面的大地。見《淮南子》，卷 4 頁 3b；《楚辭補注》，卷 1 頁 21b；《山海經》，卷 17 頁 7a(郭璞注)。

[95] 行148：華覆（floriate sunshade）可能是華蓋。見上面行 28 注。

[96] 行149：“琁璣”是古代天文儀器，通常稱作渾天儀。它起初可能是個圓盤狀的觀察用具，用來決定天柱的位置。琁璣也指北斗星魁的四顆星（α，β，γ，δ Ursae Majoris），很可能揚雄此處用作此意。見 Schlegel，*Uranographie chinoise*，1：503；*HFHD*，3：38‑29；Needham，volume 3：333‑39。

[97] 行150：“三危”是古代傳説中的山，通常認爲在敦煌以南。見高步瀛，卷 7 頁 26b—27a。

派遣衆多車駕到東阬，

打開玉軨，向下奔馳；

在龍池飄蕩，環繞九坃，⑱

窺視地下，又回視向上。

155 風，迅疾咆哮，推動車轄；

青鸞和鳳凰在車駕邊緣徘徊。⑲

度過弱水的淺灘，⑳

踏上不周山的蜿蜒道路，㉑

他呼喚西王母，欣然祝她長壽。㉒

160 他拒玉女，驅宓妃。㉓

玉女無處放送其清澈眼波，

宓妃不再炫耀美麗的眉毛。㉔

現在他領悟道德的精旨，

與神同等，向他們諮詢。

母欣然而上壽兮，屏玉女而却宓妃。玉女亡所眺其清矑兮，宓妃曾不得施其蛾眉。方攬道德之精剛兮，侔神明與之爲資。

---

⑱ 行153：“龍淵”可能指上邽郡（今天甘肅天水西北）西南六十餘里處一條同名的河流。見《水經注》，册4，卷20頁2）；朱琂，卷9頁6a—7b。“九坃”可能指龍淵的九層。

⑲ 行156：《漢書》作“御蕤”（車緣），《文選》作“銜蕤”（口中含穗）。顔師古（見《漢書》，卷87上頁3532，注13）認爲“銜蕤”是文本蝕壞模糊而產生的結果。

⑳ 行157：弱水是相傳位於西北的一條河流的名字，一些文獻稱其爲下面提到的西王母的家。見《漢書》，卷28下頁1611；《史記》，卷123頁3164（西王母在其中是一個地名）；《後漢書》，卷86頁2920。弱水的得名是由於在其水面上鵝毛也會下沉。見《山海經》，卷16頁6a，郭璞注。
疊韻聯綿詞“瀇瀁”形容水小貌（見高步瀛，卷7頁28a）。我懷疑“瀇”爲表意部分，可能代表“淳”（停滯）。其異體字，可見朱起鳳，《辭通》，頁1561。結合上下文，我將之譯爲“淺灘”（shallow shoals）。

㉑ 行158：不周山位於西北，是共工發怒而觸的山峰，天柱折，地維絕，天因此向西北傾斜，地向東南傾斜。見《淮南子》，卷3頁1a—b；《列子注》，卷5頁52；Karlgren，"Legends and Cults," p. 227。關於共工神話的一個最近的解讀，見 William G. Boltz，"Kung kung and the Flood: Reverse Euhemerism in the *Yao tien*," *TP* 67 (1981): 141-53。

㉒ 行159：西王母住在崑崙山，在漢代的神仙信仰中被奉爲主神。見 Homer H. Dubs，"An Ancient Chinese Mystery Cult," *Harvard Theological Review* 35 (1942): 221-40；小南一郎，《西王母と七夕傳承》，《東方學報》46(1974): 33-81；Michael Loewe，*Ways to Paradise: The Chinese Quest for Immortality*（London: George Allen & Unwin, 1979），pp. 86-126。

㉓ 行160：玉女是華山女神，是道教神靈，可能跟《列仙傳》（卷下頁47）裏提到的毛女是同一人。相傳她曾經是秦始皇的宮女，秦亡後逃入山間，靠吃松針維生。見 Pokora, trans., *Hsin-lun*, pp. 247-48, n. 19。關於宓妃，見《東京賦》，行127注。在其《自序》（見《漢書》，卷87上頁3535）中，揚雄評論此兩句云：“又是時趙昭儀方大幸，每上甘泉，常法從，在屬車間豹尾中。故雄聊盛言車騎之衆，參麗之駕，非所以感動天地，逆釐三神。又言‘屏玉女，卻處妃’，以微戒齊肅之事。”因此很清楚，揚雄意圖以玉女和宓妃指代不恰當地陪坐皇帝車駕的姬妾。

㉔ 行162：顔師古（見《漢書》，卷87上頁3518，注4）說，“蛾眉”描寫形狀如蠶蟲的美眉。但是，段玉裁指出“蛾”即爲“娥”，美麗。見戴震，《方言疏證》，《四部備要》，卷1頁1b。見段玉裁，《詩經小學》，見《皇清經解》，卷630頁13b—14a。

9

165 於是他恭敬焚燒供物，虔誠祈禱：

　　犧牲之香味衝天，

　　以薪柴懸吊於太一之前。[105]

　　他高舉洪頤之旌，[106]

　　樹起神靈之旗。[107]

170 薪柴細木火焰同起，[108]

　　散向四方：

　　東照滄海，

　　西耀流沙，[109]

　　北映幽都，

175 南炙丹厓。[110]

　　玄玉裝飾的瓚，曲柄如角，

　　米酒芳香地溢滿泡沫，[111]

於是欽柴宗祈，燎薰皇天，皋搖泰壹。舉洪頤，樹靈旗。樵蒸昆上，配藜四施。東爥滄海，西耀流沙。北熿幽都，南煬丹厓。玄瓚觩䚡，秬鬯泔淡。肸蠁豐融，懿懿芬芬。炎感黃龍兮，熛訛碩麟。選巫咸兮叫帝閽，開天庭兮延群神。儐暗藹兮降清壇，瑞穰穰兮委如山。

---

[105] 行167：我不能確定此句的正確解讀。傳世《漢書》文本作"招繇"，張晏認爲是神靈"招搖"（見《漢書》，卷87上頁3532，注2），五臣注本沿襲此説。《漢書》的另一版本（應指三世紀時如淳所編的）和尤袤本《文選》作"皋搖"。如淳釋"皋"爲"挈皋"，是桔槔的異體字，是用來將烽火挑到高處的杆棍。朱琦（卷9頁6b—7a）引用了一個文本（見《史記》，卷28頁1377和《漢書》，卷25上頁1209），提到一種將焚燒的祭品舉起向天的木柴。朱也注意到，爲了跟前一句對仗，需要讀作"皋搖"。儘管我在翻譯中採納了這一解釋，但也可以將"招繇"視爲動詞，意謂"晃動"或者"混亂"。在此意義上，祭祀甚至影響了太一星，它閃爍光芒作爲回應。

[106] 行168：我找不到關於"頤"旗的信息。其上可能裝飾第27卦"頤"（sustenance）。我譯爲"洪頤"（Great Sustenance）純粹出於設想。

[107] 行169："靈旗"用在爲太一舉行的儀式上，旗幟上繪有太陽、月亮、北斗星和飛龍，象徵太一。見《史記》，卷28頁1395；《漢書》，卷25上頁1231；*Mh*, 3：493；*Records*, 2：54。

[108] 行170：顏師古（見《漢書》，卷87上頁3533，注3）以"樵"爲柴薪，"蒸"是用作燃料的麻杆。

[109] 行172—173："倉海"是東海的別名，"流沙"可能指戈壁。

[110] 行175：服虔（見《漢書》，卷87上頁3533，注4）説"丹厓"指丹水之岸。但是，如果要與前一句的"幽都"對仗，"丹厓"應指遙遠南方的一個地點，但所有名"丹"的河流都太靠北。我懷疑"丹厓"可能是"朱崖"的別名，後者是海南的名字之一。見 Schafer, *Shore of Pearls*, pp. 8–9。《水經注》（冊4，卷20頁12）提到過一座丹厓山，但它位於河南，位置太北，不適用於此處。

[111] 行176—177：此處提及的長柄勺是"瓚"，特地用來倒祭祀用的黍酒，其容量爲五升（大約一公升），其柄由玉珪制成。見《周禮注疏》，卷20頁20a，鄭玄注。根據陸文郁（頁121—122，第129條），鬯是薑黃，其莖跟黍酒混合在一起，令酒帶黃色。但是凌純聲認爲，鬯並不特指薑黃，而是使用了幾種不同的植物作酒的芳香劑，"鬯"本身指芳香的酒。見他的《中國酒的起源》，*BIHP* 29（1958）：896–905。也可以見 Tjan Tjoe Som（曾珠森），trans., *Po Hu T'ung*（白虎通）, *The Comprehensive Discussions in the White Tiger Hall*, 2 vols. (Leiden：Brill, 1949,1952), 2：508–9。關於薑黃，見 Laufer, *Sino-Iranica*, pp. 309–23。
疊韻聯綿詞"觩䚡"描述勺子的曲柄，"觩"（見《毛詩》第215首第5章）是表意部分，意思是"彎曲"。
疊韻聯綿詞"泔淡"，應劭（見《漢書》，卷87上頁3533，注5）釋爲"滿也"，也可能與"淡淡"有關聯，後者也有滿的意思。見《文選》，卷19頁3a。我將之譯爲"芳香地溢滿泡沫"（fragrantly frothing）。

延伸四散,豐富充盈,⑫

香氣彌漫,濃郁不散。

180　火焰攪動黃龍,

　　熾熱喚觸碩麟。⑬

　　選擇巫咸去叫天帝的看門人,⑭

　　打開天庭,邀請各路神仙。

　　貴賓紛然而至,降於清凈祠壇,⑮

185　累累吉兆堆積山間。

10

於是儀式結束,功德擴增,　　　　　　於是事畢功弘,迴車而歸,度三

啓動車駕歸來,　　　　　　　　　　彎兮偈棠黎。天閽決兮地垠開,

經過三彎觀,在棠黎宮休息:⑯　　　八荒協兮萬國諧。登長平兮雷

天門敞開,地界泯滅,　　　　　　　鼓礚,天聲起兮勇士厲。雲飛揚

190　八荒和諧,萬國融洽。　　　　　兮雨滂沛,于胥德兮麗萬世。

他登上長平阪,雷鼓隆隆;⑰

雷聲起,勇士奮。

雲飛揚,雨滂沱;⑱

現在一切都符合德性,美善萬世。

11

195　尾聲:高高圓丘,⑲　　　　　　　亂曰:崇崇圜丘,隆隱天兮。登

向上拱起,遮蔽天空,　　　　　　　降岪蔚,單埑垣兮。增宮嵾差,

---

⑫　行178:關於"肸蠁"(四散,散開),見《蜀都賦》,行390—391 注。

⑬　行180—181:黃龍和麟是吉兆。

⑭　行182:巫咸是屈原在《離騷》裏請教的占卜師。見《離騷》,第141 聯句;《楚辭補注》,卷1頁28b—29a。

⑮　行184:嚴格説來,"儐"應指皇帝的侍從,他們陪伴客人進入宮殿,並襄助儀典。見《周禮注疏》,卷38頁1a。
　　但是此處他們似乎是神靈的隨從,紛紛下降壇位。

⑯　行188:三彎觀可能跟封彎觀是一回事,位於甘泉園的圍墙之内。見劉歆《甘泉宫賦》(見《藝文類聚》,卷62
　　頁1113):"封彎爲之東序。"棠黎宮位於甘泉園的南邊。見《三輔黃圖》,卷2頁45。

⑰　行191:長平是位於池陽郡(今陝西涇陽縣西北)西南的涇水河岸的斜坡的名字。見《漢書》,卷8頁271,
　　注3。

⑱　行193:雲和雨是表示皇家恩澤的意象。

⑲　行195:"圜丘"是祭祀天的壇,其形狀用以象徵天之圓。見王念孫,《廣雅疏證》,卷9上頁13。

攀登下降，轉折纏繞，[120]

彎彎曲曲，盤旋舒卷。[121]

層層宮殿，參差不齊，

200　並排而立，巍峨聳立，

深邃陡峭，嶙峋重迭，[122]

恍如洞穴，無窮無盡。

上天之行事，[123]

神秘莫測，迅疾突然。[124]

205　我們的聖君莊嚴肅穆，

的確是天之匹配。

虔誠地前來郊祀，

是天神信賴之人。

徘徊逡巡，漫步逍遥，[125]

210　於是神靈，休息安憩。[126]

光輝照燿，

送下祝福：

"子子孫孫

綿綿無盡。"

駢嵯峨兮。岭嶒嶙峋，洞無厓
兮。上天之緯，杳旭卉兮。聖皇
穆穆，信厥對兮。徠祇郊禋，神
所依兮，徘徊招摇，靈迉迡兮。
光煇眩燿，降厥福兮。子子孫
孫，長無極兮。

---

[120]　行197：疊韻聯綿詞"刿崺"，我譯爲"轉折纏繞"（twisting and twining），是更爲常見的"邐迤"的異體字，用以
描述地形蜿蜒，延伸très大空間。見《爾雅》下之六頁 3b；胡紹煐，卷 8 頁 10a—b。

[121]　行198：將"單"視作"蟬"（蜿蜒，捲曲）。這種感覺跟"堁垣"（curl and coil）相合，描述了土丘的外形。

[122]　行201：疊韻聯綿詞"岭嶒"（也讀作 linghong）缺乏旁證。顏師古（見《漢書》，卷 87 上頁 3534，注 5）釋爲描
述"深"的狀態。結合上下文，我譯爲"深邃陡峭"（deep and steep）。
　　疊韻聯綿詞"嶙峋"是"鱗晌"的異體字（見《文選》，卷 2 頁 6a）。顏師古（見《漢書》，卷 87 上頁 3534，注 5）釋
爲"節級貌"。其基本意思可能由"嶙"傳達，暗示了重疊、覆瓦狀（像魚鱗）。對此詞的簡短討論，見高步瀛，
卷 2 頁 16a。

[123]　行203："緯"是"載"（行動）的通假字。見《毛詩》第 235 首第 7 章："上天之載，無聲無臭。"

[124]　行204：各注家對雙聲聯綿詞"旭卉"的含義並無一致意見。顏師古（見《漢書》，卷 87 上頁 3534，注 6）釋爲
"疾速也"，李善（卷 7 頁 10a）釋爲"幽昧之貌"。兩個形旁都不能對其含義提供任何啓示。胡紹煐（卷 8 頁
11a）提出，將"卉"等同於"欻"（突然）。朱起鳳（見《辭通》，頁 2389）將此聯綿詞等同於"倏忽"（突然）及其異
體字。這句話的基本意思是天的行蹤如此飄忽，它們是神秘且很難理解的。

[125]　行209：此處的疊韻聯綿詞"招摇"是更常見的"逍遥"（自由自在地漫遊）的異體字。見朱起鳳，《辭通》，頁
687。

[126]　行210：對這一句的不同解讀，見高步瀛，卷 7 頁 35a—b。"迉迡"所代表的詞是"棲遲"（休息、安憩）。見
《毛詩》第 138 首第 1 章。

耕　藉

藉　田　賦

潘安仁

【解題】

　　潘岳(字安仁)此賦描繪了皇帝親耕藉田的儀式,該田出産用來釀酒以及奉祀宗廟的粟和其他穀類。在正月或二月,皇帝前往藉田,首先執耒三推。三公隨後五推,他們的助手和其他卿相九推,士十二推,百姓耕完剩餘的部分。關於漢代此儀式的更多資料,參考 *HFHD*,1：281‐83；Tjan Tjoe Som, *Po Hu T'ung*,2：493；Bodde, *Festivals*, pp. 223‐41。潘岳爲晉代開國皇帝武帝復興藉田儀式而作此賦。此儀式於 268 年 2 月 19 日舉行,這天,皇帝乘坐木車到達田地,並以牛、羊和猪供奉神農,並應按照以上所描述的方式舉行儀式。參考《宋書》,卷 14 頁 583 和《晉書》,卷 19 頁 589。《藉田賦》也收於《晉書》,卷 55 頁 1500—1503。該賦此前的譯文有：von Zach, *De Chineesche Revue* 1（1927）；*Ostasiatische Rundschau* 10（1929）,rpt. in *Die Chinesische Anthologies*,1：98‐102；小尾郊一,《文選》,1：383‐394。臧榮緒《晉書》引此賦名爲《藉田頌》(李善,卷 7 頁 10b)。"頌"和"賦"經常被認爲是同一種文體,題目的區別意義不大。

1

晉建國的第四年,正月丁亥日,[①]皇帝親自率領　　伊晉之四年正月丁未,皇帝親率

---

① 行 1—2：文中誤作"丁未",應爲"丁亥"(這年的正月並沒有丁未日)。臧榮緒《晉書》(李善,卷 7 頁 10a 引)和正史《晉書·武帝紀》(卷 3 頁 56)都記載,泰始四年正月丁亥日(268 年 2 月 19 日)舉行這一耕種儀式。亥日,尤其是丁亥日,被認爲是舉行耕種儀式特別吉祥的日期。在 485 年,六位學者就丁亥日儀式的問題表達意見。見《南齊書》,卷 9 頁 142—143。

諸侯，耕於千畝之田。② 這是完全符合禮制的。

　　於是皇上命令甸師清理皇家田地，③

　　野廬清掃道路，④

　　封人築起環繞宮殿的土墻，⑤

　　掌舍設下路障。⑥

10　青壇鬱鬱，如山峰般聳立；

　　翠幕陰陰，如雲舒展。⑦

　　將祭壇設在高高的壇基上，

　　向四方開設廣闊的臺級。

　　土地平坦富饒，

15　肥沃的土壤如磨石般平整。⑧

　　穿過清澈的洛河，混濁的運河，

　　分水開流。

　　遠路筆直如準繩，

　　近道筆直如箭矢。⑨

20　青牛拉着青色車駕，⑩

群后藉于千畝之甸，禮也。於是
乃使甸帥清畿，野廬掃路。封人
壝宮，掌舍設柂。青壇蔚其嶽立
兮，翠幕黓以雲布。結崇基之靈
趾兮，啓四塗之廣阼。沃野墳
腴，膏壤平砥。清洛濁渠，引流
激水。遄阡繩直，邇陌如矢。緫
犗服于縹軛兮，紺轅綴於黛粗。
儳儲駕於廛左兮，俟萬乘之躬
履。百僚先置，位以職分。自上
下下，具惟命臣。襲春服之萋萋
兮，接游車之轔轔。微風生於輕
幰，纖埃起於朱輪。森奉璋以階
列，望皇軒而肅震。若湛露之晞
朝陽，似衆星之拱北辰也。

---

② 行 4—5：關於“千畝之甸”，見《東京賦》，行 435 注。

③ 行 6：甸師是《周禮》職官之一（見《周禮注疏》，卷 4 頁 14b—15a）。就任此職的人負責在藉田時監督下級官員。見 Edouard Biot, trans., *Tcheou-Li*, *Rites des Tcheou*, 3 vols.（1985；rpt. Taipei：Ch'eng Wen Publishing Co.，1969），1：84。《文選》作“甸帥”，而非“甸師”，以避晉景帝司馬師的名諱。

④ 行 7：野廬氏是《周禮》職官之一（見《周禮注疏》，卷 36 頁 18b），負責巡視遠至皇家邊疆的道路和驛道。見 Biot，2：376。

⑤ 行 8：封人是《周禮》職官之一（見《周禮注疏》，卷 12 頁 16a），職司者負責建造環繞土壇的土墻。見 Biot，1：261–62。鄭玄（見《周禮注疏》，卷 12 頁 16a—16b）認爲“壝”是壇和低矮的土墻。潘岳將“壝”作動詞用，意思是“圍繞着土墻”。這裏的“宮”是皇帝在田地中臨時住所的名字。根據鄭玄（見《周禮注疏》，卷 6 頁 7b），當皇帝在田地上過夜時，其侍從修造土壇，堆土而成矮墻以形成“宮”。

⑥ 行 9：掌舍是《周禮》職官之一（見《周禮注疏》，卷 6 頁 7a），其職責包括建造皇帝在田野時使用的暫時住處的屏障。見 Biot，1：115。

⑦ 行 10—11：青色（翠鳥藍）是春天的象徵。六朝對耕種儀式的詩化描述中經常會提到“青壇”。顏延之《侍東耕詩》（《藝文類聚》，卷 39 頁 703）説：“浮蟻起青壇。”也可見張正見（約卒於 575 年）《從藉田應衡陽王教作詩》（《藝文類聚》，卷 39 頁 702）：“草發青壇外。”（其三）。江總（519—594）《勞酒賦》（《藝文類聚》，卷 39 頁 704）：“開青壇於回甸。”

⑧ 行 15：見《魏都賦》，行 195。

⑨ 行 19：見《毛詩》第 203 首第 1 章：“周道如砥，其直如矢。”

⑩ 行 20：根據李善（卷 7 頁 11b），“緫犗”是牽引皇帝之犁的一種特別的牛，牛的青色被認爲跟春天的顏色相聯繫。

青色的車轅擺放青色的耕具。⑪

馬車夫莊嚴地將車駕排列於田地左側，⑫

在那裏等待皇帝親臨。

百官首先列隊，

25　按照品級就位。

從上至下，⑬

均爲皇帝的命臣。⑭

穿着華麗的春服，

歡迎轔轔的出行車駕。⑮

30　微風輕拂車簾，

朱輪揚起細塵。

擁擠執圭，按品級列隊；⑯

望着皇帝的車駕，肅然敬畏。

如同被朝陽曬乾的露水，⑰

35　恰似拱衛北極星的衆星。⑱

---

⑪ 行21：根據卜德（Festivals，pp. 228－41），在漢代和其後的幾百年中，以脚犁進行禮儀性的耕種。潘岳的這句話清楚説明，在三世紀時已經使用牛耕。《晉書》（卷25頁754）記載，皇帝乘坐"耕根車"出席耕種儀式。耕根車很精美，由四匹馬牽引，上有三層華蓋，飄拂着一張大的腥紅旗幟和十二面長條旗。耒耜放置於車軾上。《隋書》引用沈約的話作爲權威（卷10頁209），對此車作了基本相同的描述，接着説："即潘岳所謂'紺轅屬於黛耜'也。"據沈約所説，他描述了於443年舉行的耕種儀式（見《宋書》卷14頁354），當皇帝到達藉田時，宮廷侍從跪下來宣布："尊降車。"當皇帝走近壇（應爲青壇），司農宣布："先農已享，請皇帝親耕。"於是皇帝推三次耒，翻三次土。

⑫ 行22：李善（卷7頁11）認爲"駕"是駕牛的省略，駕牛莊嚴地等待天子行過田地；耕田是爲了儲蓄，因此潘岳稱之爲"儲駕"。李善此解相當違逆此句的語法。朱珔（卷9頁8a—b）指出"儲"意爲"聚集"，這是對的。因而，此句描述隨從聚集在田地，等待皇帝駕到。也可以將"儲"理解爲動詞，意思是"去準備"。因此，這句話也可另譯爲："馬車夫沿着田地左側，排列好車駕。"

⑬ 行26：此句逐字引自《周易注疏》，卷4頁30a（第42卦，《象傳》）。

⑭ 行27：見《東京賦》，行259。

⑮ 行29：游車（或斿車）是木車，用以在邊防進行遊獵，據説在皇帝的隊伍裏有九輛這樣的車。見《周禮注疏》，卷27頁17b，鄭玄注；《國語》，卷6頁2a，韋昭注；《後漢書》，志第29頁3649；《晉書》，卷25頁755。見《東京賦》，行376注。

⑯ 行32：見《毛詩》第238首第2章："奉璋峨峨，髦士攸宜。"

⑰ 行34：見《毛詩》第178首第1章："湛湛露斯，匪陽不晞。"李善（卷7頁12a）解釋説這是諸侯對皇帝順從和尊敬的比喻。就像晨露不敵早晨的太陽，諸侯服從皇帝的命令，並向他表示敬意。

⑱ 行35：見《論語》2/1："爲政以德，譬如北辰，居其所，而衆星共之。"

2

於是先導車輛以魚麗軍陣排列，[19]
隨從車隊如魚鱗聚集。
閶闔門洞開，[20]
四馬戰車分三道並排驅馳。[21]

40　常伯共乘車駕，[22]
太僕親自執繮。[23]
皇后和妃子獻出早、晚熟的種子，[24]
司農準備耕種的工具。[25]
挈壺決定隊伍的次序，[26]

45　宮正指揮通過大門和屋門。[27]
於是天子登上玉輦，[28]
遮以華蓋。[29]
玉珮鏗鏘，[30]
白綢悉索。

50　金根以刺眼光芒閃耀，[31]

於是前驅魚麗，屬車鱗萃。閶闔
洞啓，參塗方駟。常伯陪乘，太
僕秉轡。后妃獻穜稑之種，司農
撰播殖之器。挈壺掌升降之節，
宮正設門閭之蹕。天子乃御玉
輦，蔭華蓋。衝牙錚鎗，綃紱絳
繰。金根照耀以炯晃兮，龍驥騰
驤而沛艾。表朱玄於《離坎》，飛
青縞於《震兌》。中黃曄以發揮，
方綵紛其繁會。五輅鳴鑾，九旗
揚斾。瓊鈒入簇，雲罕晻藹。簫
管嘲哳以啾嘈兮，鼓鞞砏隱以砰
磕。笱簨嶷以軒翥兮，洪鍾越乎
區外。震震填填，塵騖連天，以
幸乎藉田。蟬冕穎以灼灼兮，碧

---

[19] 行36：見《東京賦》，行525注。

[20] 行38：閶闔門位於洛陽西城墻的北盡頭。見《水經注》，册3，卷16頁74。

[21] 行39：見《西京賦》，行46—47注；《西京賦》，行314。

[22] 行40：“常伯”是侍中的古名，負責儀式活動。當禁軍離開宮廷外出，侍中捧着皇帝玉璽，充當車上的侍衛。

[23] 行41：太僕駕馭皇帝的車駕。見《後漢書》，志第25頁3581。

[24] 行42：根據鄭眾（見《周禮注疏》，卷7頁18b），穜是一種早播晚熟的穀的名字；稑（也寫作穋）是遲播早熟的穀子。《周禮》（見《周禮注疏》，卷7頁18a）説，春天伊始，皇后帶領嬪妃捧獻此類穀種。見Biot，1：148。

[25] 行43：司農負責監督藉田。見《晉書》，卷24頁737。

[26] 行44：挈壺氏是《周禮》職官之一（見《周禮注疏》，卷30頁15a），其職責包括拿着水壺爲軍營確定水井的地點。該職官還懸轡（繮繩）以示宿營之所，懸畚（籃子）以示取糧之地。見Biot，2：201-2。《周禮》沒有提到挈壺氏組織行進的次序（字面意思爲“升降之時機”）。

[27] 行45：宮正是《周禮》職官之一（見《周禮注疏》，卷3頁18a—22a）。其功能之一是當皇帝離開宮殿時爲其清道。見Biot，1：64-70。

[28] 行46：見《文選序》，行17注，以及《西京賦》，行397注。

[29] 行47：見《甘泉賦》，行28注。

[30] 行48：“衝牙”是從玉珮頂部的“衡”垂下的六個裝飾物之一，在玉珮的下部中心。見Laufer，*Jade*，pp. 197-98，206，208。

[31] 行50：“金根”是裝飾着金子的特殊車駕的名字，由四匹馬拉駛。見《後漢書》，志第29頁3643—3644；《晉書》，卷25頁754。“根”的意思並不明確，該車駕可能以特殊的吉祥木製成。漢代緯書《孝經援神契》（《藝文類聚》，卷71頁1235引）提到金根車用山中的吉祥樹製成，此樹因應有德之君而出現。

龍驥雄健奔騰跳躍。㉜

以紅和黑表示南北，

以綠和白指明東西。㉝

中間的黃色光輝燦爛，㉞

55　所有方位顏色絢麗繁盛。㉟

五種大車鸞鈴鳴響，㊱

九種圖案的旗幟飄飛。㊲

瓊釳密集，㊳

雲罕繁多。㊴

60　簫管嘟嘟齊鳴，

大鼓小鼓轟隆作響。

鐘架高懸欲飛，

巨鐘響徹世外。㊵

混亂顫慄，嗡嗡喧鬧，

65　灰塵飛揚，融入天空，

天子親臨藉田。

蟬翼帽閃耀華麗，㊶

色肅其千千。似夜光之剖荊璞
兮，若茂松之依山巔也。

㉜　行 51：見《東京賦》，行 353。疊韻聯綿詞"沛艾"最初出現在司馬相如的《大人賦》(《史記》，卷 117 頁 3057；《漢書》，卷 57 下頁 2593)，用來描述載着大人遨遊天界的龍驥"雄健偉俊"。它可能是"駊騀"的異體字。見《甘泉賦》，行 56 注。

㉝　行 52—53：在中國關聯思維中，紅、黑、綠和白色分別是南、北、東、西的顏色。潘岳使用對應不同方向的卦名來指示方向：離(南方)，坎(北方)，震(東方)，及兌(西方)，所描述的是對應不同方向的旗幟和馬車。見《東京賦》，行 364 注。

㉞　行 54：黃色是中心和土地的顏色。《晉書》作"輝"，《文選》作"揮"。朱珔(卷 9 頁 9a)傾向於《文選》的"揮"，認爲"發揮"描述了旗幟的飄蕩。

㉟　行 55：《楚辭·東皇太一》(見《楚辭補注》，卷 2 頁 3a)有相似的句子："五音紛兮繁會。"

㊱　行 56："五輅"是《周禮》中提到的五種車子(見《周禮注疏》，卷 27 頁 1b—5a)，包括玉輅、金輅、象輅、革輅和木輅。也可見《晉書》，卷 15 頁 753—754；《宋書》，卷 18 頁 494。

㊲　行 57："九旗"是《周禮》中提到的九種旗幟(見《周禮注疏》，卷 27 頁 16a)，以其各自的設計和製作材料而區別。

㊳　行 58：形聲字"釳"，是"鬩"的異體字，指一種戟(見《說文》，卷 14 上頁 6391)。根據薛綜(《後漢書》，志第 29 頁 3649 注 2 所引)，車側安裝有四個戟。《晉書》(卷 25 頁 758)提到鬩戟車上有一隻向後傾斜的長戟。

㊴　行 59：關於"雲罕"車，見《東京賦》，行 376 注。沈約(見《宋書》，卷 18 頁 499—500)引述潘岳的句子，不同意將"雲罕"釋爲一種旗幟，推測"罕"最初裝載於打獵的車上，後來只作裝飾用。

㊵　行 62—63：見《西京賦》，行 122—125 和注。

㊶　行 67：關於蟬冕，見《魏都賦》，行 228 注。

碧緑色調，多麽葱鬱莊嚴！⑫

像剖自荆玉的夜光珠，⑬

70　如依托在山巔的茂松。

3

於是我們威嚴的皇帝從祭壇下降，

手執御耜。

蟻丘弄髒鞋子，⑭

大繮繩在手中。

75　他耕完三壠地之後停下，⑮

百姓耕完剩下的整塊田地。

大小官員按品級出現，

有的五壠，有的九壠。⑯

此時在首都和邊陲居住没有差别，

80　民族不分華夏或胡夷。

老少緊密聚集，

男女叢雜齊至。⑰

身着粗布，除去裙服，

髮卷懸垂或髮髻捆紮，

85　摩肩接踵，

拖扯彼此的袍服，衣袖緊相連接。

四方起黄塵，

於是我皇乃降靈壇，撫御耜。坻
場染屨，洪縻在手。三推而舍，
庶人終畝。貴賤以班，或五或
九。于斯時也，居靡都鄙，民無
華裔。長幼雜遝以交集，士女頒
斌而咸戻。被褐振裾，垂髻總
髮，躡蹋側肩，掎裳連襟。黄塵
爲之四合兮，陽光爲之潛翳。勔
容發音而觀者，莫不抃儛乎康
衢，謳吟乎聖世。情欣樂於昏作
兮，慮盡力乎樹蓺。靡誰督而常
勤兮，莫之課而自厲。躬先勞以
説使兮，豈嚴刑而猛制之哉！

---

⑫ 行 68：劉向（卷 7 頁 19a）認爲“碧”指官員所捧之玉。高步瀛（卷 7 頁 44a）認爲捧玉並非是耕種儀式的組成
部分，但是他並没有就其功能作出任何解釋。金牲（高步瀛，卷 7 頁 44a 引用）説，碧（緑色或藍色）指春服的
顔色。潘岳可能引用《高唐賦》（《文選》，卷 19 頁 4b）：“仰視山巔，肅何千千。”

⑬ 行 69：著名的卞和玉取自發現於楚（荆）國山中未開鑿的玉石。見《韓非子集釋》，卷 4 頁 238。

⑭ 行 73：“坻場”是蟻丘或者鼴鼠丘的統稱。見戴震，《方言疏證》，卷 6 頁 5b—6a。

⑮ 行 75：學者對“三推”有兩種不同的解釋。根據最普遍的解釋，推意爲“耕一壠地”。見 Legge, *Li chi*, 1：
255；*HFHD*, 1：283；Tjan, *Po Hu T'ung*, 2：493。但是，卜德（見 *Festivals*, p. 238）認爲“推”的意思是“推
耒”，故“三推”可能意指“推了三次耒”。鑒於潘岳所描寫的耕種儀式用的是牛耒（見以上行 21—22），我認
爲“三推”在此行中意謂“耕三壠地”。

⑯ 行 77—78：這幾句指《月令》中規定的耕作儀式的經典形式（見《禮記注疏》，卷 14 頁 20a），在皇帝耕完三壠
後，三公耕五壠，卿諸侯耕九壠。

⑰ 行 82：李善（卷 7 頁 14a）將聯綿詞“頒斌”釋爲“相雜之貌也”，顯然與司馬相如《上林賦》（行 196 注）中的“玢
豳”相同。“玢豳”描述石頭的顔色和紋樣混雜，潘岳用來描述參加儀式者的“叢雜”。

隱遮明亮的太陽。

觀衆全都興奮,發出驚呼:⑱

90　無人不拍手,在寬闊的大道上起舞,

或者謳歌讚頌聖君的統治。

勞動辛苦,人心歡悅,⑲

熱切地盡力耕種。

儘管無人監督,卻前所未有地勤奮;

95　無人警戒,因百姓自我激勵。

皇帝親自帶領出力,他們很高興工作;⑳

何必以嚴刑峻法去強制他們?

4

村翁和農夫在場,

一些人走上前說道:

100　"我們認爲減增隨時,㉑

按照自然規律,一向如此。

高以低爲基礎,㉒

民以食爲天。㉓

想修正枝葉的人要先正根,

105　管理商業必須以農爲本。㉔

如果九州不能提供適當的貢賦,

四業之民將不能專注工作。㉕

有邑老田父,或進而稱曰:蓋損益隨時,理有常然。高以下爲基,民以食爲天。正其末者端其本,善其後者慎其先。夫九土之宜弗任,四人之務不壹。野有菜蔬之色,朝靡代耕之秩。無儲稸以虞災,徒望歲以自必。三季之衰,皆此物也。今聖上昧旦不顯,夕惕若慄。圖匱於豐,防儉於逸。欽哉欽哉,惟穀之卹。展

---

⑱ 行89:這句話有兩種句讀方式,一種是在"音"的後面斷句,另一種是在"觀者"的後面。我採用後一種,中華書局版的《晉書》(卷55頁1501)就是如此斷句。疊韻聯綿詞"動容"傳達不安和興奮之情。見《辭通》,頁1122。我將之譯爲"全都興奮"(all atingle)。

⑲ 行92:見《西京賦》,行343。

⑳ 行96:見《周易注疏》,卷6頁9b(第58卦,《象辭》):"說以先民,民忘其勞。"

㉑ 行100:見《周易注疏》,卷4頁27a(第41卦,《象辭》):"損益盈虛,與時偕行。"

㉒ 行102:見《老子》39:"貴以賤爲本,高必以下爲基。"

㉓ 行103:潘岳從酈食其的言論借用此句(見《史記》,卷97頁2694):"王者以人爲天,而民以食爲天。"

㉔ 行104—105:"本"和"先"指農業和糧食,"末"和"後"指商業。見西漢文帝發布的一道聖旨:"農,天下之大本也,民所恃以生也。而人或不務本而事末,故生不遂。"(《漢書》,卷4頁118)

㉕ 行107:《晉書》作"業"(職業),《文選》作"人"。

如果農村有饑情，[56]

朝廷將不能發放薪俸以代耕。[57]

110　如果不儲備食物以防災荒，

人們如何能自信地期待收獲？[58]

三代統治者的滅亡完全是因爲忽略這些事。

我們當今的聖君

黎明時傑出卓越，[59]

115　黃昏時卻因爲憂慮而顫慄。[60]

豐足之時，爲匱乏作準備，

安逸之中，警惕短缺。

虔敬啊虔敬，

關心的是糧食！[61]

120　全力弘揚夏春秋三季的大事，[62]

讓穀倉和倉庫滿溢。

這的確是堯舜的奉獻，[63]

是保存和幫助人民的基本措施。”

三時之弘務，致倉廩於盈溢。固堯湯之用心，而存救之要術也。

5

現在在宗廟舉行祭祀，

125　祝者和宗人擇定日子。

若乃廟祧有事，祝宗諏日。簠簋普淖，則此之自實。縮酙蕭茅，

56　行 108：見《禮記注疏》，卷 12 頁 18b：“三年耕，必有一年食。九年耕，必有三年食……雖有凶旱水溢，人無菜色。”

57　行 109：見《禮記注疏》，卷 11 頁 5b：“諸侯之下士視上農夫，禄足以代其耕也。”

58　行 111：五臣注本作“畢”（結束），尤袤本作“必”（肯定）。“自必”的意思較爲模糊。李善（卷 7 頁 15a）似乎將此句理解爲倒裝：“空自必望於歲也。”贊克（*Die Chinesische Anthologie*，1：101）幾乎以相同的方式來理解：“怎麼能自信（充滿信心，Legge 1：217）地期待收獲（Legge 5：739/2）？”

59　行 114：見《東京賦》，行 734。

60　行 115：見《周易注疏》，卷 1 頁 3b（第 1 卦，九三）：“君子終日乾乾，夕惕若厲。”皇帝憂慮是因爲擔心有些任務未完成，或者可能會發生一些未曾預料的災難。

61　行 118—119：這兩行出自《舜典》中幾乎一模一樣的句子（《尚書注疏》，卷 3 頁 14a；Legge 3：39）：“欽哉欽哉，惟刑之恤哉！”

62　行 120：三季指春、夏、秋這三個農業季節。

63　行 122：見董仲舒的《對策》（《漢書》，卷 56 頁 2412）：“陛下親耕藉田，以爲農先。夙寤晨興，憂勞萬民，思惟往古，而務以求賢。此亦堯舜之用心也。”

祭器中裝滿黍稷，⑭

出自藉田。

過濾的混合物和縮酒用的茅草，⑮

也來自藉田。⑯

130　黍稷的馨香，

美酒的美妙神聖，

必然使人民和順，年景豐收，

這些是神靈降下的祝福。⑰

古人有言：

135　"聖人的各種德行中，

有比孝更高的嗎?"

孝是天地的本性，

是人之所以成爲萬物之靈的所在。⑱

古代聖明的君王以孝治理天下，⑲

140　但是之後能效仿他們的人，⑳

確實少見罕有！

現在我們的偉大晉朝皇帝

確實弘揚光大此道。㉑

他的榜樣和模式被萬國信任，㉒

又於是乎出。黍稷馨香，旨酒嘉栗。宜其民和年登，而神降之吉也。古人有言曰：聖人之德，無以加於孝乎！夫孝，天地之性，人之所由靈也。昔者明王以孝治天下，其或繼之者，鮮哉希矣！逮我皇晉，實光斯道。儀刑乎于萬國，愛敬盡於祖考。故躬稼以供粢盛，所以致孝也。勸穡以足百姓，所以固本也。能本而孝，盛德大業至矣哉！此一役也，而二美具焉。不亦遠乎，不亦重乎！

---

⑭ 行126："簠"是長方形的銅質或木質器具，"簋"是圓形的。見李學勤，*The Wonder of Chinese Bronzes* (Beijing: Foreign Languages Press, 1980)，pp. 11‑13。"普淖"（字面意思爲"統一和諧"）是粟（millet）之代稱。見《儀禮注疏》，卷43頁5a。

⑮ 行128："鬯"是祭祀中使用的芳香之酒的名字。見《甘泉宮賦》，行176—177注。《周禮》（見《周禮注疏》，卷4頁15b）大夫鄭興（鄭興，活躍於15—35年）注，"蕭"有時寫作"茜"，讀作"縮"，"以茅草濾酒"；捆扎起來的茅草放在供品之前，把酒倒在上面，"酒滲進去，就如神靈在飲用"。杜子春（見《周禮注疏》，卷4頁15b）說，"蕭"是多年生植物（*Anapholis yedoensis*），滲透貢物的脂肪，與粟混合產生一種強烈的氣味。我不確定潘岳如何理解這個詞。爲了跟"縮鬯"對仗，我將"蕭"釋爲"過濾"。

⑯ 行129：見《國語》（卷1頁6b）對藉田的描述："上帝之粢盛，於是乎出？"

⑰ 行130—133：潘岳引自《左傳》，桓公六年（Legge 5；49），季梁解釋各種祭祀供物的意義："奉盛以告曰：'潔粢豐盛。'謂其三時不害，而民和年豐也。奉酒醴以告曰：'嘉栗旨酒。'謂其上下皆有嘉德，而無違心也。所謂馨香，無讒慝也……於是乎民和而神降之福。"

⑱ 行135—138：潘岳暗指《孝經》，第9章（見《孝經注疏》，卷5頁1a）："曾子曰：'敢問聖人之德，無以加於孝乎？'子曰：'天地之性，人爲貴。人之行，莫大於孝……夫聖人之德，又何以加於孝乎？'"

⑲ 行139：見《孝經》，第8章（見《孝經注疏》，卷4頁1a）。

⑳ 行140：見《論語》2/23："其或繼周者，雖百世可知也。"

㉑ 行143："斯道"指孝道。

㉒ 行144：見《毛詩》第235首第7章："儀刑文王，萬國作孚。"

145 他將全部的愛和尊敬獻給祖先。⑦

因此，親自耕種田地、供給祭穀是實行孝道的方式。⑦ 鼓勵農業，使百姓豐足是固本之措施。⑦ 如果統治者能夠堅固根本，實行孝道，⑦他的無上美德和偉大功業確實完美無缺！ 做一件事，卻能得到兩種好結果。⑦ 難道不是道路漫長？ 難道不是任務重大？⑦

6

我冒昧撰寫以下頌辭：
哦，京都郊野樂殷殷！
我們在這裏採集茅草。⑦
天子大駕到來，
160 現在親自耕種。
耕種三壟，
衆多地區因此神聖。⑧
鋤耕公田，
其果實延伸到私田。⑧
165 我們的盤子盛滿祭品，

敢作頌曰：思樂甸畿，薄采其茅。大君戾止，言藉其農。其農三推，萬方以祇。耨我公田，實及我私。我簠斯盛，我簋斯齊。我倉如陵，我庾如坻。念茲在茲，永言孝思。人力普存，祝史正辭。神祇攸歆，逸豫無期。一人有慶，兆民賴之。

---

⑦ 行 145：見《孝經》，第 2 章（《孝經注疏》，卷 1 頁 4b）："愛敬盡於事親，而德教加於百姓。"

⑦ 行 146：見《禮記注疏》，卷 49 頁 3b："王者躬耕，所以供粢盛。"

⑦ 行 147：李善（卷 7 頁 16a）引用一本已佚的著作《五經要義》，其中說："天子藉田千畝，所以先百姓而致孝敬也。"

⑦ 行 149：見《尚書注疏》，卷 7 頁 5b（Legge 3：158）："民惟邦本，本固邦寧。"

⑦ 行 153：兩個好結果指"能本而孝"。

⑦ 行 154—155：見《論語》8/7："仁以爲己任，不亦重乎？ 死而後已，不亦遠乎？"

⑦ 行 157—158：見《毛詩》第 299 首第 1 章："思樂泮水，薄采其芹。"
《晉書》作"芳"（香氣），《文選》作"茅"（茅草）。有些學者主張"茅"跟"農"不押韻，"芳"應該是正確的解讀。但是，朱珔（卷 9 頁 9b—10a）說"茅"（該字亦可讀作 *mong）可以跟"農"押韻。另外，許巽行（卷 2 頁 10b—11a）指出"農 nong"可讀作" *nau"。因此，不管讀作"農"（nong）還是"茅"（mao），這兩行是押韻的，沒有必要修改文本。茅草可用來濾酒。見上面行 129 注。

⑧ 行 162：見《禮記注疏》，卷 39 頁 14a："耕藉，然後諸侯知所以敬。"

⑧ 行 163—164：《晉書》作"遂"（完成），《文選》作"實"（果實）。見《毛詩》第 212 首第 3 章："雨我公田，遂及我私。"

我們的甕中充滿祭穀。⑧

我們的穀倉如山,

我們的穀垛如島。⑧

哦,在這裏思考這些事!⑧

170　讓我們的孝思永不停止。⑧

百姓的力量保存在所有地方,

史官説出可信的話語。⑧

神靈滿意於供物,

我們的快樂適意將無盡頭。⑧

175　如果一人快樂,

萬衆將從中受益。⑧

---

⑧　行 165—166:潘岳如何理解這兩句話中的"齊"("粢"或"䊆"的異體字)和"盛",我並不完全清楚。鄭玄對"齊"有不同解釋,認爲是粟或任何在祭祀中充當供品的五穀之一。見《周禮注疏》,卷 4 頁 15a,卷 19 頁 14a,卷 16 頁 22a,卷 19 頁 4a,卷 25 頁 10a。容器裏的祭穀稱作"盛"。如段玉裁所説(見《説文》,卷 5 上頁 2121b),這兩個字單獨或者一起使用指祭穀。因此,我分別將"盛"和"齊"譯爲"盛滿祭品"和"祭穀"。這裏提到盛放穀物的容器是上面 126 行注中提到過的"簠"(我譯爲"盤",paten)和"簋"(我譯爲"甕",urn)。

⑧　行 167—168:見《毛詩》第 211 首第 4 章:"曾孫之庾,如坻如京。"參考《魏都賦》,行 482 注。

⑧　行 169:這句話逐字引自《大禹謨》(《尚書注疏》,卷 4 頁 6a;Legge 3:58),包含於大禹所説的一段話中:"念茲在茲!"

⑧　行 170:這句話出自《毛詩》第 243 首第 3 章,用以讚頌周王:"永言孝思。"

⑧　行 171—172:見《左傳》,桓公六年(Legge 5:48):季梁曰:"上思利人,忠也。祝史正辭,信也……故奉牲以告曰:'博碩肥腯。'謂人力之普存也。"

⑧　行 174:這句話借自《毛詩》第 186 首第 3 章,用於一首提倡及時行樂的詩中:"爾公爾侯,逸豫無期。"高步瀛(卷 7 頁 51a)指出,潘岳使用此句並不妥當。

⑧　行 175—176:這兩句話逐字引自《吕刑》(《尚書注疏》,卷 19 頁 25a;Legge 3:600)。"賴"作"得益於"講,見 Karlgren,"Glosses on the Book of Documents," p. 184,♯2052。

畋 獵 上

子 虛 賦

司馬長卿

【解題】

　　司馬相如(字長卿)此賦是對古代南方楚國宏大的雲夢苑圍的精美描述。他大約於公元前150年寫作此賦,當時正服務於梁王劉武的宮廷。後來,約公元前137年,漢武帝偶然讀到此賦,印象深刻,立即召見司馬相如。在會面時,司馬相如提出撰寫續篇描述"天子遊獵",此文即是《文選》中緊接《子虛賦》的《上林賦》。《子虛賦》的文字也見於《史記》(卷117頁3002—3015)和《漢書》(卷57上頁2534—2545),兩個文本之間的差異很大,《文選》本則對它們都有吸納。嚴格說來,《子虛賦》和《上林賦》是一篇賦,很多學者指責蕭統將其一分爲二(對各種意見的簡述,參考高步瀛,卷7頁52a—b)。該賦之前的譯文有:von Zach,*De Chineesche Revue* 2 (1928);and *Ostasiatische Rundschau* 10 (1929),rpt. in *Die Chinesische Authologie*,1:103‑7;Watson,*Records*,2:301‑7;rpt. in *Chinese Ryhme-Prose*,pp. 30‑37;Hervouet,*Le Chapitre 117 du Che-ki*,pp. 11‑54;小尾郊一,《文選》1:394‑408。吳德明的翻譯包括大量的注釋,可以幫助更爲詳細地理解這篇以晦澀難懂出名的賦的很多詞語。我的注釋意在補充吳德明所做的重要工作。我還參考了如下著作中的注釋:《兩漢文學史參考資料》,頁27—40;施之勉,《史記司馬相如列傳校注》第一部分,《大陸雜誌》56.1(1978):10‑25;第二部分,《大陸雜誌》56.2(1978):82‑97;裴晉南等編注,《漢魏六朝賦選注》(上海:古籍出版社,1983),頁17—30。

　　郭璞的注包含有對《子虛賦》和《上林賦》難字的最翔實的解釋。《隋書》(卷35頁1083)說,郭璞爲兩賦所作的一卷注文見於梁代,其時已佚。但是,郭注肯定以某種形式保存至唐代,因爲李善和《漢書》注家顏師古都曾引用過。正如高步瀛(卷7頁52b)所指出,李善並沒有引用全部郭注,而是在很多地方代之以其他注疏,尤其是張揖(活躍於 227—233 年)和司馬彪(卒於 306 年)的注疏。

1

楚國派遣子虛出使齊國,齊王調動全部車駕和騎手,陪同使者外出打獵。打獵結束後,子虛走向烏有先生炫耀,亡是公也在座。每個人都落座後,烏有先生問道:"你今天的打獵愉快嗎?"子虛先生答道:"很愉快。""你的獵物多嗎?"他說:"不多。""如果這樣的話,那你喜歡什麼呢?"子虛答道:"我喜歡齊王試圖炫耀衆多車駕和騎手,而作爲答復,我描述了我們的雲夢澤。"烏有先生說:"能允許我聆聽嗎?"子虛先生說:"好的。

楚使子虛使於齊,王悉發車騎與使者出畋。畋罷,子虛過妊烏有先生亡是公存焉。坐定,烏有先生問曰:"今日畋樂乎?"子虛曰:"樂。""獲多乎?"曰:"少。""然則何樂?"對曰:"僕樂齊王之欲夸僕以車騎之衆,而僕對以雲夢之事也。"曰:"可得聞乎?"子虛曰:"可。王車駕千乘,選徒萬騎,畋於海濱。列卒滿澤,罘網彌山。掩兔轔鹿,射麋脚麟。騖於鹽浦,割鮮染輪。射中獲多,矜而自功,顧謂僕曰:'楚亦有平原廣澤游獵之地,饒樂若此者乎? 楚王之獵孰與寡人乎?'僕下車對曰:'臣,楚國之鄙人也。幸得宿衛十有餘年,時從出游,游於後園,覽於有無,然猶未能徧覩也,又焉足以言其外澤乎?'齊王曰:'雖然,略以子之所聞見而言之。'僕對曰:'唯唯。臣聞楚有

齊王調動千乘車馬,

精挑細選出衆多騎手,

去海濱打獵:

20　密密麻麻的軍隊布滿大澤,①

羅網籠蓋山谷;

網住兔,碾過鹿,

射殺麋,綁縛麟,②

他們在鹽灘奔馳,

25　新鮮宰殺的禽獸染污車輪。③

箭中目標,所獲甚豐,齊王驕矜自得。他回過頭來,問我道:'楚國也有平原、廣澤和可供遊獵的地區,像這裏一般饒富樂趣嗎? 你如何比較我和楚王

---

① 行 20:此處説到的地方可能指稱爲"海隅"的寬闊鹽灘和沼澤,在山東沿海北部,是全國包括雲夢在内的十大澤之一。見《爾雅》,中之二頁 5a—b,郝懿行注。

② 行 23:"麋"是 elaphure(Père David's deer)。見 Edward H. Schafer, "Cultural History of the Elaphure," *Sinologica* 4 (1956): 250-74。儘管"麟"指的是生有一隻角,一般稱爲獨角獸(unicorn)的神秘動物,但此處可能是一種大型雄鹿的名字。見《説文》,卷 10 上頁 4360a—b;陸璣,《毛詩草木鳥獸蟲魚疏》,卷下頁 49;《爾雅》,下之六頁 8a;朱琦,卷 9 頁 10b—11a;胡紹煐,卷 9 頁 1b—2a。

③ 行 25:這句話也可譯爲:"他們切割鮮肉,並在車輪上進行醃製。"(車輪上覆滿鹽)見胡紹煐,卷 9 頁 2a;朱琦,卷 9 頁 11a—b;高步瀛,卷 7 頁 55a—b;Hervouet, *Le Chapitre 117 du Che ki*, p. 13, n. 5.

的遊獵？'

　　我跳下車駕，答道：'我是來自楚國的微賤之人，很幸運擔任十多年的宮廷侍衛。在楚王漫遊王宮後苑時，我經常伴隨，得以一窺其中景象。即使這樣我也没有看見全部。那麽，我如何能够去談論更遠的大澤呢？'

　　齊王説：'雖然如此，大概告訴我你所看見和聽見的。'

　　我答道：'好的，好的。聽説楚國有七個大澤，但是我只看過其中一個，從未參觀過其他。我所見的是其中極小的一個，其名爲雲夢，方圓九百里。④　其中心爲山。

50　其山彎曲盤繞，蜿蜒轉折，⑤

　　山峰高拱，陡峭層積。⑥

　　尖挺突出，崎嶇參差，⑦

　　覆蓋太陽，蔭蔽月亮。

　　多面混合，複雜連結，

55　上干青雲。

　　傾危偏斜，偏斜傾危，⑧

　　下入江河。⑨

　　其土壤裏有朱砂，石青，赤土，白堊，⑩

七澤，嘗見其一，未覩其餘也。臣之所見，蓋特其小小者耳。名曰雲夢。雲夢者，方九百里，其中有山焉。其山則盤紆弗鬱，隆崇聿崒。岑崟參差，日月蔽虧。交錯糾紛，上干青雲。罷池陂陀，下屬江河。其土則丹青赭堊，雌黄白坿，錫碧金銀。衆色炫耀，照爛龍鱗。其石則赤玉玫瑰，琳瑉昆吾。瑊玏玄厲，碝石碔砆。其東則有蕙圃，衡蘭芷若，芎藭菖蒲。茳蘺麋蕪，諸柘巴苴。其南則有平原廣澤，登降陁靡，案衍壇曼。緣以大江，限以巫山。其高燥則生葳菥苞荔，薜莎青薠。其埤濕則生藏莨蒹葭，東薔彫胡。蓮藕觚盧，菴閭軒于。衆物居之，不可勝圖。其西則有湧泉清池，激水推移。外發芙蓉菱華，内隱鉅石白沙。其中則有神龜蛟鼉，瑇瑁鼈黿。其

---

④　行47—48：雲夢澤從位於南方的今天的益陽（湖南，洞庭湖以南）向北延伸至江陵和安陸（湖北），向東延伸至武漢。正如吴德明所指出（見 *Le Chapitre 117 du Che ki*, p. 14, n. 2），九百里是誇張之辭。雲夢澤接近三百平方公里。關於雲夢的詳細記述，見 Hervouet, *Un Poète de cour*, pp. 245 - 54。

⑤　行50：郭璞（《漢書》，卷 57 上頁 2536，注 2 引）認爲疊韻聯綿詞"弗鬱"的意思是"蜿蜒轉折"。"弗"可能是表意部分，帶有蜿蜒之意。見《楚辭補注》，卷 3 頁 2b。我將之譯爲"tortuously turning"。

⑥　行51：疊韻聯綿詞"聿崒"描述陡峭的高地。"崒"可能是表意部分，《説文》（卷 9 下頁 4098a—b）釋其爲"危高也"。我譯爲"陡峭層積"（precipitously piled）。

⑦　行52：疊韻聯綿詞"岑崟"及其異體字（見朱起鳳，《辭通》，頁 1085）描述險峻高地。我受王逸在《楚辭補注》卷 16 頁 4b 中對"崟"的解釋的啓發，譯爲"尖挺突出"（peaked and pointed）。

⑧　行56：疊韻聯綿詞"罷池"和"陂陀"可能是同一個詞的不同寫法，意思是"傾危偏斜"（slanting and sloping）。見顏師古，《匡謬正俗》，頁 5。

⑨　行57：或者可譯爲："在下面它們匯入河流。"

⑩　行58：根據張揖（見《漢書》，卷 117 頁 3005，注 4），少室山（今河南鄧封縣北）是"赭"，也稱"赤土"的主要來源。堊，也叫白堊，是著名的中國瓷土。見 Read and Pak, p. 37, 57d。

雌黄,白灰,⑪

60　錫碧金銀,

五彩閃爍,

明亮炫目如龍鱗。

石頭有赤玉,玫瑰石,⑫

珠狀的玉,昆吾的石,⑬

65　針狀的石,黑色的磨石,⑭

石英石,紅地白痕的石。⑮

東邊有蕙圃,⑯

杜衡,蘭草,白芷,杜若,⑰

芎藭,菖蒲,⑱

北則有陰林,其樹楩枏豫章。桂椒木蘭,蘗離朱楊。櫨梨栖栗,橘柚芬芳。其上則有鵷鶵孔鸞,騰遠射干。其下則有白虎玄豹,蟃蜒貙犴。

---

⑪ 行59:關於"雌黄"(orpiment),見 Read and Pak, pp. 32 - 33,♯50;Edward H. Schafer, "Orpiment and Realgar in Chinese Technology and Tradition," *JAOS* 75.2 (1955):73 - 78。白垩,也叫白石英,是一種常見於魯陽山(靠近今天的河南魯山縣)的礦物質。見張揖,《史記》,卷 117 頁 3005,注 6;Read and Pak, p. 25,♯40。

⑫ 行63:"玫瑰"可指幾種不同的石頭,包括赤玉、雲母或者火齊珠(見《西京賦》行 195 注)。見 Read and Pak, pp. 20 - 21,♯35a; p. 23, 37a; pp. 24 - 25,♯39。我造了"玫瑰石"(rose stone)一詞,以對應"赤玉"(red jade)。

⑬ 行64:"昆吾"(也寫作"琨珸")是出產銅和金的一座著名火山的名字。見張衡《思玄賦》,《文選》卷 15 頁 7a;《後漢書》,卷 59 頁 1921。司馬貞(見《史記》,卷 117 頁 3005,注 10)引用了"河圖"一文,其中提到一塊來自流州(或洲)即西海的一個島的昆吾石,可用來製劍。我將"昆吾"意譯爲"伍爾坎石"(Vulcan stone;伍爾坎爲古羅馬的火與鍛冶之神)。

　　"琳珸"(珸也寫作"瑉")與"昆吾"對仗,在此處可能是聯綿詞(見《西京賦》,行 203 注,該詞在這一句話中被分隔兩處)。它可能是珠狀的玉石(見胡紹煐,卷 9 頁 2b—3a),因此我譯爲"珠狀玉"(orbed jades)。

⑭ 行65:"瑊玏"是"玲瓏"的異體字,《説文》釋後者爲次於玉石的石頭(卷 1 上頁 174b—175a)。"瑊"可能意爲"突出"或者"針",因此,我創造了"針狀石"(aculith)一詞。

　　關於"厲",磨石(polishing stone),見《説文》,卷 9 下頁 4162a—4163a。

⑮ 行66:關於"碝石"(quartz),見《西京賦》,行 202 注。

　　我創造性地將"砆砆",一種發現於長沙的礦物質,譯爲"warrior stone"。根據描述,它有紅色底面,上有白痕。見《漢書》,卷 57 上頁 2536,注 10,張揖注;《山海經》,卷 1 頁 7a,郭璞注。吳德明(見 *Le Chapitre 117 du Che ki*, p. 18, n. 13)推測它可能是發光的猫眼石(flaming opal)。

⑯ 行67:我不知道"蕙圃"是否是合適的名詞,或應理解爲"百草園"就好。見胡紹煐,卷 9 頁 17a—b。

⑰ 行68:張揖(李善引卷 7 頁 19a)認爲"衡"同"杜衡",野薑(*Asarum forbesii*, wild ginger)。這種多年生的林地植物有大型的心形葉片,散發强烈的味道。見朱珔,卷 9 頁 12a;Smith-Stuart, pp. 54 - 55;《中國高等植物圖鑒》,卷 1 頁 542。

　　"芷"是白芷(見《史記》,卷 117 頁 3006,注 14), *Angelica anomola*(angelica)。這種多年生植物有長方形葉片,也因其强烈的香氣知名。見 Smith-Stuart, pp. 41 - 42;《中國高等植物圖鑒》,卷 2 頁 1088。

　　"杜若"(見《史記》,卷 117 頁 3006,注 14),在現代漢語裏指 *Pollia japonica*,多年生,卵形葉片,有成簇的小白花。見 Smith-Stuart, p. 338;《中國高等植物圖鑒》,卷 5 頁 396。

⑱ 行69:"菖蒲"可指幾種不同的 Acorus。我將其譯爲"sweet flag"(*Acorus calamus*),一種高大的多年生沼澤植物,劍形葉片,散發强烈香氣。見 Smith-Stuart, pp. 12 - 13;石聲漢,《齊民要術今釋》,頁 787—788;《中國高等植物圖鑒》,卷 5 頁 359。

70　江蘺，蘪蕪，⑲

　　甘蔗，蘘荷。⑳

　　南面則有平原廣澤，

　　上升下降，張開擴散，

　　平穩伸展，迢遥延續。

75　緣沿大江，

　　以巫山爲界。㉑

　　高高的旱地上生長酢漿燕麥，鹿藿馬藺，㉒

　　蒿艾，莎草，青蘋。㉓

----

⑲ 行 70：不同文獻對江蘺是何種植物意見不同。顔師古（見《漢書》，卷 57 上頁 2537）引徐之才（5 世紀）《藥對》，將其等同於“蘪蕪”。蘪蕪可指一種蛇床子（*Selinum*）或芎藭的嫩葉（見《甘泉賦》，行 118 注）。見 Smith-Stuart, pp. 402–3。顔師古引用另一種權威資料説明江蘺是生長在臨海（今浙江東部海岸）的緑色海水植物。這可能是一種海帶，現代植物學家辨識爲 gracilary。見李時珍，《本草綱目》，卷 14 頁 841；Read, *Chinese Medicinal Plants*, p. 61, ♯231。司馬相如顯然認爲芎藭、江蘺和蘪蕪是不同的植物。儘管不論江蘺還是蘪蕪都無法被確知，但我同意吳德明（見 *Le Chapitre 117 du Che-ki*, pp. 20–21, n. 4）的看法，它們都是傘形家族的相類植物。他試譯爲“ligustique”、“liveche”。我借用 Hervouet 所譯的“liveche”（我譯爲 lovage）來指江蘺，將蘪蕪譯爲蛇床子（見《南都賦》行 132 注）。對這些名字的完整討論，見朱琦，卷 9 頁 12a—13a；胡紹煐，卷 9 頁 4b—6a。

⑳ 行 71：“諸柘”是甘柘（sugar cane）的別稱。見《史記》，卷 117 頁 3006，注 17。“諸柘”一詞可能源自南亞 Austroasiatic。見 Laufer, *Sino-Iranica*, p. 376, n. 5；Li, *Nan-fang ts'aomu chuang*, pp.57–58。有關“糖”之漢字的討論，見松本信廣，《甘蔗名義考》，見《語學論叢》（東京：慶應義塾大學語言學研究所，1948），頁 72—81；石聲漢，《齊民要術今釋》，頁 741—744。
　　根據張揖（《漢書》，卷 57 上頁 2537，注 13 引），巴且（《史記》中作“猼且”）是蘘荷或 mioga ginge（見《南都賦》，行 124 注）。顔師古（同上）認定只有猼且是 mioga ginger，巴且是巴蕉，即香蕉（banana）。朱琦（卷 5 頁 15a—b）提供詳細的論證支援顔師古的判斷。另一方面，胡紹煐（卷 9 頁 6a—b）認爲巴且和猼且是 mioga ginger 的異體字。我決定採納胡紹煐的説法。也可見方以智，《通雅》，卷 44 頁 5a—6b，他認爲就是香蕉。

㉑ 行 76：大部分注家認爲“巫山”是長江三峽附近四川以東的著名巫山。見《史記》，卷 117 頁 3006，注 20 和《漢書》，卷 57 上頁 2537，注 16。高步瀛（卷 7 頁 60a—b）認爲，這個地點離楚國太遠。被認爲是宋玉所作的《高唐賦》提到楚的巫山，是神仙居住的陽臺所在地（見《文選》，卷 19 頁 2a）。根據《太平寰宇記》（卷 132 頁 7a），這個臺位於漢州郡（今湖北漢州縣北）之南二十五里處，靠近雲夢。

㉒ 行 77：關於葴（wood sorrel, 酢漿草），見《西京賦》，行 419 注。
　　根據張揖（李善卷 7 頁 19a 引），“䔧”（也寫作蘇或析）跟燕麥相像，是一種 *Avena*（燕麥，oats）。根據《廣志》（《史記》，卷 117 頁 3007，注 21），䔧是生長在涼州（今天甘肅）的植物，跟中國境内的燕麥是一回事。我因此譯爲“oats”。
　　張揖（《漢書》，卷 57 上頁 2537，注 17 引）認爲“苞”同“藨”，後者是野豆科鹿藿（*Rhynchosia volubilis*）。見《南都賦》，行 98 注以及《中國高等植物圖鑒》，卷 2 頁 507。我譯爲“twining snout”，是 *Rhynchosia volubilis* 的字面翻譯。
　　關於荔（iris），見《西京賦》，行 420 注。

㉓ 行 78：根據張揖（李善，卷 7 頁 19b 引），“薛”是“賴蒿”的別稱，可指普通艾葉（*Artemesia vulgaris*, mugwort）。但是，陸文郁（頁 91—92，第 101 條）認爲是 *Anaphalis margaritacea*（cadweed），一種灰白的帶絨葉的多年生植物。見《中國高等植物圖鑒》，卷 4 頁 468。
　　關於“莎”（nutgrass），見《西京賦》，行 419 注。
　　關於“青蘋”（sedge），見《南都賦》，行 98 注。根據張揖（見《漢書》，卷 57 上頁 1537，注 18），青蘋跟莎相像，只不過大一些。它們都是莎草。爲了區別，我將它們譯爲“nutgrass”和“green sedge”。

低處濕地則生長狼尾草，蒹葭，㉔

80　虞蓼，菰米。㉕

蓮花，河藕和茭白，㉖

苫屋頂的蒿草和難聞的蕕草。㉗

如此衆多物種生長於此，

不可盡數。

85　西面則有潺潺流泉，清澈池塘，

噴湧的水流起漲下落。

水面荷花和菱花盛放，㉘

水下隱藏巨石和白沙。

里面有神龜蛟鼉，㉙

90　玳瑁鱉黿。㉚

㉔ 行 79：根據郭璞（李善，卷 7 頁 19b 引），藏莨是一種草，可作馬、牛的飼料。其中"莨"可能指狼尾草，即葉草（*Pennisetum alopeucroidesfountain*，grass，pearl millet）。見陸文郁，頁 81—82，第 90 條和《中國高等植物圖鑒》，卷 5 頁 174。
關於"蒹葭"（marshgrass），見《南都賦》，行 99 注。

㉕ 行 80：《齊民要術》中有"東蘠"，爲泛綠的黑色植物，類似蓬草（*Hydropyrum setaria*），有如錦葵屬植物一樣的種子，過去用來釀白酒。石聲漢認爲它可能是現在仍然生長於中國東北和西北的沙蓬（*Agriophyllun arenarium*）。見《齊民要術今釋》，頁 728 和《中國高等植物圖鑒》，卷 1 頁 589。朱琦（卷 9 頁 14a）認爲，司馬相如句子裏的"東蘠"可能與"虞蓼"同，《爾雅》（下之一頁 12b）認爲後者有"蘠"義。這是一種濕地植物（Smith-Stuart，p. 342，以之爲水蓼，*polygonum flaccidum*，marsh smartweed），我採納朱琦的闡釋。
"彫胡"是菰米的別稱（見《史記》，卷 117 頁 3007，注 25），菰（water bamboo，water oats）的種子。其種子可作食物（印度米）。見 Smith-Stuart，pp. 210 - 11。

㉖ 行 81：司馬相如實際上用的是"蓮"（荷花的果實，lotus fruit）和"藕"（荷花的根莖）兩個字。見 Smith-Stuart，p. 275。
有些注疏者以"瓠盧"爲"壺蘆"（bottle gourd）的異體字。見《漢書補注》，卷 57 上頁 8b；方以智，《通雅》，卷 44 頁 23a—b。但是，如朱琦（卷 9 頁 14a）所指出的，壺蘆非水生植物。《史記》作"菰蘆"，郭璞（參《史記》，卷 117 頁 3007，注 26）認爲它們是兩種水生植物：菰（water bamboo）和葦（reed）。爲避免跟上面的"water bamboo"重複，我將此句的"菰"譯爲"water oats"（茭白）。見高步瀛，卷 7 頁 62a。

㉗ 行 82："菴閭"，也稱"覆閭"，是白蒿（*Artemisia keiskiana*，cottage thatch），其莖可用來苫屋頂。見朱琦，卷 9 頁 14a—b；Smith-Stuart，pp. 51 - 52；《中國高等植物圖鑒》，卷 4 頁 532。
張揖（李善，卷 7 頁 19b 引）認爲"軒于"是"蕕草"，後者有多種稱謂，*Digitaria sanguinalis*（crabgrass），*Caryopteris divaricate*（spreading bluebeard），或者可能是 *Potamo geton*。見朱琦，卷 9 頁 14b；Smith-Stuart，pp. 150，348。因其氣味難聞（見《左傳》，僖公四年），我將之譯爲"stink grass"。

㉘ 行 87：芙蓉是荷花（lotus blossom）（見《漢書》，卷 57 上頁 2538，注 25，應劭）。
關於"菱"（water chestnut，caltrop），見《東都賦》，行 219—220 注。

㉙ 行 89：蛟，即鱷魚（crocodile），見《西京賦》，行 646 注。
關於鼉（alligator），見《西京賦》，行 439 注。

㉚ 行 90："瑇瑁"是 hawksbill turtle。見 Read，*Turtle and Shellfish Drugs*，p. 17，♯202。
關於鱉（soft-shell turtle）和黿（trionyx），見《西京賦》，行 439 注。

北面有背陰的樹叢：

樹木有梗木，楠木，樟木，㉛

桂椒，木蘭，

黃櫱，山梨，朱楊，㉜

95　楂，梨，梬，栗，㉝

橘子柚子，芬芳四溢。

樹巔上有鳳凰，孔雀，鷺鳥，

騰猿，樹豻。㉞

樹下則有白虎，黑豹，

100　蟃蜒，貙犴。㉟

2

於是，命令剗諸之輩徒手搏擊這些野獸。㊱　楚王　　　"'於是乎乃使剗諸之倫，手格此
駕着馴服的猛駮所拉的車駕，㊲乘坐雕玉所裝飾的鑾　　　獸。楚王乃駕馴駮之駟，乘彫玉
輿，揮動魚須的柄幡，㊳搖動明月的珠旗，㊴高舉干將　　　之輿。靡魚須之橈旃，曳明月之

㉛　行 92：關於梗（elm）和楠木，見《西京賦》，行 411—412 注。

㉜　行 94："櫱"指黃櫱，即 *Phellodendron amurense*（the cork tree）。見 Smith-Stuart，pp. 316‑17。
　　張揖（李善，卷 7 頁 19b 引）認爲"離"同"山梨"（*Pyrus calleryana*，wild pear）。見朱琦，卷 9 頁 15a；《爾雅》，
　　下之三頁 14a；陸文郁，頁 75，第 83 條。

㉝　行 95："楂"可能爲"楂子"或"山楂"，即 *Crataegus pinnatifida*（hawthorn）。見朱琦，卷 9 頁 15a—b；Smith-
　　Stuart，pp. 120‑30。
　　"棃"指 *Pyrus sinesis*（Chinese pear）。見 Smith-Stuart，pp. 364‑65。
　　"梬"指梬棗（date plum）。見《西京賦》，行 129 注。

㉞　行 98："騰遠"可能同"騰猿"（leaping gibbon）。見梁章鉅卷 10 頁 10b—11a；胡紹煐，卷 9 頁 10a—b。
　　法雲（宋）所著的《翻譯名義》認爲"射干"同"悉伽羅"，是梵文 *sr̥gāla*（豻，jackal）的中文翻譯。見《翻譯名
　　義》，《四部叢刊》，第 2 輯，頁 51a—b。"射干"不像漢語，我懷疑它是 *śrigala*。更接近的梵文詞是 *jambuka*，
　　其意也爲"豻"。射干尤以攀爬樹木的能力而著稱，我爲之造了"樹豻"（tree jackal）一詞。

㉟　行 100："蟃蜒"，見《西京賦》，行 707—712 注。
　　儘管有些注疏者將"貙犴"視爲兩種不同的動物，但它可能跟《爾雅》（下之六頁 6a）中所説的"貙獌"是一回
　　事。郭璞（見《爾雅》下之六頁 6a）認爲是山民對大老虎的稱呼。薛愛華（*The Vermilion Bird*，p. 111）認爲
　　可能是山貓（*Felis ben galensis*，leopard cat）。也可能是貜或獟。見 Read，*Animal Drugs*，♯353a。

㊱　行 101："剗諸"，見《吳都賦》，行 440 注。

㊲　行 102：我不清楚"駮"是否是生着一隻角、吃老虎的神秘的馬的名字（見《吳都賦》，行 522 注），或者是花斑
　　馬（piebald horse）。我將之譯爲"hippogriff"（鷹頭馬身有翅的怪獸）。

㊳　行 104："魚須柄"，見《吳都賦》，行 478 注。

㊴　行 105："明月珠"，見《西都賦》，行 192 注。

的雄戟。⑭　他左邊佩着烏號雕弓，⑪右邊挎着夏服
勁箭。⑫

　　陽子是車騎内的隨從，⑬

110　孅阿爲御者。⑭

　　　步速節制，但永不鬆懈，

　　　很快追上最迅捷的野獸。

　　　踐踏蛩蛩，

　　　輾壓距虛，⑮

115　趕上野馬，

　　　踢死陶駼。

　　　跨上比風還快的良馬，⑯

　　　射殺遊蕩的花斑馬。⑰

　　　快速突發，輕捷迅疾，

120　如雷動作，如風到達，

　　　如星跋涉，如閃電般攻擊。

　　　弓不虛發，

　　　中必決眥，

　　　穿透野獸，直達前腿，

125　切斷連接心臟的血管脉絡。

珠旗。建干將之雄戟，左烏號之
雕弓，右夏服之勁箭。陽子驂
乘，孅阿爲御。案節未舒，即陵
狡獸。蹵蛩蛩，轔距虛。軼野
馬，轊陶駼。乘遺風，射游騏。
儵眒倩浰，雷動焱至，星流霆擊。
弓不虛發，中必決眥。洞胸達
掖，絶乎心繫。獲若雨獸，揜草
蔽地。於是楚王乃弭節徘徊，翱
翔容與。覽乎陰林，觀壯士之暴
怒，與猛獸之恐懼。徼𧽽受詘，
殫覩眾物之變態。

---

⑭　行106：關於干將，見《吳都賦》，行483注。此處"干將"意思是"尖鋭"（sharp and pointed）。見胡紹煐，卷9
頁11a—12a。

⑪　行107：關於烏號雕弓，見《吳都賦》，行480注。

⑫　行108："夏"可能在此處指著名的夏代弓箭手羿（見《漢書》，卷57上頁2540，注8），或者如高步瀛所説（卷7
頁66a），可能意味夏天，春天做的箭囊到此季節會變乾。

⑬　行109："陽子"很大可能指孫陽，其更爲人所知的名字是"伯樂"，傳説中相馬的專家。見梁章鉅卷10頁
11b；Hervouet, *Le Chaptire 117 du Che-ki*, p. 33. n. 1。

⑭　行110：我們只知道"孅阿"（或者纖阿）是"月御"（見《史記》，卷117頁3010，注7，郭璞）。

⑮　行113—114："蛩蛩"（或邛邛）和"距虛"可能是一種野騾子的匈奴名。我分別將它們譯爲"野驢"（wild
asses）和"野騾"（wild mules）。"陶駼"（我譯爲"tarpan"）是一種匈奴馬。見江上波夫，《匈奴の奇獸に就き
て》，收《古代北方文化：匈奴文化論考》（1948；重印，東京：山川出版社，1950），頁193—203；"The K'uai-
t'i, the T'ao-yu and the Tan-hsi, the Strange Donestic (sic) Animals of the Hsiung-nu," *MTB* 13 (1951),
103 - 11。

⑯　行117：我將"遺風"譯爲"比風還迅速"。見《吕氏春秋》，卷14頁7a；《漢書》，卷64下頁2324，注16。

⑰　行118：《爾雅》（下之六頁7b）提到兩種類型的野馬，騉（長角的馬，a horned steed）和騏（没有長角的馬，an
unhorned steed）。騏也指帶有黑色條紋的灰馬。見Karlgren, "Glosses on the Kuo Feng Odes," p. 230,
♯364。我譯爲"花斑馬"。

獵物猶如降雨般落下，

散置草地，遮蓋地面。

楚王於是放緩步伐，徘徊徜徉，

漫遊閑蕩，自由自在，

130 掃視成蔭的樹林，

目睹壯士的暴怒，

猛獸的恐懼。

阻截疲憊的，抓住力盡的，

密切觀察衆動物的變化姿態。

3

135 此時鄭女美姬現身，⑱

穿着細繒細布，⑲

拖曳麻衣和素絹的袍服，⑳

裝飾纖細的羅綺，

披挂霧般的柔紗。

140 衣服的褶疊，捲曲起皺，㉑

婉轉重疊，

如峽谷般彎曲轉折。

修長拖曳，丰盈飄動，㉒

掀動的褶邊完美剪裁，㉓

"'於是鄭女曼姬，被阿緆，揄紵縞。雜纖羅，垂霧縠。襞積褰縐，紆徐委曲，鬱橈谿谷。粉粉排排，揚袘戌削，蜚襳垂髾。扶輿猗靡，翕呷萃蔡。下靡蘭蕙，上拂羽蓋。錯翡翠之威蕤，繆繞玉綏。眇眇忽忽，若神仙之髣髴。

---

⑱ 行 135：周代諸侯國中，鄭國以美女聞名（見《史記》，卷 117 頁 3011，注 1）。如淳（《漢書》，卷 57 上頁 2541，注 1 引）認爲鄭女指驕侈淫逸的夏姬（見《西京賦》，行 769 注）；曼姬是楚武王的妾鄧曼的另一個名字。但是此處"曼"指"臉龐之美好"。見胡紹煐，卷 9 頁 15a—b。

⑲ 行 136："阿"（也寫作"綱"）是絲綢。見王念孫，《讀書雜志》，3 之 5 頁 11a—b。"緆"（也寫作"錫"）是另一種細布。見胡紹煐，卷 9 頁 15b；朱珔，卷 9 頁 18b。

⑳ 行 137：關於"紵"，見 HFHD，1：120，n. 2。

㉑ 行 140：疊韻聯綿詞"襞積"，也寫作"襞襀"，是一種袍服的褶子。見《漢書》，卷 57 上頁 2541，注 4 和朱珔，卷 9 頁 18b。我認爲"褰縐"描述了衣服的起皺折疊。"縐"可能是"蹙"（壓縮）的通假字。

㉒ 行 143："排排"描述的是袍服的長度。見錢大昭，《漢書補注》，卷 57 上頁 14a 引。

㉓ 行 144："袘"在此指袍服的邊緣。見《儀禮注疏》，卷 40 頁 11b，鄭玄注。"戌削"（也寫作"卹削"）是用來描述袍服精細剪裁的雙聲聯綿詞。見《史記》，卷 117 頁 3012，注 7；胡紹煐，卷 9 頁 16b；Hervouet, *Le Chapitre 117 du Che-ki*, p. 39, n. 8。

145 飄飛的裙幅和晃蕩的飄帶，㉔

　　拍打飄揚，旋轉搖擺，㉟

　　開張湧動，沙沙瑟瑟，㊱

　　向下拂過蘭花和香草，

　　向上擦過羽飾華蓋，

150 與翠羽的奢華相交織，

　　纏繞玉石裝飾的旗幟。㊲

　　模模糊糊，朦朦朧朧，

　　恍惚如同女神。

4

　　於是，他們一起獵於蕙圃。緩慢遊逛，悠閑徘

徊，㊳登上金隄。㊴

　　網羅翠鳥，

　　射獵金雉。㊵

　　短箭發出，

160 細繩張開，

　　射下白鵠，

　　牽連來野雁。

“‘於是乃相與獠於蕙圃，媻姍勃
窣，上乎金隄。揜翡翠，射鵔鸃。
微矰出，纖繳施。弋白鵠，連駕
鵝。雙鶬下，玄鶴加。怠而後
發，游於清池。浮文鷁，揚旌栧。
張翠帷，建羽蓋。罔瑇瑁，鉤紫
貝。摐金鼓，吹鳴籟。榜人歌，
聲流喝。水蟲駭，波鴻沸。涌泉

㊴ 行 145：司馬彪(李善，卷 7 頁 21b 引)説“襳”是叫“袿”的女服上衣的一種裝飾。顏師古(見《漢書》，卷 57 上頁 2541，注 6)認爲其爲長腰帶。郭嵩燾(高步瀛，卷 7 頁 72a 所引)認爲“襳”是“袿”的下部，上寬下窄，狀如玉珪。見《釋名》，卷 5 頁 80。郭嵩燾解釋，“髾”是繫在“袿”下端的燕尾形絲帶。爲了找到更好的英文對應，我將其意譯爲“裙幅和飄帶”(apron and sash)。

㉟ 行 146：“扶輿”和“猗靡”是用來描述衣服的飄動、窸窣作響的疊韻聯綿詞。見朱琦，卷 9 頁 19a 和胡紹煐，卷 9 頁 16b—17a。我分別將之譯爲“拍打飄揚”(flap and flutter)和“旋轉搖擺”(swirl and sway)。

㊱ 行 147：雙聲聯綿詞“翕呷”描述衣服的膨鬆和起伏。見《漢書》，卷 57 上頁 2542，注 8 和 Hervouet, *Le Chapitre 117 du Che-ki*, p. 40, n. 11。“萃蔡”是擬聲聯綿詞，描述衣服擺動的沙沙聲。

㊲ 行 151：形聲字“綏”可能應被理解爲“緌”，可指旗幟或裝飾性的帽子絲帶。張守節(見《史記》，卷 117 頁 3012，注 12)説，此句描述飄動的裙裾和懸垂的腰帶跟馬車的旗幟糾纏在一起。完整的討論，見高步瀛，卷 7 頁 73a。

㊳ 行 155：疊韻聯綿詞“媻姍”(也寫作“槃散”，見《史記》，卷 76 頁 2365)和“勃窣”(也寫作“勃屑”)，一般描述磕磕絆絆、停頓的動作。見《楚辭補注》，卷 13 頁 9a，王逸釋“勃屑”爲“媻姍”。正如胡紹煐(卷 9 頁 17a)所認爲，在司馬相如的句子中，這兩個詞描述緩慢的行動。因此，我譯爲“緩慢遊逛，悠閑徘徊”(sauntering slowly, lingering leisurely)。

㊴ 行 156：“金隄”，見《西京賦》，行 119 注。《水經注》(册 6，卷 34 頁 26)提到金隄位於古楚國都城江陵東南。但是，該隄建造於公元四世紀中期。

㊵ 行 158：“鵔鸃”，我譯爲“金雉”(golden pheasant)。參見《吳都賦》，行 555 注。

灰鶴掉落一雙，

黑鶴被射中一隻。

165 感覺疲倦，再次出發，

遊覽清澈池塘。⑥¹

泛起繪有五彩鶃首的船，⑥²

豎立旌旗於船舷，⑥³

展開翡翠帷幕，⑥⁴

170 撐起羽飾的傘蓋。

捕獲玟瑁龜，

鈎取紫貝。⑥⁵

敲擊金鉦，⑥⁶

吹起笙簫。

175 舵手唱歌，

其聲清越，接着飲泣。

水中生物驚起，

波浪奔湧，

湧動的泉水噴濺，

180 奔騰的浪濤匯聚。⑥⁷

巨石一起撞擊，

磨刮碾壓，衝擊拍打，

如雷電之隆響，

聲聞百里之外。

起，奔揚會。礧石相擊，硠硠礚礚。若雷霆之聲，聞乎數百里之外。

---

⑥¹ 行 166：這應爲上面行 93 所提到的池塘之一。

⑥² 行 167：關於"文鶃"，見《西京賦》，行 633 注。

⑥³ 行 168：或沿襲《史記》"揚桂枻"。"枻"可指槳或船舷，放置旗幟之地。見《楚辭補注》，卷 2 頁 7a，王逸注；高步瀛，卷 7 頁 74b。

⑥⁴ 行 169：根據顏師古（見《漢書》，卷 57 上頁 2542，注 10），"翠"是簾帷之色。李善（卷 7 頁 22a）釋"翠"爲裝飾簾帷的翠鳥羽毛。王先謙（見《漢書補注》，卷 57 上頁 16a）和 Hervouet（見 *Le Chapitre 117 du Che-ki*，p. 45，n. 4）同意李善的説法。

⑥⁵ 行 172：司馬相如此處所説完全出於虛構，因爲"紫貝"（purple cowrie）是海貝（saltwater shellfish）。見 Hervouet，*Le Chapitre 117 du Che-ki*，p. 45，n. 6。

⑥⁶ 行 173：郭璞（李善，卷 7 頁 22a 引）説"金鼓"是鉦，或者小號鑼。這種樂器常被稱作"金鉦"。見 Gimm，*Das Yüeh-fu tsa-lu*，p. 153，n. 3。

⑥⁷ 行 180："奔揚"可能比喻波浪。

5

185　將要讓獵人休息，

　　擊打靈鼓，⑱

　　燃起烽火。⑲

　　車駕成行，

　　騎手各就其位，

190　隊列相聯如平穩流水，⑳

　　擴散開來以鏈狀前行。㉑

　　於是楚王登上陽雲臺：㉒

　　平静，無所作爲；

　　寧静，控制自己。㉓

195　準備好調味醬汁，㉔

　　開始擺開宴席。

　　他與大王您不同：

　　您奔騰馳騁一整天，

　　從未下車；

200　切割鮮肉，在車輪上烤製，㉕

"'將息獠者，擊靈鼓，起烽燧。
車按行，騎就隊。纚乎淫淫，般
乎裔裔。於是楚王乃登雲陽之
臺，怕乎無爲，憺乎自持。勺藥
之和具，而後御之。不若大王終
日馳騁，曾不下輿。脟割輪焠，
自以爲娛。臣竊觀之，齊殆不
如。'於是齊王無以應僕也。"

---

⑱　行186：關於"靈鼓"，見《東京賦》，行274注。

⑲　行187：關於漢代的烽火系統，見賀昌群《烽燧考》，《國立北京大學四十周年紀念論文集》2.1(1940)：77—
　　102。

⑳　行190：根據王念孫(見《漢書補注》，卷57上頁16a)，"纚"(也讀 shi 和 li)喚起的是不斷編織的絲綫的形
　　象。王先謙將"淫淫"解釋爲描述慢慢向前行動。吴德明(見 Le Chapitre 117 du Che-ki，p. 46, n. 17)説描
　　述水的流動。淫淫的重疊可能營造一種"流動"過程的意思。

㉑　行191：這一句跟漢代武帝時期所作的一首祭歌相似。見《漢書》，卷22頁1052(翻譯見 Mh，3：613)。根
　　據顏師古(見《漢書》，卷22頁1053，注9)，般(ban?)可讀作"班"(擴散)。關於"裔裔"，見《蜀都賦》，行305—
　　306注。

㉒　行192：根據孟康(見《漢書》，卷57上頁2544，注4)，陽雲臺(《文選》作"雲陽")是宋玉《高唐賦》所描繪的高
　　唐臺(宋玉的賦中稱爲"陽臺"，見《文選》，卷19頁2a)，陽雲的名字出現在據説是宋玉所作的《大言賦》和
　　《小言賦》中(見《古文源》，卷1頁6b—7a)。陽雲臺也跟四川東部的巫山有關係。《太平寰宇記》(卷148頁
　　7a)説跟宋玉有關的陽雲臺在巫山郡。更可能的地點靠近汉川郡。見上面行76注。

㉓　行193—194：見《老子》20："我獨悶悶……淡兮其若海。"

㉔　行195：調味醬汁，見《南都賦》，行139注和青木正兒，《芍藥之和》，見《青木正兒全集》，10卷(東京：春秋
　　社，1969—1975)，卷8頁64—76。

㉕　行200："脟"是"臠"(切片的肉)的異體字。《史記》作"焠"(弄髒)，《漢書》和《文選》作"焠"(烤製)。顏師古
　　(見《漢書》，卷57上頁2544，注7)認爲應爲水字旁的"淬"，獵人將肉切片後浸在車輪上的鹽中。據此楚國
　　使者譏笑吃用凝積車輪的鹽浸肉的做法，如上面第25行所述。郭嵩燾(《兩漢文學史參考資料》引，頁39，
　　注97)釋"焠"爲烤製，認爲獵人切下一片肉，在車輪上烤製。據此則諷刺齊王未開化的習慣，不雅地在車中
　　吃東西。注意楚王是在舒適的環境中進餐的。

您認爲這是樂趣。
但是如我所見，
齊國根本比不上楚國。'
對此，齊王無法回應我。"

6

烏有先生説："您的話十分錯誤！您不遠千里親臨齊國賜教。齊王發動疆域内的所有士兵，帶上衆多車駕和騎手，跟使節您一起遊獵。他用盡全力，獵獲頗豐來招待同行的客人。您怎麼能説這是炫耀呢？當他詢問楚國的情況時，他希望聽到貴國的道德風俗和成就，以及任何您可能有的其他話題。現在您不是贊頌楚王的豐德，而是恣意頌揚雲夢，令其卓而不凡。您不加節制地談論放蕩的快樂和吹嘘無用的裝飾。如果我是您，我不會談論這樣的話題。如果您描述的那些事物果真如同所述，它們當然對楚國没有什麼好處。如果它們存在，談論它們則暴露您的國君的過錯。如果它們並不存在，這樣説則損害自己的可信度。揭露國君的過錯和損害個人信用這兩件事，[76]都不應該被允許。然而，您兩樣都做，當然是鄙視齊國，而且讓楚國尷尬。[77]

而且齊國東臨大海，[78]
南有琅邪。[79]

烏有先生曰："是何言之過也！足下不遠千里，來貺齊國，王悉發境内之士，備車騎之衆，與使者出畋，乃欲戮力致獲，以娱左右，何名爲夸哉！問楚地之有無者，願聞大國之風烈，先生之餘論也。今足下不稱楚王之德厚，而盛推雲夢以爲高，奢言淫樂而顯侈靡，竊爲足下不取也。必若所言，固非楚國之美也。無而言之，是害足下之信也。彰君惡，傷私義，二者無一可，而先生行之，必且輕於齊而累於楚矣。且齊東陼鉅海，南有琅邪。觀乎成山，射乎之罘。浮渤澥，游孟諸。邪與肅慎爲隣，右以湯谷爲界。秋田乎青丘，徬徨乎海外。吞若雲夢者八九，於其胸中曾不蒂

---

[76] 行 223—224：我根據《史記》和《漢書》補充了這些句子。李善注意到這些跟樂毅《報燕惠王書》中的數句相似。見《史記》，卷 80 頁 2430。

[77] 行 231：顏師古（見《漢書》，卷 57 上頁 2546，注 6）以消極的調子來理解這兩句話："（你）必且輕於齊而累於楚矣。"我採納李善的解釋（卷 7 頁 23b）。

[78] 行 232："陼"作"邊界"講，見胡紹煐，卷 9 頁 20b—21a。

[79] 行 233："琅邪"是位於漢代琅邪郡東的琅邪山（今山東膠南縣）。此山像高臺一樣聳立海邊。見《山海經》，卷 13 頁 2a。越王勾踐和秦始皇俱在山峰上修建臺觀。見《漢書》，卷 28 上頁 1586；《史記》，卷 6 頁 244，卷 28 頁 1368，注 11；*Mh*，2：144，190；朱琦，卷 9 頁 20a—b。

我們的國君考察成山，[80]

235　射獵於之罘。[81]

泛舟渤海，[82]

漫遊孟渚。[83]

橫向與肅慎爲鄰，[84]

右以湯谷爲界。[85]

240　秋季於青丘遊獵，[86]

自由漫步於海外。

齊國足以吞下八九個如同雲夢的苑囿，

它們甚至不足以成爲其喉嚨裏的草木。

至於非凡和超常的，寶貴和珍愛的，

245　自域外來的稀奇植物，

珍禽異獸，

衆多類屬如魚鱗聚集。

數量繁多，充滿苑囿，

不能被完全記録。

250　禹無法給其命名，

芥。若乃倩儻瑰瑋，異方殊類。珍怪鳥獸，萬端鱗崒。充牣其中，不可勝記。禹不能名，卨不能計。然在諸侯之位，不敢言游戲之樂，苑囿之大。先生又見客，是以王辭不復，何爲無以應哉！”

---

⑧　行234：此處“觀”意爲“建一座觀”(見張揖，《漢書》，卷57上頁2546，注8)，或者“檢閱”(見朱珔，卷9頁20b)。因其跟下一行的“射”對仗，“觀”顯然意爲“檢閱”。成山是秦始皇曾經巡視過的東山之一，位於文登郡東北190里處(今天的文登縣)，山東半島的東端。見《史記》，卷6頁244，注3(糾正《括地志》認爲是文登東北180里，見高步瀛，卷7頁78b)；《史記》，卷28頁1368，注10；《漢書》卷28上頁1585；*Mh*，2：143，n.4。

⑧　行235：“之罘”是秦始皇曾經訪問過的山的名字，位於文登郡西北180里處的腄郡。見《史記》，卷6頁244，注3(糾正《括地志》認爲是文登郡西北190里，見高步瀛，卷7頁78b—79a)；《漢書》，卷28上頁1585；*Mh*，2：143，n.5。

⑧　行236：“渤澥”是東海渤海的別稱。見《魏都賦》，行323注。

⑧　行237：“孟諸”是古宋國的沼澤地。《元和郡縣圖志》(卷7頁194)稱其位於唐虞城縣西北十里處(今天河南東部的虞城)。

⑧　行238：顏師古(見《漢書》，卷57上頁2546，注12)認爲“邪”應該讀作“左”，指東北。但是，“邪”可指橫向。“肅慎”是位於東北(今天的滿洲)的一個古異國。《括地志》(《史記》，卷117頁3016，注8引)認爲它是後來一個叫作“靺鞨”的通古斯王國。一些文獻認爲肅慎是女真的古代音譯。見*Mh*，5：341。

⑧　行239：關於“湯谷”，太陽升起的東谷，見《東都賦》，行603注。李善(卷7頁24a)認爲“右”是誤寫，應爲“左”，在漢代文獻中經常以之指東方。張守節(見《史記》，卷117頁3016，注9)解釋這種不正常，説“右”過去常用來指東方，因爲諸侯國面向北方朝着皇帝。

⑧　行240：“青邱”的地點有多種説法。《山海經》(卷1頁3b—4a，卷9頁2a，卷14頁3b)提到一個位於東海國的青邱，以九尾狐(nine-tailed fox)聞名。一些後出的文獻認爲青邱位於韓國(見高步瀛，卷7頁80a—b)。下一句提到海外之地，故司馬相如可能指《山海經》中半神秘的青邱。

卨也不能爲其計數。⑤⑦

但是身在諸侯之位的人不應談論遊獵的快樂，
苑囿的偉大。而且，您在這裏被當作客人招待，因此
齊王不肯答復您的話。怎麽能説他無言以對呢?"

---

⑤⑦ 行250—251：禹是堯的司空，在地理、土壤、植物和動物方面都是專家。卨(也寫作"契")是堯的司徒。跟司
馬貞的看法不同(見《史記》，卷117頁3016，注12)，卨並非因其計算能力爲人所知。見胡紹煐，卷9頁22b。

第八卷

畋　獵　中

上　林　賦

司馬長卿

【解題】

　　司馬相如这篇赋描繪前漢皇帝用來狩獵的上林苑（見《西都賦》，行 123—124 注）。關於這篇賦的確切年代，學者們有不同意見。吴德明將其定於公元前 138 年前（見 *Un Poète de cour*，p. 49，n. 5）。何沛雄認爲此賦最初寫作時司馬相如還在成都（他的繫年爲公元前 139 年），呈貢給漢武帝則在公元前 138 年。見其《上林賦作於建元初年考》，《大陸雜誌》第 36 卷第 2 期（1968 年），頁 52—56。簡宗梧不同意何沛雄的繫年，他稱這篇賦不可能作於公元前 137 年之前。簡宗梧將這篇賦呈貢給皇帝的時間定爲公元前 135 年或 134 年前後。見其《上林賦著作年代之商榷》，《大陸雜誌》第 48 卷第 6 期（1974 年），頁 260—262；《司馬相如揚雄及其賦之研究》，頁 58—63。我對司馬相如創作這篇賦的時候仍然在成都的説法表示懷疑，因爲《史記》本傳（卷 117 頁 3002）記載他覲見漢武帝的時候，"請爲天子游獵賦"，於是皇帝命令尚書給他毛筆和竹簡用來寫此賦。漢武帝對這一作品印象深刻，於是任命司馬相如爲宫廷郎官。簡宗梧教授細緻的編年似乎更適用於此賦創作的實際情況。《上林賦》的文本亦見載於《史記》卷 117 頁 3016—3041，《漢書》卷 57 上頁 2547—2575。以下資料中有極好的注解：《兩漢文學史參考資料》，頁 40—46；施之勉，《史記司馬相如列傳校注》，第三部分，《大陸雜誌》第 56 卷第 3—4 期（1978 年），頁 196—200；第四部分，《大陸雜誌》第 56 卷第 5 期（1978 年），頁 247—250；第五部分，《大陸雜誌》第 57 卷第 1 期（1978 年），頁 42—50；第六部分，《大陸雜誌》第 57 卷第 2 期（1978 年），頁 91—100；第七部分，《大陸雜誌》第 57 卷第 3 期（1978 年），頁 139—148；第八部分，《大陸雜誌》第 57 卷第 4 期（1978 年），頁 192—196；第九部分，《大陸雜誌》第 57 卷第 5 期（1978 年），頁 238—

243；第十部分，《大陸雜誌》第 57 卷第 6 期（1978 年），頁 287—292。早先的譯文包括 Erwin von Zach，*De Chineesche Revue* 2［Jan. 1928］，*Ostasiatische Rundschau* 10 (1929)，rpt. *Die Chinesische Anthologie*，1：108‑17；Watson，*Records*，2：307‑21，rpt. *Chinese Rhyme-Prose*，pp. 37‑51；Hervouet，*Le Chapitre 117 du Che-ki*，pp. 55‑142；小尾郊一，《文選》，卷 1，頁 409—435。

上林苑圖

1

亡是公咧嘴而笑，説："楚已經失理，但是齊也没有爲其信譽得到任何東西。讓諸侯獻貢並不是爲了貢品和謁見，而是他們彙報政事的一種方式。① 設立分界綫，劃分疆界，不爲防護或守衛，而是阻止過度侵犯領土的一種方式。

亡是公听然而笑曰："楚則失矣，而齊亦未爲得也。夫使諸侯納貢者，非爲財幣，所以述職也；封疆畫界者，非爲守禦，所以禁淫也。今齊列爲東藩，而外私肅

---

① 行 6：參《孟子》一下之 4："諸侯朝於天子曰述職。"

10　如今齊被設置爲東邊的防禦屏障，

　　而在外與肅慎暗通款曲，

　　放棄自己的領地，跨越邊境，

　　穿過海洋去狩獵。

　　就諸侯的職責來説，這樣的事情實在不被允許。

　　而且，在你們的交談中，兩位先生都没有力求闡明君臣的責任或糾正諸侯的禮儀舉止。你們只不過將精力花在爭論遊覽和嬉戲的樂趣，以及公園和狩獵場的大小，希望通過炫耀鋪張浪費來勝過彼此，用不受節制的行爲來超過對方。這些事情不會有助於傳播名望或提高聲譽，卻足以毁壞你們君主的名譽，傷害你們自己。此外，齊和楚的事情哪裏值得一提？你們難道没有見識過什麼才叫真正的壯麗嗎？你們獨獨没有聽聞過天子的上林嗎？

慎，捐國踰限，越海而田，其於義固未可也。且二君之論，不務明君臣之義，正諸侯之禮，徒事争於游戲之樂，苑囿之大，欲以奢侈相勝，荒淫相越，此不可以揚名發譽，而適足以貶君自損也。且夫齊楚之事又烏足道乎？君未覩夫巨麗也，獨不聞天子之上林乎？

2

　　蒼梧在其左邊，②

　　西極在其右方；③

30　丹水橫亘其南部，④

“左蒼梧，右西極。丹水更其南，紫淵徑其北。終始灞滻，出入涇渭。酆鎬潦潏，紆餘委蛇，經營

---

② 行 28：接下來四句包含幾個幾乎無法確認的地名，司馬相如可能並未將這些名稱賦以確切的含義。蒼梧是一座山的名稱，傳説中舜帝葬於此地。見《吴都賦》，行 757 注。蒼梧也是漢代一個行政區的名稱，位於中國的極南端。其首府在廣信（今廣西梧州市）。見《漢書》，卷 28 下頁 1629。然而，由於這兩個地點都位於上林苑的南方而非東方（左在漢代的方位中代表東方），吴汝綸(1840—1903)推測上林苑中按原樣複製了南方的蒼梧（見高步瀛，卷 8 頁 4a—b）。其他學者則解釋爲在東海郡的朐縣（今江蘇省連雲港市附近）有一座蒼梧山。郭璞（見《山海經》，卷 13 頁 2a)認爲根據傳統説法，這座山“從南徙來”（亦見於《水經注》，册 5，卷 30 頁 79）。這一地點恰好在上林苑的東邊。見吴仁傑(？—1200?)，《兩漢刊誤補遺》，《武英殿聚珍版叢書》本，卷 6 頁 10b—11a；饒宗頤，《楚辭地理考》(上海：商務印書館，1946)，頁 47—48。接受這一解釋的主要難點在於，没有跡象表明蒼梧是漢代的一個地名。見朱琦，卷 10 頁 1a; Hervouet, *Un Poète de cour*, p. 261, n. 4。

③ 行 29：西極是帝國的西方終點的名稱。根據《爾雅》(中之五頁 12b)，西極是位於陝西中西部的邠（亦寫作豳）國。與其認爲它位於上林苑的西方，不如認爲其位於北方。《説文》(卷 11 上頁 4795a—4796b)説“汃”是西極的一條河流。然而高步瀛認爲，實際上司馬相如指稱的是上林苑中流動的一條仿造西極汃水的河流。

④ 行 30：根據應劭的説法（見《漢書》，卷 57 上頁 2549，注釋 4)，丹水發源於上洛縣（今陝西商縣）的冢領山，往東南流向析縣（今河南西峽附近)，並在這裏匯入鈞水。亦見於《水經注》，册 4，卷 20 頁 11。儘管此河流經上林苑東南，但是吴仁傑（見《兩漢刊誤補遺》，卷 6 頁 10a—b）主張這一地點與蒼梧和西極並不相稱，後兩者都離上林苑甚遠。因此，他確定這個丹水是《山海經》(卷 1 頁 9a)中提到的渤海灣的丹水。參《甘泉賦》，行 175 注。

紫淵貫穿其北部。⑤
灞水和滻水在此發源和終止，
涇水和渭水由此進出；⑥
酆水、鎬水、潦水和潏水，⑦

35 曲折盤繞，蜿蜒蛇行，
縱橫交叉遍布其內。
八川並流，遼闊寬廣，
背靠着背，各有不同姿態。
東西南北，

40 飛奔四濺。
從尖峰的缺口處出現，⑧
沿着洲島之岸奔馳，
穿過桂樹林的中央，
橫跨廣闊無垠的荒野。

45 水流湍急狂野，
順坡而下，
進入峽谷之口，
碰撞高懸的礫石，
粉碎蜿蜒的沙堆，

50 暴怒之下泛起泡沫。
飛漲跳躍，洶湧澎湃，⑨

乎其內。蕩蕩乎八川分流，相背而異態。東西南北，馳騖往來。出乎椒丘之闕，行乎洲淤之浦。經乎桂林之中，過乎泱漭之壄。汨乎混流，順阿而下，赴隘陜之口。觸穹石，激堆埼，沸乎暴怒，洶涌彭湃。渾弗宓汩，偪側泌㴆。橫流逆折，轉騰潎洌。滂濞沆溉，穹隆雲橈，宛潬膠盭。踰波趨浥，涖涖下瀨。批巖衝擁，奔揚滯沛。臨坻注壑，瀺灂霣墜。沈沈隱隱，砰磅訇磕。潏潏淈淈，湁潗鼎沸。馳波跳沫，汨㶂漂疾，悠遠長懷。寂漻無聲，肆乎永歸。然後灝溔潢漾，安翔徐回。翯乎滈滈，東注太湖，衍溢陂池。於是乎蛟龍赤螭，鯨䲛漸離。鰅鰫鰬魠，禺禺魼鰨。捷鰭掉尾，振鱗奮翼，潛處乎深巖。魚鼈讙聲，萬物衆夥。明月珠

---

⑤ 行31：紫淵可能就是"紫澤"，位於穀羅縣西北（有多種說法，很可能在今山西興縣附近，見 Hervouet, *Un Poète de cour*, p. 264）。見《漢書》，卷 57 上頁 2549，注釋 5。然而，並不能確定紫淵就是紫澤。張守節（見《史記》，卷 117 頁 3018）引用的《山海經》中提到一條紫淵河，發源於根耆山並注入黃河。今本《山海經》沒有這段文字（參畢沅的注，《山海經》，卷 3 頁 3b）。

⑥ 行32—33：關於灞水，見《西都賦》，行 36 注。滻水發源於長安東南部的南陵縣藍田谷，向北流動，在霸陵匯入灞水（見《西都賦》，行 72—73 注）。見《水經注》，冊 3，卷 16 頁 83。

⑦ 行34：關於酆水，見《西都賦》，行 36 注。關於鎬水和潏水，見《西京賦》，行 49 注。潦水亦寫作"澇"，發源於位於長安西的户縣西部的南山澇谷，向北流入渭水。見《水經注》，冊 3，卷 19 頁 104。

⑧ 行41：關於椒的"尖"義，見胡紹煐，卷 10 頁 2a—b。

⑨ 行51：司馬彪將疊韻連綿詞"洶湧"（*hjung-djung）訓爲"跳起貌"（見《史記》，卷 117 頁 3019，注釋 13）。這一詞組的基本含義已由"湧"字傳達，意思是"滕"（跳躍）（見《說文》，卷 11 上頁 4970a—b）。"洶"字不單獨出現。《說文》（卷 11 上頁 4970a）引用其疊詞形式"洶洶"並訓爲"湧"。因此，"洶湧"可能是一個同義複合詞。《漢書》和尤袤本《文選》寫作"彭湃"（*brang-bwad）。《史記》的大多數版本寫作"滂濞"（*pwrang-pwad），顯然是同一詞的異文。儘管很難確定其表意成分，我猜測其基本義由第一個字承擔，這個字傳達的意思是"膨脹"。"澎"的"膨脹"義還有其他例證，見 William G. Boltz, "*Chuang Tzu*: Two Notes on *Hsiao Yao Yu*," *BSOAS* 43.3 (1980): 537。

噴湧濺射，奔騰競速，⑩

此起彼伏，交鋒碰撞，⑪

流水失去控制，又折轉回來，

55　回旋騰起，拍打衝擊，⑫

澎湃洶湧，激烈流湍，⑬

巍峨穿頂，翻滾如雲，

蜿蜒逶迤，回旋翻躍，⑭

超越波浪，奔向鴻溝，

60　喇喇作響，下臨淺灘，⑮

拍打懸崖，衝撞堤壩，

潮湧競逐，飛濺起沫。⑯

子,的礫江靡,蜀石黃碔,水玉磊砢。磷磷爛爛,采色澔汗,藂積乎其中。鴻鸕鵠鴇,駕鵝屬玉。交精旋目,煩鶩庸渠。箴疵鵁盧,群浮乎其上。汎淫泛濫,隨風澹淡。與波搖蕩,奄薄水渚。唼喋菁藻,咀嚼菱藕。

---

⑩ 行52：雙聲疊韻詞"潖弗"(*pjiet-pjwet)顯然與《毛詩》第222首第2章中的"觱沸"(*pjiet-pjwet)相同。高本漢將"潖"解釋爲"潷"(射)，並將這個連綿詞理解爲"泉水快速噴射"。因此我翻譯爲"噴湧濺射"(spurting and spouting)。見"Glosses on the Kuo Feng Odes," p. 232, ♯366。

"宓汩"(*mjiet-gjwet)是一個疊韻連綿詞，表意成分很可能是"汩"，同《説文》的"昃"(卷11下頁5142a—5143a)，後者的意思是快速運動。因此我的譯文是"奔騰競速"。見《方言疏證》，卷6頁4b。

⑪ 行53："偪側"(*pjiek-tsrjek)是疊韻連綿詞，用來形容波浪此起彼伏(見《史記》，卷117頁3019，注15)。表意成分可能是"偪"，與"迫"(*pak，壓)同音同義。我認爲這裏用來描繪波浪互相"壓下、推開"。

"泌潏"(*pjiet-tsrjiet)實際上是前一個連綿詞的重複，司馬彪(見《史記》，卷117頁3019，注釋15)和顏師古(見《漢書》，卷57上頁2550，注20)都訓爲"相楔也"(互相碰撞)。因此，我譯爲"撞擊、碰撞"。

⑫ 行55：孟康(見《漢書》，卷57上頁2550，注21)將"潎洌"(*phjat-ljat)訓爲"相撇也"(互相拍打)。我推測其基本義由"潎"字表達，該字與"撇"(*phjat，撞擊)同音，可能還同義。吳德明將其譯爲頭韻詞"拍打、拍擊"(claque et clapote)(見Le Chapitre 117 du Che-ki, p. 62)。我譯爲"拍打、衝擊"(beating and battering)。

⑬ 行56：《史記》寫作"澎濞"，《漢書》和《文選》寫作"滂濞"。我採納吳德明的觀點(見Le Chapitre 117 du Che-ki, p. 62-63, n.7)，這個詞是51行"澎湃"的異體形式。

雙聲連綿詞"沆漑"(*gang-ghed)與前一個詞"滂濞"韻母相對。胡紹煐(卷10頁3a—b)和王先謙(見《漢書補注》，卷57上頁21b)都認爲這個詞與"忼慨"(*khang-khed)有關，後者的意思是"躁動不安"。我創造性地將其譯爲押頭韻的詞"激烈、流湍"(troublous and turbulent)。

⑭ 行58：疊韻連綿詞"宛潬"(*ʼjwan-dzjan)在《史記》中寫作"蜿灗"，用來形容旋轉和彎曲的運動。其主要意思由"宛"字傳達，意思是"盤繞"、"蛇行"，因此我譯爲"蜿蜒蛇行"(sinuously snaking)。見《史記》，卷117頁3019，注釋19。

儘管吳德明(見Le Chapitre 117 du Che-ki, p. 63, n.9)聲稱膠盭(膠戾)(*kroh-ljet)既不是雙聲也不是疊韻，聲母l/k之間的聯繫背離了雙聲的標誌，我對此表示懷疑。因爲聲母l的字常常與喉音有關聯(見Coblin, Handbook, pp. 48-49)，也許"盭(戾)"的讀音應當重新構擬爲*gliet，早期的注解都沒有嘗試將這一詞組的構件切分開來。郭璞(見《漢書》，卷57上頁2550，注釋24)將其解釋爲"憤薄相樛也"。這一詞組在一些文本中被用作"不和"義(見《漢書》，卷36頁1941)，還被用來形容彎曲、捲繞的運動(這個意思很可能來源於"歪曲"、"歪斜"義，因此有"彎曲"義)。我在這裏將其處理爲"旋轉、回旋"(twirling and whirling)。

⑮ 行60："浧浧"的確切含義不明，司馬彪(《史記》，卷117頁3019，注釋21)僅僅説它是水聲。我的譯文"lap, lap"只是近似譯法。

⑯ 行62：疊韻連綿詞"滯沛"(*drjad-phad)的含義不明。吳德明(見Le Chapitre 117 du Che-ki, p. 64)將其譯爲"呈束狀噴發的水珠"。我採納郭璞的説法(見《史記》，卷117頁3020，注釋23)，將其譯爲"噴濺、起泡"(spraying and spuming)。

臨近沙洲，傾瀉溝壑，

迸射潑濺，向下跌落。⑰

65　流向深處、更深處、滿溢、更滿溢，⑱

轟隆咆哮，暴跳如雷，

咕咕冒泡，翻湧沸騰，⑲

泛起浮沫，有如鼎沸，

迅疾的波浪，拋起的飛沫，

70　快速旋流，狂暴不羈。

既遥且寬，朝向遠鄉。

寂静悄然，萬籟無聲。

無拘無束，長程返歸。

最後遼闊無邊，深沉洪澕，

75　静悄悄地流過，慢吞吞地回轉，

波光粼粼，水光瀲灔，⑳

向東注入大湖，㉑

滿溢泛濫到水庫池塘。

於是有鱗的蛟龍，緋紅的螭龍，㉒

---

⑰ 行 64：吕忱（約 4 世紀）的《字林》將雙聲連綿詞“瀺灂”（*dzrjem-dzrjok*）解釋爲“小水聲也”（見李善，卷 8 頁 3a）。它很可能是擬聲詞。因此，我譯爲“水流潑濺聲”。

⑱ 行 65：《史記》寫作“湛湛”，《漢書》和《文選》寫作“沈沈”，它們實際上都是同一詞的異體形式。它的意思是“流深”，因此我的譯文是“深深的、深深的”。見《史記》，卷 117 頁 3020，注釋 27。
吴德明（見 *Le Chapitre 117 du Che-ki*，p. 65，n. 1）認爲“隱隱”（*jen-jen*）是一個擬聲詞，用於描繪雷聲或巨大的響聲。然而在這裏，它相當於“殷殷”（*ˑjen-ˑjen*），兩者可以互換（見李善，卷 16 頁 5b）。“隱隱”的意思是“大”，可以引申爲“滿”的意思，就像李善（卷 8 頁 3a）解釋的那樣。因此，我將其譯爲“滿溢，更滿溢”。

⑲ 行 67：疊韻連綿詞“渹潗”（*thjiep-tsjiep*）與“渹渭”同，《説文》（卷 11 上頁 4970b—4971a）將後者訓爲“灡”（起泡沫），因此我譯爲“起泡、起沫”（foaming and frothing）。

⑳ 行 71—76：根據高步瀛（卷 8 頁 10a—b）的説法，這幾行描寫“暴怒争流之勢漸平，即將入湖矣”。

㉑ 行 77：郭璞（見《漢書》，卷 57 上頁 2551，注釋 35）認爲“太湖”指的是吴縣的震澤（見《吴都賦》，行 65 注）。沈括（見《夢溪筆談校正》，卷 4 頁 48）提出上林苑的河流能到達那麼遠的地方實屬無稽之談，並提出校勘意見，認爲此處文本應當寫作“大河”，即黄河。朱珔（卷 10 頁 2b—3a）爲郭璞的注解辯護，主張這種誇張的修辭在司馬相如的賦中很常見，但此句是否是誇張還不好下定論。齊召南（1706—1768）猜測太湖僅僅指的是長安地區的一大片濕地，一些學者接受他的意見。見張雲璈，卷 5 頁 26a—b；王先謙，《漢書補注》，卷 57 上頁 22b；高步瀛，卷 8 頁 10b。

㉒ 行 79：這些可能都是鰐魚。見 Read，*Dragon and Snake Drugs*，pp. 18-19，♯104。

80　鱘魚,鰲蝦,㉓

黑鰱,鮊魚,鱔魚,金鯰,㉔

魚牛,比目魚,㉕

豎起背鰭,擺動尾巴,

抖動鱗片,鼓動魚鰭,

85　潛居水下深淵。

魚和鱉

數以萬計的生物群集,數量衆多。

明月和小珍珠㉖

在江岸上閃閃發光。

90　蜀石,黃石英,㉗

㉓　行80:有關"鮔(鮊)鰳"(鱘魚),見《吳都賦》,行622注。
《史記》寫作"蜥離",《漢書》和《文選》寫作"漸離"。《説文》(卷13上頁6012b—6013a)列舉了"蜥離",但並未解釋爲何物。郭璞(見《史記》,卷117頁3021,注釋37)承認他從未聽説過"蜥離"。司馬彪(見《文選》,卷8頁3b)説它是一種魚。胡紹煐(卷10頁4a—b)推測,由於它在《説文》中位於龜類的字後,而在蟹類的字前,因此它可能是一種有殼的水生動物。我姑且稱之爲鰲蝦。

㉔　行81:關於"鮰"(有條紋的魚),見《南都賦》,行90注。
《史記》寫作"鰖",《漢書》和《文選》寫作"鰫"。它們都是同一種魚"鮊"的異名。高步瀛引段玉裁曰"《漢書》、《文選》皆作鰫,非是,據許書,鰫、鰖割然二物",卷4頁16a—17a。
"鰳"的確切定義不明。《廣雅》説"鰳"是大"鯥",王念孫將其定種爲鱔魚。見《廣雅疏證》,卷10下頁14a。這一認定被郭璞(見《漢書》,卷57上頁2552,注釋39)證實,他説"鰳似鱓"。亦可參看朱琦,卷10頁3a—b。郭璞(見《漢書》,卷57上頁2552,注釋39)認爲"鮧"即"鱯",後者是鱯魚的名稱(見Read, *Fish Drugs*, pp. 22-23,♯38)。然而,由於郭璞還提到了"鮧"的另一個名稱是"黃頰",更像是金鯰的定名。見《廣雅疏證》,卷10下頁12b—13a;《西京賦》,行441注。

㉕　行82:郭璞(見《漢書》,卷57上頁2552,注釋40)將"禺禺"解釋爲一種皮上有毛,黃底黑紋的魚。徐廣(見《史記》,卷117頁3021,注釋39)僅僅告訴我們它是"魚牛"。它很可能與《山海經》(卷4頁1a)中提到的"鰤鰤"是一樣的。它被描述爲有着"犁牛"的形狀。儘管有些學者嘗試將這種魚等同於第81行的"鰖"(鮊魚),但它顯然是不同的魚。見朱琦,卷10頁3b—4a。簡單來説,我就稱其爲"魚牛"。
《史記》寫作"鱸魶",《漢書》和《文選》寫作"鮎鰙"。"鮎"是鰈魚的名稱。見Read, *Fish Drugs*, p. 84,♯177。"鰙"和"魶"是蠑螈的異名。見Read, *Fish Drugs*, pp. 76-77,♯173。然而,就像胡紹煐(卷10頁5a—6a)注意到的那樣,爲了與"禺禺"搭配,"鮎鰙"應當是一種魚。他的注引用了《説文》(卷11下頁5214b—5215a)列舉的一種叫作"虛鰙"的魚。我採用胡紹煐的説法,稱之爲鰈魚。

㉖　行88:根據沈欽韓(1775—1831)的説法,"明月"(見《西都賦》,行192注)和"珠子"是兩種不同的東西。他將明月鑒定爲"海月"或者説是"窗貝",即一種白色正圓、像鏡子一樣大的蛤蜊。見Read, *Turtle and Shellfish Drugs*, p. 79,♯242。沈欽韓稱"珠子"產自淡水珠蚌。見《漢書疏證》,浙江官書局,1894年版,卷29頁21b。

㉗　行90:張揖(見《漢書》,卷57上頁2552,注釋45)將蜀(四川)石解釋爲比玉次等的石頭。關於它,沒有更多的信息了。

水玉高高堆起：㉘

熠熠生輝，璀璨奪目，

色彩輝煌閃耀，

密布其内。

95　大雁，鸕鶿，天鵝，鴇鳥，㉙

野雁，白鷺，㉚

黃池鷺，旋目鳥，㉛

犀鳥，渠鴨，㉜

針喙鳥，鷫鸘，㉝

100　成群地在水面游泳，

自由漂浮，隨意漫遊，

隨風摇曳翻滚，

隨波摇擺蕩漾，

棲息在水中小島上。

㉘ 行91：水玉（我譯爲“水玉”）是水精（水晶）的别名。見《史記》卷117頁3021，注釋43所引郭璞的説法。見 Read and Park, *Minerals and Stones*, p. 23, ♯37。根據郭璞的説法（李善，卷8頁3b所引），“磊砢”（*lwed-la）是形容詞性的連綿詞，意思是“魁壘貌也”（堆得很高）。然而，朱琦（卷10頁4b）辯稱爲了與其他詩句相稱，“磊砢”應當是一種石頭的名稱，應是《南越志》中提到的珍珠“磊磻”（引自《太平御覽》，卷803頁3567；《初學記》，卷27頁649）。

㉙ 行95：關於“鸕”或“鸕鶿”（青緑色的魚虎），見《西京賦》，行445注。

㉚ 行96：關於“屬玉”（白鷺），見《西都賦》，行381注。

㉛ 行97：“交精”（鵁鶄）指的是中國黃池鷺。見 Read, *Avian Drugs*, p. 21, ♯261。
郭璞（見《漢書》，卷57上頁2552，注釋48）承認從未聽説過“旋目”（瓃目）。顏師古（見《漢書》，卷57上頁2552，注釋48）提到了楚的郢地有一種紅色水鳥，“深目，目旁毛皆長而旋”，他猜測這可能就是“旋目”。孫志祖（見《文選李注補正》，卷1頁28）嘗試將其鑒定爲“鵃”（毒鷹），某些版本的《説文》（卷4上頁1649b—1650a）將“鵃”解釋爲“運目”（轉動眼睛）。朱琦（卷10頁4b—5a）基於“運目”是“運日”的訛誤這一立論，對孫志祖的認定表示懷疑，並指出鵃不是水鳥。胡紹煐（卷10頁6b—7a）的注指出《禽經》將“旋目”與“交精”一並提及。他相信這兩種是非常相似的鳥。由於缺乏明確的鑒定，我僅僅將這一名稱譯爲“旋轉眼睛”（revolving eyes）。

㉜ 行98：根據徐廣的説法（見《史記》，卷117頁3022，注釋47），“煩鶩”（*b'iwan-miug）也寫作“番驀”（*b'wan-mung）。我推測這些都是同一種鳥的異名。“番驀”最有可能是安南地區一種叫作“驀鷬”（犀鳥）的水鳥（見 Read, *Avian Drugs*, pp. 9–10, ♯250），因此它的名稱叫“番驀”（邊境地區的驀，犀鳥）。見朱琦，卷10頁5a。
“渠鴨”是我對“庸渠”的創造性譯法（改造自《吳都賦》，行111）。

㉝ 行99：張揖（見《史記》，卷117頁3022，注釋48）説“箴疵”（亦寫作“鱵鴜”）是一種藍黑色的鳥，類似藍色的魚虎。這個名稱的意思很可能是“針一樣的喙”（參考“箴觜”），指代它像針一樣尖鋭的喙。見《説文》，卷4上頁1632a，段玉裁注。
儘管郭璞（見《史記》，卷117頁3022，注釋48）將“鵁盧”當作兩種鳥的名稱（魚鵁和鷫鸘，兩者都是鷫鸘的品種），但這一名稱應當被作爲連綿詞來理解。《説文》（卷4上頁1630b—1631b）將其列爲“鵁鶄”（犀鳥）的異名。然而，由於司馬相如已經在第97行提到了“鵁鶄”，這一行的“鵁盧”一定是另一種鳥。胡紹煐（卷10頁7b）和王先謙（見《漢書補注》，卷57上頁25a—b）認爲它是鷫鸘。

105 啃咬水草和木賊草，

咀嚼菱角和蓮藕。

3

於是崇峻的山峰高高聳立：㉞

峰頂拱起，巍峨屹立，

密林中滿是巨樹，

110 險峻陡峭，高低不平。

九峰垂直鋒利地升起，㉟

南山莊嚴宏偉地屹立，㊱

懸崖峭壁，像搖動的釜鼎，㊲

陡然堆疊，崎嶇崢嶸。㊳

115 收納山澗，面朝峽谷，

與深谷河牀纏繞交織，

豁然站立，裂口大張。

土丘山崗，個個皆似孤島，㊴

威武莊嚴地隆起，令人驚嘆敬畏，㊵

"於是乎崇山矗矗，巃嵸崔巍。深林巨木，嶄巖參差。九峻巀嶭，南山峩峩。巖陁甗錡，摧崣崛崎。振溪通谷，蹇產溝瀆。谽呀豁閜，阜陵別隝。崴磈嵬廆，丘虛堀礨。隱轔鬱嶏，登降施靡，陂池貏豸。沇溶淫鬻，散渙夷陸。亭皋千里，靡不被築。揜以綠蕙，被以江蘺。糅以蘪蕪，雜以留夷。布結縷，攢戾莎，揭車衡蘭，槀本射干。茈薑襄荷，葴持若蓀。鮮支黃礫，蔣芧青薠。布濩閎澤，延曼太原。離靡

㉞ 行107：《史記》中没有"矗矗"（高高聳立）。王念孫（見《讀書雜志》，4 之 10 頁 18b）注意到《文選》和《漢書》都没有訓釋"矗矗"，而且"矗矗"也没有出現在李善《文選》卷 1 頁 7a 有關本句的引文中，故認爲這是衍文。儘管王念孫有此力證，我還是保留"矗矗"，主要是因爲這是一個相當罕見的詞，不大可能是衍文。

㉟ 行111：顔師古（見《漢書》，卷 57 上頁 2554，注釋 3）將"巀嶭"（*dzhiat-ngiat）解釋爲嵳峩山的别稱，位於三原縣西（參《漢書》，卷 28 上頁 1545）。然而，朱琦（卷 10 頁 5a—b）正確地指出，由於要與下一句對仗，"巀嶭"須理解爲形容詞性的詞組。"巀嶭"的確切含義不明，我推測表意成分可能是没有山部首的"截"字，意思是"切"。因此，我的譯文是"陡直的、尖銳的"。關於"九峻"，見《西都賦》，行 102 注。

㊱ 行112：南山指的是終南山。

㊲ 行113：郭璞（見《史記》，卷 117 頁 3023，注釋 5）將"甗錡"（*ngjan-ngja）解釋爲形容山勢屈折的連綿詞。"甗"和"錡"都是炊具的名稱。"甗"是一種有上下兩層鍋爐的蒸具，上寬下窄。見李學勤，《中國青銅器》，頁 10—11。"錡"（屬）爲楚方言詞，是一種闊口的炊具。見《方言疏證》，卷 5 頁 1a。王先謙（見《漢書補注》，卷 57 上頁 26a）認爲司馬相如將山比作炊具，認爲此句説的是山勢交錯曲折如同甗，深凹中空如同錡。司馬彪（李善卷 8 頁 4b 所引）將"錡"解釋爲"攲"（倚靠），也就是山勢傾斜如甗。我嘗試在我的譯文中保留炊具這一喻體。

㊳ 行114：張揖（李善卷 8 頁 4b 所引）將雙聲詞組"崛崎"（*ngjwet-ngja）解釋爲"陡絶也"（陡峭、切斷）。我將其譯爲"陡峭的、險峻的"。

㊴ 行118：司馬相如此處形容溪流中升起的小島像"小丘和山崗"。

㊵ 行119：注疏家們對疊韻連綿詞"崴磈"（*jwei-ngwei）有不同的解釋：形容地勢凹凸不平的結構；高聳（見《楚辭補注》，卷 4 頁 18a）；或重重累積的樣子（見李善，卷 5 頁 11a）。它很可能是後面"嵬廆"（*jwet-gwet）這個詞的異體形式，我推測兩個詞都有"巍峨高聳"的意思，可參考"威"（令人敬畏）和"畏"（使人畏懼）。

120　地多小山圓丘，起伏高聳。㊶

　　參差山脊，多縫峰頂，㊷

　　上升下降，曲折蜿蜒，

　　傾斜不正，匍匐行進。㊸

　　泛濫四溢，緩緩流動，㊹

125　水流在平坦的平原上散播開來，

　　那些千里平川的沼澤地，

　　沒有東西未被壓平磨滑。㊺

　　土地覆蓋碧綠的羅勒，㊻

廣衍，應風披靡。吐芳揚烈，郁郁菲菲。衆香發越，肸蠁布寫，晻薆咇茀。

㊶ 行 120：寫作"丘虛"（*khjwei-khjag）的雙聲連綿詞亦寫作"丘墟"一詞，意思是"廢墟和荒地"。吳德明（見 *Le Chapitre 117 du Che-ki*, p. 78, n. 11）認爲其主要意思由"丘"承擔，意思是"小山"。《兩漢文學史參考資料》（頁 49，注 68）的編者將其解釋爲"堆壟不平貌"。我的譯文"小丘似的、圓丘似的"（hillocky and hummocky）是這個意思的近似譯法。
"堀礨"（*khwet-glwei）很可能是一個疊韻連綿詞（注釋説"堀"亦讀作口罪反［*khwei］，見《史記》，卷 117 頁 3023，注釋 11）。它可能與"鎀纍"（**jwei-lwei）有關，意思是"不平"。見《廣雅疏證》，卷 6 上頁 24b，似乎用於描述山上下起伏的趨勢。我將其譯爲"起伏、直立"（rolling and rearing）。

㊷ 行 121：郭璞（李善，卷 8 頁 4b 所引）將"隱轔"（*jen-ljen）和"鬱嵂"（**jwet-ljwet）都解釋爲"堆壟不平貌"。胡紹煐（卷 10 頁 8b—9a）將其等同於《西京賦》行 46（見《文選》，卷 2 頁 3a）的"鬱律"（**jwet-ljwet），在此處它與"隱轔"一起出現，意思是"不平整的"。爲了給此句一個主語，我從描述性複合詞中創造了一組名詞。

㊸ 行 123："陂池"（*pja-da）是"陂陀"（傾斜的、歪斜的）的異文。見《子虛賦》，行 56 注。
疊韻連綿詞"貏豸"（*phja-drja）是對前面"陂池"的重複。段玉裁（見《説文》，卷 9 下頁 4253a）認爲它們是同一個詞，李善（卷 8 頁 4b）訓爲"漸平貌"。我推測其基本義來自於"豸"字，意思是"爬行，像貓科動物捕食那樣，或像爬行動物那樣"，見 Bernhard Karlgren, *Grammata Serica Recensa*（1957；rpt. Kungsback：Elanders Boktryckeri Aktiebolag, 1972), p. 317，♯1238b。更多細節，見我爲吳德明《史記第 117 章》所撰寫的書評，*CLEAR* 1.1 (1979), 106。

㊹ 行 124：司馬相如從洲島寫到河流的轉變非常突兀。郭璞用了四個十分晦澀難懂的字來訓釋雙聲連綿詞"沇溶"（*zjwei-zjung, zjwan-zjung）和"淫鬻"（*zjoh-zjok）（見《史記》，卷 117 頁 3024，注釋 15）。王先謙嘗試解讀（見《漢書補注》，卷 57 上頁 26b），但太過牽強附會。連綿詞"沇溶"亦見於揚雄的《羽獵賦》行 97（見《文選》，卷 8 頁 20a），此處用來形容皇家隊伍的行軍。在同一部作品中（見《文選》，卷 8 頁 22a），揚雄用疊詞形式"沇沇溶溶"來形容御苑中擁擠的獸群。因此，這個詞必定與"數量多"有關，在司馬相如此句中也許用來形容平原上四散的水流。因此，我翻譯爲"泛濫、流動"。
"淫鬻"的意思比"沇溶"還要模糊。高步瀛（卷 8 頁 16b）採納許翼行（《文選筆記》，卷 2 頁 13b—14a）的説法，稱其用來形容水緩緩流動的樣子。儘管這一解釋缺乏依據，我還是採納高步瀛的説法，因爲沒有更好的可供支持的解釋。

㊺ 行 126—127：服虔（李善，卷 8 頁 4b 所引）和郭璞（見《史記》，卷 117 頁 3024）將"亭"解釋成驛站，根據他的解釋，堤上每隔十里就有一個驛站。然而，王先謙（見《漢書補注》，卷 57 上頁 27a）有理有據地闡明"亭"的意思是"平"。參考司馬相如的《哀秦二世賦》（收《史記》，卷 117 頁 3055；《漢書》，卷 57 下頁 2591），文中用"平"而不是"亭"。司禮義教授將這兩句譯爲"亭子（植被覆蓋的沼澤地）……延伸千里，沒有東西被建在那裏"（見 Paul L-M Serruys, "Remarks on the Nature, Functions and Meaning of the Grammatical Particle in Literary Chinese," *JAOS* 96.4 [1976]: 553）。然而，"亭"在這段文字中並不是亭臺（作爲一個建築，它應當被譯爲"驛站"），行 127 的動詞"築"也不是"建造"的意思，而是"搗"的意思。

㊻ 行 128：張揖（李善，卷 8 頁 4b 所引）將"綠"等同於"王芻"，即藎草（見《西京賦》，行 421 注）。顏師古（見《漢書》，卷 57 上頁 2554，注釋 13）將"綠"解釋爲其通常的含義"綠色"。見胡紹煐，卷 10 頁 9a—b。

鋪滿川芎，⑰

130　蛇床星羅，

　　芍藥棋布，⑱

　　結縷蔓延，⑲

　　綠莎成簇。⑳

　　揭車，野薑，澤蘭，㉑

135　藁本，射干，㉒

　　紫薑，襄荷，㉓

　　寒漿，苦蘵，杜若，菖蒲，㉔

---

⑰　行 129：關於"江蘺"(川芎)，見《子虛賦》，行 70 注。

⑱　行 131：儘管"留夷"通常是作爲木蘭的名稱，但由於司馬相如列舉的都是草本植物，顏師古(見《漢書》，卷 57 上頁 2554，注釋 14)認爲樹木在這裏出現並不合適。作爲植物的名稱，"留夷"(*ljehw-zjiei)可能與"攣夷"(*ljwa-zjiei)相同，後者是芍藥的別名。見《廣雅疏證》，卷 10 上頁 5b—6a；朱琦，卷 10 頁 5b；胡紹煐，卷 10 頁 9b—10a。

⑲　行 132："結縷"是亞洲結縷草屬(Zoysia)中的一種(朝鮮結縷草)，見《中國高等植物圖鑒》，卷 5 頁 150。根據顏師古(見《漢書》，卷 57 上頁 2555，注釋 15)的説法，"着地之處皆生細根，如綫相結"。因此我譯爲"打結的綫"(knot-thrcad)。關於其異名，見《爾雅》，下之一頁 23a。

⑳　行 133：注疏家們對"庆莎"有不同的解釋。朱琦(卷 10 頁 6a—b)廣泛徵引大量證據，證明"庆"是一種藎草的名稱，用來製作黃綠色的染料(見 Smith-Stuart，p. 344，"蓼藍"［Polygonum tinctorium］條)。由於其染色特性，王先謙(見《漢書補注》，卷 57 上頁 27b)推斷"庆"的意思僅僅是"綠"而已。"莎"是莎草(Cyperus)屬的一種植物的名稱。見《中國高等植物圖鑒》，卷 5 頁 242—247。儘管"庆莎"可能是兩種植物的名稱，我還是將其譯爲"綠莎草"，以便與前一句的"結縷"配對。關於"庆"的更多信息，見《廣雅疏證》，卷 10 上頁 26b。

㉑　行 134："揭車"，也叫"芞輿"，是《離騷》中提到的一種香草(見《楚辭補注》，卷 1 頁 8b，卷 1 頁 32b)。《爾雅》(下之一頁 27a)將其列於"藒車"的名下。它有黃色的葉子和白色的花朵，可以長到數尺高，對祛除樹上的害蟲效果顯著。還没人能爲其定種。"馬車停下"是霍克思(David Hawkes)的創造性譯法(見 Ch'u Tz'u，p. 33，L. 163)。

㉒　行 135："藁本"被定種爲不同的植物，如白苞芹(Nothosmyrnium japonicum)和藁本(Ligusticum sinense)。這是一種一年生植物，有細小的羽狀葉子、白色的花朵和可以入藥的黃褐色的根。見朱琦，卷 10 頁 6b；Smith-Stuart，pp. 286‑87；《中國高等植物圖鑒》，卷 2 頁 1086。
　　"射干"即鳶尾科射干(Belamcanda chinensis)。這種植物有長長的鳶尾狀葉子，亮橙色帶有紅色斑點的花朵，以及成束的像黑莓一樣的黑色種子。見 Read, Medicinal Plants，p. 212，♯653；《中國高等植物圖鑒》，卷 5 頁 570；Cheung Siu-cheong(莊兆祥)and Li Ninghon(李甯漢)eds., Chinese Medicinal Herbs of Hong Kong，vol. 1 (Hong Kong：Commerical Press，1978)，pp. 194‑95。

㉓　行 136："茈薑"是"生薑"(Zingiber officinale)的別名(見《齊民要術今釋》，頁 188)。"茈"可能指的是生薑紫色的根。見《南都賦》，行 144。

㉔　行 137：不能確定"蘵持"應該被理解爲兩種還是一種植物。"蘵"是"寒漿"(酸漿，Physalis Alkekengi，俗稱中國燈籠果或冬漿果)的別名。"持"(*djeg)可能等同於"蘵"(*tjek)，根據郭璞(見《爾雅》，下之一頁 27a)的説法，後者類似於寒漿。它很可能就是"苦蘵"，寒漿的一個較小品種(Physalis angulata；見 Smith-Stuart，p. 319)。見胡紹煐，卷 10 頁 11a—b。李慈銘(1830—1894)認爲"蘵持"指的是單一一種植物，即"寒漿"(見《漢書補注》，卷 57 上頁 28a—b)。可是，没有直接的證據表明"蘵持"是連綿詞，因此我更傾向於將"蘵"和"持"作爲兩種不同種類的酸漿的名稱。
　　關於"蓀"(菖蒲)，見《南都賦》，行 132 注。

落葵,鐵綫蓮,⑤⑤

茭白,荸薺,緑莎草,⑤⑥

140　在廣闊的沼澤地散播蔓延,

在巨大的平原上綿亘蔓生,

緊密地纏結,肆意地延伸。

被風吹彎,

隨風散發濃烈的香氣,

145　醇厚馥郁,甜蜜芳香,

多種香氛遠播開來,

蔓延四散,滲透萬物,⑤⑦

稠密厚重,濃烈刺鼻。

4

於是凝眸四望,廣泛觀察,

150　看見如此豐富的物産,如此浩瀚的遠景,⑤⑧

人們變得頭暈目眩,困惑不解。

看之,没有起點,

檢視之,没有盡頭。

太陽從東邊的池塘升起,

“於是乎周覽泛觀,繽紛軋芴,芒芒恍忽。視之無端,察之無涯。日出東沼,入乎西陂。其南則隆冬生長,涌水躍波。其獸則猵㺊貘犛,沈牛麈麋。赤首圜題,窮奇象犀。其北則盛夏含凍裂地,

---

⑤⑤　行138：司馬彪（見《史記》,卷117頁3024,注釋27）將“鮮支”等同於“支子”（梔子 *Gardenia florida*,俗名中國黃漿果或梔子花）。然而,這是一種灌木,並不與前後句所提到的其他植物相配。胡紹煐（卷10頁11b—12a）認爲它是“㮕支”,是野棗的名稱。可是“㮕支”樹在下文行203被司馬相如提及,兩次提及顯得太累贅。它最可能是“燕支”（學名落葵,*Basella rubra*）,是一種有紫色漿果的植物,其漿果可以産生紅色的果汁,用於製作染料和胭脂。見 Smith-Stuart, p. 66; Laufer, Sino-Iranica, pp. 324 - 28。
　　“黃礫”的種類不能確定。李慈銘（高步瀛,卷8頁19a—b所引）説它可能是“黃藥”（學名鐵綫草 *Clematis recta*,俗稱鐵綫蓮）的訛誤。其根部搗碎可用作黃色染料。見《本草綱目》,卷18頁1303。司馬相如可能將兩種染料植物相配。
⑤⑥　行139：關於“蔣”（茭白）和“芧”（荸薺）,見《南都賦》,行98注和行99注。關於“青蘋”（緑莎草）,見《子虛賦》,行78注。
⑤⑦　行147：關於“肸蠁”（傳播、分散）,見《蜀都賦》,行390—391注。
⑤⑧　行150：疊韻連綿詞“繽紛”（*tsjen-pjen）在這裏用來形容豐富和充足。見李善,卷8頁5b所引孟康的説法。胡紹煐（卷10頁12b—13a）將“繽”等同於“闐”（*dien）（充滿）,因此,我譯爲“豐産、豐富”。
　　郭璞（《史記》,卷117頁3025,注釋1所引）説疊韻連綿詞“軋芴”（*ret-mjet）亦寫作“軋沕”,形容“不可分”。孟康（李善,卷8頁5b所引）説它的意思是“緻密”。胡紹煐（卷10頁12b—13a）主張“芴”同“忽”（*hwet）,“遠”的意思。因此,其基本義是“長、遠”。“不可分”的意思可能與事物遠看模糊不清的樣子有關。參司馬相如《大人賦》（《史記》,卷117頁3060）:“西望崑崙之軋沕洸忽兮。”在本句中,我更强調無邊無際的景色,因此譯爲“廣闊的遠景”。

155　在西邊的堤壩落下。

其南邊隆冬時節能萌芽成長，

有沸騰的流水，洶湧的波浪。

這裏的動物有：瘤牛，牦牛，貘，低聲咆哮

　　的牛，⑤⑨

沉牛，水鹿，麋鹿，⑥⓪

160　赤首，圓蹄，⑥①

窮奇，大象，犀牛。⑥②

其北邊仲夏被冰凍的嚴寒包裹，地面凍裂，

人們提起下擺橫渡寒冰覆蓋的河流。

這裏的動物有：麒麟，角端，⑥③

165　野馬，駱駝，

蹇驢，野驢，⑥④

駃騠，驢和騾。⑥⑤

涉冰揭河。其獸則麒麟角端，駒

驗橐駝。蛩蛩驒騱，駃騠驢驘。

---

⑤⑨ 行 158：注疏家們將“犪”鑒定爲“犎牛”（有駝峰的牛）的名稱，既可以指單峰駱駝，也可以指瘤牛。見 Read,
Animal Drugs，♯330。很難説司馬相如指的是哪種動物。我採納吳德明（見 Le Chapitre 117 du Che-ki,
p. 86，n. 4）的譯法，將“犪”譯爲瘤牛。
　關於“旄”（多毛的牦牛），見 Read, *Animal Drugs*，♯357。
　關於“貘”，見《蜀都賦》，行 343。
　“犛牛”經常被視同於“旄”。它很可能指的是西藏牦牛。見 Read, *Animal Drugs*，♯356。由於司馬相如將
其視爲與“旄”不同的動物，我將其譯爲“低聲咆哮的牛”。

⑥⓪ 行 159：關於“沉牛”（扎入水中的牛），見《西京賦》，行 652。
　關於將“塵”定種爲水鹿，見 Schafer, "Cultural History of the Elaphure," pp. 268 - 69。

⑥① 行 160：“赤首”可能指的是《山海經》（卷 4 頁 8a）中一種傳説的獸，叫作“猲狙”。這種神奇的紅頭生物像狼，
有老鼠一樣的眼睛，發出的聲音像豬。
　“圜題（蹄）”（這一校改見王先謙，《漢書補注》，卷 57 上頁 31a）可能指的是中國獨角獸（麒麟），這種動物因
其圓圓的蹄和獨角而聞名。見《漢書》，卷 6 頁 174，注釋 2；*HFHD*，2：57, n. 13.2。

⑥② 行 161：“窮奇”（我譯爲“極其奇特”）是在《山海經》中被提及兩次（卷 2 頁 27b；卷 12 頁 2a）的另一種傳説中
的獸。有關它的最常見描述是像有翼的虎。更多的信息，見 Bodde, *Festivals*, pp. 88 - 90。

⑥③ 行 164：“有角的口鼻部”是我對“角端”（*kak-tuan）的直譯，可能與波斯犀牛或犀牛有關。見 Chunchiang
Yen, "The Chüeh-tuan as Word, Art Motif and Legend," *JAOS* 89 (1969)：578 - 92。

⑥④ 行 165—166：關於“駒驗”（野馬）和“蛩蛩”（這裏譯爲“蹇驢”），見《子虛賦》，行 113—114 注。
　江上波夫暫且將“驒騱”（*tien-giai）定種爲蒙古野驢，是一種與蹇驢非常相似的野驢。見《歐亞古代北方文
化》，頁 203—216；"The K'uai-t'i," pp. 111 - 23。

⑥⑤ 行 167：“駃騠”（*kiwat-diai）同時用來表示駃騠（見《説文》，卷 10 上頁 4343）和一種强壯的雅利安馬，後者
由匈奴從鹹海和裏海地區引進。見江上波夫，《歐亞古代北方文化》，頁 180—193；"The K'uai-t'i," pp. 90 -
103。蒲立本教授提出“駃騠”可追溯到葉尼塞語的形式，“讀音類似 *Kuti”，可能是馬的意思。見其
"Consonantal System of Old Chinese：Part II," *AM*, n.s., 9 (1962)：245 - 46。由於它與其他驢類動物
（驢和驘）一起提及，我在這裏將其譯爲“公馬與母驢所生的騾子”。已經無法得知司馬相如如何理解此詞。

5

於是離宮和別館，
覆蓋群山，橫跨山谷：
170 高高的走廊向四方伸湧而出，⑥⑥
有雙層的平台，彎曲的通道；⑥⑦
配有裝飾華麗的椽木和玉製的頂飾，
馬車道交織連接在一起。⑥⑧
在有頂的走道上環行一整圈，
175 行程漫長，必須中途停下夜宿。
在平緩的峰頂建造禮堂，
分層的露台一級一級上升，⑥⑨
洞穴房室建在險崖和裂縫中。⑦⓪
向下穿過深邃的黑暗，什麼都看不見；
180 向上緊握椽木就可觸摸天空。
穿過門窗便可竄向星星，
拱形的彩虹延伸到欄杆和遊廊。
青龍盤繞蜷曲在東邊的房間，⑦①
象車盤繞轉動穿過西邊的憩所，⑦②
185 眾仙在悠閑的館舍休息，⑦③
偓佺之流在南邊的屋檐下曬太陽。

"於是乎離宮別館，彌山跨谷。高廊四注，重坐曲閣。華榱璧璫，輦道纚屬。步櫩周流，長途中宿。夷嵏築堂，累臺增成，巖突洞房。頫杳眇而無見，仰攀橑而捫天。奔星更於閨闥，宛虹拖於楯軒。青龍蚴蟉於東箱，象輿婉僤於西清。靈圉燕於閒館，偓佺之倫暴於南榮。醴泉涌於清室，通川過於中庭。盤石振崖，嶔巖倚傾，嵯峨嶵嶵，刻削崢嶸。玫瑰碧琳，珊瑚叢生。琘玉旁唐，玢豳文鱗。赤瑕駁犖，雜臿其間，晁采琬琰，和氏出焉。

---

⑥⑥ 行170：王先謙（見《漢書補注》，卷57上頁31a）認爲"注"（*tjuak）是"屬"（*tjuak）（連接）的通假字。然而，"注"可能僅僅是"湧出"義而已，意思是向四個方向伸湧。

⑥⑦ 行171：關於"重坐"（雙層），見《西都賦》，行155注，譯爲"雙層樓台"。"曲閣"（彎曲的通道）是連接建築的高架走廊。見《西都賦》，行253注。

⑥⑧ 行173：關於"輦道"（馬車道），見《西都賦》，行252注。

⑥⑨ 行177：關於"成"的"層"或"樓層"義，見胡紹煐，卷10頁14b。

⑦⓪ 行178：郭璞（見《史記》，卷117頁3027，注釋5）解釋爲"在巖穴底爲室，潛通臺上者"。參《甘泉賦》，行82注。關於"突"（凹穴、縫隙），見王念孫，《讀書雜志》，4之10頁18b—19a。

⑦① 行183：青龍是東方的守護獸，可能是巨大的龍騎，拉動天帝和仙人的馬車。

⑦② 行184：不能確定"象輿"的意思是象牙馬車還是象拉的馬車。根據張揖（李善，卷8頁6b所引）的説法，象輿是一種在山中自然出現的物件，是一種吉兆。朱琦（卷10頁8b—9b）主張，爲了與前一句"青龍"對仗，"象"在這裏一定指的是大象。

⑦③ 行185：郭璞《史記》，卷117頁3027，注釋9所引）説"靈圉"是"淳圉"的別稱。張揖（《漢書》，卷57上頁2558，注釋10）認爲"靈圉"是眾仙的稱謂。司馬相如還在其他兩篇文章中用了此詞（見《大人賦》，收《史記》，卷117頁3058；《封禪書》，收《史記》，卷117頁3065），這兩處的"靈圉"很明顯指的是眾仙（見Hervouet, *Le Chapitre 117 du Che-ki*, p. 92, n. 12 and p. 213, n. 7）。

甘甜的泉水在清冷的房間内汩汩翻湧，

自由流動的河流穿過中央的庭院。

巨大的礫石遍布濱岸，

190　兀立陡削，傾側歪斜，

參差突出，尖峰聳立，

雕刻鐫鑿，峻峭懸空。

玫瑰石，葱緑玉髓，黑玉，

珊瑚叢生。

195　瑪瑙寶石和巨大的紅玉髓，[74]

條紋像有圖案的魚鱗。[75]

紅玉斑駁，有大理石的紋彩，

混雜其間。

早晨的虹光，渾圓的和尖頭的玉石，[76]

200　和氏璧出現在那裏。

6

於是夏季成熟的盧橘，[77]　　　　　　　　　　　"於是乎盧橘夏熟，黄甘橙楱。

---

[74] 行 195：郭璞（見《史記》，卷 117 頁 3028，注釋 16）將"旁唐"解釋爲"盤薄"（無邊無際）的樣子。顏師古（見《漢書》，卷 57 上頁 2559，注釋 17）將"唐"訓爲"碭"，並認爲"旁唐"是一種"文石"或瑪瑙。儘管"旁唐"確實在其他作品中以"盤薄"義出現，但由於司馬相如常常在同一句中提到相關聯的物件，所以我採納王先謙（見《漢書補注》，卷 57 上頁 34a）的説法，將這一詞組解釋爲"大（ pang 旁）文石"。由於"瑎"（參《西都賦》，行 203 注）也指的是一種瑪瑙，所以我將"旁唐"（也可能是"碭"？）譯爲"巨大的紅玉髓"。

[75] 行 196：關於"玢豳"（有條紋的、有斑紋的），見《藉田賦》，行 82 注。

[76] 行 199：我採納顏師古（見《漢書》，卷 57 上頁 2559，注釋 19）的説法，將"晁采"（我譯爲"早晨的虹光"）解釋爲白虹之氣在早上從美玉中射出。段玉裁（見《説文》，卷 1 上頁 144b）認爲"采"指的是"大采"，是一種色彩斑駁的大玉版，由天子在祭祀太陽的獻祭（"朝日"）中手持。見《國語》，卷 5 頁 8b；《周禮注疏》，卷 20 頁 17a—18a；Biot，1：484-85。
"琬"（圓玉）和"琰"（尖玉）都是玉版的一種，見 Laufer，Jade，pp. 93-97。郭璞（見《史記》，卷 117 頁 3028，注釋 20）引《汲冢竹書》説，夏王桀遠征岷山時俘獲二女琬和琰，遂以此命名兩種玉。我暫且將"琬琰"譯爲"圓的和尖的玉石"。

[77] 行 201："盧橘"字面意思是黑色的橘子，郭璞（《史記》，卷 117 頁 3029，注釋 1 所引）定爲蜀地的"給客橙"（金桔），像橘和柚，非常香，花朵和果實冬夏相繼。根據《廣州記》（《史記》，卷 117 頁 3029，注釋 1 所引；參《齊民要術今釋》，頁 737 的異文），其果實在九月是紅色的，但是在第二年的二月變成青黑色。朱琦（卷 10 頁 10a—b）明確證實它是金桔。亦可參看《本草綱目》，卷 30 頁 1796；Smith-Stuart，pp. 111，115。

黃柑橘，橙子，柚子，⑦⑧

枇杷，野棗，柿子，⑦⑨

野梨，蘋果，木蘭，⑧⑩

205　軟棗，楊梅，⑧①

櫻桃，葡萄，⑧②

黑楊，郁李，⑧③

李樹，荔枝，⑧④

在後面的宮殿鋪展，

210　在北邊的果園成列，

枇杷燃柿，樗柰厚朴。樗棗楊
梅，櫻桃蒲陶。隱夫薁棣，荅遝
離支。羅乎後宮，列乎北園。貤
丘陵，下平原。揚翠葉，扤紫莖。
發紅華，垂朱榮。煌煌扈扈，照
曜鉅野。沙棠櫟櫧，華楓枰櫨。
留落胥邪，仁頻并閭。欃檀木
蘭，豫章女貞。長千仞，大連抱。
夸條直暢，實葉葰楙。攢立叢

---

⑦⑧ 行 202：最珍貴的一種“甘”（柑橘 *Citrus reticulata*，俗名中國柑橘）是黃柑。儘管很多資料將其定種爲蜜橘（*Citrus nobilis*，俗名甜皮橘），但是李惠林認爲它是中國柑橘。見 *Nan-fang ts'ao-mu chuang*，pp. 118‑20。參《齊民要術今釋》，頁 737。
關於“橙”（中國橙），見《南都賦》，行 130 注。
張揖（《漢書》，卷 57 上頁 2559，注釋 2 所引）將“榝”確定爲一種小橘子。胡紹煐（卷 10 頁 16b）引證將“榝”等同於“鏇子”（有皺紋的果實），後者是柚子的俗名。

⑦⑨ 行 203：關於“枇杷”，見《蜀都賦》，行 158 注。
“燃”指的是“燃支”（見上文行 138 注），*Ziziphus vulgaris*（野棗）。關於這種植物，見 Laufer，*Sino-Iranica*，p. 385。

⑧⑩ 行 204：關於“亭”（野梨）和“奈”（蘋果），見《蜀都賦》，行 159 注和行 165 注。
“厚朴”一詞的字面意思是厚樹皮，被鑒定爲各種植物，如日本厚朴（*Magnolia hypoleuca*，見 Smith-Stuart，pp. 244‑45），或川朴（*Magnolia officinalis*，見 Read，*Medicinal Plants*，p. 162，♯511；《中國高等植物圖鑒》，卷 1 頁 787）。關於這種以樹皮爲貴的樹，見《證類本草》，卷 13 頁 25b—26b。

⑧① 行 205：關於楊梅（*Myrica rubra*），見《齊民要術今釋》，頁 750；Li Hui-Lin，*Nan-fang ts'ao-mu chuang*，pp. 117‑18。

⑧② 行 206：這一行在中國文學中是最早提及“蒲陶”的（葡萄 *Vitis vinifera*）。實際上，一般認爲早在此前數十年，張騫就首先將葡萄引進中國。公元前 125 年前後，他帶着費爾干納葡萄的消息回到漢代朝廷。隨後（約公元前 104 年），漢朝使臣從中亞帶回葡萄籽，種植在離宮館閣中。見《史記》，卷 123 頁 3173—3174；《漢書》，卷 96 上頁 3895；*Records*，2：279‑80；Hulsewé，*China in Central Asia*，pp. 132‑36。上林苑中甚至還有一座叫作“葡萄宮”的公館。見《漢書》，卷 94 下頁 3816。吳德明（見 *Le Chapitre 117 du Che-ki*，p. 98，n. 6）推測司馬相如提及的“蒲陶”，可能是中國野葡萄（*Vitis pentagona*，*V. Davidi*，桑葉葡萄），它在培植葡萄引入中國之前已經在中國存在很長一段時間。由於“葡萄”(*bag-dog?)這個詞最有可能起源於費爾干納語，所以中國在培植葡萄引進前就已經用這個詞來表示野葡萄，這點看起來很奇怪。培植葡萄引入中國要比中文資料所聲稱的早，這確實是有可能的。關於這個詞的起源，見 Laufer，*Sino-Iranica*，p. 225‑28；亞努士·赫迈萊夫斯基，《以葡萄一詞爲例論古代漢語的借詞問題》，《北京大學學報》1（1957），頁 71—81；“The Problem of Early Loan-words in Chinese as Illustrated by the Word ‘p'u-t'ao’,” *Rocznik Orientalistyczny* 22.2（1958）：7‑45；“Two Early Loan-words in Chinese,” *Rocznik Orientalistyczny* 24.2（1961）：65‑86。

⑧③ 行 207：“隱夫”的種屬不能確定。我採納高步瀛（卷 8 頁 29a—b）的意見，將“夫”等同於“夫栘”（見《甘泉賦》，行 112 注），即中國楊樹。關於學術界對這一名稱的出色總結，見 Hervouet，*Le Chapitre 117 du Che-ki*，p. 98，n. 7。
“薁棣”（《史記》寫作“鬱”）可能是兩種植物的名稱，但是由於它與“隱夫”對仗，我定爲一種植物的名稱。它具有唐棣、薁李及其他諸多名稱，此處是“鬱李”（*Prunus japonica*）。見高步瀛，卷 8 頁 29a—b。

⑧④ 行 208：關於“荅遝”，我們僅知道它是蜀地一種像李樹的種類。見《史記》，卷 117 頁 3030，注釋 9。

在丘陵山崗上延伸，

直到平坦的原野。

翠綠的葉子揮動，

紫色的莖梗搖擺，

215 紅色的花簇綻放，

朱紅的花朵懸掛。

明亮輝煌，富麗堂皇，

絢爛地閃耀在廣袤的田野上。

蘋果，櫟樹，⑧⑤

220 白樺，楓香樹，銀杏，漆樹，⑧⑥

石榴，椰子，⑧⑦

檳榔，棕櫚，⑧⑧

檀香木，木蘭，⑧⑨

樟樹，野漆樹：⑨⓪

倚，連卷欐佹。崔錯癹骫，坑衡
閜砢。垂條扶疏，落英幡纚。紛
溶萷蔘，猗狔從風。藰莅芔歙，
蓋象金石之聲，管籥之音。偨池
茈虒，旋還乎後宮。雜襲絫輯，
被山緣谷，循阪下隰，視之無端，
究之無窮。

---

⑧⑤ 行 219：張揖（見《漢書》，卷 57 上頁 2560，注釋 11）認爲："沙棠，狀如棠，黃華赤實，其味似李，無核。"伊博思（Read）（見 *Medicinal Drugs*，p. 134，♯439）將其定類爲海棠（海棠果，*Pyrus spectablis*）。吳德明（見 *Le Chapitre 117 du Che-ki*，p. 100，n. 1）基於海棠的果實是黃色的，因而拒絕接受這一説法，認爲可能是山荆子（*Pirus baccata*）。在現代漢語中，亞洲蘋果（*Malus asiatica*）被叫作"莎果"。見《中國高等植物圖鑒》，卷 2 頁 236。我在這裏選擇"海棠果"。亦可參看《齊民要術今釋》，頁 751。
關於"櫟"（鋸齒櫟），見《南都賦》，行 52 注。
伊博思（見 *Medicinal Drugs*，p. 198，♯616）將"櫧"確定爲苦櫧栲（*Quercus sclerophylla*）。還有一種叫作"苦櫧"的樹，學名是 *Quercus myrsinaefolia*（見《中國高等植物圖鑒》，卷 1 頁 439）。"櫧"也出現在幾種石柯屬植物（*Lithocarpus*）的名稱中。見《中國高等植物圖鑒》，卷 2 頁 428，436。
⑧⑥ 行 220："華"或"樺木"可以指稱幾種不同變種的樺樹（*Betula*）。見《中國高等植物圖鑒》，卷 1 頁 387—394。
關於"楓"（楓香樹），見《西京賦》，行 412 注。
"枰"指的是平仲或銀杏。見《吳都賦》，行 193 注。
關於"櫨"（漆樹，或匈牙利黃木），見《南都賦》，行 52 注。
⑧⑦ 行 221："留落"有好幾種可能的説法。錢大昕將其等同於《爾雅》（下之三頁 11b）中提到的"劉杙"。見《廿二史考異》，收《潛研堂叢書》，卷 5 頁 22a。《齊民要術》引用徐衷（約 281 年在世）的《南方草木狀》，説它有黃色的酸果，大如李子。石聲漢（見《齊民要術今釋》，頁 745）暫且將其定爲金櫻子（*Rosa laevigata*）。參《吳都賦》，行 254 注。孫志祖（見《文選李注補正》，卷 1 頁 28a—b）將其等同於左思《吳都賦》（見行 176 注）中的"扶留"（扶留藤）。高步瀛（卷 8 頁 30b—31a）認定它是"石榴"。由於没有決定性的證據證明這些説法中的任何一個是正確的，所以我選擇"石榴"，主要是爲了與椰樹對仗。
關於"胥邪"或椰樹，見 Li Hui-Lin，*Nan-fang ts'ao-mu chuang*，pp. 115 - 17；《齊民要術今釋》，頁 752—755。
⑧⑧ 行 222：所有的注疏家都將"仁頻"確定爲檳榔，見《吳都賦》，行 251 注。
⑧⑨ 行 223：注疏家們（見《史記》，卷 117 頁 3030，注釋 15；《漢書》，卷 57 上頁 2561，注釋 14）將"欃檀"鑒定爲"檀"的別稱，"檀"可以用來指稱幾種不同的樹，包括檀香木，紫檀木，以及黃檀木（見 Smith-Stuart，pp. 394 - 95）。這一句中的"欃檀"（*dzram-dan*）可能是梵文 *candana*（檀香木）的中文音譯。然而，據説檀香木直到漢以後佛教傳入才被引入中國。見 Schafer，*The Golden Peaches of Samarkand*，p. 137。
⑨⓪ 行 224：關於"豫章"（樟樹）和"女貞"（野漆樹），見《吳都賦》，行 189 注和行 192 注。

225 生長至千仞高，

如此寬廣，多人才能合抱，

花和枝直直地展開，

果和葉葱翠茂盛。

樹立成叢，斜倚成林，

230 彎腰低垂，緊附黏着，⑨

纏結盤繞，交織扭曲，⑨

重重樹枝扭結如搏鬥，⑨

懸挂的枝條伸展張開，

落下的花瓣紛飛飄動。

235 葱翠茂盛，緊密成簇，⑨

隨風搖曳擺蕩，

呼嘯嘆息，颼颼吹颭，⑨

像是鈴鐺和編鐘的聲音，

或管樂器和笛子的樂音。

240 長短高矮，⑨

環繞後面的宮殿。⑨

---

⑨ 行 230：司馬彪（李善，卷 8 頁 7b 所引）將疊韻連綿詞"欐佹"（*ljai-kwiai）（《史記》中寫作"累佹"[*lwei-kjiwai]）解釋爲用於描寫樹枝層層聚集（重累）的樣子。顏師古（見《漢書》，卷 57 上頁 2561，注釋 18）稱其意爲"支、柱"（支撐、支持）。基於這些訓詁，後世的注疏家將這個詞解釋爲樹枝層層成束的樣子（胡紹煐，卷 10 頁 18a），或者樹枝連接（欐同麗，附着）和向外展開（庋）的樣子（王先謙，《漢書補注》，卷 57 上頁 37a）。我無法確定哪一個解釋才是正確的，如果真的有的話。我的譯文"黏着、緊貼"是模糊化的近似處理。

⑨ 行 231："炦奡"（*bat-˙jwai）這個詞是"茷奡"（*bat-˙jwai）的異體形式，後者在《楚辭·招隱士》（見《楚辭補注》，卷 12 頁 2b）一詩中用來形容"木枝葉盤紆貌"。見胡紹煐，卷 10 頁 18a。

⑨ 行 232：疊韻連綿詞"坑衡"（*khrang-grang）是"抗衡"（*khang-grang）（反抗、抵禦）的異體形式，因此我譯爲"扭結如搏鬥"。見朱起鳳，《辭通》，頁 924。
胡紹煐（卷 10 頁 18a—b）指出疊韻連綿詞"鬨砢"（*ha-la）是上文第 91 行"磊砢"的異體形式。吳德明（見 *Le Chapitre 117 du Che-ki*，p. 103，n. 13）認爲它用來形容樹枝伸展疊加的樣子。因此，我譯爲"層層的樹枝"。

⑨ 行 235：關於雙聲連綿詞"箾蔘"（*sjoh-srjem）（緊密成簇），見朱琦，卷 10 頁 12a—b。

⑨ 行 237：王先謙（《漢書補注》，卷 57 上頁 37b）將雙聲連綿詞"藰莅"（*ljehw-ljiei）理解爲"憭慄"（*ljehw-ljiet）（悲傷難過）的異體形式。參《楚辭補注》，卷 8 頁 2a。吳德明（見 *Le Chapitre 117 du Che-ki*，p. 104，n. 18）認爲它是擬聲詞，用來形容樹中的風聲。爲了結合這些意思，我將其譯爲"嘆息、颯颯作響"。
雙聲連綿詞"芔歙"（*hjwed-hjep）很可能是"欻吸"（*hjwet-hjep）的異體形式，後者形容風吹拂的聲音。因此，我譯爲"颼颼吹颭"。見胡紹煐，卷 10 頁 19a。

⑨ 行 240：疊韻連綿詞"傛池"（*tshja-dja）和"泚虒"（*tshja-drja）都用來形容樹木高矮參差的樣子。參《甘泉賦》，行 25 注。

⑨ 行 241：這些宮殿大概是後宮女眷所使用的住處。

繁複分層,層層疊加,

布滿群山,環繞山谷,

順着山坡降至窪地。

245　看之,没有起點,

檢視之,没有終點。

7

於是黑色的猿,白色的雌猿,

長鼻猴,白眉長臂猿,飛鼠,⑱

黑長臂猿,猴子,⑲

250　獼猴,鼬,合趾猿,⑳

在樹間棲息休眠。

長嘯悲鳴,

優雅滑翔,來回穿越,

壓彎枝椏,㉑

"於是乎玄猨素雌,蜼玃飛鸓,蛭

蜩蠼猱,獑胡縠蛫,棲息乎其間。

長嘯哀鳴,翩幡互經,夭蟜枝格,

偃蹇杪顚。隃絕梁,騰殊榛,捷

垂條,掉希間。牢落陸離,爛漫

遠遷。若此者數百千處,娛遊往

來,宮宿館舍。庖廚不徙,後宮

不移,百官備具。

---

⑱　行 248：關於"蜼"(長鼻猴),見《西都賦》,行 357 注。

　　關於"玃"(白眉長臂猿,大長臂猿),見《南都賦》,行 67 注。

　　"飛鸓"是"鼯鼠"或稱飛鼠的別稱。見《爾雅》,下之五頁 13a;高步瀛,卷 2 頁 65a—b。

⑲　行 249：郭璞(《史記》,卷 117 頁 3032,注釋 2 所引)稱不知如何確定"蛭蜩"。"蛭蜩"到底指的是一種還是兩

　　種動物,還不清楚。顏師古(《漢書》,卷 57 上頁 2562,注釋 3 所引)認爲,張揖將"蛭"和"蜩"分別認定爲水蛭

　　和蟬,在此處的上下文是不合適的。"蛭"可能指的是"蠪蛭",《山海經》(卷 4 頁 5b)將其形容爲類似狐狸的

　　動物,有九條尾巴和九個頭,但除了說它是樹棲生物外,什麼也没說明。司馬貞(見《史記》,卷 117 頁 3032,

　　注釋 2)引《神異經》,提到"蜩"是一種爬樹的動物,毛髮是獼猴的顏色。王先謙(見《漢書補注》,卷 57 上頁

　　38b)指出《神異經》實際上是將"蜩"寫作"貜"。現存的《神異經》,收《漢魏叢書》,頁 15a,說"貜"大如驢,擅

　　長爬樹。伊博思(♯400A)將其定種爲黑長臂猿。基於要與後面的"蠼猱"對仗,我推測"蛭蜩"是連綿詞,因

　　此譯爲"黑長臂猿"。

　　司馬彪和郭璞(《史記》,卷 117 頁 3032,注釋 2 所引)都認爲"蠼猱"是連綿詞。司馬彪解爲"獼猴",郭璞說

　　"似獼猴而黄"。我簡單地稱之爲"猴"。

⑳　行 250：關於"獑胡"(獼猴),見《西京賦》,行 583 注。

　　關於"縠"(鼬),見《南都賦》,行 67 注。

　　郭璞(《史記》,卷 117 頁 3032,注釋 3 所引)承認從未聽說過"蛫"。有些注疏家(見胡紹煐,卷 10 頁 20b;朱

　　琦,卷 10 頁 13a)認爲它是《山海經》(卷 5 頁 43b)中提到的類似海龜的生物,但《山海經》並未說它生活在樹

　　上。根據《類篇》(《四庫全書珍本六集》,[臺北:商務印書館,1975],卷 38 頁 12a)的說法,"蛫"是一種類人

　　猿。由於缺乏確切的對等物,我稱之爲"合趾猿",長臂猿中最大的品種。

㉑　行 254：郭璞(《史記》,卷 117 頁 3032,注釋 5 所引)將疊韻連綿詞"夭蟜"(*ˑ jahw-kjahw)解釋爲"頻申",兩

　　個語素的意思都是"彎曲"。因此,我譯爲"傾斜、彎曲"。

　　我採納高步瀛(卷 8 頁 35b)的意見,將"格"讀作"挌"。《説文》:"挌,枝挌也。"徐鍇(920—974)《説文繫傳》

　　云:"'挌',今作格。"見《説文》,卷 4 下頁 1868。

255　弓身盤坐在樹梢上。⑩

跳過沒有橋梁的河流，

飛躍進各種灌木叢，

緊緊抓住垂掛的細枝，

將自己拋過開闊的空間。

260　稀疏地散開，倉促雜亂，⑩

猴群疏散，後退到遠方。⑩

類似的地方數以百千計。

皇帝四處消遣嬉遊，

在任一宮殿或館舍過夜休息，

265　厨師無需轉送，

妃嬪不必移步，

百官配備齊全。

8

於是秋去冬來，　　　　　　　　　　　"於是乎背秋涉冬，天子校獵。

天子舉辦一場圍堵狩獵：⑩　　　　　乘鏤象，六玉虯。拖蜺旌，靡雲

270　乘上象牙雕飾的馬車，　　　　　旗。前皮軒，後道游。孫叔奉

由鑲玉的六龍拉動，⑩　　　　　　　轡，衛公參乘。扈從橫行，出乎

彩虹幡帶拖曳，　　　　　　　　　　四校之中。鼓嚴簿，縱獵者，河

雲旗舞動，　　　　　　　　　　　　江爲阹，泰山爲櫓。車騎靁起，

獸皮覆蓋的篷車在前，⑩　　　　　　殷天動地。先後陸離，離散別

---

⑩　行255：《廣雅》（卷6上頁20a）將疊韻連綿詞"偃蹇"（*ˀjan-kjan）等同於"夭蟜"（見上文行254注）。吳德
明（*Le Chapitre 117 du Che-ki*，p.108，n.6）認爲它主要用來形容巫術舞蹈的姿勢，跳舞的巫師在舞蹈中跛
行蹣跚（即"蹇"），蜷伏彎曲（即"偃"）。這個詞確實可能是"蹲伏、蹣跚"的意思，但是此處上下文與巫術舞蹈
一點聯繫都沒有，爲此我表示質疑。我簡單地將其譯爲"蜷起身子，盤坐"。

⑩　行260：雙聲連綿詞"牢落"（*lahw-lak）是"遼落"（*liahw-lak）的異體形式，後者的主要意思是"空著的、廣
闊的"，引申義是"稀疏地分布"。我爲此段文字選用了第二重含義。見朱起鳳，《辭通》，頁2498。

⑩　行261：疊韻連綿詞"爛漫"（*lan-man）主要意思是"使分散"。"爛"的字面意思是"成熟"，可能表達"消散"
的含義；"漫"表達"展開"的含義。在此段上下文中，我將其譯爲"解散、疏散"。

⑩　行269：關於"校獵"（圍欄捕獵），見《吳都賦》，行464注。

⑩　行271：參《甘泉賦》，行29。

⑩　行274："皮軒"可能是古典的皮革馬車在漢代的對等樣式。根據胡廣（《後漢書》，志第29頁3649，注釋4所
引）的説法，軒或遮篷是用虎皮製作的。見朱琦，卷10頁13a—b。

275　嚮導和遊覽車在後。⑩⑧

孫叔執着繮繩，

衛公成爲車上良伴，⑩⑨

護衛和隨從在側翼行軍，⑩⑩

在四面的柵欄邊出現。⑩⑪

280　莊嚴的隊伍傳出鼓聲，⑪⑫

狩獵者便出動。

長江黃河是捕獸的圍欄，

泰山是瞭望臺。⑪⑬

馬車和騎手雷屬啓程，

285　隆隆巨響穿越天際，震動大地，

前前後後，匆忙前衝，

稀疏散落，分開追捕，

平穩流動，持續追蹤，⑪⑭

追。淫淫裔裔，緣陵流澤，雲布雨施。生貔豹，搏豺狼。手熊羆，足壄羊。蒙鶡蘇，絝白虎。被班文，跨壄馬。陵三嵕之危，下磧歷之坻。徑峻赴險，越壑厲水。椎蜚廉，弄獬豸。格蝦蛤，鋋猛氏。羂騕褭，射封豕。箭不苟害，解脰陷腦。弓不虛發，應聲而倒。

---

⑩⑧　行275：根據顏師古（見《漢書》，卷57上頁2564，注釋5）的説法，道應當讀作導。這種馬車和遊覽車都在《周禮》中被提及，鄭玄認爲導引車是一種象牙馬車。見《周禮注疏》，卷27頁17a—b；Biot，2：135。

⑩⑨　行276—277：孫叔和衛公的確切身份不清楚。鄭氏（《漢書》，卷57上頁3564，注釋6所引）説孫叔就是公孫賀（字子叔），是前漢武帝的太僕。在這一職位上，他是作爲武帝的駕車人而在隊伍中身居要位。鄭氏又説衛就是衛青，武帝手下的大將軍。大將軍通常是皇帝馬車的同伴。見《後漢書》，志第29頁3648。這一確定的主要問題在於，賦的作者在他們的詩作中並不會使用同時代的人名。駕車人或狩獵者的名字總是古代傳説中或歷史中的名人，徵引這些人物在很大程度上與彌爾頓（Milton）引用特里同（Triton）或艾俄洛斯（Aeolus）的方式是一樣的。因此，吳仁傑（見《兩漢刊誤補遺》，卷6頁11b—12a）認爲孫叔和衛公必定是古代的駕車人，可能是孫陽，亦以伯樂的名字而廣爲人知（見《子虛賦》，行109注）；以及衛莊公（前480—前478年在位），《國語》（卷15頁5a）提到他當趙國貴族馬車上的隨從。很難確定哪一個解釋才是正確的，也許司馬相如確實指的是公孫賀和衛青，但是不敢用他們的本名來指稱，因此編造兩個化名，讓同時代的人輕易地認出指的是那兩位傑出的大臣。

⑩⑩　行278：注疏家們對於"扈從"這個詞有各種解釋。封演（756年進士）將其解釋爲"百官從駕"，如皇帝的侍從。見《封氏聞見記校證》（北平：哈佛燕京學社，1933），卷5頁1a。胡紹煐（卷10頁21b—22a）認爲"扈"應當讀作"護"（保護）。因此，"扈從"可以表示"守衛和侍從"的意思。

⑩⑪　行279：注疏家們對於"四校"的含義沒有取得共識。文穎（《史記》，卷117頁3034，注釋6所引）認爲他們是五校（軍隊中的一個旅）中的四校，第五校則是伴隨皇帝的隊伍。然而，顏師古（見《漢書》，卷57上頁2564，注釋7）認爲"校"指的是將狩獵圍場的四周包圍住的木柵欄。由於柵欄是這種狩獵的重要特徵，於是我採用顏師古的注釋。我不是很確定如何分析整個句子，其意是"從四面的柵欄處出現"，還是"進入四面的柵欄"？

⑪⑫　行280：孟康（見《漢書》，卷57上頁2564，注釋8）和張揖（見《史記》，卷117頁3034，注釋7）都將"鼓嚴"解釋爲擊打用來戒嚴的鼓。嚴鼓用來聽聲前進。見《東京賦》，行383注。他們都認爲"簿"是"鹵簿"的省略，即皇家儀仗隊。然而，王先謙（見《漢書補注》，卷57上頁41a）主張語法上"嚴"是用來修飾"簿"的，因此這一行從字面上應當被理解爲"在莊嚴的隊伍中擊鼓"。我採納王先謙的解釋。

⑪⑬　行283：高步瀛（卷8頁38b）認爲這裏的泰山應當被理解爲僅指大山，並不是泰山。

⑪⑭　行288：關於"淫淫"（平穩地流動），見《子虛賦》，行190注。
關於"裔裔"（持續地追蹤），見《蜀都賦》，行305—306注。

沿着山丘行進，湧入沼澤地中，

290　像雲一樣鋪開，像雨一樣傾瀉。

活捉金錢豹和黑豹，⑮

拳擊豺和狼，

手抓黑熊和棕熊，⑯

脚踩野山羊。⑰

295　頭戴雉鷄尾羽製成的帽子，⑱

身穿白虎皮做的褲子，⑲

披着有斑紋的獸皮，⑳

騎上野馬，

攀登三層山的懸崖峭壁，㉑

300　走下巖石遍地的山脊斜坡，㉒

穿過峽道，重進陡坡，

橫渡溪谷，涉過河流。

擊殺飛翔的龍鳥，㉓

---

⑮　行291："貙"也叫"執夷"，有多種解釋，描述爲一種老虎、金錢豹或熊。見高步瀛，卷 8 頁 38b—39a。我將其翻譯爲金錢豹，用來與後面的黑豹相配。"生"在這裏的用法有"活捉"的意思，並不常見。

⑯　行293："手"用作動詞，意思是"用手捕捉"，並不常見。

⑰　行294："壄羊"有各種解釋，如羚羊、野綿羊、山羊。沒有更好的辦法來確定哪一個定種才是正確的。關於其可能的情況的詳細討論，見朱琦，卷 10 頁 14a。"足"用作動詞，意思是"踩踏、踐踏"，並不常見。

⑱　行295："鵕"指的是"鵕鸃"，即東北雪鷄。見 Read，*Avian Drugs*，♯272。這種鳥據說戰鬥至死，從不退縮。因此，它的羽毛被用作戰士帽子上的裝飾。見《後漢書》，志第 30 頁 3670。
　　"蘇"這個字被解釋爲鳥尾，見《史記》，卷 117 頁 3035，注釋 5。

⑲　行296："袴"很可能表示"袴"（褲子）。見顔師古，《漢書》，卷 57 上頁 2565，注釋 16。司馬相如將其用作動詞（字面意思是"老虎皮當作褲子穿"）。

⑳　行297：這個服裝是虎賁騎兵穿的，他們穿着沒有襯裏的上衣，上面有老虎的圖案。見《後漢書》，志第 30 頁 3670。

㉑　行299：郭璞（李善，卷 8 頁 9b 所引）將"三㟈"認定爲位於聞喜縣（今山西聞喜縣）的山的名稱。然而，朱琦（卷 10 頁 14b）指出聞喜在河東郡，遠離上林苑。其他注疏家將其解釋爲有三層的山，見《史記》，卷 117 頁 3035，注釋 9；《漢書》，卷 57 上頁 2565，注釋 19；《漢書》，卷 87 上頁 3544，注釋 11。

㉒　行300：我採用王念孫（見《讀書雜志》，4 之 10 頁 20a—b）的說法，將"坻"解釋爲"坡"。
　　疊韻連綿詞"磧歷"（*tshjak-liak）沒有其他例證。顔師古（見《漢書》，卷 57 上頁 2565，注釋 20）將其解釋爲"沙石之貌也"。張揖（李善，卷 8 頁 9b 所引）說它的意思是"不平"。我譯爲"巖石遍布的山脊"，嘗試將兩種意思聯繫起來。

㉓　行303：《史記》和《漢書》寫作"推"，《文選》寫作"椎"。顔師古（見《漢書》，卷 57 上頁 2565，注釋 22）說"推"才是正確的寫法，應當被理解爲類似於下句的"弄"（打傷）的意思。然而，胡紹煐（卷 10 頁 22b）引用證據指出這兩個字是可以互換的。在這段文字中，推（椎）的意思是用拳擊打。見張雲璈，卷 5 頁 35a—b。
　　關於"飛廉"（我譯爲"飛翔的龍鳥"），見《西都賦》，行 330 注。

弄傷睿哲的牡鹿,⑫

305　與可怕的雪人摔跤,⑫

刺戳凶猛的貘,⑫

捆縛優雅的駿馬,⑫

射擊巨大的公猪。⑫

箭矢不輕率射傷,

310　割斷脖子,切開腦子。

彎弓皆不虛發,

弓弦嘣響,野獸應聲倒地。

9

於是皇帝放緩步伐,徘徊漫遊,　　　　　"於是乘輿弭節徘徊,翺翔往來。

信步來回行走,　　　　　　　　　　睨部曲之進退,覽將帥之變態。

315　細察兵旅和侍從的行進,　　　　然後侵淫促節,儵夐遠去。流離

檢視將領們改變的姿勢。　　　　輕禽,蹴履狡獸。轔白鹿,捷狡

然後,逐漸加快步伐,⑫　　　　兔。軼赤電,遺光耀。追怪物,

轉眼間便離開去遠方,　　　　出宇宙。彎蕃弱,滿白羽。射游

驅散羽翼輕快的鳥,　　　　　梟,櫟蜚遽。擇肉而后發,先中

320　踐踏敏捷的野獸,　　　　　而命處。弦矢分,藝殪仆。然后

---

⑫　行304:張揖(見《漢書》,卷57上頁2565,注釋22)説"獬豸"(或"解廌")是類似鹿的獨角動物。根據傳説,它有在辯論中辨别是非的能力。因此,法官的帽子據説是用這種動物製成的。見《後漢書》,志第30頁3667。我爲它創造了"睿哲的牡鹿"這個名字。

⑫　行305:早期的注疏家對於"蝦蛤"(*gha-kep)一無所知。朱銘(高步瀛引,卷8頁41a)説與《博物志》(卷9頁2a)中的"蝦獲"(*gha-kjwak)相同。這種動物在蜀山上被發現,外形像獼猴,高七尺,像人一樣走路,喜歡綁架美人。亦可參看干寶(317年在世),《搜神記》(北京:中華書局,1979),卷12頁152—153。由於缺少確切的定義,我稱之爲可怕的雪人。

⑫　行306:郭璞(《史記》,卷117頁3035,注釋13所引)將"猛氏"描述爲一種"狀如熊而小"的蜀地動物,實際上與他在《山海經》(卷2頁5a)中對"猛豹"的描述完全相同。根據郝懿行(見《山海經》,卷2頁5a)的説法,"猛豹"就是貘。

⑫　行307:"騕褭"(我譯爲"優雅的駿馬")是一種駿馬的名稱,被描述爲有着金色的口鼻和紅色的身體。見張揖,《漢書》,卷57上頁2565,注釋14。

⑫　行308:"封豕"(大猪)是超自然的生物。見《山海經》,卷18頁4b—5a,郝懿行注;Granet, *Danses et legends*,1:378-80。

⑫　行317:疊韻連綿詞"侵淫"(*tshjem-rjem),以"浸淫"的寫法更普遍,字面意思是"浸泡、滲出"。在這段文本中,它有"逐漸地、一點點地"的意思。見朱起鳳,《辭通》,頁1073;Hervouet, *Le Chapitre 117 du Che-ki*, p. 117, n. 3。

車軸碾過白化的鹿，

一把抓住靈活的野兔。

超越緋紅的閃電，

將它所射出的光輝留在後面，

325　追捕奇特的生物，

超脫塵世之外。

張起藩弱之弓，[130]

白羽箭杆的末梢滿弓待射，

射下漂泊的類人猿，[131]

330　擊中飛翔的奇美拉。[132]

精心挑選獵物，然後發射，

第一發命中所命名的靶點。[133]

箭矢剛一離開弓弦，

獵物便被擊殺，應聲落地。[134]

335　然後豎起信號旗，他升上高處，

將令人震驚的大風拋在後面，

穿過駭人聽聞的暴風，

在虛空乘行，

與神仙相伴。

揚節而上浮，凌驚風，歷駭猋，乘虛無，與神俱。蹴玄鶴，亂昆雞。遒孔鸞，促鵔鸃。拂翳鳥，捎鳳凰。捷鴛鶵，揜焦明。道盡途殫，迴車而還。消搖乎襄羊，降集乎北紘。率乎直指，晻乎反鄉。蹷石關，歷封巒。過鳷鵲，望露寒。下棠棃，息宜春，西馳宣曲，濯鷁牛首。登龍臺，掩細柳。觀士大夫之勤略，均獵者之所得獲。徒車之所轔轢，步騎之所蹂若，人臣之所蹈籍。與其窮極倦㘂，驚憚讋伏。不被創刃而死者，他他籍籍。塡阬滿谷，掩平彌澤。

---

[130] 行 327：根據文穎（《史記》，卷 117 頁 3036，注釋 21）的説法，"藩弱"亦寫作"繁弱"，是偉大的弓箭手夏后所用良弓的名稱。根據高誘（見《呂氏春秋》，卷 18 頁 16b）的説法，"藩弱"是生產良弓的地名。

[131] 行 329：郭璞（《史記》，卷 117 頁 3035，注釋 23 所引）説"梟"就是"梟羊"。雖然"梟羊"是葉猴的名稱（見《吳都賦》，行 223 注），但在這段文本中司馬相如很可能將其設想爲一種超自然的生物。《山海經》（卷 10 頁 2a）將其描述爲人面、長唇，身上長着黑色的毛髮。我爲其創造了"漂泊的類人猿"這個名稱。

[132] 行 330：張揖（《漢書》，卷 57 上頁 2566，注釋 10 所引）將"蜚遽"描述爲一種超自然的天上神獸，有鹿的頭和龍的身體。郭璞（《史記》，卷 117 頁 3036，注釋 23 所引）給出基本相同的描述。異體字"𤠔"的名稱出現在《爾雅》（下之六頁 10b）中，是作爲"迅頭"（敏捷的頭?）的別稱。在此條目下，郭璞説這種動物大如狗，似獼猴，黃黑色，多鬐鬣，總是搖晃腦袋，喜歡向人扔石頭。伊博思（見 Animal Drugs，♯400B）將其確定爲獅尾猴（Inuus silenus）。其他原始資料將這種生物確定爲大豬的同族。見朱珔，卷 10 頁 15b—16a；高步瀛，卷 8 頁 43a—b。此處它顯然是一種超自然的獸類，因此我稱之爲"飛翔的怪獸（奇美拉 chimera，由不同動物的某種部位湊成的怪獸）"。

[133] 行 332：《史記》沒有"而"字，文意更加明白曉暢，否則就需將這段文本寫作"先命而中處"。

[134] 行 334：顏師古（見《漢書》，卷 57 上頁 2567，注釋 12）將"䕛"（*ngjad，在文本中寫作"藝"）解釋爲"梟"（*ngiat，靶心）。這個字應當被理解爲"槸"（*ngiat），即"梟"的異體字，意思是"靶心"。見胡紹煐，卷 10 頁 24a；高步瀛，卷 8 頁 43b。

340 脚踩黑鶴，[135]

擾亂大禽，[136]

襲掠孔雀和鸞鳥，

戲弄金鷄，

撞擊華蓋之鳥。[137]

345 棒打鳳凰，

搶抓海雉，[138]

捉住熊熊燃燒的火鳥。[139]

在旅途的終點，道路的盡頭，

回轉馬車，踏上歸程。

350 漫遊信步，徜徉搖曳，

抵達北邊的疆界。

徑直向前推進，

倏忽倒轉方向。

踏進石闕，

355 行經封巒山，

穿過鵷鵲觀，

凝望露寒臺，[140]

走下棠梨宮，[141]

棲居宜春宮。[142]

360 向西奔向宣曲宮，[143]

在牛首池中駕駛鷁首船，[144]

---

[135] 行 340：參《子虛賦》，行 173。

[136] 行 341：關於“昆鷄”（巨大的家禽），見《西京賦》，行 216 注。

[137] 行 344：“鷩鳥”（我譯爲“華蓋之鳥”）是有斑點的鳳凰種類。見《山海經》，卷 18 頁 6a。

[138] 行 346：關於“鵷鶵”（此處意謂“海上大雉”），見《南都賦》，行 68 注。

[139] 行 347：關於“焦明”（我譯爲“燃燒的火鳥”），見《吳都賦》，行 615 注。

[140] 行 354—357：關於“石闕”和“封巒”，見《甘泉賦》，行 59 注。鵷鵲（松鴉）觀和露寒臺位於甘泉宮中。見《三輔黃圖》，卷 2 頁 45。

[141] 行 358：關於棠梨宮，見《甘泉賦》，行 188 注。

[142] 行 359：宜春宮位於杜縣（今西安東南）以東。見《三輔黃圖》，卷 3 頁 60。

[143] 行 360：《三輔黃圖》（卷 3 頁 61）説宣曲宮位於昆明池（長安西南）以西，並聲稱由於宣帝經常在這裏作曲，所以叫作宣曲（宣帝的曲子？）。高步瀛（卷 8 頁 45a—b）指出，此命名故事顯然是“後人”編造的（這個宮殿在宣帝朝之前就已經有此名稱）。

[144] 行 361：關於牛首池，見《西京賦》，行 398 注。

攀登龍臺，

憩息於細柳觀。⑭⑤

觀察官吏們的勤勉和英勇，

365　評估獵人們的捕獲物：

那些被步兵和馬車碾壓撞倒的，

被兵團和騎兵踐踏蹂躪的，

被人群擠壓推倒的，

連同那些徹底精疲力竭的獵物一起，

370　在驚駭恐慌中，蜷縮畏懼，

未受創傷而死亡，

高高疊起，堆積枕藉，

堵塞壕溝，填滿溪谷，

覆蓋平原，遍布沼澤。

10

375　於是遊戲勞累後，

天子在與浩瀚天空齊高的臺上設宴，⑭⑥

在寬敞宏大的大殿準備音樂。⑭⑦

敲打千斤重的鐘，

架設萬斤的鐘架，⑭⑧

380　升起裝飾翠鳥羽毛的旗幟，

樹立靈鱷之皮的鼓。

呈獻陶唐之舞，⑭⑨

"於是乎遊戲懈怠，置酒乎顥天之臺，張樂乎膠葛之寓。撞千石之鍾，立萬石之虡。建翠華之旗，樹靈鼉之鼓，奏陶唐氏之舞，聽葛天氏之歌。千人唱，萬人和。山陵爲之震動，川谷爲之蕩波。巴渝宋蔡，淮南《干遮》，文成顛歌。族居遞奏，金鼓迭起。

---

⑭⑤ 行 362—363：龍臺觀位於鄷水西北，靠近渭水。細柳觀是一座觀光臺，位於昆明池以南。見《漢書》，卷 57 上頁 2568，注釋 8—9；《三輔黃圖》，卷 5 頁 94。

⑭⑥ 行 376：呂向（卷 8 頁 15a）將"顥天"解釋爲樓臺的名稱。然而，由於它與後一句的"膠葛"（寬敞開闊）對仗，所以必定是形容性的詞組。

⑭⑦ 行 377："膠葛"用"寬敞開闊"的含義，與它更常見的意思不同。見《甘泉賦》，行 22 注。

⑭⑧ 行 378—379：《戰國策》（卷 11 頁 4a）也提到了千石之鐘和萬石之虡。如果這是鐘的實際重量，它將超過 64 000 磅！司馬相如沉溺於賦的典型誇張修辭。根據《舊唐書》（卷 29 頁 1080）所引《漢儀》（《漢舊儀》?）的說法，總共有十座這樣的鐘。

⑭⑨ 行 382："陶唐氏"是堯治理國家時使用的稱號。參《魏都賦》，行 149 注。最常與堯聯繫在一起的音樂是《咸池》。然而，顏師古（見《漢書》，卷 57 上頁 2570，注釋 6）引用他聲稱是善本的《呂氏春秋》文段，與下一句的葛天氏一起，提到陰康氏的名字，認爲他們都是最早的作曲家。顏師古認爲寫作"陶唐"的《呂氏春秋》（參考卷 5 頁 8a）的版本錯訛百出。更詳細的討論，見 Hervouet, *Le Chapitre 117 du Che-ki*, p. 125，n. 7。

表演葛天之歌，⑮⁰

千聲唱出主旋律，

385　萬人唱出和聲。

山嶽丘陵因此震動搖晃，

河流峽谷因此翻騰洶湧。

巴渝、宋、蔡的音樂，⑮¹

淮南的干遮，⑮²

390　文成以及顛的歌曲，⑮³

一同呈獻，單獨演出。

鐘和鼓交替奏鳴，

鏗鏘作響，嘽嘽有聲，

洞入人心，震耳發聵。

荊、吳、鄭、衛的曲調，⑮⁴韶、濩、武、象的音樂，⑮⁵

鏗鎗闛鞈，洞心駭耳。荊吳鄭衛之聲，《韶》《濩》《武》《象》之樂，陰淫案衍之音。鄢郢繽紛，《激》《楚》結風。俳優侏儒，《狄鞮》之倡，所以娛耳目樂心意者，麗靡爛漫於前，靡曼美色。若夫青琴宓妃之徒，絕殊離俗，妖冶嫺都。靚糚刻飾，便嬛綽約。柔橈嫚嫚，嫵媚孅弱。曳獨繭之褕紲，眇閻易以邮削。便姍嫳屑，與俗殊服。芬芳漚鬱，酷烈淑郁。皓齒粲爛，宜笑的皪。長眉連娟，微睇緜藐。色授魂與，心愉於側。

---

⑮⁰　行383：《呂氏春秋》(卷5頁7b)形容傳說中的帝王葛天氏所創作的音樂，是由三個手執牛尾的人表演的，在唱八首樂曲的同時踩腳。

⑮¹　行388：關於巴渝之舞，見《蜀都賦》，行110注。宋樂最出名的是商代後裔所表演的禮儀之歌，在《詩經》的《商頌》部分還能找到。《禮記》(見《禮記注疏》，卷39頁3a)將宋樂形容爲"溺"(放肆的)。
蔡是中原地區的小國家，最終在公元前5世紀中葉被楚國吞併。關於其音樂我們實際上一無所知。至遲在公元前7年，有三位蔡國的歌者供職於樂府。見《漢書》，卷22頁1074。蔡的音樂在《楚辭》的《招魂》詩中也被提到(見《楚辭補注》，卷9頁12a)。

⑮²　行389：淮南是漢代最大最強盛的王國之一，樂府中僱有四個表演淮南之樂的音樂家。見《漢書》，卷22頁1073。關於《干遮》(或《于遮》)的曲子，我們一無所知。

⑮³　行390：文成是遼西郡的一個縣。見《漢書》，卷28下頁1625。其位置與今河北東部的盧龍縣相符。根據文穎(《漢書》，卷57上頁2570，注釋11所引)的説法，這一地區的人都是好歌手。
顛是西南部不屬於中國的王國名稱。見 Hervouet, Un Poète de cour, p. 113。

⑮⁴　行395：荊是楚的別稱，漢代的建立者劉邦就出自楚地。在漢代早期，楚樂是在宮廷中最常表演的音樂形式。見《漢書》，卷22頁1043；Diény, Aux Origines, pp. 54－55。
吳地的歌曲在六朝時期才獲得大眾的喜愛。《招魂》(見《楚辭補注》，卷9頁12a)同時提到吳的歌曲和蔡的音樂。
鄭和衛的音樂被認爲是淫亂之調。見 Diény, Aux Origines, pp. 17－40。

⑮⁵　行396：《韶》(連續的音樂)、《濩》(拯救)、《武》(尚武)被分別歸屬於舜、成湯和武王。關於《韶》和《武》，見《東都賦》，行244注。有些文獻解釋《濩》樂的得名是因爲成湯能將人民從痛苦中解救(濩)出來。見《漢書》，卷22頁1038；《周禮注疏》，卷22頁9a—b；《廣雅疏證》，卷4下頁11b；《白虎通義》，卷上頁21b(Tjan Tjoe Som, Po Hu T'ung, 2：393)。《象》(模仿)舞有不同的説法，被歸屬於武王和周公。根據《呂氏春秋》(卷5頁10b)的説法，當成王繼承周的王位，前朝殷代的民眾叛亂，訓練大象在東夷橫衝直撞；周公平定叛亂後，《三象》(三只大象之歌？)被創作出來以頌揚他的功績。《禮記》兩次提到《象》作爲音樂是用"管"(管樂器)演奏。見《禮記注疏》，卷20頁27b，卷31頁7a。我將"象"翻譯爲"模仿"，是基於《白虎通義》的主張，即武王創作《象》來"象徵"(象)實現太平。見《白虎通義》，卷上頁21b；Tjan Tjoe Som, Po Hu T'ung, 2：394。
司馬相如將這些神聖的音樂作品與鄭衛的名聲不好的淫樂放在一起，這令人感到奇怪。吳德明(Un Poète de cour, p. 283)推測司馬相如也許反對濫用這些宗教音樂。

放蕩不羈的旋律，⑮鄢郢的混合聯唱，⑮騷動之楚的終

曲。⑱ 弄臣和侏儒，來自狄鞮的女歌者，⑲所有使耳

目愉快的，使心靈精神喜悦的，都華麗耀眼地呈現在

皇帝面前。

405　嬌艷雅緻的美人，⑯

　　　像青琴和宓妃一樣，⑯

　　　的確非凡出衆，舉世無雙，

　　　令人陶醉着迷，優雅精妙，

　　　臉上塗脂抹粉，頭髮梳理整潔，⑯

410　輕盈靈活，端莊嫻静，⑯

　　　柔軟敏捷，婀娜優美，⑯

　　　楚楚動人，苗條纖細，⑯

――――――――――

⑮　行 397：關於疊韻連綿詞“陰淫”（*˙jem-rjem）意謂放蕩，見王先謙，《漢書補注》，卷 57 上頁 47a。

⑮　行 398：關於楚國舊都“鄢郢”，見《魏都賦》，行 85 注。根據王先謙（見《漢書補注》，卷 57 上頁 47a）的説法，雙聲連綿詞“繽紛”（*phjien-phjen）用來形容楚舞和楚歌混合表演的樣子。

⑱　行 399：注疏家們關於“激楚”和“結風”這兩個詞組有各種解釋。根據文穎（見《史記》，卷 117 頁 3039，注釋 10）的説法，激的意思是“衝擊”（騷動混亂）。因此，曲名《激楚》據説指的是楚地騷動的氣氛灌注到音樂中。然而，吳德明（見 Le Chapitre 117 du Che-ki, p. 128, n. 11）聲稱這部作品跟楚毫無關係，其意思僅僅是“悲傷沉痛”。雖然吳德明的解釋是可以接受的，我還是採用了文穎的注文。“結風”是歌曲的名稱還是僅僅意味着“終曲”不是很清楚。它在枚乘的《七發》（見《文選》，卷 34 頁 7b）中與“激楚”同時出現，在這裏顯然意味着“終曲”。然而，在傅毅的《舞賦》（見《文選》，卷 17 頁 16a）中，它看起來要當作一個歌名來理解。我採用高步瀛（卷 8 頁 49a—b）的説法，將其譯爲“終曲”。

⑲　行 401：根據郭璞（《漢書》，卷 57 上頁 2571 所引），“狄鞮”是西戎的樂名。同一個詞也出現在《禮記》（見《禮記注疏》，卷 12 頁 27a）中，作爲西方部族語言的翻譯家的名字。亦可參看《淮南子》，卷 11 頁 4b。我推測“狄鞮”是中亞地名的中文轉寫，這個地名已經不再能夠確認了。

⑯　行 405：《史記》和《漢書》都在這句的結尾加了“於後”。李善（卷 8 頁 12b）稱這是錯誤的，我採用他的説法，文本則用高步瀛（卷 8 頁 50a）和《兩漢文學史參考資料》（頁 43）。

⑯　行 406：青琴是女神的名字，關於她的其他方面我們一無所知。關於宓妃，見《東京賦》，行 127 注。

⑯　行 409：關於“靚莊”（施粉、化妝），見《蜀都賦》，行 249 注。

⑯　行 410：疊韻連綿詞“便嬛”（*bjan-hjwan）是“便娟”的異體形式，後者用於《大招》（見《楚辭補注》，卷 10 頁 6b），形容美人修長的雙腿。我將其譯爲“柔軟靈活”。
　　疊韻連綿詞“綽約”（*tjakw-˙jakw）在《莊子》（卷 1 頁 14）中出現，用來形容處子的温和、謙恭的品質。傳達含義的有可能是“約”，可以是“婉約克制”的意思。我將其譯爲“端莊穩重，嫻静莊重”。關於其他用法和異體形式，見朱起鳳，《辭通》，頁 2510—2511。

⑯　行 411：準疊韻的連綿詞“柔橈”（*njehw-njahw）沒有其他例證了。它包括兩個語素：柔（柔軟）和橈（柔韌）。
　　《文選》錯誤地寫作“嫚嫚”。應當寫作“嬛嬛”。見胡克家，《文選考異》，卷 2 頁 10a；高步瀛，卷 8 頁 50b—51a。字典僅僅其訓爲“好”（美麗），見《廣雅疏證》，卷 6 上頁 8b。我將其譯爲“苗條、優雅”以符合上下文。

⑯　行 412：雙聲連綿詞“嫵媚”（*mjah-mekw）沒有比司馬相如更早的例證。根據《埤蒼》（李善，卷 8 頁 13a 所引）的説法，其意思是“悦”（喜悦），很可能有“可愛、動人、惹人喜歡”的含義。我將其譯爲“動人的、惹人喜歡的”。

拖曳絲綢長袍的褶邊，⑯

精妙地蓬鬆垂下，完美貼身。⑰

415　當其旋轉纏繞，螺旋轉動時，⑱

衣服看似異於俗世所有。

甘甜的香氣，毫不吝惜地瀰漫開來，⑲

濃烈醇厚。

雪白的牙齒閃閃發光，

420　露齒一笑，耀人眼目。⑰

在細長卷曲的眉毛下面，

嬌羞地凝視，斜眼一瞥。

色予魂授，

心魂與其同在，充滿喜悦。

11

此時，在酒宴之中，沉迷音樂之刻，天子變得鬱鬱寡歡，仿佛失去什麼東西。他説：‘啊！這太奢侈了！我們從料理國事之中得到片刻閑暇，什麼都不做，虛度光陰；遵循天的周而復始，我們捕殺屠宰，⑰

“於是酒中樂酣，天子芒然而思，似若有亡，曰：‘嗟乎，此大奢侈！朕以覽聽餘閒，無事棄日。順天道以殺伐，時休息於此。恐後葉

---

⑯　行 413：我採用《史記》的文本，將《文選》的“絏”（馬籠頭）和《漢書》的“袘”（袖子）寫作“袘”（下擺，褶邊）。見《子虛賦》，行 144 注。“褕”指的是“襜褕”，一種没有襯裏的長袍禮服，通常有直直的翻領。見張末元，頁 3，7，注釋 19，頁 84—85，圖版第 35 和第 38。
　　我的譯文“純絲綢”對應的原文是“單獨的繭”。

⑰　行 414：雙聲連綿詞“閻易”（*rjam-rei）没有其他例證。郭璞（《漢書》，卷 57 上頁 2572，注釋 5 所引）將其解釋爲“衣長貌也”。我没辦法解釋這個詞的各成分要素的意思。我主觀地將其譯爲“蓬鬆、下垂”。
　　關於“鄐削”（完美縫製），見《子虛賦》，行 144 注。

⑱　行 415：準疊韻連綿詞“便姍”（*bjan-sien，亦作“便姺”、“媥姺”）是“翩躚”的異體形式，後者在張衡的《南都賦》（見《文選》，卷 4 頁 8a；我的譯文行 201）中用來形容舞者的旋轉動作。關於其他的異體形式，見朱起鳳，《辭通》，頁 666。我將其譯爲“輪轉、螺旋”。
　　疊韻連綿詞“嫳屑”（*bjet-siet）是“蹩躠”（*bjat-siat）的異體形式，後者也出現在《南都賦》中，同一行也是“翩躚”在前，與翩躚的意思相似。關於其他異體形式，見朱起鳳，《辭通》，頁 2423。儘管我推測這個詞可能與跛脚蹣跚有關（參《子虛賦》，行 155 注“勃窣／勃屑”），但我在這裏將其譯爲“回旋、旋轉”。

⑲　行 417：“溫鬱”（*·juh-·jwet）可能是雙聲連綿詞，在其他地方没有例證。郭璞（《漢書》，卷 57 上頁 2572，注釋 7 所引）將其解釋爲“香氣盛也”。此詞的每個語素都有相關聯的含義，“溫”意思是“浸泡、瀰漫”，“鬱”用來形容濃厚稠密的煙霧。我將其譯爲“大量充分地瀰漫滲透”。

⑰　行 420：聞一多舉出一系列令人印象深刻的證據證明“宜笑”的“宜”應當被理解爲“齦”（露出牙齒，露齒）。見《楚辭校補》，1942；重印收《聞一多楚辭研究論著十種》（香港：維雅書屋，出版年份不詳），頁 193。

⑰　行 431：秋季是與刑罰和破壞相聯繫的季節。在上文第 268 行，司馬相如提到狩獵在深秋至初冬的時候舉行。

時不時地在園中休息安眠。但是害怕後代放蕩揮
霍，擔心他們一旦開始這種行爲，就再也不能回頭。
這並不是創造成績、將傳統一代代流傳給後嗣的道
路。'⑫因此，他解散宴席，終止狩獵，命令大臣道：'讓
所有土地都能被墾闢開發：

440 都變成農田，

　　用來供養人民！⑬

　　拆掉圍墻，填平護城河，

　　允許山中和濕地的人民來到這裏！

　　重新蓄滿池塘，不要禁止人民靠近！

445 清空宮殿館閣，不要再配備人員！

　　打開糧倉和堆棧，用來救濟窮人和赤貧者！

　　供應他們所缺乏的！⑭

　　憐憫鰥夫和寡婦，

　　撫慰孤兒和無子者！

450 頒布有德行的命令，

　　減輕懲罰和刑罰，

　　改革制度，

　　變動服飾的顏色，

　　更改歲正月溯，

455 爲帝國創造新的開端！'⑮

12

於是計算良辰吉日，齋戒沐浴，
穿上朝廷禮服，
乘上標準車駕，

靡麗，遂往而不返，非所以爲繼
嗣創業垂統也。'於是乎乃解酒
罷獵，而命有司曰：'地可墾闢，
悉爲農郊，以贍萌隸，隤墙填塹，
使山澤之人得至焉。實陂池而
勿禁，虛宮館而勿仞。發倉廩以
救貧窮，補不足。恤鰥寡，存孤
獨。出德號，省刑罰。改制度，
易服色。革正朔，與天下爲
更始。'

"於是歷吉日以齋戒，襲朝服，乘
法駕，建華旗，鳴玉鸞，游于六藝
之囿，馳鶩乎仁義之塗。覽觀

---

⑫　行435：參《孟子》一下之14："君子創業垂統，爲可繼也。"

⑬　行440—441：正如吳德明所指出（見 *Le Chapitre 117 du Che-ki*，p. 135，n. 3），這一部分是對《孟子》一下之2的回顧，描寫周文王的獵苑，樵夫、捕獵野鷄和野兔的人都被允許進入。

⑭　行446—447：參《孟子》一下之4："（景公）始興發補不足。"

⑮　行450—455：這幾行提出的改革制度和曆法的建議，在司馬相如的時代引起争議。雖然武帝對於實施這些改變感興趣，但是遭到其母即皇太后的反對。在公元前104年，他建立新的曆法，將黄色設定爲官方的顏色，並且將官職標準化。見 *HFHD*，2：99。

升起花紋旗幟,

460　響起玉鸞之鈴。

在六藝的苑囿遊玩,

在仁義之路上疾馳,

在《春秋》的樹林中觀光,

射向《貍首》,

465　連同《騶虞》一起。⑯

繩繫的箭矢捕捉《玄鶴》,⑰

跳起《干戚》之舞。⑱

乘坐在雲罕之車中,⑲

贏得高雅之士的心。⑳

470　爲《伐檀》感到悲傷,㉑

爲《樂胥》感到高興,㉒

在《禮》的花園中培養舉止風度,

在《書》的苑囿中徜徉漫遊。

傳達《易》的學説,

475　釋放怪獸,㉓

登上明堂,㉔

坐在清廟之中,㉕

衆大臣一個接一個,

《春秋》之林,射《貍首》,兼《騶虞》。弋玄鶴,舞干戚。載雲罕,掩群雅。悲《伐檀》,樂樂胥。脩容乎《禮》園,翱翔乎《書》圃。述《易》道,放怪獸。登明堂,坐清廟。次群臣,奏得失。四海之內,靡不受獲。於斯之時,天下大説,鄉風而聽,隨流而化,芔然興道而遷義。刑錯而不用,德隆於三王,而功羨於五帝。若此,故獵乃可喜也。若夫終日馳騁,勞神苦形。罷車馬之用,抏士卒之精。費府庫之財,而無德厚之恩。務在獨樂,不顧衆庶。忘國家之政,貪雉兔之獲。則仁者不繇也。從此觀之,齊楚之事,豈不哀哉!地方不過千里,而囿居九百,是草木不得墾辟,而人無所食也。夫以諸侯之細,而樂萬乘之侈,僕恐百姓被其尤也。"

---

⑯　行464—465:"貍首"和"騶虞"是樂章名稱,分別爲皇帝和諸侯的射禮伴奏。見《禮記注疏》,卷39頁13b—14a,卷62頁2a;《周禮注疏》,卷22頁22b,卷24頁3b。

⑰　行466:"玄鶴"是舞蹈的名稱,在《尚書大傳》(《四部叢刊》本,卷1b頁14b)中被認爲是舜所作。請注意玄鶴在第340行被提及,是皇帝在天狩中所追捕的一種鳥。

⑱　行467:關於"干戚"之舞,見《魏都賦》,行523注。

⑲　行468:關於"雲罕",見《東京賦》,行376注。

⑳　行469:"雅"可能是雙關,意思是"有教養的",但是與"鴉"(烏鴉)同音。這一句指的是皇帝努力嘗試招募高雅和有學問的人。

㉑　行470:"伐檀"是《毛詩》第112首的標題。傳統上將其解釋爲一首批判貪婪的詩,不稱職的官員讓有才能的人喪失地位。見《毛詩注疏》,卷5之3頁9b。

㉒　行471:"樂胥"是《毛詩》第215首中的一個詞組,用來形容諸侯來到朝廷接受恩惠。顏師古(見《漢書》,卷57上頁2574)跟從鄭玄的注釋(見《毛詩注疏》,卷14之2頁8b),將"樂胥"解説爲"使得有才之人享樂",認爲這個典故指的是"王者樂得有知之人"。司馬相如如何理解《毛詩》此詞已經無法得知。

㉓　行474—475:司馬相如此處可能想説,實踐《易經》的規定,在囿欄的一側開一個口,允許一些動物逃脱。見《東都賦》,行175注。

㉔　行476:關於"明堂",見《西都賦》,行140注。

㉕　行477:"清廟"是《毛詩》第266首的主題,是明堂主室的名稱,同時也是太廟的名稱。見高步瀛,卷8頁55a—b。

陳述意見和批評，

480 四海之内，

没有人不獲得獎賞。

此時天下之人皆喜悅，

面向其德風，留心其聲音，

跟從潮流，改過自新，

485 自發地提倡大道，復歸道義。

刑罰被拋棄不再使用。

德行比三王更崇高，

成就比五帝更豐富。

此等情況下，才能享受狩獵。

490 至於整日騎馬奔馳，

使精神困頓，身體勞累，

耗盡車馬的功用，

消磨官員隨從的精力，

浪費國庫和倉房的財富；

495 同時使人民失掉慷慨的善行，

只爲追求自私的享樂；

不在乎普通人民，

對於國家政務置之不理，

只渴望抓住野鷄和野兔。

500 這些都是仁慈的統治者不爲之事。

從這個層面來看，齊和楚的行爲難道不可悲嗎？它們的領土不超過千里見方，而獵苑占據其中的九百里。這意味着草木不能被清除，人民没有東西吃。如果微不足道的諸侯中有人想要享受只配得上皇帝的奢華，恐怕人民大衆就要遭受惡果了。"

於是，二位先生臉色蒼白，表情有變，似乎神情沮喪，迷失在思考中。他們向後退避離席，説道："您卑微的僕從固執而又笨拙，對禁令全然不知。今天我們得到您的教誨，恭敬地接受您的指示。"

於是二子愀然改容，超若自失，逡巡避席，曰："鄙人固陋，不知忌諱，乃今日見教，謹受命矣。"

羽　獵　賦

揚子雲

【解題】

此賦爲揚雄所作,描述公元前 10 年 1 月舉行的皇家狩獵。根據《漢書》(卷 10 頁 327;亦見 *HFHD*,2:412)的記載,皇帝邀請西北胡族客人參與此次上林苑長楊宫的狩獵巡遊活動。揚雄是帝國隊伍的成員之一,受皇命撰寫賦文紀念此事。揚雄這篇賦不僅僅是一篇對帝國威力和德性的讚頌,其中更含有批評狩獵奢侈的輕微道德譴責。有關此賦更詳細的討論,見 Knechtges, *The Han Rhapsody*, pp. 73 - 80。這篇文章的内容也見於《漢書》卷 87 上頁 3540—3553。以往的翻譯有:von Zach, in *Sinologische Beiträge* 2, pp. 14 - 16, and rpt. in *Die Chinesische Anthologie*,1:117 - 25; Doeringer, "Yang Hsiung," pp. 259 - 72; Knechtges, *The Han Rhapsody*, pp. 63 - 73;小尾郊一、花房英樹,《文選》,卷 1,頁 426—455。這裏的翻譯是本人的 *The Han Rhapsody*(頁 27—38,頁 103—117)中譯文的修訂本。

漢成帝統治時期舉行一場羽獵,我隨從於帝王行列中。[1] 我認爲古時在二帝三王的統治下,[2]宫殿館閣、層臺小樓、池塘小湖、苑囿圍場、森林小丘、禁苑沼澤僅足以應付郊廟祭祀,招待賓朋訪客,填滿糧庫厨房。[3] 没有人侵奪百姓富饒肥沃的稻田或桑樹和桑蠶的荆棘地,女子擁有剩餘的布,男人擁有剩餘的糧食。[4] 國家充實富足,上下滿意愉悦。因此,甘

孝成帝時羽獵,雄從。以爲昔在二帝三王,宫館臺榭,沼池苑囿,林麓藪澤,財足以奉郊廟,御賓客,充庖厨而已,不奪百姓膏腴、穀土、桑柘之地。女有餘布,男有餘粟,國家殷富,上下交足。故甘露零其庭,醴泉流其唐,鳳

---

[1] 這篇序文出自揚雄的"自傳序言",保存於《漢書》揚雄本傳中。"羽獵"的羽,指皇帝周圍侍從肩上佩戴的羽毛。見《漢書》,卷 87 上頁 3541,注 1;《國語》,卷 7 頁 6b。《漢書》以"其十二月"替代"孝成帝時"。這場校獵可能舉行於元延二年十二月(公元前 10 年 1 月)。有關這篇文章的寫作時間問題,見 Knechtges, *The Han Rhapsody*, pp. 113 - 16。

[2] 二帝是堯、舜,三王是夏、殷、周。

[3] 上古時期的校獵理論上具備三重功能:爲祭器提供臘肉、愉悦賓客、充實統治者的食品庫。見《東都賦》,行 175 注。

[4] 揚雄此處暗引《孟子》,三下之 4。

甜的露水降臨在庭院中，甜美的酒泉在廟堂的小徑上流淌，鳳凰在樹上築巢，黃龍在池塘裏游弋，麒麟來到苑囿裏，神鳥棲息在森林中。⑤

　　古時，當大禹令益擔任林務官時，高地和低地均衡和諧，植物和樹木茂盛。⑥ 成湯熱愛狩獵，但帝國的資源足夠使用。⑦ 文王的苑囿有方圓一百里，但人們還是認爲它太小。齊宣王的苑囿方圓四十里，但人們卻認爲它太大。這就是對百姓慷慨和對百姓掠奪的不同。⑧

　　武帝拓展帝國苑囿，東南抵達宜春、鼎湖、御宿、昆吾，⑨沿着南山向西，抵達長楊和五柞，⑩北部繞過黃山，東部沿着渭水河岸，⑪周圍數百里。穿鑿昆明池仿造滇河，⑫建起建章宮、鳳闕、神明臺、馺娑宮。⑬在漸臺和太液，仿造大海環繞方丈、瀛洲和蓬萊。⑭遊觀的高樓非常奢侈，極爲美妙，無比壯麗。儘管皇帝從苑囿的三邊讓出一些土地，提供給百姓，⑮但當

鳳巢其樹，黃龍游其沼，麒麟臻其囿，神爵棲其林。

昔者禹任益虞而上下和，草木茂，成湯好田而天下用足；文王囿百里，民以爲尚小；齊宣王囿四十里，民以爲大：裕民之與奪民也。

武帝廣開上林，東南至宜春、鼎湖、御宿、昆吾，旁南山西，至長楊五柞，北繞黃山，濱渭而東，周袤數百里。穿昆明池，象滇河，營建章、鳳闕、神明、馺娑，漸臺泰液，象海水周流方丈瀛洲蓬萊。游觀侈靡，窮妙極麗。雖頗

----

⑤ 這些都是優秀政績的祥瑞。見《禮記注疏》，卷 7 頁 12a—b。

⑥ 參《舜典》（《尚書注疏》，卷 3 頁 24b；Legge 3：46）："帝曰：'疇若予上下草木禽獸？'僉曰：'益哉！'"

⑦ 見《東京賦》，行 539—540 注。

⑧ 揚雄在這裏暗引《孟子》，一下之 2："齊宣王問：'文王之囿方七十里，有諸？'孟子對曰：'於傳有之。'曰：'若是其大乎？'曰：'民猶以爲小也。'曰：'寡人之囿方四十里，民猶以爲大，何也？'曰：'文王之囿七十里，芻蕘者往焉，雉兔者往焉，與民同之。民以爲小，不亦宜乎？'"

⑨ 根據《三輔黃圖》（卷 5 頁 65）記載，武帝於公元前 138 年拓建上林苑。有關上林苑拓建一事，見《漢書》，卷 65 頁 2847—2851，及 Hervouet, Un poète de cour, pp. 224‑48。關於宜春苑，見《上林賦》，行 359 注。關於鼎湖，見《西京賦》，行 308 注。御宿是御宿河上的一處苑囿，位於唐萬年縣（今長安縣）南三十里。見《三輔黃圖》，卷 4 頁 67；《元和郡縣圖志》，卷 1 頁 4。昆吾位於藍田地區，是一座著名的觀。見《漢書》，卷 87 上頁 3541，注 7。

⑩ 南山即終南山。有關長楊宮，見《西都賦》，行 382 注。關於五柞，見《西京賦》，行 397 注。

⑪ 關於黃山，見《西京賦》，行 398 注。

⑫ 昆明是一個非漢族國家，位於西南夷的地區。漢朝使者去印度途中，遭受昆明襲擊。事後，漢武帝於公元前 120 年下令，在長安西南部開掘昆明池，研習水戰之策，以期在昆明領土的廣袤滇池上付諸實戰（見《蜀都賦》，行 352 注）。昆明池的建造目的是模擬滇湖。一些學者將滇湖等同於今雲南昆明市東南部的昆明湖（見 HFHD, 2：63），理由是昆明國位於雲南西部的大理附近，但是漢武帝所仿造的滇湖更可能是指洱河。注意揚雄沒有稱之爲湖，而是以"河"名之。見全祖望（1705—1755），《鮚崎亭集》，《四部叢刊》本，卷 39 頁 9a—11a；Hervouet, Un Poète de cour, p. 117, n. 3。

⑬ 有關建章宮和鳳闕，見《西都賦》，行 256—257。有關神明臺，見《西都賦》，行 270 注。有關馺娑宮，見《西都賦》，行 266 注。

⑭ 關於漸臺，見《西京賦》，行 286 注。關於太液，見《西都賦》，行 289 注。

⑮ 公元前 47 年，西漢元帝下令："水衡禁囿、宜春下苑、少府佽飛外池，嚴籞池田，假與貧民。"見《漢書》，卷 9 頁 281；HFHD，2：306；Hsü, Han Agriculture, p. 179。

羽獵來臨時,甲車和戰馬、器械和軍備、藏室和儲備,[16]禁苑中營造的事物仍過於鋪張堂皇,[17]違反了堯、舜、成湯、文王三面圍獵的意旨。[18] 此外,由於擔心後世重複前人之所好,不能與泉臺折中之例爲鑒,[19]因此我爲動搖皇帝意旨的目的,作此《校獵賦》。[20] 文辭曰:

割其三垂以贍齊民,然至羽獵、甲車、戎馬、器械、儲偫、禁禦所營,尚泰奢麗誇詡,非堯、舜、成湯、文王三驅之意也。又恐後世復脩前好,不折中以泉臺,故聊因《校獵賦》以風之。其辭曰:

1

當某人在頌揚伏羲和神農時,[21]會爲後世帝王日益鋪張的物質陳列所蒙蔽嗎?[22]

討論此觀點的人會回答:不。每個人都會根據自己的時代來作判斷。爲什麼他們必須全都彼此和諧一致?另外爲什么泰山的封祭有七十二種不同的禮儀?[23] 原因在於,所有建立朝代和傳下大統的人都不能認識到他們的差異,而不論距離三皇五帝是遠是近,誰人可以判斷是非對錯?因此,我創作如下頌詞:

壯麗啊神聖之君![24]

或稱羲農,豈或帝王之彌文哉?論者云否,各以並時而得宜,奚必同條而共貫?則泰山之封,焉得七十而有二儀?是以創業垂統者俱不見其爽,遒邁五三孰知其是非?遂作頌曰:麗哉神聖,處於玄宮。富既與地乎侔訾,貴正與天乎比崇。齊桓曾不足使扶轂,楚嚴未足以爲驂乘。狹三王之阨僻,嶠高舉而大興。歷五

---

⑯ 對儲偫(藏室和儲備)一詞的類似使用,見《漢書》,卷 12 頁 350。

⑰ 禦字可能應該理解爲篽,禁苑的另一個名稱。根據蘇林所述(《漢書》,卷 8 頁 249,注 5 引),一根根的竹子被綁在一起,以防止人們踏足禁區。在漢律中,這樣的禁區被稱爲篽。《説文》(卷 5 上頁 1987b—1989b)將篽簡單地解釋爲"禁苑"。

⑱ 有關三面圍獵,見《東都賦》,行 175 注。

⑲ 根據《春秋》(見文公十六年)記載,文公摧毀泉臺。《公羊傳》(卷 14 頁 16a)對摧毀泉臺一事表示譴責,批評文公沒有建造此臺,他唯一的義務是不居住在那裏。揚雄的隱含意思是,由於成帝沒有建造上林苑,所以不需要去損毀它,但是也不應當在那裏舉辦盛大的遠遊和狩獵來"復脩前好"。

⑳ 《校獵賦》是揚雄原本爲這篇賦起的名字。《羽獵賦》是附在《漢書·揚雄傳》後面的班固的"贊"(卷 87 下頁 3583)裏所記載的名稱。贊克(見 *Die Chinesische Anthologie*,1:118)和小尾郊一(見《文選》,卷 1,頁 438)均將這一句標點爲:"故聊因校獵,賦以風之。"然而,有堅實的證據説明"校獵賦"是此文篇名。有關詳細討論,見 *The Han shu Biography of Yang Xiong*, pp. 106-8, n. 249。

㉑ 行 1:伏羲和神農是上古的統治者,因質樸的統治而聞名。伏羲發明八卦,並教導百姓如何漁獵。神農發明犁,建立起集市。見 Karlgren, "Legends and Cults," pp. 276-77。

㉒ 行 2:我遵從高步瀛(卷 8 頁 62a—b)的意見,將"或"修訂爲"惑"。

㉓ 行 6:有幾部文獻提到,在泰山上舉行過封祭的古代帝王的數目是七十二(或七十)。見《管子》,册 2,卷 50 頁 104;《史記》,卷 28 頁 1361;*Mh*,3:432;*Records*,2:19;《淮南子》,卷 11 頁 9a。

㉔ 行 11:神聖指成帝。

居住在玄宮之中。㉕

富足與大地的財富相等，

尊貴確然如天一樣崇高，

15　齊桓不配爲他扶穩車輪，

楚嚴不配爲他車駕同伴。㉖

他輕視三王之狹陋，

高聳地抬高自己，大受鼓舞，

遊歷五帝空曠的廣野，

20　跋涉三皇高升的壯麗。

樹道德爲己師，

以仁義作爲己友。

帝之寥廓，涉三皇之登閎。建道德以爲師，友仁義與之爲朋。

2

於是在玄冬的最後一個月，㉗

當天地隆烈，

25　萬物

儘管在内裏萌芽，

外部卻凋謝枯萎。

皇帝計劃在靈囿中狩獵，㉘

打開北部的邊界，

30　迎來主導的不周之風，㉙

以此完成顓頊和玄冥統治的循環。㉚

於是玄冬季月，天地隆烈，萬物權輿於内，徂落於外，帝將惟田于靈之囿，開北垠，受不周之制，以奉終始顓頊玄冥之統。迺詔虞人典澤，東延昆鄰，西馳閶闔。儲積共偫，戍卒夾道。斬叢棘，夷野草。禦自沂渭，經營鄷鎬。章皇周流，出入日月，天與地沓。爾迺虎路三嵕以爲司馬，圍經百

㉕ 行 12：玄宮可能是與玄堂類似的儀式性建築。玄堂是明堂北部的組成部分，理論上由冬季最後一個月的帝所掌管，玄(黑)是北方和冬天的顏色。見《禮記注疏》，卷 17 頁 21a。

㉖ 行 15—16：周朝時的齊桓公和楚莊公(前 613—前 591 年在位)均曾執掌過諸侯國聯盟的霸主之位。"莊"在這裏被稱爲"嚴"，以避後漢時期的"莊"諱。

㉗ 行 23：這是陰氣的頂峰。

㉘ 行 28：漢代沒有以此爲名的苑囿，揚雄從《毛詩》(第 242 首第 2 章)中借用這一詞語。靈囿是周文王的狩獵苑囿。

㉙ 行 30：這裏的不周指從西北不周山吹來的風，在冬季的前四十五天占據主導地位。見《淮南子》，卷 3 頁 4b；Major, "Nomenclature of the Winds," pp. 76 - 78。

㉚ 行 31：顓頊是冬季三個月的統治者，玄冥爲其神。見《禮記注疏》，卷 17 頁 8a；《呂氏春秋》，卷 10 頁 1a。根據應劭(見《漢書》，卷 87 上頁 3544，注 5)所述，他們司掌殺戮。終始一詞，字面意爲結束和開始，常常表述"循環"的意思。類似的用法，參《史記》，卷 13 頁 488(Mh, 3：2)，及《法言》，卷 10 頁 1a。揚雄在這裏將終始用作一個動詞，可能表述"完成循環"的意思。

接着他詔令林務官整肅禁苑,向東延展到昆地,[31]向西奔馳至閶闔門。[32]

35 充實倉庫,準備供需,
　　護衛列隊在道路兩側,
　　斬斷叢叢荊棘,
　　割去野草。
　　從汧和渭展開包圍,[33]

40 標記丈量到酆和鎬。
　　來來回回,環繞整個苑囿:
　　日月在這裏出入,
　　廣闊無垠,仿佛天地合併。[34]
　　於是在三峻山建起老虎藩籬[35]

45 組成主門;
　　圍閉百里,
　　組成殿門。
　　外部向正南延展至大海,
　　斜斜地以虞淵爲界,[36]

50 一切都繁複寬廣,延展邈遠,
　　以巍峨的大山爲標誌。
　　直到邊界關閉、圍廓合併之後,他們才開始在白楊觀以南、昆明神池以東安置事物。[37] 可與賁和育相

里而爲殿門。外則正南極海,邪界虞淵。鴻濛沆茫,揭以崇山。營合圍會,然後先置乎白楊之南,昆明靈沼之東。賁育之倫,蒙盾負羽,杖鏌邪而羅者以萬計。其餘荷垂天之罿,張竟壄之罘。靡日月之朱竿,曳彗星之飛旗。青雲爲紛,紅蜺爲繯,屬之乎崑崙之虛。渙若天星之羅,浩如濤水之波。淫淫與與,前後要遮。欃槍爲闉,明月爲候。熒惑司命,天弧發射。鮮扁陸離,駢衍佖路。徽車輕武,鴻絧緁獵。殷殷軫軫,被陵緣岅。窮夐極遠者,相與列乎高原之上。羽騎營營,昈分殊事。繽紛往來,輻轤不絕。若光若滅者,布乎青林之下。

---

[31] 行33:“昆”大概指昆明池。

[32] 行34:閶闔是天上紫微宮的主門(見《西京賦》,行97)。上林苑可能有一座閶闔門,作爲天上閶闔門在地上的復現。

[33] 行39:汧河在今陝西西部的寶雞附近流入渭河。見《水經注》,卷17之3頁94。這裏可能有一個換韻(見簡宗梧,《司馬相如》,頁314,注1)。

[34] 行43:《文選》爲“沓”,《漢書》爲“杳”。鑒於押韻的需要,杳顯然是更好的讀法。見胡紹煐,卷11頁3a。

[35] 行44:虎路(我譯爲“老虎藩籬”)是“虎落”的變形,用竹條製造的一種路障。見《漢書》,卷49頁2286,注4,顏師古的注。關於三峻,見《上林賦》,行299注。主門指此宮殿的外門,在那裏設置聽從將官命令的衛士。見《史記》,卷7頁309,注3;《漢書》,卷9頁286,注10;卷31頁1806;*Mh*,2:268,n.4;*HFHD*,2:316,n.6.9。

[36] 行49:虞淵是神話中位於西方的池塘,太陽從中落下。見《淮南子》,卷3頁10a。

[37] 行53—54:白楊觀坐落於昆明湖以東。見《三輔黃圖》,卷5頁94。神池可能指位於昆明池上的靈池。參《西都賦》,行130注。

比的人，㊳蒙上盾牌，覆蓋上羽毛，依靠鏌鎁戟，㊴組

成萬人的方陣。

其餘的人扛着幅度如天的捕鳥網，

60　張開可以跨越曠野的帶子，

舞動挂着日月旗的朱紅旗杆，㊵

拖曳舞動的彗星旗幟。

青雲形成一個環，

紅色彩虹形成一個圈，㊶

65　將之繫縛在崑崙之虛。

仿如天星銀河般明亮，

好似奔流波濤般廣闊：

來來往往，反反復復，㊷

前前後後，攔截獵物。

70　彗星組成障壁，

明月作爲監察，

熒惑掌管生死，㊸

天弧發箭射擊。㊹

急速迅捷，匆匆忙忙，㊺

75　緊密聚攏，充滿道路。㊻

㊳ 行 55：關於賁和育，見《西京賦》，行 564 注。

㊴ 行 57：像干將（見《甘泉賦》，行 20 注）一樣，鏌鎁可以指任何鋒銳武器。在這裏"戟"似乎更爲合適。見《漢書》，卷 87 上頁 3545，注 15。

㊵ 行 61：繪以日月圖案的旗幟是太常旗。見《東京賦》，行 350 注。

㊶ 行 63—64：韋昭（李善卷 8 頁 19a 徵引）將"紛"解釋爲旗子的飄帶，將"繯"解釋爲旗子的綁帶。然而，胡紹煐（卷 11 頁 3b—4a）和朱珔（卷 11 頁 2b）均爭論説，"紛"和"繯"是環和繩圈的名字。"紛"可能同"分"，《爾雅》（中之二頁 4a）將之等同爲"律"（同"率"），"鳥網"之意。有關"繯"作爲繩圈的意思，見《後漢書》，卷 60 上頁 1959，注 2，及《説文》，卷 13 上頁 5819a—b。

㊷ 行 68：胡紹煐（卷 11 頁 4a）認爲，"淫淫"（*rjem-rjem）同於"尤尤"（*rjem-rjem），"與與"（*rja-raj）同於"豫豫"（*rja-raj）。這兩個詞的基本意思與"猶豫"類似。顏師古（見《漢書》，卷 87 上頁 3545，注 19）將之解釋爲"往來貌"。我的"來來往往，反反復復"是這個語境下的類似説法。見下文行 190 注。

㊸ 行 72：熒惑是火星，被認爲是司掌刑罰的天星，掌管對惡人命運的決定權。見 Schlegel, *Uranographie chinoise*, 1：626 - 27; Schafer, *Pacing the Void*, pp. 215 - 16。

㊹ 行 73：關於弧宿（天弧），見《西京賦》，行 491 注。

㊺ 行 74：正如高步瀛（卷 8 頁 68a）所展示的那樣，"鮮扁"（*sian-phjan）是疊韻連綿詞，含有"急速迅捷"的意思。

㊻ 行 75：疊韻連綿詞"駢衍"（*bjen-zjan）可能是更爲常見的"駢田"（*bjen-dien；"緊密聚合"的意思）的變形。見高步瀛，卷 2 頁 51b。

旗車輕便堅固，[47]

混合雜陳，前後銜接，[48]

在喧囂的人群中隆隆作響，[49]

覆蓋小山，包圍小丘，

80　抵達最遠的極點和距離，[50]

在高原之上列隊。

佩帶羽毛的騎手，奔走忙碌，

鮮明地區分各種任務，

匆匆馳騁，折返往復。

85　連續的隊列不曾中斷，[51]

一時明亮，一時昏暗，

在青色的樹林下面展開。

3

接着當天子在陽光的初晨從玄宮出來時：

他們撞響巨鐘，

90　舉起帶有九條帶子的旗，

給六隻白虎帶上軛，

用神車承載他，

蚩尤在車架側面，[52]

蒙公在前爲先驅。[53]

於是天子乃以陽晁始出乎玄宮，撞鴻鍾，建九斿，六白虎，載靈輿。蚩尤並轂，蒙公先驅。立歷天之旍，曳捎星之斿。霹靂烈缺，吐火施鞭。萃傱沇溶，淋離廓落，戲八鎮而開關。飛廉雲師，吸嚊潚率，鱗羅布烈，攢以龍

---

[47] 行 76：這一句也可能翻譯爲："旗車和敏捷的武士。"

[48] 行 77：疊韻連綿詞"鴻絧"（*guang-duang）更常寫爲"鴻洞"，用來描述事物的混合。參《淮南子》，卷 1 頁 10b，卷 7 頁 1a。我已將之翻譯爲"混合雜陳"。疊韻連綿詞"緁獵"（*dzjiep-ljep）意爲"遵循隊列"（見《漢書》，卷 87 上，頁 3545，注 23）。我推測重點在"緁"上，與"緝"（*tshjep；意爲"鑲邊、連接"）字義相同，字音相類。參《廣雅疏證》，卷 1 下頁 12a。

[49] 行 78：關於"殷殷軯軯"，見《甘泉賦》，行 19 注。

[50] 行 80：《漢書》寫爲"冥"（意爲"黑"），《文選》寫爲"复"（意爲"遠"）。我遵從《文選》。

[51] 行 85：孟康（李善，卷 8 頁 19b 徵引）將雙聲連綿詞"轠轳"（*lwei-lah）解釋爲描述"連屬貌"的意思。顏師古（見《漢書》，卷 87 上頁 3545，注 26）將之解釋爲"環轉也"。由於確切意義難以抉擇，我遵循孟康的意見，將之譯爲"連續的隊列"。

[52] 行 93：有關蚩尤，見《西京賦》，行 505 注。

[53] 行 94：服虔（見《漢書》，卷 87 上頁 3546，注 2）將"蒙公"判定爲著名的秦將蒙恬。然而，朱琦（卷 11 頁 3a—b）指出，蒙公應該是星神，與前一句中的蚩尤類似，因此他遵從如淳（李善，卷 8 頁 19b 徵引）的意見，將蒙公判定爲"髦頭"（亦寫作"旄頭"），這是昴宿（Pleiades）的另一個名稱。見《史記》，卷 27 頁 1305；*Mh*，3：351。《晉書·天文志》（卷 11 頁 302）提到，當帝王外出時，旄頭"罕畢以前驅"。亦見 Ho Bingyu（何炳郁），*The Astronomical Chapters of the Chin shu*（Paris and The Hague：Mouton, 1961），p. 101。因此，旄頭作爲前驅的角色顯然與揚雄的用法有所關聯。蒙公可能是旄頭的人格化。有關旄的"蓬鬆"意，見《荀子》，卷 3 頁 2a。

95　舉起軍旗刺入天空，
　　拖曳旗幟掃過星宿，
　　震鳴的雷和熾烈的裂隙，
　　噴吐火焰，揮舞長鞭。[54]
　　組織聚集，在穩定的溪流中，[55]

100　不斷馳騁，遼闊寬廣，[56]
　　號令八個前哨打開大門。
　　飛廉和雲師，[57]
　　吸呼噴吹，
　　軍士在魚鱗般的陣列裏排隊成行，

105　如龍的鱗羽一般緊密聚集。
　　輕快跳躍，自豪奔騰，[58]
　　進入西園，
　　臨近神光，[59]
　　凝望平樂，[60]

110　穿過竹谷，
　　蹂躪羅勒草園，
　　踐踏貫葉澤蘭溝渠。
　　烽火高舉，火焰四散。
　　繮繩的掌控者展示其技巧，

115　並肩飛馳，控制千駟，
　　騎行於軍陣之中，共有萬師。[61]

翰。啾啾蹌蹌，入西園，切神光。望平樂，徑竹林。蹂蕙圃，踐蘭唐。舉烽烈火，彎者施技，方馳千駟，狡騎萬帥。虓虎之陳，從橫膠輵。猋拉雷厲，驣駓駖磕。洶洶旭旭，天動地岋。羨漫半散，蕭條數千里外。

---

[54] 行97—98：電被認爲是從離地2 400里的天空中的一個區域流出。見《漢書》，卷57下頁2599，注5；朱珔，卷11頁3b。

[55] 行99：雙聲連綿詞"萃從"（*dzjwet-dzjung）是一個同義複合詞，兩部分的意思都是"聚集"，因此我譯爲"組織聚集"。見胡紹煐，卷11頁4b。有關"沇溶"，這裏翻譯爲"在穩定的溪流中"，見《上林賦》，行124注。

[56] 行100：雙聲連綿詞"淋漓"（*ljem-ljai）也寫作"林離"，可能與意爲"長"的"陸離"（見《甘泉賦》，行40注）有關。見《廣雅疏證》，卷6上頁23b—24a。我已將之寬鬆地譯爲"不斷馳騁"。

[57] 行102：飛廉原本是一位技藝精湛的匠人的名字，曾幫夏王啓鑄鼎，後來被等同於風神。見 Karlgren，"Legends and Cults," pp. 317‑19。有關雲師，見《西京賦》，行245注。

[58] 行106：《漢書》將《文選》中的"啾啾"寫爲"秋秋"。我將"啾啾"解釋爲"輕快地跳躍"，遵從顏師古的觀點（見《漢書》，卷87上頁3546，注7）。

[59] 行108：李善（卷8頁20a）將神光解釋爲一座宮殿的名稱。有關它的其他情況，完全不得而知。

[60] 行109：有關平樂館，見《西京賦》，行675注。

[61] 行116：《漢書》和五臣注本《文選》做"校"（小隊），尤袤本《文選》做"狡"（敏銳）。我遵從《漢書》和五臣注本，使此句與上一句相對應。

咆哮的老虎的陣列，

縱橫糾纏，

嗚咽如旋風，鋒鋭如雷霆；

120　橐橐聲，啪啪聲，

咆哮隆隆，

致使上天顫抖，大地震動。

隨着它們延展分散，分別散去，[62]

千里之外一切都化爲荒凉不毛。

4

125　至於强壯的武士，英勇無畏，　　　　　　　　若夫壯士忼慨，殊鄉別趣。東西

面對不同方向，分散衝去，　　　　　　　　　南北，騁耆奔欲。杝蒼豨，跋犀

東西南北，　　　　　　　　　　　　　　　　犛，蹴浮麋。斯巨狿，搏玄猨。

追捕所喜歡的事物，追逐所欲求的東西：　　騰空虛，距連卷。踔夭蟜，娭澗

拖倒青色的野猪，　　　　　　　　　　　　　間。莫莫紛紛，山谷爲之風猋，

130　踩踏犀牛和牦牛，　　　　　　　　　　　　林叢爲之生塵。及至獲夷之徒，

扳倒漫遊的麋鹿，　　　　　　　　　　　　　蹂松柏，掌蒺藜。獵蒙蘢，轔輕

砍斷巨狿，[63]　　　　　　　　　　　　　　　飛。屨般首，帶脩蛇。鉤赤豹，

手搏黑猿，　　　　　　　　　　　　　　　　摮象犀。跇巒阬，超唐陂。車騎

跳進空虛之中，　　　　　　　　　　　　　　雲會，登降闇藹。泰華爲旐，熊

135　飛越扭曲纏繞，　　　　　　　　　　　　　耳爲綴。木仆山還，漫若天外。

跳過彎曲的大樹，　　　　　　　　　　　　　儲與乎大浦，聊浪乎宇内。

躍入溪流之間。

模糊黑暗，空洞荒凉，

在大山和溝壑之中，引起旋風呼嘯，

140　在樹林和灌木之間，導致沙暴肆虐。

再看狩獵的砍伐者和殺戮者：[64]

---

[62]　行 123：疊韻連綿詞“羨漫”（*zjan-man）顯然是“衍漫”（*zjan-man，散播蔓延）的一個變體。見朱起鳳，《辭通》，頁 1988。

[63]　行 132：這裏的“狿”指怪獸獌狿。見《西京賦》，行 707—712 注。

[64]　行 141：儘管一些注釋者嘗試將“獲夷”解釋成特殊的名詞，但我還是遵從胡紹煐（卷 11 頁 5b）和高步瀛（卷 8 頁 72a—b）的意見，認爲“獲”意爲“抓住”，“夷”意爲“殺死”。

掘倒松樹和柏樹，

掌擊多刺的蒺藜，

獵於叢叢灌木，

145　車輪碾壓飛禽，

踐踏斑斕的獸首，

將長蛇變爲腰帶，

鈎住紅色的豹子，

抓捕大象犀牛，

150　跨越山峰小丘，

跳過堤壩沙洲。

車駕和騎手會聚如雲，

時上時下，晦暗濃密。

用太華做成旗幟，

155　用熊耳做成束帶，⑥

樹木夷平，山嶽回旋，

蔓延遼遠，超乎天外，

在廣大的岸邊踟躕徘徊，

在整個宇宙內嬉笑歡鬧。

5

160　然後天空晴朗，陽光直射，　　　　於是天清日晏，逢蒙列眥，羿氏

逢蒙極目凝視，　　　　　　　　控弦。皇車幽輵，光純天地，望

羿氏拉弓。⑥　　　　　　　　　舒彌轡，翼乎徐至於上蘭。移圍

閃耀的車駕密集排列，⑥　　　　徙陣，浸淫豨部。曲隊堅重，各

光彩照耀天地。⑥　　　　　　　按行伍。壁壘天旋，神抶電擊，

---

⑥ 行 154—155：太華就是太華山（見《西都賦》，行 14 注）。這裏的熊耳，可能指位於商洛縣（今陝西商縣）東北
的一座山。見《漢書》，卷 28 上頁 1549；《山海經》，卷 5 頁 10a；《東京賦》，行 120 注。把大山作爲旗幟的比
喻，是賦的典型誇張手法：狩獵的隊伍如此龐大，以大山爲旗幟和束帶（將旗幟固定在杆子上的繩子）。

⑥ 行 161—162：逢蒙和羿氏（后羿）都是著名的射手。根據一些文獻記載，逢蒙在后羿的指導下學習射箭。見
Karlgren, "Lengends and Cults," pp. 312 - 31。

⑥ 行 163：在將"皇"讀爲"煌"（光耀）時，我遵從高步瀛（卷 8 頁 74b—75a）的意見。胡紹煐（卷 11 頁 6a—b）認
爲"幽輵"（*jiehw-*jad）是"幽藹"（*jiehw-*ad，"密集排列"的意思）的變形，我採納這一看法。

⑥ 行 164：我遵從王念孫的意見，將"純"讀爲"焞"（閃耀）。見《讀書雜志》，4 之 13 頁 31b—32a。

165　望舒收緊繮繩，⑥

　　放鬆地緩步抵達上蘭觀。⑦

　　移動警戒範圍，改變陣列，

　　一點點地收緊軍團，

　　由此各部各曲排列堅實有序，

170　每人皆部屬於行伍之中。

　　隨着壁壘在天空中旋轉，⑦

　　敲擊如神，擊打如電，

　　遇到的東西化爲粉碎，

　　接近的東西遭到破壞。

175　鳥不能及時飛去，

　　獸無法逃避。

　　軍隊令人驚訝，主人令人震驚。⑦

　　搜刮乾淨原野，席捲大地。

　　此時網車升上空中，

180　强大的騎手迅捷前進，

　　踐踏飛豹，

　　套住流浪的噭陽，⑦

　　追逐天寶，⑦

　　從一方而來，

185　回應尖銳的呼號，

　　擊打流光。

　　田野刮盡，山嶽搜光，

　　獵獲雌雄，⑦

　　流動的物群和繁多的獸群，

逢之則碎，近之則破。鳥不及飛，獸不得過。軍驚師駭，刮野掃地。及至罕車飛揚，武騎聿皇。蹈飛豹，絹噭陽。追天寶，出一方。應駍聲，擊流光。野盡山窮，囊括其雌雄。沇沇溶溶，遥噱乎絃中。三軍芒然，窮冘閴與。亶觀夫剽禽之紲隃，犀兕之抵觸。熊羆之挐攫，虎豹之凌遽。徒角槍題，注蹛䝙犦。怖魂亡魄，觸輻關脛。妄發期中，進退履獲。創淫輪夷，丘累陵聚。

---

⑥ 行 165："望舒"是月亮的車駕。參《楚辭補注》，卷 1 頁 22a。

⑦ 行 166：有關"上蘭"，見《西都賦》，行 333 注。

⑦ 行 171：有關"壁壘"，見《西京賦》，行 512 注。注意在上蘭觀中有一處對壁壘宿的模仿。

⑦ 行 177：或者也可理解爲："軍隊令（野獸）恐慌，主人令（它們）逃散。"

⑦ 行 182：有關"噭陽"，見《上林賦》，行 329 注。

⑦ 行 183：有關"天寶"，見《西京賦》，行 43 注。

⑦ 行 188：根據一些記載，在陳倉發現的天寶表現爲兩個孩童的形象，當他們被陳倉人追捕時，變化爲雌、雄兩隻野鷄。見《晉太康地志》，《史記》，卷 5 頁 180，注 4 徵引，及《文選》，卷 8 頁 22a，李善注。

190 在網中張開下巴，喘息呼吸。⑯

　　三軍疲憊憔悴，

　　窮追猶豫者，阻遏踟躕者，⑰

　　人們只看到敏捷輕禽跳躍，⑱

　　犀牛和牦牛頂撞，

195 棕熊和黑熊鈎爪，

　　老虎和豹子戰慄抖動。⑲

　　徒勞地用角抵觸，用前額撞擊，

　　在驚恐和畏懼中踢騰暴跳，

　　失魂落魄。

200 它們猛撞車輻，脖子被卡住。

　　弓箭手隨意射擊，輕鬆擊中目標；

　　獵手前行後退，傷到或抓到某些動物。

　　野獸被鋒刃割傷，被車輪輾軋，⑳

　　堆積如山，層累如丘。

6

205 於是當狩獵結束時，射殺殆盡，

　　他們匯集在寧靜蔭蔽的館舍中，

　　俯瞰珍池。㉑

　　它從岐山和梁山流出，㉒

　　溢流形成江、河。

於是禽殫中衰，相與集於靖冥之
館，以臨珍池。灌以岐梁，溢以
江河。東瞰目盡，西暢無崖。隨
珠和氏，焯爍其陂。玉石嶜崟，
眩燿青熒。漢女水潛，怪物暗

---

⑯ 行 190：按照王念孫（見《讀書雜志》，4 之 13 頁 32b—33a）將“噱”（*gjak，下頜）解釋爲“劇”（*gjak，疲乏）的
　意見，這一句可以理解爲：“遠遠地在羅網中耗盡力氣。”亦見胡紹煐，卷 11 頁 7a—b；朱珔，卷 11 頁 4a。爲
　使意思明確，我添加了“喘息呼吸”。

⑰ 行 192：吳仁傑（見《兩漢刊誤補遺》，卷 8 頁 4a—b）建議將“尤”解釋爲“尤豫”（*rjem-rja，躊躇）的意思（參
　《漢書》，卷 24 頁 834 和卷 69 頁 2242）。類似地，“與”應該被理解爲“與與”（猶豫）。參《淮南子》，卷 15 頁
　7b：“居則恐懼，發則猶豫。”見前文行 68 注。

⑱ 行 193：雙聲連綿詞“紲隃”（*zjad-zjou）是“趖踰”（*zjad-zjou）的變形。見朱起鳳，《辭通》，頁 0357。這個
　詞看上去是個同義複合詞，兩個字都意爲“跳躍”。我將之翻譯爲“跳躍”。

⑲ 行 196：有關“凌遽”的“戰慄抖動”之意，見胡紹煐，卷 11 頁 8a—b。

⑳ 行 203：這一句我遵從胡紹煐（卷 11 頁 8b—9a）的解釋。

㉑ 行 207：這個池塘可能就是琳池，位於太液池附近。見《三輔黃圖》，卷 4 頁 76。

㉒ 行 208：有關岐山，見《西都賦》，行 444 注。梁山位於夏陽縣（今陝西韓城縣城南）西北方。見《漢書》，卷 28 上頁
　1545、1547。

210 人們向東望去，窮目力所及，
　　　向西延展無邊寬闊。
　　　隨珠及和氏玉^⑧
　　　在其岸畔閃耀發光。
　　　玉石高聳突出，^⑭

215 發出青色光芒炫目耀眼。
　　　漢水女神潛伏河裏，^⑮
　　　奇怪的生物暗中隱藏，
　　　無法被完整描述。
　　　黑色的鷥鳥、孔雀，

220 翠鳥散發出燦爛的光芒，
　　　鶯高叫關關，
　　　鵝高歌嚶嚶，
　　　在水池中成群嬉戲，
　　　嘹嘹鳴叫，齊聲合唱。

225 鴨子、鷗、成群的白鷺，
　　　翱翔、下沉，振翅撲棱，
　　　聲若雷霆。
　　　於是，天子命令來自紋身部族的技藝高超泳者，
　　從水中捕捉有鱗的動物。^⑯
　　　他們不畏堅冰，

230 挑戰令人生畏的深淵，
　　　探索崎嶇崖岸，沿着扭曲河岸推進，
　　　搜查尋找蛟和螭，^⑰

冥，不可殫形。玄鷥孔雀，翡翠
垂榮。王雎關關，鴻鴈嚶嚶。群
娛乎其中，嘃嘃昆鳴。鳧鷺振
鷺，上下砰礚，聲若雷霆。乃使
文身之技，水格鱗蟲。凌堅冰，
犯嚴淵，探巖排碕，薄索蛟螭。
蹈獱獺，據黿鼉，抾靈蠵。入洞
穴，出蒼梧。乘巨鱗，騎京魚。
浮彭蠡，目有虞。方椎夜光之流
離，剖明月之珠胎，鞭洛水之宓
妃，餉屈原與彭胥。

---

^⑧ 行 212：有關隨珠，見《西都賦》，行 192 注。

^⑭ 行 214：疊韻連綿詞“嶜岑”（*dzrem-ngjem）可讀爲“qinyin”，亦可讀爲“jinyin”，是“岑崟”（意爲高聳突出）的
　　變形。見朱起鳳，《辭通》，頁 1085；《子虛賦》，行 52 注。

^⑮ 行 216：有關漢水女神，見《東京賦》，行 547 注，及《南都賦》，行 29 注。

^⑯ 行 228：有紋身的泳者是越人，以在水中活動的技藝而聞名。

^⑰ 行 232：“薄索”（*bak-sak）是一個疊韻連綿詞，由兩個同義字組成，因此我譯爲“搜查尋找”。見胡紹煐，卷
　　11 頁 9a—b。

踐踏水獺和海狸，⑧⑧

　　奪取烏龜和短吻鱷，

235 捕獲神聖的紅海龜。

　　進入洞穴，⑧⑨

　　從蒼梧出來。⑨⑩

　　乘上巨大的虎鯨，

　　騎上巨型的鯨魚，

240 在彭蠡漂浮，

　　遥望有虞。⑨①

　　敲打黑暗中生長的緑寶石，⑨②

　　剖開明月珠的珠胎，⑨③

　　鞭打洛水的宓妃，

245 爲屈原、彭、胥設宴。⑨④

7

於是大師和鴻儒　　　　　　　　　　　於兹乎鴻生鉅儒，俄軒冕，雜衣

帶着高聳有角的帽子，⑨⑤　　　　　　裳，脩唐典，匡《雅》《頌》，揖讓於

---

⑧⑧ 行 233：有關"獱獺"是一種還是兩種動物的名稱，還不確定。獺是水獺（otter）。顏師古（見《漢書》，卷 87 上頁 3551，注 14）稱，獱是小個的獺。其他文獻將獱或獱獺描述爲一種巨大的動物，有馬一樣的腦袋，腰部以下如同蝙蝠（bat）。見《廣雅疏證》，卷 10 下頁 37a；Read, *Animal Drugs*，♯384；胡紹煐，卷 11 頁 9b。由於前一句提到兩種生物，鑒於對仗的需要，我將獱和獺翻譯爲"水獺和海狸"（otters and beavers）。

⑧⑨ 行 236：晉灼（見《漢書》，卷 87 上頁 3552，注 16）將這個洞穴認定爲禹穴。禹穴位於會稽山（浙江中部）的宛委山中，接近埋葬大禹的地方。見《史記》，卷 130 頁 3294，注 4；《漢書》，卷 28 上頁 1591；《山海經》，卷 1 頁 7a；《水經注》，册 6，卷 40 頁 116。這個洞穴也可能指洞庭穴（見《吴都賦》，行 671 注）。

⑨⑩ 行 237：有關蒼梧，見《上林賦》，行 28 注。

⑨① 行 240—241：有關彭蠡湖，見《吴都賦》，行 590 注。有虞是舜的名號，我不確定爲什麽揚雄將舜和彭蠡聯繫在一起。顏師古（見《漢書》，卷 87 上頁 3552，注 18）認爲他們在遥望舜逝世的地方（即蒼梧）。

⑨② 行 242：流離（緑寶石）是梵文 *vaidūrya* 的轉譯，有關這個詞，見 Paul Pelliot 對 Laufer 的 *Jade* 一書的書評，收 *TP* 13（1912）：443。後來，它成爲指代玻璃的詞彙。見 Schafer, *Golden Peaches*, pp. 235 - 37。

⑨③ 行 243：明月珠被認爲是從蚌的子宮中取出的。參《淮南子》，卷 16 頁 13a。

⑨④ 行 244—245：有關宓妃，見《東京賦》，行 127 注。有關伍子胥，見《吴都賦》，行 607 注。彭咸據説是商朝的一位官員，統治者不聽從其建議，他便自溺而亡。屈原在《離騷》中兩次提到他（見《楚辭補注》，卷 1 頁 11a，卷 1 頁 37a）。對宓妃的鞭打，可能代表這位帝王對奢靡的拒斥。屈原、彭咸、伍子胥三人均在統治者不接受自己忠心的建議後自殺，對他們的犒勞代表皇帝對睿智官員的追求。見 Knechtges, *The Han Rhapsody*, pp. 76 - 77。

⑨⑤ 行 247：軒冕的一般解釋是"車駕和冠帽"，但揚雄看上去僅是在描述學士的服飾，"軒"似乎誤入其中。因此我遵從三世紀《漢書》注者鄧展的解釋，將軒理解爲對帽子前低後高的描寫。見《漢書》，卷 21 下頁 1012，注 1，顏師古對鄧展解釋的批駁。

穿着多彩的衣裳，

《堯典》的編纂者，

250 《雅》《頌》的校訂者：⑨

在天子前面鞠躬作揖，

輝煌的光芒閃爍絢爛，

快捷迅速，仿若神靈。

他的仁慈名聲撫慰北狄，⑨

255 他的武成威德震嚇南鄰。⑨

因此，氐子和皮子部族的國王，

胡和貉的首領：⑨

送來珍寶，携來貢品，

拱手宣告自己的臣屬地位。

260 隊伍前部進入圍墙的大門，

隊伍的後部列隊盧山。⑩

群公和常伯，⑩楊朱、墨翟之類的學者，⑩嘆然贊
道："天子的德性實在崇高！儘管統治者中有唐、虞、
大夏、成、周的顯赫，但他們如何能勝過這一位？上
古統治者造訪東嶽，在梁甫山下舉行禪祀。⑩ 除了這
一朝代，誰能與他們相提並論？"

前。昭光振耀，饗詔如神。仁聲
惠於北狄，武誼動於南鄰。是以
游裘之王，胡貉之長，移珍來享，
抗手稱臣。前入圍口，後陳盧
山。群公、常伯、陽朱、墨翟之
徒，喟然並稱曰："崇哉乎德，雖
有唐虞大夏成周之隆，何以侈
兹！夫古之覲東嶽，禪梁基，舍
此世也，其誰與哉？"

---

⑨ 行 249—250：《唐典》指《堯典》，《尚書》的第一篇。《雅》和《頌》指《詩經》中的相應内容。揚雄在這裏是説這
些都是經文學者。

⑨ 行 254：有關(北)狄，見《西都賦》，行 311 注。

⑨ 行 255：南鄰可能指金鄰，一個不能被準確判定的南亞國家。見《吳都賦》，行 468 注。胡紹煐(卷 11 頁 10b)
認爲，這個詞並非意指某個具體的地方，指的是"南方"或"南方的鄰居"。

⑨ 行 256—257：穿着游裘衣服的人可能是匈奴(見《漢書》，卷 94 上頁 3473)。貉可能指北貉，東北方的一個
國家，可能在韓國境内。見《漢書》，卷 1 上頁 46，注 4。

⑩ 行 261：根據孟康的説法(《漢書》，卷 87 上頁 3553，注 6；《文選》，卷 8 頁 24a 徵引)，盧山位於匈奴單于的南
庭附近，在今蒙古國南部。胡克家認爲(見《文選考異》，卷 2 頁 12a)，此句文字應該解作"單于庭南"，即今
烏蘭巴托附近。

⑩ 行 262：有關常伯，見《藉田賦》，行 40 注。

⑩ 行 263：楊朱(前 395—前 340)和墨翟(前 480—前 390)均是漢代以前的著名哲學家。根據顏師古(《漢書》，
卷 87 上頁 3553，注 7)的説法，他們代表古代的賢哲。有關他們在這裏可能代表什麼的進一步討論，見
Knechtges, The Han Rhapsody, p. 79。

⑩ 行 267—268：東嶽是泰山。有關梁甫，見《東京賦》，行 630 注。

8

皇帝依舊謹愼謙讓，不接受這一贊譽。他此時正要向上獵取從三靈散發出的福流，[104]向下決開甘美的酒泉之水，打開黃龍的洞穴，注視鳳凰的巢穴，進入麒麟的苑囿，造訪神鳥的園林。

他認爲雲夢太過奢侈，

孟諸過於鋪張，[105]

280 譴責章華，[106]

贊揚靈臺。[107]

很少去往別宮，

停止觀光遠遊。

土地事務樸實無華，

285 木質工程不經雕琢。

他幫助人們展開農桑生產，勸誡他們不要懶惰，將男女婚配，門戶相對。擔心貧窮的人未享受充盈豐饒的物產：

290 他開放禁苑，

散發公共的倉儲，

創建道德之治，

發揚仁慈之政，[108]

在神明的園林中馳義，

295 考察臣民的需求。

釋放野雞和兔子，

收起網和陷阱。

麇和鹿，飼料和乾草，

與平民百姓共同分享。

上猶謙讓而未俞也，方將上獵三靈之流，下決醴泉之滋。發黃龍之穴，窺鳳凰之巢，臨麒麟之囿，幸神雀之林。奢雲夢，侈孟諸。非章華，是靈臺。罕徂離宮而輟觀游。土事不飾，木功不彫，丞民乎農桑，勸之以弗怠，儕男女使莫違。恐貧窮者不徧被洋溢之饒，開禁苑，散公儲，創道德之囿，弘仁惠之虞。馳弋乎神明之囿，覽觀乎群臣之有亡。放雉兔，收罝罘。麋鹿芻蕘與百姓共之，蓋所以臻茲也。於是醇洪鬯之德，豐茂世之規。加勞三皇，勗勤五帝，不亦至乎！乃祗莊雍穆之徒，立君臣之節，崇賢聖之業，未遑苑囿之麗，游獵之靡也。因回軫還衡，背阿房，反未央。

---

[104] 行 272：三靈是日、月、星，它們的散射光芒被詮釋爲帝王統治清明的祥瑞。行 270—274 提到更多此類祥瑞。

[105] 行 279：有關孟諸，見《子虛賦》，行 237 注。

[106] 行 280：有關章華臺，見《東京賦》，行 23 注。

[107] 行 281：有關靈臺，見《東都賦》，行 200 注。揚雄引述的是周文王所建的靈臺，建造於一個水池和一座獵苑旁邊。《孟子》一上之 2 頌揚這一建築，因爲文王與百姓分享其樂趣。

[108] 行 293：關於虞的"禁苑"之意，見《周禮注疏》，卷 4 頁 17b—18a，及胡紹煐，卷 11 頁 11a。

300　他憑此獲得當前的成就。

　　　於是，鼓勵影響廣泛的美德，

　　　推進繁榮時代的典範，

　　　辛勞超過三皇，

　　　努力逾越五帝。

305　這難道還不是傑出的象徵？

　　　於是他虔誠地敬仰和諧和睦的信徒，

　　　樹立君與臣之區別節度，

　　　頌揚賢人和聖人的功業。

　　　他無暇追求苑囿的美麗，

310　遠遊和狩獵的奢靡。

　　　因此，他回轉車駕，

　　　背對阿房宮，⑩

　　　返回未央宮。

⑩　行 312：有關阿房宮，見《東都賦》，行 334 注。

第九卷

畋 獵 下

長 楊 賦

揚子雲

【解題】

　　此賦是揚雄《羽獵賦》的續篇。在這篇賦中,揚雄不是描述一場狩獵,而是通過對話者子墨和翰林主人來呈現一場關於奢侈的狩獵活動是非對錯的辯論。子墨認爲狩獵給居住在皇家園林附近的農民強加了不必要的苦難,翰林爲反駁這一主張,給出充滿史例的長篇論述,表明這些壯觀場面的首要功能是讓番邦來客銘記大漢帝國的軍事和武力。儘管子墨認可翰林闡述的是非觀點,但有證據表明揚雄自己的觀點是通過子墨的角色表達的。有關更多細節,見 Knechtges, *The Han Rhapsody*, pp. 85 - 88。這篇文章也可在《漢書》(卷 87 下頁 3557—3565)中找到。之前的翻譯包括 von Zach, in *Deutche Watch* 14.6 (1928), 42 - 43, and rpt. in *Die Chinesische Anthólogie*, 1: 126 - 30; Doeringer, "Yang Hsiung," pp. 273 - 81; Knechtges, *The Han Rhapsody*, pp. 80 - 85;小尾郊一、花房英樹,《文選》,卷 1,頁 456—468。本篇譯文是對本人 *The Han Rhapsody*(頁 39—45,頁 118—122)譯文的修訂本。

次年,[1]皇帝想向胡族誇耀所擁有的大量鳥獸,在秋天時下令西扶風將百姓遣送至南山,[2]在西到褒

明年,上將大誇胡人以多禽獸。秋,命右扶風發民入南山,西自

---

[1] 這一時間有些疑問,此次狩獵可能發生於元延三年秋天(前 10 年,9—11 月)。有關更多細節,見 Knechtges, *The Han Rhapsody*, pp. 115。

[2] 西扶風即右扶風,負責管理首都,稱爲右扶風地區(治所在槐里,今陝西興平縣東南)。見 Hans Bielenstein, *The Bureaucracy of Han Times*(Cambridge: Cambridge University Press, 1980), p. 87。

斜、東到弘農、南至漢中的範圍內構建一個圍場。③他們張開禽羅獸網，抓住黑熊、棕熊、豪豬、老虎、豹子、猴子、猿、狐狸、兔子、麋、鹿，將它們裝在籠子車裏，運到長楊宮的射熊館。④他們用網做成一圈畜欄，將禽獸釋放其中，命令胡族之人赤手與它們搏鬥，任其取走所抓到的任何動物。皇上親自前往觀看。彼時，農民無法收割自家的糧食。我伴隨帝國隊伍來到射熊館，當我返回時，便呈上《長楊賦》。由於我使用筆和墨來完成文章，因此我借翰林爲主人，子墨爲客卿，以左右皇帝觀點。⑤文章如下：

1

客人子墨問主人翰林："我聽説，聖賢的統治者養育人民時，以仁慈來感化他們，令他們沉浸在仁善之中。他一舉一動，不爲自己的利益。今年，當皇帝在長楊狩獵時：

> 首先命令右扶風，
> 左太華而右襃斜，
> 將嶻嶭山錘成杆子，⑥
> 盤繞南山爲網，
> 10 在森林灌木中陳設成千車駕，
> 在大山隱蔽處列布萬名騎手，
> 率領軍隊聚集在獸欄處，
> 授予戎人獵物，賜予胡人捕獲。
> 捉住黑熊和棕熊，
> 15 拖走豪豬。

襃斜，東至弘農，南畷漢中，張羅罔罝罘，捕熊羆豪豬虎豹狖玃狐兔麋鹿，載以檻車，輸長楊射熊館。以網爲周阹，縱禽獸其中，令胡人手搏之，自取其獲，上親臨觀焉。是時，農民不得收斂。雄從至射熊館，還，上《長楊賦》，聊因筆墨之成文章，故藉翰林以爲主人，子墨爲客卿以風。其辭曰：

子墨客卿問於翰林主人曰："蓋聞聖主之養民也，仁霑而恩洽，動不爲身。今年獵長楊，先命右扶風，左太華而右襃斜，椓嶻嶭而爲弋，紆南山以爲罝。羅千乘於林莽，列萬騎於山隅。帥軍踤阹，錫戎獲胡。搤熊羆，拖豪豬。木擁槍纍，以爲儲胥。此天下之窮覽極觀也。雖然，亦頗擾于農人。三旬有餘，其塵至矣，而功不圖，恐不識者，外之則以爲娛樂之游，內之則不以爲乾豆之事，豈爲民乎哉！且人君以玄默爲神，澹泊爲德，今樂遠出以露

---

③ 有關襃斜，見《西都賦》，行15注。有關弘農，見《西都賦》，行13注。漢中是長安以南的一個郡，治所在今漢中市以東。見《漢書》，卷28上頁1596。
④ 射熊館是長楊宮一帶首要的狩獵館。見《三輔黃圖》，卷5頁93—94。
⑤ 有關這一句裏有歧義的"之"字，見 *The Han shu Biography of Yang Xiong*, p. 118, n. 330。這篇序文出自揚雄的自序。
⑥ 行8：有關嶻嶭山，見《上林賦》，行111注。

木頭堆壘在一起，竹竿錯綜交疊，
以此形成豎起的圍欄。⑦

這是帝國最偉大的場景，最宏大的景觀。然而這相當干擾農民，在三旬多的時間裏，他們的勞苦到達極限，卻無法從中期待收穫。我擔心不熟悉狩獵的人，從外表看，會將它簡單地認作一場娛樂性的遨遊，或者從内在看，會認爲它與祭祀完全無關。⑧ 它怎麼是爲了民衆的利益而舉行呢？

而且，人們真正的統治者信奉玄奧沉默的神靈、平和寧靜的美德。現在在遨遊中狂歡，以展示令人敬畏的武力，⑨以頻繁的搖曳和震動來耗盡車駕和甲胄，這確然不是百姓之主最緊急的事務。

儘管愚昧無知，我對此感到困惑。"

主人翰林説："噢？你爲什麼會説這些話？⑩ 像你這樣的人可以説是只知其一，不知其二，只看到膚淺的表面，卻未認識表面之下的事物。我已經厭倦談論這個問題，不能逐一解釋細節。請允許我概而述之，讓你自己審視具體問題。"

客人説："請吧。"

2

40　主人道："昔日有强大的秦國，
像封豕一樣吞併土地，⑪
像寠窳般壓迫人民。⑫
鑿齒之類，⑬緊咬牙齒，與其抗爭，勇敢的英才憤

威靈，數搖動以罷車甲，本非人主之急務也，蒙竊惑焉。"翰林主人曰："吁，客何謂之兹耶！若客，所謂知其一未睹其二，見其外不識其内也。僕嘗倦談，不能一二其詳，請略舉其凡，而客自覽其切焉。"客曰："唯，唯。"

主人曰："昔有彊秦，封豕其土，寠窳其民，鑿齒之徒相與摩牙而爭之。豪俊麋沸雲擾，群黎爲之不康。於是上帝眷顧高祖，高祖

⑦ 行 17：關於儲胥的豎起圍欄的意思，見胡紹煐，卷 11 頁 11b—12a。
⑧ 行 24：狩獵的三種功能之一是爲祭祀提供肉。見《東都賦》，行 175 注。
⑨ 行 28：基於與下一句的對仗，胡紹煐（卷 11 頁 12b）建議"露"（展示、陳列）應該被理解爲"减弱"。如果遵從胡紹煐的意見，這一句就應該被譯爲："在遨遊中狂歡，因此削弱了他令人敬畏的武力。"
⑩ 行 32：《漢書》寫作："謂之兹邪？"
⑪ 行 41：《文選》作"土"，《漢書》作"士"。有關封豕，見《上林賦》，行 308 注。
⑫ 行 42：有關寠窳，見《西京賦》，行 572 注。
⑬ 行 43：鑿齒是聲名狼藉的吃人怪獸，擁有仿佛鑿子一樣的長牙。見《淮南子》，卷 8 頁 5b—6a；《山海經》，卷 6 頁 3b。

言仿佛沸騰的米粥,狂怒好似風暴中的雲,平民因此
而不得安寧。於是,上帝轉而眷顧高祖,而高祖接受
了天命。

> 他遵從北斗和北極,[14]
>
> 與天關一同轉動,[15]

50　穿過巨大的海洋,
> 撼動崑崙。
>
> 握緊其劍,高聲呵斥,
>
> 所到之處皆摧倒城墙,摧毀城鎮,[16]
>
> 打敗其將,落下其幟。

55　一天内的戰鬥,
> 無法完整描述。
>
> 當置身勞累戰事時:
>
> 他無暇梳理蓬亂的頭髮,
>
> 即使飢餓也没時間吃飯。

60　皮革頭盔生滿虱子,
> 甲冑被汗水浸濕。
>
> 爲百姓之故,祈求來自皇天的天命。
>
> 然後,解救黎民於苦難之中,
>
> 再將他們從貧困中拯救出來,

65　高祖制定長達百萬年的大計,
> 拓展帝國大業。
>
> 在七年的時間裏,帝國安寧穩定。

奉命,順斗極,運天關。橫鉅海,
漂昆侖。提劍而叱之,所過麾城
撝邑,下將降旗。一日之戰,不
可殫記。當此之勤,頭蓬不暇
梳,飢不及餐。鞮鍪生蟣蝨,介
胄被霑汗。以爲萬姓請命乎皇
天。迺展人之所詘,振人之所
乏。規億載,恢帝業。七年之間
而天下密如也。

---

[14] 行48:斗是北斗(大熊星座)。極是北極星,所有的星星據説都圍繞它旋轉。參《西都賦》,行164—165。

[15] 行49:天關可以指代很多不同的星辰。《天宮星占》是一部已經亡佚的天文著作,爲李善所徵引(卷9頁3b)。根據此書的記載,天官是北極的另一個名稱。但因爲揚雄在上一句已經提到北極星,所以必然會用天關來代指另外一座星宿。因此,李善(卷9頁3b)徵引另一部文獻《星經》,將天關認定爲牽牛(摩羯座中的六顆星)之神。關於高祖爲何遵循它的運轉,没有任何解釋。

[16] 行53:《漢書》省略"過"字,《文選》寫爲"撕",《漢書》寫爲"撝"。顏師古(見《漢書》,卷87下頁3560,注4)稱"撝"的意思是"舉手擬之也"。李善(卷9頁3b)徵引鄭玄的觀點,將"撕"(*sram)等同於"芟"(*sram,"砍倒"、"毀壞"之意)。見《禮記注疏》,卷23頁22b。我遵從《文選》的文本。見王念孫,《讀書雜志》,4之13頁33b—34a;朱珔,卷11頁6a—b;胡紹煐,卷11頁13a。

3

接下來是聖明的文王，繼承高祖的傳統，緊隨其足跡，全心投注到至高的和睦上。

　　親自奉行節約簡樸，

　　絲綢長袍從未磨破，

　　皮鞋從未磨穿，⑰

　　從不居住高堂大廈，

75　木質器皿沒有雕飾。

　　於是後宮諸人賤視龜甲，規避珍珠，

　　棄用翠鳥羽毛的裝飾，

　　移除雕鑿的手工藝品。

　　文王厭惡奢靡浪費，避之不近，

80　去除甜膩的熏香，棄而不用。

　　明令禁止絲竹的靡靡之樂，

　　憎惡聽到鄭衛的柔美之音。

　　因此玉衡正當得體，泰階秩序良好。⑱

"逮至聖文，隨風乘流，方垂意於至寧。躬服節儉，絲衣不斁，革舄不穿。大厦不居，木器無文。於是後宮賤瑇瑁而疏珠璣，却翡翠之飾，除彫琢之巧。惡麗靡而不近，斥芬芳而不御，抑止絲竹晏衍之樂，憎聞鄭衛幼眇之聲，是以玉衡正而太階平也。

4

　　其後，熏鬻展開殘忍的進攻，

85　東夷任性叛亂，

　　羌戎憤怒瞪視，

　　閩越內亂不斷。⑲

　　由此遠疆之人不安，

　　中原諸國亦受其苦。

90　於是聖武憤然而起，

"其後熏鬻作虐，東夷橫畔。羌戎睚眥，閩越相亂。遐眠爲之不安，中國蒙被其難。於是聖武勃怒，爰整其旅。廼命驃衛，汾沄沸渭，雲合電發。焱騰波流，機駭蠭軼。疾如奔星，擊如震霆。碎轒輼，破穹廬。腦沙幕，髓余

---

⑰　行73：這種鞋子用未經鞣製的皮革製成。見《漢書》，卷 65 頁 2858。意思是，文帝穿着以如此耐用的材料製作的衣服和鞋子，沒有製作新衣新鞋的必要。

⑱　行83：玉衡是北斗的第五顆星，也是一種瞄準儀器的名字，與璿璣一起用於定位天極，據說舜就是用它來校準所謂的七政（日、月、五星）。見 Needham, volume 3：333－36。有關泰階，見《魏都賦》，行 611 注。

⑲　行84—87：熏鬻是匈奴的故稱。東夷在這裏指朝鮮。羌戎（藏族先祖）是今青海地區的部族。東南的閩粵之國與大漢結盟，但並不緊密。在公元前 130 年代，閩粵統治家族的成員爲爭奪王權互相攻伐。見《史記》，卷 114 頁 2981；*Records*, 2：253－54。

整編軍旅，⑳
由驃騎將軍和衛青指揮：㉑
熙攘的兵群和沸騰的衆旅，
聚集如雲，奔赴如電。
95　升騰如旋風，流淌如波濤，
比迅捷的扳機還快，比長矛更迅捷。
迅速如流星，
驚人如雷霆：
粉碎敵軍的鎧裝車駕，
100　摧毀他們的圓形營帳，
用其肝腦塗過沙漠，
用其骨髓填滿余吾河。㉒
接着行軍進入王庭，
驅趕匈奴王的駱駝，
105　燒掉他們的乾酪。㉓
把單于砍成兩段，㉔
分割其屬國，㉕
夷平山坡和谷地，
拔起鹽碱地上的草，
110　拆毀大山巖石，
踐踏尸體，蹂躪傷者，

吾。遂躐乎王庭。毆橐駝，燒熐蠡。分犂單于，磔裂屬國。夷阬谷，拔鹵莽，刊山石。蹂屍輿廝，係累老弱。嗛鋋瘢者、金鏃淫夷者數十萬人，皆稽顙樹頜，扶服蛾伏。二十餘年矣，尚不敢惕息。夫天兵四臨，幽都先加。迴戈邪指，南越相夷。靡節西征，羌僰東馳。是以遐方疏俗，殊鄰絕黨之域。自上仁所不化，茂德所不綏。莫不蹻足抗首，請獻厥珍。使海内澹然，永亡邊城之災，金革之患。

---

⑳ 行91：這一句逐字引自《毛詩》第241首第6章。

㉑ 行92：驃騎將軍是霍去病（前140—前117）。公元前120年代，他和衛青（卒於前106年）領導了對抗匈奴的成功遠征。見《史記》，卷111頁2921—2946；*Records*，2：193-216。

㉒ 行102：余吾（讀作Xuwu，亦讀作Xiewu）河是匈奴領土上的一條河流，可能是今天蒙古國烏蘭巴托附近的圖拉（Tula）河，也可能是翁金（Ongin）河。見《漢書》，卷6頁176，注1；Hulsewé，*China in Central Asia*，pp. 133-34，n. 332（其中這條河的名詞錯寫爲"Yu-wu"）。

㉓ 行105：熐蠡（*mili* [*miak-liai*]或者 *miluo* [*miak-lwa*]）一詞，在《漢書》中寫作"爛蠡"，可能是中亞語言。張晏（《漢書》，卷87下頁3562，注11徵引）將之解釋爲"乾酪母"，即乾的酸奶，我意譯爲"乾酪"。乾酪是將酪在太陽底下烘烤而成，乳皮會撒去，剩下的酪會被烘焙至不再形成乳皮爲止。見石聲漢，《齊民要術今釋》，冊2，頁399。

㉔ 行106：單于（*chanyu*，也讀作 *shanyu*），我譯爲"khanate"（汗），是匈奴最高首領的名號。蒲立本將這個詞的古漢語形式重構爲 *dan-hwah*，聲稱是 *targan* 或 *tarxan* 的原型。見"The Consonantal System of Old Chinese," p. 256。

㉕ 行107：有關附屬國的討論，見 Michael Loewe，*Records of Han Administration*，2 vols. (Cambridge：Cambridge University Press，1967)，1：60-64。

捆綁老人和弱者。

被鋒鋭的長矛砍刺、㉖被箭簇擊中射傷的人，有

幾十萬：

他們前額低下，下巴僵硬，

匍匐爬行，畏縮如蟻，

在二十多年的時間裏

小心翼翼，不敢喘息。

120　我們的天兵臨近四方，

幽都首先陷落。㉗

回戈指向南方，㉘

南越部族自相摧毁。㉙

揮動符節，向西進軍，㉚

125　羌和僰奔向東方。㉛

因此在邊遠之地，異俗之處，番邦區域，及隔絶

的村莊，

人們還未被帝國的仁慈所影響，

還未被其洋溢之美德所撫慰：

均抬起脚，舉起手臂，

130　乞求獻上貢品珍寶，

由此使得帝國平静。

永遠不會再在邊城出現災難，

和軍事之憂。

㉖　行 113：有關這一歧義句的多種解讀方式，見朱珔，卷 11 頁 8b—9a；胡紹煐，卷 11 頁 6b—17a；王先謙，《漢書補注》，卷 87 下頁 5a—b。

㉗　行 121：幽都在這裏指匈奴的土地。

㉘　行 122：我翻譯爲"南"的詞，字面意爲"斜"。

㉙　行 123：公元前 112 年，南越國(今廣東、廣西和湖南南部)王的丞相吕嘉領導了一場反對漢朝的叛亂。漢武帝派遣一支龐大的軍隊趕赴那裏，在公元前 111 年擊潰叛軍。漢朝隨之將南越國分爲九個郡。見《史記》，卷 113 頁 2972—2977；《漢書》，卷 6 頁 186—188，卷 95 頁 3855—3859；*Records*，2：245‑50；*HFHD*，2：79‑82。

㉚　行 124：符節是一根長杆子，上面綁着紅色的牛尾或牦牛尾旗幟。見大庭脩，《漢の節について——將軍假節の前提》，《東西學術研究所紀要》2(1969)：23‑58；Hulsewé，*China in Central Asia*，pp. 137, n. 351。

㉛　行 125："奔向東方"，指向漢朝投降。僰是一個異族部落，居住在四川西南和雲南北部。見 Hervouet，*Un Poète de cour*，pp. 125‑28。

5

　現在我們的朝廷貫徹純潔的仁慈，

135　遵循大道，彰顯美德，

　　翰林學者，兼容並包，

　　聖明之風，如雲散布，

　　似英華浮沉，

　　溢滿八區，

140　於是，天下各處均爲廣闊的天空所覆蓋，

　　無人不被熏染浸透。

　　如若學者不討論王道，

　　即使樵夫也會取笑之。

　　因此，以我之見到達榮耀巔峰後無不衰落，

145　抵達顯赫頂端後無不變壞。

　　因此平安時不能忽視危險，

　　安寧時不能無視危機。

　　於是在恰當的時節豐收之後派出軍隊，

　　準備車駕，勸勉隊伍，

150　振師於五柞，

　　訓馬於長楊，

　　搏鬥狡獸，以檢驗力量，

　　射獵慓禽，以較量勇猛。

　　繼而集體登上南山，

155　鳥瞰烏弋，[32]

　　西征月窟，

　　東震日域。[33]

　　但又擔心後代迷惑於一時之事，

　　總是認爲這是國家之大計，

"今朝廷純仁,遵道顯義,并包書林,聖風雲靡。英華沈浮,洋溢八區。普天所覆,莫不沾濡。士有不談王道者則樵夫笑之。意者以爲事罔隆而不殺,物靡盛而不虧。故平不肆險,安不忘危。迺時以有年出兵,整輿竦戎。振師五柞,習馬長楊。簡力狡獸,校武慓禽。迺萃然登南山,瞰烏弋。西厭月㵲,東震日域。又恐後代迷於一時之事,常以此爲國家之大務,淫荒田獵,陵夷而不禦也。是以車不安軔,日未靡旃。從者彷彿,猶屬而還。亦所以奉太尊之烈,遵文武之度。復三王之田,反五帝之虞。使農不輟耰,工不下機。婚姻以時,男女莫違。出愷弟,行簡易。矜劬勞,休力役。見百年,存孤弱。帥輿之,同苦樂。然後陳鐘鼓之樂,鳴鞀磬之和,建碣礑之虡。拮隔鳴球,掉八列之舞。酌允鑠,肴樂胥。聽廟中之雍雍,受神人之福祐。歌投頌,吹合雅。其勤若此,故真神之所勞也。方將俟元符,以禪梁甫之基,增泰

---

[32] 行155：烏弋是烏弋山離(*ah-drjek-san-ljai)的縮寫形式,可能是中亞亞歷山大(Alexandria)的漢名。見 Hulsewé, *China in Central Asia*, p. 112。

[33] 行156—157：月窟和日域分別指西方和東方。

160 一旦開始醉心狩獵追逐，

　　腐化和衰敗將無法禁止。

　　因此，車駕未及停止，

　　日影未曾移過旗幟之前，

　　隨從之伍，在朦朧昏暗的環境中，

165 解散軍隊，返回家園。

　　以此方式尊奉太尊的榮耀，㉞

　　憧憬文武的規制，

　　復興三皇的田獵，

　　還原五帝的禁苑。

170 以此保證農民不會停止耕作，

　　織工不會離開織機，

　　婚姻按時締結，

　　男人女人皆不錯過時節。

　　展示快樂愉悅，

175 行動平易近人，

　　皇帝憐憫勞力和苦工，

　　停止勞役義務。

　　拜訪百歲老人，

　　慰問孤兒弱者，

180 與之共享一切，㉟

　　同甘共苦。

　　然後，陳列鐘鼓之樂，

　　奏響手鼓和磬的和諧之音，

　　樹立鐘座憤然咆哮，㊱

185 拍打鳴球，㊲

山之高。延光于將來，比榮乎往號。豈徒欲淫覽浮觀，馳騁秔稻之地，周流黎栗之林，蹂踐芻蕘，誇詡衆庶，盛狄獲之收，多麋鹿之獲哉！且盲者不見咫尺，而離婁燭千里之隅；客徒愛胡人之獲我禽獸，曾不知我亦已獲其王侯。"言未卒，墨客降席再拜稽首曰："大哉體乎！允非小人之所能及也。洒今日發矇，廓然已昭矣！"

㉞ 行166：太尊是劉邦，漢代的建立者。

㉟ 行180：在將"帥"理解爲"率"（全部之意）時，我跟從王先謙（見《漢書補注》，卷87下頁6b）的意見。

㊱ 行184：此鐘座被製造爲蹲伏的老虎的形狀。根據孟康（見《漢書》，卷87下頁3565，注16）所述，疊韻連綿詞"碣磍"（*jat-gat*）描述的是"盛怒"的老虎鐘座的可怕外形。因此，我將之翻譯爲"憤然咆哮"。

㊲ 行185：揚雄所使用的好像是今本《尚書》中的一句。參《尚書注疏》，卷5頁15a；Karlgren, "Glosses on the Book of Documents," pp. 138-9, ♯1340；朱琼，卷11頁9a。

摇擺跳起八列之舞,㊳

飲'允鑠'爲酒,㊴

餐'樂胥'爲食,㊵

聆聽廟中的和諧音樂,㊶

190　接受神靈的祝福保佑。㊷

歌唱與《頌》一致,

管樂與《雅》相和,

勤勉努力如此,確實應當得到神靈的獎勵。㊸　現

在皇帝將等待元始之符:

195　爲了在梁甫山下舉辦禪祭,

增加泰山的高度,㊹

將光耀延展至未來,

將榮耀與往昔有名號的帝王相比。

怎麽會僅僅渴求:

200　放蕩的遨遊和浮華的觀覽,

疾奔猛衝穿過稻田,

漫步緩行穿越梨栗之林,

壓碎踐踏飼料和乾草,

向普通百姓炫耀自誇,

205　吹嘘捕獲猴猿之多,

炫耀獵獲麋鹿之功?

而且,盲人不能看到一尺之内,

離婁可以洞測千里之外。㊺

閣下,我的客人,僅僅嫉妒胡人抓走禽獸,

㊳　行 186:這種舞蹈可能就是《論語》3/1 中提到的八佾舞,八列舞者各自表演。

㊴　行 187:參《毛詩》第 293 首:"於鑠王師!"

㊵　行 188:參《毛詩》第 215 首第 1、2 章:"君子樂胥。"

㊶　行 189:參《毛詩》第 240 首第 3 章:"雍雍在宮,肅肅在廟。"

㊷　行 190:參《毛詩》第 215 首第 1 章:"君子樂胥,受天之祜。"

㊸　行 194:參《毛詩》第 239 首第 5 章:"豈第君子,神所勞矣。"

㊹　行 196:這是表示他們要在山頂建壇來表演封祭的一種説法。

㊺　行 208:離婁因視力敏鋭而著名。見《孟子》四上之 1。

210 殊不知我們已經擒獲了他們的王侯。"⑩

　　主人的話還未結束，墨客離開坐席，反復地拜倒，説道："您的主旨真是宏大啊！確實不是區區小人所能相比。今天您消除了我的愚昧無知，我現在可以看得廣闊清晰了。"

_____

⑩ 行210：漢朝將狩獵作爲軍事檢閲，向番邦的參與者展示軍事實力。

射 雉 賦

潘安仁　　　徐爰　注

【解題】

　　此賦爲潘岳(字安仁)所作,描述中國東北部地區盛行的古老技藝獵雉。根據潘岳爲這篇文章所寫的序文(李善,卷 9 頁 8b 徵引),他在隨家族遷至琅邪(今山東東部)後寫下此賦。"其俗實善射。聊以講肄之暇,而習媒翳之事,遂樂而賦之也。"依徐爰(394—475)所述(其對此賦的注解收入《文選》文本中),"媒"(字面意爲中介)是被馴養的鷄,用作誘餌誘導野鷄進入射程(見李善,卷 9 頁 8b)。《西京雜記》(卷 4 頁 7a—b)記述,琅邪人文固陽善於把鷄訓練成射雉的誘餌,"每以三春之月爲茅障以自翳,用骹矢以射之,日連百數"。根據徐爰所述,317 年西晉陷落後,射雉之"術"就失傳了。然而,郝懿行引述很多中國南方射雉的例子,指責徐爰有意歪曲相關記録。見其《晉宋書故》,《粤雅堂叢書》,頁 21a—22a。依照朱琦(卷 11 頁 9b)的意見,這些涉及南方射雉的記載並未提到使用媒、翳,因此徐爰提到的"斯藝乃廢",可能確實是正確的。有關此賦的其他翻譯,見 J. Chalmers, "The Foo on Pheasant Shooting," *Chinese Review*, *Notes and Inquiries* 1 (1872‑73)：322‑24；小尾郊一、花房英樹,《文選》,卷 1,頁 469—478。

1

我穿過綠色的森林,漫步觀覽,	涉青林以游覽兮,樂羽族之群
喜見羽禽群飛而過,	飛。聿采毛之英麗兮,有五色之
於是講述最英勇美麗之彩羽禽,①	名翚。屬耿介之專心兮,麥雄豔
著名的五色雉鷄：②	之嬌姿。巡丘陵以經略兮,畫墳
5　它堅定果敢、專心剛强,③	衍而分畿。

---

① 行 3：雖然"聿"一般是個虛詞(見 Serruys, "The Function and Meaning of *Yun*," pp. 305‑9),但徐爰解釋爲"述"(講授之意)。潘岳的理解基於《毛詩》第 235 首第 6 章的毛注,"聿"解釋爲"轉述"之意。見《毛詩注疏》,卷 16 之 1 頁 13a,及 Karlgren, "Glosses on the Ta Ya and Sung Odes," pp. 7‑8,♯762。徐爰注意到有一個文本中以"偉"代"聿"。根據徐爰(卷 9 頁 9a)的看法,"英"指雉的"英勇果敢"。參下文 6。

② 行 4：經典辭書將"翚"解釋爲一個名稱,伊水和洛水以南的人用來稱呼一種外表五彩内毛樸素的雉鷄(pheasant)。見《爾雅》,下之五頁 14b。薛愛華將之判定爲勺鷄(*Pucrasia macrolopha*, pucras pheasant)。見 *The Vermilion Bird*, p. 243。然而,我認爲此處它是雉的泛稱。

③ 行 5：有關雉是果決正直的鳥,見《儀禮注疏》,卷 7 頁 1b—2a；《世説新語》,卷 4 頁 138(Mather, *Shih-shuo Hsin-yü*, p. 276)。

炫耀英美顯赫的身姿,
巡邏山崗,號令管治其領域,
標誌高升和平地,劃分疆界。④

2

於是當青陽告謝離去,
朱明始接命而來,⑤
無樹不茂,
無草不盛。
新莖茁壯生長,閃耀新輝,
舊枝一旦凋落,舊貌換新。⑥
天空洶湧,布滿垂雲,⑦
泉水潺潺,噴湧流淌。
小麥尖聳,麥穗上刺,⑧
"咯咯"叫喚,雉鷄報曉。⑨

於時青陽告謝,朱明肇授。靡木不滋,無草不茂。初莖蔚其曜新,陳柯槭以改舊。天泱泱以垂雲,泉涓涓而吐溜。麥漸漸以擢芒,雉鷕鷕而朝鴝。

3

我滿懷快意喜悦,凝視箱子籠子。⑩

眄箱籠以揭驕,睨驍媒之變態。

---

④ 行 7—8:在這幾句中,潘岳將雉描述爲仿佛是正在巡視領土的君主。

⑤ 行 9—10:青陽和朱明分别是春季和夏季的比喻。見《爾雅》,中之四頁 1b。這場射雉當發生在四月(徐爰,卷 9 頁 9b)。

⑥ 行 14:罕見的"槭"(乾枯凋零之意)字在潘岳的《秋興賦》(見《文選》,卷 13 頁 6a)中也出現過。

⑦ 行 15:李善(卷 9 頁 9b)認爲,疊詞"泱泱"可與《毛詩》第 229 首第 2 章"英英白雲"中的"英英"(明亮之意)意思互通。潘岳可能遵循的是《詩經》的《韓詩》版本。見朱珔,卷 11 頁 9b;karlgren,"Glosses on the Siao Ya Odes," p. 52,#458。然而,正如胡紹煐(卷 11 頁 18b)所指出,"泱"字專門描述雲氣升起。見《説文》,卷 11 上頁 5031b—5032a。因此,我將泱泱翻譯爲"洶湧"。

⑧ 行 17:參看歸屬於箕子的《麥秀之詩》(《史記》,卷 38 頁 1621;*Mh*, 4: 231):"麥秀漸漸兮。"關於麥子和雉鷄的聯繫,亦見枚乘的《七發》(《文選》,卷 34 頁 4b):"麥秀蔪兮雉朝飛。"我推測"漸漸"(**tsjam-tsjam*)(亦寫作"蔪蔪")與"嶄嶄"(**dzram-dzram*)有關,後者被用來描述陡峭的山峰。以此類推,漸漸是描述麥芒"尖尖高聳"的樣子。

⑨ 行 18:根據《説文》(卷 4 上頁 1524—1525b,及卷 4 上頁 1647a—b)的看法,"鷕"是雌雉的叫聲,"鴝(亦寫作雊)"是雄雉的叫聲。兩個詞都能在《詩經》中找到,見《毛詩》第 34 首第 2 章:"有鷕雉鳴……雉鳴求其牡";《毛詩》第 197 首第 5 章:"雉之朝雊,尚求其雌。"顔延之(見李善,卷 9 頁 9b)和之後的顔之推(見《顔氏家訓》,卷上頁 46b;Teng, *Family Instructions*, pp. 102 - 3;梁章鉅,卷 12 頁 14b),批評潘岳誤以"鴝"來表述雌雉的聲音。如同李善和段玉裁(見《説文》,卷 4 上頁 1524b)所指出,這是對此句過度精細的詮釋,因爲"鴝"更可能是表述雉鷄叫聲的普遍用詞,不分雌雄。見《禮記注疏》,卷 17 頁 21a。

⑩ 行 19:雙聲連綿詞"揭驕"(**kjat-kjau*)是"拮矯"(**kjet-kjau*)的變體,後者在《楚辭·遠遊》(Hawkes, *Ch'u Tz'u*, couplet 67)中被用來描述崇高而歡欣的神靈(兩個字都有"升,高"的意思)。在這一語境中,揭驕的意思是"興高采烈,驕傲自豪"。由於重韻的問題,我將之翻譯爲"滿懷快意喜悦"。有關這個連綿詞的其他討論,見姜亮夫,《屈原賦校注》(香港:商務印書館,1964),頁 550—551;Hervouet, *Le Chapitre 117 de Che-ki*, p. 187, n. 8。根據徐爰所述,爲誘餌準備的籠子有兩種:方形的箱,被緊密覆蓋,因此鳥看不到任何光;圓形而敞開的籠。我將這兩個術語意譯爲"箱子和籠子"。

20　觀看裏面變換姿態的勇敢誘餌。
　　它們彎曲有力的小腿，磨成尖角，⑪
　　怒目斜斜地凝視。
　　翅膀似繪有圖案的絲綢，尾巴鮮紅，
　　脖頸似閃耀的刺綉，後背如飾龍紋，
25　奮起舉高翅膀，帶有殘餘的怒氣，⑫
　　急迫長鳴，以展示能力。

奮勁骹以角槎，瞵悍目以旁睞。
騖綺翼而輕摛，灼繡頸而衰背。
鬱軒翥以餘怒，思長鳴以效能。

4

　　接着我打掃清理，豎起屏障，
　　濃密隱蔽，嫩綠清新。⑬
　　綠色柏樹，隨意排布，
30　仿佛有圖案的羽翼，層疊的魚鱗，
　　茂密繁盛，茁壯昌榮，
　　扭曲纏繞，柔軟輕盈。
　　內部有裂縫裂隙，可以穿透視綫；⑭
　　外部緊緊壓住，交織繁密。⑮
35　害怕誘餌彈起遲慢，⑯
　　擔心田野的鳥來得太少，⑰
　　我期盼收獲，以慰藉厭煩的内心，

爾乃擊場挂翳，停僮葱翠。綠柏
參差，文翮鱗次。蕭森繁茂，婉
轉輕利。裏料戾以徹鑒，表厭踂
以密緻。恐吾游之晏起，慮原禽
之罕至。甘疲心於企想，分倦目
以寓視。

---

⑪　行21：這一句可能是描寫雉鷄摩擦雙腿，以削尖爪子。
⑫　行25：儘管"軒翥"一般意爲"高飛"，但在這一句中，潘岳是在描述作爲誘餌的雉鷄準備起飛。因此，我將軒翥翻譯爲"奮起舉高翅膀"。
⑬　行28：徐爰（卷9頁10b）稱，這個雙聲連綿詞"停僮"（*dieng-dung）描述的是翳的樣子。我用"濃密隱蔽"來翻譯這個詞。胡紹煐（卷11頁18b—19a）注意到它與《毛詩》第156首第2章中的"町畽"（*thiang-thwan）類似，後者描述被鹿蹄踐踏的空地（參karlgren, "Glosses on the Siao Ya Odes," p. 240，♯383）。如果胡紹煐是正確的，這個詞可能就是類似"被夯實踐踏過"（描寫空地）的意思。
⑭　行33：雙聲連綿詞"料戾"（*liau-liei），描述障蔽壁上的小孔，箭手通過此孔可以觀望。這個詞沒有其他例證，兩個字都沒有提供與此意相聯繫的綫索。
⑮　行34：疊韻連綿詞"厭踂"（*jap-njap）沒有其他例證，意爲"濃密覆蓋"。原本的意思可能來自"壓"，因此我將之譯爲"緊緊壓住"。
⑯　行35："游"（*zjoh）是"囮"（*ngwa）的變體，也寫作"圗"（*zjoh）。《説文》（卷6下頁2736b—2737a）將囮解釋爲"譯"，段玉裁推測其是"誘"（*zjoh，誘惑之意）的錯寫字。繼而將囮解釋爲用來引誘野鳥進入羅網的活鳥誘餌。段玉裁的修訂引人注意，顯示出誘餌的本字應讀爲"you"，而不是"hua"，其基本意涵是"誘餌"。有關囮的更多信息，見段公路（約活躍於869年），《北户錄》，《叢書集成》本，卷1頁2—3。
⑰　行36：田野的鳥指雉鷄。

專心矚目，以舒緩疲憊的眼睛。

5

馴化的飛禽十分雄偉傑出，⑱

40　遠超同類，擁有非凡天資！

它等待信號布舉起，接着清澈地鳴叫；⑲

野鳥聽到聲音，回應誘餌。

我舉起精細的捕網，遠望靜候，⑳

看到一隻雉鷄，跳躍蹣跚，緩慢前進。

45　朱紅鷄冠，艷紅光彩，

展開華麗的陪鰓，紋如皺褶。㉑

頭爲綠色和白色相間，㉒

身體仿佛拖着刺綉彩繪。

根部的綠色羽毛仿佛莎草，㉓

50　朱紅色的喙紋若澤蘭。㉔

6

它時而踢騰，時而啄食，

前行移動，復又駐足，

展開條紋的後尾，長羽豎出，

頭部雙角顯著地豎起。㉕

55　能幹的雉媒大叫高鳴，

將它吸引到射獵範圍。

它回應尖鳴，震驚站立。

身體矗立，挺直不動。

何調翰之喬桀，邈疇類而殊才。

候扇舉而清叫，野聞聲而應媒。

褰微罟以長眺，已踉蹡而徐來。

摛朱冠之艷赫，敷藻翰之陪鰓。

首菊綠素，身拕黼繪。青鞦莎

靡，丹臆蘭綷。

或蹶或啄，時行時止。班尾揚

翹，雙角特起。良遊呃喔，引之

規裏。應叱愕立，擢身竦峙。捧

黃間以密彀，屬剛罫以潛擬。倒

禽紛以迸落，機聲振而未已。

---

⑱ 行 39：雙聲疊韻詞“喬桀”（* kjau-kjat，我譯爲“雄偉傑出”），可能是前文行 19“揭驕”的倒裝。見胡紹煐，卷 11 頁 19a。

⑲ 行 41：徐爰（卷 9 頁 10b）解釋稱，獵手抖動做成手巾狀的布，向誘餌發出信號，令其開始向野雉鳴叫。

⑳ 行 43：根據徐爰（卷 9 頁 10b）所述，障蔽的窗子被覆蓋上網。

㉑ 行 46：疊韻連綿詞“陪鰓”（* beh-she?）是“毰毸”的變體，描述鳥直立的羽毛。見《辭通》，頁 0436。

㉒ 行 47：有關藥（包裹、纏繞之意），見《方言疏證》，卷 13 頁 6b。

㉓ 行 49：徐爰（卷 9 頁 11a）將“鞦”解釋爲羽毛“平尾（羽?）間也”。我推測這是羽翼根部羽毛的專門術語。

㉔ 行 50：潘岳應是將雉鷄胸部的顏色與中國貫葉澤蘭（Chinese thoroughwort）紫紅的葉子和花莖相比。

㉕ 行 54：這應是一種角雉（tragopan pheasant），雄性角雉有兩個狀似犄角的肉質突起。

我捧起黃間，悄悄地將弓拉彎，㉖

60　裝上鐵質的倒鈎，暗中瞄準。

被擊落的鳥突然倒地，

機括的回聲甚至還未停止。

7

山中的金雉，凶猛殘忍，㉗　　　　　　　山鷐悍害，猋迅已甚。越壑凌

迅捷來至，快過旋風。　　　　　　　　　岑，飛鳴薄廩。鯨牙低鏃，心平

65　躍過澗溝，飛越山脊，　　　　　　　　望審。毛體摧落，霍若碎錦。

飛翔高鳴，接近屏障。㉘

我抓起弩牙，降低有倒刺的箭頭，㉙

內心平靜，注視並小心瞄準。㉚

羽毛和身體化爲碎片墜落，

70　如織錦突然碎裂。

8

遠超其族群的雄雉，　　　　　　　　　逸群之儁，擅場挾兩。樂雌妬

宣告這是它的領地，挾持兩隻雌禽。　　異，倏來忽往。忌上風之餮切，

嫉妒入侵者，擊打它們，　　　　　　　畏映日之儻朗。屏發布而累息，

迅敏地跑來跑去。　　　　　　　　　　徒心煩而技懱。伊義鳥之應敵，

75　慎防上風處輕微的颯颯聲，　　　　　　啾攬地以屬響。彼聆音而逡進，

害怕映日的微弱光芒。　　　　　　　　忽交距以接壤。彤盈窗以美發，

我移開信號布，屏住呼吸等待，㉛　　　紛首頰而臆仰。

內心焦躁，渴望一試技藝。㉜

㉖　行 59：有關黃間，見《南都賦》，行 213 注。

㉗　行 63：根據徐爰（卷 9 頁 11b）所述，"鷐"（*pjad，金雉，golden pheasant）有"愍"（*pjat）的特質。

㉘　行 66："廩"看上去是翳的另一個名稱。參《韓非子集釋》，卷 13 頁 729—730。

㉙　行 67：牙是弓箭上短短的前突結構的名稱，弓弦就挂在它後面。見 K. P. Mayer, "On Variations in the Shapes of the Components of the Chinese *Nu-chi*（Crossbow Latch），" *TP* 52（1965 - 66）: 1 - 7; A. F. P. Hulsewé, "Again the Crossbow Trigger Mechanism," *TP* 64（1978）: 253。

㉚　行 68：潘岳從《禮記·射義》（見《禮記注疏》，卷 62 頁 3a）中借用術語："故心平體正，持弓失審固。持弓失審固，則射中矣。"

㉛　行 77：他害怕會驚嚇到謹慎的金雉，放低信號布。

㉜　行 78：有關"技懱"（心癢，渴望測試技藝）一詞，見《顏氏家訓》，卷 2 頁 23b; Teng, *Family Instructions*, p. 166。

當英勇的雉媒看到敵人，

80　摩擦地面，發出尖厲鳴叫。

野禽聽到叫聲，徑直前進，

它們突然尖爪交扣，在地上搏鬥。

紅色的身體正對射孔，我發出漂亮一箭；

其首頹然向後落地，胸部朝上。

9

85　有時，當高堤坍塌崩潰，

農民不再修補田壟，

稗草和大豆生長混雜，㉝

蕪生蔓延，繁密茂盛。

鳴叫的雄鳥拍打翅膀，

90　循着小丘的頂峰。

瞬間降落圓丘，衝向競爭的禽鳥，

儘管身形隱蔽，但可以看到草在搖動。

當我看到直直的莖秆彎曲時，

我的心怦然悸動，興奮狂跳。㉞

95　隨着它逐漸從草中現身，進入空地，

我也隨之情緒更激動，精神更戰慄。

與黑暗的周圍環境相對，屏障突然變得顯眼，

雉雞收斂翕羽，轉身而走。

幸而我心志專注，迅捷機敏，

100　瞄準它綠色的前額，擊中它的脖子。

10

也有眼睛不隨順身體者，

或乃崇墳夷靡，農不易壠。稊菽
藜�，蘙薈奄茸。鳴雄振羽，依
于其冢。捫降丘以馳敵，雖形隱
而草動。瞻挺橤之傾掉，意淰躍
以振踴。暾出苗以入場，愈情駭
而神悚。望厴合而翳晶，雖挾肩
而旋踵。佽余志之精銳，擬青顱
而點項。

亦有目不步體，邪眺旁剟。靡聞

㉝ 行87：意思是田野被野草占領。

㉞ 行94：雙聲詞"淰躍（*sjem-sjok）"沒有其他例證。兩個字均有"興奮激動"的意思。因此我將之譯爲"怦然悸動"。

凝目身旁,從一邊看向另一邊。㉟

什麼也沒聽到,卻感到驚恐,

什麼也沒看到,卻移動視綫。㊱

105　它轉身周旋,一圈又一圈,

繚繞回轉,盤旋轉動,

我也旋轉屏障,轉動手柄,㊲

不論它去哪裏都跟着。

它起步駐足,中途停頓,

110　嗖的一聲,被我的箭擊中。㊳

從前面撕裂它的厚實胸膛,

從側面割斷它的兩翮。

而驚,無見自驚。周環回復,繚繞磐辟。庆翳旋把,縈隨所歷。彳亍中輟,馥焉中鏑。前剚重膺,傍截疊翮。

11

至於那些雉鷄過度謹慎,意志不堅,

缺少勇氣,内心怯懦,

115　内裏缺少堅固的韌勁,

外面害怕捲入戰鬥:

仿若處子般來到這裏,

好似閃電般離去。

從麥秆下偷窺凝視,

120　突然從灌木叢的隱蔽處顯現。㊴

若夫多疑少決,膽劣心狷。内無固守,出不交戰。來若處子,去如激電。闚閶䘇葉,幎歷乍見。

12

於是,我調整量度,㊵

於是筭分銖,商遠邇。揆懸刀,

㉟ 行 101—102:潘岳引用《國語》(卷 3 頁 1b),描寫有教養的君子用眼睛來指導手和脚,以達到舉止恰當:"夫君子目以定體,足以從之,是以觀其容而知其心。目以處義,足以步目。今晉侯視遠而足高,目不在體,而足不步目,其心必異矣!"

㊱ 行 104:我採納朱珔(卷 11 頁 11a)的看法,將"驚"讀爲"脈"(轉移視綫的意思)。

㊲ 行 107:手柄大概是讓人旋轉屏障的東西,就像回旋砲臺一樣。

㊳ 行 110:"馥"(*biok)是羽箭射中鳥的聲音。

㊴ 行 120:疊韻連綿詞"幎歷"(*miek-liek)在這裏描述隱藏雉鷄的濃密的矮灌木叢,基本意思來源於"幎"(遮蓋)。因此我將之譯爲"灌木叢的隱蔽處"。

㊵ 行 121:徐爰(卷 9 頁 13b)解釋,弓弦搭扣的前突裝置後面有若干標記(分銖),用來判斷箭被射出的距離遠近。

矯正距離，
測試懸刀，⑪
接着展示我最高超的技藝。
125　好似下降，又好似抬高，⑫
　　既不太高，也不太低，
　　我的箭刺穿鳥喙直貫入胸，
　　撕裂嗉囊，粉碎鳥嘴。

騁絶技。如輵如軒，不高不埤。
當味值胸，裂嗉破觜。

13

地形多變，兼具平緩陡峭，
130　鳥類多樣，馴化和野生兼有，
　　傍晚時人們也不停獵進食，
　　黃昏時也不會提到疲倦。
　　往昔，賈夫人去到沼澤，
　　一箭射出時，初次展顏微笑。
135　丈夫藉此改善容貌，
　　怨妻由此消除怨恨。⑬

夷險殊地，馴麤異變。旲不暇
食，夕不告勤。昔賈氏之如皋，
始解顏於一箭。醜夫爲之改貌，
憾妻爲之釋怨。

14

在馳騁和捕獵中獲得獵物的人，
全部冒險飛馳狂奔。
射雉之技藝是何等平靜放鬆！
140　啊，當鳥向我走來時多麼有趣！
　　我們僅僅清理道路前行，
　　選擇地點，占據位置。

彼遊田之致獲，咸乘危以馳騖。
何斯藝之安逸，羌禽從其己豫。
清道而行，擇地而住。尾飾鑣而
在服，肉登俎而永御。豈唯皂
隸，此焉君舉！

---

⑪ 行 123："懸刀"(字面意爲"懸挂着的刀")是弓弩扳機的名稱。見 Mayer, "Variations," pp. 1–7；Hulsewé,
"Again the Crossbow Trigger Mechanism," 253；林巳奈夫，《中國殷周時代の武器》(京都：人文科學研究
所，1972)，頁 301—320。

⑫ 行 125：潘岳從《毛詩》第 177 首第 5 章中借用此句，描述平衡良好的車駕，既不下滑太低，也不跳起太高：
"戎車既安，如輊如軒。"這裏將箭的飛行與車相比，看上去是牽强的。

⑬ 行 133—136：醜陋的賈大夫娶了一位美麗的女子作妻子。女子因丈夫的醜陋而非常沮喪，以至三年不言不
笑。一日，在狩獵活動中，當她看到丈夫射中一隻雉鷄時，突然微笑。見《左傳》，召公二十八年(Legge 5：
727)；《西京賦》，行 589 注。

雉尾裝飾馬彎頭和皇后的袍服，^㊹

雉肉盛放在宴席臺上，歷來就是皇家食品。

145 這怎麼僅是下人的事情？^㊺

它也是君主可以做的事。

15

但如果一個人漫遊狂歡，無目的地漂泊，

讓思想游離，從不改變道路，

忘記個人的事務，

150 只管雄禽和雌禽，

享受愉悦，没有節制，

正直行爲就可能受損。^㊻

這是老子所勸誡之事，^㊼

也是君子不爲之事。

若乃耽槃流遁，放心不移。忘其身恤，司其雄雌。樂而無節，端操或虧。此則老氏所誡，君子不爲。

㊹ 行 143：《周禮》(見《周禮注疏》，卷 8 頁 7a；Biot，1：163)提到，皇后所穿的六種袍服中，有兩種要用雄雞的羽毛來裝飾。

㊺ 行 145：潘岳在這裏引用《左傳》的一段(見隱公五年；Legge，5：727)，記述一位大臣宣稱古代制度特別規定統治者只能射獵"登於俎"的那些禽獸。"若夫山林川澤之實……皂吏之事……非君所及也。"潘岳顯然是在論證，射雉對統治者也是合理的活動。

㊻ 行 147—152：參《東京賦》，行 674—677。

㊼ 行 153：參《老子》，第 12 章："馳騁畋獵令人心發狂。"

紀 行 上

北 征 賦

班叔皮

【解題】

　　大約在公元 25 年前後，班彪（字叔皮）離開長安地區。彼時長安爲赤眉軍侵入，班彪投靠甘肅東部的太守隗囂。他撰寫《北征賦》，描述從長安到安定（今甘肅平涼縣），向西北行走 350 里的歷程。與之前的賦作不同，這篇賦描述的不是想象中的旅程，而是對真實旅行的詩歌記述。這篇賦也是中國詩歌中"覽古"主題的優秀範例（有關這一主題的介紹，見 Frankel, *The Flowering Plum and Palace Lady*, pp. 104 - 27）。在常見形式中，詩人描述訪問與著名歷史事件或人物相聯繫的某個地方。很多覽古詩都描述登高活動，詩人在那裏眺望遠方，反省過往。在《北征賦》中，班彪沿着長城的一段展開旅途，這讓他回想起征發民衆修建長城的暴秦。當登上長城的一個高臺後，他以漢文帝的例子來反對秦國的殘暴，漢文帝不求以防禦性的屏障來抵禦侵略者，而能夠通過道德典範來征服他們。班彪尤其批評長城的建造者蒙恬將軍，儘管他忠誠效力，但仍遭囚禁並被逼自殺。有關此賦的其他翻譯，見 von Zach，in *Deutsche Wacht* 19（1933），and rpt. in *Die Chinesische Anthologie*，1：131 - 33；小尾郊一、花房英樹，《文選》，卷 1，頁 479—486。

班彪北征地圖

1

我遭逢朝代顛覆，①

經受堵塞的危難。②

祖先房宅坍塌爲小丘廢墟，

甚至無法稍作逗留。

5　因此我抖袖北行，③

離開人世，絕跡遠遊。④

清晨從長都發軔，

晚上寄宿瓠谷玄宮。⑤

穿過雲門，回首顧盼，⑥

余遭世之顛覆兮，罹填塞之阨災。舊室滅以丘墟兮，曾不得乎少留。遂奮袂以北征兮，超絕迹而遠遊。朝發軔於長都兮，夕宿瓠谷之玄宮。歷雲門而反顧，望通天之崇崇。乘陵崗以登降，息郇邠之邑鄉。慕公劉之遺德，及《行葦》之不傷。彼何生之優渥，我獨罹此百殃？故時會之變化

---

① 行1："世之顛覆"指王莽篡漢，還可能指隨後王莽的傾覆。

② 行2："填塞"指真正的王者之道不再盛行。

③ 行5：抖起袖子的姿態表示果決和勇敢。

④ 行6：參劉歆，《遂初賦》，《古文苑》卷2頁13a："超絕轍而遠逝。""絕跡"常常含有將自身與人世隔絕的意思。

⑤ 行7—8：這兩句含有常見的《楚辭》"朝夕"模式。參《離騷》（《楚辭補注》，卷1頁20b）："朝發軔於蒼梧，夕余至乎懸圃。""發軔"一詞簡單地說就是"離開"的意思。瓠谷可能指瓠口地區，位於池陽（今陝西涇陽）漢縣以北。見《水經注》，冊3，卷16頁84；朱琦，卷11頁11b。我尚不能確定"玄宮"的所指。參揚雄《羽獵賦》，行12注。

⑥ 行9：雲門當指雲陽（位於今陝西淳化縣西北）縣城的一座大門，甘泉宮位於雲門以西。

10　凝視通天臺的崇高。⑦

　　騎着山丘崗巒，上升下降，

　　在郇和邠的城鄉休息，⑧

　　仰慕公劉流傳的美德，

　　碰觸路旁的野草，不傷害它們。⑨

15　彼時他們的生活多麽優厚富足！⑩

　　現在唯有我遭遇種種不幸！⑪

　　當然，時機際會的變化起伏

　　並不是因爲天命反復無常。⑫

兮，非天命之靡常。

　　2

　　我登上赤須的長坡，

20　進入義渠的舊城。⑬

　　爲戎王放肆的狡詐手段而憤慨，

　　因宣后喪失貞德而感到厭惡，

　　頌揚秦昭懲罰賊寇：⑭

　　他面紅帶怒，進軍北上。⑮

25　我在困惑中離開這座故城，⑯

登赤須之長坂，入義渠之舊城。

忿戎王之淫狡，穢宣后之失貞。

嘉秦昭之討賊，赫斯怒以北征。

紛吾去此舊都兮，騑遲遲以歷

茲。遂舒節以遠逝兮，指安定以

爲期。涉長路之縣縣兮，遠紆回

以樛流。過泥陽而太息兮，悲祖

----

⑦　行10：有關甘泉宮的通天臺，見《西京賦》，行212—213注。

⑧　行12：郇是周代一個邦國的名字，文王的兒子分封那裏（見《說文》，卷6下頁2827b—2828b）。漢右扶風有一個縣名爲栒邑（位於今陝西栒邑縣東北），其西是名爲豳鄉（亦寫作“邠”）的村鎮，據說公劉曾以此爲都城。公劉是后稷的曾孫，周王室的一位傑出祖先（見《漢書》，卷28上頁1547）。“邑”可能指栒邑，“鄉”可能指豳鄉。見朱珔，卷11頁12a。

⑨　行14：“行葦”是《毛詩》第246首的篇名。在漢代，這首詩常常被解釋爲贊美公劉的仁慈。見《潛夫論》，卷5頁272，卷8頁373；朱珔，卷11頁12a。

⑩　行15：參《毛詩》第210首第2章：“益以霢霂，既優既渥。”

⑪　行16：參《毛詩》第70首第1章：“我生之後，逢此百罹。”

⑫　行17—18：班彪在這裏反駁《毛詩》第235首第5章的“帝命不時”。其觀點是，出現朝代衰落的原因不在於上天反復無常，而是漢帝王未能修德。班彪明顯相信這些不幸是某些人帶給他的，而不是命運的必然決定。見其《王命論》，《文選》，卷52。

⑬　行19—20：義渠道是位於北地郡（今甘肅合水縣以西）的一個縣。見《漢書》，卷28下頁1616。李善（卷9頁16a）引《水經注》（此段材料不見於今本《水經注》，見朱珔，卷11頁11b—12a），判定赤須是一條河，發源於赤須谷，向西南匯入羅河（接近今甘肅正寧）。

⑭　行21—23：在周代，義渠是戎人的一個國家。宣后是秦昭襄王（前306—前251年在位）的母親，與義渠戎的統治者之間存在不正當關係，爲之生下兩個孩子。後來，宣后在甘泉宮謀殺他，她的兒子昭襄王接着興兵攻打義渠。見《史記》，卷5頁209；*Mh*，2：76-77；《漢書》，卷94上頁3747。

⑮　行24：參《毛詩》第241首第5章：“王赫斯怒。”這一句的主語也可以是“我”：“我面紅帶怒，向北前進。”

⑯　行25：這座“舊都”是義渠。

行隊緩慢地走過這裏。⑰

放鬆所有克制，向遠方進發，⑱

指向安定作爲目的地。⑲

長路跋涉，旅途綿綿無盡，⑳

30　遠遠地繞行轉向，迂回奔馳，

路過泥陽，深沉嘆息，

感傷祖先廟宇的失修。㉑

在彭陽解下車馬，㉒

暫時放慢步伐，自我反思。

35　隨着太陽變暗變黑，夜晚臨近，

看到羊和牛從山上下來。㉓

感知分離之苦，傷人情懷，

弔慰哀嘆彼時的詩人。㉔

3

我穿過安定，在附近緩行，

40　沿着長城綿延之勢行進。

蒙公殘酷地過度勞民，

只爲强大的秦國鑄就怨憤！㉕

廟之不脩。釋余馬於彭陽兮，且
弭節而自思。日晻晻其將暮兮，
覩牛羊之下來。寤曠怨之傷情
兮，哀詩人之歎時。

越安定以容與兮，遵長城之漫
漫。劇蒙公之疲民兮，爲彊秦乎
築怨。舍高亥之切憂兮，事蠻狄
之遼患。不耀德以綏遠，顧厚固

---

⑰ 行 26：“歷茲”這一表述在《離騷》中出現過兩次（見《楚辭補注》，卷 1 頁 16a，頁 22b），意爲“度過這些（困難）”。在班彪的文章中，“茲”沒有那麼抽象，意爲“這個地方”。

⑱ 行 27：李善（卷 9 頁 16a）徵引《淮南子》（卷 1 頁 3a）來解釋“舒節”（放鬆節制）這一表述：“縱志舒節，以馳大區。”然而，胡紹煐（卷 12 頁 2a）認爲舒節應該理解爲“緩步”的意思。參《漢書》，卷 57 下頁 2599，注 8。按照胡紹煐的觀點，這一句應該理解爲：“於是，我以緩慢的步伐走向遠方。”

⑲ 行 28：參《離騷》（《楚辭補注》，卷 1 頁 35b）：“指西海以爲期。”

⑳ 行 29：參劉歆，《遂初賦》（《古文苑》，卷 2 頁 13b）：“路修遠而綿綿。”

㉑ 行 31—32：從義渠到泥陽（今甘肅寧縣東南）的路，實際引導班彪向南、向東，返回長安，因此他在描述一個迂回的旅程。秦時，班彪的祖先班壹逃到樓煩（今山西神池和五寨縣）北部地區，顯然班氏家族中的某些人應西遷泥陽，在那裏建立一座祖廟。

㉒ 行 33：彭陽（今甘肅鎮原縣以東）是安定郡的一個縣。見《漢書》，卷 28 下頁 1615。

㉓ 行 36：參《毛詩》第 66 首第 1 章：“日之夕矣，羊牛下來。君子於役，如之何勿思？”

㉔ 行 37—38：班彪在這裏可能是指《毛詩》第 33 首。根據《毛序》（見《毛詩注疏》，卷 2 之 2 頁 3a）所述，那首詩是對軍旅艱辛的抱怨。“大夫久役，男女怨曠。”

㉕ 行 41—42：蒙公就是蒙恬，督造長城的秦國將軍。見《史記》，卷 88 頁 2565—2570；Derk Bodde，*Statesman, Patriot, and General in Ancient China*（New Haven：American Oriental Society，1940），pp. 53—62。注意“築”的雙關語意，通常指建築結構，例如墻。這幾句類似於劉歆的《遂初賦》（《古文苑》，卷 2 頁 12a）：“劇强秦之暴虐兮。”

不理會趙高和胡亥的近憂，[26]

卻致力於蠻狄的遠處危機。[27]

45　不光耀美德以綏靖遠域，

卻強化要塞，修築藩籬。

身首異處，仍未能醒悟，

依舊計算功績，拒授責備。

此人的話多麼荒謬！

50　誰說是地脉導致他的死亡？[28]

4

我登上要塞的烽火臺，凝視遠方，

躊躇片刻。

傷感獯鬻侵擾中原土地，[29]

悼念朝那的印將軍。[30]

55　從前聖文掌握克讓屈服之術，

不用軍隊，賜予禮物。

寬宏對待南越父族兄弟，

使國君趙佗廢號稱臣。[31]

他給封國送去坐几和手杖，

而繕藩。首身分而不寤兮，猶數功而辭辜。何夫子之妄説兮，孰云地脉而生殘。

登鄣隧而遥望兮，聊須臾以婆娑。閔獯鬻之猾夏兮，弔尉印於朝那。從聖文之克讓兮，不勞師而幣加。惠父兄於南越兮，黜帝號於尉他。降几杖於藩國兮，折吳濞之逆邪。惟太宗之蕩蕩兮，豈曩秦之所圖。隮高平而周覽，望山谷之嵯峨。野蕭條以莽蕩，迥千里而無家。風猋發以漂遥

㉖　行 43：趙高是位宦官，左右秦二世胡亥的朝廷。

㉗　行 44：公元前 215—前 214 年，蒙恬領導針對北方部族（狄）的成功軍事遠征。見《史記》，卷 6 頁 252—253；*Mh*，2：167–69。我無法找到蒙恬領導的對抗南方部族（蠻）的任何遠征資料。

㉘　行 47—50：蒙恬的對頭之一就是宦官趙高。趙高利用對二世皇帝的影響，以意圖謀反的罪名逮捕蒙恬。蒙恬在囹圄中服毒自盡，在吞下毒藥前説道：“我何罪於天，無過而死乎？……恬罪固當死矣。起臨洮屬之遼東，城塹萬餘里，此其中不能無絶地脉哉？此乃恬之罪也。”見《史記》，卷 88 頁 2567—2570。

㉙　行 53：在漢代，獯鬻被認爲是匈奴的祖先。見《史記》，卷 110 頁 2879；《長楊賦》，行 84—87 注。

㉚　行 54：公元前 66 年，匈奴攻打安定郡的朝那縣（今甘肅平凉縣西北），殺死北地都尉孫印。見《史記》，卷 10 頁 429，卷 110 頁 2901；《漢書》，卷 4 頁 125；*Mh*，2：477；*Records*，2：172–73；*HFHD*，1：255–56。

㉛　行 55—58：“克讓”這一表述暗指《堯典》（見《尚書注疏》，卷 2 頁 6b；Legge，3：15）中歸屬於堯的諸多美名之一。漢文帝憑藉道德勸説而非訴諸軍事實力，贏得外國的效忠。趙佗（尉佗）是南越國王，在吕后當政時期公然宣稱爲南越武帝，並開始侵擾南方邊疆地區。漢文帝在公元前 180 年登基時，並未派遣軍隊懲罰趙佗，而是徵召趙佗的兄弟來朝（班彪説成“父兄”），並授予高位和大量禮物。漢文帝接着派遣儒士陸賈作爲使者拜訪趙佗，成功説服他放棄帝號，並命令他屈從承認漢朝皇帝的尊主地位。見《史記》，卷 10 頁 433，卷 113 頁 2970；*Records*，1：362，2：241。

60　破滅吳濞不忠的反叛。㉜
　　考慮到太宗的廣闊疆域，㉝
　　此等之事，亡秦何能望而及之？
　　我登上高平，審視四周，㉞
　　注視山和峽谷的峻峭陡坡。

65　荒蕪蒼涼，延綿廣遠，㉟
　　遠至一千里内没有人家。㊱
　　大風突起，回轉盤旋，
　　山谷水流湧起波浪，傾盆而下。

兮，谷水灌以揚波。

5

　　昏暗無光的雲霧飛馳而過，
70　我在積雪中跋涉，白光閃爍，㊲
　　野雁齊鳴，成群飛過，
　　鶹鷄鳴叫，尖聲刺耳。
　　這位旅行者爲故鄉而悲悼，㊳
　　我心哀傷難過，因思念而痛。
75　手撫長劍，嘆息啜泣，
　　哭泣，淚垂，沾濕袍服。
　　擦掉淚水，哽咽窒息，
　　爲民衆及其重重苦難而哀傷。

飛雲霧之杳杳，涉積雪之皚皚。鴈邕邕以群翔兮，鶹鷄鳴以嚌嚌。遊子悲其故鄉，心惽恨以傷懷。撫長劍而慨息，泣潺落而霑衣。攬余涕以於邑兮，哀生民之多故。夫何陰曀之不陽兮，嗟久失其平度。諒時運之所爲兮，永伊鬱其誰愬？

㉜　行 59—60：吳王劉濞（前 195—前 154 年在位）震怒於文帝的兒子下棋時殺死自己的兒子，聲稱有病，拒絶上朝。當文帝發現劉濞没有生病時，並没有懲罰劉濞，而是送給他几杖，正式確認劉濞由於太老，不能上朝。見《史記》，卷 106 頁 2823；*Records*，1：467。

㉝　行 61：太宗是文帝的廟號。

㉞　行 63：高平可能指高平縣（今寧夏固原縣），位於安定郡。見《漢書》，卷 28 下頁 1615。

㉟　行 65：參劉歆，《遂初賦》（《古文苑》，卷 2 頁 13a）：“野蕭條以寥廓兮。”

㊱　行 66：參劉歆，《遂初賦》（《古文苑》，卷 2 頁 13b）：“百里之無家兮。”

㊲　行 69—70：參劉歆，《遂初賦》（《古文苑》，卷 2 頁 13b）：“漂積雪之皚皚兮，涉凝露之降霜。”儘管這幾句看起來非常對稱，但這一對仗卻帶有誤導性，因爲每一句都有一個不同的主語。在行 70 中，“涉”的主語是“我”，指班彪本人。由於兩句間表面的對仗，人們可能會猜測“我”也是行 69 中“飛”的主語。然而，詩人從積雪上飛過是荒謬的，這一點令此解讀非常不現實。可令人理解的主語可能是行 71 中的雁，但這一解釋要求相同的鳥同樣也是“涉”的主語，但“涉”不能用來指鳥的飛翔。因此，我推測“飛”的是雲霧，由風吹着在天空飛馳。事實上，可被理解的“飛”的主語可能是風（參行 67），它“飛雲霧”。

㊳　行 73：這位旅行者是班彪。當漢高祖回到邠的家中時，作出相同的陳述。見《史記》，卷 8 頁 309；*Records*，1：114。

爲何黑暗的暴風雨未變爲陽光？㊴

80　唉，平衡的法度已經喪失很久！

確實是時運令之如此。

長久遭受的苦難，向誰傾訴？

6

結語曰：夫子在逆境中堅定不移，㊵

游弋於藝術和文字之中。㊶

85　快樂非常以至忘卻憂愁——㊷

只有聖人和賢人能夠如此。

通達之人計劃事務，

遵守條例和規矩。

不論行進止步，彎曲伸展，㊸

90　都根據恰當的時機而行動。㊹

君子立於忠誠之處，㊺

沒有什麼地方不能居住。

即使去到蠻或貊的地域，㊻

有什麼必要擔心或恐懼？

亂曰：夫子固窮遊藝文兮，樂以忘憂惟聖賢兮；達人從事有儀則兮，行止屈申與時息兮；君子履信無不居兮，雖之蠻貊何憂懼兮！

㊴　行 79：黑暗的暴風雨是混亂時代的象徵。

㊵　行 83：班固在這裏引用《論語》15/1：“子路慍見曰：‘君子亦有窮乎？’子曰：‘君子固窮！’”“固窮”一詞也可以意爲“確實會遇到逆境”。我不確定班彪打算使用哪個意思。

㊶　行 84：參《論語》7/6：“游於藝。”

㊷　行 85：參《論語》7/18，孔子描述自己：“發憤忘食，樂以忘憂。”

㊸　行 89：參《周易注疏》卷 5 頁 27a（第 52 卦，《彖傳》）：“時止則止，時行則行，動靜不失其時，其道光明。”參《孔子家語》，卷 8 頁 14a：“君子之行……於己可以屈則屈，可以伸則伸。”

㊹　行 90：參《周易注疏》卷 6 頁 1b（第 55 卦，《彖傳》）：“天地盈虛，與時消息。”

㊺　行 91：參《周易注疏》（《大傳》）卷 7 頁 30b：“履信，思乎順。”

㊻　行 93：參《論語》15/5：“言忠信，行篤敬，雖蠻貊之邦行矣。”

東 征 賦

曹大家

【解題】

　　此賦爲曹大家(即班昭)所作,以詩歌形式記錄詩人約在公元95年所經歷的一次實際旅行。曹大家陪同兒子曹成(字子穀)從洛陽出發,去往陳留郡的長垣縣(今河南長垣縣),曹成即將接手縣長的新職位。如同寫下《北征賦》(在行71—72提及)的父親班彪一樣,曹大家描述此次穿越河南中部地區的530里旅途中所拜訪的古跡。她所提到的地點大多與孔子及其門徒有關聯,伴隨在每個地點所進行的沉思,她運用《論語》爲兒子提供仕途的建議。此賦以往的翻譯包括:Nancy Lee Swann, *Pan Chao: Foremost Woman Scholar of China*（New York:The Century Co.,1932）, pp. 113‑29;von Zach,in *Deutsche Wacht* 19（1933）, and rpt. in *Die Chinesische Anthologie*,1:133‑35;小尾郊一、花房英樹,《文選》,卷1,頁487—492。

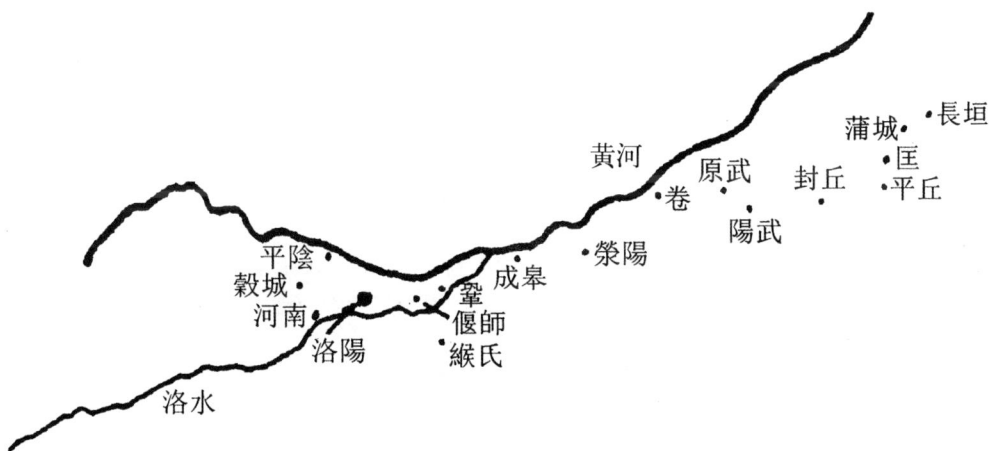

曹大家東征地圖

1

<table>
<tr><td>永元七年,</td><td>惟永初之有七兮,余隨子乎東</td></tr>
</table>

我隨着兒子踏上往東的旅途。①

時間是初春的吉日，

我們選吉時啓程。

5　跨步登車，

傍晚住宿偃師。②

接着離開舊居，向新居進發。③

我的心難過悲傷，充滿憂慮。④

清晨曙光初現，仍無法入睡，⑤

10　猶豫跼躇，不願離去。⑥

斟酒一杯來緩解煩惱，

嘆息一聲，抑制情感，告誡自我。⑦

自從不需再上樹巢居或撬開蝸牛生食，⑧

我們就不再與他人競爭、展示力量嗎？⑨

15　而且遵從多數，接任官職，⑩

就要聽從天命的委任。

我們遵循通衢大道，

如果尋找捷徑，應當向誰請教？⑪

征。時孟春之吉日兮，撰良辰而將行。乃舉趾而升輿兮，夕予宿乎偃師。遂去故而就新兮，志愴恨而懷悲！明發曙而不寐兮，心遲遲而有違。酌鱒酒以弛念兮，喟抑情而自非。諒不登樔而椓蠡兮，得不陳力而相追。且從眾而就列兮，聽天命之所歸。遵通衢之大道兮，求捷徑欲從誰？

─────────────

① 行 1—2：原文寫爲永初七年，即公元 113 年，然而有力的證據證明永初是永元之誤。根據《後漢書》（卷 84 頁 2787）所徵引的摯虞對《三輔決録》的注釋來看，曹成是曹壽（字世叔）的兒子，首任官職是長垣長。公元 106 年班昭成爲鄧太后的老師時，曹成被任命爲中散大夫。他後來成爲齊相（二千石的職位），獲關内侯的封號（見《後漢書》，卷 84 頁 2785）。班昭在《女誡》的序文中提到他：“唯恐子穀負辱清朝。聖恩横加，猥賜金紫，實非鄙人庶幾所望也。男能自謀矣，吾不復以爲憂也。”金印紫綬是指被授予二千石階位的官員，當指曹成被任命爲齊相，此事發生於永初時期（106—113）的某個時間，因此曹成被任命爲長垣長一事必然要早得多。我遵從阮元（梁章鉅引，卷 12 頁 19b—20a）的意見，將永初七年改爲永元七年（公元 95 年）。

② 行 6：偃師（今河南偃師縣）在洛陽以東三十里。

③ 行 7：參《九辯》（《楚辭補注》，卷 8 頁 2a—b）：“憭悷慷恨兮，去故而就新。”

④ 行 8：參《北征賦》，行 74。

⑤ 行 9：參《毛詩》第 196 首第 1 章：“明發不寐。”

⑥ 行 10：參《毛詩》第 35 首第 2 章：“行道遲遲，中心有違。”

⑦ 行 12：班昭因爲憂鬱而告誡自己。

⑧ 行 13：這一句暗指前文明的原始時期，當時人們住在巢穴裏，吃未加工的生肉。見《文選》，冊 1，蕭統的《序》，行 3—4。

⑨ 行 14：參《論語》16/1：“孔子曰：‘求，周任有言曰：陳力就列。’”這一句一定是指她兒子將擔任官職。

⑩ 行 15：參《論語》9/3：“子曰：‘麻冕，禮也。今也純（指用黑絲），儉。吾從眾。’”

⑪ 行 17—18：班昭從兩個層面論及道路：第一是真實履歷的道路，第二是其子生涯的隱喻。他必須遵循正路，不能走捷徑或邪道。

2

於是我們出發，輕快地前進，
20　我目光漫遊，精神翶翔。
經過七座城市，觀覽風景，⑫
但在鞏縣遭遇許多艱難。⑬
注目河和洛交匯，⑭
看到成皋的旋門。⑮
25　避開陡峭的隘路，
穿過滎陽，度過卷。⑯
在原武吃飯休息，
在陽武的桑間度過夜晚。⑰
在封丘的邊上再踏上大路，⑱
30　思念京師，暗自嘆息。
小人本性思念家鄉，⑲
此說自古見於書籍。
繼續在道上前行少許，
抵達平丘的北邊。⑳

乃遂往而徂逝兮，聊游目而遨魂！歷七邑而觀覽兮，遭鞏縣之多艱。望河洛之交流兮，看成皋之旋門。既免脫於峻嶮兮，歷滎陽而過卷。食原武之息足，宿陽武之桑間。涉封丘而踐路兮，慕京師而竊歎！小人性之懷土兮，自書傳而有焉。遂進道而少前兮，得平丘之北邊。

---

⑫ 行21：七座城應該是被秦毁滅的七座周縣，包括河南、洛陽、穀城、平陰、偃師、鞏、緱氏。見《史記》，卷4頁170，注3。但是，如果要造訪全部七城，她就必須往回走，因爲穀城、河南、平陰在洛陽的西邊和西北邊。旅途的第一程，班昭沿着洛河，路過偃師，穿過鞏，到達洛河和黃河的交匯處，從那裏再往成皋。

⑬ 行22：鞏（今河南鞏縣以西）是河南郡的一個縣。見《後漢書》，志第19頁3390。“多艱”可以指身體的艱苦（見《離騷》，《楚辭補注》，卷1頁11a），也可以指地勢的艱險（參《離騷》，《楚辭補注》，卷1頁35b）。朱珔（卷11頁15a）稱，“艱”暗指公元前250年，秦國進攻時鞏地百姓所經歷的苦難，統治鞏的韓國被迫將鞏和成皋割讓給秦國。此後，秦迅速征服整個中國。見《史記》，卷5頁219；*Mh*，2：97。

⑭ 行23：洛河在鞏東北方匯入黃河。見《水經注》，册3，卷15頁55。

⑮ 行24：成皋（河南泗水鎮、滎陽縣以西）是河南的一個縣。旋門位於成皋西南十里，是可以俯瞰成皋地區的巨大山坡。見《水經注》，册1，卷5頁79，及《東京賦》，行113—114注。

⑯ 行26：滎陽是河南的大縣，位於成皋東側黃河以南約十英里的地方。見《後漢書》，志第19頁3389。卷（今河南原武縣西）是河南的一個縣。見《漢書》，卷28上頁1556；《後漢書》，志第19頁3389。

⑰ 行27—28：原武（今河南原陽縣）和陽武（已被併入今陽武縣）是河南的兩個縣，在滎陽以東。見《後漢書》，志第19頁3389。

⑱ 行29：封丘（今河南封丘縣）是陳留郡中重要的縣。見《後漢書》，志第21頁3448。

⑲ 行31：參《論語》4/11：“子曰：‘君子懷德，小人懷土。’”“懷土”通常被理解爲對財富的渴望。但在這裏，我認爲指對家鄉的思念。

⑳ 行34：平丘（今河南長垣縣西南）是陳留郡的一個縣。見《後漢書》，志第21頁2447。

3

35　進入匡的外城，我追憶遙遠的過去，
　　沉思夫子的悲苦遭遇。
　　在那個衰敗無序的混亂時代，
　　他們甚至可以困厄恐嚇聖人。㉑
　　我悲傷地蹀步，長久駐足，
40　忘卻太陽落下，臨近黃昏。
　　抵達長垣的邊界，㉒
　　觀察農田的居民，
　　看到蒲城的廢墟，㉓
　　長着厚密的荊棘叢。
45　震驚醒悟，顧視詢問，
　　思考子路威武的精神。
　　衛人傾慕其勇敢和義氣，㉔
　　直至如今仍受稱許。㉕
　　蘧氏生活在此城的東南，㉖
50　人們仍舊到其墳丘景仰。
　　確然是美德不朽，㉗
　　身體死去，但名聲留存。
　　這就是經典所頌揚之事，
　　尊重道、德、仁、賢。

入匡郭而追遠兮，念夫子之厄勤。彼衰亂之無道兮，乃困畏乎聖人。悵容與而久駐兮，忘日夕而將昏。到長垣之境界，察農野之居民。睹蒲城之丘墟兮，生荊棘之榛榛。惕覺寤而顧問兮，想子路之威神。衛人嘉其勇義兮，訖于今而稱云。蘧氏在城之東南兮，民亦尚其丘墳。唯令德爲不朽兮，身既没而名存。惟經典之所美兮，貴道德與仁賢。吳札稱多君子兮，其言信而有徵。後衰微而遭患兮，遂陵遲而不興。知性命之在天，由力行而近仁。勉仰高而蹈景兮，盡忠恕而與人。好正直而不回兮，精誠通於明神。庶靈祇之鑒照兮，祐貞良而輔信。

㉑ 行 35—38：匡（在曹大家的時代也被稱爲匡城，在長垣縣西南）是一個城鎮，孔子曾經此赴陳。匡城的百姓將孔子誤認爲魯國的權臣陽虎，圍困他的車駕，五日之後才釋放。見《論語》9/5，及《史記》，卷 47 頁 1919；*Mh*，5：332 - 33。
㉒ 行 41：長垣是陳留的一個縣，曹成在那裏供職。
㉓ 行 43：蒲城是長垣的一個鄉鎮（見《後漢書》，志第 21 頁 3448）。孔子的學生子路在那裏擔任宰職。見《史記》，卷 67 頁 2193。蒲城有一所供奉他的祠堂。見《後漢書》，志第 21 頁 3449，注 17。
㉔ 行 47：參《論語》17/23：“子路曰：‘君子尚勇乎？’子曰：‘君子義以爲上。君子有勇而無義爲亂。’”
㉕ 行 48：參《論語》16/12：“伯夷叔齊餓於首陽山之下，民到於今稱之。”
㉖ 行 49：蘧瑗也被稱爲蘧伯玉，是孔子所尊敬的衛國官僚（見《論語》15/6）。酈道元（《水經注》，册 2，卷 7 頁 40）徵引《陳留風俗傳》，指出蘧伯鄉在長垣地區。其地有蘧亭、蘧伯玉祠、蘧伯玉墓。
㉗ 行 51：參《左傳》，襄公二十四年（Legge，5：507）：在解釋古語“死而不朽”的意思時，穆叔豹説道：“太上有立德，其次立功，其次立言，雖久不廢，此之謂不朽。”

55　吳札稱讚衛國多君子，㉘

其言真實而有據。㉙

後來衛國衰落，遭逢災難，

漸漸崩潰，不再興盛。㉚

我們知道性命和命運取決於上天，㉛

60　但勉力而爲，可以接近聖賢。㉜

努力瞻仰高處，跟隨先賢，㉝

走忠恕之道，與良善之人相交。㉞

熱愛正直，不要搖擺，㉟

精誠將會感動神明。㊱

65　希望聖明的神靈光耀於你，

因爲他們保佑正直，輔助忠誠。

4

結語曰：君子的思想

必然形成文字。

讓每人陳述志向，㊲

70　由此模仿古人。

先父踏上旅程，㊳

寫下一篇相關詩作。

亂曰：君子之思，必成文兮。盍各言志，慕古人兮。先君行止，則有作兮。雖其不敏，敢不法兮。貴賤貧富，不可求兮。正身履道，以俟時兮。脩短之運，愚智同兮。靖恭委命，唯吉凶兮。

㉘　行 55：吳札就是季札，吳國王子。公元前 544 年，吳王將他送上去往中國北方的旅程。季札造訪衛國，遇到很多衛國的官員（包括蘧伯玉）。他被在衛國遇到的這些人的道德特質所深深感動，說道：“衛多君子，未有患也。”見《左傳》，襄公三十年（Legge 5：550）；《史記》，卷 31 頁 1458；*Mh*，4：14。

㉙　行 56：參《左傳》，召公八年（Legge 5：622）：“君子之言，信而有徵。”

㉚　行 58：衛國的衰亡，以公元前 346 年衛國統治者降爵爲侯開始。在公元前 252 年，魏國殺害衛國的統治者，攫取統治權，任命繼位者。最終在公元前 241 年，秦國征服這一地區，將其領土劃分爲郡縣。見《史記》，卷 37 頁 1604—1605；*Mh*，4：212 - 13。

㉛　行 59：參《論語》12/5：“死生有命，富貴在天。”

㉜　行 60：參《中庸》20/10：“子曰：‘好學近乎智，力行近乎人。’”

㉝　行 61：參《毛詩》第 218 首第 5 章：“高山仰止，景行行止。”

㉞　行 62：參《論語》4/15：“曾子曰：‘夫子之道，忠恕而已。’”參《老子》，第 79 章：“天道無親，常與善人。”

㉟　行 63：參《毛詩》第 207 首第 5 章：“靖共爾位，好是正直。神之聽之，介爾景福。”

㊱　行 64：參班彪，《王命論》（《文選》，卷 52 頁 2a）：“精誠通於神明。”

㊲　行 69：參《論語》5/25：“子曰：‘盍各言爾志？’”

㊳　行 71：“行止”（字面意爲“前行和停止”）這一表述明顯地暗指班彪的西北之行，這是《北征賦》的主題。

我雖然不聰敏，③

豈敢不遵從其典範？

75 尊貴和低賤，貧窮和富裕——

無法追求。⑩

矯正自身，踐行大道，

等待恰當的時機。

循環運轉，或長或短，

80 對蠢人和智者都一樣。

安静恭順地接受命運——

或吉或凶。

警惕謹慎，不要懈怠，⑪

謙虛穩重，克制自我。

85 純潔安静而少欲，⑫

以公綽爲師。⑬

敬慎無怠，思嗛約兮。清静少
欲，師公綽兮。

---

③ 行 73：參《論語》12/1：“顏淵曰：‘回雖不敏，請事斯語矣。’”

⑩ 行 75—76：參《論語》4/15：“子曰：‘富與貴，是人之所欲也。不以其道得之，不處也。貧與賤，是人之所惡也。不以其道得之，不去也。’”

⑪ 行 83：參《毛詩》第 253 首第 3 章：“敬慎威儀。”

⑫ 行 85：參《老子》，第 45 章：“清净爲天下正。”

⑬ 行 86：參《論語》14/13：“子路問成人。子曰：‘若臧武仲之知，公綽之不欲，卞莊之勇，冉求之藝，文之以禮樂，亦可以爲成人矣。’”孟公綽是孔子最尊重的魯國官員。見《史記》，卷 67 頁 2186。但在《論語》另一處（14/12），孔子説公綽非常勝任趙、魏家族的長者角色，但不適合做滕、薛的大夫。班昭在此提到公綽，可能是將他作爲無多餘欲求之人的範例，告誡兒子仿效這一品質。

第十卷

紀 行 下

西 征 賦

潘安仁

【解題】

　　此賦是潘岳從洛陽出發往漢代故都長安的旅程記述。公元 290 年,潘岳獲任爲楊駿(卒於 291 年)的幕僚。楊駿擔任多病的武帝(265—290 年在位)的攝政大臣。在下一位皇帝(惠帝,290—306 年在位)的統治時期,賈后上演政變推翻楊駿。公元 291 年 4 月 23 日,東安公司馬繇率領由四百名殿中衛士組成的軍隊進入位於武庫以南的楊駿府邸。他們放火焚燒建築,並在閣樓上派駐箭手,防止楊駿的護衛逃離。楊駿逃入馬厩,一個士卒在那裏追上他,以戟殺之。賈后下達密令,處死楊駿的同夥,數千人遭到殺害。見《晉書》,卷 40 頁 1178—1179。作爲楊駿的門客,潘岳被從官員名籍中除名。儘管楊駿周圍的所有人都被定罪處死,但潘岳在緊急時刻離開京都,避免罹難。他的朋友公孫宏執掌死刑,宣稱潘岳只是楊駿僚屬中的"假吏",保全了他的性命。見《晉書》,卷 55 頁 1503—1504。第二年,潘岳被任命爲長安縣令,於公元 292 年 6 月 20 日離開洛陽。在賦中,他詳細記錄此次旅途。像之前班彪和曹大家的賦一樣,《西征》本質上是對潘岳途經的歷史古跡的記述。他對長安的描述内容豐富,提供了三世紀長安的重要信息——長安已不再是前漢時繁榮鼎盛的城市。

　　此賦以前的翻譯有 von Zach, in *Aus dem Wenhsuan. Die Reise nach den Westen* (His-cheng-fu, W. H. C. 10) von P'an Yo, gestorben 300 n. Chr. Frankfurt-am-Main: China Institut, 1930, and rpt. in *Die Chinesische Anthologie*, 1: 136 - 58;小尾郊一、花房英樹,《文選》,卷 2,頁 5—59。瞿蛻園《漢魏六朝賦選》(頁 70—117)中的注釋也很有幫助。有關此賦的研究,見藤原尚,《西征賦における人間觀》,《日本中國學會報》21(1968): 210 - 233。

1. 函谷關
2. 千秋亭
3. 新安
4. 澠池
5. 秦函谷關

1. 蘭池
2. 陽陵

潘岳西征地圖

1

歲星停駐在玄枵中，[①]	歲次玄枵，月旅蕤賓。丙丁統
月亮宿住在蕤賓裏，	日，乙未御辰。潘子憑軾西征，
丙和丁統治時日，	自京徂秦。廼喟然歎曰：古往
乙未管理日月交接：[②]	今來，邈矣悠哉！寥廓惚恍，化
5　我，潘岳，依倚車前橫木西行，	一氣而甄三才。此三才者，天地
從京城出發赴秦。[③]	人道。唯生與位，謂之大寶。生
我嘆息啜泣而道：	有脩短之命，位有通塞之遇。鬼

① 行 1：玄枵（黑暗空虛）是十二星次之一，屬於十二支中的子及二十八宿中的虛宿，與木星星座相應
（Barrens：β Aquarii and α Equilei）。見《爾雅》，中之四頁 11a—b；*Mh*，3：654；Needham, Volume 3, p.
405；Schafer, *Pacing the Void*, p. 76。根據潘岳《傷弱子》（李善引，卷 10 頁 1a）所述，他往長安的旅程開始
於元康二年（292），那一年的干支是壬子。
② 行 2—4：我富於想象地將"蕤賓"翻譯爲"Festooned Guest（花朵裝飾的賓客）"，是與五月相對應的管樂音
律。丙和丁是夏月時日的周期標誌。見《禮記注疏》，卷 15 頁 17a、卷 16 頁 1a、卷 16 頁 8a。乙未是五月十
九（李善誤繫爲十八），因此潘岳是在 292 年 6 月 20 日登程。
③ 行 6：京城指洛陽，秦指長安地區，潘岳的目的地。

從過往古昔，到近來當下，
哦，多麼邈遠，多麼悠長！

10　空虛遼闊，朦朧模糊，④
　　元氣轉化，形成三才。
　　此三才是：
　　天、地、人之道，
　　但只有生命和地位

15　才被稱爲最偉大的寶物。⑤
　　生命注定有長有短，
　　地位注定有失敗有成功。
　　鬼神不能命令事情發生，
　　聖人和智者也無法預測。

神莫能要，聖智弗能豫。

2

20　我出生在幸福光明的繁盛時代，　　　　當休明之盛世，託菲薄之陋質。
　　天賦貧乏才能，鄙陋特質。　　　　　　納旌弓於鉉臺，讚庶績於帝室。
　　我在三重壇臺上接受旗幟和弓，⑥　　　嗟鄙夫之常累，固既得而患失。
　　輔佐帝國內閣的各種事務。⑦　　　　　無柳季之直道，佐士師而一黜。
　　唉，我是低劣的人，總是焦慮，　　　　武皇忽其升遐，八音遏於四海。

25　獲得期望的東西，又擔心失去它。⑧　　天子寢於諒闇，百官聽於冢宰。
　　我欠缺柳季的正直，　　　　　　　　　彼負荷之殊重，雖伊周其猶殆。
　　作爲司法長官的助手，僅一次就遭到罷黜。⑨　窺七貴於漢庭，譖一姓之或在？
　　武皇忽然飛升遠方，⑩　　　　　　　　無危明以安位，祇居逼以示專。

―――――――――

④ 行 10：這一句與賈誼的《鵩鳥賦》(見《文選》，卷 13 頁 19b)完全一樣。
⑤ 行 14—15：參《周易注疏》，卷 8 頁 4a(《大傳》)："天地之大德曰生，聖人之大寶曰位。"
⑥ 行 22：《孟子》(五下之 7)述及，徵召高級官吏履職，需要用與其地位相當的旗幟。弓大概具有類似的功能。
　　見《左傳》，莊公二十二年(Legge 5：103)。鼎的三條腿代表三公(見《漢書》，卷 27 中之下頁 1411)。三臺也
　　是一個星名，是最高的內閣官位的文雅表述。見《晉書》，卷 11 頁 293。
⑦ 行 23：潘岳此處指他在 270 年代充任大將軍賈充(217—282)的屬僚。
⑧ 行 24—25：參《論語》17/15："子曰：'鄙夫可與事君也與哉？其未得之也，患得之；既得之，患失之。'"
⑨ 行 26—27：柳季是柳下惠(見《西京賦》，行 783—784 注)。參《論語》18/2："柳下惠爲士師，三黜。人曰：'子
　　未可以去乎？'曰：'直道而事人，焉往而不三黜？'"潘岳被罷免廷尉平的官位(見臧榮緒《晉書》，李善引，卷
　　10 頁 2a)。
⑩ 行 28：武皇是司馬炎(236—290)，謚號武帝。皇帝逝世委婉地稱爲"升遐"。見《禮記注疏》，卷 4 頁 20b。

八種樂聲在四海之内停歇。[11]

30　當天子在諒闇中歇息時，[12]

百官聽從宰相的命令。[13]

他所承擔的責任異常沉重，

即使是伊和周都會陷入危機。[14]

從漢庭找出七貴，[15]

35　哪個家族仍然存在？[16]

他缺少對危險的洞察力來保全地位，

直接居於王座左近，誇耀其權力。

當他爲反賊所陷落，遭到處决時，

這不是從天而降的災禍。[17]

40　孔子隨順時間的變遷或行動或隱退，[18]

蘧依據國家的情況或進或退。[19]

如果某人忽視隱微、誤解表象，

他就該擔心對罪過的懲罰已經不遠。

我現在認識到爲什麼藏在山中的隱逸之士，

45　默然而處，長久隔離，絶不回還。[20]

陷亂逆以受戮，匪禍降之自天。

孔隨時以行藏，蘧與國而舒卷。

苟蔽微以繆章，患過辟之未遠。

悟山潛之逸士，卓長往而不反。

陋吾人之拘攣，飄萍浮而蓬轉。

寮位儴其隆替，名節渙以隳落。

危素卵之累殻，甚玄鷰之巢幕。

心戰懼以兢悚，如臨深而履薄。

夕獲歸於都外，宵未中而難作。

匪擇木以棲集，歓林焚而鳥存。

遭千載之嘉會，皇合德於乾坤。

弛秋霜之嚴威，流春澤之渥恩。

甄大義以明責，反初服於私門。

皇鑒揆余之忠誠，俄命余以末班。牧疲人於西夏，攜老幼而入關。丘去魯而顧歎，季過沛而涕零。伊故鄉之可懷，疢聖達之幽

---

[11] 行 29：根據古文《尚書》（見《尚書注疏》，卷 3 頁 18b；Legge 3：41）記載，堯死的時候，"四海遏密八音"。

[12] 行 30：司馬炎的繼位者是二兒子司馬衷（259—306）。司馬衷是個低能兒，在其統治時期，朝廷爲楊駿和皇后賈氏所把持。根據《禮記》（見《禮記注疏》，卷 20 頁 18b—19a）記載，繼承商代武丁的範例，統治者哀悼父親亡故，要在諒闇（居喪住房）中待三年。亦見《論語》14/43。

[13] 行 31：根據《伊訓》（見《尚書注疏》，卷 8 頁 13b；Legge 3：191）所述，商的統治者成湯死後，"百官總己，以聽冢宰"。在潘岳這句詩中，冢宰指楊駿，他擔任太傅一職，實際上掌握中央行政。見《晉書》，卷 40 頁 1177—1178。

[14] 行 33：伊是伊尹，罷免商王太甲，擔任三年執政。見《史記》，卷 3 頁 98；*Mh*，1：188-89。周是周公，在成王年少時擔任執政。見《史記》，卷 4 頁 132；*Mh*，1：245。

[15] 行 34：七貴是漢代的七個强大的外戚家族：吕、霍、上官、丁、趙、傅、王。

[16] 行 35：潘岳的觀點是外戚家族的權力是短命的。

[17] 行 38—39：楊駿爲效忠賈后的軍隊所領導的政變推翻。潘岳引《毛詩》第 264 首第 3 章（"亂非降自天，生自婦人"）中的一句，稱楊駿的權力傾覆是咎由自取，與宇宙力量没有關係。瞿蜕園（《漢魏六朝賦選》，頁 74）注意到《毛詩》的語句可能有雙重意義，有可能既指楊駿給自己帶來災難，也可能指賈后這位策劃了針對楊駿的政變的"婦人"。

[18] 行 40：參《論語》7/10："子謂顏淵曰：'用之則行，捨之則藏，唯我與爾有是夫！'"

[19] 行 41：蘧伯玉是衛國大夫（見《東征賦》，行 49 注）。在《論語》15/6 中，孔子如是贊揚他："君子哉蘧伯玉！邦有道，則仕；邦無道，則可卷而懷之。"

[20] 行 44—45：參班固的《王貢兩龔鮑傳》（《漢書》，卷 72 頁 3097）："山林之士（即隱士）往而不能反（回朝廷）。"

我鄙夷自己受束縛的狀態,㉑
好似浮萍一般漂泊,仿如蓬草一樣輾轉。
當官位崩塌時,我被驅離榮譽,
名字和品秩毀滅,跌入恥辱之中。

50 我的境況比累疊的素卵更危險,㉒
比築巢在帳幕上的玄燕還糟糕。㉓
我恐懼發抖,悚然戰慄,
仿佛站在深淵的邊緣,仿佛踏在薄冰之上。㉔
傍晚時我得以返回都城外的家,㉕

55 午夜之前災難發生。
沒有選擇正確的巢穴棲身,
很少有鳥能夠從林火中幸存。㉖
我遇到千年中最幸運的時代,㉗
偉大的皇帝與天地合德。㉘

60 他緩和像秋霜般的嚴厲舉措,
讓如春澤般的豐滿恩惠流淌。㉙
向我甄明大義,使我明白職責,
返回家中,穿上原來的衣服。㉚
他威嚴審視,認識到我的忠誠奉獻,㉛

65 立即將我命爲末等班列。㉜

情。矧匹夫之安土,邈投身於鎬京。猶犬馬之戀主,竊託慕於闕庭。眷鞏洛而掩涕,思纏綿於墳塋。

㉑ 行 46:潘岳的束縛狀態指追求名聲和財富。
㉒ 行 50:參《魏都賦》,行 765 注。
㉓ 行 51:潘岳暗用《左傳》襄公二十九年中的一段話(Legge 5:550),一位官員的危險境況被拿來與築在帳幕上的燕巢相比較。帳幕一旦拆卸,燕巢就將毀滅。
㉔ 行 52—53:參《毛詩》第 195 首第 6 章:"戰戰兢兢,如臨深淵,如履薄冰。"
㉕ 行 54:在針對楊駿的政變的那個夜晚,潘岳因爲在緊急時刻返回家中,才免遭危難。見《晉書》,卷 55 頁 1503—1504。
㉖ 行 56—57:參《魏都賦》,行 321。
㉗ 行 58:《易經·文言傳》(見《周易注疏》,卷 1 頁 10a)將卦象"亨"(成功)定爲"嘉之會也"。這一句的字面意思是:"我遇上了一千年中最幸運的遇合。"
㉘ 行 59:參《周易注疏》,卷 1 頁 20a(《文言傳》):"夫大人者,與天地合其德。"
㉙ 行 60—61:秋霜是嚴厲懲罰的隱喻;春澤是皇帝恩惠的隱喻,使潘岳免於懲處。
㉚ 行 63:參《離騷》(《楚辭補注》,卷 1 頁 13b):"退將復修吾初服。"初服指潘岳失去官銜後所穿的平民衣着。
㉛ 行 64:潘岳部分地借用《離騷》(《楚辭補注》,卷 1 頁 3b)中的一句:"皇覽揆余初度兮,肇錫余以嘉名。"
㉜ 行 65:末班是他作爲長安令的職位。

在我去照管中國西部疲憊民衆的路上，

我引領老人和幼兒入關。㉝

孔子離開魯時，回首嘆息；㉞

劉季經過沛時，眼淚從臉上滴落。㉟

70　正是對故鄉的懷念

令聖明賢達之人内心傷痛。

更何況始終安樂於其鄉土的一般人，

誰一定要在鎬京避難？㊱

就像犬馬對主人忠心不二，

75　我向城闕和皇廷傳達情感。㊲

我凝視鞏洛，擦拭淚水，

不斷地思考墳丘和葬地。㊳

3

現在我越過平樂，

經過街郵，㊴

80　在皋門放馬吃草，㊵

令我的隊伍在西周休憩。㊶

爾乃越平樂，過街郵。秣馬皋門，税駕西周。遠矣姬德，興自高辛。思文后稷，厥初生民。率西水滸，化流岐豳。祚隆昌發，

㉝ 行67：關最可能指函谷關。潘岳如果要抵達長安，一定要度過此關。

㉞ 行68：根據《孟子》（七下之17）所述，孔子離開魯時説："遲遲吾行也。"

㉟ 行69：劉季是前漢的建立者，以劉邦之名更廣爲人知。公元前195年他經過故鄉沛時，停歇並與故交飲酒。在宴會之中，他突然起身舞蹈，帶着從臉上滴落的淚水，對沛縣父老説道："遊子悲故鄉。"見《史記》，卷9頁389；《漢書》，卷1頁74；*Records*，1：113－14；*HFHD*，1：136－37。

㊱ 行73：鎬京是周朝古都，在長安附近。

㊲ 行75："闕亭"這一表述是皇帝的轉喻。

㊳ 行76—77：《河南郡圖經》的作者、時代不詳，李善（卷10頁4a）徵引此書。根據此書所述，潘岳父親的墳墓位於鞏縣西南三十五里之處。《水經注》（册3，卷15頁55）將之定在羅河之畔，袁公塢（緱氏縣西南十五里）西北。酈道元稱，墳墓前面的石碑已經毁壞，很多文字湮滅不見。朱珔（卷11頁16a）遵從《水經注》中的記録，總結稱這座墳墓應該不會距離偃師和鞏縣太遠。我推測潘岳是從信陽的家中啓程，因此才會提到洛陽以東的地方。

㊴ 行78—79：平樂館在洛陽西。見《東京賦》，行221—222注。街郵是古時的驛站，位於梓澤以北的高原（梓澤在今洛陽西北，是石崇金谷園的所在地，潘岳時常光顧那裏），可能是贊亭的別名。見《漢書》，卷28上頁1555；《後漢書》，志第19頁3393，注40；《水經注》，册3，卷15頁62；胡紹煐，卷12頁5b。

㊵ 行80：李善（卷10頁4b）引《水經注》（册3，卷16頁69），將皋門確定爲石質的水閘門，管控從穀水至其故道的水流。

㊶ 行81：西周指河南封地，周考王（前440—前426年在位）將之封予幼弟揭。見《史記》，卷4頁158；*Mh*，1：300－1。

姬的美德真是影響深遠！[42]

這一切開始於高辛。[43]

哦，后稷是多麼有文教，

85　最早造就我們的人民！[44]

沿着西河的邊緣，

變化之力推進到整個岐巔。[45]

統治的福惠至昌和發隆盛，[46]

舊邦由此而革新。[47]

90　駕車駛向牧野，武王經過這裏，[48]

越秉持柔弱，越變得堅強。[49]

從傍晚到清晨不曾睡眠，

擔心上天的庇佑還未確定。[50]

即使安全如同泰山，他仍覺得危險，[51]

95　因此八百年的時光，仍有福佑餘蔭。[52]

他從失敗之王的傲慢淫逸獲得警示，

夏桀逃奔南巢，失去生命。[53]

當坐在一堆木柴上等着被焚燒時，

舊邦惟新。旋牧野而歷兹，愈守柔以執競。夜申旦而不寐，憂天保之未定。惟泰山其猶危，祀八百而餘慶。鑒亡王之驕淫，竄南巢以投命。坐積薪以待然，方指日而比盛。人度量之乖舛，何相越之遼迥！考土中于斯邑，成建都而營築。既定鼎于郟鄏，遂鑽龜而啓繇。平失道而來遷，繄二國而是祐。豈時王之無僻？賴先哲以長懋。望圉北之兩門，感虢鄭之納惠。討子頹之樂禍，尤闕西之効戾。重戚帶以定襄，弘大順以霸世。靈壅川以止鬬，晉演義以獻説。咨景悼以迄丐，政凌遲而彌季。俾庶朝之構逆，歷兩王而干位。踰十葉以逮赧，邦

---

[42] 行82：姬是周的統治家族。有關描述大禹的類似用詞，見《左傳》，召公一年(Legge 5：578)。

[43] 行83：姜原是后稷的母親，據說是帝嚳(也稱高辛)的第一位妻子。依據傳說所述，姜原履大人跡而懷孕。后稷是第一位獲得姬姓的人。見《史記》，卷4頁111—112；Mh，1：209-10。

[44] 行84—85：這兩句分別徵引《毛詩》第275首第1章和《毛詩》第245首第1章。

[45] 行86—87：這兩句述亶父，周文王的祖父。參《毛詩》，第237首第2章："古公亶父，來朝走馬。率西水滸，至於岐下。"根據《史記》(卷4頁113—114；Mh，1：214)的記載，爲了躲避薰育的攻擊，亶父率領人民從豳遷徙至岐山下。亦見《水經注》，冊3，卷16頁83。

[46] 行88：昌是周文王的名字；發是文王之子周武王的名字。

[47] 行89：參《毛詩》第235首第1章："周雖舊邦，其命維新。"

[48] 行90：武王的軍隊在牧野打敗末代商王紂的軍隊。見《史記》，卷4頁122—124；Mh，1：228-34。牧野位於今河南淇縣以南，洛陽西北約120公里的地方。

[49] 行91：參《老子》，第52章："守柔曰强。"潘岳還用了《毛詩》第274首第1章的一個詞語，似乎將之理解爲"保持力量的武王"。

[50] 行92—93：參《九辯》(《楚辭補注》，卷8頁3a)："獨申旦而不寐兮。"根據《史記》(卷4頁128—129；Mh，1：241)的記載，武王打敗商朝回到首都後，因爲擔心自己尚未獲得天命而徹夜不眠。

[51] 行94：胡紹煐(卷12頁6b)建議"惟"應該讀爲"雖"。

[52] 行95：周朝實際統治867年。

[53] 行96—97：被推翻的國王是桀，罪惡的夏朝末代統治者。根據《尚書·仲虺之誥》(見《尚書注疏》，卷8頁6b；Legge 3：177)的記載，商的建立者成湯將他放逐到南巢(今安徽巢縣)。亦見《史記》，卷2頁89；Mh，3：170，n.2。

他指向升起的太陽，將自己與之相比。⑤

100 對不同人的判斷各不相同，

他們相去多麼遙遠迥異！⑤

成王確定此城是四方的中心，

建起都城，設計建築。⑤

將鼎妥善安置在郟鄏，

105 並鑽龜獲得吉兆。⑤

當平王失道，遷都於此，

輔佐他的有兩個邦國。⑤

那時豈無邪僻的君王？

全賴祖先的睿智，得以長期繁榮。⑤

110 遙望圉和北的兩座大門，

我想起虢和鄭如何重立惠王。

鄭伯懲罰子穨的幸災樂禍，

卻被譴責在門闕之西"效尤"。⑥

重殺死帶，以保護襄王，

115 弘揚大順，成爲其時的霸者。⑥

分崩而爲二。竟橫噬於虎口，輸文武之神器。

---

⑤ 行 98—99：參趙壹（約活躍於 178 年），《刺世疾邪賦》（《後漢書》，卷 80 下頁 2631）："奚異涉海之失柂，坐積薪而待燃。"《尚書大傳》（卷 2 頁 13a，參《藝文類聚》，卷 1 頁 44）記載伊尹和桀王在夏朝堂上的一段對話，伊尹告訴桀："大命之亡有日矣。"桀蔑笑之，曰："天之有日，猶吾之有民。日有亡哉？日亡，吾亦亡矣！"

⑤ 行 100—101：參司馬相如，《諭巴蜀檄》（《文選》，卷 44 頁 3a）："人之度量相越，豈不遠哉！"

⑤ 行 102—103：參《召誥》（《尚書注疏》，卷 15 頁 8b；Legge 3：428）："考土中於斯邑（洛陽），成建都而營築。"根據《史記》（卷 4 頁 133；Mh，3：247）記載，周成王派遣召公重建洛城；在卜得合適的位置後，召公開始營造。

⑤ 行 104—105：著名的九鼎據説一度屬於夏的建立者大禹，周成王將之安置在郟鄏城中。見《東京賦》，行 28 注。成王通過占卜判斷出周朝會延續三十代，綿延整七百年。見《左傳》，宣公三年；Legge 5：283。

⑤ 行 106—107：爲躲避戎的侵犯，周平王（前 770—前 720 年在位）遷都洛邑，東遷時據説周得到鄭國和晉國的支持。見《左傳》，隱公六年（Legge 5：21）；《史記》，卷 4 頁 149；Mh，1：285，292。

⑤ 行 108—109：參《左傳》，成公八年（Legge 5：367）：韓厥言於晉侯："三代之令王，皆數百年保天之祿。夫豈無僻王？賴前喆以免也。"

⑥ 行 110—113：子穨是周莊王（前 696—前 682 年在位）的寵妾之一姚姬的兒子。約公元前 674 年，五位貴族在燕國和衛國的支持下罷免惠王（前 676—前 652 年在位），將穨接納入宮。穨花大量時間沉溺於樂舞，鄭伯指責他"樂禍"。虢叔和鄭國於是聯合軍隊攻打穨。鄭從圉門進入，虢從北門進入，殺了穨，重立惠王登基。後來，鄭伯在門道之西宴請惠王，另一位伯爵譴責他"效尤"。見《左傳》，莊公十九到二十一年；Legge 5：99-101；《史記》，卷 4 頁 151；Mh，1：289-90。

⑥ 行 114—115：帶即叔帶，他與戎狄密謀襲擊自己的兄弟周襄王（前 651—前 619 年在位）。戎狄攻占周都，襄王逃奔鄭國，在氾城居住。叔帶於是登基。公元前 635 年，襄王尋求晉文公（即潘岳此句中的重）的幫助。文公俘獲叔帶，並處死他，扶持襄公即位。見《左傳》，僖公二十四到二十五年；Legge 5：192-96；《史記》，卷 4 頁 152—154；Mh，1：290-94。

靈王築壩阻遏河流，停止洶湧的河水，

太子晉詳細闡釋禮節，奉上建議。⑥

唉，從景王、悼王到丐，

統治衰頹敗落，接近終結。

120　導致私生子朝煽起叛亂，

歷經兩朝追逐王位。⑥

十代之後是赧王的統治，

國家分裂傾頹，一分爲二。⑥

最終被吞入虎口之中，⑥

125　轉移文和武的神聖器皿。⑥

4

我穿過孝水，洗滌帽繩，	澡孝水而濯纓，嘉美名之在茲。
頌揚在這裏發現的美名。⑥	夭赤子於新安，坎路側而瘞之。
我的嬰兒死在新安，	亭有千秋之號，子無七旬之期。
我們在路旁挖坑，將他埋葬。	雖勉勵於延吳，實潛慟乎余慈。
130　儘管此亭被稱爲千秋，	眄山川以懷古，悵攬轡於中塗。
但我的兒子甚至沒有七旬的壽命。⑥	虐項氏之肆暴，坑降卒之無辜。

---

⑥　行 116—117：這兩句暗指據傳發生在周靈王二十二年（前 550）的一件事。穀水和洛河從王城（洛陽）的南、北流過，但卻開始"鬥"，威脅王城。靈王想要阻塞它們，太子晉則試圖勸阻他，爭論稱古代的統治者不墮山、不崇藪、不防川、不竇澤，但靈王未接受他的意見。見《國語》，卷 3 頁 5a—9a。

⑥　行 118—121：周景王（前 544—前 520）在臨近去世前，將側妃所生的朝立爲自己的繼承人。景王死後，一批王公貴族試圖以景王的長子孟代替之。朝和孟的軍隊多次衝突後，孟卒，謚號悼王。孟的弟弟丐在晉的幫助下，推翻了朝。丐的謚號是敬（前 519—前 476 年在位）。見《左傳》，召公二十二到二十三年；Legge 5：694，698-99；《史記》，卷 4 頁 155—156；Mh，1：297-98。潘岳可能指位於河南西南部的三座周王墓。根據酈道元（見《水經注》，冊 3，卷 15 頁 50）的記載，那裏有周悼王、周敬王、周景王的墓，並提到崔浩（卒於 450 年）對潘岳《西征賦》的一個注釋，稱文獻誤將敬（丐的謚號）讀爲"丁"。因此，《文選》可能將"丐"替代爲"敬"，以與謚號景、悼對應。見朱琦，卷 11 頁 16b—17a。

⑥　行 122—123：在景王之後十朝，周赧王統治時，周皇室的統治分裂爲二，分別是在鞏的西周和在河南的東周。見《史記》，卷 4 頁 160；Mh，1：305。參《論語》16/1："邦分崩離析。"

⑥　行 124：虎口指打敗周的秦。參《西都賦》，行 24。

⑥　行 125：見《西京賦》，行 146 注。

⑥　行 126—127：潘岳所説的"美名"指孝水，位於河南以西約十里的地方。見《水經注》，冊 3，卷 16 頁 66。參《漁父》（《楚辭補注》，卷 7 頁 2b）："滄浪之水清兮，可以濯吾纓。"胡紹煐（卷 12 頁 7b）建議將"澡"讀爲"濟"（意爲穿過），以避免與同一句中"濯"重複。亦見朱琦，卷 11 頁 17a。

⑥　行 128—131：根據潘岳的《傷弱子》（李善，卷 10 頁 6b—7a 徵引）所述，此子出生於三月壬寅（292 年 4 月 28 日）。潘岳在五月壬寅（6 月 27 日）停駐新安（今黽池東），嬰兒死於同月甲辰（6 月 29 日）。此子僅活了六十三天，不足七旬（十日爲旬）。見朱琦，卷 11 頁 7b。千秋亭位於新安縣南。見《水經注》，冊 3，卷 16 頁 64。

雖然我努力模仿延和吳，　　　　　　　　激秦人以歸德，成劉后之來蘇。

實際上卻因愛而深感傷痛。⑥⑨　　　　　　事回沆而好還，卒宗滅而身屠。

我凝視山丘河流，深思過往，

135　惆悵不已，在中途拉起繮繩。

項羽是那麼嚴厲殘酷！

活埋無辜的投降士卒，⑦⓪

因此刺激秦人回歸仁德，⑦①

導致劉后使他們復蘇。⑦②

140　惡劣的事情易於反彈，

最終家族滅亡，其人自身被戮。⑦③

5

穿越澠池，我長時間思考，⑦④　　　　　　經澠池而長想，停余車而不進。

停歇車駕，不再前進。　　　　　　　　　　秦虎狼之彊國，趙侵弱之餘燼。

秦是虎狼強國，　　　　　　　　　　　　　超入險而高會，杖命世之英藺。

145　趙是因遭侵凌而弱小的焚燼之樹。⑦⑤　　恥東瑟之偏鼓，提西缶而接刃。

平靜地置身險地，參與盛大集會，　　　　　辱十城之虛壽，奄咸陽以取雟。

---

⑥⑨　行 132—133：延陵季子（子札）赴齊，長子在回程途中死去。他將孩子埋葬在贏、博之間。見《禮記注疏》，卷 10 頁 18b。東門吳的兒子死時，他没有爲之哀悼，妻子責備他説："公之愛子，天下無有。令子死不憂，何也？"東門吳回答説："吾常無子，無子之時不憂。今子死，乃與向無子同，臣奚憂焉？"見《列子注》，卷 6 頁 75。

⑦⓪　行 136—137：公元前 201 年，秦將章邯投降項羽。隨同章邯投降項羽的秦國士卒官吏開始懷疑項羽是否有能力打敗秦國，項羽於是在一個夜晚發動襲擊，屠殺駐扎新安的秦兵超過二十萬。見《史記》，卷 7 頁 310；*Mh*，2：272 - 273；*Records* 1：48 - 49。

⑦①　行 138：劉邦攻取秦國首都後，免除大多數秦國苛法，向被征服的百姓許諾公平仁慈的待遇。秦人立即歸順於他。見《史記》，卷 8 頁 362；《漢書》，卷 1 上頁 23；*Mh*，2：352 - 53；*HFHD* 1：58 - 59；*Records* 1：90。

⑦②　行 139：劉后就是劉邦。參《仲虺之誥》（《尚書注疏》，卷 4 頁 3b；Legge 3：181）："徯予后，后來其蘇。"

⑦③　行 140—141：擊敗秦國後，項羽試圖將整個帝國置於其統治之下，卻被劉邦擊敗。他逃至烏江，自刎於此。見《史記》，卷 7 頁 336；*Mh*，2：319 - 20；*Records* 1：72 - 73。《老子》第 30 章："以道佐人主者，不以兵強天下，其事好還。"

⑦④　行 142：澠池是位於今河南澠池西面的一個縣。

⑦⑤　行 144—145：這兩句和下面幾句暗指戰國時期著名説客藺相如的故事。秦國試圖搶奪趙國價值連城的寶玉，藺相如來到秦國朝堂，憑藉聰明的計謀使秦王放棄搶奪美玉。見《史記》，卷 81 頁 2439—2441；Yang and Yang, *Records*, pp. 140 - 42；下文行 526—527 注。

仰仗彼時最有名望的偉大的藺。⑦

因東邊的瑟單獨彈奏而恥，

他提起西邊的缶，刺出鋒刃。⑦

150 被荒謬的十城之貢所侮，

他索求咸陽，獲得勝利。

在國界之外，他將威力延伸河外，⑦

哦，如此脾氣猛烈，咆哮勃怒！

在朝廷之內，他在廉公面前謙卑，

155 仿佛四肢無骨。⑦

他展示智謀和勇猛，淵博偉大：⑧

與嚴苛吝嗇、脾氣火爆的廉頗相比，

如同一日之短暫變化與一年之長期變更相比，

不可在同一等級討論。

出申威於河外，何猛氣之咆勃。

入屈節於廉公，若四體之無骨。

處智勇之淵偉，方鄙吝之忿悁。

雖改日而易歲，無等級以寄言。

6

160 當光武蒙塵之時，⑧

他對赤眉施行皇室懲罰。⑧

當光武之蒙塵，致王誅于赤眉。

異奉辭以伐罪，初垂翅於回谿。

---

⑦ 行 146—147：當藺相如挫敗秦國奪取和氏璧的努力後，秦王提議與趙王在澠池相會。儘管趙王不願前往，但藺相如和廉頗（見下文行 154—156 注）均鼓勵他不要在面對強國威脅時顯露怯懦。趙王在藺相如的陪同下移駕澠池，秦王在那裏以盛大的宴會招待來訪者。宴會期間，秦王令趙王鼓瑟。趙王遵命而鼓瑟後，秦御史以侮辱性的言辭記錄道："某年月日，秦王與趙王會飲，令趙王鼓瑟。"爲了回擊侮辱，藺相如要求秦王擊缶，這是秦人在唱歌時用來標記時間的樂器。秦王起初慎而拒絕，但當藺相如持刀逼向他的喉嚨時，他便遵而行之。藺相如繼而令趙國御史記下："某年月日，秦王爲趙王擊缶。"秦國群臣於是説道："請以趙十五城爲秦王壽。"藺相如回答説："請以秦之咸陽爲趙王壽。"由於不能從趙國獲得利益，秦王硬生生地中止了這次宴會。見《史記》，卷 81 頁 2442；Yang and Yang, pp. 142－43。

⑦ 行 148—149：東指趙，西指秦。

⑦ 行 152：澠池位於西河（今陝西渭南一帶）以南（因此用"外"）的地區。見《史記》，頁 2442，注 1。

⑦ 行 154—155：廉公指趙國將軍廉頗，他憤慨於藺相如被授予的地位比自己高，發誓下次相見時折辱藺相如。爲了避免尷尬的對抗，藺相如避開朝堂。當他的管家譴責他懦弱時，藺相如回答説，兩位重臣相爭於趙不利。當廉頗獲悉藺相如高尚的行爲，便赤裸肩背，負荊請罪。見《史記》，卷 81 頁 2443；Yang and Yang, pp. 143－44。

⑧ 行 156：潘岳此處引用司馬遷在《史記·廉頗藺相如列傳》結尾所作的評論（卷 81 頁 2452）："相如一奮其氣，威信敵國，退而讓頗，名重太山，其處智勇，可謂兼之矣！"

⑧ 行 160：這幾句述劉秀（光武帝）成爲皇帝之前的一段時間。在昆陽擊敗王莽的軍隊後（見《東都賦》，行 50 注），劉秀將馮異派到澠池地區，剿滅赤眉亂軍。"蒙塵"這一表述，用來指流亡在外的統治者。見《左傳》，僖公二十四年；Legge 5：193。

⑧ 行 161：參《東都賦》，行 33。

當異接到命令討伐罪惡時,[83]
他首先在回谿垂翅受挫。[84]
但光武不責怪缺點掩蔽美德,
異最後展翅高飛,
取得重要功績,幫助建立天命,
重振皇綱,恢復漢室。

不尤眚以掩德,終奮翼而高揮。
建佐命之元勳,振皇綱而更維。

7

我登上崤坡的崎嶇之路,[85]
仰視高山聳立的陡坡。
皋將自己的墳墓寄托於南邊山陵,
文避風於北邊的山坡。[86]
蹇爲孟而泣,並預見戰敗,
襄穿着黑邊喪服,操起其戈。[87]
没有任何馬匹車輛得以回還,[88]
三位統帥被繫縛度過黄河。[89]
若遭遇驕傲自負的平庸君主,
叔定將暴尸於市場。[90]
任好慷慨大方,

登崤坂之威夷,仰崇嶺之嵯峨。
皋記墳於南陵,文違風於北阿。
蹇哭孟以審敗,襄墨縗以授戈。
曾隻輪之不反,絷三帥以濟河。
值庸主之矜愎,殆肆叔於朝市。
任好綽其餘裕,獨引過以歸己。
明三敗而不黜,卒陵晉以雪恥。
豈虚名之可立,良致霸其有以。

---

[83] 行 162:參《大禹謨》(《尚書注疏》,卷 4 頁 12b;Legge 3:65):"奉辭伐罪。"

[84] 行 163:公元 27 年,馮異與赤眉作戰,彼時赤眉占領長安和洛陽之間的區域。在最初的勝利之後,馮異被迫返回回谿(今河南洛寧東北,澠池以南),於此恢復力量,在黽池以南的堯山山坡上給予叛軍劇烈打擊。見《後漢書》,卷 1 上頁 32—33;卷 17 頁 646。光武帝在祝賀他取得勝利的信中寫道:"始雖垂翅回谿,終能奮翼黽池"(《後漢書》,卷 17 頁 646)。

[85] 行 168:見《西都賦》,行 13 注。

[86] 行 170—171:尤袤本作"記",五臣注本作"託",後者顯然是正確的讀法。崤山有兩座山峰,夏后皋的墳墓坐落在南峰,而周文王曾在北峰躲避暴風雨。見《左傳》,僖公二十二年;Legge 5:221。

[87] 行 172—173:公元前 628 年,秦穆公派遣孟明視、西乞術、白乙丙三位將軍,帶兵攻打鄭國。軍隊出發當日,秦穆公的謀臣蹇叔在東門哭泣,對孟明視説他們將被擊敗於崤。見《左傳》,僖公二十二年;Legge 5:221;《史記》,卷 5 頁 191;*Mh*,2:37-38。次年,秦軍占領晉國邊城滑。晉文公剛去世,晉國正爲其舉喪。晉國繼任者襄公穿着黑邊的喪服,派遣軍隊與秦交戰。正如蹇叔所預言的那樣,晉軍在崤打敗秦軍。見《左傳》,僖公三十三年;Legge 5:224-25;《史記》,卷 5 頁 192;*Mh*,2:39。

[88] 行 174:這一句指秦國遭受被徹底擊敗的事實。這一措辭源自《公羊傳》,僖公三十三年(《公羊傳注疏》,卷 12 頁 23a)。

[89] 行 175:晉在崤擊敗秦國,三位秦將遭俘,被帶回晉都。見《左傳》,僖公三十三年;Legge 5:225;《史記》,卷 5 頁 192;*Mh*,2:39。

[90] 行 177:叔指蹇叔,他預見到秦軍的戰敗。

將過錯都歸於自己。㉛

180 儘管三次失敗，但明從未被罷免，
最終蹂躪晉國，抹去恥辱。㉜
虛名如何能建立？
獲得霸權的確有其原因。㉝

8

我登上曲折的崤，爲虢感到悲哀，　　　　　　降曲崤而憐虢，託與國於亡虞。

185 虢信任注定覆滅的虞爲盟友。㉞　　　　　貪誘略以賣鄰，不及臘而就拘。

虞貪求禮物，出賣近鄰，　　　　　　　　垂棘反於故府，屈產服于晉輿。

但在冬天祭祀之前，虞也遭攻陷。　　　　德不建而民無援，仲雍之祀

垂棘璧返回原先的藏室，　　　　　　　　忽諸。

屈産馬被套上晉的車駕。㉟

190 道德沒有建立，人民沒有援助，
仲庸的祭祀突然斷絕。㊱

9

我向安陽進發，㊲　　　　　　　　　　　　我徂安陽，言陟陝郛。行乎漫瀆

㉛ 行 178—179：任好是秦穆公的名字。見《史記》，卷 5 頁 185；*Mh*，2：25。當三位將軍返回秦國時，他將戰敗的責任歸咎於自己。見上文行 164 注。參《孟子》，二下之 5：“我無官守，我無言責也，則吾進退，豈不綽綽然有餘裕哉？”

㉜ 行 180—181：儘管潘岳説明（即孟明視將軍）被打敗三次，但他實際上只被打敗兩回，一次在崤，一次在彭衙試圖爲崤之戰復仇。見《左傳》，文公二年；Legge 5：233；《史記》，卷 5 頁 192；*Mh*，2：40。公元前 624 年，孟明視受到秦穆公的特殊尊崇後，率領秦軍戰勝晉國，獲得一場巨大勝利。見《左傳》，文公三年；Legge 5：256；《史記》，卷 5 頁 193—194；*Mh*，2：43 - 44。

㉝ 行 182—183：參《毛詩》第 37 首第 2 章：“何其久也？必有以也。”在戰勝晉國之後，秦穆公被承認是西戎的霸主。見《左傳》，文公三年；Legge 5：236。

㉞ 行 184—185：《文選》文字爲“曲崤”，但胡紹煐（卷 12 頁 8a—b）指出，基於李善的注解（卷 10 頁 9a），文字可能應當讀爲“石崤”。也有可能“曲”不是名字的一部分，而是意謂“曲折”。虢（位於今河南三門峽附近）是晉國以南的一個小國。虞（位於今山西平陸附近）是晉國和虢國之間的一個小國。春秋時期，這兩個國家爲緊密聯盟。

㉟ 行 186—189：晉國爲虞國的國君奉上珍貴的垂棘璧（見《西都賦》，行 198 注）和來自屈産（今山西石樓縣東南）的馬。作爲回報，虞國允許晉國穿越領土攻打虢國。公元前 655 年，在晉國正式要求穿越虞境的許可時，貴族宮之奇警告，如果允許這一請求，虞國就會緊隨着虢國滅亡。當虞侯不接受他的意見時，宮之奇携家人逃走，説道：“虞不臘矣！”晉軍在冬天滅掉虢國，返程途中襲擊了虞國，俘獲虞侯，拿回屈産馬。見《左傳》，僖公二年、五年；Legge 5：136，145 - 46；《史記》，卷 39 頁 1649；*Mh*，2：267 - 69。

㊱ 行 190—191：潘岳這幾句借自《左傳》，文公五年（Legge 5：241）：“皋陶、庭堅不祀，忽諸！德之不建，民之無援，哀哉！”仲庸也被稱爲虞仲，是周太王的第二個兒子，被認爲虞國的建立者。見《左傳》，僖公五年；Legge 5：145；《論語》18/8；*Mh*，4：3，n. 1。

㊲ 行 192：安陽是一個縣，位於今河南信陽市西南。見《水經注》，册 1，卷 4 頁 69。

接着經過陝的外墙，⑱

向着漫和潡的交匯處跋涉，⑲

195 在曹陽的廢墟上休憩。⑩

啊，多麼美麗，多麼遼遠，

這片土地如此古老！

這確實就是周和邵被賜予的封地，⑩

二南在此相交。⑩

200 《麟趾》爲《關雎》所確認，⑩

《騶虞》與《鵲巢》相呼應。⑩

10

我哀悼漢家的分裂混亂：⑩

朝廷四散奔逃，分崩離析。

卓權至滔天，蹂躪廣袤大地，⑩

205 劫掠宮殿廟宇，移除每一處痕跡，⑩

逼迫至尊國主，

落魄到在行軍中思念遠方家鄉。

他轉而請求催和汜回轉車駕，

之口，憩乎曹陽之墟。美哉邈乎！兹土之舊也，固乃周邵之所分，二南之所交。《麟趾》信於《關雎》，《騶虞》應乎《鵲巢》。

懲漢氏之剥亂，朝流亡以離析。
卓滔天以大滌，劫宮廟而遷迹。
俾萬乘之盛尊，降遙思於征役。
顧請旋於催汜，既獲許而中惕。
追皇駕而驟戰，望玉輅而縱鏑。
痛百寮之勤王，咸畢力以致死。
分身首於鋒刃，洞胸腋以流矢。

---

⑱ 行 193：陝縣即今河南陝縣。

⑲ 行 194：漫即漫河，是囊水的一段，指從囊山北面的一個峽谷的北側流過的囊水河段。漫河在陝縣舊城以南與潡谷水合流。見《水經注》，册 1，卷 4 頁 69。

⑩ 行 195：根據《括地志》（《史記》，卷 48 頁 1955，注 5 徵引）記載，曹陽是亭名，位於桃林（今靈寶）以南十四里處，魏時更名好陽。周文是陳涉的一個將軍，在這裏遭秦軍擊敗後引咎自殺。見《史記》，卷 48 頁 1954；*Records*，1：23。但根據《元和郡縣圖志》（卷 6 頁 166）記載，曹陽墟也被稱爲七里澗，位於陝縣東南七里處。這裏就是漢代最後一位皇帝（獻帝，190—219 年在位）被李催和郭汜劫持後，露宿荒野的地方。見下文行 208—209 注。顯然在西漢時有兩個曹陽：一個是周文引咎自殺之地，另一個是漢獻帝的宿營地。見《水經注》，册 1，卷 4 頁 68；《元和郡縣圖志》，卷 6 頁 169；《太平寰宇記》，卷 6 頁 11b；朱珔，卷 11 頁 17b—18a。我推測潘岳造訪的是後者。

⑩ 行 198：周和邵是周武王的弟弟。當成王登上周朝王位時，邵公獲得自陝以西所有領土的統治權，周公獲得自陝以東地區的統治權。見《史記》，卷 34 頁 1549；*Mh*，4：133-34；《公羊傳注疏》，卷 3 頁 4a（隱公五年）。

⑩ 行 199："二南"是《詩經》前兩節的名稱，這裏當指周和邵的領土。

⑩ 行 200：《麟趾》和《關雎》分別是《詩經·周南》的最後一篇和第一篇。

⑩ 行 201：《騶虞》和《鵲巢》分別是《詩經·召南》的最後一篇和第一篇。

⑩ 行 202：潘岳在這裏指後漢的傾頹。

⑩ 行 204：卓即董卓（？—192），聲名狼藉的漢代丞相。公元 189 年，他罷免漢帝，扶立獻帝登基，並火燒洛陽，逼迫獻帝移駕長安。見《後漢書》，卷 72 頁 2323—2328。

⑩ 行 205：參《左傳》，宣公十二年（Legge 5：318）："寡君使群臣遷大國之跡於鄭。"

獲得贊成不久,中途又警惕反悔。⑩

210　追逐皇帝的扈從,驟然展開戰鬥,

縱然是在玉車之上,仍會發射箭矢。

我哀嘆爲了國君犧牲自己的朝中官員,

耗盡一切努力,直到死亡時刻。⑩

身首被矛尖和鋒刃斬離,

215　胸部和側腋被流動的羽箭穿透。

一些人提起長袍,從岸邊跳水,

其他人舉起袖子奔向河中。

舵船狹小,實在令人悲哀!

他們從船上舀出一捧手指!⑩

有褰裳以投岸,或攘袂以赴水。

傷桴檝之褊小,撮舟中而掬指。

11

220　我登上曲沃,悲哀感傷,⑩

爲動亂預兆和兄弟易位而遺憾。

當枝葉龐大而根系離分時,⑫

升曲沃而惆悵,惜兆亂而兄替。

枝末大而本披,都偶國而禍結。

臧札飄其高屬,委曹吳而成節。

---

⑩ 行 208—209:李傕和郭汜是董卓的兩個將軍。董卓被殺後,二人劫持漢獻帝作爲人質。李傕的部將楊奉試
圖導演一場政變反對他,混亂中,漢獻帝被允許離開,返回洛陽。當皇帝的隨從剛剛抵達長安郊外時,郭汜
就派遣軍隊將他抓回。皇帝於是逃入楊奉的軍營,楊奉徹底擊潰追擊的軍隊。楊奉和將軍董成於是決定護
送皇帝去洛陽,李傕和郭汜率領聯軍,追趕皇帝直到曹陽,在那裏對楊奉的軍隊發動一場毀滅性的打擊。皇
帝逃到陝,北渡黃河,失去輜重隊。憑藉步行,僅剩皇帝及其妻子,最終在大陽城的一户人家避難。見《後漢
書》,卷 72 頁 2339—2340。

⑩ 行 212—213:在曹陽之戰中,李傕縱兵殺害侍從皇帝的大臣。見《後漢書》,卷 9 頁 378;《三國志》,卷 6 頁
185—186。

⑩ 行 216—219:當皇帝試圖度過黃河時,河岸極高,無法下到河裏。侍從用馬韁繩和絲綢做成擔架,將他墜入水
中。沒有足夠的船隻運載所有人,很多人試圖爬上船,船上的人不得不斬斷他們的手指,使他們鬆開緊抓的手,由
此舀出一捧手指。見《後漢書》,卷 72 頁 2340。"掬指"一詞的經典出處是《左傳》,襄公十二年;Legge 5:319。

⑪ 行 220:有兩個名爲曲沃的地方,潘岳應經過位於今河南靈寶縣以東的曲沃,原是魏國的一部分。還有一個位於
今山西聞喜縣東北的曲沃,是公元前 745 年晉昭侯授予其叔成師的封地。見《左傳》,桓公二年;《史記》,卷 39 頁
1638;*Mh*,4:253。在下面幾句中,潘岳引用與晉封地相聯繫的事件。潘岳是在地理上有所混淆,還是僅僅使用曲
沃這個名字(因爲它與更著名的山西曲沃存在歷史聯繫),暫難以判定。見朱珔,卷 11 頁 19a—b。

⑫ 行 221—222:公元前 808 年,晉穆侯(前 811—前 785 年在位)從齊國迎娶姜氏爲妻。公元前 805 年,當姜氏的
丈夫正在領導攻打一個小國時,她生下兒子仇。公元前 802 年,晉國征服另一個地區,她生下另一個兒子成
師。國君的規諫者師服勸告不要爲後王選擇這樣的名字,宣稱它們"始兆亂矣,兄其替乎"。後來在公元前
745 年,當晉昭侯(前 745—前 740 年在位)封成師於曲沃時,師服說道:"吾聞國家之立也,本大而小,是以能
固。固天子建,諸侯立家……今晉,甸侯也,而建國。本既弱矣,其能久乎?"公元前 724 年,曲沃莊伯刺殺晉
侯。這樣的事件又一次發生,公元前 709 年,莊伯的兒子曲沃武公在汾河岸畔攻擊晉軍,俘獲晉哀侯。公元前
706 年,武公謀殺哀侯的兒子。公元前 679 年,武公的血脈完全控制晉國。見《左傳》,桓公二年;Legge 5:
40-41。

當城市等同國家時，災難便會産生。⑬　　　　　　何莊武之無恥，徒利開而義閉！

臧和札漂泊高遠，

225 委身曹和吳以獲得高節。⑭

莊和武多麼無恥！⑮

只關注小利而躲避大義！

12

我踩在函谷的層疊堡壘上，⑯　　　　　　　　躡函谷之重阻，看天險之衿帶。

觀看天然要塞的"衣襟和束帶"，⑰　　　　　　迹諸侯之勇怯，籌嬴氏之利害。

230 探索諸侯間勇敢和怯懦的跡象，　　　　　　或開關以延敵，競遯逃以奔竄。

思考嬴氏家族所帶來的利益和傷害。⑱　　　　有噤門而莫啓，不窺兵於山外。

有時開關迎敵，　　　　　　　　　　　　　　連雞互而不棲，小國合而成大。

對方潛伏往前，亡命飛逃。⑲　　　　　　　　豈地勢之安危，信人事之否泰！

有時緊鎖大門，不對任何人開放，

235 拒絕展示軍隊於山外。⑳

群雞無法一同棲息，㉑

但當小國聯合時，便形成强大力量。

真的是戰略位置決定安危嗎？

---

⑬ 行 223：參《左傳》，桓公十八年（Legge 5：71）："並后（即側妃與王后地位相等）、匹嫡（即側妃之子與皇后之子地位相等）、兩政（被寵幸者與常規官員相等）、耦國（即强大的城市與首都一樣龐大），亂之本也。"

⑭ 行 224—225：臧即子臧，是曹宣公（前 594—前 578 年在位）的兒子。宣公死後，子臧的弟弟負芻（成公，前 577—前 555 年在位）奪取政權。這次篡位使曹人不快，他們希望子臧登基，但子臧卻宣稱打算離開這個國家。負芻害怕人民跟從子臧，於是請他留下來。子臧返回並將封邑交給負芻。見《左傳》，成公十三年；Legge 5：383。札是季札，吳壽夢王（前 585—前 561 年在位）的第四個兒子。季札的父親打算傳位於他，但季札回絕，並支持他的兄長諸樊。壽夢王於公元前 560 年去世，諸樊想要讓位給季札，但季札又一次謝絕。在謝絕王位的談話中，季札提到子臧的例子，稱他爲"能守節"之人。見《左傳》，襄公十四年；Legge 5：464；《史記》，卷 31 頁 1449—1450；Mh，4：6。

⑮ 行 226：莊和武是曲沃的貴族，他們篡奪晉國君位。

⑯ 行 228：我推測潘岳此處指位於山西的古秦函谷關。見《西都賦》，行 13 注。

⑰ 行 229：參《西京賦》，行 814。

⑱ 行 231：嬴氏是秦國的統治家族。

⑲ 行 232—233：潘岳在此暗指賈誼的《過秦論》（《文選》，卷 51 頁 3a）："秦人開關延敵，九國之師，逡巡而不敢進。"

⑳ 行 235：參《戰國策》，卷 5 頁 5a—b，其中范睢告誡秦軍不能在邊界之外追擊敵人，"秦今反閉關，而不敢窺兵於山東矣"。

㉑ 行 236：雞指小國，它們很容易形成聯盟，對抗大國。見《戰國策》，卷 3 頁 4b。

實際上依賴於人事的和諧或紊亂。⑫

13

240　漢朝第六代皇帝開拓疆土，

將弘農變成郡，把關隘安置更遠。⑬

他厭倦紫極的寬敞舒適，⑭

熱衷微服旅行和遨遊作樂。

柏谷亭長傲慢待之如客，

245　但其妻認出皇帝的面貌，爲他提供飯餐。

報答謙卑妻子以豐厚獎賞，

但爲何給予丈夫不恰當的官位？⑮

古時賢明的王者巡遊國土，

確定道路清理後才出發。

250　擔心車馬意外導致災禍，

以賞罰訓導轎夫和馭手。⑯

白龍魚服，

被豫且的密網擒獲。⑰

皇帝本人在世人前輕忽帝國尊嚴，

255　這樣的行爲怎麼能允許繼續？

漢六葉而拓畿，縣弘農而遠關。

厭紫極之閑敞，甘微行以遊盤。

長傲賓於柏谷，妻覘貌而獻餐。

疇匹婦其已泰，胡厥夫之繆官！

昔明王之巡幸，固清道而後往。

懼衝蹶之或變，峻徒御以誅賞。

彼白龍之魚服，挂豫且之密網。

輕帝重于天下，奚斯漸之可長？

14

我在湖邑的戾園憑吊，

弔戾園於湖邑，諒遭世之巫蠱。

---

⑫　行 239：參《吳都賦》，行 772。

⑬　行 240—241：漢代的第六位統治者是武帝，他將函谷關的關隘從弘農遷至新安，舊函谷關成爲弘農郡。見《西都賦》，行 13 注。

⑭　行 242：皇帝的宮殿被認爲是天上紫微宮在地上的對應存在，故潘岳此處稱之爲紫極。

⑮　行 244—247：潘岳暗指收於《武帝故事》（李善引，卷 10 頁 11b—12a）中的一個故事。漢武帝微服遊柏谷，請求宿住亭長家中，但亭長不予收留。武帝於是在旅店度過一晚。旅店老闆誤將武帝認作强盜，招來十個年輕人，均佩戴弓弩、刀劍，並讓妻子以餐飲招待這位客人。當她看到皇帝時，便知他絕非常人。她於是給丈夫和年輕人們不斷送酒，直到他們沉入醉夢。她將他們捆綁起來，接着又爲客人準備了豐盛的餐宴。第二日，皇帝回宮，召客店老闆及其妻子，以千金報答這位女子，並任命其夫爲羽林衛。見"Histoire anecedotique et fabuleuse de l'enpereur Wou des Han," pp. 45‐46。柏谷是靈寶縣西部的一個地方。見《水經注》，册 1，卷 4 頁 67。

⑯　行 248—251：參司馬相如的《上書諫獵》（《文選》，卷 39 頁 14b）："且夫清道而後行，中路而馳，猶時有銜橛之變。"

⑰　行 252—253：有關這個故事，見《東京賦》，行 687—688。

虛構的巫蠱事件確實發生！

當武帝鑽研隱藏在未知中的奧秘時，

信任善於誹謗的賊人，趙的卑鄙小人。[128]

260　他對繼承人施加顯著的懲罰，[129]

砍掉自己的血肉，不帶絲毫惋惜。[130]

後來當他建造哀悼的歸來臺時，

徒然"遙望思念"，有何補益？[131]

探隱伏於難明，委讒賊之趙虜。

加顯戮於儲貳，絕肌膚而不顧。

作歸來之悲臺，徒望思其何補？

15

我被深深地困擾，從這裏遠赴全節，[132]

265　逗留於此，焦躁地步行。

造訪武王釋放公牛的古老森林，

其名稱爲桃園所確認，使我激動。[133]

離開閿鄉，鞭打駿馬：

我向黃巷前進，渡過潼關。[134]

270　眺望華嶽北坡，[135]

看到伸向高處的掌印痕跡。[136]

紛吾既邁此全節，又繼之以盤桓。問休牛之故林，感徵名於桃園。發閿鄉而警策，愬黃巷以濟潼。眺華岳之陰崖，覿高掌之遺蹤。憶江使之反璧，告亡期於祖龍。不語怪以徵異，我聞之於孔公。

---

[128]　行259：劉據斬江充之首前，罵他是"趙虜"(江充是趙地邯鄲人)。見《漢書》，卷45頁2179。

[129]　行260：參《泰誓》(《尚書注疏》，卷11頁13a；Legge 3：296)："功多有厚賞，不迪有顯戮。"

[130]　行256—261：潘岳回憶起劉據(戾太子)的故事。公元前122年，漢武帝任命劉據爲太子。公元前91年，武帝突然生病，猜測有人使用巫蠱之術害他，派江充調查。江充和劉據長期敵對，藉此機會搜查太子府，在那裏找到桐人巫偶。接着，江充指控太子以巫蠱之術謀殺皇帝。劉據於是派遣家臣逮捕江充，立即斬首。劉據的行爲如同造反，皇帝派遣丞相劉屈氂懲處劉據。劉據逃入湖縣泉鳩里一位朋友的家裏。御林軍很快發現他的藏身之地，包圍房宅。太子沒有被俘，而是選擇自殺。武帝後來發現劉據是無辜的，爲他建立思子宮和歸來、望思之臺。公元前73年，宣帝(劉據的孫子)命令將湖縣閿鄉邪里作爲陵園，名之爲戾園。見《漢書》，卷45頁2178—2179、卷63頁2742—2748；Watson, *Courtier and Commoner*, pp. 47‑53；Michael Loewe, "The Case of Witchcraft in 91 B.C.," *AM*, n.s. 15 (1970)，159‑96；rpt.. in Loewe, *Crisis and Conflict in Han China*, pp. 37‑90。湖縣位於今河南靈寶縣以西，泉鳩里在湖縣以東約二十五公里處，思子宮在閿鄉東北二十五里處。見《元和郡縣圖志》，卷6頁173。

[131]　行263：注意武帝爲紀念戾太子所建高臺中的一座，即名爲望思臺。

[132]　行264：爲紀念劉據，泉鳩(也寫作全鳩)改名全節。

[133]　行266—267：桃園即桃林，據說周武王克商之後放牛在那裏吃草。見《水經注》，冊1，卷4頁64—65；《西京賦》，行34注。

[134]　行269：黃巷是黃河附近的一個長坡，黃河於此從潼關東北流過，需要爬上此坡才能通過潼關。見《水經注》，冊1，卷4頁63。《元和郡縣圖志》(卷6頁173)將之定位於閿鄉西北三十五里處。潼河從潼關以西一里處流過。見《元和郡縣圖志》，卷2頁32。

[135]　行270：見《西京賦》，行35注。

[136]　行271：見《西京賦》，行36注。

回憶起江使返還玉璧，

宣告祖龍的死亡時間。⑬

不應談論此類怪事以證明奇異，

275　我聽孔子如是説。⑬

16

我痛恨韓和馬背信棄義，	愠韓馬之大憝，阻關谷以稱亂。
他們阻塞關和谷，發動叛亂。⑬	魏武赫以霆震，奉義辭以伐叛。
魏武的暴怒如同雷霆震蕩，⑭	彼雖衆其焉用，故制勝於廟筭。
以正當的理由，征伐叛軍。	砰揚桴以振塵，繇瓦解而冰泮。
280　儘管叛軍人多，但又有何用？	超遂遁而奔狄，甲卒化爲京觀。
他在廟中的籌算，已獲得注定的勝利。⑭	
砰砰，舞動鼓槌攪動塵埃；	
繇繇，敵人如瓦崩潰，似冰消解。	
超於是遁逃，躲避至狄，⑭	
285　披甲的軍隊化爲京觀巨墳。⑭	

17

厭煩於狹路窘迫的限制，	倦狹路之迫隘，軌踦䮭以低仰。
軌轍崎嶇不平、高高低低，	蹈秦郊而始闢，豁爽塏以宏壯。
我踏入秦的郊外，大地開始空曠，	黃壤千里，沃野彌望。華實紛
鋪展出明亮高遠、宏大壯麗。	敷，桑麻條暢。邪界褒斜，右濱

---

⑬　行 272—273：公元前 211 年秋的一個晚上，來自函谷關以東的御使於華陰平舒道見到一人。此人交給他一塊玉璧，稱：“爲吾遺鎬池君。”此人而後離開，並警告稱：“今年祖龍死。”使者將玉璧帶回，向秦始皇報告他所聽聞的内容。秦始皇檢視玉璧，發現它與八年前自己投入江中的玉是同一塊。見《史記》，卷 6 頁 259；*Mh*，2：183-84。有關鎬池君的身份存在多種看法，但潘岳似乎認爲是長江之神，江使應是鎬池君的使者。見《史記》，卷 6 頁 260，注 4。祖龍即秦始皇。

⑬　行 274—275：“子不語怪力亂神。”見《論語》7/20。

⑬　行 276—277：建安十六年(211)，涼州(今甘肅)將軍韓遂、馬超以潼關作爲基地，導演一場反叛，曹操鎮壓了這一叛亂。見《三國志》，卷 1 頁 54—55。

⑭　行 278：魏武即曹操。

⑭　行 281：廟算指統帥在進入戰鬥之前對獲勝機會的判斷，算盤可能已用來計算數字。見《孫子》，卷 1 頁 25a。

⑭　行 284：馬超戰敗後逃至涼州，在那裏組織狄人軍隊，獲得西北的統治權。見《三國志》，卷 1 頁 42、卷 36 頁 945—946。

⑭　行 285：參《左傳》，宣公十二年(Legge 5：321)：“古者明王伐不敬，取其鯨鯢而封之，以爲大戮。於是乎有京觀，以懲淫慝。”

290 黄色的土壤綿延千里，⑭

肥沃的田野一望無際，

花朵和果實蔓延播撒，⑮

桑麻分枝發芽。

斜對角以褒斜爲界，

295 右邊以汧隴爲岸，⑯

寶雞在前鳴唱，⑰

甘泉在後噴湧。⑱

面對終南，背對雲陽，⑲

跨立平原之上，連接嶓冢。⑳

300 九峻陡峭拔起，㉑

太一高聳卓絶，㉒

呼出涼風颯颯聲響，

吸入歸雲富裕豐饒。

南有烏黑的灞和灰白的滻，㉓

305 沸騰的井和温暖的溪谷。㉔

北有清澈的渭和渾濁的涇，

還有蘭池和周曲。㉕

汧隴，寶雞前鳴，甘泉後涌。面終南而背雲陽，跨平原而連嶓冢。九峻巉嶭，太一巃嵸。吐清風之飂戾，納歸雲之鬱蓊。南有玄灞素滻，湯井温谷。北有清渭濁涇，蘭池周曲。浸決鄭白之渠，漕引淮海之粟。林茂有鄠之竹，山挺藍田之玉。班述陸海珍藏，張敍神皋陝區。此西賓所以言於東主，安處所以聽於憑虛也，可不謂然乎？

---

⑭ 行 290—293：這幾句與杜篤的《論都賦》中的幾句類似（見《後漢書》，卷 80 上頁 2603）："沃野千里，原隰彌望。保殖五穀，桑麻條暢。"

⑮ 行 292—293：參《西都賦》，行 117 注；《西京賦》，行 42 注。

⑯ 行 295：參《西京賦》，行 42 注。

⑰ 行 296：參《西京賦》，行 43 注。

⑱ 行 297：甘泉宮位於雲陽縣。見《西都賦》，行 103 注。

⑲ 行 298：參《西都賦》，行 14 注。

⑳ 行 299：參《西京賦》，行 47 注。

㉑ 行 300：參《西都賦》，行 102 注。

㉒ 行 301：參《西京賦》，行 44 注。

㉓ 行 304：有關灞河，見《西都賦》，行 36 注。有關滻，見《上林賦》，行 32—33 注。

㉔ 行 305：《雍州圖》的作者時代不詳。李善（卷 11 頁 14a）徵引此書，提到新豐和藍田地區的温湯和温泉。潘岳可能指驪山的温泉。

㉕ 行 307：蘭池位於咸陽東二十五里處，是秦始皇建造的一座人工湖的所在地，從渭河引流注水。公元前 216 年，秦始皇微服出巡，在這裏被一群强盜所威脅。見《史記》，卷 6 頁 251；Mh，2：164；《太平寰宇記》，卷 26 頁 7b。這大概就是蘭池宮的所在地，位於漢代渭城東北。見《漢書》，卷 28 上頁 1546；《元和郡縣圖志》，卷 1 頁 12。周曲位於同一地區，咸陽以東三十里處。根據《水經注》（册 3，卷 19 頁 117）記載，那裏是漢大臣周勃（？—前 169）及其子周亞夫（？—前 143）的墓址。根據《太平寰宇記》（卷 26 頁 7b）的記載，周曲是一個周長十三里的池塘。周勃將家安在這裏。後來，皇帝因爲周亞夫的功績，將此池塘賞賜給他。

爲了灌溉,挖掘鄭渠和白渠,⑮

漕運從淮水和海岸拉來穀物。⑰

310　林中富有鄠竹,⑱

山中盛産藍田玉。⑲

班固描述"陸海珍藏",⑯

張衡談説"神靈之域和神聖禁區"。⑯

這就是西賓向東主所訴説的東西,⑯

315　這就是安處先生從憑虚先生那裏聽説的事物。⑯

我們能説它不是真的嗎?

18

强勁的松樹在歲寒時最爲顯目,⑯　　　　　　　　勁松彰於歲寒,貞臣見於國危。

忠臣在國家危難之時最顯忠誠。　　　　　　　　入鄭都而抵掌,義桓友之忠規。

我進入鄭都而鼓掌,⑯　　　　　　　　　　　　竭股肱於昏主,赴塗炭而不移。

320　贊美桓友忠誠的規諫。⑯　　　　　　　　　　世善職於司徒,緇衣獘而改爲。

他爲昏庸的君主耗盡股肱之力,⑯

置身泥炭之中而不動摇。

其子亦出色地擔任司徒一職,

黑袍穿破,百姓爲他制作新衣。⑯

---

⑮　行 308：有關鄭渠和白渠,見《西都賦》,行 108 注。

⑰　行 309：參《西都賦》,行 118—122。

⑱　行 310：有關鄠縣,見《西都賦》,行 95 注。

⑲　行 311：有關藍田玉,見《西都賦》,行 93 注。

⑯　行 312：參《西都賦》,行 92。

⑯　行 313：參《西京賦》,行 62 注。

⑯　行 314：二人是班固《兩都賦》中的對話者。

⑯　行 315：二人是張衡關於長安和洛陽的賦中的對話者。

⑯　行 317：參《論語》9/27："歲寒,然後知松柏之後凋也。"

⑯　行 319：原本鄭國的首都位於今陝西華縣附近。東周時期,一個新的國家在鄭州建立起來。

⑯　行 320：姬友即鄭桓公(前 806—前 771),擔任周幽王(前 781—前 771)的司徒。

⑯　行 321："昏主"指周幽王。

⑯　行 323—324：桓公的兒子武公繼承父親的司徒之職。根據《詩經•毛序》所述,《毛詩》第 75 首(《緇衣》)贊揚武公的道德執政。見《毛詩注疏》,卷 4 之 3 頁 4a。潘岳在行 324 中引用此詩："子衣之宜兮! 蔽,予又改爲兮。"

19

325　我踏入爲犬戎侵略的土地，
　　　憤慨於幽王的詭詐謊言：
　　　他點亮假的烽火使軍隊士氣衰落，
　　　迷戀寵愛褒姒，放縱她的邪惡。
　　　他的軍隊於戲水之上大敗，
330　他自己死於驪山之北。⑯⑨
　　　光輝莊嚴、令人尊敬的周代，
　　　遭到毀滅，成爲亡國。⑰⓪

履犬戎之侵地，疾幽后之詭惑。
舉僞烽以沮衆，淫嬖褒以縱慝。
軍敗戲水之上，身死驪山之北。
赫赫宗周，威爲亡國。

20

　　　但另一人繼承此等行爲——
　　　哦，的確奇怪，秦始皇變成霸主！
335　耗盡帝國給予自己厚葬，
　　　天地造始以來未曾聽聞。
　　　匠人的勞累，完全沒有考慮，
　　　卻將他們活埋，作爲辛勞的回報。
　　　在外部，此墳遭受西楚帶來的毀壞；
340　在內部，它遭受牧童燃起的火災。⑰①
　　　據説“如果行爲無禮，就會回報自己”，⑰②
　　　此説不是被證明了嗎？

又有繼於此者，異哉秦始皇之爲
君也！傾天下以厚葬，自開闢而
未聞。匠人勞而弗圖，俾生埋以
報勤。外罹西楚之禍，內受牧豎
之焚。語曰：行無禮必自及。
此非其効與？

---

⑯⑨　行 325—330：潘岳指犬戎入侵周都，犬戎是生活在周朝以西地區的蠻夷部族。周幽王修造一座巨大的烽火
　　臺，憑藉點燃烽火向諸侯發出敵人進攻迫近的信號。幽王爲愉悦罕露笑容的寵姬褒姒，在並無敵人進攻的
　　情況下令點燃烽火，褒姒因這一惡作劇而由衷發笑。然而，當犬戎進擊時，烽火被點燃，卻沒有諸侯前來
　　營救幽王。周朝的軍隊敗於戲水，幽王被殺於驪山脚下。見《史記》，卷 4 頁 147—149；Mh，1：284 - 85。
　　周軍敗績的地方傳説位於戲亭，戲水西岸，今臨潼縣東北。見《水經注》，册 3，卷 19 頁 120—121；《元和郡縣
　　圖志》，卷 1 頁 7。
⑰⓪　行 331—332：參《毛詩》第 192 首第 8 章：“赫赫宗周，褒姒滅之。”
⑰①　行 337—340：潘岳有關秦始皇墓的故事，可能以劉向上書中的記述爲基礎（見《漢書》，卷 36 頁 1954—
　　1955），其中記載項羽率領楚君攻占長安後，下令焚燒秦宮，挖掘秦始皇墓，將其中物品搬走。劉向還述及另
　　一個故事，一位牧童的羊掉進通向秦皇陵的洞裏，牧童點燃火把找羊，燒着了棺槨。
⑰②　行 341：這一説法出現於《左傳》，襄公四年；Legge 5：423。

21

乾坤憑借與事物的聯繫，綿延長久；⑰

君子憑藉大地的厚德，維持生命。⑭

345　請看高祖的崛起：

不僅因爲聰明神武，⑰

或者豁達大度。⑯

事實上由於他慎終追遠，⑰

篤定真誠，温和慈愛。

350　無處不瀰漫他的仁善，

無處不被他的慈愛所觸及。

整個國土，無所忽視，

何況鄰居和家鄉！

何況大臣和官僚！

乾坤以有親可久，君子以厚德載物。觀夫漢高之興也，非徒聰明神武、豁達大度而已也。乃實慎終追舊，篤誠款愛。澤靡不漸，恩無不逮。率土且弗遺，而況於鄰里乎？況於卿士乎？

22

355　那時他複製舊的豐城，

建立一座新城鎮。⑱

舊的神壇被遷移安置，

白榆得到移植。⑲

街道通衢都如同過去，

360　庭院屋宇模擬故態。

儘管雞犬混雜，隨意釋放，⑱

于斯時也，乃摹寫舊豐，制造新邑。故社易置，枌榆遷立。街衢如一，庭宇相襲。渾雞犬而亂放，各識家而競入。

---

⑰　行343：參《周易注疏》，卷7頁3b—4a(《大傳》)："乾以易知，坤以簡能。易則易知，簡則易從。易知則有親，易從則有功。有親則可久，有功則可大。"有關這一段的解釋，見 Willard J. Peterson, "Making Connections: 'Commentary on the Attached Verbalizations' of the *Book of Changes*," *HJAS* 42.1 (1982), 92–93。

⑭　行344：參《周易注疏》卷1頁23a(第2卦，《大象》)："地勢坤，君子以厚德載物。"

⑰　行346：參《漢書》，卷100頁4236："皇矣漢祖，纂堯之緒，實天之德，聰明神武。"

⑯　行347：參《漢書》，卷1頁2："(高祖)寬仁愛人，意豁如也。常有大度。"

⑰　行348：參《論語》1/9，曾子説："慎終追遠。"

⑱　行355—356：根據《三輔舊事》(李善引，卷10頁15b)記載，漢高祖的父親是楚地豐人，對在長安地區居住感到不快。因此，高祖建造新豐，將屠夫、酒家、麵點師、商人從原本的豐地遷移過來。新豐位於驪山以北，今臨潼東北。見《漢書》，卷28上頁1543；《元和郡縣圖志》，卷1頁6。

⑲　行357—358：枌榆(白榆)是一處土地神壇，位於高祖家鄉豐邑外圍。高祖展開對抗秦國的起兵時，在此壇祈禱。見《史記》，卷28頁1378；*Mh*，3：448；*Records*，2：31。

⑱　行358—361：類似的記載可發現於《西京雜記》，卷2頁4a—b。

每一隻都認識自家，競相進入。

23

項籍在鴻門滿懷憤怒；　　　　　　　　　籍含怒於鴻門，沛跼蹐而來王。

沛公彎腰鞠躬，前來致敬。　　　　　　　范謀害而弗許，陰授劍以約莊。

365　范增謀劃傷害，但遭到拒絕，　　　　　擴白刃以萬舞，危冬葉之待霜。

他暗中遞出寶劍，與項莊達成約定。　　履虎尾而不噬，寔要伯於子房。

莊揮出白刃，表演萬舞，　　　　　　　　樊抗憤以戹酒，咀彘肩以激揚。

仿佛待霜的冬葉一樣危險。　　　　　　　忽蛇變而龍攄，雄霸上而高驤。

沛公踩在虎尾上，但沒被咬到——　　　曾遷怒而橫撞，碎玉斗其何傷？

370　實在要感謝子房對項伯的懇求！

樊噲被激怒，飲下一大杯酒，

咀嚼豬肩，充滿怒氣。⑱

突然之間，蛇化成龍，⑱

稱雄霸上，飛向高空。

375　范增遷怒玉斗，惱怒地擊碎。

儘管玉斗粉碎，有何實際傷害？⑱

24

子嬰在軹路上被繩子捆住，　　　　　　　嬰胃組於軹塗，投素車而肉袒。

從素車下來，袒露手臂。⑱　　　　　　　疎飲餞於東都，畏極位之盛滿。

疎氏在東都門舉行告別宴會，　　　　　　金塘鬱其萬雉，峻崤峭以繩直。

380　畏懼至高地位的盛滿。⑱　　　　　　戾飲馬之陽橋，踐宣平之清閫。

---

⑱　行 363—372：項羽（也被稱爲項籍）邀請劉邦與他一同赴鴻門（今臨潼以東）飲宴。宴會期間，范增暗示項羽殺掉劉邦，但項羽沒有回應。范增於是離席，說服項莊在表演劍舞時刺殺劉邦。當項莊拎起寶劍開始跳舞時，張良的朋友項伯起身舞蹈，保護劉邦免遭項莊的傷害。張良（子房）警覺其主子的危險，離開宴會帳篷，將情況告知劉邦的將軍樊噲。樊噲暴怒衝入帳篷，寶劍出鞘。項羽感觸於他的勇猛，給他斗酒彘肩。樊噲聲討項羽的忘恩背叛後，幫助主子逃離霸上（今西安以東）。見《史記》，卷 7 頁 312—314；*Records*，1：51 - 54。

⑱　行 373：蛇指劉邦，他從項羽掌中逃脫後，成爲統治整個帝國的龍。

⑱　行 375—376：劉邦從鴻門逃走後，他讓張良獻給項羽一雙白玉碟，獻給范增一雙玉斗。范增因項羽允許劉邦逃走而盛怒，用劍擊碎玉斗。見《史記》，卷 7 頁 314；*Records*，1：55。

⑱　行 377—378：見《東京賦》，行 56 注。

⑱　行 379—380：當疎（疏）廣擔任太子太傅時，他的侄子疎受擔任少傅。仕宦五年之後，疎廣向疎受建議辭官，因爲他們享受權威和高位的時間已經夠長了。二人均退歸家鄉村社。在離開前，同僚大臣在長安東都門外爲他們舉辦一場盛大的告別宴會。見《漢書》，卷 71 頁 3039—3040；Waston，*Courtier and Commoner*，pp. 162 - 64。

金屬城墻，積累萬雉，[186]
塔樓高聳陡峭，直如墨繩。
抵達南邊的飲馬橋時，[187]
我踏上宣平古樸的門闕。[188]
385 都城之中，混雜多樣，
戶以千計，人以百萬計。
士人女子，華夷皆有，
擁促群聚，挨挨擠擠。
我實行在此名都上任的禮儀，
390 進入新的館舍，履行職責。
我克服疲乏和愚笨，升堂聽事，[189]
努力讓自己强大，永不停息。[190]

都中雜遝，戶千人億。華夷士
女，駢田逼側。展名京之初儀，
即新館而蒞職。勵疲鈍以臨朝，
勖自強而不息。

25

於是，隨着初秋開始退去，[191]
在不用聽覽的閑暇日子裏，
395 我出遊去檢查農民的勞作，
繞行他們的小屋和房子。
街區蕭條荒凉，
城鎮居所稀疏分散。
建築大廈，官寺官署，
400 店鋪、市場、官方倉庫，
現在聚集在城墙的一個角落裏，
幾乎百中存一。
被稱爲尚冠、修成，

於是孟秋爰謝，聽覽餘日。巡省
農功，周行廬室。街里蕭條，邑
居散逸。營宇寺署，肆廛管庫，
蕝芮於城隅者，百不處一。所謂
尚冠脩成，黃棘宣明。建陽昌
陰，北煥南平。皆夷漫滌蕩，亡
其處而有其名。

---

186 行 381：參《西京賦》，行 279 及注。
187 行 383：根據李善（卷 10 頁 17a）所引《長安圖》，飲馬橋在七里渠上，但我無法確定其位置。夏侯嬰（？—前 172）是劉邦忠誠的將軍，其墓在附近。見《史記》，卷 95 頁 2667，注 2。
188 行 384：宣平是長安的東北大門。
189 行 391："勵疲鈍"是自輕的表述。長安沒有帝國朝堂。潘岳用"堂"來代指他的縣衙。
190 行 392：參《周易注疏》（第 1 卦，《象傳》）："君子以自強不息。"
191 行 393：這是農曆的七月。

黄棘、宣明，
建陽、昌陰，
北焕、南平的街衢[192]
全被摧毁夷平，一掃而空，
處所消失，只有名稱存留。

26

接着我爬上長樂，[193]
登上未央，
泛舟太液，[194]
攀登建章。[195]
迂回穿過駁娑，抵達駘盪，[196]
駕車穿過枍詣和承光，[197]
徘徊於桂宫，[198]
嗚咽嘆息於柏梁。[199]
金鷄在臺池上高鳴，
狐兔在殿宇旁掘洞。
粟米的新芽多么豐饒飽滿！
我的思緒多么紊亂糾纏！[200]
大鐘墜落在廢棄的廟宇中，
鐘架崩壞，再也無法懸挂。
禁入的官署變爲茂密的草叢，[201]

爾乃階長樂，登未央。汎太液，凌建章。縈駁娑而款駘盪，轥枍詣而轢承光。徘徊桂宫，惆悵柏梁。鷩雉雊於臺陂，狐兔窟於殿傍。何黍苗之離離，而余思之芒芒！洪鍾頓於毁廟，乘風廢而弗縣。禁省鞠爲茂草，金狄遷於灞川。

[192] 行 403—406：潘岳述及舊時長安的里巷名字，其具體位置不詳。
[193] 行 409：關於長樂宫，見《西都賦》，行 254—255 注。
[194] 行 411：關於太液池，見《西都賦》，行 289 注。
[195] 行 412：關於建章宫，見《西都賦》，行 256—257 注。
[196] 行 413：關於駁娑殿和駘盪殿，見《西都賦》，行 266 注。
[197] 行 414：關於蘭臺，見《西都賦》，行 267 注。關於承光，見《西京賦》，行 254 注。
[198] 行 415：關於桂宫，見《西都賦》，行 254—255。
[199] 行 416：關於柏梁臺，見《西京賦》，行 220 注。
[200] 行 419—420：廢墟中生長濃密的粟米是慣用的意象。參《魏都賦》，行 769 注，及《毛詩》第 65 首。
[201] 行 423：參《毛詩》第 197 首第 2 章："踧踧周道，鞠爲茂草。"

金狄被遷往灞川。㉒

27

425　我懷念丞相蕭、曹、魏、邴，㉓

　　將軍辛、李、衛、霍。㉔

　　背負使命，有蘇屬國；㉕

　　震懾遠疆，有張博望。㉖

　　當他們廣施教誨，永恒規範恰當有序；㉗

430　當他們舉起武器，帝國威力延展遠揚。㉘

　　面對危險，智慧和勇氣被激發，㉙

　　身陷危難，高尚的節操閃閃發亮。㉚

　　至於秅侯的忠誠奉獻真切深刻；㉛

　　陸賈漫步閑遊，飽餐飲宴。㉜

435　長卿、淵、雲的文作；㉝

　　子長、政、駿的史著。㉞

懷夫蕭曹魏邴之相，辛李衛霍之將。銜使則蘇屬國，震遠則張博望。教敷而彝倫敍，兵舉而皇威暢。臨危而智勇奮，投命而高節亮。暨乎秅侯之忠孝淳深，陸賈之優游宴喜。長卿、淵雲之文，子長、政駿之史。趙張三王之尹京，定國釋之之聽理。汲長孺之正直，鄭當時之推士。終童山東之英妙，賈生洛陽之才子。飛翠綏，拖鳴玉，以出入禁門者衆矣。或被髪左衽，奮迅泥滓。或從容

㉒　行424：有關這些人像，見《西都賦》，行158—159注。李善（卷10頁18a）徵引潘岳的《關中記》，稱董卓將這些金人熔鑄爲錢幣，只剩下兩座人像未遭熔化。魏明帝想要將劫餘的造像運至洛陽，但它們被運送到霸城時卻被拋棄在那裏，因爲它們過於沉重，無法繼續運送。

㉓　行425：見《西都賦》，行218注。

㉔　行426：辛慶忌、李廣、衛青、霍去病都是領導對抗匈奴的漢代遠征將軍。見《史記》，卷109頁2867—2876、卷111頁2921—2929；《漢書》，卷54頁2439—2449、卷55頁2471—2493、卷69頁2996—2999；*Records*，2：141-54，193-216；Watson，*Courtier and Commoner*，pp. 12-23。

㉕　行427：蘇屬國即蘇武，漢代官員，擔任使者出使匈奴十九年。見《漢書》，卷54頁2459-2469；Watson，*Courtier and Commoner*，pp. 34-45。

㉖　行428：張博望即張騫，著名的中亞探險家。見《史記》，卷123頁3157—3169；《漢書》，卷61頁2687—2698；Hulsewé，*China in Central Asia*，pp. 207-28。

㉗　行429：這一句指向文臣。參《尚書注疏》，卷12頁2a（Legge 3：230）："彝倫攸敍。"

㉘　行430：這一句指向武將。

㉙　行431：這一句指向張騫。

㉚　行432：這一句指向蘇武。

㉛　行433：秅侯即金日磾。金日磾是匈奴貴族，曾救漢武帝免遭暗殺。見《漢書》，卷68頁2959—2962；Watson，*Courtier and Commoner*，pp. 151-56。

㉜　行434：陸賈是前漢惠帝和文帝時的外交使臣，第一次出使南越時，得到作爲禮品的珍寶，將其變賣爲千金。陸賈將千金分給五個兒子，規定他們必須在自己造訪時接待他本人及隨侍。晚年時陸賈往來於兒子們的家，以此度過餘年。他總是乘坐在舒適的車駕中，由歌者、鼓師、琴師陪伴，携帶價值百金的寶劍。見《史記》，卷97頁2699—2700；《漢書》，卷43頁2114；*Records*，1：278。

㉝　行435：長卿是司馬相如的字；淵和雲是子淵和子雲的簡稱，分別是王褒和揚雄的字。

㉞　行436：子長是司馬遷的字。政和駿是子政和子駿的簡稱，分別是劉向和劉歆的字。司馬遷是《史記》的撰寫者，劉向和劉歆是帝國圖書館書目的編纂者。

京兆尹,趙、張和三王;㉕

聽理定國和釋之。㉖

汲長孺正直端方;㉗

440　鄭當時推薦官員。㉘

終童是山東的英才,㉙

賈生是洛陽的俊秀:㉚

擺動翠綠的冠帶,

拖着鳴唱的寶玉

445　出入禁門,人數衆多。

一些人披散頭髮,將外衣疊扣在左側,㉑

從泥潭渣滓中奮起。

一些人迂回順從,

看到表面就明白内裏。㉒

450　一些人成就顯赫,卻遭受嚴酷懲罰。㉓

一些人懷有大才,卻没有顯貴仕途。㉔

皆將最清澈的風吹拂到上層高位,㉕

傳下美名,永無終結。㉖

傅會,望表知裏。或著顯績而嬰時戮,或有大才而無貴仕。皆揚清風於上烈,垂令聞而不已。想玳聲之遺響,若鏗鏘之在耳。當音鳳恭顯之任勢也,乃熏灼四方,震耀都鄙。而死之日,曾不得與夫十餘公之徒隸齒。才難,不其然乎?

㉕　行 437:趙是趙廣漢,在公元前 71 年至約前 65 年期間,擔任京兆尹。見《漢書》,卷 76 頁 3199—3206;*HFHD*,2:233,n. 13.4。張是張敞,於公元前 61 年至約前 53 年間,擔任京兆尹。見《漢書》,卷 76 頁 3216—3226。三王是王遵(前 29—前 28 年任京兆尹)、王章(前 25 年任京兆尹)、王駿(前 21 年任京兆尹)。見《漢書》,卷 72 頁 3066—3067;卷 76 頁 3226—3240。

㉖　行 438:定國即于定國,公元前 69 年到前 52 年擔任廷尉。見《漢書》,卷 71 頁 3041—3045。釋之即張釋之,於公元前 177 年前後擔任廷尉。見《漢書》,卷 50 頁 2307—2312。

㉗　行 439:汲長孺即汲黯,漢武帝時特別尖銳和直率的諫官。見《史記》,卷 120 頁 3105—3111;*Records*,2:343 - 52。

㉘　行 440:鄭當時在武帝治下獲得高位,據說他每次參見皇帝,都會爲某一職位推薦一位優秀人才。見《史記》,卷 120 頁 3111—3113;*Records*,2:352 - 55。

㉙　行 441:終童即終軍,(山東)濟南人。終軍是個神童,年幼時就在武帝朝上獲得任命,二十出頭就去世了,因此被稱爲終童。見《漢書》,卷 64 下頁 2814—2821。

㉚　行 442:賈生即賈誼,洛陽人。賈誼是神童,早逝。見《史記》,卷 84 頁 2491—2503;《漢書》,卷 48 頁 2221—2265;*Records*,1:508 - 16。

㉑　行 446:"被髮左衽"這個表述(參《論語》14/18)指蠻族人的穿着習慣。這一句指匈奴人金日磾。

㉒　行 448—449:這幾句指陸賈。潘岳借用班固附在《漢書》陸賈傳後的《贊》:"從容平、勃(文帝朝的兩個競爭對手)之間,附會將相以强社稷。"(《漢書》,卷 43 頁 2131)

㉓　行 450:這一句指趙廣漢,在公元前 64 年被處死。

㉔　行 451:這一句指陸賈。

㉕　行 452:尤袤本將"列"讀爲"烈"。呂向(卷 10 頁 25)將"上列"解釋爲"上代"。瞿蜕園(頁 100,注 23)將之解釋爲"高位"。

㉖　行 453:參《毛詩》第 253 首第 2 章:"令聞不已。"

想象中腰帶墜玉緩緩消散的回響，

455　似乎在我耳中鏗鏘作響。

當音、鳳、恭、顯在位時，⑳

他們熏灼四方，⑳

震懾並光耀城市和諸郡。

但當他們死亡之日，

460　甚至不如這十多位賢者的僕人侍從。

美好的名譽確實很難保持！⑳

28

我眺望漸臺，捉緊手腕；⑳　　　　　　　望漸臺而扼腕，梟巨猾而餘怒。

儘管巨猾被斬首，我仍舊充滿憤怒。⑳　揖不疑於北闕，軾樗里於武庫。

我在北闕向不疑作揖，⑳　　　　　　　酒池鑒於商辛，追覆車而不寤。

465　在武庫向樗里致禮，⑳　　　　　　曲陽僭於白虎，化奢淫而無度。

酒池映照商辛的教訓，　　　　　　　　命有始而必終，孰長生而久視？

但武帝沿襲覆車，愚昧不覺。⑳　　　　武雄略其焉在，近惑文成而溺五

曲陽放肆地仿造白虎宮，　　　　　　　利。侔造化以制作，窮山海之奧

---

⑳　行 456：王音和王鳳出自漢元帝的王皇后家族。二人在前漢末期擔任大司馬。見《漢書》，卷 98 頁 4013—4026。弘恭和石顯是宦官，漢宣帝和漢元帝在位時獲得高位。見《漢書》，卷 93 頁 3726—3730；Ch'u T'ung-tsu, *Chinese Social Structure*, pp. 430‑37。

⑳　行 457：參《漢書》，卷 100 上頁 4205：“建始、河平之際，許、班之貴，傾動前朝，熏灼四方。”

⑳　行 461：五臣注本爲“名”，尤袤本爲“才”。王念孫（見《讀書雜志》，餘編下頁 29a‑b）爭論稱，在這個語境中“名”是更好的讀法，因爲儘管王音、王鳳、弘恭、石顯在活着的時候很顯耀，但他們“身後無譽”。因此這一句改造了《論語》8/20：“才難，不其然乎！”

⑳　行 462：公元 23 年 10 月，反抗王莽的軍隊占領長安。王莽在漸臺（見《西京賦》，行 286 注）設置抵禦，被殺於臺頂。見《漢書》，卷 99 下頁 4191；*HFHD*，3：464‑65。

⑳　行 463：有關王莽的這個惡名，見《東京賦》，行 145 注。

⑳　行 464：雋不疑是公元前 86 年到前 81 年的京兆尹。公元前 85 年，一個年輕人自稱是太子，出現在皇宮北闕。由於不確定他的身份，因此官員無法決定如何行動。雋不疑來後，下令逮捕此人，後來發現此人確實是騙子。見《漢書》，卷 71 頁 3037—3038；*Courtier and Commoner*，pp. 160‑62。

⑳　行 465：樗里子是秦惠王（前 337—前 307 年在位）的弟弟，被埋葬於渭河南岸的章臺東側。樗里子死前宣稱，百年之後一座皇宮將會建在他墳墓的旁邊。漢代時，長樂宮和未央宮分別建在他墳墓的東西兩側，武庫正好坐落於他的墳墓上。見《史記》，卷 71 頁 2310。

⑳　行 466—467：紂辛是商朝最後一位統治者，非常喜愛酒肉，建酒池肉林。見《史記》，卷 3 頁 105。在《漢書·西域傳》（卷 96 下頁 3928）的《贊》中，班固稱武帝也“設酒池肉林以饗四夷之客”。潘岳斥責武帝未從紂辛的奢靡例子中吸取教訓，紂辛正是因爲荒淫行徑而失國。《元和郡縣圖志》（卷 1 頁 6）將武帝的酒池定位在長樂宮中。

轉向奢侈浪費,不知限度。[235]

470　正如生命有始必然有終,
　　誰能獲得長久的生命,透視永恒?[236]
　　武帝的雄韜偉略而今何在?
　　他爲身旁的文成和五利所蒙蔽,[237]
　　在建造中欲與造化相比,
475　探索山海玄奧的秘密。
　　神靈若在神聖的島嶼上嬉戲,[238]
　　奔馳的鯨魚被海浪托着,衝上岸畔,[239]
　　暴露其鱗片骨骼於廣闊沙灘,
　　致使一雙明月珠隕落。[240]
480　升起仙人之掌來獲取露水,[241]
　　侵入雲漢,抵達上空。
　　引進邛竹和蒟醬困難嗎?[242]
　　只要"我們"想要,奇想就能得到滿足。
　　縱情閑暇嬉戲和競技運動,[243]
485　用珍珠和翠羽繫絡甲帳和乙帳。[244]
　　罔顧人口數量減半,[245]
　　雖然將功績刻在東嶽,贊美卻徒然而空洞。[246]

秘。靈若翔於神島,奔鯨浪而失水。爆鱗骼於漫沙,隕明月以雙墜。擢仙掌以承露,干雲漢而上至。致邛蒟其奚難,惟余欲而是恣。縱逸遊於角觝,絡甲乙以珠翠。忍生民之減半,勒東岳以虛美。

29

現在,經過長時間的沉思和反思往昔,

超長懷以遐念,若循環之無賜。

---

[235] 行 468—469:曲陽指曲陽侯王根,他是前漢晚期掌控朝廷的外戚家族中的一員。有一首流行的歌謠,諷刺他建造與白虎臺爭鋒的厦宇。見《漢書》,卷 98 頁 4023—4024。

[236] 行 471:參《老子》,第 59 章:"是謂深根固柢,長生久視之道。"

[237] 行 473:關於文成和五利,見《西都賦》,行 303—304 注。

[238] 行 476:參《西京賦》,行 298 注。

[239] 行 477:參《西京賦》,行 299 注。

[240] 行 479:鯨魚(whale)的眼睛被認爲是明珠。

[241] 行 480:參《西都賦》,行 299 注。

[242] 行 482:關於邛竹,見《蜀都賦》,行 37 注及行 256 注。關於蒟醬(betel sauce),見《蜀都賦》,行 257 注。

[243] 行 484:見《西京賦》,行 680 注。

[244] 行 485:參《西京賦》,行 676 注。

[245] 行 486:參《漢書》,卷 7 頁 233,及 *HFHD*,2:175。

[246] 行 487:東嶽即泰山。蕭然是位於泰山脚下的一個山坡,是前漢舉辦封禪的位置。參《東京賦》,行 74 注。

一切都如同滾動的輪子，没有終了。

490　我檢閲過炫目光彩的前朝，

接着來到秀麗雅緻的後庭。[247]

可敬的是阻擋熊的忠誠勇敢，[248]

深深稱讚的是拒絶把手同車的明智。[249]

衛烏黑髮亮的頭髮像鏡子一樣閃耀；[250]

495　身形輕盈的趙纖瘦而美麗。[251]

她們都巧妙地凸顯自身，名聲廣播，[252]

但在恩寵的巔峰上，禍事也很多。

較面朝之焕炳，次後庭之猗靡。

壯當熊之忠勇，深辭輦之明智。

衛鬒髮以光鑒，趙輕體之纖麗。

咸善立而聲流，亦寵極而禍侈。

30

我穿過便門，接着右轉，[253]

考查轄區的邊界。

500　在細柳，我輕撫寶劍，

爲孝文所任命的統帥感到快意。

周將軍接到任命，即刻忘卻自身，

以此確證軍政毫不畏縮的決心。

在軍營門口阻擋華蓋儀仗，

505　拉住皇帝車駕尊貴的繮繩。

儘管天威面前嚴肅鄭重，

津便門以右轉，究吾境之所暨。

掩細柳而撫劍，快孝文之命帥。

周受命以忘身，明戎政之果毅。

距華蓋於壘和，案乘輿之尊轡。

肅天威之臨顏，率軍禮以長揖。

輕棘霸之兒戲，重條侯之倨貴。

---

[247] 行491：後庭即後宫的所在。

[248] 行492：前漢元帝帶領宫娥去獸欄觀看鬥獸。一隻野熊打破獸欄，衝向皇帝一干人衆。所有的宫娥都陷入恐慌，但馮婕妤直直地走向熊，阻擋它的路綫，直到侍衛殺死它。見《漢書》，卷97下頁4005；Watson，*Courtier and Commoner*，p. 278。

[249] 行493：漢成帝邀請其妃班婕妤共乘一輦，但班婕妤予以拒絶，因爲古代聖人的畫像未出現婦人在側。見《漢書》，卷97下頁3983—3984；Watson，*Courtier and Commoner*，pp. 261-62。

[250] 行494：關於衛夫人，見《西京賦》，行789注。潘岳借用《左傳》，召公二十八年（Legge 5：724），其中將一位婦人的頭髮描述爲"鬒黑而甚美，光可以鑒"。

[251] 行495：關於趙夫人，見《西京賦》，行790注。

[252] 行496：根據張銑（卷10頁27b）所述，這一句指馮夫人和班夫人，下一句指衛夫人和趙夫人。李善（卷10頁21b）顯然理解爲普遍適用於宫中的妃嬪，她們在開始時享受聲望和權力，但卻在受寵巔峰時又失去。我遵從李善的詮釋。

[253] 行498：便門橋位於長安以西，架於渭河之上，以方便進出茂陵的守墓村鎮。見《漢書》，卷6頁158；《元和郡縣圖志》，卷1頁13。

但仍遵從軍禮，長長一躬。㉔

文帝貶斥棘霸行徑爲兒戲，㉟

尊敬條侯的自傲顯貴。㉟

31

510　我尋找杜郵，但它在哪？

　　據説就是孝里的舊名。㉟

　　我鬱鬱不樂，在此停車徘徊，

　　哀悼武安，悲從中來。㉟

　　他爲抗擊趙而殉國，㉟

515　卻在廟算中斷定勝負的幾率。㉟

　　君王拒絕他嚴正的話語，拒不採納，

　　相反心懷怨恨，轉而歸咎白起。

　　在流放旅程中尚未行至十里，

　　白起即被授予一劍，以之割斷頭顱。

520　唉，君主昏庸，大臣嫉妒，

　　什麼災難不會發生？

索杜郵其焉在，云孝里之前號。

惆輟駕而容與，哀武安以興悼。

爭伐趙以徇國，定廟筭之勝負。

扞矢言而不納，反推怨以歸咎。

未十里於遷路，尋賜劍以刎首。

嗟主闇而臣嫉，禍於何而不有？

㉔　行 500—507：公元前 159 年，匈奴侵略北部邊地，文帝命將軍周亞夫在長安以西的細柳安營，等候匈奴進攻。爲鼓舞士氣，皇帝親臨軍營。當他試圖進入細柳時，哨兵拒絕其先鋒入營，直到接到周將軍的命令後，哨兵才允許隨後進入。守營士兵接着要求皇帝的馭者放緩腳步，因爲周將軍下令營中不得奔馳。當周亞夫出來迎接皇帝時，他只是簡單一躬，稱甲冑在身不能施以全禮，即使是在皇帝面前。文帝完全贊成周亞夫嚴格遵守軍政紀律。見《史記》，卷 57 頁 2074—2075；*Records*，1：434 - 35。《元和郡縣圖志》（卷 1 頁 4、卷 1 頁 12）將細柳定位在咸陽西南二十里處。

㉟　行 508：在去細柳營前，文帝首先駕臨棘門（長安西北）營和霸上（長安以東）營，他在那裏立即就被放入軍營。離開細柳後，文帝評價霸上和棘門的軍隊"若兒戲耳"，因爲它們容易遭受出其不意的進攻。見《史記》，卷 57 頁 2057；Watson，*Records*，2：435。

㉟　行 509：周亞夫受封爲條侯。關於周亞夫的"倨貴"，見《史記》，卷 122 頁 3133；*Records*，2：421。

㉟　行 510—511：杜郵位於咸陽以西十七里處，後來改稱孝里，是爲秦將白起建立祠堂的地方。見《水經注》，册 3，卷 17 頁 106。

㉟　行 513：武安指武安君白起。

㉟　行 514：白起領導秦軍與敵國作戰，贏得許多勝利。秦相范雎嫉妒白起的成就，謀劃撤回軍隊，尋求與趙國和解。後來，秦國發動攻打趙國首都邯鄲的戰鬥時，白起預見到秦不會取勝，因此托病，不奉命令。秦軍儘管圍困邯鄲八九個月，但仍未能擊敗趙國。昭王於是試圖逼迫白起率領秦軍。但當白起拒絕時，昭王便將他貶爲庶民，流放陰密。三個月後，趙屢次驅逐秦軍的進擊，昭王於是和范雎謀劃召白起赴杜郵。白起在杜郵收到一把劍，以劍自刎。見《史記》，卷 73 頁 2335—2337。

㉟　行 515：參上文行 28。

32

我凝視渭城的秦墟，[261]

冀闕已徹底消失。[262]

尋覓宮殿地基的遺跡，

525　如今已倒塌破碎，成爲參差殘跡。

我回憶緊抱玉璧的趙國使者，

他眼光熾烈，掃視柱子，憤然發怒。[263]

燕國的地圖被展開，荆軻露出匕首，

驚慌中秦帝撕裂袖子，恐懼後退。[264]

530　琴音刺透空氣，高漸離激勵自己，

伺機放置鉛塊，割斷膝蓋。[265]

像這樣占據天子之位，

困惑恐慌，多麽悲哀！

秦選擇良人輔佐，

535　稱道李斯忠誠，商鞅賢明。

商鞅對抛棄灰燼制定嚴例，[266]

窺秦墟於渭城，冀闕緬其堙盡。

覓陛殿之餘基，裁岥岮以隱嶙。

想趙使之抱璧，瀏睍楹以抗憤。

燕圖窮而荆發，紛絶袖而自引。

筑聲厲而高奮，狙潛鉛以脱臏。

據天位其若兹，亦狼狽而可愍！

簡良人以自輔，謂斯忠而鞅賢。

寄苛制於捐灰，矯扶蘇於朔邊。

儒林填於坑穽，《詩》《書》煬而爲煙。國滅亡以斷後，身刑輈以啓前。商法焉得以宿，黄犬何可復牽？野蒲變而成脯，苑鹿化以爲馬。假讒逆於天權，鉗衆口而寄坐。兵在頸而顧問，何不早而告我？願黔黎其誰聽，惟請死而獲

---

[261]　行522：渭城是咸陽的另一個名字。見《史記》，卷5頁203，注4。

[262]　行523：公元前350年秦國建設咸陽時，建造了冀闕。見《史記》，卷5頁203；*Mh*，2：65；J. J. L. Duyvendak, *The Book of Lord Shang* (1928; rpt. Chicago: University of Chicago Press, 1963), p. 17, n. 3。

[263]　行526—527：趙使即藺相如（見行144—145注）。秦國試圖索取趙國一塊價值連城的玉璧，表面答應以十五座城池交換。藺相如提議携玉赴秦，向秦王呈上美玉後，發現秦王無意將城池交付趙。於是藺相如假裝向秦王指出玉上的瑕疵，將玉璧奪過來，威脅將玉在柱子上摔碎，除非秦王履行承諾。藺相如接着秘密將玉璧送回趙國。秦王儘管氣惱於藺相如的詭計，但仍允許他返回趙國。見《史記》，卷81頁2439—2441；Yang and Yang, *Records*, pp. 139-42。

[264]　行528—529：荆軻在呈上答應割讓給秦國的燕國疆域圖時，試圖刺殺秦始皇。當始皇帝打開盛地圖的容器，荆軻右手抓起藏在地圖裏的匕首，左手抓住皇帝的衣袖。始皇大驚後撤，將袖子從袍服上扯掉。見《史記》，卷86頁2534—2525；Watson, *Records of the Historian*, pp. 63-64；Yang and Yang, *Records*, pp. 399-400。

[265]　行530—531：荆軻的朋友高漸離是一位技藝高超的音樂家。荆軻試圖刺殺秦始皇失敗後，高漸離在貴族前彈琴。始皇帝很快就聽説他的技藝，將他召至首都。始皇帝獲悉高漸離曾與荆軻有故，於是將高漸離的眼睛挖出，接着命令他爲朝廷演奏。最後，高漸離得以在表演時坐在皇帝的正前方。一日，高漸離將一個沉重的鉛塊固定在琴内，他走近皇帝鼓琴時，便用琴掄擊皇帝的頭，但最終未能擊中。高漸離立即被處決。見《史記》，卷86頁1536—1537；Watson, *Records of the Historian*, pp. 65-66；Yang and Yang, *Records*, p. 401。李善（卷10頁23a）徵引《論衡》，稱高漸離擊中秦王的膝蓋，造成致命傷。參劉盼遂，《論衡集解》，卷4頁90，將"臏"讀爲"喉"。

[266]　行536：商鞅（活躍於前359—前338年）是秦國丞相，建立秦國法度。其中有一條法律規定，任何人將灰扔到路上，都要受到懲罰。見《史記》，卷87頁2555；Bodde, *China's First Unifier*, p. 40。

李斯在北方邊境背叛扶蘇。[267]

儒生被填入坑洞，

《詩》《書》火焚爲灰。[268]

540　封地被毀滅，子孫由此斷絕；

他們本人被車馬肢解，預示秦的毀滅。[269]

商君的法律如何爲自己找到安身之處？[270]

李斯如何才能再牽黃犬？[271]

野蒲變成乾肉，

545　苑中之鹿化而爲馬。[272]

皇帝將其天下權威賦予讒佞叛逆，[273]

鉗制衆人口舌，坐在傀儡之位。

直到劊子手的刀碰到脖子才轉身發問：

"爲什麼你不早點告訴我？"[274]

550　他渴望成爲一個普通人，誰會允許？

只有當他求死才獲得允可。[275]

可。健子嬰之果決，敢討賊以紓禍。勢土崩而莫振，作降王於路左。蕭收圖以相劉，料險易與衆寡。羽天與而弗取，冠沐猴而縱火。貫三光而洞九泉，曾未足以喻其高下也。

---

[267] 行 537：秦始皇死後，李斯與宦官趙高、始皇次子胡亥共謀，僞造敕書，命令正被放逐北邊的太子扶蘇自殺。見《史記》，卷 87 頁 2547—2551；Bodde, *China's First Unifier*, pp. 25-33.

[268] 行 538—539：基於李斯的建議，秦始皇命令焚燒經典，坑殺儒生。見《史記》，卷 6 頁 255、258；*Mh*, 2：181-82.

[269] 行 540—541：商鞅和李斯效忠統治者，但二人均被其主子的繼承人處決。商鞅遭車裂之刑，所有家族成員均被殺死。見《史記》，卷 68 頁 2237；Duyvendak, *Book of the Lord Shang*, p. 30. 李斯遭腰斬之刑，雙親、兄弟、妻、子遭到殺害。見《史記》，卷 87 頁 2562；Bodde, *China's First Unifier*, p. 52.

[270] 行 542：商鞅試圖逃避追捕，想躲在客棧中，但遭到客棧老闆拒絕。客棧老闆告訴他，根據商君法的規定，任何容留身份不詳的客人住店者，都要受到懲罰。見《史記》，卷 68 頁 2236—2237；Duyvendak, *Book of the Lord Shang*, p. 29.

[271] 行 543：李斯被處死前，跟兒子講："吾欲與若復牽黃犬俱出上蔡東門逐狡兔，豈可得乎？"見《史記》，卷 87 頁 2562；Bodde, *China's First Unifier*, p. 52.

[272] 行 544—545：李善（卷 10 頁 23a）徵引《風俗通（義?）》，講述宦官趙高的一則逸事。趙高在秦二世的朝堂上令官員們十分恐懼，以至可以稱一束野蒲爲乾肉，指着一匹鹿稱之爲馬，卻無人敢於反駁。今本《風俗通義》沒有這一段內容。有關它的逸事內容保存於《藝文類聚》（卷 82 頁 1407；*Mh*, 2：211），但將之歸屬於《史記》。然而，《史記》（卷 6 頁 273）只有指鹿爲馬的情節。有關這一逸事的其他來源，見胡紹煐，卷 12 頁 14b—15a.

[273] 行 546：讒逆指趙高。

[274] 行 548—549：起義軍如風暴般衝入宮殿、進入皇帝的房間時，秦二世轉向一位宦官，開口詢問："公何不蚤告我？乃至於此！"宦官回答："臣不敢言，故得全。使臣蚤言，皆已誅，安得至今？"見《史記》，卷 6 頁 274；*Mh*, 2：214.

[275] 行 550—551：宮廷政變的首領閻樂讓秦二世選擇自己喜歡的死法。當秦二世要求成爲一郡之王和萬戶侯均被拒絕後，他接着請求像普通人一樣活着，"比諸公子"。當這一請求也遭拒絕後，二世皇帝終於自殺。見《史記》，卷 6 頁 274；*Mh*, 2：214-15.

子嬰的果決真是強勁！

敢於討伐逆賊，祛除災禍。㉗⑥

秦政權的倒塌如同山崩，無人可救，

555　子嬰成爲路邊投降的君王。㉗⑦

蕭何收集圖冊以輔助劉邦，㉗⑧

用來判斷地形險要和人口數量。

當上天授予時，項羽没有接受，㉗⑨

沐猴戴冠，令大火肆虐。㉘⓪

560　即使貫穿三光，洞徹九泉，

也不足以比喻他們之間的高低差距。

33

感觸於市集中蒐井，	感市閭之蒐井，歎尸韓之舊處。
我在韓延壽斬首的故地哀嘆。㉘①	丞屬號而守闕，人百身以納贖。
守衛城闕的部屬泣下哀嚎，㉘②	豈生命之易投，誠惠愛之洽著。
565　百人獻身欲贖他。㉘③	訐望之以求直，亦余心之所惡。
他們爲何如此輕易獻出生命？	思夫人之政術，實幹時之良具。
的確是因爲他的仁愛無處不知。	苟明法以釋憾，不愛才以成務。
但當他控訴蕭望之以追求正直，	弘大體以高貴，非所望於蕭傅。
即使是我也在心底厭惡這種行爲。㉘④	

㉗⑥　行552—553：子嬰繼承秦二世，成爲秦王（非皇帝），立即採取的行動之一就是將亂臣趙高處死。見《史記》，卷6頁275；*Mh*，2：215－16。

㉗⑦　行555：參上文行377—378。

㉗⑧　行556：劉邦的軍隊占領首都咸陽，所有的將軍都爲爭奪秦藏室中的黄金和絲綢而横衝直撞。蕭何卻首先去收集秦丞相、御史令所藏的户籍、地圖、文書。見《史記》，卷53頁2014；*Records*，1：125－26。

㉗⑨　行558：項羽入咸陽後，放火焚燒所有的宫殿建築，而後離去。見《史記》，卷7頁215；*Records*，1：55。潘岳批評他没能利用這個機會控制秦國首都。有關"天與"一詞，見《史記》，卷89頁2580；*Records*，1：181。

㉘⓪　行559：項羽拒不接受留在咸陽的建議，提出這個建議的人於是說道："人言楚人沐猴而冠耳，果然。"（項羽是楚人）見《史記》，卷7頁315；*Records*，1：55。

㉘①　行562—563：左馮翊韓延壽和御史大夫蕭望之是政敵，提出一系列針對對方的控訴。皇帝最後判處韓延壽棄市。見《漢書》，卷76頁3214—3216。蒐井是用來取火的。

㉘②　行564：當韓延壽被領至刑場時，數千位僚屬陪同他一起去到渭城。當他被執行死刑時，人們愴然涕下。見《漢書》，卷76頁3216。李善（卷10頁25a）指出，潘岳實際上借用了處死趙廣漢的記載，見《漢書》，卷76頁3204，其中特別提到僚屬和闕衛以自身替代趙廣漢之事。

㉘③　行565：參《毛詩》第131首第1章："彼蒼諸天，殲我良人。如可贖兮，人百其身。"

㉘④　行568—569：參《論語》14/24："惡訐以爲直者。"

570 我思考此人的統治之術：㉘

　　確實是管理那個時代的優秀人才。

　　然而，蕭僅宣明法律以泄恨報仇，

　　不愛惜才能以完成皇帝的任務。

　　以高尚的品格顧全大局，

575 不可能指望蕭太傅會如此做。㉘

34

　　當抵達長山時，我的傷感迸發，㉘　　　　　造長山而慷慨，偉龍顏之英主。

　　真是龍顏的偉大英主！㉘　　　　　　　　胸中豁其洞開，群善湊而必舉。

　　他的心中寬宏大度，㉘　　　　　　　　　存威格乎天區，亡墳掘而莫禦。

　　聚集周圍的優秀人士必得重用。㉘　　　　臨撝坎而累拊，步毀垣以延佇。

580 生時，他的威力抵達上天；

　　死後，他的墳墓遭到挖掘，無人能保護。㉘

　　我俯瞰被覆蓋的墳坑，反復地握緊雙手，

　　沿着毀棄的牆壁行走，徘徊良久。

35

　　越過安陵，那裏無事可譏諷，㉘　　　　　越安陵而無譏，諒惠聲之寂寞。

585 事實上惠帝的聲名遭到埋沒。　　　　　　　弔爰絲之正義，伏梁劍於東郭。

　　我憑吊爰絲這位正直守道者，　　　　　　　訊景皇於陽丘，奚信譖而矜謔？

　　被梁王的劍客刺死於東郊。㉘　　　　　　　隕吳嗣於局下，蓋發怒於一博。

㉘　行570："夫人"指韓延壽。

㉘　行575：蕭望之是太子太傅。

㉘　行576：長山或長陵是漢高祖陵墓所在，位於渭河以北，距長安四十里。見《漢書》，卷1下頁80。

㉘　行577：參《漢書》，卷1頁2："高祖爲人，隆準而龍顏。"

㉘　行578：參《漢書》，卷1頁2："（高祖）意豁如也。"

㉘　行579：參班彪，《王命論》（《文選》，卷52頁5a）："英雄陳力，群策畢舉。"

㉘　行581：高祖之墓在前漢末期被赤眉軍洗劫。見《後漢書》，卷1上頁28。

㉘　行584：安陵位於長安以北三十五里處，是漢惠帝（前194—前188年在位）的陵墓。見《西都賦》，行72—73注。

㉘　行586—587：爰絲即爰盎，作爲諫言者忠心服務於文帝，其後退居安陵家中。景帝曾就立梁王爲嗣一事徵求爰盎的意見，爰盎否定此事。梁王憤然，派遣刺客去安陵，在外城大門外刺死爰盎。見《史記》，卷101頁2744—2745；*Records*，1：526-27。

我在陽丘尋找景皇，㉘

爲何他信任誹謗、輕浮自誇？

590　他用棋盤打死吳的後嗣，

　　因區區一盤棋而暴發憤怒！㉙

　　給了七國理由以宣布叛亂，

　　他卻幫助叛逆，處死晁錯。㉚

　　很遺憾爰絲未能明是非懲罪惡，㉛

595　從而挫敗善良，教唆邪惡。

成七國之稱亂，飜助逆以誅錯。

恨過聽而無討，兹沮善而勸惡。

36

我在渭塋非難孝元，㉜

他信賴宦官，顯然應被責難。㉝

但我贊賞這位君主的善行，

廢棄苑囿和城鎮以崇尚簡樸。㉚

600　我穿過延門，斥責成帝，㉛

忠誠者被處死，因何罪名？

國家捍衛者王章被控告，

幽禁而死，無人調查。㉜

他放縱墮落殘忍的寵姬，㉝

告孝元於渭塋，執奄尹以明貶。

襃夫君之善行，廢園邑以崇儉。

過延門而責成，忠何辜而爲戮？

陷社稷之王章，俾幽死而莫鞫。

忕淫嬖之匈忍，勦皇統之孕育。

張舅氏之姦漸，貽漢宗以傾覆。

㉘　行 588：陽丘即陽陵，景帝墓葬的所在地，位於長安東北四十五里處。見《漢書》，卷 5 頁 153。

㉙　行 590—591：吳王子與太子（未來的景帝）玩棋。遊戲争執中，太子拿起棋盤打在王子頭上，殺死他。見《史記》，卷 106 頁 2823；*Records*，1：466 - 67。

㉚　行 592—593：公元前 154 年七國之亂的首領之一是吳王劉濞（前 195—前 154 年在位），他因殺子之事對景帝早就懷恨在心。吳和其他六個諸侯國興起反叛，抗拒皇帝削減他們的權力。這一政策是晁錯建議景帝的，叛亂暴發後，晁錯因誣告而被處死。有關這一重大叛亂事件的簡明概述，見 *HFHD*，1：292 - 97。

㉛　行 594：這裏的"恨"指爰盎，他建議景帝誅殺晁錯以緩和諸侯國的憤怒。潘岳批評景帝消滅自己最明智的參謀。見《史記》，卷 106 頁 2830—2831；《漢書》，卷 49 頁 2273；*Records*，1：476 - 77。

㉜　行 596：渭塋即渭陵，位於長安以北五十里處，是漢元帝的墳墓所在。見《漢書》，卷 9 頁 298；*HFHD*，2：336。

㉝　行 597：奄尹指弘恭和石顯，他們左右着漢元帝的朝廷。

㉚　行 598—599：漢元帝罷去思后園（衛皇后的陵園）和戾園（太子劉據的陵園），可能還打算罷除其他陵園。見《漢書》，卷 9 頁 292；*HFHD*，2：326。

㉛　行 600：延門位於延陵，長安以西六十二里，是漢成帝的墓葬所在。見《漢書》，卷 10 頁 330；*HFHD*，2：417。

㉜　行 602—603：王章在公元前 25 到前 24 年間，擔任京兆尹一職。王章在批評權相王鳳後，被控多項罪名，投入監獄，死於囹圄。見《漢書》，卷 76 頁 3238—3239；*HFHD*，2：388。

㉝　行 604：瞿蛻園（頁 109，注 7）建議，"忕"應該被修訂爲"忕"（意爲習慣）。參《史記》，卷 17 頁 802："忕邪臣，計謀爲淫亂。"我將"忕"翻譯爲"放縱"。

605 殺害皇家血統的新生子孫。㉚

他爲外戚叛逆侵犯打開道路，㉕

導致漢家的傾覆倒塌。

37

我在義地斥責哀王，㉖　　　　　　　　　　　刺哀主於義域，僭天爵於高安。

濫賜天位予高安。㉗　　　　　　　　　　　　　欲法堯而承羞，永終古而不刊。

610 他想要模仿堯，卻令自身蒙羞，㉘　　　　　瞰康園之孤墳，悲平后之專絜。

侮辱永遠無法消除！　　　　　　　　　　　　殃厥父之篡逆，蒙漢恥而不雪。

我凝視康園的孤墳，㉙　　　　　　　　　　　激義誠而引決，赴丹熛以明節。

悲悼純真的平帝皇后。㉚　　　　　　　　　　投宮火而焦糜，從灰燼而俱滅。

受到父親叛逆篡位的折磨，

615 蒙受羞恥，無法洗刷。

受到正義誠實的鼓舞而自裁，㉛

奔赴丹紅的火焰以證明節烈。

將自己投入宮殿大火，焚燒至盡，

其生命與灰燼和火焰一同消失。

38

620 我衝向橫橋，車駕回轉，㉜　　　　　　　　鷖橫橋而旋軫，歷敝邑之南垂。

穿過簡陋轄區的南界。　　　　　　　　　　　門礎石而梁木蘭兮，構阿房之屈

㉚ 行605：淫嬖指漢成帝的妃子趙婕妤，她因殺害其他嬪妃剛出生的兒子而聞名。見《漢書》，卷97下頁3988—3989；Watson, *Courtier and Commoner*, pp. 267–72。

㉕ 行606：舅氏指王氏，王鳳是成帝的舅舅，篡位者王莽即出自此家族。

㉖ 行608：義指義陵，位於長安以西四十六里處，是漢哀帝的陵墓。見《漢書》，卷11頁344；*HFHD*, 3：38。

㉗ 行609：高安君即董賢，哀帝的孌童。見《西京賦》，行327注。

㉘ 行610：參《論語》13/22："不恒其德，或承之羞。"哀帝認爲將皇位傳給董賢，是模仿堯禪讓於舜的行爲。見《西京賦》，行800—802注。

㉙ 行612：康園即康陵，位於長安以北六十里處，是漢平帝的墳墓所在。見《漢書》，卷12頁360；*HFHD*, 3：86。這是座孤墳，因爲只有前漢末位皇帝漢平帝埋在那裏。

㉚ 行613：平帝的王皇后是王莽的女兒，《漢書》本傳（卷99中頁4010）描述她"婉嫕有節操"。王莽篡漢後，她稱病拒絕參與朝會。當忠於漢室者推翻王莽，火焚未央宮時，她説道："何面目以見漢家！"於是投火自殺。見《漢書》，卷99中頁4011。

㉛ 行616："引決"是自殺的委婉説法。

㉜ 行620：橫橋架設在渭河上，位於長安以北二里。見李善卷10頁27a引潘岳《關中記》。

他們用磁石門和木蘭梁，

建造阿房的蜿蜒瑰麗。㉓

打通南山來安置門闕，㉔

625 拓寬樊川引水入池。㉕

即使使用鬼神工匠也難免失誤，

憑藉人工勞動不知要糟糕多少！㉖

在工匠完成雕刻之前，

起義的軍隊來往馳騁。

630 宗廟損壞，淪爲池沼，

被毀的豈止此座大廈。

奇。疏南山以表闕，倬樊川以激池。役鬼備其猶否，剚人力之所爲？工徒斷而未息，義兵紛以交馳。宗桃汙而爲沼，豈斯宇之獨隳？

39

我從僞新的九廟出發，

王莽自詡祖先是虞舜。㉗

驅趕哀哭者進行辟妖儀式，

635 搜尋假哭的悼者任爲郎官。㉘

誦讀六經來掩蓋自身罪惡，㉙

始皇帝焚燒詩書，使人們"面壁"而立。㉚

内心不遵從道義的準則，㉛

由僞新之九廟，夸宗虞而祖黃。驅吁嗟而妖臨，搜佞哀以拜郎。誦六藝以飾姦，焚詩書而面牆。心不則於德義，雖異術而同亡。

㉓ 行622—623：關於阿房宫，見《東都賦》，行334注。根據《三輔黃圖》(卷1頁46)記載，阿房宫用木蘭做梁木，還有用磁石鑄成的大門，用來探知進宫之人暗藏的武器。《元和郡縣圖志》(卷1頁12)稱此門位於咸陽東南十五里處，是阿房宫的北門。

㉔ 行624：公元前212年，秦始皇下令建造從阿房宫到南山的複道。南山山頂(一座山峰?)被建造爲闕("凱旋門")。見《史記》，卷6頁256；*Mh*，2：175。

㉕ 行625：樊川也被稱爲秦川，在長安正南。見《三秦記》，李善卷10頁27a徵引。

㉖ 行626—627：戎使由余(見《東京賦》，行9—10注)造訪秦國，秦穆公試圖以豪奢的宫殿打動他。由余回答說："使鬼爲之，則勞神矣。使人爲之，亦苦民矣。"見《史記》，卷5頁192；*Mh*，2：41。

㉗ 行632—633：公元20年，王莽建造九廟來紀念自己假設的祖先，其中包括黃帝、舜(虞)。見《漢書》，卷99下頁4162；*HFHD*，3：398-99。

㉘ 行634—635：隨着義軍越來越逼近首都，王莽變得驚慌失措。一個建議者告訴他，根據《周禮》和《左傳》的記載，國有大災，統治者應當哭泣以厭勝之。王莽於是帶領朝臣來到南郊，陳列所有法寶，捶胸嚎哭，並指派五千多個最好的痛哭者爲宫廷侍從。《漢書》，卷99下頁4187—4188；*HFHD*，3：457-58。我接受朱珔對這一句的解釋(卷11頁21b)。

㉙ 行636：關於王莽對經典的推崇，見《漢書》，卷99上頁4069；*HFHD*，3：192-94。潘岳援引班固附在《漢書·王莽傳》後的《贊》(見卷99下頁4194；*HFHD*，3：473)。

㉚ 行637："面牆"這一表述暗含忽視之意。參《論語》17/10："人而不爲《周南》《召南》，其猶正牆面而立也與?"

㉛ 行638：參《左傳》，僖公二十四年："心不則德義之經爲頑。"

他們的方式不同，但同樣覆滅。㉒

40

640 我在樂遊尊仰孝宣，㉓

他繼承衰落皇統，卻重振朝代。㉔

由於不能親自敬養父母，㉕

他用盡一切尊崇其陵園墳墓。

墓名爲奉明，

645 鄉邑名爲千人。㉖

我向故老咨詢，

獲悉它們是帝詢所造。㉗

他哀悼祖母死於非命，

演奏音樂來安撫其靈。㉘

650 儘管與古代典籍不一致，

但觀察其錯，可知其善。㉙

宗孝宣於樂游，紹衰緒以中興。

不獲事于敬養，盡加隆於園陵。

兆惟奉明，邑號千人。訊諸故

老，造自帝詢。隱王母之非命，

縱聲樂以娛神。雖靡率於舊典，

亦觀過而知仁。

41

我在高望南坡頂休息，㉚

查看河流和陸地的高低。

在清暑館敞開衣襟，㉛

憑高望之陽隈，體川陸之汙隆。

開襟乎清暑之館，游目乎五柞之

宮。交渠引漕，激湍生風，乃有

㉒ 行 639：參《漢書》，卷 99 下頁 4194（英譯見 *HFDH*，3：473）："昔秦燔《詩》《書》以立私議，莽誦六藝以文姦言，同歸殊塗，俱用滅亡。"

㉓ 行 640：樂遊是宣帝的祠廟，位於宣帝墳墓所在的杜陵，長安以南五十里。見《漢書》，卷 8 頁 262；*HFDH*，2：243。

㉔ 行 641：參《漢書》，卷 8 頁 275："（宣帝）功光祖宗，業垂後嗣，可謂中興。"

㉕ 行 642：宣帝是劉進的兒子。在公元前 91 年的巫蠱之禍中，劉進與其父戾太子一同死去。見上文行 256—261 注。宣帝彼時還是個嬰兒，因此沒有機會"敬養"父母。詳細記載，見《漢書》，卷 8 頁 235；*HFDH*，2：109。

㉖ 行 644—645：奉明原稱光明，是宣帝父親史皇孫埋葬的地方。見《漢書》，卷 8 頁 254；《漢書》，卷 63 頁 2747—2749。根據潘岳的《關中記》（李善引，卷 10 頁 28a）記載，宣帝的祖母思太后（衛夫人）埋葬在名爲千人鄉的地方。這個村子因爲有樂工雜技千人住此，以"樂其園"而得名。亦見《漢書》，卷 97 上頁 3951，注 3。

㉗ 行 647：詢是宣帝的名字。

㉘ 行 648—649：呂延濟（卷 10 頁 35b）和瞿蛻園（頁 112，注 7）均釋王母爲宣帝的母親王夫人，但王母也是泛指祖母的詞（見《爾雅》，中之四頁 1b）。由於宣帝將樂師安排在祖母的墓葬處，因此我將王母譯爲"祖母"。

㉙ 行 651：這一句是《論語》4/7 的意譯。

㉚ 行 652：根據《長安圖》（李善引，卷 10 頁 28a）的記載，高望堆位於延興門（唐代長安的西大門）以南八里處。

㉛ 行 654：清暑館位於甘泉。參《西京賦》，行 56—59。

655 遊目於五柞宮。㉜

交錯的水渠引導水流運送，

湍急的流水生風。

其間有昆明池，㉝

池水浩蕩，洶湧傾瀉，

660 澎湃湧動，流布廣遠，

像天河一樣宏大。㉞

日月附着天上，

出入東西兩方。㉟

太陽升起時，它如同湯谷；㊱

665 太陽落山時，它如同虞淵。㊲

舊時著名的豫章館㊳

從玄暗湧流卓然升起。㊴

模擬天漢的景星，㊵

將牽牛和織女安排成一對雕像。㊶

670 他們希望它萬年不倒，

卻突然在十紀後崩塌。㊷

他們創造百尋層疊塔樓，

現在只剩下數仞廢墟。

一群白鷺飛過，㊸

675 鴨子滑翔，鵝掠過水面，

昆明池乎其中。其池則湯湯汗汗，混瀁彌漫，浩如河漢。日月麗天，出入乎東西，旦似湯谷，夕類虞淵。昔豫章之名宇，披玄流而特起。儀景星於天漢，列牛女以雙峙。圖萬載而不傾，奄摧落於十紀。擢百尋之層觀，今數仞之餘趾。振鷺于飛，鳧躍鴻漸。乘雲頡頏，隨波澹淡。瀺灂驚波，唼喋菱芡。華蓮爛於淥沼，青蕃蔚乎翠澂。伊茲池之肇穿，肆水戰於荒服。志勤遠以極武，良無要於後福。而菜蔬荁實，水物惟錯，乃有贍乎原陸。在皇代而物土，故毀之而又復。

㉜ 行655：關於五柞宮，見《西京賦》，行397注。

㉝ 行658：關於昆明池，見《西都賦》，行130注。

㉞ 行661：參《西都賦》，行400—402注。

㉟ 行663：參《西京賦》，行437注。

㊱ 行664：關於湯谷，見《西京賦》，行603注。

㊲ 行665：關於虞淵，見揚雄，《羽獵賦》，行49注。

㊳ 行666：關於豫章館，見《西都賦》，行399注。

㊴ 行667：參《西京賦》，行429—434。

㊵ 行668：景星或德星是半月狀的巨大黄光，不是一顆真正的星星，而是地球反射的太陽光（"地球反照"）。見 Ho Peng Yoke, *The Astronomical Chapters of the Chin shu*, p. 129; Schafer, *Pacing the Void*, pp. 180‑82。

㊶ 行669：見《西都賦》，行400—402注。

㊷ 行671："紀"指十二年的時間。

㊸ 行674：這一句逐字借用《毛詩》第278首第1章。

它們乘雲高飛俯衝，

在水波上搖擺翻滾。

在驚濤中俯仰上下，

啄食嚙咬菱角芡實。

680 盛開蓮花在碧綠水池閃耀，

綠色莎草萌芽於翠綠漣漪。㉞

此池塘最初被開鑿

是爲了在荒野邊疆訓練水戰。

目的是勞師遠征，窮兵黷武，㉞

685 實在不是爲了追求未來福祉。

然而蔬菜、野菜、青菜、果實，

各種各樣水生產品，

比平原田野更爲繁茂。

在此威嚴時代再次"檢校土地"，㉞

690 我們將曾被毀滅者復原。

42

我的轄區所有官員

既富民又教民。㉞

引領貧窮、怠惰之人，

一同準備巡弋划槳。

695 拖曳漁網，評判收獲，

拉回箭繩，舉起獎品。

鰥夫再娶妻，

愁苦百姓變得歡愉。

凡厥寮司，既富而教。咸帥貧惰，同整機櫂。收罟課獲，引繳舉效。鰥夫有室，愁民以樂。徒觀其鼓枻迴輪，灑釣投網，垂餌出入，挺叉來往。纖經連白，鳴桹厲響。貫鰓呁尾，掣三牽兩。於是弛青鯤於網鉅，解顙鯉於黏徽。華魴躍鱗，素鱮揚鬐。雍人

㉞ 行681：青蕃可能是青蘋（青莎草，green sedge）的變體。見《南都賦》，行98注。

㉞ 行684："勤遠"一詞源自《左傳》，僖公十九年（Legge 5：154），意爲"致力於遙遠的計劃"。在潘岳這一句裏，指遠征。

㉞ 行689：參《左傳》，成公二年（Legge 5：346）："先王疆理天下，物土之宜，而布其利。"

㉞ 行692：這一段暗指《論語》13/19："冉有曰：'既庶矣，又何加焉？'曰：'富之。'曰：'既富矣，又何加焉？'曰：'教之。'"

捶打的船舷,纏繞的絲綫,㉘

700　分撒的釣鈎,拋擲的漁網,

　　　垂釣的誘餌上下擺動,

　　　魚叉來回刺擊!

　　　纖綫與白羽交錯,㉙

　　　鳴根尖厲地鳴響。㉚

705　釘穿魚鰓,抓着尾巴,

　　　兩條一組舉着,三條一組拖着。

　　　從網鈎中放出青鯤,㉛

　　　從黏性的網套中釋出赤鯉。

　　　有花紋的鯉魚輕彈鱗片,

710　發白的鯉魚拍打背鰭。

　　　厨師切成條狀小塊,

　　　鸞刀仿佛飛動。㉜

　　　一遇刀鋒,肉就掉落切板,

　　　飛舞飄動,精美迅速。

715　紅色的小肉片一被盛出,

　　　客人們就迫不及待享用。

　　　餐後他們吃飽滿足,

　　　平静安寧,没有欲望。

　　　這能轉變小人的肚腸

720　成爲君子的思想。㉝

43

於是我舉起鞭子,掃拂車墊,

縷切,鸞刀若飛。應刃落俎,霍霍霏霏。紅鮮紛其初載,賓旅竦而遲御。既餐服以屬厭,泊恬静以無欲。迴小人之腹,爲君子之慮。

爾乃端策拂茵,彈冠振衣。徘徊

㉘　行699:李善(卷10頁29a)稱,"輪"指用來收回魚綫的小車,並補充説"輪"也寫作"綸",意爲"魚綫"。我採納這一解讀。

㉙　行703:李善(卷10頁29b)解釋,這種網將白羽與在上面展開的細繩編製在一起而製成,放置水中,一人拉一頭。

㉚　行704:這種杆子用來敲打船舷,驅趕魚兒入網。

㉛　行707:鯤魚無法辨識。

㉜　行712:參《東京賦》,行485注。

㉝　行719—720:參《左傳》,召公二十八年(Legge 5:728):"願以小人之心腹爲君子之心,屬厭而已。"

輕彈冠帽,抖擻衣服,
徘徊於酆和鎬,[354]
如飢似渴。[355]
心跳激烈,驚奇凝視,
不需額外尊敬,自然地虔誠。
我怎敢夢到三聖?[356]
或許敢於渴望如同十位能臣。[357]
成王規劃和建造靈臺,
不到十天就建成。[358]
他們在酆和鎬,
繼續擴大家室。
百姓如同子女全部來此,[359]
神靈爲他們降下福祉。
通過積累德行,周延長統治,
没有疑心,只有忠誠。
儘管人們長期考察此國,
但現在誰能理解它?
只能知曉它的梗概,
很難碰觸核心。
兒子借給父親多餘的鋤頭,
便如秦法所教,展現施恩的神色。[360]
爲避免邊界紛爭,農夫們讓田地閑置,[361]
灌輸周的教誨,甚至任荆棘生長。

酆鎬,如渴如飢。心翹懃以仰止,不加敬而自祗。豈三聖之敢夢,竊十亂之或希。經始靈臺,成之不日。惟酆及鄗,仍京其室。庶人子來,神降之吉。積德延祚,莫二其一。永惟此邦,云誰之識?越可略聞,而難臻其極。子贏鋤以借父,訓秦法而著色。耕讓畔以閑田,沾姬化而生棘。蘇張喜而詐騁,虞芮愧而訟息。由此觀之,土無常俗,而教有定式。上之遷下,均之埏埴。五方雜會,風流溷淆。惰農好利,不昬作勞。密邇獫狁,戎馬生郊。而制者必割,實存操刀。人之升降,與政隆替。杖信則莫不用情,無欲則賞之不竊。雖智弗能理,明弗能察;信此心也,庶免夫戾。如其禮樂,以俟來哲。

[354] 行 723:關於酆、鎬,見《西都賦》,行 332 注。
[355] 行 724:參《孔叢子》,《四部備要》,卷 3 頁 2a:“君若飢渴待賢。”
[356] 行 727:參《論語》7/5:“子曰:‘甚矣吾衰也!久矣吾不復夢見周公。’”三位聖人指文王、武王、周公。
[357] 行 728:潘岳引用《尚書·大誥》(見《尚書注疏》,卷 11 頁 9b;Legge 3:292),周武王宣稱:“爽邦由哲,亦惟十人。”亦見《論語》8/20。
[358] 行 729—730:關於靈臺,見《東京賦》,行 200。參《毛詩》第 242 首第 1 章:“經始靈臺……不日成之。”
[359] 行 733:參《毛詩》第 242 首第 1 章:“庶民子來。”
[360] 行 741—742:參賈誼對秦國這一道德觀念的評價(《漢書》,卷 48 頁 2244):“商君遺禮義,棄仁恩……借父耰鉏,慮有德色。”
[361] 行 742—743:李善(卷 10 頁 30b)從《尚書大傳》(卷 2 頁 16b)中徵引一段,從虞和芮而來的人拜訪周文王,請文王裁斷他們對土地所有權的争執。當他們抵達周時,看到每個人都遵守規矩,農民令土地閑置,避免與鄰居相接。

745 蘇和張狂喜地放任欺詐，㊑

虞和芮慚愧地停止訴訟。㊓

由此可以看到：儘管地方沒有永恒風俗，

教誨卻能建立規矩。

上位者可以轉化下面的人，

750 如同陶匠捏合黏土。㊔

當五個區域混雜交匯，

風俗習慣變得複雜混淆。㊕

懶惰的農夫熱衷利益

不努力勞作。㊖

755 鄰近的獫狁，㊗

戰馬在郊外飼養。㊘

如果管理者打算切割，

必須知道如何使用刀具。㊙

人的升降

760 伴隨着統治的隆興和衰敗。

如果信賴忠誠，就不會表現不良信仰；㊚

如果沒有欲望，即使獎賞也不會偷竊。㊛

儘管我沒有足夠的智慧管理，

沒有足夠的智力明察，

765 如果我信任這些思想，㊜

㊑　行745：蘇和張指戰國時期著名說客蘇秦和張儀。根據張銑(卷10頁39b)的意見，蘇秦和張儀喜愛秦國推行的政治陰謀。

㊓　行746：參上文行742—743注。

㊔　行749—750：參董仲舒的對策(收《漢書》，卷56頁2501)："夫上之化下，下之從上，猶泥之在均，唯甄者之所爲。"

㊕　行751—752：參《漢書》，卷28下頁1642："是故五方雜厝，風俗不純。"

㊖　行753—754：潘岳引述《尚書·盤庚》(見《尚書注疏》，卷9頁6a；Legge 3：227)："惰農自安，不昏作勞，不服田畝，越其罔有黍稷。"潘岳指的是農民變成商人。

㊗　行755：獫狁是匈奴的古名。

㊘　行756：參《老子》，第46章："天下無道，戎馬生於郊。"

㊙　行757—758：參賈誼給文帝的上書(《漢書》，卷48頁2233)："操刀必割。"

㊚　行761：參《論語》13/4："上好信，則民莫不敢不用情。"

㊛　行762：參《論語》12/18："苟子之不欲，雖賞之不竊。"

㊜　行765："此心"指信任和無欲。

或許可以避免過失。㊜

至於推進禮儀和音樂，

則有待更賢明的君子。㊝

㊜ 行 766：這一句基於《左傳》，文公十八年(Legge 5：283)中幾乎相同的一句話。

㊝ 行 767—768：這兩句逐字引自《論語》11/25。

第十一卷

遊　覽

登　樓　賦

王仲宣

【解題】

　　王粲(字仲宣)作此賦的時間介於 193 年到 208 年,此間他定居江陵地區。他來到此地是爲了逃離政治軍事動亂,此動亂摧毀了他位於長安的家。此賦是"登高"主題的典型範例,這一主題寫詩人攀登高處並抒發個人情感,此處則是王粲對北方家鄉的鄉愁。

　　此賦的部分文本在敦煌寫卷中發現。見陳祚龍,《敦煌寫本登樓賦斠證》,《大陸雜誌》第 21 卷第 5 期(1960),頁 173—178;饒宗頤,《敦煌寫本登樓賦重研》,《大陸雜誌》第 24 卷第 6 期(1962),頁 167—169。

　　這篇作品的其他譯文有:Margouliès,*Le Kou-wen chinois*,pp. 110‐11;Watson,*Chinese Rhyme-Prose*,pp. 53‐54;伊藤正文、一海知義,《漢魏六朝唐宋散文選》,頁 74—75;小尾郊一,《文選》,第 2 卷頁 60—64;Ronald Miao,*Early Medieval Chinese Poetry: The Life and Verse of Wang Ts'an*(*A.D. 177‐217*)(Wiesbaden:Franz Steiner,1982),pp. 273‐75。我還查閱以下著作中的文本和注釋:《兩漢文學史參考資料》,頁 84—87;《魏晉南北朝文學史參考資料》,第 1 冊頁 133—137;瞿蛻園,《漢魏六朝賦選》,頁 58—62;許世瑛,《古今文選》,第 2 冊頁 513—516;俞紹初編,《王粲集》(北京:中華書局,1980),頁 19—20;裴晉南等編注,《漢魏六朝賦選注》,頁 97—102;吳雲、唐紹忠編注,《王粲集注》(河南信陽:中州書畫社,1984),頁 46—51。

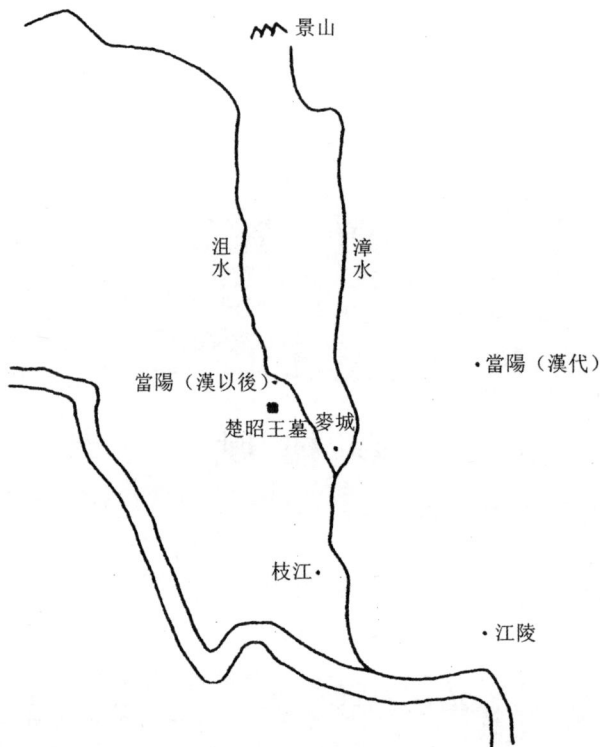

王粲登樓地圖

1

我登上此樓凝望四方，[①]	登兹樓以四望兮，聊暇日以銷
暫竊時光驅散憂傷。[②]	憂。覽斯宇之所處兮，實顯敞而
環視此樓所處之地：	寡仇。挾清漳之通浦兮，倚曲沮
的確寬敞開放，罕有匹敵！	之長洲。背墳衍之廣陸兮，臨皋
5　擁抱清澈漳水的交叉水道，	隰之沃流。北彌陶牧，西接昭

---

① 行 1：關於這座樓的位置，文字記載互相矛盾。盛弘之的《荆州記》（李善，卷 11 頁 1b 所引）説是當陽縣的城樓（今湖北荆門市南；漢代的當陽縣位於漢以後的當陽縣以東 35 公里處）。唐代的《文選》注者劉良（卷 11 頁 1a）斷言王粲登上江陵的城樓，他在那裏任劉表的屬官。這個位置與第 5—6 行明確將此樓定位於漳水和沮水之間不符。《水經注》（册 5，卷 32 頁 105）給出最精確的位置：位於漳水和沮水流域的麥城（今湖北當陽縣東南）東南角的城樓，這完全符合王粲在第 5—6 行詳細指明的位置。《太平寰宇記》（卷 146 頁 20a）進一步證實這座樓的位置在麥城。關於這一問題的其他討論，見張雲璈，卷 6 頁 21a—22a。

② 行 2：或可譯爲“消磨打發閑暇時日以驅散憂傷。”李善的文本寫作“暇”（閑暇），但是在注釋中，李善解釋説“暇”亦寫作“假”（借）。詞組“聊假日”（字面意思是“短暫地借用時日”）是《楚辭》中常見的慣用語，見《楚辭補注》，卷 1 頁 36b，卷 4 頁 24a，卷 15 頁 4b，卷 16 頁 30a。因此，我採用“假”的寫法。爲“暇”作辯解的，見胡紹煐，卷 13 頁 1a—b。

樓止蜿蜒沮水的冗長沙洲，③

背靠丘陵和平原的廣闊延伸，

面朝河灘和沼澤的豐滿流水，

北邊延至陶的牧場，④

10 西邊觸及昭的古墳。⑤

花果覆蓋平原，

黍米填滿田地。

雖然美麗，卻不是我的故鄉！

我豈能停留在此，即便只是瞬間？⑥

2

15 遭遇混亂動蕩，我流浪遠方；

至今已經過去漫長十年。⑦

懷着渴望思念之心，我刻意思歸；

丘。華實蔽野，黍稷盈疇。雖信美而非吾土兮，曾何足以少留？

遭紛濁而遷逝兮，漫踰紀以迄今。情眷眷而懷歸兮，孰憂思之可任？憑軒檻以遙望兮，向北風

---

③ 行5—6：根據《水經注》(册5，卷32頁105)，漳水發源於湖北北部的荊山(今南漳縣西南)，向東南流經當陽縣和麥城東部，在當陽以南約100里處靠近枝江(今枝江縣東北)的地方匯入沮水。沮水發源於景山(今湖北房縣)，向南正好流經麥城。漳、沮二水合流後向南流，並在江陵注入長江。亦可參看朱珔，卷12頁1a—b。

根據周處(公元4世紀)的《陽縣風土記》，收《粟香室叢書》，頁2a，"浦"字指的是小河匯入大河的河口。因此，也許這座樓俯瞰漳水的一條小支流，靠近漳水與沮水匯合的地方。

④ 行9："陶"指的是"陶朱公"，是越相范蠡離開朝廷成爲商人後所用的名字。見《史記》，卷41頁1752；*Mh*，4：441。李善(卷11頁2a)引盛弘之的《荊州記》，將陶朱公的墓定位在江陵以西，還引碑銘云："是越之范蠡，而終於陶。"然而，此處提到的墓很可能不是范蠡的，而是西戎一位姓范的地方官員。酈道元(見《水經注》，册5，卷32頁106)引用許多資料，證明其墓址位於華容縣(江陵以東約35公里)西南，還引用親自拜訪墓地的郭仲產的説法，認爲墓地位於華容以東10里，並引墓誌銘説范是范蠡的後人。顯然此墓不可能是陶朱公的墓。陶朱公墓的實際位置在陶山以南5里，靠近今山東定陶，根本不靠近這座樓的區域。見《史記》，卷41頁1753，注釋2；《元和郡縣圖志》，卷11頁318。有關江陵地區周邊假定存在的陶朱公墓的記述混淆不清，據此來看，我推測王粲採信當地一個將陶朱公墓定位在麥城以北的記述。

敦煌寫本將《文選》的"牧"(牧場)寫作"沐"。饒宗頤(《敦煌寫本》，頁169)建議敦煌寫本的"沐"應當被理解爲"木"(樹)，指的是陶朱公墓的墳墩上的樹木。

⑤ 行10：楚昭王(前515—前489年在位)在與陳國的戰役中病重，並且死在城父(今河南平頂山市以北)。見《史記》，卷40頁1717—1718；*Mh*，4：379—81。根據盛弘之《荊州記》(李善，卷11頁2a所引)的説法，他的墓位於當陽東南70里處。《水經注》(册5，卷32頁105)引用這一行，説此墓在沮水岸邊朝東面向麥城。這座墓現在的位置在當陽東南35公里處，正好靠近沮水和漳水的匯流點。見《中國名勝詞典》(上海：上海辭書出版社，1981)，頁756。

⑥ 行13—14：參王粲的《七哀詩》(收《文選》，卷23頁16a)："荊蠻非我鄉，何爲久滯淫？"

⑦ 行16：王粲指的是190年代發生在長安地區的暴亂。"紀"字我意譯爲"十年"，實際上是12年的時間。王粲在這裏指的是多長一段時間，不是很清楚，但應當包括從他開始離開長安的時間，也就意味着這篇賦作於204年左右，或者"迄今"是從他初次登樓的時間算起。見 Ronald Miao, *Early Medieval Chinese Poetry*, p. 292, n. 204。

誰能忍受如此憂思？

倚靠欄杆，極目遠眺，

20　面向北風，敞開衣領。

平原延伸遠處至目力所及，

卻被荊山高聳的山脊遮蔽。⑧

道路蜿蜒蛇行，遠道漫漫；

河流綿長，河灘水深。⑨

25　被阻斷在故土之外，我感到悲傷；

眼淚如注流下臉頰，不能停止。

昔日尼父在陳時，

他悲歌"歸去吧！"⑩

鍾儀被幽禁時，奏響楚地曲調；⑪

30　雖然名聲顯赫，莊舄仍吟詠越曲。⑫

人人都有嚮往故土的情感，

逆境或成功豈能改變心意？

3

我思慮日月如何迅速流逝，

等待黃河變清，卻不可見。

35　希望君王之道最終平順，

借高衢大道來展示力量。

我害怕如同葫蘆高挂無用，⑬

而開襟。平原遠而極目兮，蔽荊
山之高岑。路逶迤而脩迥兮，川
既漾而濟深。悲舊鄉之壅隔兮，
涕橫墜而弗禁。昔尼父之在陳
兮，有歸歟之歎音。鍾儀幽而楚
奏兮，莊舄顯而越吟。人情同於
懷土兮，豈窮達而異心？

惟日月之逾邁兮，俟河清其未
極。冀王道之一平兮，假高衢而
騁力。懼匏瓜之徒懸兮，畏井渫
之莫食。步棲遲以徙倚兮，白日
忽其將匿。風蕭瑟而並興兮，天

---

⑧　行 22：王粲向北望，但是他的視綫被荊山遮擋，如同一座屏障，不允許他瞥見故鄉。

⑨　行 24：李善（卷 11 頁 2b）引用漢代版本的《毛詩》第 9 首，此版本中用"漾"替代了《毛詩》文本中的"永"（長）。薛漢將"漾"訓爲"長"。"漾"顯然是"恙"的訛誤，《爾雅》（上之一頁 23b）和《說文》（卷 11 下頁 5155a—b）都將後者解釋爲"長"。見胡紹煐，卷 13 頁 1b。

⑩　行 27—28：尼父是孔子。王粲用《論語》5/21 的典故："子在陳曰：'歸與！歸與！'"

⑪　行 29：鍾儀是楚國人，在晉國被幽禁。有一天晉侯碰巧見到他，便問："這個被綁縛的人是誰？"負責的人便說："他是鄭國所獻來的楚國囚犯。"晉侯爲他鬆綁並詢問他的家族。鍾儀回答道："我們都是音樂家。"晉侯讓人給他一張琴，他便演奏南音。范文子評價道："楚國來的囚犯是個君子……他演奏自己故鄉的音樂，證明他不忘舊。"見《左傳》，成公九年；Legge 5：371。

⑫　行 30：《史記》，卷 70 頁 2301 講述莊舄的故事，他是越國人，在楚國身居高位。他突然病重，楚王問道："舄以前是越國的平民，如今供職於楚國，手執玉珪，擁有財富和聲譽，還會想越國嗎？"一位宦官回答道："通常來說，當人們思念家鄉時，都是在他們生病時。如果他思念越國，他就會唱越國的曲調。如果他不思念越國，他就會唱楚國的曲調。"楚王派人去聆聽，他確實在吟哼越國的曲調。

⑬　行 37：參《論語》17/7："吾豈匏瓜也哉？焉能繫而不食？"

畏懼成爲無人汲飲的净井。⑭

我緩慢地行走，徘徊躑步，

40　明亮的太陽忽然即將落下。

風颯颯悲鳴，四處興起；

天慘淡無氣，失去顔色。

獸狂暴顧視，尋找族群；

鳥來回哀鳴，舉起羽翼。

45　平原和荒野荒僻無人，

但旅人行進從不停歇。

我的心情悲傷，痛楚迸發；

我的情意沮喪，鬱鬱寡歡。

當我循着階級下降，

50　精神在胸中煩惱苦悶。

夜已參半，無法入眠；

沉思冥想，輾轉反側。

慘慘而無色。獸狂顧以求群兮，鳥相鳴而舉翼。原野闃其無人兮，征夫行而未息。心悽愴以感發兮，意忉怛而憯惻。循堦除而下降兮，氣交憤於胸臆。夜參半而不寐兮，悵盤桓以反側。

⑭ 行38：參《周易注疏》，卷5頁16a—b（第48卦，九三）：“井渫不食，爲我心惻，可用汲。王明，並受其福。”此句的基本意思是，如同没人飲用的井中乾净之水，王粲的完美品德没有獲得賞識。

遊天台山賦

孫興公

【解題】

孫綽(字興公)此賦描寫對浙江東部天台山的一次神遊。這一山脉延伸穿過會稽郡的五個縣：餘姚、董、句章、剡、始寧。這一地區已經成爲重要的風景名勝,同時也是佛教和道教的中心。孫綽的賦是已知最早的對這些山峰的頌詞。孫綽以描繪山峰的自然風貌爲開頭,重點描述最突出的兩處景點：赤城山,一座高聳的陡峭懸崖,超過三百米；飛瀑,一個位於山脉西南部的巨大瀑布。當孫綽登上山坡,想象自己跟道教的神仙和佛教的阿羅漢一起漫步山坡,隨後的描述變得更加哲學化。這篇賦以純粹的哲學境界作結,佛教和道教的概念得以完美交融。

這篇賦的其他譯文包括：von Zach, in *Deutsche Wacht* 15 (1929), and rpt. in *Die Chinesische Anthologie*, 1：159 - 62；Richard Mather, "The Mystical Ascent of the T'ien-t'ai Mountains," *MS* 20 (1961), 226 -45；Watson, *Chinese Rhyme-Prose*, pp. 80 - 85；小尾郊一,《文選》,第 2 卷頁 65—75。瞿蜕園,《漢魏六朝賦選》,頁 162—171 有有用的注解。關於天台山的 17 世紀記述,見李祁,《徐霞客遊記》(香港：香港中文大學出版社,1974),頁 29—42。

1

天台山確實是所有山嶽中神聖的出類拔萃者。渡過海洋,便是方丈和蓬萊。[1] 攀登高處,則有四明和天台。[2] 這些都是玄秘聖人遊歷變化的地方,神聖仙人穴居的處所。在高聳峻峰和美好祥兆中,[3]蘊含山和海的所有珍貴財富,囊括人或神最崇高的美麗。

天台山者,蓋山嶽之神秀者也。涉海則有方丈蓬萊,登陸則有四明天台。皆玄聖之所遊化,靈仙之所窟宅。夫其峻極之狀,嘉祥之美,窮山海之瓌富,盡人神之

---

[1] 關於方丈和蓬萊,見《西都賦》,行 289 注。

[2] 四明是擁有超過 280 座山峰、毗連天台山的山脈名稱,因一座山峰方石而聞名,此山四面敞開,如同天然的窗户讓日月星辰的光芒穿透而過。見謝靈運,《山居賦》,《宋書》,卷 67 頁 1758。

[3] 孫綽從《毛詩》第 259 首第 1 章借用一個短語："崧高維嶽,峻極於天。"

至於它們不在五嶽之列、④在經典中少有記載的原因，難道不是因爲所坐落的地方幽暗偏僻，通往的道路與世隔絕、遙遠僻靜？或者是因爲將影子投於重重深淵，⑤將峰巒隱藏在成千的山脉中？人們開始進山，穿過鬼怪之徑，進入荒無人煙之境而停止。在整個世界中鮮有人能登臨攀越它們；帝王中也無人在那裏舉行虔誠的祭祀。因此，平常文獻没有相關之記載，其名稱僅見於奇異的記録中。⑥然而，圖表和圖録的興盛，怎可能是異想天開？如果有人不是脱離世俗、專研道術，不是辟穀以靈芝爲食，又如何能夠飛升，進而居於仙山？⑦除非有人"身心寄於遠方"並"探索幽冥"，⑧堅定真摯地與神靈融爲一體，不然又怎敢將仙山寄於遙遠的念想中？我馳騁心神、深思熟慮，白天歌唱、夜晚起身的原因，是在點頭之間，好像已經兩次攀登仙山。如今我要擺脱世事糾纏，永遠將自己交託給這些山峰。我不能忍受大聲吟誦和安靜思考，便訴諸典雅的文學來抒發感情。⑨

壯麗矣。所以不列於五嶽，闕載於常典者，豈不以所立冥奥，其路幽迥。或倒景於重溟，或匿峰於千嶺。始經魑魅之塗，卒踐無人之境。舉世罕能登陟，王者莫由裡祀。故事絕於常篇，名標於奇紀。然圖像之興，豈虚也哉！非夫遺世翫道，絕粒茹芝者，烏能輕舉而宅之？非夫遠寄冥搜，篤信通神者，何肯遥想而存之？余所以馳神運思，晝詠宵興，俛仰之間，若已再升者也。方解纓絡，永託茲嶺。不任吟想之至，聊奮藻以散懷。

2

太虚浩瀚遼闊，不受阻礙，⑩
驅策美妙實有，自然而行。
融化形成河流和水道；
合併形成山地和丘陵。

太虚遼廓而無閡，運自然之妙有，融而爲川瀆，結而爲山阜。嗟台嶽之所奇挺，寔神明之所扶持。蔭牛宿以曜峰，託靈越以正

---

④ 關於五嶽，見《東都賦》，行 319 注。

⑤ 重溟指的是海。

⑥ 李善(卷 11 頁 4b)説"奇紀"指的是一個叫作《内經山記》的文本，是一部未知著作，但是聽起來與《山海經》相仿。馬瑞志("Mystical Ascent," p. 236，n. 45)的注解説《山海經》(卷 15 頁 5a)提到天台的高山是海水注入的地方。

⑦ 我將原文的"輕舉"譯爲"升空"，在道教文本中指的是讓身體變輕以至於可以漂浮在空中的技術。見《抱朴子》，卷 4 頁 4b："第九之丹名寒丹。服一刀圭，白日仙也。仙童仙女來侍，飛行輕舉，不用羽翼。"

⑧ 孫綽指的是神離的狀態。

⑨ 第一部分幾乎全部用駢文寫成，是這篇作品的序。

⑩ 行 1："太虚"是"道"的混沌的狀態，出現在有形的存在形式之前。在道家的觀念中，"虚無"(無)在"存在"(有)之前。"妙有"是用來形容潛在的"有"隱伏在"無"之中的術語。李善(卷 11 頁 5a)解釋道："欲言有，不見其形，則非有，故謂之妙。欲言其物由之以生，則非無，故謂之有也。"

5　啊！台嶽奇特地拔地而起，
　　真是神明高舉之物！
　　被牛宿遮蔽，照亮山頂，⑪
　　依靠神秘的越，成爲方正基底，
　　締結的根基比華山岱山還寬闊，⑫

10　直指而上，比九嶷還高。⑬
　　與《唐典》的"配天"相匹配，⑭
　　與《周頌》的"峻極"相等同。⑮

基。結根彌於華岱，直指高於九疑。應配天於唐典，齊峻極於周詩。

3

　　如此遙遠，是人跡罕至的領域，
　　如此黑暗深邃，與世隔絕，

15　學問淺薄者固守成見，不去那裏；
　　去過者由於道路截斷，無法瞭解。
　　我蔑視夏天的蟲子懷疑冰的存在，⑯
　　整理輕便的翅膀，渴望翱翔。
　　沒有實體如此隱晦，始終保持無形，⑰

20　通過展現二奇，顯露預兆：⑱
　　赤城如玫色的雲霞升起，似路標站立；⑲
　　瀑布濺射湧流，劃定道路。⑳

邈彼絕域，幽邃窈窕。近智以守見而不之，之者以路絕而莫曉。哂夏蟲之疑冰，整輕翮而思矯。理無隱而不彰，啓二奇以示兆。赤城霞起而建標，瀑布飛流以界道。

---

⑪　行 7：牛宿是天上相對應的管理會稽地區的星座，天台山就位於這一地區。見《晉書》，卷 11 頁 310。
⑫　行 9：華是陝西的華山，岱是山東的泰山。
⑬　行 10：關於九嶷山，見《吳都賦》，行 492 注。
⑭　行 11："唐典"指的是《尚書》的《堯典》。如同馬瑞志教授所指出（"Mystical Ascent," p. 237，n. 58），"配天"這一詞組並未出現在此章。然而，在《論語》8/19 中，堯可與天相比。
⑮　行 12：見上面注釋 3。
⑯　行 17：參《莊子》，卷 6 頁 6a："夏蟲不可以語於冰者，篤於時也。"
⑰　行 19：參《列女傳》，卷 5 頁 19b，指的是周主忠妾："名無細而不聞，行無隱而不彰。"
⑱　行 20："二奇"指的是下文提到的赤城和瀑布。
⑲　行 21："赤城"是天台山脈西南邊的一座山峰（位於今天台縣西北約 3.5 公里，見《中國名勝詞典》，頁 401）。自遠處看，其三百米高的崖壁上的紅色巖石就像是緋紅色的城牆，根據李善（卷 11 頁 6a）所引支遁（314—366）《天台山銘序》："往天台，當由赤城山爲道徑。"李善（卷 11 頁 6a）引孔靈符（生卒年不詳）《會稽記》説："色皆赤，狀似雲霞。"
⑳　行 22：根據孔靈符《會稽記》（李善引，卷 11 頁 6a）的説法，"瀑布"是從赤城山傾瀉而出的 8 000 尺（原文如此）高的瀑布。李善（卷 11 頁 6a）引用另一部著作《天台山圖》，將瀑布確定爲天台山脈西南的一座山峰。根據顧祖禹（1631—1692），《讀史方輿紀要》（北京：中華書局，1955），卷 92 頁 3884，瀑布山在天台縣西 40 里，上有 1 000 尺高的大瀑布。

4

眼見神秘的跡象，我決定繼續前行，

忽然間我開始移動。

25　在丹丘上遇見羽人，㉑

尋找不死的福庭。

若天台山脉可以攀爬，

又何必思慕增城？㉒

抛下"域中"常有的貪念，㉓

30　受到超然情緒鼓舞，

我穿上羊毛粗衣，毛茸輕軟，

揮舞金屬杖，叮噹作響。㉔

穿過朦朧的野生灌木，

攀登高峻的懸崖峭壁，

35　涉過楢溪，徑直行進，㉕

穿越五界，快速向前。㉖

跨越拱頂的懸挂巖架，

俯視萬丈之深的絕對黑暗。㉗

走過覆滿苔蘚的滑石，㉘

40　緊貼如壁站立的翠屏，㉙

握緊彎樹的無花果長蘿，

覿靈驗而遂徂，忽乎吾之將行。

仍羽人於丹丘，尋不死之福庭。

苟台嶺之可攀，亦何羨於層城？

釋域中之常戀，暢超然之高情。

被毛褐之森森，振金策之鈴鈴。

披荒榛之蒙蘢，陟峭崿之崢嶸。

濟楢溪而直進，落五界而迅征。

跨穹隆之懸磴，臨萬丈之絕冥。

踐莓苔之滑石，搏壁立之翠屏。

攬樛木之長蘿，援葛藟之飛莖。

雖一冒於垂堂，乃永存乎長生。

必契誠於幽昧，履重嶮而逾平。

㉑ 行25：孫綽從《楚辭》中的詩篇《遠遊》（見《楚辭補注》，卷5頁5a）借用此句。羽人就是仙人。丹丘是想象中仙人居住的領域。

㉒ 行28：增城是崑崙山的最高峰。根據《淮南子》（卷4頁2b）的說法，其高11 000里114步2尺6寸。

㉓ 行29："域中"一詞出自《老子》第25章。我認爲孫綽在這裏使用，意指世俗世界。

㉔ 行32："金策"指的是佛教僧侣手持的錫杖（梵文 khakkara），一端有金屬環。

㉕ 行35："楢溪"（亦寫作"油"）位於天台縣東30里，是一座難以越過的屏障，人們必須穿過它才能進山。根據謝靈運（見《宋書》，卷67頁1758）的說法，"往來要徑石橋，過楢谿，人跡之艱，不復過此也"。

㉖ 行36：有人推測孫綽這裏指的是天台山綿延穿過的五個縣的分界綫，這五個縣是：餘姚、菫、句章、剡、始寧。

㉗ 行37—38："懸磴"指的是石橋。顧愷之（約345—406）的《啓蒙記》是一部散佚的字書，其注解（李善引，卷11頁6b）說："石橋路逕不盈尺，長數十步，步至滑，下臨絕冥之澗。"《中國名勝詞典》（頁400—401）將石橋定位在山中的方廣地區，描述爲約七米長的石墩，在山的半腰上連接兩座山峰，其最窄點僅有半尺寬。此處有飛瀑傾瀉千尺，扎入下方的溝壑中。

㉘ 行39：謝靈運在《山居賦》中，亦述及石橋上莓苔覆蓋的石頭。見《宋書》，卷67頁1758。

㉙ 行40：根據李善（卷11頁6b）的說法，"翠屏"是位於石橋上的一面石頭墙。孔靈符（李善引，卷11頁6b）說："赤城山上有石橋懸度，有石屏風，橫絕橋上。邊有過逕，纔容數人。"

抓住葡萄藤飛舞的枝莖。㉚

一次峭壁邊緣冒險，㉛

將能在永恒中長生。

45　只要堅守對玄冥的誠信，

就能跨越重嶂如履平地。

5

一旦成功攀登九折之路，　　　　　　既克隮於九折，路威夷而脩通。

發現路途平直修長暢通。　　　　　　恣心目之寥朗，任緩步之從容。

放任於心目闊達澄明，　　　　　　　藉萋萋之纖草，蔭落落之長松。

50　隨意於從容放鬆慢行。　　　　　　觀翔鸞之裔裔，聽鳴鳳之噰噰。

席坐在纖嫩茂盛的草叢上，　　　　　過靈溪而一濯，疏煩想於心胸。

蔭蔽在高聳健壯的松樹下，　　　　　蕩遺塵於旋流，發五蓋之遊蒙。

觀看飛騰的鸞鳳優雅滑翔，　　　　　追羲農之絕軌，躡二老之玄蹤。

聆聽歌唱的鳳凰和諧齊鳴。

55　當我穿過靈溪濯洗自己，㉜

苦惱念想從心胸蕩滌一空。

在回旋的急流中凈化殘餘塵埃，㉝

驅逐五種障礙縈繞心頭的晦暗。㉞

追隨伏羲和神農消失的軌跡，㉟

60　踏過二老隱秘的足印。㊱

――――――――――

㉚ 行41—42：根據顧愷之《啓蒙記》的注解，"濟石橋者，搏巖壁，援女蘿葛藟之莖"（李善引，卷11頁6b）。

㉛ 行43："垂堂"這一詞語字面上的意思是"廳堂邊緣"，出自《史記》袁盎傳（卷101頁2740；*Records*，1：521）。袁盎對文帝說："臣聞千金之子坐不垂堂。"

㉜ 行55：根據顧祖禹的説法（見《讀史方輿紀要》，卷92頁3885），靈溪位於天台縣東二十里，在近海處匯入楢溪。

㉝ 行57："遺塵"指的是"六塵"或"功德"（梵文 *guna*，意識）：色（見，梵文 *rūpa*）、聲（聞，梵文 *sabda*）、香（嗅，梵文 *gandha*）、味（嘗，梵文 *rasa*）、觸（覺，梵文 *sparsa*）、法（知，梵文 *manas*）。

㉞ 行58："五蓋"（梵文 *nīvarana*）：貪淫（欲望和淫亂，梵文 *kāmacchanda*）；嗔恚（憤怒，梵文 *vyāpāda*）；沈惛睡眠（愚鈍和昏睡，梵文 *styānamiddha*）；調戲（輕浮，梵文 *auddahatyakautrya*）；疑（懷疑，梵文 *vicikitsā*）。見 Erich Zürcher, *The Buddhist Conquest of China*，2：375，n. 43。

㉟ 行59："羲"指的是"伏羲"；"農"指的是"神農"。

㊱ 行60："二老"指的是"老子"和"老萊子"，後者有時候與"老子"相混淆。

6

我上下攀爬，一夜兩夜，
直到抵達仙人之都。㊲
雙門樓道刺破雲霄，側翼道路，
瑪瑙玉臺位於天中，懸挂頭頂，

65　朱亭光彩熠熠穿透樹林，
玉堂隱隱閃耀高山幽處。㊳
玫瑰雲霞紋理相間滑過窗櫺，
耀眼太陽燦爛映照絲質流蘇。
八桂濃密高挺，無畏寒霜，㊴

70　五芝滿載花苞，綻放黎明。㊵
和風在光照的樹林中散播芬芳，
甘泉從陰涼的護城河汩汩湧流，
建木抹除倒影計有千尋，㊶
寶石之樹閃爍挂滿珍珠。㊷

75　王喬騎鶴刺破蒼穹，㊸
應真飛錫踏過虛空。㊹

陟降信宿，迄于仙都。雙闕雲竦
以夾路，瓊臺中天而懸居。朱闕
玲瓏於林間，玉堂陰映于高隅。
彤雲斐亹以翼櫩，曒日烱晃於綺
疏。八桂森挺以凌霜，五芝含秀
而晨敷。惠風佇芳於陽林，醴泉
涌溜於陰渠。建木滅景於千尋，
琪樹璀璨而垂珠。王喬控鶴以
沖天，應真飛錫以躡虛。騁神變
之揮霍，忽出有而入無。

㊲ 行62：根據認定爲東方朔所作的《海内十洲記》，"僞都"是北海滄海島上的紫石宮室。見《寶顏堂秘笈》本，頁3b。

㊳ 行63—66：根據顧愷之《啓蒙記》的注解(李善引，卷11頁8a)，"天台山列雙闕於青霄中，上有瓊樓瑤林醴泉，仙物畢具"。正如孫綽對它們的描寫，這些門道、露台和廳堂都是虛構的。然而，後來的地名辭典具體指明它們的確切位置。朱琦(卷12頁3a)猜測後世的人從孫綽的賦中衍生出這些名稱。

㊴ 行69："八桂"是傳說中的樹林名稱，《山海經》(卷10頁1b)將其定位在番隅(靠近現在的廣州市)以東。根據郭璞的説法，這八棵樹如此巨大，從而形成樹林。朱琦(卷12頁3a)的注解認爲《讀史方輿紀要》(卷89頁3735)提到天台山中有五座山的一組峰巒，其中之一被稱爲"八桂"。我懷疑此名後來才出現，實際上可能得名於孫綽的賦。

㊵ 行70：被視爲李遵(生卒年不詳)所作的《茅君内傳》(《後漢書》，卷28下頁1000，注釋4所引)述："句曲山上有神芝五種：一曰龍仙芝，似交龍之相負，服之爲太極仙卿。第二名參成芝，赤色有光，其枝葉如金石之音，折而續之即復如故，服之爲太極大夫。第三名燕胎芝，其色紫，形如葵，葉上有燕象，光明洞徹，服一株拜爲太清龍虎仙君。第四名夜光芝，其色青，其實正白如李，夜視其實如月，光照洞一室，服一株爲太清仙官。第五名曰玉芝，剖食拜三官正真御史。"

㊶ 行73：建木(站立之樹)是傳說中的樹，在諸多早期文獻中被提及。《淮南子》(卷4頁3a—b)和《呂氏春秋》(卷13頁3b)將其描述爲神明登降的樹："日中無影，呼而無響，蓋天地之中也。"關於其他描述，亦可參看《山海經》，卷10頁4a和卷18頁3b—4a。

㊷ 行74：這一行中的"琪"字可能是"玗琪"的縮寫，《山海經》(卷11頁4b)聲稱，此樹生長在崑崙山坡地上。郭璞將"玗琪"鑒定爲赤玉的一種。由於缺少確切的鑒定，我簡單地稱之爲"寶石之樹"。

㊸ 行75：關於仙人王喬，見《西都賦》，行305。

㊹ 行76："應真"即羅漢，或者説佛教的阿羅漢，居住在天台山的峰頂。見 Mather, "Mystical Ascent," p. 241, n. 100。

以迅疾的神仙變化馳騁，

忽然浮現實有進入虛無。㊺

7

於是當我遍遊一周後，

80　身體平静，心靈閑適。

害馬的東西已被驅逐，㊻

塵世的事務都被摒棄。

無論在哪投刃都是空虛，

目視此牛卻看不到整體。㊼

85　我將思想集中在與世隔絕的懸崖，

清晰地吟詠於長河之畔。

於是當羲和抵達太陽的最高點，㊽

流動的氣被高舉。

法鼓隆隆作響，傳播聲音；㊾

90　衆香飄揚煙氣，芬芳馥郁。

現在應當向天宗致敬，㊿

同時召集衆仙。

我舀起黑玉之油，�51

在華池之泉漱口。�52

於是遊覽既周，體静心閑。害馬已去，世事都捐。投刃皆虛，目牛無全。凝思幽巖，朗詠長川。爾乃羲和亭午，遊氣高褰。法鼓琅以振響，衆香馥以揚煙。肆覲天宗，爰集通仙。挹以玄玉之膏，嗽以華池之泉。散以象外之説，暢以無生之篇。悟遣有之不盡，覺涉無之有間；泯色空以合跡，忽即有而得玄。釋二名之同出，消一無於三幡。恣語樂以終日，等寂默於不言。渾萬象以冥觀，兀同體於自然。

㊺　行 78：這一行似乎取自老子的格言，《淮南子》卷 1 頁 10b（參《老子》第 43 章）記載：“天下至柔，馳騁天下之至堅。出於無有，入於無間。”

㊻　行 81：參《莊子》，卷 8 頁 14a，黃帝向一位牧馬童子問詢怎樣治理天下，小童答道：“夫爲天下者，亦奚以異乎牧馬者哉，亦去其害馬者而已矣。”“害馬”指的是過度的活動。

㊼　行 83—84：孫綽徵引《莊子》（卷 2 頁 1b—2b）中著名的庖丁的寓言故事，他使用神秘的方法來宰殺牛：“始臣之解牛之時，所見無非全牛者。三年之後，未嘗見全牛也。方今之時，臣以神遇，而不以目視。”因此，在切肉時他從未遇見任何阻礙。

㊽　行 87：羲和是太陽的駕車人。

㊾　行 89：法鼓用來召集僧侶集合。

㊿　行 91：李善（卷 11 頁 9a）將“天宗”認定爲“老君”，即神化的老子。然而，如同朱珔（卷 12 頁 3b）所指出，“天宗”一詞出現在《月令》（見《禮記注疏》，卷 17 頁 14a），作爲天體（日月星辰）的名稱，在第十個月受到天子的祭拜。朱珔主張它只適用於山的高度，在那裏可以接近發光的天體，向天帝致敬。

51　行 93：“玉膏”是液態的玉，飲下後便獲得長生。《山海經》（卷 2 頁 14a）提到一座山生産一種玉，有白色的膏：“其原沸沸湯湯，黃帝是食是饗。是生玄玉，玉膏所出，以灌丹木。”

52　行 94：“華池”是傳説中崑崙山中的湖泊。見《論衡集解》，卷 11 頁 218 所引《史記·禹本紀》。參《史記》，卷 123 頁 3179，“華池”寫作“瑶池”。

95　從"象外"之説獲得靈感，㊾

　　受到"無生"之篇的啓迪，㊿

　　開始意識到我没有完全去除"有"念，

　　認識到通往"無"的道路上還有阻障。㊳

　　我消除色和空，使之融爲一體，㊴

100　忽然向"有"行進，獲得"玄"理。㊵

　　釋放同出一源的二名，㊶

　　將三幡消解於一無中。㊷

　　整日沉湎於言談之樂，

　　如同不言的寂静無聲。㊸

105　在玄秘冥思中融合無數現象，

　　不覺中將身體與自然相融合。

————————————

㊾　行 95："象外"之説就是"道"，既不能用言辭描述，也不能用圖像表示。這一詞語在孫綽的時代顯然很流行，
　　出現在裴松之《三國志》注(卷 10 頁 319—320)所記録的一次辯論中。

㊿　行 96："無生"之篇指佛教經典。有關早期中國佛教中的"無生"概念的簡短説明，見 Mather，"Mystical
　　Ascent，" p. 244，n. 109。

㊳　行 97—98："有"在這裏的意思是被幻覺和欲望所玷污的領域。在這一時期的道教思想中，"無"被視爲"有"
　　的根源。佛教和道教修煉者的目標都是領悟有形之外的終極實在。

㊴　行 99：大乘佛教的教義"色"(外在形式、實體，梵文 *rūpa*)即是空(真空，幻覺)，孫綽此句是關於這一理論的
　　精妙闡釋。如果有人理解外在形式都是空的，就可以消除色和空之間的區別。

㊵　行 100：這一行可作多種解釋。馬瑞志教授("Mystical Ascent，" p. 244)有不同的翻譯："我忘卻現實本身，
　　獲得玄秘。"問題在於如何解釋"即有"(馬瑞志"現實本身")。李善(卷 11 頁 9b)將"即"理解爲動詞義"靠
　　近"，引用王弼"無"爲"有"之本的理論："然王以凡有皆以無爲本，無以有爲功。將欲寤無，必資於有。故曰
　　即有而得玄也。"玄(神秘)是終極實在(無)的别名，王弼(見《老子》，卷上頁 1b)將其定義爲"冥默無有"。

㊶　行 101："二名"指的是"有名"和"無名"，在《老子》第 1 章中分别是"有"和"無"的别稱："無名天地之始，有名
　　萬物之母……此兩者同出而異名。"

㊷　行 102：根據李善(卷 11 頁 9b—10a)的説法，"三幡"是色、空、觀。李善這一解釋基於佛教信徒郗超(336—
　　377)的一封書信，他引用其中一部分："近論三幡，諸人猶多欲。既觀色空，别更觀識。同在一有，而重假二
　　觀。於理爲長。"李善總結道："然敬輿之意，以色空及觀爲三幡，識空及觀亦爲三幡。"孫綽拒絶承認色、空、
　　觀之間的任何區别，並將其歸納爲單一的、不可分的"無"。

㊸　行 103—104：孫綽强調存在於言語和静默之間的互補關係，都是"道"的表現形式。李善(卷 11 頁 10a)解釋
　　道："夫言從道生，道因言暢。道之因言，理歸空一。"這一句的語言類似於《莊子》卷 9 頁 7a："言無言，終身
　　未嘗言。終身不言，未嘗不言。"

蕪 城 賦

鮑明遠

【解題】

在這篇賦中,鮑照(字明遠)描寫荒蕪的廣陵城。中國的考古學家已經將古廣陵的遺址定位於今揚州西北兩公里的蜀崗。見紀仲慶,《揚州古城址變遷初探》,《文物》第 9 期(1979 年),頁 43—56。這座城市至少可以追溯到公元前 486 年,吳王夫差建造用於防禦工事的邗城。見陳達祚、朱江,《邗城遺址與邗溝流經區域文化遺存的發現》,《文物》第 12 期(1973 年),頁 44—54。在漢代前期,吳王劉濞建造的廣陵成爲帝國最宏大的城市之一。一般認爲廣陵周長十四里半(大概七公里,見《後漢書》,志第 21 頁 3461,注釋 1;紀仲慶,《揚州古城》,頁 48—49)。在公元前 154 年,劉濞甚至膽敢煽動七王對抗漢景帝,最終結果是一次不成功的叛亂。見《史記》,卷 106 頁 2823—2836;*Records*,1:466-85。由於其位置在穿過都城的長江北岸,廣陵在整個六朝時期都是一個戰略城市。公元 225 年冬,魏帝曹丕率領軍隊到達"廣陵故城",希望橫渡長江與吳國的孫權交戰。當船隻無法航行穿過冰凍的河水時,他驚呼:"固天所以隔南北也!"(見《三國志》,卷 2 頁 85;卷 47 頁 1132,注釋 3)

443 年,文帝册封其第六子劉誕(433—459)爲廣陵王(見《宋書》,卷 79 頁 2025;《南史》,卷 14 頁 396)。447 年,劉誕的岳父徐湛之作爲南兗州(今揚州)的長官來到廣陵。他發現這座城市損壞嚴重,開始修繕舊城樓,重新爲城北的池塘種養植被和魚,建造新的風亭、月觀、吹臺和琴室,"果竹繁茂,花藥成行"(見《宋書》,卷 71 頁 1847)。然而,這些修繕顯然並不充分,因爲在 449 年,由於廣陵"凋敝"的狀況,皇帝將劉誕改封至隨(今湖北隨州)。

451 年 1 月,一支北魏軍隊入侵廣陵地區,行軍遠至瓜步(今江蘇六合縣東南),直接從都城穿過長江。在一個月內,宋的軍隊擊退侵略者,但是廣陵周邊地區已經淪落爲"赤地無餘"(見《南史》,卷 2 頁 52)。劉誕在 457 年返回廣陵,下令維修北魏侵略者所造成的損失(見《宋書》,卷 79 頁 2027;《南史》,卷 14 頁 397)。由於猜忌劉誕日益增長的自立心,孝武帝(454—464 年在位)指控他密謀造反。459 年,一支由沈慶之率領的軍隊猛攻廣陵並殺死劉誕。沈慶之將城內所有成年男性殺死,女性則被作爲"軍賞"(見《宋書》,卷 6 頁 123;卷 79 頁 2036)。

李周翰(卷 11 頁 13a)稱鮑照隨同臨海王劉子頊(457—466)去往其後造反的廣陵。根據李周翰的説法,當鮑照看見廣陵一片廢墟,便想起前漢的吴王劉濞試圖造反而失敗。"昭以子頊事同於濞,遂感爲此賦以諷之。"

然而,梁章鉅(卷 13 頁 6b)指出劉子頊在叛亂時年僅十一歲,實際上是被其他皇子和幕僚唆使的。因此,類比劉濞並不合適。錢仲聯進一步注意到,當鮑照爲劉子頊供職時,劉子頊還在坐鎮荆州(在今湖北),他從未隨同劉子頊去往廣陵。錢仲聯採納何焯(《義門讀書記》,卷 45 頁 25a)的觀點,推測鮑照的《蕪城賦》作於 459—460 年左右,描寫這座城市在劉誕叛亂期間遭受的破壞。見《鮑參軍集注》(1957;再版,上海:古籍出版社,1980),卷 1 頁 14—15。

雖然錢仲聯的解釋被廣泛接受,但我認爲有可能鮑照描寫的廢墟並不是他那個時代的廣陵,而是過去漢代的廣陵廢墟。在標題《蕪城賦》之下,李善(卷 11 頁 10a)引用《集》(可能是鮑照的選集)中的説法,"登廣陵故城作"(關於其正確的文本,見胡克家,《文選考異》,卷 2 頁 23b)。《太平寰宇記》(卷 123 頁 4a)在"蕪城"的詞條下有如下引人注意的陳述:"即州城,古爲邗溝城也。漢已後荒毀。宋文士鮑明遠爲賦,即此。"相似地,《嘉慶重修大清一統志》(《四部叢刊》,卷 97 頁 1a)認爲蕪城是過去的漢代廢墟:"魏黄初六年,文帝幸廣陵故城,即鮑照所賦蕪城也。"就詩篇本身而言,將鮑照的蕪城定爲漢代的廣陵廢墟是講得通的,因爲在賦中鮑照反復提及漢初建立廣陵的吴王劉濞。更進一步説,鮑照將這一遺址描述爲一座長期存在的廢墟。護城河已被夷平,角樓坍塌,老鼠、狐狸、鹿、松鼠、蛇和甲蟲棲息於宮室廳堂,這樣的描述很難適用於一座僅僅是近期才遭受蹂躪的城市。實際上,沒有跡象表明廣陵在 459 年的包圍中遭受摧毀或遺棄。見曹道衡,《鮑照幾篇詩文的寫作時間》,《文史》第 16 期(1982 年),頁 199。鮑照更可能是在 451 年拜訪過廣陵,那時他正跟隨其贊助人劉濬(429—453),後者在北魏入侵後,率領一支部隊到達廣陵地區以加固瓜步。鮑照可能正好在廢墟中發現廣陵故城。

關於此賦的其他注解,我參閱錢仲聯編,《鮑參軍集注》,卷 1 頁 13—24;饒宗頤,《蕪城賦發微》,《東方雜誌》第 41 卷第 4 期(1945 年),頁 58—61;瞿蜕園,《漢魏六朝賦選》,頁 178—182;《魏晉南北朝文學史參考資料》,頁 515—524;馮大綸,收《古今文選》,册 4 頁 1505—1508;林俊榮,《魏晉南北朝文學作品選》(吉林:吉林人民文學出版社,1980),頁 141—146;裴晉南等編,《漢魏六朝賦選注》,頁 144—149。先前的譯本包括: von Zach, in *Deutsche Wacht* 15 (1929) and rpt. in *Die Chinesische Anthologie*, 1: 162‑64; Georges Margouliès and W. R. Trask, "Great Chinese Prose," *Asia* 34 (1934): 303; Margouliès, *Anthologie raisonnée*, pp. 140‑42; Jerome Chen and Michael Bullock, *Poems of Solitude* (London: Aberlard-Schumann, Ltd., 1960), pp. 39‑42 and rpt. in Cyril Birch and Donald Keene eds., *Anthology of Chinese Literature: From Early Times to the Fourteenth Century* (New York: Grove Press, 1965), pp. 190‑93；伊藤正文，一海知義，《漢魏六朝唐宋散文選》，頁 201—202；小尾郊一，《文選》，第 2 卷頁 76—81；Watson, *Chinese Rhyme‑Prose*，pp. 92‑95。

1

平緩傾斜，平坦原野：①
向南飛馳到蒼梧和漲海，②
向北奔跑至紫塞和雁門。③
牽引漕運運河，④
5　崑崗成爲中軸，⑤
重重江流和繁複關隘之角落，
四條幹綫和五方相交之中心。

灟迆平原，南馳蒼梧漲海，北走紫塞鴈門。柂以漕渠，軸以崑崗。重江複關之隩，四會五達之莊。

2

在過去全盛輝煌的時代
馬車軸心交錯，
10　人群摩肩接踵，
住宅里巷大門鋪滿地面，
歌聲和管樂聲響徹天空。

當昔全盛之時，車挂轊人駕肩。廛閈撲地，歌吹沸天。孳貨鹽田，鏟利銅山。才力雄富，士馬精妍。故能奓秦法，佚周令。劃崇墉，刳濬洫，圖脩世以休命。

---

① 行 1：揚州的北部、南部和東部地區都是平原，只有西邊有三座山。見下文行 5 注。
② 行 2："綠色的可樂果樹"（green kola）是我對"蒼梧"的創造性譯法。"蒼梧"在這裏指的是中國極南端的一個郡。見《上林賦》，行 28 注。"漲海"是南海的別稱。見《爾雅》，下之四頁 7b。
③ 行 3："紫塞"是秦修建的長城的別稱。根據《古今注》（卷上頁 7a），用來修建秦長城的土是紫色的，所以叫"紫塞"。"雁門"是位於今山西代縣西北的一個郡。
④ 行 4："漕渠"指的是"邗溝"，原先由吳國修建於公元前 486 年，以連接長江和淮河，見《左傳》，哀公九年；Legge，5：819；陳達祚、朱江，《邗城遺址與邗溝流經區域文化遺存的發現》，頁 45—47。它後來成爲揚州到淮安段的大運河的一部分。鮑照想要在這裏傳達的畫面有歧義，取決於如何翻譯"柂"字，它的意思可以是"拉"，也可以是"船舵"（關於其正確讀法的問題，見梁章鉅，卷 13 頁 6a）。這一句可以描繪廣陵拖引着運河，也可以是廣陵像船一樣，而運河就是其船舵（見《魏晉南北朝文學史參考資料》，頁 516，注釋 4）。
⑤ 行 5："崑崗"指的是"崑崙崗"，也叫廣陵崗或阜崗，均爲現在的蜀崗的別稱。這是一條長長的低矮山脈，從六合向西延伸至揚州西北的灣頭（以前叫作茱萸灣），廣陵城建立在其山頂。見《太平寰宇記》，卷 123 頁 4a—b；顧祖禹，《讀史方輿紀要》，卷 23 頁 1063；阿克當阿和姚文田（1758—1827）編纂，《揚州府志》（臺北：成文出版社，1974），卷 8 頁 500—502；紀仲慶，《揚州古城址變遷初探》，頁 44—47。根據《河圖括地象》（李善，卷 11 頁 10b 所引）的説法，崑崗像"地軸"一樣橫穿廣陵。意思是崑崗像車軸一樣穩固這座城市。

鹽田使財富倍增，

銅礦山採掘獲利。

15　才華人力強壯富足，[6]

戰士戰馬訓練精良。

因此足以勝過秦的法律，

優於周的律令，[7]

切開崇高的要塞，

20　挖掘深的護城河，

籌劃長久統治和吉祥受命。

因此夯實土墻和擋墻，構造雄偉，[8]

爲瞭望臺和烽火臺設置圍欄，一絲不苟，[9]

尺寸比五嶽還高，[10]

25　廣度比三墳還寬。[11]

平地突伸像峻峭的懸崖，

陡直而上像綿長的雲彩。

造磁石之門以抵禦襲擊，

塗紅土來製作飛揚花紋。

30　看那基墻的堅固防禦，[12]

君王之家豈能不守萬年？

經歷三代的進和出，[13]

是以板築雉堞之殷，井幹烽櫓之勤。格高五嶽，袤廣三墳。崒若斷岸，矗似長雲。製磁石以禦衝，糊頳壤以飛文。觀基扃之固護，將萬祀而一君。出入三代五百餘載，竟瓜剖而豆分！

---

⑥　行 14—15：這顯然指的是吳王劉濞的活動，他從全國各地招募流民在山中開採銅礦，煮沸海水用來製鹽。見《史記》，卷 106 頁 2822；*Records*，1；466；《漢書》，卷 35 頁 1904。根據《太平寰宇記》(卷 123 頁 4a)的説法，劉濞獲得銅礦的山是大銅山，位於揚州以西七十二里。韋昭將其定位於故鄣(今浙江安吉西北)。見《漢書》，卷 35 頁 1904，注釋 1。

⑦　行 17—18：參《西京賦》，行 92—93。法令應指禁止奢侈浪費的條例，規定建築的最大尺寸，任何超出規定限制之外者被視爲荒淫無度。

⑧　行 22："板築"(字面意思是"板材和夯土器")一詞指的是古代中國建造城墻的方式。面板之間的空間用土填充，然後層層夯實直到堅實牢固。根據瞿蜕園(頁 180，注釋 20)的説法，這裏的"板築"用來指代城墻。

⑨　行 23："井幹"指的是一連串的井架構成支撐桁架，用來構造塔樓的外形。見《西都賦》，行 276 注。

⑩　行 24：關於五嶽，見《東都賦》，行 319 注。

⑪　行 25：許多注疏家都被"三墳"這個詞難住，它通常指一套三種古代經典(見《文選》，卷一，頁 507，注釋 190)。我採納洪亮吉(1746—1809)的意見，引用《天問》(見《楚辭補注》，卷 3 頁 5b)的一則謎語，"墳"在其中用作"分"的意思："地方九則，何以墳之？"見《曉讀書齋雜録》，收《洪北江先生全集》，授經堂本，1877—1879，冊 25，卷下頁 16b。關於其他解釋，見朱珔，卷 12 頁 4a；胡紹煐，卷 13 頁 6b—7a；梁章鉅，卷 13 頁 7a。

⑫　行 30："固護"這一詞徵引自《禮記》(見《禮記注疏》，卷 2 頁 21b)，意思是持久的、貪婪的，鮑照引申爲穩固和防禦的意思。

⑬　行 32：三代指的是漢、魏、晉。

五百餘年已經過去，
如瓜分割，似豆切開。

3

35　沼澤的苔蘚黏着水井，⑭
　　野葛的藤蔓纏結路面；
　　廳堂遍布着蛇和甲蟲，⑮
　　鹿和鼯鼠在臺階搏鬥。⑯
　　樹木精靈和山中鬼怪，

40　田間老鼠和城上狐狸，
　　在風中咆哮，在雨中尖嘯，
　　在夜晚出没，在清晨奔逃。
　　飢餓的老鷹磨尖鳥喙，
　　寒冷的鳶對幼鳥鳴叫。

45　蜷伏的貓科動物，潛藏的老虎，⑰
　　以血爲乳，抵呷鮮肉。
　　倒下的灌木阻塞道路，
　　在古道之上繁暗生長。
　　白楊早早落葉，

50　墙草提前枯萎。
　　嚴寒刺骨是霜凍的空氣，
　　怒號狂暴是大風的威力。
　　孤單的風滾草獨自飄轉，

澤葵依井，荒葛冒塗。壇羅虺
蜮。階鬪麏鼯。木魅山鬼，野鼠
城狐。風嘷雨嘯，昏見晨趨。飢
鷹厲吻，寒鴟嚇雛。伏虣藏虎，
乳血飧膚。崩榛塞路，崢嶸古
馗。白楊早落，塞草前衰。稜稜
霜氣，蔌蔌風威。孤蓬自振，驚
砂坐飛。灌莽杳而無際，叢薄紛
其相依。通池既已夷，峻隅又已
頹。直視千里外，唯見起黄埃。
凝思寂聽，心傷已摧。

---

⑭ 行 35：李善（卷 11 頁 11b）引用王逸的《楚辭》注，似乎將"澤葵"等同於"水葵"，後者是兩種不同的植物的名稱：苕菜（水荷葉）和莼菜。朱珔（卷 12 頁 4b）指出它們都是水生植物，不可能生長在水井壁上。方以智（見《通雅》，卷 42 頁 4a）稱"澤葵"是一種苔蘚，黏着在地上像小小的松葉一樣，略微大一些的叫作"長松"。朱珔進一步説，儘管方以智的叙述符合作爲生長地的水井壁面，但是没有明確的證據支持這一説法。朱珔顯然没有注意到《述異記》中的段落（卷上頁 9b），將"澤葵"列爲苔蘚的諸多名稱中的一個。因此，我爲其創造了"沼澤苔蘚"這個名字。

⑮ 行 37："虺"特指竹葉青蛇。見 Read, *Dragon and Snake Drugs*，p. 50，♯121。"蜮"也叫"短狐"，指的是射炮步甲蟲。見 Read, *Insect Drugs*，pp. 178-80，♯92。

⑯ 行 38："麏"指的是水鹿。見 Read, *Animal Drugs*，♯368。"鼯"是"鼯鼠"的簡稱，即飛鼠。

⑰ 行 45：李善（卷 11 頁 2a）説"虣"是"暴"（暴力）的古文形式，但在這段文字中説不通。李善還解釋道，有些文本將"虣"讀作"虝"。《爾雅》（下之六頁 3b）將"虝"解釋爲白虎。這似乎與《説文》（卷 5 上頁 2109a—2110a）中列舉的"甝"是同一種生物。見梁章鉅，卷 13 頁 7b，他堅持認爲《文選》的本子應當校訂爲"甝"。

驚起的黃沙無風而自飛。

55　叢生的灌木延伸幽遠，

　　成簇的矮林纏繞紛繁。

　　四周的護城河夷爲平地，

　　高聳的角樓也已經傾倒。

　　向前直視千里之外，

60　只能看見黃塵揚起。

　　凝神思慮靜聽，

　　已然心痛心碎。

4

　　至於鏤雕的大門，綉花的帷幔，　　　　　若夫藻扃黼帳，歌堂舞閣之基。

　　唱歌的廳堂和舞蹈的亭閣；　　　　　　　璇淵碧樹，弋林釣渚之館。吳蔡

65　朱池碧樹，　　　　　　　　　　　　　　齊秦之聲，魚龍爵馬之玩。皆薰

　　獵林釣島的屋苑，　　　　　　　　　　　歇燼滅，光沉響絕。東都妙姬，

　　吳蔡齊秦的音樂，⑱　　　　　　　　　　南國麗人。蕙心紈質，玉貌絳

　　龍魚、鴕鳥和馬等消遣：⑲　　　　　　　脣。莫不埋魂幽石，委骨窮塵。

　　都在煙霧中消逝，化爲灰燼，　　　　　　豈憶同輿之愉樂，離宮之苦辛

70　其光輝被淹没，聲音沉寂。　　　　　　　哉！天道如何？吞恨者多！抽

　　東都美妃，⑳　　　　　　　　　　　　　琴命操，爲《蕪城》之歌。歌曰：

　　南國佳人，　　　　　　　　　　　　　　邊風急兮城上寒，井逕滅兮丘隴

　　蕙質蘭心，膚白如綢，㉑　　　　　　　　殘。千齡兮萬代，共盡兮何言！

　　如玉相貌，緋紅嘴脣：

75　其靈魂無不沉息在陰鬱的石頭下，

　　其骸骨無不堆積在荒涼的塵土中。

　　還能回憶共乘馬車的樂事，

---

⑱　行 67：吳相當於現在的江蘇，蔡相當於現在的河南東部，齊相當於現在的山東，秦相當於現在的陝西。

⑲　行 68：見《西京賦》，行 714 注和行 717 注。

⑳　行 71：東都指的是洛陽。

㉑　行 73：“蕙”（甜羅勒，草木犀）這種香草代表女性的美麗和善良。

或與世隔絕的宮中悲苦嗎？㉒

天道如何，

80　有那麼多人吞下傷痛？

握琴彈奏，命名曲調，

我演奏《蕪城之歌》。

歌中唱道：邊境的風狂暴猛烈，

城墻之上寒冷刺骨。

85　水井和道路都已磨滅，㉓

土丘和山崗都已摧毀。

一千年，一萬代，

所有人都逝去——還有何言？

㉒ 行 78：“離宮”這個詞字面意思是“獨立的宮殿”。但是，因爲司馬相如的《長門賦》（講述一位皇后獨居在離宮中）使用其詞，這個詞獲得“與外界隔絕的宮殿”的含義。見 David R. Knechtges, "Ssu-ma Hsiang-ju's 'Tall Gate Palace Rhapsody,'" *HJAS* 41.1 (1981)，47 – 64。

㉓ 行 85：“井”很可能暗指“井場”。

宮　殿

魯靈光殿賦

王文考　　　張載　注

【解題】

　　王延壽(字文考)此賦描寫由漢代諸侯王魯恭王劉餘(前 154—前 129 或前 128 年在位)所建造的靈光殿。這座宮殿在後漢繼續由魯王使用。見《後漢書》,卷 42 頁 1424。宮殿的南闕距山東曲阜孔廟東南五百步(693 米)。其地基在 6 世紀時依然挺立,從東到西 24 丈(55.44 米),從北到南 12 丈(27.72 米),高 1 丈(2.31 米)有餘。在主殿之後是東西廂,每一間都是 4 丈(9.24 米)寬,16 丈(37.5 米)長。在兩廂的北邊是寢殿(叫作"別舍")。在東部區域,有一片浴池,約 40 步(55.6 米)見方。見酈道元,第 4 冊卷 25 頁 94;葉大松,《中國建築史》,頁 425。

　　王延壽在二十歲出頭時,跟隨他的父親著名的楚辭注疏家王逸,拜訪了這座宮殿。他們離開在宜城(今湖北宜城南)的家,去魯國閱讀經典,並且跟從一位定居泰山的德高望重的大學者學習算數。見《後漢書》,卷 80 上頁 2618;《博物志》,卷 4 頁 2b。此賦是一篇傑作,描寫並提供有關漢代宮殿的建造式樣和建築特色的最翔實的文學記録。先前有兩篇譯文: von Zach, "Das Lu-ling-kwang-tien-fu des Wang Wen-k'ao," *AM* 3 (1926), 467 - 76 and rpt. in *Die Chinesische Anthologie*, 1: 164 - 69;小尾郊一,收《文選》,卷 2 頁 82—98。

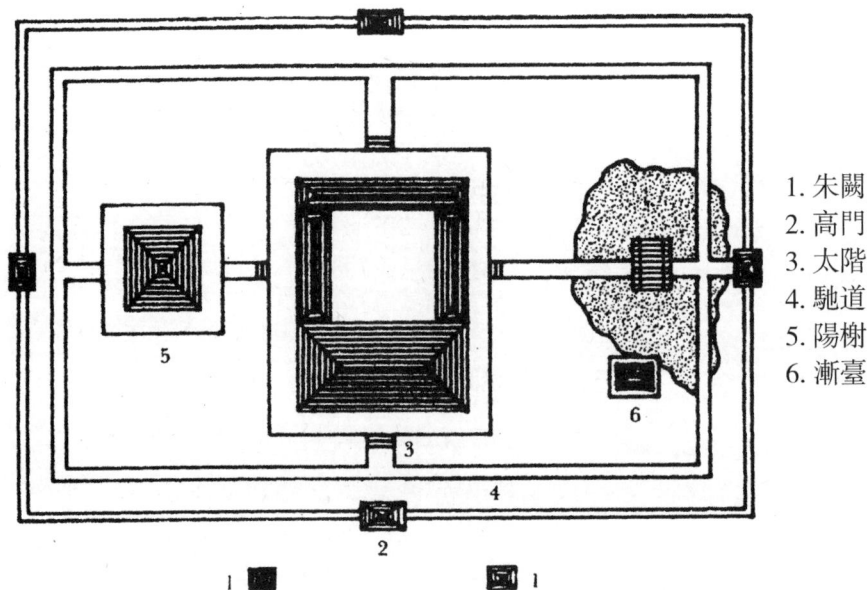

1. 朱闕
2. 高門
3. 太階
4. 馳道
5. 陽榭
6. 漸臺

魯靈光殿

魯靈光殿由景帝妃子程姬的兒子恭王劉餘所建造。① 起初，當恭王在這个小國建立都城時，由於喜歡豪宅和宮殿，②他在魯僖公營建的舊地基的基礎上建造了這座宮殿。③ 當漢代至中期開始衰弱時，強盜土匪奔走衝撞，所有的宮殿包括未央宮和建章宮，④都被破壞毀滅。然而，唯獨靈光殿幸免於難。深思熟慮後，我驚訝於這是否因爲有神明休息於此，並支持其保全漢室。然而，其設計和規格與上方的星辰星宿相配，這是它長久穩固的更深層原因。⑤ 我

魯靈光殿者，蓋景帝程姬之子恭王餘之所立也。初，恭王始都下國，好治宮室，遂因魯僖基兆而營焉。遭漢中微，盜賊奔突，自西京未央建章之殿，皆見隳壞，而靈光巋然獨存。意者豈非神明依憑支持以保漢室者也。然其規矩制度，上應星宿，亦所以永安也。予客自南鄙，觀蓺於

① 關於其在位時間，見《史記》，卷 17 頁 841—858。他在魯國的統治，《史記》給出的是 26 年。《漢書》，卷 14 頁 410 説他的統治持續了 28 年。《漢書》卷 6 頁 170 將其卒年定於公元前 128 年。
② 參《史記》，卷 59 頁 2095；*Records*，1：452；《漢書》，卷 53 頁 2413。
③ 魯僖公（前 659—前 627 年在位）派公子奚斯去修復姜嫄（周室的建立者后稷的母親）廟，並且建造僖公的父親閔公（前 661—前 660 年在位）的廟（我採納朱琦的校訂，將張載注中的"文公"改爲"閔公"）。見《毛詩注疏》，卷 20 之 2 頁 15b，鄭玄注。
④ 這些是前漢在長安的兩座主要宮殿，在《西都賦》和《西京賦》中有全面的描述。
⑤ 見下文行 78—79。

從南方邊遠地區遊歷而來,打算仔細閱讀魯國的經典,⑥所見使我震驚。我說:"啊! 詩人的靈感源於他對事物的反應。因此,當奚斯贊美僖公,歌唱'路寢',僖公的功績和成就便被保存在歌辭中,高尚的名望便被用音樂來展示。⑦ 事物在賦中被頌揚,功業在頌詞中被讚譽。沒有賦、沒有頌,人們何以講述這樣的事情?"因此,我撰寫如下的賦:

魯,覿斯而眙曰:嗟乎! 詩人之興,感物而作。故奚斯頌僖,歌其路寢,而功績存乎辭,德音昭乎聲。物以賦顯,事以頌宣,匪賦匪頌,將何述焉? 遂作賦曰:

1

啊! 遵循上古之時,大漢的皇帝,
祖先淵博睿智,虔敬顯赫。⑧
比五代的偉大高貴卓越,⑨
是唐堯的火精的後繼者。⑩
5　奉行天道,諸事亨通,⑪
擴展宇宙,建立都城。
鋪陳威嚴的中樞,在其上建立基業,⑫
與天道和諧一致,獲得長久安寧。⑬
於是,當上百個宗族被清楚分辨,⑭

粵若稽古帝漢,祖宗濬哲欽明。
殷五代之純熙,紹伊唐之炎精。
荷天衢以元亨,廓宇宙而作京。
敷皇極以創業,協神道而大寧。
於是百姓昭明,九族敦序,乃命孝孫,俾侯于魯。錫介珪以作瑞,宅附庸而開宇。乃立靈光之秘殿,配紫微而爲輔。承明堂於少陽,昭列顯於奎之分野。

---

⑥ 王延壽來自位於南郡的宜城。

⑦ 關於這首詩,見《西都賦》,注 15。

⑧ 行 1—2:這篇賦的開篇可以作兩種不同的讀法。源自於《堯典》(收《尚書注疏》,卷 2 頁 6a)開篇的用語,有不同的解釋:(A) "服從並嚴格遵守上古,堯帝……";(B) "如果檢視上古,(我們會發現)堯帝……"(對不同解釋的總結,見 Karlgren, "Glosses on the Book of Documents," pp. 44 - 45, ♯1207)。如果採納 B 的解釋,如贊克(*Die Chinesische Anthologie*, 1:165)和小尾郊一(《文選》,卷 2 頁 84),就必須將這幾句拆解成三句而不是兩句,釋讀如下:"粵若稽古/帝漢祖宗/濬哲欽明。"("啊! 如果我們檢視上古/便會發現漢帝國的祖先/都深邃明智,恭敬明亮")雖然該解釋與現代盛行的對《堯典》此段的理解一致,但我摒棄這一解釋,有以下幾點理由:(1) 詩體學的模式很清楚地要求雙句,每句六個音節;開篇之後的六句,全部都是六音節句,偶數行押同一個韻。將首兩句分成三句,違背這一模式。(2)《堯典》的 A 解釋在王延壽的時代更可取。這是僞孔安國傳(見《尚書注疏》,卷 2 頁 6a—b)中給出的注釋,張載用它作爲自己注解王延壽賦的釋義(卷 11 頁 14a)。

⑨ 行 3:參《毛詩》第 293 首:"時純熙矣。"五代指的是堯、舜的統治時期,以及夏、殷、周三個朝代。

⑩ 行 4:唐指的是堯,被認爲是漢的建立者劉邦的祖先。見《東都賦》,行 60 注。漢用火德統治。

⑪ 行 5:參《周易注疏》,卷 3 頁 27a(第 26 卦,上九):"何天之衢,亨。"

⑫ 行 7:見《魏都賦》,行 39 注。

⑬ 行 8:參《周易注疏》,卷 3 頁 9a(第 20 卦,《彖辭》):"聖人以神道設教,而天下服矣。"

⑭ 行 9:參《堯典》(《尚書注疏》,卷 2 頁 8a;Legge 3:17):"百姓昭明,協和萬邦。"

10　九支血親按次序敦厚親之，⑮

便分封孝順的孫子，⑯

讓他成爲魯國的君王。⑰

將巨大的玉版作爲吉祥象徵贈與他，⑱

賜屬國供他宅宿，在這裏開闢領土。⑲

15　於是他建造神聖的靈光殿，⑳

與紫微相配成爲附屬。㉑

繼承少陽地區的明堂，㉒

光輝排列在奎宿星野。㉓

2

看那靈光的形狀：　　　　　　　　瞻彼靈光之爲狀也，則嵯峨崨

20　參差嶙峋，高大聳立，　　　　嵼，嵬巍屻嵬。吁！可畏乎其駭

陡峻平穩，似峰巒疊聚。㉔　　　人也。迢嶢偄儻，豐麗博敞，洞

多麼令人驚駭，　　　　　　　轇轕乎其無垠也。邈希世而特

多麼使人膽怯！　　　　　　　出，羌瓌譎而鴻紛。屹山峙以紆

崇高倨傲，與衆不同，無可匹敵，　鬱，隆崛岉乎青雲。鬱坱圠以增

25　絢爛美麗，寬敞開闊！　　　　峖，峛崺綾而龍鱗。泪磑磑以璀

盤根錯結交疊相連，　　　　　璨，赫燁燁而燭坤。狀若積石之

伸展開來沒有邊界！　　　　　鏘鏘，又似乎帝室之威神。崇墉

---

⑮　行 10：參《皋陶謨》（《尚書注疏》，卷 4 頁 16b；Legge 3：69）："惇叙九族。"關於"九族"的不同解釋，見 Karlgren，"Glosses on the Book of Documents，" p. 47，♯1211。

⑯　行 11：孝孫指的是魯恭王劉餘。

⑰　行 12：參《毛詩》第 300 首第 2 章："王曰：'叔父，建爾元子，俾侯於魯。'"

⑱　行 13：根據張載（卷 11 頁 14b）的説法，"介圭"（巨大的玉板）長一尺二寸。

⑲　行 14：參《毛詩》第 300 首第 3 章："錫之山川，土田附庸。"

⑳　行 15：這裏可能含蓄地比較靈光殿和閟宮，後者是魯國著名的宗廟，在《毛詩》第 300 首中被頌揚，據説是奚斯所建造。張載（卷 11 頁 15a）引述這座廟宇的名稱爲"秘宮"，可能意味着《詩經》有一個版本將"閟"寫作"秘"。

㉑　行 16："紫微"（即紫宮）在這裏指代皇宮，見《西都賦》，行 143 注。

㉒　行 17："少陽"指的是東方，這裏王延壽很可能指武帝在公元前 110 或前 109 年所建的明堂。見《史記》，卷 28 頁 1401；《漢書》，卷 25 下頁 1243；Records，2：64。它位於奉高（今泰安東）西南四里，靠近位於魯地的泰山。見《漢書》，卷 28 上頁 1581。

㉓　行 18：魯地在奎宿和婁宿的保護下。見《漢書》，卷 28 上頁 1662。

㉔　行 21：疊韻連綿詞"嶚嵬"（*lwei-khwei）可能是"嵬嶚"（**jwei-lwei）的倒裝，後者作爲一座山的名稱出現在《莊子》（卷 8 頁 1a）。我推測表意的部分是"嵬"，意思是"堆疊"。因此，我譯爲"堆疊着的，尖尖的"。

無疑是世上最罕見的唯一事物，

啊，多麼宏壯的奇觀，多麼磅礴的迷宮！

30　卓爾不群地站立如山，曲折交錯，

歸然矗立，高飛直入青雲。㉕

無邊無際，層層上升，

陡峭層疊，恰似龍鱗。㉖

純净無瑕，璀璨發光，

35　光輝明亮，照亮大地。

形狀如高聳的積石山，㉗

又似威嚴神圣的神殿。

崇高城墻像山脉連接，如山峰毗連；

朱紅門樓陡直威嚴，成雙而立。

40　高大門户模仿閶闔門，㉘

兩架馬車並駕齊驅，一同進入。

岡連以嶺屬，朱闕巖巖而雙立。

高門擬于閶闔，方二軌而並入。

3

於是，越過宏偉的階梯，

抵達主殿。

上下打量，來回端詳，

45　從東到西，閑庭信步。

緋紅色調的裝飾，

是作何用？

艷麗閃耀，光輝璀璨，

流動充盈，絢爛蔓延。

50　白壁輝煌，像月亮發光；

紅柱炫目，似閃電照耀。

於是乎乃歷夫太階，以造其堂。俯仰顧眄，東西周章。彤彩之飾，徒何爲乎？澔澔泋泋，流離爛漫。皓壁晞曜以月照，丹柱歙赩而電炡。霞駁雲蔚，若陰若陽。瀁瀁燐亂，煒煒煌煌。隱陰夏以中處，霮寥窱以崢嶸。鴻爌炾以燦間，颮蕭條而清泠。勈滴瀝以成響，殷雷應其若驚。耳嘈嘈以失聽，目瞳瞳而喪精。駢密

㉕ 行31：雖然張載（卷11頁15b）似乎想將"隆崛"作爲一個整體看待，但是在此處上下文中，"崛"字顯然是疊韻連綿詞"崛岉"（*gjwet-ngjwet）（矗立、高聳）的一部分。見胡紹煐，卷13頁9a。

㉖ 行33：疊韻連綿詞"繪綾"（*dzjieng-ljeng）的基本義是"層疊的"或"分層的"。其含義很可能是由"繪"（分層的）來傳達。關於這一詞組的信息，見胡紹煐，卷13頁9b。

㉗ 行36："積石"是一條山脉，位於漢代河關縣（今甘肅導河縣西）西南，是黄河的一個源頭。見《漢書》，卷28上頁1532，卷28下頁1611。

㉘ 行40：關於閶闔門，見《西京賦》，行97注。

條紋如玫瑰朝霞，濃密如雲，

時而昏暗，時而明亮，

閃爍燃燒，搖曳晃動，

55　壯麗如紅光融融，榮耀如熊熊烈火。

我們進入北邊廣廈，停留在此：

驟然直降，罅隙幽深，陡直峻峭，㉙

巨大厚重，寬廣明亮，綿延無際，

颯颯悲風，穿堂而過，冰涼寒冷。

60　水滴從屋檐滴下，發出響聲，

如同響雷的回聲讓人驚起。

喧囂嘈雜，耳朵失去聽覺能力；

眼花繚亂，眼睛失去視覺能力。

細密的石頭和紅寶石均衡排布，㉚

65　軟玉尖飾和玉製繁花對稱安置。

打開鍍金的門，進入北部：

黑夜隱約暗淡，陰鬱降臨。㉛

房間蜿蜒曲折交錯，與世隔絕；㉜

洞穴般的宮室遠離塵囂，幽暗深邃。㉝

70　西邊廂房延續相連，寂靜無聲；㉞

東邊廂房層層深入，朦朧神秘：

屹立上升於混沌迷朦，隱約可辨，

石與琅玕，齊玉瑠與璧英。遂排金扉而北入，霄靄靄而晻曖。旋室媔娟以窈窕，洞房叫窱而幽邃。西廂踟躕以閑宴，東序重深而奧祕。屹鏗瞑以勿罔，屑屬黟以懿濛。魂悚悚其驚斯，心惄惄而發悸。

———————————

㉙　行 57：胡紹煐（卷 13 頁 10a）認爲"霝"是一個未知的字，指出是"泓"的誤寫。《説文》（卷 11 上頁 4987）將其訓爲"下深貌"。因此，我譯爲"猛地投入，驟然下降"。

㉚　行 64：關於"琅玕"（紅寶石），見《南都賦》，行 158 注。

㉛　行 67：六臣注本寫作"宵"（意爲夜），尤袤本寫作"霄"（意爲雲）。胡紹煐（卷 13 頁 10a—b）指出這兩個字在"夜"的意思上是可以互換的。

㉜　行 68："旋室"可以是"璇室"（見《甘泉賦》，行 108 注）。然而，在該文本中，"旋"很可能是"捲繞"的意思。見《淮南子》，卷 4 頁 26，注。

㉝　行 69：這些可能是女子的居室。

㉞　行 70：注疏家們對"踟躕"（來回地走）的令人費解的用法有各種解釋。張載（卷 11 頁 16b）將其解釋爲"連閣傍小室"，並提到"踟"的一個異體字"移"。李善（卷 11 頁 16b）僅僅將"踟躕"處理爲連綿形容詞，訓爲"相連"。張銑（卷 11 頁 22a）選取"踟躕"的常用意，並將這一行釋義爲："於西廂緩步。"胡克家的《文選考異》（卷 2 頁 24b）引用《爾雅》（中之一頁 5b），將"移"訓爲"連"，爲採納"移躕"這一異文的寫法提供令人信服的論據。我推測"移躕"（*drjai-drjua?）是一個雙聲連綿形容詞，"移"（連）是其表意部分。因此，我將其譯爲"連綿不斷地疊連在一起"。

仔細端詳見暗影幢幢，飄向無垠。㉟

靈魂瑟瑟發抖，驚恐不已；

75　內心懼怕膽怯，恐懼發悸。

4

於是仔細觀察橫梁和屋頂，㊱

檢視建築樣式。

其設計與天相配，

上方以玄武爲原型。㊲

80　迷惑人心，像雲一樣升起，

尖峰銳利，網眼斜格交錯。

三重隔間，四側外表，

八片分區，九處角落，㊳

上萬根墩柱，倚靠成叢，

85　參差不齊上升，彼此提供支撐。

漂浮的柱子，崇高地飛騰，如星星懸浮，㊴

岌岌可危地在高處維持平穩，緊緊相依。

飄揚的椽木形成弧綫，遥指如同彩虹，

高高舉起，雄偉莊嚴地一齊飛揚。㊵

於是詳察其棟宇，觀其結構。規矩應天，上憲觜陬。倔佹雲起，嶔崟離摟。三間四表，八維九隅。萬楹叢倚，磊砢相扶。浮柱岹嵽以星懸，漂嶤峴而枝拄。飛梁偃蹇以虹指，揭蘧蘧而騰湊。層櫨礌塊以岌峩，曲枅要紹而環句。芝栭欑羅以戢舂，枝掌杈枒而斜據。傍夭蟜以橫出，互黝糾而搏負。下弸蔚以璀錯，上崎嶬而重注。捷獵鱗集，支離分赴。縱橫駱驛，各有所趣。

㉟　行73：雙聲連綿詞"黶翳"(*·*jap-·jei)沒有在其他地方出現過。我推測這是一個同義複合詞，由兩個語素所組成，即"黑"和"蒙"。因此，我譯爲"昏暗陰沉地遮蔽"。疊韻連綿詞"懿濞"(*·*jiei-phjwei)的含義沒有綫索提供，我的譯文"飄入無垠"，僅僅是讓此句的意思能説得通，我並不知道這個詞的意思。

㊱　行76："棟宇"用來代指"建築"。

㊲　行79：朱珔(卷12頁5b)注意到，爲了押韻慣常的"娵觜"被倒裝爲"觜娵"。《爾雅》(中之四頁11b)將"娵觜"鑒定爲星宿中的"營室"和"東壁"，即飛馬座和仙女座中的星星，它們與建築的關聯顯而易見。注疏家對於"娵觜"的解釋多種多樣，見郝懿行的注，《爾雅》，中之四頁12a；Schlegel, *Uranographie*, 1：304。我採納薛愛華(見 *Pacing the Void*, p. 76)的意見，將其譯爲"玄武"。

㊳　行82—83：東翼和西翼都有三間四面墙壁的隔間，應被分爲九間子隔間。"八維"指的是子隔間：北、南、東和西四間子隔間，加上位於四個角落者。"九隅"包括八維，再加上中央的子隔間。

㊴　行86："浮柱"就是梁上中柱。在宋代被稱爲"侏儒柱"。見李誠(1035—1108，或1065—1110)，《營造法式》(臺北：聯經，1974)，卷1頁11a。它們被形容爲"浮起"，因爲沒有穩固的基座(張載，卷11頁17a)。參《甘泉賦》，行98。

㊵　行89：朱珔(卷12頁6a)將"蘧蘧"等同於《毛詩》第135首第1章的"渠渠"(偉大、莊嚴)。

90　承重木陡峻地層層堆疊，搖搖欲墜；[41]

托臂彎曲如弧，似鎖鏈般連成一串。[42]

菌菇狀的柱頂密集列隊，緊密簇擁；[43]

支撐柱似分叉枝椏，斜倚屋角，[44]

橫向地纏繞盤旋，旁伸側出，

95　相疊相連，共同支撐。

下方茂盛濃密，裝飾華麗；

上方尖頂陡直，層層相連。

錯綜複雜疊蓋，如同魚鱗聚集，

支離分布，伸展開來，

100　四處蔓延，連綿不斷，

各有所向。

5

於是懸挂的房梁與傾斜的屋頂相連，

天窗上裝飾着金絲雕花的圖案：[45]

藻井中有圓形的水池，[46]

105　倒植着荷花，

繁花綻開，花朵噴出，

伸展開放，

綠色的果莢和紫色的果實，

爾乃懸棟結阿，天窗綺疎。圓淵方井，反植荷蕖。發秀吐榮，菡萏披敷。綠房紫菂，窊咤垂珠。雲窠藻棁，龍桷雕鏤。飛禽走獸，因木生姿。奔虎攫挐以梁倚，仡奮鬐而軒鬐。虬龍騰驤以蜿蟺，頷若動而躨跜。朱鳥舒翼

---

[41]　行90："櫨"是個令人困惑的術語，主要因爲《説文》（卷6上頁2499a—2501a）對它的解釋是錯誤的。《營造法式》（卷1頁9a）將其等同於宋代的"枓"（承重的大塊木料）。亦可參看 Glahn, "Some Chou and Han Architectural Terms," pp. 105, 107。

[42]　行91：漢代的"枅"與宋代的"栱"（斗拱、托臂）是一樣的。見《營造法式》，卷1頁8a。在這種情形中，"枅"可以是方的也可以是彎曲的。彎曲的"枅"的別名叫"欒"。見《説文》，卷6上頁2501a—b，尤其是段注；Glahn, "Some Chou and Han Architectural Terms," pp. 107-8。

[43]　行92：《説文》（卷6上頁2502a—2503a）將"栭"解釋爲"屋枅上標"。它很可能是一種柱頭墊木或柱頂。見 Glahn, "Some Chou and Han Architectural Terms," p. 108。

[44]　行93："掌"是"樘"的異體字，《説文》（卷6上頁2496a—b）將後者訓爲"衺柱"（斜柱）。根據張載（卷11頁17b）的説法，它長三尺，墊在橑木頂端。我稱之爲對角支撐柱。

[45]　行103："天窗"並不是屋頂天窗，而是穹頂的名稱。見 Sickman and Soper, *The Art and Architecture of China*, p. 383。它應繪有錯綜複雜的金絲綫條花紋（"畫以文彩"，張銑，卷11頁24a）。

[46]　行104："方井"是由橫梁所組成的藻井，交叉成漢字"井"的形狀。此處的方井當被畫成荷花池的樣子。見《營造法式》，卷2頁7b；Paul Demiéville, "Review of *Che-yin Song Li Ming-tchong Ying tsao fa che*", *BEFEO* 25 (1925)：240。

鼓鼓囊囊，像懸蕩的珍珠。[47]

110　雲紋的柱頭，水藻紋的頂梁柱，[48]

龍紋的椽木，都雕刻圖案。[49]

飛翔的鳥，奔跑的獸，[50]

姿態現於木頭。

潛行的老虎，爪子凶殘地抓撕緊握，

115　憤怒狂暴地舉起頭，鬃毛直立。[51]

盤曲的龍跳躍翱翔，盤旋纏繞，

蹣跚緩行，下頷似動。[52]

朱雀展翅，棲息橫梁；[53]

騰蛇蜷曲，繚繞椽木。[54]

120　白鹿在托架間抬起頭，[55]

飛龍蜷曲蠕動，緊抓窗楣，

狡兔匍匐蹲伏在柱頂旁邊，[56]

以峙衡，騰虯蝹蚪而遶榱。白鹿子蜺於欂櫨，蟠螭宛轉而承楣。狡兔跧伏於柎側，猨狖攀椽而相追。玄熊舑餤以齗齗，却負載而蹲跠。齊首目以瞪眙，徒眽眽而狋狋。胡人遥集於上楹，儼雅跽而相對。仡欺㤥歰以鵰顑，鶤顑頞而睽睢。狀若悲愁於危處，憯嚬蹙而含悴。神仙岳岳於棟間，玉女窺窗而下視。忽瞟眇以響像，若鬼神之髣髴。圖畫天地，品類群生。雜物奇怪，山神海靈。寫載其狀，託之丹青。千變萬化，事各繆形。隨色象類，曲得其

---

[47]　行105—109：參《西京賦》，行102—103。

　　行109：雙聲連綿詞"窋咤"(*trjwet-trag)的表意部分很可能是"窋"，後者用來形容物體從洞穴中伸出。見《説文》，卷7下頁3291b，尤其是段注。在這段文字中，"窋咤"形容蓮蓬"塞滿、膨脹"。

[48]　行110：《説文》(卷6上頁2498a—2499a)將"栭"(亦寫作"栺"或"節")解釋爲"欂櫨"(托架結構)。然而，《爾雅》(中之一頁4b)說"栭"是"栭"的別稱(柱頭墊木或柱頂)(見上文行92注)。郭璞(《爾雅》，中之一頁4b)將"栭"訓爲"櫨"(承重的大塊木料)，混淆了事實。郝懿行(《爾雅》，中之一頁4b)指出"栭"指的是斗拱托臂結構中的頂端部分。顧邁素("Some Chou and Han Architectural Terms," p. 109)主張有兩種不同種類的承重木料，一種是在圓柱(栭)的頂端，另一種是在托臂的頂端。因此，我將"栭"譯爲柱頭墊木。張載(卷11頁18a)說柱頭墊木上畫有雲紋。

　　"梲"是梁上中柱的別稱。見《爾雅》，中之一頁4b；《營造法式》，卷1頁11a。張載(卷11頁18a)說梁上中柱畫有藻紋。

[49]　行111：《説文》(卷6上頁2503b—2504a)將"桷"解釋爲方形椽木。段玉裁(《説文》，卷6上頁2504b所引)提出"桷"有"棱角"的含義。《説文》的其他地方(卷6上頁2504a—2506a)提及"桷"是椽木在齊魯地區的用字。椽木上畫有龍紋(張載，卷11頁18a)。

[50]　行112：亞瑟·韋利(Arthur Waley)在 *The Temple*, pp. 95-96 中翻譯過行112—165。

[51]　行115：胡紹煐(卷13頁14a)聲稱，疊韻連綿詞"奮鬖"(*pjwen-hjen)等同於"憤興"(*phjen-hjeng)(激烈地奮起)。表意成分當是"奮"(激起、激烈)。我的譯文"在激烈狂熱中"(in a furious frenzy)，試圖爲其找到一個押頭韻的對應詞。

[52]　行117：李善(卷11頁18b)將"頷"訓爲"搖頭"。胡紹煐(卷13頁14a—b)指出其意思是頷。朱珔(卷12頁6b)注意到，如果其含義是"搖頭"，就應當寫作"頷"。

[53]　行118：朱雀是傳説中的鳥，掌管南方。

[54]　行119：我跟隨朱珔(卷12頁6b)的意見，將"騰蛇"看作龍的一種，據説可以騰雲起霧。見《爾雅》，下之四頁10a。

[55]　行120：李善(卷11頁18b)將疊韻連綿詞"子蜺"(*kjiat-ngiet)訓爲"延首之貌"，因此我譯爲"舉起頭"。

[56]　行122：李善(卷11頁18b)引用《説文》(卷2下頁876a—b)，將"跧"解釋爲"蹴"(踢)。胡紹煐(卷13頁14b)指出其在這裏的意思是"蹲"。

　　李周翰(卷11頁25a)將"柎"解釋爲承重木料頂端的橫木("斗上橫木")。顧邁素("Some Chou and Han Architectural Terms," p.109)稱這是墊木，用來"支撐建築內部的檁條，被置於托架結構之上"。

猿猴攀爬，彼此追逐。

黑熊伸舌，露出尖牙，

125　負重退縮，弓背蹲坐。

頭部齊高，凝眸一瞥，

張望瞪視，怒目圓睜。⑤⑦

匈奴畫像遠集於圓柱上方，⑤⑧

面對面莊嚴肅穆地跪下；⑤⑨

130　勇敢而面目可怖，瞪視如鷹，⑥⑩

凹陷的顴骨，突出的前額，膨出的眼睛；⑥①

其面容似因此地危險而難過，

痛苦皺眉，充滿悲傷。

神仙在檁條間筆直站立，

135　玉女從窗中窺視下望。⑥②

忽然全都縹緲模糊，隱約可見，

如同鬼神朦朧幽暗。

他們在這裏描畫天地，

無數事物，類型齊備：

情。上紀開闢，遂古之初。五龍比翼，人皇九頭。伏羲鱗身，女媧蛇軀。鴻荒朴略，厥狀睢盱。焕炳可觀，黃帝唐虞。軒冕以庸，衣裳有殊。下及三后，姪妃亂主。忠臣孝子，烈士貞女。賢愚成敗，靡不載敍。惡以誡世，善以示後。

---

⑤⑦ 行 127：張載（卷 11 頁 18b）將"狋狋"（*ngjiei-ngjiei）解釋爲"視貌"。朱琦（卷 12 頁 7a）指出"狋"有"怒"的意思。參《說文》（卷 10 上頁 4393a—b），將"狋"訓爲"犬怒貌"。胡紹煐（卷 13 頁 15a）認爲"狋"應當寫作"睨"，即"視"的古字。由於怒的意思看來適合這裏的上下文，因此我將"狋狋"譯爲"怒目而視，虎視眈眈"。

⑤⑧ 行 128：這些是來自北方的外族畫像。根據張載（卷 11 頁 19a）的說法，他們被置於最高處，因爲人比動物更尊貴。根據《世說新語》注（卷 6 頁 180；23／15）所引《阮孚別傳》，阮咸（234—305）在給他姑姑的一封信中說："胡婢遂生男兒。"他的姑姑回信引用王延壽賦此句，建議他給孩子取名"遙集"。見 Mather, *Shih-shuo Hsin-yü*, p. 377。胡紹煐（卷 13 頁 15b）引用這則材料來說明，如果連婦女都會背誦，那麼王延壽的賦必然極爲流行。

⑤⑨ 行 129：李善（卷 11 頁 19a）將"儼雅"（莊嚴、嚴肅）解釋爲連綿詞，意思是"跽貌"（跪）。梁章鉅（卷 13 頁 11b）主張"雅"（合宜，莊嚴）應當寫作"跒"。我認爲"儼雅"是一個同義複合詞，修飾"跽"。

⑥⑩ 行 130：李善（卷 11 頁 19a）將疊韻連綿詞"欺猲"（*gjeh-sjeh）解釋爲"大首"。李周翰（卷 11 頁 25b）將其訓爲"面狹"。胡紹煐（卷 13 頁 15b—16a）推測這個詞由"頍"（*gjeh）（《說文》，卷 9 上頁 2955b—2956a，訓爲"醜"）和"顋"（*sjeh）（面頰）構成，因此，我譯爲"可怕的腦袋"。

李善（卷 11 頁 19a）將"雕盱"（*tiehw-hjwet）解釋爲"如雕之視"。李善將"盱"讀作"瞲"（緊張地看）。胡紹煐主張這個詞應當是雙聲複合詞。因此，他將"雕"讀作"瞯"（*tiehw）（深邃下陷的眼睛往外看）。然而，即使讀作"瞯盱"，也不是雙聲複合詞。我採納李善的意見，譯爲"像鷹一樣瞪視"。

⑥① 行 131：六臣注本寫作"顐"，尤袤本寫作"鶹"。朱琦（卷 12 頁 7a—b）指出前者在字典中不存在，後者有凹陷的頭的意思，因此，我譯爲"凹陷的顴骨"。

疊韻連綿詞"顡顠"（*ngiehw-liehw）用來形容高的、凹凸不平的頭。參《說文》（卷 9 上頁 3926b—3927b），"顡"（大頭）。我將其意譯爲"突出的額頭"。

⑥② 行 135：關於"玉女"，見《甘泉賦》，行 160 注。

140　各種奇異生物，

山神和海靈。

描繪保留形貌，

托付於丹青。㊞

上千種改變，上萬種轉化，

145　每種事物被獨特地描繪。

不同色調重現各類形象，

完美捕捉它們的本質。

在上面，記録混沌的開闢，

遠古的起始。㊝

150　五龍比翼齊飛，㊤

人皇九頭氏，㊥

伏羲那鱗片覆蓋的身體，

女媧那蛇的軀幹；㊦

茫茫混沌，樸素原始，

155　其形狀隱約可辨；

明亮輝煌，清晰可見，

是黄帝、唐和虞。㊨

他們使用馬車和冠冕，

上衣和下擺作爲區分的標誌。㊩

160　最近至三后的時代，㊪

㊞　行143：丹青代指繪畫。

㊝　行149：此詞出自《天問》(見《楚辭補注》，卷3頁1b)。

㊤　行150：“五龍”指的是名爲皇伯、皇仲、皇叔、皇季和皇少的五兄弟，族名爲龍，是“人皇”(見行151注)的繼任者，騎龍穿行天空。見李善，卷11頁19b，引《春秋》的一部緯書；*Mh*，1：19。

㊥　行151：“人皇”九人是傳説中遠古的帝王，都是兄弟，每人都活了三百年。他們被描述爲駕着六隻羽毛精美的鳥拉的雲車，人們相信他們將大地分爲九州，每人掌管一州。見《藝文類聚》，卷11頁207；*Mh*，1：19。

㊦　行152—153：後漢時代通常將伏羲描繪爲蛇身人首。關於女媧，不同的解釋説她是伏羲的妹妹或妻子，也被描述爲類似伏羲的生物。見 Loewe, *Ways to Paradise*, pp. 57 - 58。

㊨　行157：唐指的是堯，虞指的是舜。

㊩　行158—159：參《尚書》卷3頁9b，《舜典》，指舜授予功臣嘉獎：“明試以功，車服以庸。”(Karlgren, “Book of Documents,” p. 5.)

㊪　行160：注疏家們關於“三后”(字面意思是“最高統治者”)的身份没有達成一致。張載(卷11頁19b)説他們是夏、殷、周的統治者。劉良(卷11頁26b—27a)將他們鑒定爲夏桀、商紂、周幽，他們都因爲暴虐的統治和迷戀寵妃而失去君權。由於下一句提到“淫妃”，所以我採納劉良的説法。

腐敗墮落的后妃，誤入歧途的君主，[71]

忠心的大臣，孝順的兒子，

英勇的騎士，貞潔的列女，

賢人和愚者，失敗的和成功的，

165　沒有誰是未經證實的。

作惡的用以告誡世人，

行善的作爲後世的榜樣。

6

於是相連的走廊與宮殿交接，[72]

馳道環繞周圍，[73]

170　陽光照亮的亭樹向外凝望，[74]

高高的塔樓和翱翔的觀景樓，

長長的通道升高又下降，

欄杆和扶手伸展蔓延。

浸入水中的露台俯瞰池塘，[75]

175　一排排螺旋上升，有九層之高，

堅定地挺立，顯眼又孤獨，

外形異乎尋常，與衆不同。

飛得如此之高，越過華蓋，[76]

在上面可以看到天庭。

180　飛騰的樓梯，高聳矗立，

攀爬雲霄，在高空旅行。[77]

於是乎連閣承宮，馳道周環。陽樹外望，高樓飛觀。長途升降，軒檻曼延。漸臺臨池，層曲九成。屹然特立，的爾殊形。高徑華蓋，仰看天庭。飛陛揭孽，緣雲上征。中坐垂景，頫視流星。千門相似，萬戶如一。巖突洞出，逶迤詰屈。周行數里，仰不見日。何宏麗之靡靡，咨用力之妙勤。非夫通神之俊才，誰能剋成乎此勳？據坤靈之寶勢，承蒼昊之純殷。包陰陽之變化，含元氣之烟熅。玄醴騰涌於陰溝，甘露被宇而下臻。朱桂黝儵於南

---

[71] 行 161："淫妃"指的是妹嬉、妲己和褒姒，分別是桀、紂、幽的寵妃。見《國語》，卷 7 頁 2a—b。

[72] 行 168：下面幾行描寫有頂蓋的、高架的走廊連接宮殿群的各個部分。

[73] 行 169：馳道是有頂蓋的走廊的一部分，供國王使用，他是唯一一位被允許在上面騎馬奔馳的人。

[74] 行 170：我不清楚"陽樹"是一個固有名詞，還是一種建築物的名稱。朱珔(卷 12 頁 7b)將"樹"解釋爲建在露臺頂部的高高房間，從裏面可以向外張望。葉大松(見《中國建築史》，頁 425，圖版 8—13)將陽樹看作是主殿西側的巨大露臺的名稱。我簡單地稱之爲亭樹。

[75] 行 174：梁章鉅(卷 13 頁 12a—b)主張"漸臺"不必是塔樓的名稱，而僅僅是建在水中的塔樓的通用名稱。我稱之爲浸在水中的露臺。

[76] 行 178：這裏的"華蓋"指的是與仙后座中的七顆星相一致的星宿。見 Schlegel, *Uranographie*，1：533。

[77] 行 181：李善(卷 11 頁 20b)説："臺之高，自中坐而乘日景。"因此，胡紹煐(卷 13 頁 17a)提出將"垂"(落)讀作"乘"(騎)。

坐在其間,可以騎上日光;

向下俯視,可以看見流星。

上千扇大門,全都相似,

185 上萬個入口,看來如一。

從險崖和裂縫向前突出,[78]

盤繞曲折,蜿蜒迂回:

可以行進數里,

抬頭根本不見太陽。

190 何等宏偉美麗,何等細緻精巧!

何等巧奪天工的技藝!

除了通神的偉大天才,

誰能完成如此偉大功績?

它寄托地坤精氣的寶勢,[79]

195 繼承蒼垠最高的中心,[80]

擁抱陰陽的變換轉化,

吸收原初的精微之氣。

隱秘瓊漿在陰暗溝渠沸騰起沫,

甘甜露水覆蓋屋頂並滴到下方,

200 紅色桂樹從南到北發芽開花,

澤蘭靈芝從東到西輕柔起伏。[81]

吉祥的風吹拂呼嘯,輕聲嘆息,

隨風傳送甜美香氣,持久芬芳。

神靈支撐起橫梁和屋頂,

205 千年之後,歷久彌堅。

永享和平安寧,福氣幸運;

與大漢一樣長久持續下去。

北,蘭芝阿那於東西。祥風翕習以颯灑,激芳香而常芬。神靈扶其棟宇,歷千載而彌堅。永安寧以祉福,長與大漢而久存。實至尊之所御,保延壽而宜子孫。苟可貴其若斯,孰亦有云而不珍?

亂曰:彤彤靈宮,巋巍穹崇,紛庬鴻兮。崱屴嵫釐,岑崟崱嶷,駢竉縱兮。連拳偃蹇,崘菌踥嵯,傍欹傾兮。欱歎幽藹,雲覆霮霸,洞杳冥兮。葱翠紫蔚,礧碨瓔瑋,含光暈兮。窮奇極妙,棟宇已來,未之有兮。神之營之,瑞我漢室,永不朽兮。

---

[78] 行 186:參《上林賦》,行 178 注。

[79] 行 194:"坤靈"指的是坤之精氣,見《西都賦》,行 142 注。

[80] 行 195:張載(卷 11 頁 20b)將"純殷"解釋爲"大中"。關於殷的"中"義,見《尚書疏證》,卷 6 頁 14a(《禹貢》),僞孔注。關於"殷"的另一個解釋,見 Karlgren, "Glosses on the Book of Documents," p. 151, ♯ 1367。"蒼昊"代指天。

[81] 行 198—201:這些全都是祥瑞。

這真是至高無上者的住所，⑧

適宜延長生命，適合兒孫。⑧

210 如果它可以受到如此珍視，

誰能説它未被歌頌？

結尾曰：彤紅的宮殿，

宏偉騰起，拱頂巍峨，

光輝絢麗，磅礴巨大。

215 陡峻穩固，尖峰鋭利，

參差嶙峋，皺褶彎曲，

像高聳石山站在一起。

蜿蜒蛇行，曲折旋轉，

盤繞迂回，彎曲成弓，

220 向側面傾斜成坡。

昏黑黯淡，陰鬱成蔭，

如籠罩於朦朧雲團之下，

似洞穴般深邃，豁口開裂，漆黑陰沉。

青翠的綠化，紫色的光輝，

225 如巨大珍珠綺麗榮耀，

被炫目的陽光包裹。

窮極巧妙，圓滿壯觀，

自從發明橫梁和屋頂，

從未見過相似的建築。

230 正是神靈建造她，

以保佑我們的漢室，

永不衰敗。

---

⑧ 行208：至尊指的是皇帝。

⑧ 行209：參《毛詩》第5首第2章："宜爾子孫。"

景福殿賦

何平叔

【解題】

　　何晏(字平叔)此賦慶祝景福殿的落成,該殿於公元 232 年之後的某個時間建造於魏國的許昌城(魏故許昌城位於河南許昌縣古城村)。這座宮殿位於城市的東南角(見《元和郡縣圖志》,卷 8 頁 225),建造它用掉了超過八百萬貲費(見《水經注》,冊 4,卷 22 頁 37)。這座宮殿完工以後,明帝命令其大臣作賦紀念這一大事(見李善,卷 11 頁 22a 所引《典略》)。可能爲這一場合所撰寫的其他賦篇包括:卞蘭(約 230 年在世)的《許昌宮賦》(收《藝文類聚》,卷 62 頁 1113—1114);韋誕(約 200—230 年在世)的《景福殿賦》(收《藝文類聚》,卷 62 頁 1124);夏侯惠(約 230 年在世)的《景福殿賦》。

　　何晏的賦對宮殿描繪詳細,就像王延壽關於靈光殿的作品那樣,富含建築細節的描寫。先前的譯文包括:von Zach, "Aus dem Wen-hsuan — Ho Yen's Poetische Beschreibung des Ching-fu-Palastes (in Hsu-ch'ang)," *MS* 4 (1939‐40):441‐50; rpt. in *Die Chinesische Anthologie*,1:170‐79;小尾郊一,《文選》,卷 2 頁 99—122。

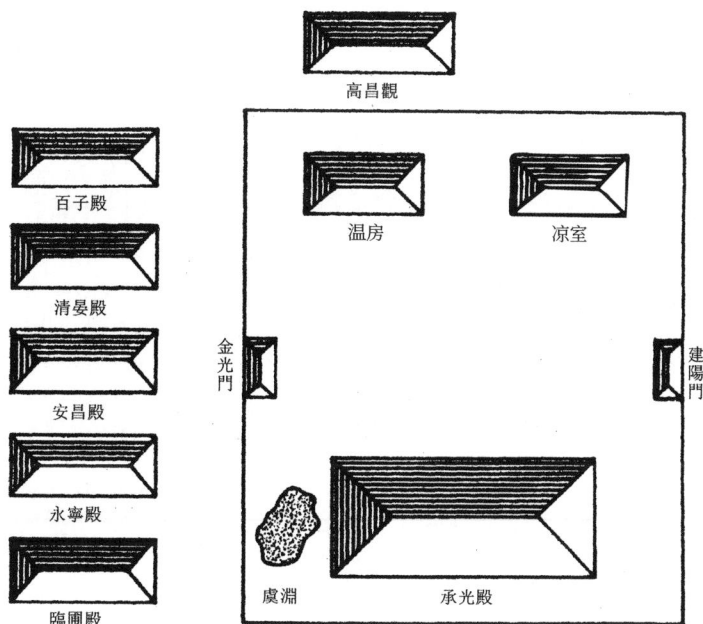

景福殿平面圖

1

魏國實在偉大！

世代都有賢明君王。①

武帝建立最初基業，②

文帝爲偉大天命選中。③

5　創建制度上應於天，④

建立政體順應季節。⑤

下一位是帝皇：⑥

榮耀倍增，光輝更盛！⑦

遠處，以陰陽的自然之道爲準則，

10　近處，以生物和人的真情爲基礎。⑧

向上，恭敬地稽考古之大道，

向下，闡述善的原則，世代相傳。

衆多事務都已了結，⑨

上天秩序極其清晰。⑩

15　因此，二年加上三年之後，⑪

國家變得富有，刑罰變得公正。

在此年三月，他巡視東方，⑫

到達許昌。

爲山川舉行望祭，

20　考察季節，判定地形，

大哉惟魏，世有哲聖。武創元基，文集大命。皆體天作制，順時立政。至于帝皇，遂重熙而累盛。遠則襲陰陽之自然，近則本人物之至情。上則崇稽古之弘道，下則闡長世之善經。庶事既康，天秩孔明。故載祀二三，而國富刑清。歲三月，東巡狩，至于許昌。望祠山川，考時度方。存問高年，率民耕桑。越六月既望，林鍾紀律，大火昏正。桑梓繁廡，大雨時行。三事九司，宏儒碩生。感乎溽暑之伊鬱，而慮性命之所平。惟岷越之不靜，寢征行之未寧。乃昌言曰："昔在蕭公，暨于孫卿。皆先識博覽，明允篤誠。莫不以爲不壯不麗，不足以一民而重威靈。不飭不美，不足以訓後而永厥成。故當時享其功利，後世賴其英聲。且

---

① 行2：參《毛詩》，第243首第1章："世有哲王。"

② 行3："武"指的是曹操，死後以"魏武帝"爲人所知。

③ 行4："文"指的是曹丕，即魏文帝。參《尚書》（《尚書注疏》，卷8頁18a；Legge 3：199）的《太甲》章，述商的建立者湯："天監厥德，用集大命。"

④ 行5：參《東都賦》，行58—59。

⑤ 行6："順時"指奉行《月令》所規定的季節性儀式規則。

⑥ 行7："帝皇"指的是曹叡，魏明帝。

⑦ 行8：參《東都賦》，行102。

⑧ 行10：參《漢書》，卷49頁2293，晁錯的《詔策對》："計安天下，莫不本於人情。"

⑨ 行13：參《尚書》（《尚書注疏》，卷5頁12a—b；Legge 3：89）的《益稷》："元首明哉，股肱良哉，庶事康哉。"

⑩ 行14：參《皋陶謨》（《尚書注疏》，卷4頁22a；Legge 3：73）："天秩有禮。"

⑪ 行15：這應當是明帝在位的第六年。

⑫ 行17：太和六年三月癸酉（232年4月14日），明帝在東方進行巡遊。見《三國志》，卷3頁99。五臣注本省略了"狩"（打獵）。胡紹煐（卷13頁18a）舉出佳證，指出這是從注解中竄入的文字。

慰問高壽之人，⑬

率領民衆犁地養蠶。

在六月，當月亮圓滿之時，⑭

音律中的林鐘得以記錄，⑮

25　大火星黄昏時正當頭頂，⑯

柔樹和梓樹濃密茂盛，

大雨季節性降落：⑰

三事九司，⑱

大儒碩學，

30　感於濕氣高温的窒息停滯，⑲

思考生命的變化無常：

想起仍然未平定的岷和越，

意識到征戰未有喘息機會。

於是進此嘉言倡議：⑳

35　"從前有蕭公，㉑

還有孫卿，㉒

都有先見之明，博學多才，

聰慧忠實，寬厚真誠。㉓

始終如一地宣稱：如果一座宮殿不雄偉高雅，

40　就不能使人民團結，申明神聖的威勢；㉔

許昌者，乃大運之攸戾，圖讖之所旌。苟德義其如斯，夫何宮室之勿營?"帝曰："俞哉!"玄輅既駕，輕裘斯御。乃命有司，禮儀是具。審量日力，詳度費務。鳩經始之黎民，輯農功之暇豫。因東師之獻捷，就海孽之賄略。立景福之秘殿，備皇居之制度。

---

⑬　行 19—21：根據古禮(見《禮記注疏》，卷 11 頁 29a—30a，《王制》)，作爲東巡的一部分，統治者要去山川舉行祭祀，拜訪百歲老人，"考時月，定日"。

⑭　行 23：這應當是農曆六月的第十六天(232 年 7 月 21 日)。

⑮　行 24："林鐘"律對應六月。見《禮記注疏》，卷 16 頁 8a。

⑯　行 25：大火星指的是心宿二(天蝎座 α)。

⑰　行 27：這一用語出自《月令》六月之下的文字。見《禮記注疏》，卷 16 頁 11b。

⑱　行 28：參《魏都賦》，行 369 注。九司指的是九卿。

⑲　行 30：根據《月令》(《禮記注疏》，卷 16 頁 11b)，在六月，大地潮濕炎熱。

⑳　行 34：參《益稷》(《尚書注疏》，卷 5 頁 1a；Legge 3：76)："帝曰：'來，禹! 汝亦昌言。'"

㉑　行 35：蕭公指前漢大臣蕭何，幫助規劃未央宮的建設。見《西都賦》，行 37 注；《東都賦》，行 16 注。

㉒　行 36：孫卿指荀子，周代的哲學家。我不太清楚爲什麼他在這裏被提及。

㉓　行 38：這是出自《左傳》文公十八年的用語(Legge 5：282)。

㉔　行 39—40：當前漢高祖皇帝看見剛落成的未央宫的"壯麗"，他向蕭何抱怨，蕭何回答道："天下方未定，故可因遂就宮室。且夫天子以四海爲家，非壯麗無以重威，且無令後世有以加也。"見《史記》，卷 8 頁 385—386；《漢書》，卷 1 下頁 64；*Records*，1：110 - 11；*HFHD*，1：118。

如果裝飾不華麗美觀，

就不能教導子孫，使功績永存。

因此同時代的人收穫其成功和利益，

後世的人將依賴其英雄的聲譽。

45　而且，許昌是天運選中的地方，[25]

其名兆於圖讖預言中。

其美德和禮儀如此，

爲何不能建造宮殿？"

於是皇帝説："就這樣做！"

50　黑色的馬車裝上挽具，

皇帝披上輕便的裘衣，[26]

然後命令侍從：

儀式和典禮，準備起來！

仔細地度量日期和工量，

55　精確地計算開銷和勞力。

召集黎民百姓來規劃和建造，[27]

但是只在非農忙的閑暇之時。

使用東方軍隊呈貢的戰利品，[28]

和受大海詛咒的禮物和賄賂，[29]

60　建造神聖的景福殿，[30]

---

[25] 行45：許昌原先的名稱是許縣，曹操將其作爲最後一位漢代皇帝獻帝的都城而營建。曹丕在此地接受獻帝的禪讓後，重新定名爲許昌。公元220年，曹丕宣布自己成爲大魏的皇帝，有讖緯出現説："漢亡於許。"白馬令李雲於是上書，舉出"昌氣"在許出現的證據，來證明魏代替漢的正當性。見 Dull, "Historical Introduction," pp. 307 - 8; Carl Leban, "Managing Heaven's Mandate: Coded Communications in the Accession of Ts'ao P'ei, A.D. 220," in *Ancient China: Studies in Early Civilization*, p. 328。

[26] 行50—51：根據《月令》（見《禮記注疏》，卷17頁9b，卷17頁11b），在冬季的第一個月，天子才首次乘黑色的馬車，穿裘衣。因此，我們知道明帝下令在九月開始建造許昌宮。

[27] 行56：參《毛詩》第242首第1章。

[28] 行58：李善（卷11頁24a）認爲這一句應指魏將田豫在成山（山東半島的尖端）大勝吳國使者周賀。這一事件發生在232年的第九或第十個月，正當許昌宮殿建設中。見《三國志》，卷3頁99，卷47頁1136。

[29] 行59："賄賂"可能指的是吳國獻給魏國的同盟者公孫淵的那些東西。228年，明帝任命他掌管遼東。在那之後，公孫淵很快便開始接觸吳國的孫權，並且"往來賂遺"（《三國志》，卷8頁253）。太和六年（232）九月，明帝派田豫遠征。雖然他没能打敗公孫淵，但他確實在成山（見行58注）擊潰周賀手下的一撥反賊，"盡虜其衆"。見《三國志》，卷26頁728；孫志祖，《文選李注補正》，卷1頁34a。"海蟄"指的是吳國，也可能是公孫淵。

[30] 行60：參《魯靈光殿賦》，行15注。

具備皇帝住所的設計和規模。

2

　於是，用鋪張尺度豎立層層覆蓋物，深邃如
　　洞穴，㉛

　建造高高的地基，巨大高聳；

　紋飾的圓柱排列成行，閃閃發光，

65　樓梯堅固地樹立，高聳矗立。

　飄揚的屋檐像翅膀一樣，上升翱翔；

　屋頂上翹，承載於空中，昂首高揚。

　在後方流動的是鳥羽獸毛，繁盛豐富；

　在下方懸蕩的是玉環珍珠，丁當作響。㉜

70　參旗和九旒，㉝

　在風中飄動飛揚。

　閃耀純净，華麗明亮，

　朱紅的色調鮮艷奪目。

　因此，其絢爛的外表：

　熠熠燃燒，熾熱耀眼，

75　燦燦爛爛，光澤閃亮，

　像太陽和月亮附着於天空。

　其内在的隱秘：

　被覆蓋遮掩，幽暗朦朧，

　幻象模糊，輪廓消隱，㉞

　像夜裏的星星連綿相疊。

80　房間像梳齒一樣，緊密成簇，㉟

爾乃豐層覆之耽耽，建高基之堂堂。羅疏柱之汩越，肅坻鄂之鱗鱗。飛櫩翼以軒翥，反宇轞以高驤。流羽毛之威蕤，垂環玭之琳琅。參旗九旒，從風飄揚。皓皓旰旰，丹彩煌煌。故其華表，則鎬鎬鑠鑠，赫奕章灼，若日月之麗天也。其奥秘則薆蔽曖昧，髣髴退概，若幽星之纏連也。既櫛比而攢集，又宏璉以豐敞。兼苞博落，不常一象。遠而望之，若摛朱霞而耀天文；迫而察之，若仰崇山而戴垂雲。羌瑋瑋以壯麗，紛或或其難分，此其大較也。若乃高甍崔嵬，飛宇承霓。縣蠻黝霉，隨雲融泄。鳥企山峙，若翔若滯。峨峨嶫嶫，罔識所届。雖離朱之至精，猶眩曜而不能昭晰也。

㉛ 行 62：胡紹煐(卷 2 頁 8a)指出"耽耽"(* tem-tem)是"淡淡"(* dem-dem)(深，似洞穴般深邃)的異體形式。參《史記》，卷 48 頁 1961，注釋 3；《西京賦》，行 140。

㉜ 行 69：李善(卷 11 頁 24b)將"琳琅"解釋爲寶石的一種。梁章鉅(卷 13 頁 14a)和胡紹煐(卷 13 頁 18b)提出有説服力的主張，指出這是用來形容玉環和珍珠裝飾所發出的聲音。

㉝ 行 70："參旗"指的是獵户座的九顆星組成的星團。"九旒"(或"九斿")是波江座和天兔座的九顆弧形的星組成的星團。見 Schlegel, 1：384 - 85。宫殿中的旗幟被比作星宿。

㉞ 行 78：李善(卷 11 頁 24b)含糊其辭地將"退概"解釋爲"幽深不明"。由於我没有很大把握正確翻譯，便按其結構成分譯爲"輪廓消隱"。

㉟ 行 80：參《毛詩》第 291 首第 6 章："其比如櫛。"

又形成巨大的鏈條，鋪張盛大，[36]
包含一切，廣博迂回，
從來没有同樣的形狀。
遠遠觀望：像是蔓延的彤雲，在空中投射明亮的圖案；
近處端詳：像是凝望崇高的山嶽，加冕垂下的雲。
啊！這是何等雄壯的奇觀，多麽莊重典雅！
如此錯綜複雜的花紋，難以描述！
這便是它的總體特徵。
至於高高的屋梁，高峻懸空，
飛騰的屋頂觸到彩虹：
精美雅緻，昏黑暗淡，[37]
隨着雲摇曳擺動，
舒展開來像鳥，螺旋上升像山，
似乎要翱翔，又似乎静止。
威嚴挺立，參差突伸，
没人能看到所及之處。
即使是離朱這樣視力敏鋭之人，[38]
也會眼花繚亂，不能清晰辨别。

3

於是建造南邊的主門，豁口大開，
安置鐘架，蜿蜒盤旋。[39]

爾乃開南端之豁達，張筍虡之輪囷。華鍾杋其高懸，悍獸仡以儷

---

[36] 行 81：李善(卷 11 頁 24b—25a)承認不知道"璉"的意思，然後徵引一位不具名的注疏者，將其解釋爲形容衆多的樹木相連在一起。李周翰(卷 11 頁 33b)毫無根據地解釋爲"美"。清代的注疏家没人敢冒險解釋這個字。由於它與前一句的"櫛"(梳齒)對仗，我譯爲"巨大的鏈條"。

[37] 行 91：參《毛詩》第 230 首第 1 章："綿蠻黄鳥。"

[38] 行 97："離朱"是"離婁"的别名，一位因敏鋭的視力而著稱的人。參《長楊賦》，行 208 注。

[39] 行 100：關於"筍虡"(鐘架)，見《西京賦》，行 122—125 注。李善(卷 11 頁 25b)含糊其辭地將疊韻連綿詞"輪囷"(* *ljwen-pjien*)解釋爲"其形也"。胡紹煐(卷 13 頁 19b)稱其爲"輪菌"(* *ljwen-gjwen*)(在行 106)的異體形式，用以避免累贅。在這兩句中，胡紹煐認爲這一連綿詞的意思是"高大"。然而，"輪菌"的慣常用法是"彎曲盤繞"，"輪囷"可能意味着某物"蜿蜒盤旋"。

銘刻的鐘高高樹起,高高懸挂;⑩

野獸勇敢無畏站立,成對排列。⑪

宏大堅定中表現猛烈剛毅,⑫

聲音像雷聲一樣鏗鏘有力。

105　四肢修長的轙粗人,⑬

銀製軀幹盤曲扭結,

坐在高門之側的廳堂中,

以彰顯賢明君主的威嚴精神。

九里香和杜若充滿庭院,⑭

110　槐樹和安息香覆蓋屋頂,

與萬年之樹連接,

混合紫色的榛樹。

有些因吉祥名字獲得寵愛,

其他因優良木料得到珍視。

115　在淒厲的秋天結出果實,⑮

在青翠的春天綻放花朵,

濃密幽深、鬱鬱葱葱地生長,

甜美芬芳。

4

至於它的結構:

120　長長橫梁,彩色圖案,

下方騎跨空地,上方奇妙地保持平穩。⑯

屋梁和支柱,花樣繁多地層疊,

力量交結,外形分離,

陳。體洪剛之猛毅,聲訇礚其若震。爰有遝狄,鐐質輪菌。坐高門之側堂,彰聖主之威神。芸若充庭,槐楓被宸。綴以萬年,綷以紫榛。或以嘉名取寵,或以美材見珍。結實商秋,敷華青春。藹藹萋萋,馥馥芬芬。

爾其結構,則脩梁彩制,下臿上奇。桁梧複疊,勢合形離。赩如宛虹,赫如奔螭。南距陽榮,北極幽崖。任重道遠,厥庸孔多。

---

⑩ 行 101:參《東都賦》,行 145。

⑪ 行 102:“悍獸”指的是鐘架的柱子。參《西京賦》,行 122—125 注。

⑫ 行 103:“剛”在這一句用的是“堅定”的意思。

⑬ 行 105:“遝狄”都是雕像。

⑭ 行 109:“芸”指的是“芸香”(*Murraya exotica*),九里香。見 Read, *Medicinal Plants*, p. 105,＃352。

⑮ 行 115:我將“商”譯爲“尖銳刺耳”,它是音階中的一個音,與秋天相配。

⑯ 行 121:李善(卷 11 頁 26a)將“臿”解釋爲“開”。根據《説文》(卷 8 上頁 3711b)將“臿”訓爲“綺”(°*khwah*),胡紹煐(卷 13 頁 20a)釋爲“跨”(°*khwah*)(岔開雙腿)。因此,李善的釋義爲:“脩梁跨迥。”

緋紅如拱形的虹霓，

125　大紅如遒勁的螭龍，

　　　向南觸及陽光照亮的屋檐，

　　　向北延伸至幽暗的極限。

　　　雖然負荷沉重，行程長遠，⑰

　　　但其功勞極其偉大。

5

130　於是，行行排列的紅漆紋飾橡木，

　　　懸挂圓玉和尖玉的圖紋尖飾。

　　　如同上升下降的神龍拱起，⑱

　　　如同日月流溢的光輝閃耀。

　　　於是有短條板，⑲

135　如肋骨展開，如翅膀張開，

　　　被角梁承載，⑳

　　　相連成圓或成方。

　　　在斑駁的縫隙之間塗上白色；

　　　密集或稀疏，每個都有圖案。

140　飛揚的槫杆似鳥振翼，㉑

　　　成雙的軸是其支撐，㉒

　　　衝向狹處，突入虛空，

　　　一根接一根連接堆疊。

　　　又明又亮的白色孔隙，㉓

於是列棼橑之繡栭，垂琬琰之文璫。蝹若神龍之登降，灼若明月之流光。爰有禁楄，勒分翼張。承以陽馬，接以員方。斑間賦白，疎密有章。飛栭鳥踊，雙轅是荷。赴險凌虛，獵捷相加。皎皎白間，離離列錢。晨光内照，流景外燭。烈若鈎星在漢，煥若雲梁承天。驃徙增錯，轉縣成郛。茄蔤倒植，吐被芙蕖。繚以藻井，編以綷疏；紅葩騂鞁，丹綺離婁。菡萏蔎翕，纖綿紛敷。繁飾累巧，不可勝書。

---

⑰　行 128：參《論語》8/7。

⑱　行 132：參《上林賦》，行 199 注。

⑲　行 134：李善（卷 11 頁 26b）將"栭"解釋爲"附陽馬（支撐屋檐角的横梁）之短栭也"。見下文行 136。

⑳　行 136：《營造法式》（卷 1 頁 10b—11a，卷 5 頁 5a）將"陽馬"等同於宋代的術語"角梁"，其作用是支撐屋檐角。參馬融，《梁將軍西第賦》（李善引，卷 11 頁 26b）："騰極受檐，陽馬承阿。"

㉑　行 140：《營造法式》（卷 1 頁 8b）將"飛栭"等同於宋代的術語"飛昂"（飛揚的槫杆）。這是"從墻面穿出的長斜臂，用來幫助支撐屋檐的重量"（Sickman and Soper, *Art and Architecture*, p. 384）。亦可看 Glahn, "Some Chou and Han Architectural Terms," p. 111。

㉒　行 141："轅"當是類似於車軸的木軸。參卞蘭的《許昌宮賦》（收《藝文類聚》，卷 62 頁 1113）："雙轅承枌。"

㉓　行 144：李善（卷 11 頁 27a）將"白間"解釋爲在青色的門雕邊緣塗抹的白色顔料。然而，胡紹煐（卷 13 頁 21a—b）認爲何晏描寫的是白色窗户上硬幣形狀的小孔，這一解釋令人信服。

145 整齊排列,像串串錢幣;

早晨的陽光照射進來,[54]

流動的倒影向外投射。

如火如荼似銀河中的鈎星,[55]

炫人眼目如雲橋與天相接。

150 巨大蝸牛在倍增的盤旋中緩緩移動,

曲折處懸浮在上方,形成防護穹頂。[56]

根莖倒栽,

荷花競相綻放,綿延叢生,[57]

環繞藻井,[58]

155 編織進精密複雜的金絲飾品。

紅色的花冠密集地混合,

像朱紅的絲綢一樣交織;

花朵紅光燦爛,

似纖細的花紋錦緞伸展蔓延。

160 如此精美的裝飾,錯綜複雜的工藝,

難以完整描述。

6

於是木蘭柱頭重疊堆積,[59]　　　　　　於是蘭栭積重,竇數矩設。欂櫨

狹窄逼仄,用木匠的矩尺定位。[60]　　　各落以相承,欒栱夭蟜而交結。

---

[54] 行 146:我在這裏採用尤袤的文本,將六臣注本的"晃"(眩目)寫作"晨"(早晨)。

[55] 行 148:根據《廣雅》(卷 9 上頁 10a),"鈎星"是"辰星"或水星的別名。見《西京賦》,行 72—74 注,"辰星"以下部分。

[56] 行 150—151:這兩句描寫圓頂天花板上的螺紋圖案,就像是蝸牛的殼。

[57] 行 152—153:參《西京賦》,行 102;《魯靈光殿賦》,行 105—109。

[58] 行 154:"藻井"指的是天花板的凹格。參《西京賦》,行 102 注,我在那裏翻譯同一詞語爲"華麗的天花板"。

[59] 行 162:關於"栭"(柱頭墊木),見《魯靈光殿賦》,行 92 注。

[60] 行 163:顏師古(《漢書》,卷 65 頁 2844,注釋 4)將"竇數"解釋爲圓形的墊子,用來頂在頭上運載盆罐。李善(卷 11 頁 27b)説柱頭重疊交互以相承,似"竇數"。然而,朱珔(卷 11 頁 27b)引用《釋名》(卷 3 頁 40),將"竇數"當作形容性的連綿詞,意思是"局促"。

　　　槚杆和承重木錯落排列，互相連接；㉛

165 拱形的托架，彎曲成弓，互相盤繞。㉜

　　　鍍金的圓柱均勻整齊，疏密有致，

　　　玉製的底座舉起基部。

　　　藍色的門雕和銀色的門環，㉝

　　　裝飾着入口和大門。

170 成雙的內檁條修長，

　　　成對的屋檐檩條加以裝飾。㉞

　　　屋檐沿着邊緣，㉟

　　　環繞四個方向，

　　　如同指揮官員的班次，

175 在邊疆地帶執勤。

　　　溫房與東翼毗連，

　　　凉室存在於西側。㊱

　　　開啓建陽門，鮮紅火焰光輝四射；

　　　拉開金光門，清凉微風立即來臨。㊲

180 冬天不寒冷冰凉，

　　　夏天無悶熱高溫。

　　　如此完美平衡，如此適合中庸，

　　　人們在這裏可以延年益壽。

　　　壁壘和圍墻的大理石地基，

185 光輝燦爛地閃耀。

金楹齊列，玉舄承跋。青瑣銀鋪，是爲閨闥。雙枚既脩，重桴乃飾。槐栺緣邊，周流四極。侯衞之班，藩服之職。溫房承其東序，凉室處其西偏。開建陽則朱炎豔，啓金光則清風臻。故冬不淒寒，夏無炎燀。鈞調中適，可以永年。塓垣碭基，其光昭昭。周制白盛，今也惟縹。落帶金釭，此焉二等。明珠翠羽，往往而在。

㉛　行 164：《營造法式》（卷 1 頁 8b）將"欂"分類爲一種飛昂（見上文行 140 注）。《說文》（卷 6 上頁 2518b—2519a）簡要地將"欂"解釋爲"楔"，可能說明它的作用是加固棟木。顧邁素（"Some Chou and Han Architectural Terms，" p. 111）提出欂"原本是水平的杆，其上放置托架結構以托起屋檐，其作用是作爲槚杆的力臂"。
　　關於"櫨"（承重木），見《魯靈光殿賦》，行 90 注。
　　胡紹煐（卷 13 頁 23a）將"各落"（*grak-glak）靈活地解釋爲相似的疊韻連綿詞"錯落"（*sjiak-glak），紛亂排列。

㉜　行 165：關於"欒"（弧形托架），見《吳都賦》，行 345 注。

㉝　行 168：參《西京賦》，行 111。

㉞　行 170—171：這裏的建築學術語令人困惑。根據李善（卷 11 頁 27b）的說法，屋內的檁條（枚）延伸到外面的屋檐，在那裏與屋檐的檁條（桴）相接。

㉟　行 172："槐"和"栺"似乎是屋檐的同義詞。見《方言疏證》，卷 13 頁 18b；《說文》，卷 6 上頁 2506b—2507a。我推測它們是方言詞。見《說文》，卷 6 上頁 2504b—2506a，釋"栺"爲楚地表示屋檐的詞。

㊱　行 176—177：卞蘭在其《許昌宮賦》中將"溫房"和"凉室"定位在許昌宮殿群的北部。

㊲　行 178—179："建陽"是東門，"金光"是西門。

周代禮俗爲白盛，⑱

方今則爲淡青。

壁上窗框飾有金蓋，⑲

此處則有雙層。

190 明亮珍珠和翠鳥羽毛，

　　隨處可見。

7

敬畏先王豐盈的美德，⑳　　　　　　欽先王之允塞，悦重華之無爲。

贊賞重華的無爲，㉑　　　　　　　命共工使作繢，明五采之彰施。

吾君命令共工塗漆上色，㉒　　　　圖象古昔，以當箴規。椒房之

195 保證五種顏料清楚塗抹。㉓　　　列，是準是儀。觀虞姬之容止，

　　畫上來自古代的形象，　　　　　知治國之佞臣。見姜后之解珮，

　　以此作爲警示和告誡。　　　　　寤前世之所遵。賢鍾離之讜言，

　　對於椒房的后妃，㉔　　　　　　懿楚樊之退身。嘉班妾之辭輦，

　　這些是榜樣模範。　　　　　　　偉孟母之擇鄰。故將廣智，必先

200 觀看虞姬的舉止，　　　　　　　多聞。多聞多雜，多雜眩真。不

　　知道阿諛奉承的大臣如何管理國家。㉕　眩焉在，在乎擇人。故將立德，

　　看過姜后如何摘下腰帶挂飾，　　必先近仁。欲此禮之不譽，是以

---

⑱ 行186：《周禮》（見《周禮注疏》，卷16頁17b）在"掌蜃"這一官職之下提到"白盛"，是粉狀的貝殼混合物，用來刷白牆壁。

⑲ 行188：見《西都賦》，行194注。

⑳ 行192："允塞"這一詞語很可能在何晏的時代依字面理解，意指"真的裝滿（帝國）"。它來源於《舜典》（見《尚書注疏》，卷3頁1b；Legge，3：29）中贊美舜的美德的話："濬哲文明，温恭允塞。"爲了讓這一詞語的英譯説得通，我意譯爲"豐盈的美德"。

㉑ 行193："重華"指的是舜。見《魏都賦》，行624注。

㉒ 行194："共工"這一官職據説存在於舜的時代。見《舜典》（見《尚書注疏》，卷3頁24b；Legge 3：45）。何晏此處將其釋爲皇家畫師的雅稱。

㉓ 行195：參《益稷》（見《尚書注疏》，卷5頁5a；Legge 3：80－81）："以五采彰施於五色，作服，汝明。"

㉔ 行198："椒房"指的是女子的房間。參《西都賦》，行178注。

㉕ 行200—201：虞姬，也叫捐之，是齊威王（前378—前343年在位）的妻子。在位初期，威王將國家的統治委托給阿諛奉承的周破胡。周允許其他邦國侵犯齊國的領土，嫉妒有能力和有德行的大臣，與阿大夫密謀誹謗能臣即墨大夫。虞姬作了一番雄辯的講演揭發讒言，其後威王賜予即墨大夫萬户封地，並命令烹煮阿大夫和周破胡至死。後來，他收復失地，齊國其後被治理得很好。見《列女傳》，卷6頁17a—18b；O'Hara, *Position of Woman*, pp. 169－71。

五臣注本寫作"俟"（等待，需要），六臣注本和尤袤本寫作"佞"（阿諛奉承）。因此，李周翰（卷11頁39a）對這句有不同的解釋："知國俟賢臣也。"

了解過去時代什麼是被尊重的。⑦⑥

她們認爲鍾離的直言值得重視，⑦⑦

205　欣賞樊姬的自我克制，⑦⑧

稱贊班婕妤謝絕車輦，⑦⑨

頌揚孟母選擇鄰居。⑧⓪

如果想增長智慧，

必然要先廣泛聽聞。

210　但是多聽聞便多雜言，

多雜言便會混淆真相。

如何才能不混淆真理？

在於選擇正確的人。⑧①

因此，如果要建立美德，

215　必須首先接近仁慈。⑧②

如果希望行爲準則没有瑕疵，

必須充分仿效實踐大道的古人。

白天觀看，夜晚閱讀，⑧③

如何將他們與"書於紳帶"相比？⑧④

盡乎行道之先民。朝觀夕覽，何與書紳？

---

⑦⑥ 行 202—203：姜后是周宣王的妻子。宣王有晚起的習慣，因此姜后拒絕離開她的宮室。她摘下髮簪和耳環，令侍女報告宣王，由於她自己的放蕩淫亂而導致他失去禮節，上朝遲到。聽到這些話之後，宣王便勤勉地出席朝廷事務。見《列女傳》，卷 2 頁 1b；O'Hara, *Position of Woman*, p. 49。

⑦⑦ 行 204：鍾離春是齊國無鹽村的女子，極其醜陋，難以找到丈夫。她請求覲見齊宣王（前 342—前 324 年在位），宣王接受了，她警告齊宣王威脅國家的四種危險。她的賢明建議給宣王留下深刻印象，便立她爲王后。《列女傳》，卷 6 頁 19b—21a；O'Hara, *Position of Woman*, pp. 171 - 74。

⑦⑧ 行 205：樊姬是楚莊王（前 613—前 591 年在位）的妻子，以自己對年輕和更美麗的妃子讓步爲例，説服莊王打發大臣虞邱子。虞邱子在朝廷任職十多年，没有提拔有能力的人，也没有解僱無能的人。於是莊王任用能人孫叔敖來接替虞邱子的位置。見《列女傳》，卷 2 頁 8a—9a；O'Hara, *Position of Woman*, pp. 56 - 58。

⑦⑨ 行 206：有一次成帝在後庭（女子的宮室）漫步，邀請班婕妤同乘一輛車。班婕妤婉辭謝絕，指出在古代的畫中，賢君總是與能臣爲伴，只有腐化墮落的三代的最後一任君王讓寵妃在側。見《漢書》，卷 97 下頁 3983—3984；Watson, *Courtier and Commoner*, pp. 260 - 61。

⑧⓪ 行 207：孟母是孟子的母親。孟子小時候，他們住在墓地旁，他在那裏模仿挖墓人。她思忖這不是合適的行爲，於是搬遷到集市旁。當年幼的孟子開始模仿商人及其顧客時，她又搬遷到學校旁。在那裏，孟子用禮器模仿學者的揖讓進退，並開始學習六藝。見《列女傳》，卷 1 頁 15b；O'Hara, *Position of Woman*, p. 39。

⑧① 行 213：參《左傳》，昭公七年（Legge 5：617）。

⑧② 行 214—215：參《中庸》20/10（Legge 1：407）："好學近乎知，力行近乎仁。"

⑧③ 行 218：李善（卷 11 頁 30a）説這裏指的是觀覽圖畫。

⑧④ 行 219：聽了孔子反覆申説一系列明智的行爲準則後，子張"書諸紳"，這樣便能時常提醒自己。見《論語》15/5。李善（卷 11 頁 30a）解釋這一句爲："朝夕觀覽圖畫，何如書紳之事乎？"吕延濟（卷 11 頁 40b）將其解釋爲相反的意思："朝夕觀覽之足爲明鏡，亦何用書之於紳？"吕延濟這一解釋出自有問題的訓釋，將"與"（和，一起，比較）訓爲"用"（使用）。李善的解釋與行 217 更相配，那一行基本上是説實踐你所説教的東西會更好。

8

220　如今台階和樓梯，連綿不斷，
　　　又高又遠，直至雲霄。⑧⑤
　　　斜條格的欄杆，繁複安放，
　　　圓規所設置，矩尺所成形。
　　　欄杆似跳躍的蛇，⑧⑥

225　橫木像紅寶石般的花朵，⑧⑦
　　　都像螭龍盤繞，
　　　似蜷曲的龍靜止不動。
　　　黑色陽臺此起彼伏地升起，
　　　光澤紋飾，明亮輝煌。

230　騶虞支撐樓面，⑧⑧
　　　樸素背景顯露仁慈外表，
　　　展現天兆的吉祥顯靈，
　　　預示遠方蠻族將來朝廷。
　　　陰暗大殿面朝北方，⑧⑨

235　有九扇門，並排的陽臺，
　　　右側房間是清晏殿，
　　　從西到東成一直綫，⑨⑩
　　　連接到永寧殿，
　　　安昌殿，臨圃殿，⑨①

240　到達百子殿，
　　　后妃居住的地方。⑨②

若乃階除連延，蕭曼雲征。欐欄邛張，鉤錯矩成。楯類騰蛇，榙似瓊英。如蟻之蟠，如虬之停。玄軒交登，光藻昭明。騶虞承獻，素質仁形。彰天瑞之休顯，照遠戎之來庭。陰堂承北，方軒九户。右个清宴，西東其宇。連以永寧，安昌臨圃。遂及百子，後宮攸處。處之斯何，窈窕淑女。思齊徽音，聿求多祜。其祜伊何，宜爾子孫。克明克哲，克聰克敏。永錫難老，兆民賴止。

---

⑧⑤　行221：參《西京賦》，行269；《魯靈光殿賦》，行180—181。
⑧⑥　行224：見《吳都賦》，行334注；《魏都賦》，行194注。
⑧⑦　行225："榙"指的是連接木枅的兩個洞眼的大木條。在這裏，它應當指的是欄杆的木條，被裝飾以紅寶石。
⑧⑧　行230：關於"騶虞"，見《東都賦》，行138注。
⑧⑨　行234："陰"表示北方。
⑨⑩　行236—237：右邊的宮室在西側，清晏是離宮的名稱。參韋誕的《景福殿賦》（收《藝文類聚》，卷62頁1124）："離殿別館，粲如列星。安昌延休，清晏永寧。"
⑨①　行238—239：韋誕在其《景福殿賦》中提到永寧和安昌。在《許昌宮賦》（見《藝文類聚》，卷62頁1114）中，卞蘭提到皇帝"幸安昌"，在那裏觀看各種各樣的舞蹈、歌唱和雜技演出。關於"臨圃"，我們什麼都不知道。
⑨②　行240—241：韋誕提到百子殿："美百號之特居，嘉休祥之令名。"（收《藝文類聚》，卷62頁1124）。

誰住在這裏？

純潔少女，腼腆清秀。⑬

對好名聲恭敬虔誠，⑭

245　全都祈求賜福多多。⑮

這些是什麼樣的祝福？

"希望您的兒孫們，⑯

聰慧明智，⑰

機敏伶俐。

250　希望他們永享高壽，⑱

這樣民衆就能依賴他們。"

9

南邊有承光殿的前殿，⑲　　　　　　於南則有承光前殿，賦政之宮。

皇帝頒行政令的宮室。　　　　　　納賢用能，詢道求中。疆理宇

在這裏接納名流，僱用能幹之人，　宙，甄陶國風。雲行雨施，品物

255　詢問方法，探求正直，　　　　　　咸融。其西則有左墄右平，講肄

管理天下，　　　　　　　　　　　之場。二六對陳，殿翼相當。僻

塑造形成邦國的風俗民德。　　　　脫承便，蓋象戎兵。察解言歸，

雲移動，雨播灑，　　　　　　　　譬諸政刑。將以行令，豈唯娛

熏陶感染所有種類的事物。　　　　情。鎮以崇臺，寔曰永始。複閣

260　在西邊左邊樓梯，右邊坡道，⑳　　重閨，猖狂是俟。京庾之儲，無

還有操練場。　　　　　　　　　　物不有。不虞之戒，於是焉取。

---

⑬　行 243：這一句逐字引自《毛詩》第 1 首第 1 章。

⑭　行 244：參《毛詩》第 240 首第 1 章，該詩贊美周文王的母親大任（太任）和妻子大姒（太姒）："思齊大任。""大姒嗣徽音。"

⑮　行 245：參《毛詩》第 299 首第 4 章："靡有不孝，自求伊祜。"

⑯　行 247：參《魯靈光殿賦》，行 209。

⑰　行 248：這一句與蔡邕《故太尉橋公廟碑》（見《蔡中郎集》，卷 1 頁 1a）中的一句完全相同。

⑱　行 250：這一句逐字引自《毛詩》第 299 首第 3 章。

⑲　行 252：在《許昌宮賦》（見《藝文類聚》，卷 62 頁 1114）中，卞蘭提到承光殿，皇帝在那裏講述古代，改革風俗，"退虛僞"，珍視賢能的人，鄙視珠寶首飾。

⑳　行 260：參《西都賦》，行 154 注。

兩兩對陳的六人小隊，[101]

面對面站立，像大殿的兩翼。

靈巧敏捷，抓住每一次機會，

265　幾乎像是戰争中的軍隊。

檢閱完畢，全都回到家中，[102]

有人可能將此比作行政法律。[103]

他們用之於練習指揮，

怎麽能説僅是娛樂消遣？

270　至於扶壁，此處有高高的露臺，

也就是永始臺。[104]

層疊的走廊，雙層的大門，

以防叛亂盜賊。

倉庫如小山般堆垛，

275　没有什麽不能容納。

意外之事的預防措施，

此處應有盡有。

10

於是，樹立高聳的凌雲盤，[105]　　　　爾乃建凌雲之層盤，浚虞淵之靈

疏浚虞淵的神聖水池。[106]　　　　沼。清露瀼瀼，淥水浩浩。樹以

280　純净露水沉重密集，　　　　　　嘉木，植以芳草。悠悠玄魚，皠

清澈流水洶湧起伏。　　　　　　皠白鳥。沈浮翶翔，樂我皇道。

---

[101] 行262：何晏在這裏所指的當是一種中式足球。劉向《别録》(見《全漢文》，卷38頁8a)稱這項運動是由黄帝
發明的傳統，並記録了關於它始於戰國時期的傳聞(可能更可信？)。蹴鞠不僅僅只是一項運動而已，而且還
可以測試士兵的軍事技能。根據李善(卷11頁31a)的説法，此項運動分成兩邊，每邊各六人。他還提到被
稱作"鞠室"(字面意思是"球房")的事物，我認爲是球門。有一篇關於這項運動的銘文，是李尤所寫(見《全
後漢文》，卷50頁5a)，也提到二六。卞蘭的《許昌宮賦》(李善，卷11頁31a所引)描述了同一運動："設御座
於鞠域，觀奇材之曜暉。二六對而講功，体便捷其若飛。"

[102] 行266：或採用吕延濟(卷11頁42b)的説法："考察勝否，相解而歸也。"

[103] 行267：意思是蹴鞠有如此多的規則，一場蹴鞠比賽就像一場判決。注意"鞠"(*kjok)(球)這個字與"鞫"
(*kjok)(司法調查)同音異義。

[104] 行271："永始臺"應用於農業，韋誕的《景福殿賦》(劉良，卷11頁42b—43a所引)中提到皇帝遊覽這一露臺：
"始知稼穡之艱難，壯農夫之克敏。"

[105] 行278：此盤用於接露水。參《西都賦》，行299注。

[106] 行279：參韋誕，《景福殿賦》(李善引，卷11頁31b)："虞淵靈沼，淥水泱泱。"

植上吉祥樹木，
播種芳香青草。
黑色的魚，歡躍嬉戲，

285 白色的鳥，閃耀白光，
潛下又漂起，翱翔突降，
在吾君之道中歡欣喜悅。
如今，蜷曲的龍噴瀉大水，⑩
水道溝渠交錯奔流。

290 在陸地設置大殿館舍，
在水中併結輕便小艇。⑩
大鳥和鷺在竹林中築巢；⑩
鮊魚和鰱魚在漣漪中戲耍。
富足如淮水和海洋，

295 資源比山嶽丘陵豐盛，
大量採集，廣泛聚集，
如何可能點清所有數目？
即使像咸池的壯麗奇觀，⑩
如何配得上與它相比較？

若乃虯龍灌注，溝洫交流。陸設
殿館，水方輕舟。篁棲鷗鷺，瀨
戲鰥魶。豐侔淮海，富賑山丘。
叢集委積，焉可殫籌？雖咸池之
壯觀，夫何足以比儔？

11

300 於是高聳的高昌觀建成地標，
尖頂的建城廬標記道路：⑪
高大屹立，如小山站立；
崔嵬高懸，似山峰止息。
高飛走廊侵入雲霄，

於是碣以高昌崇觀，表以建城峻
廬。岩嶤岑立，崔嵬巒居。飛閣
干雲，浮堦乘虛。遙目九野，遠
覽長圖。頻眺三市，孰有誰無？
覘農人之耘籽，亮稼穡之艱難。

---

⑩ 行 288：我猜想這裏的龍指的是龍形的排水口。

⑩ 行 291：何晏這裏指的是所謂的"併兩船"，一種雙體船，通常被描述為兩艘船用繩子捆扎在一起。

⑩ 行 292：關於"鷗"，見《西京賦》，行 216 注。

⑩ 行 298："咸池"是由御夫座的三顆星所組成的星團。見 Schlegel, 1：389；Ho Peng-yoke, p. 91。它是星際間的魚池和太陽沐浴的水池。李善（卷 11 頁 32a）引用若干漢代的緯書，將咸池確定為有五顆星的星宿，掌管採集和滋養五穀，因此與豐收有關。

⑪ 行 300—301：韋誕的《景福宮賦》（李善，卷 11 頁 32b 所引）提到高昌（因高車而得名？）和建城雙觀："北看高昌，邪睨建城。"五臣注本寫作"揭"（上推），六臣注本和尤袤本寫作"碣"（區分）。

305 漂浮樓梯懸挂空中。⑫

極目遠眺九野，⑬

注視廣闊藍圖。⑭

向下俯瞰三市，⑮

見其所有所無。

310 觀察農民除草耘地鬆土，

真正懂得播種收割的艱辛勞苦。

反思統治者所享受的長短年歲，

回想起《無逸》的哀慟。⑯

被物質的豐富所感動，開始陷入沉思；

315 由於居住在高處，擔心危險來臨。

上天的賜福不易留住，

卻擔心俗世難以理解。

觀察工具和器械的品質，

覺察大衆風俗的誠實虛僞。

320 思考什麼是寶貴的，什麼是輕賤的，

意識到刑罰的不公或嚴厲。⑰

塔樓是考察風俗有助教誨的方式，

豈能僅用於縱酒狂歡或崇尚奢侈？

衛戍地區，成行成列的官署機構，

325 數量有三十二，

像星辰安置，像星宿排列，

惟饗年之豐寡，思《無逸》之所歎。感物衆而思深，因居高而慮危。惟天德之不易，懼世俗之難知。觀器械之良窳，察俗化之誠僞。瞻貴賤之所在，悟政刑之夷陂。亦所以省風助教，豈惟盤樂而崇侈靡？屯坊列署，三十有二。星居宿陳，綺錯鱗比。辛壬癸甲，爲之名秩。房室齊均，堂庭如一。出此入彼，欲反忘術。惟工匠之多端，固萬變之不窮。物無難而不知，乃與造化乎比隆。儷天地以開基，並列宿而作制。制無細而不協於規景，作無微而不違於水臬。故其增構如積，植木如林。區連域絕，葉比枝分。離背別趣，駢田胥附。縱橫踰延，各有攸注。公輸荒其規矩，匠石不知其所斲。

---

⑫ 行 304—305：這些是建築之間高架的走廊。

⑬ 行 306："九野"指的是這個世界的極限。

⑭ 行 307："長圖"可以是山河的紋路，或者如李周翰（卷 11 頁 44a）所說，是"國之長圖"。

⑮ 行 308：關於"三市"，見《魏都賦》，行 399 注。

⑯ 行 311—313：《無逸》是《尚書》的一章。文中周公報告說："君子所其無逸。先知稼穡之艱難，乃逸，則知小人之依。"他接着枚舉諸多商周君主的統治年數，那些關心民衆疾苦的得享長久在位，而那些追求無逸生活的則祚短。見《尚書注疏》，卷 16 頁 9a—17a；Legge 3：464 - 73。"年"可以被理解爲"收成"，也可以被理解爲"年歲"（指的是《無逸》章中提到的諸多古帝王的統治年數）。行 312 另一篇可供取捨的譯文是："我們反思可供享受的收成的多寡。"

⑰ 行 320—321：齊景公問晏子，既然他生活在集市旁，是否就能識貴賤。晏子回答道："踊貴而履賤。"這是對景公的刑罰的微妙暗示，其刑罰導致脚趾被切斷，非常的嚴酷。景公於是減輕了刑罰。見《左傳》，昭公三年；《晏子春秋》，卷 6 頁 6a—8b。

像絲綢交錯編織，像魚鱗重疊覆蓋。

用辛、壬、癸、甲

爲其命名次序。

330　每個房間屋室都一樣，

所有庭院廳堂看來如一。

從這裏出來，進入那裏，

想要回去，卻忘記路程。

請看木工的多種技藝：

335　確是萬種變化，無窮無盡！

沒有他們難以知曉的事物，

卓越的確可比造化之主。[118]

與天地配合，他們奠定基座；[119]

與星宿相隨，他們築造建構。

340　建構如此精細，無不與日影尺寸一致；

築造如此微妙，無不合於水平儀或日晷。[120]

因此，上升階級看似層層堆疊，

站立木材如同形成森林，

相連成區，隔開爲域，

345　像葉纏結，如枝展開。

時而分離，趣向不同，

時而密集，互相依附，

縱橫伸展踰越，

各有關注目的。

350　公輸拋棄圓規矩尺，[121]

匠石不知從哪劈砍。[122]

---

[118]　行 337：參《列子》，卷 5 頁 62：穆王嘆曰："人之巧乃可與造化者同功乎？"造化指的是自然。

[119]　行 338：基座上圓像天，下方似地（張銑，卷 11 頁 45b）。

[120]　行 340—341：根據《周禮》（見《周禮注疏》，卷 41 頁 23a；Biot，2：553-54），木匠使用水平儀懸挂在繩子上，使用臬測量日升日落時的影長。行 341 的"不"應當删去。見梁章鉅，卷 13 頁 18b。

[121]　行 350：關於公輸班，見《西京賦》，行 186 注。

[122]　行 351："匠石"的技藝如此精湛，以至於可以砍掉鼻子上的一點泥土，而不會出現哪怕是最輕微的傷害。見《莊子》，卷 8 頁 16a。

12

已經耗盡設計規劃的技巧，

彩色裝潢怎會留待完成？

因此，用朱紅和綠色來修飾，

355　用綠寶石和硃砂美化，

用金和銀點綴，

用紅寶石使其閃爍發光。

光澤輝煌，炫人眼目，

有花紋的色彩亮晶晶。

360　清凉微風聚攏，發出悦耳聲音，

早晨太陽明亮照耀，增加光澤。

即使是崑崙山神殿，⑬

豈能超過它的光輝？

13

圓規和矩尺順應天地，⑭

365　布局跟隨四季。⑮

因此，六方享有元亨，

九有安寧舒適，⑯

每家都懷抱順從謙讓的風俗，

每人都歌唱《康哉》之歌。⑰

370　所有人都平静舒適，自我滿足，

因此溫和安詳，無憂無慮。

檢視歷史上的君王，評估他們的成就，

未曾有過我們今天所享受的無上統治。

吳和蜀這些國家的毁滅，

既窮巧於規摹，何彩章之未殫。爾乃文以朱綠，飾以碧丹。點以銀黄，爍以琅玕。光明熠爚，文彩璘班。清風萃而成響，朝日曜而增鮮。雖崑崙之靈宫，將何以乎侈旃。

規矩既應乎天地，舉措又順乎四時。是以六合元亨，九有雍熙。家懷克讓之風，人詠康哉之詩。莫不優游以自得，故淡泊而無所思。歷列辟而論功，無今日之至治。彼吳蜀之湮滅，固可翹足而待之。然而聖上猶孜孜靡忒，求天下之所以自悟。招忠正之士，開公直之路。想周公之昔戒，慕咎繇之典謨。除無用之官，省生事之故。絕流遁之繁禮，反民情

---

⑬　行 362：黄帝的宫殿據説位於崑崙山上。

⑭　行 364：“規矩”代指設計。

⑮　行 365：李周翰（卷 11 頁 47a）提出，這一句指的是設置房間的位置，如温房這樣的房間設置在東側，凉室在西側（見上文行 176—177），大概是順應風水方面的考量。

⑯　行 367：參《毛詩》第 303 首第 2 章：“方命厥后，奄有九有。”“九有”只不過是九州的別稱。

⑰　行 369：何晏引用一首被認爲是賢臣皋陶所作的歌謠，收《尚書》（見《尚書注疏》，卷 5 頁 17a—b；Legge 3：90）的《益稷》章：“元首明哉！股肱良哉！庶事康哉！”

375　可翹足熱切期待。⑫

聖上仍然勤奮警覺，從不出錯，

從領地内尋求自我覺悟的方法，

召喚忠誠正直的士人，

開闢公正誠實的道路。

380　回想周公往日的告誡，⑫

欽慕皋陶古雅的忠告，⑬

開除無用的官員，

減少引發事件的原因，

廢止繁複的禮儀，不導致隨意放縱。⑬

385　讓大衆的愛好回復至簡。

因此他可以令岐山鳴鳳翱翔來此，

收到虞王的白環。

青龍被發現於池塘，⑬

龜書出現在黄河之源。⑬

390　甘泉在水池和花園中湧出，

靈芝在山丘和公園中生長。

他已經獲得神靈賜予的祝福，

爲這片偉大光輝的土地聚集無上喜樂。⑬

他被加爲三皇之後的第四、五帝之後的第六，

395　周和夏哪裏還值得一提？

於太素。故能翔岐陽之鳴鳳，納虞氏之白環。蒼龍覿於陂塘，龜書出於河源。醴泉涌於池圃，靈芝生於丘園。總神靈之既祐，集華夏之至歡。方四三皇而六五帝，曾何周夏之足言！

---

⑫ 行375：“翹足”暗示急迫。參《史記》，卷8頁392：“亡可翹足而待也。”

⑫ 行380：參看上文行311—313注。

⑬ 行381：見行369注。這一句也可能指的是《尚書》的《皋陶謨》章。

⑬ 行384：這一句當引用《淮南子》，卷8頁8b—10a 的典故，用賦的方式描述五種“流遁”：（1）遁於木（巨大昂貴的宮殿）；（2）遁於水（人造的護城河和水塘，遊船）；（3）遁於土（高築城郭，巨大的苑囿，高闕）；（4）遁於金（鐘、鼎以及其他貴重的禮器）；（5）遁於火（焚林而獵，融化金屬製造禮器）。

⑬ 行388：這一行可能指 233 年 2 月在郟縣（今河南郟縣）摩陂之井神龍現形。見《三國志》，卷3頁99。明帝親自前去觀龍，然後變革其年號爲“青龍”。

⑬ 行389：關於“龜書”，見《東京賦》，行130注。

⑬ 行393：“華夏”（偉大光輝的土地）是中國的別稱。

第十二卷

江　海

海　賦

木玄虛

【解題】

　　木華(字玄虛)的這篇賦是早期衆多關於海的賦中的一首。其他早期海賦(最早的是後漢的班彪)的節録保存在《藝文類聚》(卷 8 頁 152—154)中。由於此篇保存在《文選》中，木華的作品是關於這一主題的賦中唯一完整幸存的。晉朝的評論家李充對木華的賦褒貶參半："木氏《海賦》，壯則壯矣，然首尾負揭。壯若文章，亦將由未成而然也。"(《翰林論》，李善卷 12 頁 8b 所引)。李充所批評的可能是此賦缺少序言和結尾部分，而大部分賦都有這些部分。木華的賦突如其來地以大禹神話的典故開篇，他通過挖掘水道將所有的水引入大海的方式馴服了大洪水。此賦剩下的絶大部分描繪海水，尤其是波浪(木華至少使用了半打不同的詞來形容波浪)，有大量形形色色的描述性連綿詞。木華的賦值得注意的是它提到發光的海洋微生物以及可能是冰山的東西(見行 165—166)，也有一大段關於巨鯨的文字(行 171—184)。

　　此賦先前已有譯文：von Zach, in *De Chineesche Revue* 3 (1929); and rpt. in *Die Chinesische Anthologie*，1：180 - 83；Watson, *Chinese Rhyme-Prose*, pp. 72 - 79；小尾郊一,《文選》,卷 2 頁 123—137。

1

從前在帝嬀的統治，①　　　　　　　　昔在帝嬀巨唐之代，天綱渟滃爲
在偉大唐堯的時代，②　　　　　　　　凋爲瘵。洪濤瀾汗，萬里無際。
天綱開始泛起泡沫，③　　　　　　　　長波渣湤，迤涎八裔。於是乎禹
引發枯萎帶來疾病。　　　　　　　　也，乃鑪臨崖之阜陸，決陂潢而
5　巨大浪花蔓延伸展，　　　　　　　　相泆。啓龍門之岑嶺，墮陵巒而
　　長達萬里無邊無際；　　　　　　　　嶄鑿。群山既略，百川潛渫。決
　　綿長浪潮翻滾搖蕩，　　　　　　　　澌澹汀，騰波赴勢。江河既導，
　　湧流延至八方邊界。　　　　　　　　萬穴俱流。掎拔五嶽，竭涸九
　　於是禹削平高聳河岸的土丘山崗，④　州。瀝滴滲淫，薈蔚雲霧。涓流
10　打開大壩水庫的缺口放水，⑤　　　　洪瀼，莫不來注。於是廓靈海，長
　　開啓嶙峋參差的龍門，⑥　　　　　　爲委輸。其爲廣也，其爲怪也，
　　破開鑽通丘陵和山峰。　　　　　　　宜其爲大也。
　　集聚的群山勘定界限，⑦
　　百條河流疏散到地下，
15　廣闊無垠，寧静清澈，
　　跳躍波浪隨潮流速去。⑧

---

① 行1：帝嬀指的是舜，他娶了堯的兩個女兒後，便在嬀水（今山西永濟縣南）之河曲（汭）定居。後來，他的後裔以嬀爲姓氏。見《史記》，卷35頁1575；Mh，4：169。《堯典》（見《尚書注疏》，卷2頁24b；Legge 3：27）稱堯的住地爲嬀汭，被不同的人解釋爲嬀水和汭水（的匯流點），或是嬀水的河曲。見 Karlgren, "Glosses on the Ta Ya and Sung Odes," pp. 81–82, ♯910; "Glosses on the Book of Documents," pp. 70–71, ♯1246。
② 行2："唐"在這裏指的是聖王堯，舜在成爲帝王前是堯的屬下。
③ 行3：根據李善（卷12頁1b）的説法，"水之廣大，爲天綱紀"。木華使用開始於堯的時代、最終被大禹馴服的大洪水的典故。參桓譚，《新論》（李善，卷12頁1b所引；亦可參看 Pokora, Hsin-lun, p. 183, G1）："夏禹之時，鴻水渟滃。"
④ 行9：根據《孟子》三上之4的説法，在堯的時代，水溢出河道，淹没整個大地。堯憂心於此，任命舜爲治理洪水的主管。禹疏浚九河，清理濟水和漯水的水道，以引水入海，並疏浚汝水和漢水，爲淮水和泗水開闢水道，使之注入長江。
⑤ 行10：胡克家（卷2頁27b）説"波"當校訂爲"沃"（* · ok）（倒水、澆水），以便與對句的"鑿"（* dzhak）押韻。亦可參看胡紹煐，卷14頁1a—b。
⑥ 行11：龍門，也叫禹門，位於今陝西韓城北約三十公里處。根據傳統説法，禹在這座山上開鑿一個開口通到黄河，兩邊的河岸爲洪水形成一條通路。見《尚書注疏》，卷6頁21a—b；Legge 3：127；《水經注》，册1，卷4頁57。
⑦ 行13：關於"略"（勘界）的類似用法，見《尚書注疏》《禹貢》，卷6頁9a；Legge 3：102。亦可參看 Karlgren, "Glosses on the Book of Documents," p. 145, ♯1355。
⑧ 行16：六臣注本將尤袤本的"波"（波浪）寫作"傾"（倒下）。

長江和黃河已築溝疏導，⑨

穿過萬條裂縫湧流而去，

五嶽高聳拔地而出，

20　九州就此排空乾涸。

滴下水珠，浸潤水域，

濃密幽暗，似雲似霧；

汩汩小河涓涓細流，

未有一條不來傾注。

25　啊！廣闊神聖的海，

長久地接納和運送！

如此寬宏，

如此壯觀，

全部適合它的偉大！

2

30　它的形態如此：泛濫湧流，搖蕩翻滾，

承浮天空，沒有邊際，

洶湧高漲，驟降深淵，

向天涯延伸，向海角擴張；

波浪像密集排列的山巒，

35　時而連接，時而分散；

吸入呼出上百條河流，⑩

清洗淨化淮水和漢水，⑪

吞沒廣闊的鹽沼，⑫

匯流融合，遙遠寬廣。

爾其爲狀也，則乃浟湙瀲灔，浮天無岸。沖瀜沆瀁，渺瀰湠漫。波如連山，乍合乍散。噓噏百川，洗滌淮漢。襄陵廣舄，瀁瀁浩汗。若乃大明擴響於金樞之穴，翔陽逸駿於扶桑之津。影沙礐石，蕩飂島濱。於是鼓怒，溢浪揚浮。更相觸搏，飛沫起濤。狀如天輪，膠戾而激轉；又似地軸，挺拔而爭迴。岑嶺飛騰而反

---

⑨　行 17：參《尚書注疏》《禹貢》，卷 6 頁 25a—26b（Legge 3：134，137）："導河積石，至於龍門……岷山導江。"

⑩　行 36：李周翰（卷 12 頁 3a）說這一句指的是潮汐："潮起則百川逆流，若吹之也。潮落則如斂之而入也。"

⑪　行 37：漢水並不入海，"漢"很可能只是用於押韻。見梁章鉅，卷 13 頁 20a。

⑫　行 38：木華借用《尚書·堯典》（見《尚書注疏》，卷 2 頁 19b；Legge 3：77）中的"襄陵"（比山高）一詞。然而，李周翰（卷 13 頁 3a）將此處的"陵"訓爲"越"，很可能是對的。因此，我將"襄陵"譯爲"淹沒"。李善（卷 12 頁 2b）認爲"舄"（*tshiak）與"斥"（*thjak）可以互換。參《尚書注疏》《禹貢》，卷 6 頁 9b（Legge 3：102）；《呂氏春秋》，卷 16 頁 12a；《漢書》，卷 29 頁 1677。

40　於是大明翻轉繼繩朝向金樞洞穴，⑬

　　翔陽從扶桑的渡口急速駛來，⑭

　　抛擲沙子，拍打巖石，

　　風在島嶼的海濱上怒號呼嘯。

　　於是奮起狂怒，

45　湧起的波浪起伏冒泡，

　　互相衝擊碰撞，

　　濺射飛沫，鼓起浪花。

　　形狀像天輪，

　　旋轉回環，劇烈轉動；

50　又像地軸，

　　猛然推動，激烈旋轉。

　　浪脊和波峰升騰而上，搖晃墜落，

　　像五嶽搖擺旋動，相互重擊。

　　浮沉顛簸紛亂，聚集成堆；

55　海潮漲起拍擊，湧上峰巓坍塌。

　　打轉回旋，形成狂暴的波谷；

　　湧起翻滾，冲入峰尖。

　　微波漣漪在側面迅速蕩漾，

　　巨浪融爲一體，砰然相撞。⑮

60　驚濤如雷般奔跑，

　　竄逃的水花潰散又匯聚：

　　散開又靠攏，分解又融合，

　　噴發四濺，震動戰慄，⑯

覆，五嶽鼓舞而相硠。灂潰淪而滀漯，鬱沕泆而隆頹。盤渨激而成窟，瀄汨潀而爲魁。泅泊栢而迤颲，磊匌匒而相隝。驚浪雷奔，駭水迸集，開合解會，瀼瀼濕濕。葩華踧沑，湏潯溧湑。

<hr />

⑬ 行40：“大明”應當指太陽，但在這裏用爲月亮。因此，有學者建議將“大”校訂爲“夜”。見朱珔，卷12頁10b。月亮與金樞有關（因此叫金樞），並從洞穴升起。李善（卷12頁2b）引用伏韜（約317—396）《望清賦》，以類似的詞描繪月亮：“金樞理轡，素月告望。”參《藝文類聚》，卷9頁165，第一句略有不同。

⑭ 行41：“翔陽”指的是太陽。關於扶桑，見《西京賦》，行438注。

⑮ 行59：李善（卷12頁3b）將疊韻連綿詞“匌匒”（*dep-kep）解釋爲“重疊”。這一含義可能來源於“匒”字，它從語音和語義上都與“合”（*gep）字相關。因此，我譯爲“融合、合併”。見《説文》，卷9上頁4047b，段玉裁注；朱珔，卷12頁10b—11a。

⑯ 行63：李善（卷12頁3b）將“濕濕”解釋爲“開合之貌”。然而，“濕濕”還可以形容猛搖、搖晃。參《毛詩》第190首第1章。因此，我譯爲“猛搖、顫動”。

　　　擴展蔓延，擁擠逼仄，⑰

65　浮起泡沫，抛起又驟然跌落。

3

　　然後霧霾和昏暗的蒼穹遠去消散，
　　沒有事物移動，沒有事物驚擾，
　　最輕的塵埃也飛不起來，
　　最嬌嫩的藤蔓也不顫抖，

70　仍然張口吞咽，
　　殘餘的波浪繼續獨自起伏，
　　上漲奔湧，陡然升高，
　　參差突起，如同山丘。
　　支流岔口，沸騰起泡，

75　劇烈激蕩，形成支流。
　　將我們與蠻族分離，與夷族隔開，
　　前後相繼，迂回萬里。
　　如果邊境荒地需要看到急報，
　　或是皇命必須迅速宣布，

80　便騎上駿馬，揮槳划水，
　　穿過大海，翻越大山。
　　然後等待强勁大風，
　　升起百尺之杆，⑱
　　縛牢長長帆桁，⑲

85　懸挂船帆繚繩。
　　眺望波浪，啓程遠方，

若乃霾曀潛銷，莫振莫竦。輕塵不飛，纖蘿不動。猶尚呀呷，餘波獨湧。澎濞灪礏，硍磊山壟。爾其枝岐潭瀹，渤蕩成汜。乖蠻隔夷，迴互萬里。若乃偏荒速告，王命急宣。飛駿鼓栧，汎海凌山。於是候勁風，揭百尺。維長綃，挂帆席。望濤遠決，冏然鳥逝。鷗如驚鳧之失侶，倏如六龍之所掣。一越三千，不終朝而濟所届。

---

⑰　行64：關於"葩華"（鋪開、分散），見《西京賦》，行214注；朱起鳳，《辭通》，頁771。
　　根據李善（卷12頁3b）的説法，疊韻連綿詞"趗汦"（*tsjok-njok）的本義是"蹙聚"（狹窄、聚集在一起）。《廣韻》（頁437）將其訓爲"水文聚"。我推測詞義來源於"趗"字，本義是狹窄。木華在這句形容水先分散（葩華，我譯爲"鋪開、蔓延"）再聚集（趗汦，我譯爲"擁擠、逼仄"）的狀態。見朱珔，卷12頁11a。
⑱　行83："百尺"指的是主桅杆。
⑲　行84：李善（卷12頁4a）將"綃"解釋爲"以長木爲之，所以挂帆也"。初唐時期稱之爲"帆綱"，意思是"帆桁"或"帆杆"。見狩谷棭齋（1775—1835）箋注，《箋注倭名類聚抄》（東京：印刷局，1883），卷3頁62a—b。

閃閃發光,滑翔如同飛鳥,

迅捷如失偶的受驚野鴨,

飛快如六龍拉動。

90　瞬間飛越三千里路,

白日未盡便抵達目的地。

4

但如果有人背負罪惡靠近深海,

發空洞誓言,露虛假禱告,

海童便會攔路,⑳

95　馬銜就會擋道,㉑

天吳突然出現,隱約可辨,㉒

蜩像短暫顯形,一閃即滅。㉓

群魔迎面而遇,

怒目而視,妖媚醉人。

100　撕破船帆,劈開桅杆,

猛烈大風開始可怕毀滅。

一切都敞開,似被精怪改變模樣,

越來越暗淡朦朧,像陰沉的黃昏。

呼吸像天上的霧氣,

105　籠罩瀰漫,似雲延伸。

閃爍飛逝,如一掠而過的閃電,

上百種色調怪誕顯現,

噴射起泡,蒼白暗淡,㉔

顫動搖曳,沒有限度。

110　洶湧的巨浪彼此碾磨,

若其負穢臨深,虛誓愆祈。則有
海童邀路,馬銜當蹊。天吳乍見
而髣髴,蜩像暫曉而閃屍。群妖
遘迕,眇睇冶夷。決帆摧橦,戕
風起惡。廓如靈變,惚怳幽暮。
氣似天霄,靄靆雲布。矗昱絕
電,百色妖露。呵嗽掩鬱,曭晲
無度。飛潷相碨,激勢相沏。崩
雲屑雨,浤浤汩汩。跳踔湛濼,
沸潰渝溢。濯泋灖渭,蕩雲
沃日。

---

⑳　行 94：參《吳都賦》,行 158。

㉑　行 95：李善（卷 12 頁 4b）引陸綏（公元 5 世紀）的《海賦圖》,將"馬銜"形容爲"馬首、一角而龍形"的野獸。

㉒　行 96：關於"天吳",見《吳都賦》,行 670 注。

㉓　行 97：關於"蜩像",見《東京賦》,行 571 注。

㉔　行 108：李善（卷 12 頁 5a）將雙聲連綿詞"呵嗽"(*ha-hjwet)訓爲"不明貌"。然而,劉良（卷 12 頁 6a）將其解釋爲"謂吞吐光色疾也"。此詞的表意部分可能是"呵"（噴出）字,因此我譯爲"噴出、噴射"。

騷動的力量相互撞擊，

像碎裂的雲，飛濺的雨，

水花四射，

顫顫巍巍，前進後退，⑤

115 沸反盈天，浩浩蕩蕩，

抛向天空又驟然跌落翻騰，⑥

掃去浮雲，浸潤太陽。

5

於是水手和漁夫

向南遊歷，到達東方的極端。

120 有的被砸碎淹没在龜鰐的洞穴，

有的被捕獲懸挂在嶙峋的礁石，

有的被拖拉拽去裸人的國度，⑦

有的漂流到黑齒之人的國土，⑧

有的像浮萍逐水漂流旋轉，

125 有的隨歸航的風回到起點。

只知所見奇觀駭人聽聞，

忘卻所過地方是遠是近。

這些是通常的界限：

在南邊，大海浸透朱崖，⑨

130 在北邊，噴灑天墟，⑩

於是舟人漁子，徂南極東。或屑没於䵎鼉之穴，或挂胃於岑崾之峰。或掣掣洩洩於裸人之國，或汎汎悠悠於黑齒之邦。或乃萍流而浮轉，或因歸風以自反。徒識觀怪之多駭，乃不悟所歷之近遠。爾其爲大量也，則南瀲朱崖，北灑天墟。東演析木，西薄青徐。經途㴉溟，萬萬有餘。吐雲霓，含龍魚。隱鯤鱗，潛靈居。豈徒積太顛之寶貝，與隨侯之明珠。將世之所收者常聞，所未名者若無。且希世之所聞，惡審其

---

⑤ 行114：李善（卷12頁5a）將雙聲連綿詞"跕踔"（*thjem-thok）解釋爲"波前却之貌"。然而，胡紹煐（卷14頁4a）指出，其本義是"行無常"（参《説文》，卷2下頁905b—906a），如同《莊子》（卷17頁261）形容獨腳的夔的跛行步態："吾以一足踸踔而行。"

⑥ 行116：雖然李善（卷12頁5a）將雙聲連綿詞"濩渭"（*huak-hjwed）和"濩渭"（*guak-gjued）解釋爲"衆波之聲"，但是朱珔（卷12頁11a）指出它們都是形容波浪翻滚顛簸的樣子。我將其大致譯爲"抛高、驟降"和"翻滾、搖動"。

⑦ 行122：胡紹煐（卷14頁4a—b）指出"掣掣洩洩"是"掣洩"的疊詞，後者的本義是"拉"。参《爾雅》，上之三頁13b—14a。

⑧ 行123："黑齒之邦"位於湯谷之上，其民有黑色的牙齒，食黍和蛇。見《淮南子》，卷4頁8b—9a。

⑨ 行129：關於"朱崖"，見《東都賦》，行209注。

⑩ 行130："天墟"是位於天球北部的一個星宿（寶瓶座 β，小馬座 α）。見《爾雅》，中之四頁11a；朱珔，卷12頁11b；Schlegel, *Uranographie*, 1：214 - 25。

在東邊,延伸到析木,㉛

在西邊,推進到青州徐州。㉜

所跨越的地區,幽暗遙遠,

延伸到億萬里之外。

135　噴射雲和彩虹,

包裹龍和魚,

隱藏有鱗的鯤,㉝

掩蓋精怪的居所。

豈僅收集太顛的寶貝,㉞

140　或隨侯的明珠?㉟

難道常聞見者爲世所收集,

未被命名者似乎都不存在?

而且世上罕聞之物,

如何能辨認其名稱?

145　因此只能含糊地設想其特徵,

隱約地描述其形狀。

6

如今在它們浸滿水的倉庫中,

未知深淺的庭院中,

有崇高的島嶼,由巨鼇支撐,㊱

150　高大聳立,獨自站着,

劈開巨浪,

直指太清,㊲

名? 故可仿像其色,靉靆其形。

爾其水府之内,極深之庭。則有
崇島巨鼇,岹嶢孤亭。肇洪波,
指太清。竭磐石,栖百靈。颺凱
風而南逝,廣莫至而北征。其垠
則有天琛水怪,鮫人之室。瑕石
詭暉,鱗甲異質。若乃雲錦散文

㉛　行 131:"析木"是木星星次的名稱,與燕和幽(河北北部)的東北部地區相關聯,還代表天河的渡口。見《爾
　　雅》,中之四頁 10b;《左傳》,昭公八年(Legge 5:623);Schlegel, *Uranographie*, 1:156。
㉜　行 132:青和徐是山東沿海地區。
㉝　行 137:"鯤"是傳說中北海的大魚,極其巨大,沒有人知道它到底有多長。見《莊子》,卷 1 頁 1。
㉞　行 139:"太顛"是周文王的佐臣。根據傳爲蔡邕所作的《琴操》(李善,卷 12 頁 5b 所引),殷紂王將文王囚禁
　　在羑里,計劃擇日殺他。太顛和文王的其他忠實大臣得到水中大貝,獻給紂王作爲其君的贖金。
㉟　行 140:關於"隨侯之明珠",見《西都賦》,行 192 注。
㊱　行 149:木華可能指的是傳說中的十五隻巨龜,用背支撐着東海的島嶼。見《列子》,卷 5 頁 52—53。
㊲　行 152:"太清"在天上,離大地四十里。見《抱朴子》,卷 15 頁 7b。

推擠巨礫，

是百神的棲息處。

155　當凱風升起，往南遊歷；

當廣莫來臨，向北旅行。㊳

在濱岸上有：天然形成的寶石，水生的奇物，

鮫人的房屋，㊴

詭異的紅石微光，

160　奇特的鱗片和甲殼的精華。

如今，雲紋織錦沿着沙岸鋪開圖案，

輕紗在蚌殼和蝸牛的縫隙投下光澤，㊵

紛繁的顏色炫耀光華，

上萬種色調隱藏輝煌：

165　陽光照射的冰不會融化㊶

隱約的火焰在水下燃燒；㊷

熾熱的煤炭重新自燃，㊸

將光亮投入九泉之中；㊹

朱紅色火焰，綠色煙霧，

170　幽暗濃密，向上盤旋。

於沙汭之際，綾羅被光於螺蚌之節。繁采揚華，萬色隱鮮。陽冰不冶，陰火潛然。熺炭重燔，吹烔九泉。朱燉緑煙，腰眇蟬蛡。

7

至於魚有橫跨海洋的鯨魚，

隱隱呈現，獨自游水，

魚則橫海之鯨，突扤孤遊。戛巖崿，偃高濤。茹鱗甲，吞龍舟。

㊳ 行155—156："凱風"是南風，"廣莫"是北風。見《爾雅》，中之四頁6b；《吕氏春秋》，卷13頁2b—3a；《淮南子》，卷3頁4a—b；Major, "Nomenclature of Winds," pp. 67 - 68。

㊴ 行158：關於"鮫人"（男性人魚，字面意思是"鮫魚人"），見《吴都賦》，行288—290。

㊵ 行161—162：根據張銑（卷12頁8b）的説法，雲錦指的是朝霞。參曹植，《齊瑟行》（李善，卷12頁6b所引殘章）："蚌蛤被濱崖，光彩如錦紅。"

㊶ 行165："陽冰"可能形容冰山，此詞最先出現在《晏子春秋》（卷5頁7a，有關校訂後的文本，見《校勘》，卷下頁5a—b），籠統地陳述："陰冰厥，陽冰厚五寸。"王念孫（見《讀書雜志》，6之2頁4b—5a）將陽冰解釋爲"見日之冰也"。林滋（843年進士）的《陽冰賦》似乎描寫一座冰山。見《文苑英華》，卷39頁9a—b。

㊷ 行166："陰火"很可能是某種海洋發光生物。4世紀學者王嘉（？—390）描述位於西海之西的浮玉山的陰火："山下有巨穴，穴中有水，其色若火。晝則通曨不明，夜則照耀穴外。雖波濤灌蕩，其光不滅。"見王嘉，《拾遺記》（北京：中華書局，1981），卷1頁23。關於"陰火"，亦可參看Schafer, *Vermilion Bird*, p. 139。

㊸ 行167：這一句可能指蕭邱（一座位於南海的山）的自燃火。見《抱朴子·外篇》，卷1頁3b。

㊹ 行168：九泉在陰間。

夷平崎嶇的山峰，

掀翻高高的浪花，

175　鹽食有鱗的有殼的，

鯨吞龍舟。

吸吮波濤，巨大卷浪匯聚；

噴出巨浪，百條河川倒流。

或在淺灘中暴跳挣扎，

180　在鹽沼中擱淺死亡，

巨鱗將會插入雲霄，

背鰭將會刺破蒼穹，

顱骨將會變成山峰，

滲脂將會變成水塘。

8

185　如今，在遍布巖石小島的海灣，

沙石礁巖中，

有翼和羽毛的在生育雛鳥，

鳥蛋破而幼鳥出。

小鴨毛茸茸，蓬鬆綿軟，

190　小鶴羽色光鮮，絲綢般柔軟，

成群飛翔，成對浴水，

在開闊處遊戲，在深淵處漂浮。

像升騰的霧氣飛入高空，㊺

在平穩水流中優雅滑動。㊻

195　振翼移動，生成雷霆，

撲騰翅膀，形成樹林。

來回咯咯尖叫，

色彩奇異，聲音獨特。

嚙波則洪漣踧踖，吹澇則百川倒流。或乃蹭蹬窮波，陸死鹽田。巨鱗插雲，鬐鬣刺天。顱骨成嶽，流膏爲淵。

若乃巖坻之隈，沙石之嵌。毛翼産彀，剖卵成禽。鳧雛離褷，鶴子淋滲。群飛侣浴，戲廣浮深。翔霧連軒，泄泄淫淫。翻動成雷，擾翰爲林。更相叫嘯，詭色殊音。

㊺ 行 193：五臣注本寫作“鶩”（跑），尤袤本和六臣注本寫作“霧”。

㊻ 行 194：胡紹煐（卷 14 頁 6a）指出“泄泄”（*djad-djad）和“裔裔”（*djad-djad）可互換。這個詞的意思是“優美地滑行”。參《蜀都賦》，行 305—306 注。

9

於是，當三光明亮清晰，㊼
天地焕發晴朗，
不在陽侯的波濤上漂流，㊽
就可乘蹻而行脱離俗世，㊾
去蓬萊一睹安期，㊿
在喬山拜望黄帝之像。(51)
一衆仙人恍惚可見，
在太古岸邊飽餐玉石，
脚着阜鄉遺留的木屐，
身穿懸蕩下垂的羽翼。
去天池翱翔，
在荒蕪的黑暗中嬉戲。(52)
儘管顯露外形，但他們没有欲求；
長久永遠，萬世恒存。

若乃三光既清，天地融朗。不汎陽侯，乘蹻絶往。覿安期於蓬萊，見喬山之帝像。群仙縹眇，餐玉清涯。履阜鄉之留舄，被羽翮之襂纚。翔天沼，戲窮溟。甄有形於無欲，永悠悠以長生。

10

至於大海的容量：
它擁抱乾的奥秘，
籠罩坤的領域。(53)
神明在此居住，
精靈生活於此。
什麽奇觀它不擁有？
什麽奇跡它未儲備？

且其爲器也，包乾之奥，括坤之區。惟神是宅，亦祇是廬。何奇不有？何怪不儲？芒芒積流，含形内虚。曠哉坎德，卑以自居。弘往納來，以宗以都。品物類生，何有何無！

㊼ 行 199：三光指日、月、星。

㊽ 行 201：參《南都賦》，行 226 注。

㊾ 行 202：《抱朴子》（卷 15 頁 7a）將“乘蹻”（脚不着地而行）解釋爲一種在空中飛翔，不被山川所阻礙的仙術。

㊿ 行 203：安期生是瑯琊阜鄉人，在東海之濱賣藥，以三千歲而出名。秦始皇找到他，並與他交談了三天三夜。皇帝走後，安期失蹤，只留下一雙舄。在一封信中，他宣布：“後數年求我於蓬萊山。”皇帝派遣兩位使者去尋找他，但是在海上遭遇暴風雨，不得不返回。見《列仙傳》，卷上頁 25。

(51) 行 204：黄帝的古墳在橋山上，《漢書》（卷 28 下頁 1617）將之定位於陽州（今陝西北部）南。現在的墓位於陝西黄陵西北一公里處。根據傳説，黄帝正是在此處升天成仙。見《史記》，卷 12 頁 463，卷 28 頁 1396。

(52) 行 210：“窮溟”指的是北海。

(53) 行 214—215：“乾”卦（奉獻者）和“坤”卦（接受者）分别代表天和地。

220　廣闊無涯，百川匯聚！

　　　接受其形，保持虛懷。

　　　坎的力量實在巨大！⑭

　　　卻謙卑自處。⑮

　　　擴大前進的，接納進來的，

225　它是大宗師、大都會。

　　　各種事物，各類生物，

　　　何所不有，何所不無？

---

⑭　行 222："坎"（深不可測）卦代表水。

⑮　行 223：參《周易注疏》，卷 2 頁 32a（第 15 卦，《象辭》）："君子謙謙，卑以自牧。"

江　賦

郭景純

【解題】

　　此賦爲郭璞(字景純)所作,是對中國最長的河流長江的詩化描述。郭璞以高度誇飾的風格,將長江描寫爲最卓越的江,其發源於四川岷山,奔流經過湖北西部的三峽,在東流入海的路途上吞併中原的河流。郭璞是中國歷史上最博學的人之一,其賦充滿深奧的掌故和語言。李善(卷 12 頁 8b)引何法盛(5 世紀)所編之《晉中興書》,稱郭璞"以中興(即 318 年令東晉復興的司馬睿),三宅江外",作此賦"述川瀆之美"。

　　此賦之前的翻譯包括：von Zach，*De Chineesche Revue* 3（1929），and rpt. in *Die Chinesische Anthologies*，1：184 - 92；小尾郊一,《文選》,2：138 - 159。

1

啊！ 五材同樣有用,①

但水德最具效能。②

長江自岷山開始,

發源於淺微。③

5　首先經過洛、沫,④

再從巴、梁積聚萬流。⑤

咨五才之並用,寔水德之靈長。

惟岷山之導江,初發源乎濫觴。

聿經始於洛沫,攏萬川乎巴梁。

衝巫峽以迅激,躋江津而起漲。

極泓量而海運,狀滔天以森茫。

總括漢泗,兼包淮湘。并吞沅

---

① 行 1：五材是金、木、水、火和土。見《左傳》,襄公二十七年(Legge 5：534)："天生五材,人並用之,廢一不可。"

② 行 2：見《淮南子》,卷 1 頁 10a—b："天下之物,莫柔弱於水,然而大不可極,深不可測,無公無私,水之德也。"

③ 行 3—4：傳統認爲長江發源於四川岷江。見《尚書注疏》,卷 2 頁 28b(見 Legge 3：137)："岷山導江。"見《荀子》,卷 20 頁 7b："昔者,江出於岷山。其始出也,其源可以濫觴。"《孔子家語》,卷 2 頁 16a："夫江始於岷山,其源可以濫觴。"

④ 行 5：這是四川的洛水,源頭在漳山,向南流,進入漢新都郡東的湔水(今天四川新都)。見《漢書》,卷 28 上頁 1597；《水經注》,卷 33 之 6 頁 8。
　　"沫"是四川西南大渡河的另一個名字,它進入青衣江,後者匯入漢南安郡的揚子江(今天的樂山)。

⑤ 行 6：李善(卷 2 頁 9a)認爲"巴"爲"巴郡",梁爲"梁州",中國西南地區的古名。劉向(卷 12 頁 12a)認爲"巴"和"梁"是山名。巴山很可能是從陝西西鄉西南綿延至四川南江地區的大巴山脉。梁山應爲位於今天四川梁山縣北的高梁山。

激盪巫峽，迅疾衝擊，⑥

爬升江津，上升膨脹。⑦

到達最大規模，如海翻騰，

10　狀貌滔天，寬廣無邊。⑧

納入漢泗，

擁抱淮湘，⑨

吞併沅澧，⑩

汲引沮漳。⑪

15　崏嶓二山皆爲源頭，⑫

至潯陽分成九條支流。⑬

在赤岸敲打洪濤，⑭

至柴桑水退波平。⑮

澧，汲引沮漳。源二分於崏嶓，
流九派乎潯陽。鼓洪濤於赤岸，
淪餘波乎柴桑。

2

網羅豐沛水流，

20　吸納溪水運河，

網絡群流，商攉涓澮。表神委於
江都，混流宗而東會。注五湖以

---

⑥　行 7：巫峽位於湖北西部，是長江流經的最大峽谷之一。

⑦　行 8：“江津”在此處指位於江陵北枚回島的一個地方，這個七十里的島將長江劃分爲南北兩部分。據酈道
　　元記載，長江在此處體量增大。見《水經注》，册 6，卷 34 頁 26。

⑧　行 10：見《尚書注疏》，卷 2 頁 19b（《堯典》）：“咨！四岳，湯湯洪水方割，蕩蕩懷山襄陵，浩浩滔天。”

⑨　行 11—12：郭璞可能沿用《孟子》三上之 4（Legge 3：251），述大禹“決汝、漢，排淮、泗，而注之江”。見《海
　　賦》，行 9 注。但是，這些河流中只有漢水確實直接流入長江。汝水和泗水進入淮水，後者入海。一些學者
　　爲《孟子》及郭璞的明顯錯失提供解釋，認爲長江和淮水由邗溝連接起來。見張雲璈，卷 7 頁 9b—11b；朱
　　珔，卷 12 頁 13a—b。

⑩　行 13：沅水和澧水在洞庭湖匯入長江。

⑪　行 14：關於沮水和漳水，見《登樓賦》，行 5—6。

⑫　行 15：“崏”可能是位於四川以西的蒙山的別名。“嶓”指邛崍山，位於今天四川西部滎經的西南。《山海
　　經》，卷 5 頁 28b—29a 提到它們都是長江源頭。郭璞爲此句所作的注中說，崍山是南江（即邛江）的源頭，崏
　　山是北江的源頭（可能是青衣江）。也可參看朱珔，卷 12 頁 14a—b。

⑬　行 16：郭璞在此指九江，中國學者就其名字和地點一直存在爭論。這種說法最初見於《禹貢》（見《尚書注
　　疏》，卷 6 頁 14a；Legge 3：113）。根據《禹貢》此節的僞孔安國注，長江在荊州（湖北和湖南地區）分爲九條
　　支流。郭璞顯然依據傳統，述潯江地區的彭蠡湖（今天的鄱陽湖）由九江構成。《尚書注疏》，卷 6 頁 14a—b
　　引張僧監（生卒年不詳）編輯的已佚地理志《潯陽地記》，開列出九條潯陽支流的名單。後來許多學者認爲，
　　《禹貢》中的九江指洞庭湖。見張雲璈，卷 7 頁 12a—13b。

⑭　行 17：李善（卷 12 頁 9b）引用一位佚名學者的看法，認爲“赤岸”位於長江潮的所在地廣陵興郡（此說可見
　　胡克家《考異》，卷 2 頁 30a）。見枚乘《七發》，《文選》，卷 34 頁 12a。胡紹煐，卷 14 頁 7b 援引一部據稱由阮
　　叙之（生卒年不詳）所著的揚州方志《南兗州記》，認爲赤岸是位於揚州瓜步山東邊五里外的一座山。

⑮　行 18：“柴桑”是今天江西九江南的一個郡。

於江都顯露神奇匯流，⑯

眾流致敬，向東聚合。⑰

湧入五湖，水面寬闊迢遥，⑱

由三江澆灌，吞吐膨脹，⑲

25　灌溉六省的區域。⑳

蜿蜒運行南方之地。㉑

以此方式界定中國和外邦，

强化天地的險阻。㉒

3

奔騰萬里，

30　吞吐神秘潮水，

漲落隨意，

夜晚白日；

奮發迅疾能量前奔，

鼓怒而形成潮水。

漫汗，灌三江而漵沛。滆汗六州之域，經營炎景之外。所以作限於華裔，壯天地之嶮介。

呼吸萬里，吐納靈潮。自然往復，或夕或朝。激逸勢以前驅，乃鼓怒而作濤。峨嵋爲泉陽之揭，玉壘作東別之標。衡霍磊落以連鎮，巫廬嵬崖而比嶠。協靈通氣，潰薄相陶。流風蒸雷，騰

---

⑯ 行21：“江都”(今天揚州西南)是廣陵的一個郡。其東有長江廟。見《漢書》，卷28下頁1638；《後漢書》，志第21頁3461；《晉書》，卷15頁452。

⑰ 行22：“宗”(尊敬，致敬)出自《禹貢》(見《尚書注疏》，卷6頁14a；Legge 3：113)：“江漢朝宗於海。”

⑱ 行23：“五湖”説法不一。李善(卷12頁10a)引張勃編纂(四世紀?)的《吳録》，説五湖是太湖的別稱。韋昭(《國語》，卷21頁1b和《史記》，卷29頁1407，注2所引)認爲，這個名字指太湖東濱的五個岸，每一個都稱“湖”：菱(莫釐山東)、莫(莫釐山西北)、胥(胥山西)、游(長山東)、貢(長山西)。見《史記》，卷2頁59，注4。酈道元(見《水經注》，册5，卷29頁52)稱它們爲太湖和靠近太湖的四湖：長蕩、射、貴、滆。司馬貞(見《史記》，卷29頁1407，注2)説，五湖包括郭璞在下面行225—26提到的五大湖：具區(太湖)、洮滆、彭蠡、青草、洞庭。張雲璈(卷7頁13b—16a)認爲，鑒於長江跟太湖並不相通，五湖不該包括後者。他認爲五湖由司馬貞提到的除太湖之外的幾個湖組成。

⑲ 行24：“三江”，首次出現於《禹貢》(見《尚書注疏》，卷6頁12a；Legge，3：108)，是傳統中國研究中一直聚訟不休的問題。一種説法是，江由三大部分組成，即北江、南江和中江。因此，鄭玄(《初學記》引)認爲漢水是北江，彭蠡湖(今天的鄱陽湖)是南江，發源於岷江的長江的主要部分是中江。其他注家認爲三江是太湖地區的水路：吳(即吳松)、錢唐、浦陽(韋昭，《國語》，卷20頁1b)；松(即吳松)、婁和東。見《尚書注疏》，卷6頁11a，引張勃《吳地記》。酈道元(見《水經注》，册5，卷29頁56)引郭璞的説法，具體指出它們爲岷、松(吳松)和浙(今天的浙江)。但是，張雲璈(卷7頁16b—17b)認爲，所有這些説法都沒有恰當地解釋“灌”(澆灌)一詞，他的結論是郭璞認爲的長江的三個源頭：發源於岷山的大江，發源於邛崍山的南江，以及發源於崛山的北江。見以上行15的注。

⑳ 行25：六省指益(四川)、梁(四川東部，陝西西部)、荆(湖北，湖南)、江(江西)、揚(江蘇和浙江)、徐(江蘇、山東和安徽的一部分)。

㉑ 行26：“炎景”指南方。

㉒ 行28：見《周易注疏》，卷3頁33b—34a(卦29，《象傳》)：“天險不可升也，地險山川丘陵也。”

35　峨嵋爲南泉的標志，㉓

玉壘是東別的標記；㉔

衡山和霍山，磊落成連鎮，㉕

巫山和廬山，崔嵬競險峻。㉖

混合神氣，純潔空氣，

40　擊打損壞，一起陶冶萬物，

疾風勁吹，噴吐雷電，

拱起彩虹，散落祥雲。

離開信陽而長流，㉗

散入大壑和沃焦。㉘

虹揚霄。出信陽而長邁，淙大壑
與沃焦。

4

45　至於巴東之峽，㉙

由夏禹疏通挖掘：㉚

絕岸高萬丈，

如墻壁立，條痕似霞。

虎牙之山，陡峭尖聳；

50　荊門高峻如關，寬廣無邊。㉛

若乃巴東之峽，夏后疏鑿。絕岸
萬丈，壁立賴駮。虎牙嵥豎以屹
崒，荊門闕竦而磐礴。圓淵九回
以懸騰，溢流雷响而電激。駭浪
暴灑，驚波飛薄。迅澓增澆，涌
湍疊躍。砅巖鼓作，漰湁泉瀄。

㉓　行35：峨嵋，見《蜀都賦》，行16注。李善（卷12頁10b）認爲陽泉是陽泉的顛倒，陽泉是位於今天四川綿竹
北的一個郡。鑒於陽泉距離峨嵋很遠，我沿用張銑（卷12頁13b）的說法，認爲陽泉指長江（其源頭？），籠統
譯爲南泉。

㉔　行36：“玉壘”，見《蜀都賦》，行14注。酈道元（見《水經注》，册6，卷33頁2）引用郭璞的話，說沱江在玉壘山
“東流”。

㉕　行37：衡山位於今天的湖南衡山以北，是荊州的山鎮。見《周禮注疏》，卷32頁11a。霍山也稱“天柱”，位於
今天安徽潛山，在一些文獻中被認爲是南嶽。見《爾雅》，中之七頁5b—6a。

㉖　行38：巫山在今天四川巫山之東，俯瞰長江。廬山在今天江西九江以南。

㉗　行43：信陽即“信陵”，是位於建平郡的一個晉郡的名字。見《晉書》，卷15頁456。根據酈道元（見《水經
注》，册6，卷34頁20），長江向東流入信陵之南。它可能位於今天湖北秭歸的附近。見朱珔，卷12頁17b。

㉘　行44：我採納王念孫（見《讀書雜志》，餘編下，頁31a—b）和胡紹煐（卷14頁7b—8a）的說法，釋“淙”爲“流入”。
“大壑”是渤海東數百萬里的巨大無底深谷，世界上所有河流包括天河，都流入此谷。見《列子》，卷5頁52。
李善（卷12頁10b—11a）引用作者不詳的一部作品《玄中記》，將“沃焦”（我譯爲“Exsiccator of Waters”）視
作位於東海南部30 000里的一座山，河流不停地流入此山。它的另一個名稱叫“尾閭”，司馬彪（李善，卷53
頁5a—b引）認爲是一塊40 000里見方及40 000里厚的石頭，世界上所有河流皆匯聚於此並蒸發。

㉙　行45：“巴東”指長江三峽的所在。

㉚　行46：“夏后”指禹，他爲長江疏通了一個河道。

㉛　行49—50：“虎牙”和“荊門”分別是位於長江南岸和北岸的山，在今天湖北宜都的西北。根據盛弘之《荊州
記》（李善引，卷12頁11a），荊門上合下開，狀如門。虎牙是帶白色條痕的紅石崖，形狀像虎牙。也可參見
《水經注》，册6，卷34頁22的類似描述。

圓淵九回，吞吐不止，㉜
噴湧水流，雷吼電閃。
駭浪陡然四散，
驚波飛騰撞擊。
迅猛洄流，層層回旋，
狂暴激湍，接連飛躍。
衝擊懸崖，聳動奮發，
撞擊猛打，呼號轟響。㉝
噴湧澎湃，紛亂混亂，㉞
水流蔓延，衝擊碰撞。㉟
猛衝跳躍，匆忙刮擦，㊱
疾速拖曳，快速行進。㊲
回漩打轉，纏繞扭曲，
衝頂堆積，噴吐濺迸。㊳
狂暴疾馳，俯衝陷落，㊴
如龍鱗般層層連接。
碧沙往來拋扔翻騰，
巨石嶙峋，前進後退。㊵

潠濮瀠溆，潰濩泧瀎。潏湟淴泱，瀹潤瀾淪。漩澴滎瀯，渨漚濆瀑。溭減濜涓，龍鱗結絡。碧沙遺瀡而往來，巨石硉矹以前却。潛演之所汩淈，奔溜之所磢錯。厓隒爲之泐嵃，碕嶺爲之喦崿。幽㵎積岨，礐硞礐確。

㉜ 行 51：郭璞在此處描述峽谷的深淵，有向下的九個渦流。

㉝ 行 58：連綿詞“㴔瀄”和“㵳濔”可能是擬聲詞，我意譯爲“撞擊猛打”和“呼號轟響”。

㉞ 行 59：雙聲聯綿詞“潠濮”是“澎湃”的異體字。見《上林賦》，行 51 注。
雙聲聯綿詞“瀠溆”是“沆溉”的異體字，見《上林賦》，行 56 注。

㉟ 行 60：雙聲聯綿詞“潰濩”是同義合成詞，意思是“伸展和蔓延”。
組成雙聲聯綿詞“泧瀎”兩個字未提供理解其確切意思的綫索。我沿用李善（卷 12 頁 11b）的説法，認爲這個詞包含有水在一起衝撞和衝擊的意思。因此，我譯作“衝擊碰撞”。

㊱ 行 61：李善（卷 12 頁 11b）認爲雙聲聯綿詞“潏湟”和“淴泱”描述水流的迅猛疾速。胡紹煐（卷 14 頁 9a）比較“潏皇”和“聿皇”，後者出現在揚雄的《羽獵賦》（行 180），意思是“迅速移動”。“淴泱”的表意部分顯然是“淴”（迅速），我所譯的“猛衝跳躍”和“匆忙刮擦”，嘗試傳達水流的迅疾。

㊲ 行 62：這一行是偏旁相同的雙聲聯綿詞“瀹潤”和“瀾淪”。李善（卷 12 頁 11b）認爲這兩個詞描述水流的速度。我懷疑瀹潤是同義合成詞（瀹／“突然”＋潤／“閃動”）。也許在瀾淪中，表意部分是瀾，亦即“闖”（衝出）（《説文》卷 20 下頁 5341a）。

㊳ 行 64：疊韻聯綿詞“渨漚”可能以“漚”（堆積）爲表意部分，因此，我譯爲“衝頂堆積”。

㊴ 行 65：疊韻聯綿詞“溭減”和“濜涓”別無旁證。李善（卷 12 頁 11b）將兩詞俱釋爲“參差相次”。但是，“溭減”顯然跟“惻減”相關，後者描述了憤怒的狀態（見《文選》，卷 18 頁 23b）。《説文》（卷 11 上頁 4951a）將“減”釋爲“快速流動”。融合“發怒”和“快速”兩個意思，我將其譯爲“狂暴疾馳”。我懷疑在“濜涓”中表意部分是“涓”，它跟磒（降落）同音，因此，我譯爲“俯衝陷落”。

㊵ 行 68：儘管李善（卷 12 頁 11b）認爲疊韻聯綿詞“硉矹”描述被波浪拋擲的巖石，該詞的基本意思是“突出”“伸出”。見《辭通》，頁 2399。但是我懷疑“兀”（向上扔）是表意部分。見《説文》，卷 8 下頁 3822b—3823a。

不管潛流在何處噴吐湧濺，㊶

70　或急流在何處激盪挫磨，

彼岸和懸崖變成孔穴，

彎曲海濱和山嶺化作深洞，

隔絕江流中的嶙峋巨石，㊷

刮擦出凹凸之痕。㊸

5

75　於是曾潭之府，

靈湖之淵：

水晶般透明，浩瀚閃爍，㊹

流淌泛濫，深沉衝積，

浩漫無垠，起伏旋轉，

80　扭結回旋，轉折攪動；㊺

明亮噴吐，清澈透亮，

波光流動，發散光澤，

荒蕪廣闊，遠大浩渺，

無盡伸展，茫茫一片。

85　檢視它們，沒有形式；

探索它們，沒有盡頭。

蒸氣籠罩而大霧濃重，

有時如烟一般陰暗緻密，

如物質凝結之前混沌一片，

若乃曾潭之府，靈湖之淵。澄澹
汪洸，瀇滉囷泫。泓汯洞漫，涓
㵎圓潾。混瀚灝渙，流映揚焆。
溟溔渺湎，汗汗沺沺。察之無
象，尋之無邊。氣潏渤以霧杳，
時鬱律其如煙。類肧渾之未凝，
象太極之構天。

㊶　行 69：我沿用胡紹煐（卷 14 頁 9a）的說法，"演"應爲"濱"（隱没的東西流動起來）。

㊷　行 73：作"分開"講的"泐"，見《周禮注疏》，卷 39 頁 7a。我在此處將之譯爲"隔絕"。

㊸　行 74：注意這句話中的兩個疊韻聯綿詞"礨硊"和"礐硞"的發音。構成這兩個詞的單字都未爲其意義提供任何綫索。李善（卷 12 頁 12a）認爲這兩個詞描述被水拍擊的石頭崎嶇不平的外表，我據此將之譯爲"刮擦出凹凸之痕"。

㊹　行 77：疊韻聯綿詞"汪洸"，李善（卷 12 頁 12a）認爲描述水面的深廣，即《説文》中對"汪"的解釋（卷 11 上頁 4953a—b）。儘管我不確定"洸"對這個詞的意思有所貢獻，但我試圖將之整合進我的翻譯"浩瀚閃爍"（見《説文》，卷 11 上頁 499a—b，"洸"，水的涌動閃亮）。

㊺　行 80：我認爲疊韻聯綿詞"涓㵎"可能跟詞序顛倒的"轔囷"有關，後者帶有"扭曲"的意思，因此我譯爲"扭結回旋"。接下來的疊韻聯綿詞"圓潾"（見胡紹煐，卷 14 頁 10a），我譯爲"轉折攪動"，可能是相關的詞。

90　仿佛形成天空的太極。㊻

6

巨浪漫長廣闊，㊼
高峻急湍崔嵬，
渦旋潮水如蜿蜒峽谷轉動，
奔騰波浪像傾頹山脉崩落。
95　陽侯矗立，如懸崖升起，㊽
巨浪蜿蜒伸展，如雲層翻卷。㊾
轉動旋轉，俯衝躍入，㊿
一時深陷，一時隆起。
洞然如大地劈開，
100　豁然如天空開張。
撞擊蜿蜒江岸，俯伏迂回，
浪濤慌張趺落，互相衝擊，
敲打峽谷洞穴，隆隆呼號，
於是噴湧吐濺，漫過江岸。

7

105　江中的魚類有：江豚，海狶，[51]
叔鮪，王鱣，[52]

長波浹渫，峻湍崔嵬。盤渦谷
轉，凌濤山頹。陽侯砐硪以岸
起，洪瀾浣演而雲迴。汩湡漰
濿，乍㴸乍堆。㠇如地裂，豁若
天開。觸曲厓以縈繞，駭崩浪而
相礧。鼓岊窟以漰渤，乃溢湧而
駕隈。

魚則江豚海狶，叔鮪王鱣。鮣鰊
鰋魳，鯪鰩鯩鰱。或鹿駭象鼻，

㊻　行90：“太極”是陰陽之源，其互補產生萬物。

㊼　行91：李善(卷12頁12b)認爲疊韻聯綿詞“浹渫”描述無限廣大的水域。組成這個詞的兩個字都帶有“彌漫”的意思，因此我譯爲“漫長廣闊”。

㊽　行95：“陽侯”是水神。見《南都賦》，行226注。
　　李善(卷12頁12b)認爲雙聲聯綿詞“砐硪”描述震動貌。但是，胡紹煐(卷14頁10a)認爲它描述波浪的高度，這是對的。因此我譯爲“矗立”，與“岌峨”同。

㊾　行96：我認爲疊韻聯綿詞“浣演”由兩個成分構成：浣(蜿蜒)和演(伸展)。

㊿　行97：李善(卷12頁12b)釋疊韻聯綿詞“汩湡”爲盤旋貌。我懷疑“汩”可能是“沄”的異體字，後者《説文》(11上頁4956b—4957a)釋爲“轉流也”，因此我譯爲“轉動旋轉”。
　　李善(卷12頁12b)認爲雙聲聯綿詞“漰濿”描述不平之貌。我將第一個字“漰”釋爲“宎”(陷落)。因此，我譯爲“俯衝躍入”。

[51]　行105：“江豚”(river pig)是長江海豚，“海狶”(sea swine)是海洋海豚(marine dolphin)。見 Read, *Fish Drugs*, p. 83, 176; Schafer, *Vermilion Bird*, p. 313, n. 272.

[52]　行106：根據郭璞(見其對《爾雅》下之四頁3b所作的注)，小型白鱘(small paddlefish)叫叔鮪。“王鮪”是大型鱘(sturgeon)。

鮹,鰊,鰧,鮋,(53)
鯪,鰩,鯩,鰱。(54)
有些長鹿角或象鼻,
其他具虎形或龍顔。(55)
鱗甲精巧地間雜交錯,
輕盈光亮絢爛如刺綉。
揚鰭擺尾,
噴浪濺沫,
逆着水流,吞吐不休,
與波浪嬉戲玩耍。
有些焕發彩色,光耀深潭,
其他則在礁石間鼓腮。
巨鯨駕長波來去,
鯼鮆應時往返。(56)

或虎狀龍顔。鱗甲鑵錯,焕爛錦斑。揚鰭掉尾,噴浪飛唌。排流呼哈,隨波遊延。或爆采以晃淵,或嚇鰓乎巖間。介鯨乘濤以出入,鯼鮆順時而往還。

8

再看水中大批奇妙動物:

爾其水物怪錯,則有潛鵠魚牛,

(53) 行 107:“鮹”(也讀作 *hua*)是《山海經》(卷 4 頁 9a)提到的傳説中的飛魚。郭璞説它有鳥一樣的翅膀,叫聲像鴛鴦(mandarin duck)。我爲它創造了一個詞“bonefish”(不要跟 *Albula Vulpes*, bonefish, ladyfish 搞混)。
李善(卷 12 頁 13a)引《舊注》,認爲“鰊”狀似繩子。朱珔(卷 13 頁 1a)指出,《廣韻》(見頁 387)説“鰊”像“鱦”,後者爲“䱴”(roe)(見《爾雅》下之四頁 3b)。因爲無法確定這種魚的名字,我爲之創造“ropefish”一詞。
“鰧”也出現在《山海經》(卷 5 頁 20b),記述它似“鱖”(mandarin fish),有藍記、紅尾,住在巖石的孔洞内。Read (*Fish Drugs*, p. 46, 151)稱爲“rockfish”。
“鮋”是鰵魚(hemiculter)。見《西京賦》,行 648 注。

(54) 行 108:“鯪”肯定是鯪鯉(pangolin)。見《楚辭補注》,卷 3 頁 9b,王逸注。
“鯩”出現在《山海經》(卷 5 頁 20a—b)中,記述其爲黑色,狀似鮒(golden carp)。胡紹煐(卷 14 頁 11b)認爲“鯩”同於“鰥”,是假鮭魚(*Elopichthys bambusa*, false salmon)。見 Read, *Fish Drugs*, pp. 22 - 23, 138。
“鰱”是銀鯉(silver carp, whitefish)。見 Read, *Fish Drugs*, p. 10, 129。

(55) 行 109—110:“鹿觡”可能屬於鹿魚(deer fish)。李善(卷 12 頁 13a)徵引已佚的沈瑩(3 世紀)所輯的《臨海水土異物志》,説鹿魚二尺多長,有角,腹下生足。我無法辨識此處提到的另一種魚的名稱。

(56) 行 120:《字林》(李善引,卷 12 頁 13a)認爲“鯼”是一種南海魚,頭部有石(otolith),故稱爲“石首”(stonehead)。伊博思認爲石首是 croaker,海水和河裏都有,但是不認爲鯼是石首。見 *Fish Drugs*, pp. 22 - 26。《廣雅》(10 下頁 14b)也認爲鯼就是石首。王念孫在其《廣雅》注疏中解釋,此魚有兩種,一種一尺長的叫“黄花魚”,更大些二到三尺長的叫“同羅魚”。因此,我保留其英文名“croaker”。
郭璞在《山海經》注(卷 1 頁 6b)中説,“鮆”是長頭、細而瘦的魚,最大的一種長逾一尺,太湖中很多。它的另一個名字是刀魚(knife fish)。伊博思(見 *Fish Drugs*, pp. 30 - 31, 142)認爲是 anchovy。也可見《爾雅》,下之四頁 4a—b;《説文》,卷 11 下頁 5230b—5231a。鯼(croaker)和鮆(anchovy)都是洄游魚,因此有“順時”這樣的説法。

這裏有潛鵠，魚牛，⑤⑦

虎蛟，鉤蛇，⑤⑧

蜦，蟂，鱟，蝐，⑤⑨

125　鰩，蟁，黿，鼊，⑥⓪

王珧，海月，⑥①

土肉，石華，⑥②

虎蛟鉤蛇。蜦蟂鱟蝐，鰩蟁黿鼊。王珧海月，土肉石華。三蝬虾江，鸚螺蜦蝸。璅蛣腹蟹，水母目蝦。紫蚢如渠，洪蚶專車。瓊蚌晞曜以瑩珠，石蚨應節而揚葩。蜦蝑森衰以垂翹，玄蠣魂礚

---

⑤⑦ 行122：“潛鵠”（diving swan）可能是鸕鶿（cormorant）。

《山海經》（卷1頁2b—3a）將“魚牛”（fish-ox）描述爲居於陸地上的牛形魚，有蛇尾、翅膀、肋骨下有羽毛，名爲“鯥”。朱珔（卷13頁1b）指出，既然郭璞在第199行提到“鯥”，魚牛可能是司馬相如《上林賦》（見行82注）裏提到的“鱅鱅”。

⑤⑧ 行123：《山海經》（卷1頁9b）記載“虎蛟”（tiger-kraken）有魚身、蛇尾。郝懿行（《山海經》卷1頁9b）認爲它就是《博物志》（卷3頁4a）的“蛟錯”。但是，朱珔（卷13頁1b—2a）注意到郭璞在《山海經》注中説虎蛟是一種龍，不可能是魚。我因此稱爲“虎蛟”。

郭璞《山海經》注（卷5頁29a）提到永昌的鉤蛇（hook-snake），浮於水面，從岸上鈎人、公牛和馬，因而得此名。

⑤⑨ 行124：《説文》（卷13上頁6002b—6003a）説“蜦”（也讀作 li）是一種黑蛇（black snack），潛於神泉中，能興雲致雨。《説文》注家説“蜦”與“螊”同，是許慎《淮南子》注中提到的黑蛇（李善，卷12頁14b引）。但是，朱珔（卷13頁2a）注意到郭璞在行147中提到螊，由此認爲此“蜦”肯定是《本草綱目》的牛蛙（見 Read, *Insect Drugs*, p. 162, ♯84）。

“蟂”可能是鱄（也讀作 zhuan）的異體字，《山海經》（卷1頁10a）稱是與鮒（金鯉，golden carp）類似的魚。洞庭的鱄尤其有名。見《呂氏春秋》，卷14頁5b，其中鱄可能是鱄的誤寫（見《説文》，卷10下頁5221a）。讀音爲 zhuan 的鱄，現代有一種叫作 *Trachurus japonicus* 的魚，是一種鯵（scad）。見《辭海》，頁3909。因無法確定其身份，我譯爲“scad”（鯵）。

李善（卷12頁13b）引《廣志》，認爲“鱟”形狀如折扇，雌性總將雄性背在背上，如果没有雌性，雄性將無法存活。伊博思（*Turtle and Shellfish Drugs*, pp. 37-38, ♯215）認爲它是鱟（horseshoe）或大王蟹（king crab）。見《吳都賦》，行626注；朱珔，卷13頁2b；Schafer, *Vermilion Bird*, p. 209。

《臨海水土異物志》（李善，卷12頁13b引）説“蝐”外形像蝦（shrimp），食用它將使人變漂亮，因此名爲“蝐”（更漂亮，beautifier）。蝐也是在龜殼裏的寄生蟲（parasite）的名字。見 Read, *Turtle and Shellfish Drugs*, pp. 78-79, 241。它可能是種寄居蟹（hermit crab）。

⑥⓪ 行125：《臨海水土異物志》（李善引，卷12頁13b）説“鰩”是一種形狀如圓盤的魚，腹下有口，尾端有毒。伊博思（*Fish Drugs*, pp. 97-99, 183）認爲它是黄貂魚（stingray）。

《臨海水土異物志》（李善引，卷12頁13b）認爲“蟁”是體形瘦小的龜（tortoise），喙似鵞（goose）指爪，有一個別稱叫呷蛇龜（snake-swallowing tortoise）。伊博思（*Turtle and Shellfish Drugs*, p. 21, 206）稱爲“duck tortoise”。

《臨海水土異物志》（李善，卷12頁13b引）認爲，“鼊鼄”與“黿鼊”（loggerhead turtle）相似。伊博思（*Turtle and Shellfish Drugs*, p. 16, ♯201A）認爲是“leathery turtle”。

⑥① 行126：“王珧”可能是錯字，本應爲“玉珧”，也稱作“江珧”，郭璞（《山海經》，卷4頁4a）認爲是一種小型蚌（mussel）。《臨海水土異物志》（李善引，卷12頁13b）説它兩英寸長，五英寸寬，頭大底小。其柱尤其被認爲美味。見《爾雅》，下之四頁8a；《説文》，卷1上頁192b—193a；屠本畯（活躍於1596年）《閩中海錯疏》，《叢書集成》，卷下頁27；Read, *Turtle and Shellfish Drugs*, p. 79, ♯242。

《臨海水土異物志》（李善引，卷12頁13b）將“海月”（sea-moon）描述爲如鏡子一樣大的白貝，其柱大如髮夾，可以食用。伊博思（見 *Turtle and Shellfish Drugs*, p. 79, 242）認爲“玉珧”和“海月”俱爲 window shell（window oyster, *Placuna placenta*）。《辭海》（頁1671）以“江瑶”爲 *Pinua*（*Atrina*）*pectinate* 或 pen shell，以“海月”（頁1774）爲 window shell。

⑥② 行127：《臨海水土異物志》（李善引，卷12頁13b）説“土肉”（earth-meat）爲黑色，五英寸長，是無口目的海洋生物，有三十隻腿。

“石華”（stone-flower）是附生於巖石的貝類動物（shellfish），其肉類似蠔肉（oyster）。見屠本畯，《閩中海錯疏》，卷下頁28。

三螺，虾江，⑥⑶

鸚螺，蜓蜗。⑥⑷

130　璅蛣腹中藏蟹，⑥⑸

水母以蝦爲眼睛。⑥⑹

紫貝大如車輪，⑥⑺

巨型大蚶能裝滿車。⑥⑻

玉蚌帶着珍珠耀眼發光，⑥⑼

135　海葵順應季節炫耀花朵。⑺⓪

烏賊跌撞憊懶，擺動觸手，⑺⑴

玄蠣粗糙有節，帶刺尖頂。⑺⑵

有些在潮汐波浪中顛簸，

有些在泥沙中打轉沉陷。

而碨砎。或泛漱於潮波，或混淪乎泥沙。

⑥⑶　行 128：《臨海水土異物志》（李善，卷 12 頁 13b 引）説“三螺”像巨蚌，因此，我譯爲“giant oyster”（巨蚝）。李善（卷 12 頁 14a）引《舊説》，説“虾江”似蟹而小，生有十二足。

⑥⑷　行 129：李善，卷 12 頁 14a 引由萬震（3 世紀）輯録的《南州異物志》，説“鸚鵡螺”（parrot snail）狀如倒覆的杯子，頭如鳥頭，向其腹部看，狀似鸚鵡（parrot）。Read（*Turtle and Shellfish Drugs*，pp. 73，♯236）以之爲“pearly nautilus”。也可見 Schafer，*Vermilion Bird*，p. 208。

⑥⑸　行 130：根據李善，卷 12 頁 14a 引沈懷遠（約活躍於 465 年）所編纂的《南越志》，“璅蛣”是貝類，長一到三英寸之間，腹中有蟹子，如榆莢（elm pod）。伊博思（*Turtle and Shellfish Drugs*，pp. 79 - 80，♯242）認爲它可能是扇貝（scallop）。也可見屈大均（1630—1696），《廣東新語》（香港：中華書局，1974），卷 23 頁 580。

⑥⑹　行 131：根據《南越志》（李善，卷 12 頁 14a 引），“水母”（water-mother）是發現於海岸的生物，在東海稱作“蛇”，其色純白，濛濛如沫，無耳目，故不知避人；常有蝦依附它，警示危險。伊博思（*Fish Drugs*，p. 109，♯187）説“水母”是“jelly fish”的廣東話叫法。也可見 Schafer，*Vermilion Bird*，p. 207。

⑥⑺　行 132：《爾雅》（下之四頁 9a）認爲“蚨”是大貝（large cowry）。《尚書大傳》（李善，卷 12 頁 14a 引）説當周文王被囚於羑里，散宜生到長江和淮河的岸邊找到大如車渠的貝類，獻給商紂王，作爲文王的贖金。

⑥⑻　行 133：郭璞在《爾雅》（下之四頁 6a）注中，以“蚶”爲“魁陸”或“瓦壟子”（ark shell）。《臨海水土異物志》（李善，卷 12 頁 14a 引）説它的直徑爲四尺，背似瓦壟。見 Read，*Turtle and Shellfish Drugs*，pp. 61 - 63，♯229。

⑥⑼　行 134：《異物志》（李善引，卷 12 頁 14a）説“蚌”（fresh water mussel, clam）跟巨蟹相像，如玉石一樣潔白。

⑺⓪　行 135：“石砝”（或“砐”）是海葵（sea anemone）。見 Read，*Turtle and Shellfish Drugs*，pp. 70 - 71，♯234。在《石劫賦》的序言中，江淹提到它的另一個名字“紫蕾”（purple angelica）。它在春天有足和花。見《藝文類聚》，卷 97 頁 1677，《江文通集》，卷 1 頁 23a。《南越志》（李善，卷 12 頁 14a 引）説它在春雨過後開花。

⑺⑴　行 136：《南越志》（李善，卷 12 頁 14b 引）説“蜛蝫”有一頭幾條尾，長二到三尺，左右有脚，形狀似蠶。贊克（*Die Chinesische Anthologie*，1：187）將其譯爲“Tintenfisch”（cuttle fish）。烏賊（squid）或章魚（octopus）也符合以上描述，我決定稱其爲烏賊。

⑺⑵　行 137：疊韻聯綿詞“磈硊”及其異體字（見朱起鳳，《辭通》，頁 1344）通常描述崎嶇不平的山脉。郭璞在此處形容蚝床的崎嶇表面，有時指蠔山。劉恂（10 世紀）輯録的《嶺表録異》，《叢書集成》，卷下頁 21，説這樣的床十至二十尺高，“險峻陡峭如山”。也可見屠本畯，《閩中海錯疏》，卷下頁 27；Read，*Turtle and Shellfish Drugs*，p. 40，♯216。

9

140　於是獨角的龍鯉，㊷

　　　九頭的奇鶬，㊸

　　　三足的烏龜，㊹

　　　六目的陸龜；㊺

　　　紅鱉肺形吐珍珠，㊻

145　文魮聲如磬鳴，出產美玉；㊼

　　　鯈蟠振翼而發光，㊽

　　　神蛇蠕動潛戲水底；㊾

　　　騛馬騰波，咆哮嬉戲，㊿

若乃龍鯉一角，奇鶬九頭。有鼈
三足，有龜六眸。頳鱉肺躍而吐
璣，文魮磬鳴以孕璆。鯈蟠拂翼
而掣耀，神蛟蜦蜦以沉遊。騛馬
騰波以嘘蹀，水兕雷咆乎陽侯。
淵客築室於巖底，鮫人構館于懸
流。黿布餘糧，星離沙鏡。青綸
競糾，縟組争映。紫菜熒曄以叢
被，綠苔鬖髟乎研上。石帆蒙籠

㊷　行140：“龍鯉”(dragon-carp)，李善認爲是《山海經》的龍魚(dragon-fish)(卷7頁4a—b)。這種動物住在山
　　陵上，其狀如鯉(根據郝懿行的建議對文本進行調整)。有神靈乘之以度九野。同一種生物(寫作“磖”魚)
　　《淮南子》(卷4頁9a)亦有記載。袁珂認爲它與陵鯉(hill-carp)即穿山甲(pangolin)(見上面行108的注)是
　　一回事。這種生物傳統上繪作鑽進山巔的鯉魚。見袁珂輯注，《山海經校注》(上海：古籍出版社，1980)，卷
　　2頁224和Read, *Dragon and Snake Drugs*, p. 23, 106。不管這是不是穿山甲(見朱珔，卷13頁3b—4a，朱
　　不同意這種説法)，顯然郭璞所説的是化成龍的鯉魚。見《東都賦》，行125注。
㊸　行141：郝懿行認爲，這隻九頭鳥(nine-headed bird)“奇鶬”即九鳳(nine-headed phoenix)。見《山海經》，卷
　　17頁3b。這種傳説的飛禽人面鳥身。但是，朱珔(卷13頁4a)和胡紹煐(卷14頁14a—b)指出，奇鶬是被
　　稱作“鬼車”和“九頭鳥”(nine-headed crane)的鳥的另一個稱呼。根據傳説，它本來有十個頭，但被狗咬掉
　　了一隻。伊博思(*Avian Drugs*, pp. 91‐92, ♯320)説它是夜鷹(goatsucker)。
㊹　行142：三足龜(three-footed turtle)見《山海經》，卷5頁37b，郭璞認爲它的名字是“能”(或 *nai*)。也可見
　　《爾雅》，下之四頁7a，其中郭璞聲稱吳興郡(今江蘇宜興)的君山湖出産三足龜。
㊺　行143：張雲璈(卷7頁17b)指出，《南齊書》(卷18頁356)志第十《祥瑞》提到捕獲六目龜(six-eyed tortoise)
　　一頭，腹下帶有“萬歡”字。張世南(？—1230?)提到一個所謂的發現於今天越南的六目龜，它實際上有兩隻
　　正常的眼睛，另四隻額外的眼睛是斑紋。見《游宦紀聞》，《知不足齋叢書》，卷2頁8a—b。
㊻　行144：李善(卷12頁14b)認爲“頳鱉”(ruddy turtle)和《山海經》(卷4頁4a)的“珠鱉”(pearl turtle)是一回
　　事，其狀如肺，有目，六足，能生珍珠。這種生物另有一名叫“朱龜”(vermilion turtle)(見《呂氏春秋》，卷14
　　頁5b)，因此我用形容詞“ruddy”。對該名字的更充分討論，見朱珔，卷13頁4a—b和Read, *Turtle and
　　Shellfish Drugs*, pp. 29‐30, 211‐12。
㊼　行145：李善(卷12頁14b)引《山海經》，稱“文魮”狀似一隻倒覆的銚(長柄的鍋)，鳥頭魚尾，可生珠玉。儘
　　管《山海經》(卷2頁28b)的當代文本將“文”寫作“蠶”，但郝懿行認爲古文本應作“文”。段玉裁將它等同於
　　“玭”，一種能産珠的淮河軟體動物。這個字相當於“蠙”。我將“文魮”譯爲“stripped mollusk”。美玉是“璆”
　　(也寫作“球”)，用來製作磬。見《説文》，卷1上頁133a—34a。
㊽　行146：《山海經》(卷4頁2b)説“鯈蟠”是狀如帶有魚鱗的黃蛇(yellow snake)，出入水面時會發出光亮。我
　　稱之爲“亮蛇”(luminous snake)。
㊾　行147：關於“蛟”，我譯爲神蛇(sacred serpent)，見上面行124注。
㊿　行148：《山海經》(卷3頁9b)説“騛馬”牛尾，白身，獨角，叫聲像人類的呼喊。俞樾認爲它可能是叫“符拔”
　　的外國動物的別稱，後者跟中國的麒麟相似，但没有角。見《俞樓雜纂》，1879年版，卷23頁6b—7a。“符
　　拔”一詞顯然是外來語的譯音。沙畹(Chavannes)將其等同於希臘的 *boubalis* (antelope，羚羊)，是很勉强
　　的解釋。見“Trois Généraux chinois de la dynastie des Han orientaux,” *TP* 7 (1906), 232。在郭璞的這個
　　句子中，騛馬顯然是一種神秘動物，我簡單稱之爲“怪獸”(chimera)。

水兕排浪如雷吼。(82)
淵客在懸崖底造起房屋,
鮫人在瀑布下建立憩所。(83)
餘糧如冰雹散落,(84)
沙鏡如星四散。(85)
青綸競相纏繞,
綀組争相輝映;(86)
紫菜明亮耀眼,成簇如毯,(87)
緑苔在滑溜巖石蓬亂纏結;
石帆繁密陰暗,覆蓋島嶼,(88)
蓱實適時出現,飄流浮蕩。(89)

以蓋嶼,蓱實時出而漂泳。

10

水面之下有金礦,丹礫,
雲母,白銀,(90)
玏,珋,璿,瑰,(91)
水碧,潛瑶。(92)

其下則金礦丹礫,雲精爥銀。玏珋璿瑰,水碧潛瑶。鳴石列於陽渚,浮磬肆乎陰濱。或頹彩輕漣,或焆曜崖鄰。林無不溽,岸

(82) 行 149:《南越志》(李善引,卷 12 頁 15a)説"水兕"(water rhino)爲牛形的動物,住在從西鞏郡之東流向海的河流中。此處的"陽侯"指代波浪。

(83) 行 150—151:見《吴都賦》,行 288—290 注。

(84) 行 152:"餘糧"指"禹餘糧",褚色鐵礦名。見 Read and Pak, *Mineral Drugs*, p. 48, 7a。

(85) 行 153:李善(卷 12 頁 15a)引《舊説》,説"沙鏡"(sandy mirror)似雲母(mica)。

(86) 行 154—155:郭璞在其《爾雅》注(下之一頁 36a)中,將海草"綸"(sweet tangle)、"組"(algae)和官員們穿戴的彎曲印綬作比較。見《吴都賦》,行 173 注。

(87) 行 156:"紫菜"(purple laver)(見《吴都賦》,行 173 注)是另一種海藻類植物。

(88) 行 158:"石帆"(stone sail),見《吴都賦》,行 175 注。

(89) 行 159:"蓱實"(duckweed fruit),見《吴都賦》,行 637 注。

(90) 行 161:《異物志》(李善引,卷 12 頁 15b)認爲"雲精"是雲母的别名。也可見 Read and Pak, *Mineral Drugs*, p. 24, 39。
"爥銀"是《穆天子傳》(卷 1 頁 3b)所述天子擁有的珍寶之一。郭璞在《穆天子傳》注中提到"銀有精光若燭也"。

(91) 行 162:《説文》(卷 1 上頁 191a—192b)認爲"玏"是一種巨蟹(giant clam),用來裝飾東西。《説文》(卷 1 上頁 197a—198a)認爲"珋"是"璧琊",來自西方蠻夷的發光石。它是梵語 *vaidurya*(緑寶石)的翻譯。見《羽獵賦》,行 242 注。
《山海經》郭璞注(卷 16 頁 3b)認爲"璿瑰"("璇"的異體字)是一種玉石。也可見《山海經》,卷 17 頁 1a 和《穆天子傳》,卷 4 頁 1b。"璿"是一種美玉。見《説文》,卷 1 上頁 131a—133a。

(92) 行 163:《山海經》郭璞注(卷 4 頁 4b)認爲"水碧"爲"水玉"。見 Read and Pak, *Minerals and Stones*, p. 23, ♯37。李善(卷 12 頁 15b)認爲"潛瑶"也是一種水玉。但是,就單字而言,瑶是"珉"(agate)的異體字,因此我譯爲"submerged agate"。

鳴石列於陽光照耀的島上，㉝

165 浮磬在陰凉的岸上鋪展：㉞

有些在輕波中散發光彩，

有些在岸邊海濱閃光。㉟

山林無不温潤，

崖畔無不潤津。㊱

無不津。

11

170 鳥類則有

鶚鳥，金雉，㊲

鵁鸕，貓頭鷹，海鷗，野鴨。㊳

陽鳥於此高翔，㊴

在最黑暗的月份到達。㊵

175 種類成千，鳴聲萬種，

互相喧叫，

在風中整理光滑羽毛，

翅膀拍打抖動。

其羽族也，則有晨鵠天雞，鵁鸕鷗獻。陽鳥爰翔，于以玄月。千類萬聲，自相喧聒。濯翮疏風，鼓翅翻翽，揮弄灑珠，拊拂瀑沫。集若霞布，散如雲豀。產毻積羽，往來勃碣。

㉝ 行 164：《山海經》郭璞注(卷 5 頁 15b)說晉永康元年(300)，襄陽郡獻鳴石，似玉，色青，撞之，聲聞七八里。並進而提到，零陵郡(今湖南零陵以北)的泉陵郡有一個地區兩處出產鳴石，一種形似鼓的，叫作石鼓。

㉞ 行 165：《禹貢》(見《尚書注疏》，卷 6 頁 11a；Legge 3：107)記有泗濱的浮磬。磬經常以河中的石頭製成。

㉟ 行 167：胡紹煐(卷 14 頁 15b)認爲"鄰"字誤寫作"鄰"。疊字"鄰鄰"描述了如高本漢所說的"憤怒"貌。見"Glosses on the Kuo Feng Odes," p. 204，♯294。但是，此意在此處並不相關，我採納劉向(卷 12 頁 20b)的意見，釋其爲"海濱"。

㊱ 行 168—169：見《荀子》，卷 1 頁 4a："玉在山而木潤，淵生珠而崖不枯。"

㊲ 行 171：《山海經》郭璞注(卷 2 頁 15a)說"晨鵠"(morning swan)是一種鶚(osprey)。《爾雅》(下之五頁 4a)和《說文》(卷 4 上頁 1489b—92b)認爲"天雞"(sky fowl)即"翰"，一種有紅羽的鳥。這可能是金雉(golden pheasant)。見 Read, *Avian Drugs*, p. 41，♯271。

㊳ 行 172：《山海經》(卷 5 頁 7a)描述"鵁"狀如鳧，青身而朱目，赤尾。《爾雅》(下之五頁 10b)認爲它就是"頭鵁"，可能是"鵁鸕"，squacco heron(見郝懿行《爾雅》注)。
《山海經》(卷 16 頁 5a)只列出"黃鷔"，可能跟《山海經》，卷 7 頁 2b 中的"鵁"是同一種。見郝懿行對《山海經》這些句子的注疏。郭璞(見《山海經》，卷 7 頁 2b)認爲它們如貓頭鷹(owl)一樣都是不祥之鳥。因此，我將"鷔"譯爲貓頭鷹。
《山海經》(卷 5 頁 11a)提到"獻"形狀似一隻貓頭鷹(或者採用李善，卷 12 頁 6a 的說法，狀如鳧)，有耳，三目，作鹿鳴。徐鍇(920—974)《說文解字繫傳》(《說文》，卷 4 上頁 1626b 引《說文解字》附注)引此句，將"獻"寫作"䳔"。䳔是一種類似鳧(duck)的鳥。梁章鉅(卷 14 頁 11b)認爲"䳔"跟"月"和下面的"聒"更爲押韻。採納梁的說法，我將䳔譯爲野鴨。

㊴ 行 173："陽鳥"(sun birds)是跟隨太陽的變化而遷徙的鳥，如大雁(geese)。《禹貢》提到它們居於彭蠡湖。見《尚書注疏》，卷 6 頁 11b；Legge 3：108。

㊵ 行 174："玄月"是第九個月，一切都在此時枯萎、變暗。見《爾雅》，中之四頁 6a—b。

滑行嬉戲，拋灑如珠水滴，

180 拍打潑灑，濺起泡沫。

聚集時如滿天彩霞，

四散時如消散的雲朵。

在積羽處産卵脱毛，⑩

往來於勃碣。⑩

12

185 欂樹、杞樹叢生於岸濱，⑩

荔枝、枇杷遍列於山峰。⑩

桃枝竹和篔簹竹，⑩

枝葉繁茂，成簇生長。

蘆葦香蒲，如雲蔓延，⑩

190 澤蘭龍舌，增添色彩。⑩

白穗招搖，

紫花高揚，⑩

掩映池塘海灣，

覆蓋長河。

195 江蘺芳香繁茂，⑩

水松鬱鬱葱葱。

欂杞積薄於潯涘，杨梅森嶺而羅峰。桃枝篔簹，實繁有叢。葭蒲雲蔓，襍以蘭紅。揚皜毦，擢紫茸。蔭潭隩，被長江。繁蔚芳蘺，隱藹水松。涯灌芉薚，潛薈葱蘢。鯪鯥踦跼於垠隙，獑獹聯睼乎廛空。迅蜼臨虛以騁巧，孤玃登危而雍容。夒㹿翹踛於夕陽，鴛雛弄翮乎山東。

---

⑩ 行 183："積羽"指位於遥遠北方的千里荒原。見《竹書紀年》，Legge 3：151。

⑩ 行 184："勃"指渤海；"碣"指碣石（今河北昌黎以北），是俯瞰渤海的山。見《漢書》，卷 28 下頁 1657。

⑩ 行 185：朱琦（卷 13 頁 5b）引陳藏器（約活躍於 725 年）《本草拾遺》（見《本草綱目》，卷 35 頁 2050），認爲"欂"是開白花的大樹，生長於南中國的山上，木質極爲堅硬。Smith-Stuart（p. 358）釋爲 *Prunus spinulosa*，但不太確定。此樹另有一名"檀"，一般用作幾種紅木的稱呼（*Dalbergia*, *Pterocarpus*）。

⑩ 行 186：朱琦（卷 13 頁 5b）引《玉篇》，描述"杞"的果實類似枇杷（loquat），並評論說此描述也符合荔枝（litchee），雖然荔枝並不生長在長江岸邊。我們對"欂"一無所知，只知可能跟"杞"類似（見《廣韻》，頁 354，其中說到杞是小型的欂）。因不能確定其類屬，我分別譯爲荔枝和枇杷。

⑩ 行 187：關於"桃枝"竹（branch bamboo），見《南都賦》，行 70 注。關於"篔簹"竹，見《吳都賦》，行 233 注。薛愛華（*Vermilion Bird*, p. 293, n. 57）説它可能是 *Dendrocalamus Latiflorus*（竹樹）。

⑩ 行 189："葭"（marshgrass）和"蒲"（cattail），見《南都賦》，行 99 注。

⑩ 行 190：《爾雅》（下之一頁 19b）認爲"紅"同"蘢古"，一般也稱爲"葒草"，即 *Polygonum oriental*（prince's feather），一種可長到高達三英尺的一年生闊葉植物。秋天，它懸掛着簇簇淡紅色花。見陸文郁，頁 55，第 62 條；Smith-Stuart, pp. 343 - 44。

⑩ 行 191—192：胡紹煐（卷 14 頁 17a—b）認爲"皓毦"（white ears）指葭毛絨絨的穗，"紫茸"（purple floss）肯定指蒲草（cattail）。見謝靈運《於南山往北山過湖中瞻眺》，《文選》，卷 22 頁 14b："新蒲含紫茸。"

⑩ 行 195："蘺"指江蘺（selioum），見《子虛賦》，行 70 注。

聚集在水濱繁茂叢雜，

長在水面下，青葱茂盛。

鮻鯉在水邊和岸上蹦跳，[⑩]

200　貍獺從洞隙窺看。[⑪]

迅猴臨空自若地展示技巧，

孤獷從容輕鬆地爬上懸崖；[⑫]

牦牛犢在夕陽中跳躍，[⑬]

鵷鶵在山東試翼。[⑭]

13

205　彎曲之處蓄水成潭，

匯合溪流，開通渠道，

衝刷峽谷，產生水灣，

開出支流，形成湖泊。[⑮]

暴漲的水使之擴充，

210　再從尾閭泄入大海。[⑯]

葱翠的綠色標誌河道，

飄流的菰在湖面蕩漾。[⑰]

野生稻麥遍地，[⑱]

嘉蔬生長高大。[⑲]

因岐成渚，觸澗開渠。漱壑生浦，區別作湖。磴之以瀺灂，渫之以尾閭。標之以翠翳，泛之以遊菰。播匪藝之芒種，挺自然之嘉蔬。鱗被菱荷，攢布水蓏。翹莖瀵蘂，濯穎散裏。隨風猗萎，與波潭沲。流光潛映，景炎霞火。

---

⑩　行 199："鮻"指鮻鯉或穿山甲。見上面 108 行的注。關於"鯉"，見上面行 122 的注。六臣注本作"踦蹎"，尤袤本作"跞蹎"，前一種顯然意在簡化文字。李善(卷 12 頁 16b)引《埤蒼》，將"跞"釋爲"跳"，以及《聲類》，將"蹎"釋爲"舉一足"。我認爲此詞爲聯綿詞，譯爲"蹦跳"。

⑪　行 200：儘管《文選》作"獺"，但是李善(卷 12 頁 16b—17a)引《山海經》一段，其傳世版本(卷 5 頁 9a)作"獙"，而非"獺"。因此，《文選》本最初可能作"獙"。《山海經》説"獙"是長着鱗片，像狗一樣的動物，帶有豬鬃似的毛。《山海經》另一段文字(卷 5 頁 37a)提到一種叫"頡"的水中動物，郭璞説像黑狗。這可能是獺的另一種説法。見梁章鉅卷 14 頁 12b；朱珔，卷 13 頁 6b；胡紹煐，卷 14 頁 b—18a。

⑫　行 201—202：關於"蜼"(proboscis monkey)，見《西京賦》，行 357 注。關於"獷人"(hoolock)，見《南都賦》，行 67 注。見《上林賦》，行 248。

⑬　行 203：郭璞《山海經》注(卷 5 頁 28b)認爲"夔牦"是在蜀地發現的大牛。伊博思(*Animal Drugs*，♯356)認爲其屬於西藏牦牛(Tibetan yak)。此處的"夕陽"指代西方之山。

⑭　行 204："鵷鶵"(phoenix)，見《南都賦》，行 68 注。

⑮　行 208："區別"見《論語》19/12，意思是"劃分階層"。郭璞在此處使用該詞，意思是"分成支流"。

⑯　行 210：關於"尾閭"，見上面行 44 注。

⑰　行 212："菰"(water bamboo)，見 Smith-Stuart，p. 210。

⑱　行 213："芒種"(beared plants)指稻麥。

⑲　行 214："嘉蔬"(fine herbage)指稻和菰。見《禮記注疏》，卷 5 頁 19b—20a。

215　菱角荷花,叢密如鱗,

　　　水生菓實,成片漫布。

　　　高舉其莖,浸潤花瓣,

　　　清潔其穗,果實四散。

　　　隨風搖曳,

220　與波翻轉。

　　　光彩暗映水中,

　　　光華如雲霞火紅。

14

在其近旁有雲蒙,雷池,[120]

彭蠡,青草,[121]

225　太湖,洮,滆,[122]

朱,滺,丹,巢。[123]

目光所及之數百里,

茫茫開闊,坦蕩清澈。

於是這裏有包山和洞庭,[124]

其旁則有雲夢雷池,彭蠡青草,
具區洮滆,朱滺丹漅。極望數
百,沆瀁晶溰。爰有包山洞庭,
巴陵地道。潛逸傍通,幽岫窈
窕。金精玉英瑱其裏,瑤珠怪石
琗其表。驪虯摎其址,梢雲冠其
嶠。海童之所巡遊,琴高之所靈

---

[120]　行 223:"雲蒙",見司馬相如《子虛賦》,行 47—48。
　　"雷池"位於今安徽望江縣東 10 公里處,由聚集於望江東南的老雷池的水構成。見《太平寰宇記》,卷 125 頁
　　10a—b;朱珔,卷 13 頁 7b—8a。
[121]　行 224:"彭蠡",見上面行 16 注。"青草"湖,也叫巴邱,位於洞庭湖南,在高水位匯入洞庭。見朱珔,卷 13 頁 8a—b。
[122]　行 225:"具區"是太湖的別稱。見《吳都賦》,行 65 注。
　　"洮",也叫長蕩,是位於今江蘇溧陽和金壇附近的湖。見《太平寰宇記》,卷 92 頁 10b。
　　"滆",也叫西滆、沙子,是位於今天常州西南的湖,其中段跟宜興交界,向東延伸至太湖,向西與蕪蒲港相連。
　　見《太平寰宇記》,卷 92 頁 5a。儘管洮和滆是兩個湖,但郭璞可能認爲它們是一個湖。見《史記》,卷 29 頁
　　1407,注 2,司馬貞注。
[123]　行 226:李善(卷 12 頁 18a)引《水經注》説朱湖在溧陽,此段不見於《水經注》傳世版本。朱珔(卷 13 頁 8b)
　　釋爲一般稱作"朱溝"的湖,位於溧陽約三十里處。
　　"滺"是位於沔水(今天的漢水)和夏水的交匯處東邊的湖。根據《水經注》(册 5,卷 28 頁 48),沔水匯入滺,
　　和其他湖形成一個直徑達三百里的巨大水體,"渺若滄海,洪潭巨浪,縈連江沔。故郭景純《江賦》云'其旁則
　　有朱滺丹漅'"。
　　"丹"湖可能是丹陽的縮寫,是位於溧陽郡附近的一個湖。見朱珔,卷 13 頁 8b。
　　"漅"是今天的巢湖,在安徽漅縣西。
[124]　行 229—232:郭璞在其《山海經》(卷 13 頁 3b)注中説,洞庭是巴陵(今湖南岳陽)一個地下洞窟的名字。此
　　洞庭因此指今天湖南的洞庭湖。郭璞接着補充説,太湖的包山下有洞庭穴道。見《吳都賦》,行 671 注。《水
　　經注》(册 5,卷 29 頁 53)從郭璞賦中引述這些句子,關於包山及其地下水道有一句令人費解的話"南接洞
　　庭"(哪一個洞庭?)。朱珔(卷 13 頁 9a—b)引揚雄《羽獵賦》(行 233—234)提到一個終端在蒼梧的地下洞窟
　　(可能是洞庭窟),大致就在湖南洞庭湖地區。可能郭璞認爲巴陵的洞庭和太湖的洞庭由地下洞窟連接在一
　　起。例如,《太平寰宇記》(卷 91 頁 7b)引用《郡國志》,説包山的地下洞窟向西延伸至峨嵋山。

230 巴陵洞窟。

其地下道路全部連通，

幽暗峽谷陰沉孤絕。

其内滿是金精和玉石，

其外瑪珠和怪石閃爍光芒。

235 驪龍盤繞於山脚，

尖尖雲朵裝飾山頂。㉕

這是海童游樂之所，

琴高飛升之處。㉖

冰夷倚浪傲然斜視，㉗

240 江妃蹙眉目凝口呆。㉘

拍打噴涌的波濤，像鳧鳥般跳躍，

啜飲帶翠色的玫瑰霧氣，彎彎曲曲。

矯。冰夷倚浪以傲睨，江妃含嚬而瞵眇。撫凌波而鳧躍，吸翠霞而夭矯。

15

如果宇宙清明安寧，

八風停止吹升：㉙

245 舵手於是抓緊船槳，

渡人推船上岸。

飛雲船飄蕩，

艅艎船出發，㉚

舳尾和船頭連接在一起，㉛

若乃宇宙澄寂，八風不翔。舟子於是搦棹，涉人於是㩢榜。漂飛雲，運艅艎。舳艫相屬，萬里連檣。泝洄沿流，或漁或商。赴交益，投幽浪。竭南極，窮東荒。

㉕ 行 236：李善（卷 12 頁 18b）引《孫氏瑞應圖》，釋"梢雲"爲明君在位時出現的祥雲："若樹木梢梢然也。"

㉖ 行 238："琴高"是技藝卓越的琴師，服侍過宋康王（前 317—前 285 年在位），在修習仙人之術二百餘年後，入涿水（有一個版本作"碭水"）捉住一條幼龍，其後他騎着赤鯉出現於河上。見《列仙傳》，卷上頁 22。

㉗ 行 239："冰夷"，見《西京賦》，行 643 注。

㉘ 行 240："江妃"，見《南都賦》，行 29 注和《吳都賦》，行 157 注。

㉙ 行 244：這些風是從八個方向來的風。

㉚ 行 247—248：關於"飛雲"舟，見《吳都賦》，行 594 注。關於"艅艎"，見《吳都賦》，行 599 注和《説文》，卷 8 下頁 3816a。

㉛ 行 249：見《吳都賦》，行 592—593 注。合成詞"舳艫"的字面意思是"船尾和船頭"。《説文》（卷 8 下頁 3806a—b）解釋，根據漢代典制，"舳艫"也是對船長的度量。根據段玉裁《説文》的修訂版，一丈（十尺）爲一舳艫。我認爲在郭璞此句中，"舳艫"指代船隊中的船。見《漢書》，卷 6 頁 196："（帝）自尋陽浮江……舳艫千里。"李斐（3 世紀）評論道，舳艫指很多船，舳艫相接，綿延數千里。見《漢書》，卷 6 頁 197，注 5 和 HFHD，2：95，n. 29.3。

250　衆多桅杆連綿一片。

　　逆着回漩的潮汐，或隨順江流，

　　或捕魚或交易。

　　他們奔赴交州、益州，[132]

　　去往幽州、樂浪，[133]

255　遠至南極，[134]

　　延伸至東荒。[135]

16

　　於是在清晨光綫中觀察蒸氣和瘴氣，

　　注視風袋的動静。[136]

　　當遠風開始怒號，反復震動，

260　強勁氣流的酷寒北風肅清空氣。

　　緩緩吹拂但不懶散，

　　迅疾但不殘酷。

　　升起帆船，迅速航行，

　　掠過浪濤，向深處進發。

265　衝開波浪，放開船舵，

　　像拖曳的閃電消失在遠方黑暗。[137]

　　如獨自遠行的晨霞飛過，

　　遠遠凝視若雲之翼劈開山峰。

　　眨眼之間已經走過幾百里，

270　瞬間已經越過千程。

　　飛廉無法辨認其路綫，[138]

　　渠黄抓不住其身影。[139]

爾乃翳雾褫於清旭，覘五兩之動静。長風飈以增扇，廣莫飀而氣整。徐而不飈，疾而不猛。鼓帆迅越，趨漲截洞。凌波縱柂，電往杳溟。霏如晨霞孤征，眇若雲翼絶嶺。倏忽數百，千里俄頃。飛廉無以睎其蹤，渠黄不能企其景。

---

[132]　行 253：關於“交益”，見《吴都賦》，行 4 注。

[133]　行 254：“幽”指地理區域，大致對應今天的河北北部和遼寧。“浪”是樂浪的縮寫，見《東京賦》，行 622 注。

[134]　行 255：“南極”是世界的最南端。見《淮南子》卷 4 頁 2a。

[135]　行 256：“東荒”是《山海經》第十四章描述過的一個地區，此想象之地大部分位於東海外。

[136]　行 258：風袋稱作“五兩”，是五十尺高的旗幟，以五兩雞羽編結而成。見《淮南子》，卷 11 頁 12b；Needham, Volume 3，p. 478。注意，李善（卷 12 頁 19a）引《兵書》説羽毛重八兩。

[137]　行 266：見《莊子》，卷 1 頁 1：“北溟有魚……化而爲鳥……其翼若垂天之雲。”

[138]　行 271：“飛廉”，見《西京賦》，行 330 注。

[139]　行 272：“渠黄”是傳説中周穆王的八駿之一。見《穆天子傳》，卷 1 頁 4b。

17

於是樵人漁夫，

漂落江山，

275 衣服由毛羽和粗布製成，

食物是蔬菜和小魚：

在泥沼裏築起堤壩建成魚塘，⑭

在河口設置魚筌。

鈎子和夾具依次懸挂，⑭

280 魚網和圍網從交錯的船上投下。

有些從高懸堤岸扔下魚綫，

有些在湍急水流掉轉船頭。

不顧昏暗，夜幕降臨才回來，

吟詠《采菱》，扣舷打着節拍。⑭

285 因一支歌感到驕傲滿足，

伴隨風浪度過歲月。⑭

18

於是由盤曲的懸崖約束，

爲多洞的峽谷鑿空。

由支流和江津疏通，

290 被早晚的潮水擊打。

這是所有河流溪水聚集回歸之處，

是雲彩和霧氣蒸騰之地，

是珍怪的魚鱉繁衍之所，

是奇異之物深藏寄居之處。

於是蘆人漁子，擯落江山，衣則羽褐，食惟蔬鱻。栫澱爲涔，夾潨羅筌。箌灑連鋒，罾罶比船。或揮輪於懸碕，或中瀨而橫旋。忽忘夕而宵歸，詠《採菱》以叩舷。傲自足於一嘔，尋風波以窮年。

爾乃域之以盤巖，豁之以洞壑，疏之以沲汜，鼓之以朝夕。川流之所歸湊，雲霧之所蒸液。珍怪之所化産，傀奇之所窟宅。納隱淪之列真，挺異人乎精魄。播靈潤於千里，越岱宗之觸石。及其譎變儵忽，符祥非一。動應無方，感事而出。經紀天地，錯綜

---

⑭ 行277：《爾雅》郭璞注（卷2下頁2b）説"栫"以木頭阻塞河流而成，魚進入栫中躲避寒冷，從而被捕獲。

⑭ 行279：李善（卷12頁20a）説"箌"和"灑"是鈎名（據胡紹煐，卷14頁19b，作"鈎"而非"釣"）。胡紹煐認爲，"灑"可用作"泛灑"（四散）意，指水中的衆多鈎子。

⑭ 行284：《淮南子》，卷18頁17b提到《采菱》曲。

⑭ 行286：見《楚辭補注》，卷16頁14a（《九嘆》之《遠逝》）："順風波以南北兮。"

295　它容納從此世藏身消失的神人，[144]

　　　哺育從其神靈誕生的異常之人。

　　　散播雲霧於千里之遙，

　　　超過岱宗生發的觸石之雲。[145]

　　　至於迅疾突然的奇怪蛻變，

300　有各種各樣的符兆：

　　　行動和回應沒有定規，

　　　因應事件而出現，

　　　爲天地充當指導和標準，

　　　交錯綜合人間事務。[146]

305　如此奇跡，言語不能盡訴，

　　　如此事實，文字無法盡述。

人術。妙不可盡之於言，事不可窮之於筆。

19

　　　於是，岷山的精魂將光澤投向東井，[147]

　　　陽侯在大浪中隱藏形體。[148]

　　　奇相得道，寄精魂於此，[149]

310　以精氣與湘娥配襯。[150]

　　　弄舟的可怕黄龍，

　　　理解禹公的對天嘆息。[151]

　　　荆非大膽，捉住北海巨妖！

若乃岷精垂曜於東井，陽侯遯形乎大波。奇相得道而宅神，乃協靈爽於湘娥。駭黄龍之負舟，識伯禹之仰嗟。壯荆飛之擒蛟，終成氣乎太阿。悍要離之圖慶，在中流而推戈。悲靈均之任石，嘆漁父之櫂歌。想周穆之濟師，驅

---

[144] 行295：“隱淪”是桓譚在《新論》中列出的五種神人之一種。見《全後漢文》，卷15頁6a；Pokora, *Hsin-lun*, p. 150。

[145] 行297—298：“岱宗”指泰山。見《公羊傳》，僖公三十一年（《公羊傳注疏》，卷13頁20b—21a）：“曷爲祭大山河海？山川有能潤乎百里者，天子秩而祭之，觸石而出，膚寸而合，不崇朝而遍雨天下者，唯太山雲爾。”

[146] 行303—304：李善（卷12頁21a）説郭璞以編織作類比（對此文的正確解讀，見胡克家，《文選考異》，卷2頁32a）。符祥提供經紀天地、錯綜人事的指導。

[147] 行307：關於岷山之精上升化爲東井星座，見《蜀都賦》，行388—389注。

[148] 行308：“陽侯”是水神。見《南都賦》，行226注。

[149] 行309：“奇相”是長江江神。根據庾仲雍（生卒年不詳）所著《江記》，她是天帝之女，死後變爲江神。長江源和入口附近俱有奉獻給她的神龕。見《史記》，卷28頁1373，注11；《廣雅》卷9上頁6a；朱琦，卷13頁11a；胡紹煐，卷14頁20a。

[150] 行310：關於“湘娥”，見《西京賦》，行644注。

[151] 行311—312：相傳大禹有一次渡江時，一條黄龍將船負其背上馱走。除了大禹，船上所有人都驚慌失措。大禹向天嘆息道：“吾受命於天，竭力以養民。……死，命也，余何憂於龍焉？”龍於是垂下耳朵和尾巴消失。見《吕氏春秋》卷20頁6a。

從太阿劍中生發出能量。⑮

315 要離謀刺慶忌,令人敬畏!
在中流掣出其戈。⑮
我哀嘆懷抱大石的靈均,
爲漁人的船歌嘆息。⑮
回想周穆王率師渡江,
320 驅八駿行過烏龜和鰐魚所搭橋梁。⑮
爲丟失佩玉的交甫悲傷,⑮
爲被網獲的神使哀悼。⑮
自然大道誕生的偉大形式,⑮
混合萬物,回復到單一虛空。⑮
325 爲保證其水永不枯竭和常在,
它從神秘和諧中得到元氣。
如果考察天下河川之妙,⑯
的確未有比江、河更輝煌者。⑯

八駿於電黿。感交甫之喪珮,愍神使之嬰羅。煥大塊之流形,混萬盡於一科。保不虧而永固,稟元氣於靈和。考川瀆而妙觀,實莫著於江河。

---

⑮ 行 313—314:"荆非"指荆次非,楚人,在吳的干遂(今江蘇吳縣西北)得到一把寶劍,回程渡江時,兩個妖怪包圍船,次非跳入江中,用劍殺死它們;回到楚國後,其國君獎勵他一塊玉牌。見《呂氏春秋》,卷 20 頁 5b。"太阿"是著名的吳國鑄劍師歐冶子和干將所鑄的三把寶劍之一。見《越絕書》,卷 11 頁 2a。

⑮ 行 315—316:要離主動請纓爲吳王闔閭去刺殺權勢強大的王子慶忌(闔閭殺了慶忌的父親)。爲了接近慶忌,要離讓闔閭指控自己犯罪,並燒死他的妻兒。要離因此出奔衛國,在那裏向慶忌報告闔閭的殘暴行逕。慶忌同意回吳國幫助要離刺殺闔閭。兩人渡江時,要離抽劍刺殺慶忌,被後者推落入水。慶忌三次將要離按到水面下,每一次要離都浮了上來。侍從要處死要離,但慶忌阻止他們。受傷致死之前,慶忌下令允許要離回吳國,要離回國後自殺。見《呂氏春秋》,卷 11 頁 5b;《吳越春秋》,卷 4 頁 4b—5a。李周翰(卷 12 頁28a)指出,爲了押韻,郭璞用"戈"而非"劍"。

⑮ 行 317—318:"靈均"是屈原的字號之一。相傳屈原抓着一塊沉重的石頭投身江水自盡,漁父是他漫遊岸邊時遇到的一位隱士。漁父批評屈原的剛正不阿,唱着歌劃船離開。見《楚辭補注》,卷 7 頁 2b;Hawkes,*Chu Tzu*,pp. 90 - 91。

⑮ 行 319—320:據《竹書紀年》(卷下頁 6a;Legge 3:151),周穆王帶領軍隊至九江,通過由烏龜和鰐魚搭成的橋渡過長江。周穆王的八駿的名字,見《列子》,卷 3 頁 32—33 和《穆天子傳》,卷 1 頁 4a—b。

⑮ 行 321:關於"交甫",見《南都賦》,行 29 注。

⑮ 行 322:宋元公夢見一個頭髮散亂的人通過宮殿的側門窺視自己。那個人對他說:"予自宰露之泉,爲清江使河伯之所,漁者豫且得予。"元公醒來後,讓侍從解夢,他們說那人實際上是神龜。元君於是命令將豫且帶至宮廷,獻出神龜,殺掉用來占卜。見《莊子》,卷 7 頁 178。

⑮ 行 323:"大塊"是道的名稱。見 H. G. Creel, "The Great Clod: a Taoist Conception of the Universe," in Chow Tsetsung, ed. *Wen-lin*, pp. 257 - 68。

⑮ 行 324:見《孟子》四下之 18:"原泉混混,不捨晝夜,盈科而後進,放乎四海。"

⑯ 行 327:尤袤本作"爾",六臣注本作"之"。我依從六臣注本。見梁章鉅,卷 14 頁 17a。

⑯ 行 328:見班固《漢書》的贊(卷 29 頁 1698):"中國川原以百數,莫著於四瀆,而河爲宗也。"顯然郭璞稱贊長江與黃河同等。

物色　鳥獸　志
哀傷　論文　音樂　情

Translated, with Annotations *by David R. Knechtges*

WEN XUAN
or Selections of Refined Literature

康達維譯注《文選》

賦　卷

下

物色　鳥獸　志　哀傷
論文　音樂　情

[美] 康達維　撰

賈晉華

白照傑　黃晨曦　**中譯**

佘春麗　趙凌雲

上海古籍出版社

前　言

　　本册完成對《文選》賦卷的翻譯。我因肩負其他多種責任，包括擔任五年的大學管理工作，故而拖延了本册的完工。本册在格式上與第一、二册基本一致，最重要的變化包括注釋中不再出現首次引用著作的完整出版信息，參考書目中也不再對中文和日文著作進行英文翻譯。本册也收錄更爲詳盡的異文資料。與前兩册一樣，書中的行號根據中文文本而排列。中文字詞、地名和人名讀音的確定，主要參考《辭源》（商務印書館編輯部編）和《漢語大詞典》（羅竹風編）。古代漢語的讀音前則增加星號。應讀者要求，本册加入一些來自第一、二册的資料。儘管注釋很多，但有些作品其實並不需要大量注解，或者如同那些有關樂器的賦，我們對一些賦作的語言或技術詞語方面所知甚少，所以能添加的注解不多。

　　本册準備工作藉 Stuart Aque 之力甚多。我用 Aque 先生設立的英文—中文電腦系統寫作。他耐心地帶領我進入漢語文字處理和造字的秘密王國，最後又仔細地多次通讀書稿，改正了很多被我忽略的嚴重錯誤。

　　我在此謹向妻子張泰平表達深切謝意。她跟過去一樣，幫助我解讀古典漢語的艱澀之處，並仔細審讀中文文獻。謝謝浦安迪仔細閱讀本書書稿，並提出諸多建議以改善譯文的不足之處。感謝普林斯頓大學出版社的編輯 Deborah Malmud 和 Molan Chun Goldstein 的幫助，同時特別贊揚 Lorri Hagman 細緻的文字編輯工作。

　　我特別感謝華盛頓大學版稅專利研究基金會（The Royalty Research Foundation of the University of Washington）提供資金，供我購買能夠輸出中文和英文的電腦系統。華盛頓大學研究生院和華盛頓大學中國項目慷慨地提供補助，以支付部分出版費用，我謹向研究生院執行院長 Dale Johnson 和中國項目主任 David Bachman 提供的幫助和支持表示感謝。

（1996 年）

導　論

　　本册爲我所翻譯的《文選》第三册,内容爲《文選》第 13 至 19 卷,包括"賦"部的最後部分,但不包括"詩"部的開頭。跟收有少數長賦的前兩册不同,本册所收的賦大多較短。雖然其中張衡(78—139)的長篇《思玄賦》幾乎占了整整一章,但是大部分都是所謂的"小賦"。

　　跟前兩册一樣,"賦"按照《文選》編纂者設定的範疇進行分組。第一部分"物色",包括宋玉(活躍於公元前 3 世紀)的《風賦》,從統治者和民衆兩個視角描述風;潘岳(247—300)的《秋興賦》,羅列跟秋天相關的各種不同情思;謝惠連(約 407—433)的《雪賦》和謝莊(421—466)的《月賦》,假借過去時代的詩人來贊頌雪和月的多重特質。

　　第二部分"鳥獸"收有禰衡(173?—198)的《鸚鵡賦》,借一隻被囚禁的鸚鵡形象地表達自己的挫折感;張華(232—300)的《鷦鷯賦》,叙説一隻鷦鷯因爲體形微小而免於被捕和傷害,借以贊美"小"的好處;顏延之(384—456)的《赭白馬賦》,頌贊一匹進呈皇帝的赤白相間的馬;鮑照(約 414—466)的《舞鶴賦》,描繪一群翩翩起舞的鶴。本部分的開篇作品是賈誼(前 200?—前 168)的《鵩鳥賦》,並不如其標題是一首關於鳥的賦,而是以韻文寫就的關於生死關係的道家哲理之文。

　　第三部分是"志",該詞很難譯成英文。它收録的很多作品,都是作者以賦爲載體來解决在生命重要節點時所面對的困境。出官爲仕、隱居避世以及命運和運氣,在這些作品裏都表現得相當突出。既然這些賦探索的問題直接來自作者的個體經驗,表達他們個人的觀點和情緒,因此我將"志"譯爲"Aspirations and Feelings"(志向和感情)。這部分開篇作品爲班固(32—92)的《幽通賦》,是一篇很長的哲理作品,記述一場夢中旅行,探索幽冥世界如何影響人類生活。張衡的《思玄賦》是長篇精神探索的作品,作者記述一場想象中的天上旅行,以尋求以下答案:在面對誹謗和敵意時,他是應該逃離此世,還是留在其中以堅持培養自己的德性?該部分另兩篇賦,張衡的《歸田賦》和潘岳的《閑居賦》,贊美離開混亂紛雜的朝堂和城市以退居鄉村的快樂。

接下來稱作"哀傷"的大類，是多愁善感篇章的雜集。被認爲是司馬相如（前179—前117）所作的《長門賦》，假托被君主拋棄的妃子而寫。向秀（221？—300？）的《思舊賦》悼念 262 年被處死的兩位朋友嵇康（223—262？）和呂安。陸機（261—303）的《嘆逝賦》是對過去十年去世的親人和朋友的哀悼。潘岳的《懷舊賦》則是在給岳父和妻舅掃墓時寫下的悼詩。緊隨其後的是《寡婦賦》，潘岳於 277 年爲任護的遺孀，亦即潘岳之妻楊氏的妹妹所作。這部分最後兩篇是南朝後期詩人江淹（444—505）的《恨賦》和《別賦》。江淹在前一篇抒寫壯志未酬者充滿怨恨和悲憤的各種感受，而在後一篇描繪不同類型的離別及相應的不同感受。

下一類別"文"只收一篇作品，即陸機著名的《文賦》。陸機在文中探討寫作的過程、文體、風格和優秀文學作品的標準。

爲補充"文"部，接着是"音樂"之部，包括四篇有關樂器的作品：王褒（？—前 61？）的《洞簫賦》，馬融（79—166）的《長笛賦》，嵇康的《琴賦》和潘岳的《笙賦》。這部分還包括傅毅（35？—90？）的《舞賦》，詳細描繪一種獨特的漢舞；成公綏（231—273）的《嘯賦》，極富詩意地描繪古代中國實踐"嘯"的多種不同方面。在道教傳統中，據說嘯是一種可以讓人跟神溝通甚至獲得長生不老的方法。

賦的最後一類是"情"，包括三篇據說由宋玉所作的賦。宋玉是漢代以前的詩人，傳統上被視爲賦這種文體的最早創造者之一。這些作品的真實性仍然存疑。其中兩篇《神女賦》和《高唐賦》是針對充滿魅力的楚國巫山神女這一主題的不同創作。第三篇《登徒子好色賦》是幽默對話，宋玉在其中爲自己的風流好色作辯護。末篇是曹植（192—232）著名的《洛神賦》，其中記述作者跟親切迷人的宓妃的邂逅。

大約十五年前我開始着手這一翻譯項目時，除了日本學者所做的一些工作外，當代中國學者關於《文選》的研究非常少。在過去幾年中，情況發生了劇烈變化。首先，中國對《文選》的研究又煥發生機。1986 年，上海古籍出版社推出胡克家、李善所注《文選》點校本。該版本很有價值，讓《文選》有了堪與中華書局《二十四史》相媲美的版本。1988、1992 年在長春召開的兩次《文選》國際會議，也讓研究工作得到加強。① 第三次會議於 1995 年在河南鄭州召開。在這些會議上，研究上古和中古中國文學的頂尖學者都提交了重要論文。

1987 年以來，長春活躍着一個小型的《昭明文選》研究小組。他們爲《文選》的研究資料製作完備的目錄，②並正在對全部《文選》進行注釋和白話翻譯工作。儘管他們

---

① 會議論文經過篩選出版。參考趙福海等編，《昭明文選研究論文集》；趙福海，《文選學論集》。

② 魏淑琴編，《中外昭明文選研究論著索引》。

已經出版的四册書遠非盡善盡美,需要更多地吸收當前的研究成果,[3]但是他們對我準備本書時還是有所幫助的。

目前鄭州正在進行一項甚至更具雄心的研究課題。他們建立起"文選研究中心",由 1980 年輯校出版王粲(177—217)集的俞少初領銜。[4] 俞的合作者包括中古中國文學的頂尖學者:中國社會科學院文學研究所曹道衡、沈玉成,福建師範大學古籍研究所教授穆克宏,中華書局古籍編輯許逸民。他們將對所有中國中古文學領域研究者都將大有裨益的書籍列入出版計劃,包括《文選彙編》,當中收録所有《文選》注解、編注和評論;《文選今注今譯》,把《文選》譯成現代白話文的學術性注釋本;《文選學研究論文索引》,提供當代研究成果目録;《文選學研究論文集》,收録重要學術論文。

另外,最近臺灣出版了白話文譯本《文選》,即李景溁的《昭明文選新解》。到目前爲止,預計六册譯本中的五册已經出版。[5] 儘管名爲"新解",李景溁之作只是簡單地複製李善注,還常常未明確注出,而且他的白話文翻譯舛誤之多讓人驚訝。

(1996 年)

---

③　參考陳宏天編,《昭明文選譯注》。
④　《王粲集》。
⑤　這些書皆由臺南的暨南出版社出版。

第十三卷

物　色

風　賦

【解題】

　　此賦被認爲是宋玉之作,但是現在大多學者相信它的創作不早於漢代。此賦描述風的雙面性,吹向君王及其宫室的雄風舒適清凉,而吹向普通民衆的雌風則有害,招致疾病。

　　此賦早前出現的幾種譯文:Erkes,"The Feng-Fu";Waley, *170 Chinese Poems*, pp. 41‐42; *Translations from the Chinese*, pp. 5‐6; Watson, *Chinese Rhyme-Prose*, pp. 21‐24; Idema, *Wie zich pas heeft gebaad*, pp. 9‐11。白話文翻譯參考陳宏天等編,《昭明文選譯注》,册2,頁689—694;李景濚,《昭明文選新解》,册2,頁80—83;遅文浚等編,《歷代賦辭典》,頁6—9。日文翻譯參考小尾郊一、花房英樹,《文選》,卷2,頁160—165。注釋本參考蕭繼宗,《先秦文學選注》,頁262—264;傅隸甫,《賦選注》,頁11—13;黄瑞雲,《歷代抒情小賦選》,頁9—14;李暉、于非,《歷代賦譯釋》,頁1—11;劉禎祥、李方晨,《歷代辭賦選》,頁78—83;畢萬忱等編,《中國歷代賦選》,頁122—127。

1

楚襄王在蘭臺閑游,①宋玉和景差陪侍。② 一陣微風颯然而來,襄王敞衣向風,説:"好風,爽快! 我

楚襄王游於蘭臺之宫,宋玉景差侍。有風颯然而至,王廼披襟而

---

① 蘭臺是楚國國君的離宫。傳統上認爲它位於今天的湖北鍾祥之東。襄王是頃襄王(前298—前263年在位)。他出現在大多數被認爲是宋玉所作的賦中。

② 景差是楚王室的文學侍從。他出現在數篇被認爲是宋玉所作的賦中。關於他的資料很少。

與平民共享此風嗎?"

　　宋玉答道:"此風只爲大王所有。平民如何能分享呢?"襄王説:"風,是天地之氣,廣大而宏闊,其吹拂不擇貴賤高低。你現在説這是我獨有之風,有何解釋嗎?"

　　宋玉説:"我曾聽老師説,彎曲的枳樹吸引鳥來做巢,③孔洞裂隙吸引風吹。④ 因其所依托之地性質的不同,風也有所不同。"

　　襄王説:"風從何處生?"

　　宋玉答道:

2

20　"風從大地生起,⑤

　　從青蘋的末稍開始,

　　漸漸進入山谷,

　　在山洞裏颳得猛烈,⑥

　　沿着大山的嶺脉,⑦

25　飛舞於松柏之下。

　　急速升騰,呼嘯咆哮,

　　强勁衝天,迅疾怒號。⑧

　　轟隆如雷聲陣陣,

　　曲折扭擰,雜亂狂暴,⑨

當之曰:"快哉此風! 寡人所與庶人共者邪?"宋玉對曰:"此獨大王之風耳,庶人安得而共之?"

王曰:"夫風者,天地之氣,溥暢而至,不擇貴賤高下而加焉,今子獨以爲寡人之風,豈有説乎?"宋玉對曰:"臣聞於師,枳句來巢,空穴來風。其所託者然,則風氣殊焉。"王曰:"夫風始安生哉?"宋玉對曰:

"夫風生於地,起於青蘋之末。侵淫谿谷,盛怒於土囊之口。緣泰山之阿,舞於松柏之下。飄忽溯滂,激颺熛怒。耾耾雷聲,迴穴錯迕。蹶石伐木,梢殺林莽。

---

③ 李善(《文選》,卷13頁2a)將"枳"釋爲樹名(可能是 *Hovenia dulcis* Thunb,或 raisin tree),"句"則形容樹的彎曲和扭結。但是,段玉裁(見《説文》,卷9上頁2703);胡紹煐,《文選箋證》,卷15頁1a—b;朱珔《文選集釋》,卷13頁11a—b)認爲"枳句"是疊韻詞,意爲"彎曲,扭曲"。也有可能"枳句"是"枳椇"的異體字,後者是 raisin tree 的常用名。參考陸文郁,《詩草木今釋》,頁98,第108條。

④ 李善(《文選》,卷13頁2a)引用一段《莊子》佚文,表達了跟宋玉一樣的意思:"空閎來風,桐乳致巢。"朱珔(《文選集釋》,卷13頁2b—3a)認爲"空穴"即爲"有孔洞和裂隙的地方"。

⑤ 行20:見《莊子》,卷1頁10b:"大塊噫氣,其名爲風。"

⑥ 行23:"山洞"原文是"土囊"。

⑦ 行24:不確定"泰山"應該被理解爲"泰山"還是"大山"。因爲前幾句裏並没有提到具體地點,我選擇後一種解釋。

⑧ 行27:李善(《文選》,卷13頁2a)將"熛怒"釋爲"火飛也"。但是,胡紹煐(《文選箋證》,卷15頁2a)認爲"熛"實際上意爲"迅速"。

⑨ 行29:疊韻聯綿詞"迴穴"意爲"彎曲""彎伏",在本文語境下指"曲折扭擰"。它等同於《毛詩》第195首第1章的"迴沇":"謀猶迴沇。"參見孫志祖,《文選補證》,卷1頁35b;朱珔《文選集釋》,卷13頁12a。

30　翻石倒樹，

　　摧折森林和灌木。

3

　　然後，它氣勢減弱，

　　四處分開擴散，⑩

　　直入縫隙，搖動門栓。

35　所過之處閃耀燦爛，

　　逐漸散開轉移。

4

　　由是，這清凉新鮮的雄風，

　　上下吹拂鼓蕩，

　　踰越高墻，

40　進入深宅。

　　拂弄花葉，散其芬芳。

　　回蕩於桂椒之間，

　　翱翔於急流之上，

　　擊打蓮瓣。

45　掠過蕙草，

　　分開杜衡，⑪

　　壓伏辛夷，

　　析分含苞之嫩柳。

　　盤旋入洞，衝擊丘山，

50　使群芳蕭條。

　　然後徘徊内院，

"至其將衰也，被麗披離，衝孔動
楗，眴焕粲爛，離散轉移。

"故其清凉雄風，則飄舉升降。
乘凌高城，入于深宫。邸華葉而
振氣，徘徊於桂椒之間，翱翔於
激水之上，將擊芙蓉之精。獵蕙
草，離秦衡。槩新夷，被黄楊。
迴穴衝陵，蕭條衆芳。然後倘佯
中庭，北上玉堂。躋于羅帷，經
于洞房。廼得爲大王之風也。

---

⑩　行 33：疊韻詞"被麗"（*phjai-liai）和"披離"（*phiai ljai）可能代表同一詞，意爲"分散、擴散"。見《甘泉賦》，
　　行 55 注；王先謙，《漢書補注》，卷 57 上頁 12a。

⑪　行 46：李善（《文選》，卷 13 頁 2b）釋"秦衡"爲兩種不同的芳香植物名字，並徵引被認爲是越國著名大夫范
　　蠡所作的佚文《范子計然》，述"秦衡"是出自隴西（今甘肅）天水的芳香植物。胡紹煐（《文選箋證》，卷 15 頁
　　2b—3a)注意到《太平御覽》卷 994 引《范子計然》，述一種原產於楚的名叫"楚衡"的植物，最後認爲"秦衡"和
　　"楚衡"是同一植物在不同地區的不同名稱，一般稱爲杜衡。

北上玉殿，

攀援羅窗，

進入內幬，

55　此時成爲大王的風。

5

因此，當此風襲人時：　　　　　　　　　　　"故其風中人狀，直憯悽惏慄，清

帶有寒意，讓人發抖顫慄，　　　　　　　　涼增欷。清清泠泠，愈病析酲。

但它是如此清爽，令人釋然放鬆。⑫　　　　發明耳目，寧體便人。此所謂大

它又是如此清淨純潔，新鮮清涼，　　　　　王之雄風也。"

60　療愈疾病，驅散酒後昏暈，

撫慰身體，安慰人心。

這就是大王的雄風。"

6

王說道："你的確闡釋得很出色！現在我能聽一　　　王曰："善哉論事！夫庶人之風，

聽平民之風嗎？"　　　　　　　　　　　　　豈可聞乎？"宋玉對曰："夫庶人

65　宋玉回答：　　　　　　　　　　　　　　　之風，塕然起於窮巷之間，堀堁

"平民之風　　　　　　　　　　　　　　　　揚塵。勃鬱煩冤，衝孔襲門。動

從偏僻巷道突然升起，　　　　　　　　　　沙堁，吹死灰。駭溷濁，揚腐餘。

裏挾髒污，揚起塵垢。　　　　　　　　　　邪薄入甕牖，至於室廬。

陰鬱悲哀，躁煩發怒，⑬

70　衝入洞穴，侵入門戶。

掀起沙堆，⑭

---

⑫　行 57—58：類似句子出現在《高唐賦》，此賦也被認爲是宋玉（本冊，行 203—204）之作。王念孫在《讀書雜
　　志》（餘編下，頁 32a—b）中提出，第 57 行應該讀爲"惏慄憯悽"以便跟下一句對仗（第一個疊韻詞描述風的
　　清涼，第二個則描述因它而起的情感反應），同時也符合"悽"和"欷"的押韻。

⑬　行 69：李善（《文選》，卷 13 頁 3a）解釋聯綿詞"勃鬱"（*bhwət-jwət）和"煩冤"（*bjwa-jwa）描述風的盤旋之
　　態。但是，在其他地方（見《楚辭補注》，卷 4 頁 18b，卷 4 頁 23a，卷 13 頁 17b，卷 14 頁 4b）"煩冤"帶有"悲哀
　　憤懣"之意。因此，不能確定它何以能夠意謂"盤旋"。我認爲"勃鬱"意思與煩冤相近，可能是"怫鬱"（也可
　　寫作"茀鬱"和"沸鬱"）的異體，意爲"悲哀沮喪"。因此，這些聯綿詞並非描述風的運動，而是指其"情感"
　　狀態。

⑭　行 71：李善（《文選》，卷 13 頁 3b）認爲"堀"是"堁"的異體字。儘管李善沒有採納這個異體字，但胡紹煐
　　（《文選箋證》，卷 15 頁 3b—4a）較傾向於"堀"，因其能避免與上面行 68 的"堁"重複。

吹起死灰餘燼，

攪起污穢糞廢，

揚起朽爛垃圾。

75 歪斜侵入破甕之窗，⑮

進入鄉下茅舍。

7

當此風颺到人身上，

使人昏暈迷惑，喪氣頹廢。⑯

挾帶躁熱，招致潮悶，

80 讓人內心感到悲哀痛苦，

病倒發燒。

風颺到脣上，瘡痛頓生；

風颺到眼睛，眼睛紅腫。

咬牙、喘息、呻吟，

85 半死不活。

這就是平民的雌風。"

"故其風中人狀，直憯淒惏慄，
愍溫致濕。中心慘怛，生病造熱。
中脣爲胗，得目爲蔑。啗齰嗽
獲，死生不卒。此所謂庶人之雌
風也。"

---

⑮ 行 75：用底座破損的罐子作窗戶（甕牖）的房子是極端貧困的傳統意象。見《莊子》，卷 9 頁 13a；A. C. Graham, *Chuang Tzu*, p. 228。

⑯ 行 78：胡紹煐（《文選箋證》，卷 15 頁 4a）認爲"慹"被誤寫爲"憝"（迷惑），因此我在此處將"慹溷"釋爲"昏暈和迷惑"。

秋 興 賦

潘安仁

【解題】

　　潘岳(字安仁)在此賦中以秋天將臨表達自己對仕途的幻滅感。他自 266 年起在宮廷內擔任低級官員。此賦作於 278 年，其時他是太尉賈充(217—282)的掾屬。秋天是中國詩歌的傳統主題之一，被認爲是宋玉所作的《九辯》(《文選》，卷 33)、曹丕的《燕歌行》(《文選》，卷 27)以及左思的《雜詩》(《文選》，卷 29)，都將秋天描繪成最爲悲傷的季節。潘岳此賦含有中國秋天詩歌的大部分意象，例如落葉、枯樹、冷風、清冽的空氣、南飛的大雁，以及蟬和蟋蟀的鳴聲。儘管潘岳表達傳統的感受，即秋天是跟衰老和死亡的迫近聯繫在一起的季節，但結尾卻帶有鮮明的老莊道家味道，似乎暗示與危險、憂慮不斷的官員生活相比，他更願意在鄉村過寧静退休的日子。

　　此賦已有以下幾種譯文：von Zach，*De Chinesiche Revue* 3 (1929)，and rpt. in *Die Chinesische Anthologies* 1：193 - 95；Kozen Hiroshi，*Han Gaku Riku Ki*，pp. 54 - 78；Chiu-mi Lai，"River and Ocean," pp. 184 - 95；and Idema，*Wie zich pas heeft gebaad*，pp. 29 - 31。小尾郊一、花房英樹，《文選》，卷 2，頁 166—171。白話譯文見陳宏天編，《昭明文選譯注》，册 2，頁 695；李景濚，《昭明文選新解》，册 2，頁 84—89；遲文浚等編，《歷代賦辭典》，頁 296—297。

　　西晉十四年，[1]我三十二歲，兩鬢之髮已灰白。[2] 身爲太尉的掾屬，[3]又兼虎賁中郎將，由是之故，我在散騎常侍官署當班。[4] 署閣高聳入雲，陽光罕至。官員們頭戴飾以蟬形的帽子，身穿潔白華麗

晉十有四年，余春秋三十有二，始見二毛。以太尉掾兼虎賁中郎將，寓直于散騎之省。高閣連雲，陽景罕曜，珥蟬冕而襲紈綺

---

① 李善(《文選》，卷 13 頁 4a)認爲此年對應太始十四年，但是太始這個年號只有十年。梁章鉅(《文選旁證》，卷 14 頁 19a)認爲，晉十四年是咸寧四年(278)。

② 我將"二毛"譯爲"灰白"，其字面意思爲"頭髮的兩種顏色"。見《左傳》："君子不重傷，不擒二毛。"《左傳》，僖公二十二年(Legge, *The Chinese Classics* 5：183)。

③ 臧榮緒《晉書》(李善引，《文選》，卷 14 頁 4a)説，潘岳是太尉賈充的掾屬。

④ 《世説新語》引此語以證明虎賁中郎將没有辦公場所，而是使用散騎常侍官署。見楊勇，《世説新語校箋》，卷 1 頁 37；Mather, *Shih-shuo Hsin-yü*, p. 79。

的綢衣,於此徜徉休憩。⑤ 我本鄉野之士,退居之時,除了茅舍和樹林外別無所有,往來之人也只有農人和田翁。循例暫任此職,謬領品銜。⑥ 夙興夜寐,⑦不得安寧。⑧猶如池中魚、籠中鳥,渴慕河流和湖泊,山嶽和池塘。因此,我點蘸毛筆,取紙在手,嘆息一聲,作賦一首。時在秋天,因此命其名爲《秋興賦》。賦如下:

之士,此焉游處。僕野人也,偓息不過茅屋茂林之下,談話不過農夫田父之客,攝官承乏,猥廁朝列,夙興晏寝,匪遑底寧。譬猶池魚籠鳥,有江湖山藪之思,於是染翰操紙,慨然而賦。于時秋也,故以《秋興》命篇。其辭曰:

1

四季在恒常更替中匆匆行進,⑨
萬物紛雜錯落,循環往復。⑩
看花草隨季節生長,⑪
認識到榮枯之所在。
5 我爲冬之蕭索和春之盛景震驚,
我爲夏之繁盛和秋之凋萎感動。
儘管如許榮枯只是微末之事,
也能喚起人的欣喜和沮喪。⑫

四時忽其代序兮,萬物紛以迴薄。覽花蒔之時育兮,察盛衰之所託。感冬索而春敷兮,嗟夏茂而秋落。雖末士之榮悴兮,伊人情之美惡。

---

⑤ 蟬帽是普通侍從和宮廷侍從所戴的金色蟬形飾物的官帽。蟬(cicada)據說只飲食露水,故象徵純潔。貂(sable)尾據説代表外在溫柔而内在堅韌,也用來當裝飾。見《晉書》,卷25頁768;原田淑人,《漢六朝の服飾》,頁109—113,圖版XXVI‐2,XXVII‐1;Eberhard and Eberhard,*Die Mode der Han‐und Chou‐zeit*,pp.59‐62;張末元,《漢朝服裝圖樣資料》,頁65—66和69。

⑥ 我翻譯"攝官承乏"(在缺少合格官員的情況下,暫時任職以處理必要事務)爲"循例暫任",其依據是"敢告不敏,攝官承乏"。《左傳》,成公二年(Legge, *The Chinese Classics* 5:345)。

⑦ 見《毛詩》第58首第5章和第196首第4章:"夙興夜寐。"

⑧ 見《毛詩》第162首第2章:"不遑寧處。"

⑨ 行1:見《離騷》,行17—18(《楚辭補注》,卷1頁5b):"日月忽其不淹兮,春與秋其代序。"

⑩ 行2:見賈誼《鵩鳥賦》行49:"萬物迴薄。"

⑪ 行3:見《周易注疏》,卷3頁21b(第25卦,《象辭》):"先王以茂時育萬物。"

⑫ 行7—8:《文選》卷13頁5a作"末士",五臣本(《六臣注文選》,卷13頁6a)作"末事"。末士是潦倒、卑賤的文人,應是潘岳對自己的謙稱。"末事"指"微不足道的事物或狀況",指潘岳在前幾句提到的榮枯過程。尤袤本對此很模糊。它可能意爲"即使一個如我這樣的潦倒文士的興衰,也(激起)人的欣喜和沮喪。"儘管尤袤本代表李善版《文選》,胡紹煐(《文選箋證》卷15頁5a)還是指出最初李善的解讀是"末事"。在上下文語境中,如此解讀很合理,因爲前幾句與榮枯的自然過程相關。若以此解釋,這幾句意爲:"儘管如許榮枯只是微末之事,但它們仍然激起人的欣喜和沮喪。"我所譯的"欣喜和沮喪"原文爲"美惡",暗示伴隨從榮到枯的變化而激發的不同情緒。

2

宋玉的話的確高妙，他説：

10　　"悲凉啊，秋天的氣象！

颯颯秋風中，樹葉飄蕩掉落，變色衰敗。

一切凄凉陰鬱，就像人遠行，

登山臨水，送別故人還鄉。"⑬

善乎宋玉之言曰："悲哉秋之爲
氣也！飀瑟兮草木摇落而變衰。
憭慄兮若在遠行，登山臨水送
將歸。"

3

送別故友，對其依戀滿懷；

15　　遠行異地，旅人心中慘傷。

俯視溪流，感嘆其流逝；⑭

攀登高山，傷懷天地久長而人生短暫。⑮

這四種哀愁，令人心傷悲，⑯

只一種已難承受。

20　　啊，秋日是如此悲傷！

確實引人惆悵！

野地裏返巢的燕子，

沼澤上盤旋的鷹隼。

飄蕩秋霧在黎明升起，

25　　枯萎葉片在黄昏凋落。

夫送歸懷慕徒之戀兮，遠行有羈
旅之愭。臨川感流以歎逝兮，登
山懷遠而悼近。彼四感之疚心
兮，遭一塗而難忍。嗟秋日之可
哀兮，諒無愁而不盡。野有歸
燕，隰有翔隼。游氛朝興，槁葉
夕殞。

4

於是我抛下輕扇，

脱掉細薄的麻衣，

鋪上蒲席，

於是迺屏輕箑釋纖絺。藉莞蒻，
御袷衣。庭樹槭以灑落兮，勁風
戾而吹帷。蟬嘒嘒而寒吟兮，鴈

---

⑬ 行 10—13：這幾句引自被認爲是宋玉所作的《九辯》（行 1—4）。見《楚辭補注》，卷 8 頁 1b—2a。

⑭ 行 16：見《論語》9/17："子在川上曰：'逝者如斯夫！不捨晝夜！'"

⑮ 行 17：《晏子春秋》（卷 1 頁 10b）裏記載齊景公的故事。他爬上牛山，齊國盡收眼底，於是嘆道："奈何去此
堂堂之國而死乎，使古而無死，不亦樂乎？"李善（《文選》，卷 13 頁 5b）引用這個故事作爲"懷遠"（例如，世界
廣大的想法）、"悼近"（擔憂死亡將至）的例子。

⑯ 行 18：見《毛詩》第 203 首第 2 章："既往既來，使我心疚。"

穿起夾衣。⑰

30　庭樹葉落枝空，

秋風勁吹幃帳。

蟬在淺吟清唱，⑱

野雁飄飛向南。⑲

天空明亮清澈，愈顯高遠；⑳

35　太陽光芒減弱，漸漸消隱。

5

日光轉淡，白晝變短！

寒夜轉長。

月色朦朧，含光不露；

露珠清冽，開始凝結。

40　螢火蟲在階前門下閃閃發光；

蟋蟀在陽台屏擋聲聲吟唱。㉑

我在早晨聽到孤鴻哀鳴，

望着西下大火星的漸退餘光。㉒

在夜晚躁動不安無法安眠，㉓

45　獨自一人在署閣輾轉反側。㉔

明白年歲將盡，㉕

感慨嘆息，自省俯首。

飄飄而南飛。天晃朗以彌高兮，

日悠陽而浸微。

何微陽之短暑，覺凉夜之方永。

月朣朧以含光兮，露淒清以凝

冷。熠燿粲於階闥兮，蟋蟀鳴乎

軒屏。聽離鴻之晨吟兮，望流火

之餘景。宵耿介而不寐兮，獨展

轉於華省。悟時歲之遒盡兮，慨

俛首而自省。斑鬢髟以承弁兮，

素髮颼以垂領。仰群儁之逸軌

兮，攀雲漢以游騁。登春臺之熙

熙兮，珥金貂之煴煴。苟趣舍之

殊塗兮，庸詎識其躁静。

---

⑰ 行 26—29：輕扇和麻衣是夏天用品，而蒲席和夾衣是秋天用品。我譯爲蒲草的實際上是兩種植物莞（*Scirpus Tabernaemonani*，bulrush）和蒻（*Typha latifolia*，common cattail）。見陸文郁《詩草木今釋》，頁 45—46，第 53 條；頁 104，第 115 條。

⑱ 行 32：見《毛詩》第 197 首第 4 章："菀彼柳斯，鳴蜩嘒嘒。"

⑲ 行 33：見《九辯》第 1，行 13(《楚辭補注》，卷 8 頁 2b)："雁離離而南游。"

⑳ 行 34："天高"是中國秋天詩歌的常見意象。見《九辯》第 1，行 4(《楚辭補注》，卷 8 頁 2a)："天高而氣清。"

㉑ 行 41：蟋蟀(cricket)常常跟秋天聯繫在一起。見《毛詩》第 114 首和《九辯》第 3，行 28(《楚辭補注》，卷 8 頁 6a)。

㉒ 行 43：火星在中國古代指心宿，對應天蠍三星，傳統上認爲在秋天西行隱退。見《毛詩》第 154 首第 10 章和 Schlegel, *Uranographie chinoise*，1：140 - 41。

㉓ 行 44："耿介"見《九辯》(第 7，行 4；《楚辭補注》卷 8 頁 10a)，意爲"强硬""堅決"，顯然不適合此處。我懷疑潘岳用《毛詩》第 26 首第 1 章的"耿耿"之意："耿耿不寐。"實際上，胡紹煐(《文選箋證》，卷 15 頁 6a—b)認爲，李善在注解這句話時引用《毛詩》第 26 首第 1 章，據此"耿耿"應是他本來的解讀。

㉔ 行 45：見《毛詩》第 1 首第 2 章："悠哉悠哉，輾轉反側。"

㉕ 行 46：見《九辯》第 3，行 23；第 8，行 5(《楚辭補注》，卷 8 頁 5b，卷 8 頁 11a)："歲忽忽而遒盡。"

兩鬢斑白，長髮承冠；

髮辮稀疏，散落頸項。

50　我仰慕凝視大人物的踪跡：

高升雲漢，馳騁游蕩。㉖

興致勃勃，登上春臺。㉗

金蟬貂尾，華麗耀眼。㉘

如果人們追逐和捨棄的道路不同，

55　又怎麼能夠區分輕躁和沉靜？㉙

6

我聽説過至人的優雅方式，㉚　　聞至人之休風兮，齊天地於一

將天地看成一體。㉛　　　　　　指。彼知安而忘危兮，故出生而

其他人只知安樂，忘記危險，㉜　入死。行投趾於容跡兮，殆不踐

由此“離開生路，進入死途”。㉝　而獲底。闞側足以及泉兮，雖猴

60　正如投足在僅能容足之地，　　　猨而不履。龜祀骨於宗祧兮，思

幾乎脚不沾地人才有立足點。　反身於綠水。

如果此人掘空脚邊下及黃泉，

即使猴猿也不去那裏。㉞

龜不願將骨頭供奉於廟堂，

㉖　行 51：“雲漢”是銀河的多種名稱之一，此處比喻高級官署。

㉗　行 52：見《老子》第 20 章：“衆人熙熙，如享太牢，如登春臺。”此處的“春臺”指宮殿裏的亭子和塔樓，官員可以在此閑逛和放鬆。

㉘　行 53：此處所説的帽子是序言中談到的官帽，金指帽子上的蟬飾。見注 5。

㉙　行 55：見《老子》第 26 章：“重爲輕根，静爲躁君。”潘岳將自己描述爲安定寧静的人，而他服務的那些高階官員匆忙躁動。

㉚　行 56：“至人”是道教聖人，已經達到完全無我的境界，不會被周遭世界打擾，視萬物如一。見《莊子》，卷 7頁 18a：孔子問老子達到這種狀態意味什麼，老子回答：“夫得是，至美至樂也。得至美而游乎至樂，謂之至人。”

㉛　行 57：《莊子》第 2 章《齊物論》認爲區別是假想的，阻礙人對終極真實的真正理解，只有視萬物爲一才能達到這種理解。見《莊子》，卷 1 頁 15b：“以指喻指之非指，不若以非指喻指之非指也；以馬喻馬之非馬，不若以非馬喻馬之非馬也。天地一指也，萬物一馬也。”英譯據 A. C. Graham, *Chuang Tzu*, p. 53。

㉜　行 58：見《周易注疏》，卷 8 頁 12a（《繫辭》，下之 4）：“君子安而不忘危，存而不忘亡。”

㉝　行 59：這是對《老子》這一語義模糊的句子的幾種解讀之一：“出生入死：生之徒，十有三；死之徒，十有三。”

㉞　行 60—63：這幾句句述《莊子》（卷 9 頁 8b）中莊子教導惠施“無用之用”的寓言。莊子對惠施説：“天地非不廣且大也，人之所用容足耳。然則厠足而墊之致黃泉，人尚有用乎？”惠子説：“無用。”莊子説：“然則無用之爲用也亦明矣。”潘岳用這個寓言説明充滿束縛限制的仕宦生活的危險。

65　　而是希望回歸綠水。㉟

7

現在，我應該束裝歸鄉，
　　不久除去官帶，飄揚遠舉。㊱
耕種東皋沃田，
　　交納稅糧。㊲
70　巖間溪流汩汩湧動，
　　菊花香氣飄過河岸。
洗沐於奔騰的秋水，
　　與跳動的鰷魚嬉戲。㊳
隨心所欲地徜徉山阿水畔，
75　無拘無束，居住人世。
輕鬆自得，
　　以此度過未來的日子。

且斂衽以歸來兮，忽投綍以高屬。耕東皋之沃壤兮，輪黍稷之餘稅。泉涌湍於石間兮，菊揚芳於崖澨。澡秋水之涓涓兮，玩游鰷之漱漱。逍遥乎山川之阿，放曠乎人間之世。優哉游哉，聊以卒歲。

㉟　行64—65：這幾句也引述《莊子》（同上書，卷6頁14b—15a）的寓言。一天莊子正在濮上釣魚，兩位大夫代表楚文王來找他，要給他一個職位。莊子並不回頭，繼續釣魚，回答道："吾聞楚有神龜。死已三千歲矣，王巾笥而藏之廟堂之上。此龜者，寧其死爲留骨而貴乎，寧其生而曳尾塗中乎？"二大夫説："寧生而曳尾塗中。"莊子説："往矣！吾將曳尾於塗中。"

㊱　行67：見《遠遊》，行124（《楚辭補注》，卷5頁8b）："願輕舉而遠遊。"

㊲　行68—69："東皋"在傳統上跟隱士生活聯繫在一起。見阮籍《詣蔣公奏記》（《文選》，卷40頁1846）："方將歸於東皋之陽，輪黍稷之税。"

㊳　行73：見《莊子》，卷6頁15a—b：莊子與惠子游於濠梁之上。莊子説："鰷魚出游從容，是魚之樂也。"惠子説："子非魚，安知魚之樂？"莊子説："子非我，安知我不知魚之樂？"

雪　賦

謝惠連

【解題】

　　此賦爲短篇擬人之作，假托西漢詩人司馬相如、鄒陽（前 206？—前 129？）和枚乘（？—前 141）爲梁王（參考行 5 的注）描繪雪的各種不同形態。司馬相如影響漢賦鋪陳華麗的風格，此賦以他的長段精彩表演開始，對雪作出一番詳盡描繪，叙述雪在空間、歷史和文學中的無所不在，接着描寫伴隨冬天而來的冷冽空氣的影響，雪的真正飄落，雪花的外觀和多重變化，及其潔白和玉石般的純粹，並以自己對雪的感受作爲結束。接下來，鄒陽呈獻兩首歌，叙述兩位相愛的人趁着大雪而延長約會。最後，枚乘作一首短詩，對雪進行哲理化思考，指出其轉瞬即逝和變化的本質。

　　《雪賦》此前的譯文有：von Zach, *Deutsche Wacht* 14（1928），and rpt. in *Die Chinesische Anthologie* 1：195 - 98；Margouliès, *Anthologie raisonnee de la literature chinoise*, pp. 359 - 61（partial）；Watson, *Chinese Rhyme-Prose*, pp. 86 - 91；Owen, "Hsieh Hui-lien's 'Snow Fu'", pp. 14 - 22；Idema, *Wie zich pas heft gebaad*, pp. 34 - 38。白話譯本見陳宏天編，《昭明文選譯注》，册 2，頁 703—712；李景濚，《昭明文選新解》，册 2，頁 90—96；遲文浚等編，《歷代賦辭典》，頁 391—392。黄瑞雲《歷代抒情小賦選》頁 111—119 有注釋。

1

<table>
<tr><td>年歲將盡，</td><td rowspan="5">歲將暮，時既昏。寒風積，愁雲繁。梁王不悦，游於兔園。廼置旨酒，命賓友。召鄒生，延枚叟。相如末至，居客之右。俄而微霰零，密雪下。王廼歌北風於《衛</td></tr>
<tr><td>天已黄昏。</td></tr>
<tr><td>冷風狂吹，</td></tr>
<tr><td>愁雲密集。</td></tr>
<tr><td>5　梁王心中不悦，①</td></tr>
</table>

---

① 行 5：梁王指劉武，亦以其謚號"孝"爲人所知。他於公元前 168—前 144 年在位時，梁國乃漢帝國内最富饒的藩國之一。劉武邀請很多著名詩人到宫廷做客卿。

徘徊於兔園。②

擺置美酒，

呼喚賓客朋友。

召來鄒生，

10　延請枚叟。

相如姍姍來遲，③

卻坐於賓客之首。

須臾稀疏雪片飞灑，

接着飄來漫天大雪。

15　梁王於是唱起《衛風》之《北風》，④

吟詠西周《小雅》之《信南山》。⑤

他授簡於司馬大夫，説：

"請抒發你幽深的才思，

馳騁你動人的詞句，

20　描述其特性，輔以恰切細節，

爲寡人作賦一篇。"

詩》，詠南山於《周雅》。授簡於司馬大夫，曰："抽子秘思，騁子妍辭，侔色揣稱，爲寡人賦之。"

2

於是相如離座起身，後退施禮，説：

"我曾聽説雪宮建於東國，⑥

25　雪山聳立西域。⑦

相如於是避席而起，逡巡而揖。曰："臣聞雪宮建於東國，雪山峙於西域。岐昌發詠於來思，姬滿

---

② 行6：兔園是游樂之所，據説由梁孝王所建，也稱梁園，位於梁國首都的東邊，《西京雜記》卷2頁6a有記載。我不確定它是否爲大型禁苑東園的別稱。見《漢書》，卷47頁2208；《水經注》，卷24頁3b；朱琦，《文選集釋》，卷13頁14a—b。

③ 行9—11：鄒生指鄒陽，齊國人，最初在吳國劉濞（前195—前154年在位）的宮廷任職。在勸止劉濞謀反失敗後，鄒陽到梁國，成了劉武的宮廷侍從之一。枚叟指枚乘，梁國宮廷裏最受尊敬的詩人。相如指司馬相如。

④ 行15：《北風》（《毛詩》第41首）是《詩經·邶風》中的一首詩。邶風據説源自邶地，而邶地隸屬衛國。因此，謝惠連視《北風》爲"衛風"。

⑤ 行16：南山指信南山（《毛詩》第210首），爲《詩經·小雅》中的一首詩。該詩第2章開頭是："上天同雲，雨雪雰雰。"

⑥ 行24：雪宮是齊國（即謝惠連詩裏的"東國"）的離宮，齊宣王曾在那裏接待孟子。見《孟子》一下之4。

⑦ 行25：雪山指西域的天山。

岐昌在‘來思’中吟詠之，⑧
姬滿在《黃竹》裏歌唱之，⑨
《曹風》以麻衣喻其色，⑩
在楚謠中它與《幽蘭》並舉。⑪
30　雪厚一尺，是預示豐年的吉兆；⑫
雪厚逾丈，是陰氣過盛的災象。⑬
雪的時序意義的確極爲重要，⑭
請允許我説説它的開始。

3

現在黑暗時節到達頂峰，⑮
35　冷冽空氣上升。
焦溪乾涸，⑯
湯谷凝凍，⑰
火井熄滅，
溫泉冰封。
40　熱潭不再沸騰，⑱
火風不起。
朝北的門被堵上，

申歌於黃竹。《曹風》以麻衣比
色，楚謠以《幽蘭》儷曲。盈尺則
呈瑞於豐年，袤丈則表沴於陰
德。雪之時義遠矣哉！請言
其始。

"若迺玄律窮，嚴氣升。焦溪涸
湯谷凝。火井滅，溫泉冰。沸潭
無湧，炎風不興。北戶墐扉，裸
壤垂繒。

---

⑧　行 26：岐（鄰近現在陝西岐山）指作爲周朝隆興之地的山區。“昌”是周朝奠基者名字，死後謚號爲文王。他
　　被認爲是《毛詩》第 167 首的作者，該詩最後一節包括：“昔我往矣，楊柳依依；今我來思，雨雪霏霏。”
⑨　行 27：姬滿指周穆王。當人們穿越黃臺山時，開始下大雪，穆王作了一首有三章的詩，憐憫挨凍受寒的人。
　　前兩章第一句都是：“我徂黃竹。”見《穆天子傳》，卷 5 頁 4b。“黃竹”應是“黃臺”的別稱。
⑩　行 28：《毛詩》第 150 首，《詩經・曹風》的一首詩，其中有一句“麻衣如雪”（第三章）。
⑪　行 29：“楚聲”指被認爲是宋玉所作的《諷賦》。宋玉講述他到一位美女的家，被延請入內；美女給他一張琴，
　　他彈奏《幽蘭》和《白雪》。見《古文源》，卷 1 頁 8b。
⑫　行 30：《毛詩》第 210 首《信南山》注疏説豐年之前常有大雪。見《毛詩注疏》，卷 13 之 2 頁 19a(1011)。
⑬　行 31：李善（《文選》，卷 13 頁 9a—b）引偽書《春秋潛潭巴》中的話：“大雪甚厚，後必有女主，天雪連月陰
　　作威。”
⑭　行 32：謝惠連此處化用《易經》第 33 遯卦的《彖辭》：“遯之時義大矣哉！”見《周易注疏》，卷 4 頁 7a—b。
⑮　行 34：我將“玄律”譯爲“黑暗時節”，按字面應爲“黑暗旋律”。根據中國的關聯性思維，每月對應十二律之
　　一。冬天是“玄”（黑色）的季節，因此謝惠連用“玄律”指冬天的最後一個月。
⑯　行 36：焦溪可能指《水經注》（卷 9 頁 4a）中提到的從焦泉（今天河南輝縣附近）向南流的泉水。見趙永復，
　　《水經注通檢今釋》，頁 19。
⑰　行 37：湯谷可能指南陽以北紫山的同名河流。見盛弘之，《荊州記》，轉引自李善（《文選》，卷 13 頁 9b）。
⑱　行 40：這可能並非明確引用，但李善（《文選》，卷 13 頁 9b）釋爲位於曲阿（現今江蘇丹陽）附近季子廟附近
　　的沸潭。

即使在裸國，人們也裹上繒帛。⑲

4

於是，雲霧升騰於河海之上，

45　沙暴肆虐於北方沙漠。

霧氣連連，煙霧堆積，

蔽日遮雲。

初時霰雪飄灑，

接着大雪紛飛，越下越大。

“於是河海生雲，朔漠飛沙。連氛累霄，掩日韜霞。霰淅瀝而先集，雪粉糅而遂多。

5

50　其狀如下：

發散彌漫，交錯混雜，

既堆積，又消蝕，

既濃密，又輕飄，

回旋積團，又高又重。

55　無休無止，飛揚灑落；

逡巡停頓，蓄積成堆。

開始落滿屋脊，覆蓋棟宇，

最後吹開帷簾，鑽入縫隙。

起初繞着臺階廊屋旋轉，

60　最終轉進帷帳席墊。

遇方而成玉珪；

即圓而成玉璧。

看低地，萬頃田地皆白；

望山巒，千崖一色俱素。

“其爲狀也，散漫交錯，氛氳蕭索。藹藹浮浮，瀌瀌弈弈。聯翩飛灑，徘徊委積。始緣甍而冒棟，終開簾而入隙。初便娟於墀廡，末縈盈於帷席。既因方而爲珪，亦遇圓而成璧。眄隰則萬頃同縞，瞻山則千巖俱白。

---

⑲　行43：“裸壤”可能指裸國，位於中國西部或南部。據傳説，大禹曾赤裸着身子進入該國（見《淮南子》，卷1頁6b）。

6

65　樓臺重疊如多層玉臺，[20]
　　道路延伸如勾連美玉。
　　庭院遍布玉階，
　　林中長滿瓊樹。
　　白鶴相形失去光澤，
70　銀雉相形喪去明潔。
　　紈袖美人羞失其魅，
　　玉顏佳人愧掩其麗。

　　"於是臺如重璧，逵似連璐。庭
　　列瑤階，林挺瓊樹。皓鶴奪鮮，
　　白鷳失素。紈袖慙冶，玉顏
　　掩姱。

7

　　堆疊白雪尚未融化，
　　早晨太陽明麗輝煌。
75　像燭龍一樣閃光，
　　口含火炬，照耀崑崙。[21]
　　流動水滴形成垂挂冰柱，
　　粘着屋檐房角：
　　光輝燦爛恍如馮夷，[22]
80　剖開蚌殼取出明珠。
　　至於它的繽紛繁盛，
　　閃閃透亮，光潔純粹，
　　回旋發散，盤旋積聚，
　　飛聚輝映奇觀：
85　演化變動無休無盡，
　　人如何能盡知？

　　"若廼積素未虧，白日朝鮮，爛兮
　　若燭龍，銜耀照崑山。爾其流滴
　　垂冰，緣霤承隅。粲兮若馮夷，
　　剖蚌列明珠。至夫繽紛繁騖之
　　貌，皓旰曒絜之儀。迴散縈積之
　　勢，飛聚凝曜之奇。固展轉而無
　　窮，嗟難得而備知。

8

　　假如人希望永享快樂，永無止境，

　　"若廼申娛玩之無已，夜幽靜而

---

⑳ 行65：周穆王（前1023—前983年在位）爲其姬妾盛姬修建一座重璧之臺。見《穆天子傳》，卷6頁1b。
㉑ 行75—76：燭龍（Candescent Dragon）也叫燭陰，是人面蛇身的神，閉上眼天黑，睜開眼天亮。見袁珂，《山海經校注》，卷12頁438。崑山指崑崙山。
㉒ 行79：馮夷是河伯，即黃河河神的別稱。見《莊子》，卷3頁6b，注解。

在寂静的暗夜,許多感受油然而生。

風颳廊柱,回聲疊響;

90　月上紗窗,滿室生輝。

倒入來自湘吳的美酒,㉓

穿上狐貉的雙層皮裘。

面對鷗鷄於庭院雙雙起舞,

凝視孤獨大雁在雲中翱翔。

95　踩踏着交積的霜雪,

爲離枝的樹葉悲傷。

讓思緒馳騁於千里之外,

唯願握着親人之手同歸。"

9

鄒陽聽完,

100　默然折服。

仍想作一首美妙的詩,

恭敬地請求以謙卑曲調接續。

因此起身吟誦《積雪之歌》,

歌如下:

105　"携手佳人,打開重簾,

擁着錦被,坐在芳褥。

點燃香爐,燭光明亮,

倒上桂酒,高唱清曲。"

10

接着他又唱起《白雪之歌》,

110　歌如下:

多懷。風觸楹而轉響,月承幌而通暉。酌湘吳之醇酎,御狐貉之兼衣。對庭鷗之雙舞,瞻雲鴈之孤飛。踐霜雪之交積,憐枝葉之相違。馳遥思於千里,願接手而同歸。"

鄒陽聞之,潝然心服。有懷妍唱,敬接末曲。於是迺作而賦《積雪》之歌。歌曰:"攜佳人兮披重幄,援綺衾兮坐芳縟。燎薰鑪兮炳明燭,酌桂酒兮揚清曲。"

又續而爲《白雪》之歌。歌曰:"曲既揚兮酒既陳,朱顏酡兮思

㉓ 行 91:此處"湘"、"吳"指湘川和吳興,是著名的産酒地區。除了作爲湘江別稱外,我無法確認湘川作爲一個具體地名所指何處。吳興郡在今天浙江湖州地區。李善(《文選》,卷 13 頁 11b)引張勃(西晉)所著《吳録》,説湘川酈陵縣(今湖南零陵)産美酒,而吳興的烏程縣以"若下酒"聞名。

"清曲已發酒已陳，

朱顔更深轉思親。

低垂簾幕近香枕，

輕解羅帶褪束腰。

115 怨恨年歲之易盡，

感嘆重聚之無因。

君不見階上之白雪，

如何鮮耀到陽春？"

自親。願低帷以昵枕，念解珮而褪紳。怨年歲之易暮，傷後會之無因。君寧見階上之白雪，豈鮮耀於陽春。"

11

當歌已完結，梁王琢磨其意，輕聲吟詠，反復品味，邊看邊拍手扼腕。他轉向枚乘，請他起身作一終曲。終曲如下：

"白羽雖白，

125 其質本輕。

白玉雖白，

其質則堅。㉔

不如白雪，

隨時隱顯。

130 月亮出現，不掩藏其純潔；

太陽閃耀，不固守其志節。

志節豈爲吾名？

純潔豈爲吾性？

依托白雲，上升下降；

135 伴隨着風，飄蕩跌落。

所遇之物爲我賦形，

落脚之地令我成體。

無瑕來自所遇之物，

歌卒。王廼尋繹吟翫，撫覽扼腕。顧謂枚叔，起而爲亂。亂曰："白羽雖白，質以輕兮。白玉雖白，空守貞兮。未若茲雪，因時興滅。玄陰凝不昧其潔，太陽曜不固其節。節豈我名，潔豈我貞。憑雲陛降，從風飄零。值物賦象，任地班形。素因遇立，污隨染成。縱心皓然，何慮何營？"

㉔ 行 124—127：見《孟子》六上之 3：孟子問告子："白羽之白也，猶白雪之白也與？白雪之白也，猶白玉之白也與？"告子回答説："然。"孟子再問："然則犬之性，猶牛之性；牛之性，猶人之性與？"枚乘此處學習孟子，討論羽毛、玉石和雪的不同屬性。

髒污來自外界塵垢。

140　放任心意，自由自在；
　　　爲何憂慮，爲何苦惱?"

月　賦

謝希逸

【解題】

　　此爲謝莊(字希逸)所作的關於月亮的詠物短賦。跟謝惠連的《雪賦》一樣,此賦是假托之作,把時間設在較早的曹植(192—232)所在的建安時代。在賦的開頭,曹植哀悼自己的朋友、同爲建安七子成員的應瑒(約 170—217)和劉楨(約 170—217),他們都在 217 年的瘟疫中喪生。時在秋天,星宿移位,白露下墜。當月光掃過天際,曹植吟誦《詩經》中描繪月亮的句子。然後他將筆、簡遞給王粲,請他寫作一首關於月亮的詩。王粲的賦隨之出現,先講述傳統的月亮傳説:其性"陰";其光來自太陽,月滿在東,虧則西移;月亮裏的兩位著名居住者玉兔和嫦娥;月亮盈虧如何警告人類和統治者;月亮爲天帝的宫殿提供照明,爲漢和東吴這兩個偉大的家族降下好運。王粲在後面使用一系列句子,以典型的賦體,描述月亮光芒貫注天地,令其他所有發光的天體黯然失色。在餘下的部分,他談到人對月亮的反應:一位王子離開燈燭輝煌的宴會廳去賞月,一邊喝酒聽琴;在寒冷有風的夜晚,一個男人(或者女人?)獨自在房間裏彈琴,對着月亮傾訴苦衷。跟《雪賦》一樣,結尾有兩首抒情歌:一首關於一對分隔兩地的愛侣,儘管相距迢遥,但他們至少可以同享一個月亮;另一首則説月亮提醒人們,要在太遲之前返鄉。謝莊以傳統的贊語結束此賦:曹植贊美王粲的詩作,並祝酒,以玉石獎賞他。

　　《月賦》曾有以下幾種翻譯: von Zach, *Deutsche Wacht*(May 1928), and rpt. in *Die Chinesische Anthologies* 1: 198 - 201;小尾郊一、花房英樹,《文選》,卷 2,頁 182—187。白話譯文見陳宏天編,《昭明文選譯注》,册 2,頁 713—721;李景濚,《昭明文選新解》,册 2,頁97—102。注解本見瞿蜕園,《漢魏六朝賦選》,頁 183—189;劉楨祥、李方晨,《歷代辭賦選》,頁 285—291;王晨光,《魏晉南北朝辭賦選粹》,頁 90—101;韋鳳娟,《魏晉南北朝諸家散文選》,頁 270—277;黄瑞雲《歷代抒情小賦選》,頁 120—127。

1

陳王剛剛失去應、劉二友,[①]
在痛苦悲傷中度日。

陳王初喪應劉,端憂多暇。綠苔
生閣,芳塵凝樹。悄焉疚懷,不

---

① 行 1:陳王指曹植。應和劉分指應瑒和劉楨。見曹丕《與吳子書》(《文選》,卷 42 頁 9a)。

青苔生樓閣，
香塵積亭榭。

5　心中積鬱，
夜半不快。
於是命人清掃蘭莖，
整肅桂苑。
在寒山傳來的管聲中，

10　駐車駕於秋天的山坡。
他俯視深谷，哀嘆遠離之人；
爬上高巖，更加感懷傷遠。
於是，當銀河向左傾斜，
北陸暫停南方，②

15　白露晦暗天空，③
月光橫泄天宇，
他輕唱《齊風》，④
吟詠《陳篇》。⑤
抽出毛筆，拿出簡牘，

20　命仲宣作詩一首。⑥

2

仲宣跪立而說：
"我是東境的無名卑微之士，⑦
生長在山地林間。
不明於道，學養欠缺，

怡中夜。廼清蘭路，肅桂苑。騰吹寒山，弸蓋秋阪。臨濬壑而怨遙，登崇岫而傷遠。于時斜漢左界，北陸南躔。白露曖空，素月流天。沈吟齊章，殷勤陳篇。抽毫進牘，以命仲宣。

仲宣跪而稱曰："臣東鄙幽介，長自丘樊，昧道懵學，孤奉明恩。臣聞沈潛既義，高明既經。日以陽德，月以陰靈。擅扶光於東

② 行13—14："斜漢"指天河，即銀河。根據李周翰（《六臣注文選》，卷13頁16b），秋天天河向西南方傾斜，但是我找不到其他權威文獻確認這種說法。而且在中國傳統方位裏，左爲東，因此我不清楚爲何李周翰會明確指出向西南方傾斜。北陸（α Equuleus and β Aquarius）是虛宿的別稱。見 Schlegel, *Uranographie chinoise* 1：225。
③ 行15：白露上升標誌着秋天的開始。"白露"也是約從9月8日開始的秋天節氣名稱。
④ 行17："齊章"指《毛詩》第99首齊風《東方之日》，第二節開頭爲"東方之月兮"。
⑤ 行18："陳篇"指《毛詩》第143首，《月出》。每節都以"月出皎兮"開始。
⑥ 行20："仲宣"是王粲的表字。
⑦ 行22："東鄙"指王粲的出生地山陽郡高平（今山東鄒縣西南）。

25　卻獨受明君恩寵。⑧

　　我聞沉陷者爲地爲義，

　　高亮者爲天爲經。⑨

　　太陽之德爲陽，

　　月亮本性爲陰。

30　月亮自東沼扶桑獲取光芒，

　　接嗣若木之花於西冥生成。⑩

　　引玄兔到帝臺，⑪

　　領素娥至天宮。⑫

　　月盈月虧警醒人的過失，⑬

35　新月象徵謙遜。⑭

　　順着十二辰普照天下，⑮

沼，嗣若英於西冥。引玄兔於帝臺，集素娥於后庭。朒朓警闕，朏魄示沖。順辰通燭，從星澤風。增華台室，揚采軒宮。委照而吳業昌，淪精而漢道融。

---

⑧ 行 25：此處“孤”也可理解爲“辜”，即不值得。

⑨ 行 26—27：謝莊從《尚書·洪範》章借用“沈潛”和“高明”二詞。孔安國注（《尚書注疏》，卷 12 頁 15a，404）説“沈潛”指地，“高明”指天。

⑩ 行 30—31：“扶”指“扶桑”，傳説中長在極東的暘谷之上的桑樹(mulberry tree)。根據傳説，十個太陽浴於扶桑樹上。九個太陽停在下面的樹枝，一個停於樹巔。每當一個太陽到達樹枝，另一個就會離開。每個太陽都帶有一隻三足烏。見袁珂，《山海經校注》，卷 9 頁 260—261，卷 9 頁 354—355。東沼是暘谷的別稱。“若”指若木，長在世界極西太陽落下的地方，其紅花發出的光照亮地球(這也許解釋落日的紅光)。見上書，卷 12 頁 437。西冥應是“昧谷”或“濛汜”的名字，是一日將盡太陽落下去的地方。見《楚辭補注》，卷 3 頁 3b；《尚書注疏》，卷 2 頁 10a，251。李善（《文選》，卷 13 頁 13b）認爲月亮在東邊爲滿月，因此文中説它從扶桑樹上“獲取”光綫；月亮從西邊開始殘缺，因此它“嗣”若木之花。

⑪ 行 32：李善（《文選》，卷 13 頁 14a）引張泉（生卒年不詳）《觀象賦》“漸臺可升”，並有注：“漸臺，帝臺之名。四星在織女東。”漸臺對應天琴座四星。見 Ho Peng-yoke, *The Astronomical Chapters of the Chin shu*, p. 83. 古代中國人相信月亮上住着一隻兔子。最早的解釋之一見於張衡《靈憲》（引文見《後漢書》，志第 10 頁 3216 注）：“月者，陰精之宗，積成爲獸，象兔形。”見 Michael Loewe, *Ways to Paradise*, pp. 52-55.

⑫ 行 33：“素娥”更常見的稱呼是“常娥”或“恒娥”。據《淮南子》（卷 6 頁 10b），恒娥從羿那裏盜竊從西王母處得到的長生不老藥，於是飛到了月亮。高誘在注解《淮南子》此段時，增加恒娥是羿妻子的説法。羿從西王母處得到長生不老藥，還未吃就被恒娥偷去，吃下後變成神仙，“奔入月中，爲月精”。根據張衡的《靈憲》（見《後漢書》，志第 10 頁 3216，注），恒娥化身爲蟾蜍，住在月亮裏。李善（《文選》，卷 13 頁 14a）引張泉《觀象賦》，將帝庭稱作“太微宮”，對應的是處女座、獅子座、后髮座。見 Ho Peng-yoke, *The Astronomical Chapters of the Chin shu*, p. 71.

⑬ 行 34：朒是“縮朒”的省略，指月亮於農曆月初出現在東方。見《説文》，卷 7 上頁 3000a—3000b。“朓”指農曆月末大月亮出現在西方。見《説文》，卷 7 上頁 2999b—30001b。有關這些字的語源，見 Boltz, “Evocations of the Moon, Excitations of the Sea,” pp. 31-32. 該句意爲月亮若未圓，即爲“月缺”，因此這是警戒人君即便在豐足時也不要自滿。

⑭ 行 35：此處的“朏”和“魄”可能是同義詞，指月虧的最初日子(三十天長月後的第二天，一個“短”的二十天月份的第三天)。也有一種傳統説法，“魄”指滿月的下一天。但是，這種解釋似乎並不適用於謝莊在此處的用法。有關這些詞語的進一步討論，見《説文》，卷 7 上頁 2995b—2999a；王國維，《觀堂集林》，卷 1 頁 1a—4b；Dubs, *HFHD* 3: 194-95, n. 19.9.

⑮ 行 36：每個農曆月份與十二辰之一相對應。

與星伴行帶來風和雨。⑯

爲三臺添彩，

給軒宮增光。⑰

40　澤被所及，東吳繁盛；⑱

下照漢庭，國運亨通。⑲

3

當大地空氣清新，

烏雲消退於天邊。

洞庭湖水盪漾起波，

45　樹木葉子片片凋落。⑳

菊花香氣漫山遍野，

大雁在水中沙洲哀鳴。

耀眼月輪緩慢上升，

灑下温和輕柔的光綫。

50　既掩没星宿光彩，

也使銀河收斂其光。㉑

柔順的大地仿佛覆蓋積雪，

圓天則像池塘透明。㉒

重疊連綿的樓臺閃耀如霜，

55　環繞臺階的清光如冰。

“若夫氣霽地表，雲斂天末。洞庭始波，木葉微脱。菊散芳於山椒，鴈流哀於江瀨。升清質之悠悠，降澄輝之藹藹。列宿掩縟，長河韜映。柔祇雪凝，圓靈水鏡。連觀霜縞，周除冰净。

---

⑯ 行 37：此句典出《尚書·洪範》：“月之從星，則以風以雨。”孔安國在注疏中説，月亮經過箕（Sagittarius）就會多風；遭遇畢（Hyades）則會多雨。見《尚書注疏》，卷 11 頁 23b，408。

⑰ 行 38—39：“臺室”指“三臺”，代表三公的席位，對應大熊座三星。見 Schlegel, *Uranographie chinoise* 1：529；Ho Peng-yoke, *The Astronomical Chapters of the Chin shu*, p. 80。軒宮也稱“軒轅”，包括星宿（Hydra）北十七顆星，對應獅子座和天猫座，是司掌皇后和妃嬪的内院。見 Ho Peng-yoke, *The Astronomical Chapters of the Chin shu*, p. 93。

⑱ 行 40：本句所用典故出自干寳（活躍於 317 年）《搜神記》，述孫堅（卒於 191 年）妻子吳破虜的故事。她是吳國開國之君孫權（182—252）的兄長孫策（175—200）之母，懷着孫策時，曾經夢月入懷。見汪紹楹，《搜神記》，卷 10 頁 122；《三國志》，卷 50 頁 1195。

⑲ 行 41：這一句指西漢元帝（前 48—前 33 年在位）之妻王政君的故事，她的母親懷她時夢月入懷。她是成帝（前 32—前 7 年在位）的母親，作爲太后，在西漢末期影響力極大，尤其在其侄子王莽掌權時。見《漢書》，卷 98 頁 4015。揚雄在《元后誄》裏提及此事。見《古文源》，卷 9 頁 9b。

⑳ 行 44—45：見《九歌·湘夫人》行 4（《楚辭補注》，卷 2 頁 9a）：“洞庭波兮木葉下。”

㉑ 行 51：長河指天河。

㉒ 行 52—53：中國古代認爲大地具有柔順之德，而天的特性之一是圓。

4

於是君王厭倦晨間的歡樂，

享受夜晚的宴樂。

縮短美妙的歌舞，

廢止清越的絲管。

60　離開燈燭輝煌的居室，

進入沐浴月光的殿堂。

美酒羅列，

琴箏奏響。

"君王斁猒晨懽，樂宵宴。收妙舞，弛清縣。去燭房，即月殿。芳酒登，鳴琴薦。

5

至於寒夜之人，感到孤獨悲傷，

65　風過竹林，吹出曲調；

沒有親人朋友作伴，

唯有羈旅之人不斷過從。

聽到水鳥夜鳴，㉓

朔管奏出秋聲。㉔

70　於是調琴定調，㉕

其聲低回婉轉：

徘徊沉滯爲《房露》，㉖

惆悵憂鬱有《陽阿》。㉗

呼嘯的樹林掩住管聲，

75　風吹過池塘撫平波紋。

抑郁之情，交付與誰？

長長哀歌，獻給明月。"

"若斁涼夜自淒，風篁成韻。親懿莫從，羈孤遞進。聆臯禽之夕聞，聽朔管之秋引。於是絃桐練響，音容選和。徘徊《房露》，惆悵《陽阿》。聲林虛籟，淪池滅波。情紆軫其何託，愬皓月而長歌。"

㉓ 行 68：沼澤地裏的鳥是仙鶴。見《毛詩》第 184 首第 1 章："鶴鳴於九臯，聲聞於野。"

㉔ 行 69："朔管"指羌笛或藏笛。

㉕ 行 70："箏"在原文中寫作"弦桐"，因爲通常以泡桐木製成。

㉖ 行 72："房露"大概就是"防露"，陸機在《文賦》裏提到這首詩（行 181）。謝靈運在《山居賦》裏提到過一首同名詩："楚客放而《防露》作。"在注解這句詩時，謝靈運說它指東方朔的《七諫》。見《宋書》，卷 67 頁 1762。朱珔（《文選集釋》，卷 14 頁 23a）認爲，它可能是歸屬宋玉的《答楚王問》中提及的《陽阿薤露》的別名（《文選》，卷 45 頁 2a）。但是，鑒於謝莊在下一句中提到了《陽阿》歌，這似乎不太可能。

㉗ 行 73："陽阿"，也寫作"揚荷"，《陽阿》，是古代楚國的歌。見《楚辭補釋》，卷 9 頁 11a；《淮南子》，卷 18 頁 17b。

6

歌曰：

"美人迢遥，音訊不通；

80 千里相隔，共享此月。

向風嘆息，如何停止？

川路漫長，無法穿越。"

歌曰："美人邁兮音塵闕，隔千里兮共明月。臨風歎兮將焉歇，川路長兮不可越。"

7

歌詩未息，

淡月將隱。

85 滿堂賓客，動容改色，

彷徨悵惘，若有所失。

於是唱起另一首歌：

"月亮西沉，露水將乾；

年歲將盡，無人偕歸。

90 佳期可以回家，

莫使白霜濕衣！"

歌響未終，餘景就畢。滿堂變容，迴遑如失。又稱歌曰："月既没兮露欲晞，歲方晏兮無與歸。佳期可以還，微霜霑人衣！"

8

陳王說："妙極！"

遂命左右侍從

祝酒賞賜玉璧。

95 "我欽佩你的寶貴文辭，

將反復吟詠，永不厭倦。"

陳王曰："善。"廼命執事，獻壽羞璧。敬佩玉音，復之無斁。

鳥獸上

鵩鳥賦

賈　誼

【解題】

　　賈誼在此賦中講述一隻落入他的房舍的鵩或服鳥。鵩是"鴞"的長沙土話，鴞是中國古時對猫頭鷹的標準稱呼。早期文獻描述此鳥爲黑色，身有條紋，據說因其身形而得名"鵩"。參見《史記》，卷 84 頁 2497。但是，這裏所談是何種形狀並不清楚（"服"的最普通意思是"衣服"）。爲表明其方言出處，同時也爲跟猫頭鷹相區別，我將"鵩"譯爲古英文"houlet"。儘管有此名稱，《鵩鳥賦》並非一首有關鳥的詠物賦，而是關於生死的哲理詩。賈誼援引《老子》和《莊子》，反復指出生死都是變化的自然過程的一部分，生無可戀，死亦無可畏。此賦很大部分以不同方式陳述變化的無情冷酷、命運的變幻莫測、自然現象間的感應等。第三部分尤其富有藝術氣息，以兩個類比來説明創造的過程：在輪子（原文爲"大鈞"）上做陶器，在大熔爐裏冶煉金屬。持續轉動的輪子和熔爐中不斷蜕變的物質代表變化的過程。賈誼在結尾描繪一幅理想的道教聖人畫像。對聖人來説，生命、自我、富貴、名聲和權勢都不再重要。他目光遠大，除了道以外不再關心其他任何事物，由此擺脱所有的欲望和對自我的迷戀，服從於命運帶給他的任何事物。

　　此賦中有不少句子和《鶡冠子》相同。《鶡冠子》是先秦一部深受老莊思想影響的雜糅之作，其真實性自唐以來頗受質疑，但最近一些研究表明至少有一部分可能是可靠的。見緒方徹，《鶡冠子の成立》；吳光，《黄老之學通論》，頁 151—158；Neugebaurer，*Hoh-kuan Tsi*；A. C. Graham，"A neglected pre-Han philosophical text"。儘管我對賈誼會如此厚顔地"剽竊"其他作品存疑，但仍然在注釋中標注出二者文字的重合之處。

　　此賦先前的譯文包括：Giles，"Poe's 'Raven'-in Chinese"；Richard Wilhelm，*Diechinesische Literatur*，pp. 111‑12；Hightower，"Chia Yi's 'Owl Fu'"；Wastson，

Records of the Grand Historian of China，1：512‑15，rpt. in *Chinese Rhyme-Prose*，pp. 25‑28；小尾郊一、花房英樹，《文選》，卷 2，頁 722—729；李景濚，《昭明文選新解》，册 2，頁 103—108；遲文浚等編，《歷代賦辭典》，頁 26—27。專門研究包括 Schindler，"Some Notes on Chia Yi and his 'Owl Song'"；伊藤富雄，《賈誼の鵬鳥の賦の立場》。

賈誼任長沙王的太傅。[1] 在任第三年，一隻鵬鳥飛進屋舍，落在座席角上。[2] 鵬鳥跟鴞一樣，屬不祥之鳥。賈誼被朝廷貶謫，來居長沙。長沙地勢低下又潮濕，賈誼又爲悲傷和悔恨所折磨。他相信自己命不長久，因此作賦一篇寬慰自己。其辭如下：[3]

誼爲長沙王傅，三年，有鵬鳥飛入誼舍，止於坐隅，鵬似鴞，不祥鳥也。誼既以謫居長沙，長沙卑濕，誼自傷悼，以爲壽不得長，廼爲賦以自廣。其辭曰：

1

單閼之年，
四月，夏日伊始，
庚子日的日出之時，[4]
一隻鵬鳥飛入我舍，
5　落在座席角落，
神態悠閑安靜。
一隻怪物進宅，[5]

單閼之歲兮，四月孟夏。庚子日斜兮，鵬集予舍。止于坐隅兮，貌甚閑暇。異物來萃兮，私怪其故。發書占之兮，讖言其度。曰：野鳥入室兮，主人將去。請問于鵬兮，予去何之？吉乎告我，凶言其災。淹速之度兮，語

---

[1] 賈誼被朝廷高官彈劾後，約於公元前 176 年從漢文帝（前 179—前 157 年在位）的朝廷被貶謫，爲長沙王吳著（前 177—前 157 年在位）的太傅。當時長沙是一個王國，其疆域大致相當於現今的湖南。關於漢初長沙的出色研究，見 Emmerich，"Chu and Changsha am Ende der Qin-Zeit und zu Beginn der Han-Zeit"。

[2] 《史記》，卷 84，頁 2496，注 1 引 5 世紀方志《荆州記》，謂賈誼的屋舍位於長沙首府西北（今湖南長沙），因其小石頭床而聞名。

[3] 《文選》的輯錄者從《漢書》（卷 48 頁 2226）找到這則所謂的序言。

[4] 行 1—3：“單閼”是古代中國用以紀年的十二歲星之一的天文學名稱，指“卯”年。見郝懿行《爾雅》，中之四頁 4a。因此，徐廣（352—425）以其爲文帝六年（前 174），是丁卯年。見《史記》，卷 84 頁 2497，注 1。*Mh*，3：660 給出的也是這個時間。但是，考慮到木星繞日周期並非十二年整，歲星紀年要晚於實際曆法，因此在將歲星紀年轉換爲西曆時必須調整。錢大昕將該日期改爲文帝七年（前 173）。見《廿二史考異》，卷 5 頁 10a。此日期吻合劉坦在《〈呂覽〉“涒灘”與〈鵬賦〉“單閼”、〈淮南〉“丙子”之通考》中提出的日期，頁 80—81。正如德效騫所說，漢代文獻提到的公元前 104 年曆法改革前的月份，在轉換時必須加上三個月。見 Dubs，*HFHD* 1：154‑60。因此，四月實際上對應七月。文帝七年七月庚子日對應公元前 173 年 6 月 1 日。

[5] 行 7：《史記》作“集”，《漢書》作“崒”，而《文選》作“萃”。後兩字偏旁可互換，三個字皆意爲“止”（來休息）。見《毛詩》第 141 首第 2 章：“墓門有梅，有鴞萃止。”見王念孫，《讀書雜志》，4 之 9 頁 11b（297）；朱珔，《文選集釋》，卷 13 頁 17b—18a；胡紹煐《文選箋證》，卷 16 頁 1b—2a。

我疑惑其蹊蹺。

打開書占卜，

10　龜甲揭示我的運氣。⑥

它說："野鳥入户，

屋主將很快離去。"⑦

"請問鵩鳥先生，

我將向何處去？

15　是吉兆嗎？請告訴我！

是凶兆嗎？請告訴是何等壞事。

不管它早來抑或晚到，⑧

讓我知道時間。"

2

鵩鳥發出一聲長嘆，

20　抬頭扇翅。

既然它嘴不能言，

就讓我說出它的想法。

萬物改變、轉化，

無休無歇。⑨

25　旋轉，行進，變換，

有時向前，有時退後，

事和神相繼接踵，

變化，蜕變，變形。⑩

過程深沉奧妙無涯，

予其期。

鵩迺歎息，舉首奮翼，口不能言，請對以臆。萬物變化兮，固無休息。斡流而遷兮，或推而還。形氣轉續兮，變化而蟺。沕穆無窮兮，胡可勝言。禍兮福所倚，福兮禍所伏。憂喜聚門兮，吉凶同域。彼吳強大兮，夫差以敗。越棲會稽兮，句踐霸世。斯游遂成兮，卒被五刑。傅説胥靡兮，迺相武丁。夫禍之與福兮，何異糾纆。命不可説兮，孰知其極。水

---

⑥ 行 10：《文選》和《漢書》作"讖"（預示），《史記》作"笑"（卦簽）。

⑦ 行 12：原文爲"去"，其意在文中並不明確。但是，這句話傳統上認爲指死亡。參看《西京雜記》，卷 5 頁 7a："賈誼在長沙，鵩鳥集其承塵。長沙俗以鵩鳥至人家，主人死。"

⑧ 行 17：《文選》和《漢書》作"速"，《史記》作"數"。兩字形旁都是意爲"快速"之字的變形。見《禮記注疏》，卷 19 頁 18b(3029)；王力《同源字典》，頁 299。

⑨ 行 23—24：見《鶡冠子》卷 3 頁 4a："斡流遷徙，固無休息。"

⑩ 行 28：《文選》作"蟺"，《史記》和《漢書》作"嬗"。這兩字的形旁皆意爲"變形，變質"。見朱珔《文選集釋》，卷 13 頁 18a。

30　人如何能形諸於言?⑪

　　禍是福之所依,

　　福是禍之所藏。⑫

　　憂樂聚於一家,

　　吉凶同處一地。⑬

35　吳國强兵壯,

　　夫差仍一敗塗地。

　　越困於會稽,

　　勾踐卻稱霸於世。⑭

　　李斯趨秦,獲取功成,

40　最終身受五刑;⑮

　　傅説爲囚徒,

　　後來成爲武丁丞相。⑯

　　福禍相依,

　　跟繩索相互糾纏有何兩樣?⑰

45　命運不可預期,

　　誰知終極何在?⑱

　　水受阻則奔湧,

　　箭猛射則飛遠。⑲

　　萬物被驅循環,

激則旱兮,矢激則遠。萬物迴薄兮,振盪相轉。雲蒸雨降兮,糾錯相紛。大鈞播物兮,塊扎無垠。天不可預慮兮,道不可預謀。遲速有命兮,焉識其時。

---

⑪ 行 30:見《鶡冠子》卷 3 頁 3b:"變化無窮,何可勝言。"

⑫ 行 31—32:這幾句話出自《老子》第 58 章,也可以參看《鶡冠子》卷 3 頁 4a。

⑬ 行 33—34:這幾句話也見《鶡冠子》卷 3 頁 4a。

⑭ 行 35—38:吳王夫差(?—前 473)帶領吳國的軍隊擊敗越王勾踐(?—前 465),勾踐藏身於會稽山。後來勾踐擊敗吳國,成爲諸候霸主。參見《史記》,卷 41 頁 1739—1747;Mh,4:420-33。見《鶡冠子》卷 3 頁 4a:"吳大兵强,夫差以困;越棲會稽,勾踐霸世。"

⑮ 行 39—40:李斯(?—前 208),楚國人,赴秦成爲秦始皇最賞識的丞相。後來秦二世繼位,李斯被控不忠,被處以極刑。參見《史記》,卷 87 頁 2539—2563;Bodde, China's First Unifier。秦時的五刑可能是黥(額上刺字)、劓(割鼻)、斬趾、笞殺和菹骨(剁成肉醬)。見 Chavannes, Mh, 2:210, n. 2。

⑯ 行 41—42:傅説在傅巖當胥靡刑人,遇到商王武丁,被請去做丞相。見《史記》,卷 3 頁 102。"胥靡"意爲"綁在一起",胥靡刑人謂綁在一起的罪人。見《漢書》,卷 36 頁 1924,顏師古注。關於傅説爲刑人,見《吕氏春秋》,卷 22 頁 7b。

⑰ 行 43—44:見《鶡冠子》卷 3 頁 4a:"禍與福如糾纏也。"

⑱ 行 46:見《老子》:"禍兮福之所倚,福兮禍之所伏。孰知其極?"《鶡冠子》卷 3 頁 4a:"終則有始,孰知其極。"

⑲ 行 47—48:與這幾句稍有出入的版本,見《吕氏春秋》,卷 16 頁 16b 和《淮南子》,卷 15 頁 11b。也可見《鶡冠子》卷 3 頁 3b。

50 相互振蕩變化。⑳

像雲起雨落，

複雜結合，精妙�結。

大輪形塑萬物，㉑

沒有邊際，沒有限制。

55 天不可預期，

道不可預計。㉒

或遲或早，一切皆命。㉓

誰知道何時？

3

而且，天地是熔爐，

60 造化爲工匠。㉔

陰陽如炭，

萬物是銅。

事物聚散盈虧，

何來不變之則？㉕

65 千變萬化，

永無終點。

如果幸而爲人，㉖

爲何值得抓牢？㉗

如果變成他物，

且夫天地爲鑪兮，造化爲工。陰陽爲炭兮，萬物爲銅。合散消息兮，安有常則。千變萬化兮，未始有極。忽然爲人兮，何足控搏。化爲異物兮，又何足患。小智自私兮，賤彼貴我。達人大觀兮，物無不可。貪夫殉財兮，烈士殉名。夸者死權兮，品庶每生。怵迫之徒兮，或趨東西。大人不曲兮，意變齊同。愚士繫俗兮，窘若囚拘。至人遺物兮，獨

---

⑳ 行49—50：見《鶡冠子》卷3頁3b：“精神回薄，振蕩相轉。”

㉑ 行53：《史記》爲“專”，《漢書》和《文選》爲“鈞”。這兩字在意指“製陶工輪子”時可互用。見朱琦，《文選集釋》，卷13頁18a—b。《漢書》和《文選》的“播”，《集釋》作“槃”。我懷疑此詞是“盤”（轉動制成，轉動），故將其譯爲“形塑”。

㉒ 行55—56：見《鶡冠子》卷3頁4b：“天不可預謀，道不可預慮。”

㉓ 行57：同上書卷3頁3b：“遲速有命。”

㉔ 行59—60：見同上書，卷3頁9b：“今一以天地爲大鑪，以造化爲大冶。”

㉕ 行63—64：見同上書，卷7頁23a：“人之生也，氣之聚也，聚爲生，散爲死。”《鶡冠子》卷3頁3b：“同和消散，孰識其時？”

㉖ 行65—67：見《莊子》，卷3頁5b：“若人之形者，萬化而未始有極。”

㉗ 行68：《史記》和《文選》的“搏”，《漢書》作“揣”，此二字可互用。“控搏”字面意思爲“抓取並團成球”，引申爲“抓取”、“拿”、“緊抓”。見《鶡冠子》卷3頁3b：“受數於天，定位於地，成名於人。彼時之至，安可復還，安可控搏也。”

70　爲何值得憂心？
　　眼界狹隘者以自我中心，
　　輕賤別人，珍重自己。㉘
　　通達者目光遠大，
　　無物不可接受。㉙

75　貪婪者爲財喪命，
　　英雄爲名而死。㉚
　　野心勃勃者死於權勢，㉛
　　普通百姓貪求生命。㉜
　　人爲好惡所驅使，㉝

80　瘋狂地東衝西撞。㉞
　　德行高尚者不會屈從，
　　萬千變化皆是同樣。㉟
　　愚夫拘泥於世俗，
　　像囚犯般被限制。

85　至人遺棄萬物，
　　單獨與道同行。㊱
　　衆人混亂困惑，㊲
　　欲望仇恨充胸。㊳
　　覺悟者平靜安詳，

90　唯與道共處。

與道俱。衆人惑惑兮，好惡積億。真人恬漠兮，獨與道息。釋智遺形兮，超然自喪。寥廓忽荒兮，與道翱翔。乘流則逝兮，得坻則止。縱軀委命兮；不私與己。其生兮若浮，其死兮若休。澹乎若深泉之靜，泛乎若不繫之舟。不以生故自寶兮，養空而浮。德人無累，知命不憂。細故蒂芥，何足以疑。

――――――――――

㉘　行72：見《莊子》，卷6頁9a：“以道觀之，無貴無賤。以物觀之，自貴而相賤。”
㉙　行74：見同上書，卷1頁16a：“物故有所然，物故有所可，無物不然，無物不可。”
㉚　行75—76：見同上書，卷4頁4a：“小人則以身殉利，士則以身殉名，大夫則以身殉家，聖人則以身殉天下。”見《鶡冠子》卷3頁4b：“夸者死權，自貴矜容殉名。”
㉛　行77：見《莊子》，卷8頁14b：“權勢不尤則夸者悲。”見《鶡冠子》卷3頁4b：“夸者死權。”
㉜　行78：《漢書》和《文選》的“每”（貪求），《史記》作“馮”（緊抓）。“每”意指“貪求”時亦作“烸”。見戴震，《方言疏證》，卷13頁4a。它可能等同於“冒”，在早期文獻中常作“貪求”講。對該句的詳細討論，見朱珔，《文選集釋》，卷13頁18b—19a。
㉝　行79：如王念孫所說，“怵迫”（引誘和厭惡）應和《管子》（卷13頁2b）此句聯繫來理解：“是以君子不怵乎好，不迫乎惡。”見《讀書雜志》，4之9頁11b—12a。見《鶡冠子》卷3頁4b：“衆人惑惑，迫於嗜欲。”
㉞　行80：我對“或”或“惑”（困惑，瘋狂）的解釋遵循楊樹達的看法。見《漢書彙編》，頁255。
㉟　行82：“意”應爲“億”。見王念孫，《讀書雜志》，4之9頁12a。
㊱　行85—86：見《鶡冠子》卷3頁3b：“至人遺物，獨與道俱。”
㊲　行87：見上書，卷3頁4b：“衆人惑惑。”
㊳　行88：我沿用王念孫的解釋，以“意”爲“臆”（充滿）。見《讀書雜志》，4之9頁12b。

放棄智慧，拋開形體，㊴

平心静氣，忘掉自己。㊵

空闊無依，

與道飛升。

95　御水遠行，

遇阻則止。㊶

委身於命，

不偏己私。

生如浮游，

100　死如憩息。㊷

如深淵寧静，

如不繫之舟飄蕩。㊸

不爲活着而自貴，

涵養本性，任意去留。

105　有德者了無負擔，㊹

通達命運，没有悲傷。

瑣事微愁——

如何值得憂心？

㊴ 行 91：見《莊子》，卷 3 頁 14b：顔回對孔丘説："墮支體，黜聰明，離形去智，同於大道，此謂坐忘。"

㊵ 行 92：見同上書，卷 1 頁 10a："今者吾喪我。"

㊶ 行 96：或者依《史記》作"遇坻"。

㊷ 行 99—100：見《莊子》，卷 6 頁 2a："其生若浮，其死若休。"

㊸ 行 102：見同上書，卷 10 頁 7b—8a："泛若不繫之舟，虛而遨遊。"見《鶡冠子》卷 3 頁 4b："泛泛乎若不繫之舟。"

㊹ 行 105：見《莊子》，卷 5 頁 8b："德人者，居無思，行無慮。"卷 6 頁 2a："（聖人）故無天災，故無物累。"

鸚 鵡 賦

禰正平

【解題】

　　此賦是禰衡(字正平)在章陵(今湖北棗陽南)太守黃射舉行的宴集上所作的一篇詠物作品。有人送給黃射一隻鸚鵡作禮物,後者就請禰衡作一篇賦來給客人助興。這次宴集的時間可能是在198年,也即禰衡在世的最後一年。《鸚鵡賦》是其惟一存世的詩作。儘管這是一篇描述鸚鵡特性的詠物之作,但其中還傳達了詩人的個人感受和挫折。禰衡在開頭幾句談到鸚鵡本出西域(中亞),在五行中爲金和火,聰明能言,羽毛華麗,在鳥類中很獨特。接着他講述這隻異鳥如何被獵人追逐捕獲,並綁縛其羽,關進籠子。這隻鸚鵡被帶着跋山涉水,獻與"仁王"。到這裏,很顯然禰衡不再只是寫一隻被俘獲的鳥,而是他自己。這隻鳥很像禰衡,常以其鋒利口齒惹惱主人。《鸚鵡賦》的另一個主題是思鄉,在最後部分,這隻鸚鵡思慕自己在遥遠西域的出生地。跟鸚鵡一樣,禰衡可能渴望回到自己在北方的家鄉。

　　此賦早前的翻譯包括: William T. Graham, Jr., "Mi Heng's 'Rhapsody on a Parrot'";小尾郊一、花房英樹,《文選》,卷2,頁196—203。白話翻譯參看:陳宏天等編,《昭明文選譯注》,册2,頁730—736;李景濚編,《昭明文選新解》,册2,頁109—113;遲文浚等編,《歷代賦辭典》,頁242—244;孔鏡清、韓泉欣,《兩漢諸家散文選》,頁324—333。屈守元的《昭明文選雜述及選講》有極佳的注解,見頁52—57。其他注解本包括:瞿蜕園編,《漢魏六朝賦選》,頁52—57;裴晉南編,《漢魏六朝賦選注》,頁81—87;黄瑞雲編,《歷代抒情小賦選》,頁43—48;劉禎祥、李方晨編,《歷代辭賦選》,頁173—179。

　　當年,①黃祖的長子黃射大宴賓客,有人送他一隻鸚鵡。他向禰衡舉杯說:"禰處士,②今天我沒有什麽可娱樂客人。但是,我相信這隻來自遠方的鸚鵡,

時黃祖太子射賓客大會,有獻鸚鵡者,舉酒於衡前曰:"禰處士,今日無用娱賓,竊以此鳥自遠而

---

① 這次宴集可能是在198年。見陸侃如,《中古文學繫年》,册1頁332—333。

② "處士"指没有官職的人。李善(《文選》,卷13頁20b)引《風俗通義》,將"處士"釋爲"隱居放言"之人。這句話不見於通行本《風俗通義》。

聰明穎悟，在羽族中值得贊美。我希望你爲它作一賦，以便客人分享這稀罕之物。這難道不讓人高興嗎?"禰衡於是作賦一篇，手不停揮，隻字不易。其辭如下：③

至，明慧聰善，羽族之可貴，願先生爲之賦，使四坐咸共榮觀，不亦可乎?"衡因爲賦，筆不停綴，文不加點。其辭曰：

1

這隻來自西域的靈鳥，④
呈現神奇的自然之美。
體現金德的高尚本質，⑤
體現火德的明輝。⑥
5　天賦聰敏，開口能言；
善解明慧，能見極微之事。
在縹緲山峰玩耍嬉戲，
在人跡罕至的幽谷築巢休憩。
不論飛向何方，從不隨意停歇；
10　不論升騰何處，必定擇選樹林。
其爪黑中泛紅，其喙色爲朱紅，
綠衣翠衿，
五彩絢耀，其貌可愛，
啁啾鳴叫，其音可喜。
15　儘管同樣是羽翼之屬，
它智識突出，心智不同，
如同鸞鳥鳳凰美麗，
凡鳥豈能與其相匹?

惟西域之靈鳥兮，挺自然之奇姿。體金精之妙質兮，合火德之明輝。性辯慧而能言兮，才聰明以識機。故其嬉游高峻，栖跱幽深。飛不妄集，翔必擇林。紺趾丹觜，綠衣翠衿。采采麗容，咬咬好音。雖同族於羽毛，固殊智而異心。配鸞皇而等美，焉比德於衆禽。

③ 這篇序的出處不詳，顯然並非禰衡所作。瞿蛻園認爲它出自一位史學家或者編者之手。見《漢魏六朝賦選》，頁53，注釋6。
④ 行1：此處所說的是隴山鸚鵡(parrot，或者更準確説是 parakeet)，隴山從陝西隴縣綿延至甘肅平涼。這種鳥可能在中國已滅絶了。見 Schafer, "Parrots in Medieval China," pp. 272—74。
⑤ 行3：在中國的五行思想裏，西方屬金。鸚鵡原産於西域，其白色羽毛，跟金屬的白相應。
⑥ 行4：尤袤原本將"含"(擁有)寫爲"合"(配合)。我沿用通常被認爲是正確的尤袤本文字。見屈守元，《昭明文選雜述及選講》，頁54—55。南方屬火，其色爲赤。據李善(《文選》，卷13頁21a)，此句指鸚鵡的紅喙。

2

仰慕其傳播久遠的芳名，

20　崇尚其人人喜愛的華麗外表，

大王敕令虞人到隴山，⑦

派遣伯益到流沙之地。⑧

越過崑崙，他們布下弓箭；

雲虹之巓，他們張網以待。

25　儘管設下天羅地網，

最終它爲一索而縛。⑨

它神態鬆弛，性情安嫻，⑩

保持鎮靜，泰然不慌。

有人迫近，它無懼；

30　有人撫弄，它不驚。

寧可順從以免傷害，

決不違迕因而喪生。

獻上完美鸚鵡者得到獎賞，

而任何傷害者會被懲罰。

3

35　於是，順服困境，接受命運，

它離群失侶，

被關在華麗雕籠中，

羽翅被剪。

漂流萬里，

40　翻過崎嶇山嶺，危險峽谷，

於是羨芳聲之遠暢，偉靈表之可嘉。命虞人於隴坻，詔伯益於流沙。跨崑崙而播弋，冠雲霓而張羅。雖綱維之備設，終一目之所加。且其容止閑暇，守植安停。逼之不懼，撫之不驚。寧順從以遠害，不違迕以喪生。故獻全者受賞，而傷肌者被刑。

爾迺歸窮委命，離群喪侶。閉以雕籠，剪其翅羽。流飄萬里，崎嶇重阻。踰岷越障，載罹寒暑。女辭家而適人，臣出身而事主。彼賢哲之逢患，猶棲遲以羈旅。矧禽鳥之微物，能馴擾以安處。

---

⑦　行21：隴坻（字面意思爲隴的坡）是陝西甘肅交界處隴山的別名。見譚其驤，《中國歷史地圖集》，冊2，頁57—58，5-8。

⑧　行22：伯益是舜手下管理山川的官員，幫助舜馴化鳥獸。見《史記》，卷1頁43。後來此名成爲獵人和馴獸師的統稱。

⑨　行26：見《文子》，卷16頁36b：“有鳥將來，張羅而待之。得鳥者羅之一目也，今爲一目之羅，即無以得鳥也。”

⑩　行27：見《鵩鳥賦》，行6。

穿越岷山障山，⑪

忍受冬冷夏熱。

女子離開娘家去嫁人，

臣子盡命以侍主。

45　聖哲遭逢患難，

也須依人而憩。⑫

更何況微小生物如鳥，

它怎能不屈服馴化，接受命運？

戀慕不絕，它看着西行之路，

50　遙望故鄉，引頸以待。

它知道自己卑微腥臊的軀體⑬

不值得動用鼎俎。

眷西路而長懷，望故鄉而延佇。

忖陋體之腥臊，亦何勞於鼎俎。

4

啊，命中的幸運何其菲薄！⑭

爲何它碰上如此險惡的時代？

55　話語是災難的津梁嗎？

抑或不夠謹慎招致禍端？⑮

悲哀母子永難再見，

傷痛伴侶活着分離。

它並非擔憂餘年，

60　但哀憐天真無邪的幼鳥。

離開蠻夷邊荒之地，

來服侍威儀堂堂的大公。

嗟禄命之衰薄，奚遭時之險巇？

豈言語以階亂，將不密以致危？

痛母子之永隔，哀伉儷之生離。

匪餘年之足惜，愍衆雛之無知。

背蠻夷之下國，侍君子之光儀。

懼名實之不副，恥才能之無奇。

羨西都之沃壤，識苦樂之異宜。

懷代越之悠思，故每言而稱斯。

---

⑪ 行 41：岷是位於四川和甘肅交界的大型山脈。"障"的確切地點不能肯定。李善（《文選》，卷 13 頁 21b）認爲它是一個山名。但是，朱珔（《文選集釋》，卷 13 頁 20a）認爲是一條位於隴西郡障州的河流。見《後漢書》，卷 23 頁 3517；李吉甫，《元和郡縣圖志》，卷 39 頁 984。該州位於甘肅漳縣。見譚其驤，《中國歷史地圖集》，册 2，頁 57—58，5 - 6。

⑫ 行 46：見《毛詩》第 138 首第 1 章："衡門之下，可以棲遲。"

⑬ 行 51：該句原文爲："陋體之腥臊。"

⑭ 行 53：行 53—67 表現的是作者想象中鸚鵡的思考，也可用第一人稱翻譯。爲了與此賦前面部分的調子相吻合，我使用第三人稱。

⑮ 行 55—56：見《周易注疏》，卷 7 頁 19a—b(164)，《繫辭》："亂之所生，則言語以爲階也。君不密則失臣，臣不密則失身。"

它仍害怕名不副實，
慚愧自己並非不同凡響。
儘管欣賞西京沃土，
它還知道憂樂相依。[16]
如同代馬越鳥渴望回家，[17]
不論何時它開口説的是家鄉。[18]

5

當少昊掌司季節，
蓐收手執繮繩，[19]
嚴霜始降，
冷風呼號。
長長嘆息，它思念遥遠故鄉；
悲傷啼叫，令同類不安。
其聲悲慘尖利，
其形嶙峋憔悴。
聽之令人苦悲；
見之令人下淚。
謫官不停哀嘆，
棄婦涕泣幽咽。

若迺少昊司辰，蓐收整轡。嚴霜初降，涼風蕭瑟。長吟遠慕，哀鳴感類。音聲悽以激揚，容貌慘以顦顇。聞之者悲傷，見之者隕淚。放臣爲之屢歎，棄妻爲之歔欷。

---

[16] 行 65—66：西京指長安，京畿地區以肥沃的土地聞名。見《西京賦》，行 60—61。William Graham (“Mi Heng’s Rhapsody on a Parrot,” p. 48, n. 40)認爲，此句的“西京”喻指黄祖的府第，“第 66 行是一種機智的説法，表明無論此處多麼吸引人，都不符合禰衡的品味”。這的確是一種可能的解釋。但是，西漢京城如何能夠指代東漢地方官員的府第，是難以理解的。在本文中，西京可指任何朝廷中心。儘管西京是讌樂中心，但鸚鵡和禰衡並不享受。在表面意義上，此賦中的“西京”確實指帝國首都。例如，在行 19—21 裏，詩人暗示是皇帝派遣人去捉鸚鵡(注意：“詔”説明是皇帝的命令)。因此，從字面上説，鸚鵡被送到京城；只有行 62 隱約提到，這隻鳥的現任主人並非皇帝，而是“威儀堂堂的大公”。但是，禰衡没説到這隻鳥被送去南方。押送貢物者走的路綫(見行 41)，實際上説明目的地是在北方。我認爲，提到西京有幾個層面的功能。首先，它是傳説中的富饒之地，有着形形色色的娱樂。第二，它代表宫廷。在表面上，鸚鵡是被當作貢品進獻給皇家内廷的。結合禰衡當時的個人處境，它應指黄祖的太守府。這兩句話可以被重述如下：“沃土和快樂之地應是鸚鵡喜愛的地方，但是它知道憂樂相依。”根據不同情況，對憂樂的理解不同。

[17] 行 67：“代”是中國北方的古國(今山西北部)，“越”在南方(今廣東和廣西)。“代”(北方)馬和越鳥已成渴望歸鄉的流放或漂泊者的固定意象。見《古詩十九首》，第 1 首(《文選》，卷 29 頁 2a)：“胡馬依北風，越鳥巢南枝。”

[18] 行 68：李善(《文選》，卷 13 頁 22b)認爲“斯”指長安。但是，正如 William Graham 所正確指出，“斯”指這隻鳥的思鄉之情。

[19] 行 69—70：“少昊”是主宰秋季的神，蓐收是其輔佐神。見《禮記注疏》，卷 16 頁 16b。

6

它想起平生伴侣，　　　　　　　　　　感平生之游處，若壎篪之相須。
就像壎篪相依。⑳　　　　　　　　　　何今日之兩絶，若胡越之異區？
爲何今天這一對被分離，㉑　　　　　　順籠檻以俯仰，闚户牖以踟躕。
在不同世界如同胡、越？㉒　　　　　　想崑山之高嶽，思鄧林之扶疏。
85　沿着籠子栅欄上下觀察，　　　　　顧六翮之殘毁，雖奮迅其焉如？
盯着門外來回走動。　　　　　　　　心懷歸而弗果，徒怨毒於一隅。
想象崑崙的高峰，　　　　　　　　　苟竭心於所事，敢背惠而忘初？
嚮往鄧林的繁茂。㉓　　　　　　　　託輕鄙之微命，委陋賤之薄軀。
轉頭看着損毁的羽翅，　　　　　　　期守死以報德，甘盡辭以效愚。
90　急切拍打翅膀，然而何處可去？　　恃隆恩於既往，庶彌久而不渝。
心中渴想回去，卻無法做到；
只能在小小角落，忍受苦澀憎怨。
它將全身心服侍主人，
豈能對慈愛無動於衷，忘記過去的恩寵？
95　將卑微命運放在主人手裏，
它獻出自己的鄙陋之體。
希望至死回報主恩，
準備好表達自己，貢獻卑微意見。
它過去仰賴厚愛，
100　希望恩寵長久不變！

---

⑳ 行82：禰衡此處指《毛詩》第199首第7章："伯氏吹壎，仲氏吹篪。及爾如貫。"壎和篪是表現兄弟友好的傳統意象。

㉑ 行83：王念孫（見《讀書雜志》，餘編下頁32b）建議將"兩絶"改爲"雨絶"。他説李善在《文選》卷23頁25b和卷31頁15a中引這句話時用的是"雨絶"，這是魏晉時期文學中常見的離散意象（雨後的晴空代表分隔兩人的巨大空間）。清代其他的注疏者大多沿用王念孫的説法。見張雲璈，《選學膠言》，卷8頁5b—6a；梁章鉅，《文選旁證》，卷15頁10b；胡紹煐，《文選箋證》，卷16頁5b—6a；朱珔，《文選集釋》，卷13頁20a—b。儘管支持"雨絶"的文獻材料不少，但我在此處不遵從此説。我同意William Graham的觀點，對此賦而言，"雨絶"是一個太過密集的解讀，而且跟下句很難銜接上。

㉒ 行84："胡"指北方的匈奴地帶，"越"是南方的邊地（見行67注）。參見《淮南子》卷2頁6a："自異者視之，肝膽胡、越也。"

㉓ 行88：夸父追日渴死，手杖化爲鄧林。見袁珂，《山海經校注》，卷8頁238—239。不清楚爲何鸚鵡會嚮往鄧林。Graham（"Mi Heng's 'Rhapsody on a Parrot'"，p. 49，n. 47）認爲禰衡的家鄉在此方向。但是，夸父手杖所化的鄧林純粹是傳説的產物。湖北襄陽附近有一個叫鄧林的地方（見《詩經》，卷23頁1166，注釋15），但它很可能跟傳説中的鄧林並無關聯，而且肯定離禰衡在山東的家鄉相當遠。我認爲鄧林並不指任何具體地點，只是指鸚鵡在遙遠西北以之爲家的林子而已。

鷦 鷯 賦

張茂先

【解題】

張華（字茂先）此賦是關於鷦鷯的詠物賦，鷦鷯即 northern wren (*Troglodytes troglodytes*)。詩人將鷦鷯描繪爲能夠遠離傷害的動物，因其形體較小，對任何人都無用處，其寓意即老莊常説的"無用之大用"。

《晉書》張華傳（卷 36 頁 1068—1069）亦收此賦。傳中説張華作此賦時還很年輕，籍籍無名，故以此訴説其鬱鬱不得志。但是，臧榮緒（李善引，《文選》，卷 13 頁 23b）説張華寫作此賦時已任太常博士，"雖棲處雲間，慨然有感，作《鷦鷯賦》"。陸侃如將此賦的作年定爲 261 年，張華三十歲。見《中古文學繫年》，册 2，頁 602。

此賦早先的譯文有：von Zach, *Deutsche Wacht*（June 1928），and rpt. in *Die Chinesische Anthologies* 2：201 - 3；小尾郊一、花房英樹，《文選》，卷 2，頁 204—210。白話文翻譯見陳宏天編，《昭明文選譯注》，册 2，頁 737—742；李景濚編，《昭明文選新解》，册 2，頁 114—118。注疏本見黃瑞雲，《歷代抒情小賦選》，頁 69—76。研究文章，見中島千秋，《張華の鷦鷯の賦について》。

鷦鷯是一種小鳥。它生於雜草間，長在樹叢籬笆之下，起落不過一兩丈，[①]但具足維生的手段。[②] 其羽色褐，軀體微小，於人無用。其形體很小，住在低處，不受其他東西傷害。[③] 鷦鷯繁衍族類，居則一對，出則成雙，[④]翩翩然，自得其樂。那些鷹、鶡、

鷦鷯，小鳥也，生於蒿萊之間，長於藩籬之下，翔集尋常之内，而生生之理足矣。色淺體陋，不爲人用，形微處卑，物莫之害，繁滋族類，乘居匹游，翩翩然有以自

---

① 我將"尋"（8 尺）譯爲"span"。兩尋（常）是 16 尺，"尋常"指小範圍。

② "生生"見於《老子》和《周易》。在《老子》中，該詞意爲"養生"。見《老子》第 75 章："民之輕死，以其生生之厚。"在《周易》中，"生生"帶有"不斷生成生命"的意思。見《周易注疏·繫辭》，卷 7 頁 13b："生生之謂易。"張華用此詞可能意爲"維持生命"。

③ 張華從《呂氏春秋》（卷 19 頁 2b）借用"物莫之害"，述一位辭謝舜和湯傳位的人，"高節厲行，獨樂其意，而物莫之害"。

④ 見《列女傳》卷 3 頁 10a："雎鳩（osprey）之鳥，猶未常見其乘居而匹遊。"

鶥鶏、天鵝、孔雀和翠鳥，或者高飛赤霄，⑤或者藏身極遠邊地。⑥它們展翅足以上天，喙和爪亦足以自衛，仍然不免被弦鏢擊中，被帶生絲的箭縛住，羽毛成爲貢品。爲何如此？因爲它們對人有用。

有些話簡單，但傳達深奧的意義。有些生物很小，但可以用來説明大真理。⑦因此，我作此賦，其辭如下：

樂也。彼鶯鷃鶥鴻，孔雀翡翠，或凌赤霄之際，或託絶垠之外，翰舉足以沖天，觜距足以自衛，然皆負矰嬰繳，羽毛入貢。何者？有用於人也。夫言有淺而可以託深，類有微而可以喻大，故賦之云爾。

1

自然創造何等多姿多態！
將萬物塑成多種形式！
即使微小如鷦鶏，
亦受天地之氣以維生。

5　生就單薄小身板，
缺乏鮮亮顏色以自炫。⑧
羽毛不能裝飾容器，
骨肉不足用作供品。⑨
即使鷹隼經過，也只是斜斜而飛，

10　它爲什麼要怕網羅？
草木豐茂之地，
是嬉戲棲息的地方。
能飛卻並不高揚，
有翅卻並不迅捷。

15　它的巢輕易容納，
需要容易滿足。

何造化之多端兮，播群形於萬類。惟鷦鶏之微禽兮，亦攝生而受氣。育翩翾之陋體，無玄黃以自貴。毛弗施於器用，肉弗登於俎味。鷹鸇過猶俄翼，尚何懼於罝罘。翳薈蒙籠，是焉游集。飛不飄颺，翔不翕習。其居易容，其求易給。巢林不過一枝，每食不過數粒。棲無所滯，游無所盤。匪陋荊棘，匪榮茞蘭。動翼而逸，投足而安。委命順理，與物無患。

---

⑤　見劉向，《九歎》，《遠遊》，行 6（《楚辭補注》，卷 16 頁 27b）：“載赤霄而凌太清。”
⑥　見《遠遊》，行 156（《楚辭補注》，卷 5 頁 9b）：“逴絶垠乎寒門。”
⑦　見《史記》，卷 109 頁 2878：“諺曰：桃李不言，下自成蹊。此言雖小，可以諭大也。”
⑧　行 6：這句話意爲：“它没有黑色或黄色（的羽毛）讓自己顯得可愛。”
⑨　行 7—8：參考《左傳》，隱公五年（Legge, *The Chinese Classics* 5：19），臧僖伯曰：“皮革、齒牙、骨角、毛羽不登於器，鳥獸之肉不登於俎，則公不射，古之制也。”

憩息於林,所據不過一枝;⑩

不管何時進食,所需無過幾粒。

不管棲息何處,不會久留;

20　不管漫游哪裏,不會徘徊。

不鄙視荆棘之地,

不以茝草蘭草爲榮。

拍打翅膀,姿態嫻雅;

站在地上,神色自在。

25　順服命運,跟自然和諧,

與世無違。

2

這無知之鳥,⑪　　　　　　　　　　　　伊兹禽之無知,何處身之似智。

處身似乎很有智慧!　　　　　　　　　　不懷寶以賈害,不飾表以招累。

不緊抓寶物,因此不會招禍;⑫　　　　　静守約而不矜,動因循以簡易。

30　不修飾自己,因此不惹麻煩。　　　　任自然以爲資,無誘慕於世僞。

休憩時節制,永遠不傲慢;⑬

行動遵守簡單自在的自然過程。⑭

以自然本性爲依據,

不爲世界的虛榮所誘惑。

3

35　鷹和銀雉依靠喙爪,　　　　　　　　　鶡鷄介其觜距,鵠鷺軼於雲際。

天鵝和鷺高飛雲端。　　　　　　　　　鸚鷄竄於幽險,孔翠生乎遐裔。

鷗鷄藏於幽險山谷,　　　　　　　　　彼晨鳧與歸鴈,又矯翼而增逝。

---

⑩　行17:見《莊子》,卷1頁6a:"鷦鷯(wren nests)巢林,不過一枝。"

⑪　行27:見同上書,卷3頁16a:"鳥高飛以避矰弋之害,鼷鼠(field mouse)深穴乎神丘之下,以避熏鑿之患,而曾二蟲之無知也。"

⑫　行29:見《左傳》,桓公十年(Legge, *The Chinese Classics* 5:55):虞叔有一美玉,其兄長虞公索要而被拒絶。但是他後來因周代成語"匹夫無罪,懷璧其罪"而改變主意,告訴其兄説:"吾焉用此,以賈其害。"

⑬　行31:見《文子》,卷1頁2b:"約其所守即察,寡其所求即得。"

⑭　行32:見《淮南子》,卷9頁1a:"清静而不動,一度而不摇,因循而任下。"

孔雀翠鳥生於遠方。　　　　　　　　　　咸美羽而豐肌，故無罪而皆斃。

早晨起飛的鴨子，晚上回家的大雁，　　　徒銜蘆以避繳，終爲戮於此世。

40　都展翅而高飛。

它們都有美羽豐肌，

儘管無辜也被殺害。

口中銜葦避箭，徒勞無功，⑮

最終在此世被殺害。

4

45　凶悍蒼鷹被繩子所縛，　　　　　　　　蒼鷹鷙而受緤，鸚鵡惠而入籠。

聰明鸚鵡被籠子所關。　　　　　　　　　屈猛志以服養，塊幽繫於九重。

一個抑制野性，俯首被馴；　　　　　　　變音聲以順旨，思摧翮而爲庸。

另一個被獨自拘禁在宮殿深處。　　　　　戀鍾岱之林野，慕隴坻之高松。

一個改變聲音，配合主人意旨；　　　　　雖蒙幸於今日，未若疇昔之

50　另一個被剪掉羽翼，發揮作用。　　　　從容。

一個嚮往鍾岱的林野，⑯

另一個渴望隴坻的長松。⑰

儘管它們現在都沐浴絕大恩寵，

卻無法跟過去的自由自在相比。

5

55　海鳥爰居　　　　　　　　　　　　　　海鳥鶢鶋，避風而至。條枝巨

爲避風暴來此，⑱　　　　　　　　　　　雀，踰嶺自致。提挈萬里，飄飄

條枝巨鳥　　　　　　　　　　　　　　　逼畏。夫唯體大妨物，而形瓌足

---

⑮ 行 43：據中國古代文獻，野雁會喙中噙葦以避箭矢。見《淮南子》，卷 19 頁 8a；葛洪，《抱朴子》，卷 48 頁 7b；
　《古今注》，卷 2 頁 3b—4a。

⑯ 行 51：《漢書·地理志》並提"鍾"和"岱"（也寫作"代"），指它們靠近"胡（匈奴?）地"。如淳的注疏不知道鍾
　的具體位置。見《漢書》，卷 28 下頁 1656。而清朝的漢代地理專家錢坫（1744—1806）則認爲鍾是內蒙古陰
　山的別稱。見朱珔，《文選集釋》，卷 13 頁 21a—b。岱爲漢郡，位於今河北蔚縣東北。見譚其驤，《中國歷史
　地圖集》，冊 2，頁 17—18，12－3。這些地區據説以蒼鷹（goshawks）聞名。

⑰ 行 52：隴坻因其鸚鵡（parrots）聞名。見《鸚鵡賦》，行 21 注。

⑱ 行 55—56：《國語》（卷 4 頁 5a—7b）記述，有爰居鳥停在魯國東門外，一位魯國官員説這是海上有風暴的信
　號。我沿用薛愛華的譯法，將爰居（又作鶢鶋）譯爲"frigate bird"。見 *The Vermilion Bird*，p. 38。

獨自穿過高峰。[19]

一個結伴而行來此，

60　另一個因風裏挾而驚恐。

身體巨大，則易遇障礙；

形貌奇異，則易受珍視。

陰陽形塑和創造

世界的萬事萬物，

65　小大雜處，

多種多樣，特色各具。

鷦螟在蚊子睫毛做巢，[20]

大鵬遮住天空一角。

即使比上不足，

比下遠爲有餘。

觀天地之寬廣，

誰知小大之別？

瑋也。陰陽陶蒸，萬品一區。巨細舛錯，種繁類殊。鷦螟巢於蚊睫，大鵬彌乎天隅。將以上方不足，而下比有餘。普天壤以遐觀，吾又安知大小之所如？

---

[19] 行 57—58：此鳥即鴕鳥。條枝，見《西京賦》，行 135 注。

[20] 行 67：鷦螟常被用來指稱世上最微型的生物，據説小到能在蚊子的眼睫毛上做窩。見《晏子春秋》，卷 7 頁 16a；《列子》，卷 5 頁 6b。

第十四卷

鳥 獸 下

赭白馬賦

顏延年

【解題】

顏延之(字延年)此賦贊頌一匹獻給劉宋創立者劉裕(武帝,420—422 年在位)的寶馬。這匹馬赤白相間,顯然深得劉裕和宋文帝(424—453 年在位)的歡心。該馬於 440 年死後,顏延之受托作賦頌贊。爲描述這匹非同尋常的馬,顏延之旁徵博引大量有關馬的傳說,而此賦本身後來亦成爲中國文學史上許多描述馬的詩句的來源。

此前譯文包括:von Zach, *Deutsche Wacht*(April 1929), and rpt. in *Die Chinesische Anthologies* 1:204‑8;小尾郊一、花房英樹,《文選》,卷 2,頁 211—221。白話文翻譯見陳宏天編,《昭明文選譯注》,册 2,頁 744—758;李景濚,《昭明文選新解》,册 2,頁 119—128。

良馬不因其力量而被贊頌,[①]而駿馬則被稱作"龍"。[②] 豈止國家要以此顯其威容,軍隊要用其迅疾和力量![③] 事實上,過去河水發光,龍馬出而獻圖,是

驥不稱力,馬以龍名,豈不以國尚威容,軍駴趫迅而已,實有騰光吐圖,疇德瑞聖之符焉。是以

---

① 見《論語》14/33:"驥不稱其力,稱其德。"

② 中國古代經常描繪馬具有龍性,最常提及的是傳說中的黃河龍馬,伏羲從其背上看到啓發他創造八卦的圖案。見以下注釋 4。

③ 黃侃指出"不"在此句中是冗字,我沿用其説法。見黃侃,《文選平點》,頁 51。李善(《文選》,卷 14 頁 1b)認爲"駴"是馬的名字,而朱珔(《文選集釋》,卷 13 頁 12b)認爲它只是"服"的假借字。

有德之人的吉兆。④　因此，人們世代傳頌其神異，以其出現而爲榮。

自我宋高祖締造大宋，⑤五方之人全示順服，⑥四方邊境都來入貢。稀世珍寶充塞倉庫，五彩斑斕的馬排列於華麗馬廄。於是赭白馬出現，爲皇帝效力。它天姿不凡，被皇帝選中，⑦因此在皇馬廄被賜一席之地。騎乘駕車，順遂人意；奔馳騰躍，遵守節度。直至年老體衰，其才能和外貌也無改變。年復一年，它承受皇恩，被關心和照管。年老力竭，死於皇家馬棚。少壯時，它使出所有力氣。皇帝深感悲傷，令陪侍之臣作賦以表其意。我職低份微，冒昧地跟他們一起獻賦一篇。辭如下：

語崇其靈，世榮其至。我高祖之造宋也，五方率職，四隩入貢。祕寶盈於玉府，文駟列乎華廄。乃有乘輿赭白，特稟逸異之姿，妙簡帝心，用錫聖皁。服御順志，馳驟合度，齒歷雖衰，而藝美不忒。襲養兼年，恩隱周渥，歲老氣殫，斃于內棧。少盡其力，有惻上仁，乃詔陪侍，奉述中旨。末臣庸蔽，敢同獻賦。其辭曰：

1

大宋立國二十二載，⑧
功業輝煌延至兩代。
軍事武功，莊嚴展示；
民衆教化，及於諸方。
5　太平盛世可期，⑨
聖王蹤跡可追。
尋求舊史中的美政，
考察往事於古老典籍。

惟宋二十有二載，盛烈光乎重葉。武義粵其肅陳，文教迄已優洽。泰階之平可升，興王之軌可接。訪國美於舊史，考方載於往牒。昔帝軒陟位，飛黃服皁。后唐膺籙，赤文候日。漢道亨而天驥呈才，魏德㻞而澤馬效質。伊逸倫之妙足，自前代而間出。并

---

④ 李善(《文選》，卷14頁1b)引用《尚書》緯書《尚書中候》，述堯在位七十年，在河洛建壇。太陽快落山時，河中騰起亮光，出現一匹口含甲骨(龜甲?)的龍馬，甲綠色，帶紅記，臨壇吐圖，繪有八卦。這是確認帝堯美德的符瑞。

⑤ "高祖"指劉裕。

⑥ 我譯爲"宣示馴服"，字面意思爲"履行責任"。

⑦ 見《論語》20/1："天之曆數在爾躬。"

⑧ 行1：李善(《文選》，卷14頁2b)說宋二十二年是劉宋第二任皇帝文帝十七年(440)，但張雲璈《選學膠言》，卷8頁6a—b)則說是文帝十八年(441)。

⑨ 行5："泰階"(Grand Stairway)是三臺(Three Platforms)的別稱，是六顆星的大熊星座(Ursa Major)。泰階有三層，每層象徵社會和政治結構中的等級。最上一級代表皇帝和皇后；中間一級是貴胄丞相；下級代表士人和民衆。這三個階層的和諧運作意味着帝國境內的和平有序。見《晉書》，卷11頁293；Ho Peng-yoke, *The Astronomical Chapters of the Chin Shu*, pp. 80-81。

昔日黃帝軒轅氏登位，

10　飛黃神馬馴伏於馬厩。⑩

帝堯接受天命，

則有赤文神馬等待落日。⑪

漢道遠播，天馬呈現其才；⑫

魏德昌盛，澤馬展其優良品性。⑬

15　這些神馬優異無儔，

累世出現，

在瑞應志中呈現榮光，⑭

其頌歌爲司律在祭祀呈現。⑮

它們尊崇保護聖王，

20　警衛並爲其開路。

星光與之諧和呼應，

神物有序出現。⑯

明命已然建立，⑰

九州迅即平順。

榮光於瑞典，登郊歌乎司律。所以崇衛威神，扶護警蹕。精曜協從，靈物咸秩。暨明命之初基，罄九區而率順。有肆險以稟朔，或踰遠而納賮。聞王會之阜昌，知函夏之充牣。總六服以收賢，掩七戎而得駿。蓋乘風之淑類，實先景之洪胤。故能代驂象輿，歷配鉤陳。齒筭延長，聲價隆振。信聖祖之蕃錫，留皇情而驟進。

---

⑩ 行9—10：帝軒指黃帝。據《淮南子》（卷6頁6b），他治國時，飛黃馬（Flying Yellow）馴服地待在馬圈。高誘注《淮南子》説，飛黃像一隻背上有角的狐狸，騎上它，人能享壽三千年。

⑪ 行11—12：唐王指堯，赤文指堯在位期間黃河上出現的馬。這匹馬衛甲，上刻顏延之所説"天命"的圖案，以示上天指定堯以統治。見《東京賦》，行50注。注意，在本句中紅色似乎指馬，而非甲殼上的標記，見本賦注釋4。

⑫ 行13：天驥指西漢武帝（前140—前87）統治期間出現的所謂汗血寶馬。見《漢書》，卷6頁202；Dubs, *HFHD* 2：132‑35；Waley, "The Heavenly Horses of Ferghana"；Hulsewé, *China in Central Asia*, pp. 132‑34, n.322。

⑬ 行14：沼澤地出現的馬（澤馬）被視爲良政象徵。李善（《文選》，卷14頁3a）引《魏志》，説這些神馬之一出現於文帝黃初時期。其他材料，見《東京賦》，行612注；《魏都賦》，行550。

⑭ 行17：這句暗指那匹口銜八卦圖從黃河中躍出的馬。

⑮ 行18：這句指西漢武帝時爲慶祝天馬出現而作的詩歌。第一首紀念在渥洼河（今甘肅安西附近）誕生的一匹馬；第二首慶賀將軍李廣利於公元前104年從中亞帶回來的一匹馬。這些作品是樂府中的宮廷樂師（此處稱作"司律"）演奏的祭祀歌曲的一部分。歌的內容，見《史記》，卷24頁1178；《漢書》，卷22頁1060—1061。這些作品的譯文見Chavannes, *Mh* 3：620‑21；Birrell, *Popular Songs and Ballads of Han China*, pp. 40‑42。

⑯ 行21—22："精曜"（astral emanation）指天駟星（Heavenly Quadriga stellation），由天蠍座（Scorpio）的四顆星組成，是房宿別稱。見Schlegel, *Uranographie chinoise* 1：114‑15, 329。顏延之此處似乎在説，神馬（divine horses）是對該星宿馬群的感應。見郭璞（276—324）《馬贊》："馬出明精，祖自天駟。"見《藝文類聚》，卷93頁1622。

⑰ 行23："明命"指劉宋受命於天。

25　有些不顧旅途艱辛來接受曆法，[18]

有些長途跋涉來獻納財貨。

耳聞皇家集會的盛大，

知曉皇家疆土的富足。

從六服搜集最好的牲畜，

30　從七戎獲得神駿：[19]

可能是御風駿馬的後裔，

或能超越自己身影的良駒子孫。

所以赭白馬能爲兩代皇帝駕車，

媲美於天子護衛。[20]

35　年歲愈長，

聲價愈高。

的確是來自聖祖的禮物，

承受皇恩，總是急於奔馳。[21]

2

看看它的緊實肌肉，突出骨頭，[22]

40　厚實擺動的尾巴，豎立的鬃毛，

雙眼靜定如鏡，[23]

雙顴恰似滿月，[24]

奇異骨架如峰拱起，

非凡特徵顯著呈現！

45　跳躍，踱步，不留塵轍；

徒觀其附筋樹骨，垂梢植髮。雙瞳夾鏡，兩權協月。異體峰生，殊相逸發。超攄絕夫塵轍，驅鶩迅於滅没。簡偉塞門，獻狀絳闕。且刷幽燕，畫陳荊越。教敬不易之典，訓人必書之舉。惟帝惟祖，爰游爰豫。飛輈軒以戒

---

[18] 行 25：“稟朔”（接受曆法）表示競爭對手或外國政權對某一新政權合法性的承認。見《魏都賦》，行40 注。

[19] 行 29—30：“六服”指劃分領土而成的六個區域。“七戎”是周朝對西戎部落的稱呼，在顏延之時代可指任何中亞民族。

[20] 行 34：鈎陳(Angular Array)是紫微垣(Purple Palace)裏的一組六星，對應後宮，負責皇帝侍衛。見《西京賦》，行 242 注。

[21] 行 37—38：聖祖指劉宋武帝，他將此馬傳給繼承人文帝。

[22] 行 39：李善《文選》，卷 14 頁 4a)引用《相馬經》，說從肌肉和骨頭可判斷馬的優劣。

[23] 行 41：《相馬經》(李善引，《文選》卷 14 頁 4a)說在良馬眼裏可見人的全影：“言目中清明如鏡，兩目中央旋毛爲鏡。”

[24] 行 42：《相馬經》(同上)說馬的顴骨應像玉盤一樣圓：“其盈滿如月，異相之表也。”

騰躍，奔馳，突然消失。㉕
他們在塞門找到這匹華貴坐騎，㉖
呈獻絳闕。㉗
破曉時它於幽燕刷洗，
50　清晨則在荆越飼食。㉘
教導尊重從未改變的規則，
指導言行必被記録的人。
皇帝如其祖先，
出巡游幸。㉙
55　輕車前驅，通報他的到來；
騎馬的弓箭手，圍繞侍從清路。
統領五營以秩序而漸進，㉚
搖動八鸞鈴響以控制步伐。
它全身披挂金甲組甲，
60　並塗飾朱紅青黑。
星星般閃亮的玉珮輕響，
雕鏤紋樣如雲霞漫布。
前行加入衛隊，㉛
退後引導屬車。
65　突然像驚起天鵝跳起，
又似騰龍般旋繞伸展。
控制雄性本質拉着皇家馬車，
懷着柔順温柔的心等待馬具。

道，環轂騎而清路。勒五營使按部，聲八鸞以節步。具服金組，兼飾丹膡寶鉸星纏，鏤章霞布。進迫遮迣，却屬韏輅。欻聳擢以鴻驚，時瀳略而龍矯。羿雄姿以奉引，婉柔心而待御。

㉕ 行 45—46：顔延之可能指《列子》（卷 8 頁 8b）中秦穆王向專家伯樂諮詢相馬，伯樂回答説：“良馬可以形容筋骨相也。天下之馬者，若滅若没，若亡若失，若此者絶塵弭轍。”

㉖ 行 47：“塞門”可能指長城。李善（《文選》，卷 14 頁 4b）指出，另有異文“寒門”（字面意思爲“寒冷的門”，指極北的邊境），不予採納。但張雲璈（《選學膠言》，卷 8 頁 6b—7a）認爲不能排除這一異文，因爲北方正是産馬之地。

㉗ 行 48：絳闕指皇宫。

㉘ 行 49—50：幽、燕是現今遼寧和河北北部的古地名，荆、越在現今浙江和湖北地區。

㉙ 行 51—54：顔延之暗指《左傳》裏的一段話（莊公二十三年；Legge, *The Chinese Classics* 3：105），其中列出國君離開國家的原因：“諸侯有王，王有巡守，以大習之。非是，君不舉矣。君舉必書。”

㉚ 行 57：“五營”，或者更符合字面意思，“五座營帳”，是漢代軍隊的編制，每營由一校尉統轄。五營駐扎首都附近，是衛戍皇帝的軍隊。見 Bielenstein, *The Bureaucracy of Han Times*, pp. 114 - 18。

㉛ 行 63：李善（《文選》，卷 14 頁 5a）引服虔《通俗文》，説“遮迣”是皇帝外出時保護皇帝的虎賁衛隊的名稱。

3

露重月淡，

70　霜華凝結，秋收已畢。

皇帝下旨

向天下展示莊嚴偉力。

從廣望塔俯視，[32]

在百層的高處，

75　判斷騎手技藝，

評定戰馬速度。

飄動的華裳覆蓋馬身，

悅耳的鸞鈴排列成行。

望着自己的影子，它們高聲嘶叫，

80　正準備向前跑，卻又中途停下。

各自跑進寬闊的跑道，

在長長賽道競爭能量力氣。

傲立同儕，優越於群，

赭白馬以閃電般速度消失在前方。

85　使勇敢射手的靈巧之手更加快捷，

催促急促鼓點加快節奏。[33]

它們劈開"玄蹄"，如冰雹四散；

刺穿"素支"，像堅冰碎裂。[34]

胸腔流赤沫，

90　脊溝淌汗血。[35]

至於露滋月肅，霜戾秋登。王于
興言，闢隸威稜。臨廣望，坐百
層。料武藝，品驍騰。流藻周
施，和鈴重設。睨影高鳴，將超
中折。分馳迴場，角壯永埒。別
輩越群，絢練復絕。捷趫夫之敏
手，促華鼓之繁節。經玄蹄而電
散，歷素支而冰裂。膺門沫赭，
汗溝走血。踠迹回唐，畜怒未
洩。乾心降而微怡，都人仰而朋
悅。妍變之態既畢，凌遽之氣方
屬。跼鑣轡之牽制，隘通都之圈
束。眷西極而驤首，望朔雲而蹀
足。將使紫燕駢衡，綠螭衛轂。
纖驪接趾，秀騏齊亍。覲王母於
崑墟，要帝臺於宣嶽。跨中州之
轍迹，窮神行之軌躅。然而般于
遊畋，作鏡前王。肆於人上，取
悔義方。天子乃輟駕迴慮，息徒
解裝。鑒武穆，憲文光。振民
隱，脩國章。戒出豕之敗御，惕
飛鳥之時衡。故祇慎乎所常忽，

---

[32]　行73：李善(同上書，卷14頁5a)引陸澄(5世紀晚期)《地理書》，認爲"廣望"是洛陽城中一座塔的名字。

[33]　行85—86：李善(同上書，卷14頁5b)解釋説，馬的奔跑使弓箭手能以更快的速度射擊，使鼓手以更快的節奏擊鼓。

[34]　行87—88："玄蹄"是以馬蹄做的箭靶。"素支"指月支，應是做得形如月支人的箭靶。月支是漢代中國人的長期敵人，故當時使用此種箭靶。李善(同上書，卷14頁5b)引邯鄲淳(130?—225?)所著《書經》，述從馬上射箭，左邊有三個月支靶，右邊有兩個馬蹄靶。曹植的《白馬篇》也提到這兩種靶子。見同上書，卷27頁22a。

[35]　行89—90：顏延之賦予這匹馬以汗血寶馬(Heavenly Horses)的特質，汗血馬以出血汗而聞名。據應邵(《漢書》，卷6頁202)，從馬肩胛處出的汗水像血一樣。出血可能是寄生蟲所導致。見 Dubs，*HFHD* 2：132-35。"汗溝"是前腿和腹部連接處。當馬快速奔跑時，汗水從該處湧出。見羅竹風，《漢語大詞典》，冊5，頁908b。

收斂跨步，它回到宮殿大路，

蘊蓄的豪情，還未完全發泄。

皇帝露出些微快樂，

帝都子民傾動，盡述歡悦。

95　儘管它優雅善變的行動已停止，

其活躍精神並未减弱。

被嚼子和繮繩所限，

爲城市的狹窄所礙，

它渴望西極而昂首，

100　凝望朔方而踏足。

皇帝共用它和紫燕，

由緑蛇夾持輪轂，

纖驪跟隨其後，

秀騏在旁小跑。㊱

105　它向崑崙之墟的西王母致敬，

相遇帝臺於宣山之頂。㊲

横跨中州的大路，

探索神仙旅行走過的軌跡。

國君可能享受外出和狩獵，

110　但前代帝王已有警訓。

作爲首領可以縱容自己，

但羞愧於有違正道。

於是天子停下車駕沉思，

止住隨從，卸下旅行裝備。

115　他以武、穆爲戒，㊳

敬備乎所未防。興有重輪之安，馬無泛駕之佚。處以濯龍之奧，委以紅粟之秩。服養知仁，從老得卒。加弊帷，收仆質。天情周，皇恩畢。亂曰：惟德動天，神物儀兮。於時駔駿，充階街兮。禀靈月駟，祖雲螭兮。雄志倜儻，精權奇兮。既剛且淑，服犠羈兮。效足中黄，殉驅馳兮。願終惠養，蔭本枝兮。竟先朝露，長委離兮。

㊱ 行 101—104：紫燕（Purple Swallow）、緑蛇（Green Kraken）、纖驪（Slender Black）、秀騏（Splendid Blue）都是名馬的名字。

㊲ 行 105—106：昆墟指崑崙山，西王母的家。拜訪她可能是模仿周穆王西游訪問西王母，他獲得很多名馬。見《史記》，卷 43 頁 1779。帝臺是仙人，以爲神仙設宴而聞名。見袁珂，《山海經校注》，卷 5 頁 142。宣山唯見於《山海經》（同上書，卷 5 頁 170），他處不見。

㊳ 行 115：武指武王及其獲得汗血寶馬的嗜好。穆指周穆王，他爲搜求八駿而走遍全國。

以文、光爲模範，㊴

減輕人們的痛苦，

修正國家的法令。

警惕於驚翻車駕的野猪，㊵

120　驚心於停落横榱的飛鳥。㊶

因此對慣常忽略之事謹慎，

以備避開未及預見的事件。

車駕有雙重車軸轆作保險，

馬不會脱繮翻倒車駕。

125　赭白馬被養在濯龍廄的深處，

被喂食配制的紅粟。㊷

如此照顧和喂養是他的善意，

老邁之後它自然死去。

用一塊殘破帷帳，

130　包裹它倒下的殘骸。㊸

皇恩浩蕩，

皇家的優寵全得到。

結尾説：大德果然動天，

神物自現。

135　此時神馬

充滿宮殿臺階和道路。

赭白馬乃禀承星月之精靈，㊹

雲中龍是其祖先。

㊴ 行 116：文指西漢文帝，有人進呈一匹日行千里的良馬，但文帝拒絶這一禮物，認爲在吉日僅日行三十里，在軍事行動最多日行五十里，要一匹日行千里的馬何用？見《漢書》，卷 64 下頁 2832。光指東漢創立者光武帝(25—57 年在位)。光武十二年(36)，有王國獻一匹名馬，他則用來拉鼓車。見吳樹平，《東觀漢記校注》，卷 1 頁 10。

㊵ 行 119：顔延之引用"王子於期"的故事。王子於期爲趙簡子駕車作千里之行，剛出發時，一頭野猪藏於溝中。王子於期以穩定速度前進，突然野猪竄出來，馬受驚嚇，結果車翻倒。見《韓非子》，卷 14 頁 3b。

㊶ 行 120：周穆王外出狩獵，一隻鴨子樣的黑鳥飛到其車駕横木，駕車人用鞭子擊殺它。馬受此突然驚嚇，脱繮而奔，車翻了，穆王右大腿受了傷。見《古文周書》，李善引，《文選》，卷 14 頁 7a。

㊷ 行 126：紅粟(rusted millet)指保存了太久而變紅的粟米。給馬的粟分量太多，吃不了，結果粟變成了紅色。見《漢書》，卷 64 下頁 2832。

㊸ 行 129—130：孔子説人不應丟掉殘破帷帳，而應以之來裹馬屍。見《禮記注疏》，卷 10 頁 25a(2844)。

㊹ 行 137：李善(《文選》，卷 14 頁 7b)引《春秋考異記》云："地生月精爲馬。"駟是天馬星，見上文行 21—22 注。

　　　華貴內質無以倫比，

140　它的精神非凡，㊺

　　　既剛健又美善，

　　　服從籠頭韁繩。

　　　在黃門效力，㊻

　　　在奔馳騰躍中獻出生命。

145　皇帝希望一直顯示善意照顧，

　　　蔭庇它的子孫。

　　　但最後，比白露晨晞更快——

　　　它離開永逝。

㊺ 行 139—140：見《天馬歌》（《漢書》，卷 22 頁 1060）：“志俶儻，精權奇。”將“權奇”翻譯爲“uncommon, unwonted”，見 Kroll, "The Dancing Horses of T'ang," p. 251。

㊻ 行 143：李善（《文選》，卷 14 頁 8a)說黃門指中黃門駙馬一職，但是劉向（《六臣注文選》，卷 14 頁 9b)說它是“中營”。

舞 鶴 賦

鮑明遠

【解題】

　　鮑照(字明遠)此賦寫鶴,鶴是最爲中國傳統所欣賞的鳥之一。賦中描述的鶴可能是丹頂鶴(*Grus japonensis*,亦稱 Japanese crane, Manchurian crane, red-crowned crane)。它是一種美麗的白鳥,有獨特的紅冠、黑色的頰、脖頸、喉和後翅。見 Johnsgard, *Cranes of the World*, pp. 197‐98; de Schauensee, *The Birds of China*, p. 201。中國詩歌突出表現鶴之潔白。薛愛華指出,丹頂鶴的白跟雪、霜和冰的意象聯繫緊密。見"The Cranes of Mao Shan," pp. 391‐93。鶴之白是"鶴"字基本意義的核心,無疑跟許多與"白"有關的詞相聯繫。見王力,《同源字典》,頁 205—206。各種文化的人都被鶴的舉止所吸引,特別是鶴舞。尤其在交配期,"鶴會跳一種複雜的舞蹈,翅膀半張圍繞彼此行走,從地面跳起,互相俯首"(見 de Schauensee, *The Birds of China*, p. 200)。儀式性的鶴舞已有充分研究,還是一部著作的主題,見 Lucas, *Der Tanz der Kraniche*。鮑照此賦是中國文學史上對舞鶴最爲詳盡的描述,其中包括不少鶴的傳說。它的許多句子經常被後代與鶴有關的詩文所引用,著名者有唐代詩人白居易(772—846)所寫的鶴詩,見 Spring, "The Celebrated Cranes of Po Chü-i."

　　鮑照以描述一隻孤獨的鶴自由地翱翔於天空和仙人之界開始。他描述鶴美麗的白羽以及醒目的冠子(此處描述爲紫而非紅色)。此鶴犯了錯誤,在飛過一片沼澤地時陷入網羅,被送去成爲一群舞鶴中的一員。鮑照描述鶴群在宮廷的一次表演,該宮廷應屬於他所奉事的王子劉義慶。對舞鶴動作的描述很難翻譯,因爲無法確定鮑照所指的是整群舞鶴還是那隻被捕獲的鶴。有些句子可能指那隻孤獨的鶴,但爲了表達的統一性,我將舞蹈的部分按整隊舞鶴來翻譯。

　　此賦也見錢仲聯,《鮑參軍集注》,冊 1,頁 32—41。此前譯文包括:von Zach, *Deutsche Wacht* (July 1928), and rpt. in *Die Chinesische Anthologie* 1:208‐10;小尾郊一、花房英樹,《文選》,卷 2,頁 222—226。有三種帶注釋的白話文翻譯:陳宏天編,《昭明文選譯注》,冊 2,頁 761—765;李景濚,《昭明文選新解》,冊 2,頁 129—133;遲文浚等編,《歷代賦辭典》,頁 396—397。

我打開《幽經》,考察自然造物:①

鶴是最華貴的胎生仙鳥!②

優雅之質,凝聚閑逸疏離,

善解内心,秉持純粹清高。

5　拍打翅膀,飛向蓬壺;③

凝望崑崗,高聲嘶鳴。④

環繞太陽,盤旋翔翔;

到達天路盡頭,飛尋高處。

踏行遙遠的神界,

10　進入神聖的壽年。⑤

目含紅光,閃耀如星,⑥

紫冠如斑駁薄霧。⑦

伸出細膩優雅的圓頸,

挺立雙足,修長莊重。

15　抖動如霜羽翼,與影嬉戲;

伸展玉翅,從雲端下窺。

清晨嬉戲於芝田,⑧

黄昏到瑶池啄飲。⑨

散幽經以驗物,偉胎化之仙禽。

鍾浮曠之藻質,抱清迥之明心。

指蓬壺而翻翰,望崑閬而揚音。

市日域以迴鶩,窮天步而高尋。

踐神區其既遠,積靈祀而方多。

精含丹而星曜,頂凝紫而烟華。

引員吭之纖婉,頓脩趾之洪姱。

疊霜毛而弄影,振玉羽而臨霞。

朝戲於芝田,夕飲乎瑶池。厭江海而游澤,掩雲羅而見羈。去帝鄉之岑寂,歸人寰之喧卑。歲崢嶸而愁暮,心惆悵而哀離。於是窮陰殺節,急景凋年。涼沙振野,箕風動天。嚴嚴苦霧,皎皎悲泉。冰塞長河,雪滿群山。既而氛昏夜歇,景物澄廓。星翻漢迴,曉月將落。感寒雞之早晨,憐霜鴈之違漠。臨驚風之蕭條,

---

① 行1:《幽經》指《相鶴經》,乃古代有關鶴的傳說的小册子。該書没有完整保存下來,但在如《藝文類聚》（卷90,頁1563）、《初學記》（卷30,頁726—727）和李善《文選》注（卷14,頁8a—b）中有引用。傳統上認爲該書爲浮丘公（也稱浮丘伯）所作。王子晉在跟浮丘公學習仙術時得到一本書,他藏在嵩高的大石中。到漢代,淮南王劉安的侍從淮南八公在採集草藥時得到此書,因此此書常被稱爲《淮南八公相鶴經》（見《隋書》,卷34頁1039）。儘管據説源出古代,但其出現年代可能不早於公元三或四世紀。見 Upton, "The Medieval Animal Book in China and the West," p. 44; Schafer, "The Cranes of Mao Shan," pp. 374-75, n. 12。

② 行2:中國傳統認爲仙鶴並非卵生,而是胎生。據《相鶴經》,鶴必須在1 600歲以後才能從子宫分娩後代。見《本草綱目》,册4,頁2557。

③ 行5:蓬壺是東海的三個壺形島之一,據説是神仙居處。據《拾遺記》,蓬壺是蓬萊的别稱。見齊治平,《拾遺記》,頁20。

④ 行6:崑閬指閬風,據説是仙人居住的崑崙山北峰。

⑤ 行10:在中國傳統裏,鶴被視爲長壽之鳥。據《相鶴經》（李善,《文選》,卷14頁8a引用）,鶴每隔一定年頭會蜕變,每十六年一小變,每六十年一大變,到1 600歲時身體最終達到不變形態,顏色成爲白色。

⑥ 行11:據《相鶴經》（同上書,卷14頁8b）,鶴的眼睛外突,内含紅精,故能遠距離視物。

⑦ 行12:紫可能指鶴冠發紅的顏色,較常描述爲"丹"或"朱"。

⑧ 行17:據《拾遺記》,崑崙山第九峰有仙人耕種的芝田和香草園。見齊治平,《拾遺記》,卷10頁221。

⑨ 行18:瑶池是崑崙山上的神秘池塘。據傳説,西王母曾在此爲周穆王設宴。見《穆天子傳》,卷3頁1a。

厭棄江海，去往沼澤；

20　陷身羅天之網，無法脫身。⑩
它離開天帝之區的高遠寂靜，
回到人世的嘈雜卑賤。
年已"高邁"，悲傷生命快到盡頭；⑪
傷感痛楚，哀怨失群。

25　在極陰的凋殺季節，⑫
日影匆匆催促殘年，
冷沙覆蓋平原，
狂風震動天空。⑬
霧氣厚重凜冽，

30　泉水清冽嗚咽。
堅冰阻塞長河，
積雪覆蓋山巒。
夜氣在晚上消退，
顯露闊大明亮的景象。

35　星星易位，天河改道，
曉月將下。
聞寒雞報曉，生發感觸，
見北飛沙漠的霜雁，興起哀傷。
面對勁風悲號，

40　凝視月光華彩，
它們在朱階上發出淒清叫聲，⑭
在金閣中舞出翩翩姿容。
起初高抬身軀，如鳳凰嬉戲；

對流光之照灼。唳清響於丹墀，舞飛容於金閣。始連軒以鳳蹌，終宛轉而龍躍。躑躅徘徊，振迅騰摧。驚身蓬集，矯翅雪飛。離綱別赴，合緒相依。將興中止，若往而歸。颯沓矜顧，遷延遲暮。逸翮後塵，翱翥先路。指會規翔，臨岐矩步。態有遺妍，貌無停趣。奔機逗節，角睞分形。長揚緩騖，並翼連聲。輕迹凌亂，浮影交橫。衆變繁姿，參差洊密。煙交霧凝，若無毛質。風去雨還，不可談悉。既散魂而盪目，迷不知其所之。忽星離而雲罷，整神容而自持。仰天居之崇絕，更惆悵以驚思。當是時也，燕姬色沮，巴童心恥。《巾拂》兩停，丸劍雙止。雖邯鄲其敢倫，豈陽阿之能擬。入衛國而乘軒，出吳都而傾市。守馴養於千齡，結長悲於萬里。

---

⑩ 行20：我的譯文 sky-net 字面意思爲"雲羅"，當鳥飛過時捕鳥的網。
⑪ 行23：疊韻詞"峥嵘"最常用來描繪高聳的建築和山嶽，此處鮑照以之描述鶴的"高"壽。
⑫ 行25："殺節"指秋或冬，其時"殺氣"——寒冷和陰的破壞性力量——最盛。見《禮記注疏》，卷16頁24a（2972）。
⑬ 行28："箕星"被認爲控制風。見《尚書注疏》，卷12頁23b（408）；Schlegel, *Unranographie chinoise* 1：164-65。
⑭ 行41："唳"特指鶴鳴。薛愛華（"The Cranes of Mao Shan," p. 378）將此詞譯爲 crunkle（起皺）。西晉詩人陸機在303年被處死前說過一句著名的話："欲聞華亭鶴唳，不可復得。"見楊勇，《世說新語校箋》，卷33頁672；Mather, *Shih-shuo Hsin-yü*, p. 471。

結束時盤旋轉身，像龍騰躍。

45　它們暫停猶豫，不願前進；

突然張開翅膀，高翔俯衝。

迅捷之體，轉如飛蓬；

靈活翅膀，飛舞如雪。

有時離群出列，飛向各方，

50　然後重組隊伍，相互依偎。

將欲飛去，卻中途停止；

假裝要走，又突然回首。

擠在一起，用心盯視，

後退時步伐遲緩小心。

55　迅捷翅膀，將拂動的灰塵留在身後；

高高飛翔，遠在道路之前。

飛向四方交匯的路口，盤旋成圈；

接近岔路，以方形慢步。⑮

體態優雅十足，

60　形貌不停移動。

跟着節奏前進，依照節拍停頓，

神情警覺，各與隊伍保持距離。

高昂脖頸，輕盈地散開；

翅膀挨擦，鳴叫相合。

65　輕淺的足跡，紛雜零亂，

飄動的影子，縱橫交錯。

多種變化，各樣姿態，

參差排列，緊密結合。

融入輕煙，化於雲霧，

70　似乎失去毛羽姿質。

像暴風離開，如驟雨歸來，

---

⑮ 行57—58：這兩句話表意模糊。不清楚"會"（字面意思是 highway intersection）和"歧"（支路）是指真實的、鶴群於其上表演的道路，還是喻指鶴群的合隊與分組。同樣，不清楚"規"和"矩"是否應按字面理解爲"圓"和"方"（描述排列的環形和方形），還是"習慣"和"規則"（舞隊設定的動作）。另一種可能的譯法："當隊伍合併時，它們以通常的隊形飛翔；當散開分組時，它們以合適的隊列踏步。"

變化無法盡述。

令人神迷，模糊視綫，

迷惑不知其所蹤。

75 突然間如群星散開，如白雲停止，⑯

儀態神聖，優雅自持。

向上凝望高遠的天堂之家，

更感沮喪失意。

美麗的燕姬在它們身邊失色，

80 巴地小伙心中也自愧不及。⑰

巾和拂的舞者終止踏步，⑱

抛丸弄劍的雜耍人停止動作。

邯鄲舞女不敢與它們匹敵，

陽阿藝伎又如何與之相爭？⑲

85 鶴進入衛國，乘坐國君的車駕；⑳

離開吳都，它們使舉城皆空。㉑

千年來被圈禁、訓練和照料，

它們向萬里長空送出長長嘆息。

---

⑯ 行 75：宋版鮑照集以及《六臣注文選》將"羅"（spread out）讀爲"罷"（end?）。

⑰ 行 80：巴地小伙是著名的西南巴渝舞的表演者。見《蜀都賦》，行 110 注。

⑱ 行 81：據《宋書》《樂志》（卷 19 頁 551），巾舞源於項羽爲劉邦在鴻門舉行的那場著名宴會。項羽手下的項莊在劉邦面前表演一支具有威懾性的劍舞，項伯於是站起來跳舞，用袖子掩護劉邦不受項莊攻擊。這支舞後來的版本據說表演這一事件。據《宋書・樂志》（同上書），拂舞出自揚子江下游地區，《晉書》（卷 23 頁 713—715）保存五支拂舞的歌詞。

⑲ 行 83—84：邯鄲是戰國時趙國首都，因歌舞人才而出名，西漢時宫裏有一群邯鄲鼓手。見《漢書》，卷 22 頁 1073。陽阿是一位著名表演者的名字，也是一支舞樂的名字。見《淮南子》，卷 16 頁 13a，注釋。見《月賦》，行 73 注。

⑳ 行 85：衛懿公很喜歡鶴，讓它們乘坐其車駕。見《左傳》，閔公二年（Legge, *The Chinese Classics* 5：126）。

㉑ 行 86：吳王闔閭的女兒在其父要求她吃下一條腐壞的魚後自殺，闔閭爲她在吳國都城西門外修建很大的墓地。作爲葬儀的一部分，吳王命令一群舞鶴在市場演出，引來萬人觀看。鶴群走出城，男女老少陪着它們走進墓門，於是被封存在墓裏陪伴亡人。見《吳越春秋》，卷 4 頁 7a。

志　上

幽 通 賦

班孟堅

【解題】

　　此賦的題目譯爲《與幽人交流》,也可譯爲《與神靈交流》,指班固(字孟堅)試圖考察幽人所居的幽秘世界是如何影響人類生活的。班固在父親班彪於公元 54 年死後寫作此賦,時年僅二十二歲,尚未開始仕宦生涯。他對未來没有把握,擔心自己無所成就以傳承家族名聲和德行,於是向幽人諮詢,想就自己應走哪條路得到建議。

　　《幽通賦》也見於班固的《漢書·叙傳》(卷 100 上頁 4213—4225)。李善大量引用班固之妹曹大家(班昭)對此賦的早期注解。其他譯文見 von Zach，*Deutsche Wacht*（March 1929），and rpt. in *Die Chinesische Anthologies* 1：211‐16;小尾郊一、花房英樹,《文選》,卷 2,頁 227—241。白話文翻譯見陳宏天編,《昭明文選譯注》,册 2,頁 766—785;李景溁,《昭明文選新解》,册 2,頁 134—145;遲文浚等編,《歷代賦辭典》,頁 183—185。

1

<table>
<tr><td>吾族始於高頊的"玄裔",①
家世的中葉傳自"炳靈"。②</td><td>系高頊之玄胄兮,氏中葉之炳
靈。飇飇風而蟬蜕兮,雄朔野以</td></tr>
</table>

---

① 行 1:高頊是"高陽"和"顓頊"的結合,據説是夏代之前的五王之一的族名和年號。在中國的連類思想中,顓頊以水德統治,而水德等同於北方和黑色。他被認爲是楚國的始祖,班固的家族將其祖先追溯至此。見《漢書》,卷 100 上頁 4197。本篇首句跟屈原《離騷》首句很像,後者也自稱爲顓頊後代。
② 行 2:"炳靈"指子文,楚國班氏的建立者。子文在嬰幼時被棄於夢澤,爲一隻虎發現並養大,後來成爲楚國令尹。楚國方言稱"虎"爲"班"(條紋?),故他的兒子名班。秦滅楚以後,該家族遷徙自北方,即以班爲姓。見《漢書》,卷 100 上頁 4197。

先祖離南風之地漂流，
雄踞北地遠揚聲名。③

5　漢皇十世時，雁進高地，
我們擁有羽儀在皇城。④
巨君以滔天罪惡，滅壞朝廷，⑤
先父逢此亂世而詠歌。⑥
最終保全自己，貽我以規則：

10　居於最仁義之地。⑦
我尊崇先祖之純潔良善，
無論窮達都濟世助人。⑧
啊，我这愚賤的孤兒，
進階無路，將要毀敗他們的遺業。

15　我有何能，堪作傳承？
但抱憾祖業，讓我挂心。⑨
幽居獨處，思索不止；

颮聲。皇十紀而鴻漸兮，有羽儀於上京。巨滔天而泯夏兮，考遷愍以行謠。終保己而貽則兮，里上仁之所廬。懿前烈之純淑兮，窮與達其必濟。咨孤蒙之眇眇兮，將圮絕而罔階。豈余身之足殉兮，違世業之可懷。靖潛處以永思兮，經日月而彌遠。匪黨人之敢拾兮，庶斯言之不玷。

---

③ 行3—4：《漢書》作"繇"，《文選》作"飆"。顏師古(《漢書》，卷100上頁4214，注2)認爲"繇"即是"由"(跟隨)。但"飆"肯定是最初的讀法，因爲曹大家(《文選》，卷14頁11a)釋"飆"爲"飄飆"。因此，胡紹煐(《文選箋證》，卷17頁1a)堅持認爲顏師古所釋爲誤。"飆風"指南方(楚)。在秦始皇統治後期，班壹避難於北方的樓煩(今山西神池和五泰)，在那裏飼養馬牛羊。根據班固《漢書》之《叙傳》，漢初班壹"以財雄北邊"(《漢書》，卷100上頁4198)。

④ 行5—6：在漢皇十世成帝(前32—前7年在位)時，班況女兒被封爲婕妤。其時，班況和其兩子在京城任要職。見《漢書》，卷100上頁4198。"鴻漸"和"羽儀"兩詞出於《易經》第53卦(九六)："鴻漸於陸，其羽可用。"在班固賦中，它們指班氏在朝廷上取得的成功。

⑤ 行7："巨"指"巨君"，王莽的字。見《漢書》，卷99上頁4039。班固在《叙傳》對王莽的評價中也使用"滔天"一詞："咨爾賊臣，篡漢滔天。"(《漢書》，卷100下頁4270)該詞首次出現於《尚書》(《尚書注疏》，卷2頁19b)，不同解釋見 Karlgren, "Glosses on the Book of Documents," pp. 65-66, no. 1236。

⑥ 行8：公元23年，王莽被推翻，長安一片混亂。公元25年，班彪逃到甘肅東部，投奔隗囂。班固此年所説的"謠"所指不明，有可能指《毛詩》第241首中的句子，班彪曾對隗囂引用這句話，勸告他不要代漢立新朝。見《漢書》，卷100上頁4207。它也可指班彪在從長安投奔隗囂的路上所作的《北征賦》，在賦中班彪控訴王莽的暴虐。見本書《北征賦》。

⑦ 行9—10：見《論語》4/1："里仁爲美。擇不處仁，焉得知?"曹大家(《文選》，卷14頁11b)評論説："言我父早終，遺我善法則也。"

⑧ 行12：這是《孟子》七上之9句子的變形："窮則獨善其身，達則兼濟天下。"

⑨ 行16：《漢書》作"悼"，《文選》作"違"。顏師古(見《漢書》，卷100上頁4214，注8)説，"悼"等於"趯"，他釋後者爲"這"。顏的解釋應本於《説文》，以"悼"爲"趯"的大篆。見《説文》，卷2下頁728a—729a。但是，曹大家釋"悼"爲"恨"。梁章鉅和胡紹煐沿襲顏師古，將"悼世業"釋爲"這個(我們)家族的遺産"。分別見《文選旁證》，卷15頁17a—b；《文選箋證》，卷17頁1a—b。朱珔(《文選集釋》，卷14頁1a)指出，《廣雅》將"悼"列入一組意思爲"恨"的詞語裏。王念孫認爲，"悼"與"違"在表達"恨"上意思相同。見王念孫，《廣雅疏證》，卷4上頁14b。因此，曹大家可能沿用漢代的解釋，將"違"或其異體"悼"釋爲"恨"，我翻譯本句時採用她的説法。

歲月流逝,過去轉遙。⑩

我不敢妄想優於同儕,

20　只希望言辭不玷污祖先。⑪

2

我的靈魂孤獨,與神靈相接,
精誠發於睡夢。⑫
夢見登山望遠,
恍惚看見幽人。

25　他抓住一條葛藤遞給我,
回望深谷,告我"不要墜跌"。
黎明醒來,我仰臥冥思,
思想惑亂,不解其意。
黃帝邈遠,無由諮詢,⑬

30　我用他留下的神諭,尋求答案。
它說:"登高而遇神。
前路雖遠無礙,不會迷路。⑭
藤纏枝葉下垂的樹:
吟詠南風可舒緩精神。⑮

35　下視深處,不由顫栗——
兩篇《小雅》已對此作出警告。⑯
既已給出吉相,

魂焭焭與神交兮,精誠發於宵
寐。夢登山而迴眺兮,覿幽人之
髣髴。攬葛藟而授余兮,眷峻谷
曰勿墜。昒昕寤而仰思兮,心矇
矇猶未察。黃神邈而靡質兮,儀
遺讖以臆對。曰乘高而遷神兮,
道遐通而不迷。葛縣縣於樛木
兮,詠《南風》以爲綏。蓋惴惴之
臨深兮,乃《二雅》之所祗。既訊
爾以吉象兮,又申之以炯戒。盍
孟晉以迨群兮,辰倏忽其不再。

---

⑩　行18:"過去"在這裏指祖先的時代。

⑪　行20:見《毛詩》第256首第5章:"白圭之玷,尚可磨也;斯言之玷,不可爲也。"曹大家(《文選》,卷14頁12a)改寫此句,认爲其意爲:"庶此異行不玷先人之道也。"

⑫　行22:曹大家(《文選》,卷14頁12a)評注:"言人之晝所思想,夜爲之發夢,乃與神靈接也。"

⑬　行29:"黃神"指黃帝,據說他作有一本占夢手册《黃帝長柳占夢》,見《漢書》,卷30頁1772。

⑭　行32:曹大家(《文選》,卷14頁12b)注曰:"道術將通,不迷惑之象也。"

⑮　行33—34:見《毛詩》第4首第1章,是《詩經》"南風"之一:"南有樛木,葛藟纍之。樂只君子,福履綏之。"曹大家(《文選》,卷14頁12b)注曰:"此是安樂之象也。"

⑯　行35—36:這幾句暗指《毛詩》第196首第6章("戰戰兢兢,如臨深淵")及第195首第6章("惴惴小心,如臨于谷"),俱出自《小雅》。儘管班固沒有直接引用《大雅》的句子,但曹大家(《文選》,卷14頁12b)引用了《毛詩》第257首第9章:"人亦有言,進退維谷。"她引此句的目的不清楚,有可能採用"谷"(困境)的字面意義"峽谷",來說明"進退維谷"(人必須對此小心)。

又加明確警告。⑰

何不奮勉進取，趕上衆人？

40　時機轉瞬即逝，永不再來。"

3

我受神諭，但仍疑惑，　　　　　　承靈訓其虚徐兮，竚盤桓而且
佇立良久，猶豫等待。　　　　　　俟。惟天地之無窮兮，鮮生民之
我以爲天地無限，　　　　　　　　晦在。紛屯邅與蹇連兮，何艱多
而鮮少有人活到老年。⑱　　　　　而智寡。上聖迍而後拔兮，雖群
45　一切混合困難險阻，⑲　　　　　黎之所禦。昔衛叔之御昆兮，昆
艱苦何其多，智慧何其少！　　　　爲寇而喪予。管彎弧欲斃讎兮，
上古聖賢遇困而能脱身，⑳　　　　讎作后而成己。變化故而相詭
怎會被普通民衆所阻撓？　　　　　兮，孰云預其終始！雍造怨而先
過去衛叔武出迎兄長，　　　　　　賞兮，丁繇惠而被戮。栗取弔于
50　其兄誤會爲謀叛而殺之。㉑　　　迫吉兮，王膺慶於所感。叛迴穴
管仲彎弓欲射敵人，　　　　　　　其若兹兮，北叟頗識其倚伏。單
此人即位後卻以他爲相。㉒　　　　治裏而外凋兮，張脩襮内逼。聿
變化不斷，反轉不停，　　　　　　中龢爲庶幾兮，顏與冉又不得。
誰能預言始終？　　　　　　　　　溺招路以從己兮，謂孔氏猶未
55　劉邦厭惡雍齒，卻最先獎賞他；㉓　可。安愔愔而不葆兮，卒阽身乎

---

⑰　行37—38：吉兆指登山的夢，由此他得到遇見神靈的機會。神靈可能指他死去的祖先，他們給予幫助，就深
　　谷的危險性作出"明確警告"，人不小心就可能跌落下去。
⑱　行44：曹大家(《文選》，卷 14 頁 13a)注曰："言天地無窮極，民在其間，上壽一百二十年，少者亡幾耳。"
⑲　行45：這句話引用《易經》第 3 卦屯卦(六二："屯如邅如")和第 39 卦蹇卦(六四："往蹇來連")。班固使用這
　　些短語，似乎取其一般意義"難"。
⑳　行47：《文選》作"迍"，《漢書》作"痡"。曹大家的評注含有"迍"字，我沿用其解釋。
㉑　行49—50：這幾句引用叔武的故事，其兄長是衛成公(前 634—前 620 年在位)。公元前 632 年，成公被逐出衛，逃
　　到楚國。他讓叔武在此期間執掌國政。叔武代表衛國出席踐土之會，與晉立約，允許成公返衛。據《左傳》(僖公
　　二十八年；Legge, *The Chinese Classics* 5：211)，成公返衛時，他的一些支持者以箭射殺叔武，其時叔武正離開
　　浴室要去迎接兄長。成公覺得弟弟被錯殺，下令處死射殺之人。《公羊傳》(僖公十九年)所述故事不同，叔武
　　爲晉文公所誘篡奪政權，成公回到衛以後，自己下令處死叔武。"喪予"(字面意爲"毁掉我")出自《論語》11/18。
㉒　行51—52：管仲(？—前 645)曾一度在齊桓公的對手處任職，在桓公即位前，管仲帶領隊伍跟他對陣。管
　　仲射出的一支箭從桓公的帶鈎上滑落下來。後來，桓公任命管仲爲相。見《左傳》，僖公二十四年(Legge,
　　The Chinese Classics 5：191)；《詩經》，卷 32 頁 1485。
㉓　行55：在劉邦戰勝項羽前，雍齒曾跟劉邦對立。劉邦稱帝後，封雍齒爲什邡侯。參見《史記》，卷 55 頁
　　2043；Waston, *Records of the Grand Historian of China* 1：144-55。

善待丁公，卻將其處死。㉔

栗姬受寵而招致悲苦，㉕

王皇后由憂傷得到好運。㉖

事物如此持續地轉化顛倒，

60　北叟洞悉運氣的變幻莫測。㉗

單豹照顧内在，卻因外力而亡；

張毅修養外表，但從内裏被攻。㉘

若行中和之道，人或能免災，

但顏回和冉耕卻不得長壽。㉙

65　桀溺召喚子路加入自己，

聲稱孔子不值得跟隨。㉚

在亂世保持平靜，子路没有逃跑，

最後因時代艱困而殞命。㉛

做聖人弟子没能救他，㉜

世禍。遊聖門而靡救兮，雖覆醢其何補？固行行其必凶兮，免盜亂爲賴道。形氣發於根柢兮，柯葉彙而零茂。恐魁魖之責景兮，羌未得其云已。

㉔　行 56：丁公是楚國將軍，對抗劉邦。在一次戰役中，他們近距離對戰，劉邦勸丁公説，兩位"賢人"之間作戰没有意義，於是後者撤軍。後來，劉邦擊敗項羽，丁公來拜訪劉邦。劉邦將他抓住並下令砍頭，説他是"不忠之臣"。見《史記》，卷 100 頁 2733；Waston, *Records of the Grand Historian*：103。

㉕　行 57：栗姬是西漢景帝（前 156—前 141 年在位）的妃子。其子劉榮（？—前 147）被立爲太子，但她變得愈來愈嫉妒，最終激怒皇帝，太子被廢，栗姬再未見到皇帝，"以憂死"。參見《史記》，卷 49 頁 1976；Waston, *Records of the Grand Historian of China* 1：387 - 88；《漢書》，卷 97 上頁 3946。

㉖　行 58：王皇后是西漢宣帝（前 73—前 48）的皇后，最初爲婕妤，但在許皇后被毒死後擢立爲后。皇帝令她撫育許后之子，她自己無子，成爲未來元帝的養母。參見《漢書》，卷 97 上頁 3969。

㉗　行 60：塞北的北叟有一匹馬跑入胡人中，人們試圖安慰他，他説："這難道不可能突然變成好事？"幾個月後馬回來了，並帶回一匹很好的胡地駿馬。當人們又恭賀其幸運時，他説："這難道不可能突然變成壞事？"後來他兒子在騎馬時摔斷左腿，這次朋友們都來慰問，但那老人説："這難道不可能突然變成好事？"一年後胡人侵邊，其子因爲斷腿得免兵役。這故事的主旨是"禍兮福之所倚，福兮禍之所伏"。見《淮南子》，卷 18 頁 6a—b。

㉘　行 61—62：班固引用《莊子》（卷 7 頁 3b—4a）中單豹和張毅的段落。單豹乃居於懸崖之上的隱士，仔細地養護自己，只喝水，不與人争所得，七十歲以後仍然有嬰兒般的皮膚。但是，有一天他遇到老虎，被虎吞食。張毅過了四十年奢侈生活，最終死於"内熱"。莊子評價他們道："豹養其内，而虎食其外；毅養其外，而病攻其内。"曹大家（《文選》，卷 14 頁 14a）曰："治裏，謂導氣也。"

㉙　行 64：孔子的得意門生顏回二十九歲夭折。見《論語》6/2 和 11/7—8；《史記》，卷 67 頁 2188。冉耕，字伯牛，是孔子另一個門生。他生了很重的病，對此孔子嘆道："亡之，命矣夫！"參見《論語》6/8；《史記》，卷 67 頁 2189。其寓意是中和之道也未能阻止這兩位有德之人早死。

㉚　行 65—66：桀溺是一位農夫隱士，孔子讓子路去向他打聽渡口位置。桀溺試圖勸説子路離開孔子，跟他一起逃世。參見《論語》18/6。

㉛　行 67—68：桀溺用"滔滔"描述其時代的狀況。見上書，18/6。

㉜　行 69：聖人指孔子。

70　孔子覆蓋肉醬，又有何用？㉝

如此"好勇"，他注定遭遇危險，㉞

依賴聖道而未成爲强盜或叛匪。㉟

形和氣發自根本，㊱

決定枝葉枯萎或繁茂。㊲

75　我怕當魍魎抨擊影子，

未能全面理解事物的真正本質。㊳

4

重黎的純粹光芒，閃耀於高辛時代，

芈族在南汜，變得偉大强盛。㊴

嬴氏揚威於伯儀，㊵

黎淳耀于高辛兮，芈彊大於南
汜。嬴取威於伯儀兮，姜本支乎
三趾。既仁得其信然兮，仰天路

㉝ 行70：子路爲保衛衛國的合法君主而死，篡權的國君下令將子路剁成肉醬。孔子聽説後，蓋上屋子裏所有的肉醬罐子。見《禮記注疏》，卷6頁7b(2758)。

㉞ 行71：見《論語》11/12："閔子侍側，誾誾如也；子路，行行如也……子樂，'若由也，不得其死然'。"

㉟ 行72：見《論語》17/23："子路曰：'君子尚勇乎？'子曰：'君子義以爲上。君子有勇而無義爲亂，小人有勇而無義爲盜。'"

㊱ 行73：班固用樹作類比，説明人的命運，在一定程度上取決於其所來自的"根"（如祖先）。

㊲ 行74：《文選》作"零"，《漢書》作"靈"，顏師古（《漢書》，卷100上頁4218，注16）將後者釋爲"好"。曹大家注作"零"，我從此説。"彙"在這句裏有疑問，應劭（《文選》，卷14頁14b）釋爲"類"，是該詞最常見的用法。顏師古（《漢書》，卷100頁4218，注16）釋爲"盛"，但如此解釋似有重複之嫌，因爲同一句話裏有"茂"字。我懷疑這句的字面意思是："樹之枝葉，取決於種類，飄落或繁盛。"

㊳ 行75—76：這兩句暗指《莊子》（卷1頁24b—25a）中魍魎和影子的對話："魍魎問景曰：曩子行，今子止，曩子坐，今子起，何其無特操與！景曰：吾有待而然者也。吾所待又有待而然者邪？吾待蛇蚹蜩翼邪？惡識所以然？惡識所以不然？"應劭（《文選》，卷14頁14b—15a引）説，在試圖解釋顏回、冉有和子路的慘死時，人們或者中傷其性格，或者抨擊其師，他們像魍魎一樣弄錯了。魍魎試圖批評影子缺少獨立的行動，錯在未理解影子取決於其他東西。發生於孔子三位弟子身上的，是由命運而非其他所決定。對這句話簡單的解釋是，正如影子不能解釋其行動的原因一樣，人們也不能確定（批評？）顏回、冉有和子路慘死的原因。

㊴ 行77—78：重和黎最初是兩個人的名字，但到漢代被合爲一個名字重黎。見 Karlgren, "Legends and cults," pp. 234-39. 重黎據説是顓頊重孫，爲帝嚳高辛氏手下的火正。因他能夠"光融天下"，被授爲"祝融"。他因未能鎮壓共工之亂而被高辛處死，其弟吳回接替他做祝融。吳回兒子陸終有六子，第六子季連以"芈"爲姓，其後裔創立楚國。見《國語》，卷16頁2a—3a；《史記》，卷40頁1689—1691；Chavannes, *Mh* 4: 337-40. 此處的"汜"，可能並非如顏師古（《漢書》，卷100上頁4219）所説，是《毛詩》第22首提到的長江支流，而是意指"河岸"。見曹大家，《文選》，卷14頁15a；應劭，《漢書》，卷100上頁4219。

㊵ 行79："嬴"是秦皇室姓氏。嬴氏追溯祖先至"伯翳"或者"柏翳"，也叫"大費"。據司馬遷所説，他幫助舜馴化鳥獸。見《史記》，卷5頁173。舜賜其姓嬴。也見《史記》，卷6頁276；Chavannes, *Mh* 2: 2-3, 218. 班固稱他爲"伯儀"，顯然是就其名字"伯翳"所作的雙關遊戲。班固此句的直接出處可能是《國語》（卷16頁3b），其中指出伯儀是"能議百物以佐舜者"。應該指出，伯儀也等同於《尚書》裏提到的舜的林官（見《漢書》，卷28下頁1641，"柏或伯益"；或《尚書注疏》，卷3頁24b—25a，275—276）。對這些名字所帶來混亂的討論，見 Karlgern, "Legends and Cults," pp. 259-61.

80　姜姓出身於三禮，㊶
　　"求仁得仁"，的確如此！㊷
　　高如天界，原則相同。
　　暴虐東鄰殺三仁，㊸
　　武王使其位符合三五。㊹
85　戎女殘害孝子，㊺
　　霸主來去於龍虎之間。㊻
　　姬發撤軍順遂天意，㊼
　　重耳醉行命中注定。㊽
　　龍流涎於夏帝王庭，

而同軌。東鄰虐而殲仁兮，王合位乎三五。戎女烈而喪孝兮，伯祖歸於龍虎。發還師以成命兮，重醉行而自耦。《震》鱗漦于夏庭兮，匜三正而滅姬。《巽》羽化于宣宮兮，彌五辟而成災。

㊶ 行80：齊王室的姜姓據說由伯儀建立，他是舜手下的禮儀專家。見《史記》，卷36頁1585；《國語》，卷16頁3b。他負責規範三禮，也即天、地、人（即祖先）之禮。見《尚書注疏》，卷3頁25b（276）。"趾"，我寬泛地譯爲"禮"，字面意思是"脚步"。其引伸義可能是"足跡"、"遺產"或者"基礎"。張雲璈（《選學膠言》，卷8頁10a—b）認爲，它應該被理解爲"時"（祭臺）。

㊷ 行81：見《論語》7/14："子貢曰：'伯夷、叔齊何人也？'曰：'古之賢人也。'曰：'怨乎？'曰：'求仁而得仁，又何怨。'"

㊸ 行83：東鄰指紂辛，末代殷王，占據周朝東邊地區。"三仁"指微子、箕子和比干。見《論語》18/1。微子也叫啓，是紂辛兄長。他屢次警告紂辛疏忽朝政，奢侈揮霍，見其不聽，就離開朝廷。比干是紂辛舅舅，因反對紂辛的殘暴無道而被處死。箕子也是紂辛舅舅，比干被處死嚇壞了他，遂假裝瘋癲，成爲紂辛的奴隸。見《史記》，卷3頁108；Chavannes, *Mh* 1：206。

㊹ 行84：《國語》（卷3頁18a—b）記載周武王伐殷時出現的一系列有利的天文現象。"昔武王伐殷，歲在鶉火，月在天駟，日在析木之津，辰在斗柄，星在天黿。星與日辰之位在北維，顓頊之所建也，帝嚳受之。我姬氏出自天黿及析木者（見《漢書》，卷100上頁4219，注5），有建星及牽牛焉，則我皇妣大姜之姓，伯陵之後，逢公所馮神也。歲之所在，則我有周之分野。月之所在，辰馬農祥也。五位，歲日月星辰也。三年，逢公所馮，周分野所在，后稷所經緯者也。"有關此段的進一步討論，見Hart, "The Discussion of the Wu-yi Bells in the *Kuo-yü*," pp. 416–17。

㊺ 行85：戎女指驪姬，驪戎國君之女，晉獻公（前676—前651年在位）妃子。驪姬先進讒言，説服獻公廢掉其前妻所生申生的太子之位，改立驪姬之子奚齊。然後她騙申生把有毒的、剛用來祭祀其母的肉獻給其父。儘管没在肉中下毒，但申生怕揭露惡毒的後母令父親不安，自殺身亡，這被視爲孝舉。見《左傳》，僖公四年（Legge, *The Chinese Classics* 5：141–42）；《史記》，卷39頁1645—1646；Chavannes, *Mh* 4：264–66。

㊻ 行86：晉獻公還有兩個兒子重耳和夷吾，也被驪姬誣陷參與以毒殺父。重耳出逃，在外漂泊十九年，才回到晉國登上王位，稱爲文王（前636—前628年在位），是霸主之一。《國語》（卷10頁11a—12a）記載重耳和占星者就其回到晉國後前景的對話，占星者説重耳是歲星在辰（也叫大火，Antares）時離晉〔據韋昭，應是魯僖公五年〔前655〕〕，辰爲龍（見Schlegel, *Uranographie chinoise* 1：138–39），他將在歲星在申（獵户座七星；韋昭謂爲僖公二十四年〔前636〕時回到晉國，申爲虎（見同上書，卷1頁397）。對班固所引《國語》此段的進一步討論，見Chavannes, *Mh* 3：657–58；4：477。

㊼ 行87：發是周武王（前1111—前1105年在位）的名字。他首次於孟津觀兵，諸侯們對他説："帝紂可伐矣！"他説："汝未知天命，未可也。"兩年後，人民無法再忍受紂辛的殘暴，發舉兵打敗了殷。見《史記》，卷4頁120—121；Chavannes, *Mh* 1：226–27。

㊽ 行88：重耳在逃亡期間，一度居於齊國。桓公待他很好，給他娶妻並送他二十乘馬。重耳非常享受在齊國的舒適生活，無意再回晉國復位。其妻於是將他灌醉，誘使他離開齊國。他最終回到晉國，登上王位。見《左傳》，僖公二十三年（Legge, *The Chinese Classics* 5：187）；《史記》，卷39頁1658；Chavannes, *Mh* 4：287–88。

90　三代後姬氏覆滅。⁴⁹

宣帝宮殿雌雞變化羽毛，

五位君主之後，災禍出現。⁵⁰

5

天道悠遠，人世短暫，　　　　　　　　道脩長而世短兮，覆冥默而不

事物的進程遙遠晦暗，無法透徹理解。　　周。胥仍物而鬼諏兮，乃窮宙而

95　因此人必須依靠卜筮，諮詢鬼神，⁵¹　　達幽。媯巢姜於孺筮兮，旦箕祉

然後可探古今、通幽人。⁵²　　　　　　于契龜。宣曹興敗於下夢兮，魯

媯將居姜，在嬰兒期即已卜知；⁵³　　　衛名諡於銘謠。妣聆呱而劾石

且用有契紋的龜甲，算出治年。⁵⁴　　　兮，許相理而鞫條。道混成而自

宣之復興和曹之失敗，皆有夢示；⁵⁵　　然兮，術同原而分流。神先心以

---

⁴⁹　行 89—90：震卦代表龍。夏朝末年，兩條龍出現於宮廷，自稱褒氏的兩位先君。它們的涎沫被收集儲存在
　　盒裏，傳給殷和周，未曾打開。厲王末期，有人打開盒子，涎沫流滿朝堂，化爲黑黿，進入後廷，令一個宮女受
　　孕，孩子生下來後被拋棄，但最後到了褒地。這個孩子叫褒姒，成了末代周王幽王（前 779—前 771 年在位）
　　的寵妃。中國文獻通常把幽王對褒姒的寵幸，看作西周敗落的主要原因。見《國語》，卷 16 頁 5b—6a；《史
　　記》，卷 4 頁 147；Chavannes, *Mh* 1：281 - 84；《漢書》，卷 27 中之 1 頁 1465。

⁵⁰　行 91—92：巽卦代表雞。西漢宣帝在位時，未央宮穀倉裏的一隻母雞變成公雞。儘管羽毛變化，但它並不
　　啼鳴或者帶領雞群，也沒有趾。元帝時期，有人獻上一隻長角的公雞。劉向將這個奇怪的現象，解讀爲一位
　　宮廷寵妃（即王皇后）影響越來越大的象徵。見《漢書》，卷 27 下之 1 頁 1370—1371。通過王莽，王家篡權。
　　五位統治者指從宣帝到西漢末代皇帝平帝，王莽從平帝手裏篡奪政權。

⁵¹　行 95：胥有兩種解讀方式。應劭（《文選》，卷 14 頁 16a 和《漢書》，卷 100 上頁 4220）釋之爲“須”，即必須，意釋爲：
　　“聖人須卜筮，然後謀鬼神。”“胥”也可釋爲“相互”、“共同”，呂向（《六臣注文選》，卷 14 頁 12a）將此句意釋爲：“相
　　仍因諏謀也。”這兩種解釋都不令人滿意，呂向的解釋似乎語法不通（“仍”肯定是主要動詞），應劭的“因卜筮”並不
　　能直接從文本得出，此句的字面意思是“依賴事物”。但是，在缺乏更好的解決辦法的情況下，我採納應劭的説法。

⁵²　行 96：“宙”字常常出現在“宇宙”中，意爲“時間”。見《淮南子》，卷 11 頁 9b：“往古來今曰宙。”

⁵³　行 97：“媯”是陳國王姓，姜姓統治齊國。敬仲完（前 705 年生），也稱陳完，是陳厲王（前 706—前 700 年在位）之子。
　　在孩提時，其父就其前途諮詢一名周太史。後者以《易》占卦，謂仲完將在姜姓國家成爲强大君主。公元前 672
　　年，仲完擔心性命有虞，出逃齊國。其後代變爲田氏，最後在齊國從姜氏手中奪取政權。見《左傳》，莊公二十二年
　　（Legge, *The Chinese Classics* 5：103）；《史記》，卷 36 頁 1576—1578；Chavannes, *Mh* 4：172 - 74。

⁵⁴　行 98：旦指周公旦，擔任侄子成王（前 1104—前 1068 年在位）的攝政。在成王將著名的九鼎移至郟鄏時，
　　他占卦得知王朝有三十代君主，或者七百年。見《左傳》，宣公三年（Legge, *The Chinese Classics* 5：293）；
　　《史記》，卷 40 頁 1700—1701；Chavannes, *Mh* 4：352 - 53。所有這些材料，都沒有明確提到旦作爲占卦者
　　的角色。關於“契龜”，見《毛詩》第 237 首第 3 章。

⁵⁵　行 99：宣指周宣王（前 827—前 782 年在位），周朝的復興應歸功於他。《毛詩》第 190 首第 4 章引述，牧人夢
　　見“衆維魚矣，旐維旟矣”，占卦者將此夢釋爲豐年和長久之治的象徵。據《毛詩》小序，這首詩是寫給宣王的
　　（見《毛詩注疏》，卷 11 之 2 頁 11b，938）。班固可能將《毛詩》詩篇裏的夢兆理解爲周室復興的吉兆。
　　曹伯陽（前 501—前 489 年在位）是曹國末代統治者。曹國有人夢到衆君子立於社宮，計劃推翻政權，有人
　　建議他們等待一位名叫公孫彊的人。第二天，這位做夢者在全城搜索公孫彊未果，告訴其子説：“如果聽説
　　公孫彊掌管朝廷，你必須離開這個國家。”後來伯陽即位爲曹國國君，花費大量時間跟一位叫公孫彊的同伴
　　一起打獵，後者就政事給伯陽出主意，鼓勵他爭霸，曹國由此卷入一場跟宋國的戰爭，兵敗被滅。見《左傳》，
　　哀公七年（Legge, *The Chinese Classics* 5：814）；《史記》，卷 35 頁 1573；Chavannes, *Mh* 4：167 - 68。

魯和衛的謚號,出現在銘謡。(56)
母親聽到孩啼而批評伯石,(57)
許負看條之面而告知命運。(58)
道混成而自然,(59)
方法同源,而各分支流。(60)
神在心前决定命運,
命運也隨着人的行爲而減增。(61)
旋轉,流動,變動——命運不可戰勝,
因此每次遭遇均有得失。
三欒畢竟共出一體,
儘管時代變化,天分配命運分毫不差。(62)
天道深奥、參差、複雜,
因此衆人迷惑糊塗。(63)
周和賈以狂放大膽的幻想,
齊生死,等禍福。(64)

定命兮,命隨行以消息。斡流遷其不濟兮,故遭罹而贏縮。三欒同於一體兮,雖移易而不忒。洞參差其紛錯兮,斯衆兆之所惑。周賈盪而貢憤兮,齊死生與禍福。抗爽言以矯情兮,信畏犧而忌鵬。

(56) 行 100:《左傳》(昭公二十五年;Legge, *The Chinese Classics* 5: 709)記述一首神秘童謡,預示昭公(前 540—前 507 年在位)的死亡和定公(前 508—前 494 年在位)的繼位。"衛"指衛靈公(前 534—前 493 年在位)。據《莊子》(卷 8 頁 29b),在沙丘開挖靈公墳墓時,挖掘者發現一口石棺,上面刻着:"不馮其子,靈公奪而里之。"靈是靈公死後的謚號。

(57) 行 101:羊舌氏的叔向違抗母命,跟巫臣氏的一個女孩結婚,生了一個名叫伯石的孩子。叔向母親去看孩子,但是聽到其哭聲後就拒絶到房裏,説:"是豺狼之聲。狼子野心,非是,莫喪羊舌氏。"見《左傳》,昭公二十八年(Legge, *The Chinese Classics* 5: 726 - 27)。

(58) 行 102:條侯周亞夫向知名相士許負請教。許看其面相,發現他"從裏入口"(嘴巴邊上有横紋),是餓死之相。後來,周因參與叛變被捕,絶食數日而死。見《史記》,卷 57 頁 2074,2079;Watson, *Records of the Grand Historian of China* 1: 433 - 34, 439。

(59) 行 103:見《老子》第 25 章:"有物混成,先天地生……吾不知其名,字之曰道。"曹大家(《文選》,卷 14 頁 17a)解釋説:"人生而心志在内,聲音在外,骨體有形,事變有會,更相爲表裏,合成一體,此自然之道。"

(60) 行 104:曹大家(《文選》,卷 14 頁 17a)解釋説:"至於術學,論其成敗,考其貧賤,觀其富貴,各取一概,故或聽聲音,或見骨體,或占色理,或視威儀,或察心志,或省言行,或考卜筮,或本先祖,如水同源而分流也。"

(61) 行 105—106:曹大家(同上書)評論説,命運天定,因此能提前以徵兆形式揭示出來。同時,取决於人的行動,其命運可加重或者減輕。此處之"心",帶有被命運所控制的"意願"或"意志"的意味。

(62) 行 109—110:秦公問士鞅,晉國大夫中誰會先被滅掉,士鞅回答説欒氏。他們的父親書是好人,但是他的兒子黶極端殘忍。他死後,其子盈將無法贖父錯失,這個家族將會滅亡。見《左傳》,襄公二十三年(Legge, *The Chinese Classics* 5: 501)。士鞅的預言,被證明很準確,公元前 543 年整個欒氏消亡殆盡。《漢書》作"盈"(欒氏最後家長的名字),《文選》作"易"(變化)。《漢書》文爲:"虽移盈然不忒。"曹大家(《文選》,卷 14 頁 17b)評論説上天保佑好人,懲罰壞人,分毫不爽。

(63) 行 111—112:曹大家(同上書)評論説,報償的分配形式多樣,也參差不齊,因此人們困惑而不能信任天道。

(64) 行 113—114:莊周(《莊子》的作者)和賈誼(見《鵩鳥賦》)都認爲,生死均屬不斷變化過程中的一部分,在此意義上它們是一回事,生不值得去緊抓,死也用不着痛苦。曹大家(《文選》,卷 14 頁 17b)評論説,儘管莊周和賈誼俱爲富有智慧的天才之人,但他們没有遵循聖人之道,結果混淆好壞,講説大膽和不切實際的話。

115　口出謬言，歪曲真實：

或見犧牛受驚，或因鵬鳥迷信。⑥

6

我們最崇奉的是聖人至論，⑥⑥

人必須符合天道，決定何者正確。

有些東西，雖所欲而不應擁有；

120　有些東西，雖厭惡卻不應逃避。⑥⑦

如果把握堅定，從不猶豫，

美德變得很輕，沒有障礙。⑥⑧

三仁各不相同，但理想一致；⑥⑨

夷和惠相反，卻享受同樣聲名。⑦⑩

125　木安臥保衛魏國，⑦①

申腳磨厚繭救楚。⑦②

紀信保護漢主被燒死，⑦③

所貴聖人至論兮，順天性而斷
誼。物有欲而不居兮，亦有惡而
不避。守孔約而不貳兮，乃輶德
而無累。三仁殊於一致兮，夷惠
舛而齊聲。木偃息以蕃魏兮，申
重繭以存荆。紀焚躬以衛上兮，
皓頤志而弗傾。侯草木之區別
兮，苟能實其必榮。要没世而不
朽兮，乃先民之所程。觀天網之
紘覆兮，實棐諶而相訓。謨先聖

---

⑥　行116：一位國君派使者邀請莊子出仕，莊子回答："子見犧牛乎？衣以文繡，食以芻菽，及其牽入於太廟，雖欲爲孤犢，其可得乎？"莊子拒絶接受職位，不想落得跟作犧牲的牛一樣的命運。見《莊子》，卷10頁12a—b。一隻鵬鳥（owl）停在賈誼的座席上，賈誼認爲這意味着自己將要死去。見《鵬鳥賦》。班固用這些故事作例子，説明即使是莊周和賈誼，也都表達對死亡的恐懼，儘管他們聲稱對之無動於衷。

⑥⑥　行117：曹大家（《文選》，卷14頁18a）説，"至論"指經典。

⑥⑦　行119—120：見《論語》4/5："富與貴，是人之所欲，不以其道得之，不處也；貧與賤，是人之所惡，不以其道得之，不去也。"

⑥⑧　行122：見《毛詩》第260首第6章："德輶如毛。"

⑥⑨　行123：關於三仁，見上面行83的注。

⑦⑩　行124：見《論語》18/8："逸民：伯夷、叔齊、虞仲、夷逸、朱張、柳下惠、少連。子曰：'不降其志，不辱其身，伯夷、叔齊與？'謂：'柳下惠、少連，降志辱身矣；言中倫，行中慮。'"伯夷和弟弟叔齊因不願出仕周朝而餓死。儘管三次從職位上被解雇，柳下惠不願離開父母之邦去尋找其他職位。見《論語》18/2。

⑦①　行125：段干木是堅決拒絕出仕的隱士。魏文王（前424—前387）在試圖吸引他任職失敗後，繼續以禮相待。秦國將要攻打魏國，有人告訴秦王説魏文王尊敬有德之人，人民讚賞其仁愛，國君和人民如此和諧團結，設謀攻打他並不明智，秦於是撤軍。見《史記》，卷44頁1839；Chavannes, *Mh* 4：141‐43；《呂氏春秋》，卷21頁4b—5a。

⑦②　行126：楚國貴族（荆爲楚的古名）申包胥從楚國徒步去秦國，請求秦幫助抵擋吳國入侵，"跋涉谷行，上峭山，赴深溪，游川水，犯津關，躓蒙籠，蹠沙石，蹠達膝，曾繭重胝"。到秦國後，他在朝堂哭了七日，粒米未進。最終，秦答應楚派遣一支隊伍，幫助楚國成功擊退吳的進犯。見《淮南子》，卷19頁10b。

⑦③　行127：紀信是得到劉邦信任的一位將軍。項羽在滎陽將劉邦圍困，紀信提出假扮劉邦向項羽投降。當楚軍衝出去捉拿假劉邦時，真劉邦逃走。項羽發現騙局後，活活燒死紀信。見《史記》，卷7頁326；Waston, *Records of the Grand Historian of China* 1：64。

四皓堅持節操不移。[74]

草木有多種類屬,[75]

130　只要能結實必定茂盛。[76]

努力使死後名聲不墜,[77]

這是古人的標準。[78]

看天網之闊大展現!

實際上它幫助真誠者,給予他們指導。[79]

135　追求前聖之大道,[80]

應與有德者爲鄰,幫助值得信任者。[81]

虞之"韶"樂如此動聽,引來鳳凰;[82]

千年之後,孔子猶不知肉味。[83]

素王之文信實,麒麟出現;[84]

140　異代之漢朝,尊崇其後裔。[85]

精誠與幽人相通,可感會其他事物;

之大猷兮,亦鄰德而助信。虞《韶》美而儀鳳兮,孔忘味於千載。素文信而厎麟兮,漢賓祚于異代。精通靈而感物兮,神動氣而入微。養流睇而猨號兮,李虎發而石開。非精誠其焉通兮,苟無實其孰信?操末技猶必然兮,矧耽躬於道真。登孔昊而上下兮,緯群龍之所經。朝貞觀而夕化兮,猶諠己而遺形。若胤彭而偕老兮,訴來哲而通情。亂曰:天造草昧,立性命兮。復心弘道,惟聖賢兮。渾元運物,流不處兮。保身遺名,民之表兮。舍

---

⑦④ 行 128：秦時,四皓在商雒山當隱士,留在那裏"頤養氣節",直到國家再次平靖。漢高祖（前 202—前 195 年在位）想邀請他們到朝廷,被拒絕了。呂后（前 187—前 180 年在位）讓太子帶着禮物和一輛特殊馬車接他們到京城。這次他們同意,高祖對他們極盡優禮。見《史記》,卷 55 頁 2047；Waston, *Records of the Grand Historian of China* 1：148 - 49；《漢書》,卷 72 頁 3056。四皓的名字是虛擬的：園公,本名庚宣明；夏黃公,本名崔廣；角里先生,本名周術；及綺里季。見《史記》,卷 55 頁 2045,注 1。關於四皓傳説的全面研究,見 Berkowitz, " Patterns of Reclusion in Early and Early Medieval China," pp. 139 - 63。

⑦⑤ 行 129：見《論語》19/12："譬諸（指弟子）草木,區以別矣。"

⑦⑥ 行 130：意謂如果人有好品質（"結果"）,就會有好名聲（"茂盛"）。

⑦⑦ 行 131：見同上書 15/10："君子疾没世而名不稱焉。"《左傳》,襄公二十四年："太上有立德,其次有立功,其次有立言,雖久不廢,此之謂不朽。"

⑦⑧ 行 132：見《毛詩》第 195 首第 4 章："匪先人是程。"

⑦⑨ 行 134：此處班固引述兩條材料。首先是《尚書》（《尚書注疏》,卷 13 頁 21a, 423）："天威棐忱。"（另一種解釋可見 Karlgren, "Glosses on the Book of Documents," no. 1609, 271 - 72）其次是《易經·繫辭》（《周易注疏》,卷 7 頁 30b,169）："天之所助者,順也；人之所助者,信也。"《漢書》作"順",《文選》作"訓"。曹大家評注也作"訓",我採用這一文字。

⑧⓪ 行 135：見《毛詩》第 198 首第 4 章："秩秩大猷,聖人莫之。"

⑧① 行 136：見《論語》4/25："德不孤,必有鄰。"

⑧② 行 137：虞指聖王舜。"儀鳳"（decorous phoenix）出《尚書》（《尚書注疏》,卷 5 頁 14b,302）："簫韶九成,鳳皇來儀。"對"儀"的不同解釋,見 Karlgren, "Glosses on the Book of Documents," no. 1346, pp. 142 - 43。

⑧③ 行 138：見《論語》7/13："子在齊聞韶,三月不知肉味。曰:'不圖爲樂之至於斯也!'"

⑧④ 行 139："文"指魯《春秋》,據説是孔子所作。漢代儒學家經常將孔子尊爲"素王"。《春秋》結尾:"十有四年,春,西狩獲麟。"儘管對麟出現的含義有多種不同闡釋,但班固應當相信麟的出現是對孔子的忠誠的致敬。

⑧⑤ 行 140：漢代以多種不同方式尊崇孔子。漢高祖訪問魯並舉行特別祭祀,應該是在孔廟。見《史記》,卷 47 頁 1946。公元元年,孔子一个後裔孔均被封爲"褒成侯",孔子被追謚"褒成宣尼公"。見《漢書》,卷 12 頁 351；Dubs, *HFHD* 2：69。

神激動元氣,可透視幽微世界。

養由基轉目,猿即哀號;[86]

李廣射虎,劈開頑石。[87]

145　若非精誠或能量,怎能如此?

如無實質,誰會相信?

如果這些小技藝也能如此感通,[88]

當人沉浸於至道,又會有多少?

上至太昊,下至孔子,[89]

150　無數聖人經緯天道。[90]

朝聞大道,夕死無怨,[91]

猶如忘記自己、遺棄形骸。

如果能跟隨彭祖、老子,[92]

我會跟未來的聖人交談,告訴我的感受。

155　結尾曰:天從冥昧造萬物,[93]

決定本性和命運。[94]

回歸本性,宏揚大道——

只有聖賢能這樣做。

磅礴力量驅動萬物,

160　流轉永不止息。

保存自己,留下美名,

這是後人應追隨的典範。

捨生取義,[95]

生取誼,以道用兮。憂傷夭物,忝莫痛兮。皓爾太素,曷渝色兮。尚越其幾,淪神域兮。

---

[86] 行 143:養由基是楚國著名的射手。楚王命他射殺一隻猿猴,箭還未發,那隻猿已被養由基的全神貫注所驚擾,開始號叫。這句和下一句都是說明精和神的強大效果的例子。見《淮南子》,卷 16 頁 10b。

[87] 行 144:李廣是武帝手下的將軍,曾外出打獵,看到草叢中的石頭,誤以爲是老虎,以借大之力發箭,箭透石,只餘末梢。見《史記》,卷 109 頁 2871;Watson, *Records of the Grand Historian of China* 2:141。

[88] 行 147:"末技"包括如射殺猿猴和老虎這樣的技藝。

[89] 行 149:太昊是伏羲的別稱。

[90] 行 150:龍指聖人。

[91] 行 151:見《論語》4/8:"朝聞道,夕死可矣。""貞觀"(正確的見解)出自《易經》"繫辭"(《周易注疏》,卷 8 頁 3a,178):"天地之道,貞觀者也。"

[92] 行 153:據説彭祖和老子活了很長時間。

[93] 行 155:這是《易經》第 3 卦(《周易注疏》,卷 1 頁 28b,33)的直接引文。

[94] 行 156:見《易經》第 24 卦(《周易注疏》,卷 3 頁 19b,77):"復(第 24 卦名稱),其見天地之心乎。"見《論語》15/28:"人能弘道,非道弘人。"

[95] 行 163:見《孟子》,六下之 10:"生,我所欲也,義,亦我所欲也,二者不可得兼,捨生而取義者也。"

　　即是道的功用。

165　滿懷憂傷，死於盛年，

　　没有比此更羞辱之事。

　　不受污染，保持純潔——

　　爲何改變顔色？

　　我希望通達幾微，

170　進入神靈的領域。⑨⑥

---

⑨⑥　行 169—170：見《易經·繫辭》(《周易注疏》，卷 8 頁 13a，183)："子曰：知幾，其神乎？"

第十五卷

志　中

思　玄　賦

張平子

【解題】

　　據《後漢書》(卷 59 頁 1914)，張衡(字平子)在順帝(126—144 年在位)時任宮廷侍中，"帝引在帷幄，諷議左右。嘗問衡天下所疾惡者。宦官懼其毀己，皆共目之，衡乃詭對而出。閹豎恐終爲其患，遂共讒之。衡常思圖身之事，以爲吉凶倚伏，幽微難明，乃作《思玄賦》，以宣寄情志"。在此賦中，張衡問自己：在充滿誹謗和冷漠的腐敗世界裏，應該逃離到遠離家鄉之地，還是應該停留此世，儘管困難重重仍然堅持培養自己的德性？爲了解決問題，他開始一段漫長的想象之旅，逐一拜訪四方的神仙。在旅途中，他諮詢卜筮者，後者給予應該如何前行的建議。他所到之處都不能安慰絕望，於是得出結論，看不見的世界不但不能提供安慰，實際上也不能爲人所知或者信任。在賦的結尾，張衡放棄幻想之旅的想法，決定回家，繼續學習古代經典和作詩，過鄉居士人的生活。關於此賦的更全面討論，見 Knechtges，"A Journey to Morality"。

　　本賦也見於《後漢書》，卷 59 頁 1914—1939。現代的注釋版本，有張震澤，《張衡詩文集校注》，頁 195—241。譯文包括：von Zach，*Die Chinesische Anthologies* 1：217‑28；小尾郊一、花房英樹，《文選》，卷 2，頁 242—271。白話譯文見陳宏天編，《昭明文選譯注》，冊 2，頁 786—824；李景濚，《昭明文選新解》，冊 2，頁 146—173；遲文浚等編，《歷代賦辭典》，頁 201—211。

　　李善常引用一本稱爲《舊注》的匿名之作，該注的寫作時間和作者不詳。

1

景仰先哲的深奧教化，
不論如何高遠，永遠不應違背。①
除了仁義之地，還能住在哪裏？②
除了禮的道路，還能追循什麼？

5　持之深心，久久思索；
日月流逝，忠誠不衰。
靈魂深處，仍然真善，③
嚮往古人的堅貞氣節。
挺身而立，遵守規則，

10　從未越界。
被痛苦折磨的心如飄動的風幡，④
我的忠誠和決心仍然堅固如結。⑤
製作玉珮顯示德行，⑥
上挂夜光和瓊枝。⑦

15　繫着秋天的蘭花，
又點綴上江離。⑧
其美繁複，香氣强烈，
真正恒久，不會衰退。⑨
服飾華美，舉世無雙，

20　並不爲當今之世珍惜。
灑落花瓣，無人看見；

仰先哲之玄訓兮，雖彌高而弗
違。匪仁里其爲宅兮，匪義迹其
爲追？潛服膺以永靚兮，縣日月
而不衰。伊中情之信脩兮，慕古
人之貞節。竦余身而順止兮，遵
繩墨而不跌。志搏搏以應懸兮，
誠心固其如結。旌性行以製珮
兮，佩夜光與瓊枝。繡幽蘭之秋
華兮，又綴之以江離。美襞積以
酷烈兮，允塵邈而難虧。既姱麗
而鮮雙兮，非是時之攸珍。奮余
榮而莫見兮，播余香而莫聞。幽
獨守此庂陋兮，敢怠遑而舍勤。
幸二八之遷虞兮，嘉傅説之生
殷。尚前良之遺風兮，恫後辰而
無及。何孤行之煢煢兮，孑不群
而介立。感鸞鷖之特棲兮，悲淑
人之希合。

---

① 行1—2：此處所譯的深奧教化，字面意思爲張衡所見的上方之"玄訓"。因"玄"跟"天"同義，這些教化的來源應爲天。見《論語》9/10："顏淵喟然嘆曰：'仰之（孔子的教訓）彌高。'"

② 行3：《論語》4/1："里仁爲美。"

③ 行7：見《離騷》，行289—290（《楚辭補注》，卷1頁29b）："苟中情其好修兮，又何必用夫行媒。"

④ 行11：《文選》作"搏搏"，《後漢書》作"團團"，可能均爲"愽愽"（悲傷）的異體字。見朱珔，《文選集釋》，卷14頁3b。該説法出現在《毛詩》第147首第1章："勞心愽愽。"風中飄動的旗幟是思想受折磨、痛苦的意象。見《戰國策》，卷14頁6b："卧不安席，食不甘味，心搖搖如懸旌，而無所終薄。"

⑤ 行12：見《毛詩》第147首第3章："心之憂矣，如或結之。"

⑥ 行13：珮是美德的象徵。見《白虎通義》，卷4頁4b："所以必有珮者，表德見所能也。"

⑦ 行14："夜光"（night-glower）與"瓊枝"（camelian branch）都代表堅定和純粹。見《離騷》，行218（《楚辭補注》，卷1頁24a）："折瓊枝以繼珮。"

⑧ 行15—16：蘭（thoroughwort）和江離（gracilary）是美德的傳統意象。見《離騷》，行210（同上書，卷1頁23a）："結幽蘭而延佇。"《離騷》，行11（同上書，卷1頁4a）："扈江離與薜芷兮。"

⑨ 行18：見《離騷》，行328（同上書，卷1頁32b）："芳菲菲兮難虧。"

散發香氣，無人得聞。

平靜滿足，居此賤地，

豈敢逃避苦勞而懶散？

25　爲"二八"得遇舜王而慶幸，⑩

爲傅説生於殷時而欣悦。⑪

崇敬前賢傳下的風俗，

嘆吾生太晚無緣得見。

爲何行走於孤獨之中？

30　爲何脱離隔絶於大衆？

感慨鸞和鳳之獨居，⑫

悲憫好人罕能與世相和。

2

爲何悲哀好人與世難諧？　　　　彼無合而何傷兮，患衆僞之冒

害怕的是假相隱藏真實。　　　　真。旦獲讟于群弟兮，啓《金縢》

35　周旦遭弟弟誹謗，　　　　　　而後信。覽蒸民之多僻兮，畏立

只有在金櫃開啓後才重獲信任。⑬　辟以危身。增煩毒以迷惑兮，羌

目睹大衆的背信棄義，　　　　　孰可爲言已？私湛憂而深懷兮，

害怕他們使用法律傷害我。⑭　　思繽紛而不理。願竭力以守誼

憤怒痛苦，困惑不解，　　　　　兮，雖貧窮而不改。執彫虎而試

40　啊，我能向誰訴説苦楚？⑮　　　象兮，阽焦原而跟趾。庶斯奉以

憂思沉重，考索自己的命運，　　周旋兮，惡既死而後已。俗遷渝

思想纏結而混亂。　　　　　　　而事化兮，泯規矩之員方。寶蕭

---

⑩ 行25："二八"指高辛的八個兒子和顓頊的八個兒子，他們均受命於舜。見《左傳》，文公十八年(Legge, *The Chinese Classics* 5：280，282)。

⑪ 行26：傅説在傅巖築城，殷朝的武丁夢見他，召傅説進入宫廷，任其爲相。見賈誼《鵩鳥賦》，本册，行41—42注釋。

⑫ 行31：鸞(simurgh)和鳳(phoenix)代表有德之人。

⑬ 行35—36：周武王病篤，周公旦向神祈禱，願代武王去死。通過占卦得知祈禱獲准後，他將祝文放在金屬束封的櫃裏。武王病癒後又活了五年，在其死後，其弟管叔和蔡叔在武王繼承者成王面前誹謗周旦，責其不忠。周旦離開朝廷。不久，那個金屬束封的櫃子打開，成王發現周旦是忠誠於周室的典範。這個故事是《尚書·金縢》章的主題，見《尚書注疏》，卷13頁6a—14a(415—419)。

⑭ 行37—38：行38字面上的意思是："我害怕他們會爲了致我於險境而制定法律。"這兩句話本於《毛詩》第254首第6章："民之多僻，無自立辟。"這句話可能指誹謗張衡的那幾個太監。

⑮ 行39—40：見嚴忌《哀時命》，行145—146，《楚辭補注》，卷14頁8a："獨便悁而煩毒，焉發憤而舒情。"

發誓奉獻所有，保持正義，
雖窮乏而道路不改。

45　我應搏彫虎而試象，⑯
近焦原而駐足峽谷邊緣。⑰
希望奉行推廣這些原則，⑱
不知疲倦地追逐直至身死。⑲
世界隨事件變化而變更前行，

50　破壞方圓之規矩，⑳
看重蕭艾，儲以層箱，
同時聲稱蕙芷無香。㉑
斥逐西施，奪其恩寵，
役使腰裏拉車。㉒

55　墮落之人逞其野心，
制定規則標準的人罹禍。
思索天地之無垠，㉓
人的命運何其無常！㉔
不妥協自己的標準，仍然尋求被此世接受，

60　猶如欲渡河而無船。
以巧言令色博取恩寵，

艾於重笥兮，謂蕙芷之不香。斥西施而弗御兮，縶騕褭以服箱。行頗僻而獲志兮，循法度而離殃。惟天地之無窮兮，何遭遇之無常！不抑操而苟容兮，譬臨河而無航。欲巧笑以干媚兮，非余心之所嘗。襲溫恭之敝衣兮，被禮義之繡裳。辮貞亮以爲鞶兮，雜伎藝以爲珩。昭綵藻與琱瑑兮，璜聲遠而彌長。淹棲遲以恣欲兮，耀靈忽其西藏。恃己知而華予兮，鶗鴂鳴而不芳。冀一年之三秀兮，遒白露之爲霜。時亹亹而代序兮，疇可與乎比伉？咨姤嫭之難竝兮，想依韓以流亡。恐漸冉而無成兮，留則蔽而不彰。

---

⑯ 行45：“彫虎”代表貧困和地位低下；“試象”表示用盡全部力量。《尸子》，卷下頁3a似乎是此句和下句的出處：“中黃伯曰：余左執太行之獶，而右搏彫虎，唯象之未與，吾心試焉。有力者則又顧爲牛，欲與象鬥以自試。今二三子以爲義矣，將惡乎試？夫貧窮，太行之獶也；疏賤，義之彫虎也。而吾曰遇之，亦足以試矣。”

⑰ 行46：張衡在此處說爲了保持正義他會忍受任何危險。見《尸子》卷2頁3b：“莒國有石焦原者，廣五十步，臨百仞之溪，莒國莫敢近也。有以勇見莒子者，獨卻行齊踵焉，所以稱於世。夫義之爲焦原也亦高矣（據《後漢書》，卷59頁1917注釋5的解讀）。賢者之於義，必且齊踵，此所以服一時也。”

⑱ 行47：見《左傳》，文公十八年（Legge, *The Chinese Classics* 5：282）：“季文子使太史克對曰：‘先大夫臧文仲教行父事君之禮，行父奉以周旋，弗敢失墜。’”

⑲ 行48：尤袤本《文選》作“惡”，《後漢書》和《六臣注文選》作“要”。《文選》之“惡”很難理解。胡紹煐（《文選箋證》，卷17頁9b）認爲“惡”爲誤寫的錯字，其形與“要”相似。

⑳ 行49—50：見《離騷》，行89—90（《楚辭補注》，卷1頁12a）：“固時俗之工巧兮，偭規矩而改錯。”

㉑ 行51—52：蕭和艾味道難聞，代表敗德之人。蕙和芷代表有德之人。

㉒ 行53—54：著名美女西施和名馬腰裏代表才華之士。

㉓ 行57：見《遠遊》，行9（《楚辭補注》，卷5頁1b—2a）：“惟天地之無窮。”

㉔ 行58：見《周易·文言》（《周易注疏》，卷1頁14b）：“上下無常。”

我的心無法承受。㉕

穿戴温和恭敬的禮服，

披上符合禮儀的綉袍，㉖

65　給腰帶縫上正直誠實，

結合才藝知識製玉珮。

五彩紋樣，雕鏤裝飾華美，

玉珮之聲悠遠傳揚。㉗

徘徊良久，馳騁吾欲，㉘

70　但太陽突隱於西方。㉙

仰賴知己以花裝飾我，㉚

但布穀鳥啼叫，花失去芬芳。㉛

希望一年有三次花季，

但困擾於白露已成霜。㉜

75　季節無情向前，更換次序，㉝

我能找到誰爲合適的伴侶？

啊，邪惡和善良很難共存，㉞

願追隨韓終飛升無蹤。㉟

擔心假以時日仍無法模仿，

㉕ 行62：張衡在此處使用楚辭的一種常見表達模式。見《離騷》，行62(《楚辭補注》，卷1頁9b)："非余心之所急。""恐修名之不立。"行30(同上書，卷4頁3b)："非余心之所志。"《九辯》，第7，行8(同上書，卷8頁10a)："非吾心之所樂。"

㉖ 行63—64：見《毛詩》第130首第2章："君子至止，黻衣綉裳。"

㉗ 行63—68：此處的服飾形象均代表張衡的善良和正直。在行67中，《文選》作"珚璆"，《後漢書》作"雕琢"。胡紹煐(《文選箋證》，卷16頁10b)認爲，"璆"應爲"琢"，字形與"琢"相似。

㉘ 行69：張衡的願望應是足夠長壽，可以爲世界的福祉施行聖人的教導。

㉙ 行70："耀靈"指太陽。見《遠遊》，行42(《楚辭補注》，卷5頁3b)："耀靈曄而西征。"

㉚ 行71：見《山鬼》，行16(同上書，卷2頁21a)："歲既晏兮孰華予。"

㉛ 行72：秋分時布穀鳥的叫聲被視爲宣告夏天結束的標誌，因而是來自自然界的信號，植物和花朵都將枯萎而死。張衡可能在此處暗指《離騷》，行299—230(同上書，卷1頁30b—31a)，其中屈原説："恐鶗鴂之先鳴，使夫百草爲之不芳。"對於屈原和張衡來説，没有香氣代表不能以德行影響世界。

㉜ 行73—74："三秀"(thrice-blooming herb)指靈芝(mushroom)，據説一年開三次花。張衡在這裏引用《山鬼》，行17(同上書，卷2頁2a)，指巫師用以"打扮"自己的三秀。張衡使用這種植物來代表被嚴霜般誹謗攻擊的美德。露凝結成霜的意象，在《毛詩》第129首第1章中已有先例。

㉝ 行75：見《九辯》，行17(《楚辭補注》，卷8頁3a)："時亹亹而過中。"《遠遊》，行41(同上書，卷5頁3a)："恐天時之代序。"

㉞ 行77：《後漢書》和《文選》五臣注作"妒"(忌妒)，尤袤本作"姤"(邪惡)。

㉟ 行78：韓終(或衆)是齊國方士，爲國君採集藥草，後者拒絶食用，韓於是自己服下成仙。見《楚辭補注》，卷5頁2b—3a引《列仙傳》。見《離騷》，行94(《楚辭補注》，卷1頁12b)："寧溘死以流亡。"

80　仍羈留於此，我會埋没無聞。

3

我的心仍然猶豫狐疑，㊱

因此去往岐山，傾訴心情。㊲

文王爲我占蓍：㊳

"利以飛遁，以保佳名。㊴

85　翻越衆山而周游，㊵

乘上快風傳播名聲。㊶

二女感於高峰，㊷

堅冰可能折破而不修整。㊸

天幕高遠，仍化爲湖，

90　誰説道路不平？㊹

努力自强不息，㊺

踏上高聳陡峭的玉階。"㊻

心猶豫而狐疑兮，即岐阯而臚情。文君爲我端蓍兮，利飛遁以保名。歷衆山以周流兮，翼迅風以揚聲。二女感於崇岳兮，或冰折而不營。天蓋高而爲澤兮，誰云路之不平！劭自强而不息兮，蹈玉堦之嶢峥。懼筮氏之長短兮，鑽東龜以觀禎。遇九皋之介鳥兮，怨素意之不逞。遊塵外而瞥天兮，據冥翳而哀鳴。鵰鶚競於貪婪兮，我脩絜以益榮。子有故於玄鳥兮，歸母氏而後寧。

㊱ 行81：見《離騷》，行278（同上書，卷1頁28b）："欲從靈氛之吉占兮，心猶豫而狐疑。"

㊲ 行82：岐山（今陝西岐山東北）是周文王故鄉。見《孟子》，一下之5。

㊳ 行83：文王指周文王，據説是《周易》或《易經》的作者。

㊴ 行84：張衡引用《易經》第33遁卦："上九，飛遁，無不利。"張衡所用《周易》跟王弼的不同（《周易注疏》，卷4頁8b，97），其中"肥"作"飛"。張衡似乎採用漢代的一種解讀。見惠棟，《周易述》，頁161。

㊵ 行85：遁卦下卦爲艮，據《周易》"象辭"，艮象徵山。見《周易注疏》，卷9頁10a，198。因此，卦辭預言山中之旅，指下面張衡旅行往西方遠山。

㊶ 行86：遁卦第2至4爻的卦象構成巽☴，代表風，因此意謂乘風飛去。

㊷ 行87：如果遁卦的上爻變成陰爻，就得到第31卦"咸"☶，意爲"感"或者"求婚"。咸由兑☱（少女）和艮☶（山；張衡的"高峰"）構成。咸卦所含第2—4爻構成巽☴（長女）的卦象，與兑合爲張衡賦中的"二女"。該卦預示張衡在西山會遇到兩位美麗的神女（見下面行265—266）。此處用"感"字是因爲這是"象辭"給予咸卦的意義。見《周易注疏》，卷4頁1b。

㊸ 行88：這句意思不完全清楚。冰出自乾，咸卦第3—5爻構成乾☰的卦象。據"説卦"，兑☱的特徵之一是"毀折"。張衡可能想説，雖然進行長途旅行與兩位女子相遇是吉利的，但他的旅行之道也將是困難的。李賢（《後漢書》，卷59頁1932，注1）説這句話預示張衡決定離開宓妃和下面行290的太華女。胡紹煐（《文選箋注》，卷17頁11a）認爲，"營"應在"惑"（困惑）的意義上理解，此句應釋爲："可能冰破，但是人不會困惑。"我發現這種扭曲的解釋對理解這句神秘的話並無多少幫助。

㊹ 行89—90：當遁卦變爲咸卦，其上卦乾或天變爲兑，代表湖澤。因此，儘管天高難達，但如同從遁卦轉化爲咸卦，狀況是可變的，因此旅行仍然可以進行（"路平"）。

㊺ 行91：見《周易》第1卦《象辭》（《周易注疏》，卷1頁8a，23）："天行健，君子以自强不息。"

㊻ 行92：乾卦代表玉。據《舊注》（《文選》，卷15頁4b—5a），玉階是皇宮臺階，這是説張衡"雖欲去，猶戀玉階，不思去。言尚欲進忠賢"。

擔心占蓍者之長短，㊼
又鑽東龜察看運氣。㊽
我遇到九皋之鶴，㊾
抱怨素志未伸。
它漫游塵外，觸摸蒼天；㊿
羈留幽冥之地，悲哀鳴叫。
鵰鶚追逐貪欲，(51)
而我修養純潔以增强芳名。(52)
“跟玄鳥建立關係，(53)
回歸母氏，得到平静。”(54)

4

占卜既吉，預言無害，
我選擇良時，準備出發。
黎明洗頭於清泉，
讓晨光曬乾頭髮。(55)
啜飲飛泉之流水，(56)
咀嚼靈芝的落英。
如高飛的鳥、騰躍的魚般迅捷，(57)
遠遊於八方荒遠之地。

占既吉而無悔兮，簡元辰而俶裝。旦余沐於清源兮，晞余髮於朝陽。漱飛泉之瀝液兮，咀石菌之流英。翾鳥舉而魚躍兮，將往走乎八荒。過少皞之窮野兮，問三丘于句芒。何道真之淳粹兮，去穢累而飄輕。登蓬萊而容與兮，鼇雖抃而不傾。留瀛洲而采

㊼ 行 93：“短”應指蓍草莖（milfoil stalks），“長”指龜殼（tortoise shell）。見《左傳》，僖公四年（Legge，*The Chinese Classics* 5：141）。但是，既然張衡在接下來一句説使用龜甲占卦，可能他用“長、短”指蓍草莖的不同長度。

㊽ 行 94：“東龜”（eastern tortoise）是《周禮》中提到用以占卦的六種烏龜之一。見《周禮注疏》，卷 24 頁 19a（1736）。在中國的關聯式思維中，東方代表青色。因此，東龜應爲青色。

㊾ 行 95：“介鳥”（great bird）指鶴（crane），是退休和隱居的象徵。見《毛詩》第 184 首第 1 章：“鶴鳴於九皋。”

㊿ 行 97：王念孫指出，“瞥”應被理解爲“撇”（撞擊，打掃）。見《讀書雜志》，餘編下，頁 33a—b。

(51) 行 99：“鵰鶚”（eagle and osprey）代表惡毒的誹謗者。

(52) 行 100：“我”指鶴，反過來代表張衡。

(53) 行 101：“玄鳥”（dark bird）指這隻鶴。

(54) 行 102：“母氏”指道。見《老子》第 52 章：“天下有始以爲天下母。既得其母，以知其子。既知其子，復守其母，没身不殆。”

(55) 行 105—106：見《遠遊》，行 73—74（《楚辭補注》，卷 5 頁 5a—b）：“朝濯髮於湯谷兮，夕晞余身兮九陽。”

(56) 行 107：見《遠遊》，行 75（同上書，卷 5 頁 5b）：“吸飛泉之微液兮。”

(57) 行 109：“舊注”（《文選》，卷 15 頁 5b）將“翾”釋爲“飛”。王念孫指出此意跟“魚躍”不搭配，認爲“翾”意爲“迅速”，比較令人信服。見《讀書雜志》，餘編下，頁 34b—35a。

走過少皞之窮野，⑤⑧

向句芒詢問三丘。⑤⑨

真道多麼純潔無污！⑥⓪

我擺脫髒污負擔而身輕。

115 爬上蓬萊，逍遙徘徊，

巨鼇拍擊水面，島未倒覆；⑥①

我停留瀛洲，採集靈芝，

希望以之延長生命。

騎着歸雲，飄向遠方，

120 過夜於扶桑。⑥②

暢飲青山的玉泉，

飽餐夜半的霧氣。⑥③

晚上我夢見木禾，

高高長於崑崙山上。⑥④

5

125 拂曉時分，我行至暘谷，⑥⑤

跟隨夏禹到達會稽山。⑥⑥

仰慕手執玉帛的神仙主人，

芝兮，聊且以乎長生。馮歸雲而
遐逝兮，夕余宿乎扶桑。飲青岑
之玉醴兮，湌沆瀣以爲糧；發昔
夢於木禾兮，穀崑崙之高岡。

朝吾行於湯谷兮，從伯禹乎稽
山。嘉群神之執玉兮，疾防風之
食言。指長沙之邪徑兮，存重華

---

⑤⑧　行 111：“少皞”，也稱作“金天氏”（見下面行 147），據説住在“窮桑”或“空桑”，即張衡所稱“窮野”。注疏家認
爲“窮桑”位於魯國之東。見《左傳注疏》，卷 53 頁 9b(4611)，杜預注(昭公二十九年)；《淮南子》，卷 8 頁 6a，
高誘注。關於窮桑的更詳細記録，見《左傳》，昭公十七年和二十九年(Legge, *The Chinese Classics* 5：667 -
68，731)；Karlgren, “Legends and Cults,” p. 208；陳炳良，《中國古代神話新釋兩則》，頁 206—210。傳統
上，少皞被認爲是西方的主宰，但此處張衡顯然將其跟東方聯繫在一起。

⑤⑨　行 112：“三丘”指東海神仙的三座山地島嶼：蓬萊、方丈、瀛洲。“句芒”是東方之神。

⑥⓪　行 113：“真”指神仙。

⑥①　行 116：張衡引述巨鼇將蓬萊馱在背上的傳説。見《天問》，行 83(《楚辭補注》，卷 3 頁 13b)。

⑥②　行 119—120：“歸雲”意謂“晚雲”。扶桑，見《月賦》，行 30—31 注。

⑥③　行 122：“沆瀣”(半夜的霧氣)，見《楚辭補注》，卷 5 頁 4a。

⑥④　行 123—124：“木禾”(tree-grain)是長於崑崙墟之上的吉祥樹，據描述長五尋，粗五圍。見袁珂，《山海經校
注》，卷 6 頁 294。

⑥⑤　行 125：暘谷，見《月賦》，行 30—31。

⑥⑥　行 126：“伯禹”指禹的封號崇伯。見《尚書注疏》，卷 3 頁 21a(284)。禹曾經在茅山召集諸侯王集會，茅山被
他更名爲會稽(稽是會稽的縮寫)。見《吳越春秋》，卷 6 頁 3b。

厭憎不守諾言的防風。⑥⑦

沿斜路到長沙，

130　訪南鄰之重華。⑥⑧

感傷其二妃從未來此，

而是去往湘水之濱。⑥⑨

放眼眺望衡山之懸崖，

看見重黎的荒墳。

135　哀痛火正無處可歸，

只將孤魂寄托山坡。⑦⓪

悲愁鬱積於心，渴望遠方，

穿越卬州而愉快漫游。⑦①

登上昆吾，太陽當午，⑦②

140　休憩於被烈火燒毀之地。

吐出火焰，紅光漫天；

大水沸騰，噴湧迸濺。

暖風勁吹，增加熱量；

鬱悶憂愁，無法自在休息。

145　獨自徘徊，沒有朋友，⑦③

我怎能停留於此?

乎南鄰。哀二妃之未從兮，翩繽處彼湘濱。流目眺夫衡阿兮，覩有黎之圮墳。痛火正之無懷兮，託山阪以孤魂。愁鬱鬱以慕遠兮，越卬州而遊遨。躋日中于昆吾兮，憩炎火之所陶。揚芒熛而絳天兮，水泫沄而涌濤。溫風翕其增熱兮，怒鬱悒其難聊。顑頷旅而無友兮，余安能乎留茲?

---

⑥⑦ 行127—128:《文選》作"嘉"(贊美),《後漢書》作"集"(集合)。"群神"指山水的主宰,被禹召集到會稽山來。在行127中,張衡引用《左傳》的一段(哀公七年;Legge, *The Chinese Classics* 5:814):"禹合諸侯於塗山,執玉帛者萬國。"據《國語》(卷5頁10b—11a),當禹召集群神於會稽時,汪芒的首領防風遲到,禹處死了他。也可見《韓非子》,卷5頁10a;《史記》,卷47頁1912;Chavannes, *Mh* 5:312-14; Karlgren, "Legends and Cults," p.305。大概是防風失信(原文爲"食言"),沒有如承諾按期到達。

⑥⑧ 行129—130:"重華"是傳說中帝舜的別名。據《山海經》,他在九嶷山蒼梧的葬身之所,"在長沙零陵界中"。見袁珂,《山海經校注》,卷13頁459。

⑥⑨ 行131—132:二妃指舜的妃子娥皇和女英。一些材料説,舜死後她們沒有到蒼梧去哀悼他,而是停留在江、湘之間。另一些材料説她們化爲湘水女神。對各種文獻的概述,見朱珔,《文選集釋》,卷14頁9a—10a。

⑦⓪ 行133—136:"重黎"(見《幽通賦》,行77—78注)葬於衡山(今湖南南嶽)。李賢(《後漢書》,卷59頁1922注)引盛弘之《荆州記》:"衡山南有南正重黎墓。楚靈王時山崩,毀其墳。"

⑦① 行138:《後漢書》作"愉敖",《文選》作"遊遨"。據李善所引的《四海圖》(世界地圖?)(《文選》,卷15頁7a),卬州位於交廣地區(今廣東)以南,是極熱之地。

⑦② 行139:"昆吾"是位於極南端的火山。《後漢書》卷55頁1922注引《神異經》,它有四十里高,四到五里寬。據《淮南子》(卷3頁10a),太陽到達昆吾時爲正午。

⑦③ 行145:見《九辯》,第1,行9(《楚辭補注》,卷8頁2b):"廓落兮羈旅而無友。"

6

顧視金天，一声嘆息，[74]

我該西去尋求享受。

令祝融前導升起信號旗，[75]

150　朱鳥舉幡後面跟隨。[76]

暫停於廣都的建木，[77]

采摘若木之花。[78]

穿越西海的軒轅，[79]

跨過汪氏及其巨大龍魚。[80]

155　聽説此國人活千歲，[81]

但這怎能給我任何快樂？

顧金天而歎息兮，吾欲往乎西嬉。前祝融使舉麾兮，纚朱鳥以承旗。躔建木於廣都兮，擖若華而躊躇。超軒轅於西海兮，跨汪氏之龍魚。聞此國之千歲兮，曾焉足以娛余？

7

思索九州的不同風俗，[82]

前行尋找蓐收。[83]

突然我的精神蜕變，脱離舊的形體，

160　純粹本質現在是我的朋友和伴侶。

思九土之殊風兮，從蓐收而遂徂。欸神化而蟬蜕兮，朋精粹而爲徒。躔白門而東馳兮，云台行乎中野。亂弱水之潺湲兮，逗華

---

[74] 行147："舊注"（《文選》，卷15頁7b）以"金天"爲"少皞"。一些文獻認爲，少皞跟金屬成分有關，因此他被認爲是西方的主宰。但是，既然張衡提到在去東方的旅途上拜訪少皞（見上面行111），那麼這句話指的應是另一位神。胡紹煐（《文選箋證》，卷17頁14b）以"金天"爲"蓐收"。《左傳》（昭公二十九年；Legge, *The Chinese Classics* 5：731）説他主金。在《遠遊》中，蓐收也跟西方聯繫在一起，行114（《楚辭補注》，卷5頁7b）："遇蓐收乎西皇。"如果金天指少皞，解釋這句話的惟一方式就是將"顧"理解爲嚴格意義上的"回望"。儘管他在南方，但他的西行讓自己離少皞在東方的家甚至更遠。因此，他發出嘆息。我有意識地將此句翻譯得模棱兩可。

[75] 行149："祝融"是南方的主宰。見《幽通賦》，行77—78注。

[76] 行150："朱鳥"（Vermilion Bird）是南天的守護者，也是星宿名，指南方七宿。見《史記》，卷27頁1299。

[77] 行151："建木"，我暫時譯爲"立木"（Standing Tree），是長在都廣（也叫廣都）南山上的神樹。《山海經》描述它形狀似牛，葉片如紗，果實像柚子（pomelo）。見袁珂，《山海經校注》，卷10頁279。《淮南子》（卷4頁3a—3b）説它是"衆帝所自上下"的樹。都廣或者廣都的確切地點不知道。據郭璞（見同上書，卷11頁291），它是后稷的墳墓所在地。一些權威認爲它是四川成都的別稱。見同上書，卷18頁445注釋1。

[78] 行152："若木"位於建木之西。見《月賦》，行30—31注。

[79] 行153："軒轅"指黃帝的國家。見袁珂，《山海經校注》，卷2頁51，郭璞注。

[80] 行154："龍魚"（dragon fish）被描繪得像鯉魚（carp），住在靠近軒轅的四蛇之南的高地上。"汪氏"可能是遥遠的稱作"沃民"或"沃野"的西方之地的另一種寫法。見《淮南子》，卷4頁4a；袁珂，《山海經校注》，卷7頁222—223；胡紹煐，《文選箋證》，卷17頁15a—b。

[81] 行155：軒轅國的人民據説可以有八百年的壽命。見袁珂，《山海經校注》，卷7頁221。改正後的解讀如《後漢書》，卷55頁1923注釋4所引。

[82] 行157："九土"指九個地區。

[83] 行158：蓐收，見上面行147注。

過白門東馳而去，⑧④
行走在荒野之中。
橫渡弱水的潺潺水面，⑧⑤
在華陰急流的島嶼逗留。⑧⑥

165 呼喚馮夷渡河，⑧⑦
　　劃着龍舟，他將我擺渡過去。
　　但是軒帝還沒有回來，⑧⑧
　　我惆悵徘徊，逗留不去。
　　在河林的豐草休息，⑧⑨

170 讚賞警告女子的《關雎》。⑨⓪

陰之湍渚。號馮夷俾清津兮，櫂
龍舟以濟予。會帝軒之未歸兮，
悵徜徉而延佇。怬河林之蓁蓁
兮，偉《關雎》之戒女。

8

黃帝之神到來，我諮詢自己的命運：
"追求天道，我該去何處？"
他說："信近疑遠，⑨①
六經並未提及。

175 神之道晦暗，難以探索，
　　誰能通曉並追隨？
　　牛哀因病化虎，

黃靈詹而訪命兮，樛天道其焉
如。曰近信而遠疑兮，六籍闕而
不書。神逢昧其難覆兮，疇克謀
而從諸？牛哀病而成虎兮，雖逢
昆其必噬。鼈令殪而尸亡兮，取
蜀禪而引世。死生錯其不齊兮，
雖司命其不賙。寶號行於代路

---

⑧④ 行 161："白門"指西南的最遠之處，"金氣之所始也"。見《淮南子》，卷 4 頁 4b。

⑧⑤ 行 163：弱水從崑崙山脚下流過。據說它甚至無法承載起輕如羽毛的東西，因而得此名。見袁珂，《山海經校注》，卷 11 頁 407。

⑧⑥ 行 164："華陰"字面上的意思是華山的北峰，也是靠近洛河的一個縣的名字（今陝西華陰）。

⑧⑦ 行 165：此處的"馮夷"可能指河神，黃河的最高神祇。根據高誘（《淮南子》，卷 11 頁 10a），馮夷是華陰潼鄉村隄首人。

⑧⑧ 行 167："軒帝"指黃帝。李賢（《後漢書》，卷 59 頁 1925，注 6）說這句指黃帝在靠近黃河和華山的湖（唐代的湖城縣，今山西芮城西南）鑄造一口銅三足鼎。然後像神仙一樣升天而去，因而"未歸"。根據《史記》（卷 28 頁 1394），黃帝在荊山的底部鑄造三足鼎，就在華陰的北邊。

⑧⑨ 行 169：不清楚"河林"確切指什麼。《山海經》記載一座位於敖岸山的河林。但是，甚至連博學的郭璞也似乎對它所知不多。見袁珂，《山海經校注》，卷 5 頁 124。河林也可意爲"黃河林"，這似乎吻合下一句的內容，暗指《詩經》中一篇有關黃河中沙洲的作品。

⑨⓪ 行 170：《關雎》是《毛詩》第 1 首的題目，開頭一句是："關關雎鳩，在河之洲。"王念孫（《讀書雜志》，餘編下，頁 35a—b）認爲，《關雎》在漢代一般解釋爲警誡宮妃放蕩之作。見《漢書》，卷 60 頁 2669，卷 60 頁 2683。

⑨① 行 173："遠"可能指天道，"近"則指人道。見《左傳》，昭公十八年（Legge, *The Chinese Classics* 5：671）："天道遠，人道邇。"

連自家兄弟也吃。⑨²

鱉令死後屍體消失，

180 後來繼位蜀地，後裔累代統治。⑨³

生死過程複雜不均，

連司命也無法洞悉。⑨⁴

竇姬號哭去往代地，

後來有幸成爲皇后，家族昌盛。⑨⁵

185 王皇后顯赫於漢廷，

但最終飲恨，死後無子。⑨⁶

尨眉都尉曾作郎官無聞，

但三代之後得遇武帝。⑨⁷

董賢二十歲披上司馬袍服，

190 爲他造起皇家陵墓，卻從未享用。⑨⁸

吉凶交織，

不停反轉變化，並無恒定規律。

兮，後膺祚而繁廡。王肆侈於漢庭兮，卒銜恤而絕緒。尉尨眉而郎潛兮，逮三葉而遭武。董弱冠而司袞兮，設王隧而弗處。夫吉凶之相仍兮，恒反仄而靡所。穆屆天以悅牛兮，竪亂叔而幽主。文斷祛而忌伯兮，闈謁賊而寧后。通人闇於好惡兮，豈昏惑而能剖？嬴摛讖而戒胡兮，備諸外而發內。或輦賄而違車兮，孕行產而爲對。愼竈顯以言天兮，占水火而妄訊。梁叟患夫黎丘兮，丁厥子而剗刃。親所睍而弗識兮，矧幽冥之可信？毋縣孿以侔己兮，思百憂以自疹。彼天監之

---

⑨² 行177—178：牛哀病了七日，化作一隻虎。他哥哥到房裏來看望，牛哀猛撲上去殺了他。見《淮南子》，卷2頁2b。

⑨³ 行179—180：荆人鱉令死後，屍體不見。其時，望帝治理蜀地汶山腳下的郫鎮。鱉令屍體沿着河水流到了郫，被望帝發現，其令屍體起死回生，並任命爲相。鱉令控制住不久後郫地遭受的一場洪水。後來，望帝跟鱉令的妻子有染，爲自己的行爲感到羞愧，將帝位傳給鱉令。鱉令的帝號"開明"，延續至其五代後裔。見《蜀王本紀》，《全漢文》，見嚴可均，《全上古三代秦漢三國六朝文》，卷53頁5a。

⑨⁴ 行182："司命"是掌管生死的神祇，《楚辭·九歌》中有兩首獻給司命的詩。見 David Hawkes, *The Songs of the South*, pp. 109-12.

⑨⁵ 行183—184："竇"指西漢文帝的竇皇后，其家鄉在清河（今山西清河東）。當她跟其他中選的女子一起被獻給漢代諸王時，她預期被送往靠近家鄉的趙地。但負責的太監誤將她歸到了送往代地的隊伍中，啓程時她哭了起來，拒絕前往，經過勸慰後她才肯離開。到達後，代王對她十分恩寵，後來稱帝，封她爲皇后。她的兒子就是景帝，其家族成員在宮廷中占據高位。見《史記》，卷49頁1972—1973；Watson, *Records of the Grand Historian of China* 1：383-84；《漢書》卷97上頁3942—3943。

⑨⁶ 行185—186："王"指王皇后，即王莽的女兒。王莽將她嫁給少年皇帝平帝（1—6年在位），封爲皇后。平帝死後，王莽自己登基爲帝。王皇后稱病，拒絕參與宮廷事務。王莽被暗殺後，她住的宮殿失火，她縱身入火自殺。見《漢書》，卷97下頁4009—4011。

⑨⁷ 行187—188："尨眉都尉"指顔駟。根據李善（《文選》，卷15頁9a）所引《漢武故事》，顔駟在文帝、景帝直至武帝治下都是低級官員。一天，武帝的車駕經過郎署，他看見年老的顔駟，後者有濃厚的眼睫毛和白頭髮。武帝問他任郎官多久。顔駟回答："我是在文帝治下成爲郎官的。文帝愛文，但是我尚武。景帝喜歡美色，但我的臉很醜。當您登基，您喜歡年輕的，但我已經老了。經過三代皇帝我都不曾在郎署取得成功，因此我老於郎署。"武帝有感於顔駟的困境，任命他爲會稽都尉。

⑨⁸ 行189—190：董賢（活躍於公元前5—前1年）最爲西漢哀帝（前6—前1年在位）所寵愛。這個英俊的年輕人是皇帝的孌童，後來成爲大司馬，哀帝爲他建了一座大型陵墓。哀帝死後，董賢自殺，其屍體被藏在皇家監獄。見《漢書》，卷93頁3733—3740。

夢天壓身的穆爲牛高興，

卻破壞叔孫家囚禁主人。⑨⑨

195　文王怨恨伯楚斷其衣袖，

他卻告發陰謀保全主公。⑩⑩

遠見卓識者不能區分好壞，

糊塗困惑者如何正確判斷？⑩⑩

嬴收到有關胡人的警戒，

200　爲外部襲擊作准備，真正危險卻來自內部。⑩⑫

將財產放車上以逃避名爲車之童，

卻遇到孕婦生下以車爲名之男孩。⑩⑬

慎和竈因解釋天道而著名，

預言水火卻作出錯誤判斷。⑩⑭

205　梁叟被黎丘惡鬼激怒，

孔明兮，用棐忱而祐仁。湯蠲體
以禱祈兮，蒙厖禠以拯民。景三
慮以營國兮，熒惑次於他辰。魏
顆亮以從治兮，鬼亢回以斃秦。
昝繇邁而種德兮，樹德懋于英
六。桑末寄夫根生兮，卉既凋而
已育。有無言而不酬兮，又何往
而不復？盍遠迹以飛聲兮，孰謂
時之可蓄？

---

⑨⑨　行193—194：穆是魯國貴族叔孫豹的謚號。牛指豎牛，叔孫豹的兒子。叔孫豹在魯國犯了罪，逃到齊國。在庚宗，他遇到一個婦人並和她發生關係，婦人生了一個兒子。在齊國的時候，他夢見天空壓在自己身上，支持不住，四周看看，他見到一個人，黑皮膚、駝背，眼窩深陷，豬鼻孔。他向這個人叫道："牛，幫幫我！"於是他舉起天。後來叔孫豹回到魯國。庚宗的女人去看他，送他一隻據說是兒子所養的雉。他叫來兒子，發現他像夢中見到的那個人，就給兒子起名爲"牛"，讓他成爲家裏的僮僕。後來，叔孫豹生了病，牛圖謀奪取叔孫家的控制權，將父親幽禁在一個房間裏，不讓他見任何人，慢慢將他餓死。見《左傳》，昭公四年；Legge，*The Chinese Classics* 5：598-99。《文選》作"屆"，《後漢書》作"負"。

⑩⑩　行195—196："伯"指伯楚，勃鞮的表字，是晉國的太監。晉獻公派勃鞮去蒲城襲擊未來的文公重耳。重耳出逃，勃鞮扯下他的袖子。後來，當重耳在晉國登基之後，勃鞮警告他，兩位丞相呂甥、冀芮計劃暗殺他。在秦國的幫助下，重耳鎮壓他們的叛亂。見《國語》，卷10頁12a—13a。

⑩⑩　行198：《後漢書》作"愛"，《文選》作"昏"。

⑩⑫　行199—200：嬴是秦始皇的姓氏。他得到了一句警誡性的預言："亡秦者胡也。"秦始皇認爲威脅來自北方的胡部，命令將軍蒙恬襲擊胡，奪取河南之地。秦始皇死後，李斯和趙高密謀將秦始皇的二子胡亥扶上帝位。胡亥最終導致秦帝國的滅亡。見《史記》，卷6頁252，卷6頁264。

⑩⑬　行201—202："舊注"（《文選》，卷15頁10a）和李賢（《後漢書》，卷59頁1927，注22）記錄一個歸屬《搜神記》的故事（類似故事可見汪紹楹，《搜神記》，卷10頁123）。一個名叫周攬的人在田地裏辛苦勞作。天帝憐憫他，問司命："能讓他富嗎？"司命回答道："他命中注定貧困，但是他可以借一個名叫車子的未出世孩子的財產。"收到錢後，他們同意在名叫"車子"的孩子出生後，把錢還回去。周攬逐漸富有，他的財產價值百萬。當償還債務的時間到來時，周和妻子將財產放在車上逃跑。在路上他們遇到一對夫妻，在一輛車下面過夜。夜裏婦人生了一個兒子，起名爲"車子"。周攬於是別無選擇，將財產給了那個孩子。

⑩⑭　行203—204："慎"是梓慎，是魯國貴族，曾經將一次日食解釋爲未來洪水的徵兆。另一位官員預測將有旱災。梓慎的判斷是錯的，秋天發生了旱災。見《左傳》，昭公二十四年；Legge，*The Chinese Classics* 5：702。"竈"是神竈，曾兩次在鄭國預測火災。丞相子產兩次都拒絕他的意見。在他的第二次預測之後，子產說："天道遠，人道邇。非爾及也，何以知之？竈焉知天道？"見《左傳》，昭公十七到十八年，Legge，*The Chinese Classics* 5：668，671。

遇到自己的兒子，用劍將其刺杀。⑩

如果親眼所見不能識別，

幽明之事如何能相信？

不要糾纏或被私欲驅使，

210　沉思憂慮只能令你生病。⑩

天之眼的確纖毫畢現，

幫助誠信，匡扶仁義。⑩

湯沐浴净身而祈禱犧牲，

獲得大福拯救人民。⑩

215　景公以三大關切治國，

使熒火移居另一星座。⑩

魏顆忠實執行父親清醒時的決定，

鬼魂趕走杜回，由此打敗秦。⑩

咎繇播下美德，

220　所種之德繁茂於英和六。⑪

寄生植物附根桑樹之顛，

---

⑩　行 205—206：張衡此處暗指梁國黎丘之鬼的故事，該鬼喜歡幻化成人形。一天一位老人到市集去，喝醉了。回家的路上，鬼化作其子責罵他。老人從醉意中恢復後，爲那番話責怪自己的真兒子。兒子否認，老人認識到他被鬼欺騙了。他發誓，如果再被那鬼搭訕就殺他。第二天老人又在市集上喝醉，這一次他的真兒子害怕父親回不去，出來找他。老人看到他，認爲是鬼，於是挺劍殺死自己的兒子。見《吕氏春秋》，卷 27 頁 5b。

⑩　行 210：見《毛詩》第 206 首第 1、2、3 章："無思百憂。"

⑩　行 212：見《幽通賦》，行 135 和注。

⑩　行 213—214：在五年大旱之後，商代的始祖湯王去桑林祈福，希望神仙賜雨給他的人民。他剃光頭髮，剪掉指甲，以自身爲犧牲，大雨於是降下。見《吕氏春秋》，卷 9 頁 3b—4a。

⑩　行 215—216：宋景公（前 515—前 451 年在位）時，熒火星到達心宿（天蠍三星）附近。景公大駭，召來司星官子韋解讀徵兆。子韋回答道："熒惑守心，心，宋之分野，君當之。若祭，可移於相。"景公説："相，寡人之股肱。豈可除心腹之疾，移於股肱可乎？"子韋説："可移於民。"景公説："民者國之本，國無民，何以爲國？如何傷本而救吾身乎？"子韋説："可移於歲。"景公説："歲所以養民，歲不登何以蓄民？"子韋説："君善言三，熒惑必退三舍，延命二十一年。視之信。一舍七度，三七二十一，當更壽二十一年。"

⑩　行 217—218：魏顆是晉國魏犫（也叫武子）的兒子。魏犫生病，交待魏顆萬一他不治，要保證他的愛妾再嫁。後來，當病勢更爲沉重，魏犫改變主意，要求愛妾陪葬。魏犫死後，魏顆爲這位妾侍另找丈夫，並説："父親病篤時，感覺已不清楚。我聽從他腦子清楚時下的命令。"後來，魏顆領兵對抗秦國入侵，强壯的武士杜回爲秦作戰。杜回在田野裏踩到一條草繩被捕。晚上，魏顆夢見做這條繩子的老人對他説："我是那位你嫁出去的妾侍的父親，因爲你遵守你父親在頭腦清醒時下的命令，我因此酬謝你。"見《左傳》，宣公十五年；Legge, *The Chinese Classics* 5：326，328。

⑪　行 219—220：咎繇是舜手下掌管刑法的士師。"咎繇邁而種德"出自《尚書·大禹謨》（見《尚書注疏》，卷 4 頁 6a，284）。"英"和"六"是兩個國家，是咎繇後代的封地。見《史記》，卷 2 頁 83，卷 36 頁 1585；卷 91 頁 2607。

主樹枯萎,繼續成長。⑫
未有得不到回答的話,⑬
人怎能只去不回?⑭
225 爲何不去遠行展示美名?
誰説時間會停止?"

9

我抬頭凝視遠方,⑮
心神不安困惑,没有友伴。
被中土的狹窄逼仄所促迫,⑯
230 我將北行周游。
走過磑磑積冰,⑰
清泉凍結,不再流動。
寒風凄凄,不停吹拂,
吼叫怒號,撞擊高峰。
235 玄武退縮回殼中,⑱
騰蛇扭曲盤卷。⑲
鱗片顫動的魚凍入冰中,
降落樹木的鳥脱離枝幹。
坐於太陰之幽室,⑳
240 嘆息飲泣,愈發悲傷。
憎怨高陽卜筮此居,

仰矯首以遥望兮,魂懭悢而無
儔。逼區中之隘陋兮,將北度而
宣遊。行積冰之磑磑兮,清泉沍
而不流。寒風凄其永至兮,拂穹
岫之騷騷。玄武縮于殼中兮,騰
蛇蜿而自糾。魚矜鱗而并凌兮,
鳥登木而失條。坐太陰之屛室
兮,慨含唏而增愁。怨高陽之相
寓兮,佹頊頊而宅幽。庸織路於
四裔兮,斯與彼其何瘳?望寒門
之絶垠兮,縱余緤乎不周。迅焱
潚其媵我兮,鶩翩飄而不禁。越
谽呀之洞穴兮,漂通川之碄碄。
經重廇乎寂漠兮,慜墳羊之
深潛。

---

⑫ 行221—222：此指桑寄生(*Loranthus yadoriki*, mulberry epiphyte),它將自己附着於桑樹上,在樹頂萎謝之後還能繼續繁榮生長。這一類比是説,咎繇的後代在其他國家破滅之後繼續興盛。見李賢《後漢書》,卷59頁1928,注31;李善,《文選》,卷15頁11b。
⑬ 行223：見《毛詩》第256首第6章:"無言不酬,無德不報。"
⑭ 行224：見《周易》,第11卦,九三(《周易注疏》,卷2頁22a,54):"無平不陂,無往不復。"
⑮ 行227：見《甘泉賦》,行62:"仰矯首以高視。"
⑯ 行229：見司馬相如,《大人賦》(《漢書》,卷57下頁2592):"悲世俗之逼隘。"
⑰ 行231：積冰是北方極點的名字。見《淮南子》,卷4頁4a。疊韻詞"磑磑"可能等同於"皚皚"(白而閃亮)。見《後漢書》,卷59頁1929,注3。
⑱ 行235："玄武"是北方之神,通常被描繪爲半龜半蛇。見《後漢書》,卷22頁774,注1。
⑲ 行236：騰蛇(Leaping Serpent)或螣蛇是一種據説可以讓雲霧上升的蛇。見《爾雅》,下之四頁10a。
⑳ 行239：此處的"太陰"指極北處,陰的力量最集中、强烈的地方。

爲居住陰暗宮殿而對顓頊感到憤怒。㉑

辛苦來往於四方之遥，㉒

245　盯着世界盡頭的寒門，㉓

放緩繮繩奔向不周山。㉔

輕快颶風迅速將我推送，

毫無障礙向上升騰。

穿過裂縫大開的洞穴，㉕

250　飄過深沉洶湧的水潭，

跨過層層陰影的寂静空蕩，

悲憫地底山羊隱藏如此之深。㉖

10

我追逐地下的脆弱蜉蝣，

越過這無形之物上浮。

255　從西方密山的陰暗平原走出，㉗

不知道應該走哪條道路。

催促燭龍舉起火炬，

穿過鍾山，在此休息。㉘

望着瑶崖的紅岸，

260　哀悼被謀殺於此的祖江。㉙

追荒忽於地底兮，軼無形而上浮。出石密之闇野兮，不識蹊之所由。速燭龍令執炬兮，過鍾山而中休。瞰瑶谿之赤岸兮，弔祖江之見劉。

㉑　行 241—242：高陽、顓頊，見《幽通賦》，行 1 注。"幽"可能指幽都，是北方的入口，陰暗聚集之處。

㉒　行 243：《文選》作"路"（道路），《後漢書》作"絡"（緯）。

㉓　行 245：見《遠遊》，行 156（《楚辭補注》，卷 5 頁 10b）："踔絶垠乎寒門。""寒門"是極北之地的山。見《淮南子》，卷 4 頁 4b。

㉔　行 246："不周"是西北極地的山，幽都之所在。見《淮南子》，卷 4 頁 4b。

㉕　行 249：張衡可能指不周通向陰間的地下通道。

㉖　行 252："墳羊"（subterranean goat）據説是住在陰間深處的動物。見《國語》，卷 5 頁 7a。

㉗　行 255：《後漢書》作"右密"，《文選》作"石密"。我不清楚"石密"意思爲何。"右密"指"西方的密山"，可能是崒山，在《山海經》中位於不周山西北 420 里處。見袁珂，《山海經校注》，卷 2 頁 41；朱琦，《文選集釋》，卷 14 頁 11a；胡紹煐，《文選箋證》，卷 17 頁 19a。

㉘　行 257—258："燭龍"（Candescent Dragon）（見《月賦》，行 75—76 注）住在鍾山上，《山海經》説鍾山位於密山西北 420 里處。見袁珂，《山海經校注》，卷 2 頁 42。

㉙　行 259—260："瑶谿"位於鍾山之東。其上有紅色的石崖，名叫"瑶崖"。祖江似乎是一個名叫"葆江"的人的別名。根據《山海經》，鍾山的兒子是一位稱呼爲"鼓"（也寫作"皷"）的神仙，人面龍身，和另一個神仙在崑崙山南坡殺了葆江，天帝於是在瑶谿處死他們。見袁珂，《山海經校注》，卷 4 頁 42。

11

受邀至西王母的銀臺，[130]
貽我玉芝緩解飢餓。[131]
王母頭戴玉勝，愉悅微笑，[132]
打趣我的姍姍來遲。

265　派遣車駕迎接太華玉女，[133]
在洛水之濱召請宓妃。[134]
她們美妙，優雅，魅惑，吸引，
除了可愛眼波和蛾眉，
還舒展苗條纖腰。

270　各種顏色和樣式的衣帶飄拂，
輕啓朱唇，羞澀微笑，
耀眼臉龐散發美麗光澤。
獻上玉珮和飾帶，[135]
以玄黃絲帛表達愛慕。[136]

275　儘管她們有美好面容、漂亮禮物，
我的心純粹、疏離，並不爲之所動。
二女悲哀於不被接納，
一起賦詩，詠唱清歌。
其歌如下："天地結合生發之力，

280　百種植物開滿花朵。
鳴鶴頸項交接，

聘王母於銀臺兮，羞玉芝以療飢。戴勝慭其既歡兮，又詒余之行遲。載太華之玉女兮，召洛浦之宓妃。咸姣麗以蠱媚兮，增嫮眼而蛾眉。舒妙婧之纖腰兮，揚雜錯之袿徽。離朱脣而微笑兮，顏的礫以遺光。獻環琨與琛縭兮，申厥好以玄黃。雖色豔而賂美兮，志皓蕩而不嘉。雙材悲於不納兮，並詠詩而清歌。歌曰：天地烟煴，百卉含葩。鳴鶴交頸，鵾鳩相和。處子懷春，精魂回移。如何淑明，忘我實多。

---

[130] 行 261："銀臺"一般指神或仙人的居處。見《史記》，卷 28 頁 1378;《後漢書》，卷 59 頁 1931，注 4。西王母住在玉山，《山海經》說位於崑崙以西 350 里處。見袁珂，《山海經校注》，卷 2 頁 50。

[131] 行 262:《後漢書》(卷 59 頁 1931，注 5)所引《本草經》說，玉芝(jade mushroom)是白芝(white mushroom)的另一個名字，是六種重要的靈芝(mushrooms)之一。見《本草綱目》，卷 28 頁 1709。

[132] 行 263：西王母常被描繪爲"戴勝"，見袁珂，《山海經校注》，卷 2 頁 52，卷 16 頁 407。這種頭飾在另一處被稱爲"勝杖"(同上書，卷 12 頁 306)，其確切意思不太清楚。"勝"在漢代藝術中常有表現，通常由"由直柄連接起來的兩個玉盤"構成(Loewe, *Ways to Paradise*, p. 105)。

[133] 行 265：太華玉女是華山(位於華陰之南)女神，是道教神仙，可能與《列仙傳》卷 2 頁 7a 提到的毛女是同一人。傳統認爲她曾是秦始皇的宮女，秦亡之後逃進山裏，吃松針延壽。見 Pokora, *Hsin-lun*, pp. 247 - 48, n. 19。

[134] 行 266：宓妃是洛水女神，是曹植《洛神賦》中的人物。

[135] 行 273:《後漢書》此處不作"琕"，作"琛"。

[136] 行 274:"玄黃"可指彩的顏色(《文選》"舊注"，卷 15 頁 14a)或指絲綢(李賢《後漢書》，卷 59 頁 1931 注 11)。見《尚書注疏》，卷 11 頁 23b:"惟其士女，篚厥玄黃。"

關雎和諧鳴叫。⑬⑦

少女滿懷春思，⑬⑧

神魂難定，煩躁不安。

285　爲什麼如此純粹睿智的人，

卻完全忽略我們？"⑬⑨

12

我想答詩卻没有時間，

備好車駕，馬上離開。

凝望崑崙之巍巍山脉，

290　俯視蜿蜒黄河洋洋水流。⑭⓪

馴服神龜，令其馱負沙洲。

跨過蛟龍做成的津梁，⑭①

登上閬風的層墻，

以不死樹造床。⑭②

295　我碾磨瓊瑶之蕊當乾糧，⑭③

舀取白水作飲料。⑭④

令巫咸爲我解夢，⑭⑤

的確是吉祥兆頭。

讓你的美德在中心綻放，

300　護持嘉禾，令其傳播。

將答賦而不暇兮，爰整駕而亟行。瞻崑崙之巍巍兮，臨縈河之洋洋。伏靈龜以負坻兮，亘螭龍之飛梁。登閬風之層城兮，構不死而爲牀。屑瑶藥以爲粻兮，斟白水以爲漿。枹巫咸作占夢兮，乃貞吉之元符。滋令德於正中兮，含嘉秀以爲敷。既垂穎而顧本兮，亦要思乎故居。安和静而隨時兮，姑純懿之所廬。

---

⑬⑦　行 281—282：鳴鶴引用《易經》第 6 卦，九二（《周易注疏》，卷 6 頁 16a）："鳴鶴在陰，其子和之。"仙鶴（cranes）和關雎（ospreys）（見《毛詩》第 1 首）代表婚姻和諧美滿。

⑬⑧　行 283：見《毛詩》第 23 首第 1 章："有女懷春。"懷春是戀愛的感覺。

⑬⑨　行 286：見《毛詩》第 132 首第 1、2、3 章："如何如何，忘我實多。"

⑭⓪　行 290：見《毛詩》第 57 首第 4 章："河水洋洋。"河（黄河）被認爲發源於崑崙山。見《史記》，卷 123 頁 3179；《淮南子》，卷 4 頁 3a。

⑭①　行 291—292：見《離騷》，行 351—352（《楚辭補注》，卷 1 頁 35a）："麾蛟龍以梁津兮，詔西皇使涉予。"

⑭②　行 293—294："閬風"是崑崙山的最高峰。"層城"高達 11 000 里，位於崑崙墟之下，西側長着一棵不死樹。見《淮南子》，卷 4 頁 2b。

⑭③　行 295：見《離騷》，行 336（《楚辭補注》，卷 1 頁 33a）："精瓊靡以爲粻。"

⑭④　行 296："白水"是起源於崑崙山的五色河流之一。根據李賢（《後漢書》，卷 59 頁 1932 注 4）所引《河圖》，白水向東南流入中土，成爲黄河。

⑭⑤　行 297：巫師巫咸是居住於大荒之中靈山上的十巫之一。見袁珂，《山海經校注》，卷 16 頁 396。他是卜筮專家，曾爲屈原占卜。見《離騷》，行 279（《楚辭補注》，卷 1 頁 28b）。張衡讓他解釋上面 123 行提到的有關木禾的夢。

其穗垂挂，下視根本，

你必須將念頭朝向故鄉。⑭

安於和諧平静，隨順時俗，

於至善所在之處休憩。⑭

13

305　要求衆官早早集合，⑭

都來盡職共同迎迓。

豐隆放出雷電，

閃電照耀天空。⑭

雲師積攏陰雲，

310　暴雨如注傾灑道路。⑮

整理鑲滿玉石的車駕，撑起華蓋，⑮

馴服有翼之龍來駕車。

如雲神祇浩蕩跟隨，⑮

騎兵兩邊整齊排開，如星星散布。

戒庶僚以夙會兮，僉供職而並
訝。豐隆軒其震霆兮，列缺曄其
照夜。雲師䮲以交集兮，凍雨沛
其灑塗。轙琱輿而樹葩兮，擾應
龍以服路。百神森其備從兮，屯
騎羅而星布。

14

315　抖抖衣袖，登上馬車；

手持長劍，上下揮動。

高冠巍峨，輝映華蓋，

玉珮奢華，炫麗明亮。

車夫嚴肅調試鞭子，

振余袂而就車兮，脩劍揭以低
昂。冠岌岌其映蓋兮，珮綝纚以
輝煌。僕夫儼其正策兮，八乘騰
而超驤。氛旄溶以天旋兮，蜺旌
飄以飛颺。撫軨軹而還睇兮，心

---

⑭ 行301—302：“垂穎”，穀穗垂挂表示思念家鄉。見《淮南子》，卷10頁4b：“孔子見禾三變，始於粟，生於苗，成於穗，乃嘆曰：我其首禾乎？”高誘解釋説：“禾穗向根，故君子不忘本也。”

⑭ 行304：我採用王念孫的看法，認爲“姑”應該理解爲“休息”之意。見《讀書雜志》，餘編下，頁36a—b（1058）。

⑭ 行305：“庶僚”（官員）指下面提及的雲神和雷神。

⑭ 行307—308：“豐隆”有時説成雲神，有時説成雷神。閃電被認爲從離地2 400里的天空某處的裂縫産生。見《漢書》，卷57下頁2599，注釋5；朱珔，《文選集釋》，卷11頁3b。見《離騷》，行221（《楚辭補注》，卷1頁24a）：“吾令豐隆乘雲兮。”

⑮ 行310：見《大司命》，行4（《楚辭補注》，卷2頁12a）：“使凍雨兮灑塵。”

⑮ 行311：“轙”作“備好車駕”講，見胡紹煐，《文選箋證》，卷17頁21b。華蓋上可能裝飾羽毛。

⑮ 行313：見《離騷》，行281（《楚辭補注》，卷1頁29a）：“百神翳其備降。”

320　八駿驕傲前行，奔騰而去。

氛氣爲旗，鼓漲回旋；⑬

彩虹旗幟，風中飄動。

手撫車軾，回頭觀望，⑭

心如沸水，熱烈翻騰。

325　我仰慕上都的耀眼光華，⑮

爲何沉迷故鄉不能忘記？

左邊，青龍撐起芝蓋；

右邊，素威掌管鈴鐺。⑯

長離在前舒展翅膀，⑰

330　玄冥在後充任水衡之官。⑱

囑咐箕伯，召喚風起，⑲

驅除污垢，清潔萬物。

雲幡飄蕩，跟隨在後，⑯

玉車鈴鐺，叮噹回響。⑯

335　穿過清澈天空升高，

飄浮在霧般陰暗中上行。

高飛於神仙主人間，我慢慢前進，⑯

光燦燦以發射靈光。⑯

我召喚天工開門，⑯

勺瀯其若湯。羨上都之赫戲兮，何迷故而不忘？左青珮之捷芝兮，右素威以司鉦。前長離使拂羽兮，後委衡乎玄冥。屬箕伯以函風兮，懲泬澀而爲清。拽雲旗之離離兮，鳴玉鸞之譻譻。涉清霄而升遐兮，浮蠛蠓而上征。紛翼翼以徐戾兮，焱回回其揚靈。叫帝閽使闢扉兮，覿天皇于瓊宮。聆《廣樂》之九奏兮，展泧泧以彤彤；考治亂於律均兮，意建始而思終。惟般逸之無斁兮，懼樂往而哀來。素女撫絃而餘音兮，太容吟曰念哉。既防溢而靖志兮，迨我暇以翱翔。

---

⑬　行 321：見《九懷》，《思忠》，行 11—12（《楚辭補注》，卷 15 頁 9a）：“連五宿兮建旄，揚氛氣兮爲旌。”

⑭　行 323：胡紹煐（《文選箋證》，卷 17 頁 21b—22a）認爲，“軨軹”應解爲“軨軒”。對此詞的詳細解釋，見《甘泉賦》，行 68 注。

⑮　行 325：“上都”指天帝的都城。見《離騷》，行 365（《楚辭補注》，卷 1 頁 36b）：“陟升皇之赫戲兮，忽臨睨夫舊鄉。”

⑯　行 327—328：見《禮記注疏》，卷 3 頁 8b(2702)：“前朱雀而後玄武，左青龍而右白虎也。”“素威”指白虎威，西方的保護神。

⑰　行 329：“長離”是神鳥，可能是朱鳥（Vermilion Bird）的別稱。見《漢書》，卷 57 下頁 2595。

⑱　行 330：尤袤本《文選》作“後委衡”，《後漢書》和五臣本作“委水衡”。“玄冥”，北方之神，也稱作水神。見《孔子家語》，卷 6 頁 2a。因此，《後漢書》和五臣本的讀法是正確的。見胡紹煐，《文選箋證》，卷 17 頁 22a。

⑲　行 331：“箕伯”指風神，對應箕星，負責召喚風和氣。見吳樹平，《風俗通義校釋》，卷 8 頁 303。

⑯　行 333：見《離騷》，行 360（《楚辭補注》，卷 1 頁 36a）：“載雲旗之委蛇。”

⑯　行 334：見《離騷》，行 344（《楚辭補注》，卷 1 頁 34a）：“鳴玉鸞之啾啾。”

⑯　行 337：見《九懷》，《陶壅》，行 8（《楚辭補注》，卷 15 頁 10a）：“紛翼翼兮上躋”。

⑯　行 338：見《離騷》，行 203（《楚辭補注》，卷 1 頁 29a）：“皇剡剡其揚靈兮。”

⑯　行 339：見《離騷》，行 207（《楚辭補注》，卷 1 頁 23a）：“吾令帝閽開關兮。”

340　以晉見瓊瑤之宮的天帝。

　　聽到九種曲調的"鈞天之樂"，[165]

　　愉悦流暢，和諧協調。[166]

　　治亂都可藉音樂表達，[167]

　　我思考事情如何開始和結束。

345　對逸樂的渴望永無滿足，

　　擔心樂去而哀來。

　　素女彈琴，曲調纏綿，[168]

　　太容嘆息而道："思考此事！"[169]

　　控制我的激情，平静頭腦，

350　閑暇時應遠走高飛。[170]

15

我離開莊嚴華麗的紫宮，　　　　　　　出紫宮之蕭蕭兮，集太微之閶
到達巍峨矗立的太微。[171]　　　　　　闔。命王良掌策駟兮，踰高閣之
命王良策屬天駟，[172]　　　　　　　　將將。建罔車之幕幕兮，獵青林
跨過險峻的高閣。[173]　　　　　　　　之芒芒。彎威弧之拔刺兮，射嶓

---

[165]　行 341："廣樂"是天樂。見《史記》，卷 43 頁 1787，卷 105 頁 2786—2787。

[166]　行 342：見《左傳》，隱公元年（Legge, *The Chinese Classic* 5：6）："公入而賦：大隧之中，其樂也融融。姜出而賦：大隧之外，其樂也泄泄。"

[167]　行 343：我翻譯爲"音調和聲音"的原文爲"律均"，"均"用來校準音調。見《國語》，卷 3 頁 15b—16a。張衡在此處表達一種古代中國思想，即音樂反映社會的治亂。見桓譚，《琴道》："琴七弦，足以通萬物而考治亂也。"見《全後漢文》，見嚴可均之，《全上古三代秦漢三國六朝文》，卷 15 頁 9a；Pokora, *Hsin-lun*, p. 182。

[168]　行 347："素女"是傳説中爲伏羲彈五十弦瑟的樂師。她彈奏的曲調過悲，伏羲試圖阻止；素女不肯聽，伏羲將瑟劈作兩半，使其只剩下二十五弦。見《史記》卷 12 頁 472，卷 28 頁 1396；Watson, *Records of the Grand Historian of China* 1：55。

[169]　行 348："太容"是黄帝的樂師。"念哉"（見《尚書注疏》，卷 4 頁 4b，283）是警告不加節制的娛樂。

[170]　行 350：見《毛詩》第 165 首第 3 章："迨我暇矣，飲此湑矣。"

[171]　行 351—352："紫宮"（Purple Palace）是天帝的住處，也是環繞天極的星名（對應天龍座[Draco]的十五顆星）。太微是天帝的宫廷，包括五天帝的寶座。關於這些星宿，見 Schlegel, *Uranographie chinoise* 1：508-10; Ho, *The Astronomical Chapters of the Chin shu*, p. 67-76。

[172]　行 353：見《漢書》，卷 26 頁 1279："漢中四星，曰天駟。旁一星，曰王梁。王梁策馬……"王良（或王梁）是天帝的車夫，也是對應仙后座的五顆星。見 Schlegel, *Uranographie chinoise* 1；329; Ho, *The Astronomical Chapters of the Chin shu*, p. 96。關於天騎（Celestial Quadriga），見顔延之，《赭白馬賦》，本册，行 21—22 注。

[173]　行 354："高閣"（Lofty Gallery），較常以"閣道"爲人所知，是位於王梁東北的星群，對應仙后座的六顆星。見 Ho, *The Astronomical Chapters of the Chin shu*, p. 89。

355　布下周密的罔車，[⑰]
　　　在廣大的青林狩獵。[⑮]
　　　以威弧爲弓，[⑯]
　　　射殺嶓冢的巨狼。[⑰]
　　　檢閱北落的壁壘，[⑱]

360　擊打河鼓隆隆。[⑲]
　　　跨過天潢的奔流旋渦，[⑳]
　　　飄浮在雲漢的濤濤水流。[㉑]
　　　斜依招摇，我旋轉徘徊，[㉒]
　　　觀察二紀五緯的持續運行。[㉓]

365　它們傲立高行，敏捷跳躍曲折，
　　　紛紛叢聚又乍然分開。
　　　疾馳移動，一片混亂，[㉔]
　　　四散分開迢遥，經過彼此。
　　　我凌駕可怕雷電的轟隆，

370　拔弄發狂閃電的强光，

豕之封狼。觀壁壘於北落兮，伐
河鼓之磅硠。乘天潢之汎汎兮，
浮雲漢之湯湯。倚招摇攝提以
低佪劉流兮，察二紀五緯之綢繆
遹皇。偃蹇夭矯娗以連卷兮，雜
沓叢頷颯以方驤。馘汩飄淚沛
以罔象兮，爛漫麗靡藐以迭邅。
凌驚雷之硫磕兮，弄狂電之淫
裔。蹡瘱鴻於宕冥兮，貫倒景而
高厲。廓盪盪其無涯兮，乃今窺
乎天外。據開陽而頡眠兮，臨舊
鄉之暗藹。悲離居之勞心兮，情
悁悁而思歸。魂眷眷而屢顧兮，
馬倚輈而徘徊。雖遊娛以媮樂
兮，豈愁慕之可懷。

---

⑰　行 355：“罔車”（Net Cart）是畢星的別稱。見 Schlegel, *Uranographie chinoise* 1：365 – 71。

⑮　行 356：“青林”（Blue Grove）是天苑的另一個名字，是波江座的環形星宿。見 Schlegel, *Uranographie chinoise* 1：364。

⑯　行 357：“弧”（Bow）指在大犬座和南船座的九顆星群，形狀似箭在弦上的弓箭，指向位於其北方的天狼星（Celestial Wolf）。見 Schlegel, *Uranographie chinoise* 1：434。

⑰　行 358：嶓冢是位於今甘肅天水以南的山。根據李賢（《後漢書》，卷 59 頁 1936，注 27）所引《河圖》緯書，“此山之精，上爲星，名封狼”。

⑱　行 359：“壁壘”（Ramparts）（也稱壘壁）是位於羽林（Quill Grove Army）（水瓶座和南魚座的四十五顆星）以西的十二顆星組成的星宿，對應水瓶（Aquarius）、摩羯（Capricorn）和雙魚（Pisces）三星座的各四顆星。“北落”（Northern Settlement）是羽林東南一顆單獨的星，對應北落師門（Fomalhaut）（南魚座 Piscis Austrini α）。見 Schlegel, *Uranographie chinoise* 1：293 – 94；Ho, *The Astronomical Chapters of the Chin shu*, p. 108。

⑲　行 360：“河鼓”（River Drum）的命名是因爲它位於天河（銀河），對應天鷹座 α、β、γ。見 Schlegel, *Uranographie chinoise* 1：184 – 87；Ho, *The Astronomical Chapters of the Chin shu*, p. 86。

⑳　行 361：“天潢”（Celestial Torrent）是橫貫天河上的星群天津（Celestial Ford）的別稱，對應天鵝座（Cygnus）的九顆星。見 Schlegel, *Uranographie chinoise* 1：207 – 10。

㉑　行 362：“雲漢”（Han in the Clouds）是天河（Sky river）的別稱。見 Edward Schafer, "The Sky River"。

㉒　行 363：“招摇”（Twinkler）是一顆很亮的星星，有時被認爲是北斗星（Northern Dipper）的第九顆星，對應牧夫座（Boötes）γ。見 Ho, *The Astronomical Chapters of the Chin shu*, p. 81。“攝提”（Conductors）指兩組各三顆星星，一組在左，一組在右，位於牧夫，指向北斗星的勺柄位置，用來指示時間和季節。見 Schlegel, *Uranographie chinoise* 1：499 – 502。

㉓　行 364：“二紀”指太陽和月亮，“五緯”指五個已知的天體：水星、金星、火星、木星、土星。

㉔　行 367：見《遠遊》，行 142（《楚辭補注》，卷 5 頁 9b）：“沛罔象而自浮。”

趕上無邊陰暗的元氣，
越過倒景，飛升高處。⑱

空蕩闊大，無限延伸，
現在可以探索天外。

375　依靠開陽，向下凝望，⑱
故鄉隱約可見。

悲哀於離鄉而心憂，
情思鬱積，我想回歸。

神魂眷戀，屢屢回顧，

380　馬靠車轅，不願繼續向前。

儘管在漫游中得到快樂，
我豈能忍受痛苦的思念？

16

離開天門，下降天路，　　　　　　出閶闔兮降天途，乘焱忽兮馳虛
乘上颶風，疾馳虛無。　　　　　　無。雲菲菲兮繞余輪，風眇眇兮
厚厚雲層，圍繞車輪，　　　　　　震余旗。繽連翩兮紛暗曖，儵眩
遠處之風，吹拂旗幟。　　　　　　眩兮反常閭。
繽紛聯綿，昏昏暗暗，
突然一閃之間，我返回舊居。

17

我克制過去的懶散縱容，　　　　　收疇昔之逸豫兮，卷淫放之邅
390　束縛狂野放縱的欲望。　　　　　心。修初服之姕姕兮，長余佩之
重新設計舊的姕姕服裝，⑱　　　　參參。文章奐以粲爛兮，美紛紜
延長玉珮的流動華美。⑱　　　　　以從風。御六藝之珍駕兮，遊道

---

⑱　行 372："倒景"是天空最高處（離地 4 000 里），經過太陽和月亮的發光天體。因爲陽光和月光射於其上，故被稱爲"倒景"之地。見《漢書》，卷 25 下頁 1261，注釋 3 和卷 57 下頁 2599。
⑱　行 375："開陽"是北斗七星之第六星。見 Schlegel, *Uranographie chinoise* 1：503；Ho, *The Astronomical Chapters of the Chin shu*, p. 74.
⑱　行 391：見《離騷》，行 112（《楚辭補注》，卷 1 頁 13b）："退將復修吾初服。"張衡的衣服是其正直和美德的象徵。
⑱　行 392：見《離騷》，行 118（《楚辭補注》，卷 1 頁 14a）："長余佩之陸離。"

優雅的紋樣熠熠生輝，
華麗地在風中飄動。
395　我駕着六經寶車，
漫游於道德平林。
將經典和著作結網，
追逐儒墨學説作爲獵物。
玩味陰陽之交替，
400　吟詠雅頌之美音。
贊美曾子的《歸耕》之曲，
崇尚歷山的高聳陡峭。⑱⑨
朝夕從未減低奉行仁德，
從始至終堅持盡到責任。
405　戰戰兢兢如處險境，反省自己的過失，⑲⓪
擔心性格仍然未臻完美。
只要心中維持正直真誠，
儘管不爲人知，並不羞愧。
沉默無爲，思想完全集中，
410　我現在帶着仁義自由漫遊。
人不出户可知天下，⑲⑪
爲何讓自己遠遊？

18

結尾道：天地永恒，時無延遲；⑲⑫
坐待河清，令人愁苦。⑲⑬
415　我希望遠遊娱己，
自由升降探索六方。

德之平林。結典籍而爲罟兮，毆儒墨以爲禽。玩陰陽之變化兮，詠《雅》《頌》之徽音。嘉曾氏之《歸耕》兮，慕歷阪之欽崟。恭夙夜而不貳兮，固終始之所服。夕惕若厲以省愆兮，懼余身之未勑。苟中情之端直兮，莫吾知而不惡。默無爲以凝志兮，與仁義乎逍遙。不出户而知天下兮，何必歷遠以劬勞？

系曰：天長地久歲不留，俟河之清秖懷憂。願得遠渡以自娱，上下無常窮六區。超踰騰躍絶世俗，飄遥神舉逞所欲。天不可階

⑱⑨　行 401—402：李善（《文選》，卷 15 頁 19a）所引蔡邕(133—192)《琴操》，提到《歸耕》，據説曾子有一天早上醒過來，因思念已經分別十多年的年邁父母而作：“往而不及者年也，不可得而再事者親也。歡欷歸耕來兮！安所耕歷山盤兮！”

⑲⓪　行 405：見《周易》第 1 卦，九三（《周易注疏》，卷 1 頁 3b，21）：“君子夕惕若厲。”

⑲⑪　行 411：見《老子》，第 47 章：“不出户而知天下。”

⑲⑫　行 413：見同上書，第 7 章：“天長地久。”

⑲⑬　行 414：黄河水被認爲只有在和平安寧的時代才會變清。

升高入空,切斷與此世的聯繫,

靈魂如空氣般飛揚,放飛欲望。

但是天不可測,神仙很少,⑲

420　如同悲困的《柏舟》詩人,我遺憾無法飛走,⑱

松和喬棲息高枝,誰能接近他們?⑯

致力遠遊,心被帶走,

我改變道路,歸循深奧教導,⑰

得到所求,何必再思考?

仙夫稀,柏舟悄悄丢不飛。松喬高跱孰能離,結精遠遊使心攜。迴志朅來從玄謀,獲我所求夫何思!

---

⑲ 行 419:見《論語》19/25:"天之不可階而升。"

⑱ 行 420:《柏舟》是《毛詩》第 26 首的篇名,詩人在第四章説:"憂心悄悄,愠於群小。"最後的小節包含如下句子:"静言思之,不能奮飛。"《毛詩序》説這首詩講的是有德之人未遇到可以任用的明主。鄭玄解釋説,舟本是用來運送貨物的工具,現在悠閑而無目的地漂浮於水面之上,代表有德之人不被任用,必須跟小人合作。《毛詩注疏》,卷 2 之 1 頁 5a—b(624)。

⑯ 行 421:"松"和"喬"指赤松和王喬,兩個著名神仙。

⑰ 行 423:深奧的教導指第一行中提及的聖人的教導。《後漢書》作"謀",《文選》作"諆",此二字大概同樣具有"計劃"、"諮詢"的意思。

歸 田 賦

張平子

【解題】

138 年，經歷漫長的仕宦生涯之後，張衡回到故鄉西鄂（今河南南陽北部），在那裏撰寫這篇贊美鄉居快樂生活的韻文短賦。他以解釋致仕的原因開始，首先謙虛地説自己已經服務朝廷很長時間，但是皇帝並沒有採納他的任何計劃。接着説儘管過去有人能夠解决自身的困惑，但他卻發現天道很難理解，因此得出最好避世的結論。賦的其餘部分叙述居住鄉村所得到的快樂。時間是仲春二月愉快温暖的一天，詩人因觀察發芽的植物、聆聽鳥的歌唱而精神大振。白天他打獵、釣魚，晚上回到書房，彈琴、研究經典和寫詩。

此賦的注解見張震澤，《張衡詩文集校注》，頁 242—246；《兩漢文學史參考資料》，頁 82—84；李暉、于非，《歷代賦譯釋》，頁 63—69；裴晉南編，《漢魏六朝賦選注》，頁 58—61；黃瑞雲，《歷代抒情小賦選》，頁 33—36。翻譯見 Hightower，"The Fu of T'ao Ch'ien," pp. 214‑16；A. R. Davis, in Kotewall and Smith，*The Penguin Book of Chinese Verse*，pp. xlix‑l；小尾郊一、花房英樹，《文選》，卷 2，頁 272—274。白話文翻譯見陳宏天編，《昭明文選譯注》，册 2，頁 825—828；李景濚，《昭明文選新解》，册 2，頁 174—176；孔鏡清、韓泉欣，《兩漢諸家散文選》，頁 269—274。

1

在京都我駐留已久，①	遊都邑以永久，無明略以佐時。
並無高明的韜略輔佐世事。	徒臨川以羨魚，俟河清乎未期。
一無所成站在河岸欣賞游魚，②	感蔡子之慷慨，從唐生以決疑。
徒勞等待黃河變清。③	諒天道之微昧，追漁父以同嬉。

---

① 行 1：京都指洛陽，張衡在那裏度過大部分仕宦生涯。
② 行 3：這句話本於幾種漢代文獻引用的一句成語。見《淮南子》，卷 17 頁 12a："臨河而羨魚，不如歸家織網。"也見《漢書》，卷 56 頁 2506，卷 87 上頁 3535。根據吕延濟（《六臣注文選》，卷 15 頁 25b），張衡以此説明徒勞地渴望功名富貴，没有成功，因此最好回家養德。
③ 行 4：見《左傳》，襄公八年："俟河之清，人壽幾何？"據説黃河千年才能一清，只在國家治理得井井有條時才出現。張衡是説他並没有生活在這樣一個時代。見《思玄賦》，行 414。

5　我感到跟蔡澤相同的挫折，④

他找到唐舉解決困惑。

但是天道隱晦難解，⑤

因此我跟隨漁父同樂。⑥

擺脫塵污，應當遠遊，

10　對世事作最後道別。

超埃塵以遐逝，與世事乎長辭。

2

於是在仲春最美的時節，

天氣晴好，空氣清澈，

高低植被皆茂盛成長，

所有植物都欣欣向榮。

15　關睢振翅奮飛，

黃鶯悲啼。

頸對頸，高飛俯衝，

鳴聲不息。

我於中自由游蕩，⑦

20　精神大振。⑧

於是仲春令月，時和氣清。原隰鬱茂，百草滋榮。王睢鼓翼，鶬鶊哀鳴。交頸頡頏，關關嚶嚶。於焉逍遙，聊以娛情。

3

現在我是在大澤長吟的蛟龍，

在山丘咆嘯的猛虎。⑨

向上發射纖細的羽箭，

在下面長溪邊垂釣。

25　鳥觸箭掉落，

爾乃龍吟方澤，虎嘯山丘。仰飛纖繳，俯釣長流。觸矢而斃，貪餌吞鈎。落雲間之逸禽，懸淵沈之鰺鰡。

---

④　行5：蔡澤是出身於燕地的遊説之士，奔波於各諸侯國而得不到職位。後來他遇到相士唐舉，唐預測他會再活四十三年。蔡澤於是堅持尋找他願意用他的國家，最終成了秦國丞相。見《史記》，卷79頁2418。

⑤　行7：見司馬遷，《感士不遇賦》(《藝文類聚》，卷30頁541)：“天道悠昧。”

⑥　行8：漁父是隱士，提醒屈原與世界爲敵是愚蠢的。見《史記》，卷84頁2486；《楚辭補注》，卷7頁1a—3a。

⑦　行19：此句“於焉逍遥”完全引用《毛詩》第186首第1章。

⑧　行20：見《抽思》，行68(《楚辭補注》，卷4頁18a)：“狂顧南行，聊以娛心兮。”

⑨　行21—22：見《淮南子》，卷3頁2a：“龍吟而景雲至，虎嘯而谷風臻。”張衡將自己跟虎龍比較，這兩種動物都能跟自然和諧共處。

魚爲餌吞鈎。

從雲間捉到失群之鳥，

魚鈎上晃蕩水深處的鯵鰡。⑩

4

太陽突然變換光綫，

30　望舒很快跟着來到。⑪

我迷戀悠游至樂，

日落仍不知疲倦。

感懷老子的警告，⑫

掉轉車駕回至茅屋。

35　撥動高雅的五弦琴，

念誦周、孔之作。⑬

拿起筆墨，

陳述三代聖王的典範軌跡。

如果縱心悠游物質世界之外，

40　何必需要擔憂榮辱?

于時曜靈俄景，係以望舒。極般遊之至樂，雖日夕而忘劬。感老氏之遺誡，將迴駕乎蓬廬。彈五絃之妙指，詠周孔之圖書。揮翰墨以奮藻，陳三皇之軌模。苟縱心於物外，安知榮辱之所如?

---

⑩ 行 28：鯵可能是吹沙，一種稱作蝦虎魚（goby）的小河魚。見 Read, *Chinese Materia Medica*，pp. 46 – 47。朱琰（《文選集釋》，卷 14 頁 14b）認爲鰡或爲鰜，是鰜（*Psettodes erumei*）的別名。因無法確定，我將它譯爲鱖（minnow）。

⑪ 行 29—30：曜靈指太陽。見《思玄賦》，行 70 注。望舒是月亮的車夫。

⑫ 行 33：見《老子》第 11 章："馳騁田獵，令人心發狂。"

⑬ 行 36：周指周公，孔指孔子。

第十六卷

志　下

閑 居 賦

潘安仁

【解題】

　　潘岳在此賦中講述對仕宦生涯的幻滅，表達退休鄉居的欣悦之情。他在開頭以不短的篇幅，以散文形式詳細地介紹在 295 年到 297 年短暫罷官之前所擔任過的各種職務。此賦是重要文獻，可以據此重建潘岳生平中的重要事件。在此賦的韻文部分，潘岳先對京都洛陽進行一番詳細描述，包括舉行儀典的建築、軍事指揮所和教育機構。接着他愉快地描繪自己在洛陽郊外帶有果園和菜園的別墅。潘岳還提到母親爲了緩解病痛外出遊樂，並推廣她所服用的藥物，這在賦中不太常見。他還記錄在陽春三月第三天的家族聚會，他們到河邊去，在水面流觴、唱歌和跳舞。

　　此賦的另一版本見《晉書》，卷 55 頁 1504—1506。之前的翻譯有：von Zach, *Deutsche Wacht* (November 1928)，and rpt. in *Die Chinesische Anthologies* 1：299‑33；Watson, *Chinese Rhyme-Prose*，pp. 64‑71；小尾郊一、花房英樹，《文選》，卷 2，頁 275—287；興膳宏，《潘岳陸機》，頁 79—110。白話文翻譯有陳宏天編，《昭明文選譯注》，册 2，頁 829—843；李景濚，《昭明文選新解》，册 2，頁 177—187；遲文浚等編，《歷代賦辭典》，頁 302—304。

　　我讀《汲黯傳》，每當看到司馬安四次升任九卿，而良史稱其爲"精明能幹官員"，[①]我總會放下書，長

岳嘗讀《汲黯傳》，至司馬安四至九卿，而良史書之，題以巧宦之

---

① 汲黯是西漢景帝和武帝治下的一位官員，司馬安是汲黯姑母的兒子，他們年輕時一起擔任太子洗馬。司馬遷（《史記》，卷 120 頁 3111）認爲司馬安的特點是"文深巧善宦"。因此，他四次被任命爲九卿。良史應指司馬遷。見《漢書》，卷 62 頁 2738："然自劉向、揚雄博極群書，皆稱遷有良史之材。"

嘆一聲説："啊，如果精明背後的確存在方法，那麼愚笨後面也同樣存在。"思索於此，我總是認爲士子來到此世，除非那些不留痕跡的至聖或者具有極微妙深奧理解能力的人，②必須取得成就，做一些對時代有益的事情。因此，士子依靠忠貞和孝行以提升自己的美德，通過鍛練詞句和建立誠信以保存自己的成就。③

　　年輕時我在村裏受到過度贊譽，有負司空和太尉的褒揚。④ 我奉事的主人是太宰魯武公。⑤ 他推薦我作秀才，任我爲郎。奉事世祖武皇帝時，我任河陽和懷縣令、尚書郎和廷尉平。⑥ 當今天子守喪之時，⑦我被任命爲太傅主薄。⑧ 當府主被處死時，⑨我被除職爲民。但我很快恢復官職，任長安令。⑩ 我後來升遷爲博士，⑪但在接受朝廷任命前，因母親生病，旋即辭官。

　　從弱冠之年到現在"知天命"，⑫我歷經八個職位。一次晉升，⑬兩次罷官，⑭一次除名，⑮一次無法

目，未嘗不慨然廢書而歎。曰：嗟乎！巧誠有之，拙亦宜然。顧常以爲士之生也，非至聖無軌微妙玄通者，則必立功立事，効當年之用。是以資忠履信以進德，脩辭立誠以居業。

僕少竊鄉曲之譽，忝司空、太尉之命，所奉之主，即太宰魯武公其人也，舉秀才爲郎。逮事世祖武皇帝，爲河陽懷令，尚書郎，廷尉平。今天子諒闇之際，領太傅主簿。府主誅，除名爲民。俄而復官，除長安令。遷博士，未召拜，親疾，輒去官免。

自弱冠涉乎知命之年，八徙官而一進階，再免，一除名，一不拜

---

② 見《老子》第 27 章："善行無轍跡。"《老子》第 15 章："古之善爲士者，微妙玄通，深不可識。"

③ 見《周易注疏》，卷 1 頁 13a："君子進德脩業，忠信所以進德也，修辭立誠，所以居業也。"

④ 司空和太尉指賈充。見 Chiu-mi Lai, "River and Ocean," pp. 60‐61。儘管潘岳顯然指的是賈充，但 Lai 指出潘岳可能先在荀顗（？—274）手下工作，荀在 266—267 年間擔任司空，268 年任太尉，這年潘岳初入仕途。

⑤ 魯武公是 266 年賜給賈充的尊銜。

⑥ 武帝指司馬炎（265—290 在位）。潘岳約於 279 年被任命爲河陽（今河南孟縣以西）令，約於 282 年任懷（今河南武陟縣）令。見同上書，頁 67—68。尚書郎一職可能指他在户部暫時充任執行郎官。他於 285 年受此任命，一年或兩年後轉任廷尉平。見同上書，頁 73。

⑦ 當今皇帝指惠帝（290—306 在位）。他爲司馬炎守喪，後者死於 290 年。

⑧ 太傅指楊駿（？—291），武帝病篤時的攝政，惠帝時繼續任太傅。見《晉書》，卷 40 頁 1177—1178。

⑨ "府主"指楊駿，291 年 4 月 28 日在賈皇后授意下被暗殺。見《晉書》，卷 4 頁 90。

⑩ 潘岳於 292 年授長安令。

⑪ 他的職位實際上是博士，於 293 年被提名任命。

⑫ 弱冠（戴上表示成人的帽子）是二十歲，而五十歲據説是"知天命"的年紀。見《論語》2/4。

⑬ 潘岳從懷令升至尚書郎。

⑭ 潘岳第一次辭官在 280 年末，所犯錯誤未詳細談及。見《晉書》，卷 55 頁 1503。第二次辭官於 291 年，因與楊駿的關係而受到牽連。

⑮ 指他在楊駿於 291 年被處死以後受到的懲罰。

到任，⑯調任三次。⑰儘管我的成敗與命運有關，但我寧願相信發生在我身上的事情，是自己愚笨的結果。

和長興博古通今，⑱曾評論說我"拙於使用多方面的才能"。⑲他説我多才多藝，我怎敢當？但是他說我蠢笨，則果真如此，證據充分。⑳當今之世不僅有"德才兼備者爲官"，而且"爲官者盡職盡守"，㉑我一介愚人，應該放棄獲取恩寵和榮譽的想法。何況我的老母親跟我一起住，忍受着虛症和衰老的折磨。我怎能僅僅爲了追求一份卑微的斗箕般的小小職務，而忽略愉悅地隨侍她左右的責任？

既然已經知道知足知止的尺度，㉒我希望自己的欲望如浮雲。㉓建房種樹，可以自足地在其中漫游。池塘足夠釣魚，碾米的收入可代替耕田。澆花、賣菜以挣得早晚食物，養羊、出售乳製品以積蓄夏冬祭品的費用。哦，孝順爲先，與兄弟友愛，是愚笨之人參與政事的方式。㉔因此，我寫這篇《閑居賦》頌揚我的狀況，表達我的感受。其辭如下：

職，遷者三而已矣。雖通塞有遇，抑亦拙者之効也。

昔通人和長興之論余也，固謂拙於用多。稱多則吾豈敢，言拙信而有徵。方今俊乂在官，百工惟時，拙者可以絕意乎寵榮之事矣。太夫人在堂，有羸老之疾，尚何能違膝下色養，而屑屑從斗筲之役乎。

於是覽止足之分，庶浮雲之志，築室種樹，逍遥自得。池沼足以漁釣，春税足以代耕。灌園粥蔬，以供朝夕之膳；牧羊酤酪，以俟伏臘之費。孝乎惟孝，友于兄弟，此亦拙者之爲政也。乃作《閑居賦》，以歌事遂情焉。其辭曰：

1

我遨遊於經典之園地，㉕

傲墳素之場圃，步先哲之高衢。

---

⑯ 因爲母親生病，潘岳並未就任博士。

⑰ 三次轉職指廷尉平、太傅主簿和博士。

⑱ 和長興指和嶠（？—292），司馬炎在位期間的著名官員，傳記見《晉書》，卷45頁1283—1284。

⑲ 該特點本於《莊子》第一段（卷1頁8b）的一句話，莊子對覺得大葫蘆没有用處的惠子説："夫子固拙於用大矣。"

⑳ 見《左傳》，昭公八年（Legge，*The Chinese Classics* 5：622）："君子之言，信而有徵。"

㉑ 見《尚書注疏》，卷4頁20b(291)："俊乂在官，百僚師師，百工惟時。"

㉒ 見《老子》第44章："知足不辱，知止不殆。"

㉓ 見《論語》7/15："不義而富且貴，於我如浮雲。"

㉔ 見《論語》2/21："《書》云：孝乎惟孝，友於兄弟，施於有政。是亦爲政，奚其爲爲政？"

㉕ 行1：尤袤本作"場"，《晉書》和《六臣注文選》作"長"。我將"墳素"譯爲"經典"，指中國古代經典。僞孔安國《尚書》前言（見《文選》，卷45頁22a—b）稱經典爲"三墳八索"，認爲"三墳"爲伏義、神農、黄帝所作，而"五典"則是對八卦的解釋。"素"跟"索"可以互换，在此意義上意爲"素王"，即孔子。更詳細的解釋，見朱珔，《文選集釋》，卷14頁15a。

漫步在古聖先賢的大道。

儘管我可能有些厚顏，㉖

在寧、蘧之前内心羞愧。

5　道行於世時，我没有出仕；

　　道不行時，不會假裝愚蠢。㉗

　　精明機智何其少！

　　愚笨不幸何其多！㉘

2

　　因此，我辭官退居閑散，

10　居於洛河之濱。

　　地位同於隱士，

　　名字等同下士。㉙

　　背向首都，凝望伊水，㉚

　　面對郊區，遠離市場。㉛

15　長長浮橋直跨洛河，㉜

　　雄偉靈臺高高聳立。㉝

　　窺探天象奥秘，㉞

　　探索人事始末。

雖吾顔之云厚，猶内媿於寧蘧。

有道吾不仕，無道吾不愚。何巧

智之不足，而拙艱之有餘也。

於是退而閑居，于洛之涘。身齊

逸民，名綴下士。陪京泝伊，面

郊後市。浮梁黝以徑度，靈臺傑

其高峙。闚天文之祕奥；究人事

之終始。其西則有元戎禁營，玄

幙綠徽。谿子巨黍，異絭同機。

礮石雷駭，激矢虻飛。以先啓

行，耀我皇威。其東則有明堂辟

廱，清穆敞閑。環林縈映，圓海

迴淵。聿追孝以嚴父，宗文考以

㉖　行 3：見《毛詩》第 198 首第 5 章：“巧言如簧，顏之厚矣。”

㉗　行 4—6：參考《論語》5/20：“寧武子，邦有道，則知；邦無道，則愚。”同上書，15/6：“君子哉蘧伯玉！邦有道，則仕；邦無道，則可卷而懷之。”寧武子是公元前 7 世紀魏國的貴族，蘧伯玉是公元前 6 世紀末期至 5 世紀早期的魏國貴族。

㉘　行 7—8：見《管子》，卷 20 頁 13a：“巧者有餘而拙者不足。”

㉙　行 12：孟子設計五層的等級結構，其中下士最低。見《孟子》，五下之 2。

㉚　行 13：潘岳在此就“陪京”玩了一個有趣的文字遊戲。陪京原意爲“陪都”，周代時洛陽是陪都。在這裏，潘岳是在“背”（在某人背後）的意義上使用“陪”。從潘岳的角度來説，晉代首都洛陽在其居所背後，伊水匯入洛陽東南的洛水。

㉛　行 14：洛陽的市場位於郊區，有三個主要市場：位於城市西南的是最大的金市，位於東邊的是馬市，南邊是洛陽縣市場。見李善（《文選》，卷 16 頁 4a—b)引陸機《洛陽記》。李善説潘岳家靠近洛陽縣市場。

㉜　行 15：浮橋由穿過洛河聯結在一起的船構成。胡紹煐（《文選箋注》，卷 18 頁 2b—3a)認爲，“黝”在意義和讀音上與“糾”相似。疊韻字“黝糾”見於王延壽《魯靈光殿賦》（《文選》，卷 11 頁 17b；本書《魯靈光殿賦》，行 95)，意爲“結合，聯合”。在潘岳此句中，“黝”可能描述形成橋的船隊。

㉝　行 16：靈臺位於城南三里處，用爲天文觀象臺。見李善（《文選》，卷 16 頁 4b)引陸機《洛陽記》。

㉞　行 17：“天文”在漢語裏指星辰和天體。

西邊有兵車、禁營，㉟

20　黑色帳幕，緑色旗幟；

　　谿子、巨黍的弓箭，㊱

　　製法不同而發射相似；㊲

　　弩石轟鳴如雷電，

　　箭矢流星如飛虱。㊳

25　所有這些作引導，㊴

　　炫耀天子兵威。

　　東邊有明堂、辟廱，㊵

　　神聖巍峨，寬闊凝重。

　　林木環繞輝映，

30　流水回環如海。㊶

　　天子於此追思父親，

　　祭祀過世的文帝，以其配天。㊷

　　尊奉聖賢順從天意，㊸

　　照顧老人顯示敬老。㊹

3

35　冬天已過，春天到來，

　　陰氣退而陽氣升；

　　天子出席焚柴儀典，

　　郊祭祖先，提倡德行。

配天。祇聖敬以明順，養更老以
崇年。

若乃背冬涉春，陰謝陽施。天子
有事于柴燎，以郊祖而展義。張
鈞天之《廣樂》，備千乘之萬騎。
服振振以齊玄，管啾啾而並吹。

㉟ 行 19：“禁營”指五禁軍營地，可能在潘岳家西邊。陸機《洛陽記》(李善在《文選》，卷 16 頁 4b 所引)説五個
禁營的指揮所在城牆內。

㊱ 行 21：谿子是南方谿子蠻以柘桑所製成的弩。見《史記》，卷 69 頁 2251，注 7。“巨黍”可能是有些文獻(見
《史記》，卷 69 頁 2251；《戰國策》，卷 26 頁 1b)所稱“距來”之物的別稱。王念孫(《讀書雜志》，3 之 4 頁
13a—b)指出，這種弓的正確叫法是“巨黍”。

㊲ 行 22：《晉書》作“歸”，《文選》作“機”。“綦”字可能是“彄”(弮)的假借。見朱珔，《文選集釋》，卷 14 頁 15b。

㊳ 行 24：此處可能指的是一種特別的“虹飛”箭。見《廣雅疏證》，卷 8 上頁 26a。

㊴ 行 25：見《毛詩》第 177 首第 4 章：“元戎十乘，以先啟行。”

㊵ 行 27：根據陸機《洛陽記》(李善引，《文選》，卷 16 頁 5a)，“辟廱”位於靈臺以東一里處。

㊶ 行 30：此處的“海”指辟廱池，被認爲是四海的複製品。

㊷ 行 32：“文考”指司馬昭(211—265)，也稱作文王。他是司馬炎的父親，謚號“文帝”。

㊸ 行 33：見《毛詩》第 304 首第 3 章：“聖敬日躋。”

㊹ 行 34：辟廱是崇養被稱作“三更”、“五老”的老人的地方。

下令演奏上天之樂，⑮

40　派出千乘萬騎。

全黑制服神聖莊重，

啾啾管樂和諧共奏。

多麼輝煌，

尊貴和華麗！

45　這是禮儀最盛大的呈現，

皇家儀仗最奢華的展覽。

國學太學並肩而立，⑯

兩排屋頂合而爲一。

右邊國學邀來貴冑子孫，

50　左邊太學招收德才之士。⑰

莘莘學子，

端雅儒士，

有些"升堂"，

有些"入室"。⑱

55　教育無一成不變之師，⑲

不論道在何方，都可找到。

於是知名官員拋下印綬，

著名王子收起璽章。

教導似風揚動，

60　人們如草偃伏響應。⑳

這是爲何仁善里社爲美，㉑

煌煌乎，隱隱乎，兹禮容之壯觀，而王制之巨麗也。兩學齊列，雙宇如一。右延國冑，左納良逸。祁祁生徒，濟濟儒術。或升之堂，或入之室。教無常師，道在則是。故髦士投紱，名王懷璽。訓若風行，應如草靡。此里仁所以爲美，孟母所以三徙也。

---

⑮ 行 39：" 鈞天 "是九天的中央部分。見《呂氏春秋》，卷 13 頁 1a。見張衡，《思玄賦》，行 341 關於" 鈞樂 "注。

⑯ 行 47：" 兩學 "指辟雍東北五里處的國學，以及國學以東二百步的太學。見郭緣生(生卒年不詳)，《述征記》，李善(《文選》，卷 16 頁 6a)引。

⑰ 行 49—50：國學(右側或西邊)接納貴族子弟，而太學(左側或者東邊)則不論地位接納所有才華之士入學。

⑱ 行 53—54：潘岳此處引用《論語》11/14，孔子評估子張在學業方面的進步時説："由也升堂矣，未入於室也。"" 升堂 "和" 入室 "因此標誌學生學業進步的階段。

⑲ 行 55：見《論語》19/22："何常師之有?"

⑳ 行 59—60：同上書，12/19："君子之德風，小人之德草，草上之風必偃。"

㉑ 行 61：同上書，4/1："里仁爲美。擇不處仁，焉得知?"見班固，《幽通賦》，行 9—10 注；張衡，《思玄賦》，行 3 注。

孟母因此三次遷居。(52)

4

現在我建設居所，
修房屋，開池塘。
高高楊樹倒映池塘，
芬芳枳樹作爲樹墻。
游魚打挺跳躍，
荷花舒展開放。
竹叢鬱鬱葱葱，
異果多種多樣：
張公大谷之梨，(53)
梁侯烏椑之柿，(54)
周文弱枝之棗，(55)
房陵朱仲之李，(56)
此處無不盡有。
三種桃標誌櫻桃胡桃各異。(57)
兩種柰閃耀紅白光澤。
石榴葡萄，珍稀之物，
果實累累，蔓衍兩側。
黑梅、杏子、櫻桃，
花葉茂盛美麗。

爰定我居，築室穿池。長楊映沼，芳枳樹籬。游鱗瀺灂，菡萏敷披。竹木蓊藹，靈果參差。張公大谷之梨，梁侯烏椑之柿，周文弱枝之棗，房陵朱仲之李，靡不畢殖。三桃表櫻胡之别，二柰曜丹白之色。石榴蒲陶之珍，磊落蔓衍乎其側。梅杏郁棣之屬，繁榮麗藻之飾。華實照爛，言所不能極也。菜則葱韭蒜芋，青筍紫薑。堇薺甘旨，蓼荾芬芳。蘘荷依陰，時藿向陽。緑葵含露，白韰負霜。於是凛秋暑退，熙春寒往。微雨新晴，六合清朗。

---

(52) 行 62：孟子和母親起初住在墓地附近，孟母看見兒子模仿挖墓人，決定搬到市場附近。孟子又在市場上假裝成叫賣貨物的小販，所以孟母最後搬到學校附近，在那裏孟子模仿學者舉行祭祀和儀典。見《列女傳》，卷 1 頁 10a—b。

(53) 行 71：《廣志》（廣地的方志，李善引，《文選》，卷 16 頁 6b）説，住在洛陽之北邙山的張公的梨特别甜。大谷在張衡的《東都賦》裏可能提過，見本書《東都賦》，行 116。見朱珔，《文選集釋》，卷 14 頁 16b。

(54) 行 72：烏椑是油光柿（*Diosphyros Emberyopteris*，varnish persimmon）。見 Read，*Chinese Medicinal Plants*，p. 48，no. 187。梁公的身份不詳。

(55) 行 73：據《廣志》（李善引，《文選》，卷 16），周文王時有極美的軟枝棗（soft-branch jujubes），文王在自己的園子種植此棗。

(56) 行 74：朱仲是偷過房陵郡（今湖北房縣北部）梅子的仙人。對此句的澄清，見朱珔，《文選集釋》，卷 14 頁 17a。

(57) 行 76："桃"可指多種不同的樹。潘岳此處指出櫻桃（cherry）和胡桃（walnut）兩種，没有提到的第三種，可能是桃子（peach）或者侯桃，木蘭屬（magnolia）的一種。

花果如此明亮閃耀，

言語未能充分描繪。

蔬菜有葱、韭、蒜、芋頭，

85　青筍，紫薑。

菫薺甜美，

蓼荬芳香。

蘘荷背陰生長，

當季豆葉，面向太陽。

綠葵帶露，

白薤挂霜。

秋凉之中熱度減退，

溫暖春日冷氣離開，

細雨初晴，

95　六方清朗。

5

於是，太夫人坐上輕便坐車，㊹

或登小車。

駛向遠處，觀賞皇家地界，

或去附近，遊覽房宅花園。

100　走路讓她身體和順，

活動幫助藥物消散。

現在比平時攝食更多，

她的舊病已癒。

展開長墊，

105　排列子孫。

柳樹灑下陰凉，

停下車駕。

山上摘紫色水果，

太夫人乃御版輿，升輕軒，遠覽王畿，近周家園。體以行和，藥以勞宣。常膳載加，舊痾有痊。席長筵，列孫子。柳垂陰，車結軌。陸摘紫房，水挂赬鯉。或宴于林，或禊于汜。昆弟班白，兒童稚齒。稱萬壽以獻觴，咸一懼而一喜。壽觴舉，慈顏和。浮杯樂飲，絲竹駢羅。頓足起舞，抗音高歌。人生安樂，孰知其佗？

㊹ 行96：太夫人指潘岳的母親。

水中抓紅潤鯉魚。

110 有時在叢林宴飲，

有時在河岸舉行禊除儀式。

我和兄弟，鬢髮生白，

孩子仍然年幼。

以酒祈禱母親長壽，

115 既憂又喜。⑤⑨

祝福酒杯舉起，

母親臉上現出喜色。

浮杯而下，開懷暢飲；

安排管弦，助興歡愉。

120 頓足起舞，

引吭高歌。

人生如此愉悦，

豈能欲求他物？⑥⓪

6

退居之時，我內省自察，⑥①   退求己而自省，信用薄而才劣。

125 的確用處微小，才華貧薄。   奉周任之格言，敢陳力而就列。

信奉周任的格言，   幾陋身之不保，尚奚擬於明哲。

但豈敢加入行列？⑥②   仰衆妙而絕思，終優遊以養拙。

幾乎無法保護卑微自身，

豈能模仿聖人智者？

130 我仰視衆妙之道，斷絕雜念，⑥③

優遊自在，養護愚拙以終年。

---

⑤⑨ 行115：見《論語》4/21："父母之年，不可不知，一則以喜，一則以懼。"
⑥⓪ 行122—123：重耳在齊國，桓公將宗室之女嫁他，還賜他二十乘馬。重耳迷醉於這種生活，説："人生安樂，孰知其他？"見《國語》，卷10頁2a。
⑥① 行124：見《論語》15/20："君子求諸己。"同上書4/6："見賢思齊焉，見不賢而內自省也。"
⑥② 行126—127：同上書，16/1："周任有言曰：陳力就列。"
⑥③ 行130："衆妙"指道。見《老子》第1章。

哀　傷

長　門　賦

司馬長卿

【解題】

　　本賦被認爲是司馬相如(字長卿)所作,以被遺棄的宫妃爲主題。據賦前所附序,此棄妃是陳皇后,西漢武帝的正妻。大約於公元前130年,武帝被美麗的歌女衛子夫所吸引,陳皇后忌妒甚深,開始設謀對付衛子夫。武帝得知其事,遣退陳皇后,令其居住長門宫。序中説陳皇后委托司馬相如作賦描述其困境,而司馬相如的文章據説十分動人,以至陳皇后最終重獲武帝恩寵。現在學者則一致認爲,序中有幾處明顯的時代錯誤,不可能出自司馬相如之手。另外,一些學者認爲賦本身也非司馬相如所作。關於此爭論的討論,見 Knechtges, "Ssu-ma Hsiang-ju's 'Tall Gate Palace Rhapsody'"。

　　此前的翻譯包括: von Zach, *Deutsche Wacht* (November 1928), and rpt. in *Die Chinesische Anthologies* 1: 233 – 36; Hsü, *Anthologies de la littérature chinoise*, pp. 104 - 5 (abridged);伊藤正文、一海知義,《漢魏六朝唐宋散文選》,頁 20—22;小尾郊一、花房英樹,《文選》,卷2,頁 272—274。白話文翻譯見陳宏天編,《昭明文選譯注》,册2,頁 844—852;李景濚,《昭明文選新解》,册2,頁 188—193;遲文浚等編,《歷代賦辭典》,頁 67—69。此處的譯文是修改版,較早的譯文見 Knechtges, "Ssu-ma Hsiang-ju's 'Tall Gate Palace Rhapsody,'" 54 - 58。現代注本有瞿蜕園,《漢魏六朝賦選》,頁 26—31;《古今文選》,册4,頁 1657—1660;李暉、于非,《歷代賦辭典》,頁 52—62;劉禎祥、李方晨,《歷代辭賦選》,頁 134—140;畢萬忱等編,《中國歷代賦選》,頁 286—296;金國永,《司馬相如集校注》,頁 111—124。研究文章包括許世瑛,《長門賦真偽辨》《司馬相如與長門賦》;簡宗梧,《長門賦辯證》,見《漢賦史論》,頁 53—61;趙堅,《長門宫與長門賦》。

孝武皇帝的陳皇后,曾經一度受寵。① 她極爲忌妒,武帝將其幽禁於長門宮。② 她深感沮喪和悲哀,聽說司馬相如是帝國內最善於作文之人,出一百斤黃金給相如和文君作酒資,③請相如寫一篇能夠解除自己悲苦的文章。相如撰賦一篇,打開皇帝的心胸,陳皇后又重獲恩寵。④

孝武皇帝陳皇后時得幸,頗妒。別在長門宮,愁悶悲思。聞蜀郡成都司馬相如天下工爲文,奉黃金百斤爲相如文君取酒,因于解悲愁之辭。而相如爲文以悟主上,陳皇后復得親幸。其辭曰:

1

啊,這位窈窕淑女,⑤
漫無目的慢步,陷入深思!⑥
魂魄縹緲飛走,永不回歸,
身體憔悴枯萎,獨自忍受。⑦
5　君王許諾"早晨離開,晚上歸來"。
卻在歡宴美酒中將她忘記。
心意改變,不再喜歡她,不記得舊愛;
現在跟更適合的人在一起。

夫何一佳人兮,步逍遥以自虞。魂踰佚而不反兮,形枯槁而獨居。言我朝往而暮來兮,飲食樂而忘人。心慊移而不省故兮,交得意而相親。

2

儘管我的思想呆板愚蠢,
10　我的愛仍然忠誠真實。
我希望獲得機會以自呈,
得侍君王聽其玉音。

伊予志之慢愚兮,懷貞慤之懽心。願賜問而自進兮,得尚君之玉音。奉虛言而望誠兮,期城南之離宮。脩薄具而自設兮,君曾

① 陳皇后名阿嬌,是武帝姑媽長公主劉嫖之女。武帝在當太子時娶她爲妻,公元前 141 年登基後封她爲后。陳皇后受寵十年,直到武帝開始屬意宫廷歌女衛子夫。她對此非常忌妒,圖謀剥奪衛子夫之優越地位。陳皇后的一個女兒被控以巫術對付衛子夫,武帝發現後,下令將陳皇后幽閉於長安東南 20 公里處的離宫長門宫。見《史記》,卷 49 頁 1979;《漢書》,卷 97 上頁 3948。注意,"孝武"這一説法有時代錯誤,因爲這是武帝的謚號,而司馬相如早於武帝去世,不可能知道這個稱號。
② 此事發生於公元前 130 年。見《漢書》,卷 6 頁 164;Dubs, *HFHD* 2：41。
③ 卓文君是司馬相如的妻子,富有的蜀郡冶鐵巨商卓王孫之女。她跟相如私奔,被父親逐出家門。此後他們生活貧困,文君借錢在臨邛開了一間酒鋪。卓王孫最終承認他們的婚姻,贈與豐厚嫁妝,他們也由此放棄賣酒生意。見《史記》,卷 117 頁 3000—3001;《漢書》,卷 57 上頁 2530—2531。
④ 該説法與史實不符,史料裏並無陳皇后重獲恩寵的記載。
⑤ 行 1:開篇是賦描述美女的習語。類似例子可見 Hightower, "The Fu of T'ao Ch'ien," p. 170, n. 6。
⑥ 行 2:或如胡紹煐所建議,"走逍遥以自虞"。見《文選箋證》,卷 18 頁 6a—b。
⑦ 行 3—4:見《遠遊》,行 17—18(《楚辭補注》,卷 5 頁 2a):"神儵忽而不反兮,形枯槁而獨留。"

我得到空虛諸言，卻以爲真誠，

在城墻之南的離宮等待他。⑧

15　我親手準備好樸素酒席，

但君王從未駕幸光臨。

不肯乎幸臨。

3

孤獨幽居令人沮喪，一心思念君王；

疾風穿過天空，暴烈迅猛。

登上蘭臺，遥望遠方，⑨

20　我的魂靈困惑，挣脱身體。

飄蕩的雲厚厚積聚，覆蓋整個天空，

天空轉黑，日頭變暗。

雷聲轟響咆哮，

讓我想起君王車駕之聲。

25　颶風拍擊内房，

吹動簾幕，摇摇晃晃。

桂樹枝葉纏繞交錯，

發出强烈刺激香氣。

孔雀來棲，恍似問候；

30　黑猿長嘯哀號，

翠鳥斂翼聚會；

鸞和鳳高飛，一個朝北，一個朝南。⑩

廓獨潛而專精兮，天漂漂而疾風。登蘭臺而遥望兮，神怳怳而外淫。浮雲鬱而四塞兮，天窈窈而晝陰。雷殷殷而響起兮，聲象君之車音。飄風迴而起閨兮，舉帷幄之襜襜。桂樹交而相紛兮，芳酷烈之誾誾。孔雀集而相存兮，玄猨嘯而長吟。翡翠脅翼而來萃兮，鸞鳳翔而北南。

4

我的心充塞悲傷，無法釋懷；

惡劣情緒强烈膨脹，自内襲擊。

35　走下蘭臺，環視周圍，

慢慢行來，走進宮院深處。

心憑噫而不舒兮，邪氣壯而攻中。下蘭臺而周覽兮，步從容於深宮。正殿塊以造天兮，鬱並起而穿崇。間徙倚於東廂兮，觀夫

---

⑧　行 14：離宮指長門宮。

⑨　行 19：該蘭臺應位於長門宮院，跟名字相同的藏書處無涉。見《漢書》，卷 19 上頁 725。

⑩　行 32：鸞向一個方向飛，而鳳朝另一方向飛，象徵皇后跟皇帝分離。

正殿孤獨伸向天空，

處於直入雲霄的塔群之中。

徘徊於東廂，

40　凝望其裝飾和無盡美麗。

推開綴滿玉石的大門，金環搖動，

如響鐘一樣隆隆應和。

靡靡而無窮。擠玉户以撼金鋪
兮，聲噌吰而似鍾音。

5

雕刻木蘭以爲屋椽，

修飾文杏作斗拱。

45　衆多斜柱，成行排列，⑪

密密聚集，連結支撐。

以珍稀木料做成的支架銜接，⑫

各種尺寸交疊，中間留空。⑬

有時隱約像自然之物，

50　猶如高峻的積石山峰。⑭

五彩斑斕，互相輝映，

光芒四射，燦爛光明。

各色鑲嵌石頭，緻密鋪排，

就像玟瑰精美的花紋圖形。

55　窗户懸挂綾羅帳幔，

用楚地的絲繩挽結。

刻木蘭以爲榱兮，飾文杏以爲
梁。羅丰茸之遊樹兮，離樓梧而
相撐。施瑰木之欂櫨兮，委參差
以楗梁。時仿佛以物類兮，象積
石之將將。五色炫以相曜兮，爛
耀耀而成光。緻錯石之瓵甓兮，
象瑇瑁之文章。張羅綺之幔帷
兮，垂楚組之連綱。

6

我無力地撫摸門楣，

遠望曲臺，寬敞闊大。⑮

撫柱楣以從容兮，覽曲臺之央
央。白鶴噭以哀號兮，孤雌跱於

---

⑪ 行 45："遊樹"指"斜柱"或"侏儒柱"。見葉大松，《中國建築史》，頁 419。

⑫ 行 47：作爲"支撑"的"欂櫨"，見 Glahn, "Some Chou and Han Architectural Terms," p. 106.

⑬ 行 48：李善(《文選》，卷 16 頁 10a)改述此句爲："委積參差，以承虚梁。"但是，王念孫認爲"欂櫨"是疊韻字，
意思是"中空"。見《讀書雜志》，餘編下，頁 38a—b(1059)。

⑭ 行 50："積石"是漢河關郡(今甘肅導河县西)西南的山脉，是黄河源頭。見《漢書》，卷 28 上頁 1532，卷 26 下
頁 1611。

⑮ 行 58："曲臺"是未央宫的一個宫殿。見《漢書》，卷 75 頁 3175。

白鶴哀鳴——

60　孤獨的鳥棲息在枯萎楊樹。

白天變成黑夜，我失去希望，

悲傷孤獨，躲在空蕩廳堂。

高懸明月下照我身，

深房度過寒夜。

65　我拿起箏，改換調式，⑯

彈奏一曲不可承受的悲傷。

於是轉回來，彈撥“流徵”，⑰

其音開始微弱，接着高亢尖銳。

試遍所有曲調，欲尋合適，⑱

70　感覺變得更激情强烈。

身邊之人悲傷低泣，

眼淚順着臉龐流淌。

長嘆息，不停啜泣，

我穿上鞋起身，在房間踱步。

75　拉起長袖，遮住自己，

細數過去的錯失。

無顏出現在人前，

嘆息一聲上床。⑲

用芳若當枕頭，

80　用荃、蘭、芷爲座墊。

突然進入睡鄉，開始做夢；

仿佛我的靈魂在君王身旁。

突然驚醒，什麼也看不見；

靈魂充滿恐懼，若有所失。

枯楊。日黃昏而望絶兮，悵獨託於空堂。懸明月以自照兮，徂清夜於洞房。援雅琴以變調兮，奏愁思之不可長。案流徵以却轉兮，聲幼妙而復揚。貫歷覽其中操兮，意慷慨而自卬。左右悲而垂淚兮，涕流離而從橫。舒息悁而增欷兮，蹝履起而彷徨。揄長袂以自翳兮，數昔日之諐殃。無面目之可顯兮，遂頹思而就牀。搏芬若以爲枕兮，席荃蘭而茝香。忽寢寐而夢想兮，魄若君之在旁。惕寤覺而無見兮，魂迋迋若有亡。衆雞鳴而愁予兮，起視月之精光。觀衆星之行列兮，畢昴出於東方。望中庭之藹藹兮，若季秋之降霜。夜曼曼其若歲兮，懷鬱鬱其不可再更。澹偃蹇而待曙兮，荒亭亭而復明。妾人竊自悲兮，究年歲而不敢忘。

---

⑯ 行65：這裏提到的“箏”指“雅琴”。李善（《文選》，卷16頁10b）引劉歆《七略》解釋雅琴：“琴之言禁也，雅之言正也，君子守正以自禁也。”

⑰ 行67：徵是古樂五調的第四調。“流徵”似乎是高音調式，跟憂鬱的曲調相關。見宋玉的《笛賦》：“吟清商，追流徵。”（《古文苑》，卷1頁5b）

⑱ 行69：“中操”可能指平緩的曲調，也可能是“操”字在“控制”意義上的雙關。

⑲ 行78：“頹思”一詞表意模糊，王念孫（《讀書雜志》，餘編下，頁38b）認爲應被理解爲“頹息”（嘆息），我沿用此說法。

85　公雞啼鳴,讓我悲傷;

　　起視月亮,散發微光。

　　看見星星在天上列隊,

　　畢星和昴星出現在東方。⑳

　　盯着庭院的淡淡月光:

90　如霜在晚秋飄落。

　　長夜漫漫,感覺過去一年;

　　悲傷更加沉重,無法忍受更多。

　　顫抖着,我站着等待黎明——

　　開始昏暗遥遠,接着變得明亮。

95　像我這樣的女人,只能偷偷爲自己悲傷;

　　我仍然不能忘記他,甚至直到生命盡頭。

---

⑳ 行88:《淮南子》(卷3頁3a)天文章,將"畢"(Hyades)和"昴"(Pleiades)看作西方之星。據李善(《文選》,卷16頁11a),它們在五六月間出現於東方。

思 舊 賦

向子期

【解題】

　　向秀(字子期)在此賦中傷悼好朋友嵇康和呂安的亡故。262年,呂安之兄呂巽與呂安妻私通,呂巽卻反過來指責呂安毆打其母。嵇康站出來衛護呂安,結果司馬昭將嵇康和呂安繫獄。在短暫調查後,兩人均被處死。在此賦的主體部分,向秀敘述過訪嵇康曾經居住的山陽地區。該賦的另一個版本見《晉書》,卷49頁1374—1375。

　　此前對此賦的翻譯有: von Zach, *Deutsche Wacht* (January 1929), rpt. in *Die Chinesische Anthologies* 1：236 - 37; Waston, *Chinese Rhyme-Prose*, pp.61 - 63;小尾郊一、花房英樹,《文選》,卷2,頁295—298。白話文翻譯見陳宏天編,《昭明文選譯注》,冊2,頁853—857;李景濚,《昭明文選新解》,冊2,頁194—196;遲文浚等編,《歷代賦辭典》,頁278—279。還有不少現代注解文本,包括《魏晉南北朝文學史參考資料》,冊1,頁234—237;黃瑞雲,《歷代抒情小賦選》,頁65—68;劉禎祥、李方晨,《歷代辭賦選》,頁196—199;林俊榮,《魏晉南北朝文學作品選》,頁133—136;李暉、于非,《歷代賦譯釋》,頁103—109;王晨光,《魏晉南北朝辭賦選粹》,頁21—28;韋鳳娟,《魏晉南北朝諸家散文選》,頁149—153。研究見甲斐勝二,《向秀〈思舊賦〉試釋》。

　　我住得離嵇康和呂安很近,他們都有不羈之才。但是,嵇康志向高遠,疏於人事;呂安心地寬大,外表放逸。後來,他們俱因事犯法。嵇康在藝術方面涉獵甚廣,尤其善於絲竹樂器。當臨刑之時,他回視身影,要來自己的琴,開始彈奏。[①] 在西去的路上,[②]我

　　余與嵇康呂安居止接近,其人並有不羈之才。然嵇志遠而疎,呂心曠而放,其後各以事見法。嵇博綜技藝,於絲竹特妙。臨當就命,顧視日影,索琴而彈之。余

---

① 嵇康在臨刑前彈琴一事有幾種不同記載。據張隱(4世紀)《文士傳》,在嵇康被處死的前夜,其兄長和親戚來看望他。他問兄長:"你帶來了我的琴嗎?"兄長告訴他帶來了。嵇康拿起來,試了試音調,彈了一曲《太平引》。結束後,他嘆息道:"《太平引》絕於今日邪!"見李善注,《文選》,卷16頁12a—b;楊勇,《世說新語校箋》,卷6頁266 (6/2);《三國志》,卷21頁606;Holzman, *La Vie et la pensee de Hi K'ang*, p. 49。
② 向秀在去京都洛陽的路上,洛陽在嵇康故鄉山陽的西南(見注釋3)。

經過他倆的舊居。③ 當時，日已西沉，④天寒若冰。有鄰人吹笛，聲音清越高遠，讓我想起過去跟嵇康和呂安一起游樂宴飲的快樂。聽到笛聲，有感於中，我開始嘆息。於是，我撰寫這篇賦：

我奉命前往遥遠京城，
然後回轉向北。
以船渡過黄河，
經過嵇康的山陽舊居。

5　我凝望廣闊的平原，蕭條孤獨，
在城牆一隅歇下隊伍。
踏在兩位朋友走過的道路，
經過他們在陋巷的空宅。
悲悼周室的《黍離》讓我嘆息，⑤

10　哀傷殷墟的《麥秀》令我傷心。⑥
沉思過去喚起對朋友的懷想，
我駐足徘徊，猶豫不定。
屋宇仍然完好無損，
但他們的身體魂魄去了哪裏？

15　過去當李斯被判處死刑，
帶着無限哀怨，爲黃狗嘆息。⑦
我悲傷於嵇康永遠離開，
顧視其影，彈起琴箏。
領悟自己依賴命運輪轉，

20　他將剩餘命運交給最後時刻。

逝將西邁，經其舊廬。于時日薄虞淵，寒冰凄然！鄰人有吹笛者，發聲寥亮。追思曩昔遊宴之好，感音而歎，故作賦云：
將命適於遠京兮，遂旋反而北徂。濟黄河以汎舟兮，經山陽之舊居。瞻曠野之蕭條兮，息余駕乎城隅。踐二子之遺跡兮，歷窮巷之空廬。歎《黍離》之愍周兮，悲麥秀於殷墟。惟古昔以懷今兮，心徘徊以躊躇。棟宇存而弗毀兮，形神逝其焉如。昔李斯之受罪兮，歎黄犬而長吟。悼嵇生之永辭兮，顧日影而彈琴。託運遇於領會兮，寄餘命於寸陰。聽鳴笛之慷慨兮，妙聲絕而復尋。停駕言其將邁兮，遂援翰而寫心。

---

③ 嵇康的家在白鹿山。據朱琰（《文選集釋》，卷14頁19a—b），應爲現在河南輝縣和獲嘉地區的天門山。也可見《水經注》，卷9頁3b。

④ "虞淵"是太陽落下的地方。

⑤ 行9：《黍離》是《毛詩》第65首的題目，傳統上理解爲對周朝舊都衰頹景象的哀嘆。見《毛詩注疏》，卷4之1頁3b(697)。

⑥ 行10：《麥秀》據説是面對殷朝舊都廢墟所作的哀悼。見《史記》，卷38頁1620；Chavannes, *Mh*, 4：230。

⑦ 行15—16：李斯是秦國丞相，秦二世時被判決在襄陽的市場上接受死刑。當他離開監獄時，拉着中子的手説："我就算希望再次跟你一起，帶着我們的黄狗到上蔡東門外追逐野兔，但是現在可能嗎？"見《史記》，卷87頁2562；《幽通賦》，行199—200注。

當我聽到動人笛聲，

美妙曲調斷裂而延續。

在走得更遠之前，我停下車駕，

拿起筆表達心聲。

嘆 逝 賦

陸士衡

【解題】

陸機(字士衡)四十歲時,在目睹很多朋友同儕在西晉的政治動盪中殞命之後,寫下此賦。時當 300 年,賞識他的張華被處死,朝廷裏賈謐一派的很多成員也失去性命。儘管陸機在《嘆逝賦》中並未特別提及其中任何一人,但是他在寫作時顯然想着他們。可能出於政治原因,他使用一種較一般的措辭,在賦的正文提到死亡之不可避免,只是變化蛻變的自然過程的一部分。陸機關注自身的死亡,明白自己很快將告別人世,這讓他的嘆惋更具個人色彩。他在結尾説不再擔憂死亡的前景,將在命中注定的時刻到來之前盡情享受。

此前的翻譯包括: von Zach, *Deutsche Wacht* (January 1929), rpt. in *Die Chinesische Anthologies* 1:237 - 39;小尾郊一、花房英樹,《文選》,卷 2,頁 299—305;伊藤正文、一海知義,《漢魏六朝唐宋散文選》,頁 157—159;興膳宏,《潘岳陸機》,頁 173—190;Lai, "River and Ocean", pp. 278 - 87。白話文翻譯見陳宏天編,《昭明文選譯注》,冊 2,頁 858—884;李景濚,《昭明文選新解》,冊 2,頁 197—202;遲文浚等編,《歷代賦辭典》,頁 370—371。

我過去聽長輩講起舊友親戚,有些已經亡故,只有少數還活着。我剛過四十歲,在我的近親中,很多已經離開,仍然健在的不多。我的密友親朋,仍在左右的甚至不足半數。跟我同舟共渡、同堂共食過的人,在過去的十年中已經消亡殆盡。如果人爲死亡而憔悴哀傷,則可知悲傷的程度。[①] 因此,我作賦如下:

昔每聞長老追計平生同時親故,或凋落已盡,或僅有存者。余年方四十,而懿親戚屬,亡多存寡;昵交密友,亦不半在。或所曾共遊一塗,同宴一室,十年之外,索然已盡。以是思哀,哀可知矣!乃作賦曰:

---

① 見《孔子家語》,卷 1 頁 11b:"(孔子對哀公説)君入廟……其器皆存,而不睹其人。君以此思哀,則哀可知矣。"

1

啊，天地之氣如何旋轉流動，② 　　　　　　　伊天地之運流，紛升降而相襲。

厚重地升降，一個壓着一個。 　　　　　　　　日望空以駿驅，節循虛而警立。

太陽如獵犬般馳騁天空， 　　　　　　　　　　嗟人生之短期，孰長年之能執？

從虛空每個季節驚人地快速來臨。 　　　　　　時飄忽其不再，老晼晚其將及。

5　我哀嘆人生短暫—— 　　　　　　　　　　　懟瓊蕊之無徵，恨朝霞之難挹。

誰能真正長壽？ 　　　　　　　　　　　　　　望湯谷以企予，惜此景之屢戢。

時間突然逝去，永不再來；③

老年步入遲暮，很快就會來到。

遺憾瓊蕊沒有效果，

10　怨恨朝霞不能酌取。④

踮脚站立，凝望暘谷，⑤

悲傷陽光仍然長隱。

2

啊，聚集的水滴匯成溪流， 　　　　　　　　悲夫！川閱水以成川，水滔滔而

其水波濤滾滾，終日不息。 　　　　　　　　日度。世閱人而爲世，人冉冉而

15　匯集的人們形成一代， 　　　　　　　　　行暮。人何世而弗新，世何人之

一成不變地向着晚年進發。 　　　　　　　　能故。野每春其必華，草無朝而

哪一代新人不出生？ 　　　　　　　　　　　遺露。經終古而常然，率品物其

哪一代舊人不死亡？ 　　　　　　　　　　　如素。譬日及之在條，恒雖盡而

平原在每個春天都會開花， 　　　　　　　　弗寤。雖不寤其可悲，心惆焉而

20　卻未有早晨露珠駐留草葉。⑥ 　　　　　　　自傷！亮造化之若兹，吾安取夫

亘古如斯—— 　　　　　　　　　　　　　　久長？痛靈根之夙隕，怨具爾之

自然萬物不變。 　　　　　　　　　　　　　多喪。悼堂搆之隤瘁，慜城闕之

---

② 行 1：本句字面意思爲“天和地的運轉和流動”，“氣”字並未出現。李善（《文選》，卷 16 頁 14b）説本句隱含
　的主語是“氣”，並引用《禮記·月令》的“孟春之月，天氣下降，地氣上騰”作證。若在初冬，則該過程正好相
　反。見《禮記注疏》，卷 14 頁 21b(2934)和卷 17 頁 11b(2988)。

③ 行 7：《湘夫人》，行 39（《楚辭補注》，卷 2 頁 11b）：“時不可兮再得。”

④ 行 9—10：瓊蕊和朝霞吃下去能延長生命。見《遠遊》，行 56（《楚辭補注》，卷 5 頁 4a）：“嗽正陽而含朝霞。”

⑤ 行 11：暘谷，見《月賦》，行 30—31。

⑥ 行 20：太陽一出來就會消失的露水，是描述人生短促的意象。

就像枝上的木槿花——⑦

不知不覺中隨時枯萎。

25　儘管不知其萎，仍然令人哀嘆；

我心爲此悲傷，亦爲自己感傷。

既然自然過程確實如此，

我又豈能長生不死？

我悲悼早先殞落的先輩，⑧

30　遺憾"親近之人"大多逝去。⑨

哀嘆堂基屋宇坍塌，⑩

痛苦於城郭宮闕成爲芳草覆蓋的廢墟。⑪

親愛的族人離開這個世界，

最親近的伴侶豈能被忘記？

35　啊，我的生命現在處境危險！

我凝視上天，多麼黑暗陰沉！⑫

我心悲哀痛楚，擔憂實多；

滿懷悲傷，瘦臉棱棱，快樂稀少。

内心感受生成千愁，

40　鬱結情思化爲萬慮。

遺憾在此年紀缺少歡樂，

歌詠往昔，我寫下這些話語。

在家，朋友和族人盈堂滿室，

出門，隊伍和車駕並駕齊驅。

45　但最終他們還有多少年可活？

哪位被死亡放過？

丘荒。親彌懿其已逝，交何戚而不忘。咨余今之方殆，何視天之芒芒。傷懷悽其多念，戚貌瘁而鮮歡。幽情發而成緒，滯思叩而興端。慘此世之無樂，詠在昔而爲言。居充堂而衍宇，行連駕而比軒。彌年時其詎幾，夫何往而不殘。或冥邈而既盡，或寥廓而僅半。信松茂而柏悦，嗟芝焚而蕙歎。苟性命之弗殊，豈同波而異瀾。瞻前軌之既覆，知此路之良難。啓四體而深悼，懼兹形之將然。毒娛情而寡方，怨感目之多顏。

---

⑦ 行23："日及"更常見的稱呼是"木槿"（Hibiscus syriacus，shrubby althea）。其花日出而綻放，日落而合閉。

⑧ 行29："靈根"指陸機的祖父陸遜（183—245）和父親陸抗（226—274）。見張衡，《南都賦》（《文選》，卷4頁9b），行249："固靈根於夏葉。"

⑨ 行30："具爾"（所有親近我的人）指陸機的兄弟們。見《毛詩》第246首第1章："戚戚兄弟，莫遠具爾。"陸機的兄長陸晏和陸景，在208年吳國被晉國擊敗前死於戰場。

⑩ 行31：見《尚書・大誥》，《尚書注疏》，卷13頁23a："若考作室，既厎法，厥子乃弗肯堂，矧肯構。"這裏的"堂和構"指陸機祖先的成就。

⑪ 行32：這裏陸機可能指吳國的滅亡。

⑫ 行35—36：見《毛詩》第192首第4章："民今方殆，視天夢夢。"尤袤本作"今"，六臣注本作"命"。

有些黯然遠離，已經故去；

只有少數孤獨陰沉，仍然存活。

的確鬆樹豐茂，柏樹歡悅；

50　但是芝草被焚，香草嘆息。⑬

既然生命和命運一樣，

如何可能同波而異瀾？⑭

眼見前面車駕翻覆，

我知此路的確艱難！

55　盯着四肢，深感悲哀，

我害怕这具形體也會滅亡。

悲傷痛苦，無法鼓舞自己，

爲出現在眼前的許多面容而遺憾。

3

的確，很多張臉浮現眼前，　　　　　　　　諒多顔之感目，神何適而獲怡。

60　我的靈魂能去何處獲得平静？　　　　　　尋平生於響像，覽前物而懷之。

我從回響和形象追尋在世的記憶，　　　　步寒林以悽惻，翫春翹而有思。

但是睹物只讓我更加懷念他們。　　　　　觸萬類以生悲，歎同節而異時。

行走於冬天的叢林，我消沉沮喪；　　　　年彌往而念廣，塗薄暮而意迮。

享受春天的豐茂生長，卻仍然充滿憂思。　親落落而日稀，友靡靡而愈索。

65　目睹自然萬物令人傷悲，　　　　　　　顧舊要於遺存，得十一於千百。

嘆息四季恒常如一，時間卻永遠不同。　　樂隤心其如忘，哀緣情而來宅。

我的憂慮年年遞增，　　　　　　　　　　託末契於後生，余將老而爲客。

生命之路已近黃昏，我被自己的想法折磨。

族人持續亡故，逐日減少；

70　朋友慢慢死去，所剩無幾。

在活人中找尋舊識，

只能千中尋十，百中找一。

---

⑬ 行 49—50：見《淮南子》，卷 2 頁 14a：“巫山之上，順風縱火，紫芝（purple mushrooms）與蕭艾（artemisia）俱死。”意思是説，所有的植物，無論其良善和高貴，同樣會被火燒死。

⑭ 行 51—52：李善（《文選》，卷 16 頁 15b)解釋説，人類生命在其易逝方面並無差別，就像水的波和瀾並無差別一樣。

快樂溜走，恍如遺忘；

悲傷遽生，與我常在。

75　將自己卑微的情誼交付下一代，

我已老，現在只是生命的過客。

4

於是放緩步伐，平静我心，

思考自然之機理。

精神向前飄蕩，靈魂向下陷落，

80　突然它們超脫這個世界。

既然知道所有人都將死去，⑮

爲何炫耀遲來，或者抱怨早死？

正在期待命定之日到來，

爲何還讓恐懼煩擾我心？

85　如果被枯樹上的秋花感動，

爲厚草上的墜露悲傷，

被不能擺脱的深憂纏繞，

豈能稱爲懂得道？

應該修養天地之大德，

90　抛棄聖人的大寶。⑯

在生命的盡頭，摆脱内心負擔，

自由自在漫游，享受我的老年。

然後弭節安懷，妙思天造。精浮神淪，忽在世表。寤大暮之同寐，何矜晚以怨早。指彼日之方除，豈兹情之足攬？感秋華於衰木，瘁零露於豐草。在殷憂而弗違，夫何云乎識道。將頤天地之大德，遺聖人之洪寶。解心累於末迹，聊優遊以娱老。

---

⑮ 行 81：“大暮”指死亡。陸機撰有一篇關於死亡的《大暮賦》。關於此賦内容，見《全晉文》，嚴可均，《全上古三代秦漢三國六朝文》，卷 96 頁 8b—9a。

⑯ 行 89—90：見《周易注疏·繫辭》，卷 8 頁 3b—4a(178)：“天地之大德曰生，聖人之大寶曰位。”陸機在此處表達想放棄仕途的想法。

懷 舊 賦

潘安仁

【解題】

　　在此賦中，潘岳記述他拜访岳父楊肇(? —275)及其兩個兒子楊譚(? —278)、楊邵(生卒年不詳)的墓地，這次掃墓可能發生在 284 年。見陸侃如，《中古文學繫年》，冊 2，頁 710。他們的墳墓位於洛陽以南约五十英里的嵩山。

　　此前的翻譯包括：von Zach，*Deutsche Wacht*（January 1929），rpt. in *Die Chinesische Anthologies* 2：239‐41；小尾郊一、花房英樹，《文選》，卷 2，頁 306—309。白話文翻譯見陳宏天編，《昭明文選譯注》，冊 2，頁 865—869；李景濚，《昭明文選新解》，冊 2，頁 203—205。

　　我十二歲時，有機會遇到父親的朋友東武伯戴侯楊公。① 初次見面時他已知道我的名氣，② 後來將女兒嫁給我。③ 他的兒子道元、公嗣，也很看重我們兩個家族之間累世的情誼。④ 不幸他們都短壽，父子俱喪。我起初碰到個人困難，⑤接着又在家鄉外求仕。⑥ 自我訪問嵩丘到現在已經九年了，⑦現在經過這個地方，長長嘆息，想起故交親朋，於是撰寫下面的賦：

　　余十二而獲見于父友東武戴侯楊君，始見知名，遂申之以婚姻，而道元公嗣，亦隆世親之愛。不幸短命，父子凋殞。余既有私艱，且尋役于外，不歷嵩丘之山者，九年于兹矣。今而經焉，慨然懷舊而賦之曰：

1

　　開陽門開，我清晨出發，⑧

　　啓開陽而朝邁，濟清洛以徑渡。

---

① 戴侯是楊肇的謚號，264 年司馬昭封其爲東武伯。
② 潘岳是天才，可能在其家鄉縈陽(今河南)很有名氣，那裏也是楊肇的故鄉。
③ 潘岳大約於 274 年跟楊肇的女兒結婚。見 Chiu-mi Lai，"River and Ocean," p. 66。
④ 道元(也寫作源)是楊肇長子楊譚的表字，公嗣是次子楊邵的表字。
⑤ 不清楚潘岳此處所説的困難指什麼。Chiu-mi Lai(同上書，頁 71—72)認爲可能指潘岳父親的亡故，時間約在 275 年。
⑥ 這可能指潘岳在京城的官職，或者指他在河陽和懷縣的職位。如果是後者，這句話應該被譯爲"京城之外"。
⑦ 嵩丘是嵩山別名。見行 11—12 注。
⑧ 行 1：開陽是洛陽的東南門之一，正對洛河。

向前渡過清澈的洛河。

晨風透骨寒冷，

暮雪泛着白光，覆蓋道路。

5　積雪盈轍，車駕無痕；

車輪浸水、凍硬、打滑。

路途艱險，旅行困難，

昏暗的太陽即將下落。⑨

我向上凝視歸雲，

10　向下看見鏡面般反射的流泉。

前面是太室，⑩

旁邊瞥見嵩丘。

東武公托體於此，

開闢空地，建立墳塋。

15　兩座同樣的墓碑高矗，

一行楸樹整齊排列。

晨風淒以激冷，夕雪暠以掩路。轍含冰以滅軌，水漸軔以凝沍。塗艱屯其難進，日晼晚而將暮。仰睎歸雲，俯鏡泉流。前瞻太室，傍眺嵩丘。東武託焉，建塋啓疇。嚴嚴雙表，列列行楸。

2

凝視楸樹，

我陷入深思。⑪

向戴公致禮，

20　也哀悼道元、公嗣。⑫

墳頭依次排列，墓土相接，

油綠茂盛的柏樹密密種植。

望彼楸矣，感于予思。既興慕於戴侯，亦悼元而哀嗣。墳壘壘而接壟，柏森森以攢植。何逝没之相尋，曾舊草之未異。

---

⑨ 行 8：見《九辯》，第 8，行 7（《楚辭補注》，卷 8 頁 10b—11a）："白日晼晚其將暮。"

⑩ 行 11—12：根據李善（《文選》卷 16 頁 18a）所引戴延之（生卒年不詳）《西征記》，嵩高指中嶽，其東峰叫太室，西峰稱少室。此山一般稱作"嵩山"。李善（《文選》卷 16 頁 18a）也可見魯迅編，《古小說鈎沉》，冊 1，頁 120）所引，可能是殷芸（471—529）所作《小說》的一則佚事，記敘傅亮（374—426）和一位無名提問者的談話。問者說："潘岳作《懷舊賦》，寫道：'前瞻太室，傍眺嵩丘'。嵩丘和太室是一座山。爲什麼他說前面看見一座，側面瞥見另一座？"傅亮回答說："離太室七十里（可能應該是十七里）有嵩丘山，這只是抄寫人的錯誤。"朱琦（《文選集釋》，卷 14 頁 20b）認爲，太室是嵩高的別稱，嵩丘並沒有作爲嵩高這一名字在別處出現過，這樣寫只是爲了押韻。

⑪ 行 18：我譯爲"深思"的字面意義是"我思考"（予思），潘岳借自《尚書》（《尚書注疏》，卷 5 頁 1a，296）的《益稷》章："予思日孜孜。"

⑫ 行 19—20：戴公指楊肇，元和嗣分別指楊譚和楊邵。

爲何他們相續迅速離開？

墳墓上的經年之草未曾改變。

3

25　從少年時第一次相遇，

　　我幸運地蒙受戴公的"清塵"。⑬

　　他呼我爲國士，

　　並將女兒嫁給我爲妻。

　　從祖父開始，我們兩家交情甚厚，

30　世代和睦，延續到他的兩個兒子。⑭

　　我曾希望跟他們携手偕老，

　　與他們爲佳鄰，回饋其父恩慈。⑮

　　九年來我初次來此，

　　發現屋宇空蕩静默，人已杳杳。

35　野草蔓延堂階之上，

　　舊園已經變成柴堆。

　　我在庭院和走廊徘徊駐步，

　　淚流滿面，浸濕手帕。

　　晚上輾轉反側，無法入睡。

40　長吁短嘆，等待黎明。

　　孤獨鬱悶，向誰訴説？⑯

　　現在且將憂思寄於詩歌。

余總角而獲見，承戴侯之清塵。名余以國士，眷余以嘉姻。自祖考而隆好，逮二子而世親。歡攜手以偕老，庶報德之有鄰。今九載而一來，空館閴其無人。陳荄被于堂除，舊圃化而爲薪。步庭廡以徘徊，涕泫流而霑巾。宵展轉而不寐，驟長歎以達晨。獨鬱結其誰語，聊綴思於斯文。

---

⑬　行26："清塵"意即喜愛。

⑭　行30：兩個兒子指楊譚和楊邵。

⑮　行32：潘岳引用《論語》4/25："德不孤，必有鄰。""德"，在《論語》裏意爲"德行"，在潘岳文章裏意爲"仁慈"或者"喜愛"。

⑯　行41：這一句跟《遠遊》(《楚辭補注》，卷5頁1b)的第6行相同。

寡 婦 賦

潘安仁

【解題】

潘岳代妻妹撰寫此賦。她嫁給潘岳少年時代的朋友任護。任護死於 276 或者 277 年。見 Chiu-mi Lai, "River and Ocean," p. 67；陸侃如,《中古文學繫年》,册 2,頁 668—669。在潘岳的時代,寫一篇賦安慰失去丈夫的妻子已成習俗。這方面最早的例子有曹丕、王粲,可能還包括其他詩人,爲死於 212 年的阮瑀的妻子所作的賦。《全三國文》裏曹丕的《寡婦賦》,見嚴可均,《全上古三代秦漢三國六朝文》,卷 4 頁 4a—b；《全後漢文》中王粲的《寡婦賦》,同上書,卷 90 頁 3a—b；以及據稱爲丁廙之妻所作的《寡婦賦》(見《藝文類聚》,卷 34 頁 601；《全後漢文》,見嚴可均,《全上古三代秦漢三國六朝文》,卷 96 頁 10a—11a)。最後一文的作者或認爲是"丁儀"之妻(《文選》,卷 16 頁 19a—22b,李善注),而較大可能則是丁儀。見陸侃如,《中古文學繫年》,册 2,頁 388。潘岳似乎多次引用後一篇文章,對應的字句可參見李善注。下文以丁儀《寡婦賦》來指稱該文。

此前的翻譯見 von Zach, *Deutsche Wacht* (October 1928), rpt. in *Die Chinesische Anthologies* 1：241‑44；小尾郊一、花房英樹,《文選》,卷 2,頁 310—329。白話文翻譯見陳宏天編,《昭明文選譯注》,册 2,頁 870—882；李景溁,《昭明文選新解》,册 2,頁 206—213。現代注疏本見劉禎祥、李方晨,《歷代辭賦選》,頁 200—209。

樂安任子咸是胸懷寬廣之人。① 從少年時候起,我們就是好朋友,感情勝於親兄弟。很不幸,他二十歲就亡故了。有什麼能跟失去一位好朋友的悲傷相比較呢? 而且,他的妻子是我的妻妹。② 她少失雙親,③現在嫁了人,她的"天"也倒下。④ 任的孤女尚

樂安任子咸有韜世之量,與余少而歡焉! 雖兄弟之愛,無以加也。不幸弱冠而終,良友既没,何痛如之! 其妻又吾姨也,少喪父母,適人而所天又殞,孤女貌

---

① 樂安在漢代爲郡,位於今天山東鄒平地區西南。見譚其驤,《中國歷史地圖集》,册 3,頁 11—12,3‑9。李善(《文選》,卷 16 頁 19a)所引賈弼之(生卒年不詳)的《山公表注》說,任護的表字是子咸,任奉車都尉。
② 任護的妻子是楊肇的第二個女兒。見賈弼之,《山公表注》(李善引,《文選》,卷 16 頁 19a)。
③ 楊肇死於 275 年,其妻何時亡故不詳。
④ "天"是對"丈夫"的禮貌稱呼。

小,還在懷抱之中。⑤ 這是人生最大的厄運,帶來沉重的悲傷。過去,當阮瑀去世,魏文帝沉痛哀悼,要求故友舊知爲其寡婦作賦。⑥ 現在我仿照他們撰寫一篇,以表達孤獨寡婦的感受。其辭如下:

1

啊,我生來不幸!⑦

可嘆上天以我不恭謹,將災難降臨我身。

早年失怙,孤單沮喪,⑧

痛苦至極,幾乎心碎。

5　讀《寒泉》,仍能感覺揮之不去的嘆息;

唱《蓼莪》,仍可聽到它持久的壓抑。⑨

我的心因不斷渴求而一直悲傷,

沉思越久,憂慮愈深。

所有女子都要結婚,

10　我嫁入高門。⑩

蔭庇於父母關愛,⑪

受到丈夫的恩寵。

像柔軟葛藤成長,

用細莖纏着枝條下垂的樹。⑫

15　擔心自己德性不厚,受寵過多,

焉始孩,斯亦生民之至艱,而荼毒之極哀也。昔阮瑀既殁,魏文悼之,並命知舊作寡婦之賦。余遂擬之以敍其孤寡之心焉。其辭曰:

嗟予生之不造兮,哀天難之匪忱。少伶俜而偏孤兮,痛忉怛以摧心。覽寒泉之遺歎兮,詠《蓼莪》之餘音。情長感以永慕兮,思彌遠而逾深。伊女子之有行兮,爰奉嬪於高族。承慶雲之光覆兮,荷君子之惠渥。顧葛藟之蔓延兮,託微莖於樛木。懼身輕而施重兮,若履冰而臨谷。遵義方之明訓兮,憲女史之典戒。奉蒸嘗以效順兮,供洒掃以彌載。

---

⑤ 任護女兒澤蘭在任護死時約三歲。潘岳在《哀任澤蘭》(李善引,《文選》,卷 16 頁 19a)中説:"澤蘭者,任子咸之女也,涉三齡,未没喪而殞。"據趙岐(約 108—201),二到三歲之間的孩子叫"孩提"。見《孟子注疏》,《十三經注疏》,卷 13 上頁 9b。

⑥ 阮瑀是建安時期著名文學家。當阮於 212 年亡故時,曹丕(魏文帝,187—226)命令宫廷詩人爲其寡婦作賦。見上文解題。

⑦ 行 1:見《毛詩》第 286 首第 1 章:"閔予小子,遭家不造。"見丁儀,《寡婦賦》(《藝文類聚》,卷 34 頁 601):"何性命之不造,遭世路之險迍。"

⑧ 行 3:"偏孤"指孩子失去父親,但母親仍然健在。

⑨ 行 5—6:《寒泉》(《毛詩》第 32 首第 3 章)表達一位母親失去丈夫的痛苦。《蓼莪》(《毛詩》第 202 首)是關於一個失去父母的孩子的詩。

⑩ 行 9—10:見丁儀,《寡婦賦》(《藝文類聚》,卷 34 頁 601):"惟女子之有行,固歷代之彝倫。"

⑪ 行 11:李善(《文選》,卷 16 頁 20a)認爲"慶雲"指父母。

⑫ 行 13—14:見《毛詩》第 4 首第 1 章:"南有樛木,葛藟(creeper vine)縈之。"蔓藤攀援大樹的意象,象徵淑女將忠誠和尊敬轉向丈夫的新家。見丁儀,《寡婦賦》(《藝文類聚》,卷 34 頁 601):"如懸蘿之附松。"

如履薄冰,如臨深淵。⑬

遵守正確舉止的明訓,⑭

以女史的規則警戒,作爲自己的典範。⑮

舉行冬祭秋祭,展現順從馴服,

20　整年灑掃不休。⑯

2

正如《詩經》之詩人爲死去的丈夫嘆息,	彼詩人之攸歡兮,徒願言而心
我徒然思念,只令心痛。⑰	痗。何遭命之奇薄兮,遘天禍之
我的命運何其不幸!	未悔。榮華曄其始茂兮,良人忽
遇到不寬佑的上天,降下災禍。	以捐背。靜闔門以窮居兮,塊煢
25　正當華年,	獨而靡依。易錦茵以苦席兮,代
我的好夫君突然永離此世。⑱	羅幬以素帷。命阿保而就列兮,
我靜默地閉門索居,	覽巾箑以舒悲。口嗚咽以失聲
孤身一個,無人可依。⑲	兮,淚橫迸而霑衣。愁煩冤其誰
以草席代替錦被,	告兮,提孤孩於坐側。時曖曖而
30　用素帳換去羅帷。⑳	向昏兮,日杳杳而西匿。雀群飛
要求奶媽陪我到哀悼之地,	而赴楹兮,雞登棲而斂翼。歸空
看到他的手帕和扇子,苦痛迸發。	館而自憐兮,撫衾裯以歎息。思
我大喊啜泣,	纏緜以瞀亂兮,心摧傷以愴惻。

---

⑬ 行 15—16：見曹植,《鸚鵡賦》,趙幼文編,《曹植集校注》,卷 1 頁 57:"怨身輕而施重,恐往惠之中虧。"丁儀,《寡婦賦》(李善引,《文選》,卷 16 頁 20a;《藝文類聚》,卷 34 頁 601):"恐施厚而德薄,若履冰而臨淵。"

⑭ 行 17：見蔡邕,《袁公夫人碑》(《全後漢文》,見嚴可均,《全上古三代秦漢三國六朝文》,卷 77 頁 5b):"義方之訓,如川之流。"

⑮ 行 18：見班婕妤,《自傷賦》,《漢書》,卷 97 下,頁 3986:"陳女圖以鏡監兮,顧女史而問詩。"根據《周禮》,女史是掌管王后禮儀的職位。見《周禮注疏》,卷 8 頁 3a(1485)。儘管在晉代官職系統裏没有該職位,但潘岳可能用它指女教師。《文選》卷 56 張華的《女史箴》,是一篇以女史傳統爲主題的西晉文章。

⑯ 行 20：見班婕妤,《自傷賦》,《漢書》,卷 97 下頁 3986:"供灑掃於帷幄,永終死以爲期。"

⑰ 行 21—22：這幾句引用《毛詩》第 62 首第 4 章,以一位思念亡夫的女子的口吻説:"願言思伯,使我心痗。"

⑱ 行 25—26：見丁儀,《寡婦賦》(《藝文類聚》,卷 34 頁 601);對照李善注的解讀,《文賦》,卷 16 頁 20b:"榮華曄其始茂,所將奄其俱泯。"

⑲ 行 27—28：見丁儀,《寡婦賦》(李善注,《文選》,卷 16 頁 20a;《藝文類聚》,卷 34 頁 601):"靜閉門以卻掃,塊孤惸以窮居。"王粲,《寡婦賦》:"闔門兮卻掃,幽處兮高堂。"

⑳ 行 29—30：見丁儀,《寡婦賦》(《藝文類聚》,卷 34 頁 601):"刷朱闈以白堊,易玄帳以素幬。"在服喪期間,睡草席枕土塊是風俗。見《禮記注疏》,卷 57 頁 10a(3601)。

眼淚順着臉龐流下，浸濕袍服。

35　心中所有壓抑悲傷，可對誰説？

我懷抱孤女站在靈側，㉑

天色幽暗，已近黄昏，

日影光淡，正向西沉。㉒

成群飛燕返回柱間巢穴，

40　鷄群爬上架子，斂起翅膀。㉓

我回到空空内室，憐憫自己；

撫摸枕頭和床單，發出嘆息。

思緒晦暗迷惑，扭曲糾結；

心靈碎裂，充滿悲傷。

3

45　太陽神華麗閃耀，在軌道速駛；㉔

四季交替，不斷改變運行。

天空凝結的露珠降落成霜，

落葉從枝頭脱落。

我看着靈堂的空蕩死寂，㉕

50　凝視壽衣在風中舞動。㉖

退回靈堂一隅，内心傷悲，

走到棺材邊上行禮。

側耳傾聽他往日的聲音，

模糊辨識他舊時的模樣。

曜靈曄而遄邁兮，四節運而推移。天凝露以降霜兮，木落葉而隕枝。仰神宇之寥寥兮，瞻靈衣之披披。退幽悲於堂隅兮，進獨拜於牀垂。耳傾想於疇昔兮，目仿佛乎平素。雖冥冥而罔覿兮，猶依依以憑附。痛存亡之殊制兮，將遷神而安厝。龍輴儼其星駕兮，飛旐翩以啓路。輪按軌以徐進兮，馬悲鳴而跼顧。潛靈邈

㉑ 行35—36：見丁儀，《寡婦賦》（《藝文類聚》，卷34頁601）："含慘悴其何訴，抱弱子以自慰。"王粲，《寡婦賦》（《藝文類聚》，卷34頁601）："提孤孩兮出户，與之步兮東廂。"

㉒ 行37—38：見《離騷》，行209（《楚辭補注》，卷1頁23a）："時曖曖其將罷。"《九嘆》，《遠逝》，行57（同上書，卷16頁14a）："日杳杳以西頹。"也可見丁儀，《寡婦賦》（《藝文類聚》，卷34頁601）："時翳翳而稍陰，日亹亹以西墜。"

㉓ 行39—40：見丁儀，《寡婦賦》（《藝文類聚》，卷34頁601）："鷄斂翼以登棲，雀分散以赴群。"

㉔ 行45："曜靈"指太陽。見《幽通賦》，行20注。

㉕ 行49："神宇"可能是亡故之人被停放的房間。見丁儀，《寡婦賦》（《藝文類聚》，卷34頁601）："瞻靈宇之空虚。"

㉖ 行50：此處我譯爲壽衣（cerements）的，其字面意思是"靈衣"。見《九歌》，《大司命》，行13（《楚辭補注》，卷2頁13a）："靈衣兮披披。"

55　儘管一切陰暗，朦朧不見，
　　我仍能模糊感覺他的存在。
　　悲哀於生死異界，
　　應該移走棺木，安放入墳墓。㉗
　　繪龍柩車，星夜而行；
60　靈幡風中飄動，前引道路。㉘
　　沿着車轍，輪子緩慢前行；
　　馬兒悲傷嘶鳴，駐足回望。
　　深埋的靈魂走遠，永遠不會回來，
　　我沉浸在憂慮中，無人可以訴説。
65　儘管在桌子和席上看見他的形影，
　　其精神已經飛速奔向墳墓。

4

　　中秋以來陷入深深悲傷，
　　現在必須踏霜履雪。㉙
　　厚重雪片突然開始降落，
70　猛烈迅疾之風黎明颳起。㉚
　　緩緩滴下的檐水至夜傾瀉，
　　慢慢冷凍的水流結成薄冰。㉛
　　意識恍惚，心思飄遠，
　　我的靈魂一夜飄飛九次。㉜
75　希望悲傷隨着時間逐漸減輕，
　　卻感到痛苦愈甚。

其不反兮，殷憂結而靡訴。睎形
影於几筵兮，馳精爽於丘墓。

自仲秋而在疚兮，蹈履霜以踐
冰。雪霏霏而驟落兮，風瀏瀏而
夙興。霤泠泠以夜下兮，水漸漸
以微凝。意忽悅以遷越兮，神一
夕而九升。庶浸遠而哀降兮，情
惻惻而彌甚。願假夢以通靈兮，
目炯炯而不寐。夜漫漫以悠悠
兮，寒淒淒以凜凜。氣憤薄而乘
胸兮，涕交橫而流枕。亡魂逝而
永遠兮，時歲忽其遒盡。容貌儡

㉗ 行57—58：見丁儀，《寡婦賦》(李善，《文選》，卷16頁21b；《藝文類聚》，卷34頁601)："痛存亡之異路，將遷
靈以大行。"
㉘ 行59—60：見丁儀，《寡婦賦》(《藝文類聚》，卷34頁601)："駕龍輈於門側。"李善，《文選》，卷16頁22a："旐
繽紛以飛揚。"
㉙ 行67—68：中秋是八月，寡婦的哀悼持續到冬天。潘岳引《易經》(第2卦，初六；《周易注疏》，卷1頁23a，
31)："履霜堅冰至。"見丁儀，《寡婦賦》(李善，《文選》，卷16頁22b)："自衛恤而在疚，履春冬之四節。"
㉚ 行69—70：見《毛詩》第167首：雨雪霏霏。丁儀，《寡婦賦》(李善，《文選》，卷16頁22b)："風蕭蕭而日勁，
雪翩翩以交零。"
㉛ 行71—72：見丁儀，《寡婦賦》(《藝文類聚》，卷34頁601)："霜淒淒而夜降，水漸漸而晨結。"
㉜ 行74：見《九章》，《抽思》，行57(《楚辭補注》，卷4頁17b)："惟郢路之遼遠，魂一夕而九逝。"

期盼與他的靈魂夢中相見，
雙目炯炯，無法入眠。㉝
長夜漫漫，無止無休；

80　噬人苦寒，透徹骨髓。㉞
悲憤鬱結，充填胸臆；㉟
淚水橫流，沾濕枕頭。
亡魂永遠離開，
一年即將結束。㊱

85　容顏消瘦憔悴，
友伴悲哀相憐。㊲
爲秦國"三良"感動，
甘願自殺以從夫。㊳
但是我懷抱幼兒，

90　猶豫躊躇，不能讓自己這樣做。㊴
我指着太陽默默發誓，
形體雖存，此心已死。
結尾道：仰望蒼天深嘆息，
自悲自憐何時休？㊵

95　卑微之人，無助孤獨，
孩兒年幼，尚不解事。
似乎渡涉無橋之河，
沒有翅膀高飛虛空。㊶

以頓領兮，左右悽其相慜。感三良之殉秦兮，甘捐生而自引。鞠稚子於懷抱兮，羌低徊而不忍。獨指景而心誓兮，雖形存而志隕。重曰：仰皇穹兮歎息，私自憐兮何極！省微身兮孤弱，顧稚子兮未識。如涉川兮無梁，若陵虛兮失翼。上瞻兮遺象，下臨兮泉壤。窈冥兮潛翳，心存兮目想。奉虛坐兮肅清，愬空宇兮曠朗。廓孤立兮顧影，塊獨言兮聽響。顧影兮傷摧，聽響兮增哀。遙逝兮逾遠，緬邈兮長乖。四節流兮忽代序，歲云暮兮日西頹。霜被庭兮風入室，夜既分兮星漢迴。夢良人兮來遊，若閶闔兮洞開。怛驚悟兮無聞，超惆悵兮慟懷。慟懷兮奈何，言陟兮山阿。墓門兮肅肅，脩壠兮峨峨。孤鳥嚶兮悲鳴，長松萋兮振柯。哀鬱結兮交集，淚橫流兮滂沱；蹈恭姜兮明誓，詠《柏舟》兮清歌。終

㉝ 行 78：見《哀時命》，行 7（《楚辭補注》，卷 14 頁 1b）："夜炯炯而不寐。"

㉞ 行 80：見丁儀，《寡婦賦》（同上，卷 34 頁 601）："寒凜凜而彌切。"

㉟ 行 81：見丁儀，《寡婦賦》（李善，《文選》，卷 16 頁 22b）："氣憤薄而交縈，撫素枕而歔欷。"

㊱ 行 83—84：見《九辯》，第 3，行 23 和第 8，行 5（《楚辭補注》，卷 8 頁 5b，卷 8 頁 11a）："歲忽忽而遒盡。"丁儀，《寡婦賦》（李善，《文選》，卷 16 頁 22b）："神爽緬其日永，歲功忽其已成。"

㊲ 行 85—86：見丁儀，《寡婦賦》（李善，《文選》，卷 16 頁 22b）："顧顏貌之蚍蚍，對左右而掩涕。"

㊳ 行 87—88：三良是子車家族的三位成員，秦穆公於公元前 620 年死後，他們追隨他而去。《毛詩》第 131 首是對他們的哀悼。對此傳統的優秀研究，見 Robert Joe Cutter，"On Reading Cao Zhi's 'Three Good Men'"。

㊴ 行 89—90：見王粲，《寡婦賦》（李善，《文選》，卷 16 頁 23a）："欲引刃以自裁，顧弱子而復停。"

㊵ 行 94：這句逐字引用《九辯》，第 2，行 16（《楚辭補注》，卷 8 頁 4a）。

㊶ 行 98：見丁儀，《寡婦賦》（李善，《文選》，卷 16 頁 23a）："鳥凌虛以徘徊。"

仰視亡夫的畫像，

100　俯看黃泉下的地，㊷

在陰鬱的昏暗中，他隱藏其身，

在我的心裏，用眼睛看見他。

我向空蕩而神聖的靈座行禮，

在荒涼靈堂的巨大空虛中哭訴。

105　我獨自站着，盯着自己的影子，

自言自語，聆聽回聲。㊸

顧視身影，痛苦在心；

聽到回聲，只增加悲傷。

他的靈魂離開，越來越遠；

110　去到遙遠之地，永遠離開我。

四季流逝，時序變化，㊹

年歲已暮，日落西方。

霜滿庭院，風入內室，

夜已過半，河漢回轉。㊺

115　夢想丈夫來遊，

猶如天門大開。

忽然驚醒，聲音無聞，

悵然失意，內心悲痛。

我心悲傷，何事可做？

120　登上土坡高處。

墓門莊嚴靜默，

墳壟高高聳立。

孤鳥悲傷鳴叫，

長松茂盛枝動。

125　悲傷鬱結，交集我心，

歸骨兮山足，存憑託兮餘華。要吾君兮同穴，之死矢兮靡佗。

㊷　行100：泉下指陰間或者死人之地。

㊸　行105—106：見丁儀，《寡婦賦》(李善，《文選》，卷16頁23b)："賤妾縈縈，顧影爲儔。"

㊹　行111：見《離騷》，行18(《楚辭補注》，卷1頁5b)："春與秋兮代序。"

㊺　行114："星漢"指銀河或天河。

淚水滂沱，瀉下臉龐。㊻

仿效恭姜，發下明誓，

詠唱《柏舟》，歌聲清泠。㊼

我死之後，歸骨山腳，

130　我活之時，托付遺華。㊽

誓與吾夫死同穴，㊾

至死不渝無他心。㊿

㊻　行126：見班婕妤，《自傷賦》（《漢書》，卷97下頁3986）："雙淚下兮橫流。"

㊼　行127—128：恭姜是衛世子恭伯的妻子。恭伯年輕夭亡，其父母想强迫恭姜再嫁。恭姜拒絕，作《柏舟》詩
　　（《毛詩》第26首）表示她決不會屈服於他們的壓力。見《毛詩注疏》，卷3之1頁1a(659)。

㊽　行129—130：見班婕妤，《自傷賦》（《漢書》，卷97下頁3986）："願歸骨於山足，依松柏之餘休。"

㊾　行131：見《毛詩》第73首第3章："穀則異室，死則同穴。"

㊿　行132：見《毛詩》第45首第1章："之死矢靡佗。"

恨　賦

江文通

【解題】

　　江淹(字文通)此賦主題爲"恨"，帶有"憤恨"、"挫折"的雙重涵。江淹描述六種不同類型的人，均滿懷"憤恨和挫折"而死：一位帝王(秦始皇)，他只短暫地享受作爲統一帝國統治者的生涯；一位戰國時的國君(趙遷王)，死於流放；一位忠誠的將軍(李陵)，忍受被匈奴俘虜的耻辱；一位皇帝的妃嬪(王昭君)，離開中原遠嫁匈奴；一位才士(馮衍)，被解職爲民，在退休中度過餘生；一位有高遠理想的人(嵇康)，被下獄並處死。江淹在結尾描述流放者，甚至富裕和權勢者所感受的怨恨情緒。

　　本篇是否帶有作者的個人情感並不清楚，它可能只是傳統主題的代表作。但是，曹道衡、沈玉成認爲，江淹肯定是因其個人挫折才寫作此賦，大概是在他被解職、流放到吳興(今福建浦城)之後。見曹道衡、沈玉成，《南北朝文學史》，頁118—119。

　　此前出現的翻譯，見小尾郊一、花房英樹，《文選》，卷2，頁320—325；John Marney，*Chiang Yen*，pp. 133 - 35。白話文翻譯見陳宏天編，《昭明文選譯注》，册2，頁883—889；李景濚，《昭明文選新解》，册2，頁214—218。此賦也收入江淹的集子，見《江文通集》，卷1頁10a—b；胡之驥，《江文通集彙注》，册1，頁109—116。注解本也有幾種：張仁青，《歷代駢文選》，册1，頁109—116；黃瑞雲，《歷代抒情小賦選》，頁135—141；傅隸樸，《賦選注》，頁260—263。

　　我放眼平原，看見蔓藤縈繞白骨，合臂粗的大樹上亡魂聚集。[①] 人生至此，還用費什麼力氣去探討天道呢？因此，我成爲怨恨者，苦痛無休。我能想到的只有滿懷怨恨而死的古人。

1

10　例如秦始皇倚劍，

試望平原，蔓草縈骨，拱木斂魂。人生到此，天道寧論！於是僕本恨人，心驚不已。直念古者，伏恨而死。

至如秦帝按劍，諸侯西馳。削平

---

① 生長在墓地的大樹稱"拱木"，見《左傳》，僖公三十二年(Legge, *The Chinese Classics* 5：221)。古樂府《蒿里歌》描述鬼魂聚集在死人之地："蒿里誰家地，聚斂魂魄無賢愚。"

衆諸侯西奔來服。

分封田地，平靖帝國，

統一文字，規範車軌尺寸。②

以華山爲城墻，

15　以紫淵爲護城河。③

他胸懷雄圖大略，

使用武力從未極盡。

命令烏龜和鰐魚架起橋梁，④

巡遊海右，伴隨太陽向西。⑤

20　但有朝一日靈魂消散，

帝王的車駕晚出。⑥

天下，同文共規。華山爲城，紫淵爲池。雄圖既溢，武力未畢。方架黿鼉以爲梁，巡海右以送日。一旦魂斷，宮車晚出。

2

例如被繫獄的趙王，

流放到房陵，⑦

黃昏降臨，心思不安，

25　黎明時分，精神惶恐。

他跟豔姬愛妃告別，

失去金車玉輦。

置酒欲飲，

痛苦充滿胸臆。

30　千秋萬代之後——⑧

若乃趙王既虜，遷於房陵。薄暮心動，昧旦神興。別豔姬與美女，喪金輿及玉乘。置酒欲飲，悲來填膺。千秋萬歲，爲怨難勝。

---

② 行 10—13：此述秦始皇（前 246—前 209 年在位），他帶領地處西邊的秦國，戰勝東部和南部其他諸侯國，在其治下，統一文字和度量衡（包括車轍）。見 Bodde, *China's First Unifier*, pp. 146 - 61。

③ 行 14—15：見賈誼，《過秦論》（《文選》，卷 51 頁 4a）："踐華爲城，因河爲池。"華山，中國的五大聖山之一，位於今陝西華陰之南。紫淵可能指司馬相如在《上林賦》（見 Knechtges, *Wen xuan*, 2：31）裏提到的同一條河。它的確切地點是中國學者爭論的話題。

④ 行 18：此句基於《竹書紀年》（卷下頁 6a），其中命令烏龜和鰐魚架橋爲周穆王事。

⑤ 行 19：此句述秦始皇的幾次巡游，但受《列子》（卷 3 頁 4b）的影響，後者講述周穆王西行"觀察日落之處"。"右"在中國古代方位中指西方。

⑥ 行 20—21：秦始皇在對中國南部、東部的一次巡察中（見《史記》，卷 6 頁 260—264；Chavannes, *Mh*, 2：184 - 92）死去。"宮車晚出"是皇帝駕崩的委婉説法。應劭（《史記》，卷 79 頁 2415，《漢書》，卷 16 頁 1302 引）解釋説，皇帝一般早起處理朝廷事務，因此丞相將其亡故稱爲"宮車晏駕"。

⑦ 行 22—23：遷王即趙幽繆王（前 235—前 228 年在位），被秦國俘虜（見《史記》，卷 43 頁 1832）後流放房陵（今湖北房縣）。他思念家鄉，寫了思鄉之作《山木之謳》，聽者皆感動落淚。見《淮南子》，卷 20 頁16b—17a。

⑧ 行 30："千秋萬歲"是皇帝身故的委婉説法。見《戰國策》，卷 14 頁 3b："寡人萬歲千秋之後，誰與樂此也。"

如此恨意難以承受。

3

例如投降北地的李陵，⑨
名字被玷污，人品被誤解，
含恨拔劍擊柱，⑩

35　對影傷心，靈魂深感恥辱。⑪
情留上郡不改，
心對雁門不移。⑫
扯下一角絲綢繫上書信，⑬
發誓回報漢朝恩寵。

40　但晨露只有一瞬，
執手又有何言說?⑭

至如李君降北，名辱身冤，拔劍
擊柱，弔影慙魂。情往上郡，心
留雁門。裂帛繫書，誓還漢恩。
朝露溘至，握手何言？

4

例如光彩照人的妃子，離別之時，
凝視上天，發出長嘆：⑮
紫臺慢慢消失遠方，⑯

45　關隴山脉連綿不盡。

若夫明妃去時，仰天太息。紫臺
稍遠，關山無極。搖風忽起，白
日西匿。隴鴈少飛，代雲寡色。
望君王兮何期，終蕪絕兮異域。

---

⑨　行32：李陵是西漢武帝時的一位將軍。公元前99年，他帶領五千人的隊伍出征抗擊匈奴，被數量更多的匈奴
　　隊伍包圍，李陵別無選擇，只有投降。武帝聞說其敗績之後大怒，將李陵全家處死。李陵被困在匈奴約二十
　　年，直到公元前74年死去。見《漢書》，卷54頁2450—2459；Watson, *Courtier and Commoner*, pp. 24-33。

⑩　行34：李陵所住的中亞蒙古包裹可能沒有柱子，擊柱是李陵表達深感沮喪的象徵性動作。

⑪　行35：除了自己的影子和靈魂外，李陵並沒有其他人可以訴說悲傷和恥辱。這句話似乎出自《晏子春秋》
　　（卷7頁13b）的一段話："君子獨寢，不慙於魂。"

⑫　行36—37：上郡（今陝西延安和玉林地區）和雁門（今山西代縣西北）是漢代兩個重要的北方邊郡，它在此代
　　表李陵仍然保持忠誠的"中國"。

⑬　行38：帛書用李陵的朋友蘇武的典故。蘇武也被匈奴所俘，一位漢使到匈奴地區詢問蘇武在何處，匈奴人
　　偽報他已死。蘇武的侍從告訴使者，可對匈奴說，武帝在上林苑打獵時，射下一隻大雁，在雁腿上發現一封
　　信，上面有蘇武的地點。見《漢書》，卷54頁2466；Watson, *Courtier and Commoner*, p. 40。

⑭　行40—41：這兩句暗指李陵和蘇武的離別。被認爲是李陵所作《與蘇武》詩裏有此句："執手野踟蹰。"《漢
　　書·蘇武傳》（卷54頁2464）中，李陵對蘇武說："人生如朝露，何久自苦如此?"

⑮　行43：明妃也稱昭君，即著名的王嬙，西漢元帝的妃子。公元前33年，她成爲匈奴王的妻子。見《漢書》，卷
　　9頁297；Dubs, *HFHD* 2；335。圍繞她的名字有不少傳說故事。見張壽林，《王昭君故事演變之點點滴
　　滴》；Nienhauser, "Once Again, the Authorship of the *His-ching tsa-chi*," pp. 227-29；Eoyang, "The
　　Wang Chao-chün Legend"。

⑯　行44：紫臺指紫宮，是對皇帝居處的常見稱呼。

颶風四面興起，

炎陽向西墜落。

大雁很少過隴山，

代山之後雲愁慘。⑰

50　望君王，何時能相會？

最終她身死異邦。

5

例如不被皇帝賞識的敬通，⑱　　　　　　　　　　至乃敬通見抵，罷歸田里。閉關

辭官回到鄉下村子。　　　　　　　　　　　　　却掃，塞門不仕。左對孺人，顧

關上門，道路不掃，　　　　　　　　　　　　弄稚子。脫略公卿，跌宕文史。

55　封閉入口，拒絕出仕。　　　　　　　　　　齎志沒地，長懷無已。

左有妻子爲伴，⑲

轉身撫愛幼子。⑳

不再服侍權貴，

縱情懷於文史。

60　懷抱未實現的夙願而死，㉑

他的長久嚮往從未停止。

6

還有被捕下獄的中散，㉒　　　　　　　　　　及夫中散下獄，神氣激揚。濁醪

憤怒憎恨，狂暴沸騰。㉓　　　　　　　　　　夕引，素琴晨張。秋日蕭索，浮

晚上開懷暢飲，　　　　　　　　　　　　　　雲無光。鬱青霞之奇意，入脩夜

---

⑰　行48—49：隴是從今天陝西隴縣延伸到甘肅清水的山脉，代（也寫作岱，今河北蔚縣西北）是漢代西北邊郡。
這一地區的雲氣"全黑"（見《漢書》，卷26頁1297）。

⑱　行52：敬通是馮衍（約前15—59），東漢初著名的學者和作家，原是更始帝屬官，後來想投奔漢光武帝而遭
拒。他其後獲得幾個職位，卻又在鎮壓外戚勢力的鬥争中被迫離開官場，由此"還吾反乎故宇"（《後漢書》，
卷27頁978）。

⑲　行56："孺人"指貴族的妻子。參考《禮記注疏》，卷5頁11b（2740）。

⑳　行57：尤袤本《文選》作"顧弄"，《六臣注文選》作"右顧"。

㉑　行60：這一句引用馮衍的《與陰就書》（《後漢書》所引，卷28上頁978）："懷抱不報，齎恨入冥。"

㉒　行62：中散指嵇康，他出任沒有具體職位的中散大夫。

㉓　行63：這句話可能指嵇康的《幽憤詩》，是他在監獄裏所作的。見《文選》，卷23；Holzman，"La poesie de Ji
Kang，" pp. 354-56。

65　晨起彈奏素琴。㉔
　　秋陽無歡，
　　飄雲失去光澤。
　　胸中不墜遠上青雲之志，㉕
　　卻進入無光的永恒長夜。㉖

之不暘。

7

70　有時疏遠的臣子痛苦飲泣，
　　小妾的兒子心情沮喪，㉗
　　流放的遷客居住北海，㉘
　　放逐者守護隴北邊防。㉙
　　只要聽到悲風驟起，
75　他們就會泣血沾襟。
　　充滿悲酸，長長嘆息，
　　散落滅亡，湮沒無聞。

或有孤臣危涕，孽子墜心。遷客海上，流戍隴陰。此人但聞悲風汩起，血下霑衿。亦復含酸茹歎，銷落湮沈。

8

　　一旦騎士躍馬疊跡，
　　車駕並轍陳列。
80　黃土覆蓋地面，
　　歌吹四方響起：
　　無人能免於煙火斷絕，㉚
　　或骨頭埋藏黃泉。

若迺騎疊跡，車屯軌，黃塵币地，歌吹四起。無不煙斷火絕，閉骨泉裏。

㉔　行 64—65：見嵇康《與山巨源絕交書》(《文選》，卷 43 頁 7a)："濁醪一杯，彈琴一曲。"
㉕　行 68："青霞"是"高志"的傳統意象。
㉖　行 69：見漢武帝《李夫人賦》(《漢書》，卷 97 上頁 3953)："釋輿馬於山椒，奄脩夜之不暘。"
㉗　行 70—71：這兩句引用《孟子》，七上之 18："孤臣孽子，其操心也危，其慮患也深。"李善 (《文選》，卷 16 頁 26a)謂此兩句是"反問句"："心當云危，涕當云墜。"
㉘　行 72：在捕獲蘇武以後，匈奴人"徙蘇武北海上無人處，使牧羝羊"(《漢書》，卷 54 頁 2463)。
㉙　行 73：這可能指婁敬，他原是齊國人，被送到隴西保衛西北邊境。見《史記》，卷 99 頁 2715。
㉚　行 82：這是死亡的比喻說法。見王充，《論衡》，卷 20 頁 12b："人之死也，猶火之滅。火滅而耀不照。"

9

啊！一切都已結束！

85　春草枯萎，秋風始生；
　　秋風停息，春草生長。
　　綺羅消失，池館不再；㉛
　　琴瑟不響，墳墓已平。
　　自古以來，人莫不死，㉜
90　無不吞下恨意，收斂怨聲。

已矣哉！春草暮兮秋風驚，秋風
罷兮春草生。綺羅畢兮池館盡，
琴瑟滅兮丘壟平。自古皆有死，
莫不飲恨而吞聲。

㉛ 行87：“綺羅”指富有、權貴之人。
㉜ 行89：見《論語》12/7：“自古皆有死。”

別　賦

江文通

【解題】

　　江淹的《別賦》與上面的《恨賦》是姊妹篇。此賦描述七種情況下的別離：權貴的宴席，俠客告別，士兵徵發，身負重任上路的人，夫妻之別，道教術士棄塵而去，及年輕女子與情人的別離。

　　此前的翻譯見：Margouliés, *Le "Fou" dans le Wen-siuan*, pp. 75 - 81, *Anthologies*, pp. 307 - 9；Watson, *Chinese Rhyme-Prose*, pp. 96 - 101；Frankel, *The Flowering Plum and the Palace Lady*, pp. 73 - 78；小尾郊一、花房英樹，《文選》，卷 2，頁 327—336。白話文翻譯有：陳宏天編，《昭明文選譯注》，册 2，頁 890—899；李景濚，《昭明文選新解》，册 2，頁 219—226；韋鳳娟，《魏晉南北朝諸家散文選》，頁 295—307。本賦也收在江淹別集中，見《江文通集》，卷 1 頁 8a—9b；胡之驥，《江文通集彙注》，卷 1 頁 35—42。當代注解本有多種，最有幫助的是王力，《古代漢語》，册 3，頁 1214—1223；《魏晉南北朝文學史參考資料》，頁 630—639；張仁青，《歷代駢文選》，册 1，頁 95—108；瞿蛻園，《漢魏六朝賦選》，頁 190—200；胡楚生，《文選〈別賦〉李注補正》；李暉、于非，《歷代賦譯釋》，頁 129—143；劉禎祥、李方晨，《歷代辭賦選》，頁 292—300；裴晉南，《漢魏六朝賦選注》，頁 158—167；屈守元，《昭明文選雜述及選講》，頁 65—80。

1

令人黯然銷魂的，
沒有什麼比得過別離！
最強烈者莫過於迢遥的秦和吳，
或者千里之隔的燕和宋。①
5　當春苔開始出現，
或秋風突然吹起。②

黯然銷魂者，唯別而已矣！況秦吳兮絶國，復燕宋兮千里。或春苔兮始生，乍秋風兮暫起。是以行子腸斷，百感悽惻。風蕭蕭而異響，雲漫漫而奇色。舟凝滯於水濱，車逶遲於山側。櫂容與而

---

① 行 3—4：秦（西北）和吳（東南）在帝國兩端，而燕（今河北）在東北，跟南邊的宋（今河南商丘）相隔很遠。
② 行 5—6：見《招魂》，行 45（《楚辭補注》，卷 9 頁 15a）："目極千里兮傷春心。"鮑照，《東門行》（《文選》，卷 28 頁 20a）："野風吹秋木，行子心腸斷。"

因此旅人心碎，

百憂叢生。

風以異常聲音嘆息嗚咽，

10　雲呈奇特形狀無限延伸。

他的船停在河岸，③

他的車駐留山邊。

槳慢慢劃動——他如何前進？

馬在寒冷中嘶鳴，其聲不息。

15　金杯掩蓋——他能獻給誰？

玉筝旁置，淚濕車軾。

留下的人臥床心傷；

恍惚似有所失。

太陽落於牆後，帶着光輝下沉；

20　月亮升上長廊，灑滿清輝。

她看見朱蘭浸露，

青楸遇霜。

徘徊高堂，門扉不掩；

撫摸錦帳，空虛清冷。

25　她知道遠行人在夢裏停頓躑躅，

想象離人的靈魂飛遠。

詎前，馬寒鳴而不息。掩金觴而誰御，橫玉柱而霑軾。居人愁臥，怳若有亡。日下壁而沈彩，月上軒而飛光。見紅蘭之受露，望青楸之離霜。巡曾楹而空掩，撫錦幕而虛涼。知離夢之躑躅，意別魂之飛揚。

2

因此，儘管別離是一種情感，

但其表現卻有萬種千態。

例如，帶着銀鞍的龍騎，

30　彩飾的朱車，

東都城門的帳篷酒席，④

故別雖一緒，事乃萬族。至若龍馬銀鞍，朱軒繡軸。帳飲東都，送客金谷。琴羽張兮簫鼓陳，燕趙歌兮傷美人。珠與玉兮豔暮秋，羅與綺兮嬌上春。驚駟馬之

---

③ 行 11：見《涉江》，行 21（《楚辭補注》，卷 4 頁 9a）：“船容與而不進，淹回水以凝滯。”

④ 行 31：見《西征賦》，行 379。疏廣和其侄子疏受（均活躍於公元前 70 年前後）是西漢太子，即未來文帝的老師。他們退休時，皇帝賜黃金二十斤，太子賜黃金五十斤，高官們則在東都城外置酒作別。見《漢書》，卷 71 頁 2040；Watson, *Courtier and Commoner*, p. 164。

在金谷送別客人：⑤

箏奏起羽調，管鼓並列，⑥

燕趙美人唱着悲歌。⑦

35　裝飾珍珠玉石，在晚秋如此華麗，

穿着綺羅，在早春如此可愛。

音樂讓馱馬從凝視中抬頭，

令紅色游鱗從池塘裏竄出。⑧

分手時刻已到，他們含淚凝噎；

40　孤獨沮喪，都被悲傷擊垮精神。⑨

仰秣，聳淵魚之赤鱗。造分手而
銜涕，感寂漠而傷神。

3

俠客慚愧於所受恩寵，

年輕騎士決意復仇：⑩

在韓國、趙廁，⑪

在吳宮、燕市。⑫

45　割斷家庭親情，抑制愛戀，

他辭別祖國，遠去他鄉，

跟所愛之人灑淚道別，

乃有劍客慙恩，少年報士。韓國
趙廁，吳宮燕市。割慈忍愛，離
邦去里。瀝泣共訣，扷血相視。
驅征馬而不顧，見行塵之時起。
方銜感於一劍，非買價於泉裏。
金石震而色變，骨肉悲而心死。

---

⑤　行 32：金谷是西晉豪富石崇（249—300）的別墅，其時著名人士在此多次舉行集會，吃着美味佳肴，聽着各種
音樂演奏，在奢侈的花園裏散步作詩。見《晉書》，卷 33 頁 1006—1007；Hellmut Wilhelm，"Shih Ch'ung
and His Chin-ku-yüan"。

⑥　行 33：羽是五調裏的最高曲調。

⑦　行 34：燕趙尤以美女著稱。見《古詩十九首》（《文選》，卷 29 頁 6a）："燕趙多佳人，美者顏如玉。"

⑧　行 37—38：見《韓詩外傳》，卷 6 頁 7a："伯牙鼓琴而淵魚出聽，瓠巴鼓琴而六馬仰秣。"

⑨　行 40：尤袤本《文選》作"感"，《六臣注文選》作"咸"。

⑩　行 42：James J. Y. 指出"少年"在用來指俠客時，有"流氓"或者"叛逆"之意，見 The Chinese Knight Errant，
p. 209。見《漢書》，卷 92 頁 3701："郭解以軀藉友報仇……少年慕其行，亦輒爲報讎。"也可見 Ch'ü，Han
Social Structure，p. 420。

⑪　行 43："韓國"指屠狗人聶政，受雇刺殺韓國丞相俠累。他大膽進入宮殿，將俠累刺死。見《史記》，卷 86 頁
2522—2524；Watson，Records of the Historian，pp. 50 - 54；《戰國策》，卷 27 頁 6a—7b；Crump，Chan-Kuo
Ts'e，pp. 455 - 58。"趙廁"指豫讓的故事，他作爲雇工在趙王宮殿中塗廁。趙王殺了他的前主人，豫讓於是
等待刺殺趙王的機會，希望能替主人報仇。趙王正要入廁時注意到豫讓，讓人逮捕他。見《史記》，卷 86 頁
2519；Watson，Records of the Historian，pp. 48 - 49；《戰國策》，卷 18 頁 4b—6a；Crump，Chan-Kuo Ts'e，
pp. 285 - 87。

⑫　行 44："吳宮"指專諸，他用一把藏在魚裏的匕首刺殺吳王僚（前 526—前 515 年在位）。見《史記》，卷 86 頁
2516—2518；Watson，Records of the Historian，pp. 46 - 48；《吳越春秋》，卷 3 頁 5a—6b。"燕市"是荊軻
（？—前 227）遇到其朋友高漸離喝酒的地方，荊軻後來行刺秦始皇失敗，以此聞名。見《史記》，卷 86 頁
2528。

擦擦充血眼睛，相望最後一眼。⑬

然後跳上征馬，不再回頭，⑭

50　凝視路上灰塵無休止揚起。

以隻劍報答恩寵，

非買美名於黃泉。⑮

金石之聲令他害怕，表情蒼白，⑯

他的親人悲痛，心因哀傷而麻木。⑰

4

55　例如，邊郡仍未平靖，

有人負羽從軍。

遼河蜿蜒無盡，⑱

燕山高聳入雲。

閨中淑女，微風和暖，

60　陌上草香。

太陽升起，光耀天空；

露水降落，畫出地上斑紋。

光照紅塵，閃爍耀眼，

春天霧氣蒸騰彌漫厚重。

65　折下桃李枝，不能忍受分離；⑲

她送別愛子，眼淚浸濕羅裙。

或乃邊郡未和，負羽從軍。遼水無極，鴈山參雲。閨中風暖，陌上草薰。日出天而耀景，露下地而騰文。鏡朱塵之照爛，襲青氣之烟煴。攀桃李兮不忍別，送愛子兮霑羅裙。

---

⑬　行48：因爲長時間的灑淚而令眼睛充血。

⑭　行49：見《史記》，卷86頁2534：“荊軻遂發，就車不顧。”

⑮　行52：這是説他們並非追求殉道者的名聲，唯一的意圖是服務於自己的恩主。

⑯　行53：根據燕丹子的故事（李善，《文選》，卷16頁28b引），荊軻和其同伴武陽到秦始皇面前時，鐘鼓齊鳴，群臣齊稱萬歲，武陽驚恐，“面如死灰色”。

⑰　行54：“血肉”指聶政（見上面行43注）的姐姐。聶政的屍體被放在市場等人認領，她抱着弟弟的屍體痛極而死。見《史記》，卷86頁2525；Watson, *Records of the Historian*, p. 54；《戰國策》，卷27頁7a—b；Crump, *Chan-kuo Ts'e*, p. 458。“心死”的説法，見《莊子》，卷7頁16b：“仲尼謂……夫哀莫大於心死。”

⑱　行57—58：遼河流經今中國東北遼寧省。雁，也叫雁門，位於今山西代縣西北。這兩處地方，都發生過抵禦外族入侵和掠奪的軍事行動。

⑲　行65：根據呂延濟（《六臣注文選》，卷16頁38b），桃李代表夫妻。但我更傾向於另一種説法，將它們解釋爲只是表示開滿花的春天。

5

例如，突然離別去往異邦，⑳

他如何能再見到所愛之人？

望着家鄉的高樹，

70　他最後道別，離開北橋。㉑

伙伴心魂顫動，

親朋眼淚湧流。

他們只能鋪下荆條，交換悲傷之詩，㉒

舉杯飲酒，抒發悲傷。㉓

75　正是秋雁起飛的季節，

正是白露降落的時間：

重複抱怨遠山的曲折，

他必須沿着無盡流水不停行走。

至如一赴絕國，詎相見期？視喬木兮故里，決北梁兮永辭。左右兮魂動，親賓兮淚滋。可班荆兮贈恨，唯罇酒兮敍悲。值秋鴈兮飛日，當白露兮下時。怨復怨兮遠山曲，去復去兮長河湄。

6

再如，假設夫居淄右，㉔

80　妻住黄河之北：

他們習慣共享早晨閃耀瓊珮的陽光，

夜晚銅爐的香氣。

現在丈夫佩印離去千里，

遺憾啊瑶草，徒然浪費芬芳！㉕

85　她不願在内室彈箏，

拉暗高臺的黄色簾幕。

又若君居淄右，妾家河陽，同瓊珮之晨照，共金爐之夕香。君結綬兮千里，惜瑶草之徒芳。愍幽閨之琴瑟，晦高臺之流黄。春宫閟此青苔色，秋帳含茲明月光。夏簟清兮晝不暮，冬釭凝兮夜何長！織錦曲兮泣已盡，迴文詩兮影獨傷。

---

⑳ 行 67—68：見《説苑》，卷 11 頁 9b："雍門周以琴見孟嘗君，孟嘗君曰：先生鼓琴，亦能令悲乎？對曰：臣之所能令悲者，有先貴而後賤，先富而後貧者也……不若交歡相愛，無怨而生離，遠赴絕國，無復相見之時。"也可見 Pokora, *Hsin-lun*, p. 186。

㉑ 行 70：北梁所指不能確定，江淹此處引用王褒的《九懷》，《陶壅》，行 20（《楚辭補注》，卷 15 頁 10b）："決北梁兮永辭。"

㉒ 行 73：見《左傳》，襄公二十六年（Legge, *The Chinese Classics* 5：526）："舉將奔晉，聲子將如晉，遇之於鄭郊，班荆而坐，相與食。而言复故。"

㉓ 行 74：見被認爲是蘇武（《文選》，卷 29 頁 10a）所作的《別詩》："我有一樽酒，欲以贈遠人。願子留斟酌，叙此平生親。"

㉔ 行 79：淄河流經今山東萊蕪附近。

㉕ 行 84：我在此處創造"gem plant"來翻譯"瑶草"，瑶草生在姑媱峰，傳説天帝的女兒死在那裏，化作瑶草。見袁珂，《山海經校注》，卷 5 頁 142。正如江淹在此處所引用，這種植物象徵被留在家裏的年輕妻子。

春室滿生綠苔，

秋帳充盈月光。

夏席已涼，天光永遠不盡；

90　冬燈冰凍，黑夜何其漫長。

綉上一首歌，她將眼淚哭乾；

作篇回文詩，形影相對悲傷。㉖

7

設想一位華陰得道之人：㉗

吃下不老藥，回到山間。㉘

95　技藝微妙，他刻苦學習。

道術雖深奧，真正秘密仍未學到。

研磨朱砂，忘懷世事；

煉丹銅鼎，意志堅定。

他騎鶴上升天河，

100　青鸞導引，騰飛上天。

短游已有萬里，

暫別亦是千年。㉙

此世重別離，

告別之時，甚至他也不願離去。㉚

8

105　下界有"芍藥"之詩，㉛

儻有華陰上士，服食還山。術既妙而猶學，道已寂而未傳。守丹竈而不顧，鍊金鼎而方堅。駕鶴上漢，驂鸞騰天。蹔遊萬里，少別千年。惟世間兮重別，謝主人兮依然。

下有芍藥之詩，佳人之謌。桑中

㉖ 行91—92：這兩句指蘇蕙（字若蘭）所作的著名回文詩。據李善（《文選》，卷16頁30a）所引《織錦回文詩》序，蘇蕙的丈夫竇滔（大約活躍於350年）被調到西北邊境，在當地再度結婚。蘇蕙由此寫了一首共有841個字的回文詩，向丈夫表達自己的激憤。也可見《晉書》，卷96頁2523。

㉗ 行93：據《列仙傳》（卷上頁16b），一位叫修羊（或修芊）的人，住在華陰山石室，吃一種從石床上刮下的東西和黃精製成的調和物，最終成仙。

㉘ 行94：或者，沿襲《六臣注文選》，"服食還仙"。

㉙ 行101—102：見鮑照，《代升天行》（《文選》，卷28頁24a）："蹔遊越萬里，少別數千齡。"

㉚ 行103—104：這兩句可能指仙人王子喬的故事，他在告別此世之前，召集家人到緱氏山。他騎着一隻白鶴飛近山峰，當地的人目睹他遠遠消失。見《列仙傳》，卷上頁12a—b。

㉛ 行105："芍藥之詩"指《毛詩》第95首，描述兩位戀人的約會，其中第二節述男孩送給女孩一朵芍藥（peony）。此處引入下文的"在下界"，可能簡單地意爲"也有"。

佳人之歌。㉜

衛國桑中的少女，

陳國上宮的美人：㉝

春草綠玉之色，

110 春水波紋清澈。

她在南浦送走夫君，

多麼痛苦，但是又能做什麼？㉞

於是，當秋天的露珠像珍珠滾落，

秋月如玉盤：

115 明月，白露——

光影來又去。㉟

當她跟情人分離，

戀慕徘徊不去。

衛女，上宮陳娥。春草碧色，春水淥波。送君南浦，傷如之何！至乃秋露如珠，秋月如珪。明月白露，光陰往來。與子之別，思心徘徊。

9

因此，儘管別離的方式並無一定，

120 但原因卻有一千種。

別離總是帶來悔恨，

當悔恨到來，充滿胸臆，

讓人的思想絕望，精神顫抖，

心破碎，骨顫動。

125 即使有王褒和揚雄的寫作技巧，㊱

是以別方不定，別理千名。有別必怨，有怨必盈。使人意奪神駭，心折骨驚。雖淵雲之墨妙，嚴樂之筆精。金閨之諸彥，蘭臺之群英。賦有凌雲之稱，辯有雕龍之聲。誰能摹暫離之狀，寫永訣之情者乎？

㉜ 行106：《佳人歌》爲李延年(活躍於公元前120年)所作，向西漢武帝贊美妹妹的美貌，武帝聽完此曲後將其妹納爲妃子。見《漢書》，卷97上頁3951。

㉝ 行107—108：桑中和上宮是年輕戀人的約會之地。《毛詩》第48首提到這兩個地名，是衛國的一部分(河南北部，河北南部)。陳國美人引用《毛詩》第28首(陳是周的諸侯國，靠近衛國，在今河南東南和安徽北部)。根據可能在江淹時代的流行解釋，這首詩講述衛莊公(前757—前735年在位)的妻子莊姜，送別其朋友戴某回到其故鄉陳國。見《毛詩注疏》，卷2之1頁11b(627)。

㉞ 行111—112：南浦，詩歌裏指送別朋友之地，最初出自《楚辭》(見《楚辭補注》，卷2頁19a)的《河伯》(行15—16)：“子交手兮東行，送美人兮南浦。”

㉟ 行116：“光陰”指“時間”。

㊱ 行125：淵指王褒，字子淵；雲指揚雄，字子雲，都是西漢著名的賦作者。

嚴安和徐樂的文藝才華，㊲

或金閨的所有名士，㊳

蘭臺的無數才子，㊴

其賦被頌爲"凌雲"，㊵

130　其辯被贊爲"雕龍"：㊶

誰能描述暫別的形態，

或永遠訣別的情懷？

㊲ 行126：嚴安、徐樂均爲西漢武帝時期的著名文學家和政論家。見《漢書》，卷 64 上頁 2775，卷 64 上頁 2804—2806，卷 64 下頁 2809—2814。

㊳ 行127：金閨指金馬門，西漢長安未央宮的大入口，士大夫於此處等待皇帝召見。見《兩都賦序》，注 6。

㊴ 行128：蘭臺儲存官方文獻，是編纂者和學者的工作成果。見《漢書》，卷 19 上頁 725。

㊵ 行129：這句話引用司馬相如的《大人賦》，該賦被獻給武帝時，武帝"飄飄然有凌雲之氣"。

㊶ 行130：雕龍在江淹時代意爲"文學的裝飾"，指周代哲學家騶奭（公元前 4 世紀），其文章被譽爲"雕龍"。見《史記》，卷 74 頁 2348。

第十七卷

論 文

文 賦

陸士衡

【解題】

　　陸機此賦是早期中國作品中關於文學的最重要篇章之一。儘管並非系統論述,但它對文學創作的過程進行了廣泛和全面的探討。陸機首先考察文學創作的源泉,認爲它是作者對於宇宙、自然、四季交替以及閱讀其他作品所産生的情感共鳴。對陸機來説,寫作是一種思辨性、精神性的活動,身處其中的作者很像道家神秘主義者,收視反聽以登上獲取文學靈感的精神之旅。由此,他能夠"觀古今於須臾,撫四海於一瞬"。陸機還討論不少思想和語言之間的關係,以及作者爲傳達感受和思想所作的艱苦努力。該賦最重要的部分之一是討論重要的文體以及相應法則。他對賦和詩的論述影響尤其巨大。陸機還制定判斷文學佳作的美學標準,即"和、應、雅、豔、悲"。

　　關於陸機《文賦》可能的創作時間,學者仍未達成一致。唐代詩人杜甫在其《醉歌行》中説,陸機在二十歲時創作《文賦》(見《杜工部詩集》,卷1頁6a),但此賦更可能創作於300年左右,即陸機死前三年,是他更爲成熟時期的作品。詳細論述參見逯欽立,《文賦撰出年代考》,頁421—434;Chen Shih-hsiang, *Essay on Literature*, pp. xxxiii‐xxxv;陳世驤、一海知義,《陸機の生涯と〈文賦〉の正確な年代》;周勛初,《文賦寫作年代新探》。

　　此前的譯文包括:Margouliès, *Le "Fou" dons le Wen-siuan*, pp. 82‐97; *Anthologies*, pp. 419‐25; Chen Shih-hsiang, "Literature as Light Against Darkness"; Fang, "Rhymeprose on Literature"; E. R. Hughes, *The Art of Letters*; Wong, *Early Chinese Literary Criticism*, pp.39‐60; Hamill, *The Art of Writing*; Owen, *Readings in Chinese Literary Thought*, pp. 73‐181;小尾郊一、花房英樹,《文選》,卷2,頁337—357。

白話譯文有多種，包括陳宏天編，《昭明文選譯注》，冊 2，頁 900—922；李景溁，《昭明文選新解》，冊 2，頁 227—242；張懷瑾，《文賦譯注》；趙則誠編，《中國古代文論譯講》，頁 22—52；郭正元，《魏晉南北朝文學論文名篇譯注》，頁 29—80。中文有不少注解本，最具價值、最權威的是《魏晉南北朝文學史參考資料》，冊 1，頁 252—275；郭紹虞，《中國歷代文論選》，冊 1，頁 136—154；錢鍾書，《管錐編》，冊 3，頁 1176—1207；徐復觀，《陸機文賦疏釋初稿》；張少康，《文賦集釋》；王靖獻（C. H. Wang），《陸機文賦校釋》。關於《文賦》研究的詳盡書目，見洪順隆，《中外六朝文學研究文獻目錄》，頁 97—101。《文賦》不同版本中有一些不同字句，大部分無關緊要，故我未在注釋中一一指出。評論式文本見金濤生，《陸機集》。

每次閱讀才華之士的文章，我認爲自己理解他們的用心。[①] 作者遣詞造句時，的確有多種不同選擇。儘管如此，它們的美醜、好壞仍可評價。每當我自己寫作時，尤其能體會這種情況。我經常擔心自己的意圖可能跟所寫之物不相襯，語言可能跟思想不匹配。[②] 這並非因爲知之難，而是行之難。[③] 因此，我作《文賦》來探討前代作者的優秀之作，並討論文章成敗之因。我希望，也許某天有人可以説我已經完全窮盡其中的種種微妙。[④] 人若操斧在手以作斧柄，則離可取法的樣板不遠。[⑤] 即使如此，如何才能得心應手地運用，仍然很難形諸文字。[⑥] 我所能説

余每觀才士之所作，竊有以得其用心。夫放言遣辭，良多變矣，妍蚩好惡，可得而言。每自屬文，尤見其情，恒患意不稱物，文不逮意，蓋非知之難，能之難也。故作《文賦》，以述先士之盛藻，因論作文之利害所由，佗日殆可謂曲盡其妙。至於操斧伐柯，雖取則不遠，若夫隨手之變，良難以辭逮，蓋所能言者，具於此云。

① "用心"一詞在這裏意思模糊。宇文所安（*Readings*，p. 78）沿襲《論語》17/22 的用法（"飽食終日，無所用心"），將其理解爲"努力"。"用心"另外意爲"心之機理"或者"思想態度"。見《莊子》，卷 5 頁 15b："昔者舜問於堯曰：'天王之用心何如？'堯曰：'吾不敖無告，不廢窮民，苦死者，嘉孺子而哀婦人，此吾所以用心已。'"
② "物"字，我在此處譯爲"所寫之物"，含義模糊。一些中國注疏家將其釋爲"世上的物品"或者"客觀現象"，見郭正元，《魏晉南北朝文學論文名篇譯注》，頁 30；張懷瑾，《文賦譯注》，頁 19，等等。其他人將之理解爲文學作品的內容或者"事物"，見王靖獻，《陸機文賦校釋》，頁 3(161)。
③ 見《左傳》，昭公十年（Legge，*The Chinese Classics* 5：630）："非知之實難，將在行之。"
④ 有幾位學者困擾於這句評論中顯然的傲慢，試圖修正文字或者對其重新闡釋，以使陸機看起來沒有那麼傲慢。宇文所安（*Readings*，pp. 84 - 85）很好地綜述這些不同的闡釋，卻未加以採納。他這樣做是對的，部分理由是陸機時代的賦中，這種炫耀很常見。
⑤ 陸機在此引用《毛詩》第 158 首第 2 章："伐柯伐柯，其則不遠。"此處"則"應指古代作者的榜樣。
⑥ 尤袤本作"逮"（到達），《六臣注文選》作"逐"（追求）。李善（《文選》，卷 17 頁 2a)引用《莊子》（卷 5 頁 18b）輪扁的故事來解釋這句。輪扁將製作輪子的過程描述爲只能通過本能來做："臣也以臣之事觀之。斲輪，斲徐則甘而不固，疾則苦而不入，不疾不徐，得於手而應於心，口不能言也，有數存焉。而臣不能喻臣之子，臣之子亦不能受之於臣。"儘管陸機又一次未完全表述清楚，但其基本意思是創造的過程，不管是做斧柄，還是輪子，抑或文藝作品，都不能完全用語言表述明白。

的,盡述於下。

1

作者立身萬物之中,深入觀察,⑦　　　　　佇中區以玄覽,頤情志於典墳。

以經典著作滋養感受和思想。⑧　　　　　遵四時以歎逝,瞻萬物而思紛。

四季變易,嘆其流逝;⑨　　　　　　　　悲落葉於勁秋,喜柔條於芳春,

凝視萬物,細思其複雜。⑩　　　　　　　心懍懍以懷霜,志眇眇而臨雲。

5　傷感於深秋的落葉,　　　　　　　　　詠世德之駿烈,誦先人之清芬。

驚喜於芳春的柔枝。　　　　　　　　　遊文章之林府,嘉麗藻之彬彬。

心靈震顫以擁抱嚴霜,　　　　　　　　慨投篇而援筆,聊宣之乎斯文。

意念高遠而俯視白雲。⑪

詠嘆前賢的偉業,

10　贊頌祖先的嘉言懿行。

漫游於文學之林藪,

欣賞優雅藝術的完美平衡。⑫

於是,有動於衷,抛書取筆,⑬

在書寫中表達自己。

2

15　開始時他收視反聽,　　　　　　　　　其始也,皆收視反聽,耽思傍訊,

深深思索,廣泛搜求。　　　　　　　　精騖八極,心遊萬仞。其致也,

精神馳騁八極,　　　　　　　　　　　情曈曨而彌鮮,物昭晰而互進。

---

⑦ 行 1:李善(《文選》,卷 17 頁 2a)認爲,"玄覽"指《老子》第 10 章:"滌除玄覽,能無疵乎!"李善引用河上公注疏,解釋説:"心居玄冥之處,覽知萬物。"將"玄"譯爲"黑暗"有某種程度的誤導,因爲該詞實際上指某種神秘的、能帶來透徹視野的思想之旅。實際上,對"玄覽"的常見解釋之一是"玄鑒"(見 Lau, *Lao Tzu*, p. 66)。這個過程類似於《淮南子》卷 21 頁 13b 的描述:"誠得清明之士,執玄鑒於心,照物明白。"呂延濟(《六臣注文選》,卷 17 頁 2a)將"玄覽"釋爲"從遠處看"。錢鍾書沿襲這種解釋(《管錐編》,册 3,頁 1181),其他幾位現代注解者亦然。宇文所安(*Readings*, p. 88)指出這種解釋與上下文不符,文中強調作爲某種精神旅行的文學想象。

⑧ 行 2:"墳"作經典講,見《閑居賦》,行 1 注。

⑨ 行 3:"嘆逝",我譯爲"嘆其流逝",也是陸機《嘆逝賦》的題名。此處"逝"並不指死亡,而是指時間的流逝。

⑩ 行 4:"思紛",我譯爲"思考其複雜",也可釋爲"其憂思生發"。

⑪ 行 7—8:霜是代表純潔和正直的意象;此處的雲代表高遠,不溺於俗。

⑫ 行 12:我將"彬彬"譯爲"完美的平衡",該詞意爲文(形式、藻飾、文雅)和質(内容、主體)之間的平衡。出處爲《論語》6/16。

⑬ 行 13:"投篇",我譯爲"棄書",也可理解爲"鋪開紙"(字面意爲"竹簡")。見王靖獻,《陸機文賦校釋》,頁 9 (167)。

思想漫游萬里。

最後,初始的隱約感受變得鮮明,

20　清晰豐富的事物互相映發。

從衆多語詞中萃取點滴,⑭

啜飲六經的甜美潤澤。⑮

静静地漂流於天池,⑯

再浸身於地泉。

25　於是,沉潛時艱難向前,

如咬鉤游魚,從池塘最深處浮出。

漂浮時飄摇而降,

像中箭鳥兒,跌落雲端。

搜集百代以來未見的話語,⑰

30　選擇千載以來忽略的詞句。⑱

將已開放的朝花放置一旁,

令未開張的夜晚花蕾綻放。

片刻之内觀覽古今,

一瞬之間巡行天下。

傾群言之瀝液,漱六藝之芳潤。
浮天淵以安流,濯下泉而潛浸。
於是沈辭怫悦,若遊魚銜鉤,而
出重淵之深;浮藻聯翩,若翰鳥
纓繳,而墜曾雲之峻。收百世之
闕文,採千載之遺韻。謝朝華於
已披,啓夕秀於未振。觀古今於
須臾,撫四海於一瞬。

3

35　於是,他揀選念頭安排位置,

檢視語詞,排列正確順序。

觸摸一切光影,⑲

然後選義按部,考辭就班。抱暑
者咸叩,懷響者畢彈。或因枝以
振葉,或沿波而討源。或本隱以

---

⑭ 行21:我將"群言"譯爲"衆多語詞",指多種多樣被記下的事。王靖獻認爲,這種説法暗示納入多種經典和諸子百家的作品。見同上書,頁19(177)。見揚雄,《法言》,卷13頁4a:"或問'群言之長,群行之宗'。曰:'群言之長,德言也;群言之宗,德行也。'"

⑮ 行22:六藝指六種儒家經典:《易經》《尚書》《詩經》《禮》《樂》和《春秋》。李善(《文選》,卷17頁2b)顯然搞錯,將"六藝"説成是六種藝術形式(禮、樂、射、御、書、數)。見胡紹煐,《文選箋證》,卷18頁15b—16a。

⑯ 行23:"天淵",我譯爲"天池",可能是張衡在《幽通賦》(行361)裏提到的天湟星别稱。李善(《文選》,卷17頁2b)似乎理解爲"天上和深淵",如同揚雄的《劇秦美新》(《文選》,卷48頁9b)。

⑰ 行29:我將"闕文"譯爲"缺少的語詞",出自《論語》15/25。其中孔子抱怨其時書手未能沿用古代做法,在文本讀法或意思不確定處留下空白:"吾猶及史之闕文。"陸機在别種意思上使用"闕文",指從前没有用過的言辭。

⑱ 行30:我將"韻"譯爲"悦耳之詞",很多注疏家和翻譯者理解爲"節奏"。但是,該字可以更爲普遍地意爲"悦耳"或"甜美"的聲音。

⑲ 行37:尤袤本《文選》作"暑",《六臣注文選》作"景"(光,陰影)。我在翻譯"景"時結合"光"和"影"的意思。"光影"實際所指不明,我懷疑"景"只是唤起世界的視覺層面,跟下句聽覺層面對應。不管它們所指爲何,作家的任務是將它們找出來(字面意爲"敲打它們")並形諸文字。

把玩所有聲音曲調。

有時抓住樹幹以搖動樹葉，

40　或者跟蹤波紋去尋求源頭。

有時從隱晦處開始，終至明白；

或本來追求簡易，最終發現煩難。

有時如虎變斑紋而百獸俯首，⑳

或者如蛟龍出水而衆鳥驚散。㉑

45　有時發現道路平穩，易於把控；

有時則粗糙崎嶇，難以控制。

完全澄静，專注思考；

精心思慮，形諸文字。㉒

將天地包籠於形式，㉓

50　於筆端解析萬物。

初時言辭在乾燥嘴唇上逡巡，

最終順利飛入濡濕的筆端。

理支撐本質，穩固主幹，

外在形式如懸枝，結出纍纍果實。

55　的確，感受和表達從來沒有衝突，

每個變化都帶給面部新的情緒。

當思緒轉向快樂，他一定會笑；

當談及悲傷，他已然嘆息。

有時抓起書版，一揮而就；

60　有時銜筆於口，思想卻很茫然。

之顯，或求易而得難。或虎變而獸擾，或龍見而鳥瀾。或妥帖而易施，或岨峿而不安。罄澄心以凝思，眇衆慮而爲言。籠天地於形内，挫萬物於筆端。始躑躅於燥吻，終流離於濡翰。理扶質以立幹，文垂條而結繁。信情貌之不差，故每變而在顔。思涉樂其必笑，方言哀而已歎。或操觚以率爾，或含毫而邈然。

――――――――

⑳ 行 43：陸機化用《易經》第 49 卦，九五（《周易注疏》，卷 5 頁 19b—20a，124）裏的話：“大人虎變。”《象傳》釋此句爲：“大人虎變，其文炳也。”注疏者對該句理解各不相同。其基本意思是虎代表主要文理（或主旨），若能適當呈現，則文章其餘部分能各就其位，順服於它。

㉑ 行 44：“瀾”作“散亂”講，見胡紹煐，《文選箋證》，卷 18 頁 16。龍的意象，在《易經》的傳統裏很常見，類似於上句的老虎意象，意即作品主控力量。

㉒ 行 48：該句語詞出自《易經》（《周易注疏》，卷 9 頁 9a，196），《説卦》注：“神也者，妙萬物而爲言者也。”“妙”應是及物動詞，其精確意思不明。但王弼在注解《易經》時指出，“神”非物質存在，因此可微妙地作用於所有事物。見 Lynn, *The Classic of Changes*, p. 122。我認爲，在陸機這裏，“妙衆慮”背後之意與前一句類似：作者必須在某種程度上將其思想提純至世俗世界之外。因此，我譯爲“精心思慮”。

㉓ 行 49：“形”在此所指爲文學形式、物質外形抑或萬物形式的某種抽象概念，並不明確。宇文所安對各種可能的解釋有很好的概述，見 Owen, *Readings*, pp. 111 - 12。

4

在這種努力中獲得樂趣，	伊兹事之可樂，固聖賢之所欽。
此事早爲聖賢所尊崇。	課虛無以責有，叩寂寞而求音。
作者檢視無形以搜求形象，	函緜邈於尺素，吐滂沛乎寸心。
敲擊無聲以獲取聲音。	言恢之而彌廣，思按之而逾深。
65　於方寸中容納無限，	播芳蕤之馥馥，發青條之森森。
從寸心湧出江河。	粲風飛而猋豎，鬱雲起乎翰林。
詞彙擴充，範圍愈廣；	
思想受制，其理愈深。㉔	
寫作如讓花朵芳香四溢，	
70　讓緑枝生發翁鬱緑枝。	
它閃耀明亮，如微風輕颭颭風陡起；	
它厚厚聚集，像密雲升自文字叢林。	

5

文體形式千差萬別，㉕	體有萬殊，物無一量。紛紜揮
自然之物從無固定標準。	霍，形難爲狀。辭程才以效伎，
75　混亂、迷惑、迅捷、虛幻，	意司契而爲匠。在有無而僶俛，
其形狀很難描述。	當淺深而不讓。雖離方而遯員，
作者以遣詞造句展示才能，表現技巧，	期窮形而盡相。故夫夸目者尚
但是通過控制念頭，他像巧匠一樣行動。㉖	奢，愜心者貴當。言窮者無隘，
在有無之間斟酌，	論達者唯曠。
80　或淺或深，分毫不讓。㉗	
儘管可能抛方而棄圓，	

㉔　行 68：或可譯爲：“求思愈多，則愈複雜。”

㉕　行 73：陸機此處所用之“體”，是指《文體》還是更抽象的一切存在之物的體，並不清楚。郭正元（《魏晉南北朝文學論文名篇譯注》，頁 39）認爲，在此强調一般意義上的萬事萬物的句子裏，最好解釋“體”爲“客觀現實”。他的説法很有説服力。

㉖　行 77—78：“司契”指《老子》第 79 章：“有德司契。”該詞在此處引申爲“在寫作時控制和判斷”。李善（《文選》，卷 17 頁 4a）理解這兩句話爲尋章摘句以成文的過程，即“若程才效伎，取捨由意”。這些都是司契要發揮的作用，“類司契爲匠”。其他注解者（特別是郭正元，《魏晉南北朝文學論文名篇譯注》，頁 39）認爲，陸機這裏談論的是作者的才華和技巧：造句表現技術效力，而表達思想的方式展示寫作技能。

㉗　行 79—80：見《毛詩》第 35 首第 4 章：“就其深矣，方之舟之。就其淺矣，泳之游之。何有何亡，黽勉求之。”陸機借用這首詩的詞句，但在不同意思上使用。例如，他從“何有何無”中借用“有無”，意爲“存在還是不存在”。

卻希望徹底認知形式,完美描繪形像。

因此,追求炫目的人崇尚華麗詞藻,

追求合心愜意者重視恰當。

85　言詞窮盡者没有障礙,㉘

　　論證透徹者至爲清晰。㉙

6

詩發乎情,修飾精美;　　　　　　　　詩緣情而綺靡,賦體物而瀏亮。

賦物以形,明朗清晰。　　　　　　　　碑披文以相質,誄纏縣而悽愴。

碑文以外在形式支持内質,㉚　　　　　銘博約而温潤,箴頓挫而清壯。

90　誄令人心碎,悲哀傷心。　　　　　頌優遊以彬蔚,論精微而朗暢。

　　銘闊大簡約,温和順暢;㉛　　　　奏平徹以閑雅,説煒曄而譎誑。

　　箴用語節制,簡短大膽。㉜　　　　雖區分之在兹,亦禁邪而制放。

　　頌莊嚴舒緩,詞彩華贍;　　　　　要辭達而理舉,故無取乎冗長。

　　論精密確切,精辟流暢。

95　奏對平和清晰,優美雅緻;

　　論炫目閃耀,奇詭誘人。

　　儘管這些文體差别顯著,

　　但它們都禁抑離題,控制放任。㉝

　　言辭必須達意,理則必須適當闡明,㉞

㉘ 行85：這句似乎指行82。

㉙ 行86：“論達”指傳達信息和觀點直接了當、切入要點。見《論語》15/40:“辭達而已矣。”“曠”(擴充,開放)的準確意思很難傳達。宇文所安(*Readings*，p. 129)概述一些解釋,認爲“曠”可能指在論述結束後仍然徘徊不去之意,因此他譯此句爲:“論述只有在擴充中完成。”因爲我發現很難從“曠”的常見用法中找到該用法,我翻譯的重點,不在遺留之意,而在至爲清晰,後者源自論述被傳達之意。

㉚ 行89：陸機此處指理想的碑文應該具有的重要特質,即對已故之人的美德進行客觀陳述。對這種文體來説,文學藻飾也很重要,但是要從屬於内質。

㉛ 行91：李善(《文選》,卷17頁4b)解釋道,“銘”中所涉及的“事”範圍很廣,但是文字要簡潔。銘的要言不煩,是由它刻於其上的介質所定,如容器、扇子、劍或者鏡子之類的小物品。

㉜ 行92：箴指一種以簡短的,經常是古雅的風格寫作的警誡之文,大多包括一系列道德格言,列舉關於正確舉止的警告,特别是針對各種級别的官員。陸機將這種文體的特點歸結爲“頓挫”,這點不太好理解。該詞最普通的用法是描述聲調的變化或者動作的變化(停止和轉折)。李善(《文選》,卷17頁4b)將“頓挫”與箴的批評性和諷刺性的功能聯繫起來,但實際上並未解釋這意味着什麽。張銑(《六臣注文選》,卷17頁6a)解釋説,箴的功能是批評過去的錯失,因此它“克制前人的思想”。我參考這些不太確切的解釋,將“頓挫”譯爲“節制”。

㉝ 行98：此處可能指《論語》2/2:“詩三百,一言以蔽之,曰思無邪。”

㉞ 行99：本句再次重述《論語》15/40孔子的“辭達而已矣”這句話。

100 因此不必長篇大論。

7

饒富姿態乃事物本性，^㉟　　　　　　其爲物也多姿，其爲體也屢遷。
形式經常變化。　　　　　　　　　　　其會意也尚巧，其遣言也貴研。
整合念頭，技術爲先；^㊱　　　　　　暨音聲之迭代，若五色之相宣。
安排詞句，美最緊要。　　　　　　　雖逝止之無常，固崎錡而難便。
105 至於音聲，應錯落變化，^㊲　　　　苟達變而識次，猶開流以納泉。
猶如五色，彼此增强。　　　　　　　如失機而後會，恒操末以續顛。
儘管其去留無定則，^㊳　　　　　　謬玄黄之袠敍，故淟涊而不鮮。
但所經之途，崎嶇難行。
若能理解變化，知其順序，
110 則如開渠接水，自然而然。
如果錯失時機，丟去機會，
總是會讓結尾跟着開頭。
如果有人弄亂玄黄的正確次序，^㊴
東西看起來就渾濁不清。

8

115 有時回視，後文損害前文，　　　　或仰逼於先條，或俯侵於後章。
有時前瞻，上文衝犯下文。　　　　或辭害而理比，或言順而義妨。
有時言語不通，但邏輯順暢；　　　離之則雙美，合之則兩傷。考殿
有時語詞順暢，但事理不通。　　　最於錙銖，定去留於毫芒。苟銓
兩者若分開，都很漂亮，　　　　　衡之所裁，固應繩其必當。
120 放在一起，則彼此損傷。

---

^㉟ 行 101—102：這兩句重複行 73—74。方志彤（"Rhymeprose," p. 536）提供另一種可能的譯法："作爲物體，
文學有數種形態；作爲形式，它經歷不同變化。"

^㊱ 行 103：一些注疏者將"會意"解釋爲"理解意思"。見《魏晉南北朝文學史參考資料》，册 1，頁 262。應注意
會意也是六書之一，即兩個簡單的形旁放在一起成字，在英語中常被誤譯爲"表意字"。

^㊲ 行 105：這句有時被理解爲詩句裏聲韻分布的首要原則，但陸機此處所指更像是一般意義上寫作的音調特
徵，用不着理解成跟音韻有任何相關。

^㊳ 行 107："逝止"指文學作品裏語言和（或）聲音的變化。

^㊴ 行 113：玄黄是天地的基本色彩。據李善（《文選》，卷 17 頁 5a），此處以用色失序的刺綉作類比。

以細密規則,考查其相對業績;⑩
通過毫髮之別,來作出選擇。
人若根據嚴格標準來取裁,
必須遵守規則,尋求適當選擇。

9

125　有時風格華贍,事理豐富,
　　但主旨並不清晰。
　　結尾不能有兩種意思,
　　已經表達完全者無庸贅述。
　　簡要之語放在緊要處,
130　乃全篇警策之語。
　　即使其他衆多詞語次序井然,
　　也有待它去産生最大效果。
　　若的確成就多而弊端少,
　　就已選擇充分,不再改易。

或文繁理富,而意不指適。極無
兩致,盡不可益。立片言而居
要,乃一篇之警策。雖衆辭之有
條,必待茲而效績。亮功多而累
寡,故取足而不易。

10

135　有時文思像織物一樣混合,
　　清晰可愛,華麗明亮。
　　像精美的五彩刺綉一樣閃爍,
　　像樂器和弦一樣柔婉。
　　如果所寫並非獨創,
140　就會與前賢雷同。
　　即使我心自出杼軸,⑪
　　擔心他人已經領先。
　　如果有傷正直,違背禮義,
　　儘管喜愛,我也必須放棄。

或藻思綺合,清麗千眠。炳若縟
綉,悽若繁絃。必所擬之不殊,
乃闇合乎曩篇。雖杼軸於予懷,
怵佗人之我先。苟傷廉而愆義,
亦雖愛而必捐。

---

⑩　行121:"相對業績"指"殿最"(字面意思是"底部和頂端"),在漢代用以爲官員分等。見《漢書》,卷8頁253。
⑪　行141:"杼軸"比喻文學創造,寫作經常被用來跟在織布機上織布作比較。李善(《文選》,卷17頁6a)説:
　　"雖出自己情,懼他人先己也。"因此,即使有人所作是原創,但如果跟從前文章相似,也是不被允許的。

11

145　有時一花獨開，一穗聳立，
　　脱離群體，無關主旨，
　　像不可爲影所隨之形，
　　無聲聯結之回音。
　　孤零突出，
150　跟衆聲不配。
　　心感沮喪，没有伴侣，
　　意念猶豫，難於放棄。
　　石頭藴玉，山會發光；
　　水中有珠，溪流誘人。⁴²
155　繁茂灌木無需剪伐，
　　棲息翠鳥爲它增添秀氣。⁴³
　　將《下里》加入《白雪》，
　　會加强文章品質。⁴⁴

或苕發穎豎，離衆絶致。形不可
逐，響難爲係。塊孤立而特峙，
非常音之所緯。心牢落而無偶，
意徘徊而不能揥。石韞玉而山
輝，水懷珠而川媚。彼榛楉之勿
翦，亦蒙榮於集翠。綴《下里》於
《白雪》，吾亦濟夫所偉。

12

　　有時詩人寄意於短韻，⁴⁵
160　面對凄冷廣闊，獨自升起。⁴⁶
　　下視空蕩静寂，無朋無友；

或託言於短韻，對窮迹而孤興。
俯寂寞而無友，仰寥廓而莫承。
譬偏絃之獨張，含清唱而靡應。

㊷　行 153—154：見《荀子》，卷 1 頁 4a：“玉在山而木潤，淵生珠而岸不枯。”此處意思似乎是説，單獨的珍貴之
　　物，也能夠向周圍環境散發美和光澤。

㊸　行 155—156：翻譯這兩句有幾個問題。首先，榛（filbert）和楉（thorn）是兩種樹，《毛詩》第 239 首同時提到
　　它們，描述爲茂盛的植物。但是，李善（《文選》，卷 17 頁 6b）將它們視作表示“常音”的意象，也即文章中的
　　平淡段落。朱珔（《文選集釋》，卷 14 頁 23b）認爲，榛楉是表示繁茂、讓人討厭的生長的形容詞。其次，“集
　　翠”可被理解爲“翠鳥來棲”或者“（植物的）翠色凝聚”。無論這兩句中單個詞如何解釋，整體意思是清楚的：
　　即使一般、普通的東西在文學作品裏也發揮功能。

㊹　行 157—158：《下里》和《白雪》是歸屬宋玉的《答楚王問》所提到的兩首歌（《文選》，卷 45 頁 2a）。《下里》的
　　全名爲《下里巴人》，以平易、低沉的調式演奏，據説可由千人演唱。《白雪》是《陽春白雪》的簡寫，調子較高，
　　較難上口，能跟上曲調者不過數十人。因此這兩首歌分別代表“低俗”和“高雅”的音樂。

㊺　行 159—160：根據李善（《文選》，卷 17 頁 6b），“短韻”指事寡的小文。陸機此處批評的似乎是缺少“應”的
　　作品，即一篇作品的組成部分没有充分地互相呼應。黄兆傑將“短韻”恰切地譯爲“無法持久的詩”，見 *Early
　　Chinese Literary Criticism*, p. 46。這一部分及其與“應”的聯繫，見 DeWoskin, "Early Chinese Music and
　　the Origins of Aesthetic Terminology," pp. 199 - 200。

㊻　行 160：我認爲“窮迹”並非如宇文所安（*Readings*, p. 157）所説指到了盡頭的路，而是指缺少背景，令此句
　　看起來孤獨和乏味。

上看巨大蒼穹，未有聯絡。

像一根偏弦，獨自彈撥；

內含清音，卻缺少回響。

13

165　或者他寄辭於弱音，⑰　　　　　　　　　或寄辭於瘁音，徒靡言而弗華。

語詞僅具裝飾性，並不華麗。　　　　　　混妍蚩而成體，累良質而爲瑕。

把美醜混合於同一個形式，　　　　　　　象下管之偏疾，故雖應而不和。

防礙美質，製造缺陷。

就像堂下吹管搶拍，⑱

170　儘管應和，卻不和諧。

14

或者脫離內容，追求新奇，　　　　　　　或遺理以存異，徒尋虛以逐微。

徒勞追求空虛，尋找晦澀。　　　　　　　言寡情而鮮愛，辭浮漂而不歸。

話語缺情少愛，　　　　　　　　　　　　猶絃么而徽急，故雖和而不悲。

句子飄零無依。

175　就像快速彈撥的細弦，

音聲和諧，卻不動人。

15

有時，在狂放中奔湧向前，混合聲音，　　或奔放以諧合，務嘈囋而妖冶。

只求嘈雜誘惑。　　　　　　　　　　　　徒悅目而偶俗，固高聲而曲下。

這只能娛目，迎合粗俗趣味；　　　　　　寤防露與桑間，又雖悲而不雅。

180　調門可能確實很高，但歌曲質量很低。

讓人想起《防露》和《桑間》之作，⑲

---

⑰　行165：“瘁音”指缺乏力量和氣骨的作品。見陳宏天編，《昭明文選譯注》，冊2，頁913，注釋157。

⑱　行169：古時國家大典所奏之樂，有堂上和堂下的區分，下管指以管樂器演奏。見《周禮注疏》，卷23頁14b—15a(1718—1719)。

⑲　行181：《防露》，見謝莊，《月賦》，本冊，行72注。桑間在濮水(今河南)，傳統上該地跟所謂亡國之音聯繫在一起。見《禮記注疏》，卷37頁7a(3311)。殷商紂王讓樂師爲其創作淫邪之曲，後來殷被周所滅，樂師自沉於濮水。幾百年後，樂師涓經過該地，聽到箏聲。他記下曲調，在樂師曠前演奏給晉平王(前557—前532年在位)聽，未及奏完便爲曠中止，稱這“是亡國之音”。見《史記》，卷24頁1235；Chavannes, Mh, 3：288-89。

儘管音樂感人，卻不雅馴。

16

有時作品平庸空虛，温和拘謹，
去除一切複雜，丢掉藻飾。
185　甚至缺乏大羹之"無味"，
　　　如同朱弦的簡單純粹。⑤
　　　儘管一人唱，三人和，
　　　可能莊嚴，但缺少美。

或清虛以婉約，每除煩而去濫。
闕大羹之遺味，同朱絃之清氾。
雖一唱而三歎，固既雅而不豔。

17

作品的裁剪，或豐或約，
190　形式的運動，或升或降，
　　　遵循合宜，適應變化，
　　　其曲折，有許多微妙的側面。
　　　有時語言笨拙，卻能很好描繪形象，
　　　有時道理樸實，語言卻輕淺。⑤
195　有時沿襲故舊，卻產生新文，
　　　有時依循混亂，而視界更清。
　　　有時簡短瀏覽，帶來更大察識，
　　　有時精研細磨，以抓住微妙本質。
　　　像舞者隨着鼓點揮動衣袖，
200　像歌者合樂以出聲。
　　　對這些輪扁都無法言傳，⑤
　　　甚至最華麗言説也未能抓住本質。

若夫豐約之裁，俯仰之形。因宜
適變，曲有微情。或言拙而喻
巧，或理朴而辭輕。或襲故而彌
新，或沿濁而更清。或覽之而必
察，或研之而後精。譬猶舞者赴
節以投袂，歌者應絃而遣聲。是
蓋輪扁所不得言，故亦非華説之
所能精。

18

我檢視造句規則和寫作準繩，

普辭條與文律，良余膺之所服。

---

⑤　行 185—186：這兩句指《禮記·樂記》（《禮記注疏》，卷 37 頁 8a—b，3311）中的一段話，述古代典禮中的音樂和食物有意做得不太吸引人。等用普通朱絲作弦，孔間距較寬，聲音單調，即使如此，也"一人唱，三人合"。儀典食物有普通水和新鮮肉，大羹不調味，因此"無味"。
⑤　行 194："輕"暗示缺少嚴蕭性。
⑤　行 201：見陸機此賦前面的序，注釋 6。

它們的確是我心中所最推尊。
我對當今時代的常見錯誤至爲熟悉，
知曉過去賢人所作何者爲佳。
儘管有些可能出自聰明腦袋深處，
但在昏聵人眼裏卻是荒唐。
瑪瑙與玉飾，
如田野豆子，(53)
似不盡聲音，(54)
跟天地共長久。
儘管它們在今世繁榮昌盛，
但我的兩手卻未抓住多少。(55)
沮喪於水罐一直空虛，(56)
我哀嘆好句總是難寫。
甚至爬短墻時摔倒，(57)
聊吟庸聲以完成詩歌。
以延留遺憾結束文章，
我豈能感到完全滿意？
害怕變成滿覆灰塵的瓦缶，(58)
被閃閃玉石所嘲笑。

練世情之常尤，識前脩之所淑。
雖濬發於巧心，或受欰於拙目。
彼瓊敷與玉藻，若中原之有菽。
同橐籥之罔窮，與天地乎並育。
雖紛藹於此世，嗟不盈於予掬。
患挈缾之屢空，病昌言之難屬。
故踸踔於短垣，放庸音以足曲。
恒遺恨以終篇，豈懷盈而自足。
懼蒙塵於叩缶，顧取笑乎鳴玉。

19

至於感應之時，(59)
通塞有則：
來時無法抑制，

若夫應感之會，通塞之紀。來不可遏，去不可止。藏若景滅，行猶響起。方天機之駿利，夫何紛

(53) 行 210：這句暗指《毛詩》第 196 首第 3 章：“中原有菽，庶人采之。”意思是罕見珍貴的寶石，亦即優秀的作品，如同田地中的豆子一樣常見。

(54) 行 211：見《老子》第 5 章：“天地之間，其猶橐籥乎？虛而不屈，動而愈出。”

(55) 行 214：見《毛詩》第 226 首第 1 章：“終朝采緑，不盈一掬。”

(56) 行 215：“挈缾”在傳統中是描述所知不多的意象。見《左傳》，昭公七年：“雖有挈瓶之智，守不假器。”

(57) 行 217：尤袤本《文選》作“短垣”，《六臣注文選》作“短韻”。我採用朱珔(《文選集釋》，卷 14 頁 24a)的意見，認爲應讀作“短垣”，因其跟動詞踸踔(跌撞，瘸)更爲搭配。

(58) 行 221：擊“缶”以發聲，而積塵會降低其本就粗劣的聲音質量。

(59) 行 223：“感應”(《四部叢刊》本《六臣注文選》作“感應”，其他版本作“應感”)指文學創造或者靈感來臨的時刻。

去時不能阻擋。

隱藏時如影消失，⑩

活躍時如聲回響。

當天機暢快之時，

230　任何混亂皆能理順。

思想之風發自胸臆，

語詞之泉流動脣齒。

如此華美奢侈、豐富儲備，

惟有筆紙可以追蹤。

235　文辭閃耀，充溢眼前；

聲音豐富流動，灌滿耳朵。

當六情凝滯，⑪

心離而神留：

癡呆如枯木，

240　空虛如涸流。

抓攫靈魂，搜索內在深度，

搜集內質，返身自求。

文理深覆，越搜越隱；

思想受抑，難於抽繹。⑫

245　有時情感耗盡，不勝後悔，⑬

有時率意而作，甚少錯謬。

儘管此物在我心中，⑭

但即使竭盡全力也無法抒發。

經常拍打空胸自嘆，⑮

250　無法理解障滯和流暢的原因。

而不理。思風發於胸臆，言泉流於脣齒。紛威蕤以馺遝，唯毫素之所擬。文徽徽以溢目，音泠泠而盈耳。及其六情底滯，志往神留。兀若枯木，豁若涸流。攬營魂以探賾，頓精爽於自求。理翳翳而愈伏，思乙乙其若抽。是以或竭情而多悔，或率意而寡尤。雖茲物之在我，非余力之所勠。故時撫空懷而自惋，吾未識夫開塞之所由。

---

⑩　行 226—227：見《莊子》，卷 7 頁 21a，孫叔敖解釋如何看待職位之得失：“其來不可卻，其去不可止。”陸機借此指文學靈感。

⑪　行 237：李善（《文選》，卷 17 頁 9a）引用仲長統（180—220 年在世）《昌言》，將六情定義爲“喜、怒、哀、樂、好、惡”。

⑫　行 244：尤袤本《文選》作“乙乙”，《六臣注文選》作“軋軋”。

⑬　行 245：後悔應指人在寫作時所犯的錯誤。

⑭　行 247：“此物”指寫作。

⑮　行 249：或如同宇文所安（Readings，p. 178）所翻譯：“有時我想到心中空虛，轉而自虐。”

20

至於文學功用，

確爲衆理所依憑。

跨越萬里，無物能阻；

作爲津梁，能將千萬年聯繫。

255　向下，爲後世提供模板；

向上，取法前代榜樣。

拯救將衰的文武之道，[66]

宏揚教化，使之不敗。[67]

沒有任何路，因爲太遠而無法到達，

260　沒有任何理，因爲太微妙而無法囊括。

其滋潤有如雲雨，

其變化不異鬼神。

覆蓋金石，使德性廣爲人知；[68]

流於管弦，日日常新。

伊兹文之爲用，固衆理之所因。

恢萬里而無閡，通億載而爲津。

俯貽則於來葉，仰觀象乎古人。

濟文武於將墜，宣風聲於不泯。

塗無遠而不彌，理無微而弗綸。

配霑潤於雲雨，象變化乎鬼神。

被金石而德廣，流管絃而日新。

---

[66] 行 257：見《論語》19/22："文武之道，未墜於地。"

[67] 行 258：此處所譯教化，原文爲"風聲"（字面意爲影響和名聲）。見《尚書注疏》，卷 19 頁 8a(521)："彰善癉惡，樹之風聲。"

[68] 行 263：此處的金石指上述刻有銘文的物質。

音 樂 上

洞 簫 賦

王子淵

【解題】

　　此賦爲王褒(字子淵)所撰,又名《洞簫頌》,見《漢書》,卷64下頁2629。洞簫的字面意思是"洞開的簫管",這一名稱的由來,是由於簫管尾部的孔洞不被封閉。見如淳,《漢書音義》(李善引,《文選》,卷17頁10b)。根據李善所述,漢代的洞簫有二十三管和十六管。有關中國排簫的出色研究,見莊本立,《中國古代之排簫》。

　　本文迄今唯一的外文翻譯是小尾郊一、花房英樹,《文選》,卷2,頁358—367。白話文翻譯有陳宏天等編,《昭明文選譯注》,册2,頁358—367;李景濚編,《昭明文選新解》,册2,頁242—251;遲文浚等編,《歷代賦辭典》,頁95—98。帶有注解的較好文本有畢萬忱等編,《中國歷代賦選》,頁328—340。

1

追溯簫竹生長的原始地點:
位於長江以南多丘的荒原。①
中空莖稈筆直平滑,罕有節瘤,
末梢枝葉紛繁,茂盛散開。

5　請注目它們所依附的山丘側面!

原夫簫幹之所生兮,于江南之丘墟。洞條暢而罕節兮,標敷紛以扶疎。徒觀其旁山側兮,則崛嶔巋崎,倚巇迤巇,誠可悲乎其不安也!彌望儻莽,聯延曠盪,又

---

① 行2:江南之丘墟可能指慈母山,亦寫爲慈姆山,位於今安徽馬鞍山市以北。見譚其驤,《中國歷史地圖集》,册4,頁27—28,13-10。李善徵引此地的一部方志《丹陽記》,此書明確將慈母山認定爲王褒在賦中描述的地方。

險峻升高,陡然驟降,

高峭矗立,斜坡綿延,

傾斜不穩,的確令人不安!

但放眼觀望,浩瀚莽莽,

10　連綿不斷,寬廣無涯,

寬廣寧靜又令人愉悅。

樹木將身軀托付后土,

經歷萬年而保持不變。

吸入至純精質的豐饒光輝,

15　吸收碧綠色彩的濕潤堅實。

爲陰陽變化擾動,

將性命依附皇天。

翱翔的風蕭蕭作響,從枝葉間吹過,

回旋江河和奔流溪水灌溉山丘。

20　揚起潔白的漣漪,噴出水珠,

喧鬧暴躁,傾瀉進深邃裂谷。

清晨露水清冽涼爽,滴落在旁;

玉液富饒濕潤,浸透根部。②

孤身雌禽,無伴仙鶴,

25　在其下快樂嬉戲。

春天禽鳥,群聚玩樂,

在其頂端翱翔。

秋蟬不飲不食,③

緊貼樹皮不停鳴唱。

30　黑色猿猴悲傷嘯吼,

在樹間尋找搜索。

居住幽暗隱蔽之處,深深與世隔絕,

濃密聚攏,彼此相連。

請仔細觀察它們的純潔外形:

足樂乎其敞閑也。託身軀於后土兮,經萬載而不遷。吸至精之滋熙兮,稟蒼色之潤堅。感陰陽之變化兮,附性命乎皇天。翔風蕭蕭而逕其末兮,迴江流川而溉其山。揚素波而揮連珠兮,聲磕磕而澍淵。朝露清泠而隕其側兮,玉液浸潤而承其根。孤雌寡鶴,娛優乎其下兮,春禽群嬉,翱翔乎其顛。秋蜩不食,抱樸而長吟兮,玄猨悲嘯,搜索乎其間。處幽隱而奧庰兮,密漠泊以猭獜。惟詳察其素體兮,宜清靜而弗誼。幸得謚爲洞簫兮,蒙聖主之渥恩。可謂惠而不費兮,因天性之自然。

---

② 行23:玉液可能指春泉。

③ 行28:蟬被認爲只吃露水爲生。

35　似乎適合安静，不會製造聲音。
　　卻幸運地被提名爲"洞簫"的原料，
　　受到聖主慷慨的恩賞。
　　可謂"慷慨而無大的耗費"，④
　　亦遵循事物的自然本性。

2

40　於是，般和匠展現技藝，⑤
　　夔和襄判定比例。⑥
　　它被戴上象牙，
　　合併連接處和接縫。
　　被刻上複雜圖案，

45　紅漆的"脣"交錯雜陳。⑦
　　緊密結合，連接一處，
　　簫管排列如魚鱗，或長或短。
　　緊密地結合爲有序行列，
　　各種指法都可輕鬆使用。

50　於是，吩咐視覺昏昧者，
　　一出生就無法感知天地的形狀輪廓，
　　不能區別黑白色調和形式，
　　憤怒抑鬱，懊惱苦澀，
　　因眼睛喪失敏鋭而委屈，

55　無法釋放自己的思慮，
　　在音樂中發泄所有失意。
　　於是，他撅起嘴脣，與宮商合調，
　　和諧悦耳的聲音充沛有力，瀰漫空中。

於是般匠施巧，夔妃准法。帶以象牙，捆其會合。鏤鏤離灑，絳脣錯雜。鄰菌繚糾，羅鱗捷獵。膠緻理比，挹抐撒攪。於是乃使夫性昧之宕冥，生不覩天地之體勢，闇於白黑之貌形。憤伊鬱而酷祕，愍眸子之喪精。寡所舒其思慮兮，專發憤乎音聲。故吻吮值夫宮商兮，龢紛離其匹溢。形旖旎以順吹兮，瞋㘉嗃以紓鬱。氣旁迕以飛射兮，馳散渙以逫律。趣從容其勿述兮，騖合遝以詭譎。或渾沌而潺湲兮，獵若枚折。或漫衍而駱驛兮，沛焉競溢。惏慄密率，掩以絶滅。嘻嚱暉䎶，跳然復出。

---

④ 行38：參《論語》20/2："君子惠而不費。"
⑤ 行40：般是著名的木匠公輸般。見《西京賦》，行186注。匠是匠石，他的技藝在《莊子》（卷2頁12a、卷8頁16b)中受到贊美。
⑥ 行41：夔是舜的司掌音樂的大臣。見《尚書注疏》，卷3頁26a(276)。李善(《文選》，卷17頁11b)没有辨認出"妃"的所指。《六臣注文選》將之讀爲"襄"，可能指師襄，春秋時期衛國的樂師，據説孔子在他的指導下學琴。見《史記》，卷47頁1925。我在此遵循六臣注的文本。
⑦ 行45："脣"是吹口。

身體搖曳擺動，與吹氣相配合；

60 憤然鼓起臉頰，怒氣未曾耗盡。

呼吸爆裂地穿過簫管，突然迸發，

馳騁而去，分散廣布，緩緩播撒。

迅速離開，輕鬆自在，緩緩流淌，⑧

在豐富的聲音中馳去，詭異奇怪。

65 有時音符混合，潺潺湧動；

有時發出爆裂聲音，像突然折斷的樹枝。

有時湧動流淌，沒有止息，

充盈豐沛，仿佛爭相溢流而出。

接着聲音寒涼冰冷，平靜安寧，

70 頓然斷絶，仿佛完全停止。

突然間，輕快激烈，一陣樂聲

從簫管中傾瀉而出。

3

如果静静聆聽韻律，

仔細傾聽曲調，就會聽到：

75 啾啾嘟嘟，各種聲音吟唱而出，

開始舒暢，漸漸齊聲高奏。

好似持續的風吹拂不歇，

優雅、輕柔、活潑、搖曳。

接着聲音逐漸飄然而去，微弱稀薄，

80 直到頓然停止，形成另一曲調。

在那裏耽延，阻塞道路，

直到和諧奏出一首歌曲。

現在來聆聽更偉大的樂音：

流淌湧動，仿佛泛濫河水，

若乃徐聽其曲度兮，廉察其賦歌。啾咇嘚而將吟兮，行鍖銋以龢囉。風鴻洞而不絶兮，優嬈嬈以婆娑。翩緜連以牢落兮，漂乍棄而爲他。要復遮其蹉徑兮，與謳謠乎相龢。故聽其巨音，則周流汜濫，并包吐含，若慈父之畜子也。其妙聲，則清静厭瘱，順敘卑迖，若孝子之事父也。科條譬類，誠應義理，澎濞慷慨，一何壯士！優柔温潤，又似君子。故其武聲，則若雷霆輘輷，佚豫以

---

⑧ 行 63：胡紹煐將"勿述"（*mjət-zjwət）等同於"沕潏"（*hwət-zjwət），這是一個疊韻連綿詞，用來形容泉水中噴流冒泡。在王褒此句裏，李善（《文選》，卷 17 頁 12b）將之解釋爲"無所逆誤之貌"。因此，我將其翻譯爲"緩緩流淌"。

85　吞吐所包圍的一切事物，
　　恰如慈父養育其子。
　　更爲微妙的聲音，
　　沉静安寧，平緩寂静，
　　温和順從，謙虛恭敬，

90　如同孝子侍奉父親。
　　道德教訓包含在音節和韻律之内，
　　誠然與禮儀和端正的行爲準則一致。
　　憤然澎湃，振奮激情——
　　啊，多像勇敢的武士！

95　莊重文雅，温和可親，
　　又仿若君子。
　　故此，其軍武之聲
　　好似雷霆隆隆爆鳴，
　　迅捷推進，呼嘯咆哮。

100　其仁慈之聲
　　好似南風和藹温暖，
　　慷慨地施捨恩惠。
　　有時聯合，匯聚一起，
　　有時分散，一掃而去。⑨

105　有時黯然絶望，悲哀傷感，
　　有時安詳沉静，冷静沉著。
　　時而像小水滴般美好雅緻，
　　時而像河水潰决堤岸，壯烈湧動。
　　當有人悲哀傷感，内心憂困，

110　甜美舒暢的曲調可資品味。

沸愲。其仁聲，則若颯風紛披，
容與而施惠。或雜遝以聚斂兮，
或拔搬以奮棄。悲愴悅以惻惐
兮，時恬淡以綏肆。被淋灑其靡
靡兮，時横潰以陽遂。哀悁悁之
可懷兮，良醰醰而有味。

4

貪婪無厭者聆聽此樂，性格變得廉潔；

故貪饕者聽之而廉隅兮，狼戾者

---

⑨ 行 104：朱珔（《文選集釋》，卷 15 頁 3b）指出，"奮棄"應該讀爲"糞棄"，意爲"抛棄"，因此我翻譯爲"一掃而去"。

暴戾惡毒者聽到此樂,不再牢騷抱怨。

剛毅殘酷者,恢復仁慈善良;

怠惰懶散者,抑制錯誤行爲。

115 鍾期、牙、曠錯愕不安,⑩

杞梁之妻無法類比此神聖感覺;⑪

師襄、嚴春不敢表演技巧,⑫

親切的顏叔子也遠離同儕。⑬

愚蠢頑固的朱、均受到震驚,恢復才智,⑭

120 桀、跖、鬻、博變得虛弱疲乏;⑮

簫管音樂變化參差,進入道德世界,⑯

永遠都會得到喜愛尊重。

5

洞簫有時演奏快捷曲調:

樂聲徘徊搖曳,

聞之而不慸。剛毅彊鷙反仁恩分,嘽咺逸豫戒其失。鍾期牙曠悵然而愕分,杞梁之妻不能爲其氣。師襄嚴春不敢竄其巧分,浸淫叔子遠其類。嚚頑朱均憍復惠分,桀跖鬻博儡以頓顇。吹参差而入道德分,故永御而可貴。

時奏狡弄,則彷徨翱翔,或留而不行,或行而不留。憛悇瀾漫,

---

⑩ 行115：鍾期是鍾子期,春秋時期著名的音樂鑒賞家。伯牙是偉大的琴師,常常爲鍾子期表演。伯牙彈動琴弦時,心意在泰山之上,鍾子期驚嘆:"善哉乎鼓琴,巍巍乎若泰山!"後來,伯牙的心意專注於流水。鍾子期接着説道:"善哉乎鼓琴,湯湯乎若流水。"鍾子期死後,伯牙將琴摔碎,拒絕再鼓琴。見《吕氏春秋》,卷14頁4a。曠是春秋時期晉國的音樂家。見《文賦》,行181注。

⑪ 行116：杞梁是秦國人,其妻没有子女親屬。杞梁戰死後,尸體躺在墙下,其妻扶尸慟哭。十天之後,她痛苦和悲嘆的强大力量致使這面城墙崩塌。見《列女傳》,卷4頁5a。

⑫ 行117：師襄是衛國的音樂大師。見上文行41注。嚴春可能是指莊春,在目録書《七略》(李善,《文選》,卷17頁14a徵引)中被作爲琴家提及,也在歸屬於宋玉的《笛賦》中被提到。見《古文苑》,卷1頁5b。

⑬ 行118：李善(《文選》,卷17頁14a)將"浸淫"解釋爲"猶漸冉",李善稱此處意謂"親附"。李善因此將之視作對叔子的描述,並將叔子判定爲顏叔子。《詩經》毛注(見《毛詩注疏》,卷12之3頁20b,978)稱顏叔子獨自與一位寡婦比鄰而居,一天晚上暴風雨摧毀寡婦的房子,她逃到叔子的家中。叔子讓她進來,但徹夜秉燭,使家中明亮,以避免非善意的猜忌。李善可能將"浸淫"解釋爲對顏叔子行爲的某種描述,但我不確定其在這個語境中實際應該是什麼意思,也不確定顏叔子和寡婦與王褒這一句有什麼關係。基於與前一句的對仗關係,"浸淫"可能是一個名字,就像張銑(收《六臣注文選》,卷17頁20b)所述。但如果它是個人名,其人卻不見他處。我的翻譯暫時遵從李善的意見,將"浸淫"翻譯爲"親切的"(叔子)。

⑭ 行119：朱是丹朱,堯的愚蠢兒子;均是商均,舜的不肖之子。"嚚"和"頑"的措辭在《堯典》中被分別用在舜的父親和母親身上(見《尚書注疏》,卷2頁24b)。

⑮ 行120：桀是邪惡的夏朝末代統治者。跖是聲名狼藉的盗跖。鬻可能指武士夏育。見《西京賦》,行564注。李善(《文選》,卷17頁14a)稱"博"是申博,有關他的情況一無所知。李善徵引《夏育贊》,其中提到夏育的凶殘和申博的勇敢。

⑯ 行121：李善(卷17頁14a)將"參差"(字面意爲"長短")解釋爲洞簫的另一個名稱。如果遵從他的意見,這一句就應解釋爲:"其人吹奏洞簫,進入美德的世界。"然而,進入道德世界的不是表演者,而是聽衆。最近,孫長叔已給出很好的證明,指出參差原本不是洞簫的意思,在王褒這句裏,這個詞描述的是簫樂多種多樣的變化(例如,高低、强弱、長短);他還對"吹"意爲"簫樂"一事進行討論。見《"吹參差"非"吹簫"説》。我遵從孫長叔的解釋。

時而止步不前，
時而行進不止。
樂聲平静温和散播，
没有同儕，喪失同伴。
接着急迫求索，循環往復，
在超越形象的世界找到彼此。[17]
真正懂音樂者既爲之喜悦，也爲之憂傷；
不懂音樂者發現它的奇妙偉大。
聽到其憂傷樂聲的人，
一定沉沉悲嘆，
擦掉充盈淚水。[18]
演奏快樂旋律時，
無人不感愉快歡樂，[19]
平静放鬆。
蟋蟀和尺蠖[20]
緩慢爬行喘息。[21]
螻蛄、螞蟻、壁虎[22]
一同爬行，倦怠無力。
前後進退移動，
像魚瞪大眼睛，像鷄瞠目凝視。
垂下嘴，回旋扭轉，
專心致志地凝視，忘卻飲食。
更何況人類：他們因陰陽和諧而感生，

亡耦失疇。薄索合沓，罔象相求。故知音者樂而悲之，不知音者怪而偉之，故聞其悲聲，則莫不愴然累欷，擎涕抆淚。其奏歡娱，則莫不憚漫衍凱，阿那腲腇者已。是以蟋蟀蚸蠖，蚑行喘息。螻蟻蝘蜓，蠅蠅翊翊。遷延徙迤，魚瞰雞睨。垂喙蛩轉，瞪瞢忘食。況感陰陽之龢，而化風俗之倫哉！

⑰ 行 129—130：這兩句極其難懂。胡紹煐（《文選箋證》，卷 17 頁 14a）稱，“薄索”（* *bak-sak*）代表“迫促”（* *prak-tshjuk*；意爲緊急、緊迫）。然而，我不確定這個意思如何與此語境相配。因此，我遵從李善（《文選》，卷 17 頁 4b）的意見，將之譯爲“急迫地求索”。“罔象”（意爲没有形象）的意思難以解釋。張銑（收《六臣注文選》，卷 17 頁 21a）稱其指“餘聲”，音樂停止後仍舊徘徊的聲音。

⑱ 行 133—135：王念孫（《讀書雜志》，餘編下頁 39b）提出，尤袤本的“聞其悲聲”應該修訂爲“其爲悲聲”，五臣本文字如是。王念孫將這一句視爲指洞簫的演奏者，是接下來兩句的主語。然而，這篇文章的全部重點是音樂給予聽衆的影響，因此我保留尤袤本的文字。

⑲ 行 137：王念孫（《讀書雜志》，餘編下頁 39b）展示，尤袤本的“衍”是“衎”（意爲愉悦）的誤寫。亦見胡紹煐，《文選箋證》，卷 19 頁 7a。

⑳ 行 139：朱珔（《文選集釋》，卷 15 頁 4a）指出，“蚸蠖”是“尺蠖”的異體。

㉑ 行 140：王褒在這裏的描述是説，音樂甚至對低等的昆蟲都有影響力。

㉒ 行 141：朱珔（《文選集釋》，卷 15 頁 4a—b）指出，“蝘蝘”應該修訂爲“蝘蜓”（壁虎）。

爲道德風俗所轉變！

6

結尾道：簫的音樂形式如敏捷的雜技演員，

150 跳躍超騰，

迅捷快速，機敏優雅。

又像是疾奔的波濤，

湧起泡沫，奔騰洶湧，

從彎曲河道急衝而去。

155 音樂刺耳高鳴，

起起伏伏，斷斷續續，

發出震蕩激烈的聲音。

震顫，顛簸，㉓

任意漫步，澎湃洶湧，㉔

160 恍如有物傾倒崩塌。

韻律輕鬆自在流淌，

短暫徘徊，猶像躊躇——

使人變得近乎茫然。

聲音降低衰弱離去：

165 做出最後道別，消失遠方，

四處漂流，永不回還。

音樂被賦予聖人教化，

從容鎮定，尊崇大道，

歡樂但不放縱。㉕

170 有序順暢，清晰洞徹，㉖

遵守嚴格韻律。㉗

亂曰：狀若捷武，超騰踰曳，迅漂巧兮。又似流波，泡溲汎淁，趨巇道兮。哮呷吰唤，躋躓連絶，淈殄沌兮。攬搜潺捎，逍遥踊躍，若壞頹兮。優游流離，躊躇稽詣，亦足耽兮。頹唐遂往，長辭遠逝，漂不還兮。賴蒙聖化，從容中道，樂不淫兮。條暢洞達，中節操兮。終詩卒曲，尚餘音兮。吟氣遺響，聯縣漂撇，生微風兮。連延駱驛，變無窮兮。

㉓ 行 158：李善(《文選》,卷 17 頁 15a)將"攬搜潺捎"解釋爲水的聲音。胡紹煐(《文選箋證》,卷 19 頁 8b)指出,這一詞語有"震動"的意思。

㉔ 行 159：胡紹煐(《文選箋證》,卷 19 頁 8b)建議,"逍遥"應該被理解爲"踃跳"(跳躍之意)。

㉕ 行 169：參《論語》3/20:"樂而不淫,哀而不傷。"

㉖ 行 170："條暢"在此處譯爲"有序順暢",這個詞在上文行 3 中被用來描述竹莖,在這裏描述的是音樂。

㉗ 行 171：節操,我翻譯爲"嚴格的韻律",也有"正直有道義"的意思。這是王褒爲簫樂灌注道德特質的另一個例子。

當歌曲結束、音樂停止，
仍然餘韻裊裊。
吹奏者氣息的餘音，
175 在簫管中持續回蕩，
生成一陣微風。
音樂延續如不盡細流，
變化没有窮盡。

舞　賦

傅武仲

【解題】

　　在此賦中，傅毅（字武仲）描述漢代深受歡迎的一種娛樂形式，即被稱爲“七盤”的舞蹈。七盤鼓形似盤子（盤鼓），放置在地上。表演者敲鼓打出韻律，同時圍繞這些鼓舞蹈。山東沂南出土的一幅漢代壁畫，清晰地描繪這種舞蹈。見王仲殊，《沂南石刻畫像中的七盤舞》。有關這種舞蹈的另一篇漢賦，見張衡，《舞賦》，收張震澤編，《張衡詩文集校注》，頁257—262。有關“七盤”舞，還有一份研究，見小西狩，《七盤舞に關する諸説について》。傅毅沒有將這篇賦的背景設定爲漢代，而是借詩人宋玉之口（據傳是音樂專家）向楚王描述這種舞蹈。宋玉以對音樂扼要的討論開篇，出人意料地爲鄭和衛的音樂辯護，認爲它們是提供娛樂的恰當方式。傅毅首先描述舞者及其衣著裝飾，接着給出一首關於將世間事務和艱辛抛之腦後的奇怪詩歌。對舞蹈的描述是音樂賦的典型，關注舞者的各種動作，以及舞蹈的“神”或無法看見的方面（如“氣如浮雲，志若秋霜”）。結尾描述離別聚會賓客的陶醉形象。

　　此前的翻譯包括 von Zach, *Deutsche Wacht*（September 1928），rpt. in *Die Chinesische Anthologie* 1：245‑49；小尾郊一、花房英樹，《文選》，卷 2，頁 368—378。白話文翻譯見陳宏天等編，《昭明文選譯注》，册 2，頁 934—946；李景濚編，《昭明文選新解》，册 2，頁 252—261；遲文浚等編，《歷代賦辭典》，頁 191—194。

1

　　楚襄王遊雲夢後，[①] 令宋玉爲高唐之事作賦。[②] 他準備一場酒宴，正要開始宴飲。彼時他對宋玉言道：“我想要娛樂所有的侍臣，用什麼可以令他們感到愉悦呢？”

楚襄王既遊雲夢，使宋玉賦高唐之事。將置酒宴飲，謂宋玉曰：“寡人欲觴群臣，何以娛之？”玉曰：“臣聞歌以詠言，舞以盡意。

---

① 襄王即楚國頃襄王（前 298—前 263 年在位）。雲夢是位於楚國的一個沼澤苑囿，楚王用來狩獵遠遊，從今湖南益陽綿延開去，北至湖北江陵和安陸，東至武漢。見 Yves Hervouet, *Un Poète de cour sous les Han*, pp. 45‑54。

② 高唐是雲夢澤中的一座臺，楚襄王與美麗神女的邂逅據説就發生在那裏。見《高唐賦》。

宋玉答道:"我聽說詩歌是用來吟唱言辭的,③舞蹈是用來充分表達意蘊的。因此,討論詩歌不如聆聽其聲,聆聽其聲不如觀察其形。④《激楚》《結風》《陽阿》之舞,⑤是女性才人最盛大的場景,⑥是天下最偉大的奇跡。不知是否可以進獻這些舞蹈?"

楚王問:"鄭國的音樂如何?"

宋玉答道:"大和小用處不同。鄭和'雅'適合不同場合。鬆弛和緊張是聖人和哲人所使用的量度。⑦因此,《樂記》記錄'干戚'的姿態,⑧《雅》贊美'蹲蹲'之舞,⑨《禮》爲三爵設置規定,⑩《頌》有醉歸之歌。⑪《咸池》和《六英》用來在祖廟中演示,以使神人和諧。⑫鄭和衛的音樂,則是爲了娛樂賓客、提供歡樂愉悦。閑暇日子裏的尋歡作樂可能不是爲了教化百姓,但這又有什麽害處呢?"

楚王道:"請嘗試爲我就此事作賦。"

宋玉道:"好的。"

是以論其詩,不如聽其聲;聽其聲,不如察其形。《激楚》《結風》,《陽阿》之舞,材人之窮觀,天下之至妙。噫,可以進乎?"王曰:"如其鄭何?"玉曰:"小大殊用,鄭雅異宜,弛張之度,聖哲所施。是以《樂》記干戚之容,《雅》美蹲蹲之舞,《禮》設三爵之制,《頌》有醉歸之歌。夫《咸池》《六英》,所以陳清廟、協神人也。鄭衛之樂,所以娛密坐、接歡欣也。餘日怡蕩,非以風民也,其何害哉!"王曰:"試爲寡人賦之。"玉曰:"唯唯。"

2

在此静謐之夜,明亮清澈,
月亮照耀下來,播撒光輝。
紅色火炬的長隊光芒照耀,
照亮華麗房間,光耀隱蔽房舍。

夫何皎皎之閑夜兮,明月爛以施光。朱火曄其延起兮,耀華屋而煬洞房。繡帳袪而結組兮,鋪首炳以焜煌。《説文》曰:鋪,著門

---

③ 這是對詩歌的經典定義,在《舜典》中歸屬於舜,見《尚書注疏》,卷 3 頁 26a(276)。

④ "形"當然指舞蹈。

⑤ 這些是著名的楚國舞曲。有關《激楚》和《結風》,見《上林賦》,行 399 注。

⑥ 才人一般指皇帝後宫中人,擅長舞蹈歌唱。

⑦ 參《禮記注疏》,卷 43 頁 8b(3397):"一張一弛,文武之道也。"

⑧ "干戚"是武舞,《禮記·樂記》(《禮記注疏》,卷 37 頁 17a)有提及。《樂記》是關於音樂的數種早期文本的集成文獻,此處稱爲 *Book of Music*。

⑨ "蹲蹲"出自《毛詩》第 165 首第 3 章:"坎坎鼓我,蹲蹲舞我。"這首詩收於《詩經·小雅》。

⑩ 《禮記》(見《禮記注疏》,卷 29 頁 15b)詳細指出,統治者給予臣子的宴會上,敬酒應該限制在三次。

⑪ 《毛詩》第 298 首第 3 章,收於《詩經·魯頌》章中,有以下幾句:"鼓咽咽,醉言歸。"

⑫ 《咸池》歸屬於堯或黄帝,是最偉大的上古音樂之一。見《史記》,卷 24 頁 1199;Chavannes, *Mh* 3:255。《六英》也稱爲《六莖》,是上古舞蹈作品,歸屬於傳説中的帝王帝嚳。見《漢書》,卷 22 頁 1038。

5　拉開繫絲的錦綉簾幕，
　　門環閃爍放光。
　　鋪設席子墊子，安排座位，
　　青銅酒盅倒滿，玉杯放置到位。
　　滿溢的觚爵分發出去，
10　一旦喝醉，人人快樂開心。
　　嚴肅面孔變爲歡欣愉悦，
　　深藏感情湧現，表現在外。
　　文人不能隱瞞技藝，
　　無畏武士不能藏匿勇敢。
15　閑散慵懶地開始舞蹈，
　　手牽着手快樂嬉戲。
　　深深沉浸於狂熱放縱，
　　與平時矜持如此不同！

3

　　於是，鄭國女子呈現自己，
20　八人一隊組成兩列，慢步侍主。⑬
　　可愛服飾，極度美麗，
　　舉止愉悦，快樂完美。
　　形態妖嬈，非常迷人，
　　紅顏煥發，閃爍耀眼。
25　眉毛勾勒精緻娟秀，形成兩道曲綫，
　　眼睛流光閃耀，仿若湧動波浪。
　　寶珠和翠羽閃爍絢爛，
　　多彩外衣綴上飛舞絲帶，飾以秀美薄紗。
　　回顧身體投下的影子，
30　整理自己的衣服裝飾。
　　隨着陣陣温煦之風，

拊首。陳茵席而設坐兮，溢金罍
而列玉觴。騰觚爵之斟酌兮，漫
既醉其樂康。嚴顏和而怡懌兮，
幽情形而外揚。文人不能懷其
藻兮，武毅不能隱其剛。簡惰跳
踢，般紛挈兮。淵塞沈蕩，改恒
常兮。

於是鄭女出進，二八徐侍。姣服
極麗，姁媮致態。貌嫽妙以妖蠱
兮，紅顏曄其揚華。眉連娟以增
繞兮，目流睇而橫波。珠翠的皪
而炤燿兮，華袿飛髾而雜纖羅。
顧形影，自整裝。順微風，揮若
芳。動朱脣，紆清陽，亢音高歌
爲樂方。

---

⑬　行20：參《招魂》，行74（《楚辭補注》，卷9頁7a）：“二八侍宿。”行113（同前，卷9頁11b）：“二八齊容，起鄭
　　舞些。”

散發杜若甜美芬芳。

張開朱紅嘴唇，

彎曲清麗眉宇，

35　張開嗓子高聲歌唱，

完全符合音樂規則。

4

歌曰："我驅散思慮，放寬視野，

解開捆綁靈魂的束縛。

放鬆緊緊拉直的絲弦，

40　摒棄小事的彎曲扭轉。⑭

將視域拓展爲寬闊廣大，

令自身遠離微小煩惱。

贊美《關雎》無放縱行爲，⑮

爲《蟋蟀》的狹隘眼界悲傷。⑯

45　打通泰真中的阻隔，⑰

高舉上升，拋棄一切，超越此世。"⑱

接着開始演奏《激徵》，

奏響《清角》，⑲

她們伴隨舞蹈節奏，

50　演奏旋律優美曲子。⑳

身形姿態優美平和，

歌曰：攄予意以弘觀兮，繹精靈
之所束。弛緊急之絃張兮，慢末
事之猷曲。舒恢炱之廣度兮，闢
細體之苛縟。嘉《關雎》之不淫
兮，哀《蟋蟀》之局促。啓泰真之
否隔兮，超遺物而度俗。揚《激
徵》，騁《清角》。贊舞操，奏均
曲。形態和，神意協。從容得，
志不劫。

---

⑭ 行40：李善（《文選》，卷17頁17b）將"末事"解釋爲鄭衛之樂，"委曲"於順從君主的突發奇想。我不明白李善如何得出這一解釋，因爲上文的詩句裏，傅毅看上去實際是在表揚鄭衛的音樂。然而，我不確定"猷曲"的所指，因此刻意譯得較含糊。

⑮ 行43：見《洞簫賦》，行169注。

⑯ 行44：《蟋蟀》是《毛詩》第114首的題目。根據毛序（《毛詩注疏》，卷6之1頁3a），這首詩批評晉僖公過度節儉，勸他根據禮來愉悅自身。前一句表揚《關雎》毫不放縱，與之相反這一句譴責拒絕一切娛樂的狹隘觀點。

⑰ 行45：舞蹈具有移除元氣中的阻塞物、促進元氣循環的功用。見《呂氏春秋》，卷5頁8a。在這裏，元氣被稱爲泰真。

⑱ 行46：參《莊子》，卷7頁17b：老聃剛剛出浴，孔子謂之曰："丘也眩與？其信然與？向者先生形體掘若槁木，似遺物離人而立於獨也。"

⑲ 行47—48：《激徵》和《清角》是樂曲。在《韓非子》（卷3頁3b—4a）中，樂師曠將《清角》描述爲極致的樂曲。

⑳ 行50：我不確定"均曲"的嚴格意義，暫且將之譯爲"旋律優美的曲子"。均是用來調整琴弦的一個裝置，或許均曲意指調整良好的曲子。

精神心境完美和諧。

一切從容而至，

無可擾亂思緒。

5

於是，舞者踩踏展開的鼓節，

55　心意放鬆舒暢。

思想在無限世界漫遊，

渴望遠方，思考遠處。

最初開始時：

似乎仰視，又像俯視，

60　似乎到來，又像離去。

平靜沉著，卻又悲傷難過，

簡直無法描述她們。

稍稍前進：

似是飛翔，又像漫步，

65　似是站立，又像墜落。

或靜或動，遵循鼓點，

姿態顧盼與曲調相應。

輕薄長袍在風中飄動，

長袖糾纏交錯在一起。

70　持續不斷飛散而過，

伴隨音樂旋轉扭動。

飄動盤旋，仿佛徘徊的燕子，

飛翔空中，好像受驚的天鵝。

清秀優雅，莊嚴美麗，

75　聰敏快捷，身體輕盈。

風度絕妙，無與倫比，

內心真誠純潔。

培養道德的行爲舉止，使良好意圖爲人所知，

讓心靈在遙遠的黑暗中獨自馳騁。

於是躡節鼓陳，舒意自廣。遊心無垠，遠思長想。其始興也，若俯若仰，若來若往。雍容惆悵，不可爲象。其少進也，若翱若行，若竦若傾。兀動赴度，指顧應聲。羅衣從風，長袖交橫。駱驛飛散，颮揭合并。鶹鷅燕居，拉揸鵠驚。綽約閑靡，機迅體輕。姿絕倫之妙態，懷慤素之絜清。脩儀操以顯志兮，獨馳思乎杳冥。在山峨峨，在水湯湯。與志遷化，容不虛生。明詩表指，噴息激昂。氣若浮雲，志若秋霜。觀者增歎，諸工莫當。

80　當思想在山上時，舞蹈看上去"高大宏偉"；

當心與水相伴時，舞蹈看上去"豐盈流動"。㉑

動作隨着情緒轉換變化，

所有姿態無不具有意圖：

解釋詩歌，表達其中含義，

85　先是沉重嘆息，接着神情激奮。

精神仿若流雲，

心境仿若秋霜。

觀看者驚訝抽氣，

表演者無與倫比。

6

90　於是，全體前行，　　　　　　　　於是合場遞進，按次而俟。埒材

舞者逐一等待次序。　　　　　　　角妙，夸容乃理。軼態橫出，瑰

爭相展示才華技藝，　　　　　　　姿譎起。晈般鼓則騰清眸，吐哇

美麗容顏修飾得更加美觀。　　　　咬則發皓齒。摘齊行列，經營切

曼妙姿勢不斷展現，　　　　　　　偲。彷彿神動，迴翔竦峙。擊不

95　瑰麗姿態令人驚嘆。　　　　　　　致筴，蹈不頓趾。翼爾悠往，闇

注視盤鼓，眼波清澈轉動，　　　　復輟已。

詠唱誘人聲音，閃露發亮牙齒。

排齊隊列，整肅行列，

來來往往，緊密聚集。㉒

100　朦朧中，好像移動的神靈，

回旋飛翔，接着開始休憩。

鼓未曾敲錯一次，

脚似未接觸地面。

仿佛飛翔，頓然分開，

105　突然間，舞蹈停止。

㉑ 行80—81：見《洞簫賦》，行115注。

㉒ 行99：李善（《文選》，卷17頁19a）將"偲"解釋爲"類比"或"比較"，將這一句解釋爲舞者的姿態和動作蘊含象徵意義。但沒有解釋"偲"爲何與"切"（密切之意）聯合使用，這顯然是要優先考慮。因此，我將"切偲"一併解釋爲"緊緊擠在一起"的意思。

7

接着，她們轉身重回舞臺，
被快捷拍子催促，開始舞蹈：
一時跳躍空中，接着膝蓋落地，
一時以脚趾行走，接着以脚跟行走。
110 突然轉動身體，走向遠處，
如此柔軟彎曲，好像折斷一樣。
薄薄輕紗飛舞，仿似飛蛾。
到處飄舞，仿佛從長袍分出。
向前跳躍，好像聚集的鳥群，
115 接着分散，步伐輕鬆緩慢。
秀麗雅緻，旋轉扭動，
起伏如雲，敏捷如風。
身體好像歡騰的龍，
袖子如同白色彩虹。
120 緩慢而莊嚴地鞠躬，
舞蹈節目來到尾聲。
接着，稍作停留，微微一笑，
她們撤回宮中。
觀者均高呼"妙極"，
125 無人不興高采烈。

8

於是，他們狂歡宴飲直到深夜，
此時主人下令送走賓客。
他們快速衝向車駕，
車夫握穩繮繩。
130 馬車和騎手擁擠一處，
緊密聚集，擁擠逼仄。
良馬有不可超越的速度，
快速奔馳，彼此争先。

及至迴身還入，迫於急節。浮騰累跪，跗躡摩跌。紆形赴遠，漼似摧折。纖縠蛾飛，紛猋若絶。超趨鳥集，縱弛殟歿。蜲蛇姌娺，雲轉飄曶。體如遊龍，袖如素蜺。黎收而拜，曲度究畢。遷延微笑，退復次列。觀者稱麗，莫不怡悦。

於是歡洽宴夜，命遣諸客。擾攘就駕，僕夫正策。車騎並狎，巃嵸逼迫。良駿逸足，蹌捍凌越。龍驤橫舉，揚鑣飛沫。馬材不同，各相傾奪。或有踠埃赴轍，霆駭電滅。蹠地遠群，闇跳獨絶。或有宛足鬱怒，般桓不發。後往先至，遂爲逐末。或有矜容

奔騰如龍，高昂頭顱，

135 拉緊馬嚼，口中生泡。

這些馬擁有不同技藝，

試圖超越彼此。

有的越過塵埃，衝向道路，

迅捷如雷震電閃。

140 馬蹄踏地，遠超群倫，

突然前躍，獨然無匹。

有的原地跺脚，滿腔憤怒，

盤桓不決，不願出發。

最後離開卻最早到達，

145 成爲其他馬匹的追逐目標。

有的舉止高貴沉著，

步伐莊重嚴肅、精妙和諧，

依據御手的意願，或緩或急行進，

速度完全在控制之下。

150 車駕的聲音像雷霆一般，

一輛跟着一輛飛馳而過。

匆匆而去，川流不息，返回家中，

像一簇雲朵突然升起，留下空虛沉寂的城市。

天王的宴會

155 快樂而不過分。

娛樂精神，忘卻年老，

正是延長年命的方法。

放鬆安逸，

他將以此度日。

愛儀，洋洋習習。遲速承意，控御緩急。車音若雷，鵞驪相及。駱漠而歸，雲散城邑。天王燕胥，樂而不洗。娛神遺老，永年之術。優哉游哉，聊以永日。

第十八卷

音 樂 下

長 笛 賦

馬季長

【解題】

馬融(字季長)在這篇賦中描述被稱爲長笛的吹奏樂器。《説文》(見《説文》,卷5上頁1980b—1982a)和《風俗通義》(見吳樹平,《風俗通義校釋》,卷6頁243)稱長笛有七孔。馬融在126年前後撰寫此賦,彼時他居於右扶風一帶(見本賦注3)。

馬融此賦繼承王褒《洞簫賦》的模式,以終南山的大段描述開篇,山上長着用來製作長笛的竹子。他對陡峭的山坡和流過竹林的奔騰河水進行描述。險峻的地勢對動物,甚至竹子造成極大的影響,這些竹子在風中悲嘆。無畏的攀爬者於是被派去山中砍伐竹子,匠人用竹子製作笛子,笛子在爲年輕貴族的演出中得到使用。馬融描述笛樂的各個方面,將其樂聲與敲擊不斷的匠作鋪、呼嘯的風、流淌的水流等各種事物相比較。這種音樂對聽衆產生教化作用,聽衆從音樂中學到恰當的行爲模式。此樂觸動動物和惡人,以及隱者、官員,甚至魚。在聆聽笛樂時,著名的歌者和樂師被迫停止表演,聽衆被震驚得啞口無言,對長笛非凡的聲音感到震驚。馬融以笛子與其他樂器的一段對比爲文章收尾,通過對比顯示長笛的無與倫比。馬融最後插入一首歸屬於前漢時期音樂家丘仲的詩歌充當結尾,其中講述笛子在羌(藏人先祖)地的起源,以及如何爲《易經》專家京房所改造。這首詩是熱情洋溢的抒寫傑作,充滿數不清的疊詞描述以及罕見的詞語,對英譯造成挑戰。我對這些表述的很多翻譯只能大體近似。

此前唯一的外語翻譯是小尾郊一、花房英樹,《文選》,卷2,頁379—396。白話文翻譯有陳宏天等編,《昭明文選譯注》,册2,頁947—969;李景濚編,《昭明文選新解》,册2,頁262—278;遲文浚等編,《歷代賦辭典》,頁216—221。

我廣泛閱讀古代的經典和詩歌，①徹底精通數術之學。②而且我天性喜好音樂，能鼓琴吹笛。由於我開始任職督郵，③沒有急迫的事務，因此獨自一人在郿縣陽平鄔中閑散地消耗時光。④有一位客人住在旅館，吹笛成曲，爲《氣出》和《精列》作樂器伴奏。⑤我已離開京師超過一年，聽到此樂，頓時從中同時感到悲傷和快樂。我回憶起王子淵、⑥枚乘、⑦劉伯康、⑧傅武仲等人對簫、琴、笙的贊頌，⑨唯獨無人贊笛。因此，爲了填補這一空白，我創作了《長笛賦》。其辭如下：

融既博覽典雅，精核數術，又性好音，能鼓琴吹笛，而爲督郵，無留事，獨卧郿平陽鄔中。有雒客舍逆旅，吹笛爲《氣出精列》相和。融去京師，踰年，蹔聞，其悲而樂之。追慕王子淵、枚乘、劉伯康、傅武仲等簫琴笙頌，唯笛獨無，故聊復備數，作《長笛賦》。其辭曰：

1

珍奇的鐘籠竹⑩
生長在終南庇蔭的山坡。⑪
依靠九層之高的孤石，
俯臨萬仞之深的石磤。
5　叢叢箭竹筆直聳立，⑫

惟鐘籠之奇生兮，于終南之陰崖。託九成之孤岑兮，臨萬仞之石磤。特箭稾而莖立兮，獨聆風於極危。秋潦漱其下趾兮，冬雪揣封乎其枝。巓根跱之㝹卲兮，

---

① 我推測“典雅”主要分別指《尚書》和《詩經》。

② 數術包括各種陰陽、律呂、五行等方術和宇宙理論，在漢代很流行。

③ 126 到 133 年，馬融任職於右扶風（治所位於今陝西興平）功曹之中。

④ 郿是右扶風郡的一個縣，位於今郿縣以東。見譚其驤，《中國歷史地圖集》，冊 2，頁 42—43，4-3。

⑤ 相和（爲音樂伴奏的歌曲）是漢代的一種特定的音樂類型。李善（《文選》，卷 19 頁 1b）徵引《歌錄》，稱相和類的歌有十八曲。第一首是《氣出》，第二首是《精列》。《宋書》（卷 21 頁 603—604）專門討論音樂的篇目中收有曹操寫的《氣出》和《精列》，大概就是受漢代相和歌的啓發而作。

⑥ 王子淵即王褒，《洞簫賦》（《文選》，卷 17）的作者。

⑦ 枚乘是前漢初期的著名詩人，沒有關於樂器的作品傳世。馬融可能指枚乘《七發》（《文選》，卷 34 頁 3b—4b）中對鼓琴的描寫。

⑧ 劉伯康即劉玄。李善（《文選》，卷 18 頁 1b）徵引摯虞（卒於 312 年）的《文章志》，將劉玄判定爲後漢明帝（59—75 年在位）時期的人。他可能撰有《簧賦》，但其文已亡佚。

⑨ 傅武仲即傅毅，其唯一傳世的有關樂器的作品是《琴賦》。《琴賦》的片段可以在《藝文類聚》（卷 44 頁 783）和《初學記》（卷 16 頁 388）中找到。

⑩ 行 1：鐘籠是用來製作笛子之類的管吹樂器的竹子。見 Hagerty, "Tai K'ai-chih's *Chu-p'u*," pp. 386-87。

⑪ 行 2：終南山位於今西安以南，是秦嶺山脉中的一座山峰。

⑫ 行 5：李善（《文選》，卷 18 頁 2a）將“箭”（箭竹，arrow bamboo）和“稾”解釋成兩種竹子。然而，在注解中的其他地方，他徵引鄭玄的《周禮》注釋，將“稾”解釋爲箭竹的莖稈（此確實出自鄭玄注，見《周禮注疏》，卷 28 頁 10b[1795]）。

獨有管吹之竹棲息於最險峻高處。⑬

秋雨清潔其根部，

冬雪堆積其枝丫。

根附着山巓而立，姿態危險，

10 遭到回旋大風衝擊時，看似將要傾倒。

前面側面層層山巒，巨石堆疊，

積聚一處，齊齊堆置。

險峻高聳，

傾斜陡峭。

15 廣大、空洞、寬敞、裂開，

峽谷重重，相互連接。

衝溝山澗，深邃光滑，

陷坑之中有陷坑，峭壁之上有洞穴。⑭

盤繞糾纏，

20 山脊相連，山峰交錯。

繁盛地生長蔓延的藤木叢，⑮

茂密的矗立橡樹。⑯

感迴颷而將頽。夫其面旁則重
巘增石，簡積頵砥。兀嵼狋齴，
傾昘倚伏。庨窌巧老，港洞坑
谷。嶔巊巆峱，岭峉巖寁。運裏
渟洰，岡連嶺屬。林簫蔓荊，森
槮柞樸。

2

於是山水奔瀉而至，

於是山水猥至，渟涔障潰。頳淡

---

⑬ 行6：“聆風”二字合用意思不明，劉良（收《六臣注文選》，卷18頁2a）解釋爲“聞風聲”。然而，基於與前一句的對仗，此語可能指一種竹子。因此，李善（卷18頁2a；有關正確的文字，見胡克家，《考異》，收《文選》，卷2頁33a）徵引鄭玄對名爲菌簬的竹子的注解（見《尚書注疏》，卷6頁16a），將之等同於簳風。菌簬似乎是射筒的另一個名稱，見《説文》，卷5上頁1908a—b，段玉裁注。我遵從這一解釋，但沒有很大信心確定它正確。有關這一段的詳細討論，見朱珔，《文選集釋》，卷15頁7a。

⑭ 行18：李善（《文選》，卷19頁2a）對這一句“岭窌巖寁”的解釋令人費解。他將“岭”等同於“坎”（意爲峽谷），並徵引《説文》（《説文》，卷7下頁3287—3288），將“窌”解釋爲“坎中小坎”；他接着將“巖寁”解釋爲“不平也”，又繼續徵引《廣雅》（《廣雅疏證》，卷7上頁5a），其中將“寁”解釋爲“窟”。因此，人們無法確定李善到底如何理解這句。胡紹煐（《文選箋證》，卷19頁16a）注意到李善的含混，建議將這一句簡單理解爲“岭之窌，巖之寁”。我在缺少更好的解釋前，遵從胡紹煐的解釋。

⑮ 行21：李善（《文選》，卷18頁2b）將“簫”等同於“篠”（矮竹）。然而，胡紹煐（《文選箋證》，卷19頁16a—b）正確地證明，林簫應該與下一句的“森槮”構成描述性連綿對偶。我在將林簫翻譯爲“茂密繁盛”時採用他的建議。“蔓延的藤木叢”是我爲“蔓荊”（*Vitex trifolia*）創造出的翻譯，這是一種大型的灌木，長有藤一樣的枝條。見 Smith，p. 457。

⑯ 行22：這一句中提及兩種橡樹，柞（*Quercus dentata*，Chinese oak，中國橡樹）和樸（*Quercus acutissima*，bigleaf oak，闊葉橡樹）。見陸文郁，《詩草木今釋》，頁12，第17條，頁67，第76條。

池塘暴起，衝垮堤岸。⑰

25　河水擾動肆虐，充盈泛濫，
　　在沙堤旁起伏，注入洞穴。⑱
　　狂暴的急流盤轉回旋，
　　旋轉迸飛，洶湧高漲。
　　波紋浪濤組成魚鱗般的圖案，

30　起起伏伏，衝擊碰撞。
　　噴出起泡，吐出飛沫，
　　奔流而去，衝擊拍打巖石。
　　搖動大山，
　　撼動樹根，

35　一歲中發生五六回。
　　因此空地上沒有小徑，
　　人類足跡極少抵達這裏。
　　猿猴在清晨吼叫，
　　飛鼠在夜晚吱聲，

40　冬熊張開頸骨，
　　母鹿回顧鬃毛。
　　錦鷄在早上群聚，
　　金雉在拂曉鳴唱。
　　尋找伴侶，向幼崽低鳴，

45　悲傷嚎叫，長聲嘶鳴。
　　在熟悉的道路上緩慢行進，
　　高聲地啾啾啼叫。
　　不論是從樹林的左邊右邊經過，
　　抑或是在其前面後面唧唧鳴叫，

50　它們晝夜不曾停息。
　　此地確實爲可懼危險和險峻地勢所逼迫，

滂流，碓投瀤穴。爭湍苹縈，汩活澎濞。波瀾鱗淪，寁隆詭戾。濭瀑噴沫，犇遻碭突。搖演其山，動朹其根者，歲五六而至焉。是以間介無蹊，人迹罕到。猨蜼晝吟，鼯鼠夜叫。寒熊振頷，特麚昏髟。山鷄晨群，樆雉晃雊。求偶鳴子，悲號長嘯。由衍識道，嚱嚱讙譟。經涉其左右，嚨聑其前後者，無晝夜而息焉。夫固危殆險巇之所迫也，衆哀集悲之所積也。故其應清風也，纖末奮蔪，錚鐄謍嗃。若緼瑟促柱，號鍾高調。

---

⑰ 行 24：胡紹煐（《文選箋證》，卷 19 頁 17a）建議“障”意爲“塞”“壅”。馬融在這裏描述的明顯是池塘溢水。因此，我將“障潰”多少有些寬泛地譯爲“暴起”。

⑱ 行 26：李善（《文選》，卷 19 頁 2b）解釋稱，“碓投”的意思是水灌注到洞穴裏，就像用杵搗糧食一樣。胡紹煐（《文選箋證》，卷 19 頁 17a—b）稱，“碓”是“堆”的異寫，在這裏可能意爲沙堆。

是眾多憂愁、各種不幸聚集之處。

因此,它們應和清風,

使枝葉顫動抖擻,

55　嘹亮溫和的回響,

就像絲弦緊繃、音栓扣緊的琴,

或演奏高音曲調的號鍾。⑲

3

於是,貶逐之臣、流放之子,

拋棄之妻、離別之友,

60　彭、胥、伯奇,⑳

哀姜、孝己,㉑

全部聚集在下風之處,

聚精會神,專心聆聽。

如雷般喧鬧的嘆息悲吟,㉒

65　捶拍胸膛。

哭泣大量血淚,

從臉上流淌而下。

從夜晚到黎明不能睡眠,

無法控制情緒。

於是放臣逐子,棄妻離友。彭胥伯奇,哀姜孝己。攢乎下風,收精注耳。霤歠頹息,掐膺擗摽。泣血泫流,交橫而下。通旦忘寐,不能自禦。

---

⑲ 行 57:號鍾是著名音樂家伯牙演奏用的琴。見《楚辭補注》,卷 16 頁 22b。

⑳ 行 60:彭即商代官員彭咸,在統治者拒絕聽從其建議後自溺而死。見《楚辭補注》,卷 1 頁 11a,卷 1 頁 37a。胥是伍子胥(? ─前 485),是效忠吳王夫差的官員。夫差惱怒於伍子胥不與越國保持和平的建議,命令他自殺。伍子胥的屍體被裹在皮袋子裏,扔進長江。見《史記》,卷 66 頁 2180。伯奇是著名的孝子。根據《琴操》(李善徵引,《文選》卷 18 頁 3b)所述,伯奇是周宣王卿士吉甫的兒子。他的母親死後,吉甫娶了另一位妻子,又生一子,名爲伯邦。新婦控告伯奇對她意圖不軌,當吉甫對她的控訴表示懷疑時,她建議考驗伯奇,讓吉甫從左近的樓上觀察其子的行爲。婦人將毒蜂放在自己的衣領裏,善良而孝順的伯奇立即趕來救她,將毒蜂抓了出來。吉甫認爲兒子做下不合禮數的勾引行徑,於是將他驅逐到邊上。一日,周宣王由吉甫陪伴出遊,聽到伯奇演奏的感人樂曲,馬上意識到這是被放逐的孩子所演奏的曲調。吉甫於是召回兒子,並將心腸險惡的妻子殺死。

㉑ 行 61:哀姜是魯文公的長妃。公元前 609 年魯文公卒後,姜妃的兩個兒子被大臣襄仲謀殺,後者陰謀讓文公次妃敬嬴的兒子登基。姜妃於是被迫返回故鄉齊國。在經過集市時,她開始悲泣,哭喊道:"天乎! 仲爲不道,殺嫡立庶!"集市上的人都哭泣起來,於是魯國人稱她爲哀姜。見《左傳》,文公十八年(Legge, *The Chinese Classics* 5:282);《史記》,卷 33 頁 1536;Chavannes, *Mh*, 4:116-17。孝己是商王武丁的兒子,年幼喪母,遭受父親的第二任妻子虐待,這位後母成功勸說武丁將他放逐。孝己因孝順而知名,死於流放。見李善引《帝王世紀》(《文選》,卷 18 頁 3b)。

㉒ 行 64:參王逸,《九思·疾世》,行 40(《楚辭補注》,卷 17 頁 7a):"吒增嘆兮如雷。"

4

70　於是他們派遣魯班和宋翟㉓

　　修造雲梯，

　　建造漂浮的圓柱：

　　爬上細長的根部，

　　行走於嫩藤之上。

75　胸腔與峭壁摩擦，

　　腹部與陡坡相貼。

　　當抵達頂峰時，

　　砍伐根部和枝葉。

80　遵從恰當的圖案和尺度，

　　夔和襄調整陽音，

　　子野調準陰音。㉔

　　十二音於是全部具備，

　　以黃鐘爲指導。㉕

85　矯直彎折、削皮刨平，㉖

　　砍伐修剪、度量比較。

　　鑽孔磨光，刨花從工具飛落，

　　按尺寸製作外部，將内裏塗成紅色。㉗

　　決定它的名稱，稱之爲"笛"，

90　並以之觀察賢人的特徵。㉘

　　它被陳列在東邊的臺階旁，

於是乃使魯般宋翟，構雲梯，抗浮柱。蹉纖根，跋篾縷。膚陷阤，腹陘阻。逮乎其上，匍匐伐取。挑截本末，規摹麷矩。夔襄比律，子墊協呂。十二畢具，黃鍾爲主。撟揉斤械，剸挼度擬。鎪䃟隤墜，程表朱裏。定名曰笛，以觀賢士。陳於東階，八音俱起。食舉雍徹，勸侑君子。然後退理乎黃門之高廊。重丘宋灌，名師郭張。工人巧士，肆業脩聲。

㉓ 行 70：魯班是著名的工匠公輸般。見王褒，《洞簫賦》，本册，行 40 注。宋翟即哲學家和科技家墨翟（墨子）。

㉔ 行 81—82：有關夔和襄，見王褒，《洞簫賦》，本册，行 41 注。子野指音樂家師曠。六個陽性的音節稱爲律，六個陰性的音節稱爲呂。

㉕ 行 84："黃鐘"是十二律呂之一。

㉖ 行 85：根據在這一句中的位置來看，"斤"和"械"應該是動詞。李善接受《説文》（見《説文》，卷 14 上頁 6371a—6372a，卷 6 上頁 3634b—3635a）的觀點，將"斤"解釋爲"斫木"，將"械"解釋爲"治"（平？）。因此，我將之翻譯爲"削皮刨平"。

㉗ 行 88：陳宏天等編《昭明文選譯注》（册 2，頁 956，注 86）建議，將"程表"解釋爲在規定的間隙上措置簫孔。

㉘ 行 89—90：李善（《文選》，卷 18 頁 5a）解釋，長笛由於有"滌穢"（*diek 笛，與 *diek 滌音同）的功能，故可被用來觀察賢士。

與八種樂音一同演奏。㉙

他們伴着音樂開始進餐,伴着《雍》結束飲食,㉚

以此提升君子的食欲。

95 然後,退回黃門,整理音樂:㉛

重丘的宋和灌,

名師郭和張,㉜

技藝精湛的樂師和藝人,

練習技藝,精通它的樂聲。

5

100 於是尋求閑暇遊戲的公子,

喜愛娛樂消遣的王孫,

從五音和諧得到喜悦,

從八種樂聲感受快樂。

接着在庭院中聚集,

105 全神貫注地聆聽歌聲和樂曲的合奏。

啊,音樂何其豐富!

樂聲繁盛播撒,清新明亮——

多麽令人愉悦!

像波濤一樣分散廣闊——

110 啊,真是非同尋常!

前刺回避,來來回回——

啊,多麽令人驚嘆!

啾啾吱吱,

於是遊閒公子,暇豫王孫,心樂五聲之和,耳比八音之調,乃相與集乎其庭。詳觀夫曲胤之繁會叢雜,何其富也。紛葩爛漫,誠可喜也。波散廣衍,實可異也。掌距劫遌,又足怪也。啾咋嘈啐,似華羽兮,絞灼激以轉切。震鬱怫以憑怒兮,耾磕駭以奮肆。氣噴勃以布覆兮,乍跱踱以狼戾。靁叩鍛之岌峇兮,正瀏溧以風洌。薄湊會而凌節兮,馳趣期而赴躓。

㉙ 行 92:八種樂音指八種不同材料做成的樂器的各種音質:金、石、絲、竹、匏、土、革、木。見《周禮注疏》,卷 23 頁 10b(1716)。

㉚ 行 93:食舉(字面意爲"在吃飯時表演")也是漢代使用的一種宴會音樂。見郭茂倩,《樂府詩集》,卷 13 頁 181。《雍》是《毛詩》第 282 首的題目,此詩爲打掃器皿而吟唱,在《論語》3/2 和《周禮注疏》卷 23 頁 4b (1713)鄭玄注中有提到。

㉛ 行 95:黃門是漢代皇帝私人生活區的名稱。根據桓譚所述,樂人和歌者住在那裏,大概是爲皇帝提供娛樂活動。見 Pokora, *Hsin-lun*, p. 118。

㉜ 行 96—97:重丘是平原郡的一個縣,位於今山東陵縣以東。見譚其驤,《中國歷史地圖集》,册 2,頁 19—20,1—4.宋、灌、郭、張大概是著名的音樂家。

好像華麗的羽音，㉝

115　熱烈紛亂，繼而逐漸增强。

　　　接着充滿顫動，被壓抑的狂怒和沸騰的憤怒，

　　　嘹亮清澈，突然前衝，紛亂放縱。

　　　呼氣的力量充沛有力，散播廣遠，

　　　接着突然停止，保持凶殘冷峻狀態。

120　雷鳴般回響，如鍛爐敲打鏗鏘作響，

　　　或哀鳴呼嘯，仿佛凜冽的風。

　　　最終，所有聲音聚集融合，逾越節奏，

　　　奔馳匯聚，跌宕起伏。㉞

6

　　　接着，人們聽到樂聲呈現多種形式：

125　其狀似流水，

　　　又若飛鴻。

　　　似泛濫河水，廣闊無邊，

　　　威猛浩瀚流淌，强大雄壯。

　　　流向遠方，直到目力所及，

130　回旋宛轉，四處徘徊。

　　　接着許多受壓抑束縛的聲音，

　　　突然爆發，噴吐而出，

　　　高喧嘹亮，清澈尖鋭，

　　　傳播廣闊無際。

135　根據恰當時機選擇音符，

　　　節奏選擇遵循確定原則。

　　　强音弱音遵循恰當序列，

　　　密集稀薄都與曲調相合。

　　　柔和精妙，好似輕風，

爾乃聽聲類形，狀似流水，又象飛鴻。氾濫溥漠，浩浩洋洋。長彎遠引，旋復迴皇。充屈鬱律，瞋菌碨抉。鄠琅磊落，駢田磅唐。取予時適，去就有方。洪殺衰序，希數必當。微風纖妙，若存若亡。蓋滯抗絶，中息更裝。奄忽滅没，睟然復揚。或乃聊慮固護，專美擅工。漂凌絲簧，覆冒鼓鍾。或乃植持縱縹，怡儃寬容。簫管備舉，金石並隆。無相奪倫，以宣八風。律吕既和，哀聲五降。曲終闋盡，餘絃更興。繁手累發，密櫛疊重。踟踟攢仄，蜂聚蟻同。衆音猥積，以送厥終。

㉝　行114：李善（《文選》，卷18頁5b）引《鶡冠子》卷中頁18a，使用"華羽"一詞："南方萬物華羽焉，故調以羽。"這是一個雙關語：作爲外在裝飾的羽和作爲五音中第五音的羽。馬融似乎將之與情緒的濃烈聯繫在一起。

㉞　行123：這一句似乎是指拍子被增加到極快的速度後突然阻滯。

140　一時存在,一時消失。

尾音徐緩,好像就要停止,

接着中途停止,卻又變得更强。㉟

突然消失無聲,

接着又强勢復興。

145　有時思想集中,堅定固執,

笛手以無比的美貌和技藝表演,

遠超琴笙,

使鼓鐘安静。

有時音符急促,似綁成一股繩,

150　樂聲舒適輕鬆,鬆弛輕緩。

簫管全部開始演奏,

金石一同高聲鳴響:

聲音彼此不相干擾,㊱

由此散播八風之中。

155　當音高和曲調和諧,

悲哀聲音降低五次,㊲

樂曲停止,樂章結束,

但綿延的絲弦再次興起。

複雜節奏遍遍發出,

160　層疊重複,密如梳齒。

接着互相擠壓,密集成群,

音符簇擁如蜂,聚攏如蟻。

各種聲音聚集,

送出終章。

㉟　行 142：我遵從王念孫(《讀書雜志》,餘編下,頁 42b—43a)的觀點,將"裝"解釋爲"壯"。

㊱　行 153：參《尚書注疏》,卷 3 頁 26a(Legge, *The Chinese Classics* 3：48)："八音克諧,無相奪倫。"

㊲　行 156：馬融從《左傳》昭公元年(Legge, *The Chinese Classics* 5：580)的文字中借用"五降"這個詞,文中名爲和的醫生解釋音樂應當被和諧演奏的方法："先王之樂,所以節百事也,故有五節。遲速本末以相及,中聲以降。五降之後,不容彈矣。"這段難懂的文字似乎是説,事物節奏的每一種都有一個中和點。當達到這個點時,音樂接着就要降(字面意爲"落下")下來,直到下一個節奏重新興起。所有五個節奏都以此模式付諸使用後,演奏就停止。

7

165　然後，簡短休息和片刻間歇後，

　　　多種曲調被隨意演奏。

　　　風格改變驚駭耳朵，

　　　搖曳心靈。

　　　輕快飛翔，舒適漂流，

170　沉著從容，緩慢悠閑，

　　　悲傷憂愁，淒切哀婉，

　　　樂聲演奏，低沉緩和。

　　　接着，迅捷、求索，

　　　時近時遠，

175　就像從高處俯視，釋放自我，

　　　似乎即將墜落，卻又拉起自身。

　　　接着相互纏繞扭曲，

　　　混合交融螺旋。

　　　細微柔和，深沉低微，⑧

180　旋律在多種變化中推進。

　　　相互摩擦，快捷喧鬧，

　　　五音在樂曲中交錯。

　　　手指推壓，在孔洞上穿梭，

　　　皆遵循恰當秩序，逐一移動：

185　《反商》和《下徵》，⑨

　　　每種風格都是各自調式的傑作。

然後少息暫怠，雜弄間奏。易聽
駭耳，有所搖演。安翔駘蕩，從
容闓緩。惆悵怨懟，窊圖窴赦。
聿皇求索，乍近乍遠。臨危自
放，若頹復反。蚡縕繙紆，緅冤
蜿蟺。笢笏抑隱，行入諸變。絞
棙泪湟，五音代轉。挼捼挼藏，
遞相乘邅。反商下徵，每各
異善。

---

⑧　行 179：李善（《文選》，卷 18 頁 7b）含糊地將"笢笏抑隱"解釋爲描述在簫孔上移動的手指。然而，朱珔（《文選箋證》，卷 15 頁 8b—9a）稱，"笢笏"等同於"蔑忽"，後者描述聲音的微弱模糊，並繼而將"抑隱"解釋爲對低沉曲調的描寫。儘管我不確定朱珔的解釋是否正確，但在缺少更好的可資替代的解釋的情況下，我接受他的觀點。

⑨　行 185：這一句似乎是指音樂模式的變化。李善（《文選》，卷 18 頁 7b）稱，"反商""猶變商"，是《淮南子》（卷 4 頁 8a）中提及的一個音樂術語："變宮生徵，變徵生商，變商生羽。"變商當是"被調整的音階"，與更常提及的變宮、變徵相類，被加入到五音音階中以創造其他調式。"下徵"是一種笛子的調式，其中林鐘扮演宮（任何大音節的首音），在《宋書》（卷 11 頁 216）有關音律和曆法的專章中得到描述。這一句語法不清，因爲"反"和"下"可能是動詞，小尾郊一和花房英樹對此段文字的語法分析（《文選》，卷 2，頁 388）如是解讀。然而，我不確定"反"和"下"在此語境中作爲動詞應該是什麼意思，因此我接受李善將之作爲音樂調式名稱的看法。

8

因此,聆聽樂曲和副歌,

可以觀察韻律的恰當規範。

從措辭中識別變化,

190　由此知曉禮儀規制不能逾越。

聆聽雜陳的旋律,

沉思遙遠的古代,

從悲傷旋律推測思想,

知曉恒常憂慮者不能過閒散生活。

195　因此,討論和追述更重要的意義,

與類似事物進行比較。

樂聲隨意漫遊,肆意放任,

輕鬆無慮,開闊超然:

恰如老、莊的風格。⑩

200　文雅而直接,溫順而英勇:

恰如孔、孟。⑪

熾烈直率,純潔有操守:

恰如隨、光的正直。⑫

暴躁乖戾,好辯樂諍:

205　恰如諸、賁的氣質。⑬

韻律節略,文辭簡明:

恰如管、商的法制。⑭

故聆曲引者,觀法於節奏,察變於句投,以知禮制之不可踰越焉。聽簹弄者,遙思於古昔,虞志於怛惕,以知長戚之不能閒居焉。故論記其義,協比其象:徬徨縱肆,曠瀁敞罔,老莊之槩也。溫直擾毅,孔孟之方也。激朗清厲,隨光之介也。牢剌拂戾,諸、賁之氣也。節解句斷,管商之制也。條決繽紛,申韓之察也。繁縟絡驛,范蔡之説也。剺櫟銚懂,晢龍之惠也。上擬法於《韶箾南籥》,中取度於《白雪》《渌水》,下采制於《延露》《巴人》。

---

⑩　行 199:老、莊指老子和莊子。

⑪　行 200—201:參《尚書注疏》,卷 4 頁 19a(291),《皋陶謨》:皋陶列舉九德,其中提到"擾而毅,直而温"。孔、孟是孔子和孟子。

⑫　行 203:卞隨和瞀光是夏朝末代統治者桀時的隱士。商代建立者湯推翻桀後,將王位交給卞隨。卞隨憤然拒絶,自投稠水溺斃。湯於是將王位奉予瞀光,他同樣不接受,並自投盧水而死。見《莊子》,卷 9 頁 16a。

⑬　行 205:諸指專諸。見《別賦》,行 44 注。賁指春秋時期著名勇士孟賁,非常勇敢,不懼蛇龍虎狼。見《史記》,卷 101 頁 2739,注 2。

⑭　行 207:管和商是管仲(前 720? —前 645)和商鞅(前 390—前 338),二人是法家思想家,因果决和對法制的關心而著稱。管仲是齊桓公的謀士,被認爲是政治經濟哲學著作《管子》的作者。此書的部分翻譯見 Rickett, *Guanzi*。他的傳記可在《史記》,卷 62 頁 2131—2134 中找到。商鞅是秦國的丞相,因引進一系列政治和經濟改革而名聲遠播,被認爲是《商君書》的作者。有關此書的研究和翻譯,見 Duyvendak, *The Book of Lord Shang*。

條制獲得決斷，複雜情況得到闡明：㊺

恰如申、韓辨別精準的裁斷。㊻

210　繁複不絕，

恰如范、蔡的遊説。㊼

嚴格有制，

恰如晳、龍的聰辯。㊽

開始時，汲取《韶箾》和《南籥》作爲典範，㊾

215　中段時，從《白雪》和《渌水》中獲得準繩，㊿

結尾時，從《延露》和《巴人》中獲得模式。[51]

9

因此尊貴和平庸，美麗和樸素，

睿智和愚蠢，勇敢和怯懦，

魚、龜、禽、獸，

220　聞之者無不豎起耳朵，如鹿易受驚嚇。

像熊懸吊，像鳥拉伸，[52]

像猫頭鷹凝目，像狼回顧，

吼叫，跳躍，

各自得到適切的方式。

225　每個人都滿足自己的欲望，

是以尊卑都鄙，賢愚勇懼。魚鼈禽獸，聞之者莫不張耳鹿駭。熊經鳥申，鴟眎狼顧。拊譟蹢躍，各得其齊。人盈所欲，皆反中和，以美風俗。屈平適樂國，介推還受禄。澹臺載尸歸，皐魚節其哭。長萬輟逆謀，渠彌不復惡。蒯聵能退敵，不占成節鄂。王公保其位，隱處安林薄。宧夫

㊺　行 208：我接受五臣注本將“紛”讀爲“理”的做法，這無疑就是原本的李善本文字。見胡克家，《文選考異》，卷 3 頁 36b。

㊻　行 209：申、韓是著名的政治家申不害(前 400—前 337)和韓非(前 280—前 233)。申不害是韓國的大臣，引進一系列行政改革。有關其思想的研究，見 Creel, *Shen-Pu-hai*。韓非是法家思想主導的擁護者，其法家思想可在《韓非子》中找到。有關《韓非子》的翻譯，見 Liao, *The Complete Works of Han Fei Tzu*。

㊼　行 211：范和蔡指范睢(活躍於前 266—前 256 年)和蔡澤(生卒年不詳)，二人是戰國時期著名的説客。其傳記見《史記》，卷 79 頁 2401—2425。

㊽　行 213：晳和龍是鄧晳(前 554？—前 501？)和公孫龍(生卒年不詳)。鄧晳是鄭國的政治謀士，因爲撰作一部法典而著稱，也因其複雜的辯論而知名。見《呂氏春秋》，卷 18 頁 8a。公孫龍是著名的名家學者，很多複雜的邏輯辯論都被歸屬於他。

㊾　行 214：《韶箾》是歸屬於聖王舜的舞蹈。見《左傳》，襄公二十九年；《左傳注疏》，卷 39 頁 18b(4358)，杜預注。《南籥》是歸屬於周文王的舞曲。見《左傳》，襄公二十九年；同前，卷 39 頁 16b(4357)，杜預注。

㊿　行 215：有關《白雪》，見《雪賦》，行 29 注。《渌水》是一首詩歌，有關其情況知之不詳。見《淮南子》，卷 2 頁 12b，文中《渌水》與舞曲《陽阿》一同被提及，也在《抱朴子》，卷 49 頁 2b 中被提到。

[51]　行 216：《延露》是著名的歌曲。見《淮南子》，卷 18 頁 17b。有關《巴人》，見《文賦》，行 73 注。

[52]　行 221：“熊經”和“鳥申”是道家的導引術。見《莊子》，卷 6 頁 1a。

皆返回中和，

由此改善風俗習慣。

屈平去往快樂國度，㊳

介推返晉，收穫獎賞。㊴

230　澹臺可以載着兒子尸體回家，㊱

皋魚可以抑制哭泣。㊲

長萬停止叛逆謀劃，㊷

渠彌不再捲入邪惡行動。㊸

蒯瞶可以迫使敵軍撤退，㊹

235　不占能夠變得正直剛毅。㊻

王公可以守護其地位，

隱士可以滿足於林中隱居之所。

官員可以熱愛其工作，

普通人可以代代保有宅舍。

240　鱘魚在河岸邊伸頭聆聽，

樂其業，士子世其宅。鱘魚喁於
水裔，仰駟馬而舞玄鶴。

㊳ 行 228：屈平的另一個名字是屈原。參《毛詩》第 113 首第 2 章："適彼樂土。"這句話的意思是屈原在楚國將不再悲傷，因此不再需要自殺。

㊴ 行 229：介推即介之推，是輔佐晉文公重耳的官員。介之推在重耳長期流放時忠誠輔佐於他，當重耳奪得晉國王位時，他未能報答介之推。介之推離開朝堂，成爲綿上山裏的隱士。見《左傳》，僖公二十四年（Legge, *The Chinese Classics* 5：191）；《史記》，卷 39 頁 1662；Chavannes, *Mh*，4：296。

㊱ 行 230：澹臺是孔子的弟子澹臺滅明，他的兒子落水而死，屬下希望尋找尸體並將之埋葬，但澹臺滅明予以拒絕，稱："生爲吾子，死非吾鬼。"李善（《文選》，卷 18 頁 9b）將這個故事歸屬於《博物志》，但我未在此著作的標準版本中找到它。

㊲ 行 231：皋魚可能是孔子的弟子之一高柴，孔子曾遇到他在路邊悲泣，後悲泣至死。見《韓詩外傳》，卷 9 頁 1b。

㊷ 行 232：長萬是南宮長萬，春秋時期宋國的貴族。一日，他隨侍宋閔公（前 691—前 682 年在位）狩獵。在遭受閔公侮辱後，南宮長萬非常氣憤，用棋盤將之打殺。見《左傳》，莊公十二年（Legge, *The Chinese Classics* 5：89）；《史記》，卷 38 頁 1624；Chavannes, *Mh*，4：235－36。

㊸ 行 233：渠彌是高渠彌，春秋時期鄭國的貴族。鄭昭公（前 696—前 695 年在位）擔任王位繼承人時厭惡高渠彌。儘管他非常反對，但父親鄭莊公却仍將高渠彌任命爲高官。鄭昭公即位後，高渠彌擔心昭公會處死自己，於是藉狩獵的機會，用箭射殺昭公。見《左傳》，桓公十七年（Legge, *The Chinese Classics* 5：69）；《史記》，卷 42 頁 1763；Chavannes, *Mh*，4：459。

㊹ 行 234：蒯瞶是衛靈公的兒子，圖謀暗殺靈公的妻子南子。當靈公發現這一圖謀時，蒯瞶逃出衛國。公元前 493 年衛靈公死後，蒯瞶的兒子（謚號出公，前 492—前 481 年在位）被任命登基。在晉的幫助下，蒯瞶得以占領衛國的戚城。公元前 492 年，在齊軍支援下的一支衛軍包圍戚城。見《左傳》，定公十四年，哀公二至三年（Legge, *The Chinese Classics* 5：788，799，802）。

㊻ 行 235：不占即齊國人陳不占。公元前 548 年崔杼刺殺齊莊公後，陳不占匆匆趕去保衛莊公的家室。但當他聽到戰鼓聲在莊公居所大門外響起時，却因恐懼而死。李善（《文選》，卷 18 頁 9b—10a）從《韓詩外傳》中徵引這個故事，但此故事不見於《韓詩外傳》的標準版本。

馬將眼睛從牧草中抬起,黑鶴開始舞蹈。[61]

10

此時,綿駒失聲,[62]
伯牙毁掉琴弦。
瓠巴調整音栓,[63]
磬襄卸下懸挂石磬。[64]
人們充滿好奇地觀望凝視,
一遍遍地稱賞贊美。
失卻鎮定,從席子掉下,
鼓掌喝彩,聲高如雷。
他們眯起眼睛,接着瞠目凝視,
鼻涕和眼淚豐沛流淌。
因此,笛樂可以與神靈溝通,激發自然生命,
表達神意,揭示思想,
傳遞真誠感受,顯示真實意圖,
引領人們興起完成工作。[65]
洗刷污穢,
净化骯髒的塵垢。

于時也,緜駒吞聲,伯牙毁絃。瓠巴聑柱,磬襄弛懸。留眎瞭眙,累稱屢讚。失容墜席,搏拊雷抃。僬眇睢維,涕洟流漫。是故可以通靈感物,寫神喻意。致誠効志,率作興事。溉盥汙濊,澡雪垢滓矣。

11

古時,庖羲發明琴,
神農創造瑟,[66]

昔庖羲作琴,神農造瑟。女媧制簧,暴辛爲塤。倕之和鐘,叔之

---

[61] 行 240—241:魚和馬對音樂聲有反應是常見的一個主題。參《荀子》,卷 1 頁 4a:"昔者瓠巴鼓瑟,而沉魚出聽;伯牙鼓琴,而六馬仰秣。"有關舞鶴,見《舞鶴賦》。

[62] 行 242:綿駒是齊國著名的音樂家。根據《孟子》(六下之 6)的記載,綿駒居住在高唐(今山東高唐縣東北)時,齊國西部的人們都模仿他唱歌的方式。

[63] 行 244:瓠巴是上文行 240—241 提到的鼓瑟者。

[64] 行 245:磬襄(字面意思爲"演奏石磬的襄")是《論語》18/9 提到的音樂家。

[65] 行 255:馬融在這裏從《尚書·益稷》中借用詞語,臯陶説:"率作興事。"《尚書注疏》,卷 5 頁 17a;Legge, *The Chinese Classics*, 3:89。

[66] 行 258—259:庖羲更著名的名字是伏羲,是遠古時期的文化英雄。朱珔(《文選集釋》,卷 15 頁 9a)指出,更流行的傳統説法是將瑟的發明歸屬於他;神農常被認爲是琴的發明者。

260　女媧製造簧，⑥⑦

暴辛製作塤，⑥⑧

倕調和鐘，

叔排列石磬：⑥⑨

他們有時融化金屬，拋光石頭，

265　繪、刨、切、挫，

模鑄、捏煉、雕、琢，

刻、鏤、鑽、鑿。

使用最高超的工藝、最偉大的技巧，

日月工作，

270　終於完成各自的樂器。

但樂音只有某一類型，

只有笛子由其天然特性製作而成，

沒有改變基本特性。

竹子只是被砍斷和吹奏，

275　它的聲音卻如此美好。

大概與樸素簡單的原則一致，

使得吹奏它成爲賢人的事業。⑦⓪

上面提及的六種樂器

已爲二皇、聖人、哲人詳細討論。⑦①

280　但大漢最先製造的笛子如何？

學者不知它可爲時代增加光輝榮耀，

忽視它，沒有給予贊美。

多麼悲哀！

離磬。或鑠金礜石，華晥切錯。丸挺彫琢，刻鏤鑽笮。窮妙極巧，曠以日月。然後成器，其音如彼。唯笛因其天姿，不變其材。伐而吹之，其聲如此。蓋亦簡易之義，賢人之業也。若然，六器者，猶以二皇聖哲黈益。況笛生乎大漢，而學者不識其可以裨助盛美，忽而不讚，悲夫！

---

⑥⑦　行 260：女媧是一個複雜的人物，存在有關她的大量傳説。高本漢總結絕大多數相關記載，見其“Legends and Cults,” pp. 229‒32。《禮記》提到女媧發明了簧，見《禮記注疏》，卷 31 頁 16b(3228)。

⑥⑧　行 261：有關暴辛所知不多。《風俗通義》徵引《世本》，稱之爲暴辛公。見吳樹平，《風俗通義校釋》，卷 6 頁 226。李善(《文選》，卷 18 頁 10b)徵引宋均的説法，將暴辛判定爲周平王(前 770—前 720 年在位)時期的貴族。

⑥⑨　行 262—263：倕是堯時的音樂家，叔是舜時的音樂家。馬融此兩句逐字借用《禮記注疏》，卷 31 頁 16b(3228)。

⑦⓪　行 276—277：馬融這裏引用《易經·大傳》(《周易注疏》，卷 7 頁 3a—4a)：“易則易知，簡則易從。易知則有親，易從則有功。有親則可久，有功則可大。可久則賢人之德，可大則賢人之業。”

⑦①　行 279：二皇是伏羲和神農，聖哲是女媧、暴辛、倕、叔。

12

有一個卑微的官員，名叫丘仲，[72]解釋笛子如何產生，却不明白笛樂的偉大精妙。他的詩歌文字如下：

"近來，雙笛起源羌地：

羌人砍竹子，還未完成工作前，

聽到水中龍吟，却看不到。

290　於是砍掉一截竹子，吹奏它效仿龍吟。

在竹上鑽出小孔，

雕刻成管狀以便抓握。

《易》學家京君明深諳音律，[73]

在原來的四孔又加一孔。

君明所加之孔在後面，

於是商聲和五律齊備。"

有庶士丘仲言其所由出，而不知其弘妙。其辭曰：近世雙笛從羌起，羌人伐竹未及已。龍鳴水中不見己，截竹吹之聲相似。剡其上孔通洞之，裁以當簻便易持。易京君明識音律，故本四孔加以一。君明所加孔後出，是謂商聲五音畢。

---

[72] 行 284：丘仲是漢武帝時期的音樂家，有關他的其他情況一無所知。

[73] 行 293：京君明即京房（活躍於前 76—前 37 年）。現存有前漢時期兩個名爲京房的人的記載，字君明的這個京房是二人中較年輕者。有關他的情況，見 Hulsewé，"The Two Early Han *I Ching* Specialists Called Jing Fang 京房"。

琴　賦

嵇叔夜

【解題】

　　此賦爲嵇康(字叔夜)所作,討論最高貴的中國樂器——琴。琴是有教養的士人的樂器。在嵇康的時代,琴可能有七根弦,琴身由桐木製成。在演奏者的最遠端是十三徽,標識出絲弦應當被按壓的位置。有關中國文化中琴的歷史的詳細討論,見 van Gulik, *The Lore of the Chinese Lute*。

　　嵇康本身就是一位造詣深厚的琴家,他在序言中批評有關樂器的較早作品,因爲這些文章的作者並不具備足夠的音樂知識。然而,他的賦顯然受惠於這些更早的文章,例如王褒的《洞簫賦》和馬融的《長笛賦》。嵇康按照傳統的範式,首先以狂熱的大段文辭論説山川河流,描述桐樹生長的地區。嵇康將此地區描述爲隱士和仙人居住的地方,稱他們去到那裏不僅是爲了逃避凡世紛擾,還爲了砍樹製琴。嵇康接着給出有關製琴、定音、琴樂本身的一段文字,其中特別提到幾首曲子。他以描述琴樂對聽衆的影響收束此賦。結尾時,嵇康將琴高度讚揚爲至人的樂器。

　　在戴明揚的《嵇康集校注》(冊 2,頁 82—111)中,也有一份經過仔細編輯、具有廣泛注釋的文本。此前的翻譯包括 von Zach, *Deutsche Wacht* 10 (1932), rpt. in *Die Chinesische Anthologie* 1:250‑58;van Gulik, *Hsi K'ang and His Poetical Essay on the Lute*;Goormaghtigh, *L'Art fu Qin*, pp. 25‑41;小尾郊一、花房英樹,《文選》,卷 2,頁 397—418。白話翻譯有陳宏天等編,《昭明文選譯注》,冊 2,頁 970—994;李景濚,《昭明文選新解》,冊 2,頁 279—295;遲文浚等編,《歷代賦辭典》,頁 281—288。有關此文的簡明分析,見李鋭清,《嵇康〈琴賦〉小論》。

　　我年少時喜好音樂,長大後能夠研習之。我相信一切事物均有盛衰,但音樂永恒不變。即使人們可能會饜足豐盛的美味,卻永遠不會厭倦音樂。音樂可引導和培育精神和氣息,放鬆和平順情緒及感覺。至於獨處於悲慘困境而不感悲傷,没有什麽能

　　余少好音聲,長而翫之。以爲物有盛衰,而此無變;滋味有猒,而此不勌。可以導養神氣,宣和情志,處窮獨而不悶者,莫近於音聲也。是故復之而不足,則吟詠

比音樂更佳。是故，如果重複演奏一種樂器仍有不足，那麼人們可能就會吟唱以釋放感觸。如果吟唱仍有不足，那麼人們可能就會將語言寄託於文字，來表達自己的思想。[①] 因此，歷代以來的才學之士已爲八音樂器、[②]各種類型的歌舞撰寫賦頌。他們作品的形式和風格，皆爲彼此所模仿。他們在稱贊製作樂器的材料源出之地時，將最主要的重點放在危險的位置。他們在描述樂聲時，將重心放在悲傷上。他們在贊美其影響和觸動時，以落淚爲最高的評價。這些作品美則美矣，但卻不能充分傳達樂器的內在原理。如果推測其根由的話，似乎根本原因在於他們不懂音樂。倘若考究其文章的基本觀念，就會發現他們沒有理解禮樂之中的情感。[③] 在所有種類的樂器中，琴的美德最爲高尚。因此，我將自己的感受付諸文字，就此主題作賦。文辭如下：

以肆志；吟詠之不足，則寄言以廣意。然八音之器，歌舞之象，歷世才士，並爲之賦頌。其體制風流，莫不相襲。稱其材幹，則以危苦爲上；賦其聲音，則以悲哀爲主；美其感化，則以垂涕爲貴。麗則麗矣，然未盡其理也。推其所由，似元不解音聲，覽其旨趣，亦未達禮樂之情也。衆器之中，琴德最優，故綴敍所懷，以爲之賦。其辭曰：

1

梧桐生長之處
位於崇山高脊。
其根擠過層層土壤，其樹高高聳立，
抵達北極，翱翔高空。
5　被天地的純然和諧包裹，
吸納日月吉瑞的光輝。
濃郁茂密，獨自繁盛，
將花朵放飛昊蒼。
傍晚，它收穫虞淵的玫瑰光芒，[④]

惟椅梧之所生兮，託峻嶽之崇岡。披重壤以誕載兮，參辰極而高驤。含天地之醇和兮，吸日月之休光。鬱紛紜以獨茂兮，飛英蕤於昊蒼。夕納景于虞淵兮，旦晞幹於九陽。經千載以待價兮，寂神跱而永康。

---

① 參《毛詩序》（《文選》卷 45 頁 21a）：“言之不足，故嗟嘆之。嗟嘆之不足，故詠歌之。詠歌之不足，不知手之舞之，足之蹈之。”
② 有關八音，見《長笛賦》，行 92 注。
③ 參《禮記注疏》，卷 37 頁 15b(3315)：“知禮樂之情者能作，識禮樂之文者能述。”
④ 行 9：虞淵是太陽降落的地方。

10　清晨，它在九陽之中曬乾樹幹。⑤

千年以來，等待自身價值被識別，

處於靜寂，仿若神靈，永遠康健强壯。

2

至於環繞它的山河形勢：

盤旋迂回，黑暗深邃，

15　高聳矗立，臨危自若。

黑色山峰，尖鋭懸崖，⑥

尖峰上刺，崎嶇陡峭。

朱崖陡然下降，

青壁在萬尋高空翱翔。

20　接着，層疊山峰一座座湧起，

在極高處飛翔，如包裹於雲中。

遠處，拱懸於一切事物之上，極度壯麗，

高聳壯觀，獨具光彩。

呼出靈妙的蒸汽來撥開雲朵，

25　從神聖的源泉噴出流淌河水。

其後，顛簸波濤衝刷而去，

在激烈湧流中狂放奔馳。

撞擊峭壁，衝擊河灣裂隙，

憤怒翻騰，狂暴咆哮。

30　奮飛跳躍，疾奔碰撞，

奔馳競流，澎湃鼓蕩。

蜿蜒蛇形，如同糾纏一處，

狂放地注入大河，

且其山川形勢，則盤紆隱深，嶔
崟岑崟。互嶺巉巖，岝㟧嶇嶮。
丹崖嶮巇，青壁萬尋。若乃重巘
增起，偃蹇雲覆，邈隆崇以極壯，
崛巍巍而特秀。蒸靈液以播雲，
據神淵而吐溜。爾乃顛波奔突，
狂赴爭流。觸巖牴隈，鬱怒彪
休。洶涌騰薄，奪沫揚濤。瀄汩
澎湃，蜭蟺相糾。放肆大川，濟
乎中州。安回徐邁，寂爾長浮。
澹乎洋洋，縈抱山丘。詳觀其區
土之所產毓，奧宇之所寶殖。珍
怪琅玕，瑤瑾翕赩。叢集累積，
奐衍於其側。若乃春蘭被其東，
沙棠殖其西。涓子宅其陽，玉醴
涌其前。玄雲蔭其上，翔鷥集其
巔。清露潤其膚，惠風流其間。
竦蕭蕭以靜謐，密微微其清閑。
夫所以經營其左右者，固以自然
神麗，而足思願愛樂矣。

---

⑤ 行10：我將"九陽"按字面翻譯爲"九個太陽"。嵇康模仿《遠遊》（行47，《楚辭補注》，卷5頁5b）中的一句：
"夕晞余身兮九陽。"此可能指東方的扶桑樹，根據上古中國神話傳説，扶桑樹上有九個太陽。參張衡，《思玄
賦》，本册，行105—106注。

⑥ 行16：《文選》尤袤本讀爲"互"。李善本的其他版本以及《六臣注文選》均讀爲"玄"，我遵從"玄"的文字。胡
克家（見《文選》，卷3頁38b）稱尤袤本有誤。

穿過中州。⑦

35　此時河水平静打旋，緩慢流淌，

　　静静地流向遠方，

　　安静地廣播漫長，

　　環繞山丘。

　　仔細觀察此處生長的東西，

40　最秘密區域所製造的珍寶：

　　紅寶石，珍奇美妙，

　　瑪瑙玉，昂貴閃爍，

　　聚集聚攏成堆，

　　分散樹木旁邊。

45　於是，春天的蘭草在東側蔓延，

　　沙棠樹在西面生長。

　　涓子居住在南坡上，⑧

　　玉丹藥從前方湧出。

　　黑雲覆蓋樹頂，

50　飛翔的鸞鳳棲息樹冠。

　　清露浸濕樹皮，

　　温潤清風吹拂而過。

　　枝幹在静謐蕭穆中上伸，

　　緑葉在無聲寂静中展開。

55　人們在梧桐樹的周圍徘徊，誠然因爲其天然的

　神妙和美麗，足以激起傾慕和興趣。

3

於是，遁出世間之士，　　　　　　　　於是遯世之士，榮期綺季之疇，

榮期、綺季之人：⑨　　　　　　　　　　乃相與登飛梁，越幽壑，援瓊枝，

---

⑦　行34：中州指中原地區。

⑧　行47：涓子是一位隱者，以鼓琴而聞名，被認爲是名爲《琴心》的論琴之文的作者。見《列仙傳》，卷1頁5a。

⑨　行59：榮期是榮啓期，一名因鼓琴而著稱的隱者。根據《淮南子》（卷9頁4a）的記載，孔子聽到他撥弄一弦後，被和諧之聲深深觸動，歡愉三日。綺季是綺里季，四皓之一。見《幽通賦》，行128注。

60 一同登上飛翔橋梁，
越過幽暗溝壑，
抓住碧玉樹枝，
攀上險峻山嶺，
在其樹下遊樂。

65 長久凝視周圍一切事物——
遠景廣闊，如同鳥飛翔天空的視野。
斜瞥崑崙，
俯瞰海岸。
指向遙遠的蒼梧，

70 俯觀迂迴扭轉的河流。
了悟俗世的紛繁負累，
仰望箕山的漸失光輝。⑩
傾慕此山的廣闊寬敞，
心靈深深觸動而忘歸。

75 情感釋放，凝望遠方，
收穫軒轅的遺留樂曲。⑪
在䭫山之隅敬仰老童，⑫
欽慕泰容崇高的歌唱。⑬

80 注視此株梧桐，興起思慮，
希望用它寄托感受。
於是砍下幼枝，
量取可資使用的一段。
這些至人以之釋放憂慮，
用之製作雅琴。

陟峻崿，以遊乎其下。周旋永望，邈若凌飛。邪睨崑崙，俯闞海湄。指蒼梧之迢遞，臨迴江之威夷。悟時俗之多累，仰箕山之餘輝。羨斯嶽之弘敞，心慷慨以忘歸。情舒放而遠覽，接軒轅之遺音。慕老童於䭫隅，欽泰容之高吟。顧兹梧而興慮，思假物以託心。乃斲孫枝，准量所任。至人攄思，制爲雅琴。

---

⑩ 行72：箕山（位於今河南登封縣東南）是隱士許由的居所。堯打算禪讓許由，但許由每次都予以拒絕。最後，許由逃往箕山，死在那裏。見皇甫謐，《高士傳》，卷1頁2b—3a。

⑪ 行76：軒轅就是黃帝，在一些文獻中被認爲是琴的發明者。

⑫ 行77：老童是顓頊的兒子，居住在䭫山，聲音仿佛鐘磬之聲。見袁珂，《山海經校注》，卷2頁55，卷11頁395。

⑬ 行78：有關泰容，見《幽通賦》，行348注。

4

85　於是，他們令離子監督墨綫，⑭

　　令匠石揮舞斧頭，⑮

　　令夔和襄展現製作準則，⑯

　　令般和倕陳列神妙技藝。⑰

　　鑿出中心，連接縫隙，緊密安裝，

90　接縫和連接點完美調和。

　　在琴上繪畫雕刻，

　　裝飾圖案紋飾。

　　鑲嵌上犀角象牙，

　　塗上一層翠綠。

95　琴弦以園客之絲製作，⑱

　　琴徽以鍾山之玉製成。⑲

　　繪有龍鳳之象，

　　古代賢士之形。

　　伯牙在弦上揮動手指，

100　鍾期聽到樂聲。⑳

　　華麗的外觀閃亮生輝，

　　釋放色彩和光芒。

　　啊，多麼美麗！

　　伶倫調弄音調，㉑

105　田連演奏曲子。㉒

　　由於爲賢君子演奏，

乃使離子督墨，匠石奮斤。夔襄薦法，般倕騁神。鎪會裛廁，朗密調均。華繪彫琢，布藻垂文。錯以犀象，籍以翠綠。絃以園客之絲，徽以鍾山之玉。爰有龍鳳之象，古人之形。伯牙揮手，鍾期聽聲。華容灼爚，發采揚明。何其麗也！伶倫比律，田連操張。進御君子，新聲慘亮。何其偉也！

⑭ 行85：離婁以敏銳的視力而著稱。見《孟子》，四上之1。

⑮ 行86：有關匠石，見《洞簫賦》，行40注。

⑯ 行87：有關夔和襄，見同上，行41注。

⑰ 行88：有關倕，見《長笛賦》，行260—261注。有關般，見《洞簫賦》，行40注。

⑱ 行95：園客是濟陰人，擁有秘方，能夠培養蠶，産出大如瓶子的繭。見《列仙傳》，卷下頁3b—4a。

⑲ 行96：鍾山是崑崙的另一個名字。見《淮南子》，卷2頁4b。

⑳ 行99—100：有關伯牙和鍾期，見《洞簫賦》，行115注。

㉑ 行104：伶倫或泠綸是一位音樂家，黃帝派他到崑崙山以北的嶰谷砍竹子，以製作十二律管。見《漢書》，卷21上頁959。

㉒ 行105：田連也被稱爲成連，是著名的琴師。見《韓非子》，卷14頁1a。根據《琴操》（李善引，《文選》卷18頁15b)的記載，他是伯牙的老師之一。胡紹煐（《文選箋證》，卷20頁2a)指出，"張"等同於"暢"，是"琴曲"的一般名稱。參《風俗通義校釋》，卷6頁235。

新樂曲清澈嘹亮。

它們是多麼偉大！

5

琴弦首次被調弄，

110　角和羽一同鳴奏，

宮和徵互相校準。㉓

樂音單獨發出，接着混合一起，

從高到低不斷共鳴。

起先微弱，而後強盛，

115　美好樂章開始奏響。

確實平順和諧，足以提供愉悅。

此時適切的音樂可以奏響，㉔

美妙的樂曲可以演奏。

他們演奏《白雪》，㉕

120　奏響《清角》。㉖

一陣音樂，穩定流淌，和暢湧動，

豐滿地傾瀉，充足圓潤。

曲調明快有力，高高興起，

迅捷競速，曲曲相接。㉗

125　豐沛强壯，躍過彼此，競相前衝，

混合一起，生氣勃勃，精妙美好。

儀表如高峻山峰，

又像流淌波濤：

一時豐沛流淌，

及其初調，則角羽俱起，宮徵相證。參發並趣，上下累應。踸踔磥硌，美聲將興。固以和昶而足躭矣。爾乃理正聲，奏妙曲。揚《白雪》，發清角。紛淋浪以流離，奐淫衍而優渥。㩼奕奕而高逝，馳炎炎以相屬。沛騰遌而竞趣，翕韡曄而繁縟。狀若崇山，又象流波。浩兮湯湯，鬱兮峩峩。怫愲煩冤，紆餘婆娑。陵縱播逸，霍濩紛葩。檢容授節，應變合度。兢名擅業，安軌徐步。洋洋習習，聲烈遐布。含顯媚以送終，飄餘響乎泰素。

㉓ 行110—111：角、羽、宮、徵分別指第三、五、一、四根弦。我推測嵇康的意思是以宮和徵作爲參照，調節琴弦。

㉔ 行117：“適切的音樂”就是“正聲”，這是被賦予正統性的音樂名稱，也被稱爲“雅樂”，是道德上令人振奮的音樂形式，與鄭、衛的音樂相對立。

㉕ 行119：有關《白雪》，見《雪賦》，行29注。

㉖ 行120：有關《清角》，見《舞賦》，行47—48注。

㉗ 行124：李善（《文選》，卷18頁16a）將“炎炎”解釋爲“高貌”。但胡紹煐（《文選箋證》，卷20頁2a—b）令人信服地顯示，其意爲“迅疾”。

130　一時高聳巍峨。㉘

　　轟隆作響，錯雜糾纏，

　　纏繞交織，回旋宛轉。

　　接着狂放分撒飄散，

　　輾轉鼓蕩鋪陳。

135　音樂擁有嚴肅的表達方式，遵循節奏，

　　適應變動的和諧，符合恰當的量度。

　　爲名聲而努力，精通技藝：㉙

　　一切均遵從規制，緩慢而準確。

　　在莊重嚴肅中，在精微和諧裏，

140　樂聲宏大地播撒到遠方。

　　接着，它們清澈優美地送出終章，

　　隨着餘響飄入泰素。㉚

6

　　於是，在高廊飛觀之上，

　　在廣廈隱舍之中，

145　冬夜清冷寂静，

　　明月照下光芒。

　　新衣沙沙作響，

　　彩色絲帶飄出芬芳香氣。

　　樂器寒凉，但其弦定音，㉛

150　内心放鬆，但手指敏捷。

　　隨心觸撥琴弦，

　　仿佛有意演奏。

若乃高軒飛觀，廣夏閑房；冬夜蕭清，朗月垂光。新衣翠粲，縹徽流芳。於是器冷絃調，心閑手敏。觸攦如志，唯意所擬。初涉《淥水》，中奏清徵。雅昶唐堯，終詠《微子》。寬明弘潤，優遊躇跱。拊絃安歌，新聲代起。謌曰：凌扶搖兮憩瀛洲，要列子兮爲好仇。餐沆瀣兮帶朝霞，眇翩翩兮薄天遊。齊萬物兮超自得，委性命兮任去留。激清響以赴

㉘　行 127—130：見《洞簫賦》，行 115 注。

㉙　行 137："就名"一詞在這裏似乎是不合適的，但我在缺少更好意見的情況下，將之以字面意思翻譯。

㉚　行 142：這裏的"泰素"存在歧義。我猜測嵇康使用此詞表示事物的初始狀態，即聲音和形狀尚未分别的狀態。

㉛　行 149："琴冷"一詞語義不清。另一種有可能的解釋是，"冷"是在描述琴發出的聲音。見《昭明文選譯注》，册 2，頁 982，注 149。

開始撥動《淥水》，㉜

中途演奏《清徵》，㉝

155　優雅彈奏《唐堯》，

最後詠唱《微子》。㉞

這些曲調寬厚明智、宏大圓潤，

輕鬆閑適、躊躇舒緩。

和弦之歌溫和吟唱，

160　新曲開始一首接一首。

歌曰：

"我飛翔於旋風之上，休憩於瀛洲，㉟

邀請列子作爲好友。㊱

服食午夜水汽，將晨霧編製成帶；

165　我滑翔飄飛遠去，臨近天堂漫遊。

視萬物一如，超越世間牽挂，

我屈服於命運，去留任意。"

歌聲清越共鳴，與節奏一致，

歌聲和琴曲如此和諧融合！

7

170　於是，歌曲來到一處結尾，

各種聲音將要中止，

改弦變調，

發出美妙的樂曲。

演奏者抬手，展露溫雅態度，

175　挽起袖子，露出白亮的手腕。

會，何絃歌之綢繆！

於是曲引向闌，衆音將歇。改韻易調，奇弄乃發。揚和顏，攘皓腕，飛纖指以馳騖，紛僀傝以流漫。或徘徊顧慕，擁鬱抑按。盤桓毓養，從容祕翫。闥爾奮逸，風駭雲亂。牢落凌厲，布濩半散。豐融披離，斐韡奐爛。英聲

㉜　行153：有關《淥水》，見《長笛賦》，行215注。

㉝　行154：《清徵》是一首非常感人的樂曲。見《韓非子》，卷3頁3a。

㉞　行155—156：《唐堯》可能是指琴曲《堯暢》，桓譚的《琴道》中有所提及。《琴道》是一部殘缺不全的關於琴的專論。其書提到《微子操》，據說微子以琴創作此曲，嘆惋殷朝即將到來的崩潰。《琴道》的這些殘章爲李善（《文選》，卷18頁16b）所徵引。亦見 Pokora, *Hsin-lun*, pp. 181, 183 - 84。

㉟　行162：有關瀛洲，見《思玄賦》，行112注。

㊱　行163：列子是著名的哲學家，但嵇康在這裏可能是指列子在《莊子》（卷1頁4b）中的形象，文中述列子可以乘風五日。

纖長手指在琴弦上快速飛舞，

豐富曲調流淌而出。

時而聲音躊躇，仿如滿懷憧憬回顧：

約束克制，束縛壓抑，

180 徘徊盤旋，無聲緘默，

一切皆沉著鎮定，非常熟練。

接着它們迅捷馳驅，

好似驚風擾動雲層：

稀薄模糊，飛入空中，

185 分散傳播於各個方向。

豐沛有力，廣泛散布，

美麗耀眼，生動明快。

發出莊嚴旋律，

色彩豐富，曲調燦爛。

190 時而混雜和聲糅合一起，㊲

仿佛兩支獨立樂曲彼此均和。

兩首美麗樂曲齊頭並進，

好似兩匹馬雙軛並馳。

起初恍若將要分離，

195 繼而最終合併一起。

時而順從而不諂媚，

直率而不倨傲。㊳

有時彼此凌越而不擾亂，

有時分立而不分裂。

200 有時似乎受到逼迫壓抑，爲挫折圍繞，㊴

發越，采采粲粲。或間聲錯糅，狀若詭赴。雙美並進，駢馳翼驅。初若將乖，後卒同趣。或曲而不屈，直而不倨。或相凌而不亂，或相離而不殊。時劫捾以慷慨，或怨㜪而躊躇。忽飄颻以輕邁，乍留聯而扶疏。或參譚繁促，複疊攢仄。從橫駱驛，奔遯相逼。拊嗟累讚，間不容息。瓌豔奇偉，殫不可識。

㊲ 行 190："間聲"的確切意思不清楚。Van Gulik（*Hsi K'ang*，p. 102，n. 52）將"間"解釋爲"和弦"，意指同時彈撥幾條琴弦所產生的聲音。戴明揚（《嵇康集校注》，卷 2 頁 98）把"間"等同於"姦（放蕩之意）"。"姦聲"是與上文提到的正聲相對的音樂。戴的解釋不可信，因爲"姦聲"這一表述已經相沿成習，如果這就是嵇康想要表達的意思，他很可能不會代之以"間聲"。"間"的另外一個意思是"雜陳、混雜"，例如"間色"就是與五種標準顏色（正色）相區分的顏色。或許"間聲"就是與正聲相背離的和聲。

㊳ 行 196—197：此處嵇康借用季札對《詩經·頌》的贊頌。見《左傳》，襄公二十九年（Legge，*The Chinese Classics* 5：550）。

㊴ 行 200：我遵從胡紹煐（《文選箋證》，卷 20 頁 3b）的意見，將"劫捾"解釋爲"強使"。

有時悲哀沮喪，怯懦踟躕。

突然間飛馳而去，好似輕快乘風而行，

接着，在四處分散前片刻徘徊。

有時急切追尋彼此跟從，

205　重唱回響，仿佛同時拉按。

踟躕不決，在無止盡的溪流中，

奔騰馳騁，彼此推擠。

聽眾累次鼓掌，思慕贊嘆，

甚至沒有吸口氣的間隙。

210　這首曲子如此瑰麗華美，如此奇妙雄偉，

無法被徹底理解。

8

於是，如果演奏緩慢而精妙，

宏大和纖微的曲調都在恰當位置。④

樂聲清澈和諧，優美平順，

215　時高時低，形式多樣。

文雅溫柔，快樂愉悦，

婉約恭順，來回搖擺。

時而通過困難章節，曲調跟隨節拍，

繼而等待新的開始，進入冒險高度：

220　高鳴如迷路林雞在清池邊啼叫，

羽翼如漫遊天鵝在陡崖上飛翔。

曲調色彩各異，明艷多姿，

厚密懸吊如同下垂流蘇。④

溫柔的風承載樂音回響，

225　秀美雅緻，在空中徘徊。

若乃閑舒都雅，洪纖有宜。清和
條昶，案衍陸離。穆溫柔以怡
懌，婉順敍而委蛇。或乘險投
會，邀隙趨危。譬若離鵾鳴清
池，翼若游鴻翔曾崖。紛文斐
尾，慊縿離纚。微風餘音，靡靡
猗猗。或摟攙擽捋，縹繚潎洌。
輕行浮彈，明嫿㦗慧。疾而不
速，留而不滯。翩緜飄邈，微音
迅逝。遠而聽之，若鸞鳳和鳴戲
雲中；迫而察之，若衆葩敷榮曜
春風。既豐贍以多姿，又善始而
令終。嗟姣妙以弘麗，何變態之
無窮！

---

④　行213：洪和纖分別指洪亮和糅合的音符。

④　行223：李善（《文選》，卷18頁18b）將"慊縿"解釋爲"離纚"，即"羽毛貌"。戴明揚（《嵇康集校注》，卷2頁
100）説明，"慊縿"是對事物懸吊的描寫，"離纚"與帶有"繼續"、"連續"、"源源不斷"等普遍含義的一系列描
述性連綿詞有關。我的翻譯試圖吸收戴明揚爲這些詞彙指定的含義。

有時彈動撥弄，④

像是波濤拍擊飛濺。

絲弦被輕輕觸動，淺淺撥弄，

聲音卻被清晰明確地感受。④

230 樂聲快捷而不急促，

緩慢而不遲滯。

向周圍邈遠飄動，

模糊樂音快速逝去。

從遠處聆聽，

235 如同鸞鳳嬉戲雲間的和諧鳴叫；

從近處觀察，

則像是盛開鮮花在春風中閃耀。

其樂豐滿，雅緻多姿，

自始至終全然卓越。

240 啊，多麼令人陶醉的魅力，多麼宏偉美麗！

其變換形態無窮無盡！

9

我們在春天三月之初，

穿上契合季節的華服，

與好友攜手，

245 前去遨遊玩樂。

進入蘭草花園，

攀爬高聳山丘。

背後有高聳樹林，

隱蔽在花叢凉棚。

250 下到清澈的溪流，

創作新的詩篇。

若夫三春之初，麗服以時。乃攜友生，以遨以嬉。涉蘭圃，登重基。背長林，翳華芝。臨清流，賦新詩。嘉魚龍之逸豫，樂百卉之榮滋。理重華之遺操，慨遠慕而長思。

---

④ 行226：我僅是給出這句話中四個動詞的意譯，其中每一個詞都被認為是在展現一種不同的撥弄琴弦的方式。儘管後世學者試圖解釋這些術語，但它們的意思卻早被遺忘。

④ 行229：我遵從胡紹煐（《文選箋證》，卷20頁3b—4a)的意見，將"嫿"解釋為"劃(意為清晰)"。

贊美魚龍閑散舒適，

喜愛植物繁盛美麗。

於是演奏重華傳下的琴曲，

255 深深嘆息，仰慕遠方，思慮遥遠。㊹

10

於是，在華貴殿堂的私家宴會，	若乃華堂曲宴，密友近賓。蘭肴
與密切朋友和親近賓客一起：	兼御，旨酒清醇。進《南荆》，發
芳香食品供給大家，	《西秦》。紹《陵陽》，度《巴人》。
美酒清澈香醇。	變用雜而並起，竦衆聽而駭神。
260 接着奉上《南荆》，	料殊功而比操，豈笙籥之能倫？
演奏《西秦》，	
繼以《陵陽》，	
表演《巴人》。㊺	
通俗和雅緻的樂音，混合並起，㊻	
265 驚動聽衆的耳朵，震駭他們的心神。	
評判琴的卓越節操，比較它的曲調，	
笙和籥豈能與之相比？	

11

如果將曲子按照適宜位置排序，	若次其曲引所宜，則《廣陵》《止
則有《廣陵》《止息》，	息》，《東武》《太山》。《飛龍》《鹿
270 《東武》《泰山》，㊼	鳴》，《鵾雞》遊絃。更唱迭奏，聲

㊹ 行 254—255：根據桓譚《琴道》(李善徵引，《文選》卷 18 頁 19a) 所述，舜（重華）成爲天子後，非常思念父母，不認爲自己值得繼續在位。於是他拿起琴，創作一首曲子。亦見 Pokora, *Hsin-lun*, p. 193.

㊺ 行 260—263：《南荆》可能是楚國的歌曲，《西秦》不得而知。根據李善（《文選》，卷 18 頁 19a）所述，宋玉作品集中的《對問》對《陵陽》有所提及（但在《文選》卷 45 頁 2a 的版本裏並未見）。有關《巴人》，見《文賦》，行 73 注。

㊻ 行 264："變"和"用"兩字不清楚。陳宏天等（《昭明文選譯注》，冊 2，頁 986 注 247）解釋爲分別指雅樂和俗樂。這一解釋確實有一些依據，因爲"變聲"一詞就是指代與雅樂對立的音樂。"用"的字面意爲"有用"，在這裏可能是指雅樂的説教作用。儘管此解釋尚有疑問，但在缺少其他更好建議的情況下，我接受這一看法。

㊼ 行 269—270：《廣陵》還以《廣陵散》之名而著稱，是最著名的琴曲之一。據説嵇康在被處死前彈奏此曲。見楊勇，《世説新語校箋》，卷 6 頁 265(6/2)；Mather, *Shih-Shuo Hsin-yü*, p. 180. 在後世的音樂傳統中，《止息》是《廣陵散》終章的名稱。然而，作爲獨立樂曲的《止息》卻知之不詳。見 van Gulik, *Hsi K'ang*, pp. 47-48.《東武》和《泰山》是樂府名。見郭茂倩，《樂府詩集》，卷 41 頁 605—609. 李善（《文選》，卷 18 頁 19b）徵引一則對左思《三都賦》的注解，其中將《東武》和《泰山》判定爲齊國古代歌曲。

《飛龍》《鹿鳴》,
《鵾雞》《遊弦》。㊽
它們被更相吟唱演奏,
聲音仿佛自然而生。
其聲流暢清晰,纖巧優美,
驅除焦躁,洗刷煩惱。
其次是流行民謡,
蔡氏之五曲,㊾
王昭和楚妃之歌,㊿
《千里别鶴》,(51)
以及尋常曲子,(52)
可以用來填補間隙,
這些歌曲亦可玩賞。
然而,只有超然曠達者,
才能分享琴樂的樂趣。
只有思想淵博寧静者,
才能與之共處。
只有放達自在者,
才能不吝惜努力獻身於此。
只有擁有最精妙學識者,
才能明白其内在道理。

若自然。流楚窈窕,懲躁雪煩。下逮《謡俗》,蔡氏五曲。王昭楚妃,千里别鶴。猶有一切承間簉乏,亦有可觀者焉。然非夫曠遠者,不能與之嬉遊;非夫淵静者,不能與之閑止;非夫放達者,不能與之無悋;非夫至精者,不能與之析理也。

㊽ 行 271—272:《飛龍》可能指漢代禮樂歌曲,其中出現"飛龍"一詞。見《漢書》,卷 22 頁 1048。《鹿鳴》是《詩經》第 161 首的篇名。根據蔡邕《琴操》(李善引,《文選》,卷 18 頁 19b)所述,《鹿鳴》也是一首琴曲的名稱。李善(《文選》,卷 18 頁 19b)將《鵾雞》判定爲一首相和歌。有關《鵾雞》和《遊弦》的其他情況一無所知,它們在郭茂倩的《樂府詩集》(卷 41 頁 599)中被提及,但没有進一步的解釋。

㊾ 行 278:蔡氏即蔡邕。李善(《文選》,卷 18 頁 19b)將蔡邕的五曲判定爲《游春》《渌水》《坐愁》《秋思》《幽居》。

㊿ 行 279:王昭即王昭君,有關其人,見江淹《恨賦》,本册,行 42 注。有關她存在大量詩歌。見郭茂倩,《樂府詩集》,卷 29 頁 424—435。楚妃即樊姬,楚莊王(前 613—前 591 年在位)的妻子,以自己讓位於更年輕美貌的嬪妃爲例,勸説楚莊王罷免大臣虞邱子。虞邱子在朝中任仕超過十年,但没有舉薦有能力的人,也没有罷黜無能之人。楚莊王於是任命能幹的孫叔敖代替他的職位。見《列女傳》,卷 2 頁 8a—9a。郭茂倩《樂府詩集》(卷 29 頁 435—437)中有一系列有關樊姬的詩歌。

(51) 行 280:《千里别鶴》是一首琴曲,被歸屬於商陵牧子。牧子結婚五年,妻子没有生出兒子。因此,他的父母想讓他另娶一個妻子。他的妻子聽聞此事後,夜半起床,倚門聆聽鶴鳴。牧子被深深感動,創作出名爲《千里别鶴》的琴曲。見蔡邕的《琴操》(李善引,《文選》,卷 18 頁 19b)和《古今注》卷 2 頁 1a。

(52) 行 281:李善(《文選》,卷 18 頁 19b)將"一切"解釋爲"權時",但這一解釋在本句中没有什麽意義。我將"一切"解釋爲"普遍"、"日常",參《史記》,卷 79 頁 2425:"范睢、蔡澤世所謂一切辯士。"

12

現在讓我們討論它的形式和結構，

詳究琴樂的類型：

此種樂器具備圓潤特性，因此其聲可以共鳴；

295　其弦被拉緊，故曲調清澈。

琴弦間的距離遠，故可奏出低音；

弦長，故徽可用來發出音符。

其特質是純粹、寧靜、端正、合理，

蘊含完美道德的和諧平靜。

300　它確實可以用來感動心靈，

釋放深藏的情感。

是故，失落懊喪者聽到它，

莫不在悲傷中戰慄發抖，

痛苦煩憂使其心傷。

305　所感受的悲傷非常強烈，

無法約束自己的感情。

如果高興歡愉者聽到它，

就會快樂喜悅。

鼓掌舞蹈，自在跳躍，

310　留連於狂放之中，

終日由衷歡笑。

如果平和者聽到它，

就會滿足愉悅。

沉著莊嚴，自然真摯，

315　恬靜無憂，熱愛古典，

拋棄世間瑣事，遺忘自我。

是故伯夷從琴中獲得廉潔，⑤³

顏回從琴中獲得仁愛，⑤⁴

若論其體勢，詳其風聲。器和故響逸，張急故聲清。間遼故音庳，絃長故徽鳴。性絜靜以端理，含至德之和平。誠可以感盪心志，而發洩幽情矣。是故懷戚者聞之，莫不憯懍惨悽，愀愴傷心。含哀懊咿，不能自禁。其康樂者聞之，則欨愉懽釋，抃舞踊溢。留連瀾漫，嗢噱終日。若和平者聽之，則怡養悅念，淑穆玄真。恬虛樂古，棄事遺身。是以伯夷以之廉，顏回以之仁，比干以之忠，尾生以之信。惠施以之辯給，萬石以之訥慎。其餘觸類而長，所致非一。同歸殊途，或文或質。總中和以統物，咸日用而不失。其感人動物，蓋亦弘矣！

---

⑤³　行317：伯夷和弟弟叔齊是孤竹（今河北盧龍縣南部）國君的兒子。他們的父親想要將叔齊任命爲繼承人，但叔齊讓之於伯夷。然而，在伯夷也拒絕王位後，兄弟二人便隱居起來。武王克殷後，他們拒"食周粟"。二人退居首陽山，在那裏以蕨類維生，最終餓死。見《史記》，卷61頁2123。

⑤⁴　行318：孔子的弟子顏回以致力於仁而著稱，亦見《幽通賦》，行64注。

比干從琴中獲得忠誠，⑤⑤

320　尾生從琴中獲得信用，⑤⑥

惠施從琴中獲得辯才，⑤⑦

萬石從琴中獲得謹慎。⑤⑧

其他一系列賢人可由此擴展。

音樂所達到的效果多種多樣——

325　即使殊途，終究同歸：

有時文雅，有時質樸。

秉持中和，故控御萬物，

人們可日日用之，卻不會被引入歧途。

對人類的影響，對物類的影響，

330　實在偉大！

13

鼓琴之時：　　　　　　　　　　　　　于時也，金石寢聲，匏竹屏氣。

金石噤聲，　　　　　　　　　　　　王豹輟謳，狄牙喪味。天吳踊躍

匏竹屏息。⑤⑨　　　　　　　　　　　於重淵，王喬披雲而下墜。舞鸑

王豹終止歌唱，⑥⑩　　　　　　　　　鷟於庭階，游女飄焉而來萃。感

335　狄牙喪失味覺。⑥①　　　　　　　　天地以致和，況蚑行之衆類。嘉

天吳從深潭躍出，⑥②　　　　　　　　斯器之懿茂，詠兹文以自慰。永

王喬撥開雲朵，降落地上。⑥③　　　　服御而不厭，信古今之所貴。

---

⑤⑤　行 319：比干供仕於殷代最後一位統治者紂的朝中，敢於告誡紂王酷烈，終被挖心而死。見《論語》18/1；《史記》，卷 3 頁 108；Chavannes, *Mh*, 1：206。

⑤⑥　行 320：尾生也被稱爲尾生高，魯人。他承諾與一女子在橋下相見，儘管這位女子没有來，但他仍拒絕離開。當河水高漲時，他緊抱橋柱淹死。見《莊子》，卷 9 頁 21a；《史記》，卷 69 頁 2265；《淮南子》，卷 13 頁 11b。

⑤⑦　行 321：惠施是戰國時期著名的邏輯學家。在《莊子》中，他和莊子常常被描繪爲捲入辯論的狀態。

⑤⑧　行 322：萬石君是石奮（？—前 124），因謹慎的行爲而非常著名。他和兒子們在西漢初期獲得盛名。見《史記》，卷 103 頁 2763—2766；Watson, *Records of the Grand Historian of China* 1：543 - 46。

⑤⑨　行 332—333：金、石分別指鐘、磬，匏指笙，竹指笛。

⑥⑩　行 334：王豹是上古著名的歌者。根據《孟子》（六下之 6）的記載，王豹生活在淇河時，黃河西岸的人學習他的歌唱方式。

⑥①　行 335：狄牙也被稱爲易牙，因敏鋭的味覺而著名，據説他可以分辨不同河流中的水。見《淮南子》，卷 12 頁 1b。

⑥②　行 336：天吳是一位河神，有關他的情況所知不詳。見袁珂，《山海經校注》，卷 9 頁 256。

⑥③　行 337：王喬也稱爲王子晉，周靈王（前 571—前 545 年在位）的指定繼承人。王喬吹笙，並能模仿鳳凰鳴叫。他跟從一位道士學會成仙的方術，飛入天空。見《列仙傳》，卷 1 頁 23—24。

鳳凰在庭院臺階起舞，

遊女飄舞，聚集於此。

340　琴樂由於感動天地，故能帶來和諧，

對地上爬行的尋常生物又有多大影響？

爲了表彰這種樂器的輝煌偉大，

我吟詠此文以自我安慰。

對其功用永不厭倦，

345　因爲不論古今，它確然寶貴。

14

結尾道：

恬静温和是琴之美德——

不能被揣度。

本質清純，意向遠大——

350　確實難以獲得。

質量優良的樂器和優秀樂手

今世可覓。

豐富而和諧的樂聲

高於其他一切藝術。

355　然而理解琴樂者稀少，

誰能真正珍視它？

能完全理解雅琴者

只有至人！

亂曰：愔愔琴德，不可測兮。體清心遠，邈難極兮。良質美手，遇今世兮。紛綸翕響，冠衆藝兮。識音者希，孰能珍兮。能盡雅琴，唯至人兮。

笙　賦

潘安仁

【解題】

　　在這篇賦中，潘岳對笙進行描述。古時，笙身以葫蘆製成，因此一般被分類爲"匏"樂器。古代的笙擁有不同數量的笙管。絕大多數（但並非全部）笙管都有稱爲"簧"的竹簧片。潘岳這篇賦與傳統的樂器賦不同，取消對製作樂器所使用材料的生長環境的詳細描寫，代之以直接展開對樂器及其吹奏音樂的描述。

　　此賦有一篇現代日文的翻譯，見小尾郊一、花房英樹，《文選》，卷 2，頁 419—429。白話文翻譯見陳宏天等編，《昭明文選譯注》，册 2，頁 995—1009；李景溁，《昭明文選新解》，册 2，頁 296—302。

1

汾河和黃河間土地所産寶物，
有曲沃之匏。①
鄒魯之珍品中，
有汶陽獨特的竹子。②
5　至於竹竿的繁茂綿延美景，③
浸潤它們的豐沛靈液。
圍繞其彎曲邊隅的平坦和崎嶇地勢，
在那裏翱翔降落歡樂嬉戲的禽鳥：
這些已被衆多作者詳細描述，
10　所以我在文章中省略它們。

河汾之寶，有曲沃之懸匏焉。鄒魯之珍，有汶陽之孤篠焉。若乃縣蔓紛敷之麗，浸潤靈液之滋，隔限夷險之勢，禽鳥翔集之嬉，固衆作者之所詳，余可得而略之也。徒觀其制器也，則審洪纖，面短長。剶生簳，裁熟簧。設宮分羽，經徵列商。泄之反謐，厭焉乃揚。管攢羅而表列，音要妙而含清。各守一以司應，統大魁

---

① 行 1—2：潘岳在這裏所指的是河東地區，位於今山西中部，汾河在那裏向南匯入黃河。曲沃是聞喜縣（今山西聞喜東北）古稱。見譚其驤，《中國歷史地圖集》，册 2，頁 15—16，3 - 7；《漢書》，卷 28 下頁 1550。

② 行 3—4：鄒和魯是上古國家，位於今山東地區。汶陽是漢代魯國的一個縣。見《漢書》，卷 28 下頁 1637。其位於今山東寧陽東北，見譚其驤，《中國歷史地圖集》，册 2，頁 19—20，3 - 5。這裏提到的竹子是篠，其價值尤在製作笙簧。見 Hagerty, "Tai K'ai-chih's *Chu-p'u*," pp. 417 - 18。

③ 行 5：這一句是在講葫蘆，被用來製作笙的風箱。

僅觀察此樂器如何製作：

細緻考察大小，

測量長度，

砍斷新鮮的竹竿，

15　將之裁爲加工過的簧。

設定宮的位置，劃分羽，

安排徵，排列商。

從笙管中泄除空氣，沓然無聲，

但覆蓋指孔，便發出樂聲。

20　管子羅列於外，聚攏起來，

聲音清澈於內，精微奧妙。④

每根笙管守定一個音高，控制聲音共鳴，

大腹葫蘆充當風箱。

以黃鐘爲基調，演奏悦耳樂曲，

25　根據鳳凰的風儀製作外形，

插上翅膀模仿鳳凰，⑤

以尖鋭聲音仿效鸞鳥鳴叫。

如同踮脚站立的鳥，

伸長脖子，仿佛準備飛去。

30　明珠在其喉中，⑥

像要吞下，似將墜落。

長管內裏開通，⑦

其餘笙管向外彎折，

緊密簇擁，各色雜陳，

35　如魚鱗排列，參差不齊。

以爲笙。基黃鍾以舉韻，望鳳儀以擢形。寫皇翼以插羽，摹鸞音以屬聲。如鳥斯企，翾翾歧歧。明珠在味，若銜若垂。脩櫨內辟，餘簫外逶。駢田獦攦，魿鰝參差。

2

於是，曾經生活奢華但陷入貧困者，

於是乃有始泰終約，前榮後悴。

---

④ 行21：這一句説笙管內部的簧。

⑤ 行25—26：笙被認爲模仿鳳凰的形狀。因此，這種樂器又稱鳳管。笙管表現的可能就是鳳凰的翅膀。

⑥ 行30：明珠可能指吹口。

⑦ 行32：這一句在講最長的兩根笙管。如果它們是"內辟"，那麼這些可能就是簧外面的笙管。

從前沉浸榮耀，現在卻已憔悴疲憊。
因爲當前的低賤地位而感到挫敗，
不斷回憶過去的榮耀：
40 當殿堂中所有人都在快樂飲酒，
其人卻面墻獨坐，擦拭眼淚。
他拿起笙，將要吹奏，
但先清清嗓子，控制氣息。
開始，他沉著鎮定、放鬆從容地吹奏，
45 繼而，中段時似乎煩惱痛苦，爲悲痛所抑制。
結尾，樂聲高昂莊嚴，坦率直接，
又上湧鼓蕩，好似沸水。
煩惱沮喪，悲傷難過，
似要停止，接着又傾瀉而去。
50 稍作停頓，繼而迅速奔流，
好似放浪奔馳，接着又中途停止。
悲傷哀慟，
卻響亮明快。
豐滿充盈，流淌而去，
55 嗖嗖前進，迅猛激烈。
時而漫延，平坦低沉；
時而踴躍，有力迅捷。
時而既往而不返；
時而已去復又入。
60 停歇，耽延，接着分散開去，
徐徐地播撒，一個接着一個。
舞者中途停下舞步，
敲打節奏棒者無法跟上節拍。
快樂聲音發出，整個大堂歡愉；
65 悲傷聲音吹奏，所有賓朋流涕。
按住羽毛般簫孔，震動黑色簧片，
氣流抵達笙管上頭，穿過笙管下面。

激憤於今賤，永懷乎故貴。衆滿堂而飲酒，獨向隅以掩淚。援鳴笙而將吹，先嗢噦以理氣。初雍容以安暇，中佛鬱以怫愾。終嵬峩以蹇愕，又颭遝而繁沸。罔浪孟以惆悵，若欲絶而復肆。懰檄糴以奔邀，似將放而中匱。愀愴惻淢，虷韅煜熠。汎淫泛豔，霅曄炗炗。或桉衍夷靡，或竦踴剽急。或既往不反，或已出復入。徘徊布濩，渙衍葺襲。舞既蹈而中輟，節將撫而弗及。樂聲發而盡室歡，悲音奏而列坐泣。擖纖翮以震幽簧，越上箭而通下管。應吹噏以往來，隨抑揚以虛滿。勃慷慨以慘亮，顧躊躇以舒緩。輟《張女》之哀彈，流《廣陵》之名散。詠園桃之夭夭，歌棗下之纂纂。歌曰：棗下纂纂，朱實離離。宛其落矣，化爲枯枝。人生不能行樂，死何以虛諡爲！

依據吹吸而往來，

隨着抑揚而時空時滿。

70　吹氣强壯有力，聲音洪亮清澈，

接着，踟躇回顧，從容舒緩吹奏。

中止《張女》悲傷的彈奏，⑧

繼而開始著名的《廣陵》，⑨

贊美園桃的幼嫩美麗，⑩

75　歌唱棗樹的繁榮茂盛。⑪

歌曰：

"棗樹，多麽繁榮茂盛！

朱紅果實密密懸挂。⑫

脱落樹葉後，

80　化爲一堆枯枝。

如果人們生時不能行樂，

死後授予無意義的謚號又有何用？"

3

他接着吹奏《飛龍》，

吟詠《鵾鷄》。⑬

85　《雙鴻》翱翔，

《白鶴》飛去。⑭

子喬輕身升舉，⑮

明君渴望返回。⑯

爾乃引《飛龍》，鳴《鵾鷄》。《雙鴻》翔，《白鶴》飛。子喬輕舉，明君懷歸。荆王喟其長吟，楚妃歎而增悲。夫其悽戾辛酸，嚶嚶關關，若離鴻之鳴子也；含嘽諧，雍雍喈喈，若群鶵之從母也。郁

⑧　行 72：《張女》是一首古曲，我們對之一無所知。

⑨　行 73：有關《廣陵》，見《琴賦》，行 269—270。

⑩　行 74：有一首樂府曲名爲《園桃行》，潘岳在這裏可能指它。《園桃行》是《煌煌京洛行》的另一個名稱，見逯欽立《先秦漢魏晉南北朝詩》，册 1，頁 391—392。

⑪　行 75：李善（《文選》，卷 18 頁 24a）從名爲《咄唶歌》的樂府詩中徵引幾句，贊美棗樹的繁茂。

⑫　行 78：參《毛詩》第 174 首第 3 章："其桐其椅，其實離離。"

⑬　行 83—84：有關《飛龍》和《鵾鷄》，見《琴賦》，行 271—272 注。

⑭　行 85—86：這些曲子可能是樂府曲名。李善（卷 18 頁 24a）提到一首名爲《飛來雙白鶴》的古樂府。

⑮　行 87：子喬即王子喬，見《琴賦》，行 337 注。

⑯　行 88：有關明君，見《別賦》，行 42 注；《琴賦》，行 279 注。

荊王爲傷感輓歌而悲嘆，⑰

90　楚妃因再度涌現悲傷而嘆息。⑱

樂聲悲傷苦澀——

聲音嚶嚶關關——⑲

好像迷路鴻雁爲雛雁哭泣。

接着，模糊低沉，柔軟溫和，

95　和諧地吹奏，

仿佛一群跟着母親的幼鶴。

他將嘴唇壓住口風，吹出有力氣流，

樂聲變得洪亮深厚，持續綿長。

錯綜吹鳴，細膩地唧唧鳴響——

100　啊，多麼清澈鮮明！

曲調尖銳悲哀，

啊，曲折多像石磬！

4

接着，在陽光燦爛的季節，當天氣轉暖之時，

我們去往溪邊，送別即將離去的朋友。

105　飲酒微酣，喧鬧陶醉，

音樂結束，太陽西移。

剩餘的寥寥賓客開始離開，

主人稍感疲倦。

取下琴，收好籥，

110　清理塤，拿走篪。

5

接着，他們在墊子上並排而坐，

抈劫悟，泓宏融裔，哇咬嘲哳，一何察惠。訣厲悄切，又何磬折。

若夫時陽初暖，臨川送離。酒酣徒擾，樂闋日移。疏客始闌，主人微疲。弛絃韜籥，徹塤屏篪。

爾乃促中筵，攜友生。解嚴顏，

---

⑰ 行89：李善（《文選》，卷 18 頁 24a）稱這一句指《楚王吟》。《楚王吟》是一首古樂府曲的名稱，相關情況知之
　不詳。見郭茂倩，《樂府詩集》，卷 29 頁 424。

⑱ 行90：見《琴賦》，行 279 注。

⑲ 行92："嚶嚶"、"關關"分別是金鶯和魚鷹發出的聲音。

握住同伴的手,

放鬆嚴肅表情,

釋放壓抑感情。

115 剥掉黄色外皮,分發甘橘,

喝乾注滿酃酒的綠瓶。⑳

閃亮笙管緊密排列,

雙鳳高聲和鳴。㉑

如果晉野感到恐懼,扔掉他的琴,㉒

120 齊國的瑟表演者和秦國的箏表演者又會如何?

新的樂聲,變化多樣的曲調,

奇妙的旋律,生機勃勃無憂無慮。

爲歌和鼓的旋律所纏繞,

將鐘和律管的曲調納入自己的網絡。

125 音符明亮地閃爍放光,展示誘惑力量,

豐盈蓬勃,氣流發出。

《秋風》在赴燕之路詠唱,㉓

《天光》爲《朝日》接續。㉔

較大的曲調没有超越宫,

130 較細的曲調没有超過羽。㉕

以發出《章》《夏》之聲開始,㉖

接着導入《韶》《武》,㉗

以此協調陳宋音樂,

統一齊楚風俗。

135 樂聲臨近但不逼仄,遠去而不分離;

擢幽情。披黄包以授甘,傾縹瓷以酌酃。光歧儷其偕列,雙鳳嘈以和鳴。晉野悚而投琴,況齊瑟與秦箏。新聲變曲,奇韻横逸。縈纏歌鼓,網羅鍾律。爛熠爚以放豓,鬱蓬勃以氣出。《秋風》詠於燕路,《天光》重乎《朝日》。大不踰宫,細不過羽。唱發《章》《夏》,導揚《韶》《武》。協和陳宋,混一齊楚。邇不逼而遠無攜,聲成文而節有敍。

---

⑳ 行116:酃是臨近今湖南中南部衡陽的一個縣,憑藉以酃湖水製成的美酒而聞名。見《吳都賦》,行677注。

㉑ 行118:這裏的雙鳳大概就是指笙。見上文行25—26注。

㉒ 行119:晉野即師曠。

㉓ 行127:《秋風》指曹丕的《燕歌行》,其第一句爲:"秋風蕭瑟天氣凉。"見《文選》,卷27頁19a。

㉔ 行128:《天光》和《朝日》是樂府名。曹丕有一首以《朝日》爲名的篇章。見《宋書》,卷21頁613。李善(《文選》,卷18頁25b)提到傅玄(217—278)寫過一曲名爲《天光》的篇章,但傅玄現存的作品未有以此爲題者。

㉕ 行129—130:這兩句引自《國語》,卷3頁14a。

㉖ 行131:《章》即《大章》,一首歌頌堯的上古歌曲;《夏》即《大夏》,贊美禹的成就。

㉗ 行132:《韶》是著名的舜的音樂;《武》即《大武》,贊美周武王克商勝利的音樂。

曲調形成紋樣，旋律排列有序。㉘

6

統治的成功和失敗

受民間風俗品質影響。

音樂是令風俗趨善的方法，

140　也是使風俗變壞的手段。

因此，絲竹樂器不會改變，

但桑濮的墮落之音卻已繁盛。㉙

唯有簧

能夠復現所有純潔聲音，

145　只有笙

能夠涵蓋各種清純樂曲。

於是衛無法措置邪惡，

鄭的放蕩無容身之所。

如果説笙不能製造世上最和諧的音樂，

150　不能發出最具道德、不可更改的樂音，

那麼還有什麼樂器可與之相提並論？

彼政有失得，而化以醇薄。樂所以移風於善，亦所以易俗於惡。故絲竹之器未改，而桑濮之流已作。惟簧也，能研群聲之清；惟笙也，能總衆清之林。衛無所措其邪，鄭無所容其淫。非天下之和樂，不易之德音，其孰能與於此乎！

㉘ 行 135—136：這些話引自《左傳》襄公二十九年（Legge，*The Chinese Classics* 5：550）所記季札對《雅》樂的描述。

㉙ 行 142：見《文賦》，行 181 注。

嘯　賦

成公子安

【解題】

此賦爲西晉學者詩人成公綏（字子安）所作，賦的主題是嘯。"嘯"這個詞一般被翻譯爲"吹口哨"。儘管吹口哨與發出嘯的行爲方式非常近似，但嘯實際上是道士們所練習的呼吸功法。此賦中，成公綏將嘯的表演者確定爲一位公子，其人拋棄世間瑣事，專注於磨煉嘯的技藝。儘管嘯不是一種歌唱形式，其表演也無樂器伴奏，但成公綏仍使用音樂術語對之進行描述，因此這篇賦被恰當地歸入《文選》的音樂類。有關嘯有若干重要研究：青木正兒，《嘯の歷史と字義の變遷》；船津富彦；李豐楙，《六朝隋唐仙道類小説研究》，頁225—279。

這篇文章也可以在《晉書》（卷 92 頁 2373—2375）中找到。此前的翻譯包括 von Zach，*Deutsche Wacht* 4（1932），rpt. in *Die Chinesische Anthologie* 1：258-61；小尾郊一、花房英樹，《文選》，卷 2，頁 430—439；Douglas White, in Victor Mair, *The Columbia Anthology of Traditional Chinese Literature*，pp. 429-34。白話文翻譯有陳宏天等編，《昭明文選譯注》，册 2，頁 1009—1020；李景濚，《昭明文選新解》，册 2，頁 302—309；遲文浚等編，《歷代賦辭典》，頁 289—292。

1

離群的公子，
行爲奇特，熱衷奇異，
蔑視世間，忘卻榮華，
棄絶人間瑣事。
5 欽慕崇高的思想，仰慕古人，
考慮遠方，思量遠處。
他將登上箕山，使性格變得崇高，[①]
抑或漂浮滄海，讓思想自在漫遊。

逸群公子，體奇好異。傲世忘榮，絶棄人事。睎高慕古，長想遠思。將登箕山以抗節，浮滄海以游志。於是延友生，集同好。精性命之至機，研道德之玄奥。愍流俗之未悟，獨超然而先覺。狹世路之阨僻，仰天衢而高蹈。遺妷俗而遺身，乃慷慨而長嘯。

---

① 行 7：有關箕山，見《琴賦》，行 72 注。

於是，他邀請好友，

10　將志趣相投的同伴聚集身邊。

他已掌握生命的最高奧妙，

領悟道德的隱晦奧秘。

傷感於俗世尚未明悟，

獨自超越一切憂慮，首先醒悟。

15　爲人間道路的狹隘所拘束，

仰視天上坦途，踏上高空。

遠離浮華庸俗，遺忘自身，

感情濃鬱地發出一聲長嘯。

2

於是，當曜靈傾斜光輝，②

20　將光芒注入濛汜：③

他與朋友携手漫遊，

步伐從容緩慢。

從朱唇中發出奇妙聲音，

從閃亮牙齒間激發悲傷曲調。

25　響聲抑揚，在喉中宛轉，

從口中傾瀉而出的氣息强壯雄渾，陡然興起。

以《清角》調和黄宫，④

以《流徵》融合商羽。⑤

嘯聲漂浮如泰清的游雲，⑥

30　聚集如蔓延萬里的清風。

曲子結束、樂聲止息，

其餘響可被不斷欣賞。

確實是完美的自然之音，

于時曜靈俄景，流光濛汜。逍遥攜手，踟跦步趾。發妙聲於丹脣，激哀音於皓齒。響抑揚而潛轉，氣衝鬱而熛起。協黄宫於清角，雜商羽於流徵。飄遊雲於泰清，集長風乎萬里。曲既終而響絶，遺餘玩而未已。良自然之至音，非絲竹之所擬。是故聲不假器，用不借物。近取諸身，役心御氣。動脣有曲，發口成音。觸類感物，因歌隨吟。大而不洿，細而不沈。清激切於竽笙，優潤和於瑟琴。玄妙足以通神悟靈，精微足以窮幽測深。收《激楚》之哀荒，節北里之奢淫。濟洪災

---

② 行 19：此指落日。見《歸田賦》，行 29—30 注。

③ 行 20：濛汜是太陽落下的地方。見《月賦》，行 30—31 注。

④ 行 27："黄宫"是黄鐘曲。有關《清角》，見《舞賦》，行 47—48 注。

⑤ 行 28：有關《流徵》，見《文賦》，行 67 注。

⑥ 行 29："泰清"即天空。

即使絲竹亦無法模擬。

35 因此,製造這種聲音不需樂器,

產生這種聲音不需藉助其他事物。

取之於近處身上,⑦

憑藉役使心靈駕馭氣息完成。

僅是動動嘴唇,就形成曲調,

40 張開嘴,就創造出樂聲。

有感於所遇到的任何事物,

以同類方式爲回應,隨適吟唱。

聲音弘大但不喧鬧,

纖細而不沉默無聞。

45 清越激烈,可與竽笙相比,

圓潤均和,可與瑟琴等同。

玄妙足以感悟神靈,

精微足以探測幽深。

約束《激楚》的哀傷放任,⑧

50 控制《北里》的奢侈浪費。⑨

以熾烈的乾旱解除洪水之災,

將"亢陽"轉化爲"重陰"。⑩

曲調吟唱有萬種變化,

調式轉調卻沒有止境:

55 和諧快樂,歡欣喜悅,

難過悲傷,壓抑沮喪。

聲音時而低沉分散,似要斷絕,

於炎旱,反亢陽於重陰。唱引萬變,曲用無方。和樂怡懌,悲傷摧藏。時幽散而將絕,中矯厲而慨慷。徐婉約而優遊,紛繁鶩而激揚。情既思而能反,心雖哀而不傷。總八音之至和,固極樂而無荒。

---

⑦ 行37:這一短語出自《易經·繫辭》。見《周易注疏》,卷 8 頁 4b(178)。

⑧ 行49:有關《激楚》,見《上林賦》,行 399 注。

⑨ 行50:《北里》是任何種類的淫聲的統稱,原本是爲殷商末代統治者紂所創作音樂的名稱。見《史記》,卷 3 頁 105。

⑩ 行51—52:李善(《文選》卷 18 頁 27b)從道教靈寶經中徵引一個墜王啞女的故事。啞女四歲時,墜王將之遺棄在南扶桑的山坡上。儘管沒有食物,但她卻能以水汽和月光滋養自己,並學會擺脫災難的方法。後來,她回到自己的國家,此時國家正遭受嚴重的旱災。她揚起頭,發出嘯聲,天空降下百尺深的巨大水流。"亢陽"是《易經》傳統中的一個術語,用來指一卦中位於頂峰的陽(見《周易注疏》,卷 1 頁 5b,22),是乾旱的慣用詞彙。參《三國志》,卷 52 頁 1239:"故頻年枯旱,亢陽之應也。""重陰"這一表述指厚厚的雲層以及由此引申而來的大雨。參曹植,《贈王粲》(《文選》,卷 24 頁 4a):"重陰潤萬物。"

中途變爲高昂尖鋭，飽滿有力。

徐徐地，帶着文雅的約束，從容緩行，

60　接着，一陣急聲衝出，激烈漸强。

可減輕沉思憂慮的感受，

心雖哀婉，卻並未感傷。⑪

聚集八音的完美和諧，

確實達到極樂，卻無狂野放縱。

3

65　倘若有人登上高臺，俯視遠方，　　　　若乃登高臺以臨遠，披文軒而騁

打開有紋飾的陽臺，讓視綫漫遊：　　　望。喟仰抃而抗首，嘈長引而慘

其人嘆息一聲，抬首仰望鼓掌，　　　　亮。或舒肆而自反，或徘徊而復

發出高聲長嘯，清澈嘹亮回蕩。　　　　放。或冉弱而柔撓，或澎濞而奔

嘯聲有時放鬆舒適，接着自我返還；⑫　壯。橫鬱鳴而滔涸，冽飄眇而清

70　有時徘徊，復又奔馳而去；　　　　　　昶。逸氣奮湧，繽紛交錯。列列

有時柔軟屛弱，温和柔順；　　　　　　飆揚，啾啾響作。奏胡馬之長

有時咆哮衝擊，仿佛拍岸波濤。　　　　思，向寒風乎北朔。又似鴻鴈之

鳴響豐沛强大，嘯聲泛濫，繼而漸漸枯竭，　將鷇，群鳴號乎沙漠。故能因形

平静的曲調飄蕩，清澈平順。　　　　　創聲，隨事造曲。應物無窮，機

75　强大氣息湧出，　　　　　　　　　　　發響速。怫鬱衝流，參譚雲屬。

混亂中雜糅交錯。　　　　　　　　　　若離若合，將絶復續。飛廉鼓於

氣息鼓蕩急促，如旋風般揚起，　　　　幽隧，猛虎應於中谷。南箕動於

啾啾聲中，共鳴回響。　　　　　　　　穹蒼，清飆振乎喬木。散滯積而

演奏出胡馬的思念心理，⑬　　　　　　播揚，蕩埃藹之溷濁。變陰陽之

80　倚着北疆的寒風。⑭　　　　　　　　　　至和，移淫風之穢俗。

仿佛鴻雁帶領雛鳥，

群鳥在北方沙漠呼號。

因此，可以根據形式創造聲音，

---

⑪　行62：參《論語》3/20：“《關雎》，樂而不淫，哀而不傷。”

⑫　行69：這可能是説，它從徐徐舒緩的節拍返回最初的節奏。

⑬　行79：《六臣注文選》作“嘶”，《文選》尤袤本和《晉書》本作“思”。

⑭　行80：胡馬依北風是思鄉的常見意象。參《古詩十九首》，其一（《文選》，卷29頁2a）：“胡馬依北風。”

可以隨着事件創作曲子。

85　他的回應不限於物，
　　聲音發出，快如扣動扳機。
　　混亂糾纏，暴發奔湧，
　　綿綿流淌，仿佛長長雲層。
　　時離時合，

90　看似要斷絕，復又繼續。
　　飛廉在黑暗洞穴被喚醒，
　　猛虎回應於山谷之中，⑮
　　南箕在穹蒼中移動，⑯
　　強勁狂風在高樹之間振蕩。

95　逐散污濁空氣，將之驅散衝去，
　　净化塵埃的骯髒渾濁。
　　産生陰陽完美的和諧，
　　改變淫穢風俗的惡劣粗俗。

4

　　倘若有人在高崗上漫遊，

100　穿過大山：
　　從懸崖的一側向下觀望，
　　凝視流淌的河流，
　　坐在巨石之上，
　　在清泉中漱口。

105　使用風中搖擺的沼澤蘭草做成席子，
　　躺在竹影之中，優雅瘦長。
　　他接着吟詠，發出嘯聲，
　　聲音絡繹，回響不絕。
　　釋放思想被壓抑的悲痛憤怒，

110　激揚長懷思慮揮之不去的痛苦。

若乃遊崇崗，陵景山。臨巖側，望流川。坐盤石，漱清泉。藉皋蘭之猗靡，蔭脩竹之蟬蜎。乃吟詠而發散，聲駱驛而響連。舒蓄思之悱憤，奮久結之纏縣。心滌蕩而無累，志離俗而飄然。

---

⑮　行 92：李善（《文選》，卷 18 頁 28b）徵引緯書《春秋元命苞》，稱虎嘯則"谷風（東風）"至"。
⑯　行 93：南箕是掌管風的星星。見《舞鶴賦》，行 28 注。

心靈得到洗滌，擺脫煩惱，

思想離棄俗世，仿佛漂浮。

5

倘若它從金革中獲得式樣，

從陶匏中汲取圖樣：⑰

115　多種聲音可以一同演奏，

像是笳，又像簫。

咆哮轟響，雷鳴般回蕩，

爆鳴巨響，帶着震耳欲聾的喧囂。

發出徵音，隆冬也變得炎熱潮濕；

120　釋放羽音，夏季也有嚴霜使事物凋零；

擾動商音，春季下起秋天的暴雨；

奏響角音，東風在枝條間鳴唱。⑱

音調及和音不是恒定不變，

曲調沒有固定的形制。

125　行進，但不泛濫；

停止，但不凝滯。

嘯聲從他的口唇發出，

乘着芬芳的氣息遠逝。

音色精微奧妙，在回響中流去，

130　旋律明快陡變，發出清澈尖屬的聲音。

這確然是最美的自然之聲，

確實奇特，世間無可比擬！

超越《韶》《夏》《咸池》，⑲

若夫假象金革，擬則陶匏。眾聲繁奏，若笳若簫。硼硠震隱，訇磕唧嘈。發徵則隆冬熙蒸，騁羽則嚴霜夏凋。動商則秋霖春降，奏角則谷風鳴條。音均不恒，曲無定制。行而不流，止而不滯。隨口吻而發揚，假芳氣而遠逝。音要妙而流響，聲激嚁而清厲。信自然之極麗，羌殊尤而絕世。越《韶》《夏》與《咸池》，何徒取異乎鄭衛。

⑰ 行 113—114：金指鐘，革指鼓，陶指塤，匏指笙。
⑱ 行 119—122：這幾句中，成公綏借用了五音音符和四季的傳統對應。徵音與夏季對應，若在冬天演奏，就會興起夏日的炎熱。羽、商、角分別是冬季、秋季和春季的樂音。當羽奏響於夏季時，就會產生冬季的寒冷。在春季演奏商，就會降下秋雨。在秋季演奏角，春風就會從樹木中吹過。參《列子》，卷 5 頁 14b—15a，講述一個琴師可以憑藉演奏不同的音調改變氣候的故事：“當春而叩商弦，以召南呂。涼風忽至，草木成實。及秋而叩角弦，以激夾鐘。溫風徐回，草木發榮。當夏而叩羽弦，以召黃鐘。霜雪交下，川池暴沍。及冬而叩徵弦，以激蕤賓。陽光熾烈，堅冰立散。”
⑲ 行 133：有關《韶》和《夏》，見《笙賦》，行 131—132 注。有關《咸池》，見《舞賦》，注 12。

爲何僅指出與鄭衛之音不同？

6

135　當表演之時，綿駒結舌，喪失生氣；⑳

　　王豹緊緊閉口，面色蒼白。㉑

　　虞公停下聲音，中止歌唱；㉒

　　甯子收回雙手，沉沉嘆息。㉓

　　鍾期放下琴，改爲聆聽；㉔

140　孔子忘卻肉味，停下飲食。㉕

　　百獸開始舞蹈踏足；

　　鳳凰飛來，儀表莊嚴，拍打翅膀。㉖

　　由此可知長嘯的奇妙瑰麗，

　　實在是樂聲中的最高形式！

于時縣駒結舌而喪精，王豹杜口而失色。虞公輟聲而止歌，甯子檢手而歎息。鍾期棄琴而改聽，孔父忘味而不食。百獸率舞而抃足，鳳皇來儀而拊翼。乃知長嘯之奇妙，蓋亦音聲之至極。

---

⑳ 行 135：見《長笛賦》，行 242 注。

㉑ 行 136：有關王豹，見《笙賦》，行 334 注。

㉒ 行 137：《晏子春秋》(卷 1 頁 4b)提到虞公，他爲齊景公演奏淫樂。然而，李善(《文選》，卷 18 頁 30a)徵引劉向《別録》，稱漢初有一位虞公，是技藝高超的歌者。

㉓ 行 138：甯子即甯戚，春秋時衛國人。他向齊桓公尋求官位不果，於是開始商人生涯。一個夜晚，當他在馬車旁悲吟時，齊桓公突然見到他。甯戚於是獲得任命，在齊國任官。見《呂氏春秋》，卷 23 頁 3b。

㉔ 行 139：有關鍾期，見《洞簫賦》，行 115 注。

㉕ 行 140：這一句引述《論語》7/14，孔子聽到《韶》樂後，三月不知肉味。

㉖ 行 141—142：參《尚書注疏》，卷 5 頁 14b—15a："簫韶九成，鳳凰來儀。夔曰：'予擊石拊石，百獸率舞。'"

第十九卷

情

高 唐 賦

宋　玉

【解題】

　　本賦與《文選》下一篇《神女賦》是被歸屬於宋玉的最著名文章,兩賦均與巫山神女有關。儘管有關巫山神女存在多種傳説,但她在中國文學傳統中最流行的形象卻是性感迷人的女神,突然間從雲中出現,與楚王進行一場約會。宋玉以其對美人的專門知識而著稱於世,因此是爲巫山神女提供細緻描述的非常合適的詩人。《高唐賦》基本上是兩篇文章合二爲一。第一部分形成簡介或序言,是楚頃襄王與宋玉之間的對話,宋玉描述神女出現時的外表裝束。第二部分要長很多,對美妙的巫山神女及山坡上舉行的活動展開描述。巫山是著名的仙人和求長生者所居住的山嶽,也是國君享受遠遊和狩獵的所在。這一部分以對咆哮於山下的水流的長篇描述而著稱。儘管巫山的確切位置不確定,但水流奔騰的特徵卻表明應當是位於長江三峽附近的巫山。這篇賦以典型的説教方式結尾,國君只有在恰當地齋戒和在道德上净化自身之後,才被允許去往高唐祠。

　　很多學者質疑這篇賦的作者歸屬。在較早的研究中,對歸屬於宋玉的作者身份有所質疑者是陸侃如,《宋玉》,頁 107—110。近來若干學者挑戰陸侃如的結論。見曹明綱,《宋玉賦真偽辨》和簡宗梧,《〈高唐賦〉撰成時代之商榷》。

　　此前的翻譯有 Arthur Waley, *The Temple and Other Poems*, pp. 65‐72; Fusek, "The 'Kao-t'ang Fu'"; 小尾郊一、花房英樹,《文選》,卷 2,頁 440—452。白話文翻譯見陳宏天等編,《昭明文選譯注》,册 2,頁 1021—1034;李景濚,《昭明文選新解》,册 2,頁 310—318;遲文浚等編,《歷代賦辭典》,頁 252—258;傅隸樸,《賦選注》,頁 1—7;畢萬忱等編,《中國歷代賦選》,頁 131—149。

1

楚襄王和宋玉曾在雲夢臺周圍漫遊，①他們看到
高唐神祠。其上獨有雲氣：

5　　忽然直直升起，
　　　接着突然改變形狀。
　　　片刻之間，
　　　變化無窮。
　　　王問宋玉：“此是何氣？”

10　　宋玉回答：“這就是所謂的朝雲。”
　　　王問：“何謂朝雲？”

宋玉回答：“過去先王造訪高唐時，感覺疲憊，日間
小睡。夢見一女子，對他説：‘我是巫山之女，在高唐做
客。我聽聞君王遊覽此地，希望奉上枕頭和席子。’國王
於是在床上寵幸於她。當她離去時，辭別説道：

　　　‘我住在巫山的南邊，
　　　崇山峽谷之間。
　　　早上我是朝雲，
　　　傍晚我是行雨。

25　　朝朝暮暮，
　　　陽臺之下。’②

次日清晨，國君視之，一如其言。是故，他建起
一座祠廟向她表達敬意，名之朝雲。”

襄王問道：“朝雲始現時，她看上去如何？”

宋玉回答：

　　　“她甫一出現時，
　　　華美如一片松林。
　　　隨着她漸漸臨近，

昔者楚襄王與宋玉遊於雲夢之
臺，望高唐之觀。其上獨有雲
氣，崒兮直上，忽兮改容，須臾之
間，變化無窮。王問玉曰：“此何
氣也？”玉對曰：“所謂朝雲者
也。”王曰：“何謂朝雲？”玉曰：
“昔者先王嘗遊高唐，怠而晝寢，
夢見一婦人曰：‘妾巫山之女也，
爲高唐之客。聞君遊高唐，願薦
枕席。’王因幸之。去而辭曰：
‘妾在巫山之陽，高丘之阻，旦爲
朝雲，暮爲行雨。朝朝暮暮，陽
臺之下。’旦朝視之如言。故爲
立廟，號曰‘朝雲’。”王曰：“朝雲
始出，狀若何也？”玉對曰：“其始
出也，晣兮若松榯。其少進也，
晰兮若姣姬。揚袂鄣日，而望所
思。忽兮改容，偈兮若駕駟馬，
建羽旗。湫兮如風，淒兮如雨。
風止雨霽，雲無處所。”王曰：“寡
人方今可以遊乎？”玉曰：“可。”
王曰：“其何如矣？”玉曰：“高矣
顯矣，臨望遠矣！廣矣普矣，萬
物祖矣！上屬於天，下見於淵，
珍怪奇偉，不可稱論。”王曰：“試
爲寡人賦之。”玉曰：“唯唯。”

---

① 雲夢是古楚國的大型禁苑和狩獵區。
② 行 26：陽臺可能就是陽雲臺，孟康（《漢書》，卷 57 上頁 2544，注 4）將之認定爲高唐本身。陽雲臺與四川東
　部的巫山聯繫在一起。樂史的《太平寰宇記》（卷 142 頁 7a）將之定位在巫山縣（今四川巫山），但也提到（卷
　132 頁 7a）位於汉川縣（今湖北漢川以北）以南二十五里的一個陽臺。

明艷發亮，好像白晢的女子。

35　她舉起袖子遮擋太陽，望向情人。

突然間，她改變容貌，

迅如四馬聯駕，

豎起羽毛裝飾的旗幟。

她像風一樣冷漠，

40　像雨一樣寒凉。

寒風停歇，雨過天晴，

雲無處可尋。”

王道：“我現在可否去那裏遊覽？”

宋玉曰：“可以。”

45　王曰：“此地如何？”

宋玉曰：“其地崇高卓越，

從此下望，可以看到遠方。

寬大廣闊，

是萬物的起源。

50　往上，它與天相連；

往下，可以看到下沉的深淵。

珍貴的奇觀和特殊的奇跡

無法講述或討論。”

王曰：“請嘗試爲我就此作賦。”

55　宋玉曰：“好的。”

2

高唐的體型實在非常龐大，

没有什麽可以與之相比。

巫山宏偉，無可匹敵，

道路來回曲折，層層銜接。

60　登上陡峭的懸崖，向下凝望——

俯視從巨大山坡瀉出的積水。

當雨剛從天空收起，

惟高唐之大體兮，殊無物類之可儀比。巫山赫其無疇兮，道互折而曾累。登巉巖而下望兮，臨大阺之稸水。遇天雨之新霽兮，觀百谷之俱集。濞洶洶其無聲兮，潰淡淡而並入。滂洋洋而四施兮，蓊湛湛而弗止。長風至而波

可以看到百條山谷聚集。

除洶湧水流的咆哮外没有聲響，③

65　匯於一處，沉靜豐沛，並流而去。

洶湧廣闊，分散四方，

涌流深邃，永無停止。

長風吹至，波濤興起，

猶如緊貼山丘的孤獨田埂。

70　强衝近岸，水流撞擊，

接着被引進隘口，向後撤退，又再相會。

匯聚一處，内中憤然，在高處推擠，

仿佛航海時看到的巨大柱石。④

巖石卵石層累成堆，相互研磨，

75　咆哮轟鳴之聲震天。

巨石被淹没浸透，在噴濺的波濤中起落，

泡沫噴吐，高高揚起。

水流顛簸，盤轉曲折，

巨浪豐沛流淌，抖動顫慄。

80　接着，奔馳、隆起、跳躍、相互拍擊，

如雲興起，隨暴雨之聲翻滾。

猛獸恐懼，跳躍驚駭，

慌張奔逃，馳向遠方。

虎、豹、豺、野牛，

85　喪失生氣，驚恐吼叫。

雕、鶚、鷹、鴟，

飛揚而去，隱藏躲避。

大腿顫抖，恐懼喘息，⑤

不敢任意撲擊。

起兮，若麗山之孤畝。勢薄岸而相擊兮，隘交引而卻會。崪中怒而特高兮，若浮海而望碣石。礫磥磥而相摩兮，巃震天之磕磕。巨石溺溺之瀺灂兮，沫潼潼而高厲。水澹澹而盤紆兮，洪波淫淫之溶滴。奔揚踴而相擊兮，雲興聲之霈霈。猛獸驚而跳駭兮，妄奔走而馳邁。虎豹豺兕，失氣恐喙。雕鶚鷹鴟，飛揚伏竄，股戰脅息，安敢妄摯。

---

③ 行 64：這一句也可以翻譯爲：“水流洶湧奔騰，没有聲音。”

④ 行 73：此處句讀不清。李善（《文選》，卷 19 頁 3a）將碣石視作一個地名，在“石”後斷句。但石（*djiak）與上、下句的月（*at-）的韻部無法形成合適的押韻。因此，我在“碣”後斷句。見胡克家，《文選》，卷 4 頁 1b。

⑤ 行 88：李善没有解釋“喙”字。胡紹煐（《文選箋證》，卷 21 頁 2a—b）徵引王念孫的意見，將喙解釋爲“短氣”。因此，我將之翻譯爲“喘息”。

3

90　於是，水中生物完全暴露，
　　爬上水島的北面。
　　黿、鰐、鱏魚、白鱘，
　　相互交疊，彼此相鄰。
　　抖動鱗甲，拍打魚鰭，

95　蠕蠕扭動，蜿蜒扭曲。
　　在中岸之上遙望：
　　有黑色樹木在冬季開花。⑥
　　明亮輝煌，閃爍炫目，
　　奪取人們的視綫。

100　像天空列布的星星閃耀，
　　人們無法完全描述它們。
　　濃密森林生長茂密繁盛，⑦
　　爲葩花覆蓋遮蔽。
　　雙桐綴滿下垂的豆莢，⑧

105　糾纏的枝條彼此相連。
　　震顫抖動，
　　黑色的影子隨波而動。
　　羽翼般的樹枝向東西伸展，
　　搖曳於豐沛的

100　綠葉、紫色果實、
　　丹紅的秆、白色的莖之間。
　　纖細枝條悲傷呻吟
　　聲音好似竽簫。
　　清濁混合，

於是水蟲盡暴，乘渚之陽。黿鼉
鱣鮪，交積縱橫。振鱗奮翼，蜲
蜲蜿蜿。中阪遙望，玄木冬榮。
煌煌熒熒，奪人目精。爛兮若列
星，曾不可殫形。榛林鬱盛，葩
華覆蓋。雙椅垂房，糾枝還會。
徙靡澹淡，隨波闒藹。東西施
翼，猗狔豐沛。綠葉紫裏，丹莖
白蒂。纖條悲鳴，聲似竽籟。清
濁相和，五變四會。感心動耳，
迴腸傷氣。孤子寡婦，寒心酸
鼻。長吏隳官，賢士失志。愁思
無已，歎息垂淚。

---

⑥ 行97：“玄木”可能是神樹，服食其樹葉可使人長生。見《呂氏春秋》，卷14頁6a。玄也與宇宙論有關，是北方和冬天的顏色，因此玄木可能是“北方之樹”或“冬季之樹”。

⑦ 行102：李善（《文選》，卷18頁4a）將榛林解釋爲“栗林”。但胡紹煐（《文選箋證》，卷21頁2b）和朱珔（《文選集釋》，卷15頁18a—19a）均説明，“榛”僅表達“繁密”、“繁盛”的意思。

⑧ 行104：椅是毛葉山桐子（*Idesia polycarpa*，Maxim），是一種在夏季盛開、帶有一叢叢芬芳小綠花的樹。見陸文郁，《詩草木今釋》，頁28—29，第35條。

115　五變四會。⑨

聲音振奮心靈，驚動耳朵，

扭轉腸子，傷痛精神，

導致孤兒寡婦

哀傷顫慄，酸苦悲泣。

120　高官拋棄官位，

賢士喪失抱負：

懷着無盡的愁思，

沉沉嘆息，眼淚從面頰滾落。

4

登高遠望，

125　引人心傷。

蜿蜒絕壁，垂直陡峭，

層疊聳起，巍峨高聳。

巨大巖石懸在高處，

傾斜不穩，在崖上搖搖欲墜。

130　崎嶇陡坡，參差不齊，

彼此之間互相追逐。

凸起裂隙縱橫崖坡，

背後有巖穴，巖塊踏壓通衢。

山峰交相累積，

135　重重疊疊，越升越高，

形如砥柱，⑩

位於巫山之下。

向上看到山巔，

蒼翠茂盛多麼莊嚴！

登高遠望，使人心瘁。盤岸巑
岏，裖陳磑磑。磐石險峻，傾崎
崕隤。巖嶇參差，從橫相追。陬
互橫啎，背穴偃蹠。交加累積，
重疊增益。狀若砥柱，在巫山
下。仰視山顛，蕭何千千，炫燿
虹蜺。俯視崝嶸，窒寥窈冥。不
見其底，虛聞松聲。傾岸洋洋，
立而熊經。久而不去，足盡汗
出。悠悠忽忽，怊悵自失。使人
心動，無故自恐。賁育之斷，不
能爲勇。卒愕異物，不知所出。
縱縱莘莘，若生於鬼，若出於神。
狀似走獸，或象飛禽。譎詭奇
偉，不可究陳。上至觀側，地蓋
底平。箕踵漫衍，芳草羅生。秋

⑨ 行115：五變可能就是五聲音階的五個音符。變可能是爲音樂作品所規定的五種韻律變化。見《長笛賦》，
　行156注。四會可能指混合四方音樂。見李善，《文選》，卷19頁4a。

⑩ 行136：砥柱也稱爲三門山，是今河南三門峽附近的一座山。根據神話傳說，禹平洪水時，挖通一條穿過此山
　的航道，使黃河泄流。河水環繞此山絕大部分，留下的部分好似從水中伸出的石柱。見《水經注》，卷4頁22a。

140 絢爛、閃耀、明亮，還有彩虹！
向下看到下陷的絶壁，
巨大坑谷，深邃黑暗：
看不到底，
只能聽到瑟瑟松聲。

145 在突出的絶壁旁，水流豐沛强勁奔流，
有人緊張站立，像熊蜷起身子。
長久不曾離去，
被流淌到脚上的汗水徹底浸濕。
淡漠惆悵，昏昏沉沉，

150 悵然憂慮，陷入沉思。
使人心靈悸動，
無故而驚恐。
即使是如賁和育果决的人⑪
也不能鼓起勇氣。

155 突然見到奇怪生物，
但不知從何而生。
熱鬧地群聚。
仿如出生於鬼，
起源於神。

160 狀似走獸，
形似飛禽。
迷幻詭異，奇妙宏偉，
無法被徹底描述。
上面，神祠旁邊，

165 地面光滑平坦。
恍如簸箕的斜側，向外延展，
芬芳植物無拘無束生長。
秋蘭、白芷、羅勒，

蘭茝蕙，江離載菁。青莖射干，
揭車苞并。薄草靡靡，聯延夭夭。越香掩掩，衆雀嗷嗷。雌雄相失，哀鳴相號。王雎鸝黃，正冥楚鳩。姊歸思婦，垂雞高巢。其鳴喈喈，當年遨遊。更唱迭和，赴曲隨流。

---

⑪ 行153：賁和育指著名的勇士孟賁和夏育。

以及獨活草,全部繁榮茂盛。

170 青色的菖蒲、射干、

揭車,茂密地成叢生長。

一束束草盤繞糾纏,

在山坡上美麗綿延。

香氣飄蕩,濃郁強烈,

175 成群的鳥啁啾鳴叫。

雄的雌的,喪失伴侶,

悲傷嘆息,爲彼此哭泣。

鶡、金鶯、

正冥、楚鳩、⑫

180 杜鵑、思婦鳥、⑬

垂尾鳥,在高處築巢。

鳴聲喈喈,

輕鬆閑適,自由玩耍,⑭

更相歌唱,齊聲鳴叫,

185 追隨與水流相契的一組曲調。

5

精通方技之人,⑮

羨門和高谿,⑯

聚集高處,擁擠如林,⑰

有方之士,羨門高谿。上成鬱
林,公樂聚穀。進純犧,禱琁室。
醮諸神,禮太一。傳祝已具,言

---

⑫ 行179:"正冥"是一種尚未被辨識的鳥。

⑬ 行180:思婦鳥的身份不詳。

⑭ 行183:我接受王念孫(《讀書雜志》,餘編下,頁46a)的意見,將"當年"修訂爲"當羊",後者含有"尚羊"(輕鬆閑適)之意。

⑮ 行186:精通方技之人就是方士,是占卜、預言、長生方面的專家。

⑯ 行187:"羨門"也被稱爲羨門高,是一位仙人;"高誓"可能是仙人"高誓"的異體。羨門和高誓在《史記》(卷6頁251)中被一並提及。

⑰ 行188:李善(《文選》,卷19頁6a)將"上成"和"鬱林"解釋爲方士的名字,但又補充説這一句可能意爲仙人聚集密如森林。我接受後一個解釋。

均喜愛豪華宴會。⑱

190　進獻純色的犧牲，

　　　在瑪瑙房間祈禱，

　　　爲神靈倒酒，

　　　禮拜太一。⑲

　　　祈禱準備好時，

195　言辭均已完成。

　　　王於是乘坐嵌玉的馬車：

　　　車駕由四條青龍牽引，

　　　旗幟拖曳在後，

　　　長旗調配和諧。

200　樂師撥動主弦，雅樂奏響，

　　　寒風吹入，增添悲哀。

　　　於是悦耳的吟唱

　　　令人感到悲哀傷感，

　　　反復地屏氣嘆息。

　　　於是，他們出發狩獵，

205　在山脚下如星辰般鋪開。

　　　傳遞命令，羽獵開始，⑳

　　　口銜枚，不發出絲毫聲音。

　　　弓弩不發射，

　　　羅網不散布。

210　跋涉寬廣的溪流，

　　　馳過糾纏的灌木地帶。

辭已畢。王乃乘玉輿，駟倉螭。垂旒旌，旆合諧。紬大絃而雅聲流，冽風過而增悲哀。於是調謳，令人惏悷憯悽，脅息增欷。於是乃縱獵者，基趾如星。傳言羽獵，銜枚無聲。弓弩不發，罘罕不傾。涉漭漭，馳苹苹。飛鳥未及起，走獸未及發。何節奄忽，蹄足灑血？舉功先得，獲車已實。王將欲往見，必先齋戒，差時擇日。簡輿玄服，建雲旆，蜺爲旌，翠爲蓋。風起雨止，千里而逝。蓋發蒙，往自會。思萬方，憂國害。開賢聖，輔不逮。九竅通鬱，精神察滯。延年益壽千萬歲。

---

⑱ 行 189：李善（《文選》，卷 19 頁 6a）稱，公樂和聚穀可能是仙人的名字，但繼而建議，"公"等同於"共"。這一句因此可以意爲仙人在山上聚會，享受宴飲。王念孫（《讀書雜志》，3 之 2 頁 26b—27a）將"聚穀"等同於"最後"，一些注家將後者理解爲一名方士的名字。見《史記》，卷 28 頁 1368。這裏的文字似乎不可能存在訛誤，坦率地講我不確定其確切意思。我的翻譯是高度權宜性的。

⑲ 行 193：太一最初是一個道家術語，被用來作爲道的另一名稱。在前漢武帝（前 140—前 87 年在位）時期，太一成爲國家信仰中最重要的神靈。出於這個原因，一些學者認爲，這一句表明《高唐賦》不當爲宋玉所作。見 Fusek, "The 'Kao-t'ang Fu,'" pp. 405‑6. 最近馬積高爭論，太一神可能在宋玉出名的時代就已經存在。見《賦史》，頁 41—42。

⑳ 行 206：在羽獵中，隨侍的行軍者在肩膀上裝飾羽毛。見《漢書》，卷 87 上頁 3541，注 1，及《國語》，卷 7 頁 6b。

禽鳥未及飛去，

獸類不及遁逃。

多麼迅捷，多麼突然，

215　蹄子和腿血跡斑斑！

最先捕獲的功績宣布之前，

狩獵車已經裝滿。

如果君王您想要造訪那裏，

就必須先齋戒净化自身，

220　選擇佳時，挑選吉日。

乘坐樸素馬車，穿着黑色衣服，

樹立雲旗。

彩虹將形成您的旗幟，

翠羽將成爲您的車蓋。

225　風起雨歇時，

您已行過千里。

如此消除您的蒙昧，

繼而可以往赴幽會。㉑

您思慮萬方，

230　擔心對國家造成傷害，

開始接納賢人聖人，

他們將會在您不足之處提供幫助。

您的九竅和精神將會通暢。㉒

您將延長年命，增加壽命，

235　以至千歲，甚至萬歲！

㉑ 行 228：這大概指與巫山神女的幽會。

㉒ 行 233：胡克家(見《文選》，卷 4 頁 3a)注意到五臣本没有"滯"字，判斷原本的李善本也没有此字。因此，此處應當理解爲一句話，而非兩句。亦見王念孫，《讀書雜志》，餘編下，頁 46a—b。

神 女 賦

宋 玉

【解題】

這篇賦是《高唐賦》的姐妹篇。宋玉在此賦中描寫巫山神女的迷人美貌，賦中的很多語句，爲後來的詩人在描寫美人時所借用。

此前的翻譯包括 Eduard Erkes, "The Song of the Goddess by Sung Yüh"; von Zach, *Deutsche Wacht* (June 1928), rpt. in *Die Chinesische Anthologie* 1：262‑65; Margouliès, *Anthologie*, pp. 321‑24; 小尾郊一、花房英樹，《文選》，卷 2，頁 453—460。有關白話文翻譯，見陳宏天等編，《昭明文選譯注》，册 2，頁 1035—1043；李景濚，《昭明文選新解》，册 2，頁 319—323。帶注釋的文本，見蕭繼宗，《先秦文學選注》，頁 259—261；畢萬忱等編，《中國歷代賦選》，頁 149—157。

1

楚襄王與宋玉沿雲夢岸邊漫遊，王令宋玉就高唐神祠作賦。當夜，宋玉睡覺時，①果然夢到與神女邂逅，其貌極美。宋玉對此感到驚訝，翌日對楚王言說此事。王曰："你的夢是怎樣的呢？"宋玉回答："在日晡的等待之後：

我感到精神恍惚，

仿佛發生什麽吉祥之事。

但我茫然困惑，

不解其意。

15　我的眼睛只能依稀看到她，

卻能記起瞬間的感受。

楚襄王與宋玉遊於雲夢之浦，使玉賦高唐之事。其夜王寢，果夢與神女遇，其狀甚麗。王異之，明日以白玉。玉曰："其夢若何？"王曰："晡夕之後，精神怳忽，若有所喜。紛紛擾擾，未知何意。目色髣髴，乍若有記。見一婦人，狀甚奇異。寐而夢之，寤不自識。罔兮不樂，悵然失志。於是撫心定氣，復見所夢。"王曰："狀何如也？"玉曰："茂矣

---

① 此字《文選》作"王"，宋代學者沈括（1031—1095）建議將之修訂爲"玉"，因爲這與下一段文字中，王對宋玉所説的話以"白"字引出無法契合。此外，對話的邏輯似乎也更傾向於宋玉叙述自己的夢境，接着爲王描述神女，而非《文選》本的文字。見沈括在《新校正夢溪筆談》（頁 286—287）中的詳細論述。

我看到一位女子，
外表超乎尋常。
睡時，我夢到她；
20　醒後，我記不得她的容貌。
因此我感到失望不快，
悲傷沮喪。
於是，我按撫胸口，鎮定精神，再次看到夢中
　　所見。"
王曰："她看上去如何？"
25　宋玉回答："她華貴、絢麗，
各個方面都很美麗！
燦爛、優雅，
很難被揣度！
遙遠古代無人像她，
30　當今世界也未見可匹敵者。
卓絕容貌和高貴風姿
無法被充分贊美！
她最初現身時，如明日照耀屋梁般閃耀；
隨着漸漸走近，燦燦放光，如明月播撒光芒。
35　片刻之間，
美麗容貌掩蓋全身，
明艷如花，
温潤如玉，
多種色彩明亮呈現，
40　無法被完全描寫。
仔細審視，
視綫被吸奪。
她被華美地飾以
紗羅、絲綢、錦緞、上等飾品，布滿華麗圖樣。
45　華貴服飾的美妙光彩照耀萬方。
她穿着刺綉的上衣，

美矣！諸好備矣！盛矣麗矣！
難測究矣！上古既無，世所未
見。瑰姿瑋態，不可勝贊。其始
來也，耀乎若白日初出照屋梁。
其少進也，皎若明月舒其光。須
臾之間，美貌橫生。曄兮如華，
温乎如瑩。五色並馳，不可殫
形。詳而視之，奪人目精。其盛
飾也，則羅紈綺繢盛文章。極服
妙采照萬方。振繡衣，被袿裳。
襛不短，纖不長。步裔裔兮曜殿
堂。忽兮改容，婉若遊龍乘雲
翔。嫷被服，侻薄裝。沐蘭澤，
含若芳。性和適，宜侍旁。順序
卑，調心腸。"王曰："若此盛矣！
試爲寡人賦之。"玉曰："唯唯。"

配着短上衣和襯裙。

厚厚織布使她並不看似矮小，

薄薄外衣使她並不看似高大。

50　她步行優美，照耀殿堂，

突然之間，改變容貌。

如遊龍般靈活，在雲中翱翔。

她脫下衣服，②

換上輕薄的衣裙。

55　沐浴於蘭澤之中，

散發杜若的芬芳。

她的性格和藹可親，

非常適合陪侍君王。

順從溫和，

60　使人心快樂。”

王曰：“她實在是華美！

你可以嘗試爲我以她作賦嗎？”

宋玉道：“甚好。”

2

可愛的神女多麼美麗：

65　天生具有陰陽的豐富裝飾，③

穿着華麗宜人的衣服，

好似拍打翅膀的翠鳥。

她的容貌無雙，

美麗超出可描述的範圍。

70　毛嬙舉袖遮臉，④

不再是美貌的標準；

夫何神女之姣麗兮，含陰陽之渥飾。被華藻之可好兮，若翡翠之奮翼。其象無雙，其美無極。毛嬙鄣袂，不足程式。西施掩面，比之無色。近之既妖，遠之有望。骨法多奇，應君之相。視之盈目，孰者克尚。私心獨悅，樂之無量。交希恩疏，不可盡暢。

---

② 行53：李善（《文選》，卷19頁7b）將“嬔”解釋爲“美”。但胡紹煐（《文選箋證》，卷21頁7b—8a）稱，“嬔”同“脫”。因此，這一句緊接神女行51之改變容貌，可能描述她在更換衣裙。

③ 行65：李善（《文選》，卷19頁7b）解釋，神女獲得豐美的外在裝飾。劉良（《六臣注文選》，卷19頁9b）稱，神女擁有美麗的裝飾，就像是天地的慷慨贈與。

④ 行70：毛嬙是古時的美麗女子。見《莊子》，卷1頁21a。

西施掩面，

相比之下喪失誘惑。

臨近觀察，嫵媚動人；

75　從遠處看，令人驚嘆美景。

她的骨相不同尋常，

面相與君王的夫人契合。

注視她，美貌充斥我的眼睛，

誰能超過她？

80　我暗中喜歡她，

喜悅不受控制。

由於她對喜愛和青睞非常害羞，

因此我不能完全表達感受。

沒有其他人可以看到她，

85　只有我看到她的模樣。⑤

她的模樣高大莊嚴，

如何能夠充分描述？

她的容顔豐滿，端莊美麗——

玉面光滑潤澤。

90　她的眼眸閃爍，明朗清澈，

在明亮的眼睛裏，可以看到很多秀美。

眉毛優美彎曲，好似飛蛾的觸鬚，

朱脣閃閃發亮，仿佛丹砂。

素白的形體豐滿結實，

90　情緒平靜鎮定，感覺放鬆。

她在幽靜的隱居中保持可愛的矜持，

但在人世間卻又歡樂嬉鬧。

宜於在高山上釋放情感，

放飛自己，優美舒適。

他人莫覯，王覽其狀。其狀巀
巀，何可極言。貌豐盈以莊姝
兮，苞溫潤之玉顔。眸子炯其精
朗兮，瞭多美而可觀。眉聯娟以
蛾揚兮，朱脣的其若丹。素質幹
之醲實兮，志解泰而體閑。既婩
嫿於幽静兮，又婆娑乎人間。宜
高殿以廣意兮，翼放縱而綽寬。

---

⑤　行 85：我將"王"修訂爲"玉"。見前注 1，及胡紹煐，《文選箋證》，卷 20 頁 8a—b。

·

3

100　她使如霧的輕紗簌簌作響,緩步而行,
　　拂過與臺階相對的噹啷作響的碧玉。
　　用迷人的眼神望向我的簾幕,
　　她的眼睛就像流波湧動。
　　奮起長袖,整理衣衽,

105　踟躕而立,浮動不安。
　　舉止鎮定平靜,怡悅溫和;
　　情緒平靜沉着,靜寂不動。
　　動作時而輕巧細微,
　　意圖無法被人探知。

110　舉止看似親密,又似冷淡;
　　似要走近,復又轉身。
　　我拉起床上的簾幕,邀請她進來,
　　以表達最誠摯的感受。
　　但她秉持自己的端莊純潔,

115　拒絕和我結交。
　　她陳列美妙言辭,做出回答,
　　吐出甜美如蘭的芬芳。
　　我們在精神的交流中往來,
　　內心滿足平和,愉悅快樂。

120　雖然我們的精神結合,卻未被束縛,
　　我的靈魂被遺棄,寂寞孤獨,沒有希望。
　　儘管她似乎允諾,最終卻不情願;
　　我沉沉抱怨,大聲呼喊,發出哀嘆之聲。
　　她的泛紅臉龐顯出慍怒跡象,但仍保持平靜,

125　我不敢強迫於她。

4

於是,她搖曳腰帶佩飾,
奏鳴鸞鐘。

動霧縠以徐步兮,拂墀聲之珊珊。望余帷而延視兮,若流波之將瀾。奮長袖以正衽兮,立踟躕而不安。澹清靜其愔嫕兮,性沈詳而不煩。時容與以微動兮,志未可乎得原。意似近而既遠兮,若將來而復旋。褰余幬而請御兮,願盡心之惓惓。懷貞亮之絜清兮,卒與我兮相難。陳嘉辭而云對兮,吐芬芳其若蘭。精交接以來往兮,心凱康以樂歡。神獨亨而未結兮,魂煢煢以無端。含然諾其不分兮,喟揚音而哀歎。頩薄怒以自持兮,曾不可乎犯干。

於是搖珮飾,鳴玉鸞。整衣服,斂容顏。顧女師,命太傅。歡情

整理衣服，
恢復端莊的表情。

130 她向師長請教，
召喚導師。
儘管我們的戀情並不完美，
她仍表示告辭離去。
她後退離開，

135 無法再次接近。
她似乎已經離去，卻仍在那裏，
中途似乎轉身面向我，
眼睛泛起秘密的閃光，
賜予我神秘的光彩。

140 她的意志和感受力處處呈現，
我不能完全描述。
儘管她希望離開，但尚未最終割斷紐帶；
我的心靈和精神輾轉不安，充滿焦慮恐懼。
她完成辭別禮儀太過迅捷，

145 我們都來不及言說離別之詞。
我希望盜取片刻時光，
但神女借口忙碌。
我的腸子扭轉，精氣受傷，
步履蹣跚不穩，無可抓握。

150 一切都陰鬱黑暗，
突然間我不知身在何處。
我的感情隱藏胸中，
可以向誰吐露？
悲傷難過，眼淚從臉上滑落，
我追尋她，直到曙光照耀。

未接，將辭而去。遷延引身，不可親附。似逝未行，中若相首。目略微眄，精彩相授。志態橫出，不可勝記。意離未絕，神心怖覆。禮不遑訖，辭不及究。願假須臾，神女稱遽。徊腸傷氣，顛倒失據。悵然而暝，忽不知處。情獨私懷，誰者可語。惆悵垂涕，求之至曙。

登徒子好色賦

宋　玉

【解題】

此賦描繪宋玉爲人所知的形象之一，即英俊男子不爲美女所誘。他還被表現爲一個傑出的智者形象，憑藉機智的話語戰勝對手。指責宋玉好色的登徒子可能是純粹的虛構人物。

此前的翻譯包括 Waley, *170 Chinese Poems*, pp. 43 - 44, and *Translations*, pp. 7 - 8；Margouliès, *Anthologie*, pp. 126 - 27；小尾郊一、花房英樹，《文選》，卷 2，頁 461—466。白話文翻譯見陳宏天等編，《昭明文選譯注》，册 2，頁 1044—1048；李景濚，《昭明文選新解》，册 2，頁 324—327；遲文浚等編，《歷代賦辭典》，頁 10—11。有注解的文本見蕭繼宗，《先秦文學選注》，頁 265—267；傅隸樸，《賦選注》，頁 8—10。

1

大夫登徒子侍奉楚王，以輕蔑的口吻談論宋玉："宋玉爲人英俊，外貌優雅，擁有機敏言談的天賦，但本性好色。希望君王您不要允許他進入後宮。"

楚王就登徒子的指責詢問宋玉，宋玉稱："我英俊優雅的外貌，從自然而得；我機智言談的稟賦，從老師處學得。至於好色之徒，我拒絕承認自己是這樣的人。"

楚王曰："如果你不是一個好色之人，是否有辯護之詞？如果你有辯護之詞，事情就此終止。如果沒有，你將會被罷黜。"

宋玉曰："世間所有美麗的女子，無法與楚國的美人相比。楚國的美女，無法與我村中的美人相比。我村中的美女，無法與我東側鄰居家的女兒相比。我的東鄰之女：多一分則太高，少一分則太矮。搭

大夫登徒子侍於楚王，短宋玉曰："玉爲人，體貌閑麗，口多微辭，又性好色。願王勿與出入後宮。"王以登徒子之言問宋玉，玉曰："體貌閑麗，所受於天也；口多微辭，所學於師也；至於好色，臣無有也。"王曰："子不好色，亦有説乎？有説則止，無説則退。"玉曰："天下之佳人莫若楚國，楚國之麗者莫若臣里，臣里之美者莫若臣東家之子。東家之子，增之一分則太長，減之一分則太短，著粉則太白，施朱則太赤。眉如翠羽，肌如白雪，腰如束素，

粉則太白，塗胭脂則太紅。她的眉毛好似翠鳥的羽毛，肌膚如白雪，腰如綁束的絲綢，齒如白貝。她迷人的一笑，可令陽城恍惚，令下蔡迷惑。① 此女登牆偷窺我三年之久，但我仍未屈就於她。登徒子卻不如此。他的妻子：

> 蓬髮、歪耳，
>
> 裂開的嘴唇，空洞的牙齒，
>
> 走路好像跛足，是個駝背，
>
> 還患有疥瘡和痔瘡。

然而，登徒子與之相愛，使她生有五子。如果大王您仔細考察此事，就會發現到底誰才是好色之人。”

此時，從秦國而來的大夫章華站立在大王身邊，②獲得機會前步而言：“現在宋玉盛贊他鄰居的女子，認爲她極度美麗，但我這個愚蠢低賤的臣子相信在秉持道德方面，無法與此二位大臣相比。③ 而且，南楚陋巷中的小妾怎麼值得向大王您提起？我這個低賤的大臣親眼見到的女子，並不敢提及。”

楚王曰：“請爲我解釋。”

大夫曰：“甚好。”

齒如含貝。嫣然一笑，惑陽城，迷下蔡。然此女登牆闚臣三年，至今未許也。登徒子則不然。其妻蓬頭攣耳，齞脣歷齒。旁行踽僂，又疥且痔。登徒子悅之，使有五子。王孰察之，誰爲好色者矣。”是時，秦章華大夫在側，因進而稱曰：“今夫宋玉盛稱鄰之女，以爲美色，愚亂之邪！臣自以爲守德，謂不如彼矣。且夫南楚窮巷之妾，焉足爲大王言乎？若臣之陋，目所曾覩者，未敢云也。”王曰：“試爲寡人說之。”大夫曰：“唯唯。”

2

“我年輕時曾赴遠方遊覽，周覽九個地區，穿過

“臣少曾遠遊，周覽九土，足歷五

---

① 根據李善（《文選》，卷 19 頁 10a）所述，陽城（今河南漯河市以東）和下蔡（今河南壽縣以北）是楚貴族被封賜的城市。因此，即使是這個地區經驗豐富的統治者，也會被東鄰女兒的美貌所征服。

② 李善（《文選》，卷 9 頁 10b）將章華解釋爲楚國的一個地方，稱這位大夫是楚國人，在秦國擔任官職，被秦國作爲使者派往楚國朝堂。

③ 這幾句的意思和標點不清晰。李善（《文選》，卷 19 頁 10b）將“愚亂之邪臣”理解爲章華大夫指代自己的自謙方式。胡紹煐（《文選箋證》，卷 21 頁 10b—11a）建議將“愚亂之邪”作爲單獨的一句，而“臣”應該是下一句的第一個字。胡紹煐將“邪”理解爲疑問助詞或感嘆助詞“耶”。但我仍不確定“愚亂之耶”的意思。蕭繼宗（《先秦文學選注》，頁 216—217，注 5）解釋稱，這一短語是用在登徒子身上的。如果接受蕭繼宗的意見，這幾句就應該譯爲：“愚蠢淫邪的大臣（登徒）宣稱宋玉在秉持道德方面低劣。”我在這裏接受李善的意見，但蕭繼宗教授的不同意見也有可能。

五方都城。我離開咸陽，在邯鄲享樂。④　我徘徊於鄭國和衛國的溱河和洧河之間。⑤

　　彼時正值春末，

　　我們正在迎接夏天的首個太陽。

　　金鶯啁啾，

　　一群少女外出採摘桑葉。

　　城郊的年輕女子

　　洋溢着燦爛的光彩魅力。

　　身形美麗，容顏迷人，

　　不需化妝打扮。

　　當我注視最美一人，

　　誦出以下詩句：

　　‘我沿着大路，抓住你的衣袖。’⑥

　　我送她鮮花，向她道出可愛的言辭。於是，這位年輕女子

　　似乎期待地凝視，卻不過來；

　　突然像要過來，卻消失不見。

　　她的神態看似熱忱，但人仍在遠處；

　　每一動作，或仰或俯，都是不同景觀。

　　她內心快樂，微微一笑，

　　流動的眼睛向我投來偷偷一瞥。

　　她接着念誦以下詩句：

　　‘我知道春風攬得鮮花盛開，

　　純潔無垢，等待你善良的言語，

　　但以這種方式收到禮物，我寧可不生。’

　　她於是退縮，命我離去。我僅以優雅的語言激發彼此的感受，我們的精神僅短暫地結合。我的眼

都。出咸陽，熙邯鄲。從容鄭衛溱洧之間。是時向春之末，迎夏之陽。鶬鶊喈喈，群女出桑。此郊之姝，華色含光。體美容冶，不待飾裝。臣觀其麗者，因稱詩曰：遵大路兮攬子袪，贈以芳華辭甚妙。於是處子怳若有望而不來，忽若有來而不見，意密體疏，俯仰異觀，含喜微笑，竊視流眄。復稱詩曰：寤春風兮發鮮榮。絜齋俟兮惠音聲。贈我如此兮不如無生。因遷延而辭避，蓋徒以微辭相感動，精神相依憑，目欲其顏，心顧其義，揚詩守禮，終不過差，故足稱也。”於是楚王稱善，宋玉遂不退。

---

④ 咸陽（今陝西咸陽東北）是秦國的首都。邯鄲（今河北邯鄲）是趙國的首都，這座城以美女而著稱。

⑤ 鄭和衛是春秋時期的國家，因所謂的放蕩風俗和音樂而聲名狼藉。溱河和洧河從這兩個國家流過，被認爲是不正當的情人約會的地方。見《毛詩》第95首。

⑥ 這一句引自《毛詩》第81首，是《詩經·鄭風》中的一首詩。

睛從她美麗的面容上得到快樂,但我在心裏看到她
的美德。在吟誦詩歌和堅持禮節中,我們没有躍過
得體的界限。因此,這值得向您講述。"

　　於是,楚王表示贊賞,宋玉未被罷黜。

洛 神 賦

曹子建

【解題】

曹植(字子建)此賦的主題是神女宓妃。根據傳統説法,她是上古文化英雄伏羲的女兒,溺死於洛河,隨後被奉祀爲洛河神女。曹植模仿歸屬於宋玉的《神女賦》而創作此賦。他寫作此文的動機長久以來是被揣測的對象,有一種傳統説法記載於尤袤本《文選》的一則"記"中(可能不是李善原本注解的一部分),稱洛河神女實際象徵曹植兄長的妻子甄皇后,據説曹植與她相愛。然而,這一解釋顯然與歷史語境不合,不應給予任何認真考慮。見張雲璈,《選學膠言》,卷 9 頁 17b;Cutter,"The Death of Empress Zhen"。這篇文章還被視作一篇失意詩,曹植在文中用美麗的神女來象徵他的哥哥文帝,他拒絶授予曹植魏國官僚體系中的重要職位。就像屈原在《離騷》中對宓妃的追尋一樣,曹植與洛河神女的邂逅也很短暫,這被理解爲代表他追求獲得重要職位以展現忠誠才智的失敗。這一解讀比前面那個更爲可信,但也缺乏堅實的證據來證明這一政治寓言。有關此文更令人信服的政治解讀,見曹道衡,《漢魏六朝辭賦》,頁 109—110。有關傳統政治解讀的總結,見 Whitaker,"Tsaur Jyr's Luoshen Fuh"。近來一些學者過度贊美此賦對美女的細緻描述和對愛意的直率表達。見張文勛,《苦悶的象徵——〈洛神賦〉新議》。有關這篇賦在六朝文學中的影響,見洪順隆,《論〈洛神賦〉對六朝賦壇的投映》。

此賦有大量的注解本,較具學術性者包括《魏晉南北朝文學史參考資料》,册 1,頁 93—106;瞿蜕園,《漢魏六朝賦選》,頁 63—69;趙幼文,《曹植集校注》,册 2,頁 282—293;王晨光,《魏晉南北朝辭賦選粹》,頁 1—20;韋鳳娟,《魏晉南北朝諸家散文選》,頁 88—99;黄瑞雲,《歷代抒情小賦選》,頁 54—64。此前的翻譯包括 von Zach,*Deutsche Wacht*(August 1928),rpt. in *Die Chinesische Anthologie* 1:265 - 68;Whitaker,"Tsaur Jyr's Luoshen Fuh";Waston,*Chinese Rhyme-Prose*,pp. 55 - 60;小尾郊一、花房英樹,《文選》,卷 2,頁 467—475。白話文翻譯見陳宏天等編,《昭明文選譯注》,册 2,頁 1049—1059;李景濚,《昭明文選新解》,册 2,頁 328—334;遲文浚等編,《歷代賦辭典》,頁 262—265。對此賦的一個重要研究是繆鉞,《曹植〈洛神賦〉(〈文選〉賦箋 4)》。

黄初三年，①我參與京都朝會，返程時穿過洛河。古人稱，此河神女名爲宓妃。我有感於宋玉就神女之事對楚王的回答，②創作這篇賦。辭曰：

黄初三年，余朝京師，還濟洛川。古人有言，斯水之神，名曰宓妃。感宋玉對楚王神女之事，遂作斯賦。其辭曰：

1
我從京城地區登程，
返回東方的藩國。③
伊闕在我背後，④
穿過轘轅，⑤
5　經過通谷，⑥
登上景山。⑦
太陽已西斜，
我的車駕搖晃傾斜，馬兒疲憊，
於是在杜若澤地停下馬車，
10　讓車隊在芝田放牧。⑧
在陽林中漫步，⑨
我游目洛河。
於是我的精神震驚，我的靈魂震撼，
突然間我的思想漫散。

余從京域言歸東藩。背伊闕，越轘轅。經通谷，陵景山。日既西傾，車殆馬煩。爾迺稅駕乎蘅皋，秣駟乎芝田。容與乎陽林，流眄乎洛川。於是精移神駭，忽焉思散。俯則未察，仰以殊觀。覩一麗人，于巖之畔。迺援御者而告之曰："爾有覯於彼者乎？彼何人斯，若此之豔也？"御者對曰："臣聞河洛之神，名曰宓妃，然則君王所見，無迺是乎？其狀若何？臣願聞之。"

---

① "黄初三年"應該爲"黄初四年"。黄初三年(222)，曹植被任命爲鄄城(今山東鄄城西北)王。根據曹植在《三國志》(卷19頁526)中的傳記，他在黄初四年(223)遷往雍丘(今河南杞縣)。根據曹植爲《贈白馬王彪》(《文選》，卷24頁5a)所寫的序來看，黄初四年五月，他與兩位兄弟出席京城朝會。因此，李善(《文選》，卷19頁12a)宣稱黄初三年是一個訛誤。有關詳細討論，見陸侃如，《中國文學繫年》，册2，頁455—457。
② 見本書《神女賦》。
③ 行2：李善(《文選》，卷19頁12a)稱曹植正在返回鄄城途中，鄄城在洛陽東面。然而，曹植可能已被授予新的封地雍丘，因此東藩指的是那個地方，而不是鄄城。
④ 行3：伊闕是洛陽以南五十里的一座山。據說此山形成於禹掘開伊河水道之時，禹將此河移至兩山之間，兩山彼此相對，仿佛紀念性的門闕，因此名爲伊闕。見《水經注》，卷15頁19b—20a；《淮南子》，卷19頁2a，高誘注；朱珔，《文選集釋》，卷4頁3b—4a。
⑤ 行4：轘轅是緱氏縣(今河南偃師縣東南)東南四十六里的一座山，被稱爲轘轅(蜿蜒之意)是因爲有十二道彎的山坡。見李吉甫，《元和郡縣圖志》，卷5頁133。
⑥ 行5：通谷也被稱爲太谷。根據華延《洛陽記》(李善徵引，《文選》卷19頁12a)的記載，太谷位於洛陽以南五十里。亦見李吉甫，《元和郡縣圖志》，卷5頁139，將其定位在唐代洛陽以南九十里。
⑦ 行6：李善(《文選》，卷19頁12a)徵引一部名爲《河南郡圖經》的著作，稱景山位於緱氏縣以南七十里。朱珔(《文選集釋》，卷15頁20a)將之定位在緱氏縣一帶的緱山西北方。
⑧ 行10：這可能指河南鞏縣西北四十里，被稱爲芝田鎮的地方。見《魏晉南北朝文學史參考資料》，册1，頁96，注4。
⑨ 行11：李善(《文選》，卷19頁12)說，陽林也被稱爲楊林，因有大量楊樹而得名。

15　向下，什麼也沒察覺；

向上，看到異常景象。

一位美人，

在懸崖下的岸邊。

我於是拉扯車夫的胳膊，對他說："你看得到那邊的人嗎？那是什麼人，如此美麗？"

車夫回答："我聽説河洛神女被稱爲宓妃。我王所見，是否可能就是她？她的容貌如何？我希望您向我講述。"

2

我告訴他：

外貌方面，她輕靈飄動，仿若受驚天鵝，
騰躍好似游龍。⑩

光彩比秋菊更閃亮，

光華比春松更繁茂。

35　隱約看到，仿佛被輕雲遮蔽的月亮，

輕盈飄動，好像吹拂風中回旋的雪花。

從遠處凝望她，

閃爍如晨霧中升起的太陽；

從近處觀察她，

40　光耀如清澈漣漪生出的蓮花。

在豐滿和纖細之間，她處於其中，

身高符合恰當尺度。

肩膀仿佛削鑿而成，

腰肢好似束起絲綢。

45　在她的長頸和纖脖，

白色肌膚清晰展露。

她不用香油，

余告之曰："其形也，翩若驚鴻，婉若遊龍。榮曜秋菊，華茂春松。髣髴兮若輕雲之蔽月，飄颻兮若流風之迴雪。遠而望之，皎若太陽升朝霞；迫而察之，灼若芙蕖出淥波。穠纖得衷，脩短合度。肩若削成，腰如約素。延頸秀項，皓質呈露。芳澤無加，鉛華弗御。雲髻峩峩，脩眉聯娟。丹脣外朗，皓齒内鮮。明眸善睞，靨輔承權。瓌姿豔逸，儀靜體閑。柔情綽態，媚於語言。奇服曠世，骨像應圖。披羅衣之璀粲兮，珥瑤碧之華琚。戴金翠之首飾，綴明珠以耀軀。踐遠遊之文履，曳霧綃之輕裾。微幽蘭之芳藹兮，步踟躕於山隅。於是忽焉縱體，以遨以嬉。左倚采旄，

---

⑩　行 32：見《神女賦》，行 52 裏的"游龍"形象。

不需鉛華。⑪

鼓起髮髻高高豎起，

50　長長眉毛優美彎曲。

丹紅嘴唇向外放光，

潔白牙齒在內閃爍。

明亮眼睛善於投出斜瞥，

酒窩位於面頰兩側。

55　美妙舉止是罕見麗容，

態度安詳，身體放鬆。

她有溫柔情感和優雅舉止，

嫵媚言語令人着迷。

奇特服飾此世無比，

60　身形外貌恍如圖畫。⑫

身體裹進閃光的薄紗長袍，

耳朵戴上華美的瑪瑙玉石。

黃金翠羽裝飾頭髮，

戴上照耀身軀的閃亮明珠。

65　她穿上有圖案的遠遊履，

拖着似霧的薄紗輕裙。

被蘭草的芬芳繁茂所遮蔽，

在大山的角落裏踟躕步行。

於是，她突然鬆快地從容移動，

70　嬉戲玩樂。

左側倚着彩色旗幟，

右側蔭蔽桂杆旗幟。

向神河岸邊伸展潔白手臂，⑬

從澎湃急流摘取黑色靈芝。

右蔭桂旗。攘皓腕於神滸兮，采湍瀨之玄芝。

---

⑪ 行 48：“鉛華”是一種無機化合物，主要成分是鉛，主要被用於裝飾前額。見 Schafer，"The Early History of Lead Pigments and Cosmetics in China"。

⑫ 行 60：圖可能指神仙圖，在漢魏時期很流行。

⑬ 行 73：神河大概指洛河。

3

75 我欣賞她的純潔美麗，
　　但我的心緊張震蕩，感到不樂。
　　沒有良媒轉達我的愛意，
　　以細浪傳達言辭。
　　願誠摯感情被首先知曉，

80 解下玉珮，呈上作爲保證。
　　啊，佳人真是美好！
　　她精通禮儀，明曉《詩》篇。
　　舉起碧玉寶石與我的奉獻匹配，
　　指向遮蔽深處爲幽會之地。

85 我堅持誠摯純真的感情，
　　但擔心神靈欺騙於我。
　　回憶交甫打破的諾言，⑭
　　我悵然止步，懷疑不決。
　　接着，我裝出温和的表情，平静感情，

90 以禮儀的約束控制自己。

4

　　洛神感動，
　　短暫猶豫，步履彷徨。
　　神輝散射，復又凝合，
　　一時黑暗，一時光明。

95 她升起輕盈身軀，似鶴站立，
　　仿佛將翺翔而去，卻不曾起飛。
　　她踏入辛味强烈的胡椒小徑，
　　穿過杜若之叢，播撒芬芳。
　　鬱鬱不樂，發出無盡思念的長嘆，

100 聲音哀婉凄厲，回響長久。

"余情悦其淑美兮，心振蕩而不怡。無良媒以接懽兮，託微波而通辭。願誠素之先達兮，解玉佩以要之。嗟佳人之信脩，羌習禮而明詩。抗瓊珶以和予兮，指潛淵而爲期。執眷眷之款實兮，懼斯靈之我欺。感交甫之弃言兮，悵猶豫而狐疑。收和顔而静志兮，申禮防以自持。

"於是洛靈感焉，徙倚傍徨。神光離合，乍陰乍陽。竦輕軀以鶴立，若將飛而未翔。踐椒塗之郁烈，步蘅薄而流芳。超長吟以永慕兮，聲哀厲而彌長。爾迺衆靈雜遝，命儔嘯侶。或戲清流，或翔神渚。或采明珠，或拾翠羽。從南湘之二妃，攜漢濱之游女。歎匏瓜之無匹兮，詠牽牛之獨處。揚輕袿之猗靡兮，翳脩袖以

---

⑭ 行87：李善（《文選》，卷19頁14a）徵引《韓詩内傳》，講述一位名爲交甫的鄭國人的故事。交甫在漢水岸邊遇到兩位女神，她們送給他玉珮作爲離別贈禮。交甫與她們告別後，玉珮和神女都消失不見。

於是，群神蜂擁而至，

號召同伴，呼喊伴侶：

有的在清澈溪流玩耍，

有的在神渚上空翱翔，

105　有的採集明珠，

有的採集翠羽。

她陪伴南湘的兩位妃子，⑮

與漢水神女携手漫步。⑯

嘆息匏瓜星没有配偶，⑰

110　傷感牽牛星必須獨處。⑱

她的輕盈外衣雅緻美好，在風中飄揚，⑲

以長袖掩面，站立等候。

她的身體比飛雁輕快，

突然飄去，仿若神靈。⑳

115　以輕巧步伐行走波上，

紗羅襪子攪動塵埃。

她的行動没有固定模式，

像是岌岌可危，又安穩站定。

前進或止步難以預期，

120　仿佛離去，卻又返回。

轉動的眼神顯露熾烈的精神，

顔容明亮光滑如玉。

口含言辭，尚未吐露，

延佇。體迅飛鳧，飄忽若神。陵波微步，羅襪生塵。動無常則，若危若安。進止難期，若往若還。轉眄流精，光潤玉顔。含辭未吐，氣若幽蘭。華容婀娜，令我忘飱。

---

⑮　行 107：南湘二妃是娥皇和女英，舜的兩位妻子，二人被奉祀爲湘江神女。見《思玄賦》，行 131—132 注。

⑯　行 108：漢濱遊女是漢水的兩位女神，她們與鄭國的交甫相遇。見上文行 87 注。

⑰　行 109：匏瓜星由海豚座（Delphinus）的五顆星組成。見 Schlegel, *Uranographie chinoise* 2：210‑14。李善（《文選》，卷 19 頁 14b）徵引阮瑀的《止欲賦》，文稱：“傷匏瓜之無偶。”但我不知道這條材料所述的無偶匏瓜是指哪個傳説。

⑱　行 110：牽牛和織女是兩座星宿，與 Altair 和 Vaga 二星相對應，位於天河相對的兩邊。他們一年只許見一次面，在七月七日，喜鵲會組成一座橋梁，使他們能夠跨越天河。見 Solger, “Astronomische Anmerkungen zu chinesischen Märchen”；范寧，《牛郎織女故事的演變》。

⑲　行 111：宋版《曹子建集》以“綺靡”替代“猗靡”。趙幼文接受“綺靡”一説。見《曹植集校注》，卷 2 頁 290，注 95。

⑳　行 114：曹植將這位神女描繪爲人類，因此在這裏將她描寫爲神靈。見同上，卷 2 頁 290，注 97。

但氣息已如幽蘭甜美。

125 可愛面容如此婀娜多姿，

令我忘卻飲食。

5

接着，屏翳將風撤去，㉑

川后停止波濤，

馮夷擊鼓，㉒

130 女媧清澈歌唱。㉓

吩咐條紋魚向前跳躍，警告她的車駕臨近，

奏響玉鸞鈴爲她的離開伴奏。

六龍交首，鎮定地昂首闊步，

她的雲輿緩慢愜意地前進。

135 鯨魚踴躍於輪轂兩側。

水鳥飛翔作爲護衛。

"於是屏翳收風，川后静波。馮夷鳴鼓，女媧清歌。騰文魚以警乘，鳴玉鸞以偕逝。六龍儼其齊首，載雲車之容裔。鯨鯢踊而夾轂，水禽翔而爲衛。

6

於是，她穿越北邊的沙洲，

躍過南邊的山岡。

轉回雪白的頸項，

140 以清澈閃光的眼睛回望。

她啓動朱脣，緩緩講述，

陳述交好和熱戀的偉大原則。

憎恨人類和神靈的方式不同，

悲痛盛年未能找到合適伴侶。

145 她舉起羅袖擦拭眼睛，

淚水如溪流下，浸濕衣領。

"於是越北沚，過南岡。紆素領，迴清陽。動朱脣以徐言，陳交接之大綱。恨人神之道殊兮，怨盛年之莫當。抗羅袂以掩涕兮，淚流襟之浪浪。悼良會之永絕兮，哀一逝而異鄉。無微情以效愛兮，獻江南之明璫。雖潛處於太陰，長寄心於君王。忽不悟其所舍，悵神宵而蔽光。

㉑ 行127：屏翳被不同地判定爲雷神、雨神或風神。然而，曹植的《詰咎文》有一句："屏翳司風。"（見同上，卷3頁457）因此，曹植可能認爲屏翳是一位風神。

㉒ 行128—129：李善（《文選》，卷19頁15a）稱，川后就是河伯，是黃河之神。但馮夷（見《雪賦》，行79注）也被認爲是河伯。因此，川后應該是別的河流的神靈。

㉓ 行130：有關女媧，見《長笛賦》，行260注。

感傷美好幽會將永遠停止，

哀嘆一旦分離，我們將去往不同世界。

"缺乏最輕微的感情以表達愛意，

150 我獻給你江南的明珠耳環。

儘管我潛居於太陰，

我的心總是與王子你住在一起。"

突然間，我不知她去往何處，

悵然地看着她的神靈消失，明艷蔭蔽。

7

155 於是，我離開後面的低地，攀上高處，⑳

脚步向前行走，精神卻停留不前。

憑藉繚繞的遺情，嘗試設想她的形象，

我回頭觀望，内心充滿悲傷。

希望她的靈體再次出現，

160 乘坐輕舟溯流而上。

我在長長溪流漂浮，忘記返回，

思念綿綿不斷，增長我的仰慕。

夜晚耿耿不安，無法入眠，

我被繁霜浸濕，直至白日曙光。

165 命令御手準備馬車，

想要返回東方之路。

抓住馬具馬勒，揚起鞭子，

但我憂鬱躊躇，無法離去。

"於是背下陵高，足往神留。遺情想像，顧望懷愁。冀靈體之復形，御輕舟而上遡。浮長川而忘反，思緜緜而增慕。夜耿耿而不寐，霑繁霜而至曙。命僕夫而就駕，吾將歸乎東路。攬騑轡以抗策，悵盤桓而不能去。"

---

⑳ 行155："高"可能就是景山。

參考文獻

縮寫

AM	*Asia Major*
AO	*Archiv Orientalni*
AS	*Asiatische Studien*
BEFEO	*Bulletin de l' École Français de l' Extréme Orient*
BIHP	*Bulletin of the Institute of History and Philology*，*Academia Sinica*（"中研院"歷史語言研究所集刊）
BMFEA	*Bulletin of Museum of Far Eastern Antiquities*
BSOAS	*Bulletin of School of Oriental and African Studies*
CLEAR	*Chinese Literature Essays Articles and Reviews*
HFHD	*History of the Former Han Dynasty*. 見 Dubs。
HJAS	*Harvard Journal of Asiatic Studies*
JAOS	*Journal of American Oriental Society*
JAS	*Journal of Asian Studies*
JOS	*Journal of Oriental Studies*
JRAS	*Journal of the Royal Asiatic Society*
LEW	*Literature East and West*
MCB	*Mélanges chinoises et bouddhiques*
Mh	*Mémoires historiques*. 見 Chavannes。
MS	*Monumenta Serica*
MTB	*Memoirs of Research Department of the Toyo Bunko*
OE	*Oriens Extremus*
OLZ	*Orientalische Literaturzeitung*
OZ	*Ostasiatische Zeitschrift*
Records	*Records of the Grand Historian of China*. 見 Watson。
Sbby	四部備要

Sbck　　　　　四部叢刊

TP　　　　　*T'oung Pao*

ZDMG　　　　*Zeitschrift der Deutschen Morgenländischen Gesellschaft*

常見注解者列表

蔡　邕(133—192)

杜　預(222—284)

段玉裁(1735—1815)

高步瀛(1873—1940)

高　誘(活躍於 205—212 年)

郭　璞(276—324)

何　休(129—182)

郝懿行(1757—1825)

何　焯(1661—1722)

洪興祖(1070—1135)

胡克家(1757—1816)

胡紹煐(1791—1860)

賈公彥(活躍於 627—656 年)

晉　灼(約活躍於 275 年)

孔穎達(574—648)

李　善(? —689)

李時珍(1518—1593)

李　賢(651—684)

李周翰(8 世紀)

梁章鉅(1775—1849)

劉　逵(約活躍於 295 年)

劉　良(8 世紀)

陸　璣(3 世紀)

呂　向(活躍於 723 年)

呂延濟(8 世紀)

孟　康(180? —260)

如　淳(活躍於 198—265 年)

司馬貞(8 世紀)

宋　祁(998—1061)

孫志祖(1737—1801)

王觀國(約活躍於 1140 年)

王念孫(1744—1832)

王先謙(1842—1918)

王　逸(89? —158)

韋　昭(204—273；一說 197—273 或 274)

許巽行(19 世紀前期)

薛　綜(? —243)

顏師古(583—645)

應　劭(140? —206?)

張守節(活躍於 725 年)

張　銑(8 世紀)

張雲璈(1747—1829)

張　載(? —304?)

鄭　玄(127—200)

朱　琦(1769—1850)

一、《文選》文本

《敦煌本文選注》,神田喜一郎編。東京:永青文庫,1965。

《唐寫文選集注殘卷》,羅振玉(1866—1940)編。《嘉草軒叢書》,1918。

《旧鈔本文選集注殘卷》,京都帝國大學文學部景印旧鈔本,卷 3—9。東京:東京帝國大學文學部,1934—1941。

《敦煌本文選》,羅振玉編,《鳴沙石室古籍叢殘》,《羅雪堂先生全集》三編,册 8,頁 3075—3141。臺北:文化出版社,1968—1973。

《文選》,60 卷,李善注,尤袤(1127—1194)編。1181;再版,北京和香港:中華書局,1974;臺北:石門圖書有限公司,1976。

《文選》,60 卷,李善注,張伯顔刻板,約 1314—1320。再版,王諒,1522。修訂,唐藩,1487;晉藩,養德書院,1525。

《文選》,60 卷,李善注,毛晉(1599—1659)編。汲古閣刻板,約 1628—1644。再版及修訂,錢士謐,1686;懷德堂,1746。

《文選》,60 卷,李善注,胡克家編,以尤袤本爲底本,1809。再版,臺北:藝文印書館,1967。萬本儀刻再版,1869。此本再版包括:臺北:正中書局,1971;京都:中文出版社,1972。

《文選五臣注》,30 卷,吕延濟(生卒年不詳)、吕向(活躍於 723 年)、劉良(生卒年不詳)、張銑(生卒年不詳)、李周翰(生卒年不詳)注。吕延祚(活躍於 718 年)。陳八郎編。崇化書坊刻板,1161。

《六臣注文選》,60 卷,李善加五臣注。贛州刻板,約 1131—1162。

《六家注文選》,裴氏刻板,約 1106—1111。再版,袁褧(1502—1547),1534—1549。

《六臣注文選》,60 卷,李善加五臣注。南宋末。再版,《四部叢刊》。

《六家注文選》,60 卷,李善加五臣注。明州刻板,1158。

《增補六臣注文選》,60 卷,陳仁子編。茶陵,1299;再版,洪楩刻板,1549;臺北:華正書局,1974。

二、《文選》譯本

岡田正之(1864—1927)、左久節(生卒年不詳),《文選》,3 卷。收《國訳漢文大成》。東京:國民文庫刊行會,1923。

Marouliès, Georges. *Le "Fou" dans le Wen siuan: etude et textes* 文選中的"賦":研究及文本. Paris: Paul Geuthner,1926.

Zach,Erwin von. *Übersetzungen aus dem Wen Hsüan* 文選譯本. *Sinologische Beträge* 漢學文稿 2(Batavia,1935).

Zach,Erwin von. *Aus dem Wen Hsüan* 文選譯本. *Sinologische Beträge* 漢學文稿 3(Batavia,1936),頁 133—147.

Zach,Erwin von. *Die Chinesische Anthologie: Übersetzungen aus dem Wen Hsüan* 中國文選:文選(德文)譯本. Ilse Martin Fang 編. Harvard-Yenching Studies 哈佛燕京研究 18. 2 vols. Cambridge: Harvard University Press,1958.

斯波六郎、花房英樹,《文選》,收《世界文學大系》70。東京:筑摩書房,1963。

内田泉之助、網祐次，《文選：詩篇》，2 卷。《新釈漢文大系》14—15。東京：明治書院，1963—1964。

網祐次，《文選》。東京：明德出版社，1969。

小尾郊一、花房英樹，《文選》，7 卷。《全釈漢文大系》26—32。東京：集英社，1974—1976。

中島千秋，《文選：賦篇》。《新釈漢文大系》79。東京：明治書院，1977。

三、中、日文論著

阿克當阿、姚文田（1758—1872）編，《揚州府志》。臺北：成文出版社，1974。

青木正兒，《芍藥之和》，《青木正兒全集》，10 冊。東京：春秋社，1969—1975。冊 8，頁 64—76。

青木正兒，《嘯の歷史と字義の變遷》，《立命館文學》150—151(1957)，頁 179—187。

網祐次，《中國中世文學研究——南斉永明時代を中心として》。東京：新樹社，1960。

淺野通有，《宋玉の作品の真偽について》，《漢文學會會報》12(1961.4)，頁 3—12。

班固（32—92），《白虎通義》，《漢魏叢書》。

班固編纂，《漢書》。北京：中華書局，1962。

班固等編撰，《東觀漢記》，《四部備要》本。

包遵彭，《漢代樓船考》。臺北：中華叢書編審委員會，1967。

鮑鼎、劉敦楨、梁思成，《漢代的建築式樣與裝飾》，《中國營造學社彙刊》第 5 卷(1934)，頁 1—27。

北京大學中國文學史教研室編纂，《魏晉南北朝文學史參考資料》，2 冊。北京：中華書局，1956。

北京大學中國語言文學系中國文學史研究室編，《兩漢文學史參考資料》。北京：中華書局，1962。

畢萬忱、何沛雄、羅忼烈等編，《中國歷代賦選》（先秦兩漢卷）。南京：江蘇教育出版社，1990。

畢沅（1730—1797）編，《三輔黃圖》。1784；再版，臺北：成文出版社，1970。

蔡廷吉，《賈誼研究》。臺北：文史哲出版社，1984。

蔡雄祥，《王褒及其作品》，《學粹》19.6 (1977)：14—18。

蔡邕（133—192），《獨斷》，收《蔡中郎集》，《四部備要》本。

曹道衡，《鮑照幾篇詩文的寫作時間》，《文史》16(1982)，頁 189—202。《中古文學史論文集》再版，頁 378—400。
　　北京：中華書局，1986。

曹道衡，《鮑照》，收呂慧鵑等編，《中國歷代著名文學家評傳》，冊 1，頁 459—482。濟南：山東教育出版
　　社，1985。

曹道衡，《關於鮑照的家世和籍貫》，《文史》7(1979)，頁 191—197。《中古文學史論文集》再版，頁 368—377。

曹道衡，《漢魏六朝辭賦》。上海：上海古籍出版社，1989。

曹道衡，《江淹》，《中國歷代著名文學家評傳》，冊 1，頁 503—525。

曹道衡，《晉代作家六考》，《文史》20(1983)，頁 185—194。

曹道衡、沈玉成，《南北朝文學史》。北京：人民文學出版社，1991。

曹明綱，《宋玉賦真偽辨》，《上海師範學院學報》(1984)第 2 期，頁 53—57。

柴非凡，《鍾嶸〈詩品〉與沈約》，《中外文學》3.10(1975)，頁 58—65。

昌彼得，《臺灣公藏宋元本聯合書目》。臺北："中央"圖書館，1955。

常璩(4 世紀),《華陽國志》,《四部備要》本。

晁公武(12 世紀),《郡齋讀書志》。臺北：廣文書局,1966。

陳炳良,《中國古代神話新釋兩則》,《清華學報》(1969)第 7 期,頁 206—232。

陳達祚、朱江,《邗城遺址與邗溝流經區域文化遺存的發現》,《文物》12(1973),頁 44—54。

陳恩良,《陸機文學研究》。香港：光華書局,1969。

陳宏天、趙福海、陳復興編,《昭明文選譯注》。冊 1—2,1988;冊 3—4,1992。長春：吉林文史出版社。

陳焦桐,《蘭亭真偽的質疑》,《明報》8.5(1973 年 5 月),頁 22—25。

陳焦桐,《賺蘭亭始末》,《明報》8.5(1973 年 5 月),頁 26—29。

陳美足,《南朝顏謝詩研究》。臺北：文津出版社,1989。

陳槃,《漢晉遺簡識小七種》,2 卷。臺北：中研院歷史語言研究所,1975。

陳槃,《詩三百篇之採集與刪定問題》,《學術集刊》3(1954),頁 14—21。

陳彭年(961—1017)等撰,王瓊珊編,《重校宋本廣韻》。臺北：廣文書局,1960。

陳奇猷編,《韓非子集釋》。1958;再版,臺北：世界書局,1963。

陳仁子(約活躍於 1279 年),《文選補遺》。收《四庫全書珍本四集》。臺北：商務印書館,1977。

陳勝勇,《建國以來宋玉及其作品研究綜述》,《語文導報》(杭州大學中文系),(1985)第 6 期,頁 9—12。

陳世驤,《文學作爲對抗黑暗之光》,《北京大學五十周年紀念論文集》,第 11 冊。北平：藝術學院,1948,頁 47—70。

陳世驤撰,一海知義譯,《陸機の生涯と"文賦"の正確な年代》,《中國文學報》8(1958),頁 50—78。

陳壽(233—297)編纂,《三國志》。北京：中華書局,1962。

陳一百,《曹子建詩研究》。上海：商務印書館,1928。

陳貽焮,《鮑照和他的作品》,《文學遺產》(1957),頁 182—190。

陳祚龍,《敦煌寫本〈登樓賦〉斟證》,《大陸雜誌》21.5(1960),頁 173—178。

程弘,《翰林論作者質疑》,《文史》第 1 期(1964 年 10 月),頁 44。

程仁卿,《對〈關於宋玉〉一文的意見》,《文史哲》5(1955),頁 46—47。

程榮(明)編,《漢魏叢書》。臺北：新興書局,1966。

程先甲(生卒年不詳)編,《選雅》。《千一齋叢書》,1901。

程毅中、白化文,《略談李善注文選的尤刻本》,《文物》11(1976),頁 77—81。

遲文浚、許志剛、沈緒連編,《歷代賦辭典》。瀋陽：遼寧人民出版社,1992。

辭海編輯委員會編,《辭海》。2 冊,1965;再版,香港：中華書局,1979。

崔豹(活躍於 290—306 年)編,《古今注》,《四部備要》本。

《大戴禮記》,《漢魏叢書》本。

戴明揚編纂,《嵇康集校注》。北京：人民文學出版社,1962。

戴震(1724—1777),《考工記圖》,《皇清經解》本。

戴震,《方言疏證》。上海：上海古籍出版社,1984。

戴震,《方言疏證》,《四部備要》本。

道宣(596—667)編，《廣弘明集》，《四部備要》本。

鄧士梁，《兩晉詩論》。香港：香港中文大學，1972。

鄧永康，《曹子建年譜新編》，《大陸雜誌》34.1(1967)：13—19；34.2(1967)：26—32；34.3(1967)：30—32。

鄧永康，《魏曹子建先生植年譜》。臺北：商務印書館，1981。

鄧元媗，《關於宋玉評價中的一個問題》，《四川師院學報》1(1985)；再版，《中國古代近代文學研究》7(1985)，頁69—76。

丁福保(1874—1952)編，《文選類詁》。上海：醫學書局，1925。

丁福保編纂，《說文解字詁林》，12冊。臺北：商務印書館，1959。

丁福林，《鮑照任前軍參軍的時間》，《文史》22(1984)，頁190。

丁福林，《鮑照詩文繫年考辨》，《中華文史論叢》27.3(1983)，頁277—287。

丁福林，《關於鮑照的籍貫》，《文史》20(1983)，頁253—258。

丁福林，《虞炎鮑照集序的一處傳寫錯誤》，《文史》15(1982)，頁124。

丁介民，《揚雄年譜》。臺北：菁華出版社，1975。

東方朔(前154?—前93)，《海內十州記》，《寶顏堂秘笈》本。

《東坡題跋》，《叢書集成》本。

董作賓，《方言學家揚雄年譜》，《國立中山大學語言歷史學研究所周刊》8(1928)，頁82—88。

董作賓，《漢白狼王歌詩校考》，《邊疆月刊》(1937)；再版，收《平盧文存》(臺北：藝文印書館，1963)，卷5頁7—14。

董作賓，《殷曆譜》。李莊：中央研究院歷史語言研究所，1945。

《杜工部詩集》。香港：中華書局，1972。

杜宗玉(生卒年不詳)編，《文選通假字會》。孝感學署，1896。

段公路(約活躍於869年)，《北戶錄》，《叢書集成》本。

段玉裁(1735—1815)，《毛詩故訓傳》，《皇清經解》。

段玉裁，《詩經小學》，《皇清經解》。

江上波夫. "The K'uai-t'i, the T'ao-yu and the Tan-hsi, the Strange Donestic (sic) Animals of the Hsiung-nu," *MTB* 13(1951)：87–123.

江上波夫，《匈奴の奇獸に就きて》，《ユーラシア古代北方文化：匈奴文化論考》。1948；重印，東京：山川出版社，1950。

法雲(宋)，《翻譯名義》，《四部叢刊》本。

范寧，《牛郎織女故事的演變》，《文學遺產增刊》1(1955)，頁421—433。

范文瀾編，《文心雕龍注》。1936；再版，臺北：文光出版社，1973。

范希曾編，《書目答問補正》。臺北：新興書局，1970。

范曄(398—446)編纂，《後漢書》。北京：中華書局，1963。

方回(1227—1307)編，《文選顏鮑謝詩評》，《四庫全書珍本四集》。臺北：商務印書館，1973。

方以智(活躍於1653年)，《通雅》，《四庫全書珍本三集》。臺北：商務印書館，1972。

方祖榮,《漢詩研究》。臺北：正中書局,1967。

房玄齡(579—648)等編纂,《晉書》。北京：中華書局,1974。

封演(756年進士),《封氏聞見記校證》。北平：哈佛燕京學社,1933。

馮大綸編,《蕪城賦》,《古今文選》4,頁1505—1508。

傅隸樸編纂,《賦選注》。臺北：正中書局,1977。

傅上瀛(生卒年不詳),《文選珠船》。典學樓,1892。

傅璇琮,《潘岳繫年考證》,《文史》14(1982),頁237—257。

傅璇琮,《左思〈三都賦〉寫作年代質疑——〈晉書·左思傳〉等辨誤》,《中華文史論叢》10(1979),頁319—329。

藤井守,《鮑照の賦》,《廣島大學文學社》34(1975),頁230—244。

藤井守,《西晉時代の樂府詩——陸機お中心として》,《廣島大學文學部紀要》36(1976),頁237—258。

藤田豐八,《東西交涉史の研究·南海篇》。1930;修訂,東京：荻原星文館,1943。

藤田豐八,《東西交涉史の研究·西域篇》。1930;修訂,東京：荻原星文館,1943。

藤原尚,《班固の賦觀》,《廣島大學文學社》1(1981),頁182—202。

藤原尚,《騷賦と辭賦の分歧點——宋玉の賦について》,《小尾博士退休記念中國文學論集》,頁113—135。東京：第一學習社,1976。

藤原尚,《西征賦における人間觀》,《日本中國學會報》21(1968),頁210—233。

福島吉彥,《漢書》,《中國詩文選》8,頁214—233。東京：筑摩書房,1976。

船津富彥,《曹植の遊仙詩論》,《東洋文學研究》第13期(1963),頁49　65。

船津富彥,《郭璞の遊仙詩の特質について》,《東京支那學報》10(1964),頁53—70。

船津富彥,《李充の翰林論について》。收《內野博士還曆記念東洋學論集》,頁217—233。東京：漢魏文化研究會,1964。

船津富彥,《魏晉文學における嘯傲について》,《東洋文學研究》第11期(1963),頁34—50。

船津富彥,《昭明太子の文學意識》,《中國中世文學研究》第5期(1966),頁28—46。

古田敬一,《文選編纂の人と時》,收《小尾博士退休記念中國文學論集》,頁363—378。東京：第一學習社,1976。

干寶(活躍於317—322年),《搜神記》。北京：中華書局,1979。

甘大昕,《雙聲疊韻聯綿字研究》,《國文月刊》50(1946),頁1—11。

高步瀛(1873—1940),《文選李注義疏》。1929年完成。北京：直隸書局,1937;再版,收《選學叢書》。臺北：廣文書局,1966。

高龍光(17世紀)編,朱霖(18世紀)修訂,《重修鎮江府志》。1683;再版,1750。

葛洪(280?—340),《抱朴子》,《四部備要》本。

《公羊傳注疏》,《十三經注疏》本。

龔克昌,《漢賦研究》。濟南：山東文藝出版社,1990。

龔克昌,《張衡》,收呂慧鵑等編《中國歷代著名文學家評傳》,頁187—203。

《古今文選》,冊4。臺北：國語日報社,1962。

《穀梁傳注疏》，《十三經注疏》本。

顧頡剛、楊向奎，《三皇考》，《燕京學報》專號，第 8 號，北平，1936。

顧施楨(生卒年不詳)編，《文選六臣彙注疏解》。鄭重出版，約 1662—1722。

顧炎武(1613—1682)，黃汝成編注，《日知錄集釋》。鄂官書處，1912。

顧祖禹(1631—1692)，《讀史方輿紀要》。北京：中華書局，1955。

《管子》，《四部備要》本。

《廣韻》，見《重校宋本廣韻》。

郭茂倩(12 世紀)，《樂府詩集》。北京：文學古籍刊行社，1955；北京：中華書局，1979。

郭沫若(1892—1978)，《鹽鐵論讀本》。北京：科學出版社，1957。

郭沫若，《關於宋玉》，《新建設》2(1955)，頁 42—46。

郭沫若，《論曹植》，收《歷史人物》，頁 3—29。上海：海燕書店，1947。

郭沫若，《新疆新出土的晉人寫本〈三國志〉殘卷》，《文物》8(1972)，頁 2—6；再版，收《蘭亭論辨》，頁 1—4。

郭沫若，《由王謝墓誌的出土論到〈蘭亭序〉的真偽》，《文物》6(1965)，頁 1—25；再版，收《蘭亭論辨》，頁 5—32。

郭慶藩(1844—1896)編，《莊子集釋》。臺北：世界書局，1967。

郭紹虞，《〈文選〉的選錄標準和它與〈文心雕龍〉的關係》，《光明日報》(《文學遺產》第 387 期)1961 年 11 月 6 日，頁 4。

郭紹虞，《再論永明聲説》，《中華文史論叢》4(1963 年 10 月)，頁 157—182。

郭紹虞，《中國歷代文論選》，2 冊。北京：中華書局，1963。

郭紹虞，《中國歷代文論選》。3 冊，1947；再版，香港：中華書局，1979。

郭紹虞，《中國文學批評史》。3 冊，1947；再版，臺北：商務印書館，1970。

郭正元編纂，《魏晉南北朝文學論文名篇譯注》。武漢：湖北人民出版社，1986。

《“國立中央”圖書館善本書目》。臺北：中華叢書委員會，1957—1958。

《國語》，《四部備要》本。

《韓非子》，《四部備要》本。

韓嬰(前 1 世紀)，《韓詩外傳》，《漢魏叢書》本；《學津討原》本。

《漢唐壁畫》。北京：外文出版社，1974。

漢語大字典編輯委員會、湖北辭書出版社，《漢語大字典》，冊 8。武漢：湖北辭書出版社；成都：四川辭書出版社，1986—1990。

郝懿行(1757—1825)，《晉宋書故》，《粵雅堂叢書》本。

郝懿行編纂，《爾雅義疏》，《四部備要》本。

原田淑人，《漢六朝の服飾》。1937；再版，東京：東洋文庫，1967。

原田淑人、駒井和愛，《支那古器図攷》，2 卷。東京：東方文化學院，1937。

林巳奈夫，《中國殷周時代の武器》。京都：人文科學研究所，1972。

林田慎之助，《裴子野雕蟲論考──六朝における復古文學論の構造》，《日本中國學會報》20(1968)，頁 125—139。

何焯(1661—1722),《義門讀書記》,《四庫全書珍本二集》。臺北：商務印書館,1971。

何沛雄,《班固〈西京賦〉與漢代長安》,《大陸雜誌》34.7(1967),頁 105—113。

何沛雄,《〈上林賦〉作於建元初年考》,《大陸雜誌》36.2(1968),頁 52—56。

何沛雄,《現存曹植賦考略》,《華學月刊》149(1984),頁 7—22。

何融,《齊竟陵王西邸及其學士考略》,《國文月刊》77 號(1949 年 3 月 10 日),頁 22—25。

何融,《文選編撰時期及編者考略》,《國文月刊》76 號(1949 年 2 月 10 日),頁 22—28。

《鶡冠子》,《四部備要》本。

賀昌群,《烽燧考》,《國立北京大學四十周年紀念論文集》2.1 (1940),頁 77—102。

本田濟,《曹植とその時代》。《東方學》3 (1952),頁 53—60。

洪亮吉(1746—1809),《曉讀書齋雜録》,《洪北江先生全集》,授經堂本。

洪邁(1123—1202),《容齋隨筆》,《四部叢刊》本。

洪順隆編,《中外六朝文學研究文獻目録》。臺北：漢學研究中心,1992。

洪順隆,《論〈洛神賦〉對六朝賦壇的投映》,《新亞學術集刊》13(1994),頁 91—114。

洪興祖(1070—1135)編,《楚辭補注》。香港：中華書局,1963。

洪業(William Huang)等編,《文選注引書引得》。《哈佛燕京學社漢學引得叢刊》,26 號。北平：哈佛燕京學社,
　　1935；再版,臺北：成文出版社,1966。

胡楚生,《文選別賦李注補正》,《南洋大學學報》1(1967),頁 69—75。

胡道静編,《夢溪筆談校正》。上海：商務出版公司,1956。

胡克家(1757—1816)編,《文選考異》。附於胡克家,《文選》。見《文選》文本。

胡念貽,《詩經中的賦比興》,《文學遺産增刊》1(1955),頁 1—21。

胡念貽,《宋玉作品的真偽問題》,《文學遺産增刊》1(1956),頁 40—55。

胡紹煐(1791—1860),《文選箋證》。序文繫年 1858；再版,收《選學叢書》。臺北：廣文書局,1966。

胡震亨(活躍於 16 世紀後半期)編,《續文選》。臺北：商務印書館,1973。

胡之驥(活躍於 1598 年)編纂,《江文通集彙注》。北京：中華書局,1984。

胡宗楙,《昭明太子年譜》,收《夢選樓叢刻》。出版者不詳,1932。

《淮南子》,《四部備要》本。

桓範(?　—249),《世要論》。收魏徵(580—643)編,《群書治要》,《叢書集成》本。

桓譚(前 43?　—28),《新論》。收《全後漢文》,卷 13—15。

皇甫謐(215—282),《高士傳》,《四部備要》本。

黃侃(1886—1935),《文選黃氏學》。臺北：文史哲出版社,1977。

黃侃注、黃焯編,《文選平點》。上海：上海古籍出版社,1985。

黃瑞雲編纂,《歷代抒情小賦選》。上海：上海古籍出版社,1986。

惠棟,《周易述》,收《胡渭、惠棟之易學》。臺北：鼎文書局,1975。

慧琳(737—820),《一切經音義》。丁福保排版編輯,1926。

稻田耕一郎,《宋玉の別集——その編纂,流布,散佚のあいたに》,《中古古典研究》20 (1975),頁 101—121。

稻田耕一郎，《宋玉集補説——宋玉子から宋玉集へ》，《中國文學研究》20(1981)，頁 38—56。

稻田耕一郎，《宋玉論——その文學的評價の定立おめくつて》，收《中國文學論集（目加田誠博士古稀記念）》，
　　頁 67—97。東京：龍溪書社，1974。

伊藤正文，《鮑照伝論稿》，《神户大學文學篇研究》14(1957)，頁 18—55。

伊藤正文，《曹植》。東京：巖波書店，1964。

伊藤正文，《王粲詩論考》，《中國文學報》20(1965)，頁 28—67。

伊藤正文，《王粲伝論》，《漢文教室》1.66(1964)，1—10；2.67(1964)，頁 19—30。

伊藤正文、一海知義，《漢魏六朝唐宋散文選》。東京：平凡社，1970。

伊藤富雄，《賈誼の鵩鳥の賦の立場》，《中國文學報》13(1960)，頁 1—24。

嵇含（活躍於 304 年），《南方草木狀》，《廣漢魏叢書》本。

紀昀(1724—1805)等編，《四庫全書總目》。臺北：藝文印書館，1969。

紀仲慶，《揚州古城址變遷初探》，《文物》9 (1979)，頁 43—56。

《嘉慶重修大清一統志》，《四部叢刊》，二編。

賈誼（前 200—前 168），《新書》，《漢魏叢書》本。

簡宗梧，《〈長門賦〉辯證》，《大陸雜誌》46.2(1973 年 2 月)，頁 57—60。《漢賦史論》再版（臺北：東大圖書公司，
　　1993)，頁 53—61。

簡宗梧，《〈高唐賦〉撰成時代之商榷》，《漢賦史論》，頁 63—97。

簡宗梧，《漢賦源流與價值之商榷》。臺北：文史哲出版社，1980。

簡宗梧，《〈上林賦〉著作年代之商榷》，《大陸雜誌》48.6(1974)，頁 260—262。

簡宗梧，《司馬相如、揚雄及其賦之研究》。作者自印，時間不詳。

江藩(1761—1831)，《漢學師承記》。臺北：河洛圖書出版社，1974。

《江文通集》，《四部備要》本。

姜亮夫，《陸平原年譜》。上海：古典文學出版社，1957。

姜亮夫，《屈原賦校注》。香港：商務印書館，1964。

姜亮夫，《宋玉簡述》。收《楚辭學論文集》，頁 465—470。上海：上海古籍出版社，1984。

姜亮夫，《張華年譜》。上海：古典文學出版社，1957。

蔣伯潛，《文體論纂要》。1942；再版，臺北：正中書局，1959。

蔣凡，《班固的文學思想》，《復旦學報》2(1985)，頁 68—76。再版，收《中國古代近代文學研究》9(1985)，頁
　　67—75。

蔣祖怡、韓泉欣，《陸機》。收吕慧鵑等編，《中國歷代著名文學家評傳》1，頁 357—377。

焦循(1763—1820)，《孟子正義》，《四部備要》本。

金國永編纂，《司馬相如集校注》。上海：上海古籍出版社，1993。

金秬香，《駢文概論》。上海：商務印書館，1934。

金濤聲編纂，《陸機集》。北京：中華書局，1982。

《靖節先生集》，《四部備要》本。

甲斐勝二,《向秀〈思舊賦〉試釋》,《文史哲》5(1990),頁 53—56。

鎌田重雄,《秦漢政治制度の研究》。東京：日本學術振興會,1962。

金谷治,《賈誼の賦について》,《中國文學報》8(1958),頁 1—25。

狩野充德,《文選集注所引音訣撰者についての一考察》。收《小尾博士退休記念中國文學論集》,頁 427—457。

狩谷棭齋(1775—1835)編注,《箋注倭名類聚抄》。東京：印刷局,1883。

康榮吉,《陸機及其詩》。臺北：嘉新水泥公司文化基金會,1969。

木金德雄,《顔延之の生涯と思想》,《日本中國學會報》15(1963),頁 120—141。

小南一郎,《西王母と七夕伝承》,《東方學報》46(1974),頁 33—81。

小守郁子,《曹植論》,《名古屋大學文學部研究論集》69,哲學 23(1976 年 3 月),頁 267—302。

小守郁子,《曹植詩所感》,《名古屋大學文學部研究論集》63,哲學 21(1974 年 3 月),頁 91—114。

《孔叢子》,《四部備要》本。

孔鏡清、韓泉欣編纂,《兩漢諸家散文選》。香港：三聯書店,1994。

《孔子家語》,《四部叢刊》本。

小西狩,《七盤舞に関すゐ諸説について》,《日本中國學會報》,14 號(1962),頁 79—92。

興膳宏,《嵇康の飛翔》,《中國文學報》16(1962),頁 1—28。

興膳宏,《嵇康詩小論》,《中國文學報》15(1961),頁 1—32。

興膳宏,《潘岳陸機》。東京：筑摩書房,1973。

興膳宏,《詩人として郭璞》,《中國文學報》19(1963),頁 17—67。

興膳宏,《摯虞文章流別志論考》,收《入矢教授小川教授退休記念中國文學語學論集》,頁 285—299。京都：京都大學文學部中國語文中國文學研究室,1974。

興膳宏,《左思と詠史詩》,《中國文學報》21(1966),頁 1—56。

空海(774—835),《文鏡秘府論》。北京：人民文學出版社,1975。

勞幹,《論漢代的遊俠》,《文史哲學報》1(1950 年 6 月),頁 237—252。

樂史(930—1107),《太平寰宇記》。南京：金陵書局,1882。

《類篇》,《四庫全書珍本六集》。臺北：商務印書館,1975。

李寶均,《曹氏父子和建安文學》。上海：中華書局,1962。

李長之,《西晉大詩人左思及其妹左棻》,《國文月刊》,70 號(1948 年 8 月),頁 17—22。

李長之,《西晉詩人潘岳的生平及其創作》,《國文月刊》,68 號(1948),頁 25—32。

李辰冬,《曹植的作品分期》,《大陸雜誌》15.4(1957),頁 9—14。

李方桂,《上古音研究》,《清華學報》9.1(1971),頁 1—60。

李昉(925—996)等編,《太平御覽》。北京：中華書局,1963。

李昉,《文苑英華》。北京：中華書局,1966。

李豐楙,《六朝隋唐仙道類小說研究》。臺北：學生書局,1986。

李暉、于非編纂,《歷代賦譯釋》。哈爾濱：黑龍江人民出版社,1984。

李吉甫(9 世紀)編,《元和郡縣圖志》,《叢書集成》本。

李吉甫,《元和郡縣圖志》。北京：中華書局,1983。

李誡(1035—1108 或 1065—1110),《營造法式》。臺北：聯經出版社,1974。

李景濚編纂,《昭明文選新解》,冊 5。臺南：暨南出版社,1990—1992。

李匡義(或匡乂)(9 世紀),《資暇集》,《叢書集成》本。

李銳清,《嵇康〈琴賦〉小論》,《新亞學報集刊》13(1994),頁 65—71。

李時珍(1518—1593)編,《本草綱目》,第 4 冊。北京：人民衛生出版社,1975—1982。

李維棻,《文選李注纂例》,《大陸雜誌》12.7(1956),頁 18—24。

李鍌,《昭明文選通假文字考》,《臺灣師範大學國文研究所集刊》7(1973 年 6 月),頁 1—382。

李詳(1859—1931),《杜詩證選》,《國粹學報》64(1910),《文篇》,頁 1a—4b;65(1910),《文篇》,頁 1a—3b;66
　　(1910),《文篇》,頁 1a—3b。

李詳,《韓詩證選》,《國粹學報》53(1909),《文篇》,頁 7a—9b;54(1909),《文篇》,頁 6a—7b;56(1909),《文篇》,
　　頁 3a—6b;57(1909),《文篇》,頁 1a—2b。

李孝定,《中國文字的原始與演變》,《"中央研究院"歷史語言研究所集刊》45(1974),頁 343—395。

李延壽(活躍於 629 年)編撰,《北史》。北京：中華書局,1974。

李延壽編纂,《南史》。北京：中華書局,1975。

李兆洛(1769—1841),《駢體文鈔》,《四部備要》本。

李之亮,《顏延之行實及文選所收詩文繫年》,《鄭州大學學報》100(1994：1),頁 58—62。

李直方,《漢魏六朝詩論稿》。香港：龍門書店,1967。

李直方,《謝宣城詩注》。香港：龍門書店,1968。

《禮記》,《四部備要》本。

《禮記注疏》,《十三經注疏》本。

酈道元(? —526)編,《水經注》,《四部備要》本。

酈道元,《水經注》,《國學基本叢書》本。

連橫(1878—1936),《臺灣詩薈》。2 卷,1924;再版,臺北：臺北史文獻委員會,1977。

梁章鉅(1775—1849),《文選旁證》。1834;再版,收《選學叢書》。臺北：廣文書局,1966。

廖國棟,《張衡生平及其賦之研究》。碩士論文,臺灣政治大學,1979。

廖蔚卿,《論連珠體的形成》,《幼獅學誌》15.2(1978 年 12 月),頁 15—59。

廖蔚卿,《論陸機的詩》,收《中國古典文學研究叢刊：詩歌之部》,柯慶明、林明德編,頁 71—105。臺北：巨流圖
　　書公司,1977。

廖蔚卿,《張華年譜》,《文史哲學報》27(1978),頁 1—96。

廖蔚卿,《張華與西晉政治之關係》,《文史哲學報》22(1973),頁 13—86。

《列子》,《四部備要》本。

《列子》。臺北：世界書局,1967。

林純聲,《中國酒的起源》,*BIHP* 29 (1958)：883 - 907。

林俊榮,《魏晉南北朝文學作品選》。吉林:吉林人民文學出版社,1980。

林文月,《鮑照與謝靈運的山水詩》。收《山水與古典》,頁 93—123。臺北:純文學出版社,1976。

林文月,《陸機的擬古詩》。收《中古文學論叢》,頁 123—158。臺北:德安出版社,1989。

林文月,《南朝宮體詩研究》,《文史哲學報》15(1966 年 8 月),頁 407—458。

林文月,《謝靈運及其詩》。臺北:臺灣大學文學院,1966。

劉大白,《宋玉賦辨僞》,《小說月報》17(1927)增刊,頁 7。

劉逢禄(1776—1829),《劉禮部集》。承慶堂,1892。

劉家璧編,《中國圖書史資料集》。香港:龍門書店,1974。

劉節(活躍於 1520 年),《廣文選》。陳蕙(生卒年不詳)修訂。揚州書院,1537。

劉履(1317—1379),《風雅翼》,《四庫全書珍本三集》。臺北:商務印書館,1975。

劉盼遂,《論衡集解》。臺北:世界書局,1958。

劉盼遂,《文選篇題考誤》,《國學論叢》1.4(1928);再版,收《昭明文選論文集》,陳新雄、于大成編,頁 1—14。臺北:木鐸出版社,1976。

劉汝霖,《魏晉南北朝時期的私家藏書》,《圖書館季刊》3(1961),頁 57—59;再版,收劉家璧編,《中國圖書史資料集》,頁 349—357。

劉師培,《敦煌新出唐寫本提要》,《國粹學報》77(1911),《通論》,頁 6a—11b;再版,收《昭明文選論文集》,陳新雄、于大成編,頁 85—96。

劉坦,《〈呂覽〉"涒灘"與〈鵩賦〉"單閼"、〈淮南〉"丙子"之通考》,《歷史研究》4(1956),頁 77—89。

劉維崇,《曹植評傳》。臺北:黎明文化事業公司,1977。

劉文興,《北宋本李善注文選校記》,《國立北平圖書館館刊》5.5(1931),頁 49—52;再版,收《昭明文選論文集》,陳新雄、于大成編,頁 197—200。

劉文忠,《鮑照和庾信》。上海:上海古籍出版社,1986。

劉翔飛,《論招隱詩》,《中外文學》7.12(1979),頁 98—113。

劉向(前 77—前 6)編纂,《説苑》,《漢魏叢書》本。

劉向,《列仙傳》,《叢書集成》本。

劉向,《列仙傳》,《琳琅密室叢書》本。

劉向,《列女傳》,《四部叢刊》本。

劉向,《新序》,《漢魏叢書》本。

劉昫(887—946)編纂,《舊唐書》。北京:中華書局,1975。

劉恂(10 世紀),《嶺表録異》,《叢書集成》本。

劉義光,《秦漢時代的百技雜戲》,《大陸雜誌》22(1961),頁 190—192。

劉義慶(403—444)編纂,《世説新語》。香港:中華書局,1974。

劉禎祥、李方晨編纂,《歷代辭賦選》。長沙:湖南人民出版社,1984。

盧毓駿,《中國建築史與營造法》。臺北:中國文化學院建築及都市計劃學會,1971。

魯迅編,《古小説鈎沉》。香港:新藝出版社,1970。

陸翽(4 世紀?)，《鄴中記》，《叢書集成》本。

陸璣(3 世紀)，《毛詩草木鳥獸蟲魚疏》，《叢書集成》本。

陸賈(前 228—前 140?)，《新語》，《漢魏叢書》本。

陸侃如，《宋玉評傳》。收《中國文學研究》《小説月報》17，特別版。上海：商務印書館，1927。

陸侃如，《宋玉》。上海：亞東圖書館，1929。

陸侃如，《中古文學繫年》，冊 2。北京：人民文學出版社，1985。

《陸士衡集》，《四部備要》本。

《陸士龍集》，《四部備要》本。

陸文郁，《詩草木今釋》。天津：天津人民出版社，1957。

陸永品，《宋玉》。收吕慧鵑等編，《中國歷代著名文學家評傳》1，頁 55—64。

陸游(1122—1210)，《老學庵筆記》，《叢書集成》本。

逯欽立，《〈文賦〉撰出年代考》，《學苑》2.1(1948)，頁 61—64。再版於《漢魏六朝文學論集》，頁 421—434。西安：陝西人民出版社，1984。

逯欽立，《先秦漢魏晉南北朝詩》，3 冊。北京：中華書局，1983。

吕不韋(? —前 235)，《吕氏春秋》，《四部備要》本。

吕慧鵑、劉波、盧達編，《中國歷代著名文學家評傳》，6 冊。濟南：山東教育出版社，1985。

吕凱，《魏晉玄學析評》。臺北：世紀書局，1980。

吕正惠，《鮑照詩小論》，《文學評論》6(1980)，頁 119—134。

羅常培、周祖謨，《漢魏晉南北朝韻部演變研究》。北京：科學出版社，1958。

羅根澤，《中國文學批評史》，3 卷。卷 1—2，上海：古典文學出版社，1957；卷 3，北京：中華書局，1961。

羅哲文，《和林格爾漢墓壁畫中所見的一些古建築》，《文物》1(1974)，頁 31—37。

羅振玉(1886—1940)，《鳴沙石室古籍叢殘》，收《羅雪堂先生全集》。臺北：文化出版社，1968—1973；《三編》，冊 7—8，頁 2545—3154。

羅竹風編，《漢語大辭典》，12 冊。上海：辭書出版社，1986—1993；香港：三聯書店，1987—1993。

駱鴻凱，《讀選導言》，《學術世界》1.7(1935 年 12 月)，頁 32—50。

駱鴻凱，《文選學》，1937；再版，臺北：中華書局，1963。

駱鴻凱，《文選學自序》，《國學叢編》1.2(1931 年 7 月)。

駱鴻凱，《文選指瑕》，《製言》11(1936 年 2 月)。

駱鴻凱，《選學書著録》，《製言》11(1936 年 2 月)。

駱鴻凱，《選學源流》，《製言》8—10(1936 年 1—2 月)。

馬積高，《賦史》。上海：上海古籍出版社，1987。

馬茂元，《古詩十九首探索》。北京：作家出版社，1957。

馬培棠，《巴蜀歸秦考》，《禹貢》2(1934 年 9 月)，頁 2—6。

馬雍，《蘇李詩制作時代考》。重慶：商務書局，1944。

《毛詩注疏》，《十三經注疏》本。

增淵龍夫，《漢代における民間秩序の構造と任俠的習俗》，《一橋論叢》26(1951 年 11 月)，頁 97—139。

松本信廣，《甘蔗名義考》，收《語學論叢》，頁 72—81。東京：慶應義塾大學語學研究所，1948。

松本幸男，《潘岳の傳記》，《立命館文學》321(1972)，頁 1—40。

《孟子注疏》，《十三經注疏》本。

繆潛(生卒年不詳)，《招隱山志》。出版者不詳，1925 刻板。

繆鉞，《鮑明遠年譜》，《文學月刊》3.1(1932)，頁 5—18。

繆鉞，《曹植〈洛神賦〉(〈文選〉賦箋 4)》，《中國文化研究會刊》7(1947)，頁 66—72。

繆鉞，《讀史存稿》。北京：三聯書店，1963。

繆鉞，《王粲行年考》，《責善半月刊》2.21(1942)，頁 7—13。

繆鉞，《〈文選〉與〈玉臺新詠〉》，收《詩詞散論》(上海：開明書店，1948)，頁 45—48；再版，收《昭明文選論文集》，
　　　陳新雄、于大成編，頁 47—50。

繆鉞，《顏延之年譜》，《中國文化研究會刊》8(1948)，頁 31—52。

大庭脩，《漢の節について——將軍仮節の前提》，《東西學術研究所紀要》2 (1969)，頁 23—58。

宮川尚志，《六朝史研究：政治·社會篇》。東京：日本學術振興會，1956。

宮崎市定，《アジア史研究》，5 卷。京都：東洋史研究會，1957。

宮崎市定，《遊俠について》，《歷史と地理》34(1934)，頁 40—59。

森三樹三郎，《梁の武帝》。京都：平樂寺書店，1956。

森野繁夫、富永一登，《文選集注所引鈔について》，《日本中國學會報》，29 號(1977)，頁 91—105。

森野繁夫，《梁初の文學集團》，《中國文學報》21(1966，10)，頁 83—108。

森野繁夫，《梁の文學集團——太子綱の集団を中心として》，《日本中國學會報》，20 號(1968)，頁 109—124。

諸橋轍次，《大漢和辭典》，13 卷。東京：大修館書店，1957—1960。

《穆天子傳》，《漢魏叢書》本；《四部備要》本。

中島千秋，《賦の成立と展開》。松山：關宏成，1963。

中島千秋，《張華の鷦鷯の賦について》，《支那學研究》32(1966)，頁 28—41。

中森件二，《鮑照の文學》，《立命館文學》364—366(1975)，頁 119—164。

聶崇義(9 世紀中)編，《三禮圖》。通志堂刻板，序文題爲 1676 年。

小尾郊一，《中國文學に現われた自然と自然観》。東京：巖波書店，1962。

大形徹，《鶡冠子の成立》，《大阪府立大學紀要》，《人文社會科學》31(1983)，頁 11—23。

大矢根文次郎，《顏延之の詩》，《東洋文化研究所紀要》4(1962)，頁 53—66。

岡元鳳，《毛詩品物図考》。序文題 1785；再版，臺南：臺南新世紀出版社，1975。

岡村繁，《敦煌本文選注校釈》，《帝都大學教養部紀要》4(1966，2)，頁 194—249。

岡村繁，《細川家永青文庫藏敦煌本文選注について》，《集刊東洋學》14(1965)，頁 1—26。

歐陽修(1007—1072)等編纂，《新唐書》。北京：中華書局，1975。

歐陽詢(557—641)編，《藝文類聚》。北京：中華書局，1965。

裴晉南等編，《漢魏六朝賦選注》。上海：上海古籍出版社，1983。

彭元瑞（1731—1803），《知聖道齋讀書跋》，《叢書集成》本。

皮錫瑞（1850—1908），《今文尚書考證》。師伏堂刻板，1897。

朴現圭，《曹植研究論著目錄》，《書目季刊》21.4（1988），頁 81—100。

齊治平編纂，《拾遺記》。北京：中華書局，1981。

錢寶琮，《太一考》。收顧頡剛、楊向奎《三皇考》，頁 225—254。

錢大昕（1728—1804），《廿二史考異》，《潛研堂全書》。

錢穆，《先秦諸子繫年》，2 卷。1935；修訂及再版，香港：香港大學出版社，1956。

錢鍾書，《管錐編》，4 冊。北京：中華書局，1979。

錢仲聯編，《鮑參軍集注》。北京：中華書局，1959。

錢仲聯編，《鮑參軍集注》。上海：上海古籍出版社，1980。

錢仲聯編，《鮑照年表》，1957；上海：上海古籍出版社，1980。

邱光庭（10 世紀），《兼明書》，《叢書集成》本。

邱棨鐍，《文選集注索引文選鈔について》，收《小尾博士退休記念中國文學論集》，頁 409—425。

邱燮友，《選學考》，《臺灣省立師範大學國文研究所集刊》3（1959），頁 329—396。

屈大均（1630—1696），《廣東新語》。香港：中華書局，1974。

屈守元，《昭明文選雜述及選講》。天津：天津古籍出版社，1988。

屈萬里，《史記殷本紀及其他紀錄中所載殷商時代的史事》，《文史哲學報》14（1965），頁 87—118。

瞿蛻園編，《漢魏六朝賦選》。北京：中華書局，1964。

全祖望（1705—1755），《鮚埼亭集》，《四部叢刊》本。

饒宗頤，《楚辭地理考》。上海：商務印書館，1946。

饒宗頤，《敦煌本文選斠正》，第 1 部分，《新亞學報》3.1（1958），頁 333—403；第 2 部分，《新亞學報》3.2（1958），頁 305—332；再版，《昭明文選論文集》，陳新雄、于大成編，頁 97—196。

饒宗頤，《敦煌寫本〈登樓賦〉重研》，《大陸雜誌》24.6（1962），頁 167—169。

饒宗頤，《論文選賦類區分情志之義答直方》，《文心雕龍研究剙號》，饒宗頤編，頁 88。香港：香港大學中文學會，1965。

饒宗頤，《日本古鈔本文選五臣注殘卷》，《東方文化》3.2（1957），頁 218—259。

饒宗頤，《選堂賦話》。收何沛雄編，《賦話六種》。香港：萬有圖書公司，1975。

任昉（460—508），《述異記》，《廣漢魏叢書》本。

任昉《文章緣起》，《叢書集成》本。

容庚，《漢武梁祠畫像錄》。北平：考古學社，1936。

阮廷卓，《唐代文選之盛》，《大陸雜誌》22.12（1961 年 6 月），頁 34。

阮元（1764—1849），《考工記車制圖解》，《昭代叢書》本。

阮元編纂，《十三經注疏》。京都：中文出版社，1972。

阮元，《揅經室集》，《四部叢刊》本。

《三曹資料彙編》。北京：中華書局，1980。

桑世昌(13 世紀),《蘭亭考》,《叢書集成》本。

《山海經》,《四部備要》本。

商務印書館編輯部編,《辭源》,4 册。北京：商務印書館,1983。

《尚書大傳》,《四部叢刊》本。

《尚書》,《四部備要》本。

《尚書注疏》,《十三經注疏》本。

《神異經》,《漢魏叢書》本。

沈括(1031? —1095),《新校正夢溪筆談》。香港：中華書局,1975。

沈欽韓(1775—1831),《漢書疏證》。浙江書局,1894。

沈約(441—513)編纂,《宋書》。北京：中華書局,1974。

《尸子》,《四部備要》本。

施之勉,《史記司馬相如列傳校注》,之一,《大陸雜誌》56.1(1978),頁 6—25;之二,《大陸雜誌》56.2(1978),頁
　　82—97;之三,《大陸雜誌》56.3(1978),頁 196—200;之四,《大陸雜誌》56.5(1978),頁 247—250;之五,《大
　　陸雜誌》57.1(1978),頁 42—50;之六,《大陸雜誌》57.2(1978),頁 91—100;之七,《大陸雜誌》57.3(1978),
　　頁 139—148;之八,《大陸雜誌》57.4(1978),頁 192—196;之九,《大陸雜誌》57.5(1978),頁 238—243;之
　　十,《大陸雜誌》57.6(1978),頁 287—292。

施之勉,《宋玉五賦》,《大陸雜誌》23.2(1961),頁 51。

石聲漢編,《齊民要術今釋》。北京：科學出版社,1957—1958。

石韞玉(1756—1837),《文選編珠》,《碧琳琅館叢書》本。

下定雅弘,《王粲詩について》,《中國文學報》29(1978),頁 46—81。

斯波六郎,《九條本文選解説》,《文選索引》附録,頁 405—417。

斯波六郎,《文選の版本について》,《帝國學士院紀事》3.1(1944 年 3 月),頁 53—108。

斯波六郎,《文選集注に就いて》,《支那學》9.2(1938),頁 17—55。

斯波六郎,《文選索引》,4 册。京都：京都大學人文科學研究所索引委員會,1959;再版,2 册。臺北：正中書
　　局,1979。

斯波六郎,《文選諸本の研究》,《文選索引》,册 1,頁 3—105。

清水凱夫,《文選編纂の周辺》,《立命館文學》377.8(1976),頁 207—227。

白鳥庫吉,《西域史研究》。收《白鳥庫吉全集》第 6—7 卷。至今出版 10 卷。東京：巖波書店,1969。

舒衷正,《〈詩品〉爲什麼置陶潛於中品》,《政治大學學報》31(1975 年 5 月),頁 1—12。

舒衷正,《〈文心雕龍〉與蕭選分體之比較研究》,《政治大學學報》8(1963),頁 259—285。

司馬遷(前 145—前 86?)編纂,《史記》。北京：中華書局,1959。

宋翔鳳(1776—1860),《過庭録》。1853;再版,北京：富晉書社,1930。

蘇繼廎,《黄支國在南海何處》,《南洋學報》7(1951 年 12 月),頁 1—5。

蘇軾(1036—1101)編纂,《東坡先生志林》,《叢書集成》本。

蘇軾,《蘇東坡集》。臺北：商務印書館,1967。

隋樹森編，《古詩十九首集釋》。北京：中華書局，1955。

孫長叙，《"吹參差"非"吹簫"説》。收《楚辭研究》，頁 260—281。濟南：齊魯書社，1988。

孫瑴(明)，《古微書》，《叢書集成》本。

孫克寬，《昭明文選導讀》，《書目季刊》1.3(1967)，頁 47—59。

孫文青，《張衡年譜》。1935；修訂，上海：商務印書館，1956。

孫詒讓(1848—1948)，《周禮正義》，《四部備要》本。

孫志祖(1737—1801)，《文選考異》，收《選學叢書》。臺北：廣文書局，1966。

孫志祖，《文選補證》，收《選學叢書》。

孫志祖，《文選李注補正》，收《選學叢書》。

孫志祖，《文選理學權輿補》，收《選學叢書》。

孫洙(1032—1080)編，《古文苑》，《岱南閣叢書》本。

《孫子》，《四部備要》本。

鈴木修次，《漢魏詩の研究》。東京：大修館書店，1967。

台静農，《兩漢樂舞考》，《文史哲學報》1(1950)，頁 253—308。

臺北故宮博物院編，《故宮圖書文獻選萃》。臺北：故宮博物院，1971。

高木正一，《鍾嶸詩品》。東京：東海大學出版社，1978。

高松亨明，《詩品詳解》。弘前：弘前大學中國文學會，1959。

高橋和己，《江淹の文學》，收《吉川博士退休記念中國文學論集》，頁 253—270。東京：出版社不詳，1968。

高橋和己，《陸機の傳記とその文學》，《中國文學報》11(1959)，頁 1—57；12(1960)，頁 49—84。

高橋和己，《潘岳論》，《中國文學報》7 (1957)，頁 14—91。

高橋和己，《顔延之の文學》，《立命館文學》180(1960)，頁 108—129。

譚其驤，《中國歷史地圖集》，8 册。上海：地圖出版社，1982。

譚宗義，《漢代國内陸路交通考》。香港：新亞研究所，1967。

唐慎微(活躍於 1082 年)編，《證類本草》，《四部叢刊》本。

陶希聖，《辯士與遊俠》。上海：商務印書館，1931。

屠本畯(活躍於 1596 年)，《閩中海錯疏》，《叢書集成》本。

户田浩曉，《李充の翰林論について》，《大東文化》16(1937 年 7 月)，頁 78—85。

脱因(元)編纂，俞希魯(生卒年不詳)編，《至順鎮江志》。1332；再版，1919，丹徒陳生刻板。

内田泉之助，《玉臺新詠》，2 卷。東京：明治書院，1975。

豐福健二，《江淹の賦》，《中國中世文學研究》7(1968)，頁 55—63。

植木久行，《曹植傳補考——本傳の補足と新説の補正お中心》，《中國古代研究》21(1976)，頁 17—31。

植木久行，《六朝文人の別集的一形——陸雲集の書誌學的考察》，《日本中國學會報》，第 29 號(1977)，頁
　　76—90。

汪紹楹編纂，《搜神記》。北京：中華書局，1979。

汪師韓(1707—?)，《文選理學權輿》。序文題爲 1768。《選學叢書》。

王晨光編纂,《魏晉南北朝辭賦選粹》。天津:天津教育出版社,1987。

王充(27—100?),《論衡》,《四部備要》本。

王符(106? —167),《潛夫論》,《漢魏叢書》本。

王觀國(? —1140?),《學林》,《叢書集成》本。

王國維(1877—1927),《明堂廟寢通考》,收《觀堂集林》,《王觀堂先生全集》(臺北:文化出版公司,1968),冊 3,
　　頁 105—126。

王國維,《觀堂集林》。香港:中華書局,1973。

王國維,《宋元戲曲考》,收《王觀堂先生全集》,冊 14。

王國維,《周大武樂章考》,收《觀堂集林》,冊 3,頁 86—90。

王嘉(? —390),《拾遺記》。北京:中華書局,1981。

王靖獻,《陸機文賦校釋》,《文史哲學報》32(1983),頁 1—98(159—256)。再版,臺北:洪範書店,1985。

王靜如,《東漢西南夷白狼慕漢歌詩本語譯證》,《西夏研究》,國立中央研究院歷史語言研究所單刊甲種,第 8
　　號,3 卷(北平:國立中央研究院歷史語言研究所,1932),輯 1,頁 15—53。

王禮卿,《選賦考證》,《幼獅學誌》6.4(1967),頁 1—62。

王禮卿,《選注釋例》,《幼獅學誌》7.2(1968),頁 54。

王力,《古代漢語》。3 冊。北京:中華書局,1962—1964。

王力,《同源字典》。北京:商務印書館,1982。

王楙(1151—1213),《野客叢書》,《叢書集成》本。

王夢鷗,《關於左思〈三都賦〉的兩首序》,《中外文學》9.2(1980 年 7 月),頁 4—15。

王鳴盛(1722—1797),《蛾術編》。北京:商務印書館,1958。

王念孫(1744—1832),《讀書雜志》。臺北:世界書局,1963。

王念孫,《讀書雜志》。臺北:樂天出版社,1974。

王念孫,《廣雅疏證》,《四部備要》本。

王琦(1696—1774)編,《李太白全集》。香港:中華書局,1972。

王芑孫(1755—1818),《讀賦卮言》,收《賦話六種》。

王叔岷,《論鍾嶸評陶淵明詩》,《學苑》2.4(1948),頁 68—69。

王先謙(1842—1918),《漢書補注》。臺北:藝文印書館,1956。

王象之(約 1196 年進士),《輿地紀勝》。永和鎮:文海出版社,1962。

王瑤,《文體辨析與總集的成立》,收《中古文學思想》,頁 124—153,1951;再版,香港:中流出版社,1973。

王瑤,《小說與方術》,收《中古文學史論集》,頁 85—110。上海:古典文學出版社,1956。

王毅,《陸機簡論》,《中國古典文學論叢》2(1985),頁 55—72。

王應麟(1223—1296),《困學紀聞》,收翁元圻(1750—1825)編,《翁注困學紀聞》,《四部備要》本。

王應麟,《玉海》。浙江書局,1883。

王宇清,《冕服服章之研究》。臺北:中華叢書編審委員會,1965。

王運熙,《離合詩考》,《國文月刊》,第 79 號(1949 年 5 月 10 日),頁 26—30。

王運熙，《六朝樂府與民歌》。上海：上海文藝聯合出版社，1955。

王仲殊，《漢長安城考古工作的初步收穫》，《考古通訊》17(1957)，頁 102—110。

王仲殊，《沂南石刻畫像中的七盤舞》，《考古通訊》2(1955)，頁 12—16。

韋鳳娟，《魏晉南北朝諸家散文選》。香港：三聯書店，1991。

魏淑琴、吳窮、姜惠編，《中外昭明文選研究論著索引》。長春：吉林文史出版社，1988。

魏徵(580—643)、令狐德棻(583—661)等編纂，《隋書》。北京：中華書局，1955；1973 再版。

文物出版社編，《蘭亭論辨》。北京：文物出版社，1973。

《文子》，《四部備要》本。

聞一多(1899—1946)，《神話與詩》。北京：中華書局，1956。

聞一多，《楚辭校補》，1942；重印，收《聞一多楚辭研究論著十種》。香港：維雅書屋，時間不詳。

聞宥，《四川漢代畫像選集》。上海：群聯出版社，1955。

吳大澂(1835—1902)，《古玉圖攷》。上海：同文書局，1889。

吳德風，《鮑照年譜補證》，《幼獅學誌》5.1(1956)，頁 1—27。

吳光，《黃老之學通論》。杭州：浙江人民出版社，1985。

吳丕績，《鮑照年譜》。長沙：商務印書館，1940。

吳丕績，《江淹年譜》。長沙：商務印書館，1938。

吳仁傑(？—1200?)，《兩漢刊誤補遺》，《武英殿聚珍版叢書》本。

吳任臣(約 1628—1689)，《山海經廣注》，收《四庫全書珍本三集》(臺北：商務印書館，1972)。

吳士鑑(1873—1933)，《晉書斠注》。臺北：二十五史編刊館，1956。

吳樹平編纂，《東觀漢記校注》。鄭州：中州古籍出版社，1987。

吳樹平編纂，《風俗通義校釋》。天津：天津人民出版社，1980。

吳小如，《枚乘〈七發〉李善注訂補》，《文史》2(1963 年 4 月)，頁 129—137。

吳曉鈴、周祖謨編，《方言校箋及通檢》。北京：科學出版社，1956。

《吳越春秋》，《四部備要》本。

吳雲、唐紹忠注，《王粲集注》。信陽：中州書畫社，1984。

《西京雜記》，《漢魏叢書》本；《四部叢刊》本。

細說錦繡中華彩色珍本編纂委員會編，《細說錦繡中華彩色珍本》。臺北：地球出版社，1975。

夏承燾，《四聲繹說》，《中華文史論叢》5(1964)，頁 223—235。

蕭該(6 世紀後半期)，《漢書音義》。殘卷收臧庸(1767—1811)編，《拜經堂叢書》。

蕭繼宗編纂，《先秦文學選注》。臺北：正中書局，1968。

蕭子顯(489—537)編纂，《南齊書》。北京：中華書局，1972。

《孝經注疏》，《十三經注疏》本。

謝康，《昭明太子評傳》，《小說月報》17，增刊(1922 年 6 月)；再版，臺灣學生書局編輯部編，《昭明太子和他的文選》，頁 1—20。臺北：學生書局，1971。

謝榛(1495—1575)，《四溟詩話》。北京：人民文學出版社，1961。

徐復觀，《蘭亭爭論的檢討》，《明報》8.8(1973 年 8 月)，頁 2—9；8.9(1973 年 9 月)，頁 59—66。

徐復觀，《兩漢思想史》。1975；修訂和再版，臺北：學生書局，1976。

徐復觀，《陸機〈文賦〉疏釋初稿》，《中外文學》97(1980)，頁 36—41。

徐復觀，《揚雄研究》，《大陸雜誌》50.3 (1975)，頁 103—145；又收徐復觀，《兩漢思想史》，頁 303—409。

徐公持，《曹植生平八考》，《文史》10(1980)，頁 199—219。

徐公持，《曹植詩歌的寫作年代問題》，《文史》6(1979)，頁 147—160。

徐公持，《曹植》，收呂慧鵑等編，《中國歷代著名文學家評傳》，頁 243—283。

徐公持，《曹植爲曹操第幾子》，《文學評論》5(1985)，頁 36—38。

徐堅(659—729)編，《初學記》。北京：中華書局，1962。

徐堅等編纂，《初學記》。臺北：新興書局，1965。

徐陵(507—583)編纂，《玉臺新詠》。臺北：世界書局，1962。

徐岳(漢)，《數術記遺》，《學津討源》本。

徐中舒，《古代狩獵圖象考》。收《慶祝蔡元培先生六十五歲論文集》，册 2，頁 569—618。北平：中央研究院，歷史語言研究所，1933—1935。

許世瑛，《〈長門賦〉真偽辨》，《中德學志》6.1—2(1944 年 6 月)，頁 145—149。

許世瑛，《登樓賦》，《古今文選》2，頁 513—516。

許世瑛，《枚乘〈七發〉與其模擬者》，《大陸雜誌》6.8(1953)，頁 11—17。

許世瑛，《司馬相如與〈長門賦〉》，《學術季刊》6.2(1957 年 12 月)，頁 39—47。

許嵩(唐)，《建康實錄》，收《四庫全書珍本》。臺北：商務印書館，1975。

許文雨，《文論講疏》。南京：正中書局，1937。

許巽行(19 世紀初期)，《文選筆記》。1884；再版，收《選學叢書》，臺北：廣文書局，1966。

《荀子》，《四部備要》本。

山田勝美，《魑魅罔兩考》，《日本中國學會報》，3 號(1951)，頁 53—63。

顏師古(581—645)，《匡謬正俗》，《叢書集成》本。

顏之推(531—591)，《顏氏家訓》，《漢魏叢書》本。

嚴可均(1762—1843)編纂，《全上古三代秦漢三國六朝文》。1815；再版，北京：中華書局，1959。

《晏子春秋》，《四部備要》本。

揚雄(前 53—18)，《法言》，《四部備要》本。

楊青龍，《張衡著作繫年考釋》，《書目季刊》9.3(1975)，頁 75—82。

楊守敬(1839—1915)，《日本訪書志》。臺北：廣文書局，1967。

楊樹達，《詞詮》。上海：商務印書館，1928。

楊樹達，《漢書窺管》。北京：科學出版社，1955。

楊胤宗，《宋玉賦考》，《大陸雜誌》27.3(1963)，頁 19—24；27.4(1963)，頁 26—32。

楊勇編纂，《世說新語校箋》。香港：中華書局，1973。

楊宗時，《襄陽縣志》。出版者不詳，1874。

姚思廉（？—637）編纂，《梁書》。北京：中華書局，1975。

葉大松，《中國建築史》。臺北：新明出版社，1973。

葉嘉瑩，《談古詩十九首之時代問題》，《現代學苑》2.4（1965 年 7 月），頁 9—12。

葉日光，《宮體詩形成之社會背景》，《中華學苑》10（1972 年 9 月），頁 111—178。

葉日光，《左思生平及其詩之析論》。臺北：文史哲出版社，1979。

《儀禮注疏》，《十三經注疏》本。

《易緯乾鑿度》，《武英殿聚珍版叢書》本。

《逸周書》，《漢魏叢書》本。

應劭（140？—206？），《風俗通義》，《漢魏叢書》本。

于景讓，《胡椒澄茄蓽茇蒟醬》，第 2 部分，《大陸雜誌》17（1958 年 10 月），頁 20—24。

余冠英，《建安代表詩人曹植（192—232）》。收《漢魏六朝詩論叢》，頁 91—107。上海：古典文學出版社，1956。

余蕭客（1729—1777），《文選紀聞》；亦名爲《文選雜題》，《碧琳琅館叢書》本。

余蕭客，《文選音義》。静勝堂，1758。

俞紹初校，《王粲集》。北京：中華書局，1980。

俞樾（1821—1907），《群經平議》。收王先謙編，《皇清經解續編》。南菁書院刻板，1888。

俞樾，《俞樓雜纂》。1879 年編。

虞世南（558—638）編，《北堂書鈔》。臺北：文海出版社，1966。

《玉篇》，《四部叢刊》本。

袁珂校注，《山海經校注》。上海：上海古籍出版社，1980。

袁世碩校，《山東古代文學家評傳》1，頁 112—124。濟南：山東人民出版社，1983。

《越絕書》，《四部備要》本。

曾君一，《鮑照研究》，《四川大學學報》4（1957），頁 1—25。再版於《魏晉六朝詩研究論文集》，頁 134—158。香
　　港：中國語文學社，1969。

曾昭燏、蔣寶庚、黎忠義編，《沂南古畫像石墓發掘報告》。上海：上海文化部文物管理局，1956。

詹鍈，《四聲五音及其在漢魏六朝文學中之應用》，《中華文史論叢》3（1963 年 5 月），頁 163—192。

《戰國策》，《四部備要》本。

章炳麟（1868—1936），《國故論衡》，收《章太炎先生所著書》冊 13。上海：上海古書流通處，1924。

章鴻釗，《石雅》，《中國地質調查報告》，第 2 號，1921；再版，北京：中央地質調查所，1927。

章群，《漢初的縱橫家和辭賦家》，《香港浸會學院學報》2.1（1964 年 3 月），頁 15—27。

章學誠（1738—1801），《文史通義》，《四部備要》本。

張采民，《張衡"永元十二年爲南陽主簿"新證》，《南京師大學報》3（1985），頁 40—43。再版，《中國古代近代文
　　學研究》23（1985），頁 73—76。

張德鈞，《關於曹植的評價問題》，《歷史研究》2（1957），頁 49—66。

張華（232—300），《博物志》，《四部備要》本。

張懷瑾，《文賦譯注》。北京：北京出版社，1984。

張可禮,《三曹年譜》。濟南:齊魯書社,1983。

張末元,《漢朝服裝圖樣資料》。香港:太平書局,1963。

張仁青編纂,《歷代駢文選》,册 2。臺北:臺灣師範大學,1965。

張少康,《文賦集釋》。上海:上海古籍出版社,1984。

張世南(? —1230 後),《游宦紀聞》,《知不足齋叢書》本。

張壽林,《王昭君故事演變之點點滴滴》,《文學年報》1(1932),頁 347—371。

張文勛,《苦悶的象徵——〈洛神賦〉新議》,《社會科學戰綫》1(1981),頁 222—227。

張相,《詩詞曲語辭匯釋》。1932;再版,臺北:中華書局,1970。

張蔭麟,《張衡別傳》,《學衡》40(1925 年 4 月),頁 1—13。

張有(1054—1124 後),《復古編》,《四部叢刊》本。

張雲璈(1747—1829),《選學膠言》,1822;再版,收《選學叢書》(臺北:廣文書局,1966)。

張震澤編纂,《張衡詩文集校注》。上海:上海古籍出版社,1986。

張志岳,《鮑照及其詩新探》,《文學評論》1(1979),頁 58—65。

《昭明太子集》,《四部備要》本。

趙邦彥,《漢畫所見遊戲考》,收《慶祝蔡元培先生六十五歲論文集》,頁 525—538。

趙聰編,《古文觀止新編》。香港:友聯出版社,1960。

趙福海編,《文選學論集》。長春:時代文藝出版社,1992。

趙福海、陳宏天等編,《昭明文選研究論文集》。長春:吉林文學出版社,1988。

趙堅,《長門宮和〈長門賦〉》,《上海師範大學學報》3(1985),頁 139—141。

趙堅,《張衡主要賦作繫年》,《上海師範學院學報》1(1984),頁 151—154。

趙永復編,《水經注通檢今釋》。上海:復旦大學出版社,1985。

趙幼文編纂,《曹植集校注》。北京:人民文學出版社,1984。

趙則誠、陳復興、趙福海編纂,《中國古代文論釋講》。長春:吉林人民出版社,1984。

鄭鶴聲,《班固年譜》。上海:商務印書館,1931。

《植物學大辭典》。1918;再版及修訂,香港:文光書局,1971。

中國大辭典編纂處編纂,《國語辭典》,4 卷。1937;再版,臺北:商務印書館,1965。

中國科學院植物研究所編,《中國高等植物圖鑒》,5 卷。北京:科學出版社,1972—1976。

《中國名勝詞典》。上海:上海辭書出版社,1981。

鍾鳳年,《論秦舉巴蜀之年代》,《禹貢》4(1935 年 10 月),頁 9—11。

鍾嶸(? —518),陳延傑編注,《詩品注》,1927;再版,臺北:開明書店,1964。

鍾優民,《曹植新探》。合肥:黃山書社,1984。

周處(4 世紀),《陽羨風土記》,《粟香室叢書》本。

周法高,《中國古代語法:構詞編》。《"中央研究院"歷史語言研究所特刊》,第 39 號。臺北:"中央研究院"歷史
　　語言研究所,1962。

周弘然,《〈文心雕龍〉的文體論》,《大陸雜誌》53.6(1976),頁 22—28。

周建忠，《論顏延之的文學創作》，《山東師大學報》5（1985），頁 69—75。

《周禮》，《四部叢刊》本。

《周禮注疏》，《十三經注疏》本。

周勛初，《梁代文論三派述要》，《中華文史論叢》5（1964），頁 195—221。

周勛初，《〈文賦〉寫作年代新探》，1982。再版於《文史探微》，頁 48—56。上海：上海古籍出版社，1987。

《周易》，《四部備要》本。

《周易注疏》，《十三經注疏》本。

周貞亮，《梁昭明太子年譜》，《文哲季刊》2.1（1931），頁 145—178。

周祖謨，《論文選音殘卷之作者及其音反》，《輔仁學志》8.1（1939），頁 113—125；再版，更名《論文選音殘卷之作者及其方音》，收《問學集》。北京：中華書局，1966。冊 1，頁 177—191。

朱碧蓮、沈劍英，《宋玉辭賦真偽辨》，《抖擻》52（1983），頁 54—57、64。

朱季海，《楚辭解故》。1963；再版，香港：中華書局，1973。

朱珔（1769—1850），《文選集釋》。1836；再版，收《選學叢書》。

朱起鳳編纂，《辭通》。1934；再版，臺北：開明書店，1965。

朱彝尊（1629—1709），《曝書亭集》，《四部叢刊》本。

朱自清（1898—1948），《詩言志辨》。1947；再版，北京：古籍出版社，1956。

朱自清，《文選序"事出於沈思，義歸乎翰藻"説》，收《文史論著》，頁 88—101。香港：太平書局，1962。

《竹書紀年》，《四部備要》本。

祝廉先，《文選六臣注訂譌》，《文史》1（1962），頁 177—217。

祝堯（1318 年進士），《古賦辯體》，《四庫全書珍本六集》。臺北：商務印書館，1975。

莊本立，《中國古代之排簫》，《中研院民族學研究所專刊》4。臺北：中研院民族學研究所，1963。

莊萬壽，《嵇康研究及年譜》。臺北：學生書局，1990。

莊兆祥、李寧漢編，《香港中草藥》第 1 輯。香港：商務印書館，1978。

《左傳注疏》，《十三經注疏》本。

左松超，《左傳虛字集釋》。臺北：商務印書館，1969。

四、西文論著

Alexeiev, Basil. *La Littérature chinoise*，*Six conferences au Collége de France et au Musée Guimet* 中國文學，法蘭西學院和集美博物館的六場會議. Annales du Musée Guimet, Bibliothèque de Vulgarisation, 52. Paris：Paul Geuthner, 1937.

Allen, Joseph Roe III. "Chih Yü's *Discussions of Different Types of Literature*" 摯虞對不同文類的討論, in *Two Studies in Chinese Literary Criticism*, by Joseph Roe Allen III and Timothy S. Phelan, Parerga no. 3, pp. 3 - 36. Seattle：Institute for Comparative and Foreign Area Studies, 1976.

Allen, Sarah. "The Identities of Taigong Wang 太公望 in Zhou and Han Literature" 周漢文學中太公望的身份. *MS* 30 (1972 - 1972)：57 - 99.

Berkowitz, Alan. "Patterns of Reclusion in Early and Early Medieval China: A Study of the Formulation of the Practice of Reclusion in China and Its Portrayal" 中國上古和中古早期的隱逸模式: 中國隱逸實踐之形成及描述研究. Ph.D. diss., University of Washington, 1989.

Bielenstein, Hans. *The Bureaucracy of Han Times* 漢代官僚制度. Cambridge: Cambridge University Press, 1980.

____. "The Restoration of the Han Dynasty" 漢代的復辟. *BMFEA* 26 (1954): 1–209; 31 (1959): 1–287; 39 (1967): 2–202.

____. "Lo-yang in Later Han Times" 後漢時期的洛陽. *BMFEA* 48 (1976): 1–142.

Biot, Edouard, trans. *Tcheou-Li, Rites des Tcheou* 周禮. 3 vols. 1851; rpt. Taipei: Ch'eng wen Publishing Co., 1969.

Birch, Cyril and Donald Keene, eds. *Anthology of Chinese Literature. From Early Times to the Fourteenth Century* 中國文學選集: 從上古到十四世紀. New York: Grove Press, 1965.

Birrell, Anne. *Popular Songs and Ballads of Han China* 漢代流行歌曲及民謠. London: Unwin Hyman, 1988.

Bishop, Carl Whiting. "Rhinoceros and Wild Ox in Ancient China" 古代中國的犀牛和野牛. *China Journal* 18 (1933): 322–30.

Bodde, Derk. *China's First Unifier: A Study of the Ch'in Dynasty as Seen in the Life of Li Ssu* 中國首位統一者: 從李斯傳所見研究秦代. 1938; rpt. Hong Kong: Hong Kong University Press, 1967.

____. *Festival in Classical China: New Year and Other Annual Observances During the Han Dynasty, 206 B.C.–A.D. 220* 古代中國的節日: 漢代(前206—229)的新年及其他年節風俗. Princeton: Princeton University Press, 1975.

____. *Statesman, Patriot, and General in Ancient China* 古代中國的政治家、愛國者和民眾. New Haven: American Oriental Society, 1940.

Bodman, Richard. "Poetics and Prosody in Early Medieval China: A Study and Translation of Kukai's Bunkyō Hifuron" 中國中古初期的詩學及韻律: 空海《文鏡秘府論》研究及翻譯. Ph.D. dissertation, Cornell, 1978.

Boltz, William G. "Chuang Tzu: Two Notes on Hsiao Yao Yu" 莊子《逍遙遊》札記二條. *BSOAS* 43.3 (1980): 532–43.

____. "Kung kung and the Flood: Reverse Euhemerism in the Yao tien" 共工與洪水:《堯典》中顛倒的神話即歷史論. *TP* 67 (1981): 141–53.

____. "Philological Footnotes to the Han New Year Rites" 漢新年禮儀之語文學注釋. *JAOS* 99 (July-September 1979): 423–39.

____. "Evocations of the Moon, Excitations of the Sea" 召喚月亮，激發大海. *JAOS* 106.1 (1986): 23–32.

Boodberg, Peter A. "Cedules from a Berkeley Workshop in Asiatic Philology" 亞洲語文學伯克利工作坊文集. *Tsing Hua Journal of Chinese Studies* 7.2 (1969): 1–39.

Bridgman, R. F. "La Médicine dans la Chine antique, d'après les biographies de Pien-ts'io et de Chouen-yu Yi (chapter 105 des Mémoires historiques de Se-ma Ts'ien)" 中國古代的醫藥，以扁鵲和淳于意的傳記爲根據（司馬遷《史記》卷 105）. *MCB* 10 (1952 – 1955)：1 – 213.

Broman，Sven. "Studies on the *Chou Li*" 周禮研究. *BMFEA* 33 (1961)：1 – 89.

Brooks，E Bruce. "A Geometry of the *Shr pǐn*"《詩品》的結構. *Wen-Lin: Studies in the Chinese Humanities*，edited by Chow Tse-tsung（Zhou Cezong 周策縱），pp. 121 – 50. Madison：University of Wisconsin Press，1968.

Chai，Ch'u and Chai，Winberg. *A Treasury of Chinese Literature: A New Prose Anthology Including Fiction and Drama* 中國文學珍品：散文新集（含小説、戲劇）. 1965；rpt. New York：Thomas Y. Crowell，1974.

Chalmers，J. "The Foo on Pheasant Shooting" 射雉賦. *Chinese Review*，*Notes and Inquiries* 1 (1872 – 73)：322 – 24.

Chang，H. C. *Chinese Literature 2: Nature Poetry* 中國文學 2：自然詩. New York：Columbia University Press，1977.

Chang Kwang-chih（Zhang Guangzhi 張光直）. *The Archaeology of Ancient China* 古代中國考古學. 1963；rev. New Haven：Yale University Press，1968.

____，ed. *Food in Chinese Culture* 中國文化裏的食物. New Haven：Yale University Press，1977.

Chavannes，Edouard. *Le T'ai Chan: Essai de monographie d'un culte chinois* 泰山：關於一種中國崇拜的專論. 1910；rpt. Taibei：Chengwen，1970.

____，trans. *Les Mémoires historiques de Se-ma Ts'ien* 司馬遷的紀傳史書. 6 vols. 1985 – 1905；rpt. Paris：Adrien Maisonneuve，1969；rpt.，Taipei：Chengwen，1969.

____. "Trois Généraux chinois de la dynastie des Han orientaux" 中國東漢的三位將領. *TP* 7(1906)：210 – 69.

Chen，Jerome and Michael Bullock. *Poems of Solitude* 隱逸詩. London：Aberlard-Schumann，Ltd.，1960.

Chen，Robert Shanmu. "A Study of Bao Zhao and His Poetry" 鮑照及其詩作研究. Ph.D. diss.，University of British Columbia，1989.

____. "A Biographical Study of Bao Zhao" 鮑照傳記研究. *Tsing Hua Journal of Chinese Studies* 21.1 (1991)：125 – 200.

Chen Shih-hsiang（Chen Shixiang 陳世驤）. "Literature as Light Against Darkness" 文學作爲對抗黑暗之光明. *National Peking University Semi-centennial Papers* no. 11，pp. 47 – 70（Beiping：College of Arts，1948）. Rev. as *Essay on Literature* 文學隨筆. Portland，M.：Anthoensen Press，1953. Partial rpt. in *Anthology of Chinese Literature*，edited by Cyril Birch and Donald Keene，pp. 204 – 14. New York：Columbia University Press，1965.

____. "The Shih-ching: Its Generic Significance in Chinese Literary History and Poetics"《詩經》：其在中國文學史和詩學的文類意義. *BIHP* 39.1 (January 1969)：371 – 413. Rpt. in *Studies in Chinese Literary Genres*，edited by Cyril Birch，pp. 8 – 41. Berkeley and Los Angeles：University of California Press，1974.

Ch'en Shou-yi（Chen Shouyi 陳受頤）. *Chinese Literature: A Historical Introduction* 中國文學：歷史介紹.

New York: Ronald Press, 1961.

Cheng Te-k'un (Zheng Dekun 鄭德坤). "Yin-yang, Wu-hsing and Han Art" 陰陽五行與漢代藝術. *HJAS* 20 (1957): 162 - 86.

Chmielewski, Janus,《以"葡萄"一詞爲例論古代漢語的借詞問題》,《北京大學學報》1(1957),頁 71—81。

____. "The Problem of Early Loan-words in Chinese as illustrated by the Word 'p'u-t'ao'" "葡萄"一詞所反映的中國早期外來詞彙問題. *Rocznik Orientalistyczny* 22.2 (1958): 7 - 45.

____. "Two Early Loan-Words in Chinese" 漢語中的兩個早期外來詞. Rocznik Orientalistyczny 24.2 (1961): 65 - 85.

Ch'ü T'ung-tsu (Qu Tongzu 瞿同祖). *Han Social Structure* 漢代社會結構. Edited by Jack L. Dull. Seattle: University of Washington Press, 1972.

Coblin, W. South. *A Handbook of Eastern Han Sound Glosses* 東漢聲訓手冊. Hong Kong: The Chinese University Press, 1983.

____. "A New Study of the Pai-lang Songs" 白狼歌新論. *Tsing Hua Journal of Chinese Studies*, n.s. 12 (December 1979): 179 - 216.

Creel, Herrlee G. *Shen Pu-hai: A Chinese Philosopher of the Fourth Century B.C.* 申不害: 公元前 4 世紀的一位中國哲學家. Chicago: University of Chicago Press, 1974.

____. "The Great Clod: A Taoist Conception of the Universe" 大塊: 道教的宇宙觀. *Wen-lin*, edited by Chow Tes-tsung, pp. 257 - 68.

Crump, James I. *Intrigues: Studies of the Chan-kuo Ts'e* 策略: 戰國策研究. Ann Arbor: University of Michigan Press, 1964.

____, trans. *Chan-Kuo Ts'e* 戰國策. Oxford: Oxford University Press, 1970.

Curtius, Ernst Robert. *European Literature and the Latin Middle Ages* 歐洲文學與拉丁中世紀. Translated by Willard R. Trask. 1953; rpt. New York: Harper & Row, 1963.

Cutter, Robert Joe. "Cao Zhi and His Poetry" 曹植及其詩歌. Ph.D. diss., University of Washington, 1983.

____. "Cao Zhi's (192 - 232) Symposium Poems" 曹植的宴會詩. *CLEAR* 6.1 and 2 (1984): 1 - 32.

____. "The Incident at the Gate: Cao Zhi, the Succession, and Literary Fame" 司馬門事件: 曹植、繼位和文學聲譽. *TP* 71 (1985): 228 - 62.

____. "On Reading Cao Zhi's 'Three Good Men': *Yong Shi Shi* or *Deng lin shi*?" 讀曹植《三良詩》: 詠史詩還是登臨詩. *CLEAR* 11 (December 1989): 1 - 11.

____. "The Death of Empress Zhen: Fiction and Historiography in Early Medieval China" 甄后之死: 中國中古早期的小説與史學. *JAOS* 112.4 (1992): 567 - 83.

Demiéville, Paul. "Review of Che-yin Ming-tcheng *Ying tsao fa che*" 評石印李明仲《營造法式》. *BEFEO* 25 (1925): 213 - 64.

Des Rotours, Robert. *Le Traité des examens, traduit de la Nouvelle histoire des T'ang (Chap. XLIV - XLV)* 選舉志,《新唐書》(卷 44—45)翻譯. *Bibliothèque de l'Institut des Hautes Études Chinoises*, vol. 2. Paris:

Librairie Orientaliste Ernest Leroux，1932.

____. *Traité des fonctionnaires et Traité de l'armée*，*traduits de la Nouvelle histoire des T'ang*（*Chap. XLVI -* *L*）百官志和兵志,《新唐書》（卷 46—50）翻譯. *Bibliothèque de l'Institut des Hautes Études Chinoises*，vol. 6. 2 vols. 1947 - 1948；rpt. San Francisco：Chinese Materials Center，1974.

DeWoskin，Kenneth. "Early Chinese Music and the Origins of Aesthetic Terminology" 早期中國的音樂及美學術語的起源. *Theories of the Arts in China*，edited by Susan Bush and Christian Murck，pp. 187 - 214. Princeton：Princeton University Press，1983.

Dien，Albert E.，trans. "Excavation of the Ch'in Dynasty Pit Containing Pottery Figures of Warriors and Horses at Ling-t'ung, Shensi Province" 陝西臨潼秦代兵馬陶俑坑的發掘. *Chinese Studies in Archeology* 1.1（1979）：8 - 55.

Diény，Jean-Pierre. *Les Dix-neuf poems anciens* 古詩十九首. *Bulletin de la Maison franco-japonais*，n.s. 7 Paris：Presses Universitaires de France，1963.

____. *Aux Origines de la poésie classique en Chine*；*etude sur la poésie lyrique à l'époque des Han* 中國古詩溯源：漢朝抒情詩研究. Leiden：E. J. Brill，1968.

____. "Les Septs Tristesses（*Qi Ai*）. A propos des deux versions d'un poème à chanté de Cao Zhi"《七哀》. 曹植詩歌的兩個版本. *TP* 65（1979）：51 - 65.

Doeringer，Franklin M. "Yang Hsiung and His Formulation of a Classicism" 揚雄及其古典論的形成. Ph.D. Dissertation，Columbia University，1971.

Dolby，William and Scott，John，trans. *War Lords* 戰將. Edinburgh：Shouthside，1974.

Dubs，Homer H. "The Conjunction of May 205 B.C." 公元前 205 年 5 月的聚合. *JAOS* 55（1935）：310 - 13.

____. "The Archaic Royal Jou Religion" 上古周王室宗教. *TP* 46（1958）：217 - 59.

____，trans. *The History of the Former Han Dynasty* 前漢書. 3 vols. Baltimore：Waverly Press，1938 - 1955.

____. "The 'Golden Man' of Former Han Times" 前漢時代的"金人". *TP* 33（1937）：1 - 14，191 - 92.

____. "An Ancient Chinese Mystery Cult" 古代中國的一種神秘信仰. *Harvard Theological Review* 35（1942）：221 - 240.

Dull，Jack L. "A Historical Introduction to the Apocryphal（*Ch'an-wei*）Texts of the Han Dynasty" 漢代讖緯文獻的歷史介紹. Ph.D. dissertation，University of Washington，1966.

Dunn，Hugh. *Ts'ao Chih: The Life of a Princely Chinese Poet* 曹植：一位中國王子詩人的生活. Taipei：China News，1970. Rpt. under the title *Cao Zhi: The Life of a Princely Chinese Poet*. Beijing：New World Press，1983.

Duyvendak，J. J. L. *The Book of Lord Shang* 商君書. 1928；rpt. Chicago：University of Chicago Press，1963.

Eberhard，Alide and Eberhard，Wolfram. *Die Mode der Han-und Chin-zeit* 漢晉時期的時尚. Antwerp：DeSikkel，1946.

Eberhard，Wolfram. *Lokalkulturen im alten China*，Part 1，*Die Lokalkulturen des Nordens und Westens* 中國地域文化,第 1 部,北部和西部的地域文化. *TP* 37，supplement. Leiden：E. J. Brill，1942.

____. *The Local Cultures of South and East China* 南部和東部中國的地域文化. Translated by Alide Eberhard. Leiden：E. J. Brill，1968.

Eichhorn，Werner，trans. *Heldensagen aus dem Unteren Yangtse-Tal*（*Wu-Yüeh ch'un-ch'iu*）吳越春秋. *Abhandlungen für die Kunde des Morgenlandes* 38. Mainz：Deutsche Morgenländische Gesellschaft，1969.

Emmerich，Reinhard. "Chu und Changsha am Ende der Qin-Zeit und Beginn der Han-Zeit" 秦末漢初的楚和長沙. *Oriens Extremus* 34（1991）：85‒137.

____. "Untersuchungen zu Jia Yi（200‒168 v. Chr.）" 賈誼（前 200—前 168）研究. Hamburg：Habilitations-schrift，University of Hamburg，1991.

Eoyang，Eugene. "The Wang Chao-chün Legend：Configurations of the Classic" 王昭君傳説：經典的建構. *CLEAR* 4.1（January 1982）：3‒22.

Erkes，Eduard. "The Feng-Fu（Song of the Wind）by Song Yü" 宋玉的《風賦》. *AM* 3（1926）：526‒33.

____. "Shen-nü fu. The Song of the Goddess by Sung Yüh" 宋玉的《神女賦》. *TP* 25（1927‒1928）：387‒402.

____. "Das chinesische Theater vor der T'ang-zeit von Wang Kuo-wei" 王國維論唐前戲劇. *AM* 10（1934）：229‒46.

Evans，Marilyn Jane. "Popular Songs of the Southern Dynasties：A Study in Chinese Poetic Style" 南朝俗曲：中國詩歌風格研究. Ph.D. dissertation，Yale，1966.

Fang，Achilles（Fang Zhitong 方志彤）. "Rhymeprose on Literature：The Wen-fu of Lu Chi（A.D. 261‒303）" 陸機（261—303）的《文賦》. *HJAS* 14（1951：527‒66）. Rpt，in *Studies in Chinese Literature*，edited by John L. Bishop，pp. 3‒42. Harvard-Yenching Institute Studies 21. Cambridge：Harvard University Press，1965.

____，trans. *The Chronicle of the Three Kingdoms*（*220‒265*）三國志. 2 vols. Cambridge：Harvard University Press，1952‒1965.

Ferrand，Gabriel. "Le K'ouen-louen et les anciens navigations interocéaniques dans les mers du Sud" 崑崙及南海古代航行考. *JA* 13（1919）：240‒333，431‒92.

Fisk，Craig. "The Verse Eye and the Self-animating Landscape in Chinese Poetry" 中國詩歌的詩眼和具生命力的景觀. *Tamkang Review* 8（April 1977）：123‒53.

Forke，Alfred. "Erwin Ritter von Zach in memoriam" 紀念贊克. *ZDMG* 97（1943）：1‒5.

Frankel，Hans H. "T'ang Literati：A Composite Biography" 唐代文人：綜合傳記，in *Confucian Personalities*，edited by Arthur F. Wright and Denis Twitchett，pp.65‒83，334‒36. Stanford：Stanford University Press，1962.

____. "Yüeh-fu Poetry" 樂府詩，in *Studies in Chinese Literary Genres*，edited by Cyril Birch，pp. 69‒107.（see under Chen Shih-hsiang）.

____. *The Flowering Plum and the Palace Lady: Interpretations of Chinese Poetry* 梅花與宮女：中國詩歌釋讀. New Haven：Yale University Press，1976.

____. "Fifteen Poems by Ts'ao Chih：An Attempt at a New Approach" 曹植詩十五首：新理論嘗試. *JAOS* 84

(1964)：1 – 14.

____. "The Problem of Authenticity in the Works of Ts'ao Chih" 曹植作品的真實性問題, in *Essays in Commemoration of the Golden Jubilee of the Fung Ping Shan Library（1932 – 1982）*, pp. 183 – 201. Hong Kong：Fung Ping Shang Library, 1982.

Frodsham, John D. "The Origins of Chinese Nature Poetry" 中國自然詩的起源. *AM*, n.s. 8.1 (1960)：61 – 103.

____. "The Nature Poetry of Pao Chao" 鮑照的自然詩. *Orient / West* 9.5 (1964)：21 – 30.

____. *An Anthology of Chinese Verse: Han Wei Chin and the Northern and Southern Dynasties* 中國詩歌選集：漢魏晉和南北朝. Oxford：Oxford University Press, 1967.

Fusek, Lois. "The 'Kao-t'ang fu'"《高唐賦》. *MS* 30 (1972 – 1973)：392 – 425.

Gaspardone, Émile. "La Chasse du roi de Wou" 武王狩獵. *Mélanges publiés par l'Institut des Hautes Études Chinoises*, no. 2, Bibliothèque de l'Institut des Hautes Études Chinoises, vol. 14, pp. 69 – 75. Paris：Presses Universitaires de France, 1960.

Gibbs, Donald A. "Literary Theory in the *Wen-hsin Tiao-lung*"《文心雕龍》中的文學理論. Ph. D. dissertation, University of Washington, 1970.

____. "Liu Hsieh, Author of the *Wen-hsin tiao-lung*" 劉勰,《文心雕龍》的作者. *MS* 29 (1970 – 1971)：117 – 41.

____. "Notes on the Wind：The Term 'Feng' in Chinese Literary Criticism" 關於風的札記：中國文學批評術詞"風", in *Transition and Permanence: Chinese History and Culture*, edited by David C. Buxbaum and Frederick W. Mote, pp. 285 – 93. Hong Kong：Cathay Press, 1972.

Giles, Herbert A. "Poe's 'Raven' — in Chinese" 中文中的愛倫‧坡《烏鴉》. *Adversaria Sinica* (1914)：1 – 10.

Giles, Lionel. *A Gallery of Chinese Immortals* 中國列仙傳. London：Murray, 1948.

Gimm, Martin. *Das Yüeh-fu tsa-lu des Tuan An-chieh*, *Studien zur Geschichte von Musik*, *Schauspiel und Tanz in der T'ang Dynastie* 段安節的《樂府雜錄》,從唐代音樂、戲劇和舞蹈來研究歷史. Asiatische Forschungen, vol. 19. Wiesbaden：Otto Harrassowitz, 1966.

Glahn, Else. "Some Chou and Han Architectural Terms" 周漢建築學的一些術語. *BMFEA* 50 (1978)：105 – 25.

Goormaghtigh, Georges. *L'Art du Qin*, *Deux textes d'esthétique musicale chinoise* 琴藝：中國音樂美學的兩個文本. Brussels：Institut Belge des Hautes Études Chinoises, 1990.

Graham, Angus C. "A Probable Fusion-word：勿 wuh = 毋 wu + 之 jy" 可能的合成詞：勿＝毋＋之. *BSOAS* 14 (1952)：139 – 48.

____. *Chuang Tzu: The Inner Chapters* 莊子：內篇. London：Routledge, Chapman & Hall, 1981.

____. "A neglected pre-Han Philosophical text：Ho-kuan-tzu" 一部被忽視的先漢哲學文獻：《鶡冠子》. *BSOAS* 52.3 (1989)：497 – 509.

Graham，William T.，Jr. "Mi Heng's 'Rhapsody on a Parrot'" 禰衡的《鸚鵡賦》. *HJAS* 39.1（June 1979）：39‑54.

Granet，Marcel. *Danses et légends de la Chine ancienne* 中國古代的舞蹈與傳説. 2 vols. 1926；rpt. Paris：Presses Universitaires de France，1959.

Greatrex，Roger. *The Bowu Zhi: An Annotated Translation* 博物志譯注. Stockholm：Skrifter utgivna av Föreningen för Orientaliska Studier，no. 20，1987.

Griffith，Samuel B. *Sun Tzu: The Art of War* 孫子：戰術. Oxford：Oxford University Press，1963.

Grube，Wilhelm. *Geschichte der chinesischen Literatur* 中國文學史. Leipzig：Amelangs verlag，1902.

Haenisch，Erich. "Gestalten aus der Zeit der chinesischen Hegemoniekämpfe：Übersetzungen aus Sze-ma Ts'ien's Historischen Denkwürdigkeiten" 對中國戰國時代的塑造：司馬遷《史記》翻譯. *Abhandlungen für die Kunde des Morgenlandes* 34（1962）：1‑52.

Hagerty，Michael J. "Tai K'ai-chih's *Chu-p'u*：A Fifth Century Monograph of Bamboos Witten in Rhyme with Commentary" 戴凱之的《竹譜》：以韻文寫成並帶注釋的五世紀竹子專著. *HJAS* 11（1948）：372‑440.

Hamill，Sam. *The Art of Writing* 寫作藝術. Minneapolis：Milkweed Editions，1991.

Hart，James. "The Discussion of the *Wu-yi* Bells in the *Kuo-yü*"《國語》中的無射鐘討論. *MS* 29（1970‑1971）：391‑418.

Hashimoto Masuki. "Origin of the Compass" 指南針的起源. *MTB* 1（1926）：69‑92.

Hawkes，David. *Ch'u Tz'u: The Songs of the South*《楚辭》：南方的詩歌. 1959；rpt. Boston：Beacon Press，1962.

____. "The Quest of the Goddess" 追尋女神. *AM* 13（1967）：71‑94. Rpt. in *Studies in Chinese Literary Genres*，edited by Cyril Birch，pp. 42‑68.（see under Chen Shih-hsiang）.

____ trans. *The Songs of the South: An Anthology of Ancient Chinese Poems by Qu Yuan and Other Poets* 楚辭：屈原及其他詩人的古代中國詩歌選集. Harmondsworth：Penguin Books，1985.

Henricks，Robert G. "Hsi K'ang：His Life，Literature，and Thought" 嵇康（223—262）：生平、文學及思想. Ph.D. diss.，University of Wisconsin，1976.

____. *Philosophy and Argumentation in Third-Century China: The Essays of Hsi K'ang* 公元 3 世紀中國的哲學及辯論：嵇康的文章. Princeton：Princeton University Press，1983.

Hervouet，Yves. *Un Poète de cour sous les Han: Sseu-ma Siang-jou* 漢朝宮廷詩人：司馬相如. Bibliothèque de l'Institut des Hautes Études Chinoises，vol. 19. Paris：Presses Universitaires de France，1964.

____. *Le Chapitre 117 du Che ki（Biographie de Sseu-ma Siang-jou）*《史記》第 117 章（《司馬相如傳》）. Bibliothèque de l'Institut des Haute Études Chinoises，vol. 23. Paris：Presses Universitaires de France，1972.

Hightower，James Robert. *Topics in Chinese Literature: Outlines and Bibliographies* 中國文學論題：概覽和書目. 1950；1953；rpt. Cambridge：Harvard University Press，1962.

____. "The *Fu* of T'ao Ch'ien" 陶潛的賦. *HJAS* 17（1954）：169–230. Rpt. in *Studies in Chinese Literature*，edited by John L. Bishop, pp. 45–106.（see under Fang）.

____. "The *Wen Hsüan* and Genre Theory"《文選》與文體理論. *HJAS* 20（1957）：512–533. Rpt. in *Studies in Chinese Literature*，edited by John L. Bishop, pp. 142–63.（see under Fang）.

____. "Some Characteristics of Parallel Prose" 駢文諸特徵, in *Studia Serica Bernhard Karlgren Dedicata*，edited by Soren Egerod and Else Glahn，pp. 69–91. Copenhagen：Ejnar Munksgaard，1959. Rpt. in *Studies in Chinese Literature*，edited by John L. Bishop, pp. 108–39.（see under Fang）.

7 ____. "Chia Yi's 'Owl Fu'" 賈誼的《鵩鳥賦》. *AM*，n.s. 7.1–2（December 1959）：125–30.

____. *The Poetry of T'ao Ch'ien* 陶潛的詩. Oxford：Oxford University Press，1970.

____. "Ein Standardwerk über einen Han-Klassiker" 一部標準的漢文典籍. *OLZ* 73（March-April 1978）：117–24.

____, trans. *Han Shih Wai Chuan；Han Ying's Illustrations of the Didactic Application of the Classic of Songs*《韓詩外傳》：韓嬰對《詩經》的教化應用的詮釋. Cambridge：Harvard University Press，1952.

Hirth，Frederic. *China and the Roman Orient* 中國與東羅馬. Shanghai：Kelly and Walsh，1885.

____. "Histoire anecdotique et fabuleuse de l'Empereur Wou des Han" 關於漢武帝的歷史軼事和虛構. *Lectures chinoises* 1（1945）：31–91.

Ho，Kenneth（He Peixiong 何沛雄）. "A Study of the *Fu* on Hunts and Capitals in the Han Dynasties, 206 B.C.–220 A.D." 漢代（前 206—220）畋獵賦、京都賦研究. Ph.D. dissertation，Oxford，1968.

Hoffman，Alfred. "Dr. Erwin Ritter von Zach（1872–1942）in memoriam：Verzeichnis seiner Veröffentlichungen" 紀念贊克(1872—1842)博士：出版著作目錄. *OE* 10（1963）：1–60.

Holzman，Donald. "Literary Criticism in China in the Early Third Century A.D." 中國 3 世紀初的文學批評. *AS* 28.2（1974）：113–49.

____. "Les Premiers Vers pentasyllabiques datés dans la poésie chinoise" 中國五言詩出現的時期. *Mélanges de Sinologie offerts à Monsieur Pal Demiéville*，II. Bibliothèque de l'Institut des Hautes Études Chinoises，vol. 20，pp. 77–115. Paris：Presses Universitaires de France，1974.

____. *Poetry and Politics: The Life and Works of Juan Chi*（*A.D. 210–263*）詩歌與政治：阮籍（210—263）的生平及作品. Chambridge：Cambridge University Press，1976.

____. "Confucius and Ancient Chinese Literary Criticism" 孔子與中國古代文學批評, in *Chinese Approaches to Literature from Confucius to Liang Ch'i-ch'ao*，edited by Adele Austin Rickett，pp. 21–41. Princeton：Princeton University Press，1978.

Ho Peng-yoke（He Bingyu 何炳郁）. *The Astronomical Chapters of the Chin Shu*《晉書・天文志》. Paris and The Hague：Mouton，1961.

Holzman，Donald. *La Vie et la pensée de Hi K'ang*（223–262 Ap J.C.）嵇康（223—262）的生平及思想. Leiden：E.J. Brill，1957.

____. "La Poésie de Ji Kang" 嵇康的詩歌. *Journal asiatique* 268（1980）：107–77，323–78.

____. "Ts'ao Chih and the Immortals" 曹植與神仙. *AM*，3rd series，1.1 (1988)：15‑57.

Hotaling, Stephen James. "The City Walls of Han Ch'ang-an" 漢代長安的城墙. *TP* 64 (1978)：1‑46.

Hsiao, K. C., Frederick W. Mote, trans. *A History of Chinese Political Thought* 中國政治思想史. Volume 1：From Beginnings to the Sixth Century A.D. Princeton：Princeton University Press，1979.

Hulsewé, A. F. P. "Again the Crossbow Trigger Mechanism" 弩機再論. *TP* 64 (1978)：253.

Hsu Cho-yun（Xu Zhuoyun 許倬雲）. *Han Agriculture: The Formation of Early Chinese Agrarian Economy（206 B.C.‑ A.D. 220）*漢代農業：早期中國農業經濟的形成（前 206—220）. Edited by Jack L. Dull. Seattle：University of Washington Press，1980.

Hsü, S. N. *Anthologie de la littérature chinoise des origines à nos jours* 中國文學選集：從起源到今天. Paris：Librarie Delarave，1933.

Hughes，E. R. *The Art of Letters: Lu Chi's " Wen Fu ，" A.D. 302* 文學的藝術：陸機的《文賦》（作於 302 年）. Princeton：Princeton University Press，1951.

____. *Two Chinese Poets: Vignettes of Han Life and Thought* 兩位中國詩人：漢朝生活和思想簡介. Princeton：Princeton University Press，1960.

Hulsewé，A.F.P. *China in Central Asia . The Early Stage：125 B.C.‑ A.D. 23* 中國在中亞. 早期階段：公元前 125—23 年. Sinica Leidensia, vol. 14. Leiden：E. J. Brill，1979.

____. "The Two Early Han I Ching Specialists Called Jing Fang" 名爲京房的兩位漢初易經專家. *TP* 72 (1986)：161‑62.

Hung, William（Hong Ye 洪業）. "A Bibliographical Controversy at the T'ang Court A.D. 719" 公元 719 年唐宮廷有關文獻的辯論. *HJAS* 20 (1957)：74‑134.

Idema，Wilt L. *Wie zich pas heeft gebaad tikt het stof van zijn kap* 新沐者必彈冠. Leiden：Stichting De Lantaarn，1985.

Jäger，Fritz，trans.，Yoong-on Tai，ed. "Die Biographie des Wu Tzu-hsü（Das 66 Kapitel des *Shih-chi*）" 伍子胥列傳（《史記》第 66 卷）. *OE* 7 (1960)：1‑16.

Johnsgard，Paul A. *Cranes of the World* 世上的鶴. Bloomington：Indiana University Press，1983.

Johnson，David. "The Wu Tzu-hsü *Pien-wen* and Its Sources：Part I" 伍子胥變文及其來源（一）. *HJAS* 40 (1980)：93‑156.

Karlgren, Bernhard. "Glosses on the Kuo-Feng Odes" 國風注釋. *BMFEA* 14 (1942)：71‑247.

____. "Glosses on the Siao Ya Odes" 小雅注釋. *BMFEA* 16 (1944)：25‑169.

____. "Glosses on the Ta Ya and Sung Odes" 大雅及頌注釋. *BMFEA* 18 (1946)：1‑198.

____. "Legends and Cults in Ancient China" 古代中國的傳説及信仰. *BMFEA* (1946)：199‑365.

____. "Glosses on the *Book of Documents*" 尚書注釋. *BMFEA* 20 (1948)：39‑315；21 (1949)：63‑206.

____. *Glosses on the Book of Odes* 詩經注釋. Stockholm：Museum of Far Eastern Antiquities，1964.

____. "Some Sacrifices in Chou China" 周代中國的一些祭祀. *BMFEA* 40 (1968)：1‑31.

____. "Glosses on the Tso Chuan" 左傳注釋. *BMFEA* 41 (1969)：1‑158；42 (1970)：273‑96.

____, trans. "The Book of Documents" 尚書. *BMFEA* 22（1950）：1 – 81.

____, trans. *The Book of Odes* 詩經. Stockholm：Museum of Far Eastern Antiquities，1950.

____. *Grammata Serica Recensa* 漢文典修訂本. 1957；rpt. Kungsback：Elanders Boktryckeri Aktiebolag，1972.

Kent，George W. *Worlds of Dust and Jade: 47 Poems and Ballads of the Third Century Chinese Poet Ts'ao Chih* 塵土和寶玉的世界：3 世紀中國詩人曹植的 47 首詩篇和樂府. New York：Philosophical Library，1969.

Knechtges，David R. "Yang Shyong, the *Fuh* and Hann Rhetoric" 揚雄、賦和漢代修辭. Unpublished Ph.D. Dissertation，University of Washington，1968.

____. *The Han Rhapsody: A Study of the Fu of Yang Hsiung*（*53 B.C. - A.D. 18*）漢賦：揚雄（前53—18）賦研究. Cambridge：Cambridge University Press，1976.

____. "Uncovering the Sauce Jar：A Literary Interpretation of Yang Hsiung's 'Chü Ch'in mei Hsin'" 揭開醬罐：揚雄《劇秦美新》的文學解釋，in *Ancient China: Studies in Early Civilization*，edited by David T. Roy and Tsuen-Hsuin Tsien. pp. 229 – 52. Hong Kong：Chinese University of Hong Kong Press，1977.

____. "The Liu Hsin/Yang Hsiung Correspondence on the *Fang yen*" 劉歆與揚雄之間關於《方言》的通信. *MS* 33（1977）：309 – 25.

____. Review of Yves Hervouet，*Le Chaptire 117 du Che-ki*《史記》第 117 章書評. *CLEAR* 1.1（1979）：104 – 6.

____. "Ssu-ma Hsiang-ju's 'Tall Gate Palace Rhapsody'" 司馬相如的《長門賦》. *HJAS* 41.1（1981）：47 – 63.

____，trans. *The Han shu Biography of Yang Xiong*（*53 B.C. - A.D. 18*）《漢書·揚雄列傳》. Occasional Paper No. 14，Center for Asian Studies，Arizona State University. Tempe：Center for Asian Studies，1982.

____，trans. *Wen Xuan, or Selections of Refined Literature* 文選或精美文學的選集. Volume One：*Rhapsodies on Metropolises and Capitals*. Princeton：Princeton University Press，1982.

____. "A Journey to Morality：Chang Heng's *The Rhapsody on Pondering the Mystery*" 道德歸途：張衡的《思玄賦》，in *Essays in Commemoration of the Golden Jubilee of the Fung Ping Shan Library*，pp. 162 – 82. Hong Kong：Fung Ping Shan Library，1983.

____. *Wen Xuan*，*or Selections of Refined Literature* 文選或精美文學的選集. Vol. 2. *Rhapsodies on Sacrifices*，*Hunting*，*Travel*，*Sightseeing*，*Palaces and Halls*，*Rivers and Seas*. Princeton：Princeton University Press，1987.

Konishi Jin'ichi 小西甚一. "The Genesis of the *Kokinshū* Style"《古今集》風格的創始. Translated by Helen C. McCullogh. *HJAS* 38.1（1978）：61 – 170.

Kopetsky，Elma E. "Two *Fu* on sacrifices by Yang Hsiung" 揚雄的兩篇祭祀賦. *Journal of Oriental Studies* 10 （1972）：85 – 118.

Kotewall，Robert，and Norman L. Smith，eds. *The Penguin Book of Chinese Verse* 企鵝版中國詩歌. Harmondsworth：Penguin Books，1962.

Kotzenberg，Heike. *Der Dichter Pao Chao*（＋466）：*Unter suchungen zu Leben und Werk* 詩人鮑照（？ — 466）：生活和工作的探究. Ph.D. Dissertation，Rheinische Friederich-Wilhelms-Universitat zu Bonn. Bonn：Rheinische Friederich-Wilhelms-Universitat，1971.

Kroll，Paul W. "The Dancing Horses of T'ang" 唐代的舞馬. *TP* 67（1981）：240 – 68.

K'uai Shu-ping. "Six Poems of Ts'ao Tzu-chien" 曹子建詩歌六首. *National Peking University Semi-Centennial Papers*，*College of Arts*，no.14（Beijing，1948）：24 – 31.

Künstler，Mieczyslaw Jerzy. *Ma Jong vie et oeuvre* 馬融的作品. Warsaw：Panstowe Wydawnictwo Naukowe，1969.

Lacouperie，Terrien de. *Western Origin of the Early Chinese Civilization* 早期中國文明的西部起源. London：Asher & Co.，1894.

Lai，Chiu-mi. "River and Ocean：The Third-Century Verse of Pan Yue and Lu Ji" 河流與海洋：三世紀潘岳和陸機的詩歌. Ph.D. diss.，University of Washington，1990.

Lau，D.C.，trans. *Lao Tzu Tao Te Ching* 老子道德經. Harmondsworth：Penguin Books，1963.

Laufer，Berthold. *Jade: A Study in Chinese Archaeology and Religion* 玉器：中國考古學和宗教研究. 1912；rpt. New York：Dover，1974.

——. "Optical Lenses" 光學透鏡. *TP* 16（1915）：169 – 228.

——. *Sino-Iranica*；*Chinese Contributions to the History of Civilization in Ancient Iran with Special Reference to the History of Cultivated Plants and Products* 中國和伊朗：中國對古代伊朗文明史的貢獻，尤其是培育作物和產品的歷史. 1919；rpt. Taibei：Ch'eng-wen，1967.

——. *Ostrich-shell Cups of Mesopotamia and the Ostrich in Ancient and Modern Times* 美索不達米亞的鴕鳥殼杯子及古代和現代的鴕鳥. Anthropology Leaflet 23. Chicago：Field Museum of Natural History，1926.

Leban，Carl. "Managing Heaven's Mandate：Coded Communications in the Accession of Ts'ao P'ei，A.D. 220" 運作天命：公元 220 年曹丕登基的典禮化交流，in *Ancient China: Studies in Early Civilization*，edited by David T. Roy and Tsuen-Hsuin Tsien，pp. 315 – 41.

Ledderose，Lothar. *Mi Fu and the Classical Tradition of Chinese Calligraphy* 米芾與中國書法的古典傳統. Princeton：Princeton University Press，1979.

Legge，James，trans. *Confucian Analects*，*The Great Learning*，*and The Doctrine of the Mean*《論語》《大學》和《中庸》. *The Chinese Classics* 中國經典，vol. 1. 1861；rpt. Taibei：Wenxing shudian，1963.

——. *The Ch'un Ts'ew with the Tso Chuen* 春秋左傳. *The Chinese Classics*，vol. 5. 1872；rpt. Taibei：Wenxin shudian，1963.

——. *The Shoo King* 尚書. *The Chinese Classics*，vol. 3. 1865；rpt. Taibei：Wenxin shudian，1963.

——. *The Li ki*，*or Collection of Treatises on the Rules of Propriety or Ceremonial Usages* 禮記. In *The Sacred Books of the East*，edited by F. Max Müller. Vols. 17 and 28. Oxford：Oxford University Press，1885.

——. *The Chinese Classics* 中國經典. Vol. 5，*The Ch'un Ts'ew with the Tso Chuen*《春秋左傳》. 1872. Rpt.，Taipei：Wenxin shudian，1963.

____. *The Chinese Classics*. 中國經典 Vol. 35，*The Shoo King*《尚書》. 1865. Rpt.，Taipei：Wenxin shudian，1963.

Lévy-Bruhl，Lucien. *Les Fonctions mentales dans les sociétes inferieures* 低級社會中的智力機能. Paris：Alcan，1912.

Liao，W.K.，trans. *The Complete Works of Han Fei Tzu* 韓非子全集. 2 vols. London：Probsthain，1939 - 59.

Li Chi，trans. *The Travel Diaries of Hsü Hsia-k'o* 徐霞客遊記. Hong Kong：The Chinese University Press of Hong Kong，1974.

Li Hui-Lin（Li Huilin 李惠林），trans. *Nan-fang ts'ao-mu chuang: A Fourth Century flora of Southeast Asia* 《南方草木狀》：4 世紀東南亞植物群. Hong Kong：Chinese University of Hong Kong Press，1979.

Li Shu-hua. "Origin de la boussole" 指南針的起源. *Isis* 45（1954）：78 - 94，175 - 96.

Li T'ien-yi，ed. *Selected Works of George A. Kennedy* 喬治·肯尼迪選集. New Haven：Far Eastern Publications，1964.

Li Xueqin 李學勤. *The Wonder of Chinese Bronzes* 中國青銅器的奧秘. Beijing：Foreign Languages Press，1980.

Lin Yutang 林語堂. *The Importance of Understanding* 理解的重要性. Cleveland：World Publishing Co.，1960.

Lisevich，I. S. "Iz istorii literaturnoj mylai v drevnom kitaeje（tri kategorii）" 古代中國文學模式的歷史（三義）. *Narodii Azii I Afriki*，no. 4（1962）：157 - 65.

Liu，James J. Y.（Liu Ruoyu 劉若愚）. *The Chinese Knight-Errant* 中國的遊俠. Chicago：University of Chicago Press，1967.

____. *Chinese Theories of Literature* 中國文學理論. Chicago：University of Chicago Press，1975.

Lo Tchen-ying（Luo Zhenying 羅振英）. *Les Forms et les methodes historiques en Chine* 中國史學的程序和方法. *Une famille d'historiens et son oeuvre*. Paris：P. Geuthner，1931.

Loewe，Michael. *Records of Han Administration* 漢代行政記錄. 2 vols. Cambridge：Cambridge University Press，1967.

____. *Everyday Life in Early Imperial China：During the Han Period 202 B.C.- A.D. 220* 早期中國帝國的日常生活：漢代（前 202—220）. New York：Harper & Row，1968.

____. "The Case of Witchcraft in 91 B.C." 公元前 91 年的巫蠱之禍. *AM*，n.s. 15（1970）：159 - 96；rpt. in *Crisis and Conflict*，pp. 37 - 90.

____. "K'uang Heng and the Reform of Religious Practices（31 B.C.）" 匡衡與宗教實踐改革（前 31 年）. *AM*，n.s. 17.1（1971）：1 - 27；rpt. in *Crisis and Conflict*，pp. 154 - 92.

____. "The Office of Music，c. 114 to 7 B.C." 樂府，從公元前 114 年至前 7 年. *BSOAS* 36（1973）：340 - 51.

____. *Crisis and Conflict in Han China 104 B.C. to A.D. 9* 公元前 104 年至 9 年中國漢代的危機和衝突. London：George Allen and Unwin，1974.

____. *Ways to Paradise: The Chinese Quest for Immortality* 天堂之路：中國的神仙追求. London：George Allen and Unwin，1979.

____. "The Han View of Comets" 漢代彗星觀. *BMFEA* 52 (1980)：1 - 31.

Lucas，Heinz. *Der Tanz der Kraniche und die Hochzeit auf dem Meeresgrund，Ein Beitrag zur vergleichenden Maskenforschung* 鶴舞及海底婚禮：比較假面研究. N.p.：Verlag Emsdetten，ca. 1971.

Lynn，Richard John，trans. *The Classic of Changes: A New Translation as Interpreted by Wang Bi* 易經：王弼注新譯. New York：Columbia University Press，1994.

Ma Tailoi（Ma Tailai 馬泰來）. "The Authorship of the *Nan-fang ts'ao-mu chuang*"《南方草木狀》的作者身份. *TP* 64 (1978)：218 - 52.

McNaughton，William. "The Composite Image：*Shy Jing* Poetics" 複合形象：《詩經》詩學. *JAOS* 83 (1963)：92 - 106.

Maenchen-Helfen，Otto. "The Ting-ling" 丁零. *HJAS* 4 (1939)：77 - 86.

Mair，Victor，ed. *The Columbia Anthology of Traditional Chinese Literature* 哥倫比亞傳統中國文學選集. New York：Columbia University Press，1994.

Major，John S. "Notes on the Nomenclature of Winds and Directions in the Early Han" 漢初風和風向命名札記. *TP* 65 (1979)：66 - 80.

Margouliès，Georges. *Le Kou-wen chinois* 中國古文. Paris：Paul Geuthner，1926.

____. *Anthologie raisonnée de la littérature chinoise* 中國文學萃選. Paris：Payot，1948.

____. *Le "Fou" dans le Wen-siuan*《文選》辭賦. Paris：Paul Geuthner，1926.

Margouliès，Georges and W. R. Trask，trans. "Great Chinese Prose" 偉大的中國散文. *Asia* 34 (1934)：148 - 51，300 - 303，408 - 11，568 - 74.

Marney，John. *Liang Chien-wen Ti* 梁簡文帝. Boston：Twayne 1976.

____. *Chiang Yen* 江淹. Boston：Twayne，1981.

____. "P'ei Tzu-yeh：A Minor Literary Critic of the Liang Dynasty" 裴子野：一位次要的梁代文學評論家，in *Selected Papers in Asian Studies*，vol. 1，pp. 161 - 71. Albuquerque：Western Conference of the Association for Asian Studies，1976.

____. "Cities in Chinese Literature" 中國文學中的城市. *Michigan Academician* 10 (Fall 1977)：225 - 38.

Maspero，Henri. *La Chine antique* 古代中國. 1972；rpt. Paris：Presses Universitaires de France，1965.

____. "Les Instruments astronomiques des chinois au temps des Han" 漢代中國的天文儀器. *MCB* 6 (1938 - 1939)：183 - 370.

____. "Le Ming-Tang et la crise religieuse chinoise avant les Han" 明堂與漢代之前的中國宗教危機. *MCB* 9 (1948 - 1951)：1 - 71.

Mather，Richard. "The Mystical Ascent of the T'ien-t'ai Mountains：Sun Ch'o's *Yu-t'ien-t'ai shan Fu*" 天台山的神秘攀登：孫綽的《遊天台山賦》. *MS* 20 (1961)：226 - 45.

____. "Wang Chin's 'Dhūta Temple Stele Inscription' As an Example of Buddhist Parallel Prose" 王巾的《頭陀寺碑》：佛教駢文一例. *JAOS* 83.3 (1963)：338 - 59.

____. "The Controversy over Conformity and Naturalness During the Six Dynasties" 六朝時期名教與自然的

爭論. *History of Religions* 9 (November-February 1969 – 1970): 160 – 80.

_____ trans. *Shih-shuo Hsin-yü: A New Account of Tales of the World*《世説新語》. Minneapolis: University of Minnesota Press, 1976.

Mayer, K. P. "On Variations in the Shapes of the Components of the Chinese *Nu-chi* (Crossbow Latch)" 論中國弩機部件形狀的多樣性. *TP* 52 (1965 – 66): 1 – 7.

Mayhew, Lenore and McNaughton, William. *A Gold Orchid: The Love Poems of TzuYeh* 金蘭：子夜愛情詩. Rutland: Tuttle, 1972.

Miao, Ronald C. "A Critical Study of the Life and Poetry of Wang Chung-hsüan" 王仲舒生平及詩作的批判性研究. Ph.D. dissertation, University of California at Berkeley, 1969.

_____. "Literary Criticism at the End of the Eastern Han" 東漢末期的文學評論. *LEW* 16.3 (1972): 1013 – 34.

_____. "The 'Ch'i ai shih' of the Late Han and Chin Periods (I)" 後漢和晉代的《七哀詩》(一). *HJAS* 33 (1973): 183 – 223.

_____. "Palace-Style Poetry: The Courtly Treatment of Glamor and Love" 宮體詩：艷美和愛情的宮廷處理, in *Studies in Chinese Poetry and Poetics*, edited by Ronald C. Miao, vol. 1, pp. 1 – 42. San Francisco: Chinese Materials Centre, 1978.

_____. *Early Medieval Chinese Poetry: The Life and Verse of Wang Ts'an* (*A.D. 177 –217*) 中國中古早期詩歌：王粲(177—217)的生平及詩歌. Wiesbaden: Franz Steiner, 1982.

Mok Wing-yin. "Three Poems by Ts'ao Chih" 曹植詩三首. *Renditions*, no.2 (Spring 1974): 50 – 52.

Montell, Gosta. "T'ou Hu — The Ancient Chinese Pitch-pot Game" 投壺——古代中國的投壺遊戲. *Ethnos* 5 (1940): 70 – 83.

Mote, Frederick W. "The Cosmological Gulf Between China and the West" 中國與西方的宇宙論分歧, in *Transition and Permanence*, edited by Buxbaum and Mote, pp. 3 – 21. (see under Gibbs).

Moule, A. C. "The Chinese South-pointing Carriage" 中國的指南車. *TP* 23 (1924): 83 – 98.

Needham, Joseph. *Science and Civilization in China* 中國的科學和文明. 5 vols. to date. Cambridge: Cambridge University Press, 1954. Volume 2, *History of Scientific Thought* (1956); Volume 3, *Mathematics and the Sciences of the Heavens and the Earth* (1959); Volume 4, Part 3. *Civil Engineering and Nautics* (1970).

Neugebauer, Klaus. *Hoh-kuan Tsi*《鶡冠子》. *Eine Untersuchung der dialogischen Kapitel* (*mit Ubersetzung und Annotationen*). Frankfurt am Main: Peter Lang, 1986.

Nienhauser, William H., Jr. "Once Again, the Authorship of the Hsi-ching tsa-chi (*Miscellanies of the Western Capital*)"《西京雜記》作者再論. *JAOS* 98.3 (1978): 219 – 31.

Norman, Jerry; and Mei Tsu-lin. "The Austroasiatics in Ancient South China: Some Lexical Evidence" 古代中國南方的南亞民族：一些詞彙證據. *MS* 32 (1976): 274 – 301.

O'Hara, Albert Richard. *The Position of Woman in Early China According to the Lieh Nü Chuan*, " *The Biographies of Eminent Chinese Women*" 根據《列女傳》論早期中國的女性地位. 1945; rev. Taibei: Mei

Ya Publications，1971.

Owen，Stephen. "Hsieh Hui-lien's 'Snow Fu': A Structural Study" 謝惠連的《雪賦》：結構研究. *JAOS* 94.1 (1974)：14‐23.

____. *Readings in Chinese Literary Thought* 中國文學思想讀本. Cambridge：Harvard University Press，1992.

Pease，Jonathan Otis. "Kuo P'u's Life and Five-Colored Rhymes (An 'Immortal' Chin Dynasty Writer and Diviner，276‐324)" 郭璞的生平和五色韻(一位被"神化"的晉代作家和占卜師). Unpublished M.A. Thesis，University of Washington，1980.

Pelliot，Paul. "Le Fou-nan" 扶南考. *BEFEO* 3 (1903)：248‐303.

____. "Monsieur E. von Zach" 贊克先生. *TP* 26 (1929)：367‐78.

____. Review of Berthold Laufer，*Jade* 勞費爾的《玉》書評. *TP* 13 (1912)：433‐46.

Peterson，Willard J. "Making Connections：'Commentary on the Attached Verbalizations' of the *Book of Changes*" 建立聯繫：《易經·繫辭傳》. *HJAS* 42.1 (1982)：67‐116.

Pokora，Timoteus. "A Mobile Freezer in China in B.C. 99" 中國公元前 99 年的移動冷庫. *Acta Orientalia Hungarica* 31 (1977)：311‐46.

____，trans. *Hsin-lun (New Treatise) and Other Writing by Huan T'an* (43 B.C.‐28 A.D.) 桓譚(前 43—28)的《新論》及其他作品. Michigan Papers on Chinese Studies，no. 20. Ann Arbor：Center for Chinese Studies，University of Michigan，1975.

Pollard，David. "*Ch'i* in Chinese Literary Theory" 中國文學理論中的氣，in *Chinese Approaches to Literature*，edited by Adele Austin Rickett，pp. 43‐66. (see under Holzman).

Pulleyblank，Edwin G. "Chinese and Indo-Europeans" 漢語和印歐語. *JRAS* 1‐4 (1966)：9‐39.

____. "Consonantal System of Old Chinese：Part II" 上古漢語輔音系統之二. *AM*，n.s. 9 (1962)：206‐65.

Read，Bernard E. *Chinese Materia Medica: Animal Drugs* 中國藥物學：動物藥. 1931；rpt. Taibei：Southern Materials Center，1977.

____. *Chinese Materia Medica: Avian Drugs* 中國藥物學：禽鳥藥. 1932；rpt. Taibei：Southern Material Center，1977.

____. *Chinese Materia Medica: Dragon and Snake Drugs* 中國藥物學：龍蛇藥. 1934；rpt. Taibei：Southern Material Center，1977.

____. *Chinese Medicinal Plants from the Pen Ts'ao Kang Mu A.D. 1596* 《本草綱目》(1596 年)中的中國藥用植物. 1936；rpt. Taibei：Southern Material Center，1977.

____. *Chinese Materia Medica: Turtle and Shellfish Drugs* 中國藥物學：龜貝藥. 1937；rpt. Taibei：Southern Material Center，1977.

____. *Chinese Materia Medica: Fish Drugs* 中國藥物學：魚類藥. 1939；rpt. Taibei：Southern Material Center，1977.

____. *Chinese Food Fishes of Shanghai* 中國上海的食用魚. 1939；rpt. Taibei：Southern Material Center，1977.

____. *Chinese Materia Medica: Insect Drugs* 中國藥物學：蟲類藥. 1941；rpt. Taibei：Southern Material

Center，1977.

____ and Pak，C. *Chinese Materia Medica: A Compendium of Minerals and Stones* 中國藥物學：礦石手册. 1928；1936；rpt. Taibei：Southern Material Center，1977.

Rickett，Adele Austin. "The Anthologist as Literary Critic in China" 作爲文學評論家的中國選集編者. *LEW* 19.1 – 4 (1975)：146 – 65.

Rickett，Allyn W. *Guanzi: Political，Economic，and Philosophical Essays from Early China*《管子》：早期中國的政治、經濟、哲學文集. Vol. 1. Princeton：Princeton University Press，1985.

Rosthorn，Arthur von. "Erwin Ritter v. Zach" 贊克. *Almanach der Akademie der Wissenschaften in Wien für das Jahr 1943* (Jg. 93)：195 – 98.

Roy，David. "The Theme of the Neglected Wife in the Poetry of Ts'ao Chih" 曹植詩歌的思婦主題. *JAS* 19.1 (1959)：25 – 31.

Rudolph，Richard C. "The Antiquity of *t'ou hu*" 投壺的古代風俗. *Antiquity* 24 (1950)：175 – 78.

____. "The *Shih chi* Biography of Wu Tzu-hsü"《史記》伍子胥傳. *OE* 9 (1962)：105 – 20.

Sargent，Clyde B. *Wang Mang: A Translation of the Official Account of His Rise to Power as Given in the History of the Former Han Dynasty* 王莽：《前漢書》關於其崛起政壇的官方叙述的翻譯. Shanghai：Graphic Art Book Company，1947.

Saso，Michael. "What is the *Ho-t'u*?"《河圖》是什麽? *History of Religions* 17.3 – 4 (February – May 1978)：399 – 416.

Schafer，Edward H. "Ritual Exposure in Ancient China" 古代中國儀式揭示. *HJAS* 14 (1951)：130 – 84.

____. "Orpiment and Realgar in Chinese Technology and Tradition" 中國技術和傳統中的雌黃和雄黃. *JAOS* 75.2 (1955)：73 – 78.

____. "The Early History of Lead Pigments and Cosmetics in China" 中國鉛色素和化妝品的早期歷史. *TP* 44 (1956)：413 – 38.

____. *Tu Wan's Stone Catalogue of Cloudy Forest* 杜綰的《雲林石譜》. Berkeley and Los Angeles：University of California Press，1961.

____. *The Golden Peaches of Samarkand: A Study of T'ang Exotica* 撒馬爾罕的金桃：唐朝的舶來品研究. Berkeley and Los Angeles：University of California Press，1963.

____. *The Vermilion Bird: T'ang Images of the South* 朱雀：唐代的南方意象. Berkeley and Los Angeles：University of California Press，1967.

____. "Hunting Parks and Animal Enclosures in Ancient China" 古代中國的獵苑和動物圈地. *Journal of the Economic and Social History of the Orient* 11 (1968)：318 – 43.

____. *Shore of Pearls* 珍珠海岸. Berkeley and Los Angeles：University of California Press，1970.

____. *The Divine Woman: Dragon Ladies and Rain Maidens in T'ang Literature* 神女：唐代文學中的龍女及雨女. Berkeley and Los Angeles：University of California Press，1973.

____. "The Sky River" 天河. *JAOS* 94 (1974)：401 – 7.

____. "A Trip to the Moon" 月亮之旅. *JAOS* 96（1976）：27‒37.

____. *Pacing the Void: T'ang Approaches to the Stars* 步虛：通向星辰的唐代方式. Berkeley and Los Angeles：University of California Press，1977.

____. "Professor Schafer Would Say …" 薛愛華教授會説……. *JAS* 37(1978)：799‒801.

____. "Cultural History of the Elaphure" 麋的文化史. *Sinologica* 4（1956）：250‒74.

____. "Parrots in Medieval China" 中古中國的鸚鵡, in *Studia Serica Bernhard Karlgren Dedicata*，edited by Soren Egerod and Else Glahn, pp. 271‒82. Copenhagen：Ejnar Munksgaard，1959.

____. "The Cranes of Mao Shan" 茅山的鶴, in *Tantric and Taoist Studies*，edited by Michel Strickmann. Vol. 2，pp. 372‒92. Brussels：Institut Belge des Hautes Etudes，1983.

Schauensee，Rodolphe Meyer de. *The Birds of China* 中國禽鳥. Washington，D.C.：The Smithsonian Institution，1984.

Schiffeler，John Wm. *Legendary Creatures of the Shan Hai Ching* 《山海經》的傳説生物. Taibei：Hwa Kang Press，1978.

Schindler，Bruno. "Some Notes on Chia Yi and his 'Owl song'" 賈誼《鵩鳥賦》札記. *Asia Major*，n.s.（1959）：161‒64.

Schlegel，Gustave. *Uranographie chinoise* 中國天文志. 2 vols. 1875；rpt. Taibei：Chengwen，1967.

Scott，John. *Love and Protest: Chinese Poems from the Sixth Century B.C. to the Seventeenth Century A.D* 愛和抗争：公元前 6 世紀到 17 世紀的中國詩歌. New York：Harper & Row，1972.

Serruys，Paul L-M. "Philologie et linguistique dans les études sinologiques" 漢學研究中的語文學及語言學. *MS* 9（1943）：167‒219.

____. "The Function and Meaning of *Yün* 云 in *Shih Ching*：Its Cognates and Variants"《詩經》中云的功能和意義：其同源詞及變體. *MS* 29（1970‒1971）：264‒337.

____. "Remarks on the Nature，Functions and Meaning of the Grammatical Particle in Literary Chinese" 論中國文學中語法助詞的性質、作用及意義. *JAOS* 96.4（1976）：543‒69.

Shih，Vincent Yu-chung（Shi Youzhong 施友忠），trans. *The Literary Mind and the Carving of Dragons* 文心雕龍. New York：Colombia University Press，1959.

Shiratori Kurakichi（白鳥庫吉）. "The Geography of the Western Region Studied on the Basis of Ta-ch'in Accounts" 以大秦記録爲基礎的西部地區地理研究. *MTB* 15（1956）：73‒163.

____. "On the Territory of the Hsiung-nu Prince Hsiu-t'u Wang and His Metal Statues for Heaven Worship" 匈奴休屠王太子的領土及其用來祭天的金人. *MTB* 5（1930）：1‒77.

Sickman，Laurence and Soper，Alexander. *The Art and Architecture of China* 中國的藝術和建築. Harmondsworth：Penguin，1956.

Smith，Frederick Porter. *Chinese Materia Medica: Vegetable Kingdom* 中國藥物學：草木部. Revised by G.A. Stuart. 1911；rpt. Taibei：Ku T'ing Book House，1969.

Solger，F. "Astronomische Anmerkungen zu chinesischen Märchen" 中國童話的天文學解説. *Mitteilungen der deutschen Gesellschaft für Natur- und Völkerkunde Ostasiens* 17（1922）：33–207.

Soothill，W. E. *The Hall of Light: A Study of Early Chinese Kingship* 明堂：早期中國王權之研究. London：Lutteryworthy，1951.

Spring，Madeline. "The Celebrated Cranes of Po Chü-I" 白居易的名鶴. *JAOS* 111.1（1991）：8–18.

Stange，Hans O.H. "Die Monographie über Wang Mang（Ts'ien–Han-shu Kap. 99）" 王莽傳（《前漢書》卷 99）. *Abhandlungen für die Kunde des Morgenlandes* 23（1938）：1–336.

Straughair，Anna. *Chang Hua: A Statesman-Poet of the Western Chin Dynasty* 張華：西晉的政治詩人. Occasional Paper no. 15，The Australian National University，Faculty of Asian Studies. Canberra：The Australian National University，1973.

Su，Jui-lung. "Versatility within Tradition：A Study of the Literary Works of Bao Zhao（414? –466）" 傳統中的創新：鮑照（414? —466）文學作品研究. Ph.D. diss.，University of Washington，1994.

Swann，Nancy Lee. *Pan Chao: Foremost Woman Scholar of China* 班昭：中國最重要的女學者. New York：The Century Company，1932.

____. *Food and Money in Ancient China* 中國古代的食物和錢幣. Princeton：Princeton University Press，1950.

Teng Ssu-yü（Deng Siyu 鄧嗣禹），trans. *Family Instructions for the Yen Clan* 顔氏家訓. Monographies du T'oung Pao，volume 4. Leiden：E. J. Brill，1968.

Thun，Nils. *Reduplicative Words in English，A Study of Formations of the Types Tick-tick，Hurly-burly，and Shilly-shally* 英語中的重疊詞. Upsala：Carl Bloms Boktrycheri，1963.

Ting Pang-hsin 丁邦新. *Chinese Phonology of the Wei-Chin Period: Reconstruction of the Finals as Reflected in Poetry* 魏晉時期漢語音韻研究：基於詩歌的韻部重構. Institute of History and Philology，Academia Sinica，Special Publication No. 65. Taipei：Academia Sinica，1975.

Tjan Tjoe Som（Zeng Zhusen 曾珠森），trans. *Po Hu T'ung，the Comprehensive Discussions in the White Tiger Hall* 白虎通：白虎觀中的綜合性論辯. 2 vols. Leiden：E. J. Brill，1949–1952.

Tökei，Ferenc. *Genre Theory in China in the 3rd–6th Centuries（Liu Hsieh's Theory on Poetic Genres）* 中國 3—6 世紀文體論（劉勰的詩體理論）. Budapest：Akadémia kiadó，1971.

____. "Textes prosodiques chinois au debut du VIᵉ siècle" 6 世紀初中國文本的韻律. *Mélanges de Sinologie offerts à Monsieur Paul Demiéville，II*，pp. 297–312.（see under Holzman）.

Tsien，T. H. *Written on Bamboo and Silk. The Beginnings of Chinese Books and Inscriptions* 書於竹帛：中國書籍和銘文的開端. Chicago：University of Chicago Press，1962.

Tu Ching-i（Tu Jingyi 涂經詒）. "The Chinese Examination Essay：Some Literary Considerations" 中國的科舉文：文學方面的一些探討. *MS* 31（1974–1975）：393–406.

Upton，Beth. "The Medieval Animal Book in China and the West：A Comparative Study of Two Thirteenth Century Works" 中西中古動物書籍：兩部 13 世紀作品的比較研究. *Phi Theta Papers*，Publication of the Oriental Languages Student Association，University of California，Berkeley，14（September 1977）：42–50.

Van der Sprenkel，Otto B. *Pan Piao*，*Pan Ku*，*and the Han History* 班彪、班固與《漢書》. Occasional Paper no.3，The Australian National University，Centre of Oriental Studies. Canberra：The Australian National University，1964.

Van Gulik，Robert. *The Lore of the Chinese Lute: An Essay in Ch'in Ideology* 論中國琴道. Monumenta Nipponica，no. 3. Tokyo：Sophia University Press，1940.

____. "Hsi K'ang's Poetical Essay on the Lute" 嵇康的《琴賦》. *T'ien-hsia Monthly* 11.4 (1941)：374 – 84.

____. *Hsi K'ang and His Poetical Essay on the Lute* 嵇康及其《琴賦》. 1940. Rpt.，Tokyo and Rutland，Vermont：Sophia University and Charles Tuttle Company，1968.

Von Zach，Erwin，trans. *Die Chinesische Anthologie: Übersetzungen aus dern Wen hsüan* 中國選集：《文選》譯文. Edited by Ilse Martin Fang. Harvard-Yenching Studies 18.2 vols. Cambridge：Harvard University Press，1958.

Waley，Arthur. "The Heavenly Horse of Ferghana" 拔汗那的天馬. *History Today* 5 (1955)：95 – 103.

____，trans. *A Hundred and Seventy Chinese Poems* 一百七十首中國詩作. New York：Alfred A. Knopf，1919.

____. *More Translations from the Chinese* 更多中文翻譯. New York：Alfred A. Knopf，1919.

____. *The Temple and Other Poems* 寺廟及其他詩作. New York：Alfred A. Knopf，1923.

____. *The Book of Songs* 詩經. 1937；rpt. New York：Grove Press，1960.

____. *The Analects of Confucius* 論語. London：Allen and Unwin，1938.

____. *Translations from the Chinese* 中文翻譯. New York：Alfred A. Knopf，1919，1941.

____. *The Nine Songs: A Study of Shamanism in Ancient China* 《九歌》：古代中國巫覡研究. London：Allen and Unwin，1955.

Wang，C. H.（Wang Jingxian 王靖獻）. "The Countenance of the Chou：*Shih Ching* 266 – 296" 周頌：《詩經》第266—296首. *Journal of the Institute of Chinese Studies of the Chinese University of Hong Kong* 7.2 (1974)：425 – 49.

Wang，Stephen S. "Tsaur Jyr's Poems of Mythical Excursion" 曹植的遊仙詩. Master's thesis，University of California at Berkeley，1963.

Wang Yü-ch'üan（Wang Yuquan 王毓銓）. "An Outline of the Central Government of the former Han Dynasty" 前漢中央政府概述. *HJAS* 12 (1949)：134 – 87.

Ware，James R. "Once More the 'Golden Man'" 再論"金人". *TP* 34 (1938)：174 – 78.

Watson，Burton. *Early Chinese Literature* 早期中國文學. New York：Columbia University Press，1962.

____，trans. *Records of the Grand Historian of China* 史記. 2 vols. New York：Columbia University Press，1961.

____. *Records of the Historian: Chapters from the Shih chi of Ssu-ma Ch'ien* 司馬遷《史記》中的一些篇章. New York：Columbia University Press，1969.

____. *Chinese Rhyme-Prose: Poems in the Fu Form from the Han and Six Dynasties Periods* 中國韻文：漢及六朝時代的賦. New York：Columbia University Press，1971.

____. *Chinese Lyricism: Shih Poetry from the Second to the Twelfth Century* 中國抒情詩：二到十二世紀的詩歌. New York：Columbia University Press，1971.

____, trans. *Courtier and Commoner in Ancient China: Selections from the History of the Former Han by Pan Ku* 古代中國的朝臣與布衣：班固《漢書》選譯. New York：Columbia University Press，1974.

Westbrook，Francis A. "Landscape Description in the Lyric Poetry and 'Fu on Dwelling in the Mountains' of Shieh Ling-yun" 謝靈運的抒情詩和《山居賦》的風景描寫. Ph.D. dissertation，Yale，1973.

____. "Landscape Transformation in the Poetry of Hsieh Ling-yün" 謝靈運詩作中的風景變化. *JAOS*，100 (1980)：237 – 54.

____. "Hsieh T'iao and Fifth Century Landscape Poetry" 謝朓和 5 世紀寫景詩，in *Studies in Chinese Poetry and Poetics*，vol. 2，edited by Ronald C. Miao. Forthcoming.

Wheatley，Paul. *The Pivot of the Four Quarters* 四方之極. Chicago：Aldine，1971.

Whitaker，K. P. K. "Some Notes on the Authorship of the Lii Ling/Su Wuu Letters" 李陵蘇武信件的作者札記. *BSOAS* 15 (1953)：113 – 37，566 – 87.

____. "Some Notes on the Background and Date of Tsaur Jyr's Poem on the Three good Courtiers" 曹植《三良詩》的背景和時間札記. *BSOAS* 18 (1956)：303 – 11.

____. "Tsaur Jyr's Luohshern Fuh" 曹植的《洛神賦》. *AM* 4 (1954)：36 – 56.

____. "Tsaur Jyr and the Introduction of *Fannbay* 梵唄 into China" 曹植與梵唄之引入中國. *BSOAS* 20 (1957)：585 – 97.

Wilbur，C. Martin. *Slavery in China During the Former Han Dynasty，206 B.C.– A.D. 25* 中國前漢時期（前206—25)的奴隸. Anthropological Series，vol. 34. Chicago：Field Museum of Natural History，1943.

Wilhelm，Hellmut. "The Scholar's Frustration：Notes on a Type of 'Fu'" 士人失意：" 賦 " 的一種類型札記，in *Chinese Thought and Institutions*，edited by John K. Fairbank，pp. 310 – 19，398 – 403. Chicago：University of Chicago Press，1957.

____. "Shih Ch'ung and His Chin-ku-yüan" 石崇及其金谷園. *MS* 18 (1959)：314 – 27.

____. "Wanderungen des Geistes" 心靈的旅行. *Eranos Jahrbuch* 1964，vol. 33，pp. 177 – 200. Zürich：Rhein-Verlag，1965；rpt. in *Heaven，Earth and Man in The Book of Changes*，by Hellmut Wilhelm，pp. 164 – 89. Seattle：University of Washington Press，1977.

____. "A Note on Chung Hung and His *Shih-p'in*" 鍾嶸及其《詩品》札記，in *Wen-lin*，edited by Chow Tse-tsung，pp. 111 – 20 (see under E. Bruce Brooks).

____. "The Interplay of Image and Concept" 圖像與概念的相互作用. *Eranos Jahrbuch* 1967，vol. 36，pp. 31 – 57. Zürich：Rhein-Verlag，1968；rpt. in *Heaven，Earth and Man in The Book of Changes*，by Hellmut Wilhelm，pp. 190 – 221.

____. "Notes on Chou Fiction" 周代虛構文學札記，in *Transition and Permanence*，edited by Buxbaum and Mote，pp. 251 – 68.（see under Gibbs）.

____. "The Bureau of Music of Western Han" 西漢樂府，in *Society and History: Essays in Honor of Karl*

August Wittfogel，edited by G. L. Ulmen，pp. 123 - 35. The Hague：Mouton Publishers，1978.

Wilhelm，Richard. *Confucius and Confucianism* 孔子和儒學. Translated by George H. Danton and Annina Periam Danton. New York：Harcourt Brace Jovanovich，1931.

____. *Die chinesische Literatur* 中國文學. Wildpark-Potsdam：Akademische Verlags-gesselschaft Athenation，1926.

____，trans. *The I Ching or Book of Changes* 易經. Translated into English by Cary F. Baynes. Bollingen Series XIX. 1950；1967；rpt. Princeton：Princeton University Press，1969.

Wixted，John Timothy，"The Literary Criticism of Yüan Hao-wen（1190 - 1257）" 元好問（1190—1257）的文學批評. Ph.D. dissertation，Oxford，1976.

____. "The Nature of Evaluation in the *Shih-p'in*（*Gradings of Poets*）by Chung Hung（A.D. 469 - 518）" 鍾嶸（469—518）《詩品》評價的實質，in *Theories of the Arts in China*. Edited by Susan Bush and Christian Murck. Princeton，N.J.：Princeton University Press，1983.

Wong，Siu-kit. *Early Chinese Literary Criticism* 早期中國文學批評. Hong Kong：Joint Publishing Co.，1983.

Workman，Michael. "Songs of the Four Seasons：Spring and Summer" 四季歌：春和夏，in *K'uei Hsing: A Repository of Asian Literature*，edited by Friederich Bishoff et al. vol. 1，pp. 71 - 79. Bloomington：Indiana University Press，1974.

Wright，Arthur F. *Buddhism in Chinese history* 中國歷史中的佛教. Stanford：Stanford University Press，1959.

Yang Hsien-yi and Yang，Gladys，trans. *Records of the Historian* 史記. Hong Kong：The Commercial Press，1974.

Yang Lien-sheng（Yang Liansheng 楊聯陞）. "A Note on the So-called TLV Mirrors and the Game *Liu-po*" 所謂 TLV 鏡和六博棋札記. *HJAS* 9（1945 - 1947）：202 - 6.

____. "An Additional Note on the Ancient Game of *Liu-po*" 古代六博棋札記補. *HJAS* 15（1952）：124 - 39.

____. *Money and Credit in China: A Short History* 中國貨幣及信用簡史. Cambridge Harvard university Press，1952.

Yeh Chia-ying（Ye Jiaying 葉嘉瑩）and Walls，Jan W. "Theory，Standards and Practice of Criticizing Poetry in Chung Hung's *Shih-p'in*" 鍾嶸《詩品》評論詩歌的理論、標準和實踐. in *Studies in Chinese Poetry and Poetics*，edited by Ronald C. Miao vol. 1，pp. 43 - 80.（see under Miao）.

Yen Chun-Chiang. "The Chueh-tuan as Word，Art Motif and Legend" 角端一詞的藝術主題和傳説. *JAOS* 89.3（1969）：578 - 99.

Yü Ying-shih（Yu Yingshi 余英時）. *Trade and Expansion in Han China: A Study in the Structure of Sino-Barbarian Economic Relations* 漢代貿易和擴張：漢胡經濟關係的結構研究. Berkeley and Los Angeles：University of California Press，1967.

Zach，Erwin von. *Lexicographische Beiträge* 詞典的貢獻. 4 vols. Peking：n.p.，1902 - 1906.

____. "Das Lu-ling-kwang-tien-fu des Wang Wen-k'ao（Wen Hsüan C. XI 13 - 21）" 王文考《魯靈光殿賦》（《文選》卷 11 頁 13—21）. *AM* 3（1926）：467 - 76.

____. "Zu G. Margouliès Übersetzung des Liang-tu-fu des Pan Ku" 關於馬古禮翻譯的班固《兩都賦》. *TP* 25 （1928）：354 - 59.

____. "Zu G. Margouliès Übersetzung des Pieh-fu" 關於馬古禮翻譯的《別賦》. *TP* 25（1928）：359 - 60.

____. "Zu G. Margouliès Übersetzung des Wen-fu" 關於馬古禮翻譯的《文賦》. *TP* 25（1928）：360 - 64.

____. *Aus dem Wen-hsüan. Die Reise nach den Westen*（*Hsi-cheng-fu*，W.H.C. 10）von P'an Yo，gestorben 300 n《文選》中潘岳的《西征賦》. Chr. Frankfurt-am-Main：China Institut，1930.

____. "Aus dem *Wen Hsüan*；Chang Heng's poetische Beschreibung der westlichen Hauptstadt（Ch'angan）；His-ching-fu"《文選》中張衡描述西都（長安）的詩賦：《西京賦》. *China* 9（1934 - 1935）：24 - 64.

____. "Aus dem *Wen-hsuan*-Ho Yen's Poetische Beschreibung des Ching-fu-Palastes（in Hsu-Ch'ang）"《文選》何晏《景福殿賦》（在許昌）. *MS* 4（1939 - 40）：441 - 50.

____. "Yang Hsiung's Poetische Beschreibung des Himmelsopfers im Lustschloss（Kanchuan fu）" 揚雄《甘泉賦》. *Sinica* 2（1927）：190 - 93.

Zürcher，Erich. *The Buddhist Conquest of China* 佛教征服中國. 2 vols. Leiden：E. J. Brill，1959.